传统诗歌声韵大全

两个"1+7"，解读旧诗律

陈一鹤 编著

上海交通大学出版社
SHANGHAI JIAO TONG UNIVERSITY PRESS

内容提要

本书对王力《诗词格律概要》中正格、变格、拗救的概念整合、重组、归纳成"仄变平、不必救，平变仄、必须救"后，得出今体诗平仄格式的"1＋7"；并以此对唐、宋、辽、金、元、明、清、近代、现代、当代的今体诗进行解读，然后回头在汉、魏、六朝诗中探寻了今体诗的起源，把今体诗的起源从南齐"永明体"年代（公元483－493年）提前到楚汉相争年代（公元前202年），提前了约700年。

本书还对王力《古体诗律学》中独立句、畸零句的概念作了必要的补充，并提出短韵体、三韵联、多句一韵联的概念后，又得出古体诗押韵方式的"1＋7"；并以此对汉、魏、六朝、隋、唐、宋、辽、金、元、明、清、近代、现代、当代的古体诗进行解读，然后回头在《诗经》、《楚辞》、古代原始歌谣中探寻到古体诗的源头，提出《诗经》是所有中华诗歌全方位的源头。

图书在版编目（CIP）数据

传统诗歌声韵大全/陈一鹤编著. —上海：上海交通大学
出版社，2016
ISBN 978－7－313－14840－7

Ⅰ.①传… Ⅱ.①陈… Ⅲ.①诗歌欣赏－中国 Ⅳ.①I207.22

中国版本图书馆 CIP 数据核字（2016）第 082019 号

传统诗歌声韵大全

编　　著：陈一鹤				
出版发行：上海交通大学出版社		地　　址：上海市番禺路 951 号		
邮政编码：200030		电　　话：021－64071208		
出 版 人：韩建民				
印　　制：常熟市文化印刷有限公司		经　　销：全国新华书店		
开　　本：787mm×960mm 1/16		印　　张：86.75		
字　　数：1642 千字				
版　　次：2016 年 5 月第 1 版		印　　次：2016 年 5 月第 1 次印刷		
书　　号：ISBN 978－7－313－14840－7/I				
定　　价：180.00 元				

序 言

吴企明

　　诗学,是我国传统文化研究中的一门显学。

　　中国诗学博大精深,内涵富赡,包藉着众多的分支。有专门研究诗歌理论的诗论学;有专门研究诗歌发展轨迹的诗史学;有专门从事断代诗史研究的诗经学、唐诗学;有专门研究诗歌传承嬗变的诗歌接受学;有专门从事诗歌赏析、品评的诗歌鉴赏学;有专门从事诗歌总集和别集的编纂、校勘、笺注的诗歌文献学;有专门从事诗歌体式研究的诗体学。众多的诗学分支,汇合成诗歌研究的洪流,她悠长如江河,宽深似湖海。

　　在众多的分支中,专门研究诗歌声韵、格律的诗律学,是极为重要的一门学问。"诗律"一名,很早即见之于《后汉书·钟皓传》:"皓避隐密山,以诗律教授门徒千余人。"《新唐书·宋之问传》:"魏建安后,迄江左,诗律屡变。"杜甫《遣闷戏呈路十九曹长》:"晚节渐于诗律细。"特别自六朝、唐代兴起今体诗以来,诗律学日益受到人们的关注。六朝梁天监中洛阳人王斌撰《五格四声论》,唐王昌龄撰《诗格》、皎然撰《诗式》、日僧遍照金刚撰《文镜秘府论》,诸书或多或少地探讨了诗歌声韵格律的问题。宋以后的许多诗话中,也杂有相关的论述,如宋张镃《诗学规范》(见郭绍虞《宋诗话辑佚》本)、元杨载的《诗法家数》。比较集中地论述声韵、格律的著述,要数赵执信的《声调谱》,翟翚的《声调谱拾遗》,翁方纲的《王文简古诗平仄论》、《赵秋谷所传声调谱》、《五言诗平仄举隅》、《七言诗平仄举隅》。但是以上这些论著,都停留在某个方面,不够系统,缺乏全面的、整体的理论阐发。迨至近现代,北京大学著名语言学家王力教授致力于诗律学的研究,他全方位地探讨我国古体诗、今体诗、词、曲的用韵方式和基本格律,写出七十万字的《汉语诗律学》、十万字的《诗词格律》和二万字的《诗词格律十讲》,"形成了大、中、小的一套"(王力《汉语诗律学·再版自序》),完整地架构起我国诗歌声韵、格律的体系,建立起真正意义上的"诗律学"。

　　虞山陈一鹤先生,多年来专心从事旧体诗的声韵研究,依据王力先生汉语诗律学的基本理论,先对《唐诗三百首》中的每首诗,深入分析,写出《〈唐诗三百首〉声韵学析》,并已于 2009 年由上海交通大学出版社出版。近几年,他又将这种研究拓展到历代旧体诗,遴选先秦、两汉、魏晋、六朝、隋唐、宋辽、金元、明清,直到近现当代的一千九百多首诗,分成今体诗和古体诗两大类加以探索。今体诗部分,一鹤先生逐首对他们的"声",即平仄格式,进行严密剖析,归纳出一种正格和七种变化的平仄格式。正格五言律绝有首句仄起平收式、首句平起仄收式、首句平起平收式、首句仄起仄收式;七言律绝有首句平起平收式、首句仄起仄收式、首句仄起平收式、首句平起仄收式。变化则有变格一、变格二、变格三、变格四、孤平救、小拗救、大拗救七种。古体诗部分,一鹤先生也逐首对它们的"韵",即用韵方式,进行深入剖析,归纳出一种常见的、基本的,即两句一韵、逢双押韵的方式和七种变化的押韵方式,即两句一联的独立句、三句皆独立句的三韵联、仅末句为独立句的三韵联、前联出句不入韵的畸零句、后联出句不入韵的畸零句、三句一韵联、四句一韵联等七种变化方式。综合起来,著者概括出两个"1+7"旧体诗声韵格律的基本规律,写成《传统诗歌声韵大全》一书,十分有利于人们正确认识、便捷把握旧体诗的声韵格律。这种研究,既符合王力先生的正格、变格、拗救及用韵的诗律基本理念,又拓展了王力先生的理论,有所发明,有所创新,极大地丰富并发展了旧体诗的平仄格式和用韵方式,有力地推进旧体诗的鉴赏、写作、研究和传布。一鹤先生通过深入探索,发现汉魏六朝是五言古诗走向繁荣的时期,随即也萌生五言今体诗的句式;汉魏六朝又是七言古诗得到初步发展的时期,也逐步孕育七言今体诗的句式。这就打破了今体诗源于"永明体"的旧说,将我国今体诗起源的年代,提前约七百年(本书第十章有详细分析)。这是前代研究者尚无人论及的问题,很有理论价值。

　　一鹤先生在对旧体诗声韵格律作出详尽、细致的考察和阐论的同时,还对所选每首诗的思想内容和写作技巧,作出简要而又精当的解读。比如解读孙轶青《祝贺北京诗词学会成立》(见本书 254 页),著者先说诗词用韵的通押问题:"本诗青、庚、蒸三韵皆《词韵》第十一部而通押;或按现代汉语'十八韵'协韵,因'青'、'声'、'兴'皆庚韵。"接着阐说本诗的思想意义,并论述继承传统与适应现代生活的诗歌理论问题。又如解读庾信《重别周尚书二首》(见本书 596 页)时,著者先说:"末句按常语为'秋来向南飞',但这样'— — | — —'就为拗句,不合律了;依本诗则合律,可见诗人已有意地注意格律声调了。"说明为要合律,就改变常语"向南飞"为"南向飞",这是属于声调格律的问题。接着,他又说:"周尚书即周弘正,是周陈通好之后,由周返陈的南方来使第一人,而作者本人还只能留在北方。所以,本诗所展示的眼前景物虽是简笔勾勒,但境界廖廓,涵意深邃。尤其是那南飞的大雁,既是对周弘正特殊身分的贴切比喻,又寄托着诗人的羡慕之情;本诗的容量也超过了原意,若形容历史上各个分裂时期人们的心理状态,也是完全适宜的。"这样的解读,使本书不仅具有诗律学的学术价值,而且又有很高的文学鉴赏价值。

　　我与一鹤先生素昧平生,从未交往过。今年春,经友人介绍,他携书稿来舍间求序。我认真聆听了他的著述心志和写作过程,并阅读了全部书稿,很受感动,于是我允诺了他的请求。尽管书稿还有可以补罅之处，但是瑕不掩瑜，我想借此短笺说两句真心话。第一句话，一鹤先生研究态度，极其认真；研究方法，极其严谨。尤其可贵的是，他将自然科学的思维特征和研究方法，引进到并融合进人文科学的研究之中，他从一千九百多首旧体诗的声韵格律的实例中，演绎归纳，推理判断，提炼出旧体诗声韵格律的基本规律，作出准确的理论阐说。因此全书呈现出细致缜密的理论特征，有效地提高了全书的文学水平和学术价值。第二句话，一鹤先生具有很高的文化自觉精神。在当今商品经济社会里，人们普遍重视经济效益。著者却反其道而行之，他为了将自己的研究心得推向社会，自费出版《〈唐诗三百首〉声韵学析》分赠全国各地图书馆。现在，他又自筹经费，再次出版《传统诗歌声韵大全》（见本书 707 页）。他的这种传承优秀文化遗产的决心，弘扬民族传统文化的精神，是那么的执着，是那么的自觉，可贵可嘉，着实令人钦佩。愿一鹤先生的精神如松长青，如鹤永年。

二〇一四年深秋，时年八十二岁

前　言

本书是拙著《〈唐诗三百首〉声韵学析》(上海交通大学出版社 2009 年 11 月出版)的姊妹书。

本书名的旧诗指的是"五四"新文化运动以来形成的新诗以前的旧诗。唐代以后,旧诗分为古体诗和今体诗两大类。古体诗是继承汉魏六朝的诗体;今体诗是唐代新兴的诗体,又叫近体诗、格律诗。它们的分类大致如下:

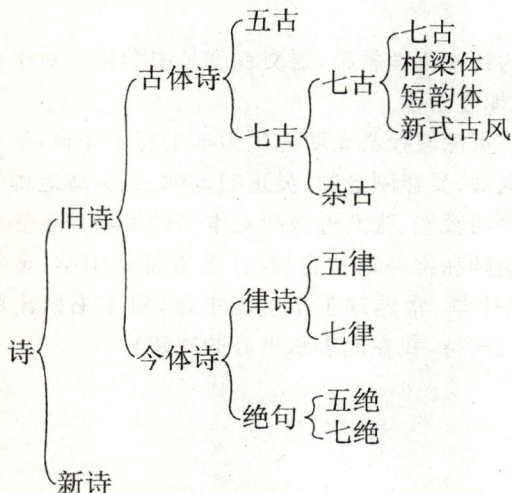

```
                        ┌ 五古
             ┌ 古体诗 ┤          ┌ 七古
             │          │ 七古 ┤ 柏梁体
             │          │        │ 短韵体
             │          │        └ 新式古风
             │          └ 杂古
     旧诗 ┤
诗 ┤        │                    ┌ 五律
     │        │          ┌ 律诗 ┤
     │        └ 今体诗 ┤          └ 七律
     │                   │          ┌ 五绝
     │                   └ 绝句 ┤
     │                              └ 七绝
     └ 新诗
```

本书名的两个"1+7"具体为:今体诗的"1+7"指的是声、即平仄格式,"1"为一种正格(又可细分为四种,再细分为十六种),"7"为七种变通格式,即变格一、变格二、变格三、变格四、孤平救、小拗救、大拗救;古体诗的"1+7"指的是韵、即押韵方式,"1"为一种常规的、基本的两句一韵、逢双押韵(首句或转韵第一句可韵可不韵),"7"为七种特殊的押韵方式,即两句一联的独立句、三句皆独立句的三韵联、仅末句为独立句的三韵联、前联出句不入韵的畸零句、后联出句不入韵的畸零句、三句一韵联、四句一韵联。

本书所举诗例除少数(都指明出处)外,绝大多数来自上海辞书出版社出版的下列七本系列鉴赏辞典:《先秦诗鉴赏辞典》(1998 年 12 月第 1 版,以下简称《先典》)、《汉魏六朝诗鉴赏辞典》(1992 年 9 月第 1 版,以下简称《汉典》)、《唐诗鉴赏辞典》(1983 年 12 月第 1 版,以下简称《唐典》)、《唐诗鉴赏辞典》(2004 年 12 月第 2

版)、《宋诗鉴赏辞典》(1987 年 12 月第 1 版,以下简称《宋典》)、《元明清诗鉴赏辞典》(上、下册,1994 年 12 月第 1 版,以下简称《元典》)和北京燕山出版社 2006 年 9 月第 1 版《近现代诗词鉴赏辞典》。

　　所选诗的原则是:①为说明旧体诗律的一脉相承,历代历朝的诗都尽量选到;②选好诗、名诗、有名句的诗、有新意的诗、有哲理的诗、有趣味的诗,以唐宋诗为主。每首诗后思想内容的简单介绍,除少数为笔者自拟外,绝大多数来自上述八本系列鉴赏辞典中各诗的赏析文章,对思想内容有浓厚兴趣的读者,可阅读有关赏析文章。

　　如果说《〈唐诗三百首〉声韵学析》是点的话,那么本书是线。上自古代原始歌谣、《诗经》第 1 首《关雎》,下到近、现、当代,历代历朝的诗,其格律是一脉相承、源远流长的。

　　我是一个退休的初中化学教师,语文程度是中学生。对于书中的错误、不妥之处,敬请专家和有兴趣者指正。

　　苏州大学文学院资深教授吴企明先生为本书写了序言,给本书以很高的评价;常熟诗学界李克为老师、吴建刚老师、吴正明老师、钱文辉老师、李烨老师和常熟理工学院人文学院刘华明教授、张浩逊教授对本书的编著作了热情的指导;上海交通大学出版社余志洪老师和常熟市教育局、江苏省常熟中学、常熟市孝友中学、常熟市中学、常熟市实验中学、常熟理工学院图书馆,对本书的出版给予了大力支持。对以上的评价、指导、支持,我在此表示衷心的感谢!

目　录

篇 目 表

第一篇　今 体 诗

《诗词格律概要》关于今体诗声律的观点

著名语言学家、北京大学王力教授著《诗词格律概要》(北京出版社出版,1979年10月第1版,以下简称《概要》)对今体诗的声律:正格、变格和拗救,都有全面的、详细的阐述,其观点摘要如下。

一、正　格

(一) 五言律诗

五言律诗共有四个句型,即:

　　① | — — |
　　— — | | —
　　⊖ — — | |
　　① | | — —

("—"表示平,"|"表示仄,加圈表示可平可仄。下同。)

四个句型错综变化,成为五言律诗的四种平仄格式,如下:

(1) 首句仄起仄收式。首句不入韵。

$$① | — — |, — — | | —。$$
$$⊖ — — | |, ① | | — —。$$
$$① | — — |, — — | | —。$$
$$⊖ — — | |, ① | | — —。$$

(下有"。"的为平韵脚,下同。)

(2) 首句仄起平收式,即用上式的第四句作为第一句,其余不变。首句入韵。

$$① | | — —, — — | | —。$$
$$⊖ — — | |, ① | | — —。$$
$$① | — — |, — — | | —。$$

⊖ 一 一 ｜ ｜，⊕ ｜ ｜ 一 一。

(3) 首句平起仄收式。首句不入韵。

⊖ 一 一 ｜ ｜，⊕ ｜ ｜ 一 一。
⊕ ｜ 一 一 ｜，一 一 ｜ ｜ 一。
⊖ 一 一 ｜ ｜，⊕ ｜ ｜ 一 一。
⊕ ｜ 一 一 ｜，一 一 ｜ ｜ 一。

(4) 首句平起平收式，即用上式的第四句作为第一句，其余不变。首句入韵。

一 一 ｜ ｜ 一，⊕ ｜ ｜ 一 一。
⊕ ｜ 一 一 ｜，一 一 ｜ ｜ 一。
⊖ 一 一 ｜ ｜，⊕ ｜ ｜ 一 一。
⊕ ｜ 一 一 ｜，一 一 ｜ ｜ 一。

（二）五言绝句

　　五言绝句是五言律诗的一半，所以也有四种平仄格式，即用五言律诗的前两联，如下：

(1) 首句仄起仄收式。首句不入韵。

⊕ ｜ 一 一 ｜，一 一 ｜ ｜ 一。
⊖ 一 一 ｜ ｜，⊕ ｜ ｜ 一 一。

(2) 首句仄起平收式。首句入韵。

⊕ ｜ ｜ 一 一，一 一 ｜ ｜ 一。
⊖ 一 一 ｜ ｜，⊕ ｜ ｜ 一 一。

(3) 首句平起仄收式。首句不入韵。

⊖ 一 一 ｜ ｜，⊕ ｜ ｜ 一 一。
⊕ ｜ 一 一 ｜，一 一 ｜ ｜ 一。

(4) 首句平起平收式。首句入韵。

一 一 ｜ ｜ 一，⊕ ｜ ｜ 一 一。
⊕ ｜ 一 一 ｜，一 一 ｜ ｜ 一。

（三）七言律诗

　　七言律诗也有四个句型，即：

⊖ 一 ⊕ ｜ 一 一 ｜
⊕ ｜ 一 一 ｜ ｜ 一

⊖　｜　⊖　—　—　｜　｜
⊖　—　⊖　｜　｜　—　—

四个句型错综变化，成为七言律诗的四种平仄格式，如下：

(1) 首句平起仄收式。首句不入韵。

⊖　—　⊖　｜　—　—　｜，　⊖　｜　—　—　｜　｜　。

⊖　｜　⊖　—　—　｜　｜，　⊖　—　⊖　｜　｜　—　。

⊖　—　⊖　｜　—　—　｜，　⊖　｜　—　—　｜　｜　。

⊖　｜　⊖　—　—　｜　｜，　⊖　—　⊖　｜　｜　—　。

(2) 首句平起平收式，即用上式的第四句作为第一句，其余不变。首句入韵。

⊖　—　⊖　｜　｜　—　—，　⊖　｜　—　—　｜　｜　。

⊖　｜　⊖　—　—　｜　｜，　⊖　—　⊖　｜　｜　—　。

⊖　—　⊖　｜　—　—　｜，　⊖　｜　—　—　｜　｜　。

⊖　｜　⊖　—　—　｜　｜，　⊖　—　⊖　｜　｜　—　。

(3) 首句仄起仄收式。首句不入韵。

⊖　｜　⊖　—　—　｜　｜，　⊖　—　⊖　｜　｜　—　。

⊖　—　⊖　｜　—　—　｜，　⊖　｜　—　—　｜　｜　。

⊖　｜　⊖　—　—　｜　｜，　⊖　—　⊖　｜　｜　—　。

⊖　—　⊖　｜　—　—　｜，　⊖　｜　—　—　｜　｜　。

(4) 首句仄起平收式，即用上式的第四句作为第一句，其余不变。首句入韵。

⊖　｜　—　—　｜　｜　—，　⊖　—　⊖　｜　｜　—　。

⊖　—　⊖　｜　—　—　｜，　⊖　｜　—　—　｜　｜　。

⊖　｜　⊖　—　—　｜　｜，　⊖　—　⊖　｜　｜　—　。

⊖　—　⊖　｜　—　—　｜，　⊖　｜　—　—　｜　｜　。

（四）七言绝句

七言绝句是七言律诗的一半，所以也有四种平仄格式，即用七言律诗的前两联，如下：

(1) 首句平起仄收式。首句不入韵。

⊖　—　⊖　｜　—　—　｜，　⊖　｜　—　—　｜　｜　。

⊖　｜　⊖　—　—　｜　｜，　⊖　—　⊖　｜　｜　—　。

(2) 首句平起平收式。首句入韵。

⊖　—　⊖　｜　｜　—　—，　⊖　｜　—　—　｜　｜　。

　　　　①　｜　⊖　—　—　｜　，⊖　—　①　｜　｜　—　。

（3）首句仄起仄收式。首句不入韵。

　　　　①　｜　⊖　—　—　｜　，⊖　—　①　｜　—　。
　　　　⊖　—　①　｜　—　—　｜　，①　｜　⊖　—　—　｜　。

（4）首句仄起平收式。首句入韵。

　　　　①　｜　—　—　｜　｜　—　，⊖　—　①　｜　｜　—　。
　　　　⊖　—　①　｜　—　—　｜　，①　｜　⊖　—　—　｜　。

二、变格和拗救

　　《概要》中变格和拗救是分开叙述的，为便于掌握、容易记忆，笔者把它们整合、重组如下。以五言为例，七言只要在五言前面加上⊖—或①｜即可。为以后解读方便，笔者对四种变格依次加上编号。

（一）平平脚句型

　　五言第三字，七言第五字，以仄声为正格，平声为变格。

　　　　①　｜　｜　—　—　⇒　①　｜　·—　—　—

　　　　　正格　　　　　　　　变格1

（下有·的为变格。下同。）

（二）仄仄脚句型

　　（1）五言第三字，七言第五字，以平声为正格，仄声为变格，而且有一个条件，就是五言第一字，七言第三字必平。

　　　　⊖　—　—　｜　｜　⇒　—　—　·｜　｜　｜

　　　　　正格　　　　　　　　变格2

　　（2）五言第三、四两字，七言第五、六两字平仄对调，也是有一个条件，就是五言第一字，七言第三字必平。

　　　　⊖　—　—　｜　｜　⇒　—　—　·｜　·—　｜

　　　　　正格　　　　　　　　变格3

（三）仄平脚句型

　　（1）五言第三字，七言第五字，以仄声为正格，平声为变格。

　　　　—　—　｜　｜　｜　⇒　—　—　—　·｜　—

　　　　　正格　　　　　　　　变格4

（2）五言第一字，七言第三字，必须用平声；若用仄声，叫做"犯孤平"；但是，如果在五言第三字，七言第五字，用个平声字作为补偿，这就可以了，这叫本句自救，也叫孤平拗救。

— — | | — ⇒ | — | | — ⇒ | — — | —
正格　　　　孤平　　　　　　孤平救

（四）平仄脚句型

（1）出句五言第三字拗，七言第五字拗，即宜平而仄，可以在对句五言第三字，七言第五字，用一个平声字作为补偿。这叫对句相救，也叫小拗救。小拗可救可不救，但多数仍救。

◎ | — — | ，— — | | — ⇒ ◎ | | — | ，— — | | — ⇒
　正格　　　　　　　　　　　　　　小拗
◎ | | — | ，— — — | —
　小拗　　　救

（2）出句五言第四字拗，七言第六字拗，即宜平而仄，可以在对句五言第三字，七言第五字，用一个平声字作为补偿，这也叫对句相救，又叫大拗救。大拗必须救。

◎ | — — | ，— — | | — ⇒ ◎ | — | | ，— — | | — ⇒
　正格　　　　　　　　　　　　　　大拗
◎ | — | | ，— — — | —
　　大拗　　救

孤平救、小拗救、大拗救，可单独用，也可同时并用（两种或三种）。

因为拗救其实也可看作是变格，所以笔者把以上四种变格和三种拗救，即《概要》中所述七种变通方法归纳成以下两句话：

仄变平，不必救；（如变格 1、变格 4。）

平变仄，必须救。（除小拗可救可不救但多数仍救外，变格 2、变格 3、孤平、大拗都必须救。）

第一章　正　格

一、五　律

（一）首句仄起平收式

（规定平仄格式见前面，下同。）

终　南　山
唐　王　维

太 乙 近 天 都，　　　　连 山 接 海 隅。
| | | — —　　　　　　— — | | —。
、9 入4 、13 _1 ˉ7　　　　_1 _15 入16 ∨10 ˉ7

白 云 回 望 合，　　　　青 霭 入 看 无。
| — — | |　　　　　　— | | — —。
入11 ˉ12 _10 、23 入15　　　_9 、9 入14 ˉ14 ˉ7

分 野 中 峰 变，　　　　阴 晴 众 壑 殊。
— | — — |　　　　　　— — | | —。
ˉ12 ∨21 ˉ1 ˉ2 、17　　　_12 _8 、1 入10 ˉ7

欲 投 人 处 宿，　　　　隔 水 问 樵 夫。
| — — | |　　　　　　| | | — —。
入12 _11 ˉ11 、6 入1　　　入11 ∨4 、13 _2 ˉ7

（每句诗三行：第一行为正文；第二行为每个字的实际平仄；第三行为每个字实际平仄的根据——该字在《佩文诗韵》中的声韵数，如ˉ7为上平声七虞，_1为下平声一先，∨10为上声十贿，、13为去声十三问，入11为入声十一陌，等等。下同。）

首联总构，颔联着色，颈联勾勒，尾联特写。苏轼评王维"诗中有画"，本诗便为读者绘就了一幅《终南山景图》。

访戴天山道士不遇

唐　李　白

犬　吠　水　声　中，　　　桃　花　带　露　浓。
|　　|　　|　　—　　。　　　—　　|　　|　　—　　。
∨16　∖11　∨4　＿8　−1 邻韵　　＿4　＿6　∖9　∖7　−2

树　深　时　见　鹿，　　　溪　午　不　闻　钟。
|　　—　　—　　|　　|　　　—　　|　　|　　—　　。
∖7　＿12　−4　∖17　∧1　　　−8　∨7　∧5　−12　−2

野　竹　分　青　霭，　　　飞　泉　挂　碧　峰。
|　　|　　—　　—　　|　　　—　　—　　|　　|　　。
∨21　∧1　−12　＿9　∖9　　　−5　＿1　∖10　∧11　−2

无　人　知　所　去，　　　愁　倚　两　三　松。
—　　—　　—　　|　　|　　　—　　|　　|　　—　　。
−7　−11　−4　∨6　∖6　　　＿11　∨4　∨22　＿13　−2

戴天山在今四川省江油县，李白早年曾在此山中读书。诗前六句写往"访"，重在写景，景色优美；后两句写"不遇"，重在抒情，情致婉转。

月夜忆舍弟

唐　杜　甫

戍　鼓　断　人　行，　　　边　秋　一　雁　声。
|　　|　　|　　—　　。　　　—　　—　　|　　|　　。
∖7　∨7　∖15　−11　＿8　　　＿1　＿11　∧4　∖16　＿8

露　从　今　夜　白，　　　月　是　故　乡　明。
|　　—　　—　　|　　|　　　|　　|　　|　　—　　。
∖7　−2　＿12　∖22　∧11　　　∧6　∨4　∖7　＿7　＿8

有　弟　皆　分　散，　　　无　家　问　死　生。
|　　|　　—　　—　　|　　　—　　—　　|　　|　　。
∨25　∖8　−9　＿12　∖15　　　−7　＿6　∖13　∖4　＿8

寄　书　长　不　达，　　　况　乃　未　休　兵。
|　　—　　—　　|　　|　　　|　　|　　|　　—　　。
∖4　−6　＿7　∧5　∧7　　　∖23　∨10　∖5　＿11　＿8

　　本诗把常见的怀乡思亲的题材写得如此凄楚哀婉、沉郁顿挫,显示了诗人大家的本色。"露从今夜白,月是故乡明"从南朝江淹《别赋》中"明月白露,光阴往来,与子之别,思心徘徊"衍化而来,前人谓杜诗"无一字无来历",说的就是这样的情形。

秋日赴阙题潼关驿楼
唐　许　浑

红 叶 晚 萧 萧,	长 亭 酒 一 瓢。
— | | — —。	| — | | —。
⁻1 ﹨16 ✓13 ⁻2 ⁻2	⁻7 ⁻9 ✓25 ﹨4 ⁻2
残 云 归 太 华,	疏 雨 过 中 条。
— — — | |,	— | | — —。
⁻14 ⁻12 ⁻5 ﹨9 ﹨22	⁻6 ✓7 ﹨21 ⁻1 ⁻2
树 色 随 关 迥,	河 声 入 海 遥。
| | — — |,	— — | | —。
﹨7 ﹨13 ⁻4 ⁻15 ✓24	⁻5 ⁻8 ﹨14 ✓10 ⁻2
帝 乡 明 日 到,	犹 自 梦 渔 樵。
| — — | |,	— | | — —。
﹨8 ⁻7 ⁻8 ﹨4 ﹨20	⁻11 ﹨4 ﹨1 ⁻6 ⁻2

　　咽喉潼关,形势险要,中间四句如巨鳌的四足,把潼关的景色咏写得何等高华雄浑,也可见诗人胸怀的豪逸清旷。

子　规
宋　余　靖

一 叫 一 春 残,	声 声 万 古 冤。
| | | — —,	— — | | —。
✓4 ﹨18 ✓4 ⁻11 ⁻14 邻韵	⁻8 ⁻8 ﹨14 ✓7 ⁻13
疏 烟 明 月 树,	傲 雨 落 花 村。
— — — | |,	| | | — —。
⁻6 ⁻1 ⁻8 ﹨6 ﹨7	⁻5 ✓7 ﹨10 ⁻6 ⁻13
易 堕 将 干 泪,	能 伤 欲 断 魂。
| | — — |,	— — | | —。

```
丶4  √20  _7  ¯14  丶4            _10  _7  λ2  丶15  ¯13
```

名 缰 惭 自 束，　　　　　　为 尔 忆 家 园。

```
一  一  一   |   |              |   |   一   |   。
_8  _7  _13  丶4  λ2            丶4  √4  λ13  _6  ¯13
```

这是诗人为好友范仲淹被贬的辩护之作，写景抒情，交替多变，字里行间，充满了朋友间的生死不渝之情。

春　寒
宋　梅尧臣

春 昼 自 阴 阴，　　　　　　云 容 薄 更 深。

```
一  一  一   |   |              |   一   |   |   。
¯11 √26 丶4  _12 _12           ¯12 ¯2  λ10 丶24 _12
```

蝶 寒 方 敛 翅，　　　　　　花 冷 不 开 心。

```
 |   |   一   |   |              一   |   |   一   |   。
λ16 ¯14 _7  √28 丶4             _6  √23 λ5  ¯10 _12
```

亚 树 青 帘 动，　　　　　　依 山 片 雨 临。

```
 |   |   一  一   |              一  一   |   |   |   。
丶22 √7  _9  _14 √1            ¯5  ¯15 λ17 √7  _12
```

未 尝 辜 景 物，　　　　　　多 病 不 能 寻。

```
 |   一  一   |   |              一   |   |   一   |   。
丶5  _7  ¯7  √25 λ5            _5  丶24 λ5  _10 _12
```

颔联精巧细腻，诗人细微的观察和敏锐的感受充分表现了"春寒"，其实，诗人在此表达的思想不但是自然界的双翅和蓓蕾得不到舒展和开放，在社会政治生活中，不也有类似的现象吗？

渡太湖登马迹山
清　赵翼

元 气 混 茫 间，　　　　　　雄 观 上 碧 屏。

```
一  一  一  一   |              一   |   |   一   |   。
¯13 丶5  √13 _7  ¯15           ¯1  ¯14 丶23 λ11 ¯15
```

无 边 天 作 岸，　　　　　　有 力 浪 攻 山。

　　　　　— — — ｜ ｜　　　　　　　｜ ｜ ｜ — 。

　¯7 ˍ1 ˍ1 λ10 ヽ15　　　　ˇ25 λ13 ヽ23 ¯1 ¯15

　　村　暗　杨　梅　树，　　　　津　开　苦　竹　湾。

　　　　　— ｜ — ｜ ｜　　　　　　　— — ｜ ｜ — 。

　¯13 ヽ28 ˍ7 ¯10 ヽ7　　　　¯11 ¯10 ˇ7 λ1 ¯15

　　离　家　才　廿　里，　　　　垂　老　始　跻　攀。

　　　　　— ｜ — ｜ ｜　　　　　　　— ｜ ｜ — 。

　¯4 ˍ6 ¯10 λ14 ˇ4　　　　¯4 ˇ19 ˇ4 ¯8 ¯15

　　前六句写景，末两句抒写了意味深长的感叹。诗人为功名和生活而奔走四方，"离家才廿里"的胜景至今才有时间、机会亲临一睹；人生像一个怪圈，年轻时苦苦追求某些梦幻般的理想，而到老了、走完这个怪圈又回到了起始点，只觉得过去的一切都是虚妄，洞天福地、佛祖菩提不就在当下眼前么?!

（二）首句平起仄收式

山居秋暝
唐　王　维

　　空　山　新　雨　后，　　　　天　气　晚　来　秋。

　　　　　— — — ｜ ｜　　　　　　　— ｜ ｜ — 。

　¯1 ¯15 ¯11 ˇ7 ヽ26　　　　ˍ1 ヽ5 ˇ13 ¯10 ˍ11

　　明　月　松　间　照，　　　　清　泉　石　上　流。

　　　　　— ｜ — — ｜　　　　　　　— — ｜ ｜ — 。

　ˍ8 λ6 ¯2 ¯15 ヽ18　　　　ˍ8 ˍ1 λ11 ヽ23 ˍ11

　　竹　喧　归　浣　女，　　　　莲　动　下　渔　舟。

　　　　　｜ — ｜ — ｜　　　　　　　— ｜ ｜ — 。

　λ1 ¯13 ¯5 ˇ14 ˇ6　　　　ˍ1 ˇ1 ヽ22 ¯6 ˍ11

　　随　意　春　芳　歇，　　　　王　孙　自　可　留。

　　　　　— ｜ — — ｜　　　　　　　— — ｜ ｜ — 。

　¯4 ヽ4 ¯11 ˍ7 λ6　　　　ˍ7 ¯13 ヽ4 ˇ20 ˍ11

　　一切注释都是多余的，一切讲解也是多余的。任何一位读者读了这首诗，都会觉得这是一幅天然的图画，无声的音乐，秋天的伊甸，山中的桃源，寄托着诗人高洁的情怀和对理想境界的追求。

琴　台

唐　杜甫

茂 陵 多 病 后，	尚 爱 卓 文 君。
╎ — ╎ ╎	╎ ╎ — ｡
╲26 _10 _5 ╲24 ╲26	╲23 ╲11 ⅄3 _12 ⁻12

酒 肆 人 间 世，	琴 台 日 暮 云。
╎ ╎ — — ╎	╎ ╎ — ｡
╲25 ╲4 _11 ⁻15 ╲8	_12 ⁻10 ⅄4 ╲7 ⁻12

野 花 留 宝 靥，	蔓 草 见 罗 裙。
╎ — — — ╎	╎ ╎ ╎ — ｡
╲21 _6 _11 ╲19 ⅄16	╲14 ╲19 ╲17 _5 ⁻12

归 凤 求 凰 意，	寥 寥 不 复 闻。
— ╎ — — ╎	— — ╎ ╎ ｡
⁻5 ╲1 _11 _7 ╲4	_2 _2 ⅄5 ⅄1 ⁻12

诗人在成都凭吊司马相如的遗迹琴台时，其思想感情也是和相如《琴歌》（见本书第 609 页，以下类似情况都仅在括号内用页数表示）中"凤兮凤兮归故乡，遨游四海求其凰。……胡颉颃兮共翱翔"紧紧相连的。忧国忧民的"诗圣"也有歌颂真情至爱感情的一面啊！

寻陆鸿渐不遇

唐　皎然

移 家 虽 带 郭，	野 径 入 桑 麻。
— — — ╎ ╎	╎ ╎ ╎ — ｡
⁻4 _6 ⁻4 ╲9 ⅄10	╲21 ╲25 ⅄14 _7 _6

近 种 篱 边 菊，	秋 来 未 著 花。
╎ — — — ╎	╎ ╎ ╎ — ｡
╲13 ╲2 ⁻4 _1 ⅄1	_11 ⁻10 ╲5 ╲6 _6

扣 门 无 犬 吠，	欲 去 问 西 家。
╎ — — ╎ ╎	╎ ╎ — — ｡
╲26 ⁻13 _7 ╲16 ╲11	⅄2 ╲6 _13 ⁻8 _6

| 报 道 山 中 去， | 归 来 每 日 斜。 |

｜	｜	—	—	｜		—	—	｜	｜	。
╲20	╲19	⁻15	⁻1	╲6		⁻5	⁻10	╲10	⅄4	⌐6

偏僻的住处，未开的菊花，无吠的门户，西邻的叙述，都刻画出"茶圣"陆羽不以尘事为念的高人逸士的襟怀和风度。又本诗通篇不用对仗，可见对仗并非律诗的必要条件。

赋得暮雨送李曹
唐　韦应物

楚	江	微	雨	里，		建	业	暮	钟	时。
｜	｜	｜	｜	｜		｜	｜	｜	｜	。
╲6	⁻3	⁻5	╱7	╲4		╲14	⅄17	╲7	⁻2	⁻4

漠	漠	帆	来	重，		冥	冥	鸟	去	迟。
｜	｜	｜	—	｜		—	—	｜	｜	。
⅄10	⅄10	⁻15	⁻10	╱2		⁻9	⁻9	╱17	╲6	⁻4

海	门	深	不	见，		浦	树	远	含	滋。
｜	—	—	｜	｜		—	—	｜	—	｜
╱10	⁻13	⁻12	╱5	╲17		╲7	⁻7	╲13	⁻13	⁻4

相	送	情	无	限，		沾	襟	比	散	丝。
—	｜	—	｜	｜		—	｜	—	｜	。
⁻7	╲1	⁻8	⁻7	╱15		⁻14	⁻12	╱4	╲15	⁻4

本篇一身二任，既是咏物诗，又是送别诗。所咏的暮雨，通过眼前的景物来体现，给人以身临其境之感；而"漠漠"、"冥冥"、"重"、"迟"、"深"、"远"等，又隐见出诗人惆怅的离情别意。赋雨、咏别的交会点，是结尾两句，既是"情无限""沾襟"的泪水，又是"散丝"的"微雨"；在结构上，这又和首句呼应起来。

孤　雁
唐　崔　涂

几	行	归	塞	尽，		念	尔	独	何	之？
｜	—	—	｜	｜		｜	｜	—	—	。
╱5	⁻7	⁻5	╲11	╱11		╲29	╱4	⅄1	⁻5	⁻4

暮 雨 相 呼 失，　　　　寒 塘 欲 下 迟。
｜　｜　—　｜　｜　　　　　—　—　｜　｜　—
丶7　✓7　_7　ˉ7　ㄟ4　　　ˉ14　_7　ㄟ2　丶22　ˉ4

渚 云 低 暗 度，　　　　关 月 冷 相 随。
｜　—　—　｜　｜　　　　　—　｜　｜　—　—
✓6　_12　_8　丶28　丶7　　　ˉ15　ㄟ6　✓23　_7　ˉ4

未 必 逢 矰 缴，　　　　孤 飞 自 可 疑。
｜　｜　—　—　｜　　　　　—　—　｜　｜　—
丶5　ㄟ4　ˉ1　_10　ㄟ10　　ˉ7　ˉ5　丶4　✓20　ˉ4

本诗紧扣"孤"字，字字珠玑，余音袅袅，回味无穷。尤以颔联为全篇警策，把那种欲下未下的举动，迟疑畏惧的心理，描写得细腻入微，实在是作者把自己孤凄的情感熔铸在孤雁身上了。

书友人屋壁
宋　魏　野

达 人 轻 禄 位，　　　　居 处 傍 林 泉。
｜　—　—　｜　｜　　　　　—　｜　｜　—　—
ㄟ7　ˉ11　_8　ㄟ1　丶4　　ˉ6　丶6　ㄟ23　_12　_1

洗 砚 鱼 吞 墨，　　　　烹 茶 鹤 避 烟。
｜　｜　—　—　｜　　　　　—　—　｜　｜　—
✓8　丶17　ˉ6　_13　ㄟ13　　_8　_6　ㄟ10　丶4　_1

闲 惟 歌 圣 代，　　　　老 不 恨 流 年。
—　—　—　｜　｜　　　　　｜　｜　｜　—　—
ˉ15　ˉ4　_5　丶24　丶11　　✓16　ㄟ5　ˉ14　_11　_1

静 想 闲 来 者，　　　　还 应 我 最 偏。
｜　｜　—　—　｜　　　　　—　—　｜　｜　—
✓23　✓22　ˉ15　ˉ10　✓21　ˉ15　_10　✓20　丶9　_1

全诗描写了这位友人脱离尘俗的幽居生活和闲散安逸的心境，同时点明诗人自己与他在心迹、志趣上的一致。颔联为警句，其言虽浅，其境甚深；既富诗情，又具画意，一副多么悠闲的佳对。

春日登楼怀归

宋 寇準

高 楼 聊 引 望，　　杳 杳 一 川 平。
— — — | |　　　| | | — 。
_4 _11 2 ˇ11 ˋ23　　ˇ17 ˇ17 ㄨ4 _1 _8

野 水 无 人 渡，　　孤 舟 尽 日 横。
| | — — |　　　— — | | — 。
ˇ21 ˇ4 ⁻7 _11 ˋ7　　⁻7 _11 ˇ11 ㄨ4 _8

荒 村 生 断 霭，　　古 寺 语 流 莺。
— — — | |　　　| | | — — 。
_7 ⁻13 _8 ˋ15 ˋ9　　ˇ7 ˋ4 ˇ6 _11 _8

旧 业 遥 清 渭，　　沉 思 忽 自 惊。
| | — — |　　　— — | | — 。
ˋ26 ㄨ17 _2 _8 ˋ5　　_12 ⁻4 ㄨ6 _4 _8

　　本诗平仄正统，无一字可平可仄，无一字可仄可平；这种情况下面还有，读者自可看出，不再说明。

　　这首思乡怀归之作，从"聊引望"起，以"忽自惊"结，写出了由景到情的过渡，自然真切。全诗重心是写景，尤其"野水无人渡，孤舟尽日横"从唐人韦应物《滁州西涧》(552)的"野渡无人舟自横"化出，写出了一种更为丰厚的清幽野逸的意境，浑然天成，无雕琢之痕。

哭陆秀夫

宋 方凤

祚 微 方 拥 幼，　　势 极 尚 扶 颠。
| — — | |　　　| | | — — 。
ˋ9 ⁻5 _7 ˇ2 ˋ26　　ˋ8 ㄨ13 ˋ23 ⁻7 _1

鳌 背 舟 中 国，　　龙 胡 水 底 天。
— | — — |　　　— — | | — 。
_4 ˋ11 _11 ⁻1 ㄨ13　　⁻2 ⁻7 ˇ4 ˇ8 _1

巩 存 周 已 晚，　　蜀 尽 汉 无 年。
| — — | |　　　| | | — — 。

　　√2　¯13　＿11　√4　√13　　　　　λ2　√11　、15　¯7　＿1

　　独　有　丹　心　皎，　　　　　长　依　海　日　悬。

　　｜　｜　｜　—　—　｜　　　　　—　—　｜　｜　—　。

　　λ1　√25　¯14　＿12　√17　　　　＿7　¯5　√10　λ4　＿1

　　宋朝确实是沦亡了,但背负八岁幼帝赵昺投海殉国的陆秀夫这样的忠臣烈士虽败犹荣,虽死犹生。这一片皎皎丹心,伴随高悬于海上的红日,将永远照耀着千秋后世!

♥

寄刘师鲁
元　杨　载

　　想　君　游　宦　处，　　　　　正　值　洞　庭　湖。

　　｜　—　—　｜　｜　　　　　｜　｜　｜　—　—　。

　　√22　¯12　＿11　、16　、6　　　　　√24　λ13　、1　＿9　¯7

　　落　日　波　涛　壮，　　　　　晴　天　岛　屿　孤。

　　｜　｜　—　—　｜　　　　　—　—　｜　｜　—　。

　　λ10　λ4　＿5　＿4　、23　　　　＿8　＿1　√19　√6　¯7

　　舟　航　通　汉　沔，　　　　　风　物　览　衡　巫。

　　—　—　—　｜　｜　　　　　—　｜　｜　—　—　。

　　＿11　＿7　¯1　、15　√16　　　　¯1　λ5　√27　＿8　¯7

　　天　下　文　章　弊，　　　　　非　君　孰　起　予。

　　—　｜　—　—　｜　　　　　—　—　｜　｜　—　。

　　＿1　、22　¯12　＿7　、8　　　　¯5　＿12　λ1　√4　¯6　出韵

　　本诗选自上海古籍出版社 2001 年 12 月第 1 版《元明清诗三百首》。"落日波涛壮,晴天岛屿孤"是元人习唐的警联。诗中以主要篇幅刻绘洞庭湖壮阔的气象,暗寓着对友人量接风物、试展身手的期念,结笔赞语更彰显全诗的壮别勉行之意。

孤　雁
明　高　启

　　衡　阳　初　失　伴，　　　　　旧　路　远　飞　单。

　　—　—　—　｜　｜　　　　　｜　｜　｜　—　—　。

　　＿8　＿7　¯6　λ4　√14　　　　、26　、7　√13　¯5　¯14

度　陇　将　书　怯，　　　排　空　作　阵　难。

、7　∨2　_7　⁻6　∧17　　　⁻10　⁻1　∧10　⁻12　⁻14

呼　群　云　外　急，　　　吊　影　月　中　残。

⁻7　⁻12　12　∨9　∧14　　　、18　∨23　∧6　⁻1　⁻14

不　共　凫　鹥　宿，　　　蒹　葭　夜　夜　寒。

∧5　、2　⁻7　⁻8　∧1　　　_14　_6　、22　22　⁻14

　　这首与唐崔涂同题的《孤雁》(12)，也是突出一个"孤"字："失"、"单"、"怯"、"难"、"急"、"残"诸语层层压下，形容备至；末两句又作一振，"孤雁"之"孤"，不仅是孤零、孤弱，而且是孤高、孤傲。"凫鹥"、"蒹葭"是《诗经》中《大雅》与《秦风》的两个篇名，被诗人信手拈来用在尾联，丝毫不着痕迹，诗人游戏笔墨的功夫，真是到家了。

高州杂味
明　吴国伦

粤　南　天　欲　尽，　　　风　气　迥　难　持。

∧6　_13　_1　∧2　∨11　　　⁻1　、5　∨24　⁻14　⁻4

一　日　更　裘　葛，　　　三　家　杂　汉　夷。

∧4　∧4　_8　_11　∧7　　　_13　_6　∧15　⁻15　⁻4

鬼　符　书　辟　瘴，　　　蛮　鼓　奏　登　畀。

∨5　⁻7　⁻6　∧11　、23　　　⁻15　∨7　、26　⁻10　⁻4

遥　夜　西　归　梦，　　　惟　应　海　月　知。

_2　、22　⁻8　_5　、1　　　⁻4　_10　∨10　∧6　⁻4

　　这是一首表现远离中土、边邑僻壤"异制"、"异俗"的风土诗，体局谨严，对仗整饬。

白　菊

清　屈大均

冬 深 方 吐 蕊，　　　不 欲 向 高 秋。
— — — | — | |　　　| | — | | 。
⁻2 ⏜12 ⌄7 ⌄7 ⌄4　　ʌ5 ʌ2 ⌄23 ⌄4 ⏜11

摇 落 当 青 岁，　　　芬 芳 及 白 头。
— | — — |　　　— | | | 。
⏜2 ʌ10 ⌄7 ⌄9 ⌄8　　⁻12 ⌄7 ʌ14 ʌ11 ⏜11

雪 将 佳 色 映，　　　冰 使 落 英 留。
| | | | |　　　| | | | 。
ʌ9 ⏜7 ⁻9 ʌ13 ⌄24　　⏜10 ⌄4 ʌ10 ⏜8 ⏜11

寒 绝 无 人 见，　　　梅 花 共 一 丘。
— | — — |　　　— | | | 。
⁻14 ʌ9 ⁻7 ⁻11 ⌄17　　⁻10 ⌄6 ⌄2 ʌ4 ⏜11

　　能与"岁寒三友"之一的"梅花共一丘"，白菊有如此同志并肩傲然挺立于冰雪之中，"芬芳及白头"，怎能不一扫孤寂而觉欣慰呢？本诗并不着力描摹外观，而重在突出白菊的风神气质，它实际上是作为明遗民爱国志士、诗人自我性情的表现。

湖上晚归

清　蒋士铨

湿 云 鸦 背 重，　　　野 寺 出 新 晴。
| — — | |　　　| | — — 。
ʌ14 ⁻12 ⏜6 ⌄11 ⌄2　　⌄21 ⌄4 ⌄4 ⁻11 ⏜8

败 叶 存 秋 气，　　　寒 钟 过 雨 声。
| | — — |　　　| | | | 。
⌄10 ʌ16 ⁻13 ⏜11 ⌄5　　⁻14 ⁻2 ⌄21 ⌄7 ⏜8

半 檐 群 鸟 入，　　　深 树 一 灯 明。
| | — | |　　　| | | | 。
⌄15 ⏜14 ⁻12 ⌄17 ʌ14　　⏜12 ⌄7 ⌄4 ⏜10 ⏜8

猎 猎 西 风 劲，　　　湖 心 月 乍 生。
| | — — |　　　— — | | 。

　　ㄟ16 ㄟ16 ￣8 ￣1 ㇏24　　　　　　￣7 ＿12 ㄟ6 ㇏22 ＿8

　　诗人挥洒一枝灵巧、多变的笔,展露出一幅视象、声音、轻重和内心感觉交融的湖上秋夜图。全篇意象新鲜、丰富、多变,诗的意境清奇,富于空间感和流动感。

晚　香
近代　张佩纶

市 尘 知 避 客,					兀 坐 玩 春 深。
㇗4 ￣11 ￣4 ㇏4 ㄟ11					ㄟ6 ㇏21 ㇗15 ￣11 ＿12
火 烬 茶 烟 细,					书 横 竹 个 阴。
㇗20 ㇏12 ＿6 ＿1 ㇏8					￣6 ＿8 ㇗1 ㇏21 ＿12
惜 花 生 佛 意,					听 雨 养 诗 心。
ㄟ11 ＿6 ＿8 ㄟ5 ㇏4					＿9 ㇗7 ㇗22 ㇏4 ＿12
傲 吏 非 真 寂,					虚 空 喜 足 音。
㇏20 ㇏4 ￣5 ￣11 ㄟ12					￣6 ￣1 ㇗4 ㇏2 ＿12

　　颔联写景细致入微,尤其"个"字形竹叶触手可及,可谓诗中有画;且文辞中流露出不为外物所动,以品茗读书自得其乐的自重之意。颈联由景入情,颇有哲理:惜花蓄爱心,听雨得灵感,有此二事,足可疏瀹心灵,澡雪精神,滚滚红尘,其奈我何?总之,从本诗颇见作者兀傲不谐俗之真性情。

三·卅纪事(庚辰)
现代　马君武

　　民国二十九年三月三十日,汪精卫在南京成立伪组织。

潜 身 辞 汉 阙,					矢 志 嫁 东 胡。
＿14 ￣11 ￣4 ㇏15 ㄟ6					㇗4 ㇏4 ㇏22 ￣1 ￣7
脉 脉 争 新 宠,					申 申 詈 故 夫。

λ11 λ11 _8 ⁻11 ∨2　　　　　⁻11 ⁻11 _4 、7 ⁻7

赏 钱 妃 子 笑，　　　　　赐 浴 侍 儿 扶。

｜　｜　—　｜　｜　　　　　｜　｜　—　｜　—

∨22 _11 _5 ∨4 、18　　　　、4 λ2 _4 ⁻4 ⁻7

齐 楚 承 恩 泽，　　　　　今 人 总 不 如。

—　｜　—　｜　｜　　　　　—　—　｜　｜　—

⁻8 ∨6 _10 ⁻13 λ11　　　　_12 ⁻11 ∨1 ∨5 ⁻6 出韵

马君武是国民党元老，1905 年即加入同盟会且任秘书长，1921 年又任孙中山
非常大总统府秘书长。这首政治讽刺诗，矛头直指汪精卫，充分揭露了汪伪的花言
巧语，其修饰打扮，全是蛊惑欺瞒，为了达到其卖国求荣的目的。

（三）首句平起平收式

风 雨

唐 李商隐

凄 凉 宝 剑 篇，　　　　　羁 泊 欲 穷 年。

—　—　｜　｜　—　　　　　—　｜　｜　—　—

⁻8 _7 ∨19 、29 _1　　　　⁻4 λ10 ∨2 ⁻1 _1

黄 叶 仍 风 雨，　　　　　青 楼 自 管 弦。

—　｜　—　—　｜　　　　　—　—　｜　｜　—

_7 λ16 _10 ⁻1 ∨7　　　　_9 _11 ∨4 ∨14 _1

新 知 遭 薄 俗，　　　　　旧 好 隔 良 缘。

—　—　—　｜　｜　　　　　｜　｜　｜　—　—

⁻11 ⁻4 _4 λ10 λ2　　　　、26 ∨19 λ11 _7 _1

心 断 新 丰 酒，　　　　　销 愁 又 几 千？

—　｜　—　—　｜　　　　　—　—　｜　｜　—

_12 ∨15 ⁻11 ⁻2 ∨25　　　　_2 _11 、26 ∨5 _1

长期沉沦飘泊、寄迹幕府的诗人，此时已到了人生的穷途，这篇《风雨》，正像是
这位饱受人世风雨摧残的一代才人，在生命之火将要熄灭之前所唱出的一曲慷慨
不平的悲歌。

晚　晴

唐　李商隐

深 居 俯 夹 城，　　　　春 去 夏 犹 清。
— — | — |　　　　— | | — °

_12 ‾6 ∨7 ⅄17 _8　　　‾11 ⅄6 ∖22 _11 _8

天 意 怜 幽 草，　　　　人 间 重 晚 晴。
— | — — |　　　　— — | | °

_1 ∖4 _1 _11 ∨19　　　‾11 ‾15 ∨2 ∨13 _8

并 添 高 阁 迥，　　　　微 注 小 窗 明。
| — — | |　　　　— | | — °

∨24 _14 _4 ⅄10 ∨24　　‾5 ∖7 ∨17 ‾3 _8

越 鸟 巢 干 后，　　　　归 飞 体 更 轻。
| | — — |　　　　— — | | °

⅄6 ∨17 _3 ‾14 ∖26　　‾5 ‾5 ∨8 ∖24 _8

晚晴美丽，然而短暂，人们常在赞赏流连的同时对它的匆匆即逝感到惋惜与怅惘，就连诗人自己在《乐游原》(492)中也说"夕阳无限好，只是近黄昏"；但是，诗人在本诗中却不顾它的短暂，反而强调它的"重晚晴"。从这里，我们可以体味到一种分外珍重美好而短暂的事物的感情，一种积极、乐观的人生态度。"人间重晚晴"作为名言，便不断启示此后的读者。

塞上赠王太尉

宋　宇　昭

嫖 姚 立 大 勋，　　　　万 里 绝 妖 氛。
— — | | —　　　　| | | — —

_2 _2 ⅄14 ∖21 ‾12　　∖14 ∨4 ⅄9 _2 ‾12

马 放 降 来 地，　　　　雕 盘 战 后 云。
| | — — |　　　　— — | | °

∨21 ∖23 ‾3 ‾10 ∖4　　_2 ‾14 ∨15 ∖26 ‾12

月 侵 孤 垒 没，　　　　烧 彻 远 芜 分。
| — — | |　　　　— | | — °

⅄6 _12 ‾7 ∨4 ⅄6　　　_2 ⅄9 ∨13 ‾7 ‾12

不 惯 为 边 客，　　　　宵 笳 懒 欲 闻。
｜　｜　—　—　｜　　　　　—　—　｜　｜　。
ㄥ5 ㄟ16 ˉ4 ＿1 ㄥ11　　　　＿2 ＿6 ㄑ14 ㄥ2 ˉ12

这首诗，是宇昭作客边塞时，为王太尉出师攻辽大捷所写。中间两联写战场景色，气韵沉雄，境界开阔，直逼唐人。

（四）首句仄起仄收式

送友人入蜀
唐 李 白

见 说 蚕 丛 路，　　　　崎 岖 不 易 行。
｜　｜　—　—　｜　　　　　—　—　｜　｜　。
ㄟ17 ㄥ9 ＿13 ＿1 ㄟ7　　　　ˉ4 ˉ7 ㄥ5 ㄟ4 ＿8
山 从 人 面 起，　　　　云 傍 马 头 生。
—　—　—　｜　｜　　　　　—　｜　｜　—　—
ˉ15 ˉ2 ˉ11 ˉ17 ㄑ4　　　　ˉ12 ㄟ23 ㄑ21 ＿11 ＿8
芳 树 笼 秦 栈，　　　　春 流 绕 蜀 城。
—　｜　—　—　｜　　　　　—　—　｜　｜　。
＿7 ㄑ7 ˉ1 ˉ11 ㄟ16　　　　ˉ11 ＿11 ㄟ18 ㄥ2 ＿8
升 沉 应 已 定，　　　　不 必 问 君 平。
—　—　—　｜　｜　　　　　｜　｜　｜　—　—
＿10 ＿12 ＿10 ㄑ4 ㄟ25　　　　ㄥ5 ㄥ4 ㄟ13 ˉ12 ＿2

这是一首以描绘蜀道山川的奇美著称的抒情诗，风格清新俊逸。中间两联对仗精工严整，而且颔联语意奇险，极言蜀道之难，颈联忽描写纤丽，又道风景可乐，笔力开阖顿挫，变化万千。

春 望
唐 杜 甫

国 破 山 河 在，　　　　城 春 草 木 深。
｜　｜　—　—　｜　　　　　—　—　｜　｜　。
ㄥ13 ㄟ21 ˉ15 ＿5 ㄟ11　　　　＿8 ˉ11 ㄑ19 ㄥ1 ＿12
感 时 花 溅 泪，　　　　恨 别 鸟 惊 心。

　　　　｜　—　—　｜　｜　　　　　　　｜　｜　｜　—　。
　　　∨27　⁻4　＿6　﹨17　﹨4　　　　14　ʌ9　∨17　＿8　＿12
　　　烽　火　连　三　月，　　　　　家　书　抵　万　金。
　　　—　｜　｜　—　｜　　　　　　　—　—　｜　—　—
　　　⁻2　∨20　＿1　＿13　ʌ6　　　　＿6　⁻6　∨8　＿14　＿12
　　　白　头　搔　更　短，　　　　　浑　欲　不　胜　簪。
　　　｜　—　—　—　｜　　　　　　　—　—　｜　｜　。
　　ʌ11　＿11　＿4　﹨24　∨14　　　⁻13　ʌ2　ʌ5　＿10　＿12

　　本诗反映了诗人热爱国家、眷念家人的美好情操。前四句为春望之景，极写安史之乱后山河颓废、人民悲戚、诗人睹物伤怀之貌；后四句为望春之情，历叙战乱之长、思念之痛、生命流逝之遽。诗篇抑扬顿挫，层层递进，散发着杜诗特有的感人的魅力。"家书抵万金"，写出了消息久隔、音讯不至的迫切心情，自然是人人共鸣，因而成了千古传诵的名句。

春夜喜雨
唐　杜　甫

　　　好　雨　知　时　节，　　　　　当　春　乃　发　生。
　　　｜　｜　—　—　｜　　　　　　　—　—　｜　｜　。
　　∨19　∨7　⁻4　⁻4　ʌ9　　　　　＿7　⁻11　∨10　ʌ6　＿8
　　　随　风　潜　入　夜，　　　　　润　物　细　无　声。
　　　—　—　—　｜　｜　　　　　　　｜　｜　｜　—　—
　　　⁻4　⁻1　＿14　ʌ14　﹨22　　　∨12　ʌ5　﹨8　⁻7　＿8
　　　野　径　云　俱　黑，　　　　　江　船　火　独　明。
　　　｜　｜　—　—　｜　　　　　　　—　—　｜　｜　。
　　∨21　﹨25　⁻12　⁻7　ʌ13　　　⁻3　＿1　∨20　ʌ1　＿8
　　　晓　看　红　湿　处，　　　　　花　重　锦　官　城。
　　　｜　—　—　｜　｜　　　　　　　—　｜　｜　—　。
　　∨17　⁻14　⁻1　ʌ14　﹨6　　　＿6　∨2　∨26　⁻14　＿8

　　雨之所以"好"，既好在"知时节"，又好在"潜入夜"，更好在"细无声"；这三好的作用自然是"当春""润物"。听了以后还不够，还要看、还要想象。总之，这是诗人在成都草堂刚建成不久后，细腻描绘春夜雨景、生动表现喜悦心情、充分表达关怀民生的杰作。

旅夜书怀

唐 杜 甫

细 草 微 风 岸，	危 樯 独 夜 舟。
˅8 ˅19 ˉ5 ˉ1 ˅15	ˉ4 ˉ7 ˴1 ˅22 ˍ11
星 垂 平 野 阔，	月 涌 大 江 流。
ˍ9 ˉ4 ˍ8 ˅21 ˴7	˴6 ˅2 ˅21 ˉ3 ˍ11
名 岂 文 章 著，	官 应 老 病 休。
ˍ8 ˅5 ˉ12 ˍ7 ˅6	ˉ14 ˍ10 ˅19 ˴24 ˍ11
飘 飘 何 所 似？	天 地 一 沙 鸥。
ˍ2 ˍ2 ˍ5 ˅6 ˅4	ˍ1 ˴4 ˴4 ˍ6 ˍ11

杜甫在成都赖以存身的好友严武死后，只能离开草堂，乘舟东下。本诗写他暮年飘泊的凄苦状况。颔联写景雄浑阔大，历来为人称道，实际上反衬出他孤苦伶仃的形象和颠连无告的心情。这种以乐景写哀情的手法，源自《诗经·小雅·采薇》(1230)"昔我往矣，杨柳依依"，用春日的美好景物反衬出征士兵的悲苦心情，写得多么动人！

江 汉

唐 杜 甫

江 汉 思 归 客，	乾 坤 一 腐 儒。
ˉ3 ˴15 ˉ4 ˉ5 ˴11	ˍ1 ˉ13 ˴4 ˅7 ˉ7
片 云 天 共 远，	永 夜 月 同 孤。
˴17 ˉ12 ˍ1 ˍ2 ˅13	˅23 ˅22 ˴6 ˉ1 ˉ7
落 日 心 犹 壮，	秋 风 病 欲 苏。
˴10 ˴4 ˍ12 ˍ11 ˴23	ˍ11 ˉ1 ˅24 ˴2 ˉ7

古　来　存　老　马，　　　　　不　必　取　长　途。
｜　—　—　｜　｜　　　　　　　｜　｜　｜　｜　_
∨7　‾10　‾13　∨19　∨21　　　　λ5　λ4　∨7　_7　‾7

在漂泊流徙途中，此时已五十六岁的诗人充满怨愤：虽然我是"乾坤一腐儒"，但"名岂文章著"(23)，而且"心犹壮"、"病欲苏"，难道连一匹老马也不如么？全诗集中表现了诗人一种到老不衰、顽强不息的精神，十分感人。

省试湘灵鼓瑟

唐　钱　起

善　鼓　云　和　瑟，　　　　　常　闻　帝　子　灵。
｜　｜　—　｜　｜　　　　　　　—　｜　｜　｜　。
∨17　∨7　‾12　_5　λ4　　　　　_7　‾12　∖8　∨4　_9

冯　夷　空　自　舞，　　　　　楚　客　不　堪　听。
—　—　—　｜　｜　　　　　　　｜　｜　｜　—　｜
_10　‾4　‾1　∖4　∨7　　　　　∨6　λ11　λ5　_13　_9

苦　调　凄　金　石，　　　　　清　音　入　杳　冥。
｜　｜　—　—　｜　　　　　　　—　—　｜　｜　。
∨7　∖18　‾8　_12　λ11　　　　_8　_12　λ14　‾17　_9

苍　梧　来　怨　慕，　　　　　白　芷　动　芳　馨。
—　—　—　｜　｜　　　　　　　｜　｜　｜　—　。
_7　‾7　‾10　∖14　∨7　　　　　λ11　‾7　‾7　_7　_9

流　水　传　湘　浦，　　　　　悲　风　过　洞　庭。
—　｜　—　—　｜　　　　　　　—　—　｜　｜　。
_11　∨4　_1　_7　∨7　　　　　‾4　‾1　∖21　∖1　_9

曲　终　人　不　见，　　　　　江　上　数　峰　青。
｜　—　—　｜　｜　　　　　　　—　｜　｜　—　。
λ2　‾1　‾11　λ5　∖17　　　　　‾3　∖23　∨7　‾2　_9

《概要》第6页有："有一种五言长律（又叫五言排律），每句五个字，全诗共十二句，或更多。"又第58页有："长律的平仄也是依照对和黏的格律。"本诗是本书介绍的唯一的一首五言长律。五言长律源自北朝庾信的《奉和示内人》(686)，但该诗还有失对、失黏，所以在第二篇"古体诗"中介绍。本诗无失对、无失黏，皆为正格，且任意连续八句（第一句到第八句、或第三句到第十句、或第五句到第十二句）都是一首完全合律之五律，所以在这里介绍。《概要》第87页还有："长律（常见的是五言长律)除首尾两联不用对仗以外,其余各联都用对仗。由于联联排比,所以长律又称排律。"本诗也正如此,除首尾两联外,中间四联都用对仗。

从诗题"省试"可知,这是一首有各种限制的试帖诗,往往束缚士人才思。但钱起驰骋想象,上天入地,如入无人之境。无形的乐声得到了生动形象的表现,成为一种看得见、听得到、感得着的东西,湘灵鼓瑟的曲声被描绘得瑰丽多姿,极为神奇。最后"曲终人不见,江上数峰青"突然收结,由湘灵鼓瑟所造成的一片似真如幻、绚丽多彩的世界,一瞬间都烟消云散,让人回到了现实世界。这个现实世界还是湘江,还是湘灵所在的山山水水,只是一江如带,数峰似染,景色如此恬静,给人留下了悠悠的思恋,使人想起《楚辞·远游》中"使湘灵鼓瑟兮,令海若舞冯夷"……

十一月中旬至扶风界见梅花
唐　李商隐

匝 路 亭 亭 艳，　　　非 时 褭 褭 香。
｜ ｜ － － ｜　　　　－ ｜ ｜ ｜ －
⅄15 ⅂7 ⁻9 ⁻9 ⅂29　　⁻5 ⁻4 ⅄14 ⅄14 ⁻7

素 娥 惟 与 月，　　　青 女 不 饶 霜。
｜ － － ｜ ｜　　　　－ ｜ ｜ － －
⅂7 ⁻5 ⁻4 ⅂6 ⅄6　　　⁻9 ⅂6 ⅄5 ⁻2 ⁻7

赠 远 虚 盈 手，　　　伤 离 适 断 肠。
｜ ｜ － － ｜　　　　－ － ｜ ｜ －
⅂24 ⅂13 ⁻6 ⁻8 ⅂25　⁻7 ⁻4 ⅄11 ⅂15 ⁻7

为 谁 成 早 秀？　　　不 待 作 年 芳。
｜ － － ｜ ｜　　　　｜ ｜ ｜ － －
⅂4 ⁻4 ⁻8 ⅂19 ⅂26　　⅄5 ⁻10 ⅄10 ⁻1 ⁻7

本诗写的梅花,是在特定环境、特定时间内开放的梅花,移用别处不得;同时又是作者身世的写照。作者的品格才华,不正象梅花的"亭亭艳"、"褭褭香"吗? 作者牵涉到牛李党争中去,从而受到排挤,不正是生于"非时"吗? 长期过着漂泊的游幕生活,不正是处于"匝路"吗?

过杨伯虎即席书事
宋　张镃

四 面 围 疏 竹，　　　中 间 着 小 台。

|　|　—　—　　　　　　　—　—　|　|　。
丶4　丶17　ˉ5　ˉ6　ˇ1　　　ˉ1　ˉ15　ˇ10　ˇ17　ˉ10
有　时　将　客　到，　　　随　意　看　花　开。

|　|　—　|　|　　　　　　—　|　|　|　。
ˇ25　ˉ4　_7　ˇ11　丶20　　　ˉ4　丶4　ˉ15　_6　ˉ10
拂　拭　莓　苔　石，　　　招　携　玛　瑙　杯。

|　|　—　|　|　　　　　　|　|　|　|　。
ˇ5　ˇ13　ˉ10　ˉ10　ˇ11　　　_2　ˉ8　ˇ21　ˇ19　ˉ10
昏　鸦　归　欲　尽，　　　数　个　入　诗　来。

—　—　—　|　|　　　　　　|　|　|　|　。
ˉ13　_6　ˉ5　ˇ2　ˇ11　　　ˉ7　丶21　ˇ14　ˉ4　ˉ10

　　这是作者过访友人杨伯虎的即兴诗，写事不露痕迹，写景俊雅入妙，全诗着笔自然，很有韵味。结尾两句尤为精彩，就象一幅淡雅的黄昏水彩画，诗的意境、画的象境、作者的心境，三者吻合，融为一体，神气完足。

可　惜

宋　丁　开

日　者　今　何　及？　　　天　乎　有　不　平！
|　|　|　—　|　　　　　　—　—　|　|　。
ˇ4　ˇ21　_12　_5　ˇ14　　　_1　ˉ7　ˇ25　ˇ5　_8

功　高　人　共　嫉，　　　事　定　我　当　烹。
—　—　—　|　|　　　　　　|　|　|　|　。
ˉ1　_4　ˉ11　ˇ2　ˇ4　　　丶4　丶25　ˇ20　_7　_8

父　老　俱　呜　咽，　　　天　王　本　圣　明。
|　|　—　—　|　　　　　　|　|　|　|　。
ˇ7　ˇ19　ˉ7　ˉ7　ˇ9　　　_1　_7　ˇ13　ˇ24　_8

不　愁　唯　党　祸，　　　携　泪　向　孤　城。
|　|　—　|　|　　　　　　|　|　|　|　。
ˇ5　_11　ˉ4　ˇ22　ˇ20　　　ˉ8　丶4　丶23　ˉ7　_8

　　这是为南宋末年被奸相贾似道迫害致死的名将向士璧鸣不平的诗。全诗直抒胸臆，感情激越，语言犀利。颔联有高度的概括性、丰富的历史内容，愤激之气溢于言表。"飞鸟尽，良弓藏；狡兔死，走狗烹。"不仅是向士璧个人的遭遇，也是历史上许多有为之士的共同命运。

翠屏口七首(之二)

金　周昂

地　拥　河　山　壮，　　营　关　剑　甲　重。
｜　｜　—　—　｜　　　—　—　｜　｜　｜　。
丶4　√2　＿5　¯15　丶23　　＿8　¯15　丶29　入17　¯2

马　牛　来　细　路，　　灯　火　出　寒　松。
｜　｜　—　—　｜　　　—　｜　｜　—　—　。
√21　＿11　¯10　丶8　丶7　　＿10　√20　入4　¯14　¯2

刁　斗　方　严　夜，　　羔　裘　欲　御　冬。
—　｜　—　—　｜　　　—　—　｜　｜　—　。
＿2　√25　＿7　¯15　丶22　　＿4　＿11　入2　丶6　¯2

可　怜　天　设　险，　　不　入　汉　提　封。
｜　—　—　｜　｜　　　｜　｜　｜　—　—　。
√20　＿1　＿1　入9　√28　　入5　入14　丶15　¯8　¯2

本诗前面极写翠屏口关塞之险、金军武备之强、战士守边之勤，与尾联惨遭大败、翠屏口沦陷于蒙军形成了鲜明的对比，是金代边塞诗中一首值得称道的佳作。

溪村即事

元　周权

寒　翠　飞　崖　壁，　　尘　嚣　此　地　分。
—　｜　—　—　｜　　　—　—　｜　｜　—　。
¯14　丶4　¯5　¯9　入12　　¯11　＿2　√4　丶4　¯12

鹤　行　松　径　雨，　　僧　倚　石　阑　云。
｜　—　—　—　｜　　　—　｜　｜　—　—　。
入10　＿8　¯2　√25　丶7　　＿10　√4　入11　¯14　¯12

竹　色　溪　阴　见，　　梅　香　岸　曲　闻。
｜　｜　—　—　｜　　　—　—　｜　｜　—　。
入1　入13　¯8　＿12　丶17　　¯10　＿7　丶15　入2　¯12

山　翁　邀　客　饮，　　闲　话　总　成　文。
—　—　—　｜　｜　　　—　｜　｜　—　—　。

　　　　‾15　‾1　＿2　﹨11　∨26　　　　　　‾15　﹨10　∨1　＿8　‾12

　　石径间、青松滴苍翠，清溪南、修竹曳疏影，曲岸后、梅花传暗香；岁寒三友全都萃集诗中；再有鹤行僧倚，诗人受邀，饮酒闲话，真有如陶渊明《饮酒》(750)中所说"此中有真意，欲辨已忘言"之感。这是一首元人学唐而深有所得的佳作。

闻　筝
明　康　海

宝屧西邻女，　　　　　　鸣筝傍玉台。
｜　｜　—　—　｜　　　　　—　—　｜　｜　。
∨9　﹨16　‾8　‾11　∨6　　　＿8　＿8　﹨23　﹨2　‾10

秋风孤鹤唳，　　　　　　落日百泉洄。
—　—　—　｜　｜　　　　　｜　｜　｜　—　—
＿11　‾1　‾7　﹨10　﹨8　　　﹨10　﹨4　﹨11　＿1　‾10

座客皆惊引，　　　　　　行云欲下来。
｜　｜　—　—　｜　　　　　—　—　｜　｜　—
﹨21　﹨11　‾9　＿8　∨11　　　＿8　‾12　﹨2　﹨22　‾10

不知弦上曲，　　　　　　清切为谁哀。
｜　—　—　｜　｜　　　　　—　｜　—　—　—
﹨5　‾4　＿1　﹨23　﹨2　　　＿8　﹨9　﹨4　‾4　‾10

　　颔联意蕴极其丰富：习习的秋风、孤鹤的长鸣、落日的余辉、水流的回旋，这就不仅从视觉、听觉，而再深一层从触觉形象上，描绘了西邻少女筝声弹奏所蕴成的那种孤高凄清的音乐境界。本诗是文学史上一首听乐诗的佳作。

送朗瘿入匡山
明　读　彻

偶向匡庐去，　　　　　　安禅第几重？
｜　｜　—　—　｜　　　　　—　—　｜　｜　。
∨25　﹨23　＿7　‾6　﹨6　　　‾14　＿1　﹨8　∨5　‾2

九江黄叶寺，　　　　　　五老白云峰。
｜　—　—　｜　｜　　　　　｜　｜　—　—　。
∨25　‾3　＿7　﹨16　﹨4　　　∨7　∨19　﹨11　‾12　‾2

落日眠苍兕，　　　　飞泉下玉龙。
　｜　｜　—　—　｜　　　—　—　｜　｜
　∖10　∖4　＿1　＿7　∨4　　　‾5　＿1　∖22　∖2　‾2

到时应为我，　　　　致意虎溪松。
　—　—　—　｜　｜　　　｜　｜　—　—
　∖20　‾4　＿10　∖4　∨20　　　∖4　∖4　∨7　‾8　‾2

　　本诗是诗僧读彻借送人入匡山、即庐山之机,抒写了对这座名山秀美景色和佛光梵迹的向往之情。中间两联极写庐山的迷人景致:叶寺相依,云峰兼出;山影如落日中的苍兕(犀牛)在安眠,瀑布如腾降时的玉龙飞下人寰,动静相间,黑白互衬,很有美感。

卖书祀母
清　吴嘉纪

母没悲今日，　　　　儿贫过昔时。
　｜　｜　—　—　｜　　　—　｜　｜　｜
　∨25　∖6　‾4　＿12　∖4　　　‾4　‾11　∖21　∖11　‾4

人间无乐岁，　　　　地下共长饥。
　—　—　—　｜　｜　　　｜　—　｜　—
　‾11　‾15　‾7　∖10　∖8　　　∖4　∖22　∖2　＿7　‾4

白水当花荐，　　　　黄粱对雨炊。
　｜　｜　—　—　｜　　　—　—　｜　｜
　∖11　∨4　＿7　＿6　∖17　　　＿7　＿7　∖11　∨7　‾4

莫言书寡效，　　　　今已慰哀思。
　｜　—　—　｜　｜　　　—　｜　—　—
　∖10　‾13　‾6　∨21　∖19　　　＿12　∨4　∖5　‾10　‾4

　　为了安慰母亲的"哀思",诗人不惜剜却心头肉——卖了书换得黄粱、也仅仅只能换得黄粱来祭奠母亲,可见他的"贫过昔时"到了何等地步,他对母亲的思念又到了何等地步!

秣 陵

清　屈大均

牛 首 开 天 阙，　　　　　龙 岗 抱 帝 宫。
— ｜ — — ｜　　　　　— — ｜ ｜ 。
_11 ﹀25 ￣10 _1 ﹀6　　　￣2 _7 ﹀19 ﹀8 ￣1

六 朝 春 草 里，　　　　　万 井 落 花 中。
｜ — — ｜ ｜　　　　　　｜ ｜ ｜ — 。
﹀1 _2 ￣11 ﹀19 ﹀4　　　﹀14 ﹀23 ﹀10 _6 ￣1

访 旧 乌 衣 少，　　　　　听 歌 玉 树 空。
｜ ｜ — — ｜　　　　　　— — ｜ ｜ 。
﹀23 ﹀26 ￣7 ￣5 ﹀17　　_9 _5 ﹀2 ﹀7 ￣1

如 何 亡 国 恨，　　　　　尽 在 大 江 东！
— — — ｜ ｜　　　　　　｜ ｜ ｜ — 。
￣6 _5 _7 ﹀13 ﹀14　　　﹀11 ﹀11 ﹀21 ﹀3 ￣1

　　清初的遗民诗人抒写亡国之恨，无论在量和质上都集历代遗民诗之大成。其中，南京又为他们寄寓历史沧桑巨变的显要载体。因为南京既是盛产"亡国之君"的六朝故都，又是明初的开国建都之地和明末短命的弘光朝所在地。本诗就是这类题材的一首脍炙人口的名篇。

咏 笼 莺

清　纳兰性德

何 处 金 衣 客，　　　　　栖 栖 翠 幕 中。
— ｜ — — ｜　　　　　　— — ｜ ｜ 。
_5 ﹀6 _12 _5 ﹀11　　　￣8 ﹀8 ﹀4 ﹀10 ￣1

有 心 惊 晓 梦，　　　　　无 计 啭 春 风。
｜ — — ｜ ｜　　　　　　— ｜ ｜ — 。
﹀25 _12 _8 ﹀17 ﹀1　　￣7 ﹀8 ﹀17 ￣11 ￣1

漫 逐 梁 间 燕，　　　　　谁 巢 井 上 桐。
｜ ｜ — — ｜　　　　　　— — ｜ ｜ 。
﹀15 ﹀1 _7 ﹀15 ﹀17　　￣4 _3 ﹀23 ﹀23 ￣1

空 将 云 路 翼，　　　　　缄 恨 在 雕 笼。

—　—　—　｜　｜　　　　　　　—　｜　｜　—　。
¯1　_7　¯12　ˇ7　ˎ13　　　　　_15　ˎ14　ˎ11　_2　¯1

　　咏笼莺既不颂其富丽华贵，也不写其凄切悲伤，而是挑明矛盾，怒目以视，争取自由。这是出身于满州正黄旗、且官一等侍卫的作者在抒发自己追求自然、渴望自由生活的思想感情。

戊戌八月感事
近代　严　复

求　治　翻　为　罪，　　　　明　时　误　爱　才。
—　｜　—　—　｜　　　　　　—　—　｜　｜　—　。
_11　ˎ4　¯13　¯4　ˇ10　　　　_8　¯4　ˎ7　ˎ11　_10

伏　尸　名　士　贱，　　　　称　疾　诏　书　哀。
｜　—　—　｜　｜　　　　　　—　｜　—　—　—　。
ˎ1　¯4　_8　ˇ4　ˎ17　　　　_10　ˎ4　ˎ18　¯6　_10

燕　市　天　如　晦，　　　　宣　南　雨　又　来。
—　｜　—　—　｜　　　　　　—　—　｜　｜　—　。
_1　ˇ4　_1　¯6　ˎ11　　　　_1　_13　ˇ7　ˎ26　¯10

临　河　鸣　犊　叹，　　　　莫　遣　寸　心　灰。
—　—　—　｜　｜　　　　　　｜　｜　｜　—　—　。
_12　_5　_8　ˎ1　ˇ15　　　ˎ10　ˇ16　ˎ14　_12　¯10

　　作者怀着悲痛的心情，深切地哀悼无辜被杀的维新党人，为他们大鸣不平。特别是中间两联，情致沉郁，语言凝炼，概括力强，有着巨大的艺术感染力和时代感。

哭宋循初烈士
现代　柳亚子

忽　复　吞　声　哭，　　　　苍　凉　到　九　原。
｜　｜　—　—　｜　　　　　　—　—　｜　｜　—　。
ˎ6　ˎ1　¯13　_8　ˎ1　　　　_7　_7　ˎ20　ˇ25　¯13

斯　人　如　此　死，　　　　吾　党　复　何　言！
—　—　—　｜　｜　　　　　　—　｜　｜　—　—
¯4　¯11　_6　ˇ4　ˇ4　　　　¯7　ˇ22　ˎ1　_5　¯13

危 论 天 应 忌，　　　神 奸 世 所 尊。
— 　| 　— 　— 　|　　　　— 　— 　| 　| 　。
ˉ4 　、14 　_1 　_10 　、4　　　ˉ11 　ˉ14 　、8 　✓6 　ˉ13

来、岑 今 已 矣，　　　努 力 殄 公 孙！
— 　— 　— 　| 　|　　　　| 　| 　| 　— 　。
ˉ10 　_12 　_12 　✓4 　✓4　　　✓7 　⅄13 　⅄16 　ˉ1 　ˉ13

　　本诗为悼念宋教仁（字循初）烈士而作，虽是祭奠之诗，但并不沉溺在悲怆之中，而是以理性的思考分析形势，号召革命党人抛弃妥协，齐力讨袁（诗中以"公孙"代指）。"来、岑"指汉朝的来歙、岑彭，两人皆东汉开国二十八功臣中人，在攻蜀中被自立为蜀王的公孙述所谋刺；光武帝派吴汉讨伐公孙述，劝降不听，被诛灭。

志愿军战士
现代　周世钊

出 国 胸 怀 壮，　　　三 年 赴 战 机。
| 　| 　— 　— 　|　　　　— 　— 　| 　| 　。
⅄4 　⅄13 　ˉ2 　_9 　、23　　　_13 　_1 　_7 　、17 　ˉ5

寇 氛 犹 未 扫，　　　祖 国 漫 言 归。
| 　| 　— 　| 　|　　　　| 　| 　| 　— 　。
、26 　ˉ12 　_11 　、5 　✓19　　　✓7 　⅄13 　、15 　ˉ13 　ˉ5

逐 敌 眠 冰 谷，　　　临 流 濯 血 衣。
| 　| 　— 　— 　|　　　　| 　| 　| 　| 　。
⅄1 　⅄12 　_1 　_10 　⅄1　　　_12 　_11 　、3 　⅄9 　ˉ5

艰 危 何 足 计，　　　上 马 忽 如 飞。
— 　— 　— 　| 　|　　　　| 　| 　| 　— 　。
ˉ15 　ˉ4 　_5 　⅄2 　、8　　　、23 　✓21 　⅄6 　ˉ6 　ˉ5

　　1953 年 9 月，周世钊赴朝鲜慰问中国人民志愿军，心有所感，口占此诗，赞美了志愿军战士的英雄气概，表达了对志愿军战士无尚的爱。"逐敌眠冰谷，临流濯血衣"两句非常生动地写出了志愿军生活环境的艰苦，以及他们浴血奋战的英雄气概。

西 行

现代 陈 毅

万 里 西 行 急， 乘 风 御 太 空。
| | — — | | | — —
ˎ14 ˇ4 ˉ8 _8 ˎ14 _10 ˉ1 ˋ6 ˋ9 ˉ1

不 因 鹏 翼 展， 哪 得 鸟 途 通？
| | — — | | | | — —
ˎ5 ˉ11 _10 ˎ13 ˇ16 ˇ20 ˎ13 ˉ17 ˉ7 ˉ1

海 酿 千 钟 酒， 山 栽 万 仞 葱。
| | — — | — | | | —
ˇ10 ˋ23 _1 ˉ2 ˇ25 ˉ15 ˉ10 ˉ14 ˋ12 ˉ1

风 雷 驱 大 地， 是 处 有 亲 朋。
— — | | | | | | — —
ˉ1 ˉ10 ˉ7 ˋ21 ˋ4 ˇ4 ˋ6 ˇ25 ˉ11 _8

若按《佩文诗韵》，"空"、"通"、"葱"皆东韵，"朋"为庚韵，不能协韵。王力先生《古体诗律学》（中国人民大学出版社 2004 年 12 月第 1 版，以下简称《古律》）第 234 页有："考郑氏《古音辩》，分古韵六部，东、冬、江、阳、庚、青、蒸七韵皆协阳音，支、微、齐、佳、灰五韵皆协支音，真、文、元、寒、删、先六韵皆协先音，鱼、虞、歌、麻四韵皆协虞音，萧、肴、豪、尤四韵皆协尤音，侵、覃、盐、咸四韵皆协覃音。"（"郑氏"指宋代郑庠。）可见，本诗依《古音辩》协韵。又上海古籍出版社 1978 年 7 月出版的《诗韵新编》，将现代汉语分为十八韵，并指出可通押的韵。这十八韵的韵目分别为：麻、波（通歌）、歌（通波）、皆、支（通儿、通齐）、儿（通支、通齐）、齐（通支、通儿）、微、开、模（通鱼）、鱼（通模）、侯、豪、寒、痕、唐、庚（通东）、东（通庚）。本诗中，"空"、"通"、"葱"皆现代汉语十八韵中东韵，"朋"为十八韵中庚韵，两韵可通，故本诗也可按现代汉语协韵。

1964 年 11 月，陈毅出访归来，写了一组五言诗，总题为《六国之行》，本诗是第一首，是组诗的一个诗序，而且是经毛主席仔细修改过的。诗中反映了大好的国内外形势，歌颂了我国外交政策的伟大胜利。此诗设语造境，豪迈壮阔，命意深沉，语言精练，音调高昂，是寓政治于诗歌的佳作。

壬申春日，观北海九龙壁有作

当代　王巨农

久 蛰 思 高 举，	同 怀 捧 日 心。
∣ ∣ — ∣ ∣	— — ∣ ∣ 。
∨25 ∖14 ⁻4 _4 ∨6	⁻1 ⁻9 ∨2 ∖4 _12
曾 教 鳞 爪 露，	终 乏 水 云 深。
— — — ∣ ∣	— ∣ ∣ — — 。
_10 _3 ⁻11 ∨18 ∖7	⁻1 ∖17 ∨4 _12 _12
天 鼓 挝 南 国，	春 旗 荡 邓 林。
_1 ∨7 _6 _13 ∖13	⁻11 ⁻4 ∨22 ∖25 _12
者 番 堪 破 壁，	昂 首 上 千 寻。
∣ ∣ — ∣ ∣	— ∣ ∣ — — 。
∨21 ⁻13 _13 ∖21 ∖12	_7 ∨25 ∖23 _1 _12

　　1992（壬申）年春天，小平南巡深圳、珠海，发表了深化改革、扩大开放的"南方谈话"，如惊蛰的春雷，响彻全国，人心振奋，万众欢腾。诗人敏锐地抓住了这具有时代意义的重大主题，以观北海九龙壁为契机，含蓄赞颂了中华民族的腾飞，热情讴歌了作为我国改革开放和现代化建设总设计师邓小平的丰功伟绩。诗中"邓林"，典出《山海经》夸父追日的神话，夸父追赶太阳，渴死，手杖化作树林，即邓林，这是指以邓小平理论滋润的中国大地。本诗所喻贴切，律对稳妥，确是一首好诗，故获首届中华诗词大赛一等奖第一名。

青岛栈桥

当代　袁行霈

久 梦 东 溟 水，	今 宵 步 此 桥。
∣ ∣ — — ∣	— — ∣ ∣ 。
∨25 ∖1 ⁻1 _9 ∨4	_12 _2 ∖7 ∨4 _2
潮 来 天 地 窄，	浪 退 斗 牛 摇。
— — — ∣ ∣	∣ ∣ ∣ — — 。
_2 ⁻10 _1 ∖4 ∖11	∖23 ∖11 ∨25 _11 _2
蜃 市 诚 难 遇，	星 槎 或 可 招。

| | — — |
√11 √4 _8 ⁻14 ╲7　　　　　_9 _6 ╲13 √20 _2

何 当 浮 海 去，　　　六 合 任 逍 遥。

— — | | |　　　　　| | — — ｡
_5 _7 _11 √10 ╲6　　　╲1 ╲15 ╲27 _2 _2

　本诗既不作往事追忆，也不拘执于眼前景物的描写，而是重点抒写对未来的拟想。这其中，既深隐有诗人对 1973 年当时动乱现实的不满与无奈，也寄寓了他对于宇宙无穷、人生有限的深长感慨。

二、五 绝

（一）首句仄起平收式

塞下曲六首（其三）
唐 卢 纶

月 黑 雁 飞 高，　　　单 于 夜 遁 逃。
╲6 ╲13 ╲16 ⁻5 _4　　　⁻14 ⁻7 ╲22 ╲14 _4

欲 将 轻 骑 逐，　　　大 雪 满 弓 刀。
╲2 _7 _8 ╲4 ╲1　　　╲21 ╲9 √14 ⁻1 _4

　塞下曲为乐府旧题，多写军旅生活。卢纶虽为中唐诗人，其边塞诗仍旧是盛唐的气象，雄壮豪放，字里行间充溢着英雄气概，读后令人振奋。

行 宫
唐 元 稹

寥 落 古 行 宫，　　　宫 花 寂 寞 红。
_2 ╲10 √7 _8 ⁻1　　　⁻1 _6 ╲12 ╲10 ⁻1

白 头 宫 女 在，　　　闲 坐 说 玄 宗。

ᴧ11 ＿11 ‾1 ˅6 ˎ11　　　　　　　‾15 ˎ21 ᴧ9 ＿1 ‾2 出韵

　　本诗具有深邃的意境,隽永的诗味,倾诉了宫女无穷的哀怨之情,寄托了诗人深沉的盛衰之感。"说玄宗"三字,蕴含万千感慨,长短曲直、兴衰沧桑,俱在不言之中。本诗一作王建诗。

江边柳
唐　雍裕之

嫋　嫋　古　堤　边,　　　　青　青　一　树　烟。
｜　｜　｜　｜　｜　　　　—　—　｜　｜　。
˅17 ˅17 ˅7 ‾8 ＿1　　　　＿9 ＿9 ᴧ4 ˎ7 ＿1

若　为　丝　不　断,　　　　留　取　系　郎　船。
｜　—　—　｜　｜　　　　—　｜　｜　｜　。
ᴧ10 ‾4 ‾4 ᴧ5 ˎ15　　　　＿11 ˅7 ˎ8 ‾7 ＿1

　　不写折柳赠别,而写柳丝系船、永不分离,这就是本诗构思新颖、想象奇特而又切合江边柳这一特定情景。景以情合,情因景生;天真幻想,合情合理。

天　涯
唐　李商隐

春　日　在　天　涯,　　　　天　涯　日　又　斜。
—　｜　｜　—　｜　　　　—　—　｜　｜　。
‾11 ᴧ4 ˎ11 ＿1 ＿6　　　　＿1 ＿6 ᴧ4 ˎ26 ＿6

莺　啼　如　有　泪,　　　　为　湿　最　高　花。
＿8 ‾8 ‾6 ˅25 ˎ4　　　　ˎ4 ᴧ14 ˎ9 ＿4 ＿6

　　树梢顶上的"最高花",上无庇护,风狂雨骤,峣峣者易折,这和我们这位有才华、有抱负而潦倒终身的诗人的命运多么相似! 所以,这首语极艳、意极悲的绝句,既是春天的挽歌,又是诗人的挽歌,更是那个时代的挽歌。

春江花月夜二首(其一)

明 唐寅

嘉 树 郁 婆 娑，　　　　灯 花 月 色 和。
— | | — —　　　　— — | | —
_6 ↘7 ↗1 _5 _5　　　_10 _6 ↘6 ↗13 _5

春 江 流 粉 气，　　　　夜 色 湿 裙 罗。
— — — | |　　　　 | | | — —
‾11 ‾3 _11 ↗12 ↘5　　↘22 ↗13 ↗14 ‾12 _5

《春江花月夜》是南朝陈后主制作的一种乐府歌曲，歌词已失传；现存最早的两首短篇(584)为隋炀帝制作。唐寅的这两首在体制上仿照隋炀帝，其风格却更接近南朝宫体诗。众所周知，南朝诗风在历史上一直受到严厉的批判，宫体诗更被视为"淫邪"的东西，它何以在明代又再度隆兴呢？那是因为：随着江南城市经济的发展，反对个性抑制的要求再一次抬头，文学中的情感表现也变得活跃起来。于是许多文人对南朝诗风重新发生强烈的兴趣，这一文学潮流的带头人，便是唐寅。本诗借助于夜色朦胧，写出富于诱惑的"粉气"，唐寅是有意的。

晓 莺

明 李梦阳

睍 睆 梦 中 迷，　　　　流 莺 碧 树 西。
| | | — —　　　　— — | | —
↘17 ↘15 ↗1 ‾1 ‾8　　 _11 _8 ↗11 ↘7 ‾8

起 来 红 日 照，　　　　已 度 别 枝 啼。
| — — | |　　　　 | | | — —
↘4 ‾10 ‾1 ↗4 ↘18　　 ↘4 ↘7 ↗20 ‾4 _8

准确地说，本诗写的是"听莺"，听响在每个读者耳畔的那种美好、愉悦的《诗经》中就有的"睍睆"好音。(《诗经·邶风·凯风》："睍睆黄鸟，载其好音。")

舟夜书所见

清 查慎行

月 黑 见 渔 灯，　　　　孤 光 一 点 萤。

|　　|　　|　　|　　—　　—　　　　　　—　　—　　|　　|　　∘
　∖6　∖13　∖17　¯6　_10 邻韵　　　　¯7　_7　∖4　∨28　_9

微　微　风　簇　浪，　　　　　散　作　满　河　星。

|　　|　　|　　|　　∘　　　　　　　|　　|　　—　　|　　∘
¯5　_5　¯1　∖1　∖23　　　　　∖15　∖10　∨14　_5　_9

　　灯影由静而动、由一化多，诗人捕捉到最有包孕的片刻，最富于诗意的刹那；其余无关的笔墨，一律都被舍弃。因而诗作在满盈诗情的同时，又显出了极为凝炼的特色。

（二）首句平起仄收式

江亭夜月送别二首（其二）
唐　王　勃

乱　烟　笼　碧　砌，　　　　飞　月　向　南　端。

|　　—　　—　　|　　|　　　　　　—　　|　　|　　—　　∘
∖15　_1　¯1　∖11　∖8　　　　　¯5　∖6　∖23　_13　¯14

寂　寞　离　亭　掩，　　　　江　山　此　夜　寒。

|　　|　　—　　|　　|　　　　　　—　　—　　|　　|　　∘
∖12　∖10　¯4　_9　∨28　　　　　¯3　¯15　∨4　∖22　¯14

　　江面景、天空景、近处景、远方景，四句皆景；景中寓情，诗人送人后留连顾望的孤寂怅惘之情。

罢　相
唐　李適之

避　贤　初　罢　相，　　　　乐　圣　且　衔　杯。

|　　—　　—　　|　　|　　　　　　|　　|　　|　　—　　∘
∖4　_1　¯6　∖22　∖23　　　　　∖10　∖24　∨21　_15　¯10

为　问　门　前　客，　　　　今　朝　几　个　来？

|　　|　　—　　—　　|　　　　　　—　　—　　|　　|　　∘
∖4　∖13　¯13　_1　∖11　　　　　_12　_2　∨5　∖21　¯10

　　这是作者为躲避权奸李林甫的诬陷而自请罢相后的诗作，表现曲折，含讥刺，有机趣。杜甫《饮中八仙歌》（1064）写到李適之时说"衔杯乐圣称避贤"句可谓知音。

鸣 筝
唐 李 端

鸣 筝 金 粟 柱，　　　素 手 玉 房 前。
— — — ｜ ｜　　　 ｜ ｜ — — 。
_8 _8 _12 ⅄2 ⅂7　　 ⅃7 ⅃25 ⅄2 _7 _1

欲 得 周 郎 顾，　　　时 时 误 拂 弦。
｜ ｜ — — ｜　　　 ｜ — ｜ ｜ —。
⅄2 ⅄13 _11 _7 ⅂7　　 ⁻4 ⁻4 ⅃7 ⅄5 _1

周瑜精音乐，即使酒醉时，也能辨知他人奏曲之缺误，并必定顾视演奏者，故当时歌谣云："曲有误，周郎顾。"本诗借此故事，写一位弹筝女子为博取知音青睐而故意弹筝出错的情态，写得婉曲细腻，富有情趣。

微 雨
唐 李商隐

初 随 林 霭 动，　　　稍 共 夜 凉 分。
— — — ｜ ｜　　　 ｜ ｜ — ｜ 。
⁻6 ⁻4 _12 ⅂9 ⅂1　　 ⅂19 ⅂2 ⅂22 _7 _12

窗 迥 侵 灯 冷，　　　庭 虚 近 水 闻。
— ｜ — ｜ ｜　　　 — — ｜ ｜ —。
⁻3 ⅂24 _12 _10 ⅂23　　 _9 ⁻6 ⅂13 ⅂4 _12

本诗从林霭、夜凉、灯光、水声诸物象来反映微雨从黄昏到夜晚、由初起到落久带给人的各种感受，显示了作者写景状物工巧入神的本领。

别 长 安
宋 司马光

暂 来 还 复 去，　　　梦 里 到 长 安。
｜ — — ｜ ｜　　　 ｜ ｜ ｜ — —。
⅂28 ⁻10 ⁻15 ⅄1 ⅂6　　 ⅂1 ⅂4 ⅂20 _7 _14

可 惜 终 南 色，　　　临 行 子 细 看。

```
    |   |   ─   ─   |                        ─   ─   |   |   。
   ∨20 ╲11  ⁻1  ⁻13 ╲13                      ⁻12  _8  ∨4  ╲8  ⁻14
```

　　本诗选自上海古籍出版社 2000 年 4 月第 1 版《宋诗三百首》。因与王安石政见不合，司马光罢官到洛阳闲居。本诗告别长安，也是告别朝廷。意思是，既然不采纳我的意见，我只好绝身远去；但忠君爱国之心，却使我临去前仔细凝视终南的山色。"子"通"仔"。

月下登金山
明　陈继儒

```
  江   平   秋   万   里，                    山   静   月   三   更。
  ─   |   ─   ─   |                        ─   |   |   ─   ─   。
  ⁻3  _8  _11 ╲14 ∨4                        ⁻15 ∨23 ╲6  _13  _8
  仿   佛   寒   烟   外，                    瓜   洲   有   雁   声。
  |   |   ─   ─   |                        ─   ─   |   |   ─
 ∨22 ╲5  ⁻14  _1  ╲9                        _6  _11 ∨25 ╲16  _8
```

　　本诗选自《元明清诗三百首》。诗人远眺水雾迷蒙的对岸，仿佛听到夜宿瓜洲的大雁发出的唧唧声。这不仅将"静"字写活了，而且勾勒出一幅芦汀沙洲秋雁夜宿图，增加了全诗的美感。

推　窗
清　袁枚

```
  连   宵   风   雨   恶，                    蓬   户   不   轻   开。
  ─   ─   ─   |   |                        ─   |   |   ─   ─
  _1  _2  ⁻1  ∨7 ╲10                        ⁻1  ∨7  ╲5  _8  ⁻10
  山   似   相   思   久，                    推   窗   扑   面   来。
  ─   |   ─   ─   |                        ─   ─   |   |   ─
 ⁻15 ∨4  _7  ⁻4 ∨25                         ⁻4  ⁻3  ╲1  ╲17 ⁻10
```

　　山是不会相思的，也不会动的；但在诗人笔下，山居然"相思久"，而且"扑面来"。这就是诗，是诗的意境，诗的神奇。其机杼所自，固有王安石诗《书湖阳先生壁》中"两山排闼送青来"(154)的启示，也不乏辛弃疾词《贺新郎》中"我见青山多妩媚，料青山见我应如是"的意趣。

鹿回头椰庄招待所

现代　董必武

海 闻 龙 摆 尾，　　　山 见 鹿 回 头。

椰 树 森 森 立，　　　渔 舟 渺 渺 浮。

本诗是董必武于 1964 年初到海南视察时所写，两联皆对，极为工稳；从海上到岸上再回到海上，从听觉形象到视觉形象，一句一景，充满诗情画意。

（三）首句平起平收式

细 雨

唐　李商隐

帷 飘 白 玉 堂，　　　簟 卷 碧 牙 床。

楚 女 当 时 意，　　　萧 萧 发 彩 凉。

本诗充分发挥了比兴功能，"帷飘"、"簟卷"的具体形象，"白玉"、"碧牙"、"发彩"的设色烘托，"萧萧"的清凉气氛，尤其是神女意态的虚拟摹想，合成了一幅神奇诡幻、瑰丽多彩的画面。比较起来，前述《微雨》(39)偏于写实作风，本诗则更多浪漫情味，从中反映出作者咏物的多样化笔调。

（四）首句仄起仄收式

渡 汉 江

唐　宋之问

岭 外 音 书 断，　　　经 冬 复 历 春。

|　| |　— — |
ˇ23　ˋ9　_12　¯6　ˋ15　　　　　_9　¯2　ˋ1　ˋ12　¯11

近 乡 情 更 怯，　　　　不 敢 问 来 人。

|　|　— — |
ˋ13　_7　_8　ˋ24　ˋ17　　　　ˋ5　ˇ27　ˋ13　¯10　¯11

　　愈是接近家乡，愈是担忧故园人事的祸福变化。本诗将这种思乡心切、近乡情怯的复杂思绪和矛盾心理，表现得淋淋漓漓而又含蓄不尽。本诗一作李频诗。

登鹳雀楼
唐　王之涣

白 日 依 山 尽，　　　　黄 河 入 海 流。

|　|　— — |
ˋ11　ˋ4　¯5　¯15　ˇ11　　　　_7　_5　ˋ14　ˋ10　_11

欲 穷 千 里 目，　　　　更 上 一 层 楼。

|　— — |　|
ˋ2　¯1　_1　ˇ4　ˋ1　　　　ˋ24　ˋ23　ˋ4　_10　_11

　　本诗是"唐人留诗"的不朽之作，是不识字小儿背诵唐诗的首选之一。"更上一层楼"是一千多年来鼓舞人们奋发向上的座右铭。

相　思
唐　王维

红 豆 生 南 国，　　　　春 来 发 几 枝？

— |　|　— — |
¯1　ˋ26　_8　_13　ˋ13　　　　¯11　¯10　ˋ6　ˇ5　¯4

愿 君 多 采 撷，　　　　此 物 最 相 思。

|　— — |　|
ˋ14　¯12　_5　ˇ10　ˋ9　　　　ˋ4　ˋ5　ˋ9　_7　¯4

　　又是一首不朽的唐诗。又名"相思子"的红豆，一千多年来被视为爱情与相思的象征物，无疑是得力于本诗的深情妙思。

秋浦歌十七首(其十五)
唐　李白

白　发　三　千　丈，　　　缘　愁　似　箇　长？
｜　｜　｜　—　｜　　　　—　—　｜　｜　。
λ11　λ6　_13　_1　√22　　　_1　_11　√4　ν21　_7

不　知　明　镜　里，　　　何　处　得　秋　霜！
｜　—　—　｜　｜　　　　—　｜　｜　—　。
λ5　⁻4　_8　ν24　√4　　　_5　ν6　λ13　_11　_7

　　"白发三千丈"，奇想出奇句，使天下后世充分认识"诗仙"之无限悲愤与惊人气魄。

逢雪宿芙蓉山主人
唐　刘长卿

日　暮　苍　山　远，　　　天　寒　白　屋　贫。
｜　｜　—　—　｜　　　　—　—　｜　｜　。
λ4　ν7　_7　⁻15　√13　　　_1　⁻14　λ11　λ1　⁻11

柴　门　闻　犬　吠，　　　风　雪　夜　归　人。
—　—　—　｜　｜　　　　—　｜　｜　—　。
⁻10　⁻13　⁻12　√16　ν11　　　⁻1　λ9　ν22　⁻5　⁻11

　　本诗用极其凝炼的笔墨，描绘一幅旅客暮夜投宿、山家风雪人归的寒山夜宿图。诗中有画，画外见情。"风雪夜归人"引起无限的遐思……

江　南　曲
唐　李益

嫁　得　瞿　塘　贾，　　　朝　朝　误　妾　期。
｜　｜　｜　—　｜　　　　—　—　｜　｜　。
ν22　λ13　⁻7　_7　√7　　　_2　_2　ν7　λ16　⁻4

早　知　潮　有　信，　　　嫁　与　弄　潮　儿。
｜　—　—　｜　｜　　　　｜　｜　—　—　。
√19　⁻4　_2　√25　ν12　　　ν22　√6　ν1　_2　⁻4

　　本诗是模仿乐府民歌《江南曲》的一首闺怨诗。前两句是常语、实在语;后两句是奇语、无理语,但又是真语、情至语。

问刘十九
唐　白居易

绿 蚁 新 醅 酒,　　　　　红 泥 小 火 炉。
丨 丨 — — 丨　　　　　— — 丨 丨 。
ʌ2 ˅4 ⁻11 ⁻10 ˅25　　　⁻1 ⁻8 ˅17 ˅20 ⁻7

晚 来 天 欲 雪,　　　　　能 饮 一 杯 无?
丨 — — 丨 丨　　　　　— 丨 丨 — 。
˅13 ⁻10 _1 ʌ2 ʌ9　　　_10 ˅26 ʌ4 ⁻10 ⁻7

　　也许室外真的下雪了,但室内却是那样温暖、明亮。生活在这一刹那间泛起了玫瑰色,发出了甜美和谐的旋律……

明月三五夜
唐　元　稹

待 月 西 厢 下,　　　　　迎 风 户 半 开。
丨 丨 — — 丨　　　　　— — 丨 丨 。
˅10 ʌ6 ⁻8 _7 ˅22　　　_8 ⁻1 ˅7 ˅15 ⁻10

拂 墙 花 影 动,　　　　　疑 是 玉 人 来。
丨 — — 丨 丨　　　　　— 丨 丨 — 。
ʌ5 _7 _6 ˅23 ˅1　　　⁻4 ˅4 ʌ2 ⁻11 ⁻10

　　这是元稹传奇小说《莺莺传》中崔莺莺写给张生的一首诗,此后金代董解元的《西厢记诸宫调》和元代王实甫的《西厢记》都有转载,是脍炙人口的佳作。

宫词二首(其一)
唐　张　祜

故 国 三 千 里,　　　　　深 宫 二 十 年。
丨 丨 — — 丨　　　　　— — 丨 丨 。
˅7 ʌ13 _13 _1 ˅4　　　_12 ⁻1 ˅4 ʌ14 _1

一 声《河 满 子》, 　　双 泪 落 君 前。
| | — — | 　　— | | — 。
ㄨ4 _8 _5 ∨14 ∨4 　　ˉ3 ∨4 ㄨ10 ˉ12 _1

《河满子》是声情悲惨的歌,得名于唐开元年间歌唱家河满子。相传他临刑时,
进此曲以赎死罪,玄宗不准。唐武宗临终时,逼孟才人自缢以殉,孟欲歌《河满子》
以泄一腔悲愤,结果才唱一句就气咽立殒。可见本诗充分道出了宫女的辛酸凄楚、
怨啼怒号。

马诗二十三首(其四)
唐 李 贺

此 马 非 凡 马, 　　房 星 本 是 星。
| | — — | 　　— — | | 。
∨4 ∨21 ˉ5 _15 ∨21 　　_7 _9 ∨13 ∨4 _9

向 前 敲 瘦 骨, 　　犹 自 带 铜 声。
| — — | | 　　— | | — 。
∨23 _1 _3 ∨26 ㄨ6 　　_11 ∨4 ∨9 ˉ1 _8 庚青互为邻韵

房星,星名,二十八宿之一,指天马。诗人怀才不遇,景况凄凉,恰似这匹瘦马。
他写马,实是婉曲地表达出郁积心中的怨愤之情。

放 鱼
唐 李群玉

早 觅 为 龙 去, 　　江 湖 莫 漫 游。
| | — — | 　　— — | | 。
∨19 ㄨ12 ˉ4 ˉ2 ∨6 　　ˉ3 ˉ7 ㄨ10 ∨15 _11

须 知 香 饵 下, 　　触 口 是 铦 钩!
— — — | | 　　| | | — 。
ˉ7 ∨4 _7 ∨4 ∨22 　　ㄨ2 ∨25 ∨4 _14 _11

本诗写尺寸之鱼,却由鱼而社会而人生,抒发了封建社会中善良的人们对于险
恶社会生活的普遍感受。状物形象,含蕴深远,是咏物诗中的佳作。

西施滩
唐　崔道融

宰嚭亡吴国，　　　　　　西施陷恶名。
｜　｜　一　｜　　　　　　　一　一　｜　｜　。
ˇ10　ˇ4　_7　ˉ7　↘13　　　ˉ8　ˉ4　↘30　↘10　_8

浣纱春水急，　　　　　　似有不平声。
｜　一　一　｜　｜　　　　　｜　｜　｜　一　一　。
ˇ14　_6　ˉ11　ˇ4　↘14　　　ˇ4　ˇ25　↘5　_8　_8

　　本诗不同于一般吊古伤今之作，而是针对"女人祸水"这一传统的历史观念，为西施翻案。

山中
宋　邵定

白日看云坐，　　　　　　清秋对雨眠。
｜　｜　一　一　｜　　　　　一　一　｜　｜　一　。
↘11　↘4　ˉ14　ˉ12　↘21　　_8　_11　ˇ11　ˇ7　_1

眉头无一事，　　　　　　笔下有千年。
一　一　一　｜　｜　　　　　｜　｜　｜　一　一　。
ˉ4　_11　_7　↘4　↘4　　　↘4　↘22　ˇ25　_1　_1

　　只有不受世俗干扰，"眉头无一事"，才能专心著述，达到"笔下有千年"的境地。这是温粹博雅，精通《周易》和《春秋》的宋末遗民邵定的自我写照。

在燕京作
宋　赵㬎

寄语林和靖，　　　　　　梅花几度开？
｜　｜　一　一　｜　　　　　一　一　｜　｜　一　。
↘4　ˇ6　_12　_5　ˇ23　　　ˉ10　_6　ˇ5　_7　ˉ10

黄金台下客，　　　　　　应是不归来。
一　一　一　｜　｜　　　　　一　｜　｜　一　一　。
_7　_12　ˉ10　↘22　↘11　　_10　ˇ4　↘5　ˉ5　_10

　　南宋亡后,末代皇帝赵㬎被俘押到大都,后又出家,再也没有回临安。本诗用了比南唐后主李煜《虞美人》词"春花秋月何时了,往事知多少? 小楼昨夜又东风,故国不堪回首月明中。雕栏玉砌应犹在,只是朱颜改。问君能有几多愁,恰似一江春水向东流"更曲折隐晦的笔法写了对故国的思念之情。

山居杂诗
金　元好问

瘦 竹 藤 斜 挂,	丛 花 草 乱 生。
|　|　—　—　|	—　|　|　| 。
╲26　⤜1　＿10　＿6　╲10	⁻1　＿6　⌄19　╲15　＿8
林 高 风 有 态,	苔 滑 水 无 声。
＿　|　—　|　|	—　|　|　— 。
＿12　＿4　⁻1　⌄25　╲11	⁻10　⤜8　⌄4　⁻7　＿8

　　本诗选自浙江古籍出版社 1999 年 6 月第 1 版《绝句三百首》。本诗写高雅、宁静的山村景物,诗风如王维的山水田园诗。

除夜宿太原寒甚
明　于谦

寄 语 天 涯 客,	轻 寒 底 用 愁?
|　|　—　—　|	—　—　|　|　。
╲4　⌄6　＿1　＿6　╲11	＿8　⁻14　⌄8　╲2　＿11
春 风 来 不 远,	只 在 屋 东 头。
—　—　—　|　|	|　|　—　—　。
⁻11　⁻1　⁻10　⤜5　⌄13	⌄4　╲11　⤜1　⁻1　＿11

　　作为一位杰出的政治家,于谦也有春天般的诗情,就如英国著名诗人雪莱所说:"冬天来了,春天还会远吗?"本诗的寓意,亦与此相近。

秋闺曲
明　谢榛

| 目 极 江 天 远, | 秋 霜 下 白 蘋。 |

|　|　—　|
λ1　λ13　¯3　⌣1　⌣13　　　　　　　　—　|　|　|　。
　　　　　　　　　　　　　　　　　_11　_7　⌣22　λ11　¯11
可　怜　南　去　雁，　　　　　不　为　倚　楼　人。
|　—　|　|
⌣20　_1　_13　⌣6　⌣16　　　　　λ5　⌣4　⌣4　_11　¯11

唐温庭筠词《梦江南》："梳洗罢，独倚望江楼。过尽千帆皆不是，斜晖脉脉水悠悠。肠断白蘋洲。"该词和本诗的意境不是很像吗？

桃花谷
清　张实居

小　径　穿　深　树，　　　　临　崖　四　五　家。
|　|　—　|　　　　　　　　—　|　|　|　。
⌣17　⌣25　_1　_12　⌣7　　　_12　¯9　⌣4　⌣7　_6
泉　声　天　半　落，　　　　满　涧　溅　桃　花。
—　—　|　|　　　　　　　　—　|　|　|　。
_1　_8　_1　⌣15　λ10　　　⌣14　⌣16　⌣17　_4　_6

最妙的是末句：哪是涧底的花片，哪是空中的飞花，哪是树头的鲜花？一时都分不清，仿佛都成了瀑水溅起的桃花，就是一处真实的桃花源呀！

暮　春
清　翁　格

莫　怨　春　归　早，　　　　花　馀　几　点　红。
|　|　—　|　　　　　　　　—　|　|　|　。
λ10　⌣14　¯11　¯5　⌣19　　_6　¯6　⌣5　⌣28　¯1
留　将　根　蒂　在，　　　　岁　岁　有　东　风。
|　—　|　|　　　　　　　　|　|　|　|　。
_11　_7　¯13　⌣8　⌣11　　　⌣8　⌣8　⌣25　_1　¯1

花开花落，原只是一时的现象；春去秋来，却是宇宙间的永恒规律。虽然现在已是无可奈何花落去，但是浩荡东风岁岁有，艳阳春色年年来。

稚存归索家书

清 黄景仁

只 有 平 安 字，　　因 君 一 语 传。
| | — — |　　 — | | — 。
ˇ4 ˇ25 _8 ˉ14 ˌ4　　ˉ11 ˉ12 ˌ4 ˇ6 _1

马 头 无 历 日，　　好 记 雁 来 天。
| — — | |　　 | | | — 。
ˇ21 _11 ˉ7 ˌ12 ˌ4　　ˇ19 ˌ4 ˌ16 ˉ10 _1

本诗可与唐岑参《逢入京使》"故园东望路漫漫，两袖龙钟泪不干。马上相逢无
纸笔，凭君传语报平安"（142）对读：岑诗语浓情真，特点是一个"真"字；黄诗语淡意
深，特点是一个"深"字。

春日偶成二首

现代 周恩来

其 一

极 目 青 郊 外，　　烟 霾 布 正 浓。
| | — — |　　 — | | | — 。
ˌ13 ˌ1 _9 _3 ˌ9　　 _1 ˉ9 ˌ7 ˌ24 ˉ2

中 原 方 逐 鹿，　　博 浪 踵 相 踪。
ˉ— ˉ— — | |　　 | | | — 。
ˉ1 ˉ13 _7 ˌ1 ˌ1　　ˌ10 ˌ23 ˇ2 _7 ˉ2

其 二

樱 花 红 陌 上，　　柳 叶 绿 池 边。
| — — | |　　 | | | — 。
_8 _6 ˉ1 ˌ11 ˌ23　　ˇ25 ˌ16 ˌ2 ˉ4 _1

燕 子 声 声 里，　　相 思 又 一 年。
| | — — |　　 — — | | — 。
ˌ17 ˇ4 _8 _8 ˇ4　　 _7 ˉ4 ˌ26 ˌ4 _1

第二首为首句平起仄收式，因思想内容与第一首紧密相连，故放在这里一起解

读,类似情况以后不再说明。这两首诗是敬爱的周总理于 1914 年他年仅 16 岁的作品。当年,孙中山发动的"二次革命"失败,袁世凯对革命党人进行疯狂的反扑,中华民族又陷入深重的危难之中。第一首诗以深沉、忧愤的心情有力地揭露和控诉了袁世凯祸国殃民、镇压革命的罪行,并乐观地展示出人民必能战胜反动派的光明前景。第二首诗通过对明媚秀丽的春日景色的描绘,抒发了作者热爱祖国和人民以及坚信革命未来必定胜利的强烈感情。

狱 中 诗

现代　罗世文

故 国 山 河 壮,	群 情 尽 望 春。
｜ ｜ ー ｜ ｜	｜ ｜ ー ｜ ｜ 。
↘7 λ13 ‾15 _5 ↘23	‾12 _8 ∨11 ↘23 ‾11
"英雄" 夸 统 一,	后 笑 是 何 人?
ー ー ー ｜	｜ ｜ ｜ ー
_8 ‾1 _6 ↘2 λ4	↘26 ↘18 ∨4 _5 ‾11

这是罗世文烈士 1946 年 10 月 18 日在重庆中美合作所(白公馆)临难前朗读的诗。当时抗战胜利不久,全国人民都希望建设家园,过安定的生活。但蒋介石为首的国民党反动派悍然发动内战。作者义愤填膺,对敌人表示了极端蔑视,指出他们要"统一全国"的妄想注定要失败,最后胜利必然属于人民。

珠穆朗玛峰

当代　沈　达

盖 世 奇 峰 出,	擎 天 气 独 豪。
｜ ｜ ー ー ｜	ー ー ｜ ｜ 。
↘9 ↘8 ‾4 ↘2 λ4	_8 _1 ↘5 λ1 _4
万 山 皆 俯 首,	何 用 自 鸣 高。
｜ ー ー ｜ ｜	ー ｜ ｜ ー ー
↘14 ‾15 ‾9 ∨7 ∨25	_5 ↘2 ↘4 _8 _4

本诗明写世界第一高峰珠穆朗玛峰高出万山,独立擎天的英雄气概;实际是以珠峰的雄伟,暗喻我们国家和民族的伟大形象,充满了高度的民族自豪感,读之令人无比振奋!

兵马俑

当代　林从龙

胆 丧 荆 卿 剑，　　　魂 惊 博 浪 椎。
| | — — |　　　— — | | 。
∨27 ∖23 —8 —8 ∖30　　　¯13 —8 ∖10 ∖23 ¯4

泥 封 兵 马 俑，　　　能 否 慰 孤 危？
— — — | |　　　— | | — 。
¯8 ¯2 —8 ∨21 ∨2　　　—10 ∨25 ∨5 ¯7 ¯4

二十个字，竟然囊括了秦始皇的生前、死后，高度精练，形象生动。这首小诗，吟诵一过，便自然铭刻于心，使人感到优秀传统诗歌那震撼灵魂的、独具的魅力！也佩服作者深厚的功力。

三、七　律

（一）首句平起平收式

长沙过贾谊宅

唐　刘长卿

三 年 谪 宦 此 栖 迟，　　　万 古 惟 留 楚 客 悲。
— — | | | — — 。　　　| | — — | | — 。
—13 —1 ∖11 ∖16 ∨4 —8 ¯4　　　∖14 ∨7 ¯4 —11 ∨6 ∖11 ¯4

秋 草 独 寻 人 去 后，　　　寒 林 空 见 日 斜 时。
— | | — — | |　　　— — — | | — — 。
—11 ∨19 ∖1 —12 ¯11 ∖6 ∖26　　　—14 —12 —1 ∖17 ∖4 —6 ¯4

汉 文 有 道 恩 犹 薄，　　　湘 水 无 情 吊 岂 知？
| — | | — — |　　　— | — — | | — 。
∖15 —12 ∨25 ∨19 —13 —11 ∖10　　　—7 ∨4 —7 —8 ∖18 ∨5 ¯4

寂 寂 江 山 摇 落 处，　　　怜 君 何 事 到 天 涯！
| | — — — | |　　　— — — | | — — 。
∖12 ∖12 ¯3 —15 ¯2 ∨10 ∖6　　　—1 ¯12 —5 ∖4 ∖20 —1 ¯4

　　西汉贾谊,一代英才,受排挤而不得重用,被贬长沙三年,忧郁而死,时年 33 岁。后司马迁将其与屈原同列一传,更使后人平添无限哀伤之情。长卿身世与贾谊相近,怎不勾起诗人一片心酸?贾生不得意而吊屈原,如今我不得志而吊贾生,只不知我这一片真情,贾生地下可知否?身后的我,又有谁来凭吊呢?

江 村
唐 杜 甫

清 江 一 曲 抱 村 流,　　　　长 夏 江 村 事 事 幽。
— — | | | — |　　　　— | — | | — |
_8 ⁻3 ⌍4 ⌍2 ⌄19 ⁻13 _11　　_7 ⌍22 ⁻3 ⁻13 ⌍4 ⌍4 _11

自 去 自 来 梁 上 燕,　　　　相 亲 相 近 水 中 鸥。
| | | — | | |　　　　— | — | | — |
⌍4 ⌍6 ⌍4 ⁻10 _7 ⌍23 _17　　_7 ⁻11 _7 ⌍13 ⌄4 ⁻1 _11

老 妻 画 纸 为 棋 局,　　　　稚 子 敲 针 作 钓 钩。
| — | | | — |　　　　| | | — | | |
⌄19 ⁻8 ⌍10 ⌄4 ⁻4 ⁻4 ⌍2　　⌍4 ⌍4 ⁻3 _12 ⌍10 ⌍18 _11

但 有 故 人 供 禄 米,　　　　微 躯 此 外 更 何 求?
| | | — | — |　　　　— | | | — | |
⌄14 ⌄25 ⌍7 ⁻11 ⁻2 ⌍1 ⌍8　　⁻5 ⁻7 ⌍4 ⌍9 ⌍24 _5 _11

　　饱经离乡背井的苦楚、备尝颠沛流离的艰辛,诗人终于在亲友故旧的资助下于成都草堂得到了一个暂时安居的栖身之处:时值初夏,浣花溪旁,江流曲折,水木清华,燕飞鸥游,妻画子钓,一派怡静幽雅的田园景象……尾联与其说是幸词,毋宁说是苦情,一旦"故人供禄米"中断,诗人就只好重新飘泊江湖了,见《旅夜书怀》(23)。

左迁至蓝关示侄孙湘
唐 韩 愈

一 封 朝 奏 九 重 天,　　　　夕 贬 潮 州 路 八 千。
| — | | | — |　　　　| | | — | | |
⌍4 ⁻2 ⌍2 ⌍26 ⌄25 ⁻2 _1　　⌍11 ⌄28 ⌍2 _11 ⌍7 ⌍8 _1

欲 为 圣 明 除 弊 事,　　　　肯 将 衰 朽 惜 残 年!
| | | — | | |　　　　| — | | | — |

ㄥ2 ╲4 ⌐24 ⌐8 ⌐6 ⌐8 ╲4　　╲24 ⌐7 ⌐10 ╲25 ㄥ11 ⌐14 ⌐1

云　横　秦　岭　家　何　在？　　雪　拥　蓝　关　马　不　前。

⌐12 ⌐8 ⌐11 ╲23 ⌐6 ⌐5 ╲11　　ㄥ9 ╲2 ⌐13 ⌐15 ╲21 ㄥ5 ⌐1

知　汝　远　来　应　有　意，　　好　收　吾　骨　瘴　江　边。

⌐4 ╲6 ╲13 ⌐10 ⌐10 ╲25 ╲4　　╲19 ⌐11 ⌐7 ㄥ6 ╲23 ⌐3 ⌐1

韩愈因谏迎佛骨得罪宪宗，其家旋遭遣逐，小女死于路上。"朝"、"夕"两字言招祸之速，"路八千"言招祸之烈，"欲"、"肯"两字言忠而获罪虽死无憾之志，"家何在"言家破人亡之痛，"马不前"言英雄失路之悲，最后两句向侄孙交待后事，慷慨就道。总之，本诗充分体现韩愈"以文为诗"的特点："文"表现在直叙的方法上，虚词的运用上，"诗"表现在形象的塑造上，感情的抒发上。全诗叙事、写景、抒情融合为一，诗味浓郁，诗意盎然。

放言五首(其三)

唐　白居易

赠　君　一　法　决　狐　疑，　　不　用　钻　龟　与　祝　蓍。

╲25 ⌐12 ㄥ4 ╲17 ╲9 ⌐7 ╲4　　ㄥ5 ╲2 ⌐14 ⌐4 ╲6 ㄥ1 ⌐4

试　玉　要　烧　三　日　满，　　辨　材　须　待　七　年　期。

╲4 ㄥ2 ╲18 ⌐2 ⌐13 ㄥ4 ╲14　　╲16 ⌐10 ⌐7 ╲10 ㄥ4 ⌐1 ⌐4

周　公　恐　惧　流　言　日，　　王　莽　谦　恭　未　篡　时。

⌐11 ⌐1 ╲2 ╲7 ⌐11 ⌐13 ㄥ4　　⌐7 ╲22 ⌐14 ⌐2 ╲5 ⌐16 ⌐4

向　使　当　初　身　便　死，　　一　生　真　伪　复　谁　知？

╲23 ╲4 ⌐7 ⌐6 ⌐11 ╲17 ╲4　　ㄥ4 ⌐8 ⌐11 ╲关 ㄥ1 ⌐4 ⌐4

这是一首富有理趣的好诗。正面以"试玉"、"辨材"两个事例，反面以周公、王莽两个人物，说明一个哲理：对人、对事要得到全面的认识，都要经过时间的考验，从整个历史去衡量、去判断，才能试辨"一生真伪"。所举事、人，既是论点，又是论据，寓哲理于形象之中，以具体事物表现普遍规律，小中见大，耐人寻思。此乃是一首以议论为诗的佳作。

隋 宫
唐 李商隐

紫 泉 宫 殿 锁 烟 霞，　　　　欲 取 芜 城 作 帝 家。
| — | — | | 。　　　　| | | — | | | 。
∨4 ＿1 ⁻1 ╲17 ∨20 ＿1 ＿6　　　λ2 ∨7 ⁻7 ＿8 λ10 ╲8 ＿6

玉 玺 不 缘 归 日 角，　　　　锦 帆 应 是 到 天 涯。
| | | | | | |　　　　| | | | | | 。
λ2 ∨4 λ5 ＿1 ＿5 λ4 λ3　　　∨26 ＿15 ＿10 ∨4 ╲20 ＿1 ＿6

于 今 腐 草 无 萤 火，　　　　终 古 垂 杨 有 暮 鸦。
— | | | | | |　　　　| | | | | | 。
⁻7 ＿12 ∨7 ∨19 ⁻7 ＿9 ∨20　　　⁻1 ∨7 ⁻4 ＿7 ∨25 ╲7 ＿6

地 下 若 逢 陈 后 主，　　　　岂 宜 重 问《后 庭 花》！
| | | | | | |　　　　| | | | | | 。
∨4 ╲22 λ10 ⁻1 ⁻11 ╲26 ∨7　　　∨5 ＿4 ＿2 ╲13 ╲26 ＿9 ＿6

　　这首咏史诗的首联点题。颔联以假设推想把隋炀帝必亡天下的结局揭露得极为有力（"日角"指取了天下的李渊）。颈联以今昔对比、通过放萤和栽柳两个故实把炀帝穷奢极欲的嘴脸暴露得更为深刻。尾联似太极游走，看似轻松，实突然发力、讥刺极深；从陈亡到隋亡，"荒淫亡国"的历史规律在仅二十九年后就重演了，炀帝生前若见此诗，就要羞愧死了。

楚 宫
唐 李商隐

湘 波 如 泪 色 潀 潀，　　　　楚 厉 迷 魂 逐 恨 遥。
— | — | | | 。　　　　| | | | | | 。
＿7 ＿5 ⁻6 ∨4 λ13 ＿2 ＿2　　　∨6 ╲8 ⁻8 ⁻13 λ1 ＿14 ＿2

枫 树 夜 猿 愁 自 断，　　　　女 萝 山 鬼 语 相 邀。
⁻1 ∨7 ╲22 ⁻13 ＿11 ∨4 ╲15　　　∨6 ＿5 ⁻15 ∨5 ∨6 ＿7 ＿2

空 归 腐 败 犹 难 复，　　　　更 因 腥 臊 岂 易 招？

|—　—　|　|　—　—　|　　　　　|　|　—　—　|　|　—
⁻1　⁻5　ˇ7　、10　＿11　—14　˙1　　　　˙24　、14　＿9　＿4　ˇ5　、4　＿2

但 使 故 乡 三 户 在，　　　　彩 丝 谁 惜 惧 长 蛟。

|　|　—　—　|　|　—　　　　　|　|　—　—　|　|　—
ˇ14　ˇ4　、7　＿7　＿13　ˇ7　、11　　ˇ10　⁻4　⁻4　˙11　、7　＿7　＿2

　　本诗化用《楚辞》和屈原本人作品中的词语和意境入诗,紧扣屈原的"迷魂"来写:首联叙迷魂逐波而去,含恨无穷;颔联写迷魂长夜无依,凄凉无限;颈联叹迷魂之不易招;尾联赞迷魂终有慰藉。在吊屈原之中也融进了对社会政治和个人身世的感慨。全诗以景托情,反复吟咏,以感叹为议论,充满浓重的抒情气氛,微婉顿挫,荡气回肠,感人至深。

春 夕
唐　崔　涂

水 流 花 谢 两 无 情，　　　　送 尽 东 风 过 楚 城。

|　—　—　|　|　—　—　　　　—　|　—　—　|　|　—
ˇ4　＿11　＿6　˙22　ˇ22　⁻7　＿8　　⁻1　ˇ11　⁻1　⁻1　、21　ˇ6　＿8

蝴 蝶 梦 中 家 万 里，　　　　子 规 枝 上 月 三 更。

—　|　—　—　|　|　—　　　　|　|　—　—　|　|　—
⁻7　˙16　、1　⁻1　＿6　、14　ˇ4　　ˇ4　⁻4　⁻4　、23　˙6　＿13　＿8

故 园 书 动 经 年 绝，　　　　华 发 春 唯 满 镜 生。

|　—　—　|　|　—　|　　　　　—　|　|　—　|　|　—
、7　⁻13　⁻6　˙1　＿9　＿1　˙9　　＿6　˙6　⁻11　⁻4　＿14　、24　＿8

自 是 不 归 归 便 得，　　　　五 湖 烟 景 有 谁 争？

|　|　—　|　|　|　|　　　　　|　—　|　|　|　|　—
、4　ˇ4　˙5　⁻5　⁻5　、17　˙13　　ˇ7　⁻7　＿1　ˇ23　ˇ25　⁻4　＿8

　　本诗是作者旅居湘鄂时所写,通过对暮春之夕特定情景的描写,抒发了对江南故乡的思念之情。颔联是传诵名句,有三层意思:由思乡而入梦,梦醒而更思乡,子规啼唤、愁上加愁。这三层,一层比一层深,而且互相烘托、映衬,如蝴蝶梦与家万里、一虚一实,蝴蝶梦与子规啼、一乐一悲,子规啼与三更月、一声一色,构成一片清冷、凄凉、悲惨的气氛,令人触目伤怀。

戏答元珍

宋　欧阳修

春 风 疑 不 到 天 涯，	二 月 山 城 未 见 花。
— — — ｜ ｜ — 。	｜ ｜ — — ｜ ｜ 。
⁻11 ⁻1 ⁻4 ＼5 ＼20 ＿1 ⌄6	＼4 ＼6 ⁻15 ＿8 ＼5 ＼17 ＿6
残 雪 压 枝 犹 有 橘，	冻 雷 惊 笋 欲 抽 芽。
— ｜ ｜ — — ｜ ｜	｜ — — ｜ ｜ — 。
⁻14 ＼9 ＼17 ⁻4 ⁻11 ⌄25 ＼4	＼1 ⁻10 ＿8 ⌄11 ＼2 ＿11 ＿6
夜 闻 归 雁 生 乡 思，	病 入 新 年 感 物 华。
｜ — — ｜ — — ｜	｜ ｜ — — ｜ ｜ —
＼22 ⁻12 ⁻5 ＼16 ＿8 ＿7 ＼4	＼24 ＼14 ⁻11 ＿1 ⌄27 ＼5 ＿6
曾 是 洛 阳 花 下 客，	野 芳 虽 晚 不 须 嗟。
— ｜ ｜ — — ｜ ｜	｜ — — ｜ ｜ — 。
＿10 ⌄4 ＼10 ＿7 ＿6 ＼22 ＼11	⌄21 ＿7 ⁻4 ⌄13 ＼5 ⁻7 ＿6

　　本诗是欧阳修被贬后答友人元珍赠诗之作。首联即道出身处荒僻山城,春天又晚来的景况,自然要伤今怀昔的。中间两联,一联景语,一联情语,寒冻之中不屈的生命与流落异乡、处境不顺的诗人形成了对照,令情景得以交融。在这两联"伤今"基础上,尾联"怀昔"就有了排遣伤感的意味。全诗组织严密,浑然无迹,实在是诗人之笔,政治家之笔,诗文革新文坛领袖之笔。

咏 愁

宋　石象之

来 何 容 易 去 何 迟，	半 在 心 头 半 在 眉。
— — — ｜ ｜ — 。	｜ — — ｜ ｜ — 。
⁻10 ＿5 ⁻2 ＼4 ＼6 ＿5 ⁻4	＿15 ＼11 ＿12 ⁻11 ＼15 ＼11 ⁻4
门 掩 落 花 春 去 后，	窗 涵 残 月 酒 醒 时。
— ｜ ｜ — — ｜ ｜	— — — ｜ ｜ — 。
⁻13 ⌄28 ＼10 ＿6 ⁻11 ＼6 ＼26	⁻3 ＿13 ⁻14 ＼9 ⌄25 ＿9 ⁻4
柔 如 万 顷 连 天 草，	乱 似 千 寻 币 地 丝。
— — ｜ ｜ — — ｜	｜ ｜ — — ｜ ｜ —
＿11 ⁻6 ＼14 ＼23 ＿1 ＿1 ⌄19	＼15 ⌄4 ＿1 ＿12 ＼15 ＼4 ⁻4

除 却 五 侯 歌 舞 地，　　人 间 何 处 不 相 随？
— 　｜ — — — 　｜　　— — — ｜ ｜ — 。｜
⁻6 ＼10 ✓7 ＿11 ＿5 ✓7 ＼4　　⁻11 ⁻15 ＿5 ＼6 ＼5 ＿7 ＼4

　　本诗通篇不著一"愁"字，但没有一句不切题意：首联追寻"愁"的踪迹，次联揭露"愁"潜入的时机，三联描写"愁"来的情状，末联慨叹"愁"之随处皆在。形象生动，描写巧丽，有神无迹。

北斋雨后
宋　文　同

小 庭 幽 圃 绝 清 佳，　　爱 此 常 教 放 吏 衙。
｜ ｜ — — — ｜ 。—　　｜ ｜ — — ｜ ｜ 。—
✓17 ＿9 ＿11 ✓7 ＼9 ＿8 ＿6　　＼11 ✓4 ＿7 ＿3 ＼23 ＼4 ＿6

雨 后 双 禽 来 占 竹，　　秋 深 一 蝶 下 寻 花。
｜ ｜ — — ｜ — ｜　　— — ｜ — ｜ — 。—
✓7 ＼26 ⁻3 ＿12 ⁻10 ＼29 ＼1　　⁻11 ＿12 ＼4 ⁻16 ＼22 ＿12 ＿6

唤 人 扫 壁 开 吴 画，　　留 客 临 轩 试 越 茶。
｜ — ｜ ｜ — — ｜　　— ｜ — — ｜ ｜ 。—
＼15 ⁻11 ✓19 ＼12 ⁻10 ⁻7 ＼10　　＿11 ＼11 ＿12 ⁻13 ＼4 ＼6 ＿6

野 兴 渐 多 公 事 少，　　宛 如 当 日 在 山 家。
｜ ｜ ｜ — — ｜ ｜　　｜ — — ｜ ｜ — 。—
✓21 ＼25 ＼28 ＿5 ⁻1 ＼4 ✓17　　✓13 ⁻6 ＿7 ＼4 ＼11 ⁻15 ＿6

　　文同是苏轼的表兄，又是大画家。本诗写北斋雨后的景色和作者的闲适心情。颔联中"占"字"寻"字尤其传神，鸟声蝶影，高下相映，竹摇翠影，花含水珠，再衬着蓝天碧草，画面美丽，不愧是大画家的手笔。

思王逢原三首(其二)
宋　王安石

蓬 蒿 今 日 想 纷 披，　　冢 上 秋 风 又 一 吹。
— ｜ — ｜ ｜ — — 。　　｜ ｜ — — ｜ ｜ 。—
⁻1 ＿4 ＿12 ＼4 ✓22 ＿12 ⁻4　　✓2 ＼23 ＿11 ⁻1 ＼26 ＼4 ⁻4

妙　质　不　为　平　世　得，　　　　微　言　惟　有　故　人　知。
｜　｜　｜　—　—　｜　｜　　　　—　—　—　｜　｜　—　—。
ˋ18　ˇ4　ˇ5　ˉ4　＿8　ˋ8　ˋ13　　　ˉ5　ˉ13　ˉ4　ˇ25　ˉ7　ˉ11　ˉ4

庐　山　南　堕　当　书　案，　　　　湓　水　东　来　入　酒　卮。
—　—　—　｜　—　—　｜　　　　—　｜　—　—　｜　｜　—。
ˉ6　ˉ15　ˉ13　ˇ20　＿7　ˉ6　ˋ15　　　ˉ13　ˇ4　ˉ1　ˉ10　ˇ14　ˇ25　ˉ4

陈　迹　可　怜　随　手　尽，　　　　欲　欢　无　复　似　当　时。
—　｜　｜　—　—　｜　｜　　　　｜　—　—　｜　｜　—　—。
ˉ11　ˇ11　ˇ20　＿1　ˉ4　ˇ25　ˇ11　　　ˇ2　ˉ14　ˉ7　ˇ1　ˇ4　＿7　ˉ4

　　这是一首悼念故友之作。首联用想象之笔描绘了凄凉的墓地场面，颔联联想到长眠地下的故友，颈联追忆当年两人一起读书饮酒时的情景，尾联注入无限的感慨。全诗一气贯注，读来如对故友倾诉衷肠，熔写景、议论、回忆和感叹于一炉；尤其颈联以雄伟的气魄、丰富的想象、精炼的字句，成为荆公诗中的名联。（作者退居江宁后被封为荆国公。）

有美堂暴雨
宋　苏　轼

游　人　脚　底　一　声　雷，　　　　满　座　顽　云　拨　不　开。
—　—　｜　｜　｜　—　—　　　　｜　｜　—　—　｜　｜　—。
＿11　ˉ11　ˇ10　ˇ8　ˇ4　＿8　ˉ10　　　ˇ14　ˋ21　ˉ15　ˉ12　ˇ7　ˇ5　ˉ10

天　外　黑　风　吹　海　立，　　　　浙　东　飞　雨　过　江　来。
—　｜　—　—　—　｜　｜　　　　｜　—　—　｜　｜　—　—。
＿1　ˇ9　ˇ13　ˉ1　ˉ4　ˇ10　ˇ14　　　ˇ9　ˉ1　ˉ5　ˇ7　ˋ21　ˉ3　ˉ10

十　分　潋　滟　金　樽　凸，　　　　千　杖　敲　铿　羯　鼓　催。
｜　—　｜　｜　—　—　｜　　　　—　｜　—　—　｜　｜　—。
ˇ14　ˉ12　ˋ29　ˋ29　＿12　ˉ13　ˇ6　　　＿1　ˇ22　ˉ3　＿8　ˇ6　ˇ7　ˉ10

唤　起　谪　仙　泉　洒　面，　　　　倒　倾　鲛　室　泻　琼　瑰。
｜　｜　｜　—　—　｜　｜　　　　｜　—　｜　｜　｜　—　—。
ˋ15　ˇ4　ˇ11　＿1　＿1　ˇ21　ˋ17　　　ˋ20　＿8　＿3　ˇ4　ˇ21　＿8　ˉ10

　　有美堂在杭州城内吴山最高处，为杭州名胜。本诗描写了暴雨中的钱塘江景色，首联描写了暴雨将临时的情景，颔联描摹了暴雨降临时的迅疾速度，颈联描绘了暴雨大作时的声势，尾联将历史记载和神话传说融为一体，使暴雨这一自然现象充满了诗意。在具体写法上,诗人紧紧扣住疾雷、迅风、暴雨的特点,使全诗的节奏和气势亦如自然风暴般急促:来如惊雷,陡然而至,令人应接不暇;去如飘风,悠然而逝,使人心有余悸。其用词之瑰丽,想象之奇特,无不令人想到唐代诗人李贺,但其气势之奔腾不羁,其韵律之琅琅悦耳,却又超越李贺,分明显示出苏轼个人的特色,是其清雄风格的代表作。

咏 柳
宋 王十朋

东 君 于 此 最 钟 情,　　妆 点 村 村 入 画 屏。
— — — — | | —。　　| — | | | | —。
⁻1 ⁻12 ⁻7 ˅4 ˅9 ⁻2 _8 邻韵　　_7 ˅28 ⁻13 ⁻13 ⋋14 ˅10 _9

向 我 无 言 眉 自 展,　　与 人 非 故 眼 犹 青。
| | — — — | |　　| — — | | — —。
˅23 ˅20 ⁻7 ⁻13 ⁻4 ˅4 ˅16　　˅6 ⁻11 ⁻5 _7 ˅15 _11 _9

萦 牵 别 恨 丝 千 尺,　　断 送 春 光 絮 一 亭。
— — | | — — |　　| | — — | | —。
_8 _1 ⋋9 ˅14 ⁻4 _1 ⋋11　　˅15 ˅1 ⁻11 _7 ˅6 ⋋4 _9

叶 底 黄 鹂 音 更 好,　　隔 溪 烟 雨 醉 时 听。
| | — — — | |　　| — — | | — —。
⋋16 ˅8 _7 ⁻8 _12 ˅24 ˅19　　⋋11 ⁻8 _1 _7 ˅4 ⁻4 _9

春天到了,柳眉、柳眼、柳丝、柳絮逐一含情展黛、多情相望、恋情萦牵、深情难忘,柳荫底下,更是良辰、美景、赏心、乐事……一首咏春柳的好诗。

失 题
辽 赵延寿

黄 沙 风 卷 半 空 抛,　　云 重 阴 山 雪 满 郊。
— — — | | — —　　| | — — | | —。
_7 _6 ⁻1 ˅16 ˅15 ⁻1 _3　　⁻12 ˅1 _12 ⁻15 ⋋9 ⁻14 _3

探 水 人 回 移 帐 就,　　射 雕 箭 落 著 弓 抄。
| | — — — | |　　| — | | | — —。
˅28 ˅4 ⁻11 ⁻10 ⁻4 ˅23 ˅26　　˅22 _2 ˅17 ⋋10 ⋋10 ⁻1 _3

鸟 逢 霜 果 饥 还 啄，　　　　马 渡 冰 河 渴 自 跑。
｜ — — — ｜ — ｜　　　　｜ ｜ — — ｜ ｜ 。
˅17 ¯1 _7 ˅20 ¯5 ¯15 ˄1　　˅21 ¯7 _10 _5 ˄7 ˅4 _3

占 得 高 原 肥 草 地，　　　　夜 深 生 火 折 林 梢。
— ｜ — — ｜ ｜ ｜　　　　｜ — — ｜ ｜ — — 。
_14 ˄13 _4 ¯13 ¯5 ˅19 ˅4　˅22 _12 _8 ˅20 ˄9 _12 _3

　　本诗描绘我国北方大漠中游牧民族的生活图景，记事真、写景真、言情真，笔墨所至，绘声绘色，无不真切质直，充满贞刚雄杰之气。

思　归
金　完颜璹

四 时 唯 觉 漏 声 长，　　　　几 度 吟 残 蜡 烬 红。
｜ — — ｜ — — —　　　　｜ ｜ — — ｜ ｜ 。
˅4 ¯4 ¯4 ˄3 ˅26 _8 _7 邻韵　˅5 ˅7 _12 ¯14 ˄15 ˅12 ¯3

惊 梦 故 人 风 动 竹，　　　　催 春 羯 鼓 雨 敲 窗。
— ｜ ｜ — — ｜ ｜　　　　— — ｜ ｜ ｜ — —
_8 ˅1 ˅7 ¯11 ¯1 ˅1 ˄1　¯10 ¯11 ˄6 ˅7 ˅7 _3 ¯3

新 诗 淡 似 鹅 黄 酒，　　　　归 思 浓 如 鸭 绿 江。
— — ｜ ｜ — — ｜　　　　— — — — ｜ ｜ —
¯11 ¯4 ˅28 ˅4 _5 _7 ˅25　_5 ˅4 ¯2 _6 ˄17 ˄2 ¯3

遥 想 翠 云 亭 下 水，　　　　满 陂 青 草 鹭 鸶 双。
— ｜ ｜ — — ｜ ｜　　　　｜ — — ｜ ｜ — —
_2 ˅22 ˅4 _12 _9 ˅22 ˅4　˅14 ¯4 _9 ˅19 ˅7 ¯4 ¯3

　　本诗写身为完颜贵族的诗人对北地家乡的深切思念，也包含着对承平社会的向往。

岳鄂王墓
元　赵孟頫

鄂 王 坟 上 草 离 离，　　　　秋 日 荒 凉 石 兽 危。
｜ — — ｜ ｜ — —　　　　— ｜ — — ｜ ｜ 。

＼10 ＿7 ¯12 ＼23 ∨19 ¯4 ¯4　　　　¯11 ＼4 ＿7 ¯7 ＼11 ＼26 ¯4

南　渡　君　臣　轻　社　稷，　　　中　原　父　老　望　旌　旗。

一　｜　一　｜　一　｜　｜　　　　一　一　｜　｜　一　一　一。

＿13 ＼7 ¯12 ¯11 ＿8 ∨21 ＼13　　　＿1 ＿13 ¯7 ∨19 ＼23 ＿8 ¯4

英　雄　已　死　嗟　何　及，　　　天　下　中　分　遂　不　支。

一　一　｜　｜　一　一　｜　　　　一　｜　一　一　｜　｜　一。

＿8 ¯1 ∨4 ∨4 ＿6 ＿5 ＼14　　　　＿1 ＼22 ＿1 ¯12 ＼4 ＼5 ¯4

莫　向　西　湖　歌　此　曲，　　　水　光　山　色　不　胜　悲。

｜　｜　一　一　一　｜　｜　　　　｜　一　一　｜　｜　一　一。

＼10 ＼23 ¯8 ¯7 ＿5 ∨4 ＼2　　　　∨4 ＿7 ¯15 ＼13 ＼5 ＿10 ¯4

　　赵孟頫作为宋朝宗室后裔而仕元，他内心充满矛盾痛苦，对江山易主更有切肤之痛。中间两联，一面斥责赵构、秦桧之流是造成后来亡国的罪魁，一面高度评价岳飞奋勇抗金的伟大功绩。千秋功罪，而今由宋朝皇帝赵氏子孙自己来评说，其意味深长，辞简意赅，吐语幽切，是题咏岳坟众作中的名句。

睡　燕
元　谢宗可

补　巢　衔　罢　落　花　泥，　　　困　顿　东　风　倦　翼　低。

｜　一　一　｜　一　一　一。　　　｜　｜　一　一　｜　｜　一。

∨7 ＿3 ＿15 ∨22 ＼10 ＿6 ¯8　　　＼14 ＼14 ¯1 ¯1 ＼17 ＼13 ¯8

金　屋　昼　长　随　蝶　化，　　　雕　梁　春　尽　怕　莺　啼。

一　一　一　一　一　｜　｜。　　　一　一　一　｜　｜　一　一。

＿12 ＼1 ＼26 ＿7 ¯4 ＼16 ＼22　　　＿2 ＿7 ¯11 ∨11 ＼22 ＿8 ¯8

魂　飞　汉　殿　人　应　老，　　　梦　入　乌　衣　路　转　迷。

一　一　｜　｜　一　一　｜。　　　｜　｜　一　一　｜　｜　一。

¯13 ＿5 ＼15 ＼17 ¯11 ＿10 ∨19　　　＼1 ＼14 ¯7 ¯5 ＿7 ∨16 ¯8

却　怪　卷　帘　人　唤　醒，　　　小　桥　深　巷　夕　阳　西。

｜　｜　｜　一　一　｜　｜。　　　｜　一　一　｜　｜　一　一。

＼10 ＼10 ∨16 ＿14 ¯11 ＼15 ∨24　　∨17 ＿2 ＿12 ＼3 ＼11 ＿7 ¯8

　　诗题是旧瓶装新酒，诗意也是旧瓶装新酒，金屋、化蝶、汉殿、乌衣，哪般不是随手可拈的典故？可绾合到睡燕身上，哪般又多少不生出点新意？至于对全诗的评价，笔法轻灵啦、刻画细微啦、联想丰富啦，也未免是旧瓶了，还是用上一个"纤"字吧——虽然这对谢宗可说还是旧瓶，但若赋于"纤丽"、"纤秀"的含义，其中不也有点新酒的滋味吗？

卖 花 声
元　谢宗可

春 光 叫 遍 费 千 金，
一 | 一 | | 一 |
¯11 ﹍7 ﹨18 ¯17 ﹨5 ﹍1 ﹍12

紫 韵 红 腔 细 细 吟。
| | 一 一 | | 一
﹨4 ﹍13 ¯1 一3 ﹨8 ﹨8 ﹍12

几 处 又 惊 游 冶 梦？
| | 一 | 一 一 |
﹨5 ﹨6 ﹨26 ﹍8 ﹍11 ﹨21 ﹨1

谁 家 不 动 惜 芳 心？
| 一 | | 一 | 一
¯4 ﹍6 ﹨5 ﹨11 ﹍7 ﹍12

响 穿 红 雾 楼 台 晓，
| 一 一 | 一 一 |
﹨22 ﹍1 ¯1 ﹨7 ﹍11 ¯10 ﹨17

清 逐 香 风 巷 陌 深。
一 | 一 一 | | 一
﹍8 ﹨1 ﹍7 ¯1 ﹨3 ﹨11 ﹍12

妆 镜 美 人 听 未 了，
一 | 一 一 | | 一
﹍7 ﹨24 ﹨4 ¯11 ﹍9 ﹨5 ﹍17

绣 帘 低 揭 画 檐 阴。
| 一 一 一 | | 一
﹨26 ﹍14 ¯8 ﹨9 ﹨10 ﹍14 ﹍12

咏花常见，咏卖花也多见；但本诗不重"花"，也不重"卖"，偏看重了那无形的"声"，既鲜借鉴，又不易写，如此立意，真是够"纤"、够险，也够大胆的了。然而本诗却将那难捉难摸的卖花声捉住了，让它显出了活灵活现的本相。看来，用笔"纤"一点不一定就是坏事，也不是所有人都能"纤"得好的。本诗就写得纤细、纤盈、纤香、纤美，联系诗人上一首《睡燕》，谢宗可真是纤中之尤了。

石 夫 人
元　萨都剌

危 危 独 立 向 江 滨，
一 一 | | 一 一 |
¯4 ¯4 ﹨1 ﹨14 ﹍23 一3 ¯11

四 伴 无 人 水 作 邻。
| | 一 | | 一 |
﹨4 ﹨14 ﹍7 ¯11 ﹨4 ﹨10 ¯11

绿 鬓 懒 梳 千 载 髻，
| | | 一 一 | |
﹨2 ﹨12 ﹨14 ¯6 ﹍1 ﹨10 ﹨8

朱 颜 不 改 万 年 春。
| 一 | | 一 | 一
¯7 ¯15 ﹨5 ﹨10 ﹨14 ﹍1 ¯11

雪 为 腻 粉 凭 风 傅，　　　露 作 胭 脂 仗 日 匀。
| | | — — | |　　　| | | — | | 。
λ9 ‾4 ‿4 ˇ12 _10 _1 ˋ7　　　ˋ7 λ10 _1 ‾4 ˇ22 λ4 ‾11

莫 道 脸 前 无 宝 镜，　　　一 轮 明 月 照 夫 人。
| | | — — | |　　　| — | | | | 。
λ10 ˇ19 ˇ28 _1 ‾7 ˇ19 ˋ24　　　λ4 ‾11 _8 ˇ6 ˋ18 ‾7 ‾11

对"望夫石"这个传说，文人墨客多写石女望夫的悲，而本诗却写石女的美。萨都剌以丰富多彩的想象之笔，把蠢立在浙江萧山凤凰山的一块顽石变成一个楚楚动人、明艳光彩的绝代佳人雕像，并通过悠沉深婉的格调，使这个流传久远的动人传说得到了美的升华。

梅花九首（其一）
明　高　启

琼 姿 只 合 在 瑶 台，　　　谁 向 江 南 处 处 栽？
— — | | | — 。　　　— | — | ‾ | 。
_8 ‾4 ˇ4 λ15 ˋ11 _2 ‾10　　　‾4 ˋ23 ‾3 _13 ˇ6 ˇ6 ‾10

雪 满 山 中 高 士 卧，　　　月 明 林 下 美 人 来。
| | | — — | |　　　| — | | — | 。
λ9 ˇ14 ‾15 _1 _4 ˇ4 ˋ21　　　ˇ6 _8 _12 ˇ22 ˇ4 ‾11 ‾10

寒 依 疏 影 萧 萧 竹，　　　春 掩 残 香 漠 漠 苔。
‾ — — | — — |　　　— | ‾ — | | 。
‾14 ‾5 ‾6 ˇ23 _2 _2 λ1　　　‾11 ˇ28 ‾14 _7 λ10 λ10 ‾10

自 去 何 郎 无 好 咏，　　　东 风 愁 寂 几 回 开？
| | — — — | |　　　— — | | | — 。
ˋ4 ˋ6 _5 _7 ‾7 ˇ19 ˋ24　　　‾1 ‾1 _11 λ12 ˇ5 ‾10 ‾10

高启咏梅组诗九首，从各个角度赞咏梅花，一时脍炙，有"高梅花"之称，这里选的是最著名的一首。诗人把梅花的高标雅韵与人的高贵品质紧紧结合，使诗既是咏梅又是咏人；又结合自己的处世观，使诗既是咏物又是抒情。颔联是众口称赏的名句，独立而无惊、无憾的高士，秀雅而不艳、不俗的美人，梅花的高洁精神，不正化身于这两者而得到了最生动的显现吗？诗中"何郎"指梁朝诗人何逊，作有《咏早梅》诗（683）。

石　湖

明　文徵明

石　湖　烟　水　望　中　迷，　　　湖　上　花　深　鸟　乱　啼。
｜　—　—　｜　｜　—　。　　　　—　｜　—　—　｜　｜　。
λ11　⁻7　_1　√4　、23　⁻1　⁻8　　⁻7　、23　_6　_12　√17　、15　⁻8

芳　草　自　生　茶　磨　岭，　　　画　桥　横　注　越　来　溪。
—　｜　｜　—　—　｜　｜，　　　｜　—　—　｜　｜　—　。
_7　√19　、4　_8　_6　、21　√23　　_10　_2　_8　⁻7　λ6　⁻10　⁻8

凉　风　袅　袅　青　萍　末，　　　往　事　悠　悠　白　日　西。
—　—　｜　｜　—　—　｜，　　　｜　｜　—　—　｜　｜　。
_7　⁻1　√17　⁻17　_9　_9　λ7　　√22　、4　_11　_11　λ11　λ4　⁻8

依　旧　江　波　秋　月　坠，　　　伤　心　莫　唱《夜　乌　栖》。
—　｜　—　—　—　｜　｜，　　　—　—　｜　｜　｜　—　。
⁻5　、26　⁻3　_5　_11　λ6　、4　　_7　_12　λ10　、23　、22　⁻7　⁻8

　　苏州石湖的风光，既丰富多彩，鲜丽媚人，又和谐清淡，娴静温柔。文徵明是明中叶江南才子中最温文尔雅的。这种微妙的相似，大约就是文徵明迷恋石湖的原因。本诗如同一支优美和缓的曲子，尽管流动不停，却又安静柔美。若在细雨霏霏之时，坐在茶磨岭的茶楼上，泡一杯洞庭碧螺春，遥望烟水茫茫、连天碧色之中，点缀着红白交杂的花朵，真是可以洗去许多人生的烦恼啊……（《夜乌栖》即乐府歌曲《乌夜栖》，因平仄规定而颠倒一字。）

柳

明　杨　慎

垂　杨　垂　柳　管　芳　年，　　　飞　絮　飞　花　媚　远　天。
—　—　—　｜　｜　—　。　　　　—　｜　—　—　｜　｜　—　。
⁻4　_7　⁻4　√25　√14　_7　_1　　⁻5　、6　⁻5　_6　、4　√13　_1

金　距　斗　鸡　寒　食　后，　　　玉　蛾　翻　雪　暖　风　前。
—　｜　｜　—　—　｜　｜，　　　｜　—　—　｜　｜　—　。
_12　、6　、26　⁻8　⁻14　λ13　、26　　λ2　_5　⁻13　λ9　√14　⁻1　_1

别　离　江　上　还　河　上，　　　抛　掷　桥　边　与　路　边。
｜　—　—　｜　—　—　｜，　　　—　｜　—　—　｜　｜　—　。

λ9 ⁻4 ⁻3 ╲23 ⁻15 ＿5 ╲23　　＿3 λ11 ＿2 ＿1 ⌵6 ╲7 ＿1

游　子　魂　销　青　塞　月，　　美　人　肠　断　翠　楼　烟。

— ｜ — — ｜ ｜ ｜　　｜ — — ｜ ｜ ｜ 。

＿11 ⌵4 ⁻13 ＿2 ＿9 ╲11 λ6　　⌵4 ＿11 ＿7 ╲15 ＿4 ＿11 ＿1

又是一首咏柳好诗!"垂杨"、"垂柳"、"飞絮"、"飞花",处处垂柳成行,满天柳絮飘飞;"江上"、"河上"、"桥边"、"路边",代代折柳赠别,多么黯然伤神。全诗八句皆对,工整自然;摹物工巧,思致悱恻;声韵流转而不伤靡弱,语词绮缛而不失清新:清代王夫之在《明诗评选》中称本诗"是一株活柳"。

甲辰八月辞故里
明 张煌言

国　亡　家　破　欲　何　之？　　西　子　湖　头　有　我　师。

｜ — — ｜ — — ｜　　— ｜ — — ｜ ｜ — 。

λ13 ＿7 ＿6 ╲21 λ2 ＿5 ⁻4　　⁻8 ⌵4 ＿7 ＿11 ⌵25 ⌵20 ⁻4

日　月　双　悬　于　氏　墓，　　乾　坤　半　壁　岳　家　祠。

｜ ｜ — — — ｜ ｜　　— — ｜ ｜ ｜ — — 。

λ4 λ6 ⁻3 ＿1 ⁻7 ⌵4 ╲7　　＿1 ⁻13 ╲15 ＿12 λ3 ＿6 ⁻4

惭　将　赤　手　分　三　席，　　敢　为　丹　心　借　一　枝。

— — ｜ ｜ — — ｜　　｜ — — — ｜ ｜ — 。

＿13 ＿7 λ11 ⌵23 ⁻12 ＿13 λ11　　⌵27 ＿4 ⁻14 ＿12 ╲22 λ4 ⁻4

他　日　素　车　东　浙　路，　　怒　涛　岂　必　属　鸱　夷！

— ｜ ｜ — — ｜ ｜　　｜ — ｜ ｜ ｜ — — 。

＿5 λ4 ＿7 ＿6 ⁻1 λ9 ╲7　　╲7 ＿4 ⌵5 λ4 λ2 ⁻4 ⁻4

张煌言是与郑成功齐名的南明抗清人物。他被捕解送杭州、途经故乡鄞县写本诗时,有极冷静的头脑,又有慷慨深沉的感情,使人们看到他自觉地走向死亡时的真实心态,看到一个真正的英雄,一个完美的人格。他牺牲后,鄞、杭人士用重金购其首级,遵其遗愿,营葬于西湖南屏山荔子峰下,永远追随安息于西湖三台山的于谦和栖霞岭的岳飞。

春日我闻室作呈牧翁
清　柳如是

裁 红 晕 碧 泪 漫 漫，　　南 国 春 来 正 薄 寒。
— — | | | — —　　　— | — — | — —。
ˉ10 ˉ1 ˋ13 ʌ11 ˋ4 ˉ14 ˉ14　　_3 ʌ13 ˉ11 ˉ10 ˋ24 ʌ10 ˉ14

此 去 柳 花 如 梦 里，　　向 来 烟 月 是 愁 端。
| | — — — | |　　　| — — | | — —。
ʌ4 ˋ6 ʌ25 _6 ˉ6 ˋ1 ʌ4　　ˋ23 ˉ10 _1 ˋ6 ˋ4 _11 ˉ14

画 堂 消 息 何 人 晓？　　翠 帐 容 颜 独 自 看。
— — — | — — |　　　| | — — | | —。
ˋ10 _7 _2 ʌ13 _5 _11 ʌ17　　ˋ4 ˋ23 ˉ2 _15 ʌ1 ˋ4 ˉ14

珍 重 君 家 兰 桂 室，　　东 风 取 次 一 凭 阑。
— | — — — | |　　　— — | | | — —。
ˉ11 ʌ2 ˉ12 _6 ˉ14 ˋ8 ʌ4　　ˉ1 ʌ7 ˋ4 ˋ4 _10 ˉ14

　　柳如是，明末清初"秦淮八艳"（另七艳为李香君、董小宛、陈圆圆、卞玉京、顾横波、寇白门、马湘兰）中文才最好，且有强烈民族气节的女诗人。明亡后，劝其夫钱谦益自杀殉明，钱不从；她便投河求死，后被救起。本诗是她婚后同钱牧斋的唱和诗之一，不含艳情，充满凄苦，是柳如是的特殊身世和钱柳的独特结合决定的。又，颔联中把"柳"、"如"、"是"三字嵌入，非常巧妙、非常贴切地表达了柳如是的心情。

梅 村
清　吴伟业

枳 篱 茅 舍 掩 苍 苔，　　乞 竹 分 花 手 自 栽。
| — — | — — |　　　| | — — | | —。
ʌ4 ˉ4 _3 ˋ22 ʌ28 _7 ˉ10　　ʌ5 ʌ1 ˉ12 _6 ʌ25 ˋ4 ˉ10

不 好 诣 人 贪 客 过，　　惯 迟 作 答 爱 书 来。
| | | — — | |　　　| — | | | — —。
ʌ5 ˋ20 ˋ8 _11 _13 ʌ11 ʌ21　　ˋ16 ˉ4 ʌ10 ʌ15 ˋ11 ˉ6 ˉ10

闲 窗 听 雨 摊 书 卷，　　独 树 看 云 上 啸 台。
— — — | — — |　　　| | — — | | —。
ˉ15 ˉ3 _9 ʌ7 ˉ14 ˉ6 ˋ17　　ʌ1 ˋ7 ˉ14 ˉ12 ˋ22 ˋ18 ˉ10

桑 落 酒 香 卢 橘 美， 　　　 钓 船 斜 系 草 堂 开。
— | | — | — | 　　　 | | — — | — —
_7 ↘10 ↙25 _7 ¯7 ↘4 ↙4 　　　 ↘18 _1 _6 ↘8 ↙19 _7 ¯10

　梅村，是吴伟业给他的别墅起的名字，他也自号梅村。本诗即写在梅村的隐逸生活，表现出一种既悠闲却又不甘寂寞的情怀。颔联是作者的名句，自己不喜出访却喜有人前来，习惯拖延复信却爱友人书函，在平淡疏慵中自含对交往的期盼。又自栽竹花，听雨登台，品酒垂钓，看似优游，实际寂寞，皆由"背面敷粉"的写法中时时透出。

于忠肃墓
清　孟亮揆

曾 从 青 史 吊 孤 忠， 　　　 今 见 荒 丘 岳 墓 东。
— | — | | — — 　　　 | | — — | | —
_10 ¯2 _9 ↙4 ↘18 ¯7 ¯1 　　　 _12 ↘17 _7 _11 ↘3 ↘7 ¯1

冤 血 九 原 应 化 碧， 　　　 阴 磷 千 载 自 沉 红。
— | | — — | | 　　　 — — — | | — —
¯13 ↘9 ↙25 ¯13 _10 ↘22 ↘11 　　　 _12 ¯11 _1 ↙10 ↘4 _12 ¯1

有 君 已 定 还 銮 策， 　　　 不 杀 难 邀 复 辟 功。
| — | | — — | 　　　 | | — — | | —
↙25 ¯12 ↙4 ↘25 ¯15 ¯14 ↘11 　　　 ↘5 ↘8 ¯14 _2 ↘1 ↘11 ¯1

意 欲 岂 殊 三 字 狱， 　　　 英 雄 遗 恨 总 相 同。
| | | — — | | 　　　 — — | | | — —
↘4 ↙2 ↙5 ¯7 _13 ↘4 ↙2 　　　 _8 ¯1 ¯4 ↘14 ↙1 _7 ¯1

　本诗作者慷慨悲叹，议论横出，惋惜、愤激之情充斥于字里行间，有很深刻的思想意义和强烈的感染力。诗的主旨咏于谦，但在首尾提携岳飞，中间穿插苌弘，以史咏史，以史论史，一首律诗中，放进了三个历史人物，并以其勾勒出中国两千年的封建历史，得出了"英雄遗恨总相同"的结论，对封建君主和封建政治的谴责尽在不言之中。

夜起岳阳楼见月

清　姚鼐

高楼深夜静秋空，　　　荡荡江湖积气通。
— — — | | ‖ 。　　　| | — — | | 。
_4 _11 _12 ⌄22 ⌄23 _11 ¯1　　⌄22 ⌄22 ¯3 ¯7 ⅄11 ⌄5 ¯1

万顷波平天四面，　　　九宵风定月当中。
| | — | — | ‖　　　| — — | | — ‖
⌄14 ⌄23 _5 _8 ¯1 ⌄4 ⌄17　⌄25 _2 ¯1 ⌄25 ⅄6 _7 ¯1

云间朱鸟峰何处，　　　水上苍龙瑟未终。
— — — | — — ‖　　　| | — — | | 。
¯12 ¯15 _7 ⌄17 ¯2 _5 ⌄6　⌄4 ⌄23 _7 ¯2 ⅄4 ⌄5 ¯1

便欲拂衣琼岛外，　　　止留清啸落湘东。
| | | — — | ‖　　　| — — | | — 。
⌄17 ⅄2 ⅄5 ¯5 _8 ⌄19 ⌄9　⌄4 _11 _8 ¯18 ⅄10 _7 ¯1

写岳阳楼，有名篇两首：孟浩然《望洞庭湖赠张丞相》（505）和杜甫《登岳阳楼》（509），这两首都作于白天，侧重抒发现实的感受；本诗则写于有月光的晚上，侧重超脱尘世的玄想。孟诗的主要成就在前两联，写出了洞庭湖非凡的气魄，表现了盛唐人们壮丽的心怀；杜诗融景入情，以沉郁顿挫的总体风格独占鳌头，登上难以企及的高峰；本诗则玄想超然，写景清隽，自有神外之韵，也是一首有特点的好诗。

赴戍登程口占示家人

近代　林则徐

力微任重久神疲，　　　再竭衰庸定不支。
| — | | — — 。　　　| | — — | | 。
⅄13 _5 ⌄27 ⌄2 ⌄25 ¯11 _4　¯11 ⅄6 ¯10 ¯2 ⌄25 ⅄5 ¯4

苟利国家生死以，　　　岂因祸福避趋之？
| | | — — | ‖　　　| — | | | — ‖
⌄25 ⌄4 ⅄13 _6 _8 ⌄4 ⌄4　⌄5 ¯11 ⌄20 ⌄1 ⌄4 _7 ⌄4

谪居正是君恩厚，　　　养拙刚於戍卒宜。
| — | | — — ‖　　　| | — — | — 。
⅄11 ¯6 ⌄24 ⌄4 ¯12 ¯13 ⌄26　⌄22 ⅄9 _7 ¯6 ⌄7 ⅄6 ¯4

戏 与 山 妻 谈 故 事，　　　　试 吟 断 送 老 头 皮。

∣ ∣ ∣ ∣ ∣ ∣ ∣　　　　∣ ∣ ∣ ∣ ∣ ∣ ∣

∨4 ∨6 ‾15 ‾8 ＿13 ∨7 ∨4　　　　∨4 ＿12 ∨15 ∨1 ∨19 ＿11 ‾4

"苟利国家生死以，岂因祸福避趋之"这一联集中体现林则徐的一生为人，是作者生前最喜爱的诗句，乃至身后被其子写入讣告之中。温家宝总理在 2008、2009、2012 年三次记者招待会上都吟诵了这两句诗，说明温总理和林则徐是心心相通的，只要是为了国家，都可以奉献自己的生命。这一诗句的源头又是温总理在 2010 年记者招待会上吟诵的屈原《离骚》(1231)中的诗句"亦余心之所善兮，虽九死其犹未悔。"

广陵吊史阁部
近代　黄燮清

沿 江 烽 火 怒 涛 惊，　　　　半 壁 青 天 一 柱 撑。

∣ ∣ ∣ ∣ ∣ ∣ ∣　　　　∣ ∣ ∣ ∣ ∣ ∣ ∣

＿1 ‾3 ‾2 ∨20 ‾7 ＿4 ＿8　　　　∨15 ∨12 ＿9 ＿1 ∨4 ∨7 ＿8

群 小 已 隳 南 渡 局，　　　　孤 臣 尚 抗 北 来 兵。

∣ ∣ ∣ ∣ ∣ ∣ ∣　　　　∣ ∣ ∣ ∣ ∣ ∣ ∣

‾12 ∨17 ∨4 ‾4 ＿13 ∨7 ∨2　　　　‾7 ＿11 ‾23 ∨23 ∨13 ‾10 ＿8

宫 中 玉 树 征 歌 舞，　　　　阵 上 靴 刀 决 死 生。

∣ ∣ ∣ ∣ ∣ ∣ ∣　　　　∣ ∣ ∣ ∣ ∣ ∣ ∣

‾1 ‾1 ∨2 ∨7 ＿8 ＿5 ∨7　　　　∨12 ∨23 ＿5 ＿4 ∨9 ∨4 ＿8

留 得 岁 寒 真 气 在，　　　　梅 花 如 雪 照 芜 城。

∣ ∣ ∣ ∣ ∣ ∣ ∣　　　　∣ ∣ ∣ ∣ ∣ ∣ ∣

＿11 ∨13 ∨8 ‾14 ‾11 ∨5 ∨11　　　　‾10 ＿6 ‾6 ∨9 ∨18 ‾7 ＿8

歌颂历史中的英雄人物，是黄燮清诗歌的一大特点。本诗写得感情充沛，笔力雄放，豪迈劲直，气势飞动。尤其尾联意蕴特别丰富，象征史可法坚贞不屈的民族气节，也表现作者的无限追慕之情。

出都留别诸公(五首之二)
近代　康有为

天 龙 作 骑 万 灵 从，　　　　独 立 飞 来 缥 缈 峰。

— — —		— — 。		—	— — 。
_1 ¯2 ﹨10 ﹨4 ﹨14 _9 ¯2	﹨1 ﹨14 _5 ¯10 ﹨17 ﹨17 ¯2
怀 抱 芳 馨 兰 一 握，	纵 横 宙 合 雾 千 重。
¯9 ﹨19 _7 _9 ¯14 ﹨4 ﹨3	¯2 _8 ﹨26 ﹨15 _7 _1 ¯2
眼 中 战 国 成 争 鹿，	海 内 人 才 孰 卧 龙？
﹨15 _1 ﹨17 ﹨13 _8 _8 ﹨1	﹨10 ﹨11 ¯11 ¯10 ﹨1 ﹨21 ¯2
抚 剑 长 号 归 去 也，	千 山 风 雨 啸 青 锋！
﹨7 ﹨30 _7 _4 ¯5 ﹨6 ﹨21	_1 ¯15 _1 _7 ﹨18 _9 ¯2

　　本诗似乎是一个屈原式的穷愁而又瑰奇的梦，不过梦中的主人公，却是两千年后的忧国志士康有为。作者不仅是上万言书、提出变法的改革家，也是推动"诗界革命"的杰出诗人。读本诗，可以领略他出入诗、骚，融汇李、杜，以宏伟气魄，驭瑰奇想象，泻胸中壮思的风貌之一斑。

游仙（选一）

近代　张　鸿

淮 南 霞 举 上 琼 宵，	月 珮 星 冠 拥 侍 僚。
¯9 _13 _6 ﹨6 ﹨23 _8 _2	﹨6 ﹨11 _9 ¯14 ﹨2 ﹨4 _2
飞 剑 斩 蛟 江 左 重，	吹 箫 引 凤 大 郎 娇。
¯5 ﹨29 ﹨29 _3 ¯3 ﹨20 ﹨2	¯4 _2 ﹨11 ﹨1 ﹨21 _7 _2
朝 朝 靧 面 红 桃 雪，	夜 夜 归 心 碧 树 潮。
_2 _2 ﹨11 ﹨17 ¯1 _4 ﹨9	﹨22 ﹨22 ¯5 _12 ﹨11 ﹨7 _2
莫 说 神 州 多 弱 女，	跨 麟 乘 鹤 自 逍 遥。
﹨10 ﹨9 ¯11 _11 _5 ﹨10 ﹨6	﹨22 ¯11 _10 ﹨10 ﹨4 _2 _2

　　本诗作于甲午战争失败，中日签订《马关条约》后，讽刺满清政府的全权谈判代表李鸿章，乃不多见的游仙体诗佳作。张鸿是续成同邑常熟曾朴小说《孽海花》的

燕谷老人(晚年所居燕园现为常熟一旅游点,全国重点文物保护单位),也是晚清西昆诗派的健将。他于 1919－1935 年间任常熟百年老校(创建于 1905 年)孝友中学校长,现校园内有他半身铜像,任职期间,延聘名师,最突出的就是国学大师钱仲联和中科院资深院士张青莲。笔者有幸自参加工作当年就踏入孝友中学,历四十年从一而终,到六十周岁于该校退休。所以笔者"生为孝友人,死为孝友魂。一生为孝友,我愿孝友腾。"

惯于长夜
现代 鲁 迅

惯 于 长 夜 过 春 时, 挈 妇 将 雏 鬓 有 丝。

梦 里 依 稀 慈 母 泪, 城 头 变 幻 大 王 旗。

忍 看 朋 辈 成 新 鬼, 怒 向 刀 丛 觅 小 诗。

吟 罢 低 眉 无 写 处, 月 光 如 水 照 缁 衣。 出韵

为纪念左联五烈士(李求实、柔石、胡也频、冯铿、殷夫)牺牲两周年,鲁迅写了《为了忘却的纪念》和本诗。全诗充满对国民党于 1931 年 2 月 7 日在上海龙华杀害五位左联革命作家的悲愤,是用遇难者的血、慈母的泪和作者坚忍而刚毅的品质铸成的。朦胧的弯月,清冷的月光,一位从悲愤中冲出来的老人,倔强地屹立着,"月光"遥扣"长夜",充分完成了悲愤的宣泄……

自 嘲
现代 鲁 迅

运 交 华 盖 欲 何 求, 未 敢 翻 身 已 碰 头。

丶13 _3 _6 丶9 入2 _5 _11　　　　丶5 丷27 ˉ13 ˉ11 丷4 　_11

破　帽　遮　颜　过　闹　市，　　漏　船　载　酒　泛　中　流。

｜　｜　ˉ　ˉ　｜　｜　｜　　　　｜　ˉ　｜　｜　丶　ˉ　。

丶21 丶20 _6 ˉ15 _5 丶19 丷4　　丶26 _1 丷10 丷25 丶30 ˉ1 _11

横　眉　冷　对　千　夫　指，　　俯　首　甘　为　孺　子　牛。

｜　ˉ　｜　｜　ˉ　ˉ　｜　　　　｜　｜　ˉ　ˉ　｜　｜　。

_8 ˉ4 丷23 _11 _1 ˉ7 丷4　　　丷7 丷25 _13 ˉ4 丷7 丷4 _11

躲　进　小　楼　成　一　统，　　管　他　冬　夏　与　春　秋。

｜　｜　｜　ˉ　ˉ　｜　｜　　　　ˉ　ˉ　ˉ　｜　｜　ˉ　。

丶12 丷17 _11 _8 入4 丷2　　　丷14 _5 ˉ2 丶22 丷6 _11 _11

　　"碰"、"躲"两字皆后起字，《佩文诗韵》无，皆应仄声。《自嘲》并非嘲笑自己，而是面对当时国民党反动派的白色恐怖无所畏惧，以自己继续战斗的信心，表示了对敌人的蔑视与嘲讽。"横眉冷对千夫指，俯首甘为孺子牛"两句，用强烈的对比，表达了鲁迅先生对敌人、对人民的不同态度，憎爱分明，感情强烈。这两句诗是鲁迅一生的写照，是人民大众最熟知的鲁迅的诗句。

哭铸山尽节黄花岗二首（其二）

现代　宋教仁

海　天　杯　酒　吊　先　生，　　时　势　如　斯　感　靡　平！

｜　ˉ　ˉ　｜　｜　ˉ　。　　　ˉ　｜　ˉ　ˉ　｜　｜　。

丷10 _1 ˉ10 丷25 丶18 _1 _8　　ˉ4 丷8 ˉ6 ˉ4 丷27 丷4 _8

不　幸　文　山　难　救　国，　　多　才　武　穆　竟　知　兵。

｜　｜　ˉ　ˉ　ˉ　｜　｜　　　　ˉ　ˉ　｜　｜　｜　ˉ　。

入5 丷23 ˉ12 ˉ15 ˉ14 丶26 入13　_5 _10 丷7 入1 丶24 ˉ4 _8

卅　年　片　梦　成　长　别，　　万　古　千　秋　得　有　名。

ˉ　ˉ　｜　｜　ˉ　ˉ　｜　　　　｜　｜　ˉ　ˉ　｜　｜　。

入15 _1 丶17 丶1 _8 _7 入9　　丶14 丷7 _1 _11 入13 丷25 _8

恨　未　从　军　轻　一　掷，　　头　颅　无　价　哭　无　声。

｜　｜　ˉ　ˉ　ˉ　｜　｜　　　　ˉ　ˉ　ˉ　｜　｜　ˉ　。

丶14 丷5 ˉ2 ˉ12 入4 入11　　　_11 ˉ7 ˉ7 丶22 入1 ˉ7 _8

　　"铸山"即陈更新，是1911年4月作者与黄兴、赵声等筹划举行的广州起义失败后，"黄花岗七十二烈士"之一，牺牲时年仅三十岁。诗中以文天祥、岳飞的事迹，充分抒发了对烈士的悼念之情。作者感到自己没有像烈士那样在战场上牺牲而无声痛哭。此后,宋教仁继续从事反清、反袁世凯的革命,于 1913 年被袁世凯所派凶手刺杀,也献出了自己的无价头颅。

祝政协会议成功

现代 熊瑾玎

怀仁堂上聚群英, 国事商量细且精。

三部宪章凭制定, 万年基业告完成。

人民力量多强大, 蒋美残余快肃清。

团结翕如兄弟也, 中华从此乐和平。

本诗写于 1949 年 9 月 30 日,正是中华人民共和国建立的前一天,是大功告成的日子。政治协商会议的成功,使作者兴奋,于是他信马由缰,笔致所至,平平道来,充分表达了自己和人民的欢快。"三部宪章"指的是《中国人民政治协商会议组织法》、《中华人民共和国中央人民政府组织法》、《中国人民政治协商会议共同纲领》。三部宪章确实是新中国和中华民族赖以生存、发展、前进的基石。

晓莹生日赋一诗为寿

现代 陈寅恪

园林五月晚微凉, 兼味盘飧共举觞。

理鬓未愁临镜影, 画眉应向入时妆。

√4　、12　、5　_11　_12　、24　√23　　　　　、10　‾4　_10　、13　√14　‾4　_7

几　回　客　里　逢　兹　日，　　　　　何　处　寰　中　似　故　乡。

|　—　|　|　—　|　—　　　　　　　　　　　|　—　|　|　—　|　—

√5　‾10　√11　√4　‾2　‾4　√4　　　　　　_5　、6　_15　‾1　√4　、7　_7

记　否　凤　城　初　见　夕，　　　　　榴　花　如　火　白　莲　香。

|　—　|　|　—　|　—　　　　　　　　　　　|　—　|　|　—　|　—

√4　√25　、1　_8　‾6　、17　√11　　　　　_11　_6　‾6　√20　√11　_1　_7

本诗作于 1952 年 5 月,系为夫人唐筼 54 岁生日所作。十年后,诗人又作《忆燕山浸水河旧居赋此诗时为晓莹生日即以是篇为寿可也》:"庭院清阴四柳垂,凤城西角访幽姿。新妆病起浑忘倦,沧海人来稍恨迟。感世春山舒叠翠,倾心秋水记流漪。岭南偕隐今回首,换却长安几局棋。"诗人是冷静的渊博的学者,是卓越的史学家、文学家,而又多情、深情、挚情,才能写出情文并茂、温婉绮丽如李商隐、杜牧的诗篇。两首诗都表现了诗人对终身伴侣唐筼的忠贞不渝的爱情。

归国杂吟七首(其二)

现代　郭沫若

又　当　投　笔　请　缨　时，　　　　　别　妇　抛　雏　断　藕　丝。

|　|　—　|　|　—　|　　　　　　　　　　|　|　—　|　|　—　|

√26　_7　_11　√14　√23　_8　‾4　　　　　√9　√25　_3　‾7　、15　√25　‾4

去　国　十　年　余　泪　血，　　　　　登　舟　三　宿　见　旌　旗。

|　—　|　—　|　|　|　　　　　　　　　　|　—　|　|　|　—　|

、6　√13　√14　_1　‾6　、4　√9　　　　　_10　_11　_13　√1　、17　_8　‾4

欣　将　残　骨　埋　诸　夏，　　　　　哭　吐　精　诚　赋　此　诗。

—　|　—　|　—　—　|　　　　　　　　　|　|　—　—　|　|　|

‾12　_7　‾14　√6　‾9　‾6　、22　　　　　√1　√7　_8　_8　、7　√4　‾4

四　万　万　人　齐　蹈　厉，　　　　　同　心　同　德　一　戎　衣。

|　|　|　|　—　|　|　　　　　　　　　　|　—　|　|　|　—　|

、4　、14　、14　‾11　‾8　、20　、8　　　　　_1　_12　‾1　√13　√4　‾1　_5　出韵

本诗是作者于 1937 年 10 月,流亡日本十年后归国途中所写。上半首叙事,下半首抒情,"投笔请缨"开始,"一戎衣"结尾,一条爱国主义思想的红线贯穿始终,将难分难舍的骨肉之情与报效国家的赤子之心联为一体,字字呈辉,句句闪光,气势磅礴,堪称绝唱。又本诗是步鲁迅《惯于长夜》(71)韵,发表后,社会反映强烈,影响

很大,与鲁迅原诗被誉为现代诗坛的"双璧"。

再用鲁迅韵书怀
现代　郭沫若

成 仁 有 志 此 其 时，　　　效 死 犹 欣 鬓 未 丝。
— — | | | — 。　　　　| | — — | | 。
_8 _11 ⌄25 ⌄4 ⌄4 ﹉4 ﹉4　　　⌄19 ⌄4 _11 ﹣12 ⌄12 ⌄5 ﹣4

五 十 六 年 余 鲠 骨，　　　八 千 里 路 赴 云 旗。
| | | — | | |　　　　| — | | | — —
⌄7 ⌄14 ⌄1 _1 ﹣6 ⌄23 ⌄6　　　⌄8 _1 ⌄4 ⌄7 ⌄7 ﹣12 ﹣4

讴 歌 土 地 翻 身 日，　　　创 造 工 农 革 命 诗。
— — | | — — |　　　　| | — — | | —
_11 _5 ⌄7 ⌄4 ﹣13 ﹣11 ⌄4　　　⌄23 ⌄20 _1 ﹣2 ⌄11 ⌄24 ﹣4

北 极 不 移 先 导 在，　　　长 风 浩 荡 送 征 衣。
| | | — — | |　　　　— — | | | — —
⌄13 ⌄13 ⌄5 ﹣4 _1 ⌄20 ⌄11　　　_7 ﹣1 ⌄19 ⌄22 ⌄1 _8 ﹣5 出韵

十年前,作者回国抗战,步鲁迅《惯于长夜》韵,写了《归国杂吟》(74),贯注了深挚的爱国主义激情;十年后的 1947 年 11 月 13 日,作者奔赴解放区前夜,又用鲁迅诗原韵再写本诗,更浸透了对人民的无限挚爱的赤子之心。尾联既写实,又抒情,把前三联中所表达的献身的宿愿、革命的理想引向未来,充满了对中国共产党的坚信,将激情与诗意推向高峰,点出了全诗的题旨。

长 征
现代　毛泽东

红 军 不 怕 远 征 难，　　　万 水 千 山 只 等 闲。
— — | | | — —　　　　| | — — | | —
﹣1 _12 ⌄5 ⌄22 ⌄13 _8 ﹣14　　　⌄14 ⌄4 _1 _15 ⌄4 ⌄24 ﹣15 出韵

五 岭 逶 迤 腾 细 浪，　　　乌 蒙 磅 礴 走 泥 丸。
| | — — — | |　　　　— — — | | — —
⌄7 ⌄23 ﹣4 ﹣4 _10 ⌄8 ⌄23　　　﹣7 _1 _7 ⌄10 ⌄25 _8 ﹣14

金 沙 水 拍 云 崖 暖，　　　大 渡 桥 横 铁 索 寒。

　　— 　— 　| 　| 　— 　|　　　　　　　　　— 　— 　| 　— 　— 　。
　_12 ⁻6 ∨4 ∧11 ⁻12 ⁻9 ∨14　　　　　∨21 ∨7 _2 _8 ∧9 ∧10 ⁻14
　更 喜 岷 山 千 里 雪，　　　　　　三 军 过 后 尽 开 颜 。
　— 　— 　| 　| 　— 　|　　　　　　　　　— 　| 　— 　— 　。
　∨24 ∨4 ⁻11 ⁻15 _1 ∨4 ∧9　　　　　_13 ⁻12 ∨21 ∨26 ∨11 ⁻10 ⁻15 出韵

　　开国领袖毛泽东不仅是伟大的政治家、军事家，而且是杰出的诗人。本书所选毛泽东诗全部出自《毛泽东诗词集》（中央文献出版社 1996 年 9 月第 1 版），该集共载毛泽东诗 33 首，其中七律是作者最擅长的，有 15 首，另有七绝 10 首，五律 4 首，五古 1 首，七古 1 首，六言 1 首，杂言 1 首。本诗高度概括了红军长达二万五千里的行军，充分抒发了红军战士的英雄气概和大无畏的革命精神。

人民解放军占领南京
现代　毛泽东

　钟 山 风 雨 起 苍 黄，　　　　　　百 万 雄 师 过 大 江 。
　— 　— 　| 　| 　— 　| 　。　　　　　　— 　— 　| 　— 　| 　。
　⁻2 ⁻15 _1 ∨7 ∨4 _7 _7　　　　　∧11 ∨14 ⁻1 _4 ∨21 ∨21 ⁻3 出韵
　虎 踞 龙 盘 今 胜 昔，　　　　　　天 翻 地 覆 慨 而 慷 。
　∨7 ∨6 ⁻2 ⁻14 _12 ∨25 ∧11　　　_1 ⁻13 ∨4 ∧1 ∨11 ⁻4 _7
　宜 将 剩 勇 追 穷 寇，　　　　　　不 可 沽 名 学 霸 王 。
　— 　— 　| 　| 　— 　| 　—　　　　　　— 　| 　— 　— 　。
　⁻4 _7 ∨25 ∨2 _4 ⁻1 ∨26　　　　∧5 ∨20 _7 _8 ∧3 ∨22 _7
　天 若 有 情 天 亦 老，　　　　　　人 间 正 道 是 沧 桑 。
　— 　— 　| 　| 　— 　|　　　　　　　　— 　| 　| 　— 　。
　_1 ∧10 ∨25 _8 _1 ∧11 ∨19　　　⁻11 ⁻15 ∨24 ∨19 ∨4 _7 _7

　　1949 年 4 月 21 日，毛泽东主席和朱德总司令发出《向全国进军的命令》，号令全军坚决、彻底、干净、全部地歼灭一切敢于抵抗的国民党反动派，解放全中国。中国人民解放军立即发起渡江战役，并于 4 月 23 日占领南京。本诗是南京解放后二三天内写成的，是庆祝革命胜利的万古不朽的丰碑，是将革命进行到底的伟大的战斗号令。

和柳亚子先生

现代　毛泽东

饮 茶 粤 海 未 能 忘，　　　索 句 渝 州 叶 正 黄。

∨26 _6 ∧6 ∨10 ∨5 _10 _7　　∧10 ∨7 ‾7 _11 ∧16 ∨24 _7

三 十 一 年 还 旧 国，　　　落 花 时 节 读 华 章。

_13 ∧14 ∧4 _1 ‾15 ∨26 ∧13　　∧10 _6 ‾4 ∧9 ∧1 _6 _7

牢 骚 太 盛 防 肠 断，　　　风 物 长 宜 放 眼 量。

_4 _4 ∨9 ∨24 _7 _7 ∨15　　　‾1 ∧5 _7 ‾4 ∨23 ∨15 _7

莫 道 昆 明 池 水 浅，　　　观 鱼 胜 过 富 春 江。

∧10 ∨19 ∨13 _8 ‾4 ∨4 ∨16　　‾14 ‾6 ∨25 ∨21 ∨26 ‾11 ‾3 出韵

　　柳亚子原诗："开天辟地君真健，说项依刘我大难。夺席谈经非五鹿，无车弹铗怨冯驩。头颅早悔平生贱，肝胆宁忘一寸丹！安得南征驰捷报，分湖便是子陵滩。"诗用寒韵，毛泽东和诗用阳韵。（关于和诗见本书第229页）。针对柳诗中的思想，毛的和诗由远及近，回忆革命历史，说明解放形势，指点思想问题，表示挽留态度，理、情、景融会一体，有很强的说服力和感染力，使柳亚子思想大为转变，继续参加革命工作。

登 庐 山

现代　毛泽东

一 山 飞 峙 大 江 边，　　　跃 上 葱 茏 四 百 旋。

∧4 ‾15 ∨5 ∨4 ∨21 ‾3 _1　　∧10 ∨23 ‾1 _2 ∨4 ∧11 _1

冷 眼 向 洋 看 世 界，　　　热 风 吹 雨 洒 江 天。

∨23 ∨15 ∨23 _7 ‾14 ∨8 ∨10　　∧9 ‾1 ‾4 ∨7 ∨21 ‾3 _1

云 横 九 派 浮 黄 鹤，　　　浪 下 三 吴 起 白 烟。

‾12　＿8　ᵛ25　ˋ10　＿11　＿7　ᵡ10　　　　ˋ23　ˋ22　＿13　‾7　ᵛ4　ᵡ11　＿1

陶　令　不　知　何　处　去，　　　桃　花　源　里　可　耕　田？

—　｜　｜　—　—　｜　｜　　　　—　—　—　｜　｜　—　。

＿4　ˋ24　ᵡ5　‾4　＿5　ˋ6　ˋ6　　　　＿4　＿6　‾13　ᵛ4　ᵛ20　＿8　＿1

本诗写于 1959 年 7 月 1 日，至今已过半个多世纪了。不管作者原意如何，也不管人们有多么不同的理解；前三联庐山风光概括无余，天下景物尽收眼底，尾联怀古，想到了曾在庐山一带活动的陶渊明，想到了他的《桃花源记》，从而信手拈来，风趣作比，幽默作问，如同辛稼轩词《永遇乐》里"凭谁问，廉颇老矣，尚能饭否？"但愿九州大地到处都有"桃花源"！

和郭沫若同志
现代　毛泽东

一　从　大　地　起　风　雷，　　　便　有　精　生　白　骨　堆。

｜　—　｜　｜　｜　—　○　　　　｜　｜　—　—　｜　｜　○

ᵡ4　‾2　ˋ21　ᵛ4　ᵛ4　‾1　＿10　　　ˋ17　ᵛ27　＿8　＿8　ᵡ11　ᵡ6　‾10

僧　是　愚　氓　犹　可　训，　　　妖　为　鬼　蜮　必　成　灾。

—　｜　—　—　—　｜　｜　　　　—　—　｜　｜　｜　—　○

＿10　ᵛ4　‾7　＿8　＿11　ᵛ20　ˋ13　　＿2　‾4　ᵛ5　ᵡ13　ᵡ4　＿8　‾10

金　猴　奋　起　千　钧　棒，　　　玉　宇　澄　清　万　里　埃。

—　—　｜　｜　—　—　｜　　　　｜　｜　—　—　｜　｜　○

＿12　＿11　ˋ13　ᵛ4　＿1　‾11　ᵛ3　　ᵡ2　ᵛ7　＿10　＿8　ˋ14　ᵛ4　‾10

今　日　欢　呼　孙　大　圣，　　　只　缘　妖　雾　又　重　来。

—　｜　—　—　—　｜　｜　　　　｜　—　—　｜　｜　—　○

＿12　ᵡ4　‾14　‾7　＿13　ˋ21　ˋ24　　ᵛ4　＿1　＿2　ᵛ7　ˋ26　‾2　‾10

郭沫若原诗："人妖颠倒是非淆，对敌慈悲对友刁。咒念金箍闻万遍，精逃白骨累三遭。千刀当剐唐僧肉，一拔何亏大圣毛。教育及时堪赞赏，猪犹智慧胜愚曹。"诗用豪韵（有邻韵、出韵），毛泽东和诗用灰韵。毛诗的主旨与郭诗相同，都是借绍剧《孙悟空三打白骨精》反对当时所说的现代修正主义，只是不同意郭诗敌视被白骨精欺骗的唐僧的看法。郭读本诗后表示接受毛泽东的意见。

和周世钊同志

现代　毛泽东

春 江 浩 荡 暂 徘 徊，　　又 踏 层 峰 望 眼 开。
一 一 一 ｜ ｜ 一 一。　　｜ ｜ 一 一 ｜ ｜ 一。
ˉ11 ˉ3 ˅19 ˅22 ˉ28 ˉ10 ˉ10　　˅26 ˪15 ˷10 ˉ2 ˉ23 ˅15 ˉ10

风 起 绿 洲 吹 浪 去，　　雨 从 青 野 上 山 来。
一 ｜ ｜ 一 一 ｜ ｜。　　｜ 一 一 ｜ ｜ 一 一。
ˉ1 ˅4 ˪2 ˷11 ˉ4 ˅23 ˷6　　˅7 ˉ2 ˷9 ˅21 ˷23 ˉ15 ˉ10

尊 前 谈 笑 人 依 旧，　　域 外 鸡 虫 事 可 哀。
一 一 一 ｜ 一 一 ｜。　　｜ ｜ 一 一 ｜ ｜ 一。
ˉ13 ˷1 ˷13 ˅18 ˉ11 ˷5 ˅26　　˪13 ˅9 ˷8 ˉ1 ˷4 ˅20 ˉ10

莫 叹 韶 华 容 易 逝，　　卅 年 仍 到 赫 曦 台。
｜ ｜ 一 一 一 ｜ ｜。　　｜ 一 一 ｜ ｜ 一 一。
˪10 ˅15 ˷2 ˷6 ˉ2 ˅4 ˷8　　˪15 ˷1 ˷10 ˅20 ˪11 ˉ4 ˉ10

　　周世钊是毛泽东在湖南省立第一师范学校的同学，曾加入新民学会。作者1955 年 10 月写本诗时，周当时任湖南省教育厅副厅长兼湖南省立第一师范学校校长。本诗写作者与老同学当年的友谊，并对其加以勉励。"赫曦台"指湖南长沙的岳麓书院。

话剧、歌剧、儿童剧创作会在广州召开

现代　田 汉

一 时 春 满 越 王 台，　　水 暖 山 温 聚 俊 才。
｜ 一 一 一 ｜ 一 一。　　｜ ｜ 一 一 ｜ ｜ 一。
˪4 ˉ4 ˉ11 ˉ14 ˪6 ˷7 ˉ10　　˅4 ˅14 ˉ15 ˉ13 ˷7 ˷12 ˉ10

书 记 翩 翩 攻 药 石，　　将 军 侃 侃 发 惊 雷。
一 ｜ 一 一 ｜ ｜ ｜。　　一 一 ｜ ｜ ｜ 一 一。
ˉ6 ˅4 ˷1 ˷1 ˉ1 ˪10 ˪11　　˷7 ˉ12 ˷14 ˅14 ˪6 ˷8 ˉ10

马 多 喑 哑 缘 风 厉，　　花 不 齐 开 待 鼓 催。
一 一 一 一 一 一 ｜。　　一 ｜ 一 一 ｜ ｜ ｜。
˅21 ˷5 ˷12 ˅21 ˷1 ˷1 ˷8　　˷6 ˪5 ˷8 ˉ10 ˉ10 ˅7 ˉ10

指 日 乾 坤 红 紫 遍，　　情 深 莫 忘 岭 头 梅。

｜　｜　—　—　—　｜　｜　　　　　　—　—　｜　｜　｜　—　。
ˇ4　ˇ4　_1　¯13　¯1　ˇ4　ˇ17　　　　　_8　_12　ˋ10　ˋ23　ˇ23　_11　¯10

　　1962年4月在广州越秀山上越王台召开的会议上,陈毅、陶铸分别作的讲话中引用龚自珍"万马齐喑究可哀"(174)的诗句,指出当时戏剧创作出现"万马齐喑"不景气局面的责任主要在领导不力。田汉听了讲话,心潮澎湃,立即赋诗以鞭策自己;并希望广大戏剧工作者在取得胜利成果之时,莫忘越秀山头的报春梅花——党的领导人的积极支持和热情鼓励。

大 治 颂
现代　周谷城

"四人帮"得势时,无人敢言治。"四人帮"粉碎后,大乱走向大治,因赋。

事　同　乾　转　与　坤　旋,　　　　大　乱　翻　为　大　治　年。
｜　—　—　｜　｜　—　。　　　　　｜　｜　—　—　｜　｜　—　。
ˋ4　¯1　_1　ˇ16　ˇ6　¯13　_1　　　ˋ21　ˋ15　¯13　¯4　ˋ21　ˋ4　_1

一　列　巨　星　惊　坠　地,　　　　四　凶　罪　恶　已　滔　天。
｜　｜　｜　—　—　｜　｜　　　　　｜　—　｜　｜　｜　—　。
ˋ4　ˋ9　ˇ6　_9　_8　ˋ4　ˋ4　　　　ˋ4　¯2　ˇ10　ˋ10　ˋ4　_4　_1

纵　教　言　治　无　人　敢,　　　　笃　信　成　功　有　必　然。
｜　—　—　｜　—　—　｜　　　　　｜　｜　—　—　｜　｜　—　。
ˋ2　_3　¯13　ˋ4　¯7　¯11　ˇ27　　　ˋ2　ˋ12　_8　¯1　ˋ25　ˋ4　_1

十　亿　人　民　心　一　致,　　　　五　洲　魑　魅　岂　能　延?
｜　｜　—　—　—　｜　｜　　　　　｜　—　—　｜　｜　—　。
ˋ14　ˋ13　¯11　¯11　_12　ˋ4　ˋ4　　ˇ7　_11　¯4　ˋ4　ˇ5　_10　_1

　　1976年,周恩来、朱德、毛泽东相继逝世,全国人民一举粉碎"四人帮",中国由大乱走向大治。本诗是当年的真实写照。诗人目击劫难,往事历历,只择一二点出,妙在虚实得宜,对国家民族的命运充满必胜的信心。

七　律
现代　高 亨

诛　魔　伏　寇　率　红　军,　　　　赢　得　神　州　万　里　春。

— — ｜ ｜ — — 。　　　　　— — ｜ — — ｜ — 。

ˉ7 ˉ5 ∖1 ∖26 ∖4 ˉ1 ˉ12　　　∖8 ∖13 ˉ11 ˍ11 ∖14 ∨4 ˉ11 出韵

幸　福　常　从　危　后　觉，　　　贤　能　须　在　比　中　分。

∨23 ∖1 ˉ7 ˉ2 ˉ4 ∖26 ∖3　　　ˍ1 ˍ10 ˉ7 ˉ11 ∨4 ˉ1 ˉ12

曹　刘　岂　为　斯　民　战，　　　李　杜　曾　无　建　国　勋。

ˍ4 ˍ11 ∨5 ∖4 ˉ4 ˉ11 ∖17　　　∨4 ∨7 ˍ10 ˉ7 ∖14 ∖13 ˉ12

红　日　一　天　妖　雾　散，　　　欣　看　将　帅　尽　诗　人。

ˉ1 ∖4 ∖4 ˍ1 ˍ2 ∖7 ∖15　　　ˉ12 ˉ14 ∖23 ∖11 ˉ4 ˉ11 出韵

本诗是作者敬读老革命家的诗词之后，有感而作。请看，曹操、刘备可谓一代英杰，但是他们一生征战，哪里是为了人民呢？李白、杜甫也是一代文豪，但却空有忧国忧民之情，并没有留下建国的功勋。而毛泽东等老一辈革命家实在是既能运筹帷幄、建有开国功勋的将帅，同时又是具有文采、风骚的诗人，他们正是文武全才，是前无古人的，正是"数风流人物，还看今朝。"（毛泽东《沁园春·雪》）。

无　题

现代　吴世昌

长　留　典　范　诏　儿　孙，　　　百　尺　丰　碑　峙　国　门。

ˍ7 ˍ11 ∨16 ∨29 ∖18 ˉ4 ˉ13　　　∖11 ∖11 ˉ2 ˉ4 ∨4 ∖13 ˉ13

四　壁　浮　雕　昭　信　史，　　　兆　民　解　放　仰　深　恩。

∖4 ∖12 ˍ11 ˍ2 ˍ2 ∨12 ∨4　　　∨17 ˉ11 ∨9 ∖23 ∨22 ˍ12 ˉ13

当　年　共　识　英　雄　志，　　　举　世　今　知　禹　甸　尊。

ˍ7 ˍ1 ∨4 ∖13 ˍ8 ˍ1 ∨4　　　∨6 ∖8 ˉ12 ˉ4 ∨4 ∖17 ˉ13

海　外　孤　臣　遥　稽　首，　　　凭　君　携　此　奠　忠　魂。

∨10 ∖9 ˉ7 ˉ11 ˍ2 ∨8 ∨25　　　ˍ10 ˉ12 ˉ8 ∨4 ∖17 ˉ1 ˉ13

人民英雄纪念碑耸立于天安门广场，为纪念1840—1949年为我国革命牺牲的人民英雄而建立。1949 年 9 月 30 日奠基,1958 年建成。当年作者在英国牛津大学教书,并任牛津和剑桥两大学博士学位考试委员。得知纪念碑建成的消息后,心情十分激动,写下本诗。首联写了立碑的意义和碑的雄伟,颔联介绍碑的内容,颈联称赞革命先烈的伟大贡献,尾联写自己对纪念碑致以遥远敬礼,祭奠烈士的忠魂。

闻平型关大捷喜赋
现代　钱仲联

垂 天 绛 霓 下 雄 关,　　　　捷 报 传 来 一 破 颜。
— — | | | | 。　　　　| | | | | — 。
⁻4 ＿1 ﹨3 ⋋12 ⋋22 ⁻1 ⁻15　　　⋋16 ﹨20 ＿1 ⁻10 ⋋4 ⋋21 ⁻15

出 手 便 翻 三 岛 日,　　　　挥 戈 欲 铲 万 重 山。
| | | | | | |　　　　| | | | | | 。
⋋4 ⋋25 ﹨17 ⁻13 ＿13 ⋁19 ⋋4　　　⁻5 ＿5 ⋋2 ﹨16 ﹨14 ⋋2 ⁻15

笑 东 诸 将 应 知 愧,　　　　逐 北 孤 军 誓 不 还。
⁻1 ⁻1 ⁻6 ﹨23 ＿10 ⁻4 ﹨4　　　⋋1 ⋋13 ⁻7 ⁻12 ﹨8 ⋋5 ⁻15

我 病 捶 床 犹 起 舞,　　　　长 城 赤 矗 梦 中 攀。
⋁20 ﹨24 ⋁4 ＿7 ＿11 ⋁4 ⋁7　　　＿7 ＿8 ⋋11 ﹨20 ﹨1 ⁻1 ⁻15

　　1937 年 7 月 25 日,平型关大捷。诗人听到这个特大喜讯,兴奋不已,写下本诗。全诗一层深入一层,由闻捷欢笑,到歌颂将士出师得胜、到讥笑日寇、到孤军逐北、再到自己捶床欢呼,热情讴歌了英勇抗击日寇的八路军 115 师将士。诗抒写得激情满怀,淋漓尽致,充分表达了自己的爱国情怀。

台湾草山宾馆作
现代　钱钟书

空 明 丈 室 面 修 廊,　　　　睡 起 凭 栏 送 夕 阳。
— — | | | — 。　　　　| | | — | | 。
⁻1 ＿8 ⋁22 ⋋4 ＿17 ＿11 ＿7　　　﹨4 ⋁4 ＿10 ⁻14 ﹨1 ⋋11 ＿7

花 气 侵 身 风 入 帐,　　　　松 声 通 梦 海 掀 床。

— | — — — | |
_6 ⌄5 _12 ⁻11 ⁻1 ⌄13 ⌄23
放慵惭乐青山静，

— — — | — — ⌄ 。
⁻2 8 ⁻1 ⌄1 ⌄10 ⁻13 _7
无 事 方 贪 白 日 长 。

| — — | — — |
⌄23 ⁻2 _13 ⌄10 _9 ⁻15 ⌄23
住 处 留 庵 天 倘 许，

| — — — | — ⌄ 。
⁻7 ⌄4 _7 ⁻13 ⌄11 ⌄4 _7
打 钟 扫 地 亦 清 凉 。

| — — — | — |
⌄7 ⌄6 _11 _13 _1 ⌄22 ⌄6

— | — — — | 。
⌄21 ⁻2 ⌄19 ⌄4 ⁻11 _8 _7

本诗作于 1948 年 4 月。当时作者的《围城》刚出版一年。作者赴台北出席一个文物展览，并作了《中国诗与中国画》的讲座。在讲座中他认为，诗是有声的画，画是无声的诗；心灵、情志，用线条、色彩勾勒的就是画，用文字、语言抒写的就是诗。作者的见解幽默风趣，博得了听众的好评。本诗是在他下榻的宾馆写的，从中可以看出作者当时的心境。诗写得工稳、幽默、语淡、情深。

秋日登临

现代 林默涵

客 中 病 起 上 高 台，
| — | — — | | 。
⌄11 ⁻1 ⌄24 ⌄4 ⌄23 _4 ⁻10

秋 入 江 南 草 半 衰。
— | — — — | | 。
_11 ⁻14 ⁻3 _13 ⌄19 ⌄15 ⁻10

燕 市 云 浓 家 不 见，
_1 ⌄4 ⁻12 ⁻2 _6 ⌄5 ⌄17

长 江 水 远 雁 稀 来。
_7 ⁻3 ⌄4 ⌄13 ⌄16 ⁻5 ⁻10

篱 边 菊 笑 陶 公 醉，
⁻4 _1 ⌄1 ⌄18 _4 ⁻1 ⌄4

泽 畔 歌 吟 屈 子 哀。
⌄11 ⌄15 _5 _12 ⌄5 ⌄4 ⁻10

人 说 丰 城 藏 剑 地，
— | — — | | |
⁻11 ⌄9 ⁻2 _8 _7 ⌄30 ⌄4

青 锋 何 日 出 尘 埋？
— — — | | — 。
_9 ⁻2 _5 ⌄4 ⌄4 ⁻11 ⁻10

这是著名文艺评论家林默涵 1975 年在湖北咸宁文化部五七干校下放劳动、改造思想时写的诗。在写景和怀古中蕴含着作者几许难言的愁情后，尾联引用龙泉宝剑的典故，表达这样一个信念：乌云蔽日是暂时的，冤案昭雪是有望的，青锋不会永埋，雄才必定重展。这是乐观的、坚定的信念。在那个时代，持这样信念的人，堪称中国的脊梁。

长句为雪芹作

当代　周汝昌

千 年 一 见 魏 王 才，　　　落 拓 人 间 未 可 哀。
— — | | | — —　　　　　| | — — | | —
_1 _1 ⌄4 ⌄17 ⌐5 _7 ⌐10　　⌄10 ⌄15 ⌐11 _15 ⌄5 ⌄20 ⌐10

天 厚 虞 卿 兼 痛 幸，　　　地 钟 灵 石 半 庄 诙。
— | — — — | |　　　　　| — — | | — —
_1 ⌄26 ⌐7 _8 _14 ⌄1 ⌄23　⌄4 ⌐2 _9 ⌄11 ⌄15 _7 ⌐10

朱 灯 梦 笔 沉 残 稿，　　　翠 崦 寻 痕 涨 锦 苔。
— — | | — — |　　　　　| — — — | | —
⌐7 _10 ⌄1 ⌄4 _12 ⌐14 ⌄19　⌄4 ⌄28 _12 ⌐13 ⌄22 ⌄26 ⌐10

曾 是 青 蝇 涂 白 璧，　　　为 君 湔 浣 任 渠 猜。
— | — — — | |　　　　　| — — | | — —
_10 ⌄4 _9 _10 ⌐7 ⌄11 ⌄11　⌄4 ⌐12 _1 ⌄14 ⌄27 ⌐6 ⌐10

　　著名红学家周汝昌先生的本诗前半首谈曹雪芹的绝世才华与半生潦倒，正是这"落拓人间"的不幸遭遇才玉成了他"半庄诙"的《红楼梦》，这是"天厚虞卿"，虽"痛"实"幸"。后半首则是抨击续书，后四十回之于雪芹《红楼梦》是"青蝇涂白璧"，是"贝锦"之诬。甚至认为高鹗是文化特务，是被乾隆收买来篡改、歪曲雪芹原作的。所以，他要"为君湔浣"，且"任渠猜"，不畏人言也。

桃源洞寻幽

当代　林从龙

沿 溪 苔 石 净 无 尘，　　　依 旧 桃 源 待 问 津。
— — — | | — —　　　　　— | — — | | —
_1 ⌐8 ⌐10 ⌄11 ⌄24 ⌐7 ⌐11　⌐5 ⌄26 _4 ⌐13 ⌄10 ⌄13 ⌐11

云 外 鸡 声 疑 隔 世，　　　洞 中 风 物 果 怡 神。
— | — — — | |　　　　　| — — | | — —
⌐12 ⌄9 ⌐8 _8 ⌐4 ⌄11 ⌄8　⌄1 ⌐1 ⌐1 ⌄5 ⌄20 ⌐4 ⌐11

碑 铭 晋 代 耕 桑 地，　　　情 系 秦 时 避 乱 人。
— — | | — — |　　　　　— | — — | | —

— — ｜ ｜ — — ｜　　　　— ｜ — ｜ ｜ ｜ 。
⁻4 ⁻9 ﹨12 ﹨11 ⁻8 ⁻7 ﹨4　　⁻8 ﹨8 ⁻11 ⁻4 ﹨4 ﹨15 ⁻11

历 尽 劫 波 诗 兴 在，　　今 朝 同 享 武 陵 春。

— ｜ — — ｜ ｜ —　　　　— — — ｜ ｜ ｜ 。
﹨12 ﹨11 ﹨17 ⁻5 ⁻4 ﹨25 ﹨11　　⁻12 ⁻2 ⁻1 ✓22 ✓7 ⁻10 ⁻11

　　这首旅游诗，写得行云流水，珠圆玉润。首联烘托景物，笔触细微；颔联虚实交融，混为一体；颈联侧重怀古，情由景生；尾联笔锋陡转，回到现实。在作者的胸中，古代的"劫波"，文革的"劫波"，全被"历尽"，皆为陈迹；展现在人间的，却是一派大好春光，皆似武陵仙境。前朝的世外桃源，已成为今日世上游人的寻胜问津之地，借古颂今，适得其体是也。

访武侯祠

当代　黄　琳

江 山 一 统 不 须 论，　　两 表 残 碑 迹 尚 存。

— — ｜ ｜ — — ｜　　　　｜ ｜ — — ｜ ｜ 。
⁻3 ⁻15 ﹨4 ﹨2 ﹨5 ⁻7 ⁻13　　✓22 ✓17 ⁻14 ⁻4 ﹨11 ﹨23 ⁻13

空 有 大 名 垂 宇 宙，　　尽 教 竖 子 乱 乾 坤。

— ｜ ｜ — ｜ ｜ —　　　　— — ｜ ｜ — — 。
⁻1 ✓25 ﹨21 ⁻8 ⁻4 ✓7 ﹨26　　✓11 ⁻3 ⁻7 ✓4 ⁻15 ⁻1 ⁻13

三 公 割 据 纾 长 策，　　异 代 重 评 觉 寡 恩。

— — ｜ ｜ — — ｜　　　　｜ ｜ — — ｜ ｜ 。
⁻13 ⁻1 ﹨7 ✓6 ⁻6 ⁻7 ﹨11　　⁻4 ﹨11 ⁻2 ⁻8 ﹨3 ✓21 ⁻13

四 十 余 年 兵 燹 苦，　　几 多 黔 首 化 冤 魂。

｜ ｜ — — — — ｜　　　　— — — ｜ ｜ — 。
﹨4 ﹨14 ⁻6 ⁻1 ⁻8 ✓16 ✓7　　✓5 ⁻5 ⁻14 ✓25 ﹨22 ⁻13 ⁻13

　　历史上凭吊武侯祠、褒美诸葛亮的诗作不胜枚举，本诗却作"翻案"文章，认为诸葛亮是"空有大名垂宇宙"。武侯善于运用斗争策略，使蜀汉由弱而强，但是，客观上这种三分割据、战乱频繁，带给人民的是深重的灾难。人民是向往统一的，统一才会有幸福、安定的生活，这是民族、国家亘古不变的深沉情感。作者正是通过对历史人物的再评价，使本诗铿锵有声，余音悠然。

天山博格达峰下采雪莲

当代　星汉

浮　花　浪　蕊　总　纤　纤，　　　　谁　把　瑶　池　绝　品　瞻？
—　　—　　｜　　｜　　｜　　—　　—。　　　　—　　｜　　—　　—　　｜　　—　　—。
_11　_6　、23　∨4　∨1　_14　_14　　　　ˉ4　∨21　_2　ˉ4　人9　_26　_14

长　倚　雪　峰　甘　耐　冷，　　　　远　离　尘　世　不　趋　炎。
—　　｜　　｜　　—　　—　　｜　　｜。　　　　｜　　—　　—　　｜　　｜　　—　　—。
_7　∨4　人9　ˉ2　_13　、11　∨23　　　　∨13　ˉ4　ˉ11　、8　人5　ˉ7　_14

百　张　素　叶　虽　收　裹，　　　　一　点　丹　心　未　闭　箱。
｜　　—　　｜　　｜　　—　　—　　｜。　　　　｜　　｜　　—　　—　　｜　　｜　　—。
人11　_7　、7　人16　ˉ4　_11　∨20　　　　人4　∨28　ˉ14　_12　人5　、8　_14

山　路　崎　岖　人　晚　到，　　　　纵　迟　相　识　又　何　嫌？
—　　｜　　—　　—　　—　　｜　　｜。　　　　｜　　—　　—　　｜　　｜　　—　　—。
ˉ15　、7　ˉ4　ˉ7　_11　∨13　、20　　　　∨2　ˉ4　_7　人13　、26　_5　_14

　　本诗歌咏天山雪莲。颔联描神，赋于她淡泊宁静的高雅气质，表现她娇而不媚的优美韵态；颈联绘形，描摹她含苞欲放的亮丽风姿，展示她不屈不挠的生命旺力。所以，作者不爱"浮花浪蕊"的寻常花草，惟独激赏这"瑶池绝品"的天山雪莲，即使相见稍晚，也绝无遗憾，充分表达了他旷达乐观的胸襟、洁身自好的志趣和豪迈不羁的性格。

（二）首句仄起仄收式

闻官军收河南河北

唐　杜甫

剑　外　忽　传　收　蓟　北，　　　　初　闻　涕　泪　满　衣　裳。
｜　　｜　　｜　　—　　—　　｜　　｜。　　　　—　　—　　｜　　｜　　｜　　—　　—。
、29　∨9　人6　_1　_11　、8　人13　　　　ˉ6　ˉ12　∨8　、4　∨14　ˉ5　_7

却　看　妻　子　愁　何　在，　　　　漫　卷　诗　书　喜　欲　狂。
｜　　—　　—　　｜　　—　　—　　｜。　　　　｜　　｜　　—　　—　　｜　　｜　　—。
人10　ˉ14　ˉ8　∨4　_11　_5　、11　　　　∨15　、17　ˉ6　ˉ4　∨4　人2　_7

白　日　放　歌　须　纵　酒，　　　　青　春　作　伴　好　还　乡。
｜　　｜　　｜　　—　　—　　｜　　｜。　　　　—　　—　　｜　　｜　　｜　　—　　—。

ᴧ11 ᴧ4 ﹅23 ˍ5 ¯7 ﹅2 ˇ25　　　ˍ9 ¯11 ᴧ10 ˇ14 ﹅19 ¯15 ˍ7

即 从 巴 峡 穿 巫 峡，　　　便 下 襄 阳 向 洛 阳。

| — — | — — |　　| | — — | |

ᴧ13 ¯2 ˍ6 ᴧ17 ˍ1 ¯7 ᴧ17　　　﹅17 ﹅22 ˍ7 ˍ7 ﹅23 ᴧ10 ˍ7

本诗是脍炙人口的名作，诗人以饱含激情的笔墨，抒写了忽闻叛乱已平的捷报，急于奔回故乡的喜悦之情。"忽传"写喜惊，"涕泪"写喜情，"却看"写喜气，"漫卷"写喜形，"放歌"写喜怀，"作伴"写喜愿。尾联是全诗的高潮，两句既是句内工整的地名对，又是句间活泼的流水对，再加上"穿"、"向"的动态与两"峡"、两"阳"的重复，文势、音调，迅急有如闪电，准确地表现了想象的飞驰，是名诗中的名联。

阁 夜

唐 杜 甫

岁 暮 阴 阳 催 短 景，　　　天 涯 霜 雪 霁 寒 宵。

| | | — | | |　　| | — — | | 。

﹅8 ˍ7 ˍ12 ˍ7 ¯10 ˇ14 ﹅23　　　ˍ1 ˍ6 ˍ7 ᴧ9 ﹅8 ¯14 ˍ2

五 更 鼓 角 声 悲 壮，　　　三 峡 星 河 影 动 摇。

| — | | — — |　　| | — — | | 。

ˇ7 ˍ8 ˇ7 ᴧ3 ˍ8 ¯4 ﹅23　　　ˍ13 ᴧ17 ˍ9 ˍ5 ﹅23 ﹅1 ˍ2

野 哭 千 家 闻 战 伐，　　　夷 歌 数 处 起 渔 樵。

| — | — — | |　　| | | | — — 。

ˇ21 ᴧ1 ˍ1 ˍ6 ¯12 ﹅17 ᴧ6　　　¯4 ˍ5 ﹅7 ˇ6 ˇ4 ˍ6 ˍ2

卧 龙 跃 马 终 黄 土，　　　人 事 音 书 漫 寂 寥。

﹅21 ¯2 ᴧ10 ˇ21 ˍ1 ˍ7 ˇ7　　　¯11 ﹅4 ˍ12 ˍ6 ﹅15 ᴧ12 ˍ2

本诗也为杜诗中的典范。诗人围绕题目，从几个重要侧面抒写夜宿夔州西阁的所见所闻所感，从寒宵雪霁写到五更鼓角，从天空星河写到江上洪波，从山川形胜写到战乱人事，从当前现实写到千年往迹，气象雄阔，仿佛把宇宙笼入毫端，有上天下地、俯仰古今之概。

夏日题老将林亭

唐　张　蠙

百　战　功　成　翻　爱　静，　　　侯　门　渐　欲　似　仙　家。
｜　｜　｜　｜　－　｜　｜　　　－｜　｜　－　｜　｜　－　。
∧11 ⌐17 ⁻1 _8 ⁻13 ﹨23　　　⌐11 ⁻13 ✓28 ∧2 ✓4 _1 _6

墙　头　雨　细　垂　纤　草，　　　水　面　风　回　聚　落　花。
－　－　｜　｜　－　－　｜　　　｜　－　－　｜　｜　｜　－。
_7 _11 ✓7 ﹨8 ⁻4 _14 ✓19　　　✓4 ﹨17 ⁻1 _10 ⁻7 ∧10 _6

井　放　辘　轳　闲　浸　酒，　　　笼　开　鹦　鹉　报　煎　茶。
｜　｜　｜　｜　－　｜　｜　　　－　－　｜　｜　｜　－　－。
✓23 ﹨23 ∧1 ⁻7 ⁻15 ﹨27 ﹨25　　　⁻1 _10 _8 ✓7 ﹨20 _1 _6

几　人　图　在　凌　烟　阁，　　　曾　不　交　锋　向　塞　沙？
｜　－　－　｜　－　－　｜　　　－　｜　－　－　｜　｜　－？
✓5 ⁻11 ⁻7 ⁻11 _10 _1 ∧10　　　_10 ∧5 _3 ⁻2 ﹨23 ﹨11 _6

　　本诗因颔联饮誉诗坛，园林冷落如许，主人心境可知，这是诗人寓情于物之笔。颈联借助物情反映人情，不仅使画面形象鲜明生动，构成一个清幽深邃的意境，而且深刻细腻地揭示出老将的生活情趣和精神状态。尾联呼应首联，用反诘的句式规劝、慰勉老将，揭出诗的主旨：功劳是不可抹杀的，感到寂寞与萧条是大可不必的。

次元明韵寄子由

宋　黄庭坚

半　世　交　亲　随　逝　水，　　　几　人　图　画　入　凌　烟？
｜　｜　－　－　｜　｜　｜　　　｜　－　－　｜　－　－　－。
﹨15 ﹨8 _3 ⁻11 ⁻4 ﹨4 ﹨4　　　✓5 ⁻11 ⁻7 _10 ∧14 _10 _1

春　风　春　雨　花　经　眼，　　　江　北　江　南　水　拍　天。
－　－　－　｜　－　－　｜　　　－　｜　－　－　｜　｜　－。
⁻11 ⁻1 ⁻11 ✓7 _6 _9 ✓15　　　⁻3 ∧13 ⁻3 _13 ⁻4 ∧11 _1

欲　解　铜　章　行　问　道，　　　定　知　石　友　许　忘　年。
｜　｜　－　－　－　｜　｜　　　｜　－　｜　｜　｜　－　－。
∧2 ✓9 ⁻1 _7 _8 ﹨14 ✓19　　　﹨25 ⁻4 ∧11 ✓25 ✓6 _7 _1

脊 令 各 有 思 归 恨，　　　　日 月 相 催 雪 满 颠。
| 　 — 　| 　| 　| 　| 　|　　　　| 　| 　| 　| 　| 　| 　°
㇏11 　_8 　㇏15 　ˇ25 　ˉ4 　ˉ5 　㇏14　　　　㇏4 　㇏6 　_7 　ˉ10 　㇏9 　ˇ14 　_1

　　元明为黄庭坚兄大临字，子由为苏辙字。黄氏兄弟视苏氏兄弟为师友，志同道合，交情甚深。本诗先言建功立业之难，次写春天景色之美，再引出辞官问道之想，最后写兄弟之思。全诗平平叙来而又充满真情，笔势宏放而感慨遥深。颔联描写春天景物，花开江涨，怀远之情见于言外，如作画之着色，兴象华妙，在黄诗中是罕见而可贵的。

雨中再赋海山楼
宋　陈与义

百 尺 阑 干 横 海 立，　　　　一 生 襟 抱 与 山 开。
| 　| 　— 　— 　| 　| 　|　　　　| 　— 　| 　| 　| 　— 　°
㇏11 　㇏11 　ˉ14 　ˉ14 　_8 　ˇ10 　㇏14　　　　㇏4 　_8 　_12 　ˇ19 　ˇ6 　ˉ15 　ˉ10

岸 边 天 影 随 潮 入，　　　　楼 上 春 容 带 雨 来。
| 　— 　— 　| 　— 　— 　|　　　　— 　| 　— 　| 　| 　| 　°
㇏15 　_1 　_1 　ˇ23 　ˉ4 　_2 　㇏14　　　　_11 　㇏23 　_11 　ˉ2 　㇏9 　ˇ7 　ˉ10

慷 慨 赋 诗 还 自 恨，　　　　徘 徊 舒 啸 却 生 哀。
| 　| 　| 　— 　— 　| 　|　　　　— 　— 　| 　| 　| 　— 　°
ˇ22 　㇏11 　㇏7 　ˉ4 　ˉ15 　㇏4 　㇏14　　　　ˉ10 　ˉ10 　ˉ6 　㇏18 　㇏10 　_8 　ˉ10

灭 胡 猛 士 今 安 有？　　　　非 复 当 年 单 父 台。
| 　— 　| 　| 　— 　— 　|　　　　— 　| 　— 　— 　| 　| 　°
㇏9 　ˉ7 　ˇ23 　ˇ4 　_12 　ˉ14 　ˇ25　　　　ˉ5 　㇏1 　_7 　_1 　ˇ16 　ˇ7 　ˉ10

　　陈与义擅画，颔联正是一幅潮涌天影、风雨危楼的画面，不仅写出了诗人登临广州海山楼眼中所见的雄浑壮阔的景象，而且暗含诗人对那动荡不测的时代的感受：山河破碎，民生凋敝，朝廷昏聩，猛士何在？纵有，亦无报效之途。这与当年李白、杜甫登临单父台时的景象真有天壤之别！结尾处，诗在怀古伤今的无限慨叹中，把感情推到高潮，深化了诗的主题。

寄王学士子端

金　赵秉文

寄 语 雪 溪 王 处 士，　　　年 来 多 病 复 何 如？
｜ ｜ ｜ ｜ — — ｜　　　 — — — ｜ ｜ — —
ヽ4 ∨6 人9 ‾8 ‾7 ヽ6 ∨4　 _1 ‾10 _5 ヽ24 人1 _5 ‾6

浮 云 世 态 纷 纷 变，　　　秋 草 人 情 日 日 疏。
— — ｜ ｜ — — ｜　　　　— ｜ — — ｜ ｜ —
_11 ‾12 ヽ8 ∨11 ‾12 ‾12 ヽ17　_11 ∨19 ‾11 _8 人4 人4 ‾6

李 白 一 杯 人 影 月，　　　郑 虔 三 绝 画 诗 书。
｜ ｜ ｜ — ｜ ｜ ｜　　　　— — — ｜ ｜ — —
∨4 人11 人4 ‾10 ‾11 ∨23 人6　ヽ24 _1 _13 人9 ヽ10 ‾4 ‾6

情 知 不 得 文 章 力，　　　乞 与 黄 华 作 隐 居。
— — ｜ ｜ — — ｜　　　　｜ ｜ — — ｜ ｜ —
_8 ‾4 人5 人13 ‾12 _7 人13　　人5 ∨6 _7 _6 人10 ∨12 ‾5

　　一首以诗相寄的书笺，在金代著名书画家赵秉文的笔下，便如一幅以写意笔法勾勒的人物画，把同唐代郑虔一样诗书画三绝的友人王庭筠（字子端，号雪溪）的神情意态全画活了。友人的身影，便连同他"画诗书"三绝挥洒的飘逸，"人影月"歌呼共醉的狂放，一起映印在黄华山翠壁、飞瀑的壮奇烟气之间，令读者心仪千古、再难忘怀了。

北 里

元　倪瓒

舍 北 舍 南 来 往 少，　　　自 无 人 觅 野 夫 家。
｜ ｜ ｜ — — ｜ ｜　　　　— — — ｜ ｜ — —
ヽ22 人13 ヽ22 _13 ‾10 ∨22 ∨17　ヽ4 ‾7 ‾11 人12 ∨21 ‾7 _6

鸠 鸣 桑 上 还 催 种，　　　人 语 烟 中 始 焙 茶。
— — — ｜ — — ｜　　　　— ｜ — — ｜ ｜ —
_11 _8 _7 ヽ23 ‾15 _10 ヽ2　　‾11 ∨6 _1 ‾1 ∨4 ヽ11 _6

池 水 云 笼 芳 草 气，　　　井 床 露 净 碧 桐 花。
— ｜ — — — ｜ ｜　　　　｜ ｜ ｜ ｜ ｜ — —
‾4 ∨4 ‾12 ‾1 _7 ∨19 ヽ5　　∨23 _7 ヽ7 ヽ24 人11 ‾1 _6

练 衣 挂 石 生 幽 梦，　　　　睡 起 行 吟 到 日 斜。
｜ ｜ ｜ ｜ — ｜ ｜　　　　　｜ — ｜ ｜ ｜ — ｜
、17 ⁻5 、10 ⋋11 ＿8 ＿11 、1　　　、4 、4 ＿8 ＿12 、20 ⋋4 ＿6

"诗人"、"画家"的头衔,那是后世给的,至于自号"懒瓒"的倪瓒本人,只知道自己是一个"野夫"。现在,他懒懒散散地住在北里村,心安理得地照自己的身分过日子。当然,他只是一个假野夫,他只会"行吟",不会"催种"、"焙茶"。不过,假若那时代没有这类人"行吟",我们对于那时代,也就不会知晓得那样亲切了。

题长蘅次醉阁
明　程嘉燧

为 爱 檀 园 开 北 阁，　　　　两 回 三 宿 小 房 栊。
｜ ｜ — — — ｜ ｜　　　　　｜ — ｜ ｜ ｜ — ｜
、4 、11 ⁻14 ⁻13 ⁻10 ⋋13 ⋋10　　⋎22 ⁻10 ＿13 ⋋1 ⋎17 ＿7 ⁻1

坐 深 曲 洞 香 灯 焰，　　　　睡 美 疏 櫺 晓 日 烘。
｜ — ｜ ｜ — — ｜　　　　　｜ ｜ — — ｜ ｜ —
、21 ＿12 ⋋2 、1 ＿7 ＿10 ⋎28　　、4 ⋎4 ⁻6 ＿9 ⋎17 ⋋4 ⁻1

白 拂 花 飞 方 丈 雨，　　　　素 屏 滩 响 一 床 风。
｜ ｜ — — ｜ ｜ ｜　　　　　｜ — — ｜ ｜ — —
⋋11 ⋋5 ＿6 ⁻5 ＿7 ⋎22 ⋎7　　、7 ＿9 ⁻14 ⋎22 ⋋4 ＿7 ⁻1

但 名 次 醉 犹 嫌 俗，　　　　合 作 禅 栖 住 远 公。
｜ — ｜ ｜ — — ｜　　　　　｜ ｜ — — ｜ ｜ —
⋎14 ＿8 、4 、4 ＿11 ＿14 ⋋2　　⋋15 ⋋10 ＿1 ⁻8 、7 ⋎13 ⁻1

这是作者为诗画友人李流芳(字长蘅)檀园次醉阁所题之诗。尾联最妙,看似有所不满,其实是提高了次醉阁的身价,也把前面各句景中所具精神升华到了新的高度:曲洞、疏灯、拂花、滩风,都有禅机的灵光了。(远公:慧远,东晋高僧。)

冬日过甘泉驿
清　宗元鼎

记 得 当 年 来 古 驿，　　　　马 鞭 带 雪 系 楼 前。
｜ ｜ — — — ｜ ｜　　　　　｜ — ｜ ｜ ｜ — —

∨4　⅄13　_7　_1　_10　∨7　⅄11　　　　∨21　_1　_9　⅄9　∨8　_11　_1

双　柑　香　溅　佳　人　手，　　　半　臂　寒　添　酒　客　肩。

｜　｜　｜　｜　｜　｜　｜　　　　｜　｜　｜　｜　｜　｜　○

‾3　_13　_7　∨17　‾9　_11　∨25　　　　∨15　∨4　‾14　14　∨25　⅄11　_1

忽　见　荒　堤　摧　暮　草，　　　空　伤　衰　榭　没　寒　烟。

｜　｜　｜　｜　｜　｜　｜　　　　｜　｜　｜　｜　｜　｜　○

⅄6　∨17　_7　‾8　_10　∨7　⅄19　　　　‾1　_7　‾10　∨22　⅄6　‾14　_1

风　尘　满　目　深　惆　怅，　　　却　望　谁　家　寄　醉　眠。

—　—　｜　—　—　｜　　　　　　｜　｜　｜　｜　｜　｜　○

‾1　‾11　∨14　⅄1　_12　_11　∨23　　　　⅄10　∨23　‾4　_6　∨4　∨4　_1

诗人通过对甘泉驿前后不同景况的描绘来形成强烈的对比，抒发胸中对劫后扬州的深沉感慨。

寰海十章(其二)
近代　魏源

千　舶　东　南　提　举　使，　　　九　边　茶　马　驭　戎　鞱。

—　｜　｜　｜　｜　｜　｜　　　　｜　｜　｜　｜　｜　｜　○

_1　⅄11　‾1　_13　‾8　∨6　∨4　　　　∨25　_1　_6　∨21　∨6　‾1　_4

但　须　重　典　惩　群　饮，　　　那　必　奇　淫　杜　旅　獒。

｜　｜　｜　｜　｜　｜　｜　　　　｜　｜　｜　｜　｜　｜　○

∨14　‾7　∨2　∨16　_10　‾12　∨26　　　　∨20　⅄4　‾4　_12　∨7　｜　_4

周　礼　刑　书　周　诰　法，　　　大　宛　首　蓿　大　秦　艘。

—　｜　｜　｜　｜　∨20　⅄17　　　　∨21　‾13　⅄1　⅄1　∨21　‾11　_4

欲　师　夷　技　收　夷　用，　　　上　策　惟　当　选　节　旄。

｜　｜　｜　｜　｜　｜　｜　　　　｜　｜　｜　｜　｜　｜　○

⅄2　‾4　‾4　∨4　_11　‾4　∨2　　　　∨23　⅄11　‾4　_7　∨16　⅄9　_4

雅片战争这场"乾坤之变"使道咸之际的诗风发生了群体性的巨大转变。以战争为观照对象的蒿目时艰、俯仰舒啸取代了先前的吟咏风月、流连山水，一跃而雄踞诗坛主潮。魏源是其中最杰出的代表之一。作为近代开风气的卓越思想家，魏源的诗思又迥出众流之上。"师夷之长技以制夷"这一具有深远历史影响的著名主张，在他 1842 年完成的《海国图志》中得到了集中阐述，但这一主张的最先提出，当首推本诗。作为政治诗,本诗所用的手法主要是议论。但本诗的议论,并非枯燥地说理,而是运思于大量的史实典故之中。这不仅使诗境奥衍邈远,笔力深峭,而且于思想家之外,同步显示了魏源作为历史学家和古文学家的双重特质。

重过华清池

现代　谢觉哉

二十年前藏狗洞，　　而今烟树已苍苍。

危岩铲去当时秽，　　活水沾来近代香。

乐岁稂稂弥华渭，　　丰功啧啧记张杨。

春秋浴泳多佳日，　　从此骊山不帝王。

1956 年,谢觉哉游览骊山华清池,遥想与华清池有关的历代帝王的盛衰哀乐,近思与中国人民革命事业关系重大的"西安事变",写下这首格调迥异的诗篇。作者以劲健的笔力,既赞美了张学良、杨虎城两将军的丰功伟绩,又一扫千年帝王将相独占骊山的历史,表现了一个老革命家豪迈的气魄和旷远的胸怀,当然更是对新中国伟大时代的赞颂。

过岳坟有感时事

现代　郁达夫

北地小儿耽逸乐，　　南朝天子爱风流。

权臣自欲成和议，　　金虏何尝要汴州？

_1 ‾11 、4 ㄥ2 _8 _5 、4　　　_12 ㄥ7 _5 _7 、18 、17 _11

屠　狗　犹　拼　弦　下　命，　　　将　军　偏　惜　镜　中　头！
|　|　—　|　|　|　　　　　　　—　|　|　|　|　|　。

‾7 ㄥ25 _11 ‾14 _1 _22 、24　　　_7 ‾12 _1 ㄥ11 、24 ‾1 _11

饶　他　关　外　童　男　女，　　　立　马　吴　山　志　未　酬。
|　|　—　|　—　|　|　　　　　　|　|　—　—　|　|　。

_2 _5 ‾15 、9 _1 _13 ㄥ6　　　ㄥ14 ㄥ21 _7 ‾15 、4 、5 _11

1932 年，正是"九·一八"事变不久，东三省已相继沦于日寇。全国人民抗日情绪高涨，郁达夫也积极投入其中。但当时国民党政府，却推行"先安内，后攘外"政策，对日寇百般退让妥协，对中央苏区不断发动军事"围剿"。这与八百年前北宋末代徽钦两帝及南宋赵构王朝对金人的屈膝投降何其相似。诗人抓住古今昏庸统治者的共同点，在本诗中以借古喻今的笔法强烈鞭挞了当时现实中的投降派。

辛未人日国璘自台北来电话拜年

当代　霍松林

万　里　呼　名　如　晤　面，　　　欣　逢　人　日　贺　羊　年。
|　|　—　—　—　|　|　　　　　　—　—　—　—　|　|　。

、14 ㄥ4 ‾7 _8 ‾6 、7 、17　　　‾12 ‾2 _11 ㄥ4 、21 _7 _1

扑　檐　喜　气　随　春　至，　　　溢　户　欢　声　隔　海　传。
|　—　|　|　—　|　|　　　　　　|　|　—　—　|　|　。

ㄥ1 _14 ㄥ4 、5 ‾4 _11 、4　　　ㄥ4 ㄥ7 ‾14 _8 ㄥ11 ㄥ10 _1

一　样　须　眉　添　福　寿，　　　两　家　骨　肉　庆　团　圆。
|　|　—　—　—　|　|　　　　　　|　—　|　|　|　—　。

ㄥ4 、23 ‾7 ‾4 _14 ㄥ1 ㄥ25　　　ㄥ22 _6 ㄥ6 ㄥ1 、24 _14 _1

同　心　莫　叹　分　襟　久，　　　霞　蔚　云　蒸　共　一　天。
—　—　|　|　—　|　|　　　　　　—　|　—　—　|　|　。

‾1 _12 ㄥ10 、15 ‾12 _12 ㄥ25　　　_6 、5 ‾12 _10 、2 ㄥ4 _1

霍松林先生与冯国璘先生是天水同乡、中央大学同学，又同受知于于右任先生，关系非常密切。冯先生于"人日"(阴历正月初七。盛唐大诗人高适曾于人日作诗寄给成都草堂的杜甫，始两句是"人日题诗寄草堂，遥怜故人思故乡。")打电话拜年，又寄寓了一种独特的文化内涵。本诗写得神气完足，浑灏流转，于小题目中表现了渴望祖国统一的大主题，真不愧为大家手笔。

（三）首句仄起平收式

曲江对酒
唐　杜甫

苑　外　江　头　坐　不　归，　　　水　精　宫　殿　转　霏　微。
｜　｜　—　—　｜　｜　—　　　　—　—　—　｜　｜　—　—
ᵛ13　ᵛ9　⁻3　_11　ᵛ21　ᴧ5　⁻5　　　ᵛ4　_8　⁻1　ᵛ17　ᵛ16　⁻5　⁻5

桃　花　细　逐　杨　花　落，　　　黄　鸟　时　兼　白　鸟　飞。
_4　_6　ᵛ8　ᴧ1　_7　_6　ᴧ10　　　_7　ᵛ17　⁻4　_14　ᴧ11　ᵛ17　⁻5

纵　饮　久　判　人　共　弃，　　　懒　朝　真　与　世　相　违。
｜　｜　｜　—　—　｜　｜　　　　｜　—　—　｜　｜　—　—
ᵛ2　ᵛ26　ᵛ25　⁻14　⁻11　ᵛ2　ᵛ4　　　ᵛ14　_2　⁻11　ᵛ6　ᵛ8　_7　⁻5

吏　情　更　觉　沧　州　远，　　　老　大　徒　伤　未　拂　衣。
｜　—　｜　｜　—　—　｜　　　　｜　｜　—　—　｜　｜　—
ᵛ4　_8　ᵛ24　ᴧ3　_7　_11　ᵛ13　　　ᵛ19　ᵛ21　⁻7　—　ᵛ5　ᴧ5　⁻5

　　这是杜甫最后留住长安时所作，把自己的失望和忧愤托于花鸟清樽，反映出诗人报国无门的痛苦。颔联两句，形、神、声、色、香俱备，"细逐""时兼"四字，极写落花轻盈无声，飞鸟欢跃和鸣，生动而传神，把一派春色渲染得异常绚丽。当然，这是以乐景写哀情，为颈、尾联对酒述怀，转写心中的牢骚和愁绪作铺垫。

狂夫
唐　杜甫

万　里　桥　西　一　草　堂，　　　百　花　潭　水　即　沧　浪。
｜　｜　—　—　｜　｜　—　　　　｜　—　—　｜　｜　—　—
ᵛ14　ᵛ4　_2　⁻8　ᴧ4　ᵛ19　_7　　　ᴧ11　_6　_13　ᵛ4　ᴧ13　_7　_7

风　含　翠　篠　娟　娟　净，　　　雨　裛　红　蕖　冉　冉　香。
—　—　｜　｜　—　—　｜　　　　｜　｜　—　—　｜　｜　—
⁻1　_13　ᵛ4　ᵛ17　_1　_1　ᵛ24　　　ᵛ7　ᴧ14　⁻1　⁻6　ᵛ28　ᵛ28　_7

厚　禄　故　人　书　断　绝，　　　恒　饥　稚　子　色　凄　凉。
｜　｜　｜　—　—　｜　｜　　　　—　—　｜　｜　｜　—　—

ヽ26 ㇏1 ヽ7 ‾11 ‾6 ㇏15 ㇏9　　　　_10 ‾4 ヽ4 ✓4 ㇏13 ‾8 _7

欲 填 沟 壑 唯 疏 放，　　　　自 笑 狂 夫 老 更 狂。

| — | | — | | — |　　　| | | — | | |。

㇏2 _1 _11 ㇏10 ‾4 ‾6 ㇏23　　　ヽ4 ㇏18 _7 ‾7 ✓19 ㇏24 _7

这是杜甫在成都草堂生活的全面写照：一面是"风含翠篠"、"雨裛红蕖"的赏心悦目之景，一面是"凄凉""恒饥"、"欲填沟壑"的可悲可叹之事，全部由"狂夫"这一形象统一起来。没有前半优美景致的描写，不足以表现"狂夫"的贫困不能移的精神；没有后半潦倒生计的描述，"狂夫"就会失其所以为"狂夫"的苦楚。两者缺一不可，因而这种处理在艺术上是服从内容需要的，是十分成功的。

山 行
唐 项 斯

青 栌 林 深 亦 有 人，　　　　一 渠 流 水 数 家 分。

— | — | | 。　　　| — | | |

_9 ㇏12 _12 _12 ㇏11 ✓25 ‾11邻韵　　㇏4 ‾6 _11 ✓4 ヽ7 _6 ‾12

山 当 日 午 回 峰 影，　　　　草 带 泥 痕 过 鹿 群。

| — | ✓ — | ✓　　　　| | — | | — |

‾15 _7 ㇏4 ✓7 ‾10 _2 ✓23　　✓19 ヽ9 ‾8 ‾13 ヽ21 ㇏1 _12

蒸 茗 气 从 茅 舍 出，　　　　缫 丝 声 隔 竹 篱 闻。

| — | — | | 。　　　| | — | | |。

_10 ✓24 ヽ5 ‾2 _3 ㇏22 ㇏4　　✓19 ‾4 _8 ㇏11 ㇏1 ‾4 ‾12

行 逢 卖 药 归 来 客，　　　　不 惜 相 随 入 岛 云。

— — | | — | |　　　　| | | — | | |。

_8 ‾2 ヽ10 ㇏10 ‾5 ‾10 ㇏11　　㇏5 ㇏11 _7 ‾4 ㇏14 ✓19 ‾12

本诗的特点是构思巧妙，移步换形，环绕山中之行，层次分明地写出作者在村里村外的见闻。写景，景物明丽；抒情，情味隽永；造境，境界深邃；委实是一首好诗。所以，项斯的诗得到当时很有地位的杨敬之的赏识，并为之作《赠项斯》一诗（191），且众口传诵，此后逐渐形成人们常用的"说项"这个典故。

无题二首(其一)
唐　李商隐

昨　夜　星　辰　昨　夜　风，　　　画　楼　西　畔　桂　堂　东。
｜　｜　一　｜　一　｜　一　　　　｜　一　｜　｜　一　｜　一
丶10 丶22 ＿9 ˉ11 丶10 丶22 ˉ1　　丶10 ＿11 ˉ8 丶15 ˉ8 ＿7 ˉ1

身　无　彩　凤　双　飞　翼，　　　心　有　灵　犀　一　点　通。
｜　｜　｜　一　｜　一　｜　　　　一　｜　一　一　｜　一　一
ˉ11 ˉ7 ˇ10 丶1 ＿3 ＿5 丶13　　＿12 ˇ25 ＿9 ˉ8 丶4 ˇ28 ˉ1

隔　座　送　钩　春　酒　暖，　　　分　曹　射　覆　蜡　灯　红。
｜　｜　｜　一　｜　一　｜　　　　｜　｜　一　一　｜　｜　一
丶11 丶21 丶1 ＿11 ˉ11 ˇ25 ＿14　ˉ12 ＿4 丶22 丶1 丶15 ＿10 ˉ1

嗟　余　听　鼓　应　官　去，　　　走　马　兰　台　类　转　蓬。
一　一　一　一　一　一　一　　　　｜　｜　一　一　｜　一　一
＿6 ˉ6 ＿9 ˇ7 ＿10 ˉ14 丶6　　ˇ25 ˇ21 ˉ14 ˉ10 丶4 丶17 ˉ1

　　《无题》诗首创于李商隐。正因为是"无题"，其主题颇费思量。但不管主题如何，人们在读到额联两句时，无不拍案称奇。用"心有灵犀一点通"来比喻相爱的双方心灵的契合与感应，是诗人的独创与巧思。这一略貌取神、极新奇而贴切的比喻，已广泛流传到许多文章和人们口语中，笔者甚至听到小学生也脱口而出。当然，它的含义已超过原来了，不再限于恋人之间了，这是诗人始料未及的。

无题四首(其一)
唐　李商隐

来　是　空　言　去　绝　踪，　　　月　斜　楼　上　五　更　钟。
一　｜　一　一　｜　｜　一　　　　｜　｜　一　｜　｜　一　一
ˉ10 ˇ4 ˉ1 ˉ13 丶6 丶9 ＿2　　丶6 ＿6 ＿11 丶23 ˇ7 ＿8 ＿2

梦　为　远　别　啼　难　唤，　　　书　被　催　成　墨　未　浓。
｜　｜　｜　一　一　一　｜　　　　一　｜　一　一　｜　｜　一
＿1 ＿4 ˇ13 丶9 ˉ8 ˉ14 丶15　　ˉ6 丶4 ＿10 ＿8 丶13 丶5 ＿2

蜡　照　半　笼　金　翡　翠，　　　麝　熏　微　度　绣　芙　蓉。
｜　｜　｜　一　｜　一　｜　　　　｜　一　一　｜　｜　一　一
丶15 丶18 丶15 ˉ1 ＿12 丶5 丶4　丶22 ˉ12 ˉ5 丶7 丶26 ˉ7 ＿2

刘 郎 已 恨 蓬 山 远，　　　　更 隔 蓬 山 一 万 重！
— — ｜ ｜ — — ｜　　　　｜ ｜ — — ｜ ｜ 。
ˍ11 ˍ7 ˇ4 ˍ14 ¯1 ¯15 ˇ13　　　˅24 ˇ11 ¯1 ¯15 ˇ4 ˇ14 ¯2

　　尽管"无题"诗主题颇费思量，但"无题"诗多写男女之情是属实的。本诗就是写一位男子对远隔天涯的所爱女子的深切思念。朦胧与精致往往极难融和，本诗却于细节描写处极精致，意境营造时极朦胧，两者水乳交融，境界更进一层。尾联是最精彩的一笔，在这里，生活原料已被提炼、升华到只剩下一杯浓郁的感情琼浆，一切具体情事都被完全消溶了。这是多么精纯的语言，引起多少人的共鸣！

无题四首(其二)

唐　李商隐

飒 飒 东 风 细 雨 来，　　　　芙 蓉 塘 外 有 轻 雷。
｜ ｜ — — ｜ ｜ 。　　　　— — ｜ ｜ ｜ 。
˅15 ˇ15 ¯1 ˍ1 ˇ8 ˇ7 ¯10　　　¯7 ˍ2 ˍ7 ˇ9 ˍ25 ˍ8 ¯10

金 蟾 啮 锁 烧 香 入，　　　　玉 虎 牵 丝 汲 井 回。
｜ — ｜ — — ｜ ｜　　　　｜ ｜ — ｜ — ｜ 。
ˍ12 ˍ14 ˇ9 ˇ20 ˍ2 ˍ7 ˇ14　　　˅2 ˇ7 ˍ1 ¯4 ˇ14 ˇ23 ¯10

贾 氏 窥 帘 韩 掾 少，　　　　宓 妃 留 枕 魏 王 才。
˅ — — — ｜ ｜ ｜　　　　— — — ｜ ｜ 。
ˇ21 ˇ4 ¯4 ˍ14 ¯14 ˇ17 ˍ18　　　ˇ1 ˍ5 ˍ11 ˇ26 ˇ5 ˍ7 ¯10

春 心 莫 共 花 争 发，　　　　一 寸 相 思 一 寸 灰！
— — ｜ ｜ — ｜ ｜　　　　｜ ｜ — — ｜ ｜ 。
¯11 ˍ12 ˇ10 ˇ2 ˍ6 ˍ8 ˇ6　　　ˇ4 ˇ14 ˍ7 ¯4 ˇ4 ˇ14 ¯10

　　本诗写一位深锁幽闺的女子追求爱情而失望的痛苦。尾联具有震撼人心的艺术力量：把"春心"与"花争发"联系起来，不仅赋予"春心"以美好的形象，而且显示了它的自然合理性；"一寸相思一寸灰"的奇句，不但化抽象为形象，而且用强烈对照的方式显示了美好事物的被毁灭，使本诗具有动人心弦的悲剧美。李商隐写得最好的爱情诗，几乎全是写失意的爱情。这和他失意沉沦的身世遭遇是否有关呢？象本篇和前一首，在蓬山远隔、相思成灰的感慨中，是否也有可能融入仕途间阻、政治上的追求屡遭挫折的感触呢？

无　题

唐　李商隐

相　见　时　难　别　亦　难，　　　东　风　无　力　百　花　残。
—　｜　—　—　｜　—　—　　　　—　—　｜　—　｜　—　—
_7 ﹨17 _4 ﹣14 ﹀9 ｜11 ﹣14　　　　﹣1 ﹣1 _7 ﹨13 ﹀11 _6 ﹣14

春　蚕　到　死　丝　方　尽，　　　蜡　炬　成　灰　泪　始　干。
—　—　｜　｜　—　—　｜　　　　｜　｜　—　—　｜　—　—
﹣11 _13 ﹨20 ﹀4 ﹣4 _7 ﹀11　　　﹨15 ﹀6 _8 ﹣10 ﹨4 ﹀4 ﹣14

晓　镜　但　愁　云　鬓　改，　　　夜　吟　应　觉　月　光　寒。
﹀17 ﹨24 ﹀14 _11 ﹣12 ﹨12 ﹀10　　﹨22 _12 _10 ﹨3 ﹨6 _7 ﹣14

蓬　山　此　去　无　多　路，　　　青　鸟　殷　勤　为　探　看。
—　｜　｜　—　—　｜　—　　　　—　—　—　—　—　—　—
﹣1 _15 ﹀4 ﹨6 ﹣7 _5 ﹨7　　　　_9 ﹀17 ﹣12 ﹣12 ﹨4 ﹨28 ﹣14

　　"春蚕到死丝方尽，蜡炬成灰泪始干"这本喻情感忠贞不二的名句，同"心有灵犀一点通"一样，其影响、传诵、运用也已远远超出了单纯描写男女恋情之范围，教师也把这两句作为自己职业的最高境界。诗人曾有"刘郎已恨蓬山远"(98)，本诗又说"蓬山此去无多路"，诗人一再吟诉蓬山，因为蓬山是海上仙山，是青鸟栖息之山，是意中人所居之山。

无题二首(其一)

唐　李商隐

凤　尾　香　罗　薄　几　重，　　　碧　文　圆　顶　夜　深　缝。
｜　｜　—　—　｜　—　　　　　　—　—　｜　—　｜
﹨1 ﹀5 _7 _5 ﹨10 ﹀5 ﹣2 邻韵　　﹨11 ﹣12 _1 ﹀24 ﹨22 _12 ﹣2 出韵

扇　裁　月　魄　羞　难　掩，　　　车　走　雷　声　语　未　通。
—　｜　—　—　—　｜　—　　　　—　—　—　—　｜　—　—
﹨17 ﹣10 ﹨6 ﹨10 _11 ﹣14 ﹀28　　_6 ﹀25 ﹣10 _8 ﹨6 ﹀5 ﹣1

曾　是　寂　寥　金　烬　暗，　　　断　无　消　息　石　榴　红。
—　｜　—　—　—　｜　　　　　　｜　—　—　｜
_10 ﹀4 ﹨12 _2 _12 ﹨12 ﹨28　　﹨15 ﹣7 _2 ﹨13 ﹀11 _11 ﹣1

斑骓只系垂杨岸， 何处西南待好风？
— | | | — | — | | — | — |
ˉ15 ˉ4 ˇ4 ﹨8 ˉ4 _7 ﹨15 _5 ﹨6 ˉ8 _13 ˇ10 ˇ19 ˉ1

李商隐的七律无题，艺术上最成熟，最能代表其无题诗的独特艺术风貌。本诗采取女主人公深夜追思往事的方式，抒写爱情失意的幽怨，相思无望的苦闷。"曾是寂寥金烬暗"、"蜡炬成灰泪始干"(99)、"一寸相思一寸灰"(98)，多么真挚、深厚的感情！所以尽管这些诗在不同程度上带有时代、阶级的烙印，但至今仍然打动我们后世成千上万读者的心灵！

哭李商隐（其二）
唐 崔 珏

虚负凌云万丈才， 一生襟抱未曾开。
| | | — | — | — | | — | | — | — |
ˉ6 ˇ25 _10 ˉ12 ﹨14 ˇ22 ˉ10 ﹨4 _8 _12 ˇ19 ﹨5 _10 ˉ10

鸟啼花落人何在， 竹死桐枯凤不来。
| | — | — | | | | — | — | | — |
ˇ17 ˉ8 _6 ﹨10 ˉ11 _5 ﹨11 ﹨1 ﹨4 ˉ1 _7 ﹨1 ﹨5 ˉ10

良马足因无主踠， 旧交心为绝弦哀。
— | | | — | — | | | | — | — |
_7 ˇ21 ﹨2 ˉ11 ˉ7 ˇ7 _13 _26 _3 ˉ12 ﹨4 _9 _14 ˉ10

九泉莫叹三光隔， 又送文星入夜台。
| | | — | _13 _7 ﹨11 | | — | — | | — |
ˇ25 _1 ﹨10 ﹨15 _13 _7 ﹨11 ﹨26 ﹨1 ˉ12 _9 ﹨14 ﹨22 ˉ10

一代才人英年（仅45岁）早逝了！作为旧交和知音，崔珏把誉才、惜才和哭才结合起来写，由誉而惜，由惜而哭，由哭而愤。誉得越高，惜得越深，哭得越痛，感情的抒发就越浓烈，对黑暗现实的控诉就越有力，诗篇感染力就越强。

和友人鸳鸯之什（其一）
唐 崔 珏

翠鬣红毛舞夕晖， 水禽情似此禽稀。

∨4 ∧16 ˉ1 ＿4 ∨7 ∧11 ˉ5　　　　　∨4 ＿12 ＿8 ∨4 ∨4 ＿12 ˉ5

暂 分 烟 岛 犹 回 首，　　　　只 渡 寒 塘 亦 并 飞。

∨28 ˉ12 ＿1 ∨19 ＿11 ˉ10 ∨25　　∨4 ∨7 ˉ14 ＿7 ∧11 ∨24 ˉ5

映 雾 尽 迷 珠 殿 瓦，　　　　逐 梭 齐 上 玉 人 机。

∨24 ˉ7 ∨11 ˉ8 ˉ7 ∨17 ∨21　　∧1 ＿5 ˉ8 ∨23 ∧2 ˉ11 ˉ5

采 莲 无 限 兰 桡 女，　　　　笑 指 中 流 羡 尔 归。

∨10 ＿1 ˉ7 ∨15 ˉ14 ＿2 ∨6　　∨18 ∨4 ˉ1 ＿11 ∨17 ∨4 ˉ5

崔珏这首诗很有特色，作者竟因此被誉为"崔鸳鸯"。颔联正面描写鸳鸯无时无刻不相依相守的多情、重情。"暂"与"犹"，"只"与"亦"四个虚词，两两呼应，顿挫传神，造成一种纡徐舒缓、一唱三叹的艺术效果，使鸳鸯的"情"显得更加细腻缠绵、深挚感人。这一联历来为人称道，成为传诵不衰的名句。

鹧　鸪

唐　郑　谷

暖 戏 烟 芜 锦 翼 齐，　　　　品 流 应 得 近 山 鸡。

∨14 ∨4 ＿1 ˉ7 ∨26 ∧13 ˉ8　　∨26 ＿11 ＿10 ∧13 ∨13 ∨15 ˉ8

雨 昏 青 草 湖 边 过，　　　　花 落 黄 陵 庙 里 啼。

∨7 ˉ13 ＿9 ∨19 ˉ7 ＿1 ∨21　　＿6 ∧10 ＿7 ＿10 ∨18 ∨4 ˉ8

游 子 乍 闻 征 袖 湿，　　　　佳 人 才 唱 翠 眉 低。

＿11 ∨4 ∨22 ˉ12 ＿8 ∨26 ∧14　　ˉ9 ＿11 ＿10 ∨23 ∨4 ˉ4 ˉ8

相 呼 相 应 湘 江 阔，　　　　苦 竹 丛 深 日 向 西。

＿7 ˉ7 ＿7 ∨25 ＿7 ˉ3 ∧7　　∨7 ∧1 ˉ1 ＿8 ∧4 ∨23 ˉ8

本诗也是颔联最具神韵，作者未拟其声，未绘其形，而读者似已闻其声，已睹其形，并深深感受到鹧鸪的神韵了。清沈德潜在《唐诗别裁》中说："咏物诗刻露不如神韵,三四语胜于'钩辀格磔'(笔者注:"钩辀格磔"为鹧鸪鸣声,俗以为极似"行不得也哥哥",故古人常借其声以抒写逐客流人之情)也。"因本诗,郑谷被誉为"郑鹧鸪"。

莎 衣
宋 杨 朴

软 绿 柔 蓝 著 胜 衣,	倚 船 吟 钓 正 相 宜。
∨16 ʌ2 ˍ11 ˍ13 ʌ10 ˎ25 ˉ5 邻韵	∨4 ˍ1 ˍ12 ˎ18 ˎ24 ˉ7 ˉ4
蒹 葭 影 里 和 烟 卧,	菡 萏 香 中 带 雨 披。
ˍ14 ˍ6 ∨23 ∨4 ˍ5 ˍ1 ˎ21	∨27 ∨27 ˉ7 ˉ1 ˎ9 ∨7 ˉ4
狂 脱 酒 家 春 醉 后,	乱 堆 渔 舍 晚 晴 时。
ˍ7 ʌ7 ∨25 ˍ6 ˉ11 ˎ4 ∨26	∨15 ˍ10 ˉ6 ˎ22 ∨13 ˍ8 ˉ4
直 饶 紫 绶 金 章 贵,	未 肯 轻 轻 博 换 伊。
ʌ13 ˍ2 ∨4 ˎ26 ˍ12 ˍ7 ∨5	ˎ5 ∨24 ˍ8 ˍ8 ʌ10 ˎ15 ˉ4

本诗一改楚辞《渔夫》(1257)一贯咏渔翁的写法,不着力于"人"而专意于"衣"。首联总起。二三两联分写,一写"披",一写"脱"。"披"时风景如画,景是动,人是静;"脱"时神情活现,景是静,人是动。一"披"一"脱",把诗人对渔人生活的由衷热爱披沥无遗。尾联表明不愿将莎衣(即蓑衣)换取官服,是本诗主旨所在。相传本诗系因同学毕相举荐,太宗召见时所赋,可见其胸怀旷放,意趣超然,当时即天下传诵了。

示张寺丞王校勘
宋 晏 殊

元 巳 清 明 假 未 开,	小 园 幽 径 独 徘 徊。
ˉ13 ∨4 ˍ8 ˍ8 ˎ22 ˎ5 ˍ10	∨17 ˉ13 ˍ11 ˎ25 ʌ1 ˉ10 ˉ10
春 寒 不 定 斑 斑 雨,	宿 醉 难 禁 滟 滟 杯。

　—　—　｜　｜　—　—　｜
‾11 ‾14 ∖5 ∖25 ‾15 ‾15 ∨7　　　∖1 ∖4 ‾14 ˍ12 ‾29 ∖29 ‾10

无 可 奈 何 花 落 去，　似 曾 相 识 燕 归 来。

　‾7 ∨20 ∖9 ˍ5 ˍ6 ∖10 ∖6　　　∨4 ˍ10 ˍ7 ∖13 ‾17 ‾5 ‾10

游 梁 赋 客 多 风 味，　莫 惜 青 钱 万 选 才。

　—　—　｜　｜　—　—　｜
ˍ11 ˍ7 ∖7 ∖11 ˍ5 ‾1 ∖5　　　∖10 ∖11 ˍ9 ˍ1 ∖14 ∨16 ‾10

本诗妙处,在于表现春愁的题材中,自含一种耐人寻味的理趣和爱才好贤的情怀(欧阳修就出自晏殊之门)。尤其颈联属对工巧,音节流畅,形成委婉凄迷的意境,写景抒情中又含理趣。大化流转,花开花落,人力奈何不得;而旧燕归来,似曾相识,可见人事兴衰,无往不复。所含哲理,耐人寻味。晏殊甚爱此联,把此联加上本诗仅改"幽"字为"香"字的次句作为他所填词《浣溪沙·一曲新词酒一杯》之下阕。

与毛令方尉游西菩寺二首(其二)

宋　苏　轼

路 转 山 腰 足 未 移，　水 清 石 瘦 便 能 奇。

∨7 ∨16 ‾15 ˍ2 ∖2 ∖5 ‾4　　　∨4 ˍ8 ∖11 ∖26 ∖17 ˍ10 ‾4

白 云 自 占 东 西 岭，　明 月 谁 分 上 下 池。

∖11 ˍ12 ∖4 ∖29 ‾1 ‾8 ∨23　　　ˍ8 ∖6 ‾4 ‾12 ∖23 ∖22 ‾4

黑 黍 黄 粱 初 熟 后，　朱 柑 绿 桔 半 甜 时。

∖13 ∨6 ˍ7 ˍ7 ‾6 ∖1 ∖26　　　‾7 ˍ13 ∖2 ∖4 ∖15 ˍ14 ‾4

人 生 此 乐 须 天 赋，　莫 遣 儿 曹 取 次 知。

‾11 ˍ8 ∨4 ∖10 ‾7 ˍ1 ∖7　　　∖10 ∨16 ‾4 ˍ4 ∨7 ∖4 ‾4

苏轼生性爱好登山临水,对祖国山河有浓厚的兴致。本诗即写其游山玩水之乐,又抒其心中感慨。颈联在游目庭院、田野时,看见了累累秋实:初熟的小米、高粱,半甜的柑和桔,就重研丹青,为它们分别抹上黑、黄、朱、绿四种较实物更为浓艳而鲜明的色彩,绘成了一幅色泽斑斓的秋色图。苏轼不仅是一位杰出的诗人,还是一位高明的画家。

祭常山回小猎
宋　苏　轼

青 盖 前 头 点 皂 旗,　　　黄 茅 冈 下 出 长 围。
— | — — | | 。　　　　— — | | — 。
_9 ╲9 _1 _11 ╲28 ╲19 ⁻4 邻韵　　　_7 _3 _7 ╲22 ╲4 _7 ⁻5

弄 风 骄 马 跑 空 立,　　　趁 兔 苍 鹰 掠 地 飞。
— — | | — — | ,　　　　| | — — | | 。
╲1 ⁻1 _2 ╲21 _3 ⁻1 ╲14　　　╲12 _7 _7 _10 ╲10 ╲4 ⁻5

回 望 白 云 生 翠 巘,　　　归 来 红 叶 满 征 衣。
— | | — — | | ,　　　　— — | | | — 。
⁻10 ╲23 ╲11 ⁻12 _8 ╲4 ╲13　　　⁻5 ⁻10 ⁻1 ╲16 ╲14 _8 ⁻5

圣 朝 若 用 西 凉 簿,　　　白 羽 犹 能 效 一 挥。
| — | | — — | ,　　　　| | — — | | 。
╲24 _2 ╲10 ╲2 ⁻8 _7 ╲10　　　╲11 ╲7 _11 _10 ╲19 ╲4 ⁻5

本诗可与作者同时同地同主题的词《江城子·密州出猎》同读:"老夫聊发少年狂,左牵黄、右擎苍,锦帽貂裘,千骑卷平冈。为报倾城随太守,亲射虎,看孙郎。酒酣胸胆尚开张,鬓微霜,又何妨。持节云中,何日遣冯唐?会挽雕弓如满月,西北望,射天狼。"一诗一词,都是豪兴逸飞,一挥而就,胸襟抱负,一吐豪情。苏轼不仅是一位杰出的诗人,也是一位高超的词人。

游山西村
宋　陆　游

莫 笑 农 家 腊 酒 浑,　　　丰 年 留 客 足 鸡 豚。
| | — — | | — ,　　　　— — — | | — 。
╲10 ╲18 ⁻2 _6 ╲15 ╲25 ⁻13　　　⁻2 _1 _11 ╲11 ╲2 ⁻8 ⁻13

山 重 水 复 疑 无 路,　　　柳 暗 花 明 又 一 村。
— — | | — — | ,　　　　| | — — | | 。
⁻15 ⁻2 ╲4 ╲1 ⁻4 ⁻7 ╲7　　　╲25 ╲28 _6 _8 ╲26 ╲4 ⁻13

箫　鼓　追　随　春　社　近，　　　　衣　冠　简　朴　古　风　存。
— | — — — — |　　　　— | — | | — 。
_2 √7 ⁻4 ⁻4 ⁻11 √21 ﹨13　　　⁻5 ⁻14 ⁻15 ﹨1 √7 ⁻1 ⁻13

从　今　若　许　闲　乘　月，　　　　拄　杖　无　时　夜　叩　门。
— — | | — — |　　　　| | — — | | — 。
_2 _12 ﹨10 √6 ⁻15 _10 ﹨6　　　√7 √22 ⁻7 ⁻4 ﹨22 ﹨26 ⁻13

　　这是一首纪游抒情诗。颔联写景中寓含哲理，千百年来广泛被人应用。人们在探讨学问、研究问题时，往往会有这样的情况：山回路转、扑朔迷离，出路何在？于是顿生茫茫之感。但是，如果锲而不舍，继续前行，忽然眼前出现一线亮光，再往前行，便豁然开朗，发现一个前所未见的新天地。这就是此联给人们的启发，也是宋诗特有的理趣。

临安春雨初霁

宋　陆　游

世　味　年　来　薄　似　纱，　　　　谁　令　骑　马　客　京　华？
| | — — | | —　　　　— — — | | — — 。
﹨8 ﹨5 _1 ⁻10 ﹨10 √4 _6　　　⁻4 _8 ⁻4 √21 ﹨11 _8 _6

小　楼　一　夜　听　春　雨，　　　　深　巷　明　朝　卖　杏　花。
√17 _11 ﹨4 ﹨22 _9 ⁻11 √7　　　_12 ﹨3 _8 _2 _10 √23 _6

矮　纸　斜　行　闲　作　草，　　　　晴　窗　细　乳　戏　分　茶。
| | — — — | |　　　　— — | | | — — 。
√9 √4 _6 _7 ⁻15 ﹨10 √19　　　_8 ⁻3 ﹨8 √7 ﹨4 ⁻12 _6

素　衣　莫　起　风　尘　叹，　　　　犹　及　清　明　可　到　家。
| — | | — — |　　　　— | — — | | — 。
﹨7 ⁻5 ﹨10 √4 ⁻1 ⁻11 ﹨15　　　_11 ﹨14 _8 _8 √20 ﹨20 _6

　　本诗主旨是叹宦游京城之无味，念假归乡里之有期。"小楼"一联是名句，描写江南二月都市景色，意味深浓，情趣盎然。小楼听雨，是一重境界；雨中杏花璀璨，又是一重境界；清晨小巷，传来阵阵悠扬的卖花声，更是一重境界。前句写雨，后句写晴，浑和成春天的综合色彩。前句实写，后句虚写，是景语，也是情语；着意于春的消息，花的消息，是惜春、伤春，又含蓄地融进了思归情绪。所以清舒位《书剑南诗集后》云："小楼深巷卖花声，七字春愁隔夜生。"

禹迹寺南，有沈氏小园。四十年前，尝题小词一阕壁间。偶复一到，而园已三易主，读之怅然

宋 陆 游

枫叶初丹槲叶黄，　　河阳愁鬓怯新霜。
— | — — | | —。　　— — — | | — —。
¯1 ⋋16 ¯6 ¯14 ⋋1 ⋋16 _7　　_5 _7 _11 ˎ12 ⋋17 ¯11 _7
林亭感旧空回首，　　泉路凭谁说断肠？
— — | | — — |　　— | — — | | —。
_12 _9 √27 ˎ26 ¯1 ¯10 √25　　_1 ˎ7 _10 ¯4 ⋋9 ˎ15 _7
坏壁醉题尘漠漠，　　断云幽梦事茫茫。
| | | — — | |　　| — — | | — —。
ˎ10 ⋋12 ˎ4 ¯8 ¯11 ⋋10 ⋋10　　ˎ15 ¯12 _11 ˎ1 ˎ4 _7 _7
年来妄念消除尽，　　回向蒲龛一炷香。
— — | | — — |　　— | — — | | —。
_1 ¯10 ˎ23 ˎ29 _2 ¯6 √11　　¯10 ˎ23 ¯7 _13 ⋋4 ˎ7 _7

诗题中小词即《钗头凤》："红酥手，黄縢酒。满城春色宫墙柳。东风恶，欢情薄。一杯愁绪，几年离索。错，错，错。　春如旧，人空瘦。泪痕红浥鲛绡透。桃花落，闲池阁。山盟虽在，锦书难托。莫，莫，莫！"今放翁故地重游，往事分明，触绪生悲，复作本诗，以抒长恨。四联分别写空冷之景，空寞之感，空虚之情，空无之念。当然，言空念未空，长恨满胸中。

六月二十四日夜分，梦范致能、李知几、尤延之同集江亭，诸公请予赋诗，记江湖之乐，诗成而觉，忘数字而已

宋 陆 游

露箬霜筠织短篷，　　飘然来往淡烟中。
| | — — | | —。　　— — — | | — —。
ˎ7 ⋋10 _7 ¯11 ⋋13 √14 ¯1　　_2 _1 ¯10 √22 ˎ28 _1 ¯1
偶经菱市寻溪友，　　却拣蘋汀下钓筒。
| — — | — — |　　| | — — | | —
√25 _9 _10 √4 _12 ¯8 √25　　⋋10 √15 ¯11 _9 ˎ22 ˎ18 ¯1

白　菡　萏　香　初　过　雨，　　　　红　蜻　蜓　弱　不　禁　风。
｜　｜　｜　—　｜　｜　｜　　　　　　—　｜　—　｜　｜　—　｜

⅄11 ∨27 ∨7 _7 ﹣6 ∨21 ∨7　　　　﹣1 _8 _9 ⅄10 ∨5 _12 ﹣1

吴　中　近　事　君　知　否？　　　　团　扇　家　家　画　放　翁。
—　—　｜　｜　—　—　｜　　　　　　—　｜　—　—　｜　｜　—

﹣7 ﹣1 ∨13 ∨4 ﹣12 ﹣4 ∨25　　　　﹣14 ∨17 _6 _6 ∨10 ∨23 ﹣1

　　露箬霜筼，小舟短篷；湖光山色，飘然烟中；偶经菱市，欲访溪公；忽见蘋汀，却下钓筒；一阵雨过，菡萏香浓；蜻蜓戏水，红白相逢；悠然回顾，赏心悦瞳；诸君知否，扇画放翁：本诗清新飘逸，意浓灵空，这位七十二岁老翁的江湖之乐是多么悠闲超脱，返老还童。

落　梅

宋　刘克庄

一　片　能　教　一　断　肠，　　　　可　堪　平　砌　更　堆　墙。
｜　｜　—　—　｜　｜　—　　　　　　—　—　—　｜　｜　—　—

⅄4 ∨17 _10 _3 ⅄4 ∨15 _7　　　　　∨20 _13 _8 ∨8 ∨24 ﹣10 _7

飘　如　迁　客　来　过　岭，　　　　坠　似　骚　人　去　赴　湘。
—　—　—　｜　—　｜　｜　　　　　　｜　｜　—　—　｜　｜　—

_2 ﹣6 _1 ⅄11 ﹣10 _5 ∨23　　　　　∨4 ∨4 _4 ﹣11 ∨6 ∨7 _7

乱　点　莓　苔　多　莫　数，　　　　偶　粘　衣　袖　久　犹　香。
｜　｜　—　—　—　｜　｜　　　　　　｜　—　—　｜　｜　—　—

∨15 ∨28 ﹣10 _10 _5 ⅄10 ∨7　　　∨25 _14 ﹣5 ∨26 ∨25 _11 _7

东　风　谬　掌　花　权　柄，　　　　却　忌　孤　高　不　主　张。
—　—　｜　｜　—　—　｜　　　　　　｜　｜　—　—　｜　｜　—

﹣1 ﹣1 ∨26 ∨22 _6 _1 ∨24　　　　⅄10 ∨4 ﹣7 _4 ⅄5 ∨7 _7

　　前三联反复烘托渲染落梅景象，尾联抒发议论，点明正意，将暗讽的笔触巧妙而曲折地指向了历史上和现实中一切嫉贤妒能、打击人才的当权者，同时寄托了自己仕途不遇的感慨以及对当时那个弃毁贤才时代的不满。为此，诗人被指控为"讪谤当国"，一再被黜，坐废十年。但正直孤高的诗人并没有屈服，而是从此开始大量的咏梅诗词的写作（一生写了一百三十多首），托物寄情，表现了他的铮铮傲骨和高洁品格。

癸巳四月二十九日出京

金　元好问

| 塞 外 初 捐 宴 赐 金，
｜ ｜ 一 一 ｜ ｜ 。
ヽ11 ヽ9 ‾6 ⌐1 ヽ17 ヽ4 ⌐12

当 时 南 牧 已 駸 駸。
一 一 一 一 ｜ ｜ 。
‾7 ‾4 ⌐13 ⋋1 ヽ4 ⌐12 ⌐12

只 知 灞 上 真 儿 戏，
｜ ｜ 一 一 一 ｜ 。
ⱽ4 ‾4 ⋋22 ヽ23 ‾11 ‾4 ⌐4

谁 谓 神 州 遂 陆 沉！
一 一 一 一 ｜ 一 。
‾4 ヽ5 ‾11 ‾11 ‾4 ⋋1 ⌐12

华 表 鹤 来 应 有 语，
一 一 一 一 ｜ ｜ 。
_6 ⱽ17 ⋋10 ⌐10 _10 ⱽ25 ⱽ6

铜 盘 人 去 亦 何 心？
一 一 一 一 ｜ 一 。
⌐1 ‾14 ‾11 ヽ6 ⋋11 _5 ⌐12

兴 亡 谁 识 天 公 意，
一 一 一 一 一 一 。
_10 _7 ‾4 ⋋13 _1 ⌐1 ヽ4

留 着 青 城 阅 古 今。
一 一 一 一 一 ｜ 。
⌐11 ⋋10 _9 _8 ⋋9 ⱽ7 ⌐12

（自注：国初取宋，于青城受降。）

　　前两联追溯金廷覆亡的原因，颈联抒写被俘出京的心境，尾联揭橥历史巧合。一百多年前，金在此接受北宋降表，帝后妃和皇族都被俘虏北去；现在，金廷太后、嫔妃及宗族在此被杀戮，诗人等留守官员也被羁于此。有金一朝，兴在青城，亡在青城，给后世留下一面明镜，让人们记取国家兴衰存亡的历史教训。

送袁伯长扈从上京

元　虞　集

| 日 色 苍 茫 映 赭 袍，
｜ ｜ 一 一 ｜ ｜ 。
⋋4 ⋋13 _7 _7 ヽ24 ⱽ21 _4

时 巡 无 乃 圣 躬 劳。
一 一 一 ｜ ｜ 一 。
‾4 ‾11 ‾7 ⱽ10 ヽ24 ‾1 _4

天 连 阁 道 晨 留 辇，
一 一 ｜ ｜ 一 一 。
_1 _1 ⋋10 ⱽ19 ‾11 ‾11 ⱽ16

星 散 周 庐 夜 属 橐。
一 一 一 一 ｜ 一 。
_9 ヽ15 ‾11 ‾6 ヽ22 ⋋2 _4

白 马 锦 韝 来 窈 窕，
｜ ｜ ｜ 一 一 ｜ 。
⋋11 ⱽ21 ⱽ26 _1 ‾10 ⱽ17 ⱽ17

紫 驼 银 瓮 出 葡 萄。
｜ 一 一 ｜ ｜ 一 。
ⱽ4 _5 ‾11 ヽ1 ⋋4 ‾7 _4

从 官 车 骑 多 如 雨，	只 有 杨 雄 赋 最 高。
— — ｜ — — ｜	｜ ｜ — — ｜ ｜ 。
⁻2 ⁻14 _6 ﹨4 _5 ⁻6 ✓7	✓4 ✓25 _7 ⁻1 ﹨7 _9 _4

这首送别诗，高华典丽、音调俊爽。炼字的诗例，人们熟知的有唐贾岛《题李凝幽居》(305)"鸟宿池边树，僧敲月下门"的"推敲"和王安石《舶船瓜洲》(210)"春风又绿江南岸"的"绿"字，本诗又是一例。颔联两句首字原为"山"、"野"，赵孟𫖯看后称赞其意境优美，并建议改为"天"、"星"，这样改后，诗的境界就更加阔大而雄壮。这一论诗佳话传到清代，王士祯又把它作为炼字的范例来称道。

芦花被
元　贯云石

採 得 芦 花 不 浣 尘，	翠 蓑 聊 复 藉 为 茵。
｜ ｜ — — ｜ ｜ 。	— ｜ — — ｜ ｜ 。
✓10 ﹨13 ⁻7 _6 ﹨5 ﹨21 ⁻11	﹨4 _5 _2 ⋋1 ⋋11 ⁻4 ⁻11

西 风 刮 梦 秋 无 际，	夜 月 生 香 雪 满 身。
— — ｜ — — ｜	｜ ｜ — — ｜ ｜ 。
⁻8 ⁻1 ﹨8 ﹨1 _11 ⁻7 ﹨8	﹨22 ⋋6 _8 ⁻7 ﹨9 ⁻14 ⁻11

毛 骨 已 随 天 地 老，	声 名 不 让 古 今 贫。
— — ｜ — — ｜	— — ｜ ｜ ｜ — — 。
_4 ﹨6 ✓4 ⁻4 _1 ﹨4 ✓19	_8 _8 ﹨5 ﹨23 ✓7 _12 ⁻11

青 绫 莫 为 鸳 鸯 妒，	欸 乃 声 中 别 有 春。
— — ｜ — — ｜	｜ ｜ — — ｜ ｜ 。
_9 _10 ﹨10 ﹨4 ⁻13 _7 ﹨7	⋋10 ⋋10 _8 ⁻1 ﹨9 ✓25 ⁻11

据传，作者辞官游梁山泊，见渔翁以芦花织被，大起雅兴，遂以绸被换之。老翁索诗，作者援笔而成此篇，笔到、兴到、意到、神到。这就产生题诗换被这元代诗坛的一大佳话。贯云石这种豪迈直爽、淡泊名利、坦荡率真，正是元代社会多种民族文化糅合混杂，三教(儒释道)并存，政令宽松，人们可以自由地抒发己见的必然产物，犹如魏晋时产生了嵇康、阮籍那样的清淡名士一样。

白　燕
明　袁凯

故　国　飘　零　事　已　非，　　旧　时　王　谢　见　应　稀。
｜　｜　—　—　｜　｜　—。　　｜　｜　｜　｜　｜　｜　—。
╲7 ╱13 _2 _9 ╲4 ╲4 ‾5　　╲26 ‾4 _7 ╲22 ╲17 _10 ‾5

月　明　汉　水　初　无　影，　　雪　满　梁　园　尚　未　归。
｜　｜　—　｜　—　｜　—　　　｜　｜　｜　｜　｜　｜　—。
╱6 _8 ╲15 ╲4 ‾6 _7 ╲23　　╱9 ╲14 _7 _13 ╲23 ╲5 _5

柳　絮　池　塘　香　入　梦，　　梨　花　庭　院　冷　侵　衣。
｜　｜　—　—　｜　—　｜　　　┐　｜　｜　｜　｜　｜　。
╲25 ╲6 ‾4 _7 _7 ╱14 _1　　_8 _6 _9 ╲17 ╲23 _12 ‾5

赵　家　姐　妹　多　相　忌，　　莫　向　昭　阳　殿　里　飞。
｜　—　｜　｜　｜　｜　｜　　　┐　｜　｜　｜　｜　｜　｜
╲17 _6 ╲21 _11 _5 _7 ╲4　　╱10 ╲23 _2 _7 _17 ╲4 ‾5

唐崔珏因写鸳鸯诗而得名"崔鸳鸯"(101)，郑谷因写鹧鸪诗而得名"郑鹧鸪"(102)，明袁凯因写本诗而得名"袁白燕"。中间两联，通过对明月、白雪、柳絮、梨花种种洁白的景物的描写，驰骋想象，避实就虚，突出"白"字，用空灵蕴藉的笔法，为白燕传神写照，写出了白燕特有的精神气质，诗人把白燕想象得无比的纯洁、灵巧、美丽，在他的笔下，简直就像是冰清玉洁的姑射仙子的化身了。

感　怀
明　唐寅

不　炼　金　丹　不　坐　禅，　　饥　来　吃　饭　倦　来　眠。
｜　｜　—　—　｜　｜　—。　　—　—　｜　—　｜　—　—。
╲5 ╲17 _12 ‾14 ╲5 ╲21 _1　　‾5 ‾10 ╲12 ‾14 ╲17 ‾10 _1

生　涯　画　笔　兼　诗　笔，　　踪　迹　花　边　与　柳　边。
—　—　｜　—　｜　—　｜　　　｜　｜　—　｜　｜　—　—
_8 ‾9 _10 ╲4 _14 ‾4 ╲4　　‾2 ╲11 _6 _1 ╲6 ╲25 _1

镜　里　形　骸　春　共　老，　　灯　前　夫　妇　月　同　圆。
｜　｜　—　—　｜　｜　｜　　　｜　—　—　—　｜　—　。
╲24 ╲4 _9 ‾9 ‾11 ╲2 ╲19　　_10 _1 _7 ╲7 ╱6 ‾1 _1

万 场 快 乐 千 场 醉，　　世 上 闲 人 地 上 仙。
丨 — 丨 丨 — 丨 丨　　丨 丨 — — 丨 丨 —
、14 ⌐7 、10 ﹨10 ⌐1 ⌐7 、4　　、8 、23 ⁻15 ⁻11 、4 、23 ⌐1

　　明代前七子领袖李梦阳要求诗歌具有真情，在某种程度上摆脱"存天理，去人欲"的戒律束缚，唐寅的诗歌正做到了这一点。这样的理论和实践，显然是晚明文学新思潮的先声。战胜了文坛上多年来死气沉沉的局面，文学又朝着历史所指示的前进方向发展了。过去一提起唐寅，往往为其风流故事所掩而不屑一顾。现在应该用历史的眼光重新审视了。

朱 仙 镇
明　李梦阳

水 庙 飞 沙 白 日 阴，　　古 墩 残 树 浊 河 深。
丨 丨 — 丨 丨 丨 —　　丨 丨 — 丨 丨 — —
√4 、18 ⁻5 ⌐6 ﹨11 ﹨4 ⌐12　　√7 ⁻13 ⁻14 ⌐7 ﹨3 ⌐5 ⌐12

金 牌 痛 哭 班 师 地，　　铁 马 驱 驰 报 主 心。
丨 — 丨 丨 — — 丨　　丨 丨 — — 丨 丨 —
⌐12 ⁻9 、1 ﹨1 ⁻15 ⁻4 、4　　﹨9 √21 ⁻7 ⁻4 、20 ⌐7 ⌐12

入 夜 松 杉 双 鹭 宿，　　有 时 风 雨 一 龙 吟。
丨 丨 — — — 丨 丨　　丨 — — 丨 丨 — —
﹨14 、22 ⁻2 ⌐2 ⌐15 ⁻3 、7 ﹨1　　√25 ⁻4 ⌐1 ⌐7 ﹨4 ⁻2 ⌐12

经 行 墨 客 还 词 赋，　　南 北 凄 凉 自 古 今。
— — 丨 丨 — 丨 丨　　— 丨 — — 丨 丨 —
⌐9 ⌐8 ﹨13 ﹨11 ⁻15 ⁻4 、7　　⌐13 ﹨13 ⁻8 ⌐7 、4 √7 ⌐12

　　本诗是李梦阳传世名篇之一，同时代的杨慎于《空同诗选》中称此诗为作者"七言律第一首"。题是朱仙镇，实为凭吊岳王庙有感。诗人没有拘泥于咏史，仅颔联略点史实，而把重点放在写景抒情上，营造了一派荒凉凄清的氛围，表达对岳飞的钦敬伤悼，同时借怀古寄托自己对时局的忧患，使全诗悲凉郁塞，意境深远，故晚明钟惺也于《明诗归》中称此篇"不减杜工部'丞相祠堂'之作。"

过 海 虞

明　沈　玄

吴	下	琴	川	古	有	名，		放	舟	落	日	偶	经	行。
一		一		一		。								。
⁻7	╲22	_12	_1	╱7	╱25	_8		╲23	_11	╲10	╱4	╱25	_9	_8

七	溪	流	水	皆	通	海，		十	里	青	山	半	入	城。
														。
╱4	⁻8	_11	╱4	⁻9	_1	╱10		╱14	╱4	_9	⁻15	╲15	╱14	_8

齐	女	墓	荒	秋	草	色，		言	公	家	在	旧	琴	声。
一		一		一										。
⁻8	╱6	╲7	_7	_11	╱19	╲13		⁻13	⁻1	_6	╲11	╲26	_12	_8

我	来	正	值	中	秋	夜，		一	路	哦	诗	看	月	明。
														。
╱20	⁻10	╲24	╱13	⁻1	_11	╲22		╱4	╲7	_5	⁻4	╲15	╱6	_8

本诗选自上海文化出版社 2006 年 4 月第 1 版《历代名人咏常熟》。虞山，古名乌目山、海隅山，又因山形如卧牛，亦称卧牛山，后因商末周太王次子虞仲（仲雍）与兄泰伯让国南来，在无锡、常熟一带建立勾吴国，死后葬于此而改称虞山。吴国亡国之君夫差是虞仲的第 21 代孙，故常熟是吴文化的重要发源地。虞山峰峦连绵起伏，颇有大山之势，最高处为海拔 263 米。早在 1915 年，商务印书馆出版丛书《中国九大名胜》（九大名胜为：黄山、庐山、普陀山、西湖、避暑山庄、泰山、衡山、孔林、虞山），虞山就是"九大名胜"之一。1989 年，列为江苏虞山国家森林公园。目前已形成宝岩生态园、石洞、剑门、维摩山庄、虞山城墙、西城楼阁、虞山公园、兴福等游览区。由虞山流下的七条溪水自西向东平行流入琴川河，再向北流入长江直通大海。常熟古城爬山而建，虞山东南一部分位于常熟城内。齐女墓在虞山东岭顶峰辛峰亭台基下。据志载，春秋末齐景公慑于吴国武力，被迫将女儿孟姜嫁于吴王阖闾长子终累。孟姜嫁到吴国后，忧思故国，加上其夫早亡，郁郁得病，临终时说："令死者有知，必葬我于虞山之巅，以望齐国。"言偃（公元前 506－公元前 443），常熟人，孔子三千弟子中唯一的南方人，擅长历史文献研究，早年在中原培育儒学人才。《论语·阳货第十七》载有："子之武城，闻弦歌之声。夫子莞尔而笑，曰：'割鸡焉用牛刀？'子游对曰：'昔者偃也闻诸夫子曰："君子学道则爱人，小人学道则易使也。"'子曰：'二三子！偃之言是也。前言戏之耳。'""弦歌"，弹七弦古琴唱歌。又常熟是古琴之乡，于 2003 年与昆曲一起被联合国科教文组织列为世界非物质文化遗产。

言偃晚年返回江南,道启东南,后人奉祀累世不绝,称"南方夫子"。唐开元年间被列为孔门十哲,入孔庙受祭。现常熟城内言子巷中有"言偃故居"。本诗是国家历史文化名城江苏常熟的写照,是现在常熟人民家喻户晓的。颔联两句"七溪流水皆通海,十里青山半入城"对常熟城区的描写,既切合实际的地理风貌,又充满浓郁的诗情画意。2013年春,虞山又与沙家浜(470)、尚湖(447)一起,荣膺国家5A级沙家浜－虞山尚湖旅游景区。

后秋兴之十三(选一)

清　钱谦益

海角崖山一线斜，　　　从今也不属中华。
ǀ　ǀ　—　ǀ　ǀ　ǀ　°　　　ǀ　—　ǀ　ǀ　ǀ　°
∨10 ̲3 ¯9 ¯15 ∧4 ∨17 ̲6　　¯2 ̲12 ∨21 ∧5 ∧2 ̲1 ̲6

更无鱼腹捐躯地，　　　况有龙涎泛海槎。
ǀ　ǀ　—　—　—　ǀ　°　　　ǀ　ǀ　ǀ　ǀ　—　ǀ　°
∨24 ̲7 ̲6 ∧1 ̲1 ̲7 ∨4　　∨23 ∨25 ¯2 ̲1 ̲30 ∨10 ̲6

望断关河非汉帜，　　　吹残日月是胡笳。
ǀ　ǀ　—　—　ǀ　ǀ　ǀ　　　ǀ　ǀ　ǀ　ǀ　ǀ　°
∨23 ∨15 ¯15 ̲5 ¯5 ∨15 ∨4　¯4 ¯14 ∧4 ∧6 ∨4 ¯7 ̲6

嫦娥老大无归处，　　　独倚银轮哭桂花。
ǀ　ǀ　—　ǀ　ǀ　ǀ　°　　　ǀ　ǀ　—　—　ǀ　°
̲7 ̲5 ∨19 ∨21 ¯7 ̲5 ∨6　　∧1 ∨4 ̲11 ¯11 ∧1 ̲8 ̲6

诗宗杜甫的钱谦益曾因降清而深怀赎罪感,秘密奔走进行抗清复明活动;在南明桂王被清军追杀、复明希望彻底破灭后,满怀悲痛,步杜甫《秋兴八首》原韵,写下十三叠共一百零四首《后秋兴》。这是第十三叠中的第二首,借吊宋亡追悼明亡。他既以不能像陆秀夫那样随帝葬身鱼腹为憾,又以不堪面对关河易帜、遍地胡笳为悲,只能在用合"日月"为"明",用"桂花"暗喻桂王的凄心苦意中,寄托自己对亡明的一片沉痛。钱谦益,常熟人,是"虞山诗派"代表人。

明　妃

清　吴雯

不把黄金买画工，　　　进身羞与自媒同。

|　 |　 |　 |　 |　 |　　　　　　 |　 |　 |　 |　 |　°
∖5 ∨21 _7 _12 ∨9 ∖10 ‾1　　　∖12 ‾11 _11 ∨6 ∖4 ‾10 ‾1
始　知　绝　代　佳　人　意，　　即　有　千　秋　国　士　风。

∨4 ‾4 ∖9 ∖11 ‾9 ‾11 ∖4　　　∖13 ∨25 _1 _11 ∖13 ∖4 ‾1
环　珮　几　曾　归　夜　月？　　琵　琶　惟　许　托　宾　鸿。

‾15 ∖11 ∨5 _10 ‾5 ∖22 ∖6　　　‾4 _6 ‾4 ∨6 ‾10 ‾11 ‾1
天　心　特　为　留　青　冢，　　春　草　年　年　似　汉　宫。

_1 _12 ∖13 ∖4 _11 _9 ∨2　　　‾11 ∨19 _1 _1 ∖4 ∖15 ‾1

在昭君题材的一系列作品中，本诗别具风采，自立一说。诗没有把昭君看作是一个和亲的美人，也没有把昭君看作是只知感恩思君的妃子，却视为一个具有高风亮节的"千秋国士"，只待识者自来，不屑于自荐，更耻于自夸。颈联化用杜甫《咏怀古迹》(318)语而翻出新意：上句拂去梦魂夜归的假想，还原真实；下句揭橥琵琶怨曲只能凭鸿雁传递的况遇，愈见凄楚。青冢草绿，道是天心特留，实是人心所归之象征，是对明妃在天之灵的一种告慰。

箴作诗者

清　袁　枚

倚　马　休　夸　速　藻　佳，　　相　如　终　竟　压　邹　枚。
|　 |　 |　—　—　|　|　　　　|　—　—　|　|　|　°
∨4 ∨21 _11 _6 ∖1 ∨19 ‾9 邻韵　_7 ‾6 ‾1 ∖24 ∖17 _11 ‾10

物　须　见　少　方　为　贵，　　诗　到　能　迟　转　是　才。
|　—　|　|　|　|　　　　　　　|　|　|　|　|　|　°
∖5 _7 ∖17 ∨17 _7 ‾4 ∖　　　　‾4 ∖20 _10 ‾4 ∨16 ∖4 ‾10

清　角　声　高　非　易　奏，　　优　昙　花　好　不　轻　开。
_8 ∖3 _8 _4 ‾5 ∖4 ∖26　　　　_11 _13 _6 ∨19 ∖5 _8 ‾10

须　知　极　乐　神　仙　境，　　修　炼　多　从　苦　处　来。
—　|　|　|　|　|　　　　　　　|　|　|　|　|　|　°
‾7 ‾4 ∖13 ∖10 ‾10 ‾11 _1 ∨23　_11 ∖17 _5 ‾2 ∨7 ∖6 ‾10

　　袁枚认为能否写出好诗，除了有天分之外，还应谨慎下笔、勇于修改。他曾作《精思》、《知难》、《矜严》、《勇改》、《割忍》等四言诗，讲到作诗不贵多不贵快，而应覃思精研，仔细推敲，不厌修改。本诗是以七律形式，再次讲了这个道理。应附带一说的是，他同时也指出过，有时"天机一到，断不可改"，又说诗过分多改"则机窒"。如他在《续诗品·勇改》中所说："知一重非，进一重境。亦有生金，一铸而定。"这样看问题，是很全面的了。

赠曹雪芹

清　敦　敏

碧水青山曲径遐，　　　　薜萝门巷足烟霞。
｜　｜　一　一　｜　｜　。　　　　｜　｜　一　｜　一　一　。
ㄟ11　ㄑ4　ㄥ9　ˉ15　ㄟ2　ㄟ25　ㄥ6　　　ㄟ8　ㄥ5　ˉ13　ㄟ3　ㄟ2　ㄥ1　ㄥ6

寻诗人去留僧舍，　　　　卖画钱来付酒家。
｜　｜　一　｜　一　一　｜　　　　｜　｜　一　一　｜　｜　。
ㄥ12　ˉ4　ㄥ11　ㄟ6　ㄥ11　ㄥ10　ㄟ22　　　ㄟ10　ㄟ10　ㄥ1　ˉ10　ㄟ7　ㄑ25　ㄥ6

燕市狂歌悲遇合，　　　　秦淮残梦忆繁华。
一　｜　一　一　一　｜　｜　　　　一　一　一　｜　｜　一　。
ㄥ1　ㄑ4　ㄥ7　ㄥ5　ˉ4　ㄟ7　ㄟ15　　　ˉ11　ㄥ9　ˉ14　ㄟ1　ㄟ13　ˉ13　ㄥ6

新愁旧恨知多少，　　　　一醉酕醄白眼斜。
ˉ11　ㄥ11　ㄟ26　ㄟ14　ˉ4　ㄥ5　ㄥ17　　　ㄟ4　ㄟ4　ㄥ4　ㄥ4　ㄟ11　ㄑ15　ㄥ6

　　本诗以生动感人的笔触描写了曹雪芹晚年的生活和性格，对于我们了解这位伟大作家的精神世界提供了宝贵的资料。穷困可以改变人的经济环境，但却无法改变像曹雪芹这类杰出文学家的人格品性。或者说，正是由于穷困，由于"残梦"，才使他提笔挥洒，"披阅十载，增删五次"，写出了"字字看来皆是血，十年辛苦不寻常"的不朽名著《红楼梦》。

黄海舟中日人索句，
并见日俄战争地图

近代　秋　瑾

万里乘风去复来，　　　　只身东海挟春雷。

丨　丨　一　一　丨　一　。
ˇ14　ˇ4　＿10　⁻1　ˋ6　ˋ1　⁻10
忍　看　图　画　移　颜　色，

丨　一　一　丨　丨　一　。
ˇ4　⁻11　⁻1　ˇ10　ˋ16　⁻11　⁻10
肯　使　江　山　付　劫　灰？

丨　丨　丨　丨　丨　丨　。
ˇ11　⁻14　⁻7　ˋ10　⁻4　ˋ15　ˋ13
浊　酒　不　消　忧　国　泪，

丨　丨　丨　丨　一　一　。
ˇ24　ˇ4　⁻3　⁻15　⁻7　ˋ17　⁻10
救　时　应　仗　出　群　才。

丨　一　丨　丨　丨　丨　。
ˋ3　ˋ25　ˋ5　＿2　＿11　ˋ13　ˋ4
拼　将　十　万　头　颅　血，

丨　丨　一　一　丨　一　。
ˋ26　⁻4　＿10　ˇ22　ˋ4　⁻12　⁻10
须　把　乾　坤　力　挽　回。

丨　丨　丨　丨　丨　丨　。
＿8　＿7　ˋ14　ˋ14　＿11　⁻7　ˋ9

　　秋瑾作为横绝一代的巾帼豪杰，生性忼爽，意气自雄，习骑马，善饮酒，别号"鉴湖女侠"。她写诗虽然往往直抒胸臆，不屑于雕章琢句的工巧，却真力弥漫，豪气冲天，别有一种雄直的魅力。她以天下为己任，拼死拯救祖国危亡的命运，最终实现了本诗尾联的誓言，于 1907 年 7 月 15 日在绍兴古轩亭口就义。

无　题
现代　齐白石

举　止　无　愁　却　有　愁，
丨　丨　一　一　丨　。
ˇ6　ˇ4　⁻7　＿11　ˋ10　ˇ25　＿11
老　年　心　性　小　儿　俦。

丨　一　一　丨　丨　。
ˇ19　＿1　＿12　ˋ24　ˇ17　⁻4　＿11
手　持　竹　杖　曾　骑　马，

丨　一　丨　丨　丨　。
ˇ25　⁻4　ˋ1　ˇ22　＿10　⁻4　ˇ21
足　履　桃　花　忆　放　牛。

丨　丨　一　一　丨　。
ˋ2　ˋ4　＿4　＿6　ˋ13　ˋ23　＿11
抡　指　忽　逢　年　八　十，

丨　丨　丨　丨　。
⁻13　ˇ4　ˋ6　⁻2　＿1　ˋ8　ˋ14
望　亲　不　见　日　三　秋。

丨　丨　一　一　丨　。
ˋ23　⁻11　ˋ5　ˋ17　ˋ4　＿13　＿11
西　山　无　份　家　山　远，

丨　丨　丨　丨　丨　。
⁻8　＿15　⁻7　ˋ13　＿6　⁻15　ˇ13
吾　骨　谁　收　合　泪　流。

丨　一　丨　丨　丨　。
⁻7　ˇ6　⁻4　＿11　ˋ15　ˋ4　＿11

　　一代宗师齐白石的绘画艺术，为人类文化宝库增添了丰富的珍藏。老人亦擅诗，且纯情、朴实、真挚、深厚，本诗抒写他对少时生活和亲人的怀念以及对身后的忧虑。写此诗三年前,日寇发动了芦沟桥事变,广大国土沦于日寇的铁蹄之下。面对时局,年近八旬的老人忧念自己百年之后归所无着,因而悲痛难禁,这是纯情的直露,心声的宣泄。看来,老人居住的寄萍堂里依稀浮荡着时代的阴云。

北征途中寄友
现代 陈叔通

迟	暮	长	征	两	鬓	皤 ,	未	除	元	恶	肯	投	戈 ?
⁻4	╲7	₋7	₋8	╱22	₋12	₋5	╲5	₋6	⁻13	╱10	╲24	₋11	₋5

画	疆	王	气	成	狐	鼠 ,	夹	道	军	声	乱	鸭	鹅 。
╲10	₋7	₋7	╲5	₋8	⁻7	╱6	╲17	╱19	₋12	₋8	╲15	╲17	₋5

姑	息	终	贻	他	日	患 ,	纵	谈	遥	忆	故	人	多 。
⁻4	╲13	⁻1	⁻4	₋5	╲4	╲16	₋2	₋13	₋12	╲13	╲7	₋11	₋5

正	如	夜	尽	方	迎	曙 ,	回	首	中	原	发	浩	歌 。
╲24	⁻6	╱22	╱11	₋7	₋8	╲6	⁻10	╱25	⁻1	⁻13	╲6	╲19	₋5

1948 年冬,在地下党的安排下,陈叔通从上海经香港,再从海上北往解放区,本诗就是在北征途中所写的明志之诗。当时,国民党的御用文人和政客发起所谓"千人通电",要求停战,恢复和谈,妄图给国民党以喘息之机。叔老一方面坚决拒绝在通电上签字,一方面写信给友人,劝他们也拨开迷障,投奔光明。作者于古代诗人中,最推崇陶渊明的情真,王安石的识高;本诗也当得起真情、高识四字,无愧于前哲。

悼 亡
现代 何香凝

辗	转	兰	床	独	抱	衾 ,	起	来	重	读	《柏	舟》	吟 。
╱16	╱16	⁻14	₋7	╲1	╱19	₋12	╱4	⁻10	⁻2	╲1	╲11	₋11	₋12

| 月 | 明 | 霜 | 冷 | 人 | 何 | 处 ? | 影 | 薄 | 灯 | 残 | 夜 | 自 | 深 。 |

| — — | — — |
⅄6 _8 _7 √23 ⁻11 _5 ⅄6
入　梦　相　逢　知　不　易，

| | — | — — |
√23 ⅄10 _10 ⁻14 ⅄22 ⅄4 _12
返　魂　无　术　恨　难　禁。

| — — | — — |
⅄14 ⅄1 _7 ⁻2 ⁻4 ⅄5 ⅄4
哀　思　唯　奋　酬　君　愿，

| | — — | |
√13 ⁻13 ⁻7 ⅄4 ⁻14 ⁻14 _12
报　国　何　时　尽　此　心。

— — | — — | |
⁻10 _4 ⁻4 ⅄13 _11 ⁻12 ⅄14

⅄20 ⅄13 _5 ⁻4 √11 ⅄4 _12

　　1925年8月，廖仲恺被国民党右派杀害，作者在极度的悲愤和哀痛之中，写了这首悼亡诗。首联描状抒情，表示自己对亡夫忠挚不渝的爱情。颔、颈联铺写悼亡之思，卧后清宵，相思无穷，悠悠生死，幽明永隔，返魂无术，梦亦难寻，千回百转，其恨何深！尾联转出新境，"哀思"结上，"唯奋"启下，表示不忘亡夫"后事凭君独任劳，莫教辜负女中豪"（238）的遗愿，尽心报国。

民治学校园记事诗后十首（其十）

现代　于右任

慷　慨　当　年　此　誓　师，
| | — | — | |
√22 ⅄11 _7 _1 ⅄4 ⅄8 ⁻4

回　头　剩　有　断　肠　词。
⁻10 _11 ⅄25 √25 ⅄15 _7 ⁻4

三　秦　子　弟　多　冤　鬼，
_13 ⁻11 ⅄4 ⅄4 _5 ⁻13 ⅄5

百　战　河　山　倒　义　旗，
⅄11 ⅄17 _5 ⁻15 √19 ⅄4 ⁻4

动　地　弦　歌　真　画　荻，
√1 ⅄4 _1 _5 ⁻11 ⅄10 ⅄12

烧　天　兵　火　亦　燃　萁。
_2 _1 _8 √20 ⅄11 _1 ⁻4

难　忘　民　治　园　中　路，
⁻14 _7 ⁻11 ⅄4 ⁻13 _1 ⅄7

卷　土　重　来　未　可　知。
√16 √7 ⁻2 ⁻10 ⅄5 √20 ⁻4

　　这是1917年10月首举护法义旗的陕西靖国军失败后，总司令于右任所写二十首七律的压卷之作。笔端蓄聚感情，婉转低回，沉郁顿挫，悲壮苍凉，最近杜诗之神韵，也显示了作者这位南社诗人七律创作的纯熟技巧。尾联集中表示了他对革命的暂时受挫不气馁，欲重整旗鼓之心。1926年，他即与冯玉祥率国民军打回陕西,实现了"卷土重来"的夙愿。

吊鉴湖秋女士四首(其四)

现代　柳亚子

漫 说 天 飞 六 月 霜,　　　　　珠 沉 玉 碎 不 须 伤。
| | — — | | 。　　　　　— | | | | 。
ヽ15 ﹨9 _1 ⁻5 ﹨1 ﹨6 _7　　　　⁻7 _12 ﹨2 ﹨11 ﹨5 ⁻7 _7

已 拚 侠 骨 成 孤 注,　　　　　赢 得 英 名 震 万 方。
| | | | — | ヽ　　　　　— | — — | | 。
﹀4 ⁻14 ﹨16 ﹨6 _8 ⁻7 ﹨7　　　　_8 ﹨13 _8 _8 ﹨12 ﹨14 _7

碧 血 摧 残 酬 祖 国,　　　　　怒 潮 呜 咽 怨 钱 塘。
| | | | | | |　　　　　— — | | — — 。
﹨11 ﹨9 ⁻10 ﹨14 _11 ﹀7 ﹨13　　⁻7 _2 ⁻7 ﹨9 ﹨14 _1 _7

于 祠 岳 庙 中 间 路,　　　　　留 取 荒 坟 葬 女 郎。
— — | | — — |　　　　　— | — — | | 。
⁻7 ⁻4 ﹨3 ﹨18 _1 ⁻15 ﹨7　　　_11 ﹀7 _7 ⁻12 ﹨23 ﹀6 _7

1907年7月15日,秋瑾就义于绍兴古轩亭口。作为资产阶级民主革命急进派的诗人,立即挥毫写了《吊鉴湖秋女士》,缅怀烈士一生的光辉革命业绩,表达了沉痛的哀悼之情,发出了继承烈士遗志,将革命进行到底的誓言。本诗是组诗的最后一首,以浪漫主义手法,颂扬先烈英勇豪迈的事迹,她的伟大的牺牲,有如钱塘怒潮汹涌澎湃,秋瑾的英灵将与民族英雄岳飞、于谦一起流芳百世。

太行春感

现代　朱　德

远 望 春 光 镇 日 阴,　　　　　太 行 高 耸 气 森 森。
| | — — | | |　　　　　— — — | | — — 。
﹀13 ﹨23 ⁻11 _7 ﹨12 ﹨4 _12　　﹨9 _7 _4 ﹀2 ﹨5 _12 _12

忠 肝 不 洒 中 原 泪,　　　　　壮 志 坚 持 北 伐 心。
— | | | — — |　　　　　| | — | | | 。
⁻1 ⁻14 ﹨5 ﹀21 ⁻1 ⁻1 ﹨13 ﹨4　　﹨23 ﹨4 _1 ⁻4 ﹨13 ﹨6 _12

百 战 新 师 惊 贼 胆,　　　　　三 年 苦 斗 献 吾 身。

　　｜　｜　—　—　—　｜　｜　　　　　　—　—　｜　｜　｜　｜　。｜

　λ11 ⟍17 ˉ11 ˉ4 ˍ8 λ13 ⌄27　　　　ˍ13 ˍ1 ⌄7 ⟍26 ⟍14 ˉ7 ˉ11

　从　来　燕　赵　多　豪　杰，　　　　驱　逐　倭　儿　共　一　樽。

　　—　—　｜　｜　—　｜　｜　　　　　　—　—　｜　｜　｜　｜　。｜

　ˉ2 ˍ10 ˍ1 ⌄17 ˍ5 ˍ4 λ9　　　　　ˉ7 λ1 ˍ5 ˉ4 ⟍2 ⟍4 ˉ13

　　若按《佩文诗韵》，"阴"、"森"、"心"为侵韵，"身"为真韵，"樽"为元韵，便不能协韵。现按戈载《词林正韵》（上海古籍出版社在 2004 年 2 月第 1 版《中华韵典》第 517 页）或张珍怀《词韵简编》（上海古籍出版社 1978 年 10 月第 1 版《唐宋词格律》第 185 页），即《词韵》："阴"、"森"、"心"皆第十三部，"身"、"樽"皆第六部，而在词中，第六部、第十三部还有第十一部可以三部通押的。故本诗依《词韵》协韵。词源于唐而盛于宋，自宋诗起，受《词韵》影响而协韵的诗就渐多了（这相当于物理学上的反作用力），这种情况延续至今。本诗是本书所收第一首可用《词韵》解读押韵的诗。本诗也可按现代汉语十八韵协韵，因五个韵脚字皆痕韵。1939 年春，朱德来到太行山抗日前线，指挥八路军与日寇浴血奋战。瞩目全国的抗日形势和八路军英勇杀敌的壮烈情景，使他心潮起伏，胸怀激烈，写下了这首气壮山河的诗作，笔力苍劲，格调高昂，读来荡气回肠。

到 韶 山
现代　毛泽东

　别　梦　依　稀　咒　逝　川，　　　　故　园　三　十　二　年　前。

　　｜　｜　—　—　｜　｜　　　　　　—　—　—　｜　｜　—　。—

　λ9 ⟍1 ˍ5 ˉ5 ⟍26 ⟍8 ˍ1　　　　　⟍7 ˉ13 ˍ13 λ14 ⟍4 ˍ1 ˍ1

　红　旗　卷　起　农　奴　戟，　　　　黑　手　高　悬　霸　主　鞭。

　　—　—　｜　｜　—　—　｜　　　　　—　｜　—　—　｜　｜　。—

　ˉ1 ˉ4 ⌄16 ⌄4 ˉ2 ˉ7 λ11　　　　　λ13 ⌄25 ˍ4 ˍ1 ⟍22 ⌄7 ˍ1

　为　有　牺　牲　多　壮　志，　　　　敢　教　日　月　换　新　天。

　　｜　｜　—　—　—　｜　｜　　　　　｜　—　｜　｜　｜　—　。—

　⟍4 ⌄25 ˉ4 ˍ8 ˍ5 ⟍23 ⟍4　　　　⌄27 ˍ3 ˍ4 λ6 ⟍15 ⟍11 ˍ1

　喜　看　稻　菽　千　里　浪，　　　　遍　地　英　雄　下　夕　烟。

　　｜　—　｜　—　—　｜　｜　　　　　｜　｜　｜　—　—　｜　。—

　⌄4 ˉ14 ˍ19 λ1 ˍ1 ˉ2 ⟍23　　　　⌄17 ⟍4 ˍ8 ˉ1 ⟍22 λ11 ˍ1

　　作者在 1959 年 6 月 25 日到 27 日重返故乡韶山，离 1927 年 1 月已 32 年多。

本诗便是对于三十二年来的斗争和胜利的概括。"咒"起"喜"结,爱僧分明,波澜迭出,跌宕有致。在长期的革命斗争中,毛主席共有六位亲人即夫人杨开慧、大弟毛泽民、小弟毛泽覃、堂妹毛泽建、大儿毛岸英、侄儿毛楚雄英勇献身,真是"为有牺牲多壮志"!

吊罗荣桓同志

现代 毛泽东

记 得 当 年 草 上 飞 ,　　红 军 队 里 每 相 违 。
ㄧ ㄧ ㄧ ｜ ｜ ㄧ 。　　ㄧ ㄧ ㄧ ｜ ｜ ㄧ 。
ˇ4 ˋ13 _7 _1 ˇ19 ˋ23 _5　　ˉ1 _12 ˋ11 ˇ4 ˇ10 _7 ˉ5

长 征 不 是 难 堪 日 ,　　战 锦 方 为 大 问 题 。
ㄧ ㄧ ｜ ｜ ㄧ ㄧ ｜　　｜ ｜ ㄧ ㄧ ｜ ｜ ㄧ
_7 _8 ˇ5 ˇ4 ˉ14 _13 ˇ4　　ˋ17 ˇ26 _7 ˉ4 ˇ21 ˋ13 _8 出韵

斥 鷃 每 闻 欺 大 鸟 ,　　昆 鸡 长 笑 老 鹰 非 。
｜ ｜ ㄧ ㄧ ㄧ ｜ ｜　　ㄧ ㄧ ㄧ ｜ ｜ ㄧ ㄧ 。
ˇ11 ˋ16 ˇ9 ˉ12 ˉ4 ˋ21 ˇ17　　ˉ13 _8 _7 _18 ˇ19 _10 _5

君 今 不 幸 离 人 世 ,　　国 有 疑 难 可 问 谁 ?
｜ ㄧ ｜ ｜ ㄧ ㄧ ｜　　｜ ｜ ㄧ ㄧ ｜ ｜ ㄧ 。
ˉ12 _12 ˇ5 ˇ23 ˉ4 ˉ11 ˋ8　　ˋ13 ˇ25 ˉ4 ˉ14 ˇ20 ˋ13 ˉ4 出韵

开国元帅罗荣桓从 1927 年参加湘赣边界秋收起义后,历任红军、八路军、中国人民解放军中要职。他于 1963 年 12 月 16 日逝世。毛泽东一向很敬重对党和人民无限忠诚的罗荣桓,他得知罗逝世后悲痛逾常,这首悼诗就是在悲痛的激情中写成的。由于罗长期同林彪共事,所以诗内提到林的事。现在看来,林彪后来在 1971 年叛国出逃是早有根源的。

洪 都

现代 毛泽东

到 得 洪 都 又 一 年 ,　　祖 生 击 楫 至 今 传 。
｜ ｜ ㄧ ㄧ ｜ ｜ ㄧ 。　　｜ ㄧ ｜ ｜ ｜ ㄧ ㄧ 。
ˋ20 ˇ13 ˉ1 _7 ˋ26 ˇ4 _1　　ˇ7 _8 ˇ12 ˇ16 ˋ4 _12 _1

闻 鸡 久 听 南 天 雨 ,　　立 马 曾 挥 北 地 鞭 。
｜ ㄧ ｜ ｜ ㄧ ㄧ ｜　　｜ ｜ ㄧ ㄧ ｜ ｜ ㄧ

```
—  —  |  |  —  —  |              |  |  —  —  |  |  。
¯12 ¯8 ˇ25 ˋ25 _13 _1 ˇ7          ㄨ14 ˇ21 _10 ¯5 ㄨ13 ˋ4 _1
```
鬓　雪　飞　来　成　废　料，　　　彩　云　长　在　有　新　天。

```
|  |  —  |  |  —  |              |  |  —  |  |  |  。
ˋ12 ㄨ9 _5 ¯10 _8 ˋ11 ˋ18         ˇ10 ¯12 _7 ˋ11 ㄨ25 ˋ11 _1
```
年　年　后　浪　催　前　浪，　　　江　草　江　花　处　处　鲜。

```
—  —  |  |  —  —  |              |  —  |  |  |  _  。
_1 _1 ˋ26 ˋ23 ¯10 _1 ˋ23          ¯3 ˇ19 ¯3 _6 ˋ6 _1
```

　　"洪都"指今江西省南昌市。诗中用"祖生击楫"和"闻鸡起舞"的典故，抒发作者的抱负和气概，正如他在《谈范仲淹两首词的批语》中所说的"词有婉约、豪放两派，各有兴会，应当兼读。……我的兴趣偏于豪放，不废婉约。"笔者以为，上述这些批语，对诗也是适用的。

有 所 思

现代　毛泽东

正　是　神　都　有　事　时，　　　又　来　南　国　踏　芳　枝。
```
|  |  —  |  |  —  |              |  |  —  |  |  —  。
ˋ24 ˇ4 _11 ¯7 ˇ25 ˋ4 ¯4           ˋ26 ¯10 _13 ㄨ13 ㄨ15 _7 ¯4
```

青　松　怒　向　苍　天　发，　　　败　叶　纷　随　碧　水　驰。
```
—  —  |  |  —  —  |              |  |  —  |  |  —  。
_9 ¯2 _7 ˋ23 _7 _1 ㄨ6            ˋ10 ㄨ16 _12 ¯4 ㄨ11 ˇ4 ¯4
```

一　阵　风　雷　惊　世　界，　　　满　街　红　绿　走　旌　旗。
```
|  |  —  |  |  |  |              |  —  |  |  |  —  。
ㄨ4 _12 ¯1 _10 _8 ˋ8 ˋ10          ˇ14 ¯9 _1 ㄨ2 ˇ25 _8 ¯4
```

凭　阑　静　听　潇　潇　雨，　　　故　国　人　民　有　所　思。
```
—  —  |  |  —  —  |              |  |  —  |  |  —  。
_10 ¯14 ˇ23 ˋ25 _2 _2 ˇ7          ˋ7 ㄨ13 ¯11 _11 ˇ25 ˇ6 ¯4
```

　　作者写本诗前后，正在南方巡视。1966年5月15日至6月15日在杭州，途径长沙于17日到韶山滴水洞，在这里住了十一天，于28日赴武汉。本诗是当时中国社会和作者思想的真实反映。

钓台题壁

现代　郁达夫

不 是 尊 前 爱 惜 身，　　　　伴 狂 难 免 假 成 真。
｜ ｜ 一 一 一 ｜ ｜　　　　　一 一 一 ｜ ｜ 一 一
ㄟ5 ㄟ4 ⁻13 ﹍1 ㄟ11 ㄟ11 ⁻11　　　﹍7 ﹍7 ⁻14 ㄑ16 ﹍21 ﹍8 ⁻11

曾 因 酒 醉 鞭 名 马，　　　　生 怕 情 多 累 美 人。
一 一 ｜ ｜ 一 一 ｜　　　　　一 ｜ 一 一 ｜ ｜ 一
﹍10 ⁻11 ㄑ25 ㄟ8 ﹍1 ﹍8 ㄑ21　　﹍8 ㄟ22 ﹍8 ﹍5 ㄟ4 ㄑ4 ⁻11

劫 数 东 南 天 作 孽，　　　　鸡 鸣 风 雨 海 扬 尘。
｜ ｜ 一 一 一 ｜ ｜　　　　　一 一 一 ｜ ｜ 一 一
ㄟ17 ㄟ7 ⁻1 ﹍13 ﹍1 ㄟ10 ㄟ9　　﹍8 ﹍8 ⁻1 ㄑ7 ㄑ10 ﹍7 ⁻11

悲 歌 痛 哭 终 何 补？　　　　义 士 纷 纷 说 帝 秦！
一 一 ｜ ｜ 一 一 ｜　　　　　｜ ｜ 一 一 ｜ ｜ 一
⁻4 ﹍5 ㄟ1 ㄟ1 ⁻1 ﹍5 ㄟ7　　ㄟ4 ㄟ4 ⁻12 ⁻12 ㄟ9 ﹍8 ⁻11

　　1930 年，郁达夫先后参加了"中国自由大同盟"和"中国左翼作家联盟"，且均为发起人之一。他受到当局迫害，于次年 3 月被迫离沪回到富阳家中，在访桐庐严子陵钓台时就将此诗题壁以泄愤。诗中奉告友人：面对反革命军事和文化"围剿"，悲歌痛哭都无济于事，只有行动起来推翻暴秦般的法西斯统治，并且铲除那些纷纷投靠、依附暴秦的"义士"，才有出路，才有光明。

远　望

现代　叶剑英

忧 患 元 元 忆 逝 翁，　　　　红 旗 缥 缈 没 遥 空。
一 ｜ 一 一 ｜ ｜ 一　　　　　一 一 ｜ ｜ 一 一 一
﹍11 ㄟ16 ⁻13 ⁻13 ㄟ13 ㄟ8 ﹍1　　⁻1 ⁻4 ㄑ17 ㄑ17 ㄟ6 ﹍2 ﹍1

昏 鸦 三 匝 迷 枯 树，　　　　回 雁 兼 程 溯 旧 踪。
一 一 一 ｜ 一 一 ｜　　　　　一 ｜ 一 一 ｜ ｜ 一
⁻13 ﹍6 ﹍13 ㄟ15 ⁻8 ﹍7 ㄟ7　　﹍10 ㄟ16 ﹍14 ﹍8 ㄟ7 ㄟ26 ﹍2 出韵

赤 道 雕 弓 能 射 虎，　　　　椰 林 匕 首 敢 屠 龙。
｜ ｜ 一 一 一 ｜ ｜　　　　　一 一 ｜ ｜ ｜ 一 一
ㄟ11 ㄑ19 ﹍2 ⁻1 ﹍10 ㄟ22 ㄑ7　　﹍6 ﹍12 ㄑ4 ㄑ25 ㄑ24 ⁻7 ﹍2 出韵

景升父子皆豚犬，　　　　旋转还凭革命功。

1965年秋，叶剑英有感于中苏关系日益变化，举目远嘱，展望世界，吟成这首政治抒情诗。本诗情感浓郁，句句如画，生动形象，典雅工稳，是叶老的代表作。人们一提到叶老的诗，首先想到的也是本诗。叶老自己对此诗也较为满意，后来编印自己的诗选时，即以《远望》名集。当此诗在《光明日报》发表后，毛泽东大加赞扬，还亲笔书写了一遍，且在《致陈毅》的信中说："剑英善七律"，由此可见本诗艺术水平之高与影响之大。

八十抒怀

现代　叶剑英

八十毋劳论废兴，　　　　长征接力有来人。

导师创业垂千古，　　　　侪辈跟随愧望尘。

亿万愚公齐破立，　　　　五洲权霸共沉沦。

老夫喜作黄昏颂，　　　　满目青山夕照明。

本诗依《词韵》协韵，"兴"、"明"为第十一部，"人"、"尘"、"沦"为第六部，两部通押。　1976年，叶帅协助其他党、政、军领导人一举粉碎"四人帮"的次年5月14日，适逢八十岁生日，吟成本诗，表现了一个老革命家晚年特有的情怀。全诗概括了自己的感想见闻，极力赞美导师与时代，对自己的功劳则只字不提，表现了自谦美德。尾联两句，是最脍炙人口的：我欣喜不已，吟成这篇黄昏颂歌；放眼远望，但见青山无际，淋浴着明丽的夕阳光辉。

一九三六年出狱,闻聂耳在日本千叶海边溺死

现代　田　汉

一 系 金 陵 五 月 更，　　　故 交 零 落 几 吞 声。
｜ ｜ ｜ ｜ ｜ ｜ ｜　　　｜ ｜ ｜ ｜ ｜ ｜ ｜
ㄥ4 ヽ8 ＿12 ＿10 ∨7 ㄥ6 ＿8　　ヽ7 ＿3 ＿9 ㄥ10 ∨5 ￣13 ＿8

高 歌 正 待 惊 天 地，　　　小 别 何 期 隔 死 生！
｜ ｜ ｜ ｜ ｜ ｜ ｜　　　｜ ｜ ｜ ｜ ｜ ｜ ｜
＿4 ＿5 ヽ24 ∨10 ＿8 ＿1 ＿4　　∨17 ㄥ9 ＿5 ￣4 ㄥ11 ∨4 ＿8

乡 国 只 今 沦 巨 浸，　　　边 墙 次 第 坏 长 城。
｜ ｜ ｜ ｜ ｜ ｜ ｜　　　｜ ｜ ｜ ｜ ｜ ｜ ｜
＿7 ㄥ13 ∨4 ＿12 ￣11 ∨6 ∨27　＿1 ＿4 ∨4 ＿8 ㄥ10 ＿7 ＿8

英 魂 应 化 狂 涛 返，　　　重 与 吾 民 诉 不 平。
｜ ｜ ｜ ｜ ｜ ｜ ｜　　　｜ ｜ ｜ ｜ ｜ ｜ ｜
＿8 ￣15 ＿10 ヽ22 ＿7 ＿4 ∨13　￣2 ∨6 ￣7 ＿11 ∨7 ㄥ5 ＿8

　　聂耳参加"左联"后,作有《义勇军进行曲》、《毕业歌》、《大路歌》、《铁蹄下的歌女》等三十余首著名歌曲。《义勇军进行曲》(田汉作词)自新中国成立后,先后被定为代国歌、国歌。田汉惊闻聂耳死讯后,悲痛万分,本诗抒发了在国难当头之日,痛失这位年轻有为、才华横溢的同志之沉痛。全诗痛楚悲壮,感情真挚,特别是尾联,诗人以浪漫主义手法呼唤英魂重返家园,再度为民呐喊,更显悲壮之气。

和何满子、卢鸿基

现代　聂绀弩

不 是 风 流 是 泪 流，　　　此 身 幸 未 辟 阳 侯。
｜ ｜ ｜ ｜ ｜ ｜ ｜　　　｜ ｜ ｜ ｜ ｜ ｜ ｜
ㄥ5 ∨4 ￣1 ＿11 ∨4 ヽ4 ＿11　∨4 ￣11 ∨23 ヽ5 ㄥ11 ＿7 ＿11

谁 知 吕 枕 千 场 梦，　　　尚 剩 秦 坑 一 颗 头。
｜ ｜ ｜ ｜ ｜ ｜ ｜　　　｜ ｜ ｜ ｜ ｜ ｜ ｜
￣4 ＿4 ∨6 ＿26 ＿1 ＿7 ∨1　∨23 ∨25 ￣11 ＿8 ㄥ4 ∨20 ＿11

易 水 寒 风 悲 壮 士，　　　双 溪 小 艇 怯 春 愁。
｜ ｜ ｜ ｜ ｜ ｜ ｜　　　｜ ｜ ｜ ｜ ｜ ｜ ｜
ㄥ11 ∨4 ￣14 ＿1 ￣4 ∨23 ＿4　￣3 ＿8 ∨17 ∨24 ㄥ17 ￣11 ＿11

英　雄　儿　女　心　中　事，　　　　化　作　卢　何　一　唱　酬。
— 　— 　— 　| 　| 　— 　| 　　　　　| 　| 　— 　— 　| 　| 　。
_8 　¯1 　¯4 　√6 　_12 　¯1 　√4　　　 √22 　\10 　_7 　_5 　√4 　√23 　_11

　　1981 年 6 月，聂绀弩的旧体诗词《三草》出版后，他寄一本给何满子。何先生赋诗为谢《酬绀弩赠诗集（三草）》："先生越老越风流，千首诗经万户侯。不独文章惊海内，更奇修炼出人头。如柴霍甫笑含泪，胜阮嗣宗酒避愁。我亦新闻转古典，自惭才短难为酬。"诗写好后，适逢卢鸿基到何满子家看见，因和一首，卢的和诗为："真是风流会泪流，三杯酒赐醉乡侯。诗无定律方无价，句有成规亦有头。泛海能知天地阔，对民空发古今愁。怜君痛极悲儿女，我也多情任笔酬。"何满子把两首诗寄给聂绀弩，聂就写了上面的和章。聂绀弩和何满子都被错划成右派，二十多年来含羞茹苦。聂绀弩"文革"中因反对江青以现行反革命分子被捕入狱，关押九年出狱前一个月，他的独生女儿自杀身亡，卢鸿基诗中"怜君痛极悲儿女"即指此事。共同的命运，共同的苦难，使他们同声相应，同气相求。故读他们的唱酬之作时，回肠荡气，几欲使人怆然泪下。

悼念曾华同志
现代　夏征农

面　对　亡　灵　已　十　年，　　　　空　留　长　恨　补　情　天。
| 　| 　— 　— 　| 　| 　— 　　　　　— 　— 　| 　| 　| 　— 　。
√17 　√11 　_7 　_9 　√4 　\14 　_1　　　 ¯1 　_11 　_7 　√14 　√7 　_8 　_1

扬　幡　此　日　魂　何　在？　　　　欲　哭　无　声　齿　发　寒。
— 　— 　| 　| 　— 　— 　| 　　　　　| 　| 　— 　— 　| 　| 　。
_7 　¯13 　√4 　\4 　¯13 　_5 　√11　　　 \2 　\1 　_7 　_8 　√4 　√6 　¯14

狐　鬼　驱　除　堪　告　慰，　　　　儿　孙　成　列　幸　平　安。
— 　| 　— 　— 　— 　| 　| 　　　　　— 　— 　| 　| 　√ 　— 　。
¯7 　√5 　¯7 　¯6 　_13 　\20 　_5　　　 ¯4 　¯13 　_8 　\9 　√23 　_8 　¯14

余　生　有　限　心　愈　壮，　　　　不　负　临　终　肺　腑　言。
— 　— 　| 　| 　— 　| 　| 　　　　　| 　| 　— 　— 　| 　| 　。
¯6 　_8 　√25 　√15 　_12 　¯7 　√23　　　 \5 　√25 　_12 　¯1 　√11 　√7 　¯13

　　本诗"先"、"寒"、"元"三韵通押。作者的妻子曾华同志受"四人帮"迫害，于1968 年含冤去世。这首悼念亡妻的诗，感情真挚，结构严谨，语言朴实无华，是首较好的悼念诗。

自题《南冠草》

现代　邓　拓

世 上 春 光 几 度 红，	流 泉 地 下 听 鸣 虫。
|　|　—　|　|　|　—	—　—　|　|　|　—　—
﹨8 ﹨23 ⁻11 ˉ7 ˇ5 ˇ7 ⁻1	ˍ11 ˍ1 ﹨4 ﹨22 ﹨25 ˍ8 ⁻1

血 花 照 眼 心 生 石，	磷 火 窥 魂 梦 自 空。
﹨9 ˍ6 ﹨18 ˇ15 ˍ12 ˍ8 ﹨11	⁻11 ˇ20 ⁻4 ⁻13 ﹨1 ﹨4 ⁻1

生 死 浮 云 浑 一 笑，	人 天 义 恨 两 无 穷。
—　|　—　—　—　|　|	—　—　|　|　|　—　—
ˍ8 ˇ4 ˍ11 ⁻12 ⁻13 ﹨4 ﹨18	⁻11 ˍ1 ﹨4 ﹨14 ˇ22 ⁻7 ⁻1

收 来 病 骨 归 闽 苑，	莫 对 清 江 看 冷 枫。
—　—　|　|　—　|　|	|　|　—　—　|　|　—
ˍ11 ⁻10 ﹨24 ˬ6 ⁻5 ⁻11 ˇ13	ˬ10 ﹨11 ˍ8 ⁻3 ﹨15 ˇ23 ⁻1

1933年,21岁的邓拓出狱后回到故乡福建,把在国民党监狱中写在碎纸片上的诗稿抄订成册,取名《南冠草》——这是明末民族英雄夏完淳在狱中所写的一本诗集的名字,表明了他忧国忧民的情怀和反抗强暴、宁死不屈的精神。本诗是这本诗集的序诗,反映了邓拓出狱后沉重的心情和坚定的革命信念。诗中表现的思想包含了深刻的革命哲理,忧思悲壮;诗的风格浑厚沉郁,骨力遒劲,柔中见刚。

留别《人民日报》诸同志

现代　邓　拓

笔 走 龙 蛇 二 十 年，	分 明 非 梦 亦 非 烟。
|　|　—　—　|　|　—	—　—　|　|　|　—　—
ˬ4 ˇ25 ⁻2 ˍ6 ﹨4 ˬ14 ˍ1	⁻12 ˍ8 ⁻5 ﹨1 ˬ11 ⁻5 ˍ1

文 章 满 纸 书 生 累，	风 雨 同 舟 战 友 贤。
—　—　|　|　—　—　|	—　|　—　—　|　|　—
⁻12 ⁻7 ˇ14 ˇ4 ⁻6 ˍ8 ﹨4	⁻1 ˇ7 ⁻1 ˍ11 ﹨17 ˇ25 ˍ1

屈 指 当 知 功 与 过，	关 心 最 是 后 争 先。
—　|　—　—　—　|　|	—　—　|　|　|　—　—

λ5 ∨4 ▁7 ⁻4 ⁻1 ∨6 ∖21　　　⁻15 ▁12 ∖9 ∨4 ∖26 ▁8 ▁1

平　生　赢　得　豪　情　在，　　　举　国　高　潮　望　接　天。

— — — | — — |　　　| | — — | — 。

▁8 ▁8 ▁8 λ13 ▁4 ▁8 ∖11　　　∨6 ▁13 ▁4 ▁2 ∖23 λ16 ▁1

　　邓拓从 1938 年任《晋察冀日报》社长兼总编辑到 1958 年离开《人民日报》社长兼总编辑岗位，他从事新闻工作二十多年，为党的新闻事业尽了最大的努力，做了能做的一切。但是，他没有受到应有的理解，反而先被批评为"书生办报"，后被斥责为"死人办报"。在 1959 年 2 月迟开的人民日报社欢送他的大会上，邓拓念了这首诗。其中，他的思绪经过激烈的起伏跌宕，又渐恢复平静，仿佛那浩瀚的大海，汹涌澎湃之后又迎来东升的旭日。聂荣臻元帅曾题辞称赞邓拓"光明磊落"，诗人的心胸是开阔的，"平生赢得豪情在，举国高潮望接天"！

凝　眸

现代　马识途

嶙　骨　生　成　自　硬　朗，　　　苦　杯　细　啜　当　琼　浆。

— | — — | | |　　　| | | | — — 。

⁻11 λ6 ▁8 ▁8 ∖4 ∖24 ▁7　　　∨7 ⁻10 ∖8 λ9 ∖23 ▁8 ▁7

文　章　奉　命　皆　"修　正"，　　　"赤　匪"　翻　新　变　"黑　帮"。

— — | | — | |　　　| | — — | | 。

⁻12 ▁7 ∨2 ∖24 ⁻9 ▁11 ∖24　　　λ11 ∨5 ∖13 ⁻11 ∖17 λ13 ▁7

高　帽　人　夸　冲　斗　汉，　　　白　章　自　顾　笑　荒　唐。

— | — — — | |　　　| — | | | — 。

▁4 ∖20 ⁻11 ▁6 ⁻2 ∨25 ∖15　　　λ11 ▁7 ∖4 ▁7 ∖18 ▁7 ▁7

开　心　最　是　凝　眸　处，　　　几　树　红　梅　过　狱　墙。

— — | | — — |　　　| | — — | | 。

⁻10 ▁12 ∖9 ∨4 ▁10 ▁11 ∖6　　　∨5 ∖7 ⁻1 ▁10 ∖21 λ2 ▁7

　　这首狱中诗写得很风趣，把"文革"中那种人妖颠倒、鬼蜮横行的怪现象，写得惟妙惟肖。文章本是遵命而作，现在一律扣上"修正主义"的帽子；当年被国民党反动派通缉的"赤匪"，革命胜利后又成了"黑帮"，受尽高帽子、白袖章之辱，还有比这更荒唐的吗？最后却冠以"开心"两字，妙不可言。

吊许建业烈士

现代　许晓轩

噩 耗 传 来 入 禁 宫，　　　悲 伤 切 齿 众 心 同。
丨 丨 丨 — 丨 一 。　　　丨 丨 丨 丨 — 。
ↄ10 ╲20 _1 ╲10 ╲14 ╲27 ¯1　　¯4 _7 ╲9 ╲4 ╲1 _12 ¯1

文 山 大 节 垂 青 史，　　　叶 挺 孤 忠 有 古 风。
— — 丨 — 丨 — 丨　　　— — 丨 — 丨 — 丨
¯12 ¯15 ╲21 ╲9 ¯4 _9 ╲4　　╲16 ╲24 ¯7 ¯1 ╲25 ╲7 ¯1

十 次 苦 刑 犹 骂 贼，　　　从 容 就 义 气 如 虹。
ↄ14 ╲4 ╲7 _9 _11 ╲22 ╲13　　¯2 ╲2 ╲26 ╲4 ╲5 ¯6 ¯1

临 危 慷 慨 高 歌 日，　　　争 睹 英 雄 万 巷 空。
— 丨 丨 丨 — 丨 。　　　丨 丨 — 丨 丨 丨 。
_12 ¯4 ╲22 ╲11 _4 _5 ╲4　　_8 ╲7 _8 ¯1 ╲14 ╲3 ¯1

许建业烈士于1948年7月，被国民党反动派杀害，本诗就是为悼念烈士而作。当时，作者也被押在重庆白公馆集中营，第二年重庆解放前夕，作者也被杀害，步许建业之后也成为革命烈士。让我们向无数革命先烈致敬！

登岳阳楼

当代　吴丈蜀

万 顷 烟 波 一 望 收，　　　初 来 胜 地 喜 登 楼。
丨 丨 — 丨 丨 。　　　丨 丨 丨 — 丨 。
╲14 ╲23 _1 _5 ╲4 ╲23 _11　　¯6 ¯10 ╲25 ╲4 ╲4 _10 _11

北 通 巫 峡 千 帆 远，　　　南 极 潇 湘 百 嶂 幽。
— — 丨 — 丨 丨 。　　　— — 丨 — 丨 — 。
╲13 ¯1 ¯7 ╲17 _1 _15 ╲13　　_13 ╲13 _2 _7 ╲11 ╲23 _11

忧 乐 为 怀 歌 范 相，　　　湖 山 在 目 念 滕 侯。
— 丨 — 丨 — 丨 。　　　— 丨 丨 丨 — 丨 。
_11 ╲10 ¯4 _9 _5 ╲29 ╲23　　_7 _15 ╲11 ╲1 _29 _10 _11

神 州 已 庆 妖 氛 尽，　　　青 草 滩 前 看 戏 鸥。
— — 丨 丨 丨 丨 。　　　丨 丨 丨 — 丨 丨 。

ˉ11 ＿11 ˇ4 ╲24 ＿2 ˉ12 ˇ11　　　　＿9 ˇ19 ˉ14 ＿1 ╲15 ╲4 ＿11

全诗多隐括范仲淹《岳阳楼记》，乍看并无新意，而细品方知，此乃"四人帮"粉碎后，文化人登斯楼之共感：首联近观、次联远望、三联忆贤、末联感时，皆一"喜"字是也。

赠名记者刘君

当代　霍松林

劫后神州致富饶，
╲17 ╲26 ˉ11 ＿11 ˇ4 ╲26 ＿2

无端忽涌拜金潮。
ˉ7 ˉ14 ╲6 ˇ2 ＿10 ＿12 ＿2

须张正气消民怨，
ˉ7 ＿7 ╲24 ˇ5 ＿2 ˉ11 ＿14

更扫歪风靖国妖。
╲24 ˇ19 ˉ9 ＿1 ╲23 ╲13 ＿2

岂有廉泉容腐恶？
ˇ5 ˇ25 ＿14 ＿1 ＿2 ˇ7 ╲10

应无健隼畏鸱枭！
＿10 ˉ7 ＿14 ˇ11 ╲5 ＿2

休嗟四化前程远，
＿11 ＿6 ╲4 ＿22 ＿1 ＿8 ˇ13

破浪扬帆赖俊髦。
╲21 ╲23 ＿7 ＿15 ＿9 ╲12 ＿4 出韵

改革开放以来，十八届一中全会确立以习近平为总书记的党中央，不断加强反腐倡廉的工作，所以本诗具有强烈的现实意义。诗中"廉泉"是个典故，出自《南史·胡谐之传》，比喻风俗淳美的地方。全诗一气呵成，大气盘旋，腾挪跌宕，豪气纵横，表现了作者对反腐倡廉的坚强信心。无怪记者刘君把本诗作为座右铭来鞭策自己，摆脱消沉，不怕打击，又迈向反腐的征程。

水

当代　李曙初

强压风波去不平，
ˇ22 ╲17 ˉ1 ＿5 ＿6 ╲5 ＿8

黄河入海自澄清。
＿7 ＿5 ╲14 ˇ10 ╲4 ＿10 ＿8

生 成 洁 质 经 三 态，　　　　化 作 甘 泉 育 万 灵。
— — | | — — |　　　　| | — — | | 。
_8 _8 ﹨9 ﹨4 _9 _13 ﹨11　　　﹨22 ﹨10 _13 _1 _1 ﹨14 _9 出韵

可 载 可 翻 舟 与 客，　　　　无 增 无 减 氧 和 氢。
| | | — — | |　　　　　— — — | | — —
﹨20 _10 ﹨20 ¯13 _11 ﹨6 ﹨11　　¯7 _10 ¯7 ﹨29 ﹨22 _5 _8

离 奇 变 幻 终 能 测，　　　　欲 显 神 威 四 海 惊。
— — | | — — |　　　　| | — — | | — 。
¯4 ¯4 ﹨17 ¯16 ¯1 _10 ﹨13　　﹨2 ﹨16 ¯11 ¯5 ﹨4 ﹨10 _8

　　本诗以"水"为吟咏对象，很有新意。作者把近代科学知识融入诗中，既有物理
学中水的"三态"：固、液、气态，又有化学中"氧"和"氢"：水分子由氧原子和氢原子
构成。这些字句之间平仄、对仗关系和谐、自然，不觉得生硬牵强却感到新颖有趣。
又诗中步步有情，"情"与"物"不即不离，有出有入，用语奇，取媒切，寓哲深，堪称为
一首独出心裁的当代咏物佳作。

七　律
喜香港回归，有感于统一大业，因赋
当代　　熊东遨

漫 说 英 伦 日 不 西，　　　　城 头 终 降 百 年 旗。
| | — — | | —　　　　　— — — | | — — 。
﹨15 ﹨10 _8 ¯11 ﹨4 ﹨5 ¯8 邻韵　　_8 _11 ¯1 ﹨3 ﹨11 _1 ¯4

前 仇 到 此 应 全 泯，　　　　积 弱 何 时 可 尽 医？
— — | | — — |　　　　　| | — — | | —
_1 _11 ﹨20 ﹨4 _10 _1 ﹨11　　　﹨11 ﹨10 _5 ¯4 ﹨20 ﹨11 ¯4

两 制 凤 开 红 紫 蕊，　　　　一 言 冰 释 弟 兄 疑。
| | — — — | |　　　　　— — — | | — —
﹨22 ﹨8 ¯1 _10 ¯1 ﹨4 ﹨4　　　﹨4 ¯13 _10 ﹨11 ﹨8 _8 ¯4

澳 台 放 眼 情 无 限，　　　　共 插 茱 萸 信 有 期！
| — | | — — |　　　　　| | — — | | — 。
﹨20 ¯10 ﹨23 ﹨15 _8 ¯7 ﹨15　　﹨2 ﹨17 ¯7 ¯7 ﹨12 ﹨25 ¯4

　　展现鸦片战争以来一百五十多年的历史画卷，从新颖的角度切入，发挥辞约义
丰、言近旨远的艺术性能，是本诗的艺术特点。展望统一大业，香港回归，澳门踵

至，台胞岂能长久观望乎？承"弟兄"反用王维"遍插茱萸少一人"（190）诗意，极浑成，极贴切，而盼望骨肉团圆之深情，感人肺腑。

（四）首句平起仄收式

客　至
唐　杜甫

舍　南　舍　北　皆　春　水，　　但　见　群　鸥　日　日　来。
｜　—　｜　｜　—　｜　｜　　　｜　｜　—　｜　—　｜　｜
ヽ22 _13 ヽ22 ∠13 -9 -11 ✓4　　✓14 ヽ17 -12 _11 ∠4 ∠4 -10

花　径　不　曾　缘　客　扫，　　蓬　门　今　始　为　君　开。

_6 ヽ25 ∠5 _10 _1 ∠11 ✓19　　-1 -13 _12 ✓4 ヽ4 -12 10

盘　飧　市　远　无　兼　味，　　樽　酒　家　贫　只　旧　醅。

-14 -13 ✓4 ✓13 -7 _14 ヽ5　　-13 ✓25 _6 -11 ✓4 ヽ26 -10

肯　与　邻　翁　相　对　饮，　　隔　篱　呼　取　尽　余　杯。
｜　｜　—　｜　—　｜　｜　　　｜　｜　—　｜　｜　—　｜
✓24 ✓6 -11 _1 _7 ヽ11 ✓26　　∠11 -4 -7 ✓7 ✓7 -6 -10

　　这是杜甫在成都草堂所写表现诚朴性格和喜客心情的记事诗，把门前景、家常话、身边情，编织成富有情趣的场景，有浓郁的生活气息和人情味。

酬乐天扬州初逢席上见赠
唐　刘禹锡

巴　山　楚　水　凄　凉　地，　　二　十　三　年　弃　置　身。
—　—　｜　｜　—　—　｜　　　｜　｜　—　—　｜　｜　—
_6 -15 ✓6 ✓4 -8 _7 ヽ4　　✓4 ∠14 _13 _1 ヽ4 ヽ4 -11

怀　旧　空　吟　闻　笛　赋，　　到　乡　翻　似　烂　柯　人。
—　｜　—　—　—　｜　｜　　　｜　—　—　｜　｜　—　—
-9 ヽ26 -1 _12 -12 ∠12 ヽ7　　ヽ20 _7 -13 ✓4 ヽ15 _5 -11

沉　舟　侧　畔　千　帆　过，　　病　树　前　头　万　木　春。
—　—　｜　｜　—　｜　｜　　　｜　｜　—　—　｜　｜　—

_12 _11 ﹨13 ﹨15 _1 _15 ﹨21　　　　﹨24 ﹨7 _1 _11 ﹨14 ﹨1 ˉ11

今　日　听　君　歌　一　曲，　　　暂　凭　杯　酒　长　精　神。

— | — — — | |　　　　| — — — | — —

_12 ﹨4 _9 ˉ12 _5 ﹨4 ﹨2　　　　﹨28 _10 ˉ10 ﹨25 ﹨22 _8 ˉ11

白居易诗为刘禹锡长达二十三年的贬谪生涯叫屈，刘的这首和诗，尤其是颈联"沉舟侧畔千帆过，病树前头万木春"反而劝白不必为自己的寂寞、蹉跎而忧伤，对世事的变迁、仕途的升沉，表现出豁达的襟怀。这两句诗格调高古，形象生动，至今仍常常被人引用，并赋于它以新的意义，说明新生事物必将取代旧事物。

海　棠
唐　郑　谷

春　风　用　意　匀　颜　色，　　　销　得　携　觞　与　赋　诗。

— — | | — — |　　　　— | — — | | 。

ˉ11 ˉ1 ﹨2 ﹨4 ˉ11 ˉ15 ﹨13　　　　_2 ﹨13 ˉ8 _7 ﹨6 ﹨7 ˉ4

秾　丽　最　宜　新　著　雨，　　　妖　娆　全　在　欲　开　时。

| | | — — | |　　　　— — — | | — 。

_2 ﹨8 ﹨9 ˉ4 ˉ11 ﹨10 ﹨7　　　　_2 _2 _1 _11 ﹨2 ˉ10 ˉ4

莫　愁　粉　黛　临　窗　懒，　　　梁　广　丹　青　点　笔　迟。

| — | | — — |　　　　— — — — | | 。

﹨10 _11 ﹨12 ﹨11 _12 ˉ3 ﹨14　　　_7 ﹨22 ˉ14 _9 ﹨28 ﹨4 _4

朝　醉　暮　吟　看　不　足，　　　美　他　蝴　蝶　宿　深　枝。

| | | — | | |　　　　| — — | | — 。

_2 ﹨4 ﹨7 _12 ˉ14 ﹨5 ﹨2　　　﹨17 _5 ˉ7 ﹨16 ﹨1 _12 ˉ4

花与鸟在画中是归于一类的，郑谷不仅因为写鹧鸪鸟而得"郑鹧鸪"之美称(102)，而且写海棠花也十分出色。本诗虚处见实，虚实相生，空灵传神，既歌颂了海棠的自然美，也表现出诗人对美的事物的热爱与追求。情与物相交融，人与花相默契，真不愧是一首咏海棠的佳作。颔联中，诗人善于捕捉海棠"新著雨"、"欲开时"那种秾丽妖娆的丰姿神采，着意刻画，把花的形态和神韵浮雕般地表现出来。尾联中，诗人还想变成一只蝴蝶，飞入海棠深处，笔者突发奇想，郑谷不也可称为"郑海棠"吗？

和子由渑池怀旧
宋　苏　轼

人　生　到　处　知　何　似？　　　　应　似　飞　鸿　踏　雪　泥。
一　一　｜　｜　一　一　｜　　　　　｜　｜　一　一　｜　｜　一
⁻11 ＿8 ˎ20 ˅6 ⁻4 ＿5 ˅4　　　　＿10 ˅4 ⁻5 ⁻1 ˎ15 ˎ9 ⁻8

泥　上　偶　然　留　指　爪，　　　　鸿　飞　那　复　计　东　西？
一　｜　｜　一　一　｜　｜　　　　　一　一　｜　｜　｜　一　一
⁻8 ˎ23 ˅25 ＿1 ＿11 ˅4 ˅18　　　⁻1 ⁻5 ˅21 ˎ1 ˎ8 ⁻1 ⁻8

老　僧　已　死　成　新　塔，　　　　坏　壁　无　由　见　旧　题。
｜　一　｜　｜　一　一　｜　　　　　｜　｜　一　一　｜　｜　一
˅19 ＿10 ˅4 ˅4 ＿8 ⁻11 ˎ15　　　˅10 ˎ12 ⁻7 ＿11 ⁻17 ˎ26 ⁻8

往　日　崎　岖　还　记　否？　　　　路　长　人　困　寒　驴　嘶。
｜　一　一　一　一　｜　｜　　　　　｜　一　一　｜　一　一　一
˅22 ˎ4 ⁻4 ⁻7 ⁻15 ˅4 ˅25　　　ˎ7 ＿7 ⁻11 ˎ14 ˅16 ⁻8

　　这是苏轼和其弟苏辙（字子由）的诗。他们曾在渑池县中寺庙内借宿，并有题壁诗。而今物是人非，回忆往日情景，作者用"雪泥鸿爪"的比喻，形象而又深沉地抒发了自己的人生感受。怀旧而不沉溺于其中，从中可以看出苏轼早年的积极态度和后来处于颠沛之中乐观精神的底蕴。而"雪泥鸿爪"这一富于哲理的比喻，也就成了后人习用的成语。

湖　上　吟
宋　章　甫

谁　家　短　笛　吹《杨柳》？　　　何　处　扁　舟　唱《采菱》？
一　一　｜　一　一　｜　｜　　　　｜　一　一　一　一　｜　一
⁻4 ＿6 ˅14 ˎ12 ⁻4 ＿7 ˅25　　＿5 ˅6 ＿1 ＿11 ˎ23 ˅10 ＿10

湖　水　欲　平　风　作　恶，　　　　秋　云　太　薄　雨　无　凭。
一　｜　｜　一　一　｜　｜　　　　　一　一　｜　｜　｜　一　一
⁻7 ˅4 ˎ2 ＿8 ⁻1 ˎ10 ˎ10　　　＿11 ⁻12 ˅9 ˎ10 ˅7 ⁻7 ＿10

近　人　白　鹭　魔　方　去，　　　　隔　岸　青　山　唤　不　应。
｜　一　｜　｜　一　一　｜　　　　　｜　｜　一　一　｜　｜　一
ˎ11 ⁻11 ˎ11 ˅7 ⁻4 ＿7 ˅6　　　ˎ11 ˅15 ＿9 ⁻15 ˎ15 ˎ5 ＿10

好 景 满 前 难 着 语，　　　夜 归 茅 屋 望 疏 灯。
丨 丨 丨 丨 — — 丨 丨　　　丨 丨 — 丨 — — 丨 。
ˇ19 ˇ23 ˇ14 _1 ¯14 ﹨10 ˇ6　　　﹨22 ¯5 _3 ﹨1 ˇ23 ¯6 _10

本诗记游湖的印象：前六句写湖上见闻与情趣，尤其颈联记下了特别难忘的景象；末两句抒发感慨，言尽意不尽，清音幽韵，袅袅不绝。

宗阳宫望月
元　杨　载

老 君 堂 上 凉 如 水，　　　坐 看 冰 轮 转 二 更。
丨 — 丨 丨 — — 丨　　　丨 丨 — — 丨 丨 — 。
ˇ19 ¯12 _7 ˇ23 _7 ¯6 ˇ4　　　ˇ21 ﹨15 _10 ¯11 ˇ16 ﹨4 _8

大 地 山 河 微 有 影，　　　九 天 风 露 寂 无 声。
丨 丨 — — — 丨 丨　　　丨 — — 丨 丨 — — 。
ˇ21 ﹨4 ¯15 _5 ¯5 ˇ25 ﹨23　　　ˇ25 _1 _1 ﹨7 ﹨12 ¯7 _8

蛟 龙 并 起 承 金 榜，　　　鸾 凤 双 飞 载 玉 笙。
— — 丨 丨 — — 丨　　　— 丨 — — 丨 丨 — 。
_3 ¯2 ﹨24 ﹨4 _10 _12 ˇ22　　　¯14 ﹨1 ¯3 _5 ˇ10 ﹨2 _8

不 信 弱 流 三 万 里，　　　此 身 今 夕 到 蓬 瀛。
丨 丨 丨 — — 丨 丨　　　丨 — — 丨 丨 — — 。
﹨5 ﹨12 ﹨10 _11 _13 ﹨14 ˇ4　　　ˇ4 ¯11 _12 ﹨11 ﹨20 ¯1 _8

以苍悍"如百战健儿"饮誉诗坛的元四大家（杨载、虞集、范梈、揭傒斯）之一的杨载，也有越世升仙的飘逸之思。被后人叹为"绝唱"的本诗，正表现了他"夜阑每作游仙梦"的奇妙思致。诗人落笔潇洒，吐韵高妙，实中出虚，以成清奇瑰幻之境。其逸兴遄飞处，大有谪仙李白之风。这或许正是它被叹为"绝唱"之故吧！

与李布政彦硕冯金宪景阳对饮
明　王　越

相 逢 无 奈 还 伤 别，　　　尊 酒 休 辞 饮 几 巡。
— — — 丨 — — 丨　　　— 丨 — — 丨 丨 — 。
_7 ¯2 ¯7 ﹨9 ¯15 _7 ﹨9　　　¯13 ˇ25 _11 ¯4 ﹨26 ˇ5 ¯11

自　笑　年　来　常　送　客，　　　　不　知　身　是　未　归　人。
|　　|　　|　　—　—　|　　|　　　　　|　　—　|　　|　　|　　—　。
ˇ4　ˋ18 _1 ¯10 _7　ˋ1 ˋ11　　　　　ˋ5　ˋ4 ¯11 ˇ4　ˋ5 ¯5 ¯11

马　嘶　落　日　青　山　暮，　　　　雁　度　西　风　白　草　新。
|　　—　|　　|　　—　—　|　　　　　|　　|　　—　—　|　　|　　—　。
ˇ21 ¯8 ˋ10 ˇ4 _9 ¯15 ˋ7　　　　　ˋ16 ˋ7 ¯8 ¯1 ˋ11 ˇ19 ¯11

离　恨　十　分　留　一　半，　　　　三　分　黄　叶　二　分　尘。
—　|　　|　　—　—　|　　|　　　　　—　—　—　|　　|　　—　。
¯4　ˋ14 ˋ14 ¯12 _11 ˋ4 ˇ15　　　　_13 ¯12 _7 ˋ16　ˋ4 ¯12 ¯11

　　这首送别诗的尾联非常新奇，诗人的乡愁别恨如是十分，故人带走了一半；而诗人留下的一半，三分化作黄叶，二分化作尘土。黄叶萧萧，掠空飞舞，边尘随风，充天蔽地。诗人眼前的景物无一不伤，无一不引起他思旧怀乡的感情，他也是一个"未归人"啊！

题 余 舫

清　王又曾

闲　身　天　地　沙　鸥　似，　　　　借　得　溪　堂　畅　远　襟。
—　—　—　|　—　—　|　　　　　　|　|　　—　—　|　|　　—　。
¯15 ¯11 _1　ˋ4 _6 _11 ˇ4　　　　　ˋ22 ˋ13 ¯8　_7 ˋ23 ˇ13 _12

白　日　尽　吹　残　雨　冷，　　　　碧　梧　高　坐　一　蝉　吟。
|　|　|　—　—　|　|　　　　　　|　—　—　|　|　—　—　。
ˋ11 ˋ4 ˇ11 ¯4 ¯14 ˇ7 ˇ23　　　　ˋ11 ¯7　_4 ˋ21 ˋ4 _1 _12

狂　来　飞　动　江　湖　思，　　　　懒　极　生　疏　礼　法　心。
—　—　—　|　—　—　—　　　　　　|　|　—　—　|　|　—　。
_7 ¯10 _5 ˇ1 _3 ¯7　ˋ4　　　　　ˇ14 ˋ13 _8 _6 ˇ8 ˋ17 _12

枕　上　红　酣　秋　梦　阔，　　　　窈　然　三　十　六　陂　深。
|　|　—　—　—　|　|　　　　　　|　—　—　|　|　—　—　。
ˇ26 ˋ23 ¯1 _13 _11 ˋ1　ˋ7　　　　ˇ17 _1 _13 ˋ14 ˇ1 ¯4 _12

　　诗人为其书斋余舫题诗，抒写了他闲居时的心情：对礼法律例的厌恶，对江湖生活的思慕和对江南故乡的怀念，风致宛然，景中藏情。

登采石矶

近代　张之洞

艰 难 温 峤 东 征 地，　　慷 慨 虞 公 北 拒 时。

‾15 ‾14 ‾13 ﹨18 ‾1 ⌄8 ﹨4　　　✓22 ‾11 ‾7 ‾1 ⋋13 ✓6 ‾4

衣 带 一 江 今 涸 尽，　　祠 堂 诸 将 竟 何 之？

‾5 ﹨9 ⋋4 ‾3 ⌄12 ⋋10 ⌄11　　‾4 ⌄7 ‾7 ﹨23 ‾24 ⌄5 ‾4

众 宾 同 洒 神 州 泪，　　尊 酒 重 哦 夜 泊 诗。

﹨1 ‾11 ‾1 ✓21 ‾11 ⌄11 ﹨4　　‾13 ✓25 ‾2 ⌄5 ﹨22 ⋋10 ‾4

霜 鬓 萧 疏 忘 却 冷，　　危 栏 烟 柳 夕 阳 迟。

⌄7 ﹨12 ⌄2 ‾6 ⌄7 ⋋10 ✓23　　‾4 ‾14 ⌄1 ✓25 ﹨11 ⌄7 ‾4

　　张之洞的作品以堂庑阔大，善于用典著称。本诗用典贴切，浑化无迹，可见他饮誉之不虚。颈联中，作者思路悠悠，与古人李白相通，对酒轻吟，实亦自负有救国匡时之略，恨知己之难逢。

题三义塔

现代　鲁 迅

奔 霆 飞 焰 歼 人 子，　　败 井 残 垣 剩 饿 鸠。

‾13 ⌄9 ‾5 ✓28 ‾14 ‾11 ﹨4　　﹨10 ‾23 ‾14 ‾13 ﹨25 ﹨21 ⌄11

偶 值 大 心 离 火 宅，　　终 遗 高 塔 念 瀛 洲。

✓25 ⋋13 ﹨21 ⌄12 ‾4 ✓20 ⋋11　　‾1 ‾4 ⌄4 ⋋15 ﹨29 ⌄8 ‾11

精 禽 梦 觉 仍 衔 石，　　斗 士 诚 坚 共 抗 流。

⌄8 ⌄12 ﹨1 ⋋3 ⌄10 ‾15 ⋋11　　﹨26 ✓4 ⌄8 ‾1 ﹨2 ﹨23 ‾11

度 尽 劫 波 兄 弟 在，　　相 逢 一 笑 泯 恩 仇。

　ヽ7　√11　λ17　＿5　＿8　ヽ8　ヽ11　　　　　　　　＿7　ˉ2　λ4　ヽ18　√11　ˉ13　＿11

原题注：三义塔者，中国上海闸北三义里遗鸠埋骨之塔也，在日本，农人共建之。《鲁迅日记》1933 年 6 月 21 日："西村（真琴）博士于上海战后得丧家之鸠，持归养之，初亦相安，而终化去，建塔以藏，且征题咏，率成一律，聊答遐情云尔。"西村是一个日本医生。诗中"度尽劫波兄弟在，相逢一笑泯恩仇"一联，是鲁迅诗歌中的名句，早已家喻户晓，祖国早日完全统一，是两岸人民的共同心声。

亥年残秋偶作

现代　鲁　迅

　曾　经　秋　肃　临　天　下，　　　　　敢　遣　春　温　上　笔　端。

＿10　＿9　＿11　λ1　＿12　＿1　ヽ22　　　　√27　√16　ˉ11　ˉ13　ヽ23　λ4　ˉ14

　尘　海　苍　茫　沉　百　感，　　　　　金　风　萧　瑟　走　千　官。

ˉ11　√10　＿7　＿7　＿12　λ11　√27　　　　＿12　ˉ1　＿2　λ4　√25　＿1　ˉ14

　老　归　大　泽　菰　蒲　尽，　　　　　梦　坠　空　云　齿　发　寒。

√19　＿5　ヽ21　λ11　ˉ7　ˉ7　√11　　　　√1　ヽ4　ˉ1　＿12　ヽ4　λ6　ˉ14

　竦　听　荒　鸡　偏　阒　寂，　　　　　起　看　星　斗　正　阑　干。

√2　ヽ25　＿7　ˉ8　＿1　λ12　λ12　　　　√4　ˉ14　＿9　√25　ヽ24　ˉ14　ˉ14

这是鲁迅生前最后一首诗，作于 1935 年 12 月 5 日。首联写环境之艰险，恐怖之惊人；次联言心情之抑郁，国事之蜩螗；三联状生死之无地，心境之寒栗；尾联虽"闻鸡起舞"而不能，但终见北斗阑干，曙色冉冉。在民族危机日甚、媚日卖国日烈的情形下，鲁迅把希望转向了中国共产党。当年 10 月 19 日，当中国工农红军完成了举世闻名的长征，胜利到达陕北时，鲁迅曾致函祝贺说："在你们身上，寄托着人类和中国的将来。"

今　见

现代　叶圣陶

　来　时　霜　橘　拦　街　贱，　　　　　今　见　榴　花　满　树　朱。

```
— — — |        — |
⁻10 ⁻4 ⁻7 ∧4 ⁻14 ⁻9 ＼17        ⌣12 ＼17 ⌞11 ⌞6 ⌣14 ＼7 ⁻7
汉 水 蜀 山 行 路 远，        江 烟 峦 瘴 寄 廛 孤。

|  |                |
＼15 ⌣4 ∧2 ⁻15 ⌞8 ⁻7 ⌣13        ⁻3 ⌞1 ⁻14 ＼23 ⌣4 ⌞1 ⁻7
情 超 哀 乐 三 杯 足，        心 有 阴 晴 万 象 殊。

— — — |                |
⌞8 ⌞2 ⁻10 ∧10 ⌞13 ⁻10 ∧2        ⌣12 ⌣25 ⌞12 ⌞8 ⁻14 ⌣22 ⁻7
颇 愧 后 方 犹 拥 鼻，        战 场 血 肉 已 模 糊。

⌞5 ＼4 ＼26 ⁻7 ⌞11 ⌣2 ＼4        ⌣17 ⁻7 ∧9 ∧1 ⌣4 ⁻7 ⁻7
```

本诗写于 1938 年夏天。作者携家人入川，经汉水、蜀山，长途跋涉；江烟峦瘴，边远僻居，感慨甚多。前方抗敌血肉模糊，而后方官商还在歌舞升平，寻欢作乐，颇有"商女不知亡国恨，隔江犹唱后庭花"(146)之感。全诗一气贯下，情真意挚，对国民党消极抗战，政治腐败，表示极大的愤慨。读来令人感动，值得反复吟味。

上海南市狱中四首(其一)

现代 田 汉

```
平 生 一 掬 忧 时 泪，        此 日 从 容 作 楚 囚。
— — |  |                |  |
⌞8 ⌞8 ∧4 ∧1 ⌞11 ⁻4 ＼4        ⌣4 ∧4 ⁻2 ⁻2 ∧10 ⌣6 ⌞11

何 用 螺 纹 留 十 指，        早 将 鸿 爪 付 千 秋。
⌞5 ＼2 ⌞5 ⁻12 ⌞11 ∧14 ⌣4        ⌣19 ⁻7 ⁻1 ⁻18 ⁻7 ⌞1 ⌞11

娇 儿 且 喜 通 书 字，        巨 盗 何 妨 共 枕 头。
— — |                |  |
⌞2 ⁻4 ⌣21 ⌣4 ⁻1 ⁻6 ＼4        ⌣6 ⌣20 ⌞5 ⁻7 ⌣2 ⌣26 ⌞11

极 目 风 云 天 际 恶，        手 扶 铁 槛 不 胜 愁。
∧13 ∧1 ⁻1 ⁻12 ⌞1 ⌞8 ∧10        ⌣25 ⁻7 ∧9 ⁻29 ⌣5 ⌞10 ⌞11
```

田汉于 1935 年 2 月被捕入狱。本诗就是他在狱中所写。全诗写得从容不迫，正气凛然，充分表现出一个共产党员临难不惧的大无畏气魄和平生未敢忘国忧的无私襟怀。

他在狱中还写有《义勇军进行曲》歌词,后经聂耳谱曲,传唱大江南北,极大鼓舞了全国人民的抗日决心。新中国建立后,《义勇军进行曲》先后被定为代国歌、国歌。

四、七　绝

(一) 首句平起平收式

闺　怨
唐　王昌龄

闺　中　少　妇　不　曾　愁,　　　春　日　凝　妆　上　翠　楼。

‾8 ‾1 ╲18 ‾7 ╲5 ＿10 ＿11　　　　‾11 ╲4 ＿10 ‾7 ╲23 ╲4 ＿11

忽　见　陌　头　杨　柳　色,　　　悔　教　夫　婿　觅　封　侯。

╲6 ╲17 ╲11 ＿11 ＿7 ✓25 ╲13　　╲10 ＿3 ‾7 ╲8 ╲12 ‾2 ＿11

　　本诗描写被春色触动的闺中少妇,因丈夫从军未归,郁结于胸中的离愁。从"不曾愁"到"悔教",唯其天真烂漫之极,方见闺情缱绻之深。"忽见"一转尤佳,全诗精神由此跃出。

望天门山
唐　李　白

天　门　中　断　楚　江　开,　　　碧　水　东　流　至　此　回。

＿1 ‾13 ‾1 ╲15 ✓6 ‾3 ＿10　　　╲11 ✓4 ‾1 ＿11 ╲4 ✓4 ‾10

两　岸　青　山　相　对　出,　　　孤　帆　一　片　日　边　来。

✓22 ╲15 ＿9 ‾15 ＿7 ╲11 ╲4　　‾7 ＿15 ╲4 ╲17 ╲4 ＿1 ‾10

　　末句饱含激情,在描绘天门山雄伟景色的同时,突出了诗人的自我形象:雄伟险要的天门山呵,我这乘一片孤帆的远方来客,今天终于见到了你!

早发白帝城

唐　李　白

朝辞白帝彩云间，　　　千里江陵一日还。

两岸猿声啼不住，　　　轻舟已过万重山。

　　这是诗人流放夜郎途经白帝城时遇赦，东下江陵之作。全诗洋溢着诗人经过艰难岁月之后突然迸发的一种激情，雄峻迅疾，豪情欢悦，快船快意，使人神远，千百年来一直为人们视作珍品。

凉州词

唐　王　翰

葡萄美酒夜光杯，　　　欲饮琵琶马上催。

醉卧沙场君莫笑，　　　古来征战几人回！

　　这是一个欢乐的盛宴，明快的语言、跳动跌宕的节奏所反映出来的情绪是奔放的、狂热的，它给人的是一种激动和向往的艺术魅力，这正是盛唐边塞诗的特色。千百年来，本诗一直为人们所传诵。

听张立本女吟

唐　高　適

危冠广袖楚宫妆，　　　独步闲庭逐夜凉。

　　自 把 玉 钗 敲 砌 竹，　　　　　清 歌 一 曲 月 如 霜。
　　| | | | | | |　　　　　　　| | | | | | 。
　　﹨4 ﹨21 ﹨2 ⁻9 ＿3 ﹨8 ﹨1　　　﹍8 ＿5 ﹨4 ﹨2 ﹨6 ⁻6 ＿7

　　清泠的吟诗声和着玉钗敲竹的节拍飘荡在寂静的夜空,冰冷如霜的月光勾勒出一个峨冠广袖的少女徘徊的身影……神清音婉,兴会深长,超尘拔俗,天然淡雅,一首盛唐诗中不可多得的佳作。

赠 花 卿
唐　杜 甫

　　锦 城 丝 管 日 纷 纷，　　　　　半 入 江 风 半 入 云。
　　| — | | | — 。　　　　　　　| | | | | | 。
　　﹨26 ＿8 ⁻4 ﹨14 ﹨4 ⁻12 ⁻12　　﹨15 ﹨14 ⁻3 ⁻1 ﹨15 ﹨14 ⁻12
　　此 曲 只 应 天 上 有，　　　　　人 间 能 得 几 回 闻。
　　| | | | — | |　　　　　　　— | | | | | 。
　　﹨4 ﹨2 ﹨4 ＿10 ＿1 ﹨23 ﹨25　　⁻11 ﹨15 ＿10 ﹨13 ﹨5 ⁻10 ⁻12

　　本诗的原意并不在字面上对乐曲的赞美,而是对花卿僭用天子音乐委婉的讽刺;而被后世应用极广泛的倒是字面上后两句对名曲的赞美。

逢入京使
唐　岑 参

　　故 园 东 望 路 漫 漫，　　　　　双 袖 龙 钟 泪 不 干。
　　| — | | ﹨ — 。　　　　　　　— | | | | | 。
　　﹨7 ⁻13 ⁻1 ﹨23 ﹨7 ⁻14 ⁻14　　⁻3 ﹨26 ⁻2 ⁻2 ﹨4 ﹨5 ⁻14
　　马 上 相 逢 无 纸 笔，　　　　　凭 君 传 语 报 平 安。
　　| | | — | | |　　　　　　　| | | | | | 。
　　﹨21 ﹨23 ＿7 ⁻1 ⁻7 ﹨4 ﹨4　　　＿10 ⁻12 ＿1 ﹨6 ﹨20 ＿8 ⁻14

　　本诗不假雕琢,信口而成,感情真挚,在平易中显出丰富的韵味,自然能深入人心,历久不衰。

归雁
唐 钱起

潇湘何事等闲回？　　水碧沙明两岸苔。

二十五弦弹夜月，　　不胜清怨却飞来。

本诗是咏雁名篇之一。诗人借助丰富的想象和优美的神话,展现了湘灵鼓瑟的凄清境界,塑造了多情善感而又通晓音乐的大雁形象,婉转地表露了宦游他乡的羁旅之思。构思新颖,想象丰富,笔法空灵,抒情婉转,意趣含蕴。本诗可与《省试湘灵鼓瑟》(24)对读。

寒食
唐 韩翃

春城无处不飞花，　　寒食东风御柳斜。

日暮汉宫传蜡烛，　　轻烟散入五侯家。

作者本意未必在讥刺豪门贵族破寒食禁火的古俗,但他抓住的形象本身很典型,发而为诗,反而使诗更含蓄,更富于情韵,使读者意会到比作品更多的东西,比许多刻意讽刺之作更高一筹。

赠道者
唐 武元衡

麻衣如雪一枝梅，　　笑掩微妆入梦来。

　_6　⁻5　⁻6　ﾉ9　ﾉ1　⁻4　⁻10　　　　ﾋ18　ﾉ28　⁻5　_7　ﾉ14　ﾋ1　⁻10

　若　到　越　溪　逢　越　女，　　　红　莲　池　里　白　莲　开。

　｜　｜　｜　｜　｜　—　—　　　　—　｜　—　｜　｜　｜　。

　ﾉ10　ﾋ20　ﾉ6　⁻8　⁻2　ﾉ6　ﾋ6　　　　⁻1　_1　⁻4　ﾉ4　ﾉ11　_1　⁻10

　　本诗在拟物时兼用烘托的手法,诗人让梦中女子走进一群穿着红色衣裳的浣纱女子中间,那风姿、那神韵,是这般弦人眼目,就象是开放在一片红色荷花中的一朵亭亭玉立的白莲。

早春呈水部张十八员外二首(其一)
唐　韩　愈

　天　街　小　雨　润　如　酥，　　　草　色　遥　看　近　却　无。

　—　—　｜　｜　｜　—　—　　　　｜　｜　—　—　｜　｜　。

　_1　⁻9　ﾉ17　ﾉ7　⁻12　⁻6　_7　　　　ﾉ17　ﾉ13　_2　⁻14　ﾋ13　ﾉ10　⁻7

　最　是　一　年　春　好　处，　　　绝　胜　烟　柳　满　皇　都。

　｜　｜　｜　—　—　｜　｜　　　　｜　—　—　｜　｜　—　。

　ﾋ9　ﾉ4　ﾉ4　_1　⁻11　ﾋ19　ﾋ6　　　　ﾉ9　_10　_1　ﾋ25　ﾋ14　_7　⁻7

　　在如酥小雨的滋润下,早春的草色能不美吗?遥远望去,朦朦胧胧,仿佛有一片极淡极淡的青青之色;走近细看,稀稀朗朗,只是极细极细的纤纤嫩芽:"草色遥看近却无"真是兼摄远近,空处传神。

望　洞　庭
唐　刘禹锡

　湖　光　秋　月　两　相　和，　　　潭　面　无　风　镜　未　磨。

　—　—　—　｜　｜　—　—　　　　—　｜　—　—　｜　｜　。

　⁻7　_7　_11　ﾉ6　ﾋ22　⁻7　_5　　　　_13　ﾉ17　⁻7　ﾋ1　ﾋ24　ﾋ5　_5

　遥　望　洞　庭　山　水　色，　　　白　银　盘　里　一　青　螺。

　—　｜　｜　—　—　｜　｜　　　　｜　—　—　｜　｜　—　。

　_2　ﾋ23　ﾋ1　_9　⁻15　ﾋ4　ﾋ13　　　　ﾉ11　⁻11　⁻14　ﾋ4　ﾋ4　_9　_5

　　末句比喻恰当,奇思壮采,银盘与青螺互相映衬,相得益彰。诗人笔下秋月之中的洞庭山水,变成了一件精美绝伦的工艺美术品,真是匪夷所思。

白 云 泉

唐 白居易

天 平 山 上 白 云 泉，　　云 自 无 心 水 自 闲。
— — — ｜ ｜ ｜ 。　　— ｜ — ｜ ｜ ｜ 。
_1 _8 ⁻15 ⁻23 ﹨11 ⁻12 _1 邻韵　　⁻12 ﹨4 _7 _12 ∨4 ﹨4 ⁻15

何 必 奔 冲 山 下 去，　　更 添 波 浪 向 人 间！
— ｜ — — — ｜ ｜ 　　 ｜ — — ｜ ｜ — 。
_5 ∨4 ⁻13 ⁻2 ⁻15 ﹨22 ﹨6　　﹨24 _14 _5 ﹨23 ﹨23 ⁻11 ⁻15

　　次句中连用两个"自"字，强调云水的自由自在，自得自乐，逍遥惬意。这里移情注景，景中寓情，是诗人随遇而安、出世归隐思想感情的自我写照。

菊 花

唐 元 稹

秋 丛 绕 舍 似 陶 家，　　遍 绕 篱 边 日 渐 斜。
— — ｜ ｜ — — 。　　 ｜ ｜ — — ｜ ｜ 。
_11 ⁻1 ﹨18 ﹨22 ∨4 _4 _6　　⁻17 ﹨18 ⁻4 _1 ∨4 ﹨28 _6

不 是 花 中 偏 爱 菊，　　此 花 开 尽 更 无 花。
｜ ｜ — — — ｜ ｜ 　　 ｜ — — ｜ ｜ — 。
﹨5 ∨4 _6 ⁻1 _1 ﹨11 ﹨1　　∨4 _6 ⁻10 ∨11 ﹨24 ⁻7 _6

　　以赏菊实景、爱菊气氛作铺垫，第三句笔锋一顿，迭宕有致，最后吟出生花妙句，是因为菊花有历尽风霜而后凋的坚贞品格。

过华清宫绝句三首(其一)

唐 杜 牧

长 安 回 望 绣 成 堆，　　山 顶 千 门 次 第 开。
— — — ｜ ｜ — — 。　　 — ｜ — — ｜ ｜ 。
_7 _14 ⁻10 ⁻23 ﹨26 _8 ⁻10　　⁻15 ∨24 _1 ⁻13 ﹨4 ﹨8 ⁻10

一 骑 红 尘 妃 子 笑，　　无 人 知 是 荔 枝 来。
｜ ｜ — — — ｜ ｜ 　　 — — — ｜ ｜ — 。

ㄨ4　ㄟ4　ˉ1　ˉ11　ˉ5　ㄨˋ18　　　　　ˉ7　ˉ11　ˉ4　ㄨ4　ㄟ8　ˉ4　ˉ10

在以华清宫为题的咏史诗中,本诗尤为精妙绝伦,脍炙人口。诗通过送荔枝这一典型事件,鞭挞了唐玄宗和杨贵妃骄奢淫逸的生活,有着以微见著的艺术效果。

泊秦淮
唐　杜　牧

烟　笼　寒　水　月　笼　沙,　　　　夜　泊　秦　淮　近　酒　家。
—　—　—　｜　｜　—　。　　　　｜　—　—　—　｜　｜　。
_1　ˉ1　ˉ14　ㄨ4　ㄨ6　ˉ1　_6　　　　ㄟ22　ㄨ10　ˉ11　ˉ9　ㄟ13　ㄨ25　_6

商　女　不　知　亡　国　恨,　　　　隔　江　犹　唱《后　庭　花》。
—　｜　｜　—　—　—　｜　　　　｜　—　—　｜　｜　—　。
_7　ㄨ6　ㄨ5　ˉ4　_7　ㄨ13　_14　　　　ㄨ11　ˉ3　_11　ㄟ23　ㄟ26　_9　_6

后两句于婉曲轻利的风调中,表现出辛辣的讽刺,深沉的悲痛,无限的感慨,堪称"绝唱",成为类似晚唐的此后每个朝代末期的一面镜子。

题桃花夫人庙
唐　杜　牧

细　腰　宫　里　露　桃　新,　　　　脉　脉　无　言　几　度　春。
｜　—　—　｜　｜　—　—　　　　｜　｜　—　—　｜　｜　—　。
ㄟ8　_2　ˉ1　ㄨ4　ㄟ7　_4　ˉ11　　　　ㄨ11　ㄨ11　ˉ7　ˉ13　ㄨ5　_7　ˉ11

至　竟　息　亡　缘　底　事?　　　　可　怜　金　谷　坠　楼　人。
｜　｜　｜　—　—　｜　｜　　　　｜　—　—　｜　｜　—　—　。
ㄟ4　ㄟ24　ㄨ13　_7　_1　ㄨ8　ㄟ4　　　　ㄨ20　_1　_12　ㄨ1　ㄟ4　_11　ˉ11

本诗把对弱者(息夫人)的指责转化为对强者("坠楼人"绿珠)的颂美,贬褒俱在,不仅使读者感情上易于接受,也使诗意升华到更高的境界。软弱的受害者诚然可悯,怎及得敢于以一死抗争者令人钦敬?

寄扬州韩绰判官
唐　杜　牧

青　山　隐　隐　水　迢　迢,　　　　秋　尽　江　南　草　未　凋。

　　　　|　　　|　|　　|　|　　　　　　　　　|　　|　　|　|　|
　＿9 ＼15 ✓12 ✓12 ✓4 ＿2 ＿2　　　　＿11 ✓11 ￣3 ＿13 ✓19 ＼5 ＿2
　　二　十　四　桥　明　月　夜，　　　　玉　人　何　处　教　吹　箫？
　　　|　|　|　　—　—　|　　|　　　　　　|　　—　—　|　—　|　|
　✓4 ＼14 ＿4 ＿2 ＿8 ＼6 ✓22　　　　✼2 ￣11 ＿5 ＼6 ＼19 ＿4 ＿2

　　"玉人"本指韩绰，但客观上只见月光笼罩的二十四桥上，吹箫的美人披着银辉，宛若洁白光润的玉人，仿佛听到呜咽悠扬的箫声飘散在已凉未寒的江南秋夜，回荡在青山绿水之间……

题木兰庙
唐　杜　牧

　　弯　弓　征　战　作　男　儿，　　　　梦　里　曾　经　与　画　眉。
　　—　—　—　|　|　|　。　　　　　　|　|　—　—　|　|　。
　￣15 ￣1 ＿8 ￣17 ✼10 ＿13 ￣4　　　✼1 ✓4 ＿10 ＿9 ✓6 ＼10 ￣4
　　几　度　思　归　还　把　酒，　　　　拂　云　堆　上　祝　明　妃。
　　|　|　—　—　|　|　|　　　　　　|　—　—　|　|　|　。
　✓5 ✼7 ￣4 ＿5 ￣15 ✓21 ✓25　　　✼5 ￣12 ￣10 ✼23 ✼1 ＿8 ￣5　出韵

　　昭君和亲，终留青冢，永远博得后世同情；木兰从军，安靖边烽，一直受到人们赞美。诗人通过"把酒""祝明妃"，使木兰和昭君灵犀一点，神交千载，倍觉委婉动人。

赠别二首(其二)
唐　杜　牧

　　多　情　却　似　总　无　情，　　　　唯　觉　樽　前　笑　不　成。
　　|　|　|　|　|　—　|　。　　　　　—　|　—　—　|　|　。
　＿5 ＿8 ✼10 ✓4 ✓1 ￣7 ＿8　　　￣4 ✼3 ￣13 ＿1 ✼18 ✼5 ＿8
　　蜡　烛　有　心　还　惜　别，　　　　替　人　垂　泪　到　天　明。
　　|　|　|　—　—　|　|　　　　　　|　—　|　|　|　—　|　。
　✼15 ✼2 ✓25 ＿12 ￣15 ✼11 ✼9　　✼8 ￣11 ￣4 ✼4 ✼20 ＿1 ＿8

　　写临别心绪入神，"多情却似总无情"，一切话语皆成多余。李商隐云"蜡炬成灰泪始干"(99)，杜牧言蜡烛"替人垂泪到天明"。奇想旖旎，虽同一径辙；然遣词锤句,刻炼与俊爽之别,晰然可辨,亦有以见"小李杜"并称,而性气、家数自是不侔。

清 明
唐 杜 牧

清 明 时 节 雨 纷 纷, 　　路 上 行 人 欲 断 魂。

_8 _8 ‾4 ⌄9 ⌄7 ‾12 _12 邻韵　　⌄7 ⌄23 _8 ‾11 ⌄2 ⌄15 ‾13

借 问 酒 家 何 处 有, 　　牧 童 遥 指 杏 花 村。

⌄22 _13 ⌄25 _6 _5 ⌄6 ⌄25　　⌄1 ‾1 _2 ⌄4 ⌄23 _6 ‾13

语言通俗,篇法自然,音节和谐,景象清新,境界优美,兴味隐跃,逐步上升,高潮迭起,余韵邈然,耐人寻味:一首关于清明节写得最好传诵最广的诗。

题 君 山
唐 雍 陶

烟 波 不 动 影 沉 沉, 　　碧 色 全 无 翠 色 深。

_1 _5 ⌄5 ⌄1 ⌄23 _12 _12　　⌄11 ⌄13 _1 _7 ⌄4 ⌄13 _12

疑 是 水 仙 梳 洗 处, 　　一 螺 青 黛 镜 中 心。

‾4 ⌄4 ⌄4 _1 ‾6 ⌄8 ⌄6　　⌄4 _5 _9 ⌄11 ⌄24 ‾1 _12

本诗同刘禹锡《望洞庭》(144)中"遥望洞庭山水色,白银盘里一青螺",都是以螺髻来形容,不过刘诗是刻画了遥望水面白浪环绕之中君山的情景,本诗则全从水中倒影来描绘,并融入美丽的神话传说,故而不仅更为轻灵秀润,而且诗情虚幻,使君山的秀美,形神两谐地呈现出来。

瀑布联句
唐 香严闲禅师 李 忱

千 岩 万 壑 不 辞 劳, 　　远 看 方 知 出 处 高。

　—　—　　｜　　｜　｜　　。　　　　　　｜　｜　｜　—　—　｜　｜　。
　_1　_15　\14　\10　\5　⁻4　　4　　　　\13　\15　_7　⁻4　\4　\6　_4

溪　涧　岂　能　留　得　住，　　　　　终　归　大　海　作　波　涛。

⁻8　\16　\5　_10　_11　\13　\7　　　　⁻1　⁻5　\21　\10　\10　_5　_4

　　一位僧侣与一位皇帝各一联句，托物言志，描绘了冲决一切、气势磅礴的瀑布的艺术形象，富有激情，读来使人振奋，受到鼓舞。

霜　月
唐　李商隐

初　闻　征　雁　已　无　蝉，　　　　百　尺　楼　高　水　接　天。
　—　—　　｜　　｜　｜　　。　　　　　　｜　｜　—　—　｜　｜　。
⁻6　⁻12　_8　\16　\4　⁻7　_1　　　　\11　\11　_11　_4　\4　\16　_1

青　女　素　娥　俱　耐　冷，　　　　月　中　霜　里　斗　婵　娟。
　—　　｜　　—　｜　—　｜　　。　　　｜　—　｜　｜　—　｜　。
_9　\6　\7　_5　⁻7　\11　\23　　　　\6　⁻1　_7　\4　\26　_1　_1

　　霜的象征青女和月的象征素娥，居然"斗婵娟"、比容态了。这是诗人从霜月交辉的夜景里发掘出来的自然之美；同时也反映了诗人在混浊的现实环境里追求美好、向往光明的深切愿望，是他性格中高标绝俗、耿介不随一面的自然流露。

离亭赋得折杨柳(其二)
唐　李商隐

含　烟　惹　雾　每　依　依，　　　　万　绪　千　条　拂　落　晖。
　—　—　　｜　　｜　｜　　。　　　　　　｜　｜　—　—　｜　｜　。
_13　_1　\21　\7　\10　⁻5　⁻5　　　　\14　\6　_1　_2　\5　\10　⁻5

为　报　行　人　休　尽　折，　　　　半　留　相　送　半　迎　归。
　｜　｜　—　—　—　｜　｜　　　　　　｜　—　｜　｜　—　｜　。
\4　\20　_8　⁻11　_11　\11　\9　　　　\15　_11　_7　\1　\15　_8　⁻5

　　通常都是"折柳赠别"，本诗却翻出新意：人，去了，还是可能来的；柳，既管送人，也得管留人，又何必"尽折"呢？留下一半，迎人归来，岂不更好？"柳"，就是"留"么！

花 下 醉
唐　李商隐

寻　芳　不　觉　醉　流　霞，　　　　倚　树　沉　眠　日　已　斜。
｜　｜　｜　｜　｜　｜　—　　　　　｜　｜　｜　｜　｜　｜　—
_12　_7　ᴧ5　ᴧ3　ᴠ4　_11　_6　　　ᴠ4　ᴠ7　_12　_1　ᴧ4　ᴠ4　_6

客　散　酒　醒　深　夜　后，　　　　更　持　红　烛　赏　残　花。
｜　｜　｜　｜　｜　｜　—　　　　　｜　｜　｜　｜　｜　｜　—
ᴧ11　ᴠ15　ᴠ25　_9　_12　ᴠ22　ᴠ26　　ᴠ24　¯4　¯1　ᴧ2　ᴠ22　¯14　_6

在夜色朦胧中,在红烛照映下,这行将凋谢的残花在生命的最后瞬间仿佛呈现出一种奇异的光华,美丽得像一个五彩缤纷而又隐约朦胧的梦境,诗人也就在持红烛赏残花的过程中得到新的也是最后的陶醉……

引 水 行
唐　李群玉

一　条　寒　玉　走　秋　泉，　　　　引　出　深　萝　洞　口　烟。
｜　—　｜　｜　｜　—　—　　　　　｜　｜　｜　—　｜　｜　—
ᴧ4　_2　¯14　ᴧ2　ᴠ25　_11　_1　　ᴠ11　ᴧ4　_12　_5　ᴠ1　ᴠ25　_1

十　里　暗　流　声　不　断，　　　　行　人　头　上　过　潺　湲。
｜　｜　｜　｜　｜　—　｜　　　　　—　—　｜　｜　—　｜　—
ᴧ14　ᴠ4　ᴠ28　_11　_8　ᴧ5　ᴠ15　　_8　¯11　_11　ᴠ23　ᴠ21　¯15　_1

利用自然、改造自然的竹筒引水也为自然增添了新的美。这种劳动人民用自己的智慧创造出来的美,能为文人发现、欣赏并加以生动表现的并不多,仅此一端,也足以使我们珍视本诗了。

书院二小松
唐　李群玉

一　双　幽　色　出　凡　尘，　　　　数　粒　秋　烟　二　尺　鳞。
｜　—　—　｜　｜　—　—　　　　　｜　｜　—　—　｜　｜　—

λ4 ‾3 ＿11 λ13 λ4 ＿15 ‾11　　　　ヽ7 λ14 ＿11 ＿1 ヽ4 λ11 ‾11

从 此 静 窗 闻 细 韵。　　　　琴 声 长 伴 读 书 人。

— ｜ ｜ — — ｜ ｜　　　　— — — ｜ ｜ — —

‾2 ヽ4 √23 ‾3 ‾12 ヽ8 ヽ13　　　　＿12 ＿8 ＿7 √14 λ1 ‾6 ‾11

　　不是飞龙似的苍松,也不是君子般的贞松,而是"琴声""细韵""长伴读书人"的小松:写松翻出新意,别具情味,足见诗人独到的感受和写新绘异的功力。

题 君 山

唐　方　干

曾 于 方 外 见 麻 姑,　　　　闻 说 君 山 自 古 无。

— — ｜ — ｜ — —　　　　— ｜ — — — ｜ ｜

＿10 ‾7 ＿7 ヽ9 ヽ17 ＿6 ‾7　　　　＿12 λ9 ＿12 ＿15 ヽ4 √7 ‾7

元 是 昆 仑 山 顶 石,　　　　海 风 吹 落 洞 庭 湖。

— ｜ — — — ｜ ｜　　　　｜ — — ｜ — — —

‾13 √4 ‾13 ‾13 ‾15 ‾24 λ11　　　　√10 ＿1 ‾4 λ10 ＿1 ＿9 ‾7

　　写君山的诗,前有刘禹锡《望洞庭》(144)、雍陶《题君山》(148),本诗别一路数,采用"游仙"格局,想象奇特,神化君山来历。后两句,真是不鸣则已,一鸣惊人。

和袭美春夕酒醒

唐　陆龟蒙

几 年 无 事 傍 江 湖,　　　　醉 倒 黄 公 旧 酒 垆。

｜ — — ｜ — — —　　　　｜ ｜ — — ｜ ｜ —

√5 ＿1 ‾7 ヽ4 ヽ23 ‾3 ‾7　　　　ヽ4 √19 ＿7 ＿1 ヽ26 √25 ‾7

觉 后 不 知 明 月 上,　　　　满 身 花 影 倩 人 扶。

｜ ｜ ｜ — — ｜ ｜　　　　｜ — — ｜ ｜ — —

λ3 ヽ26 λ5 ‾4 ＿8 ヽ6 ヽ23　　　　√14 ‾11 ＿6 √23 ‾17 ‾11 ‾7

　　诗人写酒醉月下花丛的闲适之情,融"花"、融"月"、融"影"、融"人"于浑然一体,化合成了春意、美景、诗情、高士的翩翩韵致,潇洒自如,悠然自得。"袭美"为陆龟蒙好友皮日休的字,两人同为晚唐诗人。

云
唐　来鹄

千 形 万 象 竟 还 空，　　　　映 水 藏 山 片 复 重。
— — 丨 丨 丨 — 。　　　　丨 丨 — — 丨 丨 。
_1 _9 ⌵14 ⌵22 ⌵24 ‾15 ‾1 邻韵　　⌵24 ⌵4 _7 ‾15 ‾17 ⌵1 ‾2

无 限 旱 苗 枯 欲 尽，　　　　悠 悠 闲 处 作 奇 峰。
— 丨 丨 — — 丨 丨 。　　　　— — 丨 丨 丨 — 。
‾7 ⌵15 ⌵14 _2 ‾7 ⌵2 ⌵11　　　　_11 _11 ‾15 ⌵6 ⌵10 ‾4 ‾2

古代诗歌中咏云的名句很多，但用劳动者的眼光、感情来观察、描绘云的，几乎没有。来鹄这位不大出名的诗人的《云》，也许是最富人民性的咏云之作。

已凉
唐　韩偓

碧 栏 杆 外 绣 帘 垂，　　　　猩 色 屏 风 画 折 枝。
丨 — — 丨 丨 — 。　　　　— 丨 — — 丨 丨 。
⌵11 ‾14 ‾14 ⌵9 ⌵26 _14 ‾4　　_8 ⌵13 _9 ‾1 ⌵10 ⌵9 ‾4

八 尺 龙 须 方 锦 褥，　　　　已 凉 天 气 未 寒 时。
丨 丨 — — — 丨 丨 。　　　　丨 — — 丨 丨 — 。
⌵8 ⌵11 ‾2 ‾7 _7 ⌵26 ⌵2　　⌵4 _7 _1 ⌵5 ⌵5 ‾14 ‾4

这是韩偓反映男女情爱的《香奁集》里最脍炙人口的一篇。通篇无一"情"字，也无一"人"字，纯然借助环境景物来点染人的情思，命意曲折，用笔委婉，足供读者玩索，故能传诵至今。

社日
唐　王驾

鹅 湖 山 下 稻 粱 肥，　　　　豚 栅 鸡 栖 半 掩 扉。
— — — 丨 丨 — 。　　　　— 丨 — — 丨 丨 。
_5 ‾7 ‾15 ⌵22 ⌵19 _7 ‾5　　‾13 ⌵16 ‾8 ‾8 ⌵15 ⌵28 ‾5

桑 柘 影 斜 春 社 散，　　　　家 家 扶 得 醉 人 归。

　— ｜ ｜ — — ｜ ｜　　　　　— — — ｜ ｜ — —
　_7 ╲22 ╲23 _6 ¯11 ╲21 ╲15　　　_6 _6 ¯7 ╲13 ╲4 ¯11 ╲5

　　本诗不直接写社日的热闹与欢乐场面,却选取高潮之后渐归宁静的这样一个尾声来表现它,这种不写正面写侧面的笔墨极省,反映的内容却极丰富。

述国亡诗

后蜀　花蕊夫人徐氏

　　君　王　城　上　竖　降　旗,　　　妾　在　深　宫　那　得　知!
　　— — — ｜ ｜ ｜ ｜　　　　　　｜ — — ｜ ｜ ｜ ｜
　　¯12 _7 _8 ╲23 ╲7 ¯3 ¯4　　　　╲16 ╲11 _12 _1 ╲21 ╲13 ¯4
　　十　四　万　人　齐　解　甲,　　　更　无　一　个　是　男　儿。
　　｜ ｜ — — — — ｜　　　　　　｜ — ｜ ｜ ｜ ｜ ｜
　　╲14 ╲4 ╲14 ¯11 ¯8 ╲9 ╲17　　　╲24 ¯7 ╲4 ╲21 ╲4 _13 ¯4

　　此诗写得很有激情,表现出亡国的沉痛和对误国者的痛切之情,对"女祸亡国"论作了有力的申辩;更写得有个性,诗人以女子身份骂"十四万人"枉为男儿,十分有力,活现一个活泼有性格的女性形象。

泛吴松江

宋　王禹偁

　　苇　蓬　疏　薄　漏　斜　阳,　　　半　日　孤　吟　未　过　江。
　　｜ — — — ｜ ｜ ｜　　　　　　｜ — — ｜ ｜ ｜ ｜
　　╲5 ¯1 ¯6 ╲10 ╲26 _6 _7 邻韵　　╲15 ╲4 ¯7 _12 ╲5 ╲21 ¯3
　　唯　有　鸳　鸯　知　我　意,　　　时　时　翘　足　对　船　窗。
　　— ｜ ｜ ｜ — ｜ ｜　　　　　　｜ ｜ — ｜ ╲ ｜ ｜
　　¯4 ╲25 ╲7 ¯4 ¯4 ╲20 ╲4　　　　¯4 ¯4 _2 ╲2 ╲11 _1 ¯3

　　那一只只单足翘立、曲颈对窗的鸳鸯,仿佛善解人意,它们静静地伫立着,不时伸头探脑窥视着船窗里的诗人,诗人忍不住要对它们倾诉衷肠了……

乡　思

宋　李　觏

人　言　落　日　是　天　涯，　　　望　极　天　涯　不　见　家。
—　—　|　|　|　—　—　　　　|　|　—　—　|　|　—
⁻11 ⁻13 ↘10 ↘4 ↘4 _1 _6　　　↘23 ↘13 _1 _6 ↘5 _17 _6

已　恨　碧　山　相　阻　隔，　　　碧　山　还　被　暮　云　遮。
|　|　|　—　—　|　|　　　　　|　—　—　|　|　—　—
ˇ4 ↘14 ↘11 ⁻15 _7 ˇ6 ↘11　　　↘11 ⁻15 ⁻15 ↘4 ↘7 ⁻12 _6

　　两个"天涯"，第二句比第一句递进一层；两个"碧山"，第四句比第三句又递进一层：这样层层递进，那乡思也就越来越浓，浓得化也化不开了。

北陂杏花

宋　王安石

一　陂　春　水　绕　花　身，　　　花　影　妖　娆　各　占　春。
|　—　—　|　|　—　—　　　　—　|　—　—　|　|　—
ˇ4 ⁻4 ⁻11 ˇ4 _18 _6 ⁻11　　　_6 ˇ23 _2 _2 ↘10 _29 ⁻11

纵　被　春　风　吹　作　雪，　　　绝　胜　南　陌　碾　成　尘。
—　|　—　—　—　|　|　　　　|　|　—　|　|　—　—
⁻2 ↘4 ⁻11 ⁻1 ⁻4 ↘10 ↘9　　　↘9 _10 _13 ↘11 ˇ16 _8 ⁻11

　　"作雪"与"成尘"，分别为高尚与污浊的象喻。作者在诗中借物咏怀，从北陂与南陌的杏花比较中，表达了自己为坚持理想操守而不惜献身的精神。

书湖阴先生壁二首(其一)

宋　王安石

茅　檐　长　扫　静　无　苔，　　　花　木　成　畦　手　自　栽。
—　—　|　|　|　—　—　　　　—　|　—　—　|　|　—
_3 _14 _7 ˇ19 ˇ23 _7 ⁻10　　　_6 ↘1 _8 _8 ˇ25 ↘4 ⁻10

一　水　护　田　将　绿　绕，　　　两　山　排　闼　送　青　来。
|　|　|　—　—　|　|　　　　|　—　—　|　|　—　—

　λ4　∨4　、7　_1　_7　λ2　、18　　　　∨22　‾15　‾10　λ7　、1　_9　‾10

次联的两句：既是巧妙的用典；又符合自然景物；更是拟人化，将山水转化为富有生命感情的形象来描写。所以气足神完，浑化无迹，是古今传诵的名句。（"护田"：语本《汉书·西域传》载："置使者校尉领护田卒"事。"排闼"：语本《汉书·樊哙传》载樊哙"排闼直入"事。闼，门。）

海 棠
宋 苏 轼

东 风 袅 袅 泛 崇 光，　　　　香 雾 空 蒙 月 转 廊。
— — | | | — |　　　　　　— | | — | | 。
‾1 ‾1 ∨17 ∨17 、30 ‾1 _7　　　_7 、7 ‾1 ‾1 λ6 ∨16 _7
只 恐 夜 深 花 睡 去，　　　　故 烧 高 烛 照 红 妆。
| | | — | | |　　　　　　| — — | | — —
∨4 ∨2 、22 _12 _6 、4 、6　　　、7 _2 _4 λ2 、18 ‾1 _7

后两句从李商隐《花下醉》（150）"客散酒醒深夜后，更持红烛赏残花"化出，但更有情致，是人花对话之痴语，想象美妙，感情真挚，构思别致，脍炙人口。

题西林壁
宋 苏 轼

横 看 成 岭 侧 成 峰，　　　　远 近 高 低 各 不 同。
— | — | | — —　　　　　　| | — | | | — 。
_8 ‾14 _8 ∨22 λ13 _8 ‾2 邻韵　∨13 、13 _4 ‾8 λ10 λ5 ‾1
不 识 庐 山 真 面 目，　　　　只 缘 身 在 此 山 中。
| | — — — | |　　　　　　| — — | | — —
λ5 λ13 _6 ‾15 _11 、17 λ1　　∨4 _1 ‾11 _11 、4 ‾15 _1

苏轼是经过横、侧、远、近、高、低，识了庐山真面目之后才写出这首哲理诗，包括了全体与部分、宏观与微观、分析与综合等概念，指出身在其中某一局部，未必能认识事物的全貌和本质。故本诗不仅众口传诵和吟味，也成为讽刺某种社会现象的熟语，有强大的生命力。

雨中登岳阳楼望君山二首
宋　黄庭坚

其　一

投　荒　万　死　鬓　毛　斑，　　　　生　出　瞿　塘　滟　滪　关。
— 　—　 |　 |　 ∨　—　 ○　　　　　—　|　—　—　|　|　○
_11 _7 ∨14 ∨4 ∨12 _4 —15　　　_4 ∧4 —7 _7 ∨29 ∨6 —15

未　到　江　南　先　一　笑，　　　　岳　阳　楼　上　对　君　山。
| 　|　 —　 —　 —　 |　○　　　　　|　|　—　—　|　|　○
∨5 ∨20 —3 _13 _1 ∧4 _18　　　∧3 _7 _11 ∨23 _11 —12 —15

其　二

满　川　风　雨　独　凭　栏，　　　　绾　结　湘　娥　十　二　鬟。
| 　—　 —　 |　 ∨　 —　○　　　　　∨　∧　—　|　|　|　○
∨14 _1 —1 ∨7 ∧1 _10 —14 邻韵　　　∨15 ∧9 _7 _5 ∧14 _4 —15

可　惜　不　当　湖　水　面，　　　　银　山　堆　里　看　青　山。
| 　|　 |　 |　 —　 |　○　　　　　—　—　—　|　|　|　○
∨20 ∧11 ∧5 _7 —7 ∨4 _17　　　—11 —15 —10 ∨4 _15 _9 —15

　　这两首诗是黄庭坚由蜀中放还、途经岳州、登岳阳楼而赋，是他七绝中的冠冕之作。第一首抒发被赦生还的欣喜，但不正面写君山，只写了他的旷达豪雄心情，为君山图景"蓄势"。诗人之高旷如此，君山之雄浑亦必如此。第二首虽正面写君山，但不止于当前君山，而能融合古今，把眺望时的凝思引入奇境，藉远来而登高，藉登高而望远，藉望远而怀古，藉怀古而幻念，极迁想妙得之观，兀傲其神，崛蟠其气。

春日二首（其二）
宋　晁冲之

阴　阴　溪　曲　绿　交　加，　　　　小　雨　翻　萍　上　浅　沙。
— 　—　 —　 |　 |　 |　○　　　　　|　|　—　|　|　○
_12 _12 —8 ∧2 ∧2 _3 _6　　　∨17 ∨7 —13 _9 ∨23 ∨16 _6

鹅　鸭　不　知　春　去　尽，　　　争　随　流　水　趁　桃　花。

　_5　ᐯ17　ᐯ5　‾4　‾11　ᐯ6　ᐯ11　　　_8　‾4　_11　ᐯ4　_12　_4　_6

　　四句诗构成一幅完整的图画,小溪阴阴,细雨翻萍,鹅鸭戏水,追逐桃花。形象鲜明,历历在目,趣味澄鲜,余韵不尽。

州　桥
宋　范成大

州　桥　南　北　是　天　街，　　　父　老　年　年　等　驾　回。

　_11　_2　_13　ᐯ13　ᐯ4　_1　‾9 邻韵　　ᐯ7　ᐯ19　_1　_1　ᐯ24　ᐯ22　‾10

忍　泪　失　声　询　使　者，　　　几　时　真　有　六　军　来?

　ᐯ11　ᐯ4　ᐯ4　_8　‾11　ᐯ4　ᐯ21　　　ᐯ5　‾4　‾11　ᐯ25　ᐯ1　‾12　‾10

　　本诗是作者出使金朝时所写,描写了汴梁父老盼望南宋收复失地的爱国思想。"真有"两字是传神之笔,不仅写出了父老们的迫切心情,而且含意深长,暗藏对南宋当局的诘问。

春日田园杂兴十二绝(其二)
宋　范成大

土　膏　欲　动　雨　频　催，　　　万　草　千　花　一　饷　开。

　ᐯ7　_4　ᐯ2　ᐯ1　ᐯ7　‾11　‾10　　　ᐯ14　ᐯ19　_1　_6　ᐯ4　ᐯ22　ᐯ10

舍　后　芳　畦　犹　绿　秀，　　　邻　家　鞭　笋　过　墙　来。

　ᐯ22　ᐯ26　_7　ᐯ8　_11　ᐯ2　ᐯ26　　　‾11　_6　_1　ᐯ11　ᐯ21　_7　‾10

　　"田园诗人"范成大有《四时田园杂兴》六十首,把自陶渊明、王维等描写农村自然景物的诗歌传统融合起来,不用古体改用七绝。从内容到形式,都有创造性,在我国诗歌发展史上,是值得重视的。本诗中,"邻家鞭笋过墙来",春神的威力多厉害啊! 诗人把"春"字写得如此生动活泼,形象鲜明,笔酣墨饱,令人叹服。

过百家渡四绝句(其二)

宋　杨万里

园 花 落 尽 路 花 开，　　　　白 白 红 红 各 自 媒。
— — | | | | —　　　　| | | | | —
¯13 ˍ6 ˎ10 ¯11 ˎ7 ˍ6 ¯10　　　ˎ11 ˎ11 ¯1 ¯1 ˎ10 ˎ4 ¯10

莫 问 早 行 奇 绝 处，　　　　四 方 八 面 野 香 来。
| | | | | | |　　　　| | | | | | —
ˎ10 ˎ13 ˅19 ˍ8 ¯4 ˎ9 ˎ6　　　ˎ4 ˍ7 ˎ8 ˎ17 ˎ21 ˍ7 ¯10

　　杨万里的诗号称"诚斋体"(作者号"诚斋")，即"活法"。其实质是作诗须随着不同的感兴，别出心裁，不落俗套，别具新意。"活法"的一个方面就是抓住一个细节，抓住平凡景物中富于诗意的东西加以表现。本诗中，就是抓住向行人献媚竞艳的"自媒"路花，将这刹那间的感兴形之于诗。诗句并不特别警拔，但诗人的兴会却表现得异常鲜明。

新　柳

宋　杨万里

柳 条 百 尺 拂 银 塘，　　　　且 莫 深 青 只 浅 黄。
| — | | | | —　　　　| | — — | | —
˅25 ˍ2 ˎ11 ˎ11 ˎ5 ¯11 ˍ7　　　˅21 ˎ10 ˍ12 ˍ9 ˅4 ˅16 ˍ7

未 必 柳 条 能 蘸 水，　　　　水 中 柳 影 引 他 长。
| | | | | | |　　　　| | | | | | —
ˎ5 ˎ4 ˅25 ˍ2 ˍ10 ˎ30 ˎ4　　　ˎ4 ¯1 ˅25 ˅23 ˎ11 ˍ5 ˍ7

　　再来品一品"诚斋体"的味:前两句已经够传神了;后两句更妙，你看，垂柳将及水面，实际并未触及，但是，微风吹动，柳枝轻扬，水上柳条与水中柳影连起来，成"百尺"，动起来，"拂银塘"，这就是"诚斋体"的"活法"。

过松源,晨炊漆公店六首(其五)

宋　杨万里

莫 言 下 岭 便 无 难，　　　　赚 得 行 人 错 喜 欢。

|　—　|　|　|　—　—　。
ㄨ10 ‾13 ㄨ22 ㄩ23 ㄟ17 ‾7 ‾14

|　—　|　—　—　|　|　。
ㄟ30 ㄨ13 ＿8 ‾11 ㄨ10 ㄩ4 ‾14

正 入 万 山 圈 子 里，　　　　一 山 放 出 一 山 拦。

|　—　|　|　|　—　—　。
ㄨ24 ㄨ14 ㄟ14 ‾15 ‾13 ㄩ4 ㄩ4

|　—　|　|　|　—　—　。
ㄟ4 ‾15 ㄟ23 ㄨ4 ㄨ4 ‾15 ‾14

　　"诚斋体"不但富诗意，而且有哲理。人们往往对最艰巨的行程比较有思想准备，对此后出现的艰难缺乏思想准备，本诗可以引起这方面的思索。

偶题三首(其三)

宋　朱　熹

步 随 流 水 觅 溪 源，　　　　行 到 源 头 却 惘 然。

|　—　—　|　|　—　—　。
ㄟ7 ‾4 ＿11 ㄩ4 ㄨ12 ‾8 ─13 邻韵

—　|　—　—　|　—　|　。
＿8 ㄨ20 ‾13 ＿11 ㄨ10 ㄩ22 ＿1

始 信 真 源 行 不 到，　　　　倚 筇 随 处 弄 潺 湲。

|　|　—　—　|　|　—　。
ㄩ4 ㄟ12 ‾11 ‾13 ＿8 ㄨ5 ㄟ20

|　—　|　|　|　—　—　。
ㄩ4 ‾2 ‾4 ㄨ6 ㄟ1 ‾15 ＿1

　　朱熹是南宋著名的理学家，他的诗常常从偶然闲适的生活中悟出一种做人治学的大道理来。本诗启示人们探求真理的源泉，必须有笼罩全局的魄力，有识得整体的眼力，有辨别精粗巨细和综合归纳的能力，然后由博返约，化繁为简，自见真源。如探寻水源，真源既不能一探便得，那就该随处追寻，多方探索，积而久之，则真源才现，即"随处弄潺湲"是也。

游园不值

宋　叶绍翁

应 怜 屐 齿 印 苍 苔，　　　　小 扣 柴 扉 久 不 开。

—　|　|　|　|　—　|　。
＿10 ＿1 ㄨ11 ㄩ4 ㄟ12 ＿7 ‾10

|　|　—　|　|　|　|　。
ㄩ17 ㄟ26 ‾9 ＿5 ㄩ25 ㄨ5 ‾10

春 色 满 园 关 不 住，　　　　一 枝 红 杏 出 墙 来。

|　|　|　|　|　|　|　。
‾11 ㄨ13 ㄩ14 ‾13 ‾15 ㄨ5 ㄟ7

|　—　—　|　|　|　|　。
ㄟ4 ‾4 ‾1 ㄩ23 ㄨ4 ＿7 ‾10

　　后两句万口传诵，景中含情，景中寓理，能引起许多联想，给人以哲理的启示和精神的鼓舞。一切美好的、向上的、生机勃勃的事物,都具有顽强的生命力,难道是墙能围得住、门能关得住的吗?

次萧冰崖梅花韵
宋　赵希槸

冰姿琼骨净无瑕,　　　竹外溪边处士家。
— — — — | | — 。　　　| | — | | — 。
_10 ¯4 _8 ⅄6 ⅂24 ¯7 _6　⅄1 ⅂9 ¯8 _1 ⅂6 ⅃4 _6

若使牡丹开得早,　　　有谁风雪看梅花?
| | | — — | |　　　| | — | — | — 。
⅄10 ⅃4 ⅃25 ¯14 ¯10 ⅄13 ⅃19　⅃25 ¯4 ¯1 ⅄9 ⅂15 ¯10 _6

　　姹紫嫣红、国色天香的牡丹毕竟不可能开在梅花之前;早春凛冽的寒风中,能够斗艳吐芳的只有幽香一缕、寂寞零落但却是"冰姿琼骨"的梅花。本诗一句反问,两层波澜,兴到神驰,含蓄隽永,耐人回味。

过　湖
宋　俞桂

舟移别岸水纹开,　　　日暖风香正落梅。
— — | | — | —　　　| — — | _ | — 。
_11 ¯4 ⅄9 _15 ⅃4 ⅂12 ¯10　⅄4 ⅃14 ¯1 _7 ⅂24 ⅄10 ¯10

山色蒙蒙横画轴,　　　白鸥飞处带诗来。
— | — — — | |　　　| | — | | | — 。
¯15 ⅄13 ¯1 _1 _8 ⅂10 ⅄1　⅄11 _11 ¯5 ⅂6 ⅂9 ⅃4 ¯10

　　后两句兼有王维诗、画艺术之胜:诗中有画,画里套诗。末句更佳,不说对景而生诗情,却说白鸥带诗而来,更有诗家所谓活泼的鸢飞鱼跃、天机自得之趣。

秋日行村路
宋　乐雷发

儿童篱落带斜阳,　　　豆荚姜芽社肉香。

　—　—　—　｜　｜　—　—　。　　　　　｜　｜　—　—　｜　｜　。
－4　－1　－4　ㄟ10　ㄟ9　＿6　＿7　　　ㄟ26　ㄟ16　＿7　＿6　ㄟ21　ㄟ1　＿7

一 路 稻 花 谁 是 主？　　　红 蜻 蛉 伴 绿 螳 螂。

　｜　｜　—　—　｜　｜　。　　　　　｜　｜　—　—　｜　｜　。
ㄟ4　ㄟ7　ㄟ19　＿6　－4　ㄟ4　ㄟ7　　　－1　＿8　＿9　ㄟ14　ㄟ2　＿7　＿7

末句写蜻蛉、螳螂，不仅用"红"、"绿"非常鲜明悦目的颜色，而且中间嵌进一个"伴"字，把两种没有思想的小生物写得相依相伴、和美融洽，委婉地寄托了作者的理想。

咏制置李公芾

宋　郑思肖

举 家 自 杀 尽 忠 臣，　　　仰 面 青 天 哭 断 云。

　｜　｜　｜　—　｜　—　。　　　　　｜　｜　—　｜　—　｜　。
ㄟ6　＿6　ㄟ4　ㄟ8　ㄟ11　－1　＿11　　ㄟ22　ㄟ17　＿9　＿1　ㄟ1　ㄟ15　－12

听 得 北 人 歌 里 唱，　　　"潭 州 城 是 铁 州 城！"

　—　｜　｜　—　｜　｜　。　　　　　—　｜　｜　｜　—　｜　。
＿9　ㄟ13　ㄟ13　－11　＿5　ㄟ4　ㄟ23　　＿13　＿11　＿8　ㄟ4　ㄟ9　＿11　＿8

"臣"为真韵、"云"为文韵，两字可协韵，"城"为庚韵，若依诗韵，"城"便不能与"臣"、"文"协韵。现依《词韵》：真、文韵皆第六部，庚韵为第十一部，而在词中，第六部与第十一部还有第十三部是可以三部通押的。所以，句句正格、没有变格和拗救的本诗，是受词韵影响而协韵的。（从宋代起，受《词韵》影响而押韵的诗就渐多了。）　本诗熔记事、议论、抒情于一炉，正面与侧面抒写相辅，热烈地赞扬了李芾与潭州军民的悲壮事迹，也抒发了诗人爱国的拳拳之心。

牧 牛 图

金　田 锡

干 戈 扰 扰 遍 中 州，　　　挽 粟 车 行 似 水 流。

　—　—　—　—　—　—　。　　　　　｜　｜　—　—　｜　｜　。
－14　＿5　ㄟ17　ㄟ17　ㄟ17　－1　＿11　　ㄟ13　ㄟ2　＿6　＿8　ㄟ4　ㄟ4　＿11

何 日 承 平 如 画 里，　　　短 蓑 长 笛 一 川 秋。

　　—　　｜　—　—　—　　｜　　｜　　　　　　　｜　—　—　｜　｜　—　。
　　　_5　ʌ4　_10　_8　⁻6　、10　ʌ4　　　　　√14　_5　　_7　ʌ12　ʌ4　_1　_11

　　这首题画诗妙在用题中"牛"字结构全篇,让前两句金末现实的惨景与后两句画中理想的乐景形成鲜明的对照,从而产生震撼人心的艺术魅力。

绝　句
元　赵孟頫

溪　头　月　色　白　如　沙,　　　　近　水　楼　台　一　万　家。
—　—　_11　ʌ6　ʌ13　ʌ11　⁻6　_6　　　　　√13　√4　_11　⁻10　ʌ4　、14　_6
⁻8

谁　向　夜　深　吹　玉　笛?　　　　伤　心　莫　听《后　庭　花》。
—　　｜　　｜　　｜　　｜　—　　｜　　　　—　　｜　　｜　　｜　｜　—　。
⁻4　、23　ʌ22　_12　⁻4　ʌ2　ʌ12　　　　　_7　_12　ʌ10　_25　、26　_9　_6

　　本诗选自《元明清诗三百首》。无论是杜牧的"隔江犹唱《后庭花》"(146),还是本篇的"伤心莫听《后庭花》",诗人所听到的音乐,未必是陈后主作词谱曲的《后庭花》(784),只是感由心作,看朱成碧而已。月白如水,楼台森立,笙歌中传出一缕笛声,作者听来却成《后庭花》一类的亡国之音,刺耳且复伤心,诗人怏悒孤寂、落魄失意、怀念故国等内心感情,就都在字面以外显现出来了。

题芭蕉美人图
元　杨维桢

鬓　云　浅　露　月　牙　弯,　　　　独　立　西　风　意　自　闲。
｜　　｜　｜　—　　｜　　｜　—　　　　　｜　　｜　—　—　｜　｜　—　。
、8　⁻12　√16　⁻7　ʌ6　_6　⁻15　　　　　ʌ1　ʌ14　⁻8　_1　、4　、4　⁻15

书　破　绿　蕉　双　凤　尾,　　　　不　随　红　叶　到　人　间。
—　　｜　｜　—　　｜　　｜　　｜　　　　　｜　—　—　｜　｜　—　—　。
⁻6　、21　ʌ2　_2　⁻3　、1　√5　　　　　ʌ5　⁻4　⁻1　ʌ16　、20　⁻11　⁻15

　　题画诗的原则是画详诗略、画无诗补。本诗对美人相貌姿态的描写尽量简略;尾句借蕉不落叶的特性,突出画面无法表现的诗的主旨:赞美这位用芭蕉绿叶练习书法的美人的清高超脱的人格。

题郑所南兰
元　倪　瓒

秋 风 兰 蕙 化 为 茅，　　　　南 国 凄 凉 气 已 消。
— — — | — | |　　　　　— | — | — | |
‿11 ⁻1 ⁻14 ⌄8 ⌄22 ⁻4 ‗3　　　　‗13 ⌄13 ⁻8 ‗7 ⌄5 ⌄4 ‗2

只 有 所 南 心 不 改，　　　　泪 泉 和 墨 写《离 骚》。
| | | — — | |　　　　　— | — | | — |
⌄4 ⌄25 ⌄6 ‗13 ‗12 ⋋5 ⌄10　　　‿4 ‗1 ⌄21 ⌄13 ⌄21 ⁻4 ‗4

　　本诗看萧豪三韵通押。结句为神来之笔，借助屈原的《离骚》指代郑所南（即郑思肖，有《墨兰》诗，见 443 页）的画作，将"郑所南兰"的内容、精神、画品以至画家的人品悉数包容，可见作者与前贤"心有灵犀一点通"（97），表达了对元朝统治的不满与浓厚的民族感情。

春暮西园
明　高　启

绿 池 芳 草 满 晴 波，　　　　春 色 都 从 雨 里 过。
| — — | | — —　　　　　— | | — | | |
⋋2 ⁻4 ‗7 ⌄19 ⌄14 ‗8 ‗5　　　　⁻11 ⌄13 ⁻7 ‗2 ⌄7 ⌄4 ‗5

知 是 人 家 花 落 尽，　　　　菜 畦 今 日 蝶 来 多。
— | — — — | |　　　　　| — | | | — —
⁻4 ⌄4 ⁻11 ‗6 ‗6 ⋋10 ⌄11　　　　‿11 ⁻8 ‗12 ⋋4 ⋋16 ⁻10 ‗5

　　你若见了落花便忙着伤春，岂不是太嫌俗套？请看看这蝶舞菜畦，飞得正欢，这暮春时节，不也别有一番盎然情趣，可供你赏玩，令你欣悦吗？

枇杷山鸟
明　林　鸿

沉 香 烟 暖 碧 窗 纱，　　　　绿 柳 阴 分 夏 日 斜。
— — — | | — —　　　　　| | — | | | —
‗12 ‗7 ‗1 ⌄14 ⋋11 ⁻3 ‗6　　　　⋋2 ⌄25 ‗12 ⁻12 ⋋22 ⋋4 ‗6

梦　觉　只　闻　铃　索　响，　　不　知　山　鸟　啄　枇　杷。
｜　｜　｜　｜　｜　｜　｜　　｜　｜　—　｜　—　｜　｜
ˇ1　ˎ3　ˇ4　⁻12　ˍ9　ˎ10　ˇ22　　ˎ5　⁻4　⁻15　ˇ17　ˎ1　⁻4　ˍ6

为什么她会把山鸟啄食之声误认为有客临门、拉响铃索呢？这巧妙地透露出她做了一个绮梦。只缘心有所思，才形诸梦寐；因为梦里伊人忽至，才能拉响门铃。睡前日夜的相思期待，梦中闻铃的一瞬欢愉……写得很少，蕴涵很多。

石灰吟
明　于　谦

千　锤　万　击　出　深　山，　　烈　火　焚　烧　若　等　闲。
—　—　｜　｜　—　—　｜　　｜　｜　—　—　｜　—　—
ˍ1　⁻10　ˎ14　ˇ12　ˎ4　ˍ12　⁻15　　ˎ9　ˇ20　⁻12　ˍ2　ˎ10　ˇ25　⁻15

粉　骨　碎　身　全　不　怕，　　要　留　清　白　在　人　间。
｜　｜　｜　—　—　｜　｜　　—　—　—　｜　｜　—　—
ˇ12　ˎ6　ˎ11　⁻11　ˍ1　ˎ5　ˇ22　　ˎ18　ˍ11　ˍ8　ˎ11　ˎ11　⁻11　⁻15

于谦是一位与岳飞齐名的民族英雄，他十七岁时写的本诗是他一生的写照，通过对石灰制作、应用过程拟人化的描绘，表达了他不怕艰险、勇于牺牲的大无畏精神和为人清白正直的崇高志向。

十分有趣的是，本诗和五百年后近代石灰的制造、应用的物理、化学知识非常符合。第一句 物理变化，指石灰石 $CaCO_3$ 经过"千锤万击"才从深山中开采出来。后三句皆化学变化。第二句如：$CaCO_3 \xrightarrow{高温} CaO + CO_2 \uparrow$，指石灰石 $CaCO_3$ 投入石灰窑中锻烧，而且要用高达九百多度的"烈火"才能生成坚硬的石灰 CaO。第三句如：$CaO + H_2O = Ca(OH)_2$，指坚硬的石灰 CaO 投入水 H_2O 中，经过一阵爆烈，"粉骨碎身"，逐渐解体，溶化成粉末状的熟石灰 $Ca(OH)_2$，加水调成石灰浆，供人们粉刷墙壁，于是人间出现了粉装玉琢的宫殿。第四句如：$Ca(OH)_2 + CO_2 = CaCO_3 \downarrow + H_2O$，指石灰浆中 $Ca(OH)_2$ 吸收空气中的二氧化碳 CO_2 又会生成洁白的、坚硬的碳酸钙即石灰石的主要成分 $CaCO_3$，仿佛石灰在说话了："将我粉骨碎身，最后化成石灰浆水，我也全然不怕，我会又变成坚硬的 $CaCO_3$，将'清白'的本色长留人间！"

口号三首(其一)

明　祝允明

枝 山 老 子 鬓 苍 浪，	万 事 遗 来 剩 得 狂。
— ｜ ｜ — ｜ — —	｜ ｜ — ｜ ｜ ｜ 。
ˉ4 _15 ˇ19 ˇ4 ˋ12 _7 _7	ˋ14 ˋ4 ˉ4 ˉ10 ˋ25 ˄13 _7
从 此 日 和 先 友 对，	十 年 汉 晋 十 年 唐。
— ｜ ｜ — — ｜ ｜ 。	｜ — ｜ ｜ ｜ — — 。
ˉ2 ˇ4 ˄4 _5 _1 ˇ25 ˋ11	˄14 _1 ˋ15 ˋ12 ˄14 _1 _7

　　祝允明的外形是放浪不羁的，但内心是好学深思的。本诗第三句指的就是博览群书，与古人为友。读书，不仅是求知，而且是求智、求悟。人的生命是有限的，凭藉书籍与古人对话，探求历史和人生真理，使精神得到升华。笔者对此也深有体会，故而退休后从头读起少、青年时期就喜爱的但又限于客观条件未能读的古典文学。"书中自有健康药，书中自有人生乐"(935)为笔者退休后的全部生活内容。

梅 花

明　宸濠翠妃

绣 针 刺 破 纸 糊 窗，	引 透 寒 梅 一 线 香。
｜ — ｜ ｜ ｜ — 。	｜ ｜ — — ｜ ｜ 。
ˋ26 _12 ˋ4 ˋ21 ˇ4 ˉ7 ˉ3 邻韵	ˇ11 ˋ26 ˉ14 ˉ10 ˄4 ˋ17 _7
蝼 蚁 也 知 春 色 好，	倒 拖 花 片 上 东 墙。
— ｜ ｜ — — ｜ ｜	｜ — — ｜ ｜ — — 。
_11 ˇ5 ˇ21 ˉ4 ˉ11 ˄13 ˇ19	ˋ20 _5 _6 ˋ17 ˋ23 ˉ1 _7

　　作者借蝼蚁拖花之举，曲曲传出对梅花的喜爱。小处入笔，细微观察，情思宛转，意态悠闲，这种捅破窗纸、孔隙窥看的神态是和宫廷贵妇的身份契合的。

和聂仪部明妃曲

明　李攀龙

天 山 雪 后 北 风 寒，	抱 得 琵 琶 马 上 弹。
— — ｜ ｜ ｜ — — 。	｜ ｜ — — ｜ ｜ — 。

_1 ⁻15 ╲9 ╲26 ╲13 ⁻1 ⁻14　　　╲19 ╲13 ⁻4 _6 ╲21 ╲23 ⁻14

曲　罢　不　知　青　海　月，　　　徘　徊　犹　作　汉　宫　看。

|　|　|　—　—　|　|　　　—　—　—　|　—　—　。

╲2 ╲22 ╲5 ⁻4 _9 ╲10 ╲6　　　⁻10 ⁻10 _11 ╲10 ╲15 ⁻1 ⁻14

　　"曲罢"的一刹那，昭君把胡月当作汉月的错觉是含蓄的，但也是读者能悟到的，这点恰增长了"千古琵琶"的蕴含。在历代咏昭君的诗中，本首不落窠臼，情景一新，直逼唐人。

题葡萄图

明　徐　渭

半　生　落　魄　已　成　翁，　　　独　立　书　斋　啸　晚　风。

|　—　|　|　|　—　—　。　　　|　|　|　—　—　|　—　。

╲15 _8 ╲10 ╲10 ╲4 _8 ⁻1　　　╲1 ╲14 ⁻6 ⁻9 ╲18 ╲13 ⁻1

笔　底　明　珠　无　处　卖，　　　闲　抛　闲　掷　野　藤　中。

|　|　|　|　—　|　|　　　—　—　|　—　|　—　—　。

╲4 ╲8 _8 ⁻7 ⁻7 ╲6 ╲10　　　⁻15 _3 ⁻15 ╲11 ╲21 _10 ⁻1

　　徐渭有一幅水墨《葡萄图》。该画水墨淋漓，主藤自距上端三分之一处起笔，枝枝叶叶，向下纷披垂荡，可以看出用笔如风雨之急骤，显现狂放的韵律，使人感到作者内心的激动、痛苦和傲然不可羁勒的精神。就在这幅画的上端空白处，用了狼藉恣野的字体，题了这首诗。这自画题诗，两臻其妙，相得益彰。有了诗，画的内在情绪被揭示出来了；有了画，诗不但可以从文字上感受它，还能从线条上感受它。两者的统一，则在作者的人格。对于作者的诗画，后人当然不会"闲抛闲掷"，而是非常珍视这"笔底明珠"的。

天竺中秋

明　汤显祖

江　楼　无　烛　露　凄　清，　　　风　动　琅　玕　笑　语　明。

—　—　|　|　|　—　—　。　　　|　|　—　—　|　—　—　。

⁻3 _11 ⁻7 ╲2 ╲7 ⁻8 _8　　　⁻1 ╲1 _7 ⁻14 ╲18 ╲6 _8

一　夜　桂　花　何　处　落？　　　月　中　空　有　轴　帘　声。

　　｜　　｜　　｜　　—　　—　　｜　　｜　　　　　　　　｜　　—　　—　　｜　　｜　　　　。
　　＼4　＼22　＼8　＿6　＿5　＼6　＼10　　　　　　＼6　ˉ1　ˉ1　✓25　＼1　＿14　＿8

　　赏月诗通常以视觉形象为主,但本诗匠心独运,致力于刻画听觉形象。上联写现实的"风动琅玕笑语"声,下联写想象的"月中""轴帘声"。一个"空"字颇有深意:是写月中嫦娥难耐寂寞而感到无奈? 还是写作者徒闻其声不见其人而觉得遗憾? 抑或是写两颗寂寞的心灵在中秋之夜彼此吸引,却又"盈盈一水间,脉脉不得语"(740),平添无限惆怅? 也许这三层含义兼而有之,只能由读者去品味,去想象了。

萧皋别业竹枝词
明　沈明臣

　　青　黄　梅　气　暖　凉　天,　　　　　　红　白　花　开　正　种　田。
　　—　　—　　—　　｜　　｜　　—　　。　　　　　　—　　｜　　｜　　｜　　＼　　｜　　。
　　＿9　＿7　ˉ10　＼5　✓14　＿7　ˉ1　　　　ˉ1　＼11　＿6　ˉ10　＼24　＼2　＿1
　　燕　子　巢　边　泥　带　水,　　　　　　鹁　鸠　声　里　雨　如　烟。
　　｜　　｜　　｜　　｜　　｜　　—　　｜　　　　　　｜　　｜　　｜　　＼　　✓　　—　　。
　　＼17　✓4　＿3　＿1　ˉ8　＼9　✓4　　　　＼6　＿11　＿8　✓4　✓7　ˉ6　＿1

　　《竹枝词》本出巴渝民歌,带有浓厚的乡土气息和地方风味,自唐代刘禹锡(388)以来,仿作者极多,大多写一方风土人情及城乡风光,形成七言绝句中一大专题。本诗上联自色彩绚丽,下联更惹人喜爱。燕子"泥带水",充满生气;鹁鸠声呼侣,倍觉迷人:一幅梅雨季节的江南农村图。

寒　词
明　王次回

　　从　来　国　色　玉　光　寒,　　　　　　昼　视　常　疑　月　下　看。
　　—　　—　　｜　　｜　　—　　｜　　。　　　　　　｜　　｜　　—　　｜　　｜　　｜　　。
　　ˉ2　ˉ10　＿13　＼13　＼2　＿7　ˉ14　　　＼26　✓4　＿7　ˉ4　＼6　＼22　ˉ14
　　况　复　此　宵　兼　雪　月,　　　　　　白　衣　裳　凭　赤　栏　干。
　　｜　　｜　　｜　　—　　—　　｜　　｜　　　　　　｜　　—　　—　　｜　　｜　　—　　。
　　＼23　＼1　✓4　＿2　＿14　＼9　＼6　　　　＼11　ˉ5　＿7　＼25　＼11　ˉ14　ˉ14

　　这是一首著名的咏美人诗,既描摹了美人的绝世容姿,又体现了她的冰雪操守,表达了诗人对美色的追求中高雅淳正的情操。"白衣裳凭赤栏干"同"红莲池里白莲开"(144)何其相似乃尔!

春水照影
明 冯小青

新 妆 竟 与 画 图 争，	知 在 昭 阳 第 几 名？
＿11 ＿7 ╲24 ╲6 ＿10 ＿7 ＿8	＿4 ╲11 ＿2 ＿7 ╲8 ╲5 ＿8
瘦 影 自 临 春 水 照，	卿 须 怜 我 我 怜 卿。
╲26 ╲23 ╲4 ＿12 ＿11 ╲4 ╲18	＿8 ＿7 ＿1 ╲20 ╲20 ＿1 ＿8

李密《陈情表》有"茕茕孑立，形影相吊"句，本诗次联由此化出，但创造出了一个"春水照影"的意境，把"形影相吊"四字具象化，联系女诗人红颜薄命的悲惨身世(226)，使之获得了新的艺术生命，产生了哀婉欲绝、扣人心弦的力量。

渡 易 水
明 陈子龙

并 刀 昨 夜 匣 中 鸣，	燕 赵 悲 歌 最 不 平。
＿8 ＿4 ╲10 ╲22 ╲17 ＿1 ＿8	＿1 ╲17 ＿4 ＿5 ╲9 ╲5 ＿8
易 水 潺 湲 云 草 碧，	可 怜 无 处 送 荆 卿。
╲11 ╲4 ＿15 ＿1 ＿12 ╲19 ╲11	╲20 ＿1 ＿7 ╲6 ╲1 ＿8 ＿8

本诗借荆轲刺秦王的壮举对当时的昏暗政治予以讥讽，于沉痛、慷慨之外，还有愤慨和嘲弄。

迎送神曲十二绝句(其九)
清 钱谦益

三 年 蜀 血 肯 销 沉？	我 所 思 兮 在 桂 林。

_13　_1　↘2　↘9　✓24　_2　_12　　　✓20　↘6　¯4　¯8　↘11　↘8　_12
却　望　苍　梧　量　泪　雨，　　　湘　江　何　似　五　湖　深！
|　　|　　|　　—　　|　　|　　|　　　　　—　　—　　|　　|　　—　　|　　。
↘10　↘23　_7　¯7　_7　↘4　✓7　　　_7　¯3　_5　✓4　✓7　¯7　_12

　　本诗化用"苌弘"、"二妃"的典故、传说，抒写了在广西拥立桂王坚持抗清，城破被执、慷慨就义的常熟同乡瞿式耜，车马凌空、巡省"旧都"桂林和英灵降临故乡的瑰奇之境，将不尽的缅怀，永留在弥漫苏州太湖、常熟尚湖等湖的苍茫烟云之中。

临别口号遍谢弥天大人谬知我者
清　金圣叹

东　西　南　北　海　天　疏，　　　万　里　来　寻　圣　叹　书。
—　　—　　—　　|　　|　　—　　—　　　　|　　|　　—　　|　　|　　。
¯1　¯8　_13　↘13　✓10　_1　˘6　　　↘14　✓4　¯10　_12　↘24　↘15　¯6

圣　叹　只　留　书　种　在，　　　累　君　青　眼　看　何　如？
|　　|　　|　　—　　—　　|　　|　　　　—　　—　　|　　|　　—　　|　　。
↘24　↘15　✓4　_11　¯6　✓2　↘11　　　↘4　¯12　_9　✓15　↘15　_5　¯6

　　这是作者《绝命词》的第三首，是临刑前最凄楚的心声：一是感谢那些不远万里寻求圣叹书的人，二是以"书种"即儿子金雍向天下有德之人的相托。

叹　燕
清　陈忱

春　归　林　木　古　兴　嗟，　　　燕　语　斜　阳　立　浅　沙。
—　　—　　—　　|　　|　　—　　—　　　　|　　|　　—　　|　　|　　—　　。
¯11　¯5　_12　↘1　✓7　_10　˘6　　　↘17　✓6　_6　_7　↘14　✓16　¯6

休　说　旧　时　王　与　谢，　　　寻　常　百　姓　亦　无　家。
—　　|　　|　　—　　—　　|　　|　　　　—　　—　　|　　|　　|　　—　　。
_11　↘9　↘26　¯4　_7　✓6　↘22　　　_12　_7　↘11　↘24　↘11　¯7　˘6

　　本诗对刘禹锡"王谢燕子"（199）翻出新意，清兵南侵，烧、杀、掳、掠，普通百姓都家毁宅焚，燕子亦无家筑巢，只得往林中而去，实为古人"兴嗟"之乱世之象。

百嘉村见梅花

清　龚鼎孳

天　涯　疏　影　伴　黄　昏，　　　　玉　笛　高　楼　自　掩　门。
—　—　—　｜　｜　—　—　　　　　｜　—　—　—　｜　｜　。
˗1　˗6　¯6　˅23　˅14　˷7　¯13　　　ᐱ2　ᐱ12　˗4　˗11　˅4　˅28　¯13

梦　醒　忽　惊　身　是　客，　　　　一　船　寒　月　到　江　村。
　　　　　　　　　　　　　　　　　　—　—　—　｜　｜　—　—　。
˅1　˅24　ᐱ6　˗8　¯11　˅4　ᐱ11　　　ᐱ4　˗1　¯14　ᐱ6　˷20　¯3　¯13

　　本诗全篇不犯一"梅"字，亦不涉一笔梅之形态，而处处是梅，句句是梅，梅之精魄化为雾霭，笼罩全诗，虽未睹其迹，然令人时时领其清馨。尤其首句中"疏影"、"黄昏"皆林和靖《山园小梅》(321)中熟语，中间一"伴"字，便新意摇曳，可圈可点。

题息夫人庙

清　邓汉仪

楚　宫　慵　扫　黛　眉　新，　　　　只　自　无　言　对　暮　春。
｜　—　—　｜　｜　—　—　　　　　｜　｜　—　—　｜　—　。
˅6　¯1　˗2　˅19　˗11　˗4　¯11　　　˅4　˷4　¯7　¯13　˷11　˷7　¯11

千　古　艰　难　惟　一　死，　　　　伤　心　岂　独　息　夫　人！
—　｜　—　—　—　｜　｜　　　　　—　｜　｜　｜　｜　—　—　。
˗1　˅7　¯15　¯14　¯4　ᐱ4　˅4　　　˗7　˗12　˅5　ᐱ1　˗13　¯7　¯11

　　本诗步杜牧《题桃花夫人庙》(146)原韵，两诗比较，杜诗多传统气，本诗多人情味。"千古艰难惟一死"又岂独巾帼，须眉何尝不然？人生实难，人生实在复杂，"死"岂是了结人生的唯一方法？

读秦纪

清　陈恭尹

谤　声　易　弭　怨　难　除，　　　　秦　法　虽　严　亦　甚　疏。
—　｜　｜　｜　｜　—　—　　　　　—　｜　—　—　｜　｜　。
˷23　˗8　˷4　˅4　˷14　¯14　˷6　　　¯11　ᐱ17　¯4　˗14　ᐱ11　˷27　¯6

夜 半 桥 边 呼 孺 子， 人 间 犹 有 未 烧 书。

ǀ ǀ ǀ ǀ ǀ ǀ ǀ ǀ ǀ ─ ─ ─ ─ ─

ヽ22 ヽ15 _2 _1 ⁻7 ヽ7 ヽ4 ⁻11 ⁻15 _11 ヽ25 ヽ5 _2 ⁻6

在清初诗歌中，"秦"往往暗指清朝。所以，本诗是借古讽今，对清王朝大兴"文字狱"，实行文化专制、思想禁锢等高压政策表示极大的不满，特别是拈出"孺子"张良，表达了诗人反清复明的决心。

真州绝句五首(其四)

清 王士禛

江 干 多 是 钓 人 居， 柳 陌 菱 塘 一 带 疏。

─ ─ ─ ─ ─ ─ ─ ǀ ǀ ǀ ǀ ǀ ǀ ǀ

⁻3 ⁻14 _5 ヽ4 ヽ18 ⁻11 ⁻6 ヽ25 ʌ11 _10 ⁻7 ʌ4 ヽ9 ⁻6

好 是 日 斜 风 定 后， 半 江 红 树 卖 鲈 鱼。

ǀ ǀ ǀ ǀ ǀ ǀ ǀ ǀ ǀ ǀ ǀ ǀ ǀ ǀ

ヽ19 ヽ4 ʌ4 _6 ⁻1 ヽ25 ヽ26 ヽ15 ⁻3 ⁻1 ヽ7 ヽ10 ⁻7 ⁻6

这是诗人最为脍炙人口的名作。前以绿为基色，后以红为主调，色调错落有致；前以静景制胜，后以动态出奇，动静相间得趣。诗中有画，且远胜于画，清词丽句，神韵淡远。

砚

清 顾陈垿

端 溪 谁 割 紫 云 腴， 万 古 文 心 向 此 摅。

─ ─ ─ ─ ǀ ǀ ǀ ǀ ǀ ǀ ǀ ǀ ǀ ǀ

⁻14 ⁻8 _4 ʌ7 ヽ4 ⁻12 ⁻7 邻韵 ⁻14 ヽ7 ⁻12 _12 ヽ23 ヽ4 ⁻6

小 点 墨 池 成 巨 浪， 就 中 飞 出 北 溟 鱼。

ǀ ǀ ǀ ǀ ─ ǀ ─ ǀ ǀ ǀ ǀ ǀ ǀ ǀ

ヽ17 ヽ28 ʌ13 ⁻4 _8 ヽ6 ヽ23 ヽ26 ⁻1 _5 ʌ4 ʌ13 _9 ⁻6

我们今天谈到本诗，就会想到古今中外许多伟大著作家和他们用笔创下的丰功伟绩而肃然起敬，同时也期望自己能写点文字出来吧。

杨　花
清　黄　任

行 人 莫 折 柳 青 青，　　　看 取 杨 花 可 暂 停。

_8 ‾11 ﹨10 ﹨9 √25 _9 _9　　　﹨15 √7 _7 _6 √20 _28 _9

到 底 不 知 离 别 苦，　　　后 身 还 去 化 浮 萍。

﹨20 √8 ﹨5 ‾4 ‾4 ﹨9 √7　　　﹨26 ‾11 ﹨15 _6 ﹨22 _11 _9

　　本诗借杨花化为浮萍的古说，一反习俗，劝人在送行时不要折柳，以见解新颖、篇法圆紧显示特色，诗人也由此诗的成功而获得"黄杨花"的雅号。

谒岳王墓作十五绝句（选一）
清　袁　枚

灵 旗 风 卷 阵 云 凉，　　　万 里 长 城 一 夜 霜。

_9 ‾4 ‾1 √16 _12 ‾12 _7　　　﹨14 √4 _7 _8 ﹨4 ﹨22 _7

天 意 小 朝 廷 已 定，　　　那 容 公 作 郭 汾 阳！

_1 ﹨4 √17 _2 _9 √4 ﹨25　　　√20 ‾2 ‾1 ﹨10 ﹨10 _12 _7

　　本诗深刻揭露宋高宗的可耻用心，揭示岳飞必死的命运，较之一般咏岳飞之作只是抒发叹其冤、哀其死之情，明显高出一筹。

题王石谷画册玉簪
清　蒋士铨

低 丛 大 叶 翠 离 离，　　　白 玉 搔 头 放 几 枝。

‾8 ‾1 ﹨21 ﹨16 ﹨4 ‾4 _4　　　﹨11 ﹨2 _4 _11 ﹨23 √5 _4

分 付 凉 风 勤 约 束，　　　不 宜 开 到 十 分 时。

‾12 ╲7 ＿7 ‾1 ‾12 ╲10 ╲2　　　　╲5 ‾4 ‾10 ╲20 ╲14 ‾12 ‾4

　　尾联抒写诗人的哲学和美学见解：花开到十分之时，"盛极必衰"，正是她生命行将结束之时；她的生气行将耗尽，跟着而来的便是枯萎、凋谢，她的美也就随之消失，所以才"分付凉风勤约束"，诗人爱美、惜美之心跃然纸上。王石谷，即王翚，常熟人，是清初"虞山画派"代表人。

题　柳
清　舒　位

一　丝　杨　柳　一　梭　莺，　　费　许　天　工　织　得　成？
｜　－｜　｜　－｜　｜　°　　　｜　－｜　－｜　｜　－°
╲4　‾4　＿7　╲25 ╲4　＿5　＿8　　╲5　╲6　＿1　‾1　╲13 ╲13 ＿8
已　是　春　愁　无　片　段，　　峭　风　犹　作　剪　刀　声。
｜　－｜　｜　－｜　｜　　　　　｜　－｜　｜　－｜　｜　°
╲4　╲4　‾11 ＿11 ‾7　╲17 ╲15　　╲18 ‾1　＿11 ╲10 ‾16 ＿4　＿8

　　杨柳是春风催生、成长的，继贺知章《咏柳》(197)中的"二月春风"，本诗是"愁无片段"的三月春风了，所以剪裁的柳丝舞得更好看了，还有娇莺在伴唱了。

木　棉
近代　张维屏

攀　枝　一　树　艳　东　风，　　日　在　珊　瑚　顶　上　红。
－　｜　｜　－｜　｜　°　　　　｜　｜　－｜　｜　－°
‾15 ‾4　╲4　╲7　╲29 ‾1　‾1　　╲4　╲11 ‾14 ‾7　╲24 ╲23 ‾1
春　到　岭　南　花　不　小，　　众　芳　丛　里　识　英　雄。
－　｜　｜　－｜　｜　°　　　　｜　－｜　｜　－｜　°
‾11 ╲20 ╲23 ＿13 ＿6　╲5　╲17　　╲1　＿7　‾1　╲4　╲13 ＿8　‾1

　　诗人将攀枝花、珊瑚树、英雄树等别名巧妙织入诗中，但又不将它们当作花树之名使用，而是用以描写木棉花的特殊形态与光彩，以及木棉树的伟岸气度。诗人用词、构想的灵巧，于此可见一斑。

己亥杂诗(一二五)

近代　龚自珍

九 州 生 气 恃 风 雷，　　　万 马 齐 喑 究 可 哀。
| — — | | |　　　　| | — — | |
˅25 ‿11 ‿8 ˅5 ˅4 ˉ1 ˉ10　　˅14 ˅21 ˉ8 ‿12 ˅26 ˅20 ˉ10

我 劝 天 公 重 抖 擞，　　　不 拘 一 格 降 人 才。
| | — — | | |　　　　| — | | | — —
˅20 ˅14 ‿1 ˉ1 ˉ2 ˅25 ˅25　　ʌ5 ˉ7 ʌ4 ʌ10 ˅3 ˉ11 ˉ10

在逝世前一年发生鸦片战争(1840 年)的我国近代史上启蒙思想家龚自珍,于
道光十九年己亥(1839 年),因"动触时忌",辞官南归途中写下三百一十五首《己亥
杂诗》。这首本替道士写的青词,更是一首政治诗,是借鬼神说苍生。后两句是龚
自珍毕生渴望变革的集中体现,是那个时代的最强音。特别在那个历史大转折的
时代,是他最先起来为社会变革而呐喊呼号,在当时起着石破天惊、振聋发聩的积
极作用。

从孙观察公奉差淮安纪行十六首(选一)

近代　张謇

湖 田 处 处 鸭 阑 遮，　　　一 片 菱 花 间 藕 花。
— — | | — — |　　　| | — — | | —
ˉ7 ‿1 ˅6 ˅6 ʌ17 ˉ14 ‿6　　ʌ4 ˅17 ‿10 ‿6 ˅16 ˅25 ‿6

养 得 鸭 肥 菱 藕 足，　　　一 年 生 计 抵 桑 麻。
| | | — — | |　　　| — — | | — —
˅22 ʌ13 ʌ17 ˉ5 ‿10 ˅25 ʌ2　　ʌ4 ‿1 ‿8 ˅8 ˅8 ˉ7 ‿6

本诗不仅是颇具农家生活情趣的一幅湖田风情画,而且表露出作者的经济眼
光,初显日后成为实业家的端倪。

春 愁

近代　丘逢甲

春 愁 难 遣 强 看 山，　　　往 事 惊 心 泪 欲 潸。

四百万人同一哭，　　去年今日割台湾。

本诗之所以具有强烈的感染力，传诵一时，在于后两句使足千钧笔力，道出底蕴，写出了 1896 年当时国人的共同感情。"四百万人"概指台湾人民。

沪渎感事诗（选一）
近代　狄葆贤

江干何处立斜晖，　　碧草清阴与梦违。

燕子不知巡警例，　　随风犹得自由飞。

在旧体诗中使用新的名词术语，是梁启超、谭嗣同、夏曾佑等人倡导并实践的"诗界革命"的特征之一，本诗中"巡警"、"自由"就用得恰到好处，是"旧瓶装新酒"的有益尝试。

题友人冷厂画卷
现代　齐白石

对君斯册感当年，　　撞破金瓯国可怜。

灯下再三挥泪看，　　中华无此整山川。

妙会丹青、善诗能文的艺术大师齐白石，借题友人画卷一吐满腔的爱国忧思，以其沉郁悲愤、真挚绵密的诗情画意，有力地激动着人心，为中国抗日战争那血与火的时代留下了一道诗艺色彩。

闻　歌

现代　连横

满　腔　热　血　半　消　磨，　　　　壮　志　犹　存　夜　枕　戈。
｜　—　｜　｜　｜　—　—　　　　　｜　｜　—　—　｜　｜　—
∨14　⁻3　ʌ9　ʌ9　∨15　＿2　＿5　　　∨23　∨4　＿11　⁻13　∨22　∨26　＿5

如　此　江　山　如　此　月，　　　　倚　栏　无　赖　独　闻　歌。
—　｜　—　—　—　｜　｜　　　　　｜　—　—　｜　｜　—　—
⁻6　∨4　⁻3　⁻15　⁻6　∨4　ʌ6　　　∨4　⁻14　＿7　∨9　ʌ1　⁻12　＿5

　　作者是著名史学家，台湾台南人，以大量翔实可信的材料，完成《台湾通史》，证明台湾自古以来就是中国的领土。本诗通过望月、闻歌的抒发，表现一往情深的家国之痛。

忆赵世炎烈士五首（其五）

现代　吴玉章

龙　华　授　首　见　丹　心，　　　　浩　气　如　虹　铄　古　今。
—　｜　｜　｜　｜　—　—　　　　　｜　｜　—　—　｜　｜　—
⁻2　＿6　∨26　∨25　∨17　⁻14　＿12　　∨19　∨5　⁻6　⁻1　ʌ10　∨7　＿12

千　树　桃　花　凝　赤　血，　　　　工　人　万　代　仰　施　英。
—　｜　—　—　—　｜　｜　　　　　—　—　｜　｜　｜　—　—
＿1　∨7　＿4　＿6　＿10　ʌ11　ʌ9　　　⁻1　⁻11　∨14　∨11　∨22　⁻4　＿8

　　本诗依《词韵》协韵，"心"、"今"为第十三部，"英"为第十一部，两部通押。被押在上海龙华监狱的赵世炎（化名施英）1927 年 7 月 19 日被害，本诗对烈士进行了哀悼和怀念，正气凛然，充满景仰之情。

无　题

现代　鲁迅

万　家　墨　面　没　蒿　莱，　　　　敢　有　歌　吟　动　地　哀。
｜　—　｜　｜　｜　—　—　　　　　｜　｜　—　—　｜　｜　—

﹨14 _6 ∧13 ﹨17 ∧6 _4 ¯10　　　　∨27 ∨25 _5 _12 ∨1 ﹨4 ¯10

心　事　浩　茫　连　广　宇，　　　于　无　声　处　听　惊　雷。

—　｜　｜　｜　—　—　｜　　　　—　—　｜　｜　｜　—　。

_12 ﹨4 ∨19 _7 _1 ∨22 ∨7　　　　¯7 _7 _8 ﹨6 ﹨25 _8 ¯10

本诗作于 1934 年，是书赠日本友人新居格的，其意是："当时的中国在三座大山的压迫之下，民不聊生，在苦难中正在酝酿着解放运动；希望来访的客人不要以为'无声的中国'真正没有声音。"（郭沫若《翻译鲁迅的诗》）1961 年 10 月 17 日，毛泽东主席将该诗书赠黑田寿南率领的日本访华团，并云："这一首诗是鲁迅在中国黎明前最黑暗的年代里写的。"1976 年，日本文化交流协会事务局局长白土吾夫说："四十多年前，鲁迅写这首诗给日本友人，十五年前毛主席又书赠鲁迅的诗给日本朋友们，这些在今天都有伟大的现实意义，也有深远的历史意义。"1978 年 10 月，上海作家宗福先创作的话剧，即以《于无声处》为名。该剧生动反映人民群众在"文革"期间同"四人帮"的正义斗争，反响很大。这一切，都说明鲁迅这首诗的历史意义多么深远。

无　题
现代　鲁　迅

洞　庭　木　落　楚　天　高，　　　眉　黛　猩　红　涴　战　袍。

｜　—　｜　｜　｜　—　—　　　　—　｜　—　—　｜　｜　。

﹨9 _9 ∧1 _10 ∨7 _1 _4　　　　¯4 ﹨11 _9 ﹨5 ﹨21 ﹨17 _4

泽　畔　有　人　吟　不　得，　　　秋　波　渺　渺　失　离　骚。

｜　｜　｜　—　—　｜　｜　　　　—　—　｜　｜　｜　—　。

∧11 ﹨15 ∨25 ¯11 _12 ∧5 ∧13　　　_11 _5 ∨17 _17 ∧4 ¯4 _4

本诗作于 1932 年除夕。当年 5 月 5 日，国民党对日本签订了卖国丧权的"松沪停战协定"。5 月 21 日，蒋介石自任"剿共总司令"，指挥兵马 50 万，向中央苏区发动了第四次军事"围剿"，实施灭绝人性的杀光、烧光、抢光的"三光政策"。在这样的背景下，鲁迅借用《楚辞》中《九歌·湘夫人》(1234)和《渔父》(1257)的意象，写了文字极其优美、内涵极其深刻的本诗。四句诗，概括地写出了国民党反革命军事"围剿"的血腥罪行与反革命文化"围剿"的严酷现实，表现出中国文化革命的伟大旗手鲁迅，奋起投枪与匕首，杀出一条血路的无所畏惧的勇往直前的战斗精神！

十月十日虏后那拉万寿节也纪事得二首（选一）

现代　柳亚子

胡　姬　也　学　祝　华　封，　　　歌　舞　升　平　处　处　同。
— —　｜　｜　｜　｜　—　　　　｜　｜　—　—　｜　｜　—

˗7　˗4　ˇ21　˄3　˄1　˗6　˗2 邻韵　　˗5　ˇ7　˗10　˗8　˄6　˄6　˗1

第　一　伤　心　民　族　耻，　　　神　州　学　界　尽　奴　风。
｜　｜　—　—　｜　｜　｜　　　　—　—　｜　｜　｜　—　—

˄8　˄4　˗7　˗12　˗11　˄1　ˇ4　　　˗11　˗11　˄3　˄10　ˇ11　˗7　˗1

　　1903 年，各地官员臣民都在为慈禧太后祝寿阿谀之际，十七岁的柳亚子竟敢"冒天下之大不韪"，写出这样足具杀头之罪的诗，仅此一点就使我们对他十分佩服。

纪念八一

现代　朱　德

南　昌　首　义　诞　新　军，　　　喜　庆　工　农　始　有　兵。
— —　｜　｜　｜　—　—　　　　｜　｜　—　—　｜　｜　—

˗13　˗7　ˇ25　˄4　ˇ14　˗11　˗12　　　ˇ4　˄24　˗1　˗2　ˇ4　ˇ25　˗8

革　命　大　旗　撑　在　手，　　　终　归　胜　利　属　人　民。
｜　｜　｜　—　—　｜　｜　　　　—　—　｜　｜　｜　—　—

˄11　˄24　˄21　˄4　˗8　˄11　ˇ24　　　˗1　ˇ5　˄25　˄4　˄2　˗11　˗11

　　本诗依《词韵》协韵，"军"、"民"为第六部，"兵"为第十一部，两部通押。1927 年 8 月 1 日，周恩来、朱德、贺龙、叶挺、刘伯承等领导了南昌起义，打响了反对国民党反动派的第一枪，是中国共产党独立领导武装斗争、创建人民军队的开始，所以"八一"是中国人民解放军诞生的光荣节日。本诗即为南昌起义三十周年而写。

遵义会议

现代　朱　德

群　龙　得　首　自　腾　翔，　　　路　线　精　通　走　一　行。
— —　｜　｜　｜　—　—　　　　｜　｜　—　—　｜　｜　—

‾12 ‾2 ⅄13 ✓25 ╲4 _10 _7　　　　　╲7 ╲17 _8 ‾1 ✓25 ⅄4 _7

左 右 高 低 能 纠 正，　　　　　天 空 无 限 任 飞 扬。

| | — — — | |　　　　　— — — | | | |

✓20 ╲26 _4 ‾8 _10 ✓25 ╲24　　　　_1 ‾1 ‾7 ✓15 ╲27 ‾5 _7

这是组诗《纪念党的四十周年》十三首中的第六首，集中赞颂了遵义会议确立毛主席在全党的领导地位的伟大功绩，以及这次会议之后在毛主席正确领导下中国革命出现的大好局面。

甲辰人日作

现代　陈寅恪

昔 年 人 日 锦 官 城，　　　　　曾 访 梅 花 冒 雨 行。

| — — | | — —　　　　　— | | — | | —

⅄11 _1 ‾11 ╲4 ✓26 ‾14 _8　　　_10 ╲23 ‾10 _6 ╲20 ✓7 _8

岭 表 今 朝 头 早 白，　　　　　疏 枝 冷 蕊 更 关 情。

| — — | — | |　　　　　— | | — — | —

✓23 ✓17 _12 _2 _11 ✓19 ⅄11　　　‾6 ‾4 ✓23 ╲4 ╲24 ╲15 _8

二十年前的"人日"（阴历正月初七），已患严重眼疾寓居成都的诗人曾冒雨访梅；二十年后的 1964 年"人日"，已目盲足膑的诗人何能去赏广州大庾岭上的梅花？然而，他仍然神逛"岭表"。风雨坎坷并未消磨他的意志，他仍然对美好事物充满一如既往的热爱。诗人就是"岭表"的"疏枝冷蕊"，他遇世而独立，不随波逐流，不愧为 20 世纪中国学人的楷模（详见第 244 页）。

莫干山

现代　毛泽东

翻 身 复 进 七 人 房，　　　　　回 首 峰 峦 入 莽 苍。

— — | | | — —　　　　　— | — — | | —

‾13 ‾11 ⅄1 ╲12 ⅄4 ‾11 _7　　　‾10 ✓25 ‾2 ‾14 ⅄14 ✓22 _7

四 十 八 盘 才 走 过，　　　　　风 驰 又 已 到 钱 塘。

| | | — — | |　　　　　— — | | | — —

╲4 ⅄14 ⅄8 ‾14 ‾10 ✓25 ╲21　　　‾1 ‾4 ╲26 ╲4 ╲20 _1 _7

本诗作于 1955 年。莫干山为浙北避暑、休养胜地，相传春秋时此处铸"莫邪"、

"干将"两剑,故名。"七人房"指可坐七人的卧车。"四十八盘"泛写曲折盘旋的山间公路。

五云山

现代　毛泽东

五 云 山 上 五 云 飞，　　　　远 接 群 峰 近 拂 堤。
｜ — ｜ ｜ ｜ — — ｜　　　　｜ ｜ — ｜ — ｜ — 。
˅7 ¯12 ¯15 ˅23 ˅7 ¯12 ¯5 邻韵　　˅13 ˄16 ¯12 ¯2 ˅13 ˄5 ¯8

若 问 杭 州 何 处 好，　　　　此 中 听 得 野 莺 啼。
｜ ｜ — — — ｜ ｜　　　　　｜ — ｜ ｜ ｜ — — 。
˄10 ˅13 ˍ7 ˍ11 ˍ5 ˅6 ˅19　　˅4 ¯1 ˍ9 ˄13 ˄21 ˍ8 ¯8

作者乘"七人房"到钱塘后,又登上因有五色彩云萦绕山顶经时不散而得名的五云山,饱览西湖美景。

中西莳花展览会获总锦标杯感赋(其一)

现代　周瘦鹃

奇 葩 烂 熳 出 苏 州，　　　　冠 冕 群 芳 第 一 流。
— — ｜ ｜ ｜ — —　　　　｜ ｜ — — ｜ ｜ — 。
¯4 ˍ6 ˅15 ˅15 ˄4 ¯7 ˍ11　　˅15 ˅16 ¯12 ˍ7 ˅8 ˄4 ˍ11

合 让 黄 花 居 首 席，　　　　纷 红 骇 绿 尽 低 头。
｜ ｜ — — — ｜ ｜　　　　　— — ｜ ｜ ｜ — — 。
˄15 ˅23 ˍ7 ˍ6 ¯6 ˅25 ˄11　　¯12 ¯1 ˅9 ˄2 ˄11 ¯8 ˍ11

作者系鸳鸯蝴蝶派"哀情巨子"。他一生爱花,在盆景艺术方面有很深的造诣,曾两度获国际莳花会荣誉奖状,著有《园艺杂谈》、《盆栽趣味》等。诗写得同他的散文、小品一样,清丽灵秀,委婉蕴藉,高雅内向。

江上杂咏(选一)

现代　唐玉虬

孔 明 庙 柏 接 天 长，　　　　工 部 祠 楠 叶 亦 香。

```
    |     —   |     |     |   —   ∨          —   |   —   —   |   |   —   ∨
   ∨1  _8  ∨18 ∧11 ∧16 _1  _7         ˉ1  ∨7  ˉ4  _13 ∧16 ∧11  _7
   蜀  国  三  千  年  事  业，         江  山  只  有  两  祠  堂。
    |     |     —   —   |     |   —          —   —   |     |     |   —   ∨
   ∧2  ∧13 _13 _1  _1  ∨4  ∧17         ˉ3  ˉ15 ∨4  ∨25 ∨22 ˉ4  _7
```

本诗选取诸葛亮与杜甫两家祠庙中的树木落墨，两人崇高的精神、形象便隐寓其中，极为含蓄精练。在悠远的时间和广阔的空间中，多少王侯将相化为烟云，只有这两公的品德风范永垂不朽，供后人缅怀瞻仰。

募 寒 衣
现代   郁达夫

```
   洞  庭  木  落  雁  南  飞，         血  战  初  酣  马  正  肥。
    |     —   |     |   —   |   —          |   —   |     —   ∨   —   ∨
   ∨1  _9  ∧1  ∧10 ∨16 _13 ˉ5         ∧9  ∨17 ˉ6  _13 ∨21 ∨24 ˉ5
   江  上  征  人  三  百  万，         秋  来  谁  与  寄  寒  衣？
    |     |     |   —   —   |   —          —   |     |     |   —   —   ∨
   ˉ3  ∨23 _8  ˉ11 _13 ∧11 ∨14         _11 ˉ10 ˉ4  ∨6  ∨4  ˉ14 ˉ5
```

1938 年，郁达夫应郭沫若之邀赴武汉后，同在军委政治部任职。是年秋，沫若自长江前线归来，与达夫谈及前线将士缺乏御寒之衣事。达夫即兴草成此诗，从一个侧面反映了国统区抗战不力的一斑。

题悲鸿画梅
现代   郁达夫

```
   花  中  巢  许  耐  寒  枝，         香  满  罗  浮  小  雪  时。
    —   —   —   |     |   —   ∨          —   —   |     |   —   |   ∨
   _6  ˉ1  _3  ∨6  ∨11 ˉ14 ˉ4         _7  ∨14 _5  _11 ∨17 ∧9  ˉ4
   各  记  兴  亡  家  国  恨，         悲  鸿  作  画  我  题  诗。
    |     |     |   —   —   |   —          —   —   |     |   ∨   —   ∨
   ∧10 ∨4  _10 _7  _6  ∧13 ∨14         ˉ4  ˉ1  ∧10 ∨10 ∨20 _8  ˉ4
```

本诗作于 1941 年，郁达夫时在新加坡，任报纸编辑、主编以及文化界、华侨抗日团体的领导工作，积极从事抗日的宣传组织工作。画家徐悲鸿赴新后，与达夫聚首时,画了一幅雪中寒梅图。达夫便作了这首题画诗。诗中,达夫以拒绝尧帝想传位于己的巢父、许由比喻悲鸿画中以广东罗浮山为背景的迎寒怒放、傲雪盛开的红梅。画家画梅,诗人咏梅,都寄托国仇家恨、社稷兴亡的思想感情,足见他们心灵的相通,思想的一致,梅花成为他们崇高感情的一个共鸣的焦点。这就是"悲鸿画梅我题诗"这句极其质朴又极为动人的诗句的深层涵义及魅力之所在。

大江歌罢掉头东
现代　周恩来

大 江 歌 罢 掉 头 东，　　　　邃 密 群 科 济 世 穷。

面 壁 十 年 图 破 壁，　　　　难 酬 蹈 海 亦 英 雄。

这是敬爱的周总理的代表作,写于1917年9月。当时,中国人民处于水深火热之中。19岁的周恩来下定决心到日本去寻找改革社会、强盛国家的理论、科学与方法,并誓志为达此目的,不怕任何艰难困苦,即使是赴汤蹈海,也在所不辞。从艺术上看,本诗即景生情,浩歌慷慨,用典精当,言近旨远,读之令人心壮。

天 涯
现代　闻一多

天 涯 闭 户 赌 清 贫，　　　　斗 室 孤 灯 万 里 身。

堪 笑 连 年 成 底 事，　　　　穷 途 舍 命 作 诗 人。

闻一多是受毛泽东特殊尊敬的有骨气的民主主义者的代表,他的一生就是骨血凝就、掷地铮铮作金石响的一首壮丽诗篇。"诗言志",其诗与楚骚一脉相承,永远给人以汲取不尽的鼓舞力量。本诗作于抗战前国民党白色恐怖令人窒息的年代,前三句囊括时空巨细,苦闷、孤独、彷徨、忧国、忧民、忧己(对己严格要求)之情尽在其中,最后一句平起一声春雷,作者忽作狮子吼:"穷途舍命作诗人。"后来作者与国民党反动派作针锋相对的斗争,于 1946 年 7 月 15 日在昆明被国民党特务暗杀,大义凛然,从容献身,正如毛泽东在《别了,司徒雷登》中所说:"闻一多拍案而起,横眉怒对国民党的手枪,宁可倒下去,不愿屈服"!

题荷花图
现代　张大千

梅	花	落	尽	杏	成	围,	二	月	春	风	燕	子	飞。
—	|	|	|	|	—	°	|	|	—	—	|	—	°
⁻10	₋6	\10	⌄11	⌄23	₋8	⁻5	\4	\6	⁻11	⁻1	\17	⌄4	⁻5

半	世	江	山	图	画	里,	而	今	能	画	不	能	归。
—	—	—	—	—	|	—	—	—	|	|	—	—	°
\15	\8	⁻3	⁻15	⁻7	₋10	⌄4	⁻4	₋12	₋10	⌄10	\5	₋10	⁻5

　　这是国画大师张大千于 1981 年写的一首著名的题画诗,通篇不着一"荷"字,而是通过梅花的早开"落尽",杏花的艳丽"成围",燕子的驱"春风"而"飞",衬托出荷花的高洁品格。诗作既是咏荷花,又是写自己。既显示自己海外飘泊几十年,但始终心怀祖国的情怀(1978 年八十岁时终于回到台北定居);又展露了他眷念大陆、欲归不能的心声。

论词绝句·张志和
现代　夏承焘

羊	裘	老	子	不	能	诗,	苕	霅	风	摇	和	竹	枝。
—	—	|	|	|	|	—	°	—	|	—	|	|	°
₋7	₋11	⌄19	⌄4	\5	₋10	⁻4	₋2	\17	⁻1	₋2	\21	\1	⁻4

谁	唱	萧	韶	横	海	去,	扶	桑	千	载	一	竿	丝。
—	|	|	—	—	|	—	—	|	—	—	|	—	°
⁻4	\23	₋2	₋2	₋8	⌄10	⌄6	⁻7	₋7	₋1	⌄10	\4	⁻14	⁻4

　　词学大师夏承焘的本诗论赞张志和。唐代诗人张志和的代表作为《渔歌子》:"西塞山前白鹭飞,桃花流水鳜鱼肥。青箬笠,绿蓑衣。斜风细雨不须归。"夏承焘在《域外词选》中曾言:"日本词学,开始于嵯峨天皇弘仁十四年(823 年)《和张志和渔歌子》五首,是为日本词学开山。上距张志和原作,仅后四十九年,迄今已有一千

一百五十多年了。"嵯峨天皇所写《和张志和渔歌子》其一道:"寒江春晓片云晴,两岸花飞夜更明。鲈鱼脍,莼菜羹。餐罢酣歌带月行。"一时和者甚多,自此词学始兴。本诗以绝句评张志和,既用严光(羊裘老子)进行正比、反比,又用刘禹锡的竹枝词进行类比,而且还将日本词之开山来赞扬张志和《渔歌子》词影响之大,真是开阖排挞,言简意骇,新人耳目。

论诗绝句·元好问

现代　夏承焘

纷 纷 布 鼓 叩 苏 门,　　　　　谁 摺 刁 调 返 灏 浑?
— — ｜ ｜ ｜ — —　　　　　— ｜ ｜ — — ｜ —
⁻12 ₋12 ∨7 ∨7 ∨26 ⁻7 ⁻13　　　⁻4 ⅄15 ₋2 ₋2 ∨13 ∨19 ⁻13

手 挽 黄 河 看 砥 柱,　　　　　乱 流 横 地 一 峰 尊。
｜ ｜ — — — ｜ ｜　　　　　｜ — — ｜ ｜ — —
∨25 ∨13 ₋7 ₋5 ⁻14 ∨4 ∨7　　　∖15 ₋11 ₋8 ∖4 ⅄4 ⁻2 ⁻13

元好问是金代杰出的文学家,其《遗山乐府》计用词牌八十个,共三百七十六首词。本诗认为金人学苏东坡词者多是布鼓叩门,声势不够宏大。只有元好问词风雄浑灏瀚,能摺去词坛刁调小声,有如汹涌澎湃的黄河中的中流砥柱一般巍巍耸立,众多作品表现国家丧乱、人民颠沛,感时伤世之情,具有"诗史"意义。

访广岛四首(其四)

现代　赵朴初

人 心 所 向 复 奚 疑,　　　　　众 怒 轻 干 事 可 知。
— — ｜ ｜ — ｜ —　　　　　｜ ｜ — — ｜ ｜ —
⁻11 ₋12 ∨6 ∨23 ⅄1 ⁻8 ⁻4　　　∖1 ∨7 ₋8 ⁻14 ∖4 ∨20 ⁻4

《不 许 再 投 原 子 弹》,　　　　歌 声 雷 震 海 天 弥。
｜ ｜ ｜ ｜ — — ｜　　　　　— — ｜ ｜ ｜ — —
⅄5 ∨6 ∖11 ₋11 ⁻13 ∨4 ∖15　　　₋5 ₋8 ⁻10 ₋12 ∨10 ₋1 ⁻4

1955 年 8 月,禁止原子弹世界大会在日本举行,诗人作为中国代表团成员出席了大会,并在访问广岛时作了《访广岛四首》,从不同角度反映了原子弹给广岛造成的深重灾难,喊出了全世界爱好和平的人们要求禁止原子弹的时代呼声。本首中《不许再投原子弹》是日本歌曲名称,日本僧俗老幼都会唱这支歌,诗人借歌名写出了日本人民的呼声,并表明了自己的态度。赵朴初先生是著名书法家、诗人,诗词曲皆优,尤其散曲脍炙人口。笔者记得,1965 年他曾发表《哭三尼》,讽刺当时所称"帝修反":肯尼迪、尼基塔·赫鲁晓夫、尼赫鲁。1971 年他又发表《反听曲》,讽刺自称"小小老百姓"的反革命两面派陈伯达。下面介绍《反听曲》,以飨读者:"听话听反话,不会当傻瓜。可爱唤做可憎,亲人唤做'冤家',夜里演戏叫做'旦',叫做'净'的恰是满脸大黑花。高贵的王侯偏偏要称'孤'道'寡',你说他还是谦虚还是自夸? 君不见'小小小小的老百姓',却是大大大大的野心家,哈哈!"全曲运用以理论事、以理遣情的手法,评论政治大事,抒发诗人的情感,且有嬉笑怒骂、痛快淋漓、泼辣尖锐的艺术风格,使"元曲"这种古老的文字样式重新焕发出青春的活力。

东　风
现代　陶　铸

东 风 吹 暖 碧 潇 湘,　　　　闻 道 浯 溪 水 亦 香。

最 忆 故 园 秋 色 里,　　　　满 山 枫 叶 艳 惊 霜。

这是作者 1967 年后横遭诬陷和迫害期间的作品,赞美了家乡(湖南祁阳浯溪)的壮丽景色,抒发了对家乡的深情忆恋,以及自己那不屈不挠的战斗豪情。本来是"霜欺枫叶",岂料却是"叶更红",而且红得十分艳丽,这怎能不使霜吃惊呢?

千古仰高风
现代　张恺帆

龙 华 千 古 仰 高 风,　　　　壮 士 身 亡 志 未 终。

墙 外 桃 花 墙 内 血,　　　　一 般 鲜 艳 一 般 红。

本诗是为纪念左联五烈士(李求实、柔石、胡也频、冯铿、殷夫)遇难而作。当时作者也被关押在上海龙华警备司令部狱内,对五位烈士的高风亮节,表现了无比的崇敬。作者以此精神,在狱中展开了英勇斗争,并背着敌人把诗写在墙上。诗中壮丽的诗句,成为作者视死如归的铿锵誓言。一个万紫千红的革命春天,正在向人们招手,革命定会成功,烈士们的理想和遗愿,一定能够实现。

咏扬州新建二十四桥
现代　徐晓白

繁 华 盛 况 说 今 朝，　　　仍 数 扬 州 廿 四 桥。
‾13 _6 ╲24 ╲23 ﹨9 _12 _2　　　_10 ╲7 _7 _11 ﹨14 ╲4 _2

漫 道 无 声 伤 冷 月，　　　玉 人 此 处 又 吹 萧。
╲15 ╲19 _7 _8 _7 ╲23 ﹨6　　　﹨2 ‾11 ╲4 ╲6 ╲26 _4 _2

　　本诗反用杜牧"二十四桥明月夜,玉人何处教吹萧"(147)和姜夔《扬州慢》词中"二十四桥仍在,波心荡,冷月无声"之意,怀古颂今,平中见奇,旧意翻新,韵外有致。"仍数"两字,可见今人与古人之审美观点一致又不一致。杜、姜时的二十四桥,繁华衰歇,久而久之,以致名桥无可寻觅。如今盛世,扬州繁华超乎唐宋,重建二十四桥之景观远胜于往昔。结句淡远隽永,不胜遐思……

心　盟
现代　邓　拓

滹 沱 河 畔 订 心 盟，　　　卷 地 风 沙 四 野 鸣。
‾7 _5 _5 ╲15 ╲24 _12 _8　　　╲16 ╲4 ‾1 _6 ╲4 ╲21 _8

如 此 年 时 如 此 地，　　　人 间 长 此 记 深 情。
‾6 ╲4 _1 ‾4 _6 ╲4 ╲4　　　‾11 ‾15 _7 ╲4 ╲4 _12 _8

　　1942年春,邓拓和丁一岚在河北省平山县的滹沱河边订下终身盟誓,邓拓用本诗表达了他炽热的爱情。这是建立在共同理想基础上的爱情,是在血火交织的战斗中培养起来的爱情,是附丽于崇高事业的爱情。滹沱河为他(她)们作证,让我们永远记住这岁月,永远珍惜这深情吧!

雪夜遣怀

现代　杨　朔

四　山　风　雪　夜　凄　迷，　　　夜　色　浓　中　唱　晓　鸡。
｜　｜　　｜　　｜　｜　　　　　　｜　｜　　｜　　｜　｜　。
╲4　ˉ15　ˉ1　╲9　╲22　ˉ8　ˉ8　　╲22　╲13　ˉ2　ˉ1　╲23　╲17　ˉ8

自　有　诗　心　如　火　烈，　　　献　身　不　惜　作　尘　泥。
｜　　　｜　｜　—　　—　｜　　　｜　｜　｜　｜　｜　｜　。
╲4　╱25　ˉ4　＿12　ˉ6　╱20　╲9　　╲14　ˉ11　╱5　╲11　╱10　ˉ11　ˉ8

这是作者 1944 年冬在延安党校学习时所作。诗写作者对极端困难的抗日战争充满信心，表达了他誓将一颗火热的心献给党、献给革命事业，为国为民赴汤蹈火、粉身碎骨而在所不辞的宏伟志愿。

石家庄夏晚即事（选一）

当代　阙家蒉

千　丝　万　柳　石　家　庄，　　　一　片　蝉　声　噪　夕　阳。
—　—　｜　　｜　｜　｜　　　　　｜　｜　—　—　｜　｜　。
＿1　ˉ4　╲14　╱25　╱11　ˉ6　ˉ7　　╱4　╲17　＿1　ˉ8　╲20　╱11　ˉ7

人　语　笙　歌　疏　影　下，　　　轻　衫　蒲　扇　晚　风　长。
—　—　｜　｜　｜　｜　｜　　　　｜　｜　｜　｜　｜　—　。
ˉ11　╱6　＿8　＿5　ˉ6　╱23　╲22　　＿8　＿15　ˉ7　╲17　╱13　ˉ1　＿7

阙家蒉女士身居美国、台湾长达数十年之久。唯其离开得远，才更感受到自己的心与祖国贴得很近；唯其别离得久，才更增添了对故乡的眷念深情。本诗所写的不过是一个夏晚的寻常情景，但对一个在思念的饥渴中度过了漫长年头的旅人来说，却有着特殊的意义……

送有明东渡讲学（选一）

当代　霍松林

一　衣　带　水　往　来　频，　　　仙　岛　神　州　自　古　亲。

　｜　　｜　｜　｜　　　　　　　－　｜　－　－　｜　｜

λ4　¯5　﹨9　√4　√22　¯10　¯11　　　_1　√19　¯11　_11　﹨4　√7　¯11

两　汉　三　唐　遗　韵　在，　　　交　流　文　化　育　新　人。

｜　｜　－　－　－　｜　｜　　　　｜　－　－　－　λ　－　－

√22　﹨15　_13　¯7　¯4　﹨13　﹨11　　　_3　_11　¯12　﹨22　λ1　¯11　¯11

作者次子有明应聘去日本讲学，故写诗送行，此为组诗第三首。一衣带水的中日两国有频繁交往的悠久历史，特别是汉唐时代文化交流的遗风余韵至今犹存，故勉励有明在讲学中通过中日文化交流的内容培育新人，使中日友好的传统世代相传，发扬光大。

咏王安石

当代　孙轶青

革　新　矫　世　史　称　雄，　　　变　法　初　收　变　俗　功。

｜　－　｜　｜　｜　－　－　　　　－　｜　｜　－　－　｜　｜

λ11　¯11　√17　﹨8　√4　_10　¯1　　　﹨17　λ17　¯6　_11　﹨17　λ2　¯1

法　废　人　空　陈　迹　里，　　　犹　闻　三　不　足　声　洪。

｜　－　｜　｜　｜　－　－　　　　－　｜　－　－　｜　｜　－

λ17　﹨11　¯11　_1　¯11　λ11　√4　　　_11　¯12　_13　λ5　λ2　_8　¯1

列宁曾称赞王安石为"中国十一世纪时的改革家"。本诗以豪迈的气势，形象的语言，歌颂了王安石的变法。在人去千年之后，作者仍然从"陈迹里"听到"天命不足畏，祖宗不足法，人言不足恤"的洪声巨响，大有"尔曹身与名俱灭，不废江河万古流"（552）之慨。

登新滕王阁

当代　孙轶青

巍　巍　雄　峙　赣　江　边，　　　赤　柱　层　檐　阁　翼　然。

－　－　－　｜　｜　－　－　　　　｜　｜　｜　－　－　｜　｜

¯5　¯5　¯1　√4　﹨28　¯3　_1　　　λ11　√7　_10　_14　λ10　λ13　_1

万　里　晴　空　垂　落　日，　　　半　江　霞　彩　半　江　船。

｜　｜　｜　－　｜　｜　｜　　　　－　｜　－　｜　－　－　－

ヽ14 ∨4 　_8 　ˉ1 　ˉ4 λ10 λ4 　　　　ヽ15 ˉ3 　_6 ∨10 ヽ15 ˉ3 　_1

"落日"而"垂",正见阁之"雄峙";唯其"雄峙",所以"半江霞彩半江船"尽收眼底。新阁高,诗人精神境界更高!"赤柱"、"霞彩"等词,令人联想起王勃《滕王阁序》中"层台耸翠,上出重霄;飞阁翔丹,下临无地"、"落霞与孤鹜齐飞,秋水共长天一色"诸名句,当年的过路才人与今日的登临赏者已情融神会矣!

赠蛇口工业区

当代　袁第锐

明 珠 缀 海 实 堪 夸,	改 革 征 程 未 有 涯。
— — ｜ ｜ ｜ — —	｜ ｜ — — ｜ ｜ —
_8 ˉ7 ヽ8 ∨10 λ4 _13 　6	∨10 λ11 _8 　8 ヽ5 ∨25 　6
泯 却 零 丁 千 古 泪,	要 从 蛇 口 看 中 华。
｜ ｜ — — — ｜ ｜	｜ — — ｜ ｜ — —
∨11 λ10 _9 　9 _1 ∨7 ヽ4	ヽ18 ˉ2 　6 ∨25 ヽ15 ˉ1 　6

本诗作于1991年。首句形象明丽,承句气势渐盛,至第三句铿然一跃,将南宋文天祥零丁洋(324)之往事,并近百年帝国主义所加于我国之屈辱,倏然提起,势迫千钧,皆落结句"要从蛇口看中华"。四化、改革、开放乃至民族复兴,皆从一个"看"字全部托出,将作者、读者、乃至全国人民的意念一语道破,振奋人心。

豫西农村小景

当代　侯孝琼

平 山 远 水 几 家 村,	好 景 遥 观 自 有 神。
— — — ｜ ｜ — —	｜ ｜ — — ｜ ｜ —
_8 ˉ15 ∨13 ∨4 ∨5 　6 ˉ13 邻韵	∨19 ∨23 _2 ˉ14 ヽ4 ∨25 ˉ11
红 袖 倚 门 闲 看 我,	不 知 已 作 画 中 人。
— ｜ ｜ — — ｜ ｜	｜ — ｜ ｜ ｜ — —
ˉ1 ヽ26 ∨4 ˉ13 ˉ15 ヽ15 ∨20	λ5 ˉ4 ∨4 λ10 ヽ10 ˉ1 _11

由于"遥观"造成的适度的朦胧,引起审美者依据自己的审美趣味参与想象,产生了鲜活、流动的"神韵"。一个红衣女郎"倚门闲看",我似乎闻到了她的衣香,看到了她的丽质,感受到她的情愫……我们可以用自己生活经验中一切符合自己审美理想的美去尽情装点她。这就是距离产生美的道理。

绍 兴 行
当代　毛谷风

千 岩 万 壑 梦 中 身，　　　　鉴 水 稽 山 淡 若 云。
— — ｜ ｜ — — —　　　　　　｜ ｜ — — ｜ ｜ —
ˍ1 ˍ15 ╲14 ╳10 ╲1 ⁻1 ⁻11 邻韵　　╲30 ╲4 ⁻8 ˍ15 ╲28 ╳10 ⁻12

今 古 越 州 谁 管 领？　　　　放 翁 诗 稿 迅 翁 文。
— ｜ ｜ — — ｜ ｜　　　　　　｜ — — ｜ ｜ — —
ˍ12 ╲7 ╳6 ˍ11 ⁻4 ╲14 ╲23　　╲23 ⁻1 ⁻4 ╲19 ╲12 ⁻1 ⁻12

以"千岩万壑"、"鉴水稽山"包举越州山水，有"会当凌绝顶，一览众山小"(693)之豪迈气概；"梦中身"、"淡若云"，使人迷离恍惚，更加神往；末句"故翁诗稿迅翁文"总揽绍兴人文，更使人有"千秋并立周(树人)和陆(游)，天下风流越占多"之感。

(二) 首句仄起仄收式

九月九日忆山东兄弟
唐　王 维

独 在 异 乡 为 异 客，　　　　每 逢 佳 节 倍 思 亲。
｜ ｜ ｜ — — ｜ ｜　　　　　　｜ — — ｜ ｜ — —
╳1 ╲11 ╲4 ˍ7 ⁻4 ╲4 ╳11　　╲10 ⁻1 ⁻9 ╳9 ╲10 ⁻4 ⁻11

遥 知 兄 弟 登 高 处，　　　　遍 插 茱 萸 少 一 人。
— — — ｜ — — ｜　　　　　　｜ ｜ — — ｜ ｜ —
ˍ2 ⁻4 ˍ8 ╲8 ˍ10 ˍ4 ╲6　　╲17 ╳17 ⁻7 ⁻7 ╲17 ╳4 ⁻11

次句是人人都有的体验，此前没有任何人这样朴素无华而又高度概括地写过，一经十七岁的王维道出，就成为最能表现客中思乡感情的格言式的警句。

绝句四首(其三)
唐 杜 甫

两 个 黄 鹂 鸣 翠 柳，　　　　一 行 白 鹭 上 青 天。
｜ ｜ — ｜ — ｜ ｜　　　　　　｜ — ｜ ｜ ｜ — —

√22 ﹨21 ﹍7 ﹉8 ﹍8 ﹨4 √25　　　　﹨4 ﹍7 ﹨11 ﹨7 ﹨23 ﹍9 ﹍1

窗　含　西　岭　千　秋　雪，　　门　泊　东　吴　万　里　船。
—　—　—　｜　—　—　｜　　　—　｜　—　—　｜　—　。

﹉3 ﹍13 ﹉8 √23 ﹍1 ﹍11 ﹨9　　﹍13 ﹨10 ﹍1 ﹉7 ﹨14 √4 ﹍1

一句一景,四幅独立的图景;两联对仗,皆为精切的骈偶。而一以贯之,使其构
成一个统一意境的,正是饱满的内在乡情,诗人也可"青春作伴好还乡"(86)了。

夜上受降城闻笛
唐　李　益

回　乐　峰　前　沙　似　雪，　　受　降　城　外　月　如　霜。
—　—　—　—　—　—　｜　　　—　—　—　—　—　—　。
﹉10 ﹨3 ﹍2 ﹍1 ﹍6 √4 ﹨9　　　√25 ﹉3 ﹍8 ﹍9 ﹨6 ﹉6 ﹍7

不　知　何　处　吹　芦　管，　　一　夜　征　人　尽　望　乡。
｜　—　—　—　—　—　｜　　　—　｜　—　—　—　—　。
﹨5 ﹉4 ﹍5 ﹨6 ﹉4 ﹉7 √14　　﹨4 ﹨22 ﹍8 ﹍11 √11 ﹨23 ﹍7

把景色、声音、感情融为一体,将诗情、画意、乐美熔于一炉,构成了一个完整的
艺术整体,意境浑成,简洁空灵,含蕴不尽,因而本诗当时便被谱入弦管,天下传唱。
明传奇大师汤显祖"临川四梦"(《紫钗记》、《牡丹亭》、《南柯记》、《邯郸记》)之《紫钗
记》第三十四出"边愁写意"即化用本诗写成一出戏,把诗意作了最充分的展开。

赠　项　斯
唐　杨敬之

几　度　见　诗　诗　总　好，　　及　观　标　格　过　于　诗。
｜　｜　｜　｜　—　—　｜　　　｜　—　—　｜　｜　—　。
√5 ﹨7 ﹨17 ﹉4 ﹉4 √1 √19　　﹨14 ﹉14 ﹍2 ﹨10 ﹨21 ﹉7 ﹉4

平　生　不　解　藏　人　善，　　到　处　逢　人　说　项　斯。
—　—　—　—　—　—　｜　　　—　｜　—　—　—　—　。
﹍8 ﹍8 ﹨5 √9 ﹍7 ﹍11 √16　　﹨20 ﹨6 ﹉2 ﹍11 ﹨9 ﹨3 ﹉4

作者虚怀若谷,善于发掘人才,得知项斯《山行》(96)等诗后,既不"藏人善",且
又"到处逢人"为之揄扬,完满地表现出高尚的品德。故而本诗众口传诵,逐渐形成
人们常用的"说项"这个典故。

小　松

唐　杜荀鹤

自 小 刺 头 深 草 里，　　　而 今 渐 觉 出 蓬 蒿。
｜　｜　｜　—　｜　｜　｜　　　—　—　｜　｜　｜　—　。
ヽ4　∨17　ヽ4　_11　_12　∨19　ヽ4　　　⁻4　_12　∨28　λ3　λ4　⁻1　_4

时 人 不 识 凌 云 木，　　　直 待 凌 云 始 道 高。
—　—　｜　｜　—　—　｜　　　｜　｜　—　—　｜　｜　—
⁻4　⁻11　λ5　_13　_10　⁻12　λ1　　　λ13　∨10　_10　⁻12　ヽ4　∨19　_4

诗人观察敏锐，体验深切，对小松的描写精炼传神；描写和议论，诗情和哲理，幽默和严肃，在本诗中得到有机的统一，字里行间，充满理趣，耐人寻味。

赠刘景文

宋　苏轼

荷 尽 已 无 擎 雨 盖，　　　菊 残 犹 有 傲 霜 枝。
—　｜　｜　—　｜　｜　｜　　　｜　—　—　｜　｜　—　。
_5　∨11　ヽ4　⁻7　_8　∨7　ヽ9　　　λ1　⁻14　_11　∨25　ヽ20　_7　ヽ4

一 年 好 景 君 须 记，　　　最 是 橙 黄 橘 绿 时。
｜　—　｜　｜　—　—　｜　　　｜　｜　—　—　｜　｜　—
λ4　_1　∨19　ヽ23　⁻12　⁻7　ヽ4　　　ヽ9　∨4　_8　_7　λ4　λ2　⁻4

前人曾将此诗与韩愈《早春呈水部张十八员外》(144)相提并论。韩诗虽也含一定哲理，但所赞乃为人人心目中皆以为好的早春，且仅是一首单纯的写景诗；本诗写的是最为萧条的初冬，且融写景、咏物、赞人（刘景文）于一体，可见苏轼旷达开朗，不同寻常的性情与胸襟。

秋夜将晓出篱门迎凉有感二首（其二）

宋　陆游

三 万 里 河 东 入 海，　　　五 千 仞 岳 上 摩 天。
—　｜　｜　—　—　｜　｜　　　｜　—　｜　｜　｜　—　。

_13 丶14 ∨4 _5 ⁻1 λ14 ∨10　　　　∨7 _1 丶12 λ3 丶23 _5 _1

遗 民 泪 尽 胡 尘 里，　　　　　南 望 王 师 又 一 年！

— — ｜ ｜ ｜ — ｜　　　　　— ｜ ｜ ｜ ｜ — ｜
　　　　　　　　　　　　　　　　　　　　　　　　　。

⁻4 _11 丶4 ∨11 ⁻7 ⁻11 ∨4　　　　_13 丶23 _7 ⁻4 丶26 λ4 _1

　　全诗以"望"字为眼，表达了诗人希望、失望而终不绝望的千回百转的心情，悲壮深沉的心声。诗境雄伟、严肃、苍凉、悲愤，读之令人奋起。

山　雨
宋　翁　卷

一 夜 满 林 星 月 白，　　　　亦 无 云 气 亦 无 雷。

｜ ｜ ｜ — ｜ ｜ ｜　　　　— — ｜ ｜ — — ｜
　　　　　　　　　　　　　　　　　　　　　　　　　。

λ4 丶22 ∨14 _12 _9 λ6 λ11　　　λ11 ⁻7 ⁻12 丶5 λ11 ⁻7 ⁻10

平 明 忽 见 溪 流 急，　　　　知 是 他 山 落 雨 来。

— — ｜ ｜ — — ｜　　　　— ｜ — — ｜ ｜ —
　　　　　　　　　　　　　　　　　　　　　　　　　。

_8 _8 λ6 丶17 ⁻8 _11 λ14　　　⁻4 ∨4 _5 ⁻15 λ10 ∨7 ⁻10

　　前两句雨前和后两句雨后都写得细腻分明，唯独雨本身未写。这正如要画月，偏去描绘云，烘云托月，云成月见，虚实相生。

题雨中行人扇图
金　麻九畴

幸 自 山 东 无 赋 税，　　　　何 须 雨 里 太 仓 黄。

｜ ｜ — — — ｜ ｜　　　　— ｜ ｜ ｜ ｜ — —
　　　　　　　　　　　　　　　　　　　　　　　　　。

∨23 丶4 ⁻15 ⁻1 ⁻7 丶7 丶8　　　_5 ⁻7 ∨7 ∨4 丶9 _7 _7

寻 思 此 个 人 间 世，　　　　画 出 人 来 也 着 忙。

— — ｜ ｜ — — ｜　　　　｜ ｜ — — ｜ ｜ —
　　　　　　　　　　　　　　　　　　　　　　　　　。

_12 ⁻4 ∨4 丶21 ⁻11 ⁻15 丶8　　　丶10 λ4 ⁻11 ⁻10 ∨21 λ10 _7

　　本来山东赋税很重、雨中行人正要赶路、诗人也有满肚皮牢骚要发泄，却正话反说，把极严肃、极庄重的事情用开玩笑似的风趣笔调抖落出来，使读者在忍俊不禁之余，受到强烈的震撼。此诗妙处在此。

题 扇
明　徐祯卿

渺　渺　太　湖　秋　水　阔，　　　扁　舟　摇　动　碧　琉　璃。
｜　｜　｜　｜　｜　｜　｜　　　　｜　｜　｜　｜　｜　｜　｜
∨17 ∨17 ╲9 ‾7 _11 _4 ╲7　　　_1 _11 _2 ∨1 ╲11 _11 ‾4

松　陵　不　隔　东　南　望，　　　枫　落　寒　塘　露　酒　旗。
—　—　｜　｜　｜　｜　｜　　　　｜　｜　｜　｜　｜　｜　｜
‾2 _10 ╲5 ╲11 ‾1 _13 ╲23　　　‾1 ╲10 ‾14 _7 ╲7 ∨25 ‾4

这是作者与二三友人秋泛太湖游的观景之作吧？不，这只是一首题画诗，展现在我们面前的只是扇上之图景，但，我们却如同身临其境，这就是本诗的神韵。

自题桃花杨柳图
清　顾　媚

郎　道　花　红　如　妾　面，　　　妾　言　柳　绿　似　郎　衣。
—　｜　—　｜　—　｜　｜　　　　｜　｜　｜　｜　｜　｜　｜
_7 ∨19 _6 ‾1 _6 ╲16 ╲17　　　╲16 ‾13 ∨25 ╲2 ∨4 _7 ‾5

何　时　得　化　鹣　鹣　鸟，　　　拂　叶　穿　花　一　处　飞。
—　—　｜　｜　｜　｜　｜　　　　｜　—　—　｜　｜　｜　｜
_5 ‾4 ╲13 ╲22 _14 _14 ∨17　　　╲5 ╲16 _1 _6 ╲4 ╲6 ‾5

穿飞于红桃花、绿柳叶之间的洁白的鹣鹣，比莺儿蝶儿更为鲜明亮丽，可以为画面添上生气与亮色，这样的题画诗不粘不脱，灵转鲜活，诗画相生。

流 水
近代　释敬安

流　水　不　流　花　影　去，　　　花　残　花　自　落　东　流。
—　｜　｜　｜　—　｜　｜　　　　｜　—　｜　｜　｜　｜　—
_11 ∨4 ╲5 _11 _6 ∨23 ╲6　　　_6 ‾14 _6 ∨4 ╲10 ‾1 _11

落　花　流　水　初　无　意，　　　惹　动　人　间　尔　许　愁。
｜　—　—　｜　—　｜　｜　　　　｜　｜　—　—　｜　｜　—

λ10 ﹍6 ﹍11 ∨4 ﹉6 ﹉7 ﹨4　　　　∨21 ∨1 ﹉11﹉15 ∨4 ∨6 ﹍11

　　这是爱国诗僧寄禅在天童山目睹流水而憬悟的一首禅理诗,显示他力图从佛理中获得精神支柱,在沧海横流的世界中要修持自身、坚定本心的精神追求。又"流"、"花"四现,"水"、"落"双出,音韵流畅,和谐悦耳。

过基隆有感

现代　马小进

一 代 雄 风 今 已 矣,　　　江 山 如 昨 主 人 非。
|　|　|　|　|　|　|　　　　|　|　|　|　|　|　°|
λ4 ﹨11 ﹉1 ﹉1 ﹍12 ∨4 ∨4　　﹉3 ﹉15 ﹉6 λ10 ∨7 ﹉11 ﹉5

伤 心 怕 听 渔 樵 语,　　　指 点 山 前 赤 日 旗。
|　|　|　|　|　|　|　　　　|　|　|　|　|　|　°|
﹍7 ﹍12 ∨22 ∨25 ﹉6 ﹍2 ∨6　　∨4 ∨28 ﹉15 ﹍1 ∨11 λ4 ﹉4

　　本诗微、支两韵通押。丧权辱国的《马关条约》签订后,台湾被日本占领。本诗就传响着悲壮的时代声音,为后世人们通过文学语言观照中国近代史上那灾难岁月的社会情貌,留下一幅韵致深沉、形象鲜明的艺术画面。"赤日旗"指日本国旗。

无　题

现代　鲁迅

血 沃 中 原 肥 劲 草,　　　寒 凝 大 地 发 春 华。
|　|　|　—　—　|　|　　　　—　—　|　|　|　—　°|
λ9 ∨2 ﹉1 ﹍13 ﹍5 ∨24 ∨19　　﹉14 ﹍10 ∨21 ∨4 λ6 ﹉11 ﹍6

英 雄 多 故 谋 夫 病,　　　泪 洒 崇 陵 噪 暮 鸦。
—　—　—　|　—　|　|　　　　|　|　—　—　|　|　°|
﹍8 ﹉1 ﹍5 ∨7 ﹍11 ﹉7 ∨24　　∨21 ﹉1 ﹍10 ﹍20 ∨7 ﹍6

　　本诗写于1932年初。诗以比喻(如以"春华"、"劲草"比喻革命力量的成长壮大)和象征(如用"噪暮鸦"象征反动势力的没落)的手法,表达了鲁迅爱憎分明的思想感情。虽是处身于"血沃中原"、"寒凝大地"的危境之中,亦使人神往,催人奋起,投身于爱国反蒋的战斗,去夺取春光明媚的未来!

题 列 子

现代　冯 至

愚　叟　移　山　坚　壮　志，　　　邻　人　失　斧　破　唯　心。
—　｜　—　｜　—　｜　｜　　　　—　—　｜　｜　｜　—　。
⁻7　∨25　⁻4　⁻15　_1　∨23　∖4　　　⁻11　⁻11　∧4　√7　∨21　⁻4　_12

芟　除　魏　晋　玄　虚　语，　　　始　见　民　间　智　慧　深。
—　—　｜　｜　—　—　｜　　　　｜　｜　—　—　｜　｜　—。
_15　⁻6　∨5　∨12　_1　⁻6　∨6　　　∨4　∧17　⁻11　⁻15　∨4　∖8　_12

　　现代著名诗人冯至的本诗，辞短韵长，耐人回味。正如 1975 年 5 月 24 日茅盾给臧克家的信里所说："《题列子》我以为甚好，《列子》乃晋人伪作，早有定论，而冯至同志乃区分其晋人谈玄部分及来自民间的传统部分（愚公移山及邻人失斧两故事为例），肯定其精华，自是卓见未经人道者也。"

"五四"书怀二首（其一）

当代　周策纵

从　古　自　强　依　作　育，　　　至　今　真　富　在　求　知；
—　｜　｜　—　—　｜　｜　　　　—　—　—　｜　｜　—　—。
⁻2　√7　∖4　_7　⁻5　∧10　∧1　　　∖4　_12　⁻11　∖26　∖11　_11　⁻4

百　年　以　后　谁　思　此，　　　旧　义　新　潮　两　不　移。
｜　—　｜　｜　—　—　｜　　　　｜　｜　—　—　｜　｜　—。
∧11　_1　√4　∖26　⁻4　⁻4　√4　　　∖26　√4　⁻11　_2　√22　∧5　⁻4

　　作者系美籍华人著名教授，早年以研究"五四"运动而蜚声国际学术界，本诗于 1979 年为纪念"五四"运动六十周年而作。首句从历史高度总结了培养（"作育"）人才的重要性；次句谈到知识在今天对国家富强的巨大作用；后两句作者将眼光放到百年以后，"旧义"指当年"五四"运动打出的"科学"、"民主"的大旗，"新潮"指中华大地出现的为挽回十年浩劫而努力学习知识的新气象。总之，本诗通过新旧对比，肯定了"五四"精神及其对现实的推动作用，反映了海外侨胞、华人盼望祖国实现四化、振兴中华的一片赤子之心。

（三）首句仄起平收式

咏 柳
唐 贺知章

碧 玉 妆 成 一 树 高，　　　万 条 垂 下 绿 丝 绦。

不 知 细 叶 谁 裁 出，　　　二 月 春 风 似 剪 刀。

"碧玉妆"→"绿丝绦"→"谁裁出"→"似剪刀"，一连串的形象，一环紧扣一环，这早春二月的杨柳同杜牧"娉娉袅袅十三余，豆蔻梢头二月初"（556）的意境是一样的。

芙蓉楼送辛渐
唐 王昌龄

寒 雨 连 江 夜 入 吴，　　　平 明 送 客 楚 山 孤。

洛 阳 亲 友 如 相 问，　　　一 片 冰 心 在 玉 壶。

末句是名句，从清澈无瑕、澄空见底的玉壶中捧出一颗晶亮纯洁的冰心以告慰友人，这就比任何相思的言辞都更能表达他对洛阳亲友的深情。

别董大二首（其一）
唐 高适

千 里 黄 云 白 日 曛，　　　北 风 吹 雁 雪 纷 纷。

莫　愁　前　路　无　知　己，　　　　天　下　谁　人　不　识　君？

╱10 —11 —1 ╲7 ⁻7 ⁻4 ╲4　　　　—1 ╲22 ⁻4 ⁻11 ╱5 ╲13 ⁻12

　　与凄清缠绵、低徊留连的作品不同，本诗以它的真诚情谊、坚强信念，为灞桥柳色、渭城风雨等赠别诗添上了另一种豪放健美、慷慨悲壮的色彩。

早　梅
唐　张　谓

一　树　寒　梅　白　玉　条，　　　　迥　临　村　路　傍　溪　桥。

╲4 ╲7 ⁻14 —10 ╱11 ╲2 —2　　　　╱24 —12 ⁻13 ╲7 ╲23 ⁻8 —2

不　知　近　水　花　先　发，　　　　疑　是　经　冬　雪　未　销。

╱5 ⁻4 ╲13 ╱4 —6 —1 ╱6　　　　⁻4 ╱4 —9 ⁻2 ╱9 ╲5 —2

　　本诗写似玉非雪、近水先发的早梅的形神，也写诗人探索寻觅的认识过程，并且透过表面，更写诗人与寒梅在精神上的契合，韵味悠然，意蕴不尽。

戏为六绝句（其五）
唐　杜　甫

不　薄　今　人　爱　古　人，　　　　清　词　丽　句　必　为　邻。

╱5 ╲10 —12 —11 ╲11 ╱7 ⁻11　　　　—8 ⁻4 ╲8 ╲7 ╱4 ⁻4 ⁻11

窃　攀　屈　宋　宜　方　驾，　　　　恐　与　齐　梁　作　后　尘。

╱9 ⁻15 ╱5 ╲2 ⁻4 —7 ╲22　　　　╱2 ╱6 ⁻8 —7 ╱10 ╲26 ⁻11

　　杜甫的《戏为六绝句》是最早的论诗绝句。它每首谈一个问题，多首连缀成组诗，可见完整的艺术见解。本诗揭示论诗宗旨：力崇古调，兼取新声，古今体并行不废，各取所长。"不薄今人爱古人"是也。

征人怨

唐　柳中庸

岁岁金河复玉关，　　　朝朝马策与刀环。

三春白雪归青冢，　　　万里黄河绕黑山。

　　本诗对仗谨严工整，历来为人称道。不仅每句自对，如"金河"对"玉关"、"马策"对"刀环"、"白雪"对"青冢"、"黄河"对"黑山"；而且两联各自成对，如"岁岁"对"朝朝"、"复"对"与"、"三春"对"万里"、"归"对"绕"。后联中，既有数字对，又有颜色对；颜色对中，四种色彩交相辉映，富于色泽之美；动词"归"、"绕"，略带拟人色彩，显得别具情韵。

乌衣巷

唐　刘禹锡

朱雀桥边野草花，　　　乌衣巷口夕阳斜。

旧时王谢堂前燕，　　　飞入寻常百姓家。

　　本诗是作者最得意的名篇之一。飞燕形象，好像信手拈来，实际上凝聚着作者的艺术匠心和丰富的想象力，景物寻常，语言浅显，蕴藉含蓄，余味无穷。

赠 婢

唐　崔郊

公子王孙逐后尘，　　　绿珠垂泪滴罗巾。

```
 ˉ1  ˇ4  _7  ˉ13  ˇ1  ˎ26 ˉ11        ˎ2  ˉ7  ˉ4  ˎ4  ˎ12  _5  ˉ11
```

侯 门 一 入 深 如 海，　　　　从 此 萧 郎 是 路 人。

```
 —   —   |   |   —   —   |        —   |   |   |   —   —   。
 _11 ˉ13 ˇ4  ˎ14 _12 ˉ6  ˇ10       ˉ2  ˇ4  _2  ˉ7  ˇ4  ˇ7  ˉ11
```

第三句为名句，此后"侯门"一词便成为权势之家的代词；"侯门似海"也因其比喻的生动形象，形成成语，在文学作品和日常生活中被广泛应用。

纵游淮南

唐　张　祜

十 里 长 街 市 井 连，　　　　月 明 桥 上 看 神 仙。

```
 |   |   —   —   |   |   —        |   —   —   |   —   —   。
 ˎ14 ˇ7  _7  ˉ9  ˇ4  ˇ23 _1       ˎ6  _8  _2  ˎ23 ˎ15 ˉ11 _1
```

人 生 只 合 扬 州 死，　　　　禅 智 山 光 好 墓 田。

```
 —   —   |   |   —   —   |        —   |   —   —   |   |   —
 ˉ11 _8  ˇ4  ˎ15 _7  _11 ˇ4       _1  ˎ4  ˎ15 _7  ˇ19 ˇ7  _1
```

唐代扬州诗，不但有杜牧写的许多名章俊句"二十四桥明月夜，玉人何处教吹箫"（147）、"春风十里扬州路"（556）、"十年一觉扬州梦"（201），还有徐凝的"天下三分明月夜，二分无赖是扬州"（258）为之增辉，但还是先有张祜警策妙句"人生只合扬州死"，设想奇险出人意料，扬州魅力深入骨髓。

宫 词

唐　朱庆馀

寂 寂 花 时 闭 院 门，　　　　美 人 相 并 立 琼 轩。

```
 |   |   —   —   |   |   —        |   —   —   |   |   —   —
 ˎ12 ˎ12 _6  ˉ4  ˎ8  ˎ17 ˉ13      ˇ4  ˉ11 _7  ˎ24 ˎ14 _8  ˉ13
```

含 情 欲 说 宫 中 事，　　　　鹦 鹉 前 头 不 敢 言。

```
 —   —   |   |   —   —   |        —   |   —   —   |   |   —
 _13 _8  ˎ2  ˎ9  ˉ1  ˉ1  ˎ4       _8  ˇ7  _1  _11 ˇ5  ˇ27 ˉ13
```

在这幅风光旖旎的双美图中，诗人别出心裁而巧妙曲折地点出了题旨：宫人不但被夺去了青春和幸福，就连说话的自由也是没有的。

赤 壁
唐 杜 牧

折 戟 沉 沙 铁 未 销，　　　自 将 磨 洗 认 前 朝。
| | — — | | ｡　　　| — — | — — ｡
ㄥ9 ㄥ11 _12 _6 ㄥ9 ㄅ5 _2　　ㄅ4 _7 _5 ㄥ8 _12 _1 _2

东 风 不 与 周 郎 便，　　　铜 雀 春 深 锁 二 乔。
— — | | | — —　　　| — — — | | ｡
⁻1 ⁻1 ㄥ5 ㄥ6 _11 _7 ㄅ17　　⁻1 ㄥ10 ⁻11 _12 ㄥ20 ㄅ4 _2

1971年9月13日，林彪集团叛国外逃，所乘三叉戟飞机坠落在蒙古大沙漠，机毁人亡。于是，本诗的"折戟沉沙"便成为讽刺、批判林彪集团的犀利成语。

题乌江亭
唐 杜 牧

胜 败 兵 家 事 不 期，　　　包 羞 忍 耻 是 男 儿。
| | — — | | ｡　　　| — — | | — ｡
ㄅ25 ㄅ10 _8 _6 ㄅ4 ㄥ5 ⁻4　　_3 _11 ㄥ11 ㄅ4 _4 _13 ⁻4

江 东 子 弟 多 才 俊，　　　卷 土 重 来 未 可 知。
— — | | | — —　　　| | — — | | ｡
⁻3 ⁻1 ㄥ4 ㄥ8 _5 ⁻10 ㄅ12　　ㄥ16 ㄥ7 ⁻2 ⁻10 ㄅ5 ㄥ20 ⁻4

议论不落传统说法的窠臼，是杜牧咏史诗的特色。本诗和《赤壁》(201)的下联都是反说其事，笔调类似。在借题发挥，宣扬百折不挠的精神上，本诗是可取的。

遣 怀
唐 杜 牧

落 魄 江 湖 载 酒 行，　　　楚 腰 纤 细 掌 中 轻。
| | — — | | ｡　　　| | — | | — ｡
ㄥ10 ㄥ10 ⁻3 ⁻7 ㄥ10 ㄥ25 _8　　ㄥ6 _2 _14 ㄥ8 ㄥ22 ⁻1 _8

十 年 一 觉 扬 州 梦，　　　赢 得 青 楼 薄 倖 名。
| — — | | | —　　　| | — | | | ｡

ㄱ14 _1 ㄱ4 ㆍ19 _7 _11 ㆍ1　　　　　　　_8 ㄱ13 _9 _11 ㄱ10 ✓23 _8

　　"十年一觉扬州梦"：既有作者生活上繁华梦醒，忏悔艳游的辛酸自嘲之情；更有他政治上不得志，前尘恍惚如梦，不堪回首之意，傲兀不平之态。

山　行
唐　杜　牧

远 上 寒 山 石 径 斜，　　　　白 云 生 处 有 人 家。
| | — — | | ｡　　　　| — — | | ✓ ｡
ㆍ13 ㆍ23 ⁻14 ⁻15 ㄱ11 ㆍ25 _6　　ㄱ11 ⁻12 _8 ㆍ6 ✓25 ⁻11 _6

停 车 坐 爱 枫 林 晚，　　　　霜 叶 红 于 二 月 花。
| | — | | | |　　　　| — | — | | ｡
_9 _6 ㆍ21 ㆍ11 ⁻1 _12 ✓13　　_7 ㄱ16 ⁻1 _7 ㆍ4 ㄱ6 _6

　　这是一首秋色的赞歌。前两句是秋色的衬托，第三句是迷人的秋色，直逼第四句：夕晖晚照、枫叶流丹、层林如染、满山云锦、如烁彩霞……秋天比春天更加火红、更加艳丽。

陇　西　行
唐　陈　陶

誓 扫 匈 奴 不 顾 身，　　　　五 千 貂 锦 丧 胡 尘。
| | — — | | ｡　　　　| — — | | — ｡
ㆍ8 ✓19 ⁻2 _7 ㄱ5 ㆍ7 ⁻11　　✓7 _1 _2 ✓26 ㆍ23 ⁻7 ⁻11

可 怜 无 定 河 边 骨，　　　　犹 是 春 闺 梦 里 人。
| | — | | | |　　　　| | | | | | ｡
✓20 _1 ⁻7 ㆍ25 _5 _1 ㄱ6　　_11 ✓4 ⁻11 ⁻8 ㆍ1 ✓4 ⁻11

　　本诗匠心独具，把"河边骨"与"春闺梦"联系起来，写闺中妻子不知征人战死，仍然在梦中想见已成白骨的丈夫，使全诗产生震撼心灵的悲剧力量。

夜雨寄北
唐　李商隐

君 问 归 期 未 有 期，　　　　巴 山 夜 雨 涨 秋 池。

何 当 共 剪 西 窗 烛，　　　　却 话 巴 山 夜 雨 时。

_5 _7 ﹨2 √16 ‾8 _3 ﹨2　　　　λ10 ﹨10 _6 ‾15 ﹨22 √7 ‾4

时间：今宵、他日、今宵；空间：巴山、西窗、巴山。"期"字两见，一为妻问，一为己答；"巴山夜雨"重出，一为客中实景，一为归后遥应。这样构成了音调与章法的回环往复，达到了内容与形式的完美结合，这些都是诗人的独创。故此诗明白如话，却何等曲折，何等深沉，何等含蓄隽永，何等余味无穷！

柳

唐　李商隐

曾 逐 东 风 拂 舞 筵，　　　　乐 游 春 苑 断 肠 天。

_10 λ1 ‾1 _1 ﹨5 √7 _1　　　　λ10 _11 ‾11 √13 _15 _7 _1

如 何 肯 到 清 秋 日，　　　　已 带 斜 阳 又 带 蝉！

‾6 _5 √24 ﹨20 _8 _11 ﹨4　　　　√4 ﹨9 _6 _7 ﹨26 ﹨9 _1

此诗句句写柳，而全篇不着一个"柳"字；句句是景，又句句是情；句句咏物，又句句写人。诗中经历今昔荣枯悬殊变化的秋柳，不正是诗人自伤迟暮、自叹身世的生动写照吗？

齐宫词

唐　李商隐

永 寿 兵 来 夜 不 扃，　　　　金 莲 无 复 印 中 庭。

√23 ﹨26 _8 ‾10 ﹨22 λ5 _9　　　　_12 _1 ‾7 λ1 _12 ‾1 _9

梁 台 歌 管 三 更 罢，　　　　犹 自 风 摇 九 子 铃。

_7 ‾10 _5 √14 _13 _8 ﹨22　　　　_11 ﹨4 ‾1 _2 √25 √4 _9

作者借用同一齐宫串演齐梁两代统治者肆意荒淫的丑剧，要揭示的题旨就是杜牧在《阿房宫赋》中所痛快淋漓表达的："秦人不暇自哀而后人哀之，后人哀之而不鉴之，亦使后人而复哀后人也。"其实，这是封建社会的历史规律。

代赠二首(其一)
唐　李商隐

楼 上 黄 昏 欲 望 休，　　　玉 梯 横 绝 月 如 钩。
— | — | — | |　　　　　 | | — | | — 。

芭 蕉 不 展 丁 香 结，　　　同 向 春 风 各 自 愁。
— — | | — — |　　　　　 — | — — | | 。

本诗以一女子口吻，写她不能与情人相会的愁思。景与情、物与人、"比"与"兴"融为一体，精心结撰而又毫无造作雕琢之迹，是极为成功之处。芭蕉喻情人，丁香喻女子自己，隐喻两人异地同心，都在为不得与对方相会而愁苦，意境很美，含蓄无穷。

韩冬郎即席为诗相送，一座尽惊。他日余方追吟"连宵侍坐徘徊久"之句，有老成之风，因成二绝寄酬，兼呈畏之员外(其一)
唐　李商隐

十 岁 裁 诗 走 马 成，　　　冷 灰 残 烛 动 离 情。
| | — | — | |　　　　　 | — — | | — — 。

桐 花 万 里 丹 山 路，　　　雏 凤 清 于 老 凤 声。
— — | | — — |　　　　　 — | — | | — — 。

一条长题说明本诗的缘由。"雏凤清于老凤声"表明青出于蓝而胜于蓝，抽象的道理转化为具体的形象。此后，"雏凤声清"便以成语传诵不衰。

嫦 娥

唐 李商隐

云 母 屏 风 烛 影 深，　　　长 河 渐 落 晓 星 沉。
— ｜ — — ｜ ｜ 。　　　— — ｜ ｜ — — 。
⁻12 ⌄25 ⌐9 ⌐1 ⌄2 ⌄23 ⌐12　　　⌐7 ⌐5 ⌄28 ⌄10 ⌐17 ⌐9 ⌐12

嫦 娥 应 悔 偷 灵 药，　　　碧 海 青 天 夜 夜 心。
— — — ｜ — ｜ ｜　　　｜ ｜ — — ｜ ｜ —
⌐7 ⌐5 ⌐10 ⌄10 ⌐11 ⌐9 ⌄10　　　⌄11 ⌄10 ⌐9 ⌐1 ⌄22 ⌄22 ⌐12

孤栖无伴的嫦娥，清高孤独的诗人，尽管仙凡悬隔、境遇差殊，但在高洁而寂寞这一点上是灵犀暗通，心心相印的。这种既自赏又自伤的浓重伤感的美，被诗人用精微而富于意蕴的语言成功地表现出来了。

贾 生

唐 李商隐

宣 室 求 贤 访 逐 臣，　　　贾 生 才 调 更 无 伦。
— ｜ — — ｜ ｜ 。　　　｜ — — ｜ ｜ — 。
⌐1 ⌄4 ⌐11 ⌐1 ⌄23 ⌄1 ⌐11　　　⌄21 ⌐8 ⁻10 ⌄18 ⌄24 ⁻7 ⁻11

可 怜 夜 半 虚 前 席，　　　不 问 苍 生 问 鬼 神。
｜ — ｜ ｜ — — ｜　　　｜ ｜ — — ｜ ｜ —
⌄20 ⌐1 ⌄22 ⌄15 ⁻6 ⌐1 ⌄11　　　⌄5 ⌄13 ⌐7 ⌐8 ⌄13 ⌄5 ⁻11

前两句"求贤"逐步升级，节节上扬；第三句盘马弯弓，引而不发；末句由强烈对照而形成的贬抑便显得特别有力。当然，讽汉文实刺唐帝，怜贾生实亦自悯。

西 施

唐 罗 隐

家 国 兴 亡 自 有 时，　　　吴 人 何 苦 怨 西 施。
— — — — ｜ ｜ 。　　　— — — ｜ ｜ — 。
⌐6 ⌄13 ⌐10 ⌐7 ⌄4 ⌄25 ⌐4　　　⁻7 ⁻11 ⌐5 ⌄7 ⌄14 ⁻8 ⁻4

西 施 若 解 倾 吴 国，　　　越 国 亡 来 又 是 谁？

　—　—　｜　｜　—　—　｜　　　　　　　｜　｜　—　—　｜　｜　。
　ˉ8　ˉ4　﹨10　∨9　_8　ˉ7　﹨13　　　　　﹨6　﹨13　_7　ˉ10　﹨26　∨4　ˉ4

本诗的特异之处，就是反对传统观念，破除"女人是祸水"的论调，闪射出新的思想光辉。

白　莲
唐　陆龟蒙

素　蘤　多　蒙　别　艳　欺，　　　　　此　花　端　合　在　瑶　池。
｜　｜　｜　｜　｜　｜　。　　　　　　　｜　｜　—　—　｜　｜　。
∨7　∨4　_5　ˉ1　﹨9　﹨29　ˉ4　　　　∨4　_6　ˉ14　﹨15　∨11　_2　ˉ4

无　情　有　恨　何　人　觉，　　　　　月　晓　风　清　欲　堕　时。
—　—　｜　｜　—　—　｜　　　　　　　｜　｜　｜　—　｜　｜　。
ˉ7　_8　∨25　﹨14　_5　ˉ11　﹨3　　　﹨6　∨17　ˉ1　_8　﹨2　∨20　ˉ4

倘若在"月晓风清"朦胧的曙色中去看这将落未落的白莲，你会感到她是多么富有一种动人的意态！她简直就是缤袂素巾的瑶池仙子的化身啊！

题　菊　花
唐　黄巢

飒　飒　西　风　满　院　栽，　　　　　蕊　寒　香　冷　蝶　难　来。
｜　｜　—　—　｜　｜　。　　　　　　　｜　｜　｜　｜　—　—　。
﹨15　﹨15　ˉ8　ˉ1　∨14　﹨17　ˉ10　　∨4　ˉ14　_7　﹨23　﹨16　ˉ14　ˉ10

他　年　我　若　为　青　帝，　　　　　报　与　桃　花　一　处　开。
—　—　｜　｜　—　—　｜　　　　　　　｜　｜　—　—　｜　｜　。
_5　_1　∨20　﹨10　ˉ4　_9　﹨8　　　　﹨20　∨6　_4　_6　﹨4　﹨6　ˉ10

黄巢这位农民起义领袖的菊花诗，完全脱出同类作品的窠臼，他决心要让千千万万底层人民化身的菊花同桃花一样享受春天的温暖。——这是诗化了的农民平等思想。

未展芭蕉

唐　钱珝

冷 烛 无 烟 绿 蜡 干，　　芳 心 犹 卷 怯 春 寒。
| 　— — 　| | | 　　　— — — 　| | |
√23 ∧2 ⁻7 _1 ∧2 ∧15 ⁻14　　_7 _12 _12 √16 ∧17 ⁻11 ⁻14

一 缄 书 札 藏 何 事，　　会 被 东 风 暗 折 看。
| — — | | |　　　— | — — | |
∧4 _15 ⁻6 ∧8 _7 _5 ∨4　　∨9 ∨4 ⁻1 _1 ∧28 ∧11 ⁻14

焦心—烛心—芳心，芭蕉—绿蜡—书札，一系列诗意的联想，这未展芭蕉深藏着受到禁锢少女的多么美好的情愫啊！

焚书坑

唐　章碣

竹 帛 烟 销 帝 业 虚，　　关 河 空 锁 祖 龙 居。
| | — — | |　　　— — — | |
∧1 ∧11 _1 _2 ∨8 ∧17 ⁻6　　⁻15 _5 ⁻1 √20 ∨7 ⁻2 ⁻6

坑 灰 未 冷 山 东 乱，　　刘 项 原 来 不 读 书。
— — | | — |　　　— — | | | |
_8 ⁻10 ∨5 ∨23 ⁻15 ⁻1 ∨15　　_11 ∨3 ⁻13 ⁻10 ∨5 ∧1 ⁻6

本诗就秦末动乱的局面，对秦始皇焚书的暴虐行径进行了辛辣的嘲讽和无情的谴责。

己亥岁(二首录一)

唐　曹松

泽 国 江 山 入 战 图，　　生 民 何 计 乐 樵 苏。
| | | — | |　　　| — — | | |
∧11 ∧13 ⁻3 ⁻15 ∧14 ∨17 ⁻7　　_8 ⁻11 _5 ∨8 ∧10 _2 ⁻7

凭 君 莫 话 封 侯 事，　　一 将 功 成 万 骨 枯。
— — | | — —　　　— | | — | |

  _10 ⁻12 ⋋10 ⋎10 ⁻2 _11 ⋎4   ⋋4 ⋎23 ⁻1 _8 ⋎14 ⋋6 ⁻7

  "一将功成万骨枯"是一篇之警策,词约意丰,掷地有声。"一"与"万"、"功"与"枯"的对照,触目惊心;"骨"字极形象骇目:都充分揭示了封建社会的历史本质,有很强的典型性。

寄 人
唐 张 泌

别 梦 依 依 到 谢 家,   小 廊 回 合 曲 阑 斜。
｜   ｜   —   —   ｜   —   。   ｜   —   —   ｜   ｜   —   。
⋋9 ⋋1 ⁻5 ⁻5 ⋎20 ⋎22 _6   ⋎17 _7 ⁻10 ⋋15 ⋋2 ⁻14 _6

多 情 只 有 春 庭 月,   犹 为 离 人 照 落 花。
—   —   ｜   ｜   —   —   ｜   —   —   —   —   ｜   ｜   —   。
_5 _8 ⋎4 ⋎25 ⁻11 _9 ⋋6   _11 ⋎4 ⁻4 ⁻11 ⁻18 ⋋10 _6

  这首代柬的诗,只写小廊曲阑、庭前花月,不需要更多的语言,却比作者自己直接诉说心头的千言万语更有动人心弦的力量。

读长恨辞
宋 李 觏

蜀 道 如 天 夜 雨 淫,   乱 铃 声 里 倍 沾 襟。
｜   ｜   —   —   ｜   ｜   。   ｜   —   —   ｜   ｜   —   。
⋋2 ⋎19 ⁻6 _1 ⋎22 ⋎7 _12   ⋎15 _9 _8 ⋎4 ⋎10 _14 _12

当 时 更 有 军 中 死,   自 是 君 王 不 动 心。
—   —   ｜   ｜   —   —   ｜   ｜   ｜   —   —   ｜   ｜   —   。
_7 ⁻4 ⋎24 ⋎25 ⁻12 ⁻1 ⋎4   ⋎4 ⋎4 ⁻12 _7 ⋋5 ⋎1 _12

  作者以军中将士之死"不动心"与马嵬杨妃之死"倍沾襟"对比,对"君王"作有力的谴责,与《长恨歌》(847)的主题截然不同,在同类诗中立意翻新,耐人寻味。

题 春 晚
宋 周敦颐

花 落 柴 门 掩 夕 晖,   昏 鸦 数 点 傍 林 飞。

　— ｜　— ｜　— ｜　　　　　　　　— — ｜　— ｜　°
　_6 ＼10 _9 ⁻13 ✓28 ＼11 ⁻5　　　⁻13 _6 ✓7 28 ＼23 _12 ⁻5

吟　余　小　立　阑　干　外，　　　遥　见　樵　渔　一　路　归。

　_12 ⁻6 ✓17 ＼14 ⁻14 ⁻14 ＼9　　　_2 ＼17 _2 ⁻6 ＼4 ✓7 ⁻5

诗人"小立""春晚"三景：花自"落"，鸦在"飞"、人正"归"，作为北宋理学开山祖师周敦颐的为人与本诗的意境是一样的，静而不寂，饶有生意。

乌江亭
宋　王安石

百　战　疲　劳　壮　士　哀，　　　中　原　一　败　势　难　回。
｜　｜　— ｜　— ｜　°　　　　　　— — ｜　— ｜　— °
＼11 ＼17 ⁻4 _4 ＼23 ✓4 ⁻10　　　⁻1 ⁻13 ＼4 _10 ＼8 ⁻14 ⁻10

江　东　子　弟　今　虽　在，　　　肯　与　君　王　卷　土　来？
— — ｜　｜ — — ｜　　　　　　　｜　｜　｜　— ｜
⁻3 ⁻1 ✓4 ＼8 _12 ⁻4 ＼11　　　✓24 ✓6 ⁻12 _7 ✓16 ✓7 ⁻10

本诗选自《宋诗三百首》。王安石以一个政治家的敏锐眼光，从民心向背角度对杜牧"包羞忍耻"、"卷土重来"(201)之论提出异议，独具只眼，议论精警。

元　日
宋　王安石

爆　竹　声　中　一　岁　除，　　　春　风　送　暖　入　屠　苏。
｜　｜　— — ｜　— ｜　°　　　　— — ｜　— ｜　— °
＼19 ＼1 _8 ⁻1 ＼4 ＼8 ⁻6 邻韵　　⁻11 ⁻1 ＼1 ✓14 ＼14 ⁻7 ⁻7

千　门　万　户　瞳　瞳　日，　　　总　把　新　桃　换　旧　符。
— — ｜　— ｜　— ｜　　　　　　｜　｜　｜　— ｜　°
_1 ⁻13 ＼14 ✓7 ⁻1 ⁻1 ＼4　　　✓1 ✓21 ⁻11 _4 ＼15 ＼26 ⁻7

本诗选自《宋诗三百首》。全诗洋溢着喜庆的基调，反映了作者开始推行新法、实行改革时的欢快心情。后联还表现了新事物必然代替旧事物的哲理规律。

泊船瓜洲

宋　王安石

京 口 瓜 洲 一 水 间，
— ｜ — ｜ ｜ —
_8 ∨25 _6 _11 ∨4 ‾4 ‾15

钟 山 只 隔 数 重 山。
— ｜ ｜ ｜ — —°
‾2 ‾15 ∨4 ∧11 ∨7 ‾2 ‾15

春 风 又 绿 江 南 岸，
— — ｜ ｜ — — ｜
‾11 _1 ∨26 ∧2 ‾3 _13 ∨15

明 月 何 时 照 我 还？
— ｜ — ｜ ｜ —°
_8 ∧6 _5 ‾4 ∨18 ∨20 ‾15

本诗是字斟句酌的著名诗例之一，第三句第四字曾先后用"到"、"过"、"入"、"满"等十多字，诗人都不满意，最后才定为"绿"，把无形的春风转换成鲜明的视觉形象：春风拂煦，百草始生，千里江岸，一片新绿。

东　坡

宋　苏　轼

雨 洗 东 坡 月 色 清，
｜ ｜ — — ｜ ｜ —°
∨7 ∨8 _1 _5 _6 ∧13 _8

市 人 行 尽 野 人 行。
｜ — — ｜ ｜ — —°
∨4 ‾11 _8 ∨11 ∨21 ‾11 _8

莫 嫌 荦 确 坡 头 路，
｜ — ｜ ｜ — — ｜
∧10 _14 ∧3 ∧3 _5 _11 ∨7

自 爱 铿 然 曳 杖 声。
｜ ｜ — — ｜ ｜ —°
∨4 ∨11 _8 _1 ∨8 ∨22 _8

诗人自号"东坡君士"，是因为"东坡"是他被贬黄州，灌注了辛勤劳动，结下深厚感情的一个生活天地。"荦确坡头路"是诗人坎坷的仕途，"铿然曳杖声"是诗人乐观的态度。

鄂州南楼书事四首(其一)

宋　黄庭坚

四 顾 山 光 接 水 光，
｜ ｜ — — ｜ ｜ —°
∨4 ∨7 ‾15 _7 ∧16 ∨4 _7

凭 栏 十 里 芰 荷 香。
— — ｜ ｜ ｜ — —°
_10 ‾14 ∧14 ∨4 ∨4 _5 _7

清　风　明　月　无　人　管，
— — — ｜ — ｜ —
＿8 ⁻1 ＿8 ﹨6 ⁻7 ⁻11 ∨14

并　作　南　楼　一　味　凉。
｜ — ｜ ｜ ｜ ｜ —。
﹨24 ﹨10 ＿13 ＿11 ﹨4 ∨5 ＿7

本诗有太白遗响，写景清新淡雅，抒情含蓄蕴藉，风神摇曳悠远，令人回味无穷，是诗人在历经六年的贬谪生涯后于山水禅理中所获得的心灵解脱。

春日五首(其一)
宋　秦观

一　夕　轻　雷　落　万　丝，
｜ ｜ — ｜ ｜ ｜ —。
﹨4 ﹨11 ＿8 ⁻10 ﹨10 ﹨14 ⁻4

霁　光　浮　瓦　碧　参　差。
｜ — — ｜ ｜ ｜ —。
﹨8 ＿7 ＿11 ∨21 ﹨11 ＿12 ⁻4

有　情　芍　药　含　春　泪，
｜ — ｜ ｜ — — ｜
∨25 ＿8 ﹨10 ﹨10 ＿13 ⁻11 ﹨4

无　力　蔷　薇　卧　晓　枝。
｜ ｜ — — ｜ ｜ —。
⁻7 ﹨13 ＿7 ⁻5 ﹨21 ∨21 ⁻4

本诗写景赋予人的情态，一个"含"字，一个"卧"字，不仅刻画了芍药、蔷薇雨后的娇弱状态，传出了它们的愁绪，而且诗人的惜花之情也包孕其中了。自金元好问《论诗绝句》称其为"女郎诗"后，本诗几成作者的标志性作品了。

题　画
宋　李唐

云　里　烟　村　雨　里　滩，
— ｜ — ｜ ｜ — —。
⁻12 ∨4 ＿1 ⁻13 ∨7 ∨4 ⁻14

看　之　容　易　作　之　难。
｜ — ｜ ｜ ｜ ｜ —。
﹨15 ⁻4 ＿2 ﹨4 ﹨10 ⁻4 ⁻14

早　知　不　入　时　人　眼，
｜ — ｜ ｜ — — ｜
∨19 ⁻4 ﹨5 ﹨14 ⁻4 ⁻11 ∨15

多　买　燕　脂　画　牡　丹。
｜ ｜ — ｜ ｜ ｜ —。
＿5 ∨9 ＿1 ⁻4 ﹨10 ﹨25 ⁻14

"题画"仅首句，余三句皆借题发挥，次句是常人都懂的哲理，后两句是反话，既包含着带泪的幽默，又喷射出忿世的怒火，亦庄，亦谐，痛快，淋漓，讥讽当时社会崇尚艳丽花鸟画的风气。

题访戴图

宋　曾　幾

|　小　艇　相　从　本　不　期，　　　　刬　中　雪　月　并　明　时。
|　｜　｜　—　—　｜　｜　。　　　　｜　—　｜　｜　—　—　。
√17　√24　_7　⁻2　_13　人5　⁻4　　　√28　⁻1　人9　人6　丶24　_8　⁻4

不　因　兴　尽　回　船　去，　　　　那　得　山　阴　一　段　奇？
｜　—　｜　｜　—　｜　。　　　　｜　｜　—　—　｜　｜　。
人5　⁻11　丶25　√11　⁻10　_1　丶6　　　√20　人13　⁻15　_12　人4　丶15　⁻4

　　《世说新语·任诞》载：晋王徽之(字子猷)居山阴，一个雪夜忽忆戴逵，时戴在剡溪，遂连夜乘船往访。经一夜到达，没进门就回来了。人问其故，他说："吾本乘兴而行，兴尽而返，何必见戴？"诗人认为，正因为王子猷风神洒落，把访戴而不见戴的事不挂心头，才能真正领悟到山阴山水之奇妙，对"雪夜访戴"的典故深入一层，翻出新意。

和张矩臣水墨梅五绝(其五)

宋　陈与义

|　自　读　西　湖　处　士　诗，　　　　年　年　临　水　看　幽　姿。
|　｜　｜　—　—　｜　｜　。　　　　—　—　—　｜　｜　—　。
丶4　人1　⁻8　⁻7　_6　√4　⁻4　　　_1　_1　_12　√4　丶15　_11　⁻4

晴　窗　画　出　横　斜　影，　　　　绝　胜　前　村　夜　雪　时。
—　—　｜　｜　—　—　。　　　　｜　｜　—　—　｜　｜　。
_8　⁻3　丶10　人4　_8　_6　√23　　　人9　丶25　_1　⁻13　丶22　人9　⁻4

　　这组水墨诗是陈与义二十九岁时的成名作。本诗先说自从读了林逋"疏影"、"暗香"(322)名句后便爱上梅花作铺垫，再说比齐己"前村深雪里，昨夜一枝开"(510)更为超绝，诗意又翻进一层，兴寄深微，格调高远。

潇湘图

宋　张元幹

落　日　孤　烟　过　洞　庭，　　　　黄　陵　祠　畔　白　苹　汀。

```
   |    |    —    —    |    |    。
  ╲10  ╲4  ‾7   _1   ╲21  ╲1   _9
   欲  知  万  里  苍  梧  眼，
   |    |    |    —    —    —    |
  ╲2   ‾4   ╲14  ╲4  _7   ‾7   ╲15
```

```
   —    —    —    |    |    —    。
  _7   _10  ‾4  ╲15  ╲11  _8   _9
   泪  尽  君  山  一  点  青。
   —    —    |    —    |    —    。
  ╲4  ╲11  ‾12  _15  ╲4  ╲28  _9
```

本诗避开"斑竹"之典，即景生情，别构其境。君山既是即将滴落湖中的最后一滴泪水，那么，整个洞庭湖水自然都是二妃之泪汇成的了，悲痛之深，自可想见。

题青泥市壁
宋 岳 飞

```
   雄  气  堂  堂  贯  斗  牛，
   —    |    —    |    |    —    。
  ‾1   ╲5   _7   _7  ╲15  ╲25  _11
   斩  除  顽  恶  还  车  驾，
   |    —    |    —    |    —    |
  ╲29  ‾6  ‾15  ╲10  ‾15  _6  ╲22
```

```
   誓  将  贞  节  报  君  仇。
   |    —    |    |    —    —    。
  ╲8   _7   _8   ╲9  ╲20  ‾12  _11
   不  问  登  坛  万  户  侯。
   |    —    —    |    —    —    。
  ╲5  ╲13  _10  ‾14  ╲14  ╲7  _11
```

这首"言志"诗表现了岳飞的丧地辱国之恨，而以其英雄之气感人。读这首诗，也如读作者的《满江红》词一样，"仰天长啸，壮怀激烈"，大义凛然，充满豪气。

江 上
宋 董 颖

```
   万  顷  沧  江  万  顷  秋，
   |    |    —    —    |    |    。
  ╲14  ╲23  _7   ‾3  ╲14  ╲23  _11
   摩  挲  数  尺  沙  边  柳，
   —    |    |    —    |    —    。
  _5   _5   ╲7  ╲11  _6   _1  ╲25
```

```
   镜  天  飞  雪  一  双  鸥。
   |    —    |    |    —    —    。
  ╲24  _1   ‾5   ╲9  ╲4   ‾3  _11
   待  汝  成  阴  系  钓  舟。
   |    |    —    |    |    —    。
  ╲10  ╲6   _8  _12  ╲8  ╲18  _11
```

折柳赠别，咏柳赋别，都有一个"别"字。本诗另翻新意，把柳与"不别"搭起来，祈请高仅数尺的小柳快长成荫，系住钓舟，使我从此可以不别故乡、不别亲人。运思既妙，立意也高，天然含蓄，新颖贴切。

梅　花

宋　陈　焕

云 里 溪 桥 独 树 春，　　　客 来 惊 起 晓 妆 匀。
— | — — | | 。　　　　 | — — | | 。
ˉ12 ˇ4 ˉ8 _2 ⩗1 ⩗7 ˉ11　　⩗11 ˉ10 _8 ˇ4 _17 _7 ˉ11

试 从 意 外 看 风 味，　　　方 信 留 侯 似 妇 人。
| — | | | — |　　　　 — | | | | — 。
⩗4 ˉ2 ⩗4 ⩗9 ˉ14 ˉ1 ⩗5　　　_7 ⩗12 _11 _11 ˇ4 ⩗7 ˉ11

　　一首饶有新意的咏梅诗：梅花—美人—留侯，张良恂恂如处子般的姣好外貌与
这株梅花晓妆初匀的风韵多么相似！真是异想天开，想落天外。

剑门道中遇微雨

宋　陆　游

衣 上 征 尘 杂 酒 痕，　　　远 游 无 处 不 消 魂。
— | — — | | 。　　　　 | — — | | 。
ˉ5 ⩗23 _8 ˉ11 ⩗15 ˇ25 ˉ13　　ˇ13 _11 ˉ7 ⩗6 ⩗5 _2 ˉ13

此 身 合 是 诗 人 未？　　　细 雨 骑 驴 入 剑 门。
| — | | | — |　　　　 | | — — | | 。
ˇ4 ˉ11 ⩗15 ˇ4 ˉ4 ˉ11 ⩗5　　　⩗8 ˇ7 ˉ4 ⩗6 ⩗14 ⩗29 ˉ13

　　一首广泛传诵的名作。诗人自问：难道我只是一个诗人、"细雨骑驴入剑门"，
去过安乐生活，而不是"铁马秋风大散关"（538），"衣上征尘"，去过战地生活吗？

沈园二首(其二)

宋　陆　游

梦 断 香 销 四 十 年，　　　沈 园 柳 老 不 吹 绵。
| | — — | | 。　　　　 — | | | | — 。
⩗1 ⩗15 _7 _2 ⩗4 ⩗14 _1　　　_12 ˉ13 ˇ25 ˇ19 ⩗5 ˉ4 _1

此 身 行 作 稽 山 土，　　　犹 吊 遗 踪 一 泫 然！
| — — | — — |

$\vee$4　$^-$11　_8　$\searcek$10　$^-$8　$^-$15　$\vee$7　　　　　　_11　$\searrow$18　$^-$4　$^-$2　$\searrow$4　$\vee$16　_1

　　尽管"此身行作稽山土",将不久于人世,但对唐婉眷念之情永不泯灭,所以"犹吊遗踪一泫然!"其中有爱、有恨、有悔……饱含诗人多少复杂的感情啊!

梅花绝句
宋　陆　游

闻　道　梅　花　坼　晓　风,　　　　雪　堆　遍　满　四　山　中。
—　｜　｜　—　｜　—　—　　　　—　—　｜　—　—　｜　—
$^-$12　$\vee$19　$^-$10　_6　$\searrow$11　$\vee$17　$^-$1　　　　$\searrow$9　$^-$10　$\searrow$17　$\vee$14　$\searrow$4　$^-$15　_1

何　方　可　化　身　千　亿?　　　　一　树　梅　前　一　放　翁。
—　—　｜　｜　—　｜　｜　　　　—　｜　—　—　｜　—　—
_5　_7　$\vee$20　$\searrow$22　$^-$11　_1　$\searrow$13　　　　$\searrow$4　$\vee$7　$^-$10　_1　$\searrow$4　$\searrow$23　$^-$1

　　有什么方法能把自己化为千亿个人,让每一支梅花前都有个放翁呢?诗人逸兴遄飞,其对梅的痴情,通过这一设想,得到了淋漓尽致的表现,格调极高。林逋爱梅,在其韵;放翁爱梅,在其格。

示　儿
宋　陆　游

死　去　元　知　万　事　空,　　　　但　悲　不　见　九　州　同。
｜　｜　—　—　｜　｜　—　　　　｜　—　｜　｜　—　—　—
$\vee$4　$\searrow$6　$^-$13　$^-$4　$\searrow$14　$\searrow$4　$^-$1　　　　$\vee$14　$^-$4　$\searrow$5　$^-$17　$\vee$25　_11　$^-$1

王　师　北　定　中　原　日,　　　　家　祭　无　忘　告　乃　翁。
—　—　｜　｜　—　—　｜　　　　—　｜　—　—　｜　—　—
_7　$^-$4　$\searrow$13　$\searrow$25　$^-$1　$^-$13　$\searrow$4　　　　_6　$\searrow$8　$^-$7　_7　$\searrow$20　$\vee$10　$^-$1

　　这是诗人的绝笔,也是遗嘱。陆游享年八十五岁,存诗九千多首,在古代诗人中是少见的;而以对国家民族一往情深、九死不悔的本诗作为压卷之作,更是如后世梁启超所说"亘古男儿一放翁"(236)。

夏日田园杂兴十二绝（其一）

宋　范成大

梅 子 金 黄 杏 子 肥，　　　麦 花 雪 白 菜 花 稀。
— | — — | | ⌣　　　| — | | | | ｡
⁻10 ⌵4 ⌐12 ⁻7 ⌵23 ⌵4 ⁻5　　　﹨11 ⁻6 ﹨9 ﹨11 ﹨11 ⁻6 ⁻5

日 长 篱 落 无 人 过，　　　惟 有 蜻 蜓 蛱 蝶 飞。
| | — | — — |　　　| — | | | | ｡
﹨4 ⁻7 ⁻4 ﹨10 ⁻7 ⁻11 ﹨21　　　⁻4 ⌵25 ⁻8 ⁻9 ﹨16 ﹨16 ⁻5

"梅子"对"杏子"，"麦花"对"菜花"是句内对；"梅子"对"麦花"，"杏子"对"菜花"，"金黄"对"雪白"，"肥"对"稀"是句间对；第四句把杜甫"穿花蛱蝶深深见，点水蜻蜓款款飞"(318)两句合为一：这三句都是非常优美的"田园诗人"写景诗。

小　池

宋　杨万里

泉 眼 无 声 惜 细 流，　　　树 阴 照 水 爱 晴 柔。
— | — — | | —　　　| — · | | | | ｡
⁻1 ⌵15 ⁻7 ⁻8 ﹨11 ﹨8 ⁻11　　　﹨7 ⁻12 ﹨18 ⌵4 ﹨11 ⁻8 ⁻11

小 荷 才 露 尖 尖 角，　　　早 有 蜻 蜓 立 上 头。
| — — | — — |　　　| | — — | | ｡
⌵17 ⁻5 ⁻10 ⌵7 ⁻14 ⁻14 ﹨3　　　⌵19 ⌵25 ⁻8 ⁻9 ﹨14 ﹨23 ⁻11

本诗不仅以小巧玲珑取胜，还在于巧妙地写出了自然物之间的亲密关系，表现了诗人静观自得的心情。"小荷才露尖尖角"是刚萌芽的新生事物，是未来的希望，江苏常熟有一份登载少年儿童作品的刊物就名为《小荷》。

暮热游荷池上五首（其三）

宋　杨万里

细 草 摇 头 忽 报 侬，　　　披 襟 拦 得 一 西 风。
| | — — | | —　　　— — — | | — ｡
﹨8 ⌵19 ⁻2 ⁻11 ﹨6 ﹨20 ⁻2 邻韵　　　⁻4 ⁻12 ⁻14 ﹨13 ﹨4 ⁻8 ⁻1

荷 花 入 暮 犹 愁 热，　　　低 面 深 藏 碧 伞 中。

这是组诗中最出色的一首。下联是"诚斋体"典型的"生擒活捉"的手法，娇嫩的花朵还在碧绿的荷叶中躲躲藏藏不敢抬起脸来，她们心中还有余悸呢！

春　日
宋　朱　熹

胜 日 寻 芳 泗 水 滨，　　　无 边 光 景 一 时 新。

等 闲 识 得 东 风 面，　　　万 紫 千 红 总 是 春。

虽然本诗是既富理趣又富美感的宋诗中名列前茅的佳篇，但我们读本诗，即使不去探索它"寻芳"即求圣人之道（"洙泗上，弦歌地"为春秋时孔子讲学之地）的本意，只是作为一首单纯的游春诗，也有很大的艺术感染力。"万紫千红总是春"，多么美好的春天啊！

观书有感二首(其一)
宋　朱　熹

半 亩 方 塘 一 鉴 开，　　　天 光 云 影 共 徘 徊。

问 渠 那 得 清 如 许？　　　为 有 源 头 活 水 来。

这是一首著名的哲理诗，但并无"理障"，很有理趣。后联既是对前联所绘感性形象的理性认识，又补充了前联所绘的感性形象。"为有源头活水来"是充满哲理、众口传诵的名句。

过垂虹

宋　姜夔

自作新词韵最娇，　　　　小红低唱我吹箫。
｜　｜　｜　—　—　｜　｜　　｜　—　—　｜　｜　｜　。
ⅴ4　ﾍ10　¯11　¯4　ⅴ13　ⅴ9　_2　　　ⅴ17　¯1　¯8　ⅴ23　ⅴ20　¯4　_2

曲终过尽松陵路，　　　　回看烟波十四桥。
｜　｜　｜　｜　—　｜　｜　　—　—　｜　—　｜　｜　。
ⅴ2　¯1　ⅴ21　ⅴ11　¯2　_10　ⅴ7　　¯10　ⅴ15　_1　_5　ﾍ14　ⅴ4　_2

　　归途中，小红轻启樱唇，宛转低唱我自度的《暗香》《疏影》两曲，我自己则在一旁吹箫伴奏……诗人乐不可支，似有萧史、弄玉之想。

田家即事

宋　利登

小雨初晴岁事新，　　　　一犁江上趁初春。
｜　｜　｜　—　｜　｜　—　　｜　—　—　｜　｜　｜　。
ⅴ17　ⅴ7　¯6　_8　ⅴ8　ⅴ4　¯11　　ﾍ4　¯8　¯3　ⅴ23　ⅴ12　¯6　¯11

豆畦种罢无人守，　　　　缚得黄茅更似人。
｜　｜　｜　｜　—　｜　｜　　｜　—　—　｜　｜　｜　。
ⅴ26　¯8　ⅴ2　ⅴ22　¯7　¯11　ⅴ25　　ﾍ10　ﾍ13　_7　_3　ⅴ24　ⅴ4　¯11

　　黄茅人在田里迎风摇动，鸟雀望而却飞，这也是笔者小时候在农田里看到的景象，一经入诗，别开生面，风趣横生，构成一幅色彩鲜明的农村画面。

看叶

宋　罗与之

红紫飘零草不芳，　　　　始宜携杖向池塘。
—　｜　—　—　｜　｜　—　　｜　—　—　｜　｜　｜　。
¯1　ⅴ4　_2　_9　ⅴ19　ﾍ5　_7　　ⅴ4　¯4　¯8　ⅴ22　ⅴ23　¯4　_7

看花应不如看叶，　　　　绿影扶疏意味长。
—　—　｜　｜　—　—　｜　　｜　｜　—　—　｜　｜　｜　。

‾14 ＿6 ＿10 ∖5 ‾6 ＿14 ∖16　　　∖2 ∖23 ‾7 ‾6 、4 、5 ＿7

春天是短暂的,人们不应只留恋春天的多姿多彩,春天过后,照样有令人陶醉的景色。因为,红花必须绿叶扶,绿叶美感比花长。既含哲理,又富情趣。

伯牙绝弦图

宋　郑思肖

终　不　求　人　更　赏　音，　　　只　当　仰　面　看　山　林。

— 　｜　 — 　 —　 ｜　｜　｜　　　 ｜　｜　 — 　 —　｜　 — 　。

‾1　∖5　＿11　‾11　∖24　∨22　＿12　　　∨4　＿7　∨22　＿17　、15　‾15　＿12

一　双　闲　手　无　聊　赖，　　　满　地　斜　阳　是　此　心。

｜　 — 　 — 　 ｜　 — 　 ｜　｜　　　｜　｜　 — 　 — 　｜　｜　 — 　。

∖4　‾3　＿15　∨25　‾7　＿2　、9　　　∨14　、4　＿6　＿7　∨4　∨4　＿12

钟子期听琴图

宋　郑思肖

一　契　高　山　流　水　心，　　　形　神　空　静　两　忘　情。

｜　｜　 — 　 — 　 — 　 ｜　 ｜　— 变格4　　— 　 — 　 — 　 ｜　 — 　 ｜　 — 　。

∖4　、8　＿4　‾15　＿11　∨4　＿12　　　＿9　‾11　‾1　∨23　∨22　＿7　＿8

似　非　父　母　所　生　耳，　　　听　见　伯　牙　声　外　声。

｜　 — 　 ｜　 ｜　 ｜　 — 　 ｜　　　 — 　 ｜　 ｜　 — 　 ｜　 ｜　— 小拗、孤平救

∨4　‾5　∖7　∨7　∨6　＿8　∨4　　　＿9　、17　∖11　＿6　＿8　、9　＿8

本诗非正格,因与上首紧密相连,故录此。又本诗中"心"与"情"、"声"本不能协韵;但依《词韵》,"心"属第十三部,"情"、"声"属第十一部,两部可通押,故协韵。

伯牙绝弦的故事,见于《列子·汤问》。伯牙,传说是春秋时人,擅长鼓琴。钟子期,楚国人,精通音律。伯牙鼓琴时,若志在高山,子期便以为"巍巍若泰山";若志在流水,子期亦以为"汤汤若江河"。形神空静,两心相契,这是多么难得的知音。子期一旦溘然长逝,伯牙以为世无知音,便破琴绝弦,终生不复鼓琴。以上两诗,均见作者《所南翁一百二十图诗集》,诗人在自序里说:"凡有求皆不作,绝交游,绝著作,绝倡和,渐绝诸绝以了残妄。"他在宋亡后,"渐绝诸绝"的忠肝义胆和伯牙在子期死后毁琴绝弦的高尚情操息息相通。"遍地斜阳是此心",正是借伯牙以喻自己宋亡后画兰不画土(444)的耿耿之心,是全诗之警策。

题 画 屏

金　完颜亮

万 里 车 书 一 混 同，　　　江 南 岂 有 别 疆 封？
∣　∣　—　—　∣　∣　。　　　—　∣　∣　—　∣　—　。
↘14 ↙4　_6　ˉ6 ↘4 ↙13 ˉ1 邻韵　　ˉ3 _13 ↙5 ↙25 ↘9　_7　ˉ2

提 兵 百 万 西 湖 上，　　　立 马 吴 山 第 一 峰。
—　—　∣　∣　—　—　∣　　　∣　∣　—　—　∣　∣　—　。
ˉ8　_8 ↘11 ↘14 ˉ8 ˉ7 ↘23　　↘14 ↙21 _7 ˉ15 ˉ8 ↘4 ˉ2

　　这是处于上升阶段的金一国之君所写的诗，体现了一统江山的雄心壮志，征服天下的勃勃生气。本首皆正格，且无可平可仄、首句入韵的七言律绝，说明女真贵族完全被融入汉文化的传统了。

论诗三十首(其四)

金　元好问

一 语 天 然 万 古 新，　　　豪 华 落 尽 见 真 淳。
∣　∣　—　—　∣　∣　。　　　—　—　∣　∣　∣　—　。
↙4 ↙6　_1　_1 ↘14 ↙7 ˉ11　　_4　_6 ↘10 ↙11 ↘17 ˉ11 ˉ11

南 窗 白 日 羲 皇 上，　　　未 害 渊 明 是 晋 人。
—　—　∣　∣　—　—　∣　　　∣　∣　—　—　∣　∣　—　。
_13 ˉ3 ↘11 ↙4 ˉ4　_7 ↘23　　↘5 ↙9　_1　_8 ↙4 ↘12 ˉ11

　　元好问二十八岁时创作了一组三十首很有影响的论诗绝句，纵论自汉魏以迄赵宋的许多代表性诗人、作品和流派，其中贯彻、体现着作者的诗学主张与鉴赏情趣。本首专论晋代诗人陶渊明。上联是对陶诗的评价，先写外在语言风貌，进而深入到诗的内涵；下联是对陶渊明的评价，既向往上古、欲超脱现实，而又是关心现实、匡时济世的晋人。

论诗三十首(其七)

金　元好问

慷 慨 歌 谣 绝 不 传，　　　穹 庐 一 曲 本 天 然。

　｜　　｜　一　　｜　｜　｜　　　　　　　一　一　｜　｜　一　。
√22 ╲11 ＿5 ＿2 ╲9 ╲5 ＿1　　　　￣1 ＿6 ╲4 ╲2 √13 ＿1 ＿1

中　州　万　古　英　雄　气，　　　　也　到　阴　山　敕　勒　川。

　一　一　｜　√7 ＿8 一　╲　　　　　╲　╲　｜　｜　╲　╲　一
￣1 ＿11 ╲14 √7 ＿8 ￣1 ╲5　　　√21 ╲20 ＿12 ￣15 ╲13 ╲13 ＿1

诗人把《敕勒歌》(1058)归结为两点：一是"天然"本色，一是"英雄"之气。这和
整个组诗的观点是一致的，也是元好问的诗学主张与鉴赏情趣。

论诗三十首(其十二)

金　元好问

　｜　　｜　一　一　｜　。　　　　｜　一　｜　一　一　｜　。
"望　帝　春　心　托　杜　鹃"，　　佳　人　锦　瑟　怨　华　年。

╲23 ╲8 ￣11 ＿12 ╲10 √7 ＿1　　￣9 ＿11 √26 ╲4 ＿14 ＿6 ＿1

　一　　一　｜　╲　一　一　。　　　　一　╲　一　一　╲　╲　。
诗　家　总　爱　西　昆　好，　　　　独　恨　无　人　作　郑　笺。

￣4 ＿6 √11 ╲11 ￣8 ￣13 √19　　╲1 ╲14 ￣7 ￣11 ╲10 ╲24 ＿1

诗人以追忆逝水年华的《锦瑟》(269)概括了李商隐诗歌风格的两个方面：既华
艳工巧，又曲折隐晦。然后诗人又发出感叹：历来诗家都爱好李商隐的诗（以组织
典故、华丽精巧的"西昆"体指李商隐诗），却因其诗意晦涩而怨恨无人如东汉经学
家郑玄为儒家经典作笺注那样为之诠释。

论　诗

金　元好问

　｜　　｜　一　一　｜　｜　｜　。　　　｜　一　｜　一　一　｜　。
晕　碧　裁　红　点　缀　匀，　　　　一　回　拈　出　一　回　新。

╲13 ╲11 ￣10 ＿1 √28 ╲8 ￣11　╲4 ＿10 ＿14 ╲4 ╲4 ￣10 ￣11

　一　一　｜　｜　｜　一　。　　　　　｜　｜　一　一　｜　｜　。
鸳　鸯　绣　了　从　教　看，　　　　莫　把　金　针　度　与　人。

￣13 ＿7 ╲26 ￣17 ￣2 ＿3 ╲15　　╲10 √21 ＿12 ＿12 ╲7 √6 ￣11

本诗中，诗人用绘画、绣花作比喻，说明写诗要在谋篇立意，用字用句上反覆斟
酌、推敲琢磨，才能够光景常新，达到情景交融、不落窠臼的地步。

博浪沙
元　陈孚

一　去　车　中　胆　气　豪，　　　祖　龙　社　稷　已　惊　摇。
｜　｜　—　｜　｜　—　｜　　　｜　—　｜　｜　—　｜　｜
λ4　λ12　_6　⁻1　√27　、5　_4 邻韵　　　√7　⁻2　√21　λ13　√4　_8　_2

如　何　十　二　金　人　外，　　　犹　有　民　间　铁　未　销？
—　—　｜　｜　—　｜　｜　　　｜　｜　—　｜　—　｜　｜
⁻6　_5　λ14　√4　_12　⁻11　√9　　　_11　√25　⁻11　⁻15　λ9　√5　_2

本诗借古喻今,警告当时的蒙古统治者:你们的下场,也不会与秦王朝两样,最终将被你们所压迫的人民及其手中未销之铁所"惊摇"、所推翻! 本诗若与唐章碣《焚书坑》(207)共读,可见尽现唐人神髓。

宿浚仪公湖亭(其二)
元　杨载

两　两　三　三　白　鸟　飞，　　　背　人　斜　去　落　渔　矶。
｜　｜　—　—　｜　｜　—　　　｜　—　｜　｜　—　｜　—
√22　√22　_13　_13　λ11　√17　⁻5　　　、11　⁻11　_6　、6　λ10　_6　⁻5

雨　余　不　遣　浓　云　散，　　　犹　向　山　前　拥　翠　微。
｜　—　｜　｜　—　—　｜　　　—　｜　—　—　｜　｜　—
√7　⁻6　λ5　√16　⁻2　_12　、15　　　_11　、23　⁻15　_1　√2　、4　⁻5

在诗人笔下,飞鸟和闲云都有了灵性:飞鸟从动到静,调皮而轻盈;闲云从静到动,温柔而多情。它们与湖光山色一起,构成了一幅清雅素淡的水墨画。

题春江渔父图
元　杨维桢

一　片　青　天　白　鹭　前，　　　桃　花　水　泛　住　家　船。
｜　｜　—　—　｜　｜　—　　　—　—　—　｜　｜　｜　—
λ4　、17　_9　_1　λ11　√7　_1　　　_4　_6　√4　、30　、7　_6　_1

呼　儿　去　换　城　中　酒，　　　　　新　得　槎　头　缩　项　鳊。
— 　｜　｜　｜　— 　｜　｜　　　　　— 　｜　— 　— 　｜　｜　｜
‾7　‾4　ᵥ6　ᵥ15　ˍ8　‾1　ᵛ25　　　　‾11　ʎ13　ˍ6　ˍ11　ʎ1　ᵥ3　ˍ1

此类诗中的"渔父"，大多数是隐士高人的化身。本诗中的"渔父"，却是一个真正的打渔者，我们看到的是渔父的自给自足、自得其乐的真实的生活。

春　蚕
明　刘　基

可　笑　春　蚕　独　苦　辛，　　　　　为　谁　成　茧　却　焚　身。
｜　｜　— 　｜　｜　｜　　　　　　　｜　｜　— 　｜　｜　—
ᵛ20　ᵥ18　‾11　ˍ13　ʎ1　ᵛ7　‾11　　　ᵥ4　‾4　ˍ8　ᵛ16　ʎ10　‾12　‾11

不　如　无　用　蜘　蛛　网，　　　　　网　尽　蜚　虫　不　畏　人。
｜　｜　— 　｜　— 　— 　　　　　　　｜　— 　— 　｜　｜　—
ʎ5　‾6　ˍ7　ᵥ2　‾4　‾7　ᵛ22　　　　ᵛ22　ᵥ11　ˍ5　ˍ1　ʎ5　ᵥ5　‾11

本诗标新立异，诗人以蜘蛛的"不畏人"，敢于"网尽蜚虫"、诛除丑恶的精神，来反衬春蚕的盲目"焚身"，所提的疑问是有力的，并能引起人们的思考。其实，这是作者处于元末那个特定时代的知识人士的一种典型心理，后来他就投奔朱元璋辅佐其成就帝业、成为明朝的开国功臣之一。

雨后慰池上芙蓉
明　徐　贲

池　上　新　晴　偶　得　过，　　　　　芙　蓉　寂　寞　照　寒　波。
— 　｜　— 　— 　｜　｜　　　　　　　— 　— 　｜　｜　｜　—
‾4　ᵥ23　‾11　ˍ8　ᵛ25　ʎ13　ˍ5　　　‾7　‾2　ʎ12　ʎ10　ᵥ18　‾14　ˍ5

相　看　莫　厌　秋　情　薄，　　　　　若　在　春　风　怨　更　多。
— 　— 　｜　｜　— 　— 　　　　　　　｜　｜　— 　— 　｜　—
ˍ7　‾14　ʎ10　ᵥ29　ˍ11　ˍ8　ʎ10　　ʎ10　ᵥ11　‾11　‾1　ᵥ14　ˍ24　ˍ5

芙蓉啊，秋天虽然摧折了你，但你毕竟已经到了该凋谢的时节了；要是在春天，你那红艳的花朵崭露于绿波之上，摇曳于春风之中，却无人观赏、无人采摘，你的哀怨难道不会更多吗？

田舍夜春

明　高　启

新 妇 春 粮 独 睡 迟，　　夜 寒 茅 屋 雨 来 时。

灯 前 每 嘱 儿 休 哭，　　明 日 行 人 要 早 炊。

　　本诗是古代劳动妇女的一曲颂歌,诗人用最朴素的笔墨,绘出一幅田舍夜春的生活图景,从中汩汩流出深厚的人情味。

发 淮 安

明　杨士奇

岸 蓼 疏 红 水 荇 青，　　茨 菰 花 白 小 如 萍。

双 鬟 短 袖 惭 人 见，　　背 立 船 头 自 采 菱。

　　一个"背"字,把因羞而自避的采菱女的神态刻画得极富情味,我们虽未看到那姑娘的容貌,但从她的神态中完全可以想见她一定像淡红的蓼草花、碧青的荇菜根、嫩白的茨菰花般清秀美丽。

题 画

明　庄　杲

老 眼 江 山 处 处 新，　　雪 中 天 地 更 精 神。

傍 人 岂 识 尧 夫 意，　　未 有 深 冬 未 有 春。

　　— 　— 　｜ 　｜ 　— 　— 　｜　　　　｜ 　— 　— 　｜ 　｜ 　。
　　_7 　⁻11 　√5 　ㄨ13 　_2 　⁻7 　ㄟ4　　　ㄟ5 　√25 　_12 　⁻2 　ㄟ5 　√25 　⁻11

"未有深冬未有春",因此,老年人不应该哀衰叹老,应自觉"更精神",视老年与少壮为同样的"新"趣盎然的人生良辰佳时,应充分认识到老年的独特之价值。所以,本诗是一篇出色的黄昏颂。("尧夫"指宋代邵雍,字尧夫,见627)

风雨浃旬,厨烟不继,涤砚呪笔,萧条若僧,因题绝句八首,奉寄孙思和(其五)

明　唐　寅

　　领　解　皇　都　第　一　名，　　　　猖　披　归　卧　旧　茅　衡　。
　　｜ 　｜ 　— 　— 　｜ 　｜ 　。　　　　｜ 　｜ 　｜ 　— 　｜ 　。
　　√23 　√9 　_7 　⁻7 　ㄟ8 　ㄨ4 　_8　　　_7 　⁻4 　⁻5 　ㄨ21 　ㄟ26 　_3 　_8
　　立　锥　莫　笑　贫　无　地，　　　　万　里　江　山　笔　下　生　。
　　｜ 　— 　｜ 　｜ 　— 　— 　｜　　　　｜ 　｜ 　— 　— 　｜ 　。
　　ㄨ14 　⁻4 　ㄨ10 　⁻18 　⁻11 　⁻7 　ㄟ4　　　ㄟ14 　√4 　⁻3 　⁻13 　ㄨ4 　ㄟ22 　_8

　　本诗是唐寅一生的写照。他的人生遭受巨大挫折,此时又"立锥""无地",但一旦进入艺术领域,他是富有"万里江山"的,他是自由自在的,他是至高至尊的。

石潭即事(其四)

明　李　贽

　　若　为　追　欢　悦　世　人，　　　　空　劳　皮　骨　损　精　神　。
　　｜ 　｜ 　— 　— 　｜ 　｜ 　。　　　　｜ 　｜ 　｜ 　— 　｜ 　。
　　ㄨ10 　ㄟ4 　⁻4 　⁻14 　ㄨ9 　ㄟ8 　⁻11　　　⁻1 　_4 　⁻4 　ㄨ6 　√13 　_8 　⁻11
　　年　来　寂　寞　从　人　谩，　　　　祇　有　疏　狂　一　老　身　。
　　— 　— 　｜ 　｜ 　— 　— 　｜　　　　｜ 　｜ 　— 　— 　｜ 　。
　　_1 　⁻10 　ㄨ12 　ㄨ10 　_2 　⁻11 　ㄟ15　　　⁻4 　√25 　⁻6 　_7 　ㄨ4 　√19 　⁻11

　　本诗不仅是作者刚强个性和处世态度的自白,也是他与封建卫道者们抗争到底的誓言,并且正是为此而献出了他的生命。

渔　家
明　孙承宗

呵	冻	提	篙	手	未	苏，		满	船	凉	月	雪	模	糊。
—	∣	—	∣	—	∣	∣		∣	∣	—	—	∣	∣	∣

_5　﹨1　‾8　_4　﹀25　﹨5　‾7　　　　﹀14　_1　_7　﹨6　﹨9　‾7　‾7

画	家	不	解	渔	家	苦，		好	作	寒	江	钓	雪	图。
∣	—	∣	∣	—	—	∣		∣	∣	—	—	∣	∣	—

﹨10　_6　﹨5　﹀9　‾6　_6　﹀7　　　　﹨20　﹨10　‾14　‾3　﹨18　﹨9　‾7

本诗不写传统的"寒江钓雪"，而写渔民实际的"呵冻提篙手未苏"。只有深入生活，了解民生疾苦，对渔家寄予同情，才能在创作上有所突破。

读《牡丹亭》绝句
明　冯小青

冷	雨	幽	窗	不	可	听，		挑	灯	闲	看	《牡	丹	亭》。
∣	∣	—	—	∣	∣	—		—	—	∣	∣	∣	—	—

﹀23　﹀7　_11　‾3　﹨10　﹀20　_9　　　　_2　_10　‾15　﹀15　﹀25　‾14　_9

人	间	亦	有	痴	于	我，		岂	独	伤	心	是	小	青。
—	—	∣	∣	—	—	∣		∣	∣	—	—	∣	∣	—

‾11　‾15　﹨11　﹀25　‾4　‾7　﹀20　　　　﹀5　﹨1　_7　_12　﹀4　﹨17　_9

晚明西泠女诗人冯小青，相传是杭州名士冯千秋小妾。她到冯家后不为大妇所容，被迫幽居在孤山脚下，不得与冯千秋相见，每日形影相吊，以泪洗面，只得将满腹的哀怨情思，倾入篇篇诗作，含恨而终时，年仅十八岁。此后，本诗曾被编成昆剧《题曲》搬上舞台，轰动一时。南社诗人柳亚子曾为小青墓题碑曰《明诗人小青女史之墓》，后诗僧苏曼殊故世后，亦择葬于冯墓之侧，成为杭州西湖又一古迹。

题河梁泣别图
明　谭贞良

都	尉	台	前	起	朔	风，		节	旄	空	尽	路	西	东。
—	∣	—	—	∣	∣	—		∣	—	—	∣	∣	—	—

‾7 ﹨5 ‾10 _1 ﹀4 ﹨3 ‾1　　　　﹨9 _4 ‾1 ﹀11 ﹨7 ‾8 ‾1

不　知　别　泪　谁　先　落？　　　同　在　河　梁　夕　照　中。

| — | | | — — |　　　— | — | | | 。

﹨5 ‾4 ﹨9 ﹨4 ‾4 _1 ﹨10　　　‾1 ﹨11 _5 _7 ﹨11 ﹨18 ‾1

苏武归国之际，李陵设宴送行，因顾影自悲，长歌当哭，苏武亦为之泪下。两人行事节操，固有分别；而生平遭遇，都可歌可泣。相别场面，令人感慨万分。

与儿子雍
清　金圣叹

与　汝　为　亲　妙　在　疏，　　　如　形　随　影　只　于　书。

| — | | — | |　　　— | — | | | 。

﹀6 ﹀6 ‾4 ‾11 ﹨18 ﹨11 ‾6　　　‾6 _9 ‾4 ﹀23 ﹀4 _7 ‾6

今　朝　疏　到　无　疏　地，　　　无　着　天　亲　果　宴　如。

— — | — | | |　　　— | | | | | 。

_12 _2 ‾6 ﹨20 _7 ‾6 ﹀4　　　‾7 ﹨10 _1 ‾11 ﹨20 ﹨17 ‾6

这是金圣叹《绝命词》的第二首，与儿子诀别以不能忘情的心声作最后的倾吐。语至哀痛，而于疏散中出之，说他是旷达，毋宁说是沉哀。（"无着"、"天亲"皆南北朝印度高僧，"宴如"即涅槃。）

读史有感
清　吴伟业

弹　罢　薰　弦　便　薤　歌，　　　南　巡　翻　似　为　湘　娥。

— | — — | | 。　　　— — — | | | 。

‾14 ﹨22 ‾12 _1 ﹨17 ﹨10 _5　　　_13 ‾11 ‾13 ﹀4 ﹨4 _7 _5

当　时　早　命　云　中　驾，　　　谁　哭　苍　梧　泪　点　多。

— — | | — — |　　　— | — — | | 。

_7 ‾4 ﹀19 ﹨24 ‾12 ‾1 ﹨22　　　‾4 ﹨1 _7 _7 ﹨4 ﹀28 _5

本诗借用神话传说、历史故事明比暗喻清顺治帝与董鄂妃的爱情，诗意朦胧深折，带有神秘色彩，正适合不便直言其事的特殊题材与题旨。

渡 黄 河

清　宋 琬

倒 泻 银 河 事 有 无？　　　掀 天 浊 浪 只 须 臾。
｜　｜　一　一　｜　一　　　　｜　｜　一　一　｜　一
丶20 ∨21 ⁻11 ⁻5 丶4 ∨25 ⁻7　⁻13 ⁻1 λ3 丶23 丶4 ⁻7 ⁻7

人 间 更 有 风 涛 险，　　　翻 说 黄 河 是 畏 途。
一　一　｜　｜　一　一　｜　　　一　｜　一　一　｜　一
⁻11 ⁻15 丶24 ∨25 ⁻1 ⁻4 ∨28　⁻13 λ9 ⁻7 ⁻5 丶4 丶5 ⁻7

今天我们读本诗，正该激发这样的人生豪气——黄河的"掀天浊浪"既然可御一叶飞舟、凌越于"须臾"之间；那么，人间的险恶"风涛"，为什么就不能在毕生的拼搏中战胜之呢？

漆 树 叹

清　施闰章

斫 取 凝 脂 似 泪 珠，　　　青 柯 缱 好 叶 先 枯。
｜　｜　一　一　｜　｜　一　　　一　｜　一　一　｜　一
λ10 ∨7 ⁻10 ⁻4 ∨4 丶4 ⁻7　⁻9 ⁻5 ⁻10 ∨19 λ16 ⁻1 ⁻7

一 生 膏 血 供 人 尽，　　　涓 滴 还 留 自 润 无？
｜　一　一　一　｜　一　｜　　　一　｜　一　一　｜　一
λ4 ⁻8 ⁻4 λ9 ⁻2 ⁻11 ∨11　⁻1 λ12 ⁻15 ⁻11 丶4 丶12 ⁻7

在作者笔下，那流淌着眼泪、忍受着剧痛的漆树，就是含辛茹苦而又灾难深重的黎民百姓！这是从《诗经》时代开始，并一直贯穿整个封建社会的现实。

月下演东坡语（二首选一）

清　汪 琬

自 入 秋 来 景 物 新，　　　拖 筇 放 脚 任 天 真。
｜　｜　一　一　｜　一　一　　　一　一　｜　一　｜　一
丶4 λ14 ⁻11 ⁻10 ∨23 λ5 ⁻11　⁻5 ⁻2 丶23 λ10 丶27 ⁻1 ⁻11

江 山 风 月 无 常 主，　　　但 是 闲 人 即 主 人。

```
— — — | — — |            | | | — — | | 。
⁻3 ⁻15 ⁻1 ∖6 ⁻7 _7 ∨7      ∨14 ∨4 ⁻15 ⁻11 ∖13 ∨7 ⁻11
```

苏轼在《前赤壁赋》中说:"天地之间,物各有主,苟非吾之所有,虽一毫而莫取。惟江上之清风,与山间之明月,耳得之而为声,目遇之而成色,取之无禁,用之不竭。"本诗前联叙出游之情事,是对"东坡语"的实践;后联抒出游之感想,是对"东坡语"的发挥。特别是末句,富于哲理性,从物我关系上说明了审美主体的状况对于把握客体、获得美感的重要性。

次韵答王司寇阮亭先生见赠

清 蒲松龄

```
志 异 书 成 共 笑 之,            布 袍 萧 索 鬓 如 丝 。
| | — — — | | 。              | | — | | — — 。
∖4 ∖4 ⁻6 _8 ∖2 ⁻18 ⁻4           ∨7 _4 _2 ∖10 ⁻12 ⁻6 ⁻4
十 年 颇 得 黄 州 梦,            冷 雨 寒 灯 夜 话 时 。
| — | | — — |                | | — — | | 。
∖14 _1 _5 ∖13 _7 ⁻11 ∖1         ∨23 ∨7 ⁻14 _10 ∖22 ∖10 ⁻4
```

作诗与别人相酬和,叫"唱和",亦作"唱酬"、"酬唱"。大致有以下四种方式:①和诗,只作诗酬和,不用被和诗原韵,即同意不同韵,这是最容易的;②依韵,和诗与被和诗用同一韵,但不必用原字,即同韵不同字;③用韵,和诗与被和诗用相同韵脚字,但不必顺其次序,即同字不同序;④步韵,亦称次韵,和诗与被和诗不仅用相同韵脚字,且次序也相同,即同字又同序,这是最难的。蒲松龄经四十个寒暑写成《聊斋志异》,王士禛读后赞赏不已,题诗曰:"姑妄言之姑听之,豆棚瓜架雨如丝。料应厌作人间语,爱听秋坟鬼唱时。"蒲松龄读到该诗后,深感王士禛是他一生中难得的知音,便和诗酬答,并依次用原诗韵脚字"之"、"丝"、"时",故为"次韵"。这首次韵诗是蒲松龄一生清苦创作生涯的写照。人之相知,贵相知心,蒲松龄对王士禛自有一种知遇之感,谓王"虽有台阁地位,无改名士风流"。王士禛的赏识,对蒲松龄坚持创作、修改和后来这部不朽著作的广泛流传都起了积极影响。

钓 台

清 洪昇

逃 却 高 名 远 俗 尘,   披 裘 泽 畔 独 垂 纶 。

```
— |  — — |  |  。            — — |  |  —  —  。
_4 ⅄10 _4 _8、⅃3 ⅄2 ˉ11       ˉ4 _11⅄11、15 ⅄1 ˉ4 ˉ11
```

千　秋　一　个　刘　文　叔，　　记　得　微　时　有　故　人。

```
|  — |  |  —  |          |  |  |  —  |  。
_1 _11 ⅄4 _21 _11 ˉ12 ⅄1      ⅄4 ⅄13 _5 ˉ4 ⅃25 _7 ˉ11
```

　　在同类题材中，本诗独具只眼，善于立言，表彰了严光的故人——汉光武帝刘秀（字文叔）在即位后能不忘贫贱之交，这在历代帝王中实属罕见。

《桃花扇传奇》题辞

清　陈于王

玉　树　歌　残　迹　已　陈，　　南　朝　宫　殿　柳　条　新。

```
|  |  |  —  —  |  |  。        — — — |  |  —  。
⅄2 _7 _5 ˉ14⅄11 ⅃4 ˉ11        _13 _2 _1 、17⅃25 _2 ˉ11
```

福　王　少　小　风　流　惯，　　不　爱　江　山　爱　美　人。

```
|  — |  |  —  |          |  |  —  |  |  。
⅄1 _7 、18⅃17 ˉ1 _11、16      ⅄5 、11 ˉ3 ˉ15 、11 ⅃4 ˉ11
```

　　末句举重若轻，最得婉讽之妙。这一"爱"一"不爱"，毫不含糊地概括了历史上许多荒淫误国的帝王的共同特征，很有典型性；而诗句的语言通俗，故成了广为流传的名句。

题杜集（选一）

清　查慎行

漂　泊　西　南　且　未　还，　　几　曾　蒿　目　委　时　艰。

```
— |  — — |  |  。            |  — |  |  —  |  。
_2 ⅄10 ˉ8 _13⅃21 、5 ˉ15       ⅃5 _10 _4 ⅄1 ⅃4 ˉ4 ˉ15
```

三　重　茅　底　床　床　漏，　　突　兀　胸　中　屋　万　间。

```
— — |  — |  |          |  |  — |  |  。
_13 ˉ2 _3 ⅃8 _7 _7 、26      ⅄6 ⅄6 ˉ2 ˉ1 ⅄1 、14 ˉ15
```

　　本诗紧紧抓住最能反映杜甫一生坎坷的"漂泊西南"的历史时期和最能表现杜甫"忧国爱民"舍己精神的典型诗作《茅屋为秋风所破歌》（1115），采用融铸杜诗成句的方式，简洁确切地概括了杜甫晚年的境遇经历和一生的志尚追求，深刻再现了杜甫的伟大和杜诗的精华所在。

绍　兴

清　郑　燮

丞　相　纷　纷　诏　敕　多，　　　　绍　兴　天　子　只　酣　歌。

—　|　—　—　|　|　。　　　　|　—　—　|　|　|　。

_10 ╲23 ￣12 ￣12 ╲18 ╲13 _5　　　╱17 _10 _1 ╲4 ╲4 _13 _5

金　人　欲　送　徽　钦　返，　　　　其　奈　中　原　不　要　何！

—　—　|　|　|　—　|　　　　—　|　—　—　|　|　|

_12 ￣11 ╲2 ╲1 ￣5 _12 ╲13　　　￣4 ╲9 ￣1 ￣13 ╲5 ╲18 _5

后两句一针见血地击中了赵构、秦桧的要害，表面看是辛辣的讽刺，实质上是怒目裂眦的斥责。诗人曾写过一副对联："搔痒不着赞何益，入木三分骂亦精"，郑板桥何曾是"怪"，分明是个热血丈夫！

题　画　竹

清　郑　燮

四　十　年　来　画　竹　枝，　　　　日　间　挥　写　夜　间　思。

|　|　—　|　—　|　—　。　　　　|　—　|　|　|　—　。

╲4 ╲14 _1 ￣10 ╲10 ╲1 ￣4　　　╲4 ￣15 ￣5 ╱21 ╲22 ￣15 ￣4

冗　繁　削　尽　留　清　瘦，　　　　画　到　生　时　是　熟　时。

|　—　|　|　—　—　|　　　　|　|　—　—　|　|　。

╱2 ￣13 ╲10 ╱11 _11 _8 ╲26　　　╲10 ╲20 _8 ￣4 ╲4 ╱1 ￣4

这是一首绝妙的画论诗，蕴含了极其深刻的艺术哲理。其实，要真正做好任一件事情，都要经历"少—多—少"、"生—熟—生"的过程，绘画、唱戏、教书等，无不如此。笔者从教四十年整，对此也深有体会。

遣兴二十四首(选一)

清　袁　枚

爱　好　由　来　下　笔　难，　　　　一　诗　千　改　始　心　安。

| | | ― ― | | 。 　　　　| ― ― | | 。
、11 、20 ＿11 ―10 、22 ⅄4 ―14　　　⅄4 ―4 ＿1 ⅴ10 ⅴ4 ＿12 ―14
阿　婆　还　似　初　笄　女，　　　头　未　梳　成　不　许　看。
| | ― | | ― ― 　　　　　― ― | | 。
⅄1 ＿5 ―15 ⅴ4 ―6 ―8 ⅴ6　　　＿11 、5 ―6 ＿8 ⅄5 ⅴ6 ―14

　　这是一首通过生动的艺术形象来表现诗歌创作见解的诗，倡导诗人应该具有反复修改、精益求精的态度。诗人当时已七十六岁高龄，却自比为"初笄女"，即刚成年的女子，比喻独出心裁，生动有趣，令人耳目一新，读后当会发出会心的微笑。

遣兴二十四首（选一）
清　袁　枚

但　肯　寻　诗　便　有　诗，　　　灵　犀　一　点　是　吾　师。
| | ― | | ― ― 　　　　　| ― | | ― 。
ⅴ14 ⅴ24 ＿12 ―4 、17 ⅴ25 ―4　　　＿9 ―8 ⅄4 ⅴ28 ⅴ4 ―7 ―4
夕　阳　芳　草　寻　常　物，　　　解　用　多　为　绝　妙　词。
| | ― | | ― | 　　　　　| | ― | | ― 。
⅄11 ＿7 ＿7 ⅴ19 ＿12 ＿7 ⅄5　　　ⅴ9 、2 ＿5 ―4 ⅄9 、18 ―4

　　本诗选自《元明清诗三百首》。本诗专论作诗取材全来自心灵感应，即使最平常的夕阳、芳草等景物，只要用心求索，运用得法，也能成为绝好的诗材，写出绝妙的词句。这是诗人"性灵说"的夫子自道，也是多年创作的经验之谈。

题　画
清　蒋士铨

不　写　晴　山　写　雨　山，　　　似　呵　明　镜　照　烟　鬟。
| | ― | | ― | 　　　　　| | | ― | ― 。
⅄5 ⅴ21 ＿8 ―15 ⅴ21 ⅴ7 ―15　　　ⅴ4 ＿5 ＿8 、24 、18 ＿1 ―15
人　间　万　象　模　糊　好，　　　风　马　云　车　便　往　还。
― ― | | ― | 　　　　　| | ― | | ― 。
―11 ―15 、14 ⅴ22 ―7 ―7 ⅴ19　　　＿1 ⅴ21 ―12 ＿6 、17 ⅴ22 ―15

　　诗人以诗的形式发表自己的模糊美学观和模糊人生哲学观。第三句是全诗之眼，既点明自己的审美见解，又借题发挥，抒写探索人生哲学的感受。诗人认为，对于人世间的许多事物,最好是含糊看待,乐得自在,就好像神仙乘马驾车在云气迷蒙中随意地往来。笔者补曰:模糊当是表象,清晰才为内涵。

论诗五首(其二)

清　赵　翼

李 杜 诗 篇 万 口 传，　　　至 今 已 觉 不 新 鲜。

江 山 代 有 才 人 出，　　　各 领 风 骚 数 百 年。

本诗之所以成为论诗诗中传播最广的原因,既是因为语言浅显、易懂易诵;更是因为言简意赅地道出了诗论中的一个大道理,就是各个时代的诗人都要"与时俱进",追求创新,写出适应各个时代之人审美意识的诗篇,做自己时代"领风骚"的"才人"。

读《桃花扇》传奇偶题八绝句(选一)

清　张问陶

竟 指 秦 淮 作 战 场，　　　美 人 扇 上 写 兴 亡。

两 朝 应 举 侯 公 子，　　　忍 对 桃 花 说 李 香。

本诗有明暗两种对比。明的在坚贞的李香君使变节的侯方域无地自容;暗的在扇子的小与兴亡事之大、秦淮的绮媚与战场的残酷之间。诗就在这些对比中暗寄嘲讽。另外,末句中桃花与李香君是一个巧妙的借对,造成了句子的形式美。

论诗十二绝句(选一)

清　张问陶

跃 跃 诗 情 在 眼 前，　　　　聚 如 风 雨 散 如 烟。
| | — — | | 。　　　　| — — | — — 。
λ10 λ10 ‾4 _8 ﹀11 ﹀15 _1　　　√7 ‾6 _1 √7 ﹀15 ‾6 _1

敢 为 常 语 谈 何 易，　　　　百 炼 工 纯 始 自 然。
| — | | — — |　　　　　| | — | | | 。
√27 ‾4 _7 √6 _13 _5 ﹀4　　　λ11 ﹀17 ‾1 ‾11 √4 ﹀4 _1

本诗上联谈灵感,下联谈锤炼,合而观之,可窥诗人的创作理想:诗必须有灵感触发,决不能生造硬凑,灵感亦不能率而道出,必须再作精心加工,给灵感以艺术的表现;精心加工又不能故作姿态,必须仍出之于自然。

己亥杂诗(五)

近代　龚自珍

浩 荡 离 愁 白 日 斜，　　　　吟 鞭 东 指 即 天 涯。
| | — — | | 。　　　　— | — | | — 。
﹀19 ﹀22 ‾4 _11 λ11 λ4 _6　　_12 _1 ‾1 √4 λ13 _1 _6

落 红 不 是 无 情 物，　　　　化 作 春 泥 更 护 花。
| — | | — — |　　　　　| | — | | | 。
λ10 ‾1 λ5 ﹀4 ‾7 _8 λ5　　　﹀22 λ10 ‾11 ‾8 ﹀24 ﹀7 _6

我们这片落花啊,决不是无情的废物,花落归根,最后化为春泥了,也要去滋润未来的花,去孕育未来五彩缤纷的春天! ——这是落花的誓言,也是被柳亚子称为"三百年来第一流"的诗人龚自珍的心言。

晒 旧 衣

近代　周寿昌

卅 载 绨 袍 检 尚 存，　　　　领 襟 虽 破 却 余 温。
| | — — | | 。　　　　| | | | — — 。
λ15 ﹀10 ‾8 _4 ﹀28 ﹀23 ‾13　　√23 _12 ‾4 ﹀21 λ10 ‾6 ‾13

重 缝 不 忍 轻 移 拆 ，　　上 有 慈 亲 旧 线 痕 。
∣ ∣ ∣ ∣ ∣ ∣ ∣　　　∣ ∣ ∣ ∣ ∣ ∣ ∘
⁻2 ⁻2 ↘5 ∨11 ﹍8 ⁻4 ↘11　　　↘23 ∨25 ⁻4 ⁻11 ↘26 ↘17 ⁻13

本诗紧紧抓住晒旧衣时特有的心理感受，让人感到母爱是何等的深厚博大，同唐孟郊"慈母手中线，游子身上衣"（697）异曲同工，异代同情。

八月六日过灞桥口占

近代　樊增祥

残 柳 黄 于 陌 上 尘 ，　　秋 来 长 是 翠 眉 颦 。
∣ ∣ ∣ ∣ ∣ ∣ ∣　　　∣ ∣ ∣ ∣ ∣ ∣ ∘
⁻14 ∨25 ﹍7 ⁻7 ↘11 ↘23 ⁻11　　　﹍11 ⁻10 ﹍7 ∨4 ↘4 ⁻4 ⁻11

一 弯 月 更 黄 于 柳 ，　　愁 煞 桥 南 系 马 人 。
∣ ∣ ∣ ∣ ∣ ∣ ∣　　　∣ ∣ ∣ ∣ ∣ ∣ ∘
↘4 ⁻15 ↘6 ↘24 ﹍7 ⁻7 ∨25　　　﹍11 ↘8 ﹍2 ﹍13 ↘8 ∨21 ⁻11

黄的路尘，黄的柳色，黄的月光，在关中这黄土地上，"系马"人思"翠眉"人，情与景会，风韵独艳，含思宛转，用意深曲。作者作诗多达万余首，但至今犹为人流传的就此一首。钱仲联《论近代诗四十首》之二十三："灞桥柳色黄，摇落何人赋？贞元乐府新，魂断樊山句。"

日本杂事诗

近代　黄遵宪

拔 地 摩 天 独 立 高 ，　　莲 峰 涌 出 海 东 涛 。
∣ ∣ ∣ ∣ ∣ ∣ ∣　　　∣ ∣ ∣ ∣ ∣ ∣ ∘
↘8 ∨4 ﹍5 ﹍1 ↘1 ↘14 ﹍4　　　﹍1 ⁻2 ∨2 ↘4 ∨10 ⁻1 ﹍4

二 千 五 百 年 前 雪 ，　　一 白 茫 茫 积 未 消 。
∣ ∣ ∣ ∣ ∣ ∣ ∣　　　∣ ∣ ∣ ∣ ∣ ∣ ∘
↘4 ﹍1 ∨7 ↘11 ﹍1 ﹍1 ↘9　　　↘4 ↘11 ﹍7 ﹍7 ↘11 ↘5 ﹍2

这是作者任驻日使馆参赞时所写二百首《日本杂事诗》中的一首。作为"诗界革命"的倡导者，他大胆打破旧樊篱，把外国山水也剪裁入诗。诗人有意连用两个夸张，从时间上讴歌这积雪的亘古不化（"二千五百年前雪"），从空间上赞颂这积雪的广大无垠（"一白茫茫"），从而揭示日本富士山不唯高大、美好，而且纯洁、永恒。

读《陆放翁集》(四首选一)

近代　梁启超

诗　界　千　年　靡　靡　风，　　　　兵　魂　消　尽　国　魂　空。
— 　｜ 　— 　— 　｜ 　｜ 　—　　　　　｜ 　— 　— 　｜ 　｜ 　— 　—
⁻4　﹨10　͏⁻1　⁻1　ˇ4　ˇ4　⁻1　　　⁻8　⁻13　⁻2　ˇ11　﹨13　⁻13　⁻1

集　中　十　九　从　军　乐，　　　　亘　古　男　儿　一　放　翁。
｜ 　— 　｜ 　｜ 　— 　— 　｜　　　　　｜ 　｜ 　— 　— 　｜ 　｜ 　—
﹨14　⁻1　﹨14　ˇ25　⁻2　⁻12　﹨10　　　﹨25　ˇ7　⁻13　⁻4　﹨4　﹨23　⁻1

　　本诗内容上为放翁之知音,风格上为放翁之余响,末句使足笔力推崇陆游是诗人中从古至今的一个真正的男子汉。这是因为作者主张"诗界革命",从而改造文学,振作民气,达到救国拯民之目的。

秋　海　棠

近代　秋　瑾

栽　植　恩　深　雨　露　同，　　　　一　丛　浅　淡　一　丛　浓。
— 　｜ 　— 　— 　｜ 　｜ 　—　　　　　｜ 　— 　｜ 　｜ 　— 　—　—
⁻10　﹨13　⁻13　⁻12　ˇ7　﹨7　⁻1　　　﹨4　⁻1　ˇ16　﹨28　﹨4　⁻1　⁻2　出韵

平　生　不　借　春　光　力，　　　　几　度　开　来　斗　晚　风。
— 　— 　｜ 　｜ 　— 　— 　｜　　　　　｜ 　｜ 　— 　— 　｜ 　｜ 　—
⁻8　⁻8　﹨5　﹨22　⁻11　⁻7　﹨13　　　ˇ5　﹨7　⁻10　⁻10　⁻26　ˇ13　⁻1

　　本诗选自《绝句三百首》。本诗是1895年作者二十岁时的咏花明志之作,以秋海棠在秋风中傲放之比,抒发了独立自强的精神,同日后殉难救国是否有某种联系呢?

对　酒

近代　秋　瑾

不　惜　千　金　买　宝　刀，　　　　貂　裘　换　酒　也　堪　豪。
｜ 　｜ 　— 　— 　｜ 　｜ 　—　　　　　— 　— 　｜ 　｜ 　｜ 　— 　—

∧5 ∧11 _1 _12 ∨9 ∨19 _4　　　　_2 _11 ∨15 ∨25 ∨21 _13 _4

一　腔　热　血　勤　珍　重，　　洒　去　犹　能　化　碧　涛。

| 　| 　| 　| 　| 　| 　|　　　| 　| 　| 　| 　| 　|

∧4 ⁻3 ∧9 ∧9 ⁻12 ⁻11 ∨2　　　∨21 ∨6 _11 _10 ∨22 ∧11 _4

"鉴湖女侠"这样写诗，也这样为人。她的热血化为碧涛，灌溉着中华大地，激励着多少炎黄子孙前仆后继地去为祖国的自由独立而战斗……

早梅叠韵
近代　宁调元

妊　紫　嫣　红　耻　效　颦，　　独　从　末　路　见　精　神。

| 　| 　| 　| 　| 　| 　|　　　| 　| 　| 　| 　| 　|

∨22 ∨4 _1 ⁻1 ∨4 ∨19 ⁻11　　　∧1 ⁻2 ∧7 ∨7 ∨17 _8 ⁻11

溪　山　深　处　苍　崖　下，　　数　点　开　来　不　借　春。

| 　| 　| 　| 　| 　| 　|　　　| 　| 　| 　| 　| 　|

⁻8 ⁻15 _12 ∨6 _7 ⁻9 ∨22　　　⁻7 ∨28 ⁻10 _10 ∧5 ∨22 ⁻11

独标粲粲高格，开在百花之先，任是溪山深处，不以无人不芳：诗中描写的，正是这样一株真骨凌霜，高风超俗的早梅，也是诗人自己孤贞高格的人格的写照。诗人为晚清革命文学团体南社的骨干和中坚，后为反对袁世凯窃国而献出了生命。

本事诗·春雨
近代　苏曼殊

春　雨　楼　头　尺　八　箫，　　何　时　归　看　浙　江　潮？

—　| 　—　| 　|　　　　—　—　| 　| 　—

⁻11 ∨7 _11 _11 ∧11 ∧8 _2　　　_5 ⁻4 ⁻5 ∨15 ∧9 ⁻3 _2

芒　鞋　破　钵　无　人　识，　　踏　过　樱　花　第　几　桥。

_7 ⁻9 ∨21 ∧7 ⁻7 ⁻11 ∧13　　　∧15 ∨21 _8 _6 ∨8 ∨5 _2

被柳亚子称为中国近代文学史上"不可无一，不可有二"的诗人，正展开自己那"落叶哀蝉"般的身世，以抒写茫茫人生中对故国的怀念、对世界的迷惘，而且染境如画，使自己落魄异邦的神情音容呼之欲出。这运笔实在精妙！所以，于右任惊呼此诗为"尤入神化"，推为苏曼殊之代表作。

诀别二首（选一）

现代　廖仲恺

后　事　凭　君　独　任　劳，　　　　莫　教　辜　负　女　中　豪。
丨　丨　一　一　丨　丨　。　　　　　丨　丨　一　一　丨　一　。
＼26　＼4　＿10 ‾12 ＞1　＼27　＿4　　　＞10　＿3　‾7　＞25　＼6　‾1　＿4

我　身　虽　去　灵　明　在，　　　　胜　似　屠　门　握　杀　刀。
丨　一　一　丨　一　一　丨　　　　　丨　丨　一　一　丨　一　。
＞20 ＿11 ‾4　＼6　＿9　＿8　＼11　　　＼25　＼4　‾7　‾13 ＞3　＞8　＿4

　　1922 年 6 月 26 日，军阀陈炯明叛变。此前两日，廖仲恺已被秘密囚禁，他自以为难免被害，在囚禁中写诗与妻子诀别，本诗是其中一首。亲人之深情出以豪语，晓以大义，在生死离别关头，作者豪不悲观丧志，而是谆谆嘱勉亲人坚持战斗。读之令人激楚，发人振奋！1925 年，廖仲恺被国民党右派暗杀，妻子何香凝《悼亡》诗中有"哀思唯奋酬君愿，报国何时尽此心"(118)之语。革命夫妻，可见相爱相知之深！

题《桃花源图》（其一）

现代　连　横

六　国　凄　凉　劫　火　余，　　　　念　家　山　破　恨　何　如？
丨　丨　一　一　丨　丨　。　　　　　丨　一　一　丨　丨　一　。
＞1　＼13 ‾8　＿7　＼17 ＞20 ＿6　　　＼29 ＿6　‾15 ＼21 ＼14 ＿6　‾6

匹　夫　亦　有　兴　亡　责，　　　　忍　爱　桃　花　自　隐　居！
丨　一　丨　丨　一　一　丨　　　　　丨　丨　一　一　丨　丨　。
＞4　‾7　＞11 ＞25 ＿10 ＿7　＞11　　　＞11 ＼11 ＿4　＿6　＼4　＞12 ‾6

　　《题《桃花源图》》诗，不过是借题发挥，其真意是用顾炎武"国家兴亡，匹夫有责"之语，鼓励人们起来反抗日本占领台湾的强盗行为。

哭 孝 陵

现代　于右任

虎　口　余　生　也　自　惊，　　　　天　留　铁　汉　卜　中　兴。

| | — — | | 。
√7 √25 ‾6 _8 √21 √4 _8 邻韵

短 衣 破 帽 三 千 里，

| | | — | | |
√14 ‾5 √21 √20 _13 _1 √4

— — | | | — 。
_1 _11 √9 √15 √1 ‾1 _10

亡 命 南 来 哭 孝 陵。

— | | — | | 。
_7 √24 _13 ‾10 √1 √18 _10

本诗约作于戊戌变法失败之后，诗人亡命南来非常不易，所以说"虎口余生"。次句以卜中兴与题目哭孝陵相呼应，驱除鞑虏、重兴汉室之志溢于言表。次联两句进一步叙写"哭孝陵"。"哭"字乃全诗之眼，这一哭，足以泣鬼神而令贼丧，诗人内心的悲愤，尽在不言之中。

赠语心楼主人

现代　李叔同

天 末 斜 阳 淡 不 红，

— | — | | | 。
_1 √7 _6 _7 √28 √5 ‾1

将 军 已 死 圆 圆 老，

| — | | | √19
_7 ‾12 √4 √4 _1 _1 √19

蝦 蟆 陵 下 几 秋 风。

— — | | | — 。
_6 _6 _10 √22 √5 _11 ‾1

都 在 书 生 倦 眼 中。

— | | — | | 。
‾7 √11 ‾6 _8 √17 √15 ‾1

本诗作于1904年。诗中借对历史遗迹与历史人物的咏叹表现了时移世易、人生无常的感慨和在暗淡凄凉的环境中落寞厌倦的心情。诗人当时年方二十四岁，他的心灵上已埋下虚无主义的种子，十五年后他在杭州虎跑寺出家为僧（号弘一法师）并非一时心血来潮，其思想的苗蘖至少在此时已开始孕育，这首诗是探索诗人思想发展变化的参证之一。

五月九日之感言二首(其一)

现代　张光厚

欲 把 江 山 换 冕 旒，

| | — | | | — 。
√2 √4 ‾3 ‾15 √15 √16 _11

君 王 欢 喜 生 民 哭，

安 心 送 尽 莽 神 州。

— | | — | | 。
‾14 _12 √1 √11 √22 ‾11 _11

都 在 今 朝 一 点 头。

```
—  —  —  |  —  —  |            —  |  √ —  |  |  。
¯12 _7 ¯14 √4 _8 ¯11 ⅄1        ¯7 丶11 _12 _2 ⅄4 √28 _11
```

为换取支持他称帝，袁世凯于 1915 年 5 月 9 日接受了日本提出的灭亡中国的
"二十一条"。本诗辛辣地讽刺了袁世凯的贼子面孔，义正词严，痛快淋漓。

悼杨铨

现代　鲁　迅

```
岂  有  豪  情  似  旧  时，        花  开  花  落  两  由  之。
|  |  |  —  |  |  —  。          —  —  —  |  |  —  —  。
√5 √25 _4 _8 √4 丶26 ¯4         _6 ¯10 _6 ⅄10 √22 _11 ¯4
何  期  泪  洒  江  南  雨，        又  为  斯  民  哭  健  儿。
—  |  |  |  —  —  |  ，          |  —  |  —  |  |  —  。
_5 ¯4 丶4 √4 ¯3 _13 √7         丶26 丶4 ¯4 ¯11 ⅄1 丶14 ¯4
```

1933 年 1 月，中国民权保障同盟成立，杨铨（字杏佛）任总干事，力主停止内
战，一致抗日。6 月 18 日，他被国民党特务枪杀。当时，盛传鲁迅也被列上特务暗
杀的黑名单，但鲁迅毫不畏惧，决定不迁家、不避难，并于 6 月 20 日毅然赴万国殡
仪馆为杨铨送殓，且出门不带钥匙，以示视死如归。送殓归来，写下这首脍炙人口
的诗歌。是日，正是雨天，天人共哭，共悼贤良。诗题虽为《悼杨铨》，其间也包含着
悼念一切革命烈士（如秋瑾、刘和珍、左联五烈士等）的意蕴。为杨铨送葬之后五
天，鲁迅又在给日本友人的信中说："可能还有很多人要被暗杀，但不管怎么说，我
还活着。只要我还活着，就要拿起笔，去回敬他们的手枪。"从这些铿锵有力的语句
中，我们可以窥见鲁迅的高大形象。

军中杂诗二首(其一)

现代　蔡　锷

```
蜀  道  崎  岖  也  可  行，        人  心  奸  险  最  难  平。
|  |  —  |  |  |  —  。          —  —  —  |  √  —  —  。
⅄2 √19 ¯4 _7 √21 √20 _8        ¯11 _12 ¯14 √28 丶9 ¯14 _8
挥  刀  杀  贼  男  儿  事，        指  日  观  兵  白  帝  城。
—  —  |  |  —  —  |  ，          |  |  —  —  |  |  —  。
```

　⁻5　_4　﹨8　﹨13　_13　⁻4　﹨4　　　　　√4　﹨4　⁻14　_8　﹨11　﹨8　_8

蔡锷是中国近代著名的爱国将领和卓越的军事家。1915 年底,他挣脱袁世凯的魔掌,辗转返回昆明后,立即通电讨袁,亲任护国军总司令,北上入川,讨伐北洋军。本诗是向袁世凯及北洋军阀的宣战书,是向护国军弟兄和全国人民的宣誓词,是向正义之师为讨伐邪恶而发出的动员令!

诗二首(其一)
现代　马叙伦

自　叹　蹉　跎　近　老　身,　　　　放　言　犹　动　少　年　人。
|　　|　　—　　|　　|　　|　　　　　　|　　|　　|　　|　　|　　。
﹨4　﹨15　_5　_5　﹨13　√19　⁻11　　　﹨23　⁻13　_11　√1　﹨18　_1　⁻11

贾　生　初　出　先　忧　汉,　　　　鲁　子　终　身　不　帝　秦。
|　　|　　—　　|　　|　　|　　　　　　|　　|　　—　　|　　|　　。
√21　_8　⁻6　﹨4　_1　_11　﹨15　　　√7　√4　⁻1　⁻11　﹨5　﹨8　⁻11

作者"五四"时代即在北京大学任教,积极推动反帝反封建的"五四"运动。1936 年"五四"运动十七周年纪念会上,他应邀在会上讲话。他不顾军警在门外监视,大声疾呼,只有"社会主义救中国"。本诗反映了当时的情况,用贾谊忧汉早亡、鲁仲连避不帝秦两个典故,充分表现了诗人忧国忧民的心情和反蒋抗日的决心。一个铮铮铁骨、不畏权势的高级知识分子的形象屹立在广大读者面前。

为毛泽东同志主办的中央农民运动讲习所旧址纪念馆题
现代　董必武

革　命　声　威　动　地　惊,　　　　工　农　须　得　结　同　盟。
|　　|　　|　　—　　|　　|　　　　　|　　|　　|　　|　　|　　。
﹨11　﹨24　_8　⁻5　√1　﹨4　_8　　　⁻1　⁻2　⁻7　﹨13　﹨9　⁻1　_8

广　州　讲　习　垂　洪　范,　　　　又　到　华　中　树　赤　旌。
|　　|　　|　　—　　|　　|　　　　　|　　|　　|　　—　　|　　。
√22　_11　√3　﹨14　⁻4　⁻1　√29　　　﹨26　﹨20　_6　⁻1　√7　﹨11　_8

中央农民运动讲习所,是毛泽东同志先后在广州、武汉创办、讲课的。1966 年3 月,董必武来到武昌讲习所旧址参观,题了这首诗,热情歌颂了毛泽东关于工农联盟的光辉思想,极力颂扬了他在领导农民运动和培养革命干部方面的光辉实践。

空　言

现代　柳亚子

孔、佛、耶、回付一嗤，　　　空言淑世总非宜。

| ｜ — — ｜ — ｜　　　— ｜ ｜ ｜ — ｜ 。

√1 ↘5 ⌣6 ⁻10 ↘7 ↘4 ⁻4　　　⁻1 ⁻13 ↘1 ↘8 √1 ⁻5 ⁻4

能 持 主 义 融 科 学，　　　独 拜 弥 天 马 克 斯！

— — ｜ ｜ — — ｜　　　— ｜ — — ｜ ｜ 。

⁻10 ⁻4 √7 ↘4 ⁻1 ⁻5 ↘3　　　↘1 ↘10 ⁻4 ⁻1 √21 ↘13 ⁻4

　　诗人早在 1921 年就开始接受马克思主义。1924 年，他又积极拥护联俄、联共、扶助农工的三大政策，在与共产党人的交往中，他对马克思主义极为推崇，故写此诗表达当时思想感情。有人问及他，哪些是代表作？他答：《空言》是也。可见此篇乃是表达诗人进步世界观的得意之作。

为人题词集

现代　柳亚子

慷 慨 悲 歌 又 此 时，　　　词 场 青 兕 是 吾 师。

| ｜ — — ｜ — ｜ 。　　　— — — ｜ ｜ — ｜ 。

√22 ↘11 ⁻4 ⁻5 ↘26 √4 ⁻4　　　⁻4 ⁻7 ⌣9 √4 √4 ⁻7 ⁻4

裁 红 量 碧 都 无 取，　　　要 铸 屠 鲸 刳 虎 辞。

— ｜ — — ｜ — ｜　　　｜ — — ｜ — ｜ 。

⁻10 ⁻1 √23 ↘11 ⁻7 ⁻7 √7　　　↘18 ↘7 ⁻7 ⁻8 ↘4 √7 ⁻4

　　本诗作于 1937 年，反映了诗人对诗歌创作的态度：那些吟花弄草之作大可不必倾注心力，浪费神思；要以辛弃疾（"词场青兕"所指）为师，写与社会现实密切相关、敢于"屠鲸刳虎"为人民仗义执言之诗！

玉泉流过颐和园墙根，潺潺有声，闻通三海、禁城等处，皆溯源于此

现代　李大钊

殿 阁 嵯 峨 接 帝 京，　　　阿 房 当 日 苦 经 营。

　　｜　　｜　　—　　—　　｜　　｜　　°̲—　　　　　—　　—　　—　　｜　　｜　　°̲—
＼17 ＼10 ＿5 ＿5 ＼16 ＼8 ＿8　　　　　　＿5 ＿7 ＿7 ＼4 √7 ＿9 ＿8
只　今　犹　听　宫　墙　水，　　　耗　尽　民　膏　是　此　声。
　　｜　　—　　｜　　｜　　—　　｜　　｜　　　　　—　　—　　—　　｜　　｜　　√　°̲—
√4 ＿12 ＿11 ＼25 ⁻1 ＿7 √4　　　　　＼20 √11 ⁻11 ＿4 √4 √4 ＿8

　　本诗写于1913年。同杜甫"朱门酒肉臭，路有冻死骨"（984）一样，李大钊把帝王的豪华、奢侈的生活与人民的贫穷、悲惨的生活相对照，从而产生使人民惊醒、感奋起来，进而走向团结和斗争的效果。

文　章
现代　陈寅恪

八　股　文　章　试　帖　诗，　　　宗　朱　颂　圣　有　成　规。
　　｜　　｜　　—　　—　　｜　　｜　　—　　　　　—　　—　　｜　　｜　　°̲—　　｜
＼8 √7 ⁻12 ＿7 ＼4 ＼16 ⁻4　　　　　⁻2 ＿7 ＼2 ＼24 √25 ＿8 ⁻4
白　头　宫　女　哈　哈　笑，　　　眉　样　如　今　又　入　时。
　　｜　　—　　｜　　｜　　—　　｜　　｜　　　　　—　　｜　　｜　　—　　｜　　°̲—　　｜
＼11 ＿11 ⁻1 √6 ＿6 ＿6 ＼18　　　　　⁻4 ＼23 ⁻6 ＿12 ＼26 √14 ⁻4

　　写于1952年的本诗，不正面直接抨击当时写文章生吞活剥马克思主义的新八股，而是以历史的比喻进行反讽，说这种现象只能使早已退出历史舞台者高兴。这种讽刺是足够辛辣俏皮的，从而其打击力度和鞭挞效果也大大超过了正面的抨击。

七绝二首
现代　陈寅恪

其　一

七　载　流　离　目　愈　昏，　　　当　时　微　愿　可　无　存。
　　｜　　｜　　—　　—　　｜　　｜　　°̲—　　　　　—　　—　　｜　　｜　　°̲—　　｜
＼4 √10 ＿11 ⁻4 ＼1 √7 ⁻13　　　　　＿7 ⁻4 ＿5 ＼14 √20 ＿7 ⁻13
从　今　饱　吃　南　州　饭，　　　稳　和　陶　诗　昼　闭　门。
　　—　　—　　｜　　｜　　｜　　—　　°̲—　　　　　｜　　｜　　—　　｜　　｜　　°̲—

￣2　_12　ˇ18　λ12　_13　_11　ˋ14　　　　ˇ12　ˋ21　_4　￣4　ˋ26　ˋ8　￣13

其　二

扶　病　披　寻　强　不　休，　　　灯　前　对　坐　读　书　楼。
─　│　─　─　─　│　─　　　　　─　─　│　│　│　─　─
￣7　ˋ24　￣4　_12　ˇ22　λ5　_11　　　_10　_1　ˋ11　ˋ21　λ1　￣6　_11

余　年　若　可　长　如　此，　　　何　物　人　间　更　欲　求。
─　─　│　│　─　─　│　　　　　─　│　─　─　│　│　─
￣6　_1　λ10　ˇ20　_7　￣6　ˇ4　　　_5　λ5　ˋ11　￣15　ˋ24　λ2　_11

这两首诗作于 1951 年 6 月诗人六十二岁生日之际，时在岭南大学（后改为中山大学）任教。七年前诗人即患眼疾，曾有诗云"愿得时清目复朗"。七年后，诗人的眼疾不但未愈反而失明程度更加严重，当时的一点希望完全成为泡影。但是诗人未被痛苦疾病所压，他努力宽慰自己，寻求解脱，"从今饱吃南州饭，稳和陶诗昼闭门"。陈寅恪先生学贯中西，识通古今，后来眼睛完全失明；但凭惊人的记忆力与渊博的学识，在助手和夫人的帮助下还可以不断进行研究，他的《元白诗笺证稿》、《柳如是别传》、《钱柳因缘诗释证稿》、《塞柳堂记梦》等大量著作就是在这种情况下完成的。诗人生活的目的就是做学问，教书育人，研究著述，此外别无所求，余年如能如此也就满足了。在残酷的命运的簸弄下，诗人找到了他的坚强的精神支柱；但残酷的命运之神还不将他放过，还剥夺了他的最后的希望。他的许多著作在生前迟迟得不到出版，而且在文革中惨遭迫害致死。直到"四人帮"粉碎后，他辞世十一年后的 1980 年，他晚年的二百多万字的著述才得以出版。诗人地下有知，自当含笑九泉了。

为女民兵题照
现代　毛泽东

飒　爽　英　姿　五　尺　枪，　　　曙　光　初　照　演　兵　场。
│　│　─　─　│　│　─　　　　　─　─　─　│　─　─　─
λ15　ˇ22　_8　￣4　ˇ7　λ11　_7　　　ˋ6　_7　￣6　ˋ18　ˇ16　_8　_7

中　华　儿　女　多　奇　志，　　　不　爱　红　装　爱　武　装。
─　─　─　│　─　─　│　　　　　│　│　─　─　│　│　─
￣1　_6　￣4　ˇ6　_5　￣4　ˋ4　　　λ5　ˋ11　￣1　_7　ˋ11　ˇ7　_7

本诗言近旨远，把一个静态的、有限的照片，化成了女民兵练武的生动、广阔的图景,有很大的容量。诗被谱成歌曲唱遍中华大地。

刘 蕡
现代 毛泽东

千 载 长 天 起 大 云,　　　中 唐 俊 伟 有 刘 蕡。

孤 鸿 铩 羽 悲 鸣 镝,　　　万 马 齐 喑 叫 一 声。

本诗依《词韵》协韵,文韵为第六部,庚韵为第十一部,两部通押。作者在读《旧唐书·刘蕡传》时,对刘蕡的策论(痛论宦官专权,能废立君主,危害国家,劝皇帝诛灭他们)很赞赏,旁批:"起特奇。"

赠鲁迅
现代 郁达夫

醉 眼 朦 胧 上 酒 楼,　　　彷 徨 呐 喊 两 悠 悠。

群 氓 竭 尽 蚍 蜉 力,　　　不 废 江 河 万 古 流。

郁达夫与鲁迅有极为深厚的友谊。鲁迅"横眉冷对千夫指,俯首甘为孺子牛"名句的《自嘲》(71)诗就是在达夫宴请的酒筵前即席吟成的。达夫的这首诗表达了他对鲁迅的崇敬之情。前两句皆用鲁迅作品的题目加以连缀构成。鲁迅有杂文《醉眼中的朦胧》、小说《在酒楼上》、以及《呐喊》、《彷徨》两部小说集,诗人以这些作品的题名,联成两句毫无斧凿痕迹的意味甚浓的诗句,构成一种独特的意境。后两句是对鲁迅的高度评价和由衷赞美。第三句化用韩愈《调张籍》(697)中"蚍蜉撼大树,可笑不自量"诗意,指责那些攻击鲁迅的"群氓"小丑不过是一些竭尽气力摇撼大树的蚍蜉,全是痴心妄想。第四句借用杜甫《戏为六绝句》(552)中"不废江河万古流"的成句,痛斥那些诽谤鲁迅的轻薄文痞不过是跳梁一时的丑类,而伟大的鲁迅才像长江大河万古长流！

临安道上即景
现代　郁达夫

泥	壁	茅	蓬	四	五	家，	山	茶	初	苗	两	三	芽。
—	|	—	—	|	|	—	—	|	—	—	|	|	—
ˉ8	⟍12	﹍3	﹍1	⟍4	✓7	﹍6	ˉ15	﹍6	ˉ6	⟍4	⟍22	﹍13	﹍6

天	晴	男	女	忙	农	去，	闲	煞	门	前	一	树	花。
—	—	—	|	—	—	|	—	|	—	—	|	|	—
﹍1	﹍8	﹍13	✓6	﹍7	ˉ2	⟍6	﹍15	⟍10	ˉ13	﹍1	⟍4	✓7	﹍6

本诗大有宋人杨万里、范成大之风，却又有诗人自己和时代的特色。它写出20世纪30年代偏僻的浙皖山区犹像千百年前中世纪的山村一样贫陋，自然景物还和往日一样宁静清幽，但农夫却失去了古昔的游悠闲适。这是为什么？诗人深藏的蕴意尽在不言之中。

看方志敏同志手书有感
现代　叶剑英

血	染	东	南	半	壁	红，	忍	将	奇	迹	作	奇	功？
|	|	—	—	|	|	—	|	—	—	|	|	—	—
⟍9	✓28	ˉ1	﹍13	⟍15	⟍12	﹍1	✓11	﹍7	ˉ4	⟍11	⟍10	ˉ4	﹍1

文	山	去	后	南	朝	月，	又	照	秦	淮	一	叶	枫。
—	—	|	|	—	—	|	|	|	—	—	|	|	—
ˉ12	ˉ15	⟍6	⟍26	﹍13	﹍2	⟍6	⟍26	⟍18	ˉ11	ˉ9	⟍4	⟍16	ˉ1

方志敏同志是赣东北革命根据地和红十军的创建者。1934年10月，红军开始长征，他率抗日先遣队北上，在作战中被俘。在狱中他写了著名的《可爱的中国》和《狱中纪实》，表达了对革命的坚定信念和不屈不挠的斗争精神。叶剑英同志所展读的，就是这两件烈士遗书。本诗避开正面的敷陈与赞颂，而从文天祥的事迹及其《酹江月》词中"伴人无寐，秦淮应是孤月"侧面切入，把壮烈的人物与事迹隐含在富有浓郁诗情画意的意境之中，沉痛凄壮，启人遐思，让读者在享受艺术美的同时，受到深刻的教育。

叠茶字韵赠今甫四首(选二)

现代　朱自清

其　一

此 心 安 处 即 吾 家，　　瞥 眼 前 尘 雾 里 花。
| | | | | | — 　　　　| | | | | | 。
∨4 ⌐12 ⁻14 ⌐6 ⋋13 ⁻7 ⌐6　　⋋9 ⋋15 ⌐1 ⁻11 ⌐7 ∨4 ⌐6

剩 得 相 知 人 几 个，　　淡 芭 菰 酽 压 新 茶。
| | — — — | | 　　　　| | | | — | 。
⋋25 ⋋13 ⌐7 ⁻4 ⁻11 ∨5 ⋋21　　⋋28 ⌐6 ⁻7 ⋋29 ⋋17 ⁻11 ⌐6

其　二

北 望 燕 云 旧 帝 家，　　宫 墙 两 畔 菊 堆 花。
| | | | | | — 　　　　| | | | | | 。
⋋13 ⋋23 ⌐1 ⁻12 ⋋26 ⋋8 ⌐6　　⁻1 ⌐7 ∨22 ⋋15 ⋋1 ⁻10 ⌐6

相 期 破 虏 收 京 后，　　社 稷 坛 头 一 盏 茶。
— — | | | | | 　　　　| | — | | | 。
⌐7 ⁻4 ⋋21 ∨7 ⌐7 ⁻11 ⌐8 ⋋26　　∨21 ⋋13 ⁻14 ⌐11 ⋋4 ∨15 ⌐6

　　朱自清的这两首诗，同他的著名散文《荷塘月色》一样，文笔秀丽，清隽沉郁，散发着淡淡的茶香。步茶字韵的两首诗写于作者抗战期间在昆明西南联大任教时。第一首写当时大后方有骨气的高级知识分子淡泊高雅的生活状况以及志同道合的朋友们之间的赤诚友情，"淡芭菰"为"tobacco"的译音，即烟草。第二首直接抒发作者的爱国激情。诗人和朋友们相约在胜利回到故都后，共同以一杯清茶来告慰社稷之灵。诗人用这一方式表达积聚在胸中的爱国心、民族情，含蓄深沉中蕴含着一种内在的火一般充沛的激情。正如毛泽东在《别了，司徒雷登》中赞颂闻一多的同时也赞颂朱自清"是有骨气的。……朱自清一身重病，宁可饿死，不领美国的'救济粮'。……他们表现了我们民族的英雄气概。"

题苏州司徒庙古柏

现代　田　汉

裂 断 腰 身 剩 薄 皮，　　新 枝 依 旧 翠 云 垂。

司　徒　庙　里　精　忠　柏，　　　暴　雨　飚　风　总　不　移。

1964 年 1 月，田汉参加了在上海举行的华东话剧会演，其间受到张春桥一伙的诬陷打击，会演结束前即离沪赴苏州写作。2 月 17 日，在访问司徒庙时，见到相传为东汉司徒邓禹隐居于此所植的清、奇、古、怪四棵巨柏，虽经雷击，暴历风霜，但仍生机盎然，新枝勃发的景象，顿时激情潮涌，借物抒怀，写下这首脍炙人口的诗篇。诗中联想"精忠报国"的岳飞，突出表现对古柏品格的赞美，力述古柏在各式各样的严酷打击面前，不屈不挠傲然生长的品性。因此，本诗不仅是对张春桥一伙的愤怒斥责，而且是作者慷慨壮烈战斗一生的写照。

题昭君墓六首(选三)
现代　翦伯赞

其　一

旗　亭　历　历　路　茫　茫，　　　风　雪　关　山　道　路　长。

莫　道　蛾　眉　无　志　气，　　　不　将　颜　色　媚　君　王。

其　二

黑　河　青　冢　两　悠　悠，　　　千　古　诗　人　泪　不　收。

不　信　汉　宫　花　万　树，　　　昭　君　一　去　便　成　秋。

其 三

汉 武 雄 图 载 史 篇， 　　长 城 万 里 遍 烽 烟。

　｜　｜　｜　｜　｜　｜　｜ 　　　｜　｜　｜　｜　｜　｜　。

ヽ15 ∨7 ¯1 ¯7 ∨10 ∨4 ＿1 　　＿7 ＿8 ヽ14 ∨4 ヽ17 ¯2 ＿1

何 如 一 曲 琵 琶 好， 　　鸣 镝 无 声 五 十 年。

　｜　—　｜　｜　—　—　｜ 　　　｜　｜　｜　｜　｜　｜　。

＿5 ¯6 ⅄4 ⅄2 ¯4 ＿6 ∨19 　　＿8 ⅄12 ¯7 ＿8 ∨7 ⅄14 ＿1

　　这组咏史诗，作于 1961 年，一反历史上咏昭君的哀怨情调，写得别有生意。纵观这三首诗，前一联都是描写形势，后一联都是作者对昭君的评价。"莫道"一联描写昭君的骨气，"不信"一联摹绘昭君在汉宫中的地位，"何如"一联则是评价昭君出塞的历史功绩。作者在考察了昭君的事迹后，曾说："从汉武帝元光二年（前 133 年）到汉元帝竟宁六年（公元前 33 年）汉王朝与匈奴部落联盟统治集团之间，长期处于战争状态，寄托在王昭君身上的政治使命，是恢复中断了一百年的汉与匈奴之间的友好关系。"作者怀着极大的兴趣，考查了匈奴人遗留下来的印有"单于和亲"、"千秋万岁"、"长乐未央"等字样的瓦当后，说：在内蒙古人民心中，王昭君是"民族友好的象征"，昭君墓是"民族友好的历史纪念塔"。这几首诗，正是作者对昭君历史评价诗化的形象反映。

忆故乡二首（其一）

现代 丰子恺

秀 水 明 山 入 画 图， 　　兰 堂 芝 阁 尽 虚 无。

　｜　｜　｜　—　｜　｜　｜ 　　　｜　｜　｜　—　｜　｜　。

ヽ26 ∨4 ＿8 ¯15 ⅄14 ヽ10 ¯7 　　¯14 ＿7 ¯4 ⅄10 ∨11 ¯6 ¯7

十 年 一 觉 杭 州 梦， 　　剩 有 冰 心 在 玉 壶。

　｜　—　｜　｜　｜　｜　｜ 　　　｜　｜　｜　｜　｜　｜　。

⅄14 ＿1 ⅄4 ヽ19 ＿7 ＿11 ヽ1 　　ヽ25 ∨25 ＿10 ＿12 ヽ11 ⅄2 ¯7

　　丰子恺是现代著名画家、文学家和艺术教育家，本诗是 1939 年秋，他不愿在敌占区当亡国奴，流亡到广西时所作。后两句是点改了两句唐诗"十年一觉扬州梦"（201）和"一片冰心在玉壶"（197）而成，充满了对故乡深厚的眷念之情。诗如其画其人，写得清新隽永，平和近人，读来有一种纯净之感。

七夕闺词

现代　闻一多

卍 字 回 文 绣 不 成，　　　　含 愁 泪 滴 杏 腮 盈；
｜　｜　—　—　｜　｜　。　　　—　—　｜　｜　｜　｜　。
ヽ14　ヽ4　ˉ10　ˉ12　ヽ26　ㄥ5　‗8　　　‗13　‗11　ヽ4　ㄥ12　ヽ23　ˉ10　‗8

停 针 叹 道 痴 牛 女，　　　　修 到 神 仙 也 有 情。
　　　　　　　　　　　　　　　　—　—　｜　｜　—　｜　。
‗9　‗12　ヽ15　ˇ19　ˉ4　‗11　ˇ6　　　‗11　ヽ20　ˉ11　‗1　ˇ21　ˇ25　‗8

卍为古代的一种符咒、护符或宗教标志，通常被认为是太阳或火的象征。古时在印度、波斯、希腊等地都有出现。梵语作 Srivatsa（室利靺蹉），意为"吉祥海云"。曾译为"德"、"万"字，武则天长寿二年（公元 693 年），定此字读为"万"，意为"吉祥万德之所集"。大乘佛教认为它是释迦牟尼胸部所见的瑞相，小乘佛教认为此相不限于胸部。在佛经和佛寺中，卐字（右旋）亦传写作卍（左旋）。古今诗人以七夕为题者甚多，十八岁的诗人闻一多如何从古今千年以来的同题诗中翻出新意呢？他以十六国时前秦女诗人苏若兰的回文《璇机图诗》（994）的故事为切入点，写一个少女停针仰望天空的镜头，她在想：连神仙也有情，他为什么这样无情无义呢？以天上离之合反衬人间合之离，是何等含蓄、微妙，又是何等典型、耐人寻味。其独创性也正见于此。

为胡絜青画《桃花游鱼图》题句

现代　老 舍

细 雨 江 南 客 欲 归，　　　　桃 花 流 水 小 鱼 肥。
｜　｜　—　—　—　｜　。　　　—　—　—　｜　｜　—　。
ヽ8　ˇ7　ˉ3　‗13　ˇ11　ㄥ2　ˉ5　　　‗4　‗6　‗11　ˇ4　ˇ17　ˉ6　ˉ5

莫 怜 晴 日 无 聊 赖，　　　　绿 柳 晴 天 白 鹭 飞。
｜　—　—　｜　—　—　。　　　｜　｜　—　—　｜　｜　。
ㄥ10　‗1　‗8　ㄥ4　ˉ7　‗9　　　ㄥ2　ˇ25　‗8　‗1　ㄥ11　ˇ7　ˉ5

本诗以"细雨"、"桃花"、"流水"、"小鱼"、"晴日"、"绿柳"、"晴天"、"白鹭"多样景物，点画出一幅江南艳阳春日图。既是对画幅的点化、描述，又是对画面的充实、补足。老舍与其夫人胡絜青，妇画夫诗，相辅相成，相得益彰，可谓双璧。

贺新辉同志寄示《平遥双林寺游记》感赋四首（其一）

现代　侯外庐

游记依稀眼暂开，　　故园千里梦萦回。

双林五百阿罗汉，　　多少降龙伏虎才。

侯外庐是我国史学泰斗，与郭沫若、范文澜、翦伯赞、吕振羽合称新中国史学界的"五老"。他是山西平遥县人，幼年曾游双林寺（始建于北齐武平二年，寺内保存有一千五百六十六尊宋、明两代彩塑，是一座罕见的艺术宝库），自幼离家，七十年未归。贺新辉寄给他一篇散文《平遥双林寺游记》，读后于 1981 年春节感赋四首，抒发了对故乡文物的眷念，感情真切动人，颇具唐诗风味。本诗从抒情入手，写读到游记，情怀梦萦，仿佛回到了阔别七十年的故乡。"五百阿罗汉"，即罗汉，双林寺有十八罗汉，体貌各异，个性鲜明，被誉为宋塑"神品"。

老黄牛

现代　臧克家

块块荒田水和泥，　　深耕细作走东西。

老牛亦解韶光贵，　　不待扬鞭自奋蹄。

写于 1975 年的本诗，很容易使人想起四十三年前作者的成名作《老马》："总得叫大车装个够，它横竖不说一句话，背上的压力往肉里扣，它把头沉重地垂下！这刻不知道下刻的命，它有泪只往心里咽，眼里飘来一道鞭影，它抬起头望望前面。"该诗描绘了一匹拉着大车、衰弱不堪的老马，形象地再现了旧中国农民的悲苦处境和坚韧耐劳的精神，饱含深情地抒发了对农民的深切同情和对黑暗社会的满腔愤怒。四十三年后的"老黄牛"身上，既能看到当年"老马"的身影，更是显示新的精神，焕发了青春。《老黄牛》前两句写实，一个虽举步维艰却动作自如的擅长耕作的老黄牛的形象,活灵活现地呈现在读者面前。后两句抒情,一种"老骥伏枥,志在千里"(1217)、"莫道桑榆晚,为霞尚满天"(刘禹锡《酬乐天咏老见示》)为祖国为人民继续发光发热的豪情壮志多么令人感动,多么令人敬重! 老黄牛的形象,实际是作者的形象。此诗一经问世,便不胫而走,很快传诵遐迩,成为许多老而弥坚之士借以自勉自励的座右铭,也成为臧克家晚年旧体诗的代表作。

重谒杜甫故居

现代　萧涤非

笔 架 山 前 暗 揣 量，　　　　的 应 窑 洞 出 诗 王。
| | — — | | 。　　　　| — — | — — 。
↗4 ↘22 ¯15 _1 ↘28 ↘4 _7　　　↗12 _10 _2 ↘1 ↗4 ¯4 _1

少 陵 若 是 庄 园 主，　　　　那 得 光 芒 万 丈 长。
— — | | — — |　　　　　| | — — | | 。
↘18 _10 ↗10 ↙4 _7 ¯13 ↙7　　　↙21 ↗13 _7 _7 ↘14 ↙22 _7

作者系我国古典文学研究专家。他的力作《杜甫研究》具有承前启后的重大意义,他晚年更以全部心血主编百万言巨著《杜甫全集校注》,达十三年之久。1984年,就在讨论他的大作的会议在巩县召开时,作者重谒杜甫故居,写下本诗。如此破败简朴的窑洞,竟然出了杜甫这样的诗王! 真是发人深省。这同司马迁在《报任少卿书》中所说"古者富贵而各摩灭",只有"发愤之所为作",才能有周文王、孔子、屈原、左丘明、孙膑、吕不韦、韩非以及《诗》三百篇的发愤著书、患难著书的道理是一样的。(707)

颂山茶花

现代　邓 拓

红 粉 凝 脂 碧 玉 丛，　　　　淡 妆 浅 笑 对 东 风。
— | — — | | 。　　　　| — | | | — — 。
¯1 ↙12 _12 ¯4 ↗11 ↗2 _1　　　↘28 _7 ↙16 ↘18 ↘11 ¯1 _1

此 生 愿 伴 春 常 在，　　　　断 骨 留 魂 证 苦 衷。
| — | | — — |　　　　| | — — | | 。
↙4 _8 ↘14 ↙14 ¯11 _7 ↘11　　　↘15 ↗6 _11 ¯13 ¯13 ↘25 ↙7 ¯1

爱国诗人陆游有颂山茶花的诗:"东园三日雨兼风,桃李飘零扫地空。惟有小茶偏耐久,绿丛又放数枝红。"邓拓深有同感。1960年春初,他写了本诗。在他的笔下,山茶花恰如一位高雅芳洁的少女,有楚楚动人的外貌,更有坚韧不拔的精神,是外表美和心灵美的统一。然而,作者的匠心还不仅在此。1962年3月,邓拓在《人民日报》发表了题为《可贵的山茶花》的散文,可称是本诗的姊妹篇。在这篇散文中,邓拓叙述自己写这首诗的经过、艺术构思:"我生平最喜欢山茶花。前年冬末春初卧病期间,幸亏有一盆盛开的浅红色的'杨妃山茶'摆在床边,朝夕相对,颇慰寂寥。有一个早上,突然发现一朵鲜艳的花儿被碰掉了,心里觉得很可惜。我把她拾起来,放在原来的花枝上,借着周围的花叶把她托住。经过二十天的时间,她还没有凋谢。这是多么强烈的生命力啊! 当时我写了一首小诗,称颂这朵山茶花。……她的粉红色花瓣,又嫩又润,恍惚是脂粉凝成的;衬着绿油油的叶子,又厚又有光泽,好像是用碧玉雕成的;一株小树能开许多花朵,前后开花的时间,可以连续两个月。她似乎在严寒的季节,就已经预示了春天的到来;而在东风吹遍大地的时候,她更加不愿离去,即便枝折花落,她仍然不肯凋谢,始终要把她的生命献给美丽的春光。这样坚贞优美的性格,怎能不令人感动啊!"文艺创作贵在表现典型环境中的典型性格,这首诗也给我们以启示。想到邓拓同志最后含冤离去,这首诗的后两句恰似作者悲愤地表达他临终前的心境,真是"断骨留魂证苦衷"啊! 到1986年邓拓逝世二十周年时,福州家乡的诗人在纪念他的诗会上,含着泪水,以掌击案,深情地吟诵这首诗时,真是激动不已,心潮难平……

一九八七年中秋,旅次香港,在楼头赏月
现代　启　功

如 在 群 山 顶 上 行,　　　高 楼 灯 火 一 天 星。
— — — | — | |　　　— — — | | — —
‾6 ﹨11 ‾12 ‾15 ✓24 ﹨23 　8　　‾4 ‾11 ‾10 ✓20 ﹨4 ‾1 ‾9 出韵

欣 逢 国 土 重 圆 际,　　　南 北 蟾 辉 一 样 明。
— — | | — — |　　　— | — — | | —
‾12 ‾2 ﹨13 ✓7 ‾2 ‾1 ﹨8　　‾13 ✓13 ‾14 ‾5 ✓4 ﹨23 ‾8

启功是我国老一辈著名书法家,善绘画,工诗词。本诗上联写景,下联抒情,通过写月色,歌颂了香港即将回归、祖国统一有望的大好形势,是一曲爱国主义的颂歌。

吊佟麟阁将军

现代　田翠竹

南　苑　兵　哀　未　解　围，　　　将　军　战　血　满　征　衣。
—　|　—　—　|　|　—　　　　　—　—　|　|　|　—　。
_13　∨13　_8　⁻10　、5　∨9　⁻5　　　_7　⁻12　、17　∧9　∨14　_8　⁻5

黄　龙　待　饮　西　台　哭，　　　空　见　沙　场　马　革　归。
—　—　|　|　—　—　|　　　　　—　|　—　—　|　|　—。
_7　⁻2　∨10　∨26　⁻8　⁻10　∧1　　　⁻1　、17　_6　_7　∨21　∧11　⁻5

　　这是作者《抗战百咏》残存十一首之一，诗写 1937 年"七·七"事变中佟麟阁将军的凛然正气和誓死为国捐躯的操节，也是一曲爱国主义的颂歌。

祝贺北京诗词学会成立

当代　孙轶青

春　到　燕　山　柳　色　青，　　　骚　人　雅　集　尚　新　声。
—　|　—　—　|　|　—　　　　　—　—　|　|　|　—　。
⁻11　、20　_1　⁻15　∨25　∧13　_9　　　_4　⁻11　∨21　∧14　、23　⁻11　_8

至　今　犹　忆　天　安　祭，　　　花　海　诗　魂　在　振　兴。
|　—　—　|　—　—　|　　　　　|　|　—　—　|　—　—。
、4　_12　_11　∧13　_1　⁻14　、8　　　_6　∨10　⁻4　⁻13　⁻11　、12　_10

　　本诗青、庚、蒸三韵皆《词韵》第十一部而通押；或按现代汉语"十八韵"协韵，因"青"、"声"、"兴"皆庚韵。1976 年，广大人民群众怀念周总理、声讨"四人帮"的《天安门诗抄》，大部分都以传统诗词形式申正义、斥邪恶，在捍卫真理的斗争中发挥了巨大的威力，受到了广大读者的喜爱。这是现代文学史上一个很重大的实践过程，从这里也可看到传统诗词的强大生命力。改革开放以后，各地乃至全国诗词学会纷纷成立。1988 年 2 月 21 日，北京的诗人词家集会一堂，共商振兴中华诗词大计。怎样既继承中国诗歌传统，又适应现代生活呢？这就是本诗中的"尚新声"，就在于继承风骚以来的优良传统的基础上，要努力创新，反映时代的风貌，描绘锦绣山河的美景，歌颂"四化"建设的丰功，吟咏纯真高洁的性情，颂扬真善美，鞭挞假恶丑，从而启迪向上精神，孕育高尚情操，鼓舞昂扬斗志，也就是本诗中所"尚"、所"忆"、所"兴"之"诗魂"。

感　事

当代　冯其庸

千古文章定有知，　　　乌台今日已无诗。

何妨海角天涯去，　　　看尽惊涛起落时。

本诗写于 1966 年"文革"初期，其深层含意是抒发诗人与亲罹"乌台诗案"的苏轼相埒的感慨。乌台诗案，千古奇冤，而今日之事，尤甚于当年。故云"无诗"，盖经过反复扫荡，华夏文化已濒于灭绝境地！但对未来仍有希望，惊涛骇浪，有起有落，黑暗终将过去，光明必会到来。

香山访曹雪芹遗址

当代　冯其庸

千古文章未尽才，　　　江山如此觅君来。

斜阳古道烟村暮，　　　何处青山是夜台？

诗人系著名红学家，对曹学研究有素，由此诗可见对雪芹一往情深。诗写于1975 年，那是造就许多"未尽才"的时期。第四句中的"夜台"指坟墓，语出"建安七子"之一阮瑀《七哀诗》："冥冥九泉室，漫漫长夜台。"坟墓一闭，无复见明，故云长夜台。悲雪芹，亦自悲也。

登黄山偶感

当代　江泽民

遥望天都倚客松，　　　莲花始信两飞峰。

```
　　—　｜　—　—　｜　｜　。　　　　　　　—　—　｜　｜　—　—　。
　_2　丶23　_1　-7　∨4　ㄑ11　-2　　　　_1　 6　∨4　丶12　∨22　-5　-2
　　且　持　梦　笔　书　奇　景，　　　　日　破　云　涛　万　里　红。
　　｜　—　—　｜　—　—　｜　　　　　　—　—　—　—　｜　—
　∨21　-4　丶1　∨4　-6　-4　∨23　　　ㄑ4　∨21　-12　_4　丶14　∨4　-1　出韵
```

　　这是江泽民同志 2001 年 5 月 29 日所写，诗前有序云："黄山乃天下奇山，余心向往久之，终未能如愿。辛巳四月廿五，始得成行。先登后山，再攀前峰，一览妙绝风光。见杜鹃红艳，溪水清澈，奇松异石，和风丽日，山峦起伏，峭壁峥嵘，云变雾幻，豁然开朗，此黄山之大观也。江山如画，令人心旷神怡，更感祖国河山之秀美，特书七绝登山偶感一首以记之。"

"七·七"过卢沟桥

当代　林从龙

```
　　烽　火　卢　沟　迹　已　陈，　　　　长　桥　风　物　焕　然　新。
　　—　｜　—　—　｜　｜　—　　　　　—　—　—　｜　—　—　—
　-2　∨20　-7　_11　ㄑ11　∨4　-11　　　_7　_2　-1　ㄑ5　_15　_1　-11
　　东　邻　未　必　妖　氛　净，　　　　忍　拂　残　碑　认　弹　痕。
　　—　—　｜　｜　—　—　｜　　　　　—　｜　—　—　｜　—　—
　-1　-11　丶5　ㄑ4　_2　-12　丶24　　　∨11　ㄑ5　-14　-4　丶12　丶15　-13　出韵
```

　　本诗写于 1987 年，今天更有现实意义。"东邻未必妖氛净"的诗意应有新高度、新观点：我们既要对"近东邻"提高警惕，更要对"远东邻"深刻清醒。没有美国的暗中支持，日本岂敢企图霸占我国神圣领土钓鱼岛？

论　书

当代　沈　鹏

```
　　书　道　原　无　百　日　功，　　　　神　人　相　授　托　虚　空。
　　—　｜　—　—　｜　｜　—　　　　　—　—　—　｜　—　—　—
　-6　∨19　-13　-7　ㄑ11　ㄑ4　-1　　　-11　-11　_7　丶26　ㄑ10　-6　-1
　　内　涵　精　气　求　真　趣，　　　　天　分　还　须　学　力　充。
　　｜　—　—　｜　—　—　｜　　　　　—　—　—　—　｜　｜　—
```

╲11 _13 _8 ╲5 _11 ⁻11 ╲7　　　　　　_1 ╲13 ⁻15 ⁻7 λ3 λ13 ⁻1

作者是著名书法家,又是诗人。本诗上联写书法艺术本身,认为书法并不难,不过是"百日功";而更重要的是"托虚空",就是关键要心平气和,要超脱,不要急于求成。下联写书法艺术与诗词创作等文化素养的关系。一幅字就是一首用线条组成的诗;书法家不一定是诗人,但是少不得深厚的文化素养,尤其是诗词的素养。这就是本诗中所说的"内涵精气"、"天分还须学力充。"当然,要做到这点,就必须刻苦学习,正如作者在另一首《夏日偶成》的诗中所说:"梦里鸡鸣抚宝剑,案前笔落效耕牛。"

（四）首句平起仄收式

画　松
唐　景　云

画　松　一　似　真　松　树，　　　且　待　寻　思　记　得　无？

╲10 ⁻2 λ4 ✓4 ⁻11 ⁻2 ╲7　　　✓21 ✓10 _12 ⁻4 ✓4 λ13 ⁻7

曾　在　天　台　山　上　见，　　　石　桥　南　畔　第　三　株。

_10 ╲11 _1 ⁻10 ⁻15 ╲23 ╲17　　　λ11 _2 _13 ⁻15 ╲8 _13 ⁻7

这首题画诗,不作实在的形状描摹,而纯从观者的心理感受、生活体验写来,从虚处传画松之神,在同类诗中独树一帜。

大林寺桃花
唐　白居易

人　间　四　月　芳　菲　尽，　　　山　寺　桃　花　始　盛　开。

⁻11 ⁻15 ╲4 λ6 _7 ⁻5 ✓11　　　⁻15 ╲4 _4 _6 ✓4 ╲24 ⁻10

长　恨　春　归　无　觅　处，　　　不　知　转　入　此　中　来。

_7 ╲14 ⁻11 ⁻5 _7 λ12 ╲6　　　λ5 ⁻4 ✓16 λ14 ✓4 ⁻1 ⁻10

本诗用美丽的桃花代替抽象的春光,把春光写得生动具体、形象美丽;而且还把春光拟人化,春光仿佛有脚似的,可以转来躲去,还有顽皮惹人的性格呢!

忆 扬 州

唐　徐　凝

萧　娘　脸　薄　难　胜　泪，　　　　桃　叶　眉　长　易　觉　愁。
—　　|　　|　—　—　|　　|　　　　　—　|　—　—　|　—　|
_2　_7　∨28　∧10　‾14　_10　∨4　　　_4　∧16　‾4　_7　∨4　∧3　‾11

天　下　三　分　明　月　夜，　　　　二　分　无　赖　是　扬　州。
—　—　|　—　—　—　|　　　　　　|　|　—　—　|　|　—
_1　∨22　_13　‾12　_8　∧6　∨22　　　∨4　‾12　_7　∨9　∨4　_7　‾11

　　我们早已离开了作者怀人的原意,把下联截下来如诗题那样只作为描写扬州景色的传神名句来欣赏,"二分明月"是扬州的代称,"无赖"是爱极的昵称。这是形象大于作者构思的典例。

农家望晴

唐　雍裕之

尝　闻　秦　地　西　风　雨，　　　　为　问　西　风　早　晚　回?
—　—　—　|　—　—　|　　　　　—　|　|　—　|　—　—
_7　‾12　_11　∨4　‾8　_1　∨7　　　∨4　∨13　‾8　_1　∨19　∨13　_10

白　发　老　农　如　鹤　立,　　　　麦　场　高　处　望　云　开。
|　|　|　—　—　—　|　　　　　　|　—　—　|　|　—　—
∧11　∧6　∨19　_2　‾6　∧10　∧14　　　∧11　_7　_4　∨6　∨23　‾12　_10

　　本诗选取收割时节西风已至大雨将来的一个农家生活片断,集中刻画一个老农望云盼晴的形象,全诗饱含对农民的同情和歌颂。

马 嵬 坡

唐　郑　畋

玄　宗　回　马　杨　妃　死,　　　　云　雨　难　忘　日　月　新。
—　—　—　|　—　—　|　　　　　—　|　—　—　|　|　—
_1　‾2　‾10　∨21　_7　‾5　∨4　　　‾12　∨7　‾14　_7　∧4　∧6　‾11

终 是 圣 明 天 子 事，　　　景 阳 宫 井 又 何 人。

对玄宗，既有体谅，又有婉讽。"圣明天子"扬得很高，却以昏昧的陈后主来作陪衬，就颇有几分讽意，耐人玩味。所以，本诗是一首咏史佳作。

深　院
唐　韩　偓

鹅 儿 唼 喋 栀 黄 嘴，　　　凤 子 轻 盈 腻 粉 腰。

深 院 下 帘 人 昼 寝，　　　红 蔷 薇 架 碧 芭 蕉。

由为大自然山川的浑灏的歌咏，转入对人的居住环境更为细腻的描写，似乎标志着写景诗在唐末的一个重要转机。从此以后，我们就要听到许多宋欧阳修词《蝶恋花》中"庭院深深深几许"的歌唱了。

梦 中 作
宋　欧阳修

夜 凉 吹 笛 千 山 月，　　　路 暗 迷 人 百 种 花。

棋 罢 不 知 人 换 世，　　　酒 阑 无 奈 客 思 家。

秋夜、春宵、棋罢、酒阑，分写四个不同的意境，但合起来又是一个和谐的统一体，暗寓作者既想超越时空而又留恋人间的隐与仕的矛盾思想。

和陪丞相听蜀僧琴

宋　黄　庶

小　园　岂　是　春　来　晚？　　　四　月　花　飞　入　酒　杯。
｜　—　｜　｜　—　—　｜　　　｜　—　—　｜　—　｜　。
ˇ17 ¯13 ˇ5 ˇ4 ¯11 ¯10 ˇ13　　ˇ4 ˎ6 ˍ6 ˇ5 ˎ14 ˇ25 ¯10

都　为　主　人　尤　好　事，　　　风　光　留　住　不　教　回。
—　｜　｜　—　｜　—　｜　　　—　—　｜　｜　—　｜　。
¯7 ˎ4 ˇ7 ¯11 ˍ11 ˎ20 ˎ4　　¯1 ˍ7 ¯11 ˇ7 ˎ5 ˍ3 ¯10

　　本诗为作者与同僚陪文(彦博)丞相宴饮听琴所作,明写春花,略一点染,气氛热烈,光采照人;实赞主人,问答隽永,含蓄蕴藉,富有理趣,堪称熔唐宋诗之长于一炉之精品。

冬夜听雨戏作二首(其二)

宋　陆　游

绕　檐　点　滴　如　琴　筑；　　　支　枕　幽　斋　听　始　奇。
｜　—　｜　｜　—　｜　—　　　｜　—　—　｜　—　—　。
ˎ18 ˍ14 ˇ28 ˎ12 ¯6 ˍ12 ˎ1　　¯4 ˇ26 ˍ11 ¯9 ˎ25 ˇ4 ˍ4

忆　在　锦　城　歌　吹　海，　　　七　年　夜　雨　不　曾　知。
｜　｜　｜　—　—　｜　｜　　　｜　—　｜　｜　—　—　。
ˎ13 ˎ11 ˎ26 ˍ8 ˍ5 ˎ4 ˇ10　　ˎ4 ˍ1 ˎ22 ˇ7 ˎ5 ˍ10 ¯4

　　诗人的夜间听雨诗有幽情、喜悦、悲凉、沉痛等情境,本诗则以极端豪放的气概,大胆夸张的手法,为古今听雨诗创造一种壮丽、新奇的境界,独一无二。

约　客

宋　赵师秀

黄　梅　时　节　家　家　雨，　　　青　草　池　塘　处　处　蛙。
—　—　—　｜　—　—　｜　　　—　｜　—　—　｜　｜　。
ˍ7 ¯10 ¯4 ˎ9 ˍ6 ˍ6 ˇ7　　ˍ9 ˎ19 ¯4 ˍ7 ˎ6 ˎ6 ˍ6

有　约　不　来　过　夜　半，　　　闲　敲　棋　子　落　灯　花。

| | | | — — | |　　　　　— — — | | — 。
╲25 ╲10 ╲5 ⁻10 ⁻5 ╲22 ╲15　　　⁻15 ⁻3 ⁻4 ╲4 ╲10 ⁻10 ⁻6

"落灯花"固然是敲棋所致,但也委婉地表现了灯芯燃久、期客时长的情形,诗人怅惘失意的形象也就跃然纸上了。敲棋这一细节中,包含了多层意蕴,语近情遥,含吐不露。

田家三咏(其二)
宋　叶绍翁

田　因　水　坏　秧　重　播,　　　家　为　蚕　忙　户　紧　关。
— | | | — — |　　　— | | | | — |
⁻1 ⁻11 ╲4 ╲10 ⁻7 ⁻2 ╲21　　　⁻6 ╲4 ⁻13 ⁻7 ╲7 ╲11 ⁻15

黄　犊　归　来　莎　草　阔,　　　绿　桑　采　尽　竹　梯　闲。
— | | — | | |　　　| | | | | — |
⁻7 ╲1 ⁻5 ⁻10 ⁻5 ╲19 ╲7　　　╲2 ⁻7 ╲10 ╲11 ╲1 ⁻8 ⁻15

四句四景,仿佛诗人行吟其间,从野外到农家,近看远望,变化而不板滞。下联中,黄绿相融,动静对此,点缀出一幅明丽和谐的图画,给人以优美的艺术享受。

夜过西湖
宋　陈　起

鹊　巢　犹　挂　三　更　月,　　　渔　板　惊　回　一　片　鸥。
| — — | | — |　　　— | | — | | 。
╲10 ⁻3 ⁻11 ╲10 ⁻13 ⁻8 ╲6　　　⁻6 ╲15 ⁻8 ⁻10 ╲4 ╲17 ⁻11

吟　得　诗　成　无　笔　写,　　　蘸　他　春　水　画　船　头。
— | | — — | |　　　| | | — | — 。
⁻12 ╲13 ⁻4 ⁻8 ⁻7 ╲4 ╲21　　　╲30 ⁻5 ⁻11 ╲4 ╲10 ⁻1 ⁻11

以指代笔、以水代墨、以板代纸、以湖代砚,这就是末句的精彩。明知不能留印迹,偏要蘸水画船头,这种雅兴本身,岂不颇具诗情?

墨 梅
元　王　冕

我 家 洗 砚 池 头 树，　　　　朵 朵 花 开 淡 墨 痕。
∣ — ∣ ∣ — — ∣　　　∣ ∣ — ∣ ∣ ∣ 。
ˇ20 ＿6 ˇ8 ˋ17 ˋ4 ＿11 ˇ7　　ˇ20 ˇ20 ＿6 ⁻10 ˋ28 ˄13 ⁻13

不 要 人 夸 颜 色 好，　　　　只 留 清 气 满 乾 坤。
∣ ∣ — — — ∣ ∣　　　∣ — ∣ ∣ ∣ — 。
˄5 ˋ18 ⁻11 ＿6 ⁻15 ˄13 ˇ19　　ˇ4 ＿11 ＿8 ˋ5 ˇ14 ＿1 ⁻13

画、诗皆元代第一流的王冕将这首自题画诗同自己的情怀不着痕迹地结合在一起。下联是多么美好的诗句，它显示了一个冰清玉洁的人生，它是诗之魂，是画之魂，是梅之魂，是作者闪光的灵魂！

绝 句
元　倪　瓒

松 陵 第 四 桥 前 水，　　　　风 急 犹 须 贮 一 瓢。
⁻2 ＿10 ˋ8 ˋ4 ＿2 ＿1 ˇ4　　⁻1 ˄14 ＿11 ⁻7 ˇ6 ˄4 ＿2

敲 火 煮 茶 歌《白 苎》，　　　怒 涛 翻 雪 小 停 桡。
— ∣ ∣ — — ∣ ∣　　　∣ — — ∣ ∣ — — 。
＿3 ˇ20 ˇ6 ＿6 ＿5 ˄11 ˇ6　　ˋ7 ＿4 ⁻13 ˄9 ˇ17 ＿9 ＿2

汲江煮茶吟诗，历来为文人视作韵事。本诗从肺腑间流出，顾盼自雄，洋溢着豪俊旷放之气，既秉诗情画意，又见作者人品。

寄 弟
明　徐　熥

春 风 送 客 翻 愁 客，　　　　客 路 逢 春 不 当 春。
— — ∣ ∣ — — ∣　　　∣ ∣ — — ∣ ∣ 。
⁻11 ⁻1 ˋ1 ˄11 ⁻13 ＿11 ˄11　　˄11 ˋ7 ⁻1 ⁻11 ˄5 ˋ23 ⁻11

寄 语 莺 声 休 便 老，　　　　天 涯 犹 有 未 归 人。

```
  |    |    —    —    —    |    |          —    —    —    |    |    —   。
 ˇ4   ˇ6   _8   _8  _11  ˇ17 ˇ19        _1   _6  _11  ˇ25  ˇ5  ⁻5  ⁻11
```

"春"、"客"两字各三次出现，一时令人眼花缭乱，但仔细读后，只觉诗意层层迭变，把思弟望归之情，表现得十分巧妙而可味。因为，若莺声真的老了、春光真的逝尽了，那客子天涯归来，岂不是在"不当春"之外，更增一层"不见春"的悲哀？

题闺秀雪仪画嫦娥便面
清　刘献廷

```
 素   笺   折   叠   涂   云   母   ，
  |    —    |    |    —    —    |
 ˇ7   _1   ˇ9  ˇ16  ⁻6  ⁻12  ˇ25

 黛   笔   清   新   画   月   娥   。
  |    —    —    —    |    |    —   。
 ˇ11  ˇ4   _8  _11  ˇ10  ˇ6   _5

 莫   道   绣   奁   无   粉   本   ，
  |    |    |    —    —    —    |
 ˇ10  ˇ19  ˇ26  _14  ⁻7  ˇ12  ˇ13

 朝   朝   镜   里   看   双   螺   。
  |    |    —    —    |    —    —   。
 _2   _2  ˇ24  ˇ4  ˇ15  ⁻3   _5
```

这是作者为闺秀雪仪的扇面画所作的题咏，其原意是夸奖她心灵手巧，把镜里自己当作"粉本"。但是，实际却远远超过了本意，而参破了文艺创作的一大天机：作者与笔下对象要神情默契，如同曹禺写《日出》、《雷雨》时，一个人关上房门又哭又闹，小仲马说："茶花女就是我！"郭沫若说："蔡文姬就是我！"

潍县署中画竹呈年伯包大中丞括
清　郑　燮

```
 衙   斋   卧   听   萧   萧   竹   ，
  —    —    |    |    —    —    |
 _6   ⁻9  _21  ˇ25  _2   _2   ˇ1

 疑   是   民   间   疾   苦   声   。
  —    |    |    —    —    |    —   。
 ⁻4   ˇ4  ⁻11  ⁻15  ˇ4   ˇ7   _8

 些   小   吾   曹   州   县   吏   ，
  —    |    —    —    —    |    |
 ⁻6  ˇ17  ⁻7   _4  _11  ˇ17  ˇ4

 一   枝   一   叶   总   关   情   。
  |    —    |    |    —    —    —   。
 ˇ4   ⁻4   ˇ4  ˇ16  ˇ1  ⁻15  _8
```

全诗既具明志自勉之心，更含相与为善之意，一轴画，四句诗，尤其末句，把作者对人民真挚而执着的人道主义情怀寄寓在诗情画意之中，达到了无迹可求，一片化机的美学高度，令人叹为观止。

红豆词四首(其四)

近代　王国维

匀	圆	万	颗	争	相	似，		暗	数	千	回	不	厌	痴。
—	—	∣	∣	—	—	∣		∣	∣	—	∣	∣	—	。
ˉ11	_1	˅14	˅20	_8	_7	˅4		˅28	˅7	_1	ˉ10	⅄5	˅29	ˉ4

留	取	他	年	银	烛	下，		拈	来	细	与	话	相	思。
—	∣	—	—	—	∣	∣		∣	—	∣	∣	∣	—	。
_11	˅7	_5	_1	ˉ11	⅄2	˅22		_14	ˉ10	˅8	˅6	˅10	_7	ˉ4

　　一小把恋人送别时当作信物的红豆,在别后相思时成为诗人感情的寄托、歌咏的对象,结缀成一组挚情绵缈的诗章。它是红豆的颂诗,爱情的颂诗,是诗人既清醒又浑茫的心路历程。这是组诗的主题。本首是对红豆表相思的叹赏;还是把这寄寓深情的红豆珍藏好,待到久别重逢之日,剪烛夜话之时(203),拿出来一遍遍地拈弄着,向心上人诉说别后的相思之情吧!

题梅菊画

现代　何香凝

先	开	早	具	冲	天	志，		后	放	犹	存	傲	雪	心。
—	—	∣	∣	—	—	∣		∣	∣	—	—	∣	∣	。
_1	ˉ10	˅19	˅7	ˉ2	_1	˅4		˅26	˅23	_11	ˉ13	˅20	⅄9	_12

独	向	天	涯	寻	画	本，		不	知	人	世	几	升	沉。
∣	∣	—	—	—	∣	∣		∣	—	—	∣	∣	—	。
⅄1	˅23	_1	_6	_12	˅10	˅13		⅄5	ˉ4	ˉ11	˅8	˅5	_10	_12

　　作者既是画家,又是诗人,这是首于1929年被蒋介石排斥迫害、弃国出走有感而作的题画诗。作者决心以菊的冲天意志、梅的傲雪精神来磨砺自己,走遍天涯,寻求真理,团结同志,组织群众,将革命进行到底!

答客诮

现代　鲁　迅

无	情	未	必	真	豪	杰，		怜	子	如	何	不	丈	夫。

— — | | — — |　　　　　　— | — — | | 。
⁻7 ₋8 ﹨5 ⋋4 ⁻11 ₋4 ⋋9　　　　　₋1 √4 ⁻6 ₋5 ⋋5 √22 ⁻7

知 否 兴 风 狂 啸 者，　　　　　回 眸 时 看 小 於 菟。

⁻4 √25 ₋10 ₋1 ₋7 ﹨18 √21　　　⁻10 ₋11 ⁻4 ﹨15 √17 ⁻7 ⁻7

本诗写于 1931 年。上联正面立论,直接表明:一个真正彻底的革命者,也是怜爱他的孩子的。下联用猛虎也怜爱小老虎("於菟")的比喻,巧妙地揭示出深刻的思想内涵:既指斥了嘲讽鲁迅的"诮客",又表达了鲁迅与反动派浴血奋战的精神及对革命青年的热情关注和殷切期望。

访徐悲鸿醉题
现代 郭沫若

豪 情 不 让 千 钟 酒，　　　　　一 骑 能 冲 万 仞 关。
— — | | — — |　　　　　　| | — — | | 。
₋4 ₋8 ﹨5 ⋋23 ₋1 ⁻2 √25　　　⋋4 ﹨4 ₋10 ⁻2 ﹨14 ﹨12 ⁻15

仿 佛 有 人 为 击 筑，　　　　　盘 溪 易 水 古 今 寒。
| | | — — | |　　　　　　— — | | — — 。
√22 ⋋5 √25 ⁻11 ⁻4 ⋋12 ⋋1　　⁻14 ₋8 ⋋11 √4 √7 ₋12 ⁻14

本诗作于 1945 年 2 月 5 日。徐悲鸿是现代著名画家,尤以画马驰誉国内外,当时住在重庆长江北岸的盘溪。是日,郭沫若带着周恩来托赠的延安红枣与小米,前往寓所访问。两位大师相见,异常兴奋,开怀叙谈、畅饮,作者乘着酒兴挥毫写下本诗。上联因酒起兴而生情,"不让千钟酒",必有千般情;"一骑"虽写马,实际是写人。下联因情而生联想,以事喻情,则事真而情更挚。作者由画家所居盘溪而联想到当年的易水,借用"高渐离击筑,荆轲和而歌"(《史记》)的典故,抒发心中的块垒,对国民党统治表示不满,对国家前途极为担忧。作者虽以"醉"字为题,但"醉翁之意不在酒",通篇都浸透着清醒的感情。

访西安办事处志感
现代 叶剑英

西 安 捉 蒋 翻 危 局，　　　　　内 战 吟 成 抗 日 诗。

　— — | | — | | —
　¯8 ¯14 ↘3 ✓22 ¯13 ¯4 ↘2　　　↘9 ↘17 ⌐12 ⌐8 ↘23 ↘4 ¯4
　楼 屋 依 然 人 半 逝，　　　小 窗 风 雪 立 多 时 。
　— — | | — | | —
　⌐11 ↘1 ¯5 ⌐1 ¯11 ↘15 ↘8　　　✓17 ¯3 ¯1 ↘9 ¯14 ⌐5 ¯4

　　1979 年元旦，全国人民代表大会常务委员会发表《告台湾同胞书》，宣布了争取和平统一祖国的大政方针。时为委员长的叶帅于 4 月到西安等地视察工作，重访"西安事变"后他曾在此主持工作的"八路军西安办事处"，思绪万千，挥笔写下这首意蕴万千的绝句。时到今日，可以告慰叶帅在天之灵的是，当今海峡两岸的关系是六十多年来最好的，国共两党已频繁接触，和平统一祖国之大业已指日可待。

南京书所见
现代　李少石

　丹 心 已 共 河 山 碎，　　　大 义 长 争 日 月 光 。
　— — | | — | | —
　¯14 ⌐12 ✓4 ↘2 ⌐5 ¯15 ↘11　　　↘21 ↘4 ⌐7 ⌐8 ↘4 ↘6 ⌐7
　不 作 寻 常 床 箦 死，　　　英 雄 含 笑 上 刑 场 。
　| | — | — | |
　↘5 ↘10 ⌐12 ⌐7 ⌐7 ↘11 ↘4　　　⌐8 ¯1 ⌐13 ↘18 ↘23 ⌐9 ⌐7

　　本诗是作者 1934 年在上海被捕后，转移到南京监狱时所作，是寄给夫人廖梦醒（廖仲恺、何香凝之女）的，作者亲自参加了震惊世界的香港海员大罢工、"五卅运动"等一系列革命活动，长期斗争的实践，使作者早已百炼成钢，视生死为平常之事，做好了应对一切不测事件的准备。所以，能"含笑上刑场"，表现了一个共产党员威武不屈，从容就义的大无畏精神。

嘲吴晗并自嘲
现代　廖沫沙

　书 生 自 喜 投 罗 网，　　　高 士 于 今 爱 "折 腰" 。
　— | | — | — |
　¯6 ⌐8 ↘4 ✓4 ⌐11 ⌐5 ✓22　　　⌐4 ✓4 ¯7 ⌐12 ↘11 ↘9 ⌐2

扭　臂　栽　头　喷　气　舞，　　　　满　场　争　看　斗　风　骚。
｜　｜　｜　｜　｜　｜　　　　　　　｜　—　—　｜　｜　—　—。
✓25　、4　¯10 ＿11 ¯13 、5 ✓7　　　✓14 ＿7 ＿8 、15 、26 ¯1 ＿4

邓拓、吴晗、廖沫沙合著的《三家村札记》在文化大革命正式开始前即遭林彪、"四人帮"一伙的"批判"。文化大革命开始后,作者与著名史学家吴晗在批斗前被囚于一室,曾以陶渊明不愿为五斗米折腰的故事互相取乐。事后作者默想作成此诗。诗中罗列造反派"斗争"知识分子的野蛮手段:扭臂膀、砸狗头、"喷气舞",淋漓尽致地揭露了林彪、"四人帮"的凶恶本性。结句"满场争看斗风骚"寓庄于谐,对林彪、"四人帮"祸国殃民,欺骗青少年为其所用的滔天罪恶作出最深刻的揭露和最辛辣的讽刺。

小　结

以上各种不同格式今体诗所选诗例数如下:

	首句入韵			首句不入韵			总计
	仄起平收式	平起平收式	两式总数	平起仄收式	仄起仄收式	两式总数	
五律	7	3	10	15	22	37	47
五绝	7	1	8	8	25	33	41
七律	56	54	110	13	13	26	136
七绝	143	120	263	24	16	40	303

结论　在以上所选 527 首诗里:

五言诗中,首句入韵的少,首句不入韵的多;七言诗中,首句入韵的多,首句不入韵的少。这同实际情况是一致的。

以上今体诗各种不同格式细分有十六种,但它们都是正格;就都是正格的意义上说,它们就是一种,就是今体诗"1＋7"中的"1"。

这就是本章所讲的正格,是"1";以下第二章到第八章是"7",分别讲七种变通方式,即:变格一、变格二、变格三、变格四、孤平救、小拗救、大拗救。

第二章　变　格　一

三点说明：

（1）"三平调"（五言①｜｜——的第三字要用仄声，若用平声①｜ . ——即为"三平调"，七言只要在前面加⊖——）历来被大多数诗家认为是今体诗之大忌，但王力先生独树一帜，在其所著《概要》中认为"三平调"在今体诗中也是允许的，是一种"罕见"的变格，即笔者在第 4 页所编之变格 1。拙著《〈唐诗三百首〉声韵学析》（上海交通大学出版社 2009 年 11 月第 1 版）第 277 页附录文章《关于"三平调"的探讨》中从时间、空间、人物、格律等四个方面对王力先生的观点有详细的阐述，有兴趣的读者可参读。

（2）本章讲的是仅有变格 1 的诗，因八本系列鉴赏辞典中未收仅有变格 1 的五律、五绝，故本章所讲仅有变格 1 的只有七律、七绝。既有变格 1 又有其他变通方式的诗将在排于最后变通方式中的相应各章中出现，如既有变格 1、又有变格 3 和小拗救的诗在第七章"小拗救"中出现。余类推。

（3）从本章起，不再分首句起收式。

一、七　律

送郑十八虔贬台州司户伤其临老陷贼之故阙为面别情见于诗

唐　杜　甫

郑 公 樗 散 鬓 成 丝，　　　　酒 后 常 称 老 画 师。

｜ — ｜ ｜ — ｜ —　　　　｜ ｜ — — ｜ ｜ —

丶24 ￣1 ￣6 丶15 丶12 ＿8 ￣4　　　　丷25 丶26 ＿7 ＿10 丷19 丶10 ￣4

万 里 伤 心 严 谴 日，　　　　百 年 垂 死 中 兴 时。

｜ ｜ — — — ｜ ｜　　　　｜ — — ｜ . — —　变格 1

丶14 丷4 ＿7 ＿12 ＿14 丶17 丷4　　　　丷11 ＿1 ＿4 丷4 ￣1 ＿10 ￣4

苍 惶 已 就 长 途 往，　　　　邂 逅 无 端 出 饯 迟。

— — ｜ ｜ — — ｜　　　　｜ ｜ — — ｜ ｜ —

＿7 ＿7 丷4 丶26 ＿7 ￣7 丷22　　　　丶10 丶26 ￣7 ￣14 丷4 丷16 ￣4

便 与 先 生 应 永 诀，　　　九 重 泉 路 尽 交 期。
｜　｜　—　—　—　｜　｜　　　　｜　—　｜　｜　—　—　。
ヽ17 ✓6 ⌐1 ⌐8 ⌐10 ✓23 ⅄9　　✓25 ⁻2 ⌐1 ⌐7 ✓11 ⌐3 ⁻4

（下有·的为变格或拗救，下同。）

郑虔以诗、书、画"三绝"著称，更精通天文、地理、军事、医药和音律。杜甫毫不掩饰地为其鸣不平、表同情，以至于坚决表示要和他在泉下交朋友，表现出一个真正的诗人应有的人格。

锦 瑟
唐　李商隐

锦 瑟 无 端 五 十 弦，　　　一 弦 一 柱 思 华 年。
｜　｜　—　—　｜　—　。　　　　｜　—　｜　｜　·　—　—　变格1
✓26 ⅄4 ⁻7 ⌐14 ✓7 ⅄14 ⌐1　✓4 ⌐1 ⅄4 ✓7 ⁻4 ⌐6 ⌐1

庄 生 晓 梦 迷 蝴 蝶，　　　望 帝 春 心 托 杜 鹃。
⌐7 ⌐8 ✓17 ヽ1 ⁻8 ⁻7 ⅄16　✓23 ヽ8 ⁻11 ⌐12 ⅄10 ✓7 ⌐1

沧 海 月 明 珠 有 泪，　　　蓝 田 日 暖 玉 生 烟。
⌐7 ✓10 ⅄6 ⌐8 ⁻7 ✓25 ヽ4　⌐13 ⌐1 ⅄4 ⌐14 ⅄2 ⌐8 ⌐1

此 情 可 待 成 追 忆，　　　只 是 当 时 已 惘 然。
｜　—　｜　｜　—　—　｜　　　　｜　｜　—　—　｜　｜　。
✓4 ⌐8 ✓20 ✓10 ⌐8 ⁻4 ⅄13　✓4 ✓4 ⌐7 ⁻4 ✓4 ✓22 ⌐1

本诗是李商隐的代表作，爱诗的无不乐道喜吟，堪称最享盛名；然而它又是最不易理解的一篇难诗。自宋元以来，揣测纷纷，莫衷一是；但有一点是相似的，即是对逝水年华的追忆。所以，金代元好问就以本诗作为李商隐诗的概括："'望帝春心托杜鹃'，佳人锦瑟怨华年。"(221)首句直接移用李诗原句，次句对李商隐本诗及全部诗作进行裁剪组织，十分贴切。

泪
唐　李商隐

永 巷 长 年 怨 绮 罗，　　　离 情 终 日 思 风 波。

| | | — — | | 。 | — — — | • — — 变格1
√23 ＼3 _7 _1 ＼14 √4 _5 | _4 _8 _1 ＼4 _4 _1 _5

湘 江 竹 上 痕 无 限， 岘 首 碑 前 洒 几 多？

_7 _3 ＼1 _23 _13 _7 √15 | √16 √25 _4 _1 √21 √5 _5

人 去 紫 台 秋 入 塞， 兵 残 楚 帐 夜 闻 歌。

_11 _6 √4 _10 _11 ＼14 ＼11 | _8 _14 √6 ＼23 _22 _12 _5

朝 来 灞 水 桥 边 问， 未 抵 青 袍 送 玉 珂！

_2 _10 ＼22 √4 _2 _1 ＼13 | √5 √8 _9 _4 ＼1 ＼2 _5

失宠之泪，别离之泪，伤逝之泪，怀德之泪，身陷异域之泪，英雄末路之泪：前六句的六种泪，人间一切伤心事，哪里比得上最后两句中贫寒之士忍辱饮恨、陪送贵人的痛苦啊！李商隐早年就有远大抱负，然而终其一生，都是为人幕僚。本诗是诗人自伤身世的血泪的诉说：侧身贵官之列，迎送应酬，精神上多么痛苦啊！

送项判官

宋　王安石

断 芦 洲 渚 落 枫 桥， 渡 口 沙 长 过 午 潮。

＼15 _7 _11 √6 ＼10 _1 _2 | ＼7 √25 _6 _7 _21 √7 _2

山 鸟 自 鸣 泥 滑 滑， 行 人 相 对 马 萧 萧。

_15 √17 ＼4 _8 _8 ＼8 ＼8 | _8 _11 _7 ＼11 √21 _2 _2

十 年 长 自 青 衿 识， 千 里 来 非 白 璧 招。

＼14 _1 _7 ＼4 _9 _12 ＼13 | _1 √4 _10 _5 ＼11 ＼11 _2

握 手 祝 君 能 强 饭， 华 簪 常 得 从 鸡 翘。 变格1

＼3 √25 ＼1 _12 _10 √22 ＼14 | _6 _13 _7 ＼13 _2 _8 _2

这首送别诗没有渲染当时的别绪离情，而是自始至终贯穿了"真"字。前四句写景，诗人把送别时耳闻目睹的真情实景加以描述，尤其是"山鸟"一联，命意造境，别开生面,借前人名句为己所用,情趣盎然。后四句叙情,表达了诗人真挚的感情,其中穿插了几个典故,用得精妙贴切,语重心长。

登彭城楼
宋 吕 定

项 王 台 上 白 云 秋,　　　　亚 父 坟 前 草 木 稠。
｜ — ｜ ｜ ｜ — 。　　　　｜ — — ｜ ｜ — 。
ㄟ3 ＿7 ‾10 ㄟ23 ㄨ11 ‾12 ＿11　　ㄟ22 ㄨ7 ‾12 ＿1 ㄟ19 ㄨ1 ＿11

山 色 不 随 人 事 改,　　　　水 声 长 近 戍 城 流。
‾15 ㄨ13 ㄨ5 ‾4 ‾11 ㄟ4 ㄨ10　　ㄨ4 ＿8 ＿7 ㄟ13 ㄟ7 ＿8 ＿11

空 余 夜 月 龙 神 庙,　　　　无 复 春 风 燕 子 楼。
‾1 ‾6 ㄟ22 ㄨ6 ‾2 ‾11 ㄟ18　　‾7 ㄨ1 ‾11 ‾1 ㄟ17 ㄨ4 ＿11

楚 汉 兴 亡 俱 土 壤,　　　　不 须 怀 古 重 夷 犹。
｜ ｜ — — — ｜ ｜　　　　｜ — — ｜ ·— — —变格1
ㄨ6 ㄟ15 ＿10 ＿7 ‾7 ㄨ7 ㄨ22　　ㄨ5 ‾7 ‾9 ㄨ7 ‾2 ‾4 ＿11

这是一首怀古诗,楚灭也罢,汉兴也罢,今天都已成了土壤,何必再犹豫不定、追思不止呢? 含蕴深长,余味不尽。

睢阳道中
金 术虎邃

又 渡 潋 江 二 月 时,　　　　淮 阳 东 下 思 依 依。
｜ ｜ — — ｜ ｜ 。　　　　— — — ｜ ·— — —变格1
ㄟ26 ㄟ7 ‾12 ‾3 ㄟ4 ㄨ6 ‾4 邻韵　‾9 ＿7 ‾1 ㄟ22 ‾4 ＿5 ＿5

丘 园 寂 寞 生 春 草,　　　　城 阙 荒 凉 对 落 晖。
＿11 ‾13 ㄨ12 ㄨ12 ＿10 ＿8 ‾11 ㄨ19　＿8 ㄨ6 ＿7 ＿7 ㄟ11 ㄨ10 ＿5

去 国 十 年 初 避 乱,　　　　投 荒 万 里 正 思 归。
｜ ｜ ｜ — — ｜ ｜　　　　— — ｜ ｜ ｜ — 。
ㄨ6 ㄨ13 ㄨ14 ＿1 ‾6 ㄟ4 ㄟ15　　＿11 ＿7 ㄟ14 ㄨ4 ㄟ24 ‾4 ＿5

临 歧 却 羡 春 来 雁，　　　　乱 逐 东 风 向 北 飞。

　— 　— 　｜ 　｜ 　— 　— 　｜　　　　　｜ 　｜ 　— 　— 　｜ 　｜ 　。

_12 　¯4 　ↄ10 　ↄ17 　¯11 　¯10 　ↄ16　　　　ↄ15 　ↄ1 　¯1 　¯1 　ↄ23 　ↄ13 　¯5

　　作者来到一个南来北往的歧路口，眺望春天迁徙的大雁紧随东风向北飞去，而自己却只能被迫继续南下、背道而驰，一种人不如物的酸楚之感油然而生。此诗甚有唐人风致。

唐叔良溪居

明　张　羽

高 斋 每 到 思 无 穷，　　　　门 巷 玲 珑 野 望 通。

　— 　— 　｜ 　｜ 　• 　— 　—　变格1　　— 　｜ 　— 　｜ 　｜ 　｜ 　。

_4 　¯9 　ↄ10 　ↄ20 　¯4 　¯7 　¯1　　　　¯13 　ↄ3 　_9 　¯1 　ↄ21 　ↄ23 　¯1

片 雨 隔 村 犹 夕 照，　　　　疏 林 映 水 已 秋 风。

　｜ 　｜ 　｜ 　— 　— 　｜ 　｜　　　　　— 　— 　｜ 　｜ 　｜ 　— 　。

ↄ17 　¯7 　ↄ11 　¯13 　_11 　ↄ11 　ↄ18　　　¯6 　_12 　ↄ24 　ↄ4 　ↄ4 　_11 　¯1

药 囊 诗 卷 闲 行 后，　　　　香 炧 灯 光 静 坐 中。

ↄ10 　_7 　¯4 　ↄ17 　¯15 　_8 　ↄ26　　　　_7 　ↄ21 　_10 　¯7 　ↄ23 　ↄ21 　¯1

为 问 只 今 江 海 上，　　　　如 君 无 事 几 人 同？

　｜ 　｜ 　— 　— 　— 　｜ 　｜　　　　　— 　— 　— 　｜ 　｜ 　— 　。

ↄ4 　ↄ13 　ↄ4 　_12 　¯3 　ↄ10 　ↄ23　　　¯6 　_12 　¯7 　ↄ4 　ↄ5 　¯11 　¯1

　　全诗绘景、写人、遣词，皆出于一种风神，读此诗，可想见彼人之神情，可推知彼时之士风。诗虽无惊人之笔，然确是元季士人之笔，充满了对移居生活的十分向往，诗人与主人(唐叔良)实为同志也。

无 题

明　王次回

几 层 芳 树 几 层 楼，　　　　只 隔 欢 娱 不 隔 愁。

　｜ 　— 　— 　｜ 　— 　— 　—　　　　　— 　｜ 　— 　— 　｜ 　｜ 　。

ↄ5 　_10 　_7 　ↄ7 　ↄ5 　_10 　_11　　　　ↄ4 　ↄ11 　¯14 　¯7 　ↄ5 　ↄ11 　_11

花　外　迁　延　惟　见　影，　　　　月　中　寻　觅　略　闻　讴。
—　｜　—　—　—　｜　｜　　　　—　—　—　｜　—　—　。
_6　、9　_1　_1　‾4　、17　∨23　　　　∧6　‾1　_12　∧12　∧10　‾12　_11

吴　歌　凄　断　偏　相　入，　　　　楚　梦　微　茫　不　易　留。
—　—　—　｜　—　—　｜　　　　—　—　｜　—　｜　｜　—　。
‾7　_5　‾8　、15　_1　_7　∧14　　　　∨6　、1　_5　_7　∧5　、4　_11

时　节　落　花　人　病　酒，　　　　睡　魂　经　雨　思　悠　悠。
—　｜　｜　—　—　｜　｜　　　　｜　—　—　｜　•　—　—　变格1
‾4　∧9　∧10　_6　‾11　、24　∨25　　　　、4　‾13　_9　∨7　‾4　_11　_11　。

这是一首失恋的悲歌，作者学李商隐，甚至诗题也用李商隐首创之"无题"。诗用大量笔墨，在惆怅的回忆中寻觅过去，语调凄丽哀婉，酸辛悲苦，表达了对所恋女子的赤诚与痴迷，以及失恋后的灰心与迷失。

粤东杂感九首(其六)

近代　程恩泽

天　生　灵　草　阿　芙　蓉，　　　　要　和　饔　飧　竞　大　功。
—　—　—　｜　•　—　—　变格1　　　｜　｜　｜　—　｜　｜　—　。
_1　_8　_9　∨19　_5　‾7　_2　邻韵　　　、18　、21　‾2　‾13　、24　∧21　‾1

豪　士　万　金　销　夜　月，　　　　乞　儿　九　死　醉　春　风。
—　｜　｜　—　—　｜　｜　　　　—　—　｜　｜　｜　—　—　。
_4　、4　、14　_12　_2　∨22　∧6　　　　∧5　‾4　∨25　∨4　、4　‾11　‾1

香　飞　海　舶　关　津　裕，　　　　力　走　天　涯　货　贝　通。
—　—　｜　｜　—　—　｜　　　　｜　｜　—　—　｜　｜　—　。
_7　‾5　∨10　∧11　‾15　‾11　、7　　　　∧13　∨25　_1　_6　、21　_9　‾1

抵　得　蕾　腾　兵　燹　劫，　　　　半　收　猿　鹤　半　沙　虫。
—　｜　—　—　—　｜　｜　　　　｜　—　—　｜　｜　—　—　。
∨8　∧13　‾1　_10　_8　∨16　∧17　　　　、15　_11　‾13　∧10　、15　_6　‾1

本诗对鸦片贸易深表愤慨，对清政府纵容鸦片走私的做法也流露出极大的不满，这在很大程度上体现了诗人主张禁烟的爱国思想。

汉武帝

近代　曹元忠

从 来 难 再 思 倾 城，　千 古 佳 人 此 定 评。
— — — | · ——变格1　　— | — — | · |
ˉ2 ˉ10 ˉ14 ˎ11 ˉ4 _8 _8　　_1 ˅7 ˉ9 ˉ11 ˅4 ˎ25 _8

儿 女 有 情 终 气 短，　英 雄 好 色 是 天 生。
— | | — — | |　　— — | | | — |
ˉ4 ˅6 ˎ25 _8 ˉ1 ˎ5 ˅14　　_8 ˉ1 ˎ20 ˎ13 ˅4 _1 _8

玉 阶 罗 袂 秋 无 迹，　金 屋 长 门 赋 有 名。
ˎ2 ˉ9 _5 ˎ8 _11 ˉ7 ˎ11　　_12 ˎ1 _7 ˉ13 ˎ7 ˅25 _8

垂 死 犹 成 钩 弋 狱，　早 知 外 戚 制 西 京。
— | | — — | |
ˉ4 ˅4 _11 _8 _11 ˎ13 ˎ2　　˅19 ˉ4 ˎ9 ˎ12 ˎ8 ˉ8 _8

　　本诗是一首咏史佳作，写汉武帝与李夫人、卫子夫、陈阿娇、钩弋四女子事。"英雄"句似为武帝开脱，实际语中带刺，斥其好色而用情不专。又作者深恶晚清慈禧太后擅权误国，故在末句借题发挥，以抒悲愤。

寒甚有作

现代　唐玉虬

天 涯 沦 落 莫 沾 巾，　研 地 哀 歌 动 鬼 神。
— — — | | — ·　　| | | — — | |
_1 _6 ˉ11 ˎ10 ˎ10 _14 ˉ11　　ˎ10 ˎ4 ˉ10 _5 ˅1 ˅5 ˉ11

寒 到 无 衣 方 见 骨，　言 多 忧 国 匪 谋 身。
— — — | · ——变格1
ˉ14 ˎ20 ˉ7 _5 _7 ˎ17 ˎ6　　ˉ13 _5 ˉ11 ˎ13 ˉ5 _11 ˉ11

雪 山 忽 入 撑 肠 腹，　岷 瀑 长 悬 激 齿 龈。
| | | | — — |
ˎ9 _15 ˅6 ˎ14 _8 _7 ˎ1　　ˉ11 ˎ1 _7 _1 ˎ12 ˅4 _12 出韵

涤 漱 灵 根 尘 垢 尽，　无 穷 诗 句 出 清 新。
| | — — — | |　　— — — | | — —

λ12 ﹀26 ˍ9 ˉ13 ˉ11 ∨25 ∨11　　　　　ˉ7 ˉ1 ˉ4 ﹀7 λ4 ˍ8 ˉ11

　　诗人流寓蜀中,在冰霜肃杀的冬季,赋诗言志,体现出崇高的气节与壮阔的胸怀,这正是老一辈爱国知识分子精神境界的典型写照,对于今天的诗人文士如何树立高尚的人格,如何在生活中汲取丰富的创作源泉,当有深刻的启迪。诗中第四句的"匪"字通"非",故为平声微韵,该句为变格1。

二、七　绝

六年春遣怀八首(其二)
唐　元　稹

检 得 旧 书 三 四 纸,　　　　　高 低 阔 狭 粗 成 行。
| | | | — — | |　　　　— — | | ·— — 。──变格1
∨28 λ13 ∨26 ˉ6 ˍ13 ﹀4 ∨4　　_4 ˉ8 λ7 ∧17 ˉ7 ˍ8 ˉ7
自 言 并 食 寻 常 事,　　　　　惟 念 山 深 驿 路 长。
| | | | — — |　　　　— | — — | | —
﹀4 ˉ13 ﹀24 λ13 ˍ12 ˍ7 ﹀4　　ˉ4 ﹀29 ˉ15 ˍ12 λ11 ﹀7 ˍ7

　　这首悼亡诗所叙写的事虽平凡细屑,却相当典型地表现了诗人原妻韦丛的性格品质,反映了他们夫妇之间相濡以沫的真情实感。

夏　日
宋　寇　準

离 心 杳 杳 思 迟 迟,　　　　　深 院 无 人 柳 自 垂。
— — | | ·| — —──变格1　　— | — — | | —
ˉ4 ˍ12 ∨17 ∨17 ˉ4 ﹀4 ˍ4　　_12 ﹀17 ˉ7 ˉ11 ∨25 ﹀4 ˍ4
日 暮 长 廊 闻 燕 语,　　　　　轻 寒 微 雨 麦 秋 时。
| | — — — | |　　　　— — — | | — —
λ4 ﹀7 ˍ7 ˍ7 ˉ12 ﹀17 ∨6　　_8 ˉ14 ˉ5 ∨7 λ11 ˍ11 ˍ4

　　读本诗,令人不由产生一种压抑感,因为是受了诗人杳杳离心、即罢相后离开汴京之心的感染。

和宿硖石寺下
宋　赵　抃

淮 岸 浮 屠 半 倚 天，　　　　山 僧 应 已 离 尘 缘。
— ｜ — ｜ — ｜ 。　　　　— — ｜ • — 。变格1
⁻9 ˎ15 ₋11 ⁻7 ˎ15 ˅4 ₋1　　　⁻15 ₋10 ₋10 ˅4 ⁻4 ₋11 ₋1

松 关 暮 锁 无 人 迹，　　　　惟 放 钟 声 入 画 船。
— — ｜ ｜ — — ｜　　　　— ｜ — — ｜ ｜ 。
⁻2 ₋15 ˎ7 ˅20 ⁻7 ₋11 ˎ11　　⁻4 ˎ23 ⁻2 ₋8 ˎ14 ₋10 ₋1

末句从视觉转写听觉，添出无限诗意。那钟声在船头，在水上，荡漾传送，终于消失，但在心灵深处却悠然不尽，久久牵动着诗人的情思……

过德清二首(其二)
宋　姜　夔

溪 上 佳 人 看 客 舟，　　　　舟 中 行 客 思 悠 悠。
— ｜ — ｜ — ｜ 。　　　　— — — ｜ • — 。变格1
⁻8 ˎ23 ⁻9 ₋11 ⁻15 ˎ11 ₋11　₋11 ⁻1 ₋8 ˎ11 ⁻4 ₋11 ₋11

烟 波 渐 远 桥 东 去，　　　　犹 见 阑 干 一 点 愁。
— — ｜ ｜ — — ｜　　　　— ｜ — — ｜ ｜ 。
₋1 ₋5 ˅28 ˅13 ₋2 ⁻1 ˎ6　　₋11 ˎ17 ⁻14 ₋14 ˎ4 ˅28 ₋11

读本诗，我们想到温庭筠词《忆江南》中"梳洗罢，独倚望江楼"和柳永词《八声甘州》中"想佳人妆楼颙望，误几回，天际识归舟"，诗人联想到妻子之望自己，一切尽在不言之中了。

梦中作四首(其二)
宋　林景熙

一 坯 自 筑 珠 丘 陵，　　　　双 匣 犹 传 竺 国 经。
｜ — ｜ ｜ — — — 变格1　　— ｜ — ｜ — ｜ 。
ˎ4 ⁻10 ˎ4 ˎ1 ⁻7 ₋11 ₋10 邻韵　⁻3 ˎ17 ₋11 ₋1 ˎ1 ˎ13 ₋9

独 有 春 风 知 此 意，　　　　年 年 杜 宇 泣 冬 青。

　｜　｜　－　－　－　｜　　　　　－　－　｜　｜　－　｜　。
＼1　✓25　ˉ11　ˉ1　ˉ4　✓4　＼4　　　＿1　＿1　✓7　✓7　＼14　ˉ2　＿9

元灭南宋后,发掘宋帝陵寝,南宋遗民无不痛心疾首。组诗写收集宋帝骸骨并埋葬,凄怆悱恻,吞吐呜咽,代表了南宋遗民睠怀旧君故国的拳拳心意。本首是想象先朝皇帝在九泉下的哀伤。

的 信
元　杨维桢

平　时　诡　语　难　为　信,　　　　醉　后　微　言　却　近　真。
　｜　｜　－　－　－　｜　　　　　　｜　｜　－　｜　－　｜　。
＿8　ˉ4　✓4　✓6　ˉ14　ˉ4　＼12　　＼4　＼26　ˉ5　ˉ13　＼10　＼13　ˉ11

昨　夜　寄　将　双　豆　蔻,　　　　始　知　的　的　为　东　邻。
　｜　｜　－　｜　－　｜　　　　　　｜　｜　·　－　－　。变格1
＼10　＼22　✓4　＿7　ˉ3　ˉ26　＼26　　✓4　ˉ4　＼12　＼12　ˉ4　ˉ1　ˉ11

本诗活泼、生动,抓住少女一霎那的心态,用特写的手法,加以放大、定格,使其为爱情所膨胀、所陶醉的心灵活泼泼地呈现在读者面前。

忆金陵六首杂题画扇(其一)
明　程嘉燧

秋　阴　殢　客　思　腾　腾,　　　　木　末　荒　台　尽　日　登。
　－　－　｜　·　－　－　变格1　　　　｜　｜　｜　－　－　｜　｜　。
＿11　＿12　＿8　＼11　ˉ4　＿10　＿10　　＼1　＼7　＿7　ˉ10　✓11　＼4　＿10

谁　信　到　家　翻　忆　远,　　　　雨　斋　含　墨　画　金　陵。
　－　－　｜　－　－　｜　　　　　　｜　｜　－　｜　｜　－　｜　。
ˉ4　＼12　＼20　＿6　ˉ13　＼13　✓13　　✓7　ˉ9　＿13　＼13　＼10　＿12　＿10

这组题画诗,诗中有画,意境幽邃。本首是总叙,上联描写扇上画中的景境,也是诗人对昔日作客金陵的回忆;下联点明作画的动机、地点,"到家翻忆远"看似无理,实则道出了人们共有的生活体验。

西湖杂诗十七首（其十三）

近代　沈曾植

郎　当　岭　上　担　郎　当，　　　　蜀　道　难　宁　在　故　乡？
—　—　｜　｜　·　—　—　变格1　　｜　｜　—　—　｜　｜　。
_7　_7　∨23　∨23　_13　_7　￣7　　　　∧2　∨19　￣14　_9　∨11　∨7　_7

绝　顶　一　回　舒　望　眼，　　　　近　收　湖　色　远　山　光。
｜　｜　—　—　—　｜　｜　　　　　　｜　—　—　｜　｜　—　—　。
∧9　∨24　∧4　￣10　_6　∨23　∨15　　　∨13　_11　￣7　∧13　∨13　￣15　_7

　　本诗巧借地名之谐音（"郎当"），写山行的乐趣。——世上没有现成的享受，真正的乐趣只能得之于努力之后。登上"绝顶""舒望眼"，真可抵得多少"郎当"（俗语，颓唐状）之苦！

红豆词四首（其三）

近代　王国维

别　浦　盈　盈　水　又　波，　　　　凭　栏　渺　渺　思　如　何？
｜　｜　—　—　｜　｜　—　　　　　　—　—　｜　｜　·　—　—　变格1
∧9　∨7　_8　_8　∨4　∨26　_5　　　　_10　￣14　∨17　∨17　￣4　￣6　_5

纵　教　踏　破　江　南　种，　　　　只　恐　春　来　苗　更　多。
｜　—　｜　｜　—　—　｜　　　　　　｜　—　｜　｜　—　｜　—　。
∨2　_3　∧15　∨21　￣3　_13　∨2　　　∨4　∨2　￣11　￣10　∧4　∨24　_5

　　本诗渲染相思之情难以磨灭。你就是踏破了相思豆，它来春仍会萌发新芽，这好比你强行压抑下心头的相思之情，它反而更强烈地激荡在你的心头。

题自绘高岗兰

现代　李木庵

侧　身　千　仞　岗　头　高，　　　　天　半　迎　风　振　怒　涛。
｜　—　—　｜　岗　·　—　变格1　　—　｜　—　—　｜　｜　—　。
∧13　￣11　_1　∨12　_7　_11　_4　　　_1　∨15　_8　￣1　∨12　∨7　_4

寄　语　世　人　休　畏　险，　　　　脚　跟　立　定　谁　能　挠。
｜　—　｜　｜　—　｜　｜　　　　　　｜　—　｜　｜　—　—　—　。

| | | — — | |　　　　　| — | | ˙ — — ○ 变格1
丶4　∨6　丶8　‾11 _11 丶5 ∨28　　　丶10 ‾10 丶14 丶25 ‾4 _10 _4

这首题画诗咏物喻理，简洁明快。以兰花侧立高岗，迎斗狂风的形象，表达了自己在革命风浪中立场坚定、绝不动摇的决心。

为李进同志题所摄庐山仙人洞照

现代　毛泽东

暮 色 苍 茫 看 劲 松，　　　　乱 云 飞 渡 仍 从 容。
| | — — | | ○　　　　| — — | ˙ — — ○ 变格1
丶7 ∨13 _7 _7 丶15 丶24 ‾2　　　丶15 ‾12 ‾5 _7 _10 ‾2 ‾2

天 生 一 个 仙 人 洞，　　　　无 限 风 光 在 险 峰。
— — | | | — |　　　　— | — — | | ○
_1 _8 丶4 丶21 _1 ‾11 丶1　　　‾7 ∨15 ‾1 _7 丶11 ∨28 ‾2

本诗写景、叙事、抒情、议论浑然一体，说景活现，说事简要，说情高远，说理警切。纵观作者一生，也是"无限风光在险峰"。

第三章　变　格　二

一、五　律

正月十五日夜
唐　苏味道

火　树　银　花　合，	星　桥　铁　锁　开。
｜　｜　一　一	一　一　｜　｜　。
∨20　、7　⁻11　_6　λ15	_9　_2　λ9　∨20　⁻10
暗　尘　随　马　去，	明　月　逐　人　来。
｜　一　一　｜　｜	一　｜　｜　一　一
、28　⁻11　⁻4　∨21　⁻6	_8　λ6　λ1　⁻11　⁻10
游　妓　皆　秾　李，	行　歌　尽　落　梅。
一　｜　一　一　｜	一　一　｜　｜　一
_11　∨4　⁻9　⁻2　∨4	_8　_5　∨11　λ10　⁻10
金　吾　不　禁　夜，	玉　漏　莫　相　催。
一　一　｜　｜　｜　变格2	一　｜　｜　一　一
_12　⁻7　λ5　、27　、22	λ2　、26　λ10　_7　⁻10

　　这首描写长安城里元宵之夜景象的诗对后世的影响是很大的。柳亚子词《浣溪沙》中"火树银花不夜天"从本诗首句而得。郭沫若新诗《天上的市街》中"远远的街灯明了,好像闪着无数的明星;天上的明星现了,好像点着无数的街灯",从本诗次句化出。唐元稹的《明月三五夜》诗(44)从本诗第四句衍生。

送梓州李使君
唐　王　维

| 万　壑　树　参　天， | 千　山　响　杜　鹃。 |
| ｜　｜　｜　一　。 | 一　一　｜　｜　。 |

ˋ14 ʎ10 ˇ7 _13 _1 ‖ _1 ˉ15 ˇ22 ˇ7 _1

山 中 一 夜 雨， 树 杪 百 重 泉。

— — ｜ ｜ ｜ 变格2 ｜ ｜ ｜ ｜ —。

ˉ15 _1 ʎ4 ˇ22 ˇ7 ‖ ˇ7 ˇ17 ʎ11 ˉ2 _1

汉 女 输 橦 布， 巴 人 讼 芋 田。

｜ ｜ — — ｜ ｜ ｜ ｜ ｜ —。

ˋ15 ˇ6 ˉ7 ˉ2 ˋ7 ‖ _6 ˉ11 ˋ2 ˇ7 _1

文 翁 翻 教 授， 不 敢 倚 先 贤。

— — — — ｜ ｜ ｜ ｜ — —。

ˉ12 _1 ˉ13 _19 ˋ26 ‖ ʎ5 ˇ27 ˇ4 _1 _1

　　起首两句互文；三句以色顶首句，四句以声顶次句，两句又成流水对；而前两联一气贯注，天外飞来，竟是龙腾虎踯之笔。颈联转入民情，尾联接以政事，于唐人送远诗叙写风土、励勉人事的成法，面面俱到，一网打尽。诚如清王夫之《唐诗评选》中评价："景亦意，事亦意，前无古人，后无嗣者，文外独绝，不许有两。"

宫中行乐词八首(其一)

唐 李 白

小 小 生 金 屋， 盈 盈 在 紫 微。

｜ ｜ — — ｜ ｜ ｜ ｜ ｜ —。

ˇ17 ˇ17 _8 _12 ʎ1 ‖ _8 _8 ˋ11 ˇ4 ˉ5

山 花 插 宝 髻， 石 竹 绣 罗 衣。

— — ｜ ｜ ｜ 变格2 ｜ ｜ ｜ — —。

ˉ15 _6 ʎ17 _19 ˋ8 ‖ ʎ11 ʎ1 ˋ26 _5 ˉ5

每 出 深 宫 里， 常 随 步 辇 归。

｜ ｜ — — ｜ — — ｜ ｜ —。

ˇ10 ʎ4 _12 ˉ1 ˇ4 ‖ _7 ˉ4 ˋ7 _16 ˉ5

只 愁 歌 舞 散， 化 作 彩 云 飞。

｜ — — ｜ ｜ ｜ ｜ ｜ — —。

ˇ4 _11 _5 ˇ7 ˋ15 ‖ ˇ22 ʎ10 ˇ10 ˉ12 ˉ5

　　李白诗中数用"彩云"字样，只本诗最为感人，对后世影响也大。北宋晏几道词《临江仙》有"当时明月在，曾照彩云归"即化用本诗结句。

次北固山下
唐 王 湾

客 路 青 山 外，	行 舟 绿 水 前。
ǀ ǀ — — ǀ	— — ǀ ǀ 。
╲11 ╲7 _9 ⁻15 ╲9	_8 _11 ╲2 ╲4 _1
潮 平 两 岸 阔，	风 正 一 帆 悬。
— — ǀ ǀ 变格2	— ǀ ǀ — 。
_2 _8 ╲22 ╲15 ╲7	⁻1 ╲24 ╲4 _15 _1
海 日 生 残 夜，	江 春 入 旧 年。
ǀ ǀ — — ǀ	— — ǀ ǀ 。
╲10 ╲4 _8 ⁻14 ╲22	⁻3 _11 ╲14 ╲26 _1
乡 书 何 处 达？	归 雁 洛 阳 边。
— — — ǀ ǀ	— ǀ ǀ — 。
_7 ⁻6 _5 ╲6 ╲7	⁻5 ╲16 ╲10 _7 _1

本诗是王湾的代表作，写冬末江行途中所见及思乡之情。"潮平"一联，极工整，极自然，极贴切，非常在长江边生活的人不能道，是一幅极生动的水墨画。"海日"一联，尽是妙语，画工难绘，它写出了江南初春景象的特点，堂庑宽大，神韵远扬，富于哲理，最能概括盛唐诗歌新气象的特色。名相张说极为赏识，把它写在政事堂上，作为能文的典范。

水槛遣心二首（其一）
唐 杜 甫

去 郭 轩 楹 敞，	无 村 眺 望 赊。
ǀ ǀ — — ǀ	— ǀ ǀ 。
╲6 ╲10 ⁻13 _8 ╲22	⁻7 _13 ╲18 ╲23 _6
澄 江 平 少 岸，	幽 树 晚 多 花。
— — — ǀ ǀ	— ǀ ǀ — 。
_10 ⁻3 _8 ╲17 ╲15	_11 ╲7 ╲13 _5 _6
细 雨 鱼 儿 出，	微 风 燕 子 斜。
ǀ ǀ — — ǀ	— — ǀ ǀ 。
╲8 ╲7 ⁻6 ⁻4 ╲4	⁻5 ⁻1 ╲17 ╲4 _6

城 中 十 万 户，　　　　此 地 两 三 家。

— — ｜ ｜ ｜ 变格2　　｜ ｜ ｜ — —

_8 ˉ1 ﹨14 ﹨14 ✓7　　✓4 ﹨4 ✓22 _13 _6

　　本诗描绘的是成都草堂的环境，字里行间含蕴的是诗人优游闲适的心情和对大自然春天的热爱。句句写景，句句有"遣心"之意。颈联尤为人所称道，刻画极为细腻：唯其"细雨"，鱼儿才能欢腾地游到水面，"出"字写出了鱼儿的欢欣，极其自然；唯其"微风"，燕子才能轻捷地掠过天空，"斜"字写出了燕子的轻盈，逼肖生动。

蜀主先庙
唐　刘禹锡

天 下 英 雄 气，　　　　千 秋 尚 凛 然。

— ｜ — — ｜　　　　｜ — — ｜ —

_1 ﹨22 _8 ˉ1 ﹨5　　　_1 _11 ﹨23 ✓26 _1

势 分 三 足 鼎，　　　　业 复 五 铢 钱。

｜ — — ｜ ｜　　　　｜ ｜ ｜ — —

﹨8 ˉ12 _13 ﹨2 ✓24　　﹨17 ﹨1 ✓7 ˉ7 _1

得 相 能 开 国，　　　　生 儿 不 象 贤。

｜ ｜ — — ｜　　　　— — ｜ ｜ —

﹨13 ﹨23 _10 _10 ﹨13　　_8 ˉ4 ﹨5 ﹨22 _1

凄 凉 蜀 故 妓，　　　　来 舞 魏 宫 前。

— — ｜ ｜ ｜ 变格2　　— — ｜ — —

ˉ8 _7 ﹨2 ﹨7 ✓4　　　ˉ10 ✓7 ﹨5 _1 _1

　　在鲜明的盛衰对比中，本诗道出了古今兴亡的一个深刻的历史教训：创业难，守业更难。全诗字皆如濯，句皆如拔，精警高卓，沉着超迈，并以形象的感染力，垂戒无穷，千百年来一直传诵不绝。

雨晴后步至四望亭下鱼池上，遂自乾明寺前东冈上归二首
宋　苏　轼

其 一

雨 过 浮 萍 合，　　　　蛙 声 满 四 邻。

|　|　|　—　—　|　　　　　　—　—　|　|　|　。
∨7　∖21　_11　_9　∖15　　　　　_6　_8　∨14　∖4　⁻11
海　棠　真　一　梦，　　　　梅　子　欲　尝　新。

|　|　|　|　|　　　　　　—　|　|　|　。
∨10　_7　⁻11　∖4　∖1　　　　⁻10　∖4　∖2　_7　⁻11
拄　杖　闲　挑　菜，　　　　秋　千　不　见　人。

|　|　|　|　|　　　　　　|　|　|　|　。
∨7　∨22　⁻15　_2　∖11　　　_11　_1　∖5　∖17　⁻11
殷　勤　木　芍　药，　　　　独　自　殿　余　春。

—　—　|　|　| 变格2　　　　|　|　|　|　。
⁻12　⁻12　∖1　∖10　∖10　　　∖1　∖4　∖17　⁻6　⁻11

其　二

高　亭　废　已　久，　　　　下　有　种　鱼　塘。
—　—　|　|　| 变格2　　　　|　|　|　|　。
_4　_9　∖11　∨4　∖25　　　∖22　∨25　∖2　⁻6　_7

暮　色　千　山　入，　　　　春　风　百　草　香。
|　|　|　|　|　　　　　　—　—　|　|　|　。
∨7　∖13　_1　⁻15　∖14　　　⁻11　_1　∖11　∨19　_7

市　桥　人　寂　寂，　　　　古　寺　竹　苍　苍。
|　—　|　|　|　　　　　　|　|　|　|　。
∨4　_2　⁻11　∖12　∖12　　　∨7　∖4　∖1　_7　_7

鹈　鹕　来　何　处，　　　　号　鸣　满　夕　阳。
|　|　|　|　|　　　　　　|　|　|　|　。
∖15　∖10　⁻10　_5　∖6　　　_4　_8　∨14　∖11　_7

　　这两首诗写景如画，景中有情，旨意含蓄，富有韵味。苏轼诗以明快见长，而这两首诗却含蕴丰富，不露不张。不细加咀嚼，很容易当作一般写景诗读过。但稍加品味，就不难发现这些写景词句都浸透着他贬官黄州初期所特有的感伤色彩。第二首更具有杜诗沉郁苍凉的特色，结尾更是杜甫惯用的手法，宕开一层，在更加开阔的画面上抒怀。

都梁六首（其二）

宋　陈　造

天 外 纤 云 尽，　　　　　山 巅 望 眼 遥。
— 　｜ 　— 　｜ 　｜ 　　　　　— 　— 　｜ 　｜ 　。
_1　﹨9　_14　⁻12　⌄11　　　　　⁻15　_1　﹨23　⌄15　_2

平 淮 剪 绿 野，　　　　　白 塔 界 晴 霄。
— 　— 　｜ 　｜ 　｜ 　变格2　　　｜ 　｜ 　｜ 　— 　—　。
_8　⁻9　⌄16　﹨2　⌄21　　　　　﹨11　﹨15　﹨10　_8　_2

客 里 风 光 异，　　　　　吟 边 物 象 骄。
｜ 　｜ 　— 　— 　｜ 　　　　　— 　— 　｜ 　｜ 　—　。
﹨11　⌄4　⁻1　_7　﹨4　　　　　_12　_1　﹨5　⌄22　_2

功 名 它 日 事，　　　　　回 首 兴 萧 条。
⁻1　— 　— 　｜ 　｜ 　　　　　— 　｜ 　— 　— 　—　变格1
⁻1　_8　_5　﹨4　﹨4　　　　　⁻10　⌄25　_10　_2　_2

　　本诗既有变格2，又有变格1，因变格2后出现，故列在本章。类似情况以后不再说明。都梁山位于当时宋金分界线淮河附近，本诗写登临都梁山所望之景兼抒心中所生之情：国事日非，前景暗淡，他日回首这都梁山河的壮伟娇娆，怕也只能兴起无限萧条之感了。

烟

明　孟　洋

湘 流 落 日 外，　　　　　沙 迥 暮 生 烟。
— 　— 　｜ 　｜ 　｜ 　变格2　　　— 　｜ 　｜ 　— 　—　。
_7　_11　﹨10　﹨4　_9　　　　　_6　⌄24　﹨7　_8　_1

杳 杳 千 峰 失，　　　　　霏 霏 万 壑 连。
｜ 　｜ 　— 　— 　｜ 　　　　　— 　— 　｜ 　｜ 　—　。
⌄17　⌄17　_1　⁻2　﹨4　　　　　_5　_5　﹨14　﹨10　_1

鹊 翻 知 浦 树，　　　　　人 语 辨 江 船。
﹨10　⁻13　⁻4　⌄7　﹨7　　　　　⁻11　⌄6　⌄16　⁻3　_1

暗 里 猿 声 起，　　　　　愁 深 夜 不 眠。

　　｜　　｜　　—　　—　　｜　　　　　　—　　—　　｜　　｜　　。
　ˇ28　ˇ4　ˉ13　＿8　ˇ4　　　　　＿11　＿12　ˋ22　ˋ5　＿1

　　本诗所咏景物是飘渺虚无的云烟,然作者仍能传其神韵,而不仅得其形相。尤以颈联最佳,景物逼真,出语精巧,对仗亦工,有此状烟佳句,作者的眼光,大可令人敬佩。

宝带桥(其一)

明　夏完淳

宝　带　桥　边　泊,　　　　狂　歌　问　酒　家。
｜　　｜　　—　　—　　｜　　　　　　—　　—　　｜　　｜　　。
ˇ19　ˇ9　＿2　＿1　ˋ10　　　　＿7　＿5　ˋ13　ˇ25　＿6

吴　江　天　入　水,　　　　震　泽　晚　生　霞。
—　　—　　—　　｜　　｜　　　　　　｜　　｜　　｜　　—　　。
ˉ7　ˉ3　＿1　ˋ14　ˇ4　　　　ˋ12　ˋ11　ˇ13　＿8　＿6

细　缆　迎　风　急,　　　　轻　帆　带　雨　斜。
｜　　｜　　—　　—　　｜　　　　　　—　　—　　｜　　—　　。
ˋ8　ˇ28　＿8　ˉ1　ˋ14　　　　＿8　＿15　ˋ9　ˇ7　＿6

苍　茫　不　可　接,　　　　何　处　拂　灵　槎?
—　　—　　｜　　｜　　｜　　变格2　　　—　　｜　　—　　—　　。
＿7　＿7　ˋ5　ˇ20　ˋ16　　　　＿5　ˋ6　ˋ5　＿9　＿6

　　诗从暮泊"宝带桥",写到"带雨"入"震泽",在时间的转换中展出"酒家""狂歌"、倚楼晚望和行船湖上的景象,画面空阔清奇,情感起伏跌荡。即使从诗歌艺术的表现看,也是一首不可多得的佳作;而其中所浓浓蕴蓄着的,那种年方十六、忧思深沉的抗清志士之情,则更令人惋叹不尽了。

计甫草至寓斋

清　汪琬

门　巷　何　萧　索,　　　　惟　君　步　屟　频。
—　　｜　　—　　—　　｜　　　　　　—　　—　　｜　　｜　　。
ˉ13　ˋ3　＿5　＿2　ˋ10　　　　ˉ4　ˉ12　ˋ7　ˋ16　ˉ11

青　云　几　故　旧,　　　　白　首　尚　风　尘。

— — ｜ · ｜ ｜ 变格2　　　｜ ｜ ｜ 。

_9 ⁻12 √5 _7 ╲26　　　╲11 ╲25 ╲23 ⁻1 ⁻11

身　受　才　名　误，　　　文　从　患　难　真。

— ｜ ｜ — ｜　　　　— ｜ ｜ ╲ ｜

⁻11 ╲26 ⁻10 _8 ╲7　　　⁻12 _2 ╲16 ╲15 ⁻11

耦　耕　知　未　遂，　　　相　顾　倍　伤　神。

｜ ｜ ｜ — ｜　　　　｜ ╲ ｜ — ｜

√25 _8 ⁻4 ╲5 ╲4　　　_7 ╲7 √10 _7 ⁻11

本诗表现作者与患难之交的计甫草的深厚友谊。友人之来，本为喜事，而白首
风尘，身为名误，耦耕未遂，又都是可悲之事。清初对江南文士，殊为酷虐，两人都
因"奏销案"被罢官，所以诗中不免深寓悲感。颈联道出千古文人之共同经历，既是
哀事，又是幸事。沈德潜《清诗别裁集》评此两句云："十字为千古文人道之。"

自白下至檇李与诸子约游山阴

清　屈大均

最　恨　秦　淮　柳，　　　长　条　复　短　条。

｜ ｜ — — ｜　　　— — ｜ ｜ 。

╲9 ╲14 ⁻11 _9 √25　　　_7 _2 ╲1 √14 _2

秋　风　吹　落　叶，　　　一　夜　别　南　朝。

— — ｜ ｜ ｜　　　｜ ｜ ╲ — ｜

_11 ⁻1 ⁻4 √10 ╲16　　　╲4 _22 ╲9 _13 _2

范　蠡　河　边　客，　　　相　将　荡　画　桡。

｜ ｜ — — ｜　　　— ｜ ｜ ｜ 。

√29 √8 _5 _1 ╲11　　　_7 _7 √22 ╲10 _2

言　寻　大　禹　穴，　　　直　渡　浙　江　潮。

— — ｜ · ｜ ｜ 变格2　　　｜ ｜ ｜ — 。

⁻13 _12 ╲21 √7 ╲9　　　╲13 √7 ╲9 ⁻3 _2

这绝非一首普通的纪行诗。蕴含深厚历史积淀的秦淮柳，复国雪耻的范蠡，中
华民族的祖先和象征大禹，相传冤魂化为浙江潮的伍子胥，不都是诗人借此表示对
异族入侵的不满吗？

狱中赠邹容

近代　章炳麟

邹　容　吾　小　弟，　　　　被　发　下　瀛　洲。
—　　—　　—　　｜　　　　　｜　　｜　　｜　　—　　。
‿11　¯2　¯7　⌄17　‿8　　　　⌄4　⟍6　⟍22　‿8　‿11

快　剪　刀　除　辫，　　　　干　牛　肉　作　糇。
｜　　｜　　—　　—　　｜　　　　—　　｜　　｜　　｜　　—　　。
⟍10　⌄16　‿4　¯6　⌄16　　　　¯14　‿11　⟍1　⟍10　‿11

英　雄　一　入　狱，　　　　天　地　亦　悲　秋。
—　　—　　｜　　｜　　｜　变格2　　—　　｜　　｜　　—　　—　　。
‿8　¯1　⟍4　⟍14　⟍2　　　　‿1　⟍4　⟍11　¯4　‿11

临　命　须　掺　手，　　　　乾　坤　只　两　头。
—　　｜　　—　　｜　　｜　　　　—　　—　　｜　　｜　　—　　。
‿12　⟍24　¯7　‿15　⌄25　　　‿1　¯13　⌄4　⌄22　‿11

　　因"苏报案"，章炳麟与邹容都被捕入狱。章氏上面这首诗写于上海英租界巡捕房监所。作为卓越的思想家和热情的革命家，章炳麟只希望在临刑前自己和邹容小弟掺着手一起就义，为革命事业奉献两颗头颅，无愧于天地，无愧于人间。邹容也写了一首和诗《狱中答西狩》云："我兄章枚叔，忧国心如焚。并世无知己，吾生若不文。一朝沦地狱，何日扫妖氛？昨夜梦和尔，同兴革命军。"这首唱和诗与原诗意思相同，但用韵不同（原诗用尤韵，本诗用文韵），所以叫"和诗"(229)。

览　物

现代　熊瑾玎

地　冻　天　寒　日，　　　　何　当　览　物　华？
｜　　｜　　—　　—　　｜　　　　—　　—　　｜　　｜　　—　　。
⟍4　⟍1　‿1　¯14　⟍4　　　　‿5　¯7　⌄27　⟍5　‿6

严　霜　催　嫩　叶，　　　　急　雨　堕　新　芽。
—　　—　　—　　｜　　｜　　　　｜　　｜　　｜　　—　　—　　。
‿14　‿7　¯10　⟍14　⟍16　　　⟍14　⌄7　⌄20　¯11　‿6

月　殿　浮　云　暗，　　　　峰　峦　瘴　气　遮。
｜　　｜　　—　　—　　｜　　　　—　　—　　｜　　｜　　—　　。

ㄑ6　丶17　_11　ˉ12　丶28　　　　　ˉ2　ˉ14　丶23　丶5　_6

平　生　不　下　泪，　　　于　此　泪　偏　奢。

—　—　·｜　｜　｜　变格2　　—　｜　｜　｜　。

_8　_8　ㄑ5　ㄑ22　丶4　　　　ˉ7　ㄑ4　丶4　_1　_6

　　1941 年 1 月 4 日，"皖南事变"发生。写于 18 日的本诗用比喻的手法揭露了国民党反动派的罪行，对遇难的同志表示了深切的哀悼。前六句主要是写景物，诗人以极具感情的景句，为我们艺术地再现了皖南事变的惨烈状况；后两句直抒胸臆，宣泄出"千古奇冤"、"相煎何急"的悲愤。

题长江万里图

现代　沈轶刘

青　海　浮　天　下，　　　高　帆　落　洞　庭。

—　｜　—　—　｜　　　　—　—　｜　—　—　。

_9　ㄑ10　_11　_1　丶22　　　_4　_15　ㄑ10　丶1　_9

江　流　一　万　里，　　　渔　火　两　三　星。

—　—　·｜　｜　｜　变格2　　—　—　—　—　—　。

ˉ3　_11　ㄑ4　丶14　ㄑ4　　　ˉ6　ㄑ20　ㄑ22　_13　_9

有　客　烧　兵　去，　　　何　人　击　楫　听？

｜　｜　—　—　｜　　　　—　—　｜　｜　—　。

ㄑ25　ㄑ11　_2　_8　丶6　　　_5　ˉ11　ㄑ12　ㄑ16　_9

西　风　驱　海　色，　　　陈　迹　扫　东　溟。

—　—　—　—　｜　　　　—　—　｜　—　—　。

ˉ8　ˉ1　ˉ7　ㄑ10　ㄑ13　　　ˉ11　ㄑ11　ㄑ19　ˉ1　_9

　　本诗写于 1992 年。首句写长江源流，气吞六合。次句写长江中游，矫若游龙。颔联扫视长江全流程，一放一收，极度洗炼。颈联写人事，以三国赤壁之战涵盖历代大小战争，以祖逖中流击楫誓复中原，表现华夏先人之豪情壮志。尾联扩至长江入东海处，隐示改革开放形势下长江乃至全中国面向广大世界之新气象。总之，全诗雄浑劲拔，气势连贯，大起大落，大开大合，横的景观、纵的历史全部包容，意旨极为深远。

二、五　绝

息 夫 人

唐　王　维

莫　以　今　时　宠，　　　　　能　忘　旧　日　恩。
｜　｜　｜　—　｜　　　　　—　｜　｜　｜　。
ㄟ10　✓4　_12　⁻4　✓2　　　_10　_7　㇏26　ㄟ4　⁻13

看　花　满　眼　泪，　　　　　不　共　楚　王　言。
—　—　｜　｜　｜　变格2　　　｜　｜　｜　—　。
⁻14　_6　✓14　✓15　㇏4　　　ㄟ5　㇏2　✓6　_7　⁻13

　　本诗以今体诗最短的形式,叙述息夫人的故事,虽然未能详细介绍,却抓住或虚构出最富有冲突性的一刹那,启发读者从一鳞半爪去想象全龙。

独坐敬亭山

唐　李　白

众　鸟　高　飞　尽，　　　　　孤　云　独　去　闲。
｜　｜　—　—　｜　　　　　—　—　｜　｜　。
㇏1　✓17　_4　⁻5　✓11　　　⁻7　⁻12　ㄟ1　㇏6　⁻15

相　看　两　不　厌，　　　　　只　有　敬　亭　山。
—　—　｜　｜　｜　变格2　　　｜　｜　｜　—　。
_7　⁻14　✓22　ㄟ5　㇏29　　　✓4　✓25　㇏24　_9　⁻15

　　本诗写独坐敬亭山时的情趣,正是诗人带着怀才不遇的孤独而寂寞的感情,到大自然怀抱中寻求安慰的生活写照。

小长干曲

唐　崔国辅

月　暗　送　湖　风，　　　　　相　寻　路　不　通。
｜　｜　｜　—　—　　　　　—　—　｜　｜　。
ㄟ6　㇏28　㇏1　⁻7　⁻1　　　_7　_12　㇏7　ㄟ5　⁻1

菱 歌 唱 不 彻，　　知 在 此 塘 中。
— — ｜ ｜ ｜ 变格2　　— ｜ ｜ — 。
 _10 _5 、23 ㄨ5 ㄨ9　　 ⁻4 、11 ㄨ4 _7 ⁻1

　这首抒情短诗写一青年男子对一采菱姑娘的爱慕和追求，有起伏，有波澜，给人以层出不尽之感，实乃巧思妙笔，匠心独运之艺术境界。

八 阵 图
唐 杜 甫

功 盖 三 分 国，　　名 成 八 阵 图。
— ｜ — ｜ ｜　　 — — ｜ ｜ 。
 ⁻1 、9 _13 ⁻12 ㄨ13　　 _8 _8 ㄨ8 _12 ⁻7

江 流 石 不 转，　　遗 恨 失 吞 吴。
— — ｜ ｜ ｜ 变格2　　 — — ｜ ｜ 。
 ⁻3 _11 ㄨ11 ㄨ5 、17　　 ⁻4 、14 ㄨ4 ⁻13 ⁻7

　本诗融议论入诗，但这种议论并不空洞抽象，而是语言生动形象、抒情色彩浓郁。诗人把怀古与述怀融为一体，浑然不分，有一种此恨绵绵、余意不尽的感觉。

梅 花
宋 王安石

墙 角 数 枝 梅，　　凌 寒 独 自 开。
— ｜ ｜ — ｜　　 — — ｜ ｜ 。
 _7 ㄨ3 、7 ⁻4 ⁻10　　 _10 ⁻14 ㄨ1 、4 ⁻10

遥 知 不 是 雪，　　为 有 暗 香 来。
— — ｜ ｜ ｜ 变格2　　 ｜ ｜ — ｜ 。
 _2 ⁻4 ㄨ5 、4 ㄨ9　　 、4 ㄍ25 、28 _7 ⁻10

　梅花除了也有雪一般的高洁以外，还具有雪所不具有的香的品格。严寒既压不倒梅花的色，也压不倒它的香，于此更显出它"凌寒"的傲骨。——这"凌寒"实是诗人自身的寄托。

栖禅暮归书所见二首(其一)

宋　唐　庚

雨　在　时　时　黑，　　　　春　归　处　处　青。
｜　｜　｜　｜　｜　　　　　｜　｜　｜　｜　。
ˇ7 ˋ11 ‾4 ‾4 ˋ13　　　　‾11 ‾5 ˋ6 ˋ6 ＿9

山　深　失　小　寺，　　　　湖　尽　得　孤　亭。
— — ｜ ｜ ｜ 变格2　　　— ｜ ｜ ｜ 。
‾15 ＿12 ˋ4 ˇ17 ˋ4　　　　‾7 ˇ11 ˋ13 ‾7 ＿9

　　本诗对起对结,一句一景,似离实合,描绘了岭南地区春天的景色和"暮归"时的特征。

春江花月夜二首(其二)

明　唐　寅

夜　雾　沉　花　树，　　　　春　江　溢　月　轮。
｜　｜　｜　｜　｜　　　　　｜　｜　｜　｜　。
ˋ22 ˋ7 ＿12 ＿6 ˋ7　　　　‾11 ‾3 ˋ4 ˋ6 ‾11

欢　来　意　不　持，　　　　乐　极　词　难　陈。
— — ｜ ｜ ｜ 变格2　　　｜ ｜ • ｜ ｜ — 变格1
‾14 ＿10 ˋ4 ˋ5 ˇ4　　　　ˋ10 ˋ13 ‾4 ‾14 ‾11

　　《汉语大字典》(湖北辞书出版社、四川辞书出版社1992年12月第1版)第784页:"持……通'恃'……"而"恃"为ˇ4,故本诗中"持"入ˇ4。组诗的第一首见第37页。本诗中,一对年轻生命缱绻无已的爱情,使夜景富于诱惑和感动。

红桥绝句(选一)

清　王士禛

舟　入　红　桥　路，　　　　垂　杨　面　面　风。
— ｜ — ｜ ｜　　　　　— — ｜ ｜ 。
＿11 ˋ14 ‾1 ＿2 ˋ7　　　　‾4 ＿7 ˋ17 ˋ17 ‾1

销　魂　一　曲　水，　　　　终　古　傍　隋　宫。
— — ｜ ｜ ｜ 变格2　　　— ｜ ｜ ｜ 。

　_2 ˉ13 ↘4 ↘2 ˇ4　　　　　　ˉ1 ˇ7 ↘23 ˉ4 ˉ1

前两句写景，勾画扬州瘦西湖畔红桥一带的秀丽景色；后两句吊古，诗人面对湖水咀嚼人生之真昧。永恒的山水和短暂的生命，引发人很多的感悟。

三、七　律

送韩十四江东觐省

唐　杜　甫

兵　戈　不　见　老　莱　衣，　　　叹　息　人　间　万　事　非。

　| 　| 　| 　｜　ー　｜　｜ 　　　 | 　｜　ー　ー　｜　｜　。

_8　_5　ˇ5　↘17　ˇ19　_10　ˉ5　　　↘15　↘13　ˉ11　ˇ15　↘14　↘4　ˉ5

我　已　无　家　寻　弟　妹，　　　君　今　何　处　访　庭　闱？

　| 　| 　ー　｜　ー　｜　｜　　　　ー　ー　｜　｜　ー　ー　。

ˇ20　ˇ4　ˉ7　_6　_12　↘8　↘11　　　ˉ12　_12　_5　ˇ6　↘23　_9　_5

黄　牛　峡　静　滩　声　转，　　　白　马　江　寒　树　影　稀。

　| 　ー　｜　｜　ー　ー　｜　　　　ー　｜　ー　ー　｜　｜　。

_7　_11　↘17　ˇ23　ˉ14　_8　↘17　　　↘11　ˇ21　ˉ3　ˉ14　ˇ7　ˇ23　ˉ5

此　别　应　须　各　努　力，　　　故　乡　犹　恐　未　同　归。

　| 　| 　ー　ー　｜　｜　｜　变格2　　ー　ー　｜　｜　ー　ー　。

ˇ4　↘9　_10　ˉ7　↘15　ˇ7　↘13　　　ˇ7　_7　_11　ˇ2　↘5　ˉ1　ˉ5

　　本诗笔力苍劲，伸缩自如，包容国难民忧、个人遭际，离情别绪深沉委婉，但不落凄凄戚戚之窠臼，是送别诗中上乘之作。

四月二十三日晚同太冲、表之、公实野步

宋　洪　炎

四　山　矗　矗　野　田　田，　　　近　是　人　烟　远　是　村。

　| 　| 　｜　｜　ー　ー　｜　　　　ー　｜　ー　ー　｜　｜　。

↘4　ˉ15　↘1　↘1　ˇ21　_1　_1　邻韵　　↘13　ˇ4　ˉ11　_1　ˇ13　ˇ4　ˉ13

鸟　外　疏　钟　灵　隐　寺，　　　花　边　流　水　武　陵　源。

　| 　| 　ー　ー　ー　｜　｜　　　　ー　ー　ー　｜　｜　ー　。

√17 ˋ9 ¯6 ¯2 _9 √12 ˋ4　　_6 _1 _11 √4 √7 _10 ¯13

有逢即画原非笔，　　所见皆诗本不言。

| — | | — — |　　| | — — | | —。

√25 ¯2 ⋋13 ˋ10 ¯13 ¯5 ⋋4　　√6 ˋ17 ¯9 ¯4 √13 ⋋5 ¯13

看插秧针欲忘返，　　杖藜徒倚到黄昏。

| | — — ¦ | | 变格 2　　| — | | | — —。

ˋ15 ⋋17 _7 _12 ⋋2 ˋ23 √13　　√22 ¯8 √4 √4 ˋ20 _7 ¯13

前两联是所见所闻，是形象；颈联是所想，是哲理；尾联是诗人的卓见和此诗的旨趣：诗人最爱赏的是农民的“插秧针”，他看得几乎忘了归去，直到黄昏，他领悟到只有辛勤劳动，才能使生活更美好。

金陵驿二首（其一）

宋　文天祥

草合离宫转夕晖，　　孤云飘泊复何依？

| | — — | | —。　　— — — | | — —。

√19 ⋋15 ¯4 ¯1 √16 ⋋11 ¯5　　¯7 ¯12 _2 ⋋10 ⋋1 _5 ¯5

山河风景元无异，　　城郭人民半已非。

— — — | — — |　　— | — — | | —。

¯15 _5 ¯1 √23 ¯13 ¯7 ˋ4　　_8 ⋋10 ¯11 ¯11 ˋ15 √4 ¯5

满地芦花和我老，　　旧家燕子傍谁飞？

| | — — ¦ | | 变格 2　　| — | | | — —。

√14 ˋ4 ¯7 _6 ˋ21 √20 √19　　ˋ26 _6 ˋ17 √4 ˋ23 ¯4 ¯5

从今别却江南路，　　化作啼鹃带血归。

— — | | — — |　　| | — — | | —。

¯2 _12 ⋋9 ⋋10 ¯3 _13 ˋ7　　ˋ22 ⋋10 ¯8 _1 ˋ9 ⋋9 ¯5

这是作者被俘后押赴燕京，途经金陵时所写，全诗充满了黍离之悲、亡国之痛和爱国之情、报国之心。除以“孤云”、“啼鹃”自喻见志外，余多借典抒情，哀而不伤，怨而含怒，郁悖之气，潜入人心，是用鲜血和生命写出的“正气歌”。

寄南社同人

现代　马君武

唐　宋　元　明　都　不　管，　　　自　成　模　范　铸　诗　才。
—　｜　—　—　—　｜　｜　　　｜　｜　—　—　｜　—
_7　ˇ2　ˉ13　_8　ˉ7　ˋ5　ˇ14　　　ˋ4　_8　ˉ7　ˉ29　ˇ7　ˉ4　ˉ10

须　从　旧　锦　翻　新　样，　　　勿　以　今　魂　托　古　胎。
—　—　｜　｜　—　—　｜　　　｜　｜　—　—　｜　｜　—
ˉ7　ˉ2　ˋ26　ˇ26　ˉ13　ˉ11　ˋ23　　　ˋ5　ˇ4　_12　ˉ13　ˋ10　ˇ7　_10

辛　苦　挥　戈　挽　落　日，　　　殷　勤　蓄　电　造　惊　雷。
—　｜　—　—　｜　｜　｜　变格2　　　—　—　｜　｜　｜　—　—
ˉ11　ˇ7　_5　_5　ˇ13　ˋ10　ˋ4　　　ˉ12　ˉ12　ˋ1　_17　ˋ20　_8　_10

远　闻　南　社　多　才　俊，　　　满　饮　葡　萄　祝　酒　杯。
｜　—　—　｜　—　—　｜　　　｜　｜　—　—　｜　｜　—
ˇ13　ˉ12　_13　ˇ21　_5　_10　ˋ12　　　ˇ14　ˇ26　ˉ7　_4　ˋ1　ˇ25　_10

在这首论诗诗里，作者向南社同人表示了他对继承与创新的认识。"须从旧锦翻新样"，是说后代诗歌对于前代诗歌，一是继承，一是革新，而重在革新。"勿以今魂托古胎"，更不能让旧形式、旧格律，束缚了今天的新内容、新思想。尤为可贵的是，作者还强调了诗歌的战斗作用，诗人的革命情操。"辛苦挥戈挽落日，殷勤蓄电造惊雷"，这两句掷地有声的梁启超的"诗界革命"之说，得到了继承和发展。

悼左权将军

现代　陶　铸

闻　道　将　军　血　战　死，　　　倾　眶　热　泪　湿　衣　裳。
—　｜　—　—　｜　｜　｜　变格2　　　—　—　｜　｜　—　—　—
ˉ12　ˇ19　_7　ˉ12　ˇ9　ˋ17　ˇ4　　　_8　_7　ˇ9　ˋ4　ˋ14　ˉ5　_7

成　仁　有　志　花　应　碧，　　　杀　乱　流　红　土　亦　香。
—　—　｜　｜　—　｜　｜　　　｜　｜　—　—　｜　｜　—
_8　_11　ˇ25　ˋ4　_6　_10　ˋ11　　　ˋ8　ˋ15　_11　ˉ1　ˇ7　ˋ11　_7

外　患　仍　殷　怀　砥　柱，　　　内　忧　未　艾　叹　萧　墙。
｜　｜　—　—　—　｜　｜　　　｜　—　｜　｜　｜　—　—
ˋ9　ˋ16　_10　ˉ12　ˉ9　ˋ4　ˇ7　　　ˋ11　_11　ˋ5　ˇ9　ˋ15　_2　_7

招　魂　五　月　三　湘　雨，　　　　　举　国　同　仇　挽　太　行。

︱　—　︱　︱　—　—　︱　　　　　　︱　︱　—　—　︱　︱　—

_2　ˉ13　√7　λ6　_13　_7　√7　　　　　√6　λ13　ˉ1　_11　ˉ13　、9　_7

　　八路军副参谋长左权将军，于 1942 年 6 月 2 日在山西辽县（今左权县）麻田指挥反"扫荡"时英勇牺牲。作者与左权是黄浦同学，又都是红军将领，自然更为痛失革命战友而无比悲痛。全诗对仗工整妥帖，用典灵活贴切，结尾处气势壮阔，于悲怆中更添一种庄严肃穆的力量。

咏"一二·九"

现代　杨　述

义　旗　高　举　在　今　朝，　　　　　烈　焰　冲　天　万　丈　高。

︱　—　—　︱　—　—　︱　　　　　　︱　︱　—　—　︱　︱　—

√4　ˉ4　_4　√6　_11　_12　_2　　　　λ9　√28　ˉ2　_1　ˉ14　√22　_4

甘　冒　风　霜　为　抗　日，　　　　　宁　遭　斧　钺　不　降　曹。

—　︱　—　—　︱　︱　︱　　变格2　　—　—　︱　︱　—　—　︱

_13　、20　ˉ1　_7　、4　√23　λ4　　　　_9　_4　√7　λ6　λ5　ˉ3　_4

权　奸　卖　国　真　无　耻，　　　　　学　子　争　存　恨　未　消。

—　—　︱　︱　—　—　︱　　　　　　︱　︱　—　—　︱　︱　—

_1　ˉ14　、10　λ13　ˉ11　_7　√4　　　λ3　√4　_8　ˉ13　ˉ14　、5　_2

他　日　偿　还　流　血　债，　　　　　工　农　蜂　起　似　钱　潮。

—　︱　—　—　—　︱　︱　　　　　　—　—　—　︱　︱　—　—

_5　λ4　_7　ˉ15　_11　λ9　、10　　　ˉ1　_2　ˉ2　√4　√4　_1　_2

　　作者是 1935 年"一二·九"运动的积极参与者，他以饱满的热情歌颂了由中国共产党领导的、吹响了抗日民族解放斗争号角的"一二·九"运动，并且预言这次运动将产生巨大的影响。

四、七　绝

送梁六自洞庭山

唐　张　说

巴　陵　一　望　洞　庭　秋，　　　　　日　见　孤　峰　水　上　浮。

— — │ │ — — 。 　　　　　│ │ — — │ — 。
‿6 _10 ＼4 ＼23 ＼1 _9 _11 　　　＼4 ＼17 ‾7 ‾2 ＼4 ＼23 _11

闻 道 神 仙 不 可 接，　　心 随 湖 水 共 悠 悠。

‾12 ＼19 ‾11 _1 ＼5 ＼20 ＼16 │变格2 　　_12 ‾4 ‾7 ＼4 ＼2 _11 _11

　　明代胡应麟《诗薮》中说："唐初五言绝,子安(王勃)诸作已入妙境。七言初变梁陈,音律未谐,韵度尚乏","至张说《巴陵》之什(按:即此诗),王翰《出塞》之吟,句格成就,渐入盛唐矣。"本诗继往开来,是七绝由初入盛里程碑式的作品,也如宋代严羽《沧浪诗话》中所说："如空中之音,相中之色,水中之月,镜中之象,言有尽而意无穷。"

秋 思
唐 张 籍

洛 阳 城 里 见 秋 风，　　欲 作 家 书 意 万 重。

│ — │ │ — — 。 　　　　　│ │ — ─ │ — 。
＼10 _7 _8 ＼4 ＼17 _11 ‾1 邻韵 　　＼2 ＼10 _6 ‾4 ＼4 ＼14 ‾2

复 恐 匆 匆 说 不 尽，　　行 人 临 发 又 开 封。

│ │ │ │ │ │ 　　　　　— — — │ │ — 。
＼1 ＼2 ‾1 ‾1 ＼9 ＼5 ＼11 │变格2 　　_8 ‾11 _12 ＼6 ＼26 _10 ‾2

　　"行人临发又开封"这个富于包孕和耐人咀嚼的细节,是对生活素材的提炼和典型化,非常深切细腻地表达了客子对家乡亲人的深切思念。

怀 古
辽 萧观音

宫 中 只 数 赵 家 妆，　　败 雨 残 云 误 汉 王。

│ — │ │ │ — 。 　　　　　│ │ — — │ — 。
‾1 ‾1 ＼4 ＼7 ＼17 _6 _7 　　　＼10 ＼7 ‾14 ‾12 ＼7 ＼15 _7

惟 有 知 情 一 片 月，　　曾 窥 飞 燕 入 昭 阳。

— │ │ — │ │ 。 　　　　　│ │ — — │ — 。
‾4 ＼25 ‾4 _8 ＼4 ＼17 ＼6 │变格2 　　_10 ‾4 ‾5 ＼17 ＼14 _2 _7

　　作为辽国皇后的萧观音因谏阻萧道宗,久被疏远,心情孤寂而苦闷。因而对赵飞燕后来渐被疏远的遭遇引起共鸣，在此基础上，一翻历史定见，缠绵而含蓄地坦露了自己对赵飞燕的同情。

柯敬仲墨作
明　李东阳

莫 将 画 竹 论 难 易，　　　　　刚 道 繁 难 简 更 难。
| — | | | —　　　　| — | — | | 。
ㄟ10 _7 ㄟ10 ㄟ1 ⁻11 ⁻14 ㄟ4　　　_7 ㄣ19 ⁻13 ⁻14 ㄣ15 ㄟ24 ⁻14

君 看 萧 萧 只 数 叶，　　　　满 堂 风 雨 不 胜 寒。
— | — — ·| | 变格2　　| — — | | — 。
⁻12 ㄟ15 _2 _2 ㄣ4 _7 ㄟ16　　　ㄣ14 _7 ⁻1 ㄣ7 ㄟ5 _10 ⁻14

上联通过抽象论艺的方式赞柯氏的画艺；下联藉着具体的意象对"简更难"作进一步申述，让人们在想象中领悟这一难得的境界。两联写法不同，互为调剂，相得益彰，全诗是一篇高度浓缩的画论。

泛舟明湖
清　申涵光

女 墙 倒 影 下 寒 空，　　　　树 杪 飞 桥 渡 远 虹。
| — | | | — °—　　　| — | — — | 。
ㄣ6 _7 ㄟ20 ㄣ23 ㄟ22 ⁻14 ⁻1　　ㄟ7 ㄣ17 ㄟ5 _2 ㄟ7 ㄣ13 ⁻1

历 下 人 家 十 万 户，　　　秋 来 俱 在 雁 声 中。
| | — — ·| | | 变格2　　— — — | | — 。
ㄟ12 ㄟ22 ⁻11 _6 ㄟ14 ㄟ14 ㄣ7　　_11 ⁻10 ⁻7 ㄟ11 ㄟ16 _8 ⁻1

作者以冷峻独特的笔法展开济南大明湖的画面，寒水城郭、远桥枯柳、长空哀雁都是特定的肃杀之景；所寄寓的感情深厚真挚，不止抒发自己的痛苦感伤，而且忧及黎民百姓，对之流露出深切的悲悯与同情。

江行（二首选一）
近代　翁同龢

风 帆 一 片 傍 山 行，　　　　滚 滚 长 江 泻 不 平。

—　—　｜　｜　—　—　　　　｜　｜　—　—　｜　｜　。

¯1　_15　λ4　、17　¯23　¯15　_8　　　√13　√13　_7　¯3　、22　λ5　_8

传　语　蛟　龙　莫　作　怪，　　　老　夫　惯　听　怒　涛　声。

｜　｜　—　—　·｜　｜　｜变格2　　　｜　｜　—　—　｜　｜　。

_1　√6　_3　¯2　λ10　λ10　、10　　　√19　¯7　、16　、25　、7　_4　_8

翁同龢，江苏常熟人。本诗乃"开缺回籍"途中所作，表现了"中国维新第一导师"（康有为语）翁同龢居高临下、理壮气顺的意态和不屈不挠、勇往直前的精神，且显得豁达自信，吻合诗人的性格，颇为传神。

梁溪曲（三首选一）
近代　陈方恪

灯　痕　红　似　小　红　楼，　　　似　水　帘　栊　似　水　秋。

—　—　—　｜　｜　—　。　　　｜　｜　—　—　｜　｜　。

_10　¯13　¯1　√4　√17　¯1　_11　　　√4　√4　_14　¯1　√4　√4　_11

岂　但　柔　情　软　似　水，　　　吴　音　还　似　水　般　柔。

｜　｜　—　—　·｜　｜变格2　　　—　—　—　—　｜　｜　。

√5　√14　_11　_8　√16　√4　√4　　　¯7　_12　¯15　√4　√4　¯14　_11

诗人有感于清朝的腐败，导致灭亡，遂写下组诗《梁溪曲》。本首写京师妓馆之高华清雅及妓女之柔媚娇艳。诗中"红"、"柔"皆两出，"水"则四出，"似"更五出，用字重复之多，实所罕见。然而读之不觉其烦琐重复，反而觉得自然流畅，诗意层层推进，且非如此不足以表现所写内容，这就不能不令人惊叹诗人艺术手法之高明！

出　塞
现代　徐锡麟

军　歌　应　唱　大　刀　环，　　　誓　灭　胡　奴　出　玉　关。

—　—　—　｜　｜　—　。　　　｜　｜　—　—　｜　｜　。

¯12　_5　_10　、23　、21　_4　¯15　　　、8　λ9　¯7　¯7　λ4　λ2　¯15

只　解　沙　场　为　国　死，　　　何　须　马　革　裹　尸　还。

｜　｜　—　—　·｜　｜变格2　　　—　—　—　—　｜　｜　。

√4　√9　_6　_7　√4　λ13　√4　　　_5　¯7　√21　λ11　√20　¯4　¯15

徐锡麟于1907年与秋瑾谋划在安徽、浙江两省同时起义，失败后被俘，英勇就义。这首抒怀之作是他 1906 年漫游东北时有感而发，全诗一气贯注，慷慨高歌，豪气如虹，充满誓死献身的精神。

送 O·E 君携兰归国
现代　鲁　迅

椒　焚　桂　折　佳　人　老，　　　独　托　幽　岩　展　素　心。

｜　｜　｜　｜　—　｜　｜　　　　｜　｜　—　｜　｜　｜　－

▁2　￣12　╲8　╲9　￣9　￣11　╲19　　　╲1　╲10　▁11　▁15　╲16　╲7　▁12

岂　惜　芳　馨　慰　远　者，　　　故　乡　如　醉　有　荆　榛。

｜　｜　—　—　｜　·｜　｜　变格2　　｜　—　—　｜　｜　—　—。

╲5　╲11　▁7　▁9　╲5　╲13　╲21　　　╲7　▁7　￣6　╲4　╲25　▁8　￣11

　　本诗依《词韵》协韵，"心"为第十三部，"榛"为第六部，两部通押；或依现代汉语十八韵协韵，"心"、"榛"皆痕部。本诗写于 1931 年初，O·E 是日本小原荣次郎（Ohara Ejere）罗马字的缩写。上联用我国传统诗歌中"托物寄兴"的手法，表示椒木被焚毁了，桂树被砍折了，革命的同志横遭惨害，未死的人，似乎也有点老了；但是，并没有衰颓、消沉，却像素心兰那样，依托在幽岩上，展示出纯洁的心怀。下联直接告知：并不是可惜这馨香的兰花送给你这位远去的归客，只是因为我的祖国遍地荆榛，因此，这"独托幽岩"的兰花就弥足珍贵了。这似是写兰花，点明题意，实际矛头直指使"故乡如醉"的"荆榛"——国民党反动派。

乘海军扫雷艇有感
现代　田　汉

虎　踞　龙　蟠　几　岛　屿，　　　冲　波　飞　渡　快　何　如。

｜　｜　—　—　·｜　｜　变格2　　—　—　—　｜　｜　—　－

╲7　╲6　▁2　￣14　╲5　╲19　╲6　　　￣2　▁5　▁5　╲7　╲10　▁5　￣6

南　溟　今　日　仍　多　事，　　　张　网　终　当　捕　大　鱼。

—　—　—　｜　—　—　｜　　　　—　｜　—　—　｜　｜　－

▁13　▁9　▁12　╲4　▁10　▁5　╲4　　　▁7　╲22　￣1　▁7　╲7　╲21　￣6

　　本诗写于 1962 年，表现诗人看到我国严密的海防与海军将士高昂的士气时的兴奋心情；时至半个世纪后今日的南海多事，本诗仍有强烈的现实意义。

第四章　变格三

一、五　律

咏　蝉

唐　骆宾王

西　陆　蝉　声　唱，　　　　　南　冠　客　思　深。
—　｜　—　—　｜　　　　　　—　｜　—　｜　。
⁻8　ㄣ1　_1　_8　ﺧ23　　　　　_13　⁻14　ㄣ11　ﺧ4　_12

不　堪　玄　鬓　影，　　　　　来　对　白　头　吟。
｜　—　—　—　｜　　　　　　—　｜　—　—　｜　。
ㄣ5　_13　_1　ﺧ12　﹀23　　　⁻10　ﺧ11　ㄣ11　_11　_12

露　重　飞　难　进，　　　　　风　多　响　易　沉。
｜　｜　—　｜　｜　　　　　　—　—　｜　｜　｜　。
ﺧ7　ﺧ2　⁻5　⁻14　ﺧ12　　　⁻1　_5　﹀22　ﺧ4　_12

无　人　信　高　洁，　　　　　谁　为　表　予　心？
—　—　｜　·　｜　变格3　　—　｜　｜　—　｜　。
⁻7　⁻11　ﺧ12　_4　ㄣ9　　　⁻4　ﺧ4　﹀17　⁻6　_12

　　诗人因上疏论事触忤武则天，遭诬下狱。信而见谗，忠而获谤，青蝇白璧，无妄之灾，这是人生最不堪的事情。于是满怀悲愤，都借咏蝉迸发出来，感情充沛，取譬明切，用典自然，语多双关。于咏物中寄情寓兴，由物到人，由人及物，达到物我一体的境界。"露重飞难进，风多响易沉"是患难人语。

送杜少府之任蜀川

唐　王　勃

城　阙　辅　三　秦，　　　　　风　烟　望　五　津。
—　｜　｜　—　—　　　　　　—　—　｜　｜　。

_8　ㄥ6　√7　_13　ˉ11　　　　　ˉ1　_1　ˎ23　√7　ˉ11

与　君　离　别　意，　　　　同　是　宦　游　人。

｜　—　｜　—　｜　　　　　—　｜　｜　—　。

√6　ˉ12　ˉ4　ㄥ9　√4　　　　　ˉ1　√4　ˎ16　_11　ˉ11

海　内　存　知　己，　　　　天　涯　若　比　邻。

｜　｜　—　—　｜　　　　　—　｜　｜　—　。

√10　ˎ11　ˉ13　ˉ4　√4　　　　　_1　_6　ㄥ10　√4　ˉ11

无　为　在　歧　路，　　　　儿　女　共　沾　巾。

—　—　｜　—　｜　变格3　　　—　｜　｜　—　。

ˉ7　ˉ4　ˎ11　ˉ4　√7　　　　　ˉ4　√6　ˎ2　_14　ˉ11

　　南朝江淹在《别赋》里写了各种各样的离别，都不免使人"黯然消魂"。古代的许多送别诗，也大多表现"黯然消魂"的情感。本诗却一洗悲酸之态，意境开阔，音调爽朗，独标高格。颈联源于曹植《赠白马王彪》中"丈夫志四海，万里犹比邻"。但经王勃化用，自有出蓝之妙。十字慷慨发挥，顿时化惜别为奋励，改无奈作有为，意气高华，不愧为千古传颂的名句。初唐诗之气骨兴象，于此诗中沛然可见。

望月怀远

唐　张九龄

海　上　生　明　月，　　　　天　涯　共　此　时。

｜　｜　—　—　｜　　　　　—　—　｜　｜　—　。

√10　ˎ23　_8　_8　ㄥ6　　　　　_1　_6　ˎ2　√4　ˉ4

情　人　怨　遥　夜，　　　　竟　夕　起　相　思。

—　—　｜　—　｜　变格3　　　｜　｜　｜　—　—

_8　ˉ11　ˎ14　_2　√22　　　　　√24　ㄥ11　√4　_7　ˉ4

灭　烛　怜　光　满，　　　　披　衣　觉　露　滋。

｜　｜　—　—　｜　　　　　—　—　｜　｜　—　。

ㄥ9　ㄥ2　_1　_7　√14　　　　　ˉ4　ˉ5　ㄥ3　√7　ˉ4

不　堪　盈　手　赠，　　　　还　寝　梦　佳　期。

｜　—　—　｜　｜　　　　　—　｜　｜　—　。

ㄥ5　_13　_8　√25　ˎ25　　　　　ˉ15　√26　ˎ1　ˉ9　ˉ4

　　"海上生明月，天涯共此时"是张九龄诗中的咏月名句，把诗题中情景，全部收摄;前有谢庄赋《月赋》中"隔千里兮共明月";后有苏轼词《水调歌头》中"但愿人长久,千里共婵娟"。三句虽然在不同体裁中出现,但相体裁衣,各得其妙。每年中秋晚会,三句都被应用。中央电视台国际频道甚至还有一档节目名称就叫"天涯共此时",因为此句乃赠给天下人的充满深情厚谊的诗句。

观　猎

唐　王　维

风 劲 角 弓 鸣,　　　　将 军 猎 渭 城。

¯1 ╲24 ⅄3 ¯1 ＿8　　　　＿7 ¯12 ⅄16 ╲5 ＿8

草 枯 鹰 眼 疾,　　　　雪 尽 马 蹄 轻。

╲19 ¯7 ＿10 ╲15 ⅄4　　　　⅄9 ╲11 ╲21 ¯8 ＿8

忽 过 新 丰 市,　　　　还 归 细 柳 营。

⅄6 ╲21 ¯11 ＿2 ╲4　　　　¯15 ¯5 ╲8 ╲25 ＿8

回 看 射 雕 处,　　　　千 里 暮 云 平。

变格3

¯10 ¯14 ╲22 ＿2 ╲6　　　　¯1 ╲4 ╲7 ¯12 ＿8

　　本诗是王维前期的作品,一次普通的狩猎活动,写得激情洋溢,豪兴遄飞。颔联用字准确锤炼,极为传神。"鹰眼"因"草枯"而"疾",特别锐利;"马蹄"因"雪尽"而"轻",绝无滞碍。体物极为精细,是历来传诵的名句。

汉江临泛

唐　王　维

楚 塞 三 湘 接,　　　　荆 门 九 派 通。

╲6 ╲11 ＿13 ＿7 ⅄16　　　　＿8 ¯13 ╲25 ╲10 ¯1

江 流 天 地 外,　　　　山 色 有 无 中。

¯3 ＿11 ＿1 ╲4 ╲9　　　　¯15 ⅄13 ╲25 ¯7 ¯1

郡 邑 浮 前 浦，　　　　　波 澜 动 远 空。
｜　｜　｜　—　｜　　　　—　｜　｜　—　—
ヽ13 ⅄14 _11 _1 ✓7　　　　_5 _14 ✓1 ✓13 ⁻1

襄 阳 好 风 日，　　　　　留 醉 与 山 翁。
—　—　｜　—　　　变格3　—　｜　｜　—　—
_7 _7 ✓19 ⁻1 ⅄4　　　　　_11 ✓4 ✓6 ⁻15 ⁻1

　　这是王维融画法入诗的力作，展现了一幅色彩素雅、格调清新、意境优美的水墨山水画。画面布局，远近相映，疏密相间，加之以简驭繁，以形写意，轻笔淡墨，又融情于景，情绪乐观，给人以美的享受。尤其领联是诗家俊语，却入画三昧，着墨极淡，却给人以伟丽新奇之感，其效果远胜于重彩浓抹的油画和色调浓丽的水彩。

渡荆门送别

唐　李　白

渡 远 荆 门 外，　　　　　来 从 楚 国 游。
｜　｜　—　—　｜　　　　—　—　｜　｜　—
ヽ7 ✓13 _8 ⁻13 ヽ9　　　　⁻10 _2 ✓6 ⅄13 _11

山 随 平 野 尽，　　　　　江 入 大 荒 流。
—　—　—　—　｜　　　　—　｜　｜　—　—
⁻15 ⁻4 _8 ✓21 ✓11　　　　⁻3 ⅄14 ヽ21 _7 _11

月 下 飞 天 镜，　　　　　云 生 结 海 楼。
｜　｜　—　—　｜　　　　—　—　｜　—　—
⅄6 ヽ22 _5 _1 ヽ24　　　　⁻12 _8 ⅄9 ✓10 _11

仍 怜 故 乡 水，　　　　　万 里 送 行 舟。
—　—　｜　—　　　变格3　｜　｜　｜　—　—
_10 _1 ✓7 _7 ✓4　　　　　ヽ14 ✓4 ⁻1 _8 _11

　　本诗意境高远，风格雄健，形象奇伟，想象瑰丽。"山随平野尽，江入大荒流"写得逼真如画，有如一幅长江出峡渡荆门长轴山水图，与杜甫《旅夜书怀》(23)中"星垂平野阔，月涌大江流"相同，都是脍炙人口咏长江的名句。但两者又有不同：一为日景，超脱豪迈，一气呵成；一为夜景，深沉雄浑，锤炼遒警。如清洪亮吉语："太白诗佳处在不著纸，少陵诗佳处在力透纸背。"

月　夜

唐　杜　甫

今 夜 鄜 州 月，　　　闺 中 只 独 看。
— ｜ — — ｜　　　— — ｜ ｜ 。
_12 ⌵22 ⁻7 _11 ⅃6　　⁻8 ⁻1 ⌵4 ⅃1 ⁻14

遥 怜 小 儿 女，　　　未 解 忆 长 安。
— — ｜ — ｜ 　变格3　　｜ ｜ ｜ — — 。
_2 _1 ⌵17 ⁻4 ⌵6　　⌵5 ⌵9 ⅃13 _7 ⁻14

香 雾 云 鬟 湿，　　　清 辉 玉 臂 寒。
— ｜ — — ｜　　　— — ｜ ｜ — 。
_7 ⌵7 ⁻12 ⁻15 ⅃14　　_8 _5 ⅃2 ⌵4 ⁻14

何 时 倚 虚 幌，　　　双 照 泪 痕 干？
— — ｜ — ｜ 　变格3　　— ｜ ｜ — — 。
_5 ⁻4 ⌵4 ⁻6 ⌵22　　⁻3 ⌵18 ⌵4 ⁻13 ⁻14

　　题为《月夜》，字字都从月色中照出，而以"独看"、"双照"为一诗之眼。"独看"是现实，却从对面着想，只写妻子"独看"鄜州之月而"忆长安"，自己的"独看"长安之月而忆鄜州，已包含其中。"双照"兼包回忆与希望：感伤"今夜"的"独看"，回忆往日的同看，而把并"倚虚幌"、对月舒愁的希望寄托于不知"何时"的未来。词旨婉切，章法紧密，如黄生所说："五律至此，无忝诗圣矣！"

题李凝幽居

唐　贾　岛

闲 居 少 邻 并，　　　草 径 入 荒 园。
— — ｜ — ｜ 　变格3　　｜ ｜ ｜ — — 。
⁻15 _6 ⌵17 ⁻11 ⌵24　　⌵16 ⌵25 ⅃14 _7 ⁻13

鸟 宿 池 边 树，　　　僧 敲 月 下 门。
｜ ｜ — — ｜　　　— — ｜ ｜ — 。
⌵17 ⅃1 ⁻4 _1 ⌵7　　_10 _3 ⅃6 ⌵22 ⁻13

过 桥 分 野 色，　　　移 石 动 云 根。
｜ — — ｜ ｜　　　— ｜ ｜ — — 。
⌵21 _2 ⁻12 ⌵21 ⅃13　　⁻4 ⅃11 ⌵6 ⁻12 ⁻13

暂 去 还 来 此，　　　幽 期 不 负 言。
｜　｜　—　—　｜　　　—　—　｜　｜　—。
╲28 ╲6 ⁻15 ⁻10 ╲4　　　_11 ⁻4 ╲5 ╲25 ⁻13

诗中的草径、荒园、宿鸟、池树、野色、云根，无一不是寻常所见景物；闲居、敲门、过桥、暂去等，无一不是寻常的行事。然而诗人偏于寻常处道出了人所未道之境界，语言质朴，冥契自然，韵味醇厚。颔联是历来传诵的名句，是"推敲"这一炼字佳话的来源，其中故事是读书人熟知的，贾岛之冥思苦想，韩愈之提携后进，为诗坛一大佳话。

楚江怀古（其一）
唐 马 戴

露 气 寒 光 集，　　　微 阳 下 楚 丘。
｜　｜　—　—　｜　　　—　—　｜　╲　—。
╲7 ╲5 ⁻14 ⁻7 ╲14　　　⁻5 _7 ╲22 ╲6 _11

猿 啼 洞 庭 树，　　　人 在 木 兰 舟。
—　—　！　·　｜　变格3　　—　╲　｜　—　—。
⁻13 ⁻8 ╲1 _9 ╲7　　　⁻11 ╲11 ╲1 ⁻14 _11

广 泽 生 明 月，　　　苍 山 夹 乱 流。
｜　｜　—　—　｜　　　—　—　｜　｜　—。
╲22 ╲11 _8 _8 ╲6　　　_7 ⁻15 ╲17 ╲15 _11

云 中 君 不 见，　　　竟 夕 自 悲 秋。
—　—　—　｜　｜　　　｜　｜　｜　—　—。
⁻12 ⁻1 ⁻12 ╲5 ╲17　　　╲24 ╲11 ╲4 ⁻4 _11

本诗是晚唐诗歌园地里一枝具有独特芬芳和色彩的素馨花。不仅颔联是写景名句，诗人伤秋怀远之情并没有直接说明，只是点染了一张淡彩的画，气象清远，婉而不露，让人思而得之。而且颈联与张九龄"海上生明月，天涯共此时"（302）似同实异、各具风格：张诗高华雄厚，同乐明快；本诗清微婉约，孤单迷茫。若把这两联更为五绝："广泽生明月，苍山夹乱流。猿啼洞庭树，人在木兰舟。"亦佳。由此并可体味律诗、绝句在意脉安排上的不同，及其所产生的"标格"、韵致上的变化。

春 残
唐 翁 宏

又 是 春 残 也，　　　　如 何 出 翠 帏？
｜　｜　一　一　｜　　　　一　一　｜　｜　｜
ˇ26　ˇ4　ˉ11　ˉ14　ˇ21　　　　ˉ6　_5　λ4　ˇ4　_5

落 花 人 独 立，　　　　微 雨 燕 双 飞。
｜　一　一　｜　｜　　　　一　｜　一　一　一
λ10　_6　ˉ11　λ1　λ14　　　　ˉ5　ˇ7　ˉ17　ˉ3　_5

寓 目 魂 将 断，　　　　经 年 梦 亦 非。
｜　｜　一　一　｜　　　　一　一　｜　｜　一
ˇ7　λ1　ˉ13　_7　ˇ15　　　　_9　_1　ˇ1　λ11　_5

那 堪 向 愁 夕，　　　　萧 飒 暮 蝉 辉。
一　一　｜　　｜　变格3　　一　一　｜　一　一
_5　_13　ˇ23　ˉ11　λ11　　　　_2　λ15　ˇ7　_1　_5

北宋词人晏几道借用本诗颔联这千古不能有二的名句，还有李白诗中"化作彩云飞"（281），写词《临江仙》："梦后楼台高锁，酒醒帘幕低垂。去年春恨却来时。落花人独立，微雨燕双飞。记得小苹初见，两重心字罗衣。琵琶弦上说相思。当时明月在，曾照彩云归。"该词中精华正是本诗颔联两句，足见这两句精彩之极，影响之深。

小隐自题
宋 林 逋

竹 树 绕 吾 庐，　　　　清 深 趣 有 余。
｜　｜　｜　一　一　　　　一　一　｜　｜　一
λ1　ˇ7　ˇ18　ˉ7　ˉ6　　　　_8　_12　ˇ7　ˇ25　ˉ6

鹤 闲 临 水 久，　　　　蜂 懒 采 花 疏。
｜　一　一　｜　｜　　　　一　｜　｜　一　一
λ10　ˉ15　_12　ˇ4　ˇ25　　　　ˉ2　ˇ14　ˇ10　_6　ˉ6

酒 病 妨 开 卷，　　　　春 阴 入 荷 锄。
｜　｜　一　一　｜　　　　一　一　｜　一　一
ˇ25　ˇ24　_7　ˉ10　ˇ17　　　　ˉ11　_12　λ14　ˇ20　ˉ6

尝 怜 古 图 画，　　　　　多 半 写 樵 渔。
— — | ·| | 变格3　　— | | | ⌣
_7 _1 ⌣7 ⁻7 ⟍10　　　_5 ⟍15 ⌣21 _2 ⁻6

　　本诗以轻松愉悦的笔调，以向人夸赞的口吻，歌咏了诗人怡然自适的隐居生活，展示了他悠然自得的情怀志趣。把本诗与他《山园小梅》(321)共读，足可见"梅妻鹤子"之绝代风流。

春 归
宋　唐 庚

东 风 定 何 物？　　　　　所 至 辄 苍 然。
— — | ·| | 变格3　　| | | ⌣
⁻1 ⁻1 ⟍25 _5 ⟍5　　　⌣6 _4 ⟍16 _7 _1

小 市 花 间 合，　　　　　孤 城 柳 外 圆。
— | — — |　　　　　— — | | ⌣
⌣17 ⌣4 _6 ⁻15 ⟍15　　_7 _8 ⌣25 ⟍9 _1

禽 声 犯 寒 食，　　　　　江 色 带 新 年。
— — | ·| | 变格3　　— | | — ⌣
_12 _8 ⌣29 ⁻14 ⟍13　　_3 ⟍13 ⟍9 ⁻11 _1

无 计 驱 愁 得，　　　　　还 推 到 酒 边。
— | — — |　　　　　— — | | ⌣
⁻7 ⟍8 ⁻7 _11 ⟍13　　⁻15 ⁻10 ⟍20 ⌣25 _1

　　不是杜甫《春夜喜雨》(22)中"润物细无声"的雨丝悄悄地迎得春归，也不是南唐冯延巳词《谒金门》中"吹皱一池春水"的微风在为春的到来浅斟低唱，而是浩荡东风铺天盖地而来，把绿色的生命之树栽满人间：这就是首联如泼墨写意，以大刀阔斧的疏朗之笔，传达出春来不可阻遏的势头。本诗在众多咏春诗篇中独具一格，读来别是一番滋味。

春 近
宋　王 铚

山 雪 银 屏 晓，　　　　　溪 梅 玉 镜 春。
— | — — |　　　　　— — | | ⌣

東　風　露　消　息，　　　　　萬　物　有　精　神。

索　莫　貧　游　世，　　　　　龍　鍾　老　迫　身。

欲　浮　滄　海　去，　　　　　風　浪　闊　無　津。

首联写出春近之"象"，次联写出春近之"神"，抉发出春给万物带来的生机勃勃的内质，使诗境陡然得到展拓和升华。在此基础上，后四句借景抒怀，有刘禹锡"沉舟侧畔千帆过，病树前头万木春"（132）的境地，那持道不移、守志不阿的精神激荡其中。

乱　后

金　辛　愿

兵　去　人　归　日，　　　　　花　开　雪　霁　天。

川　原　宿　荒　草，　　　　　墟　落　动　新　烟。

困　鼠　鸣　虚　壁，　　　　　饥　乌　啄　废　田。

似　闻　人　语　乱，　　　　　县　吏　已　催　钱。

这是一首金末战乱之后诗人回到家园所写的诗，苍老劲健的诗笔既得自于他对文学反映现实传统的自觉继承，更得自于金末丧乱社会现实的赐予。颈联中食尽粮绝的惨状写得深入骨髓，与"郊寒岛瘦"的笔力相较，似亦毫无逊色。

荒　村
元　倪　瓚

踽 踽 荒 村 客，	悠 悠 远 道 情。
| | — | |	— — | | 。
ˇ7 ˇ7 ＿7 ⁻13 ⅄11	＿11 ＿11 ˇ13 ˇ19 ＿8
竹 梧 秋 雨 碧，	荷 芰 晚 波 明。
| — — | |	— | | — — 。
⅄1 ⁻7 ＿11 ˇ7 ⅄11	＿5 ˇ4 ˇ13 ＿5 ＿8
穴 鼠 能 人 拱，	池 鹅 类 鹤 鸣。
| | — — |	— — | | — 。
⅄9 ˇ6 ＿10 ⁻11 ˇ2	⁻4 ＿5 ˇ4 ⅄10 ＿8
萧 条 阮 遥 集，	几 屐 了 余 生。
— — ！ · |　变格3	| | | — 。
＿2 ＿2 ˇ13 ＿2 ⅄14	ˇ5 ⅄11 ˇ17 ⁻6 ＿8

　　诗人而兼画家，到底有些不寻常，一座"荒村"经了他的点染，也换了精神。不过，这与其归功于他的笔，还不如归功于他的襟怀，那与简淡画风一脉相通的恬淡襟怀：心境明畅，犹如竹梧之碧、荷芰之明；满怀闲情，故能察及鼠趣、辨明鹅声。

岳阳楼
明　杨　基

春 色 醉 巴 陵，	阑 干 落 洞 庭。
— | | | —	— — | | 。
⁻11 ⅄13 ˇ4 ＿6 ＿10邻韵	⁻14 ⁻14 ⅄10 ˇ1 ＿9
水 吞 三 楚 白，	山 接 九 疑 青。
| — — | |	— | | — — 。
ˇ4 ⁻13 ＿13 ˇ6 ⅄11	⁻15 ⅄16 ˇ25 ⁻4 ＿9
空 阔 鱼 龙 舞，	娉 婷 帝 子 灵。
— | — — |	— — | | — 。
⁻1 ⅄7 ⁻6 ＿2 ˇ7	＿9 ＿9 ˇ8 ˇ4 ＿9
何 人 夜 吹 笛，	风 急 雨 冥 冥。
— — ！ · |　变格3	— | | — — 。

　　_5 ⁻11 ⌄22 ⁻4 ⌄12　　　　　　⁻1 ⌄14 ⌄7 _9 _9

　　历代咏岳阳楼诗,以孟浩然、杜甫两诗为压卷之作(505、509),后人无敢相与撷抗者;而明代杨基却有这个气魄,写下了本诗。孟、杜两诗皆仅前半首写洞庭湖,且首句都为拗句;本诗则为一首标准的五律,且通篇笔墨都为"予观夫巴陵胜状,在洞庭一湖。衔远山,吞长江,浩浩荡荡,横无际涯,朝晖夕阳,气象万千。"(范仲淹《岳阳楼记》)传神写照,实景摹其形态,虚景传其神韵,是一首完整的山水诗。

狱中见茉莉花
清　金圣叹

名	花	尔	无	玷,	亦	入	此	中	来。
—	—	∣	‧	∣ 变格3	∣	∣	∣	—	∘

　　_8 _6 ⌄4 ⁻7 ⌄28　　　　　　⌄11 ⌄14 ⌄4 ⁻1 ⁻10

误	被	童	蒙	拾,	真	辜	雨	露	开。
∣	∣	—	—	∣	∣	—	∣	∣	∘

　　⌄7 ⌄4 ⁻1 ⁻1 ⌄14　　　　　　⁻11 ⁻7 ⌄7 ⌄7 ⁻10

托	根	虽	小	草,	造	物	自	全	材。
∣	—	∣	∣	∣	∣	∣	∣	—	∘

　　⌄10 ⁻13 ⁻4 ⌄17 ⌄19　　　　　　⌄20 ⌄5 ⌄4 _1 ⁻10

幼	读	南	容	传,	苍	茫	老	更	哀。
∣	∣	—	—	—	—	—	∣	∣	∘

　　⌄26 ⌄1 _13 ⁻2 ⌄17　　　　　　_7 _7 ⌄19 ⌄24 ⁻10

　　全诗以狱中所见之茉莉花自喻,花本无玷而受玷,人本无辜而受辜,可谓其情也抑,其言也哀,是作者蒙受哭庙之冤、行将处决前所作。

独游妙相庵,观道、戒诸卿相刻石
近代　王闿运

成	败	劳	公	等,	繁	华	悟	此	间。
—	∣	—	—	∣	—	—	∣	∣	∘

　　_8 ⌄10 _4 ⁻1 ⌄24　　　　　　⁻13 _6 ⌄7 ⌄4 ⁻15

依	然	一	片	石,	长	对	六	朝	山。
—	—	∣	∣	∣ 变格2	—	∣	∣	—	∘

⁻5 ＿1 ﹨4 ﹨17 ﹨11　　　　　　　⁻7 ﹨11 ﹨1 ＿2 ⁻15

花　竹　禅　心　定，　　　　　　蓬　蒿　战　血　殷。

—　｜　—　—　｜　　　　　　　—　—　｜　｜　。

＿6 ﹨1 ＿1 ＿12 ﹨25　　　　　　⁻1 ＿4 ﹨17 ﹨9 ⁻15

谁　能　更　游　赏，　　　　　　斜　日　暮　鸦　还。

—　—　｜　·　｜　变格3　　　　—　｜　—　｜　。

⁻4 ＿10 ﹨24 ＿11 ∨22　　　　　＿6 ﹨4 ﹨7 ＿6 ⁻15

　　由眼前一木一石，悟出历史普遍的现象和人生常规的哲理，是中国诗歌的精致之处。本诗以刻石为由，回首历史陈迹，瞻望后世缘份，感慨系之，余韵无穷。全诗笼罩着苍凉的世纪末的气息，是晚清那个时代的真实反映。

哀诗三首(其一)
现代　鲁　迅

风　雨　飘　摇　日，　　　　　　余　怀　范　爱　农。

—　｜　—　—　｜　　　　　　　—　—　｜　｜　。

⁻1 ∨7 ＿2 ＿2 ﹨4　　　　　　　⁻6 ﹨9 ∨29 ﹨11 ⁻2 邻韵

华　颠　萎　寥　落，　　　　　　白　眼　看　鸡　虫。

—　—　—　—　｜　变格3　　　　｜　｜　—　—　—

＿6 ＿1 ∨4 ＿2 ﹨10　　　　　　﹨11 ∨15 ﹨15 ﹨8 ⁻1

世　味　秋　荼　苦，　　　　　　人　间　直　道　穷。

｜　｜　—　—　｜　　　　　　　—　—　｜　｜　。

﹨8 ﹨5 ＿11 ⁻7 ∨7　　　　　　⁻11 ⁻15 ﹨13 ∨19 ⁻1

奈　何　三　月　别，　　　　　　竟　尔　失　畸　躬。

｜　—　—　—　｜　　　　　　　｜　｜　—　—　。

∨9 ＿5 ＿13 ﹨6 ﹨9　　　　　　∨24 ﹨4 ﹨4 ⁻4 ⁻1

　　本诗写于1912年。范爱农是鲁迅的同乡又是留日时的相识，1911年又和鲁迅在杭州师范学校同事，交谊很深。组诗表达了作者对范爱农深切的怀念与同情，也从另一角度反映了当时社会的动荡与黑暗。本诗中"畸躬"和"畸人"意思相同，指范的为人不偶于人，行事不合于俗，是对范爱农的确切写照。鲁迅《朝花夕拾·范爱农》中有详细叙述。

挽续范亭先生二首(其一)

现代　董必武

代　郡　多　豪　杰，　　　先　生　更　出　群。
｜　｜　｜　—　—　　　　—　—　｜　｜　—
╲11　╲13　＿5　＿4　╲9　　　＿1　＿8　╲24　╲4　‾12 邻韵

怀　才　能　拨　乱，　　　许　国　已　忘　身。
‾9　‾10　＿10　╲7　╲15　　　╲6　╲13　╲4　＿7　‾11

血　迹　陵　园　在，　　　勋　名　日　月　新。
｜　｜　—　—　｜　　　　—　—　｜　｜　—
╲9　╲11　＿10　‾13　╲11　　　‾12　＿8　╲4　╲6　‾11

遗　书　有　深　意，　　　易　箦　亦　归　真。
—　—　｜　．　｜　变格3　　｜　｜　｜　—　—
‾4　‾6　╲25　＿12　╲4　　　╲11　╲11　╲11　‾5　‾11

续范亭早年参加同盟会和辛亥革命。1935 年因痛恨国民党卖国投降,曾在南京中山陵剖腹自杀,以示抗议,遇救未死(417)。抗日战争期间,曾任我晋绥边区行署主任,晋绥军区副司令员。1947 年 9 月 12 日病逝。在遗书中申请加入中国共产党,经中共中央批准,追认为正式党员。本诗高度赞扬了续范亭的爱国热情、杰出的政治才能和卓越的抗战功绩,对他临终的入党遗愿,表示了由衷的赞赏与欢迎。

二、五　绝

宿建德江

唐　孟浩然

移　舟　泊　烟　渚，　　　日　暮　客　愁　新。
—　—　｜　—　｜　变格3　｜　｜　｜　—　—
‾4　＿11　╲10　＿1　╲6　　　╲4　╲7　╲11　＿11　‾11

野　旷　天　低　树，　　　江　清　月　近　人。
—　—　—　—　｜　　　　—　—　｜　｜　—
╲21　╲23　＿1　‾8　╲7　　　‾3　＿8　╲6　＿13　‾11

诗人孑然一身,面对着这四野茫茫、江水悠悠、明月孤舟的景色,那羁旅的惆怅，故乡的思念，仕途的失意，理想的幻灭，人生的坎坷……千愁万绪，不禁纷至沓来，涌上心头。

采莲曲

唐 崔国辅

玉 溆 花 争 发，　　金 塘 水 乱 流。

| | — — |　　— — | | —。

⅄2 √6 _6 _8 ⅄6　　_12 _7 √4 ⸜15 _11

相 逢 畏 相 失，　　并 著 木 兰 舟。

— — ¦ — | 变格 3　　| | | — —。

_2 ¯2 ⸜5 _7 ⅄4　　⸜24 ⅄10 ⅄1 ¯14 _11

诗人善于捕捉富有诗情画意的景物，写得神态逼真，生活气息浓郁，风味淳朴，是一首活现青年男女两相爱悦心理状态的抒情小诗，反映了盛唐社会生活中的一个侧面。

洛 桥

唐 李 益

金 谷 园 中 柳，　　春 来 似 舞 腰。

— | — — |　　— — | | —。

_12 ⅄1 ¯13 ¯1 √25　　¯11 ¯10 √4 √7 _2

那 堪 好 风 景，　　独 上 洛 阳 桥。

— — ¦ — | 变格 3　　| | | — —。

_5 _13 √19 ¯1 √23　　⅄1 ⸜23 ⅄10 _7 _2

本诗从现实看历史，以历史照现实，从欢乐到忧伤，由轻快入深沉，巧妙地把历史的一时繁华和大自然的眼前春色融为一体，意境浪漫而真实，情调遐远而深峻，相当典型地表现出由盛入衰的中唐时代的脉搏。

勤政楼西老柳

唐 白居易

半 朽 临 风 树，　　多 情 立 马 人。

　　|　　|　　—　　—　　|　　　　　　　—　　—　　|　　|　　˘
˅15　˅25　_12　_1　˅7　　　　　_5　_8　ˋ14　˅21　ˉ11

开　元　一　枝　柳，　　　　　长　庆　二　年　春。

—　　—　　|　　˙　　|　变格3　　　—　　|　　|　　|　　˘
ˉ10　ˉ13　ˋ4　_4　˅25　　　　　_7　ˋ24　ˋ4　_1　ˉ11

　　上联是优美的画卷,树是"半朽"的、也是"多情"的,人是"多情"的、也是"半朽"的;下联是画上的题款,不仅补叙了树、人的年龄,更是隐含了百年沧桑。总之,这是一幅充满感情的生活小照,格外新颖别致。

忆　梅
唐　李商隐

定　定　住　天　涯，　　　　　依　依　向　物　华。

|　　|　　|　　—　　˘　　　　　—　　—　　|　　|　　˘
ˋ25　ˋ25　ˋ7　_1　_6　　　　　ˉ5　ˉ5　ˋ23　ˋ5　_6

寒　梅　最　堪　恨，　　　　　长　作　去　年　花。

—　　—　　|　　˙　　|　变格3　　　—　　|　　|　　|　　˘
ˉ14　ˉ10　ˋ9　_13　ˋ14　　　　　_7　ˋ10　ˋ6　_1　_6

　　少年早慧,文名早著,科第早登,然而紧接着便是一系列不幸和打击……所以,"长作去年花"的"寒梅"是诗人不幸身世的象征。正因为看到或想到它,就会触动早秀先凋的身世之悲,诗人自然不免要发出"寒梅最堪恨"的怨嗟了。诗写到此,黯然而收,透出一种不言而神伤的情调。

雪
唐　罗隐

尽　道　丰　年　瑞，　　　　　丰　年　事　若　何？

|　　|　　—　　—　　|　　　　　—　　—　　|　　|　　˘
˅11　˅19　ˉ2　_1　ˋ4　　　　　ˉ2　_1　ˋ4　ˋ10　_5

长　安　有　贫　者，　　　　　为　瑞　不　宜　多。

—　　—　　|　　˙　　|　变格3　　　—　　|　　|　　|　　˘
_7　ˉ14　˅25　ˉ11　˅21　　　　　ˉ4　ˋ4　ˋ5　ˉ4　_5

　　"贫者"等不到"丰年瑞"带来的好处,一夜风雪,明日长安街头会出现多少"冻死骨"啊!"为瑞不宜多"仿佛轻描淡写,略作诙谐,实际上蕴含着深沉的悲愤和炽烈的感情。这是一首"贫者"的《雪》!

江 上
宋　王安石

江　水　漾　西　风，　　　　　江　花　脱　晚　红。

－　｜　｜　－　　　　　　　　－　－　｜　－　－

‾3　√4　＼23　‾8　‾1　　　　　‾3　＿6　＼7　√13　‾1

离　情　被　横　笛，　　　　　吹　过　乱　山　东。

－　－　｜　—　｜　变格3　　　－　｜　｜　－　－

‾4　＿8　＼4　＿8　＼12　　　　　‾4　＼21　＼15　‾15　‾1

王安石是炼字炼句的高手,不仅有"春风又绿江南岸"(210)的名例,本诗中,又把"离情"写成是一种"异化之物",是能够让风吹着走的。这正是注意了锤炼,让句子显出不寻常的曲折。

柳桥晚眺
宋　陆游

小　浦　闻　鱼　跃，　　　　　横　林　待　鹤　归。

｜　｜　－　－　－　　　　　　　－　｜　｜　－　－

√17　√7　‾12　‾6　＼10　　　　　＿8　＿12　√10　＼10　‾5

闲　云　不　成　雨，　　　　　故　傍　碧　山　飞。

－　－　｜　—　｜　变格3　　　｜　｜　｜　－　－

‾15　‾12　＼5　＿8　√7　　　　　＼7　＼23　＼11　‾15　‾5

本诗选自《绝句三百首》。这是诗人七十五岁时在故乡山阴写的一首小诗,诗中的"闲云"是否就是历经坎坷、未成大业的诗人的自我写照呢?

小景四首(其二)
明　何景明

草　阁　散　晴　烟，　　　　　柴　门　竹　树　边。

｜　｜　｜　－　　　　　　　　　－　－　｜　｜

˅19 ＼10 ＼15 ＿8 ＿1　　　　　￣9 ￣13 ＼1 ＼7 ＿1

门 前 有 江 水，　　　常 过 打 鱼 船。

— — ｜ ·｜ 变格3　　　— ｜ ｜ ｜ 。

￣13 ＿1 ˅25 ￣3 ＿4　　　　￣7 ＼21 ˅21 ￣6 ＿1

本诗写的乡村风物小景，只草阁一间，竹树一<u>丛</u>，江水一湾，鱼船一条而已，但经过作者的构图、描写，却散发出浓郁的诗意。

冯头滩
明　汤显祖

南 飞 此 孤 影，　　　箐 峭 行 人 稀。

— — ｜ ·｜ 变格3　　　— ｜ · — — 变格1

＿13 ＿5 ˅4 ￣7 ￣23　　　　￣7 ＼18 ＿8 ￣11 ＿5

鸟 口 滩 边 立，　　　前 头 弹 子 矶。

｜ ｜ — ｜ ｜　　　— ｜ ｜ ｜ 。

˅17 ˅25 ￣14 ＿1 ＼14　　　＿1 ＿11 ＼15 ˅4 ￣5

本诗把实有地名、实际旅程和象征意义打成一片，虚虚实实，混融莫辨。诗人像一只南飞的孤鸟，此刻立于"鸟口滩"，将至"弹子矶"，危险存在而尚未发生，因而造成非常强烈的恐惧感，刻意写尽人生道路的险恶，令人不寒而栗。

春 柳
现代　闻一多

垂 柳 出 宫 斜，　　　春 来 尽 发 花。

— ｜ ｜ — 。　　　— — ｜ ｜ 。

￣4 ˅25 ＼4 ￣1 ＿6　　　￣11 ￣10 ˅11 ＼6 ＿6

东 风 自 相 喜，　　　吹 雪 满 山 家。

— ｜ ｜ ·｜ 变格3　　　— ｜ ｜ ｜ 。

￣1 ＿1 ＼4 ＿7 ˅4　　　￣4 ＼9 ˅14 ￣15 ＿6

闻一多曾盛誉唐代张若虚的《春江花月夜》(835)为"诗中的诗，顶峰上的顶峰"（《宫体诗的自续》），足见诗人对春天的钟情。读了本诗，可知诗人早在十八岁时，就写有春天的赞歌，字里行间洋溢着一个青春少年的饱满情绪和喜悦心情。

三、七　律

曲江二首（其二）

唐　杜　甫

朝　回　日　日　典　春　衣，　　　　每　日　江　头　尽　醉　归。
— 　— 　| 　| 　| 　— 　。　　　　| 　| 　| 　— 　— 　| 　。
‿2 　¯10 　ㄨ4 　ㄨ4 　ᵛ16 　¯11 　¯5　　　　ᵛ10 　ㄨ4 　¯3 　‿11 　ᵛ11 　ㄨ4 　¯5

酒　债　寻　常　行　处　有，　　　　人　生　七　十　古　来　稀。
ᵛ25 　ㄝ10 　‿12 　‿7 　‿8 　ㄝ6 　ᵛ25　　　　¯11 　‿8 　ㄨ4 　ㄨ14 　ᵛ7 　¯10 　¯5

穿　花　蛱　蝶　深　深　见，　　　　点　水　蜻　蜓　款　款　飞。
— 　| 　| 　| 　| 　| 　｜　　　　| 　| 　— 　| 　| 　| 　。
‿1 　¯6 　ㄨ16 　ㄨ16 　‿12 　‿12 　ㄝ17　　　　ᵛ28 　ᵛ4 　‿8 　‿9 　ᵛ14 　ᵛ14 　¯5

传　语　风　光　共　流　转，　　　　暂　时　相　赏　莫　相　违。
— 　| 　— 　·｜　·｜ 　| 　变格3　　　　| 　— 　— 　| 　| 　— 　。
‿1 　ᵛ6 　¯1 　‿7 　ᵛ2 　‿11 　‿17　　　　ᵛ28 　¯4 　‿7 　ᵛ22 　ㄨ10 　‿7 　¯5

　　"人生七十古来稀"是中国老百姓的口头语。颈联是杜诗中别具一格的名句，
这是多么恬静、多么自由、多么美好的境界啊！但是，这样的境界还能存在多久呢？
仔细咀嚼，就发现言外有言，味外有味，景外有景，情外有情，是诗人仕不得志、穷困
潦倒的惜春、伤春之作。

咏怀古迹五首（其三）

唐　杜　甫

群　山　万　壑　赴　荆　门，　　　　生　长　明　妃　尚　有　村。
— 　— 　| 　| 　| 　— 　。　　　　— 　| 　— 　| 　| 　| 　。
¯12 　‿15 　ㄝ14 　ㄨ10 　ㄝ7 　‿8 　¯13　　　　‿8 　ᵛ22 　‿8 　¯5 　ㄝ23 　ᵛ25 　¯13

一　去　紫　台　连　朔　漠，　　　　独　留　青　冢　向　黄　昏。
| 　| 　| 　— 　— 　| 　|　　　　| 　| 　— 　| 　| 　— 　。
ㄨ4 　ㄝ6 　ᵛ4 　¯10 　‿1 　ㄨ3 　ㄝ10　　　　ㄨ1 　‿11 　‿9 　ᵛ2 　ㄝ23 　‿7 　¯13

画　图　省　识　春　风　面，　　　　环　珮　空　归　月　夜　魂。

```
|   —   |   —   —   |                  —   —   —   —
╲10 ⁻7 ╲23 ╲13 ⁻11 ⁻1 ╲17            ⁻15 ╲11 ⁻1 ⁻5 ╲6 ╲22 ⁻13
```
千　载　琵　琶　作　胡　语，　　　　分　明　怨　恨　曲　中　论　。
```
—   |   —   —   |   ·   |   变格3         —   |   —   |   —   —   |
_1 ╲10 ⁻4 _6 ╲21 ⁻7 ╲6                ⁻12 _8 ╲14 ╲14 ╲2 ⁻1 ⁻13
```

　　昭君"怨恨"的主题是一个远嫁异域的女子永远怀念乡土的怨恨忧思,它是千百年来世代积累和巩固起来的对自己的故土和祖国的最深厚的共同感情。诗人在写昭君的怨恨之情时,也是寄托了自己的身世家国之情的。"独留青冢向黄昏"、"环珮空归月夜魂"是昭君最典型、最深刻的悲剧形象,令人荡气回肠,唏嘘不已。清沈德潜云:"咏昭君诗此为绝唱,余皆平平。"

无题二首(其二)

唐　李商隐

重　帷　深　下　莫　愁　堂，　　　　卧　后　清　宵　细　细　长　。
```
—   —   —   |   |   |   ·                —   —   |   |   |   —
⁻2 _5 _12 ╲22 ╲10 _11 _7            ╲21 ╲26 _8 _2 ╲8 ╲8 _7
```
神　女　生　涯　原　是　梦，　　　　小　姑　居　处　本　无　郎　。
```
—   —   |   —   —   |   ╲                —   |   —   |   —   —   |
⁻11 ╲6 _8 _6 ⁻13 ╲4 ╲1              ╲17 _7 ⁻6 ╲6 ╲13 ⁻7 _7
```
风　波　不　信　菱　枝　弱，　　　　月　露　谁　教　桂　叶　香　？
```
—   |   |   —   —   |   |                —   |   |   —   —   |
⁻1 _5 ╲5 ╲12 _10 ⁻4 ╲10            ╲6 ╲7 ⁻4 _3 ╲8 ╲16 _7
```
直　道　相　思　了　无　益，　　　　未　妨　惆　怅　是　清　狂　。
```
|   |   —   —   |   ·   |   变格3         ╲   |   —   |   ╲   —   |
╲13 ╲19 _7 ⁻4 ╲17 ⁻7 ╲11          ╲5 _7 _11 ╲23 ╲4 _8 _7
```

　　爱情遇合既同梦幻,身世遭遇又如此不幸,但女主人公并没有放弃爱情上的追求——"直道相思了无益,未妨惆怅是清狂。"即使相思全然无益,也不妨抱痴情而惆怅终身。在近乎幻灭的情况下仍然坚持不渝地追求,"相思"的铭心刻骨更是可想而知了。至此,本书介绍了李商隐的《无题》诗共六首(前五首在97至99),无题诗究竟有无寄托,或是怎样的寄托,众说纷纭,是个极复杂的问题。但不管怎样,我们即使把它们纯粹当作爱情诗来读,也决不减低其艺术价值。这些无题诗都蕴藉含蓄,意境深远,写情细腻,经得起反复咀嚼和玩索。

黄 陵 庙

唐　李群玉

小 姑 洲 北 浦 云 边，　　　二 女 啼 妆 自 俨 然。
　|　—　|　|　|　。　　　　|　|　|　|　|　。
√17 ¯7 _11 ╲13 √7 ¯12 _1　　√4 √6 ¯8 _7 ╲4 ╲28 _1

野 庙 向 江 春 寂 寂，　　　古 碑 无 字 草 芊 芊。
　|　|　|　|　|　|　　　　　|　|　|　|　|　。
√21 ╲18 ╲23 ¯3 ¯11 ╲12 ╲12　√7 ¯4 ¯7 ╲4 √19 _1 _1

风 回 日 暮 吹 芳 芷，　　　月 落 山 深 哭 杜 鹃。
　—　|　|　|　|　|　　　　　|　|　|　|　|　。
¯1 _10 ╲4 ╲7 ¯4 _7 √4　　　╲6 ╲10 ¯15 _12 ╲1 √7 _1

犹 似 含 颦 望 巡 狩，　　　九 疑 如 黛 隔 湘 川。
　—　|　—　—　!　·　| 变格3　|　|　|　|　|　。
_11 √4 _13 ¯11 ╲23 ¯11 ╲26　√25 ¯4 ¯6 ╲11 ╲11 _7 _1

　　本诗用黄陵庙的荒凉寂寞与庙中栩栩如生的舜之二妃娥皇、女英悲切的塑像作为对照，以诗人凭吊黄陵庙的足迹为线索，从而步步深入地表现了二妃音容宛在、精诚不灭，而岁月空流、人世凄清的悲苦情绪。结句中的"隔"字，包含多少欲哭无泪的憾恨，全诗到此，辞虽尽而意未尽，余音绕梁，回味无穷。

贫 女

唐　秦韬玉

蓬 门 未 识 绮 罗 香，　　　拟 托 良 媒 亦 自 伤。
　—　|　|　|　|　。　　　　|　|　—　|　|　|　。
¯1 _13 ╲5 ╲13 √4 _5 _7　　√4 ╲10 _7 ¯10 ╲11 ╲4 _7

谁 爱 风 流 高 格 调，　　　共 怜 时 世 俭 梳 妆。
　—　|　—　|　|　|　　　　　|　|　|　|　。
¯4 ╲11 ¯1 _11 _4 ╲10 ╲18　╲2 _1 ¯4 ╲8 √28 ¯6 _7

敢 将 十 指 夸 针 巧，　　　不 把 双 眉 斗 画 长。
　|　|　|　|　|　|　　　　　|　|　|　|　。
√27 _7 ╲14 √4 _6 _12 √18　╲5 √21 ¯3 ¯4 ╲26 ╲10 _7

苦 恨 年 年 压 金 线，	为 他 人 作 嫁 衣 裳！
| | — — | · | 变格3	| — — | — | 。
↘7 ↘14 _1 _1 ↗17 _12 ↘17	↘4 _5 ‾11 ↗10 ↘22 ‾5 _7

本诗语意双关、含蕴丰富，全篇都是一个未嫁贫女的独白，倾诉她抑郁惆怅的心情，字里行间则流露出诗人怀才不遇、寄人篱下的感恨。有广泛深刻内涵的"为他人作嫁衣裳"实是诗人的自叹，哀怨沉痛，反映了封建社会贫寒士人不为世用的愤懑和不平。这末句在广大老百姓中流传的含义则是超过原诗了。

村 行
宋 王禹偁

马 穿 山 径 菊 初 黄，	信 马 悠 悠 野 兴 长。
| — — | — | 。	| | — — | | 。
↘21 _1 ‾15 ↘25 ↗1 ‾6 _7	↘12 ↘21 _11 _11 ↗21 ↘25 _7
万 壑 有 声 含 晚 籁，	数 峰 无 语 立 斜 阳。
| — — | — — |	| — — | — — | 。
↘14 ↗10 ↗25 _8 _13 ↗13 ↗9	↘7 ‾2 ‾7 ↗6 ↗14 _6 _7
棠 梨 叶 落 胭 脂 色，	荞 麦 花 开 白 雪 香。
— — | | — — |	_2 ↗11 _6 ‾10 ↗11 ↗9 _7
_7 ‾8 ↗16 ↗10 _1 ‾4 ↘13	
何 事 吟 余 忽 惆 怅，	村 桥 原 树 似 吾 乡。
— — — | · | 变格3	‾13 _2 ‾13 ↗7 ↗4 ‾7 _7
_5 ↘4 _12 ‾6 ↗6 _11 ↘23	

中间两联是写景名句，尤其"数峰无语立斜阳"是全诗的警策。山峰本不能言，以"无语"称之，是透过一层写法，无理中有理。"立斜阳"，更见晚山可爱，好景无限。人对山而忘言，山对人而"无语"，真是契合无间，人与大自然融为一体。正当游兴正长时，却意外地听到了诗人轻轻的叹息，原来"虽信美而非吾土"（王粲《登楼赋》），思乡的情结勾起了诗人淡淡的惆怅……

山园小梅
宋 林逋

众 芳 摇 落 独 暄 妍，	占 尽 风 情 向 小 园。

　　｜　－　－　｜　　　　　　　　　　　－　｜　－　－　－　　｜　　。
ヽ1　＿7　＿2　ﾍ10　ﾍ1　¯13　＿1　邻韵　　　＿14　ﾌ11　＿1　＿8　ﾍ23　ﾌ17　¯13
疏　影　横　斜　水　清　浅，　　　　　暗　香　浮　动　月　黄　昏。

　　　　　－　｜　｜　　•　•　｜　变格3
¯6　ﾌ23　＿8　＿6　ﾌ4　＿8　ﾌ16　　　　ヽ28　＿7　＿11　ﾌ1　ﾍ6　＿7　¯13
霜　禽　欲　下　先　偷　眼，　　　　　粉　蝶　如　知　合　断　魂。

　　－　　　　　　　　　　　　　　　　　｜　｜　－　－　｜　｜　。
＿7　＿12　ﾍ2　ヽ22　＿1　＿11　ﾌ15　　ﾌ12　ﾍ16　¯6　¯4　ﾍ15　ヽ15　¯13
幸　有　微　吟　可　相　狎，　　　　　不　须　檀　板　共　金　樽。

　　｜　｜　－　－　｜　•　•　｜　变格3
ﾌ23　ﾌ25　¯5　＿12　ﾌ20　＿7　ﾍ17　　ﾍ5　¯7　¯14　ﾌ15　ﾍ2　＿12　¯12

　　这首咏梅诗的绝唱，是真隐士的精灵，作者的人格象征。领联是所有写梅花的诗词中最好的两句，把梅花的气质风韵写尽写绝了："疏影"呈现了她稀疏的特点，"暗香"散发了她清幽的芬芳，"横斜"描绘了她婀娜的姿态，"浮动"写出了她飘忽的神韵。她能使飞鸟偷眼顾盼，让粉蝶失魂落魄。那静谧的意境，朦胧的月色，疏疏的梅影，缕缕的清香，只有动情的低吟慢诵，才可与她相近相亲，檀板金樽的世俗喧闹不配前来凑趣。没有高洁的品格，没有高雅的情操，怎能如此神妙地写出梅花这种独特的风韵，怎能如此深知她的品性而引为千古知己？所以这两句诗成为千古绝唱，一直为后来众人称颂。欧阳修说："前世咏梅者多矣，未有此句也。"姜夔则把咏梅的二阙自度词调命名为"疏影"、"暗香"。

池口风雨留三日

宋　黄庭坚

孤　城　三　日　风　吹　雨，　　　　　小　市　人　家　只　菜　蔬。
－　－　－　｜　－　｜　－　　　　　　｜　｜　－　－　｜　｜　。
¯7　＿8　＿13　ﾍ4　¯1　¯4　ﾌ7　　　　ﾌ17　ﾌ4　¯11　＿6　ﾌ4　ヽ11　¯6

水　远　山　长　双　属　玉，　　　　　身　闲　心　苦　一　春　锄。
｜　｜　－　｜　－　｜　｜　　　　　　－　－　－　｜　－　－　。
ﾌ4　ﾌ13　¯15　＿7　¯3　ﾍ2　ﾍ2　　　¯11　¯15　＿12　＿7　ﾍ4　¯2　¯6

翁　从　旁　舍　来　收　网，　　　　　我　适　临　渊　不　羡　鱼。
－　－　－　｜　－　｜　｜　　　　　　｜　｜　－　｜　｜　｜　。
¯1　¯2　＿7　ﾍ22　¯10　＿11　ﾌ22　　ﾌ20　ﾍ11　＿12　＿1　ﾍ5　ヽ17　¯6

俯　仰　之　间　已　陈　迹，　　　莫　窗　归　了　读　残　书。
∣　∣　一　一　∣　·　∣　变格3　∣　一　∣　∣　∣　∣　。
√7　√22　‾4　‾15　√4　‾11　↘11　　↘10　‾3　‾5　‾17　↘1　‾14　‾6

本诗描写旅途中的见闻杂感，表现出不慕荣利，以读书人自娱的人生态度，在悠闲旷达的笔调中隐隐透出内心的苦闷和不平。上半首在写景中抒情，下半首在记叙中抒情。人生无常，皆要"陈迹"，还是"不羡鱼"、"读残书"，到书中去寻找乐趣吧。（"莫"即"暮"。）

雪夜感旧

宋　陆　游

江　月　亭　前　桦　烛　香，　　　龙　门　阁　上　驮　声　长。
∣　一　一　∣　∣　∣　。　　　∣　∣　∣　·　∣　一　一　变格1
‾3　↘6　＿9　＿1　↘22　↘2　＿7　　‾2　‾13　↘10　↘23　＿5　＿8　＿7

乱　山　古　驿　经　三　折，　　　小　市　孤　城　宿　两　当。
∣　一　∣　∣　∣　∣　∣　　　∣　∣　一　∣　∣　∣　∣
↘15　‾15　√7　↘11　＿9　＿13　↘9　　√17　√4　‾7　＿8　↘1　√22　＿7

晚　岁　犹　思　事　鞍　马，　　　当　时　那　信　老　耕　桑。
∣　∣　一　一　∣　·　∣　变格3　　一　一　∣　∣　∣　∣　。
√13　↘8　＿11　‾4　·4　‾14　√21　　＿7　‾4　√20　＿12　√19　＿8　＿7

绿　沉　金　锁　俱　尘　委，　　　雪　洒　寒　灯　泪　数　行。
∣　∣　一　∣　一　∣　∣　　　∣　一　∣　∣　一　∣　一
↘2　＿12　＿12　√20　‾7　‾11　√4　　↘9　√21　‾14　＿10　↘4　‾7　＿7

诗的前半忆旧，轻快流畅；后半写今，沉郁悲慨。但都十分真实地描绘了诗人不同时期的思想风貌，不同之中又有着共同的基础，那就是诗人永不衰竭的报国热忱。正因为如此，两种风调，两种笔势，浑然成篇，相互烘托，达到了水乳交融、相得益彰的境界。

风雨中诵潘邠老诗

宋　韩　淲

满　城　风　雨　近　重　阳，　　　独　上　吴　山　看　大　江。

```
    |  —  —  |  —  —           |  —  —  —  |  |  。
   ∨14 _8 ⁻1 ∨7 ﹨13 ⁻2 _7      ﹨1 ﹨23 ⁻7 ⁻15 ﹨15 ﹨21 ⁻3  出韵
    老 眼 昏 花 忘 远 近，          壮 心 轩 豁 任 行 藏。
    |  |  —  —  !  |  | 变格2     |  —  —  —  |  |  。
   ∨19 ∨15 ⁻13 _6 ﹨23 ∨13 ﹨13    ﹨23 _12 ⁻13 ﹨7 ﹨27 _8 _7
    从 来 野 色 供 吟 兴，          是 处 秋 光 合 断 肠。
    —  —  |  —  —  |  |           |  —  —  —  |  |  。
   ⁻2 _10 ∨21 ﹨13 ⁻2 _12 ﹨25     ∨4 ﹨6 _11 _7 ﹨15 ﹨15 _7
    今 古 骚 人 乃 如 许，          暮 潮 声 卷 入 苍 茫。
    —  —  |  —  —  !  · 变格3     |  —  —  —  |  |  。
   _12 ∨7 _4 ⁻11 ∨10 ⁻6 ∨6       ﹨7 _2 _8 ∨16 ﹨14 _7 _7
```

　　潘邠老即北宋诗人潘大临，字邠老，他以"满城风雨近重阳"一句名闻遐迩，且续作频频。韩淲续之本诗，别开生面，堪称杰作。首联次句气势不凡，足与潘句之劲健豪迈相当，且顺畅自如，铢两悉称。中两联抒发抱负无法施展的悲慨，一气流转，感情充沛，如高峡急湍，不可遏制。尾以景语结，回应篇首，荡气回肠，震撼人心。

过零丁洋

宋　文天祥

```
    辛 苦 遭 逢 起 一 经，          干 戈 寥 落 四 周 星。
    —  |  —  —  |  |  。          —  —  —  |  |  —  |  。
   ⁻11 ∨7 _4 ⁻2 ∨4 ﹨4 _9        ⁻14 _5 _2 ﹨10 ﹨4 _11 _9
    山 河 破 碎 风 飘 絮，          身 世 浮 沉 雨 打 萍。
    —  —  |  |  —  —  |           —  —  |  |  —  —  。
   ⁻15 _5 ﹨21 ﹨11 ⁻1 _2 ﹨6      ⁻11 ﹨8 _11 _12 ∨7 ∨21 _9
    惶 恐 滩 头 说 惶 恐，          零 丁 洋 里 叹 零 丁。
    —  —  |  —  —  !  | 变格3     |  —  —  —  |  |  。
   _7 ∨2 ⁻14 _11 ﹨9 _7 ∨2       _9 _9 _7 ∨4 ﹨15 _9 _9
    人 生 自 古 谁 无 死，          留 取 丹 心 照 汗 青！
    —  —  |  |  —  —  |           —  —  —  |  |  —  。
   ⁻11 _8 ﹨4 ∨7 ⁻4 ⁻7 ∨4        _11 ∨7 ⁻14 _12 ﹨18 ﹨15 _9
```

　　颈联中，"惶恐滩"与"零丁洋"两个带有感情色彩的地名自然相对，而又被用来表现作者昨日的"惶恐"与眼前的"零丁"，真是诗史上的绝唱！尾联更以磅礴的气势、高亢的情调收束全篇，表现出他的民族气节和舍生取义的生死观。这联壮语感召了后代多少志士仁人为正义事业而英勇献身！由于结尾高妙，致使全篇由悲而壮，由郁而扬，形成一曲千古不朽的壮歌。

襄城道中
金　路　铎

禾黍低风汝水长，　　　　迟迟驿骑困秋阳。

病躯官事交相碍，　　　　梦雨行云肯借凉？

尽说秋虫不伤稼，　　　　却愁苛政苦于蝗。

诗成应被西山笑，　　　　己炙眉头尚否臧。

　　这是一首反映金中叶以后，地方长官横征暴敛、人民生活痛苦不堪的诗。颈联是金诗名句，诗人指出：苛政之害甚于蝗虫之害，百姓的疾苦主要来自人祸而不是天灾。这同孔子"苛政猛于虎"十分相似，足见"苛政"是数千年中国封建社会的顽疾。

题　画
明　沈　周

嫩黄杨柳未藏鸦，　　　　隔岸红桃半著花。

开眼阑干接平楚，　　　　夹洲亭馆跂长沙。

‾10 ∨15 ‾14 ‾14 ∧16 ＿8 ∨6　　　∧17 ＿11 ＿9 ∨14 ∖4 ＿7 ＿6

悠　悠　鱼　泳　知　人　乐，　　故　故　鸥　飞　照　虆　华。

— — — | — — |　　　　| | — — | | 。

＿11 ＿11 ‾6 ∖24 ‾4 ‾11 ∧10　　　∨7 ∨7 ＿11 ‾5 ∖18 ∖12 ＿6

如　此　风　光　真　入　画，　　自　然　吾　亦　爱　吾　家。

— | | — — — |　　　　— — — | — — 。

‾6 ∨4 ‾1 ＿7 ‾11 ∧14 ∖10　　　∖4 ＿1 ‾7 ∧11 ∖11 ‾7 ＿6

　　一首题画诗,诗人还特意强调"如此风光真入画",这岂非多余;但"自然吾亦爱吾家",我们才恍然大悟,原来这画中美景,在诗人看来就像是自己可爱的家。循此,我们再回溯上去,前六每一活生生的诗句,都有了崭新的含义。这正如王国维所云,一切景语都是情语。唯其如此,这首《题画》诗才那么引人遐想,给人以美感。

屈原庙
明　梁辰鱼

寒　云　掩　映　庙　堂　门，　　旅　客　秋　来　荐　水　蘩。

— — | | | — 。　　　　| | — — | | 。

‾14 ‾12 ∨28 ∖24 ∖18 ＿7 ‾13　　∨6 ∧11 ＿11 ＿10 ∖17 ∨4 ‾13

山　鬼　暗　吹　青　殿　火，　　灵　儿　昼　舞　白　霓　旛。

— | | — — | |　　　　— — | | — — 。

‾15 ∨5 ∖28 ‾4 ＿9 ∖17 ∨20　　　＿9 ‾4 ∖26 ∨7 ∧11 ‾8 ‾13

龙　舆　已　逐　峰　头　梦，　　鱼　腹　空　埋　水　底　魂。

— — | | — — |　　　　— | — — | | 。

‾2 ‾6 ∨4 ∧1 ‾2 ＿11 ∖1　　　‾6 ∧1 ‾1 ＿9 ∨4 ∨8 ‾13

斑　竹　丛　丛　杂　芳　杜，　　鹧　鸪　飞　处　欲　黄　昏。

— | — — | ·· | 变格3　　　| | — | | — 。

‾15 ∧1 ‾1 ‾1 ＿15 ＿7 ∨7　　　∖22 ‾7 ‾5 ∨6 ∧2 ＿7 ‾13

　　本诗从进庙写到出庙,情随境转,步步深入,起承转合,井然有序,可见诗人用笔的娴熟。诗中景切意圆,言近旨远;最后以景结情,情蓄景中,意含墨外,格力尤高,充分表达了作为传奇大家的诗人对屈原的敬仰之情。

咏 钱

清 袁 枚

人 生 薪 水 寻 常 事，   动 辄 烦 君 我 亦 愁。

| — | | | | — |。

¯11 ˍ8 ¯11 ˅4 ˍ12 ˍ7 ˋ4   ˋ1 ˎ16 ¯13 ¯12 ˅20 ˎ11 ˍ11

解 用 何 尝 非 俊 物，   不 谈 未 必 定 清 流。

| | — — ¯ — |

˅9 ˅2 ˍ5 ˍ7 ¯5 ˍ12 ˎ5   ˎ5 ˍ13 ˋ5 ˎ4 ˋ25 ˍ8 ˍ11

空 劳 姹 女 千 回 数，   屡 见 铜 山 一 夕 休。

— | ˋ ˅ ˍ ¯ ˅

¯1 ˍ4 ˋ22 ˅6 ˍ1 ¯10 ˅7   ˋ7 ˋ17 ¯1 ¯15 ˎ4 ˎ11 ˍ11

拟 把 婆 心 向 天 奏，   九 州 添 设 富 民 侯。

| | — | . | 变格3 | — — | — | |。

˅4 ˅21 ˍ5 ˍ12 ˋ23 ˍ1 ˋ26   ˋ25 ˍ11 ˍ14 ˅9 ˎ26 ¯11 ˍ11

作为乾嘉诗坛大教主的袁枚是个勇于表达自己独立见解的人，在中国思想史上是应该占有一席之地的。他对金钱的观点是辩证的、全面的：一、要正视钱在社会、生活中的作用；二、正视但不要狂热，不要因钱而使自己变态；三、钱本身没有什么趣味，生不带来、死不带走，钱的作用太大不是好现象；四、最好是大家富裕、人人有钱。本诗中，就集中表现了他的这些观点，逐联转折，逐步升华。

秋 夕

清 黄景仁

桂 堂 寂 寂 漏 声 迟，   一 种 秋 怀 两 地 知。

| — | | | — ¯ | | — | | — ¯

ˋ8 ˍ7 ˎ12 ˎ12 ˋ26 ˍ8 ˍ4   ˎ4 ˅2 ˍ11 ¯9 ˅22 ˋ4 ˍ4

美 尔 女 牛 逢 隔 岁，   为 谁 风 露 立 多 时？

| | — — ¯ | | | — — | — — |

ˋ17 ˅4 ˅6 ˍ11 ¯2 ˎ11 ˋ8   ˋ4 ¯4 ¯1 ˍ7 ˎ14 ˍ5 ˍ4

心 如 莲 子 常 含 苦，   愁 似 春 蚕 未 断 丝。

— | — | — | | — | — | | | — ¯

ˍ12 ¯6 ˍ1 ˅4 ˍ7 ˍ13 ˅7   ˍ11 ˅4 ¯11 ˍ13 ˋ5 ˋ15 ˍ4

判　逐　幽　兰　共　颓　化，　　　　　此　生　无　分　了　相　思。
｜　｜　—　—　｜　·　｜　变格3　　　｜　—　｜　—　｜　｜　。
ˇ15　ʌ1　‾11　‾14　ˇ2　‾10　ˇ22　　　ˇ4　‾8　‾7　ˇ13　ˇ17　‾7　‾4

这是一首哀感顽艳的情诗，全诗有李商隐诗的痕迹：首联源李诗"昨夜星辰昨夜风，画楼西畔桂堂东"（97），颔联源李诗"怅望银河吹玉箫，楼寒院冷接平明"（367），颈联源李诗"春蚕到死丝方尽，蜡炬成灰泪始干"（99），尾联源李诗"直道相思了无益，未妨惆怅是清狂"（319）。但李诗朦胧神秘，晦涩费解；本诗则一气流走，晶莹透明。

秋心三首(其一)

近代　龚自珍

秋　心　如　海　复　如　潮，　　　　　但　有　秋　魂　不　可　招。
—　—　｜　｜　—　｜　。　　　　　　　｜　｜　—　—　｜　｜　。
‾11　‾12　‾6　ˇ10　ʌ1　‾6　‾2　　　ˇ14　ˇ25　‾11　‾13　ʌ5　ˇ20　‾2

漠　漠　郁　金　香　在　臂，　　　　　亭　亭　古　玉　佩　当　腰。
｜　｜　｜　—　—　｜　｜　　　　　　　—　—　｜　｜　｜　—　—　。
ʌ10　ʌ10　ʌ1　‾12　‾7　ˇ11　ˇ4　　　‾9　‾9　ˇ7　ʌ2　ˇ11　‾7　‾2

气　寒　西　北　何　人　剑？　　　　　声　满　东　南　几　处　箫？
｜　—　—　｜　—　—　｜　　　　　　　—　｜　—　—　｜　｜　—　。
ˇ5　‾14　‾8　ˇ13　‾5　‾11　ˇ30　　　‾8　ˇ14　‾1　‾13　ˇ5　ˇ6　‾2

斗　大　明　星　烂　无　数，　　　　　长　天　一　月　坠　林　梢。
｜　｜　—　—　｜　·　｜　变格3　　　—　—　｜　｜　｜　—　—　。
ˇ25　ˇ21　‾8　‾9　ˇ15　‾7　ˇ7　　　‾7　‾1　ʌ4　ʌ6　ˇ4　‾12　‾2

宦海沉沦，故人星散云逝，使诗人心潮澎湃，不能自已，于是写下《秋心》三首，悼念亡友，自伤沦落。本诗颔联学习屈原《离骚》香草美人的象征手法，"香在臂"、"佩当腰"分别寓己有美好的品德、高洁的情操。颈联更是屈原式的《天问》，"剑气"与"箫声"是诗人一生生活与思想的两个对立统一的侧面，前者指追求理想、豪放慷慨的一面，后者指壮志难酬、幽怨低回的一面。诗人一生就处于这两个侧面之间，如他的《湘月》词所云："怨去吹箫，狂来说剑。"

自题《磨剑室诗集》后
现代 柳亚子

剑 态 箫 心 不 可 羁，　　　已 教 终 古 负 初 期。
| | | | | | 。　　　| | | | | | 。
＼30 ＼11 _2 _12 ＼5 ∨20 ⁻4　　　∨4 _3 ⁻1 ∨7 ＼25 ⁻6 ⁻4

能 为 顽 石 方 除 恨，　　　便 作 词 人 亦 大 痴。
— — ⁻ | — — |　　　| | — — | | 。
_10 ⁻4 ⁻15 ＼11 _7 ⁻6 ＼14　　　∨17 ＼10 ⁻4 ⁻11 ＼11 ＼21 ⁻4

但 觉 高 歌 动 神 鬼，　　　不 妨 入 世 任 妍 媸。
| | | | | · | 变格3　　　| | | — — | 。
∨14 ＼3 _4 _5 ∨1 ⁻11 ∨5　　　＼5 _7 ＼14 ＼8 ＼27 _1 ⁻4

只 惭 洛 下 书 生 咏，　　　洒 泪 新 亭 又 一 时。
| | | | | | 。　　　| | | — | | 。
∨4 _13 ＼10 ＼22 ⁻6 _8 ＼24　　　∨21 ＼4 ⁻11 _9 ＼26 ＼4 ⁻4

　　本篇是诗人自题诗词集之作，风格与龚自珍相近。但龚之剑与箫是他具有启蒙思想的亦刚亦柔、亦狂亦狷人格的象征；而柳的"剑态箫心"，指的是他奋起推翻满清王朝统治的革命之志和未能驱逐鞑虏、恢复中华的怨痛之情，较之龚诗虽面目相似，实本质不同。全诗笔法严谨，诗情郁勃，如毛泽东语"读之使人感发兴起"。

万民血肉筑长城
现代 陈丹初

卢 沟 桥 撼 海 东 鲸，　　　澎 湃 风 潮 震 旧 京。
⁻ ⁻ | | — ⁻ |　　　— | ⁻ | ⁻ | 。
⁻7 _11 _2 ∨27 ⁻10 ⁻1 _8　　　⁻8 ＼10 ⁻1 _2 ＼12 ＼26 _8

遂 使 三 忠 化 猿 鹤，　　　剧 怜 再 战 央 幽 并。
| | — — | · | 变格3　　　| — | | · — — 变格1
∨4 ∨4 _13 ⁻1 ＼22 ⁻13 ＼10　　　＼11 _1 ＼11 ＼17 _7 _11 _8

平 型 暂 阻 长 驱 下，　　　保 定 旋 看 小 丑 横。
— — | | — — |　　　| | — ⁻ | | 。
_8 _9 ＼28 ∨6 _7 ⁻7 ＼22　　　∨18 ＼25 _1 ⁻14 ∨17 ∨25 _8

吟 罢 召 旻 哀 故 国，　　　万 民 血 肉 筑 长 城。

—　│　│　—　—　│　│　　　　　│　—　│　│　│　—　。
_12 、22 、18 ⁻11 ⁻10 ⁻7 λ13　　　　、14 ⁻11 λ9 λ1 λ1 _7 _8

本诗记述了 1937 年"七·七"事变时期的形势,歌颂了"三忠"(爱国将领佟麟阁军长、赵登禹师长,杨芳桂团长)和在 1937 年 7 月 25 日平型关战役中获得胜利的八路军,第一次呼喊出"万民血肉筑长城"的吼声,诗人的爱国之心、民族之情溢于言表,成为一篇诗史性的佳作。

送瘟神二首
现代　毛泽东

其　一

绿　水　青　山　枉　自　多,　　　　华　佗　无　奈　小　虫　何!
│　│　—　—　│　│　。　　　　│　│　—　│　│　—　。
λ2 ∨4 _9 ⁻15 ∨22 、4 _5　　　　_6 _4 ⁻7 _9 ∨17 ⁻1 _5

千　村　薜　荔　人　遗　矢,　　　　万　户　萧　疏　鬼　唱　歌。
—　—　│　│　—　│　│　　　　│　│　—　—　│　│　—
_1 ⁻13 、8 、8 ⁻11 ⁻4 ∨4　　　　、14 ∨7 _2 ⁻6 ∨5 、23 _5

坐　地　日　行　八　万　里,　　　　巡　天　遥　看　一　千　河。
│　│　│　│　—　·　│　变格2　　　　—　—　·　│　—　—　对句补救
、21 、4 λ4 _8 、8 、14 ∨4　　　　⁻11 _1 _2 、15 λ4 _1 _5

牛　郎　欲　问　瘟　神　事,　　　　一　样　悲　欢　逐　逝　波。
—　—　│　│　—　—　│　　　　│　│　—　—　│　│　—
_11 _6 λ2 、14 ⁻13 ⁻11 、4　　　　λ4 、23 ⁻4 ⁻14 λ1 、8 _5

　　本诗第五句的参照格式是①│⊖——││,根据王力先生的观点,该句第五字宜平而仄,但第三字不为平声、未满足变格 2 条件(4),因而为拗句。吴秋阳先生《毛泽东诗词·格律鉴赏》(珠海出版社 1999 年 9 月第 1 版)第 70 页:"第五句中的第五字用了仄声,第三字一般就要用平声而不用仄声的,现在用了仄声,是拗句,那么就在对句相应的第三字位置,用个平声加以补救。毛泽东诗根据内容的需要,创造性地运用这个拗救句式"。本书采纳吴秋阳的观点,把该句作变格 2 看待,也算毛泽东的一个创造发展吧。又本诗与第二首紧密相连,故放在一起介绍。

其 二

春 风 杨 柳 万 千 条，　　六 亿 神 州 尽 舜 尧。
　│　─　─　│　│　─　　。　　│　│　─　│　│　─　。
¯11 ¯1 ˍ7 ˅25 ˎ14 ˍ1 ˍ2　　ˎ1 ˎ13 ¯11 ˍ11 ¯11 ˎ12 ˍ2

红 雨 随 心 翻 作 浪，　　青 山 着 意 化 为 桥。
　─　│　─　│　─　│　│　　　─　─　│　│　│　─　。
¯1 ˅7 ¯4 ˍ12 ¯13 ˎ10 ˅23　　ˍ9 ¯15 ˎ10 ˎ4 ¯22 ¯4 ˍ2

天 连 五 岭 银 锄 落，　　地 动 三 河 铁 臂 摇。
　─　─　│　│　─　─　│　　　│　│　─　─　│　│　。
ˍ1 ˍ1 ˅7 ˅23 ¯11 ¯6 ˎ10　　ˎ4 ˅1 ˍ13 ˍ5 ˎ9 ˎ4 ˍ2

借 问 瘟 君 欲 何 往，　　纸 船 明 烛 照 天 烧。
　│　│　─　─　│　·　·　　变格3　　│　─　─　│　│　─　。
˅22 ˎ13 ¯13 ˍ12 ˎ2 ˍ5 ˅22　　ˎ4 ˍ1 ˍ8 ˎ2 ˎ18 ˍ1 ˍ2

诗前有序："读六月三十日《人民日报》，余江县消灭了血吸虫。浮想联翩，夜不能寐。微风拂煦，旭日临窗。遥望南天，欣然命笔。"可见写于 1958 年 7 月 1 日本组诗作者的欣喜心情。诗中想象新奇超拔，历史、现实、风物、习俗交赴腕下，天文、地理、科学、神话尽为驱遣，激情澎湃，画意鲜明。两诗有机一体，处处呼应，中心突出；而又相对成章，层次分明，笔法严整。诗的声调节奏随着思想感情的发展而起伏变化，曲尽吞吐之妙，很能激荡人心。

答 友 人
现代　毛泽东

九 嶷 山 上 白 云 飞，　　帝 子 乘 风 下 翠 微。
　│　│　─　│　│　─　│　　　│　│　─　│　│　│　。
˅25 ¯4 ¯15 ˎ23 ˎ11 ¯12 ˍ5　　ˎ8 ˅4 ˍ10 ˍ1 ¯22 ˎ4 ¯5

斑 竹 一 枝 千 滴 泪，　　红 霞 万 朵 百 重 衣。
　─　│　│　│　─　│　│　　　─　─　│　│　│　─　。
¯15 ˎ1 ˎ4 ¯4 ˍ1 ˎ12 ˎ4　　¯1 ˍ6 ˎ14 ˅20 ˎ11 ˍ2 ¯5

洞 庭 波 涌 连 天 雪，　　长 岛 人 歌 动 地 诗。
　│　─　│　│　─　─　│　　　─　│　─　│　│　│　。
ˎ1 ˍ9 ˍ5 ˅2 ˍ1 ˍ1 ˎ9　　ˍ7 ˅19 ¯11 ˍ5 ˅1 ˎ4 ¯4 出韵

我　欲　因　之　梦　廖　廓，　　　　芙　蓉　国　里　尽　朝　晖。
| | — — ↓ · | 变格3　　　　　— — | | | | 。
↘20 ↗2 ˉ11 ˉ4 ↘1 ˍ2 ↗10　　　　ˉ7 ˍ2 ↗13 ↗4 ↘11 ˍ2 ˍ5

本诗写作者对湖南的怀念和祝愿。友人即周世钊，周当时任湖南省副省长。1961年12月26日作者给周的信中，讲到本诗引用五代谭用之《秋宿湘江遇雨》(459)"秋风万里芙蓉国，暮雨千家薜荔村"和岳麓山联语"西南云气开衡岳，日夜江声下洞庭"两联以后说："同志，你处在这样的环境中，岂不妙哉？"可以跟本诗印证。

中秋无月
现代　钱仲联

八　年　万　户　盼　团　圆，　　　　何　意　云　阴　此　夕　漫？
| — | | | — 。　　　　— | — — | | 。
↗8 ˍ1 ↘14 ↗7 ↘16 ˉ14 ˉ14　　　ˍ5 ↘4 ˉ12 ˍ12 ↗4 ↘11 ˉ14

佇　有　清　辉　隔　天　海，　　　　依　然　兵　气　涨　林　峦。
| | — — | — | 变格3　　　— | — | | — — 。
↗11 ↗25 ˍ8 ˉ5 ↗11 ˍ1 ↗10　　　ˍ5 ˍ1 ˍ8 ↗5 ↘23 ˍ12 ˉ14

山　河　大　地　虽　云　复，　　　　风　露　青　冥　奈　尔　寒。
— — | | — — | 　　　　　— | — — | | — 。
ˉ15 ˍ5 ↘21 ↗4 ˉ4 ˉ12 ↗1　　　ˉ1 ↘7 ˍ9 ˍ9 ↘9 ↗4 ˉ14

负　尽　霄　游　儿　女　约，　　　　强　扶　红　袖　倚　栏　杆。
| | — — | | 。　　　　　— — | | | — — 。
↗25 ↗11 ˍ2 ˉ11 ˉ4 ↗6 ↗10　　　ˉ7 ˉ7 ˉ1 ↘26 ↗4 ˉ14 ˉ14

本诗写于1945年秋，历尽艰难的八年抗战终于结束，亿万人民盼来了胜利后的第一个中秋节，但明月却被浓黑的阴云所遮盖。诗人借景抒怀，站在人民立场上指斥企图发动内战之祸首。诗人紧密联系时代，反映现实，托讽遥深，堪为史鉴。

题钱钟书先生《管锥篇》
当代　周振甫

高　文　俪　绮　数　谁　能，　　　　读　艺　今　居　最　上　层。
— — | | | — — 。　　　　| | — — | | — 。

_4 ‾12 ﹨8 ∨7 ∨7 ‾4 _10　　　　λ1 ﹨8 _12 ‾6 ﹨9 ﹨23 _10

已　探　骊　珠　游　八　极，　　　更　添　神　智　耀　千　灯。

｜　｜　｜　—　—　｜　｜　　　　｜　—　—　｜　｜　—

∨4 ﹨28 ‾8 ‾7 _11 λ8 λ13　　　　﹨24 _14 ‾11 ﹨4 ﹨18 _1 _10

九　州　论　学　应　难　继，　　　异　域　怜　才　尚　有　朋。

｜　—　｜　｜　—　—　｜　　　　｜　｜　—　—　｜　｜　—

∨25 _11 ﹨14 λ3 _10 ‾14 ﹨8　　　　﹨4 λ13 _1 ‾10 ﹨23 ∨25 _10

试　听　箫　韶　奏　鸣　凤，　　　起　看　华　夏　正　中　兴。

｜　｜　｜　—　—　｜　！　· 　变格3　　｜　—　—　｜　｜　—

∨4 ﹨25 _2 _2 ﹨26 _8 ﹨1　　　　∨4 ‾14 _6 ﹨22 ﹨24 ‾1 _10

　　《管锥篇》是钱钟书先生继《谈艺录》后又一部学术著作。书中对《诗经》、《楚辞》、《易经》、《老子》、《左传》、《史记》、《太平广记》、《全上古秦汉三国六朝文》等古籍作了新的考释，而且披沙拣金、钩玄提要、刊谬钩沉、辨析毫艺、熔古铸金，做了许多有创见的赓扬，而且将中西文化和文学做了许多有意义的比较和研究，融广博知识与精卓见解于一体。1979年该书出版后，蜚声海内外，享誉极广，有些国际友人还把钱钟书先生称做中国的国宝。本诗对这部书给予了极高的评价。当时正当党的十一届三中全会召开，诗作唱出了千万知识分子的心声。全诗语淡情深、朴实无华的语言生动形象地表达了作者对《管锥篇》的无限挚爱之深情。

四、七　绝

凉州词
唐　王之涣

黄　河　远　上　白　云　间，　　　一　片　孤　城　万　仞　山。

｜　｜　｜　—　—　｜　｜　　　　｜　—　—　｜　｜　—

_7 _5 ∨13 ﹨23 λ11 ‾12 ‾15　　　　λ4 ﹨17 ‾7 _8 ﹨14 ﹨12 ‾15

羌　笛　何　须　怨　杨　柳，　　　春　风　不　度　玉　门　关。

—　｜　｜　—　—　｜　！　·　｜　变格3　　—　—　｜　｜　—

_7 λ12 _5 ‾7 ﹨14 _7 ∨25　　　　‾11 ‾1 λ5 ﹨7 λ2 ‾13 ‾15

　　本诗怨而不颓，悲不失壮，是"唐音"的典型代表，在当时就是广为传唱的名篇。王之涣另有"黄河入海流"(42)和李白"黄河之水天上来"(949)，都是着意渲染黄河一泻千里的气派，表现的是动态美；而本诗中"黄河远上白云间"，意在突出其源远流长的闲远仪态,表现的是静态美。这些描绘祖国大好河山的千古妙句都一直为后人广为传诵。

闻王昌龄左迁龙标,遥有此寄
唐 李 白

杨 花 落 尽 子 规 啼,　　　　闻 道 龙 标 过 五 溪。
— — | | — — 。　　　　— | — | | | 。
_7 _6 ∧10 ∨11 ∨4 ‾4 ‾8　　　　‾12 ∨19 ‾2 _2 ∖21 ∨7 ‾8

我 寄 愁 心 与 明 月,　　　　随 风 直 到 夜 郎 西。
| | — — | — | 变格3　　　　— — | | | — 。
∨20 ∖4 _11 _12 ∨6 _8 ∧6　　　　‾4 ‾1 ∧13 ∖20 ∖22 _7 ‾8

诗人通过丰富的想象,使本来无知无情的明月,变成了一个了解自己,富于同情的知心人,她能够而且愿意接受自己的要求,将自己对朋友的怀念和同情带到辽远的夜郎之西,交给那不幸的迁谪者。她,是何等地多情啊!

江南逢李龟年
唐 杜 甫

岐 王 宅 里 寻 常 见,　　　　崔 九 堂 前 几 度 闻。
— — | | — — | 　　　　— | — | | | 。
‾4 _7 ∧11 ∨4 _12 _7 ∖17　　　　‾10 ∨25 _7 _1 ∨5 ∖7 ‾12

正 是 江 南 好 风 景,　　　　落 花 时 节 又 逢 君。
| | — — | — | 变格3　　　　| — — | | | — 。
∖24 ∨4 ‾3 _13 ∨19 ‾1 ∨23　　　　∧10 _6 ‾4 ∧9 ∖26 ‾1 ‾12

这是杜甫绝句中最有情韵,最富含蕴的一篇。只二十八字,却包含着丰富的时代生活内容。如果诗人当年围绕安史之乱的前前后后写一部回忆录,本诗是可用来题卷的。绝句这种短小的体裁,可有巨大的容量,也可达到举重若轻、浑然无迹的境界。

写　情
唐　李　益

水　纹　珍　簟　思　悠　悠，　　　　千　里　佳　期　一　夕　休。
｜　｜　－　｜　－　－　·　　变格1　　－　－　－　｜　－　·　。
√4　⁻12　⁻11　√28　⁻4　＿11　＿11　　　＿1　√4　⁻9　⁻4　λ4　λ11　＿11

从　此　无　心　爱　良　夜，　　　　任　他　明　月　下　西　楼。
－　｜　－　－　｜　·　·　｜　变格3　－　－　－　｜　｜　｜　。
⁻2　√4　⁻7　＿12　√11　＿7　√22　　　√27　＿5　＿8　λ6　√22　⁻8　＿11

　　本诗写恋人失约后的痛苦心情。以乐景写哀，倍增其哀。用"良夜"、"明月"来烘托、渲染愁情，孤独、怅惘之情更显突出，更含蓄，更深邃。

石　头　城
唐　刘禹锡

山　围　故　国　周　遭　在，　　　　潮　打　空　城　寂　寞　回。
－　｜　｜　｜　－　－　－　　　　　－　｜　－　－　｜　｜　。
⁻15　⁻5　√7　λ13　＿11　＿4　√11　　　＿2　√21　⁻1　＿8　λ12　λ10　⁻10

淮　水　东　边　旧　时　月，　　　　夜　深　还　过　女　墙　来。
－　｜　－　－　｜　·　·　｜　变格3　－　－　－　｜　｜　｜　。
⁻9　√4　⁻1　＿1　√26　⁻4　λ6　　　√22　＿12　⁻15　√21　√6　＿7　⁻10

　　这是金陵怀古咏史诗中写得又早又好的一篇，在悲恨相续的史实中包含极深的历史教训。白居易读后，赞美道："我知后之诗人无复措词矣。"后来有些金陵怀古诗词受它的影响，化用它的意境词语，恰也成为名篇。如元萨都剌《念奴娇》词中"指点六朝形胜地，惟有青山如壁。……伤心千古，秦淮一片明月。"

离思五首（其四）
唐　元　稹

曾　经　沧　海　难　为　水，　　　　除　却　巫　山　不　是　云。
－　－　－　－　－　－　｜　　　　　－　｜　－　－　｜　｜　。
＿10　＿9　＿7　√10　⁻14　⁻4　√4　　　⁻6　λ10　⁻7　⁻15　λ5　√4　⁻12

取　次　花　丛　懒　回　顾，　　　　　半　缘　修　道　半　缘　君。

| — | | — — | | 变格3

ˇ7　ˋ4　_6　⁻1　ˇ14　⁻10　ˋ7　　　　ˋ15　_1　_11　ˇ19　ˋ15　_1　⁻12

这首悼念亡妻韦丛的绝句，取譬极高，抒情强烈，用笔巧妙。前两句以极至的比喻写怀旧悼亡之情，"沧海"、"巫山"，词意豪壮，有悲歌传响、江河奔腾之势。后两句中，"懒回顾"、"半缘君"，顿使语势舒缓下来，转为曲婉深沉的抒情。张驰自如，变化有致，形成一种跌宕起伏的旋律。就全诗情调而论，言情而不庸俗，瑰丽而不浮艳，悲壮而不低沉，创造了唐人悼亡绝句中的绝胜境界。前两句尤为人称颂，是赞美夫妻之间恩爱之情的无与伦比的最美丽的诗句。

闺意献张水部
唐　朱庆馀

洞　房　昨　夜　停　红　烛，　　　　待　晓　堂　前　拜　舅　姑。

| — | | — — |　　　　　| | — — | | 。

ˋ1　_7　ˋ10　ˋ22　_9　⁻1　ˋ2　　　ˇ10　ˇ17　_7　_1　ˋ10　ˇ25　⁻7

妆　罢　低　声　问　夫　婿，　　　　画　眉　深　浅　入　时　无？

— | — — | — | 变格3　　| — — | | | 。

_7　ˋ22　⁻8　_8　_13　⁻7　ˋ8　　　ˋ10　⁻4　_12　ˇ16　ˋ14　ˋ4　⁻7

以夫妻或男女爱情关系比拟君臣、朋友、师生等社会关系，乃是我国古典诗歌从《楚辞》开始并在其后得到发展的一种传统表现手法。仅仅作为"闺意"，本诗已经非常完整、优美动人了。但作者以新妇自比，以新郎比擅长文学而又乐于提携后进的与韩愈齐名的官水部郎中的张籍，以公婆比主考，写下了这首充满不安和期待的诗。张籍则在《酬朱庆馀》中写道："越女新妆出镜心，自知明艳更沉吟。齐纨未足时人贵，一曲菱歌敌万金。"朱的献诗写得好，张的答诗写得妙，可谓珠联璧合，千年来传为诗坛佳话。

金谷园
唐　杜牧

繁　华　事　散　逐　香　尘，　　　　流　水　无　情　草　自　春。

— — | | | — 。　　　　— | — — | | 。

‾13 ⌄6 ╲4 ╲15 ⋏1 ⌄7 ‾11　　　　‾11 ╲4 ‾7 ⌄8 ╲19 ╲4 ‾11

日 暮 东 风 怨 啼 鸟，　　　　落 花 犹 似 坠 楼 人。

｜ ｜ － － ⌐ ｜ 变格3　　　｜ ｜ － ｜ ｜ ｜ ⌐

╲4 ╲7 ‾1 ‾1 ╲14 ⌄8 ⌄17　　　　╲10 ⌄6 ‾11 ╲4 ╲4 ‾11 ‾11

作为权贵玩物的绿珠，为石崇而死是毫无价值的，但她的不能自主的命运是同落花一样令人可怜的。诗人这一联想，不仅是"坠楼"与"落花"外观上有可比之处，而且揭示了绿珠这个人和"花"在命运上有相通之处。比喻贴切自然，意味隽永。

谒 山
唐 李商隐

从 来 系 日 乏 长 绳，　　　　水 去 云 回 恨 不 胜。

－ － ｜ ｜ － － ⌐　　　　｜ ｜ － ｜ ｜ ｜ ⌐

‾2 ‾10 ╲8 ╲4 ⋏17 ⌄7 ‾10　　　⌄4 ╲6 ‾12 ‾10 ╲14 ⋏5 ‾10

欲 就 麻 姑 买 沧 海，　　　　一 杯 春 露 冷 如 冰。

｜ ｜ － ｜ ｜ ⌐ ｜ 变格3　　｜ ｜ － ｜ ｜ ｜ ⌐

⋏2 ╲26 ⌄6 ‾7 ⌄9 ⌄7 ⌄10　　　╲4 ‾10 ‾11 ⌄7 ⌄23 ‾6 ‾10

"欲就麻姑买沧海"奇异而大胆的幻想，"一杯春露冷如冰"奇幻而瑰丽的想象，充分体现出诗人的艺术想象力和创造力。把登高山望见日落、水去、云回的景象有感而作，将一个古老的题材写得这样新奇浪漫，富有诗情，正如和诗人同时的李德裕说的一句话来评价："譬诸日月，虽终古常见，而光景常新；此所以为灵物也。"

菊
唐 郑谷

王 孙 莫 把 比 蓬 蒿，　　　　九 日 枝 枝 近 鬓 毛。

－ － ｜ ｜ ｜ － ⌐　　　　｜ ｜ － － ｜ ｜ ⌐

⌐7 ‾13 ╲10 ⌄21 ⌄4 ‾1 ⌐4　　　⌄25 ⋏4 ‾4 ‾4 ╲13 ╲12 ⌐4

露 湿 秋 香 满 池 岸，　　　　由 来 不 羡 瓦 松 高。

｜ ｜ － － － ⌐ ｜ 变格3　　｜ － ｜ ｜ ｜ － ⌐

⌄7 ⋏14 ‾11 ⌐7 ⌄14 ╲4 ╲15　　　‾11 ‾10 ⋏5 ‾17 ⌄21 ╲2 ⌐4

菊花虽生长在沼泽低洼之地，却高洁、清幽，毫不吝惜地把它的芳香献给人们；而瓦松虽踞高位，但在人无用，在物无成。通篇不着一菊字，但句句切合一菊字，句句寄寓着作者的思想感情。菊,就是诗人自己的象征。

雨　晴

唐　王　驾

雨　前　初　见　花　间　蕊,　　　　雨　后　全　无　叶　底　花。
｜　—　—　｜　—　—　｜　　　　｜　｜　—　—　｜　｜　。
ˇ7　_1　‾6　ˋ17　_6　‾15　ˇ4　　　ˇ7　ˋ26　_1　‾7　ˋ16　ˇ8　_6

蜂　蝶　纷　纷　过　墙　去,　　　　却　疑　春　色　在　邻　家。
｜　—　｜　｜　—　！　｜　变格3　｜　｜　—　｜　｜　—　。
‾2　ˋ16　‾12　‾12　ˋ21　_7　ˇ6　　ˋ10　‾4　‾11　ˋ13　ˋ11　‾11　_6

本诗写雨后漫步小园所见的残春之景。诗中摄取的景物很简单,很平常,但平中见奇,饶有诗趣。结句是神来之笔,起了点铁成金的作用,经它点化,小园、蜂蝶、春色,一齐焕发出异样神采。尤其是"春色",似乎真的有脚,她不住自家小园,偏偏跑到邻家,她是多么调皮多么会捉弄人啊!

柳枝词

宋　郑文宝

亭　亭　画　舸　系　春　潭,　　　　直　到　行　人　酒　半　酣。
—　—　｜　｜·　｜　—　—　。　　　｜　｜　—　—　｜　—　—
_9　_9　ˋ10　ˇ20　ˇ8　‾11　_13　　ˋ13　ˋ20　_8　‾11　ˇ25　ˇ15　_13

不　管　烟　波　与　风　雨,　　　　载　将　离　恨　过　江　南。
｜　｜　—　—　！·　·　｜　变格3　｜　｜　—　｜　｜　—　。
ˋ5　ˇ14　_1　_5　ˇ6　‾1　ˇ7　　　ˇ10　_7　‾4　ˋ14　ˋ21　‾3　_13

本诗构思巧妙。尤其末句化无形为有形,使抽象的"离恨"化为有形状的可"载"之物,显得"离恨"具有沉重的分量,压在人的心头。该句对后世诗词创作影响很大。在宋代就有周邦彦《尉迟杯》词云:"无情画舸,都不管、烟波隔南浦。等行人醉拥重衾,载得离恨归去。"李清照《武陵春》词云:"只恐双溪舴艋舟,载不动许多愁!"显然都由此脱化而来。

宿甘露僧舍

宋 曾公亮

枕 中 云 气 千 峰 近，　　床 底 松 声 万 壑 哀。
∣　∣　—　∣　∣　—　∣　　　—　∣　∣　∣　∣　∣。
∨26 ﹣1 ﹣12 ∨5 ﹣1 ﹣2 ∨13　　﹣7 ∨8 ﹣2 ﹣8 ∨14 ∧10 ﹣10

要 看 银 山 拍 天 浪，　　开 窗 放 入 大 江 来。
∣　∣　—　—　∣ ︱ ·∣ 变格3　　—　—　∣　∣　∣　—　—。
∨18 ∨15 ﹣11 ﹣15 ∧11 ﹣1 ∨23　　﹣10 ﹣3 ∨23 ∧14 ∨21 ﹣3 ﹣10

在众多歌咏镇江甘露寺的篇章中，本诗是特别值得提出的。全诗以小含大，由近而远，使这首短小的七绝具有尺幅千里的浩瀚气势。前两句已是浪漫的想象，后两句更有石破天惊之感。"大江是涌进来的吗？不！是我开窗放入大江来的！"这是诗人一刹那的亲切感受，是豪言壮语，千古名句。

饮湖上，初晴后雨二首（其一）

宋 苏 轼

水 光 潋 滟 晴 方 好，　　山 色 空 蒙 雨 亦 奇。
∣　—　∣　∣　—　∣　∣　　　—　∣　—　—　∣　∣　—。
∨4 ﹣7 ∨29 ∨29 ﹣8 ﹣7 ∨19　　﹣15 ∧13 ﹣1 ﹣1 ∨7 ∧11 ﹣4

欲 把 西 湖 比 西 子，　　淡 妆 浓 抹 总 相 宜。
∣　∣　—　—　∣ ︱ ·∣ 变格3　　∣　—　—　∣　∣　—。
∧2 ∨21 ﹣8 ﹣7 ∨4 ﹣8 ∨4　　∨28 ﹣7 ﹣2 ∧7 ∨1 ﹣7 ﹣4

这是苏轼咏西湖大量诗篇中最脍炙人口的一首。它写的不是西湖的一处之景或一时之景，而是对西湖的全面写照和全面评价，因而具有超越时间的艺术生命，是"前无古人，后无来者"的名篇，直到今天，人们凡提到西湖，首先想到的就是本诗。下联这既空灵又贴切的妙喻传出了湖山的神韵，此后，遂成为西湖的定评，人们就以"西子湖"作为西湖的别称。"西湖"、"西子"、"淡妆"、"浓抹"，多么美好的想象啊！"西子"当然就是"西施"啦！

蜡　梅

宋　高　荷

少 熔 蜡 泪 装 应 似，　　　　多 蒸 龙 涎 臭 不 如。

只 恐 春 风 有 机 事，　　变格3　　夜 来 开 破 几 丸 书。

前联从色香两方面刻画蜡梅的外形；后联通过蜡梅开花的过程，写出了蜡梅的神态，使全诗陡然生辉。不但春风被赋予了人的感情，而且蜡梅也显得生机勃勃，在一组活动的镜头中，蜡丸似的花蕾在春风中逐渐绽开，多么美妙啊！

闲居初夏午睡起二绝句（其二）

宋　杨万里

松 阴 一 架 半 弓 苔，　　　　偶 欲 看 书 又 懒 开。

戏 掬 清 泉 洒 蕉 叶，　　变格3　　儿 童 误 认 雨 声 来。

诗人为摆脱成人生活中的种种不惬意，泉洒蕉叶，引起群童的惊诧，聆听到天籁之音，于是寂寞的心灵就在天真的儿童身上获得了由衷的快慰。这善于捕捉活生生的场景，瞬间活泼泼的感触兴会，加以自然的真朴的表现，是诚斋"活法"的第一要义。

十二月九日雪融夜起达旦

宋　魏了翁

远 钟 入 枕 雪 初 晴，　　　　衾 铁 棱 棱 梦 不 成。

√13 ⁻2 ＼14 √26 ＼9 ⁻6 _8   _12 ＼9 _10 _10 ＼1 ＼5 _8

起 傍 梅 花 读《周 易》，　　一 窗 明 月 四 檐 声。

｜ ｜ — ｜ ｜ 变格3　　｜ ｜ ｜ — ｜ ｜

√4 ＼23 ⁻10 _6 ＼1 _11 ＼11   ＼4 ⁻3 _8 ＼6 ⁻4 _14 _8

白雪、皓月、梅花，构成一个纯净、空明、幽雅的特定环境，诗人捧卷读着《周易》，意境何等高洁、何等清雅、何等空灵！真是不可多得的《雪夜傍梅读易图》。

画 菊

宋　郑思肖

花 开 不 并 百 花 丛，　　独 立 疏 篱 趣 未 穷。

— — ｜ — ｜ — ｜　　｜ ｜ — ｜ ｜ — ｜

_6 ⁻10 ＼5 ＼24 ＼11 _6 ⁻1   ＼1 ＼14 ⁻6 ⁻4 ＼7 ＼5 ⁻1

宁 可 枝 头 抱 香 死，　　何 曾 吹 落 北 风 中。

— ｜ — — ｜ ｜ — 变格3　　— — ｜ ｜ — — —

_9 √20 ⁻4 _11 √19 _7 ＼4   _5 _10 ⁻4 ＼10 ＼13 ⁻1 ⁻1

本诗选自《绝句三百首》。诗人以菊花自比，表达了不与元朝合作的气节。他坐卧不向北，临终嘱友为书牌位曰："大宋不忠不孝郑思肖"。

同儿辈赋未开海棠(其一)

金　元好问

枝 间 新 绿 一 重 重，　　小 蕾 深 藏 数 点 红。

— — — ｜ — ｜ ｜　　｜ ｜ — — ｜ ｜ —

⁻4 ⁻15 ⁻11 ＼2 ＼4 ⁻2 ⁻2 邻韵   √17 ⁻10 _12 _7 ＼7 √28 ⁻1

爱 惜 芳 心 莫 轻 吐，　　且 教 桃 李 闹 春 风。

｜ ｜ — — ｜ ｜ — 变格3　　｜ ｜ — ｜ ｜ — —

＼11 ＼11 _7 _12 ＼10 _8 √7   √21 _3 _4 ＼4 ＼19 _11 ⁻1

在诗人笔下，这"深藏"的"小蕾"，是萌动着的胎儿，是即将破茧而出的蚕蛹，是刚刚跨进青春期的少女，好奇而又害怕地窥探着世界，向往着成熟。于是诗人深情地嘱咐着：豆蔻年华的少女啊，请"爱惜芳心"，多多蓄积，不要慌慌张张地绽开你的花瓣吧！

山　家

元　刘　因

马 蹄 踏 水 乱 明 霞，　　　醉 袖 迎 风 受 落 花。
｜ — ｜ — ｜ — —　　　　｜ ｜ — — ｜ ｜ —
﹨21 ⁻8 ﹨15 ﹨4 ﹨15 ⁻8 ⁻6　　﹨4 ﹨26 ⁻8 ⁻1 ﹨25 ﹨10 ⁻6

怪 见 溪 童 出 门 望，　　　鹊 声 先 我 到 山 家。
｜ ｜ — — ｜ — ｜ 变格3　　｜ — — ｜ ｜ — —
﹨10 ﹨17 ⁻8 ⁻1 ﹨4 ⁻13 ﹨23　　﹨10 ⁻8 ⁻1 ﹨20 ﹨20 ⁻15 ⁻6

　　这首绝句，笔墨清淡，风韵隽逸，几个镜头的突转突接，构成了一幅清丽喜人的画面，读来确有人在画中游，画趣入心头的感觉。上联已是有声有色，包孕丰富；下联又有新意境："贵客将来到，喜鹊喳喳叫。"

嫦　娥

明　边　贡

月 宫 秋 冷 桂 团 团，　　　岁 岁 花 开 只 自 攀。
｜ — — ｜ ｜ — —　　　　｜ ｜ — — ｜ ｜ —
﹨6 ⁻1 ⁻11 ﹨23 ﹨8 ⁻14 ⁻14 邻韵　﹨8 ﹨8 ⁻6 ⁻10 ﹨4 ﹨4 ⁻15

共 在 人 间 说 天 上，　　　不 知 天 上 忆 人 间。
｜ ｜ — — ｜ — ｜ 变格3　　｜ — — ｜ ｜ — —
﹨2 ﹨11 ⁻11 ⁻15 ﹨9 ⁻1 ﹨23　　﹨5 ⁻4 ⁻1 ﹨23 ﹨13 ⁻11 ⁻15

　　本诗和李商隐同题诗（205）的立意相同，但手法不同。首先，李诗只是一个屏风烛影、河落星沉的环境，看不出时令特点和月宫中其它景物；本诗则点出中秋佳节（"团团"）和桂树。其次，李诗仅从拟想中的天上着笔；而本诗则一笔映带天上与人间两面。人间和天上既是相通的，嫦娥和凡人一样都盼望团圆；又是相隔的，人间仰慕天上，天上常忆人间。人间和天上的这种相通和相隔，赋予此诗以热爱人生的无穷魅力。

漠 北 词

明　谢　榛

石 头 敲 火 炙 黄 羊，　　　胡 女 低 歌 劝 酪 浆。

— —		— — ·

λ11 ＿11 ＿3 √20 λ11 ＿7 ＿7　　　　＿7 √6 ˉ8 ＿5 ˎ14 λ10 ＿7

醉杀群胡不知夜，　　　　　鹞儿岭下月如霜。

| — — | ! · | 变格3
ˎ4 λ8 ˉ12 ˉ7 λ5 ＿4 √22　　　　ˎ18 ˉ4 √23 ˎ22 λ6 ˉ6 ＿7

　　本诗选取了敲火烤羊、胡女劝饮、群胡大醉、鹞岭月明几个镜头组成统一的画面,把蒙古将领和士兵的活动都写到了,形象鲜明,场面阔大,笔法粗犷,突现了蒙古军中生活的特色,艺术功力较深。

丹阳遇陈十八
明　徐　熥

丹阳渡口遇同乡，　　　　　欲语匆匆怨夕阳。

| — | | | — — · |
ˉ14 ＿7 ˎ7 √25 ˎ7 ˉ1 ＿7　　　　λ2 √6 ˉ1 ˉ1 ˎ14 λ11 ＿7

君返江南我江北，　　　　　云山千叠愁人肠。

| — | | ! · | 变格3　　 — — | ! · | 变格1
ˉ12 √13 ˉ3 ＿13 √20 ˉ3 λ13　　　　ˉ12 ˉ15 ＿1 λ16 ＿11 ˉ11 ＿7

　　作者抓住了一个特殊的背景,在短短的四句诗中,写得层层递进,把熟见的思乡题材,表现得格外鲜明强烈,读来颇能动人。

题岳阳酒家壁
明　盛鸣世

巴陵压酒洞庭春，　　　　　楚女当垆劝客频。

| — | | | — — · |
＿6 ＿10 λ17 √25 ˎ1 ＿9 ˉ11　　　　√6 √6 ＿7 ˉ7 ˎ14 λ11 ˉ11

莫上高楼望湖水，　　　　　烟波二月已愁人。

| — | | ! · | 变格3　　 — | | | — — · |
λ10 ˎ23 ＿4 ＿11 ˎ23 ˉ7 √4　　　　＿1 ＿5 ˎ4 λ6 √4 ＿11 ˉ11

　　写岳阳楼的诗文太多了,且都脍炙人口,要想争胜,难上加难。但本诗构思巧妙,有关楼、湖的一切,都借“楚女”口吻写出,便有一种不同前人的柔曼之感。因为一说到“楚女”,人们马上想起潇湘二妃、山鬼、巫山神女这些人物故事,顿时给人以温柔美丽的感觉。酒醉人，气氛更醉人。

绝 命 词
清　金圣叹

鼠 肝 虫 臂 久 萧 疏，　　　　只 惜 胸 前 几 本 书。
| | | | | — | 。　　　　| | | | | | 。
ˇ6 -14 -1 ˋ4 ˇ25 _2 -6　　　　ˇ6 ˋ11 -2 _1 ˇ5 ˇ13 -6

虽 喜 唐 诗 略 分 解，　　　　庄、骚、马、杜 待 何 如？
— | — — | · | 变格3　　　　— — | | | | 。
-4 ˋ4 _7 -4 ·10 -12 ˇ9　　　　_7 ˋ4 ˇ21 ˇ7 -10 _5 -6

金圣叹尝言天下才子之书计有六种，即《庄子》、《离骚》、《史记》、《杜诗》、《水浒传》、《西厢记》，并对这六部书纵横批评，明快如火，辛辣如老吏，笔跃句舞，一时见者，叹为"灵鬼转世"。他蒙冤临刑前，只刊行问世了所批《水浒》、《西厢》两书。《绝命词》共三首，这第一首（另二首分别见169与227）是作者和族兄金昌诀别之作。人在临终前，往往有"托孤"之举，而圣叹之"托孤"首先是"托书"。遗憾的是，金昌后来虽曾刊有《杜诗解》四卷，但系由金昌苴补而成，已非原貌，其中且有金昌之续作。至于《庄》、《骚》、《史记》等书，只能见到一鳞半爪的评论，无从知其梗概了。又三首《绝命词》皆七绝，且韵脚字皆依次为"疏"、"书"、"如"，是所谓"步韵"即"次韵"之作也。（229）

悼亡（五首选一）
清　顾炎武

贞 姑 马 鬣 在 江 村，　　　　送 汝 黄 泉 六 岁 孙。
— — | | — — 。　　　　| | — — | | 。
_8 -7 ˇ21 ˋ16 _11 -3 -13　　　　ˋ1 ˇ6 _7 _1 ˋ1 ˋ8 -13

地 下 相 逢 告 公 姥，　　　　遗 民 犹 有 一 人 存。
| | — — | · | 变格3　　　　— — — | | | 。
ˋ4 ˇ22 _7 -1 ˇ20 -1 ˇ7　　　　-4 -11 _11 ˇ25 ˋ4 -11 -13

这是作者从事反清复明事业，远离家乡江苏昆山已二十个年头的悼亡之作。诗采用直接与亡妻说话的方式，质朴无华，真切动人。后两句的构想出人意料，却不显"奇巧"，这是因为作者的真实感情自然流露，所达到的思想高度是前人难以企及的。

卓笔峰
清 袁 枚

孤 峰 卓 立 久 离 尘，　　　　　四 面 风 云 自 有 神，
一 一 ｜ ｜ 一 ｜ 一 。　　　　　｜ 一 ｜ 一 一 ｜ 一 。
⁻7 ⁻2 ﹨3 ﹨14 ﹨25 ⁻4 ⁻11　　﹨4 ﹨17 ⁻1 ⁻12 ﹨4 ﹨25 ⁻11

绝 地 通 天 一 枝 笔，　　　　　请 看 依 傍 是 何 人？
｜ ｜ 一 一 ｜· ｜ 变格3　　　｜ 一 一 ｜ ｜ 一 。
﹨9 ﹨4 ⁻1 ⁻1 ﹨4 ⁻4 ﹨4　　﹨23 ⁻14 ⁻5 ﹨23 ﹨4 ⁻5 ⁻11

　　前两句的字面尚是写峰，后两句则在峰的名称上巧做文章。这座孤峙卓立的卓笔峰，在此成了一枝绝地通天的卓笔。通过这一移花接木的写法，诗的真正用意——提倡写诗要独抒性灵、标榜自己作诗不依傍任何人，也就轻巧自然地表达出来了。

月夜闻纺织声(三首选一)
清 陈文述

茅 檐 辛 苦 倦 难 支，　　　　　绣 阁 娇 憨 定 不 知 。
一 一 ｜ ｜ ｜ 一 一 。　　　　　｜ ｜ 一 一 ｜ ｜ 。
⁻3 ⁻14 ⁻11 ﹨7 ⁻17 ⁻14 ⁻4　　﹨26 ﹨10 ⁻2 ⁻13 ﹨25 ﹨5 ⁻4

多 少 吴 姬 厌 罗 縠，　　　　　绿 窗 一 样 夜 眠 迟 。
一 ｜ 一 一 ｜· ｜ 变格3　　　一 一 ｜ ｜ ｜ 一 。
⁻5 ﹨17 ⁻7 ⁻4 ﹨29 ⁻5 ﹨1　　﹨2 ⁻3 ﹨4 ﹨23 ﹨22 ⁻1 ⁻4

　　之前，郑燮有"衙斋卧听萧萧竹，疑是民间疾苦声"(263)，夜闻风竹之声而念及民间疾苦；之后，龚自珍有"我亦曾糜太仓粟，夜闻邪许泪滂沱"(346)，夜闻邪许之声而下泪，兴忧乐天下之心；现在，陈文述则在万籁俱寂的月夜，闻纺织声而感到人间的不平。三位清代诗人，都如此敏感，都从人人熟悉的平凡夜声中隐然听到了时代风雨的前奏曲，写出了具有现实主义精神的好诗。"江山代有人才出"(233)，清诗自有其不可磨灭的价值。

己亥杂诗(八三)

近代　龚自珍

只　筹　一　缆　十　夫　多，　　　　　细　算　千　艘　渡　此　河。
∣　—　∣　∣　∣　—　。 　　　　∣　∣　—　—　∣　∣　。
∨4 ＿11 ∧4 ∨28 ∧14 －7 ＿5 　　∨8 ∨15 ＿1 ＿4 ∨7 ∨4 ＿5

我　亦　曾　縻　太　仓　粟，　　　　　夜　闻　邪　许　泪　滂　沱。
∣　∣　—　—　∣　• ∣ 变格3　　∣　∣　—　∣　∣　—　。
∨20 ∧11 ＿10 －4 ∨9 ＿7 ∧2 　　∨22 －12 ＿6 ∨6 ∨4 ＿7 ＿5

　　诗人南归途中,亲眼看到从江南载漕粮贮之京都粮库太仓的成千艘粮船沿运河北上的情景。当他深夜听到纤夫们沉重的"邪许"(yé hǔ)拉船号子,想到自己也曾食用过这些漕米,不禁怆感交并,心潮翻滚,于是写下了这首发自肺腑的悲歌。

咏　史

近代　张裕钊

功　名　富　贵　尽　危　机，　　　　　烹　狗　藏　弓　剧　可　悲。
—　∣　∣　∣　∣　—　—　。　　∣　∣　—　∣　∣　∣　。
－1 ＿8 ∨26 ∨5 ∨11 －7 －4 　　＿8 ∨25 ＿7 －1 ∧11 ∨20 －4

范　蠡　浮　家　子　胥　死，　　　　　可　怜　吴　越　两　鸱　夷。
∣　∣　—　—　∣　• ∣ 变格3　　∣　∣　—　∣　∣　—　。
∨29 ∨8 ＿11 ＿6 ∨4 －6 ∨4 　　∨20 ＿1 ＿7 ∧6 ∨22 －4 －4

　　伍子胥被迫自裁后,其尸被盛入鸱夷,投之于江;范蠡为避斧钺之威,乘轻舟浮于五湖,变姓名自号鸱夷子皮,意谓待罪之身有如子胥盛鸱夷而浮于江。这吴越两国一对棋逢对手的宿敌,终于相徜徉于江湖,劳劳浮生,皆化作鸱夷一梦矣!

狱中题壁

近代　谭嗣同

望　门　投　止　思　张　俭，　　　　　忍　死　须　臾　待　杜　根。
∣　—　∣　∣　—　∣　∣　　∣　∣　—　—　∣　∣　。
∨23 －13 ＿11 ∨4 －4 ＿7 ∨28 　　∨11 ∨4 －7 －7 ∨10 ∨7 －13

我 自 横 刀 向 天 笑，　　　　去 留 肝 胆 两 昆 仑。
｜　｜　—　—　｜　.　｜　变格3　　｜　—　—　｜　｜　—　。
ˇ20 ˇ4 _8 _4 ˇ23 _1 ˇ18　　　ˇ6 _11 ¯14 ˇ27 ˇ22 ¯13 ¯13

张俭、杜根为东汉末受迫害的两历史人物。戊戌政变，谭嗣同劝梁启超尽快出走，说："不有行者，无以图将来；不有死者，无以召后来！"自己则决心留下来，说："各国变法，无不以流血而成，今日中国未闻有因变法而流血者，此国之所以不昌也。有之，请自嗣同始！"就义时，他又昂首高呼："有心杀贼，无力回天，死得其所，快哉快哉！"这些誓言，和"我自横刀向天笑"一样，不都是人间最壮美的诗篇么！

送增田涉君归国
现代　鲁　迅

扶 桑 正 是 秋 光 好，　　　　枫 叶 如 丹 照 嫩 寒。
—　—　｜　｜　—　—　。　　　—　—　—　｜　｜　—　。
¯7 _7 ˇ24 ˇ4 _11 _7 ˇ19　　¯1 ˇ16 ¯6 ¯14 ˇ18 ¯14 ¯14

却 折 垂 杨 送 归 客，　　　　心 随 东 棹 忆 华 年。
｜　｜　—　—　｜　.　｜　变格3　　—　—　—　｜　｜　—　。
ˇ10 ˇ9 ¯4 _7 ˇ1 _5 ˇ11　　_12 ¯4 ¯1 ˇ19 ˇ13 _6 _1

本诗寒、先两韵通押。增田涉为日本作家，翻译过鲁迅的《中国小说史略》。这首赠别诗，充满了鲁迅对自己青年峥嵘岁月在日本度过的美好回忆。

江行杂诗三首(其一)
现代　叶圣陶

故 乡 且 付 梦 魂 间，　　　　不 扫 妖 氛 誓 不 还。
｜　｜　｜　｜　—　—　。　　　｜　｜　—　—　｜　｜　—　。
ˇ7 _7 ˇ21 ˇ7 ˇ1 ¯15 ¯15　　ˇ5 ˇ19 _2 ¯12 ˇ8 ˇ5 ¯15

偶 与 同 舟 作 豪 语，　　　　全 家 来 看 蜀 中 山。
｜　｜　—　—　｜　.　｜　变格3　　—　—　—　｜　—　—　。
ˇ25 ˇ6 ¯1 _11 ˇ10 _4 ˇ6　　_1 _6 ¯10 ˇ15 ˇ2 ¯1 ¯15

这首写于1938年初溯江入蜀途中的诗，是一幅乐观豁达的画面：众人谈笑风生，偶作抗战到底的豪语；全家大小，一路欣赏四川的大好河山，充满乐观主义的精神。

论词绝句 · 苏轼

现代　夏承焘

雪　堂　绕　枕　大　江　声，　　　　入　梦　蛟　龙　气　未　平。
｜　—　｜　｜　｜　—　。　　　　｜　—　—　｜　｜　—　。
人9　_1　\18　\26　\21　_3　_8　　　人14　\1　_3　_2　\5　\5　_8

千　载　才　流　学　豪　放，　　　　心　头　庄　释　笔　风　霆。
—　｜　—　—　｜　·　｜　变格3　　　—　—　—　｜　｜　—　。
_1　\10　‾10　_11　\3　_4　\23　　　_12　_11　_7　人11　人4　‾1　_9 出韵

　　诗人对苏词评价很高，曾有五首绝句从不同方面予以评论。本首是评苏轼贬官黄州时的作品，其《念奴娇 · 赤壁怀古》《水调歌头 · 怀子由》等篇，开创了豪放词派的先声，表达了超脱旷达的性情。

惠州西湖即景

当代　刘逸生

木　棉　吹　絮　下　轻　舟，　　　　塔　影　摇　明　点　翠　洲。
｜　—　｜　｜　｜　—　。　　　　｜　｜　—　—　｜　｜　。
人1　_1　‾4　\6　\22　_8　_11　　　人15　\23　_2　_8　\28　\4　_11

欲　访　孤　山　更　回　首，　　　　坡　仙　曾　住　合　江　楼。
｜　｜　—　—　｜　·　·　｜　变格3　　　—　—　—　｜　｜　—　。
人2　\23　‾7　‾15　\24　‾10　\25　　　_5　_1　_10　\7　人15　‾3　_11

　　广东惠州西湖侧有山亦名孤山。作者在首联点明南国之景后，便"欲访孤山"，想已魂飞杭州西湖孤山矣。但又"更回首"，所写西湖仍系南国。目送飞鸿，诗笔轻灵，敷陈联想，拓宽意境，颇得苏轼风神。

第五章　变格四

一、五　律

野　望

唐　王　绩

东 皋 薄 暮 望，　　　　　徙 倚 欲 何 依。
— — ｜ ｜ ｜ 变格2　　　 ｜ ｜ ｜ — —。
⁻1 _4 ⌄10 ⌄7 _23　　　 ⌄4 _4 ⌄2 _5 ⁻5

树 树 皆 秋 色，　　　　　山 山 唯 落 晖。
｜ ｜ — — ｜　　　　　 — — ｜ ｜ — 变格4
⌄7 ⌄7 ⁻9 _11 ⌄13　　　 ⁻15 _15 ⁻4 ⌄10 ⁻5

牧 人 驱 犊 返，　　　　　猎 马 带 禽 归。
｜ — — ｜ ｜　　　　　 ｜ ｜ ｜ — —。
⌄1 ⁻11 ⁻7 ⌄1 ⌄13　　　 ⌄16 ⌄21 ⌄9 _12 ⁻5

相 顾 无 相 识，　　　　　长 歌 怀 采 薇。
— — — ｜ ｜　　　　　 — — ｜ ｜ —。变格4
_7 ⌄7 ⁻7 _7 ⌄13　　　 _7 _5 ⁻9 ⌄10 ⁻5

　　自南齐永明年间，沈约等人将声律知识运用到诗歌创作中，律诗这种新的体裁就酝酿着了。诗学界认为，到初唐沈佺期、宋之问，律诗遂定型化。笔者补充，在六朝末期即梁、陈（含北朝）及隋代，五言今体诗就已经形成并成熟了，见本书第567—605，611—613页。到初唐沈、宋，则是最终定型。本诗是《唐诗鉴赏辞典》所收第一首完全合律之五律，是早于沈、宋六十余年的律诗。本诗写山野秋景，在闲逸的情调中，带几分彷徨和苦闷。

夜泊牛渚怀古

唐　李　白

牛 渚 西 江 夜，　　　　　青 天 无 片 云。

—　｜　—　—　｜　　　　　　—　—　·　｜　—　变格 4
_11 √6 ﹣8 ﹣3 √22　　　　　_9 _1 ﹣7 ﹨17 ﹣12
登　舟　望　秋　月，　　　　　空　忆　谢　将　军。

—　—　·　｜　—　变格 3
_10 _11 ﹨23 _11 √6
余　亦　能　高　咏，

﹣6 ﹨11 _10 _4 √24
明　朝　挂　帆　席，

—　—　｜　—　｜　变格 3
_8 _2 √10 _15 ﹨11

—　｜　—　｜　—
﹣1 ﹨13 √22 _7 ﹣12
斯　人　不　可　闻。

﹣4 ﹣11 ﹨5 √20 ﹣12
枫　叶　落　纷　纷。

—　｜　｜　—　—
﹣1 ﹨16 _10 ﹣12 ﹣12

对于本诗，上海辞书出版社《唐诗鉴赏辞典》1983 年 12 月第 1 版第 347 页有："本篇'无一句属对，而调则无一字不律'（王琦注引赵宧光评）"；上海汉语大词典出版社《〈唐诗三百首〉词典》1998 年 11 月第 1 版第 210 页有："宋严羽在《沧浪诗话》中云：'律诗有彻头彻尾不对者，盛唐诸公有此体。'"（笔者按：指本诗。）可见，对仗并非律诗必要条件；但却是充分条件，多应遵之，初学者必须学之。诗人借袁宏之典，抒发怀才不遇、知音难觅的胸中郁闷。

春日忆李白
唐　杜　甫

白　也　诗　无　敌，　　　　　飘　然　思　不　群。
｜　｜　—　—　｜　　　　　　—　—　·　｜　—　变格 4
﹨11 √21 ﹣4 ﹣7 ﹨12　　　　_2 _1 ﹣4 ﹨5 ﹣12

清　新　庾　开　府，　　　　　俊　逸　鲍　参　军。
—　—　｜　·　｜　变格 3　　　｜　｜　—　—　—
_8 _11 √7 ﹣10 √7　　　　　﹨12 ﹨4 √18 _13 ﹣12

渭　北　春　天　树，　　　　　江　东　日　暮　云。
｜　｜　—　—　｜　　　　　　—　｜　｜　—　—
﹨5 ﹨13 _11 _1 ﹨7　　　　　﹣3 _1 ﹨4 ﹨7 ﹣12

何　时　一　樽　酒，　　　　　重　与　细　论　文。
—　—　｜　·　｜　变格 3　　　—　｜　—　—　—
_5 ﹣4 ﹨4 ﹣13 √25　　　　　﹣2 √6 ﹨8 ﹣13 ﹣12

全诗以赞诗起,以"论文"结。中间两联是传诵名句,颔联是对李诗的高度评价,颈联是对李白的深情思念。由诗转到人,又由人回到诗,转折过接,极其自然,通篇始终贯穿一个"忆"字,把对人和对诗的倾慕怀念,结合得水乳交融。颈联中寓情于景的手法,更是出神入化,把杜甫对李白的思念之情,写得深厚无比,情韵绵绵。

赠 柳

唐 李商隐

章 台 从 掩 映， 郢 路 更 参 差。
— — | | | ∨23 ·7 ∨24 _12 ·4
_7 ·10 ·2 ∨28 ∨24

见 说 风 流 极， 来 当 婀 娜 时。
| | | | | — — · | — 变格4
∨17 ∧9 ·1 _11 ∧13 ·10 _7 ·5 ∨20 ·4

桥 回 行 欲 断， 堤 远 意 相 随。
— — — | | · | | · — —
_2 ·10 _8 ∧2 ∨15 ·8 ∨13 ·4 _7 ·4

忍 放 花 如 雪， 青 楼 扑 酒 旗。
| | | | | — — | · |
∨11 ·23 _6 ·6 ∧9 _9 _11 ∧1 ∨25 ·4

《赠柳》,其实就是咏柳,咏而赠之也。全诗纯用白描,通篇不着一"柳"字,却句句写柳。既是写柳,又是写人,字里行间,仿佛晃动着一位窈窕女郎的情影,风流韵致,婀娜多情,非常逗人喜爱。咏柳即咏人,对柳之爱怜不舍,即对其所爱之人的依恋与思念。似彼似此,亦彼亦此,不即不离,正是本诗艺术表现的巧妙之处。

秦淮夜泊(辛未正月赋)

宋 贺铸

官 柳 动 春 条， 秦 淮 生 暮 潮。
— | | — — — — · | — 变格4
·14 ∨25 ∨1 ·11 _2 ·11 ∧9 _8 ·7 _2

楼 台 见 新 月， 灯 火 上 双 桥。

— — ｜ · ｜ 变格3　　　　　— ｜ ｜ 丶 。

_11 ‾10 丶17 ‾11 ⅴ6　　　　　_10 ⅴ20 丶23 ‾3 _2

隔 岸 开 朱 箔，　　　　　　临 风 弄 紫 箫。

｜ ｜ ｜ ｜　　　　　　　　｜ ｜ ｜ 。

ⅴ11 丶15 ‾10 ‾7 ⅴ10　　　　_12 ‾1 丶1 ⅴ4 _2

谁 怜 远 游 子，　　　　　　心 旆 正 摇 摇

— — ｜ · ｜ 变格3　　　　　｜ ｜ ｜ ｜ 。

‾4 _1 ⅴ13 ‾11 ⅴ4　　　　　_12 丶9 丶24 _2 _2

秦淮河是秦楼楚馆、歌儿舞女集中地。本诗色调明丽，不象杜牧"烟笼寒水月笼沙"（146）那样迷蒙清冷，因为它和杜牧感汉兴亡、讽喻现实的着眼点不同。人们从"春条"、"新月"、"灯火"、"朱箔"等意象中可以感受到一股温馨的气息，一种优美的情调。

雨

宋　陈与义

萧 萧 十 日 雨，　　　　　　稳 送 祝 融 归。

— — ｜ ｜ ｜ 变格2　　　　｜ ｜ ｜ 。

_2 _2 丶14 ⅴ4 ⅴ7　　　　ⅴ13 丶1 丶1 ‾1 _5

燕 子 经 年 梦，　　　　　　梧 桐 昨 暮 非。

｜ ｜ — — ｜　　　　　　　｜ ｜ ｜ 。

ⅴ17 ⅴ4 _9 _1 丶1　　　　‾7 ‾1 丶10 丶7 _5

一 凉 恩 到 骨，　　　　　　四 壁 事 多 违。

｜ ｜ ｜ ｜　　　　　　　　｜ ｜ ｜ 。

丶4 _7 ‾13 丶20 ⅴ6　　　　丶4 丶12 丶4 _5 _5

衮 衮 繁 华 地，　　　　　　西 风 吹 客 衣。

｜ ｜ ｜ ｜　　　　　　　　· ｜ 。 变格4

ⅴ13 ⅴ13 ‾13 _6 丶1　　　　‾8 ‾1 丶4 ⅴ11 _5

唐李商隐有《细雨》诗："萧洒傍回汀，依微过短亭。气凉先动竹，点细未开萍。稍促高高燕，微疏的的萤。故园烟草色，仍近五门青。"李诗写雨的正面，写雨中实在景物，常境常情，人人意中所有，其妙处在体物入微，描写生动，使人读之而起一种清幽闲静之情。陈诗并不单纯描写雨中景物，而是写动物、植物和诗人在雨中的感受，透过数层，从深处拗折，在空中盘旋。同一鸟兽草木，李诗用"竹"、"萍"、"燕"、"萤"，写此诸物在雨中之情况而已；陈诗不写燕子、梧桐在雨中景象，而写它

们在雨中的感觉。秋燕将南归，思念前迹，恍如一梦；梧桐经雨凋落，已与昨暮不同。其实，燕子与梧桐并无此种感觉，乃是诗人怀旧之思、失志之慨，借燕子、梧桐以衬托出来而已。同一咏凉，李诗云"气凉先动竹"，借竹衬出；陈诗则云"一凉恩到骨"，直凑单微。"凉"字上用"一"字形容，已觉新颖矣；而"凉"字下用"恩"字，"恩"下又用"到骨"两字，真是剥肤存液，迥绝恒蹊。诚如上海辞书出版社 1987 年 12 月第 1 版《宋诗鉴赏辞典》中缪钺先生《论宋诗（代序）》云："宋诗运诗造境，炼句琢字，皆剥去数层，透过数层。贵'奇'，故凡落想落笔，为人人意中所能有能到者，忌不用，必出人意表，崛峭破空，不从人间来。又贵'清'，譬如治馔，凡肥醲厨馔，忌不用。……宋诗长处为深折，隽永，瘦劲，洗剥，渺寂，无近境陈言、冶态凡响。""唐诗以韵胜，故浑雅，而贵酝藉空灵；宋诗以意胜，故精能，而贵深折透辟。唐诗之美在情辞，故丰腴；宋诗之美在气骨，故瘦劲。唐诗如芍药海棠，秾华繁采；宋诗如寒梅秋菊，幽韵冷香。唐诗如啖荔枝，一颗入口，则甘芳盈颊；宋诗如食橄榄，初觉生涩，而回味隽永。譬诸修园林，唐诗则如叠石凿池，筑亭辟馆；宋诗则如亭馆之中，饰以绮疏雕槛，水石之侧，植以异卉名葩。譬诸游山水，唐诗则如高峰远望，意气浩然；宋诗则如曲涧寻幽，情境冷峭。"

书文山卷后

宋　谢　翱

```
魂 飞 万 里 程，          天 地 隔 幽 明。
— — ｜ ｜ —           — ｜ ｜ — 。
¯13 _5 ╲14 ╲4 _10邻韵    _1 ╲4 ╲11 _11 _8

死 不 从 公 死，          生 如 无 此 生。
｜ ｜ — — ｜             — — — ｜ — 变格4
╲4 ╲5 _2 ¯1 ╲4          _8 _6 _7 ╲4 _8

丹 心 浑 未 化，          碧 血 已 先 成。
— — — ｜ ｜             ｜ ｜ ｜ — — 。
¯14 _12 _13 ╲5 ╲22      ╲11 ╲9 ╲4 _1 _8

无 处 堪 挥 泪，          吾 今 变 姓 名。
— ｜ — — ｜             — — ｜ ｜ — 。
¯7 ╲6 _13 _5 ╲4         ¯7 _12 ╲17 ╲24 _8
```

本诗以饱含感情的笔触，抒写深沉的家国兴亡之痛。由闻知死讯、渴求重见，到死生相隔、无缘重逢；再由壮志未酬、血沃大地，到无处挥泪、决心归隐。写到至情处，不辨是诗是泪，颔联用"死"、"生"二字组成的奇特对偶句，蕴蓄着极深挚的感情,格外哀切动人。全诗抒发对文天祥的深切哀悼之情,是对他的诗文集最好的历史评价。

石 公 山
明　顾　璘

茫 茫 三 万 顷,	日 夜 浴 青 葱。
— — — | |	| | — | 。
_7 _7 _13 ＼14 ✓23	＼4 ＼22 ＼2 _9 ˉ1
骨 立 风 云 外,	孤 撑 涛 浪 中。
| | — — |	— — — • | ——变格4
＼6 ＼14 ˉ1 ˉ12 ＼9	ˉ7 _8 _4 ＼23 ˉ1
若 令 当 路 出,	应 作 一 关 雄。
| — — | |	— | | — | 。
＼10 _8 _7 ＼7 ＼4	_10 ＼10 ＼4 ˉ15 ˉ1
朱 勔 真 多 事,	荆 榛 满 故 宫。
— | — — |	— — | | — 。
ˉ7 ✓16 ˉ11 _5 ＼4	_8 ˉ11 ˉ14 ＼7 ˉ1

　　对太湖边上的石公山,本诗通过正面、侧面的描写,运用拟人化的手法,将写景、咏物与议论、感怀有机地结合起来,首尾照应,挥洒自如。作者的感情一步步释放,作品的意旨一步步深入,使人回味无穷。尾联中,对导致北宋灭亡原因之一的"花石纲"的始作俑者朱勔,作了无情的谴责。

别 云 间
明　夏完淳

三 年 羁 旅 客,	今 日 又 南 冠。
— — — | |	— | | — — 。
_13 _1 ˉ4 ✓6 ＼11	_12 ＼4 ＼26 _13 ˉ14
无 限 河 山 泪,	谁 言 天 地 宽?
— | — — |	— — — • | ——变格4
ˉ7 ✓15 _5 ˉ15 ＼4	ˉ4 ˉ13 _1 ＼4 ˉ14
已 知 泉 路 近,	欲 别 故 乡 难。

　　｜　　—　　—　　｜　　　　　　　　｜　　｜　　｜　　—　　　°

　ˇ4　⁻4　₋1　ˋ7　ˋ13　　　　　ˋ2　ˋ9　ˋ7　₋7　⁻14

　　毅　魄　归　来　日，　　　　　灵　旗　空　际　看。

　　｜　　｜　　—　　—　　｜　　　　　—　　—　　—　　·　｜　—变格4

　ˋ5　ˋ10　⁻5　⁻10　ˋ4　　　　　₋9　⁻4　₋1　ˋ8　⁻14

　　南朝江淹《别赋》，写了多种别离之悲，称"有别必怨"。本诗以"三年羁旅客"，写"南冠"离乡情；将山河沦丧的悲愤，寓于拜别母、妻的哀痛之中。"别"而无"怨"，"悲"而能壮。令人读之，有拉泪扼腕、怫然奋起的报国赴死之思，又岂是寻常琐屑之"别"所可同日而语！如此说来，本诗正可与文天祥《过零丁洋》(324)、张煌言《甲辰八月辞故里》(65)一起，作为"烈士之别"，填补《别赋》之空白，而照耀千秋诗坛了！

雪中望岱岳

清　施闰章

　　碧　海　烟　归　尽，　　　　　晴　峰　雪　半　残。

　　｜　　｜　　｜　　—　　｜　　　　　—　　—　　｜　　｜　　°

　ˋ11　ˇ10　₋1　₋5　ˇ11　　　　　₋8　⁻2　ˋ9　ˋ15　⁻14

　　冰　泉　悬　众　壑，　　　　　云　路　郁　千　盘。

　　—　　—　　—　　｜　　｜　　　　　—　　—　　｜　　—　　°

　₋10　₋1　₋1　ˋ1　ˋ10　　　　　⁻12　ˋ7　ˋ1　₋1　⁻14

　　影　落　齐　燕　白，　　　　　光　连　天　地　寒。

　　｜　　｜　　—　　—　　｜　　　　　—　　—　　—　　·　｜　—变格4

　ˇ23　ˋ10　⁻8　₋1　ˋ11　　　　　₋7　₋1　₋1　ˋ4　⁻14

　　秦　碑　凌　绝　壁，　　　　　杖　策　好　谁　看？

　　—　　—　　—　　｜　　｜　　　　　｜　　｜　　—　　｜　　°

　⁻11　ˋ4　₋10　ˋ9　ˋ12　　　　　ˇ22　ˋ11　ˇ19　⁻4　⁻14

　　与杜甫《望岳》(693)写泰山夏秋之景不同，本诗写岱岳冬景。全篇不出"望"字，却句句从"望"中得来。首联从云烟散尽、晴峰雪残入手，突兀高朗，峻拔耀眼；颔联由上而下先写冰泉悬壑，再由下而上状云路盘曲，视线变化而有赏叹之意；颈联转写影白光寒，紧扣冬天雪景特色，可与杜甫名句"齐鲁青未了"媲美；尾联则由实入虚，想象在那耸立于绝壁的秦碑前，正有人在拄杖细看，言语间自含无限向往之情。其章法老成，格调沉郁，足继少陵绝唱。

梅

清　沈钦圻

冰 霜 磨 炼 后，　　　　忽 放 几 枝 新。
— — — ｜ ｜ 　　　　｜ ｜ ｜ — 。
_10 _7 _5 ﹨17 ﹨26　　　﹨6 ﹨23 ﹨5 ‾4 ‾11

独 立 江 山 暮，　　　　能 开 天 地 春。
｜ ｜ — — ｜ 　　　　— — — · ｜ — 变格4
﹨1 ﹨14 ‾3 ‾15 ﹨7　　　_10 ‾10 _1 ﹨4 ‾11

自 然 空 色 相，　　　　谁 与 斗 精 神。
｜ ｜ — ｜ ｜ 　　　　— ｜ ｜ — — 。
﹨4 _1 ‾1 ﹨13 ﹨23　　　‾4 ﹨6 ﹨26 _8 ‾11

野 客 闲 相 对，　　　　如 逢 世 外 人。
｜ ｜ — — ｜ 　　　　— — ｜ ｜ — 。
﹨21 ﹨11 ‾15 _7 ﹨11　　　‾6 _1 ﹨8 _9 ‾11

　　沈钦圻此诗由他的孙子沈德潜收入《国朝诗别裁集》中，并加上"脱尽窠臼，笼罩前人"的评论。"笼罩前人"自然未必，"脱尽窠臼"却是确评。"能开天地春"是说梅敢为百花之先，迎霜破雪，在天地间开出一个春天来。不曰"迎春"、"报春"，梅与春的关系发生了戏剧性的变化：梅不再附于春，而成为春的主人。把梅当作开创天地的英雄来歌颂，这在前人咏梅诗中是没有的。

伤时二首(其二)

现代　谭人凤

茫 茫 今 世 界，　　　　举 国 亦 堪 哀。
— — — ｜ ｜ 　　　　｜ ｜ ｜ — 。
_7 _7 _12 ﹨8 ﹨10　　　﹨6 ﹨13 ﹨11 _13 ‾10

救 国 无 长 策，　　　　乘 时 尽 莠 才。
｜ ｜ — — ｜ 　　　　— — ｜ ｜ — 。
﹨26 ﹨13 ‾7 _7 ﹨11　　　_10 ‾4 ﹨11 ﹨23 ‾10

山 河 伤 破 碎，　　　　精 力 叹 龙 颓。
— — — ｜ ｜ 　　　　— ｜ ｜ — — 。
‾15 _5 _7 ﹨21 ﹨11　　　_8 ﹨13 ﹨15 ‾2 ‾10

独 立 苍 茫 望，　　　英 雄 安 在 哉？
｜ ｜ — — ｜　　　— — · ｜ — 变格4
λ1 λ14 _7 _7 ╲23　　　_8 ⁻1 ⁻14 ╲11 ⁻10

　　谭人凤系老同盟会会员，1911年辛亥革命时为武昌起义的组织者和军事指挥。本诗抒发了辛亥革命的成果被袁世凯窃取后，诗人独立无望、救国无人的感慨，代表了那个时代革命者胸中的块垒。事实证明，中国共产党的诞生，社会主义在中国的出现，是历史的必然。

送铁崖归蜀次亚子韵

现代　杨杏佛

十 载 飘 零 客，　　　天 涯 去 住 难。
｜ ｜ — — ｜　　　— ｜ ｜ — 。
λ14 ╲10 _2 _9 λ11　　_1 _6 ╲6 ╲7 ⁻14

一 朝 狮 梦 醒，　　　身 与 国 魂 还。
｜ — — ╲ ｜　　　— ｜ ｜ — 。
λ4 _2 ⁻4 ╲1 ╲24　　⁻11 ╲6 λ13 ⁻13 ⁻15出韵

怪 僻 时 人 弃，　　　文 章 山 鬼 叹。
｜ ｜ — — ｜　　　— — · ｜ — 变格4
╲10 λ11 ⁻4 ⁻11 ╲4　　⁻12 _7 ⁻15 ╲5 ⁻14

青 春 伴 君 去，　　　临 别 意 漫 漫。
— — ｜ · ｜ 变格3　　— ｜ ｜ — — 。
_9 ⁻11 ╲14 ⁻12 ╲6　　_12 λ9 ╲4 ⁻14 ⁻14

　　本诗结构奇特。一、三联写作者友人雷铁崖离井背乡十余年，浪迹天涯，四处飘零；从事革命活动不为时人所理解，文章写得很好，可以与屈原《九歌·山鬼》篇比美。为什么"去住难"、"时人弃"呢？第二联中作了回答，但采用含而不露、隐而愈显的艺术手法对国民党反动派愚昧人民的统治，表示极端愤慨；对处于水深火热之中而又麻木不仁的人民大众充满无限的同情。末联依依惜别之情，溢于言表。

挽戴安澜将军

现代　毛泽东

外 侮 需 人 御，　　　将 军 赋 采 薇。

```
  |    |    —    中    |              —    —    —    |
 ヽ9  √7   ⁻7  ⁻11  ヽ6           _7  ⁻12  ヽ7  √10  ヽ5
```
师　称　机　械　化，　　　　　勇　夺　虎　罴　威。
```
  —    —    —    |    |              |    中    |    —    —
 ⁻4  _10  _5  ヽ10  ヽ22           √2  λ7  √7  ⁻4  ヽ5
```
浴　血　东　瓜　守，　　　　　驱　倭　棠　吉　归。
```
  |    |    —    —    |              —    —    ·    |    —  变格4
 ヽ2  ヽ9  ⁻1   _6  √25           ⁻7   _5  _7  ヽ4  ⁻5
```
沙　场　竟　殒　命，　　　　　壮　志　也　无　违。
```
  —    —    |    ·    |  变格2
 _6   _7  ヽ24  ヽ12  ヽ24          ヽ23  ヽ4  √21  ⁻7  ⁻5
```

　　毛泽东在《致陈毅》信中称自己"对五言律，从来没有学习过，也没有发表过一首五言律"。这反映了他严求诗词格律臻善臻美的态度。毛泽东逝世后出版的《毛泽东诗词集》共收他四首五律，其中三首都是有拗句、失对或失黏的，仅本首完全合律。戴安澜将军黄埔军校毕业后，曾参加北伐。在抗击日军侵华战争中，战功卓著。1942年率军出师缅甸，协同英军对日作战中不幸牺牲。本诗是在戴安澜将军追悼会上的挽诗。诗中"东瓜"、"棠吉"皆缅甸地名。

登燕子矶
现代　溥　儒

乱　后　悲　行　役，　　　　　空　寻　孙　楚　楼。
```
  |    |    —    —    |              —    —    ·    |    —  变格4
 ヽ15  ヽ26  ⁻4   _8  λ11           ⁻1  _12  ⁻13  √6  ⁻11
```
萧　萧　木　叶　下，　　　　　浩　浩　大　江　流。
```
  —    —    |    ·    |  变格2                |    |    |    —    —
 _2   _2  λ1  λ16  ヽ22           √19  √19  ヽ21  ⁻3  ⁻11
```
地　向　荆　襄　尽，　　　　　山　连　吴　越　秋。
```
  |    |    —    —    |              —    —    ·    |    —  变格4
 ヽ4  ヽ23   _8   _7  √11          ⁻15  _1  ⁻7  λ6  ⁻11
```
伊　人　在　天　末，　　　　　瞻　望　满　离　愁。
```
  —    —    |    ·    |  变格3                |    |    |    —    —
 ⁻4  ⁻11  ヽ11   _1  λ7           _14  ヽ23  √14  ⁻4  _11
```

　　作者是清恭亲王之孙，诗书画俱佳，称"三绝"宗师，绘画与张大千齐名，有"南张北溥"之誉。"七·七"事变日寇侵踞北平,建立伪政权,欲罗致之,其坚卧不起;日酋入室求其画,拒不肯画;日酋强留金以去,终斥而还之,表现了崇高的民族气节。这首登南京燕子矶的诗,面对萧萧落叶,浩浩大江,上望荆襄,下睹吴越,空寻酒楼,故国之思,身世之感,离乱之情,凭添了无限的乡愁。

二、五　绝

鸟 鸣 涧
唐　王　维

人　闲　桂　花　落，　　　夜　静　春　山　空。
— — | · |　变格3　　　| | · — —　变格1
‾11 ‾15 ＼8 _6 ⋋10　　　＼22 ⌄23 ‾11 ‾15 ‾1

月　出　惊　山　鸟，　　　时　鸣　春　涧　中。
| | — — |　　　| — · |　— 变格4
⋋6 ⋋4 _8 ‾15 ⌄17　　　‾4 _8 ‾11 ＼16 ‾1

　　王维的山水诗,喜欢创造静谧的意境。本诗所写的花落、月出、鸟鸣这些动的景物,既使诗显得富有生机而不枯寂,同时又通过动,更加突出了春涧的幽静。动的景物反而能取得静的效果,这里面包含了艺术的辩证法。

山 中 送 别
唐　王　维

山　中　相　送　罢，　　　日　暮　掩　柴　扉。
— — — | |　　　| | | — 。
‾15 ‾1 _7 ＼1 ＼22　　　⋋4 ＼7 ⌄28 ‾9 ‾5

春　草　年　年　绿，　　　王　孙　归　不　归？
— | — — |　　　— — · | — 。变格4
‾11 ⌄19 _1 _1 ⋋2　　　_7 ‾13 ‾5 ⋋5 ‾5

　　本诗不写离亭饯别的情景,而是匠心独运,选取了从"相送罢"到"掩柴扉"后内心的自问,运用朴素自然的语言,显示深厚、真挚的感情,读来味外有味。

绝句二首（其一）

唐　杜　甫

迟　日　江　山　丽，					春　风　花　草　香。				
—	|	—	—	|	—	—	·	|	。—　变格4
⁻4	λ4	⁻3	⁻15	ヽ8	⁻11	⁻1	_6	ヽ19	_7
泥　融　飞　燕　子，					沙　暖　睡　鸳　鸯。				
—	—	—	|	|	—	|	|	—	。—
⁻8	⁻1	⁻5	ヽ17	ヽ4	_6	ヽ14	ヽ4	⁻13	_7

这首作于成都草堂的绝句，意境明丽悠远，格调清新，描摹景物清丽工致，是"以诗为画"的佳作。

三　闾　庙

唐　戴叔伦

沅　湘　流　不　尽，					屈　子　怨　何　深！				
—	—	—	|	|	|	|	|	—	。
⁻13	_7	⁻11	λ5	ヽ11	λ5	ヽ4	ヽ14	_5	_12
日　暮　秋　风　起，					萧　萧　枫　树　林。				
|	|	—	—	|	—	—	·	|	。—　变格4
λ4	ヽ7	_11	⁻1	ヽ4	_2	_2	⁻1	ヽ7	_12

本诗围绕一个"怨"字，以明朗而又含蓄的诗句，抒发对屈原的敬仰、感怀。前联明朗，情景接人；后联含蓄，想象丰富，皆从屈原"袅袅兮秋风，洞庭波兮木叶下"（1234）和"湛湛江水兮，上有枫。目极千里兮，伤春心。魂兮归来，哀江南！"（1237）名句中得来，尤为人称道。

鹧　鸪　词

唐　李　益

湘　江　斑　竹　枝，					锦　翅　鹧　鸪　飞。				
—	—	·	|	|	|	|	|	—	。
_7	⁻3	⁻15	λ1	⁻4　邻韵	ヽ26	ヽ4	ヽ22	⁻7	⁻5
处　处　湘　云　合，					郎　从　何　处　归？				

| | — — |　　　　　— — ·| —变格4
ˇ6 ˇ6 _7 ⁻12 ˇ15　　　　_7 ⁻2 _5 ˇ6 ⁻5

前三句,诗人用湘江、湘云、斑竹、鹧鸪这些景物构造出一幅有静有动的画面,把气氛烘托、渲染得相当浓烈;末句突然一转,向苍天发出"郎从何处归"的问语,使诗情显得跌宕多姿而不呆板,充分显示了这位女子对远方情郎的深切思念。

和欧阳南阳月夜思五首(其一)
元　揭傒斯

月 出 照 中 园,　　　　邻 家 犹 未 眠。
| | | — |　　　　— — ·| —变格4
ˇ6 ˇ4 ˇ18 ⁻1 ⁻13邻韵　⁻11 _6 _11 ˇ5 _1

不 嫌 风 露 冷,　　　　看 到 树 阴 圆。
| | — — |　　　　| | | — |
ˇ5 _14 ⁻1 ˇ7 ˇ23　　　　ˇ15 ˇ20 ˇ7 _12 _1

"邻家犹未眠"看似闲笔,实际蕴涵无限。写邻家未眠,自己未眠便不言而喻。邻家未眠,是全家欢聚,其乐融融;自己未眠是愁肠百结,无法入眠。本诗写景清丽,抒怀蕴藉,小巧玲珑,情致宛然,具唐人风味。

枕 石
明　高攀龙

心 同 流 水 净,　　　　身 与 白 云 轻。
— — — | |　　　　— | | — |
_12 ⁻1 _11 ˇ4 ˇ24　　　　⁻11 ˇ6 ˇ11 ⁻12 _8

寂 寂 深 山 暮,　　　　微 闻 钟 磬 声。
| | — | |　　　　— — ·| —变格4
ˇ12 ˇ12 _12 ⁻15 ˇ7　　　　⁻5 ⁻12 ⁻2 ˇ25 _8

本诗写傍晚作者在深山中头枕山石休憩片刻所体会到的快感和宁静淡远的意趣,质朴自然,空灵剔透,含蕴无限,耐人寻绎。作者是晚明东林党人,故本诗渗透着他对黑暗现实的厌恶情绪。

山 雨

明　傅　逊

一　夜　山　中　雨，　　　　林　端　风　怒　号。
｜　｜　｜　一　一　｜　　　　一　一　一　·　｜　一 变格4
ʌ4　ˋ22　-15　-1　ˇ7　　　　_12　-14　-1　ˋ7　_4

不　知　溪　水　长，　　　　只　觉　钓　船　高。
｜　一　一　｜　｜　　　　｜　｜　｜　一　。
ʌ5　-4　-8　ˇ4　ˇ22　　　　ˇ4　ʌ3　ˋ18　_1　_4

原不是"不知溪水长"，只是为了要强调"钓船高"的感觉，才故意先说"不知"，然后才让"只觉"来表达不知之知。这就是本诗的蕴藉含蓄之处。

池 上

清　张光启

倚　杖　池　边　立，　　　　西　风　荷　柄　斜。
｜　｜　一　一　｜　　　　一　一　一　·　｜　。 变格4
ˇ4　ˇ22　-4　_1　ʌ14　　　-8　-1　_5　ˋ24　_6

眼　明　秋　水　外，　　　　又　放　一　枝　花。
｜　一　一　｜　｜　　　　｜　｜　｜　一　。
ˇ15　_8　_11　ˇ4　ˋ9　　　ˋ26　ˋ23　ʌ4　-4　_6

诗人直接描画的是残荷中的一枝新花，实是借以歌颂这种不屈不挠，无所畏惧的精神。作者无意为自己画像，但这首小诗却成了他入清不仕、晚年生活极为生动传神的一幅小照。

览 镜 词

清　毛奇龄

渐　觉　铅　华　尽，　　　　谁　怜　憔　悴　新？
｜　｜　一　一　｜　　　　一　一　一　·　｜　。 变格4
ˇ28　ʌ3　_1　_6　ˇ11　　　-4　_1　_2　ˋ4　-11

与　余　同　下　泪，　　　　只　有　镜　中　人。
｜　一　一　｜　｜　ˇ　　　｜　｜　｜　一　。

$\lor$6 ˉ6 ˉ1 、22 、4 $\lor$4 $\lor$25 、24 ˉ1 ˉ11

"谁怜",唯有自怜而已;"镜中人",实为主人公自己。这首思妇诗有巧妙的构思,即绝句贵取径深曲,或正意反说,总不直致。此诗得个中三昧。

征妇怨二首(其一)
现代 何香凝

悄 向 阶 前 立,   愁 看 明 月 圆。
| | — — | — — • | 。变格4
$\lor$17 、23 ˉ9 ˉ1 λ14   ˉ11 ˉ14 ˍ8 λ6 ˉ1

空 垂 千 点 泪,   流 不 到 郎 边。
— — — | — — | | 。
ˉ1 ˉ4 ˍ1 $\lor$28 、4   ˉ11 λ5 、20 ˍ7 ˉ1

本诗用传统意象,写传统主题。李白《玉阶怨》道:"玉阶生白露,夜久侵罗袜。却下水晶帘,玲珑望秋月。"(655)月明,是怀人之时。苏轼《水调歌头》有:"但愿人长久,千里共婵娟"。月圆而人未圆,其情何堪?徒自垂泪千行,亦"流不到郎边"。

为祖国名胜题联二首
当代 潘力生

其 一

联 语 随 心 写,   人 间 翰 墨 缘。
— | — — | — — | | 。
ˍ1 $\lor$6 ˉ4 ˍ12 $\lor$21   ˉ11 ˉ15 、15 λ13 ˍ1

晚 晴 无 限 好,   笔 底 五 洲 烟。
| — — | | | | | — 。
$\lor$13 ˍ8 ˉ7 $\lor$15 $\lor$19 λ4 $\lor$8 $\lor$7 ˍ11 ˍ1

其 二

笔 岂 龙 蛇 走,   声 惭 金 玉 音。
| | — — | — — • | 。变格4

λ4　√5　¯2　_6　√25　　　　　_8　_13　_12　λ2　_12

江 山 凭 点 缀，　　　　万 里 故 园 心。

—　—　|　|　|　。　　　|　|　|　|　。

¯3　¯15　_10　√28　\8　　　　\14　√4　\7　¯13　_12

作者为美国中华楹联学会会长，虽定居纽约三十余年，但心系神州，曾为祖国
山川名胜题联一千余副。如为人民大会堂题联为："一柱擎东亚，群星拱北辰。"洋
溢着感人的爱国热忱。作者将此二诗自纽约寄回国内，且以遒健之笔、金刚之体书
成。"江山凭点缀"，写"为祖国名胜题联"，从侧面入手，由正面点题，最后归结到一
个凝聚点上："万里故园心"——题联是海外赤子的一片拳拳之心。

三、七　律

独 不 见
唐　沈佺期

卢 家 少 妇 郁 金 堂，　　海 燕 双 栖 玳 瑁 梁。

—　—　|　|　|　—　。　　|　|　—　—　|　|　。

¯7　_6　\18　\7　λ1　_12　_7　　　√10　\17　¯3　¯8　\11　\20　_7

九 月 寒 砧 催 木 叶，　　十 年 征 戍 忆 辽 阳。

|　|　—　—　—　|　|　　　|　—　—　|　|　—　。

√25　λ6　¯14　_12　_10　λ1　λ16　　　λ14　_1　_8　\7　λ13　_2　_7

白 狼 河 北 音 书 断，　　丹 凤 城 南 秋 夜 长。

|　—　—　|　—　—　|　　　—　|　—　—　|　·　|　—　变格4

λ11　_7　_5　λ13　_12　¯6　\15　　　¯14　\1　_8　_13　_11　\22　_7

谁 谓 含 愁 独 不 见，　　更 教 明 月 照 流 黄！

—　|　—　—　|　·　|　|　|　变格2　　|　—　—　|　|　—　—　。

¯4　\5　_13　_11　λ1　λ5　\17　　　\24　_3　_8　λ6　\18　_11　_7

诗学界认为，到初唐沈佺期、宋之问，律诗便定型了。本诗即沈的代表作，"独
不见"虽是乐府古题，但本诗形式却是今体，是《唐诗鉴赏辞典》所收第一首完全合
律的七律。诗以海燕双栖起兴，渲染思妇的孤独心情。中间两联由思妇到征夫，再
由征夫回到思妇，从而归结到尾联的"独不见"，可谓情深意远，余味不尽。

将赴成都草堂途中有作先寄严郑公五首(其四)

唐 杜 甫

常 苦 沙 崩 损 药 栏，　　　　　也 从 江 槛 落 风 湍。
— 　 | 　 — 　 — 　 | 　 | 　 | 　　　　| 　 | 　 | 　 — 　 | 　 |
_7 ∨7 _6 _10 ∨13 ∧10 ⁻14　　　∨21 ⁻2 _3 ∨29 ∧10 _1 ⁻14

新 松 恨 不 高 千 尺，　　　　　恶 竹 应 须 斩 万 竿！
— 　 — 　 | 　 | 　 | 　 — 　 |　　　　| 　 | 　 | 　 — 　 | 　 | 　 |
⁻11 _2 ∖14 ∧5 _4 _1 ∧11　　　∧10 ∧1 _10 ⁻7 ∨29 ∖14 ⁻14

生 理 只 凭 黄 阁 老，　　　　　衰 颜 欲 付 紫 金 丹。
— 　 | 　 | 　 — 　 — 　 | 　 |　　　　— 　 | 　 — 　 | 　 | 　 — 　 |
_8 ∨4 ∨4 _10 _7 ∧10 ∨19　　　⁻4 ∧15 _2 ⁻7 ∨4 _12 ⁻14

三 年 奔 走 空 皮 骨，　　　　　信 有 人 间 行 路 难。
— 　 — 　 — 　 | 　 — 　 — 　 |　　　　| 　 | 　 — 　 — 　 · | 　 —
⁻13 _1 ⁻13 ∨25 _1 ⁻4 ∧6　　　∨12 ∨25 ⁻11 ⁻15 _8 ∖7 ⁻14　—— 变格4

全诗描写了诗人重返草堂的欢乐和对美好生活的憧憬。真情真语，情致圆足，辞采稳称，兴寄微婉。欢欣与感慨相融，瞻望与回顾同叙，更显示了此诗思想感情的深厚。颔联深深交织着诗人对时事的爱憎，所表现的感情十分鲜明、强烈而又分寸恰当，时过千年，至今人们仍用以表达对客观事物的爱憎之情。

登 高

唐 杜 甫

风 急 天 高 猿 啸 哀，　　　　　渚 清 沙 白 鸟 飞 回。
— 　 | 　 — 　 — 　 — 　 · | 　 |　　　　| 　 — 　 | 　 — 　 | 　 | 　 |
⁻1 ∧14 _1 _4 ⁻13 ∖18 ⁻10　—— 变格4　　　∨6 _8 _6 ∧11 ∨17 ⁻5 ⁻10

无 边 落 木 萧 萧 下，　　　　　不 尽 长 江 滚 滚 来。
— 　 — 　 | 　 | 　 — 　 — 　 |　　　　| 　 | 　 — 　 — 　 | 　 | 　 —
⁻7 _1 ∧10 ∧1 _2 _2 ∨22　　　∧5 ∨11 _7 ⁻3 ∨13 ∨13 ⁻10

万 里 悲 秋 常 作 客，　　　　　百 年 多 病 独 登 台。
| 　 | 　 — 　 — 　 — 　 | 　 |　　　　| 　 — 　 — 　 | 　 | 　 — 　 —
∖14 ∨4 ⁻4 _11 _7 ∧10 ∧11　　　∧11 _1 _5 ∨24 ∧1 _10 ⁻10

艰 难 苦 恨 繁 霜 鬓，　　　　　潦 倒 新 停 浊 酒 杯。

　　— — ｜ ｜ — ｜ 　　　　　｜ ｜ — — ｜ ｜ 。
　¯15 ¯14 ˅7 ˴7 ¯14 ¯13 _7 ˴12　　　˅19 ˅19 ¯11 _9 ˴3 ˅25 ¯10

　　本诗通过登高所见秋江景色，倾诉了诗人常年飘泊、老病孤愁的复杂感情，慷慨激越，动人心弦。首联刻画眼前景物，字字精当，奇妙难名；颔联渲染秋天气氛，气势磅礴，古今独步；颈联从空间、时间两方面，由异乡飘泊写到多病残生；尾联又从白发日多、护病断饮，归结到时事艰难是潦倒不堪的根源。清杨伦《杜诗精铨》称此诗为"杜集七言律诗第一"；明胡应麟《诗薮》更推崇此诗精光万丈，为古今七言律诗之冠，是"古今人必不敢道、决不能道"的"旷代之作也。"

钱塘湖春行
唐　白居易

　　孤 山 寺 北 贾 亭 西，　　　　水 面 初 平 云 脚 低 。
　　— — ｜ ｜ ｜ — 。　　　　　｜ ｜ — — ·｜ — 变格4
　¯7 ¯15 ˴4 ˴13 ˅21 _9 ¯8　　　˅4 ˴17 ¯6 _8 ¯12 ˴10 ¯8

　　几 处 早 莺 争 暖 树，　　　　谁 家 新 燕 啄 春 泥 。
　　｜ ｜ ｜ — ｜ ｜ 　　　　　　— — ｜ ｜ ˴ — ｜ 。
　˅5 ˴6 ˅19 _8 _8 ˅14 ˴7　　　¯4 _6 ¯11 ˴17 ˴1 _11 ¯8

　　乱 花 渐 欲 迷 人 眼，　　　　浅 草 才 能 没 马 蹄 。
　　｜ ｜ — — ｜ ｜ 　　　　　　｜ ｜ — — ｜ ｜ 。
　˴15 _6 ˅28 ˴2 ¯8 ¯11 ˅15　　　˅16 ˅19 ¯10 _10 ˴6 ˅21 ¯8

　　最 爱 湖 东 行 不 足，　　　　绿 杨 阴 里 白 沙 堤 。
　　｜ ｜ — — — ｜ ｜ 　　　　　｜ — — ｜ ｜ — ｜ 。
　˴9 ˴11 ¯7 ¯1 _8 ˴5 ˴2　　　˴2 _7 _12 ˴4 ˴11 _6 ¯8

　　咏西湖的诗，绝句最好的是苏轼的《饮湖上初晴后雨》(339)，律诗最好的就是本诗。诗以"孤山寺"起，到"白沙堤"终，从点到面，又由面回到点，中间转换，不见痕迹，结构精妙，条理井然。颔联把早春的西湖点染成半面轻匀的钱塘苏小小，颈联透露西湖很快就会姹紫嫣红、成为浓妆艳抹的西施。就写早春景色而言，这两联是谢灵运"池塘生春草，园柳变鸣禽"(679)之后，写得最好的。

金陵怀古

唐　许　浑

玉 树 歌 残 王 气 终，　　　景 阳 兵 合 戍 楼 空。
｜ ｜ — — ˙ ｜ —变格4　　　｜ — — ｜ ｜ ｜ —
ㄨ2 ˇ7 _5 ⁻14 _7 ˇ5 ⁻1　　　ˇ23 _7 _8 ㄨ15 ˇ7 _11 ⁻1

松 楸 远 近 千 官 冢，　　　禾 黍 高 低 六 代 宫。
— — ｜ ｜ — — ｜　　　— ｜ — — ｜ ｜ —
⁻2 _11 ˇ13 ˇ13 _1 ⁻14 ˇ2　　　_5 ˇ6 _4 _8 ˇ1 ˇ11 ⁻1

石 燕 拂 云 晴 亦 雨，　　　江 豚 吹 浪 夜 还 风。
｜ ｜ ｜ — — ｜ ｜　　　— — — ｜ ｜ — —
ㄨ11 ˇ17 ㄨ5 ⁻12 _8 ㄨ11 ˇ7　　　⁻3 ⁻13 ⁻4 ˇ23 ⁻22 ⁻15 ⁻1

英 雄 一 去 豪 华 尽，　　　惟 有 青 山 似 洛 中。
— — ｜ ｜ — — ｜　　　— — — ｜ ｜ ｜ —
_8 ⁻1 ㄨ4 ˇ6 _4 _6 ˇ11　　　⁻4 ˇ25 _9 ⁻15 ˇ4 ㄨ10 ⁻1

　　一般咏怀金陵的诗，多指一景一事而言；本诗则抓住在《玉树后庭花》的靡靡之音中，隋兵灭陈这一史事，浑写大意，涵概一切，具有高度的艺术概括性。中间两联，虽都以自然景象反映社会变化，但手法不同：颔联采取赋的手法进行直观的描述，颈联借助比兴取得暗示的效果。这样，既写出各种丰富多彩的形象，又烘托了一种神秘莫测的浪漫主义气氛。

银河吹笙

唐　李商隐

怅 望 银 河 吹 玉 笙，　　　楼 寒 院 冷 接 平 明。
｜ ｜ — — ˙ ｜ —变格4　　　— — ｜ ｜ ｜ — —
ˇ23 ˇ23 ⁻11 _5 ⁻4 ㄨ2 _8　　　_11 ⁻14 ˇ17 ˇ23 ㄨ16 _8 _8

重 衾 幽 梦 他 年 断，　　　别 树 羁 雌 昨 夜 惊。
— — — ｜ — — ｜　　　｜ ｜ — — ｜ ｜ —
⁻2 _12 _11 ˇ1 _5 _1 ˇ15　　　ㄨ9 ˇ7 ⁻4 ⁻4 ㄨ10 ˇ22 _8

月 榭 故 香 因 雨 发，　　　风 帘 残 烛 隔 霜 清。
｜ ｜ ｜ — — ｜ ｜　　　— — — ｜ ｜ — —
ㄨ6 ˇ22 ˇ7 _7 ⁻11 ˇ7 ㄨ6　　　⁻1 _14 ⁻14 ㄨ2 ㄨ11 _7 _8

不 须 浪 作 缑 山 意，　　　　　湘 瑟 秦 箫 自 有 情。
｜ 　 — 　 ｜ 　 — 　 — 　 ｜　　　　　— 　 ｜ 　 — 　 — 　 ｜ 　 — 。
ㄨ5 　¯7 　ㄟ23 ㄨ10 ＿11 ¯15 ㄟ4　　　　¯7 　ㄨ4 　¯11 　＿2 　ㄟ4 　ㄨ25 　＿8

　　诗篇从当前所见所闻所感的物象兴起，引出往日欢情的追忆和昨夜鸟啼的插念，再跳跃到远隔异乡的故园花开的想象，又折回眼前风帘残烛的实景，最后更从有关神仙传说激起的天外遐想，落脚到埋藏于自己衷怀的一片深情。时间和空间都跨越了，揉合了，各个意象间也没有外在联系；贯串始终的只是一股意识的潜流，它瞬息万变，扑朔迷离。这正是李商隐诗歌最叫人惊异的地方，也往往是最为隐晦费解的地方。

流　莺

唐　李商隐

流 莺 漂 荡 复 参 差，　　　　　度 陌 临 流 不 自 持。
— 　 — 　 — 　 ｜ 　 ｜ 　 — 　 —　　　　　｜ 　 ｜ 　 — 　 — 　 ｜ 　 ｜ 　 — 。
＿11 ＿8 　＿2 　ㄟ22 ㄨ1 　＿12 ¯4　　　　¯7 　ㄨ11 ＿12 ＿11 ㄨ5 　ㄟ4 　¯4

巧 啭 岂 能 无 本 意，　　　　　良 辰 未 必 有 佳 期。
｜ 　 ｜ 　 ｜ 　 — 　 — 　 ｜ 　 ｜　　　　　— 　 — 　 ｜ 　 ｜ 　 ｜ 　 — 　 — 。
ㄟ18 ㄟ17 ㄟ5 　＿10 ＿7 　ㄟ13 ㄟ4　　　　¯7 　¯11 　ㄨ5 　ㄨ4 　ㄨ25 ¯9 　ㄟ4

风 朝 露 夜 阴 晴 里，　　　　　万 户 千 门 开 闭 时。　—变格4
— 　 — 　 ｜ 　 ｜ 　 — 　 — 　 ｜　　　　　｜ 　 ｜ 　 — 　 — 　 — 　 ｜ 　 — 。
¯1 　＿2 　ㄟ7 　ㄟ22 ＿12 ＿8 　ㄨ4　　　ㄨ14 ㄟ7 　＿1 　＿13 ¯10 ㄟ8 　¯4

曾 苦 伤 春 不 忍 听，　　　　　凤 城 何 处 有 花 枝？
— 　 ｜ 　 — 　 — 　 ｜ 　 ｜ 　 ｜　变格2　　｜ 　 — 　 — 　 ｜ 　 ｜ 　 — 　 — ？
＿10 ㄨ7 　＿7 　¯11 ㄨ5 　＿11 ㄟ25　　　ㄟ1 　＿8 　＿5 　ㄟ6 　ㄨ25 ＿6 　¯4

　　这是作者托物寓怀、抒写身世之感的诗篇。如果说，流莺的"漂荡"是诗人飘零身世的象征，那么流莺的"巧啭"便是诗人美妙歌吟的生动比喻。"岂能"、"未必"，一纵一收，一张一弛，将诗人不为人所理解的满腹委曲和良辰不遇的深切伤感曲曲传出，在流美圆转中有回肠荡气之致。无论"风朝"与"露夜"、"阴"与"晴"、"万户"与"千门"，"开"与"闭"，这永无休止、伤春哀鸣的"流莺"，又哪里可以找到栖息的花枝呢？

游庐山宿栖贤寺

宋　王安国

古屋萧萧卧不周，　　　　弊裘起坐兴绸缪。
｜　｜　—　｜　｜　—　—　｜　｜　—　—　—　—　—　·—　——变格1
√7　λ1 _2　_2 √21 λ5 _11　　√8 _11 √4 √21 _10 _11 _11

千山月午乾坤昼，　　　　一壑泉鸣风雨秋。
—　—　｜　｜　｜　—　｜　　｜　｜　—　—　·—　——变格4
_1 ¯15 λ6 √7 _1 ¯13 ⟍26　　λ4 λ10 _1 _8 ¯1 √7 _11

迹入尘中惭有累，　　　　心期物外欲何求！
｜　｜　—　—　—　｜　｜　　—　—　｜　｜　｜　—　—
λ11 λ14 ¯11 ¯1 _13 √25 ⟍4　　_12 ¯4 λ5 √9 λ2 _5 _11

明朝松路须惆怅，　　　　忍更无诗向此留。
—　—　—　｜　—　—　｜　　｜　｜　—　—　｜　｜　—
_8 _2 ¯2 √7 ¯7 _11 ⟍23　　√11 ⟍24 ¯7 ¯4 ⟍23 √4 _11

本诗抒写了作者登览庐山的洒脱襟怀与情趣。领联集中笔力写庐山夜景：上句写山中月色，主要诉诸视觉；下句写壑间泉声，主要诉诸听觉。这里静景和动景互相配合，出色地构造了一个明净、透彻、幽寂、清寒的尘外世界，为人排除尘念、唤起遐思，布置了一种适宜的氛围，壮浪清洒，气韵独特。

汲江煎茶

宋　苏轼

活水还须活火烹，　　　　自临钓石汲深清：
｜　｜　—　—　｜　｜　—　　—　—　｜　｜　—　—　—
λ7 √4 ¯15 ¯7 √7 √20 _8　　√4 _12 _18 λ11 λ14 _12 _8

大瓢贮月归春瓮，　　　　小杓分江入夜瓶。
｜　—　｜　｜　—　—　｜　　｜　｜　—　—　｜　｜　—出韵
⟍21 _2 √6 λ6 ¯5 _11 _1　　√17 λ10 ¯12 ¯3 λ14 ⟍22 _9

雪乳已翻煎处脚，　　　　松风忽作泻时声。
｜　｜　｜　—　—　｜　｜　　—　—　｜　｜　｜　—　—
λ9 √7 √4 ¯13 _1 ⟍6 λ10　　¯2 ¯1 λ6 λ10 √21 ¯4 _8

枯肠未易禁三椀，　　　　坐听荒城长短更。

```
    ―  ―    |    |   ―  ―    |          |    |   ―  ―   •    |    。变格 4
     ⁻7   _7   ╲5   ╲4   _12  _13  ╲14          ╲21  ╲25  _7   _8   _7   ╲14  _8
```

本诗选自《宋诗三百首》。对煎茶细事,写得细腻深婉,却又洒脱不粘;对仗精致,用语拗折,而意境淡然浑成。杨万里《诚斋诗话》对次句有极细分析:"第二句七字而具五意;水清,一也;深处清,二也;石下之水,非有泥土,三也;石乃钓石,非寻常之石,四也;东坡自汲,非遣卒奴,五也"。结尾两句,使整篇恬闲的气氛中添了几分悲凉萧疏,透出作者当时远贬海南岛时的无奈和困顿。

夏日三首(其一)

宋 张 耒

长 夏 村 墟 风 日 清, 　　檐 牙 燕 雀 已 生 成。

```
    ―    |   ―  ―    |   •   |    。变格 4          |   ―  ―    |    |    |   ―
    _7   ╲22  _13  ⁻6  _1  ╲4  _8          _14  _6   ⁻17  ╲10  ╲4   _8   _8
```

蝶 衣 晒 粉 花 枝 舞, 　　蛛 网 添 丝 屋 角 晴。

```
    |    ―    |   ╲   |    |    ╲          ⁻   |    |   ―    |    |    |
    ╲16  ⁻5   ╲10  ╲12  _6  ⁻4  ╲7          ⁻7  ╲22  _14  ⁻4  ╲1  ╲3  _8
```

落 落 疏 帘 邀 月 影, 　　嘈 嘈 虚 枕 纳 溪 声。

```
    ╲    |    ―    |    |   ╲   ╲          _    _    ⁻   ╲   |   ╲   |
    ╲10  ╲10  ⁻6   _14  _2  ╲6  ╲23          _4  _4  ⁻6  ╲26  ╲15  ⁻8  _8
```

久 判 两 鬓 如 霜 雪, 　　直 欲 樵 渔 过 此 生。

```
    ╲   ⁻   ╲    ╲   |    |   ╲          ╲   ╲   _   ⁻   |   ╲   |
    ╲25  ⁻14  ╲22  ╲12  _6  _7  ╲9          ╲13  ╲2  _2  ⁻6  ╲21  ╲4  _8
```

本诗写农村夏日之清,诗境臻于蕴藉闲远。颈联中,"邀"、"纳"两字,把月影写成有情之物,把溪声写成可装纳起来的实体,透露出诗人对于月影、溪声的欣赏。这种月影、溪声本已带清凉之感,而诗人又是于枕上感受到这一切,则心境之清,更不言而喻,这就成功地写出一片清幽的环境和清闲的心境。

雨 晴

宋 陈与义

天 缺 西 南 江 面 清, 　　纤 云 不 动 小 滩 横。

— | — — · | —　变格4　　　— — | | | —
_1 ∧9 ‾8 _13 ‾3 ∨17 _8　　　_14 ‾12 ∧5 ∨1 ∨17 ‾14 _8
墙 头 语 鹊 衣 犹 湿，　　　楼 外 残 雷 气 未 平。

— | — — | —　　　　　　| | — — | —
_7 _11 ∨6 ∧10 _5 _11 ∧14　　　_11 ∨9 ‾14 _10 ∨5 ∨5 _8
尽 取 微 凉 供 稳 睡，　　　急 搜 奇 句 报 新 晴。

| | — — | |　　　　　　| — — | — —
∨11 ∨7 ‾5 _7 ‾2 ∨13 ∨4　　　∧14 _11 ‾4 ∨7 ∨20 ‾11 _8
今 宵 绝 胜 无 人 共，　　　卧 看 星 河 尽 意 明。

— — | | — —　　　　　　| | — | | —
_12 _2 ∧9 ∨25 ‾7 ‾11 ∨2　　　∨21 ∨15 _9 _5 ∨11 ∨4 _8

这首抒情诗，不着一个喜字，喜悦之情却蕴于写景叙事之中，饱含着耐人寻味的欢悦情绪。颔联中，清脆的鹊语与低沉的残雷既成对比，又和谐一致，交织成急雨初晴时大自然的一首交响曲。鹊之能"语"又有"衣"，雷之为"残"更负"气"，都是拟人手法的运用，使写声的"奇句"极富生气。这种以拟人手法与情景对比抒发喜悦之情，读来很为亲切。

岐阳三首(其二)

金　元好问

百 二 关 河 草 不 横，　　　十 年 戎 马 暗 秦 京。
| | — — | | —　　　　　| | | — | | —
∧11 ∨4 ‾15 _5 ∨19 ∧5 _8　　　∧14 _1 ‾1 ∨21 ∨28 ‾11 _8

岐 阳 西 望 无 来 信，　　　陇 水 东 流 闻 哭 声。
— — — | | | —　　　　　| | — — · | —　变格4
‾4 _7 ‾8 ∨23 ‾7 _10 ∨12　　　∨2 ∨4 ‾1 _11 ‾12 ∧1 _8

野 蔓 有 情 萦 战 骨，　　　残 阳 何 意 照 空 城！
| | — | | | —　　　　　| | — | | — |
∨21 ∨14 ∨25 _8 _8 ∨17 ∧6　　　‾14 _7 _5 ∨4 ∨18 ‾1 _8

从 谁 细 向 苍 苍 问，　　　争 遣 蚩 尤 作 五 兵。
— — | | | — |　　　　　| | — | | | —
‾2 ‾4 ∨8 ∨23 _7 _7 ∨13　　　_8 ∨16 ‾4 _11 ∧10 ∨7 _8

本诗前半首写岐阳战事，后半首写由战争造成的惨绝人寰的景象，对人类社会长期以来统治阶级所发动的非正义战争导致社会的破坏、生灵的涂炭进行强烈的控诉。颈联中,野蔓萦绕战骨,绝无情事,却说"有情";残阳普照空城,本来无意,偏问"何意"。这样,对侵略者的残杀罪行,暴露得更加深刻,全诗也在这里显示了艺术性与思想性的高度统一。

溪 上
元　赵孟頫

溪 上 东 风 吹 柳 花,　　　　溪 头 春 水 净 无 沙。
　　　　　　　　　　—变格4

白 鸥 自 信 无 机 事,　　　　玄 鸟 犹 知 有 岁 华。

锦 缆 牙 樯 非 昨 梦,　　　　凤 笙 龙 管 是 谁 家?

令 人 苦 忆 东 陵 子,　　　　拟 问 田 园 学 种 瓜。

杜甫《秋兴》有"锦缆牙樯起白鸥",本诗以五句顶三句;李白《襄阳歌》有"凤笙龙管行相催",本诗以六句顶四句。颈联与颔联的这一顶接,顿时将仲春的清丽转为心境的悲冷,将"溪上"的即景导入时世的感怀。"诗圣"杜甫于清景丽景之后,往往能接续无痕地转入苍凉深沉的感慨,赵孟頫宗杜,本诗也表现了这样的特点,这又与身为宋之宗室的作者仕元后得到厚禄的心境是密切相关的。

感 秋
明　杨 基

袅 袅 西 风 吹 逝 波,　　　　冥 冥 灏 气 逼 星 河。
　　　　　　　　　　—变格4

宣 王 石 鼓 青 苔 涩,　　　　武 帝 金 盘 白 露 多。

```
— —  |  |  —  — |           |  |  —  — |  —  。
_1  _7 ∖11 ⌄7 _9 ‾10 ∖14    ⌄7 _8 _12 ‾14 ∖11 ⌄7  _5
```

八 阵 云 开 屯 虎 豹，　　　　**大 江 潮 落 见 鼋 鼍。**

```
|  —  |  —  —  |           |  —  |  |  —  |
∖8 ⌄12 _12 ‾10 _13 ⌄7 ∖19    ∖21 _3  _2 ∖10 ‾17 ‾13 _5
```

沅 湘 一 带 皆 秋 草，　　　　**欲 采 芙 蓉 奈 晚 何！**

```
—  —  |  —  —  —  ∖            ∖  —  —  —  |  ∖  —
‾13 _7 ∖4 ⌄9 ‾9 _11 ⌄19      ∖2 ⌄10 ‾7 ‾2 ⌄9 ⌄13 _5
```

　　本诗因秋兴怀，但所感甚大，非一般悲秋之作可比。中间两联，使人想起韩愈的《石鼓歌》、李贺的《金洞仙人辞汉歌》(857)、杜甫的《八阵图》(291)等名篇，上下数千年，纵横几万里，对周秦两汉以来，圣君贤相文治武功的遗迹，表示深沉的凭吊，其中历史含蕴十分丰富，是全诗精神所聚。尾联将笔折回沅湘，与篇首呼应，强烈表现出一种众芳芜秽、美人迟暮的感慨。

过　江

明　钱　晔

江 渚 风 高 酒 乍 醒，　　　　**川 途 渺 渺 正 扬 舲。**

```
—  |  —  |  —  —  ∖ 。         —  —  ∖  ∖  ∖  —  —
_3 ⌄6 ‾1 _4 ⌄25 ∖22 _9       _1 _7 ⌄17 ⌄7 ∖24 _7 _9
```

浪 花 作 雨 汀 烟 湿，　　　　**沙 鸟 迎 人 水 气 腥。**

```
|  —  |  —  —  |           |  —  |  —  |  —
∖23 _6 ∖10 ⌄7 _9 _1 ∖14      _6 ⌄17 _8 ‾11 ∖4 _5 _9
```

三 国 旧 愁 春 草 碧，　　　　**六 朝 遗 恨 晚 山 青。**

```
—  |  ∖  —  —  —  —           ∖  —  —  ∖  ∖  —  —
_13 ∖13 ∖26 _11 ‾11 ⌄19 ∖11  ∖1 _2 ‾4 ∖14 ⌄13 ‾15 _9
```

不 须 倚 棹 吹 长 笛，　　　　**恐 有 蛟 龙 潜 出 听。**

```
∖  —  |  ∖  —  —  |          |  |  —  —  •  —  —变格4
∖5 _7 ⌄4 ∖19 ‾4 _7 ∖12       ⌄2 ⌄25 _3 ‾2 _14 ∖4 _9
```

　　本诗以过江的行程步步展开，而又一气呵成，气局严整而遒劲。首联直叙入题，展示一幅江行的画面，既壮又悲；额联于视觉之外，尚有"湿"的触觉和"腥"的嗅觉，使人身临其境；颈联将怀古与即景有机地结合在一起，感慨深沉，意味无穷，足称警策；尾联借倚棹吹笛的愿望，抒发诗人的余情，是雄豪与悲凉两兼心情的自然流露,与首联遥相呼应。

崖门谒三忠祠

清　陈恭尹

山　木　萧　萧　风　又　吹，　　　两　崖　波　浪　至　今　悲。
一　声　望　帝　啼　荒　殿，　　　十　载　愁　人　拜　古　祠。
海　水　有　门　分　上　下，　　　江　山　无　地　限　华　夷。
停　舟　我　亦　艰　难　日，　　　畏　向　苍　苔　读　旧　碑。

　　这是歌咏文天祥、陆秀夫、张世杰三位民族英雄的诗。首联"至今悲"绾结了宋亡与明亡的深创巨痛;颔联望帝啼血饱含强烈的复仇愿望;颈联即景成对,表现了对清统治者的极大义愤,又属对工切,是诗中警句;尾联有虽含辱偷生,愧于前贤,但决不与清统治者合作的决心。全诗在低回深沉的格调中倍显苍茫悲凉,令人难以卒读。

秋柳四首(其一)

清　王士禛

秋　来　何　处　最　销　魂?　　　残　照　西　风　白　下　门。
他　日　差　池　春　燕　影，　　　祗　今　憔　悴　晚　烟　痕。
愁　生　陌　上　黄　骢　曲，　　　梦　远　江　南　乌　夜　村。

　— 　— 　｜ 　｜ 　｜ 　— 　— 　　　　｜ 　｜ 　｜ 　— 　— 　• 　｜ 　。 ——变格4
_11 _8 ╲11 ╲23 _7 ˉ1 ╲2 　　　　ˉ1 ╲13 ˉ3 _13 ˉ7 ╲22 ˉ13
莫 听 临 风 三 弄 笛，　　　　玉 关 哀 怨 总 难 论。
　｜ 　｜ 　｜ 　— 　— 　｜ 　｜ 　　　　｜ 　— 　— 　— 　｜ 　｜ 　｜
╲10 ╲25 _12 ˉ1 ˉ13 ╲1 ╲12 　　　╲2 ˉ15 ˉ10 ╲14 ╲1 ˉ14 ˉ13

　　本组诗是清初诗界泰斗王士禛的成名作，主题是：一切美好的东西都已逝去，到处都是幻灭的悲哀。本诗首联直出"销魂"两字，定下咏叹秋柳衰飒基调；中间两联用典，传送给读者的是不存在任何希望的幻灭；尾联用王之涣"羌笛何须怨杨柳，春风不度玉门关"（333），不仅把笛声与杨柳关合起来，以与诗题"秋柳"相应，更是点明了"玉关哀怨"乃"春风不度"的哀怨，进一步突出了繁华的春天不会再来的伤痛。

湘　君
近代　李希圣

青 枫 江 上 古 今 情，　　　　锦 瑟 微 闻 呜 咽 声。
— 　— 　｜ 　— 　｜ 　｜ 　。　　　｜ 　｜ 　— 　— 　— 　• 　｜ 　。 ——变格4
_9 ˉ1 ˉ3 ╲23 ╲7 _12 _8 　　　　╲26 ╲4 ˉ5 ˉ12 ˉ7 ╲9 _8
辽 海 鹤 归 应 有 恨，　　　　鼎 湖 龙 去 总 无 名。
— 　｜ 　｜ 　— 　— 　｜ 　｜ 　　　　｜ 　— 　— 　｜ 　— 　｜ 　。
_2 ╲10 ╲10 ˉ5 _10 ╲25 ╲14 　　　╲24 ˉ7 _2 ╲6 ╲1 ˉ7 _8
珠 帘 隔 雨 香 犹 在，　　　　铜 辇 经 秋 梦 已 成。
— 　｜ 　｜ 　— 　— 　｜ 　｜ 　　　　｜ 　— 　— 　｜ 　— 　｜ 　。
ˉ7 _14 ╲11 ╲7 _7 _11 ╲11 　　　ˉ1 ╲16 _9 _11 ╲1 ╲4 _8
天 宝 旧 人 零 落 尽，　　　　陇 鹦 辛 苦 说 华 清。
— 　— 　｜ 　— 　— 　｜ 　｜ 　　　　｜ 　— 　｜ 　— 　— 　｜ 　。
_1 ╲19 ╲26 ˉ11 _9 ╲10 ╲11 　　　╲2 _8 ˉ11 ╲7 ╲9 _6 _8

　　本诗以芬芳悱恻之笔，寄悲凉深沉之思，悼念珍妃，忧愤国事，不仅对光绪、珍妃寄以深切同情，而且对戊戌变法那短暂日月充满殷殷眷恋。诗几乎句句用典，借古喻今，一种凝重的历史悲剧感与一种凄艳的艺术审美感交织在读者心头。

挽刘道一

近代　孙中山

半 壁 东 南 三 楚 雄，　　　　刘 郎 死 去 霸 图 空。
｜ ｜ － － ｜ ·｜ ——变格4　　　－ － ｜ － － ｜ —
ヽ15 ∧12 ￣1 ￣13 ＿13 ∨6 ￣1　　　＿11 ￣7 ∨4 ヽ6 ヽ22 ￣7 ￣1

尚 馀 遗 业 艰 难 甚，　　　　谁 与 斯 人 慷 慨 同！
｜ － － ｜ － － ｜　　　　　－ ｜ － － ｜ ｜ —
ヽ23 ￣6 ￣4 ∧17 ￣15 ￣14 ヽ27　　　￣4 ∨6 ｜ ￣11 ∨22 ヽ11 ￣1

塞 上 秋 风 悲 战 马，　　　　神 州 落 日 泣 哀 鸿。
ヽ11 ヽ23 ＿11 ￣1 ￣4 ￣17 ∨21　　　￣11 ＿11 ∧10 ∧4 ￣14 ￣10 ￣1

几 时 痛 饮 黄 龙 酒，　　　　横 揽 江 流 一 奠 公。
｜ － ｜ ｜ － － ｜　　　　　－ ｜ － － ｜ ｜ —
∨5 ￣4 ヽ1 ∨26 ＿7 ￣2 ∨25　　　＿8 ∨27 ￣3 ＿11 ∧4 ヽ17 ￣1

同盟会会员刘道一，是第一个为革命献身的留学日本的湖南青年。孙中山把刘的死难看成是革命事业的一大损失。整首诗哀挽死者，激励生者，慷慨悲歌，沉雄豪放。伟大的革命先行者孙中山先生偶而为诗，但本诗是众多挽诗中写得最为悲壮的一首好诗。

咏 延 安

现代　黄炎培

飞 下 延 安 城 外 山，　　　　万 家 陶 穴 白 云 间。
－ ｜ － － － ｜ ·｜ ——变格4　　　｜ － － ｜ ｜ － —
￣5 ヽ22 ＿1 ￣14 ＿8 ヽ9 ￣15　　　ヽ14 ＿6 ＿4 ∧9 ∧11 ￣12 ￣15

难 忘 鸡 犬 闻 声 里，　　　　小 试 雄 旗 变 色 还。
－ － － ｜ － － ｜　　　　　｜ ｜ － － ｜ ｜ —
￣14 ￣7 ▼8 ￣16 ￣12 ＿8 ∨4　　　∨17 ヽ4 ＿8 ￣4 ヽ17 ∧13 ￣15

自 昔 边 功 成 后 乐，　　　　即 今 铃 语 诉 时 艰。
｜ ｜ － － － ｜ ｜　　　　　－ － － ｜ ｜ － —
ヽ4 ∧11 ＿1 ￣1 ＿8 ヽ26 ∧10　　　∧13 ＿12 ＿9 ∨6 ヽ7 ￣4 ￣15

鄜 州 月 色 巴 山 雨，　　　　奈 此 苍 生 空 泪 潸。

　—　—　｜　　｜　—　—　｜　　　　　　｜　｜　—　—　·　｜　　— 变格 4
　⁻7　_11　ᴧ6　ᴧ13　_6　⁻15　ᵛ7　　　　ᵛ9　ᵛ4　_7　_8　⁻1　ᵛ4　⁻15

1945 年 7 月，黄炎培等六人为促成国共和平谈判，飞赴延安。从黑暗、腐朽、充满凶险的国民党统治区，乍到淳厚、和乐、生机蓬勃的解放区，如同进入了另一个世界，诗的上半首即含蓄表达了这种新鲜感和喜悦情。下半首诗人返顾历史，以曾在此筑城保疆的范仲淹的以天下之忧乐为己任，表达为苍生的幸福，日日夜夜，风风雨雨，不辞艰辛，斡旋于延安（鄜州）、重庆（巴山），促进国共和谈的一片深情。

赠钱学森

现代　郭沫若

　大　火　无　心　云　外　流，　　　　　登　楼　几　见　月　当　头。
　｜　｜　—　—　·　｜　— 变格 4　　　　—　—　｜　｜　—　—　—
　ᵛ21　ᵛ20　⁻7　_12　⁻12　ᵛ9　_11　　　　_10　_11　ᵛ5　_17　ᴧ6　_7　_11

　太　平　洋　上　风　涛　险，　　　　　西　子　湖　中　景　色　幽。
　｜　｜　—　—　｜　—　｜　　　　　　　—　—　｜　—　｜　｜　—
　ᵛ9　_8　_7　ᵛ23　⁻1　_4　ᵛ28　　　　⁻8　ᵛ4　_7　⁻1　ᵛ23　ᴧ13　_11

　突　破　藩　篱　归　故　国，　　　　　参　加　规　划　献　宏　猷。
　｜　｜　—　—　｜　—　｜　　　　　　　—　—　—　｜　｜　—　—
　ᴧ6　ᵛ21　⁻13　⁻4　⁻5　ᵛ7　ᴧ13　　　　_13　_6　⁻4　ᴧ11　ᴧ14　_8　_11

　从　兹　十　二　年　间　事，　　　　　跨　箭　相　期　星　际　游。
　—　—　｜　｜　—　—　｜　　　　　　　｜　｜　—　—　·　｜　— 变格 4
　⁻2　⁻4　ᴧ14　ᵛ4　⁻1　⁻15　ᵛ4　　　　ᵛ22　ᵛ17　_7　⁻4　ᵛ8　_11

这首赞扬"导弹之父"钱学森的七律比喻贴切、精妙，对仗稳妥、工整，热诚地赞颂了钱学森的爱国主义精神，是一曲爱国主义的赞歌！时至今日，原子弹、氢弹、人造卫星、神舟工程、探月工程、空间站……一系列国防、科学尖端工程的成功，无一不浸透着钱学森的丰功伟绩，钱老真是首屈一指的"两弹一星功臣"。

无　题

现代　胡厥文

　五　月　蹉　跎　愤　不　禁，　　　　　两　都　先　后　继　埋　沉。

|　|　—　—　|　|　。　　　|　—　—　|　|　—　。
√7　×6　_5　_5　√12　×5　_12　　　√22　‾7　_1　×26　、8　‾9　_12

求和固位庸奴策，　　　泣血椎胸壮士心。

—　|　|　|　|　|　　　　×14　×9　_4　‾2　、23　、4　_12
_11　_5　、7　、4　_2　‾7　×11

莫作深山松柏想，　　　且舒大泽龙蛇吟。

|　|　|　|　|　|　　　|　|　—　—　•　—　—　变格1
×10　×10　_12　‾15　_2　×11　√22　　√21　‾6　×21　×11　‾2　_6　_12

生逢乱世囊锥现，　　　事业由来无古今。

—　—　—　—　|　|　　　|　|　—　—　•　|　—　变格4
_8　‾2　、15　、8　_7　‾4　、17　　、4　×17　_11　‾10　‾7　√7　_12

本诗写于 1938 年 4 月。上半首叙事，对于国民党政府向日本妥协投降表示极大的愤慨；下半首抒情，写作者抗日救国的伟大抱负和坚强决心。全诗感情色彩强烈，激情如火，其献身祖国、报效民族的壮志豪情，犹如万斛泉涌，奔泻而出，具有排山倒海之势，读之令人心潮难平。

中秋寄怀台湾诸亲友

现代　苏步青

河淡星稀夜色幽，　　　一年佳节又中秋。
—　|　—　|　—　|　—　　　×4　_1　‾9　×9　、26　‾1　_11
_5　、28　_9　_5　、22　×13　_11

共看明月思千里，　　　欲御长风行九州。　变格4
|　—　—　|　|　|　　　|　|　—　—　•　—　。
、2　‾14　_8　×6　‾4　_1　、4　　×2　、6　_7　‾1　_8　√25　_11

丹桂无因栽玉宇，　　　嫦娥何事在琼楼？
—　|　—　—　—　|　　　_7　_5　_5　、4　_11　_8　_11
‾14　、8　‾7　_11　‾10　×2　√7

会当携手团圆聚，　　　销却年年两地愁。
—　—　—　|　—　|　　　_2　×10　_1　_1　√22　、4　_11
、9　_7　‾8　√25　_14　‾14　√7

我国著名数学家苏步青教授业余爱好诗词，造诣颇深，曾兼任杭州西湖诗社名誉社长。本诗是一篇佳作，上半首写景，下半首抒情，写得别开生面，境界独造，情重意浓,豁人耳目,言简意丰,语淡情深,含蓄蕴藉,显而不露,情韵独卓,寄托遥深。

锦　瑟

戏效玉溪生体

现代　何其芳

锦　瑟　尘　封　三　十　年，　　几　回　追　忆　总　凄　然。

苍　梧　山　上　云　依　树，　　青　草　湖　边　月　坠　烟。

广　宇　沉　寥　无　鹤　舞，　　寒　江　澄　澈　有　鱼　眠。

何　当　妙　手　操　清　曲，　　快　雨　扬　风　似　怒　泉。

　　首联说明作者久离创作,不无遗憾;颔联承前,言湖山虽美,惜未管其弦;颈联以江寒天冷,鹤渺鱼眠,比喻艺坛落寞,荒芜寂寥;尾联呼唤妙手清曲,大风至而大雨随,暗喻作者准备重新开始文艺创作之期望。作者在"文革"期间长期受到"四人帮"的打击与压制,但毫不屈服。诗作流露出作者对"四人帮"的愤恨之情,以及他希冀跟随党中央为四化建设重新奋笔创作之愿望。

"七·一"抒情

现代　胡乔木

如　此　江　山　如　此　人，　　千　年　不　遇　我　逢　辰。

挥　将　日　月　长　明　笔，　　写　就　雷　霆　不　朽　文。

指　顾　崎　岖　成　坦　道，　　笑　谈　荆　棘　等　浮　云。

　　│　│　│　━　━　│　　　　　│　━　│　│　│　。

　∨4　丶7　━4　━7　＿8　∨14　∨19　　　丶18　＿13　＿8　丶13　∨24　＿11　━12

旌　旗　猎　猎　春　风　暖，　　　　　万　目　环　球　看　太　平。

　＿8　━4　丶16　丶16　━11　━1　∨14　　　丶14　丶1　━15　＿11　丶15　丶9　＿8

　　本诗依《词韵》协韵，真、文两韵皆第六部，庚韵为第十一部，两部通押。1965
年，胡乔木为庆祝中国共产党诞生四十四周年，写此诗以抒情怀。诗高度颂扬了伟
大领袖毛泽东主席（"如此人"）的丰功伟绩，气势宏伟，笔墨酣畅，境界开阔，豪放高
昂，充满了浪漫主义的激情。尤其中间两联写出了一个大政治家、大军事家的胸
襟、胆略和气魄。

偕唐代文学国际学术讨论会诸公游扬州，登平山堂小憩

当代　霍松林

当　年　酬　唱　几　人　英，　　　　　六　一　风　神　四　座　倾。

＿7　＿1　＿11　丶23　∨5　━11　＿8　　　丶1　丶4　━1　━11　丶4　丶21　＿8

胜　事　宁　随　前　哲　尽？　　　　　远　山　仍　与　此　堂　平。

丶24　丶4　＿9　━4　＿1　丶9　∨11　　　∨13　━13　＿10　∨6　丶4　＿7　＿8

绿　杨　城　外　枫　林　艳，　　　　　红　药　桥　边　秋　水　清。

丶2　＿7　＿8　丶9　━1　＿12　丶29　　　━1　丶10　＿2　━1　＿11　∨4　＿8　　━变格4

欲　约　群　贤　留　半　宿，　　　　　共　看　淮　月　二　分　明。

丶2　丶10　━12　＿1　＿11　丶15　丶1　　　丶2　━14　━9　丶6　丶4　━12　＿8

　　全诗熔叙事、怀古、写景、抒情于一炉，一气呵成，诗情奔放，不愧大家手笔。次
句中"六一风神"即欧阳修（著有《六一诗话》），其知扬州时建平山堂。颈联两句点
化唐许浑诗句"绿杨城郭是扬州"及宋姜夔词句"念桥边红药，年年知为谁生"而来，
末句点化唐徐凝诗句"天下三分明月夜，二分无赖是扬州"（258）而来。扬州师院李
廷先教授看了此诗后说："非才情富艳如霍翁者，孰克臻于此境乎？"

春游紫竹院

当代 王澍

柳 絮 因 风 随 意 飘，　　　　引 人 乘 兴 出 城 郊。
｜ ｜ — — • ｜ —变格4　　　｜ — | — ｜ — ｜
√25 ↘6 ⁻11 ⁻1 ⁻4 ↘4 ⌄2　　　√11 ⁻11 ⁻10 ↘25 ⋋4 ⌄8 ⌄3

望 山 却 步 知 年 迈，　　　　见 竹 倾 心 慕 节 高。
｜ ｜ ｜ ｜ — | ｜　　　　　｜ ｜ | — ｜ ｜ —
↘23 ⁻15 ⋋10 ↘7 ⁻4 ⌄1 ↘10　　　↘17 ⋋1 ⌄8 ⌄12 ↘7 ⌄9 ⌄4

苑 内 别 来 添 水 榭，　　　　湖 中 倒 映 有 虹 桥。
｜ ｜ | — ｜ | ｜　　　　　— — ｜ ｜ ｜ — —
√13 ⁻11 ⋋9 ⁻10 ⌄14 √4 ↘22　　　⁻7 ⁻1 ⌄20 ↘24 √25 ⁻1 ⌄2

含 情 路 畔 谁 招 手，　　　　雅 是 丁 香 丽 小 桃。
— | | | — | ｜　　　　　| ｜ ｜ — | ｜ —
⌄13 ⌄8 ↘7 ↘15 ⁻4 ⌄2 √25　　　√21 √4 ⌄9 ⌄7 ↘8 √17 ⌄4

　　本诗萧、肴、豪三韵通押。紫竹院在北京城西郊，园内竹林茂密丛生，湖泊荡漾，小桥流溪，水榭碧澄，园周围有垂柳、丁香、小桃围绕，是一处有名的园林胜景。经作者诗笔描画，风飘柳絮，引逗人们春游之兴；丁香、小桃招手，路畔脉脉含情，勾勒出一幅京郊春游图。读者如身临其境，置身画中。

四、七 绝

渡 湘 江

唐 杜审言

迟 日 园 林 悲 昔 游，　　　　今 春 花 鸟 作 边 愁。
— ｜ — — • ｜ —变格4　　　　| — | ｜ | — ｜
⁻4 ⋋4 ⁻13 ⌄12 ⁻4 ⋋11 ⌄11　　　⌄12 ⁻11 ⌄6 √17 ⋋10 ⌄1 ⌄11

独 怜 京 国 人 南 窜，　　　　不 似 湘 江 水 北 流。
| | — | — | ｜　　　　　| ｜ — — | | —
⋋1 ⌄1 ⌄8 ⋋13 ⁻11 ⌄13 ↘15　　　⋋5 √4 ⌄7 ⁻3 ⁻4 ⋋13 ⌄11

　　本诗出现在七绝刚刚定型、开始成熟的初唐，是《唐诗鉴赏辞典》所收的第一首七绝,且完全合律,是作者被贬流放途中的即景抒情之作。杜甫的"感时花溅泪,恨别鸟惊心"(21),可能就是从其祖父本诗中的"花鸟作边愁"化出来的。

从军行七首(其四)

唐 王昌龄

青海长云暗雪山, 孤城遥望玉门关。

— — | | | — | — | — — | | | — — | — |
_9 ⌄10 _7 ⁻12 ⌄28 ⌄9 ⁻13 ⁻7 _8 _2 ⌄23 ⌄2 ⁻13 ⁻15

黄沙百战穿金甲, 不破楼兰终不还。

— — | | | — — | | | — — • | — —变格4
_7 _6 ⌄11 ⌄17 _1 _12 ⌄17 ⌄5 ⌄21 _11 ⁻14 ⁻1 ⌄5 ⁻15

这是一首优秀的盛唐边塞诗。前两句境界阔大,感情悲壮,含蕴丰富;第三句把战斗之艰苦、战事之频繁越写得突出,第四句"不破楼兰终不还"这豪情壮语便越显得铿锵有力,掷地有声。

出塞二首(其一)

唐 王昌龄

秦时明月汉时关, 万里长征人未还。

— — — | | | — | | | — — • | —变格4
⁻11 ⁻4 _8 _6 ⌄15 ⁻4 ⁻15 ⌄14 ⌄4 _7 _8 ⁻11 ⌄5 ⁻15

但使龙城飞将在, 不教胡马度阴山。

| | | — — | | | — | | | — — | | — —
⌄14 ⌄4 ⁻2 _8 ⁻5 ⌄23 ⌄11 ⌄5 _3 ⁻7 ⌄21 ⌄7 _12 ⁻15

秦汉,见时间之悠远;万里,见空间之寥廓。关山边月,终古不变;故三四句之感慨,尤见深沉。"不教胡马度阴山",不只是秦汉的人们,而且是世世代代人们的共同愿望。明代"后七子"领袖李攀龙曾推奖本诗为唐人七绝的压卷之作。

长信秋词五首(其三)

唐 王昌龄

奉帚平明金殿开, 且将团扇共徘徊。

```
 |    |   —  —  .  — 变格4      |  —  —  |  |  —  —
√2 √25 _8  _8 _12 ╲17 ⁻10       √21 _7 ⁻14 ╲17 √2 ⁻10 ⁻10
```

玉 颜 不 及 寒 鸦 色，　　　犹 带 昭 阳 日 影 来。

```
 |    —    |    |   —   |        —
╲2  ⁻15 ╲5 ╲14 ⁻14 _6 ╲13     _11 ╲9 _2 _7 ╲4 ⁻23 ⁻10
```

　　本诗写宫廷妇女的苦闷生活和幽怨心情，即就汉代班婕妤《怨歌行》(738)的寓意加以渲染，借长信故事反映唐代宫廷妇女的生活。上联暗用《怨歌行》(又名《团扇》)诗意，写婕妤形象入神；下联借物抒情，刻画婕妤心理更入木三分。

清平调词三首
唐　李　白

其　一

云 想 衣 裳 花 想 容，　　　春 风 拂 槛 露 华 浓。

```
 —    |    —    —  .  |  — 变格4      —  —   |   |   —   |  —
⁻12 √22 ⁻5  _7  _6 √22 ⁻2         ⁻11 ⁻1 ╲5 √29 ╲7 _6 ⁻2
```

若 非 群 玉 山 头 见，　　　会 向 瑶 台 月 下 逢。

```
 |    —    |   |   —    |  |       —
╲10 ⁻5 ⁻12 ╲2 ⁻15 _11 ╲17    ╲9 ╲23 _2 ⁻10 ╲6 ╲22 ⁻2
```

其　二

一 枝 红 艳 露 凝 香，　　　云 雨 巫 山 枉 断 肠。

```
 |    —    |   |   —    |  —        |   —   |   |  —   |  —
╲4  ⁻4 ⁻1 ╲29 ╲7 _10 _7        ⁻12 √7 ⁻7 ⁻15 √22 ╲15 _7
```

借 问 汉 宫 谁 得 似？　　　可 怜 飞 燕 倚 新 妆。

```
 |    |    |   —   —  |  |       |   —   |   |  —   |  —
╲22 ╲13 ╲15 ⁻1 ⁻4 ╲13 √4    √20 _1 ⁻5 ╲17 √4 ⁻11 _7
```

其　三

名 花 倾 国 两 相 欢，　　　长 得 君 王 带 笑 看。

```
 —    |    |   |   —    |  —        —  —   |   |  —   |  —
```

　_8　_6　_8　＼13　√22　_7　¯14　　　　_7　＼13　¯12　_7　、9　、18　¯14

解　释　春　风　无　限　恨，　　　沉　香　亭　北　倚　阑　干。

｜　｜　—　—　—　｜　｜　　　　—　—　—　｜　｜　—　。

√9　＼11　¯11　¯1　_7　√15　、14　　　　_12　_7　_9　＼13　√4　¯14　¯14

这三首诗，除第一首含变格四外，余两首皆正格，因内容蝉联，故放在一起。三首诗中，把牡丹和杨妃交互在一起写，花即是人，人即是花，人面花光浑融一片，同蒙唐玄宗的恩泽。第一首从空间写，把读者引入蟾宫阆苑，把带露牡丹比喻杨妃，把衣裳想象为云，把容貌想象为花，原来杨妃是天上仙女下凡，真是精妙至极。第二首从时间写，把读者引入楚襄王的阳台，汉成帝的宫廷，以压低神女和飞燕，来抬高杨妃。不但写色，而且写香；不但写天然的美，而且写含露的美。第三首归到写组诗的现实，点明在唐宫中的沉香亭北。把牡丹、杨妃("倾国")、玄宗三位一体，融合在一起，花在阑外，人倚阑干，多么优雅风流。总之，三首诗语语浓艳，字字流范，春风满纸，花光满眼，花之与人，融为一体，旖旎风情，想象无限。在当时就深为博学能诗的唐玄宗所赞赏。

峨眉山月歌
唐 李 白

峨　眉　山　月　半　轮　秋，　　　影　入　平　羌　江　水　流。

—　—　—　｜　｜　—　。　　　　｜　｜　—　—　·　｜　—　变格4

_5　¯4　¯15　＼6　、15　¯11　_11　　　√23　＼14　_8　_7　¯3　√4　_11

夜　发　清　溪　向　三　峡，　　　思　君　不　见　下　渝　州。

｜　｜　—　—　｜　·　·　｜　变格3　　—　—　｜　｜　｜　—　。

、22　＼6　_8　¯8　、23　_13　＼17　　　　¯4　¯12　√5　、17　、22　_7　_11

"峨眉山"—"平羌江"—"清溪"—"渝州"—"三峡"，二十八字中地名五见，共十二字，这在万首唐人绝句中是仅见的。但并不厌重，是因为诗境中无处不贯串着"山月"这一把广阔的空间和较长的时间统一起来的抒发江行思友之情的艺术形象。

赠 汪 伦
唐 李 白

李　白　乘　舟　将　欲　行，　　　忽　闻　岸　上　踏　歌　声。

```
|  |  ─  ─  ·  |  ─变格4          |  ─  |  |  |  ─      。
∨4 ∖11 _10 _11 _7 ∖2 _8         ∖5 ⁻12 ∖15 ∖23 ∖15 _5 _8
桃 花 潭 水 深 千 尺，           不 及 汪 伦 送 我 情。
─  ─  |  ─  |  |  ∖              ─  |  ─  |  ⁻  ∖  ∨    。
_4 _6 _13 ∨4 _12 _1 ∖11         ∖5 ∖14 _7 ⁻11 ∖1 ∨20 _8
```

本诗深为后人赞赏，"桃花潭水"已成为后人抒写别情的常用语。潭水已经"深千尺"了，那么汪伦送李白的情谊更有多少深呢？

望庐山瀑布

唐　李　白

```
日 照 香 炉 生 紫 烟，           遥 看 瀑 布 挂 前 川。
|  |  ─  ─  ·  |  ─变格4         ─  ─  |  |  ─  ─      。
∖4 ∖18 _7 _7 _8 ∨4 _1           _2 ⁻14 ∖1 _7 ∖10 _1 _1
飞 流 直 下 三 千 尺，           疑 是 银 河 落 九 天。
─  ─  |  |  ─  |  ∖              ─  |  |  ─  |  ∖  ∖    。
⁻5 _11 ∖13 ∖22 _13 _1 ∖11       ⁻4 ∨4 ⁻11 _5 ∖10 ∨25 _1
```

"疑是银河落九天"，虽奇特，但不是凭空而来，而是在形象的刻画中自然地生发出来的。它夸张而又自然，新奇而又真切，从而振起全篇，使整个形象变得更为丰富多彩，雄奇瑰丽，既给人留下了深刻的印象，又给人以想象的余地，显示出李白那种万里一泻，末势犹壮的艺术风格。

移家别湖上亭

唐　戎昱

```
好 是 春 风 湖 上 亭，           柳 条 藤 蔓 系 离 情。
|  |  ─  ─  ·  |  ─变格4         ─  ─  |  ─  |  ─      。
∨19 ∨4 ⁻11 _1 _7 ∖23 _9 邻韵     ∨25 _2 _10 ∖14 ∖8 ⁻4 _8
黄 莺 久 住 浑 相 识，           欲 别 频 啼 四 五 声。
─  ─  |  ─  ⁻  |  ∖              |  |  ─  ⁻  |  ─  ∨    。
_7 _8 ∨25 ∨7 ⁻13 _7 ∖13         ∖2 ∖9 ⁻11 ⁻8 _7 ∨7 _8
```

要搬家了，柳条、藤蔓轻盈招展，伸出无数多情的手臂牵扯我的衣襟，不让我离去；老相识黄莺更是别情依依，啼声恰恰，叫我不要走啊……拟人化的手法，创造了这一童话般的意境。

绝句漫兴九首(其七)
唐　杜　甫

糁 径 杨 花 铺 白 毡，　　　　点 溪 荷 叶 叠 青 钱。
｜　｜　—　—　·　｜　—变格4　　｜　—　—　｜　｜　—
∨27 ∨25 ˍ7 ˍ6 ˉ7 ∧11 ˍ1　　∨28 ˉ8 ˍ5 ∧16 ∧16 ˍ9 ˍ1

笋 根 雉 子 无 人 见，　　　　沙 上 凫 雏 傍 母 眠。
｜　—　｜　｜　—　—　｜　　　｜　｜　—　｜　｜　—
∨11 ˉ13 ∨4 ∨4 ˉ7 ˉ11 ∨17　　ˍ6 ∨23 ˉ7 ˉ7 ∨23 ∨25 ˍ1

　　四句诗四幅画景，联在一起构成了初夏郊野的自然景观。景中状物，景物相融，各得其妙。

月　夜
唐　刘方平

更 深 月 色 半 人 家，　　　　北 斗 阑 干 南 斗 斜。
—　｜　—　｜　｜　—　　　　｜　｜　—　—　—　·　｜　—变格4
ˍ8 ˍ12 ∧6 ∧13 ˍ15 ˉ11 ˍ6　　∧13 ∨25 ˍ14 ˉ14 ˍ13 ∨25 ˍ6

今 夜 偏 知 春 气 暖，　　　　虫 声 新 透 绿 窗 纱。
—　｜　—　—　｜　｜　　　　—　—　—　｜　｜　｜　—
ˍ12 ∨22 ˍ1 ˉ4 ˉ11 ∨5 ∨14　　ˉ1 ˍ8 ˉ11 ∨26 ∧2 ˉ3 ˍ6

　　苏轼"春江水暖鸭先知"(394)的诗意，刘方平在三百多年前就在本诗中成功地表现了：敏感的虫儿在尚有寒意的月色中就感到春的信息，从而情不自禁地叫了起来。不是有个节气叫"惊蛰"吗？

寒　食
唐　孟云卿

二 月 江 南 花 满 枝，　　　　他 乡 寒 食 远 堪 悲。
｜　｜　—　—　｜　·　｜　—变格4　　—　—　—　—　｜　｜

ˇ4 ﹨6 ⁻3 _13 _6 ˇ14 ⁻4　　　　_5 _7 ⁻14 ﹨13 ˇ13 _13 ⁻4

贫 居 往 往 无 烟 火,　　　　不 独 明 朝 为 子 推。

— — | | — — |　　　　　　| | — — | | 。

⁻11 ⁻6 ˇ22 ˇ22 ⁻7 _1 ˇ20　　　﹨5 ﹨1 _8 _2 ˇ4 ˇ7 ⁻4

世人都在为明朝寒食准备熄火以纪念先贤,而我"贫居往往无烟火",倒不必费心了:构思巧妙,亦庄亦谐,使本诗成为众多寒食诗中的一篇佳作。

枫桥夜泊
唐　张　继

月 落 乌 啼 霜 满 天,　　　　江 枫 渔 火 对 愁 眠。

| | — — — · | 。变格4　　　| | — — | | 。

﹨6 ﹨10 ⁻7 _8 _7 ˇ14 _1　　　⁻3 _1 ⁻6 ˇ20 ﹨11 _11 _1

姑 苏 城 外 寒 山 寺,　　　　夜 半 钟 声 到 客 船。

— — | — — | |　　　　　　| | — — | | —

⁻7 ⁻7 _8 ﹨9 ⁻14 ⁻15 ﹨4　　　﹨22 ﹨15 ⁻2 _8 ﹨20 ﹨11 _1

因为本诗,枫桥、寒山寺,成为蜚声海内外的名胜,每年元旦,现在都有不少海内外炎黄子孙和国际友人到"姑苏城外寒山寺"、乃至全国各地著名寺庙来敲"夜半钟声"。张继同时或以后,虽有不少诗人写过夜半钟声,却再也没有达到本诗的水平。

咏 绣 障
唐　胡令能

日 暮 堂 前 花 蕊 娇,　　　　争 拈 小 笔 上 床 描。

| | — — — · | — 变格4　　　_ — | | — — 。

﹨4 ﹨7 _7 _1 _6 ˇ4 _2　　　_8 _14 ˇ17 ﹨4 ﹨23 _7 _2

绣 成 安 向 春 园 里,　　　　引 得 黄 莺 下 柳 条。

| | — — — | | 　　　　　　| | — — | | 。

﹨26 _8 ⁻14 ﹨23 ⁻11 ⁻13 ˇ4　　　ˇ11 ﹨13 _7 _8 ﹨22 ˇ25 _2

末句从对面写出,让乱真的事实说话,不言女红之工巧,而工巧自见。而且还因黄莺入画,丰富了本诗的形象,平添了动人的情趣。

题都城南庄

唐　崔护

去 年 今 日 此 门 中，　　　人 面 桃 花 相 映 红。
｜ — — ｜ ｜ ｜ —　　　　— ｜ — — ｜ ·｜ — 变格4
ヽ6 _1 _12 ∧4 ∨4 ‾13 ‾1　　‾11 ヽ17 _4 _6 _7 ヽ24 ‾1

人 面 不 知 何 处 去，　　　桃 花 依 旧 笑 春 风。
— ｜ ｜ — — ｜ ｜　　　　— — ｜ ｜ ｜ — —
‾11 ヽ17 ∧5 ‾4 _5 ヽ6 ヽ6　　_4 _6 ‾5 ヽ26 ヽ18 ‾11 ‾1

　　读者可能有这种人生体验，在偶然、不经意的情况下遇到某种美好的事物；此后，当自己有意追求时，却再也不能得到了。这也许是本诗保持经久不衰的艺术生命的原因之一吧。

竹枝词二首（其一）

唐　刘禹锡

杨 柳 青 青 江 水 平，　　　闻 郎 江 上 唱 歌 声。
— ｜ — — — ｜ ·—　变格4　　— — — ｜ ｜ — —
_7 ∨25 _9 _9 ‾3 ∨4 _8　　　‾12 _7 ‾3 ヽ23 ヽ23 _5 _8

东 边 日 出 西 边 雨，　　　道 是 无 晴 还 有 晴。
— — ｜ ｜ — ｜ —　　　　｜ ｜ — — ·｜ — 变格4
‾1 _1 ∧4 ∧4 ‾8 _1 ∨7　　　∨19 ∨4 ‾7 _8 ‾15 ∨25 _8

　　竹枝词是巴渝一带的民歌，作者依调填词，写了这首摹拟民间情歌的作品，把一位沉浸在初恋中少女的心理描绘得惟妙惟肖。"东边日出西边雨"生动形象，早已成为老百姓的口语；末句中"晴"暗指"情"，这种根据汉语语音特点形成的谐声双关语，用以表情达意的手法，是源远流长的。

秋词二首（其一）

唐　刘禹锡

自 古 逢 秋 悲 寂 寥，　　　我 言 秋 日 胜 春 朝。
｜ ｜ — — — ·｜ — 变格4　　｜ — — ｜ ｜ — —

˅4 ˅7 ¯2 _11 ¯4 ˰12 _2　　　　˅20 ¯13 _11 ˰4 ˅25 ¯11 _2

晴　空　一　鹤　排　云　上，　　便　引　诗　情　到　碧　霄。

— — | — — | | —　　 | | | | | — —。

_8 ¯1 ˰4 ˰10 ¯9 _12 ˅23　　　˅17 ¯11 ¯4 _8 ˅20 ˰11 _2

　　江苏省常熟市原红豆诗社老社长、2013 年 92 岁高龄的李克为老先生在笔者《〈唐诗三百首〉声韵学析》一书于 2009 年 11 月出版时，即赋诗鼓励；在得知笔者《两个"1＋7"，解读旧诗律》即将出版时又赋《赠陈一鹤先生》一诗鼓励，诗云："辛苦研磨岂寂寥，传承往哲启新潮。昂然也把诗情引，韵遍神州震九霄。癸巳仲秋九二老朽李克为呈稿步刘禹锡《秋词》韵并袭其意。"

杨柳枝词（其一）
唐　刘禹锡

塞　北　梅　花　羌　笛　吹，　　　　淮　南　桂　树　小　山　词。

| | | — —　·　—变格4　　　 — — — | | — —。

˅11 ˰13 ¯10 _6 _7 ˰12 ¯4　　　 ¯9 _13 ˅8 ˅7 ˅17 ¯15 ¯4

请　君　莫　奏　前　朝　曲，　　　　听　唱　新　翻《杨　柳　枝》。

| — | | | — |　　　　— | | — —　·　|　—变格4

˅23 ¯12 ˰10 ˅26 _1 _2 ˰2　　　 _9 ˅23 ¯11 ¯13 _7 ˅25 ¯4

　　后两句不仅概括了诗人勇于革新的创作精神，而且对于致力于推陈出新的人们，也可以借用来抒发自己的胸怀，所以是含蕴丰富，饶有启发意义。

惜牡丹花
唐　白居易

惆　怅　阶　前　红　牡　丹，　　　　晚　来　惟　有　两　枝　残。

— — | — — | —　·　—变格4　　 | | | — | — —。

_11 ˅23 ¯9 _1 ¯1 ˅25 ¯14　　　 ˅13 ¯10 ¯4 ˅25 ˅22 ¯4 ¯14

明　朝　风　起　应　吹　尽，　　　　夜　惜　衰　红　把　火　看。

— — — | — — |　　　　| | — | | — —。

_8 _2 ¯1 ˅4 _10 ¯4 ˅11　　　 ˅22 ˰11 ¯4 ¯1 ˅21 ¯20 ¯14

　　后来，李商隐"客散酒醒深夜后，更持红烛赏残花"（150）、苏轼"只恐夜深花睡去，故烧高烛照红妆"（155）这两联更为人称道，就是由于撷取了本诗构思的精英，是白居易的烛光照亮了李、苏的思路。而白居易的烛光又来源于汉《古诗十九首·生年不满百》中的"昼短苦夜长,何不秉烛游?"

夜　筝

唐　白居易

紫 袖 红 弦 明 月 中，　　　　自 弹 自 感 闇 低 容。

| | — — — ·| — 变格4　　　| — | | |

√4 ↘26 ⁻1 _1 _8 ↘6 ⁻1 邻韵　　↘4 ⁻14 ↘4 √27 √27 ⁻8 ⁻2

弦 凝 指 咽 声 停 处，　　　　别 有 深 情 一 万 重。

| — — | — | |　　　| | — | | | |

_1 _10 √4 ↘9 _8 _9 ↘6　　↘9 √25 _12 _8 ↘4 ↘14 ⁻2

　　诗人把自己八十八句的《琵琶行》(851)裁剪为四句的本诗,是个精妙的缩本。《琵琶行》最好的笔墨是对琵乐本身绘声绘色的铺陈描写,而本诗只是"弦凝指咽声停处"的顷刻,而这一顷刻却能从一斑见全豹,引起读者对"自弹自感"内容的丰富联想。

杨柳枝词

唐　白居易

一 树 春 风 千 万 枝，　　　　嫩 于 金 色 软 于 丝。

| | — — — ·| — 变格4　　| — — | | | |

↘4 ↘7 ⁻11 ⁻1 _1 ↘14 ⁻4　　↘14 ⁻7 _12 ↘13 √16 ⁻7 ⁻4

永 丰 西 角 荒 园 里，　　　　尽 日 无 人 属 阿 谁？

| — — | — | |　　　| | — | | | |

√23 ⁻2 ⁻8 ↘3 _7 ⁻13 ↘4　　√11 ↘4 ⁻7 ⁻11 ↘2 ↘1 ⁻4

　　本诗前两句写柳的风姿可爱,后两句抒发对永丰柳的痛惜之情、寄寓自己的身世感慨。全诗明白晓畅、生动传神,当时就遍传京都。后来苏轼《洞仙歌》词咏柳,有"永丰坊那畔,尽日无人,谁见金丝弄晴昼"之句,隐括此诗,读来仍然令人有无限低回之感,足见本诗的艺术力量感人至深了。

井栏砂宿遇夜客

唐　李　涉

暮 雨 潇 潇 江 上 村，　　　　绿 林 豪 客 夜 知 闻。

｜　｜　｜　｜　·　｜　—变格4　　　｜　—　—　｜　｜　—　。

ˇ7　√7　_2　_2　¯3　_23 ¯13 邻韵　　 ⅄2　_12　_4　⅄11 _22　¯4　¯12

他 时 不 用 逃 名 姓，　　　　世 上 如 今 半 是 君。

—　—　｜　｜　—　—　｜　　　　｜　｜　—　—　｜　｜　—

_5　¯4　⅄5　√2　_4　_8　_24　　　ˇ8　_23　¯6　_12 _15　√4　¯12

本诗寓庄于谐，不仅反映出唐代诗人在社会上得到的普遍尊重，可以用诗来酬应"绿林豪客"；而且在即兴式的诙谐幽默中表达出严肃的社会内容和现实感慨，"半是君"实指当时不蒙"盗贼"之名而甚于"盗贼"之行的当权者。

题情尽桥

唐　雍　陶

从 来 只 有 情 难 尽，　　　　何 事 名 为 情 尽 桥。

—　—　｜　｜　—　—　｜　　　　—　｜　—　—　·　｜　—变格4

¯2　¯10　√4　√25　_8　¯14 √11　　 _5　√4　_8　¯4　_8　√11 _2

自 此 改 名 为 折 柳，　，　　　任 他 离 恨 一 条 条。

｜　｜　—　—　—　｜　｜　　　　—　—　—　｜　｜　—　。

√4　√4　√10　_8　¯4　⅄9 √25　　 ˇ27　_5　¯4　_14 ⅄4　_2　_2

诗的发脉处在"情难尽"三字。由于"情难尽"，所以要改"情尽桥"为深情的"折柳桥"；也是由于"情难尽"，所以宁愿他别情伤怀，"离恨一条条"，也胜于以"情尽"名桥使人不快。全诗一气流注，笔酣墨畅，直抒胸臆。

楚　吟

唐　李商隐

山 上 离 宫 宫 上 楼，　　　　楼 前 宫 畔 暮 江 流。

—　｜　—　—　—　·　｜　—变格4　　—　—　—　｜　｜　—　。

_15　√23　¯4　¯1　¯1　√23 _11　　 _11　_1　¯1　√15　ˇ7　¯3　_11

楚 天 长 短 黄 昏 雨，　　　　　宋 玉 无 愁 亦 自 愁。
｜ — — ｜ — — ｜　　　　｜ ｜ — ｜ ｜ ｜ 。
˅6 ˍ1 ‾7 ˅14 ˍ7 ‾13 ˅7　　　ˎ2 ˌ2 ‾7 ˍ11 ˌ11 ˎ4 ˍ11

　　前三句已把凄惋哀愁的气氛熏染得非常浓重；故末句就非常自然，有三层意思：宋玉因景而生之愁，宋玉感慨国事身世之愁，宋玉之愁即作者之"自愁"。

自 遣

唐 罗 隐

得 即 高 歌 失 即 休，　　　　　多 愁 多 恨 亦 悠 悠。
｜ ｜ — — ｜ ｜ —　　　　— — — ｜ — — 。
ˎ13 ˎ13 ˍ4 ˍ5 ˎ4 ˎ13 ˍ11　　ˍ5 ˍ11 ˍ5 ˎ14 ˍ14 ˍ11 ˍ11

今 朝 有 酒 今 朝 醉，　　　　　明 日 愁 来 明 日 愁。
— — ｜ ｜ — — ｜　　　— ｜ — — • ｜ — 变格4
ˍ12 ˍ2 ˅25 ˅25 ˍ12 ˍ2 ˎ4　　ˍ8 ˎ4 ˍ11 ‾10 ˍ8 ˎ4 ˍ11

　　本诗有八字重迭："即"、"多"、"悠"、"今朝"、"明日愁"；在重迭中每句又各有变化，把重迭与变化统一的手法运用得尽情尽致，从而形成绝妙的咏叹调。"今朝有酒今朝醉"是千多年来穷愁潦倒的人沉饮的"自遣"语。

续韦蟾句

唐 武昌妓

悲 莫 悲 兮 生 别 离，　　　　登 山 临 水 送 将 归。
— ｜ — — • ｜ — 变格4　　— — — ｜ ｜ — — 。
‾4 ˎ10 ‾4 ‾8 ˍ8 ˎ9 ‾4 邻韵　　ˍ10 ‾15 ˍ12 ˅4 ˎ1 ˍ7 ‾5

武 昌 无 限 新 裁 柳，　　　　不 见 杨 花 扑 面 飞。
｜ — — ｜ — — ｜　　　　— ｜ — — ｜ ｜ — 。
˅7 ˍ7 ‾7 ˅15 ‾11 ˍ10 ˅25　　ˎ5 ˎ17 ˍ7 ˍ6 ˎ1 ˎ17 ‾5

　　诗人韦蟾把《楚辞》中两句（1235、1236）集成上联，天然浑成，自不待言；武昌歌妓首先续得下联，使全诗意境珠联璧合，满座无不叫绝。宋晏殊《踏莎行》词名句"春风不解禁杨花，蒙蒙乱扑行人面"即脱胎于此。

赠质上人

唐　杜荀鹤

枯坐云游出世尘，　　　　兼无瓶钵可随身。

逢人不说人间事，　　　　便是人间无事人。——变格4

"逢人不说人间事，便是人间无事人"既有对高僧质上人的称赞和羡慕，也有诗人自己复杂心情的流露，因为他"心中充满人间事，直是人间有事人"。

书河上亭壁四首（其三）

宋　寇准

岸阔樯稀波渺茫，——变格4　　独凭危槛思何长。——变格1

萧萧远树疏林外，　　　　一半秋山带夕阳。

组诗分咏四季景物，本诗咏秋景。末句中"带"字极妙，不是残阳照着秋山，而是秋山披带着夕阳余晖，变秋山的被动为主动，且将常景写成异景，饶有韵味，颇能见出这位北宋杰出政治家的胸襟与气度。

对竹思鹤

宋　钱惟演

瘦玉萧萧伊水头，——变格4　　风宜清夜露宜秋。

更教仙骥旁边立，　　　　尽是人间第一流。

```
  |  —  —  |  —  —  |              |  |  —  —  |  |  。
﹨24 _3  _1  ﹨4  _7  _1 ﹨14      ﹨11 ﹨4  ‾11 ﹨15  _8 ﹨4  _11
```

竹是树中君子,鹤称禽中高士。对竹,是实景;思鹤,是虚拟。瘦竹、清风、凉露、仙骥,都是"人间第一流",堪称绝配。所以就诗来说,是一流佳作。

书寿堂壁
宋　林　逋

```
湖  上  青  山  对  结  庐,              坟  前  修  竹  亦  萧  疏。
—  |  —  —  |  —  —                    —  |  —  |  ﹨  |  。
‾7 ﹨23 _9 ‾15 ﹨11 ﹨9  ‾6            ‾12 _1 _11 ﹨1 ﹨11 _2 ‾6

茂  陵  他  日  求  遗  稿,              犹  喜  曾  无  封  禅  书。
|  —  |  |  —  —  |                    |  —  |  •  |  —  变格4
﹨26 _10 _5 ﹨4 _11 ‾4 ﹨19            _11 ﹨4 _10 ‾7 _2 ﹨17 ‾6
```

这是林逋临终明志之作。这位"梅妻鹤子"的诗人在上联概括了自己的一生,能潇洒地而生,也能坦然地对死;在下联表明自己有不屑于像司马相如那希宠求荣的高尚志节,显示了一代隐逸之士的傲然风骨。

惠崇春江晓景二首(其一)
宋　苏　轼

```
竹  外  桃  花  三  两  枝,              春  江  水  暖  鸭  先  知。
|  |  —  —  |  •  |  — 变格4          —  —  |  |  —  |  。
﹨1 ﹨9 _4 _6 _13 ﹨22 ‾4            ‾11 ‾3 ﹨4 ﹨14 ﹨17 _1 ‾4

蒌  蒿  满  地  芦  芽  短,              正  是  河  豚  欲  上  时。
—  —  |  |  |  —  |                    |  |  —  —  |  |  。
_11 _4 ﹨14 ﹨4 ‾7 _6 ﹨14            ﹨24 ﹨4 _5 ‾13 ﹨2 ﹨23 ‾4
```

一首好的题画诗,既要使人如见其画,如本诗中的竹、花、水、鸭、蒌蒿、芦芽;又要使人画外见意,如诗中水之"暖"、鸭之"知"、河豚之"欲上"。今天,我们已看不到惠崇的原画了;但从苏轼的这首众口传诵的名篇中,我们既能看到原画的景物美,又能感到题诗的意境美,"春江水暖鸭先知"是春天的礼赞。

禾 熟

宋 孔平仲

百 里 西 风 禾 黍 香，　　　鸣 泉 落 窦 谷 登 场。

老 牛 粗 了 耕 耘 债，　　　啮 草 坡 头 卧 夕 阳。

古代描写农事，抒发感怀的诗不少，但都不如本诗抒情之深沉。自己仕途的坎坷，官场生活的劳苦，何异于老牛的耕耘之债？自己何时能了却役债、像老牛那样释却重负、舒闲一下长期疲惫的心灵呢？

病起荆江亭即事十首(其六)

宋 黄庭坚

闭 门 觅 句 陈 无 己，　　　对 客 挥 毫 秦 少 游。

正 字 不 知 温 饱 未，　　　西 风 吹 泪 古 藤 州。

本诗写诗人的好友陈师道、秦观。既写了他们的苦吟与"挥毫"，表现他们不同的性格与诗风；也写了他们的饥寒或贬死，反映出文人共同的悲惨境遇。

次韵中玉水仙花二首(其一)

宋 黄庭坚

借 水 开 花 自 一 奇，　　　水 沉 为 骨 玉 为 肌。

暗 香 已 压 酴 醾 倒，　　　只 比 寒 梅 无 好 枝。

```
｜ － ｜ ｜ － － ｜        ｜ ｜ － － ･ ｜ － 变格4
ˇ28 _7 ˇ4 ˋ17 ⁻7 ⁻4 ˇ19      ˇ4 ˇ4 ⁻14 ⁻10 ⁻7 ˇ19 ⁻4
```

　　歌咏水仙花的诗,数黄庭坚写得最早、最多,也最好。本诗用比喻和对比手法刻画了水仙花的精神与性格,突出了水仙花特有的幽香与柔美。

垂虹亭
宋　米　芾

断　云　一　叶　洞　庭　帆,　　　　玉　破　鲈　鱼　金　破　柑。
```
｜ － ｜ ｜ － － ｜           ｜ ｜ － － ･ ｜ － 变格4
ˇ15 ⁻12 ˇ4 ˋ16 ˋ1 _9 _15 邻韵    ˋ2 ˋ21 ⁻7 ⁻6 _12 ˇ21 _13
```
好　作　新　诗　寄　桑　苎,　　　　垂　虹　秋　色　满　东　南。
```
｜ ｜ ｜ ｜ ｜ ! ･ ｜ 变格3       － － ｜ ｜ ｜ － －
ˇ20 ˋ10 ⁻11 ⁻4 ･ 4 _7 ˇ6       ⁻4 ⁻1 _11 ˋ13 ˇ14 ⁻1 _13
```

　　这首画家的诗,前两句固然是一幅色泽明丽、形象生动的垂虹秋色图;末句更是突破了画幅的局限,绘出了难以用画面来表现的浩然秋色,使东南大地都沉浸在金色的秋光之中。

病牛
宋　李　纲

耕　犁　千　亩　实　千　箱,　　　　力　尽　筋　疲　谁　复　伤?
```
－ － － ｜ ｜ － ｜          ｜ ｜ － － ･ ｜ － 变格4
_8 ⁻8 _1 ˇ25 ˋ14 _1 _7      ˋ13 ˇ11 ⁻12 ⁻4 ･4 ˋ1 _7
```
但　得　众　生　皆　得　饱,　　　　不　辞　羸　病　卧　残　阳。
```
｜ ｜ ｜ － － ｜ ｜           － － ｜ ｜ ｜ － －
ˇ14 ˋ13 ˋ1 _8 ⁻9 ˋ13 ˇ18     ˋ5 ⁻4 _8 ˋ24 ˋ21 ⁻14 _7
```

　　题曰《病牛》,实非写牛,而是诗人自喻坎坷与辛酸,并抒发"先天下之忧而忧,后天下之乐而乐"的襟抱,与其说是一首咏物诗,不如说是一首言志诗。

秋　夜

宋　朱淑真

夜 久 无 眠 秋 气 清，　　烛 花 频 剪 欲 三 更。
｜ ｜ ― ― ‧ ｜ ― 变格4　　｜ ｜ ― ｜ ― ｜ ―
ゝ22 ∨25 ⁻7 ⌐1 ⌐11 ゝ5 ⌐8　　入2 ⌐6 ⁻11 ∨16 入2 ⌐13 ⌐8

铺 床 凉 满 梧 桐 月，　　月 在 梧 桐 缺 处 明。
― ― ― ｜ ― ― ｜　　― ｜ ― ― ｜ ｜ ―
⁻7 ⌐7 ⌐7 ∨14 ⁻7 ⌐1 入6　　入6 ゝ11 ⁻7 ⌐1 入9 ゝ6 ⌐8

本诗写月亮，不从正面写，而是写梧桐叶间若隐若现的月影，桐与月交织成一个纡徐委曲的深邃意境，因为月与桐是最能撩人情怀的景物。而景中寓情，以景写情，不言"愁"字，句句带愁，正是本诗的特色。

湖上早秋偶兴

宋　汪莘

坐 卧 芙 蓉 花 上 头，　　青 香 长 绕 饮 中 浮。
｜ ｜ ― ― ‧ ｜ ― 变格4　　― ― ― ｜ ｜ ｜ ―
ゝ21 ゝ21 ⁻7 ⌐2 ⌐6 ゝ23 ⌐11　　⌐9 ⌐7 ⌐7 ゝ18 ∨26 ⁻1 ⌐11

金 风 玉 露 玻 璃 月，　　并 作 诗 人 富 贵 秋。
― ― ｜ ｜ ― ― ｜　　― ― ― ― ｜ ｜ ―
⌐12 ⁻1 入2 ゝ7 ⌐5 ⁻4 入6　　ゝ24 入10 ⁻4 ⁻11 ゝ26 ゝ5 ⌐11

"金风玉露"本是常语，但加上"玻璃"两字，便觉新奇。一句诗写尽了秋天的物华之美，金、玉、玻璃，流光溢彩，满眼金碧，好一派富贵气象，颇有几分唐诗色彩。但以"玻璃"喻月，以"富贵"状秋，出人意表，又还了宋诗新警奇特的面目。

题临安邸

宋　林升

山 外 青 山 楼 外 楼，　　西 湖 歌 舞 几 时 休！
― ｜ ― ― ‧ ｜ ― 变格4　　― ― ― ｜ ― ―
⁻15 ゝ9 ⌐9 ⁻15 ⌐11 ゝ9 ⌐11　　⁻8 ⁻7 ⌐5 ∨7 ∨5 ⁻4 ⌐11

暖 风 熏 得 游 人 醉，
| — — | — — |
ⅴ14 ¯1 ¯12 ⅹ13 ＿11 ¯11 ⅴ4

直 把 杭 州 作 汴 州。
| | | — | | |
ⅹ13 ⅴ21 ＿7 ¯11 ⅹ10 ⅴ17 ＿11

一位生平无考的士人写的这首"墙头诗"，对歌舞湖山，乐不思蜀的所有醉生梦死之徒，都是辛辣的讽刺！全诗语直意婉，怨而不怒，愤慨极深而无谩骂之辞，得风人之旨。

林和靖墓
宋　吴锡畴

遗 稿 曾 无 封 禅 文，
— | — — ·| — 变格4
¯4 ⅴ19 ＿10 ¯7 ¯2 ⅴ17 ¯12

鹤 归 何 处 认 孤 坟。
| — — | — — 。
ⅹ10 ＿5 ＿5 ⅴ6 ＿12 ¯7 ¯12

清 风 千 载 梅 花 共，
— — — | — — |
＿8 ¯1 ＿1 ⅴ10 ¯10 ＿6 ⅴ2

说 着 梅 花 定 说 君。
| | — — | | |
ⅹ9 ⅹ10 ¯10 ＿6 ⅹ25 ⅹ9 ¯12

纪念林和靖，要学习他鄙视荣利的高尚情操（394），要欣赏他"梅妻鹤子"的淡雅风韵，更要赞颂他"疏影横斜水清浅，暗香浮动月黄昏"（322）的咏梅名句，语浅意深，词淡味浓，情思绵邈，令人遐想……

春日闻杜宇
宋　谢枋得

杜 鹃 日 日 劝 人 归，
| | | | — | —
ⅴ7 ＿1 ⅹ4 ⅹ4 ⅴ14 ¯11 ¯5 邻韵

一 片 归 心 谁 得 知！
| | — — ·| | — 变格4
ⅹ4 ⅴ17 ¯5 ＿12 ¯4 ⅹ13 ¯4

望 帝 有 神 如 可 问，
| | | — — | |
ⅴ23 ⅴ8 ⅴ25 ¯11 ¯6 ⅴ20 ＿13

谓 予 何 日 是 归 期？
| — — | | — —。
ⅴ5 ¯6 ＿5 ⅹ4 ⅴ4 ¯5 ¯4

本诗紧紧围绕着一人（作者自己）、一物（杜宇）、一事（归）展开，抓住杜鹃声啼的特点，运用反复吟唱的方法，把诗人的思乡情绪写得缠绵不绝、难解难断。

杨　柳
金　元好问

杨 柳 青 青 沟 水 流，　　　莺 儿 调 舌 弄 娇 柔。
— | — — · | — 变格4 　　— — — | | —
_7 ∨25 _9 _9 _11 ∨4 _11 　　_8 ⁻4 _2 ∧9 ∖1 _2 _11

桃 花 记 得 题 诗 客，　　　斜 倚 春 风 笑 不 休。
　　　　　　　　　　　　　　— | | — —
_4 _6 ∖4 ∧13 ⁻8 ⁻4 ∧11 　　_6 ∨4 ⁻11 ⁻1 ∖18 ∧5 _11

本诗隐括崔护《题都城南庄》(388)的故事，只是诗中主角由"人面桃花相映红"的女子变为男主角"题诗客"了。我们是否可以发现这位金元时代的大诗人青年时代爱情生活的一些蛛丝马迹呢？

湖州竹枝词
元　张雨

临 湖 门 外 吴 侬 家，　　　郎 若 闲 时 来 吃 茶。
— — — | · | 变格1 　　— | | · | 变格4
_12 ⁻7 ⁻13 ∖9 ⁻7 _2 _6 　　_7 ∧10 ⁻15 _4 ⁻10 ∧12 _6

黄 土 筑 墙 茅 盖 屋，　　　门 前 一 树 紫 荆 花。
— | | — | 　　　　　— | | — —
_7 ∨7 ∧1 _7 _3 ∖9 ∧1 　　⁻13 _1 ∧4 ∖7 ∨4 _8 _6

本诗为一支劳动人民寻求幸福生活的恋歌。"门前一树紫荆花"为传神之笔，明里是补充前句向郎说明她家的标志，更重要的是暗里向郎表白自己蕴藏在心底的对爱情的炽热追求。

栀子花诗
明　沈周

雪 魄 冰 花 凉 气 清，　　　曲 栏 深 处 艳 精 神。
| | — — · | — 变格4 　　| — — | | — —
∧9 ∧10 _10 _6 _7 ∨7 _8 　　∧2 ⁻14 _12 ∖6 ∨29 _8 ⁻11

一　钩　新　月　风　牵　影，　　　　暗　送　娇　香　入　画　庭。
｜　　｜　—　—　｜　—　—　｜　　　　｜　｜　—　—　｜　｜　┃
ㄟ4　_11　⁻11　ㄟ6　_1　_1　ㄏ23　　　ㄟ28　ㄟ1　_2　_7　ㄟ14　ㄟ10　_9

　　"清"为庚韵，"庭"为青韵，"庚"、"青"两韵皆《词韵》第十一部；"神"为真韵，属《词韵》第六部。故本诗依《词韵》第六部与第十一部可通押而协韵。沈周是明代最著名的"吴门画派"的领袖，其诗文也颇出众。本诗上联写栀子花的形质，精神俊爽；下联尤为精妙，一"牵"一"送"，夏月微风的情态可掬，言"影"言"香"，栀子花的精魂大有飞动之态，香气、凉气弥漫于曲栏、庭院、夏夜……

送萧若愚

明　徐祯卿

送　君　南　下　巴　渝　深，　　　　予　亦　迢　迢　湘　水　心。
｜　—　—　｜　·　—　—　　—变格1　　—　｜　—　—　·　｜　┃变格4
ㄟ1　⁻12　_13　ㄟ22　_6　⁻7　_12　　　⁻6　ㄟ11　_2　_2　_7　ㄟ4　_12

前　路　不　知　何　地　别，　　　　千　山　万　壑　暮　猿　吟。
—　｜　｜　—　—　｜　｜　　　　　　—　—　｜　｜　—　—　┃
_1　_7　ㄟ5　⁻4　_5　ㄟ4　ㄟ9　　　　_1　⁻15　ㄟ14　ㄟ10　ㄟ7　⁻13　_12

　　末句是全诗警策，先是推出"千山万壑"的大背景、远镜头，然后刷上阴沉的"暮"色，再配上阵阵哀鸣的"猿吟"，以景结情，以声传情，恍惚哀弦并发，百忧俱来，把离情渲染烘托得十分饱满，言已尽而情不绝。

竹 枝 词

明　何景明

十　二　峰　头　秋　草　荒，　　　　冷　烟　寒　月　过　瞿　塘。
｜　｜　—　—　—　·　｜　　—变格4　　—　—　—　｜　｜　—　┃
ㄟ14　ㄟ4　⁻2　_11　_11　ㄟ19　_7　　　ㄏ23　_1　⁻14　ㄟ6　ㄟ21　_7　_7

青　枫　江　上　孤　舟　客，　　　　不　听　猿　啼　亦　断　肠。
_9　⁻1　_3　ㄟ23　⁻7　_11　ㄟ11　　　ㄟ5　ㄟ25　⁻13　ㄟ8　ㄟ11　ㄟ15　_7

　　自唐代刘禹锡用七绝形式写了十多首竹枝词，后世所作甚多，大抵写儿女柔情、离人旅思或风俗人情。舟行三峡，闻猿肠断，是历代诗人常咏叹之老调；本诗却大胆翻案,说听不到猿声也令人肠断,已是奇笔,但这奇笔是得到前三句之衬托,故奇而不怪,合理难得。善翻古意,是为"绝唱"。

竹枝词

明　杨　慎

神 女 峰 前 江 水 深，　　　襄 王 此 地 几 沉 吟。
一 ｜ 一 一 一 ｜ 一 — 变格4　　　一 — ｜ 一 一 ｜ 一
‾11 ∨6 ‾2 ＿1 ‾3 ∨4 ＿12　　　＿7 ＿7 ∨4 、4 ∨5 ＿12 ＿12

晔 花 温 玉 朝 朝 态，　　　翠 壁 丹 枫 夜 夜 心。
｜ 一 一 ｜ 一 一 ｜　　　一 一 一 一 ｜ 一 一
λ16 ＿6 ＿13 λ2 ＿2 ＿2 、11　　　、4 λ12 ‾14 ‾1 、22 ∨22 ＿12

　　本诗上联为宋玉《高唐赋》、《神女赋》故事。下联出句用《神女赋》序中的"晔兮如华,温乎如莹,五色并驰,不可殚形"之语,以显神女之美;对句化用李商隐"神女生涯原是梦,小姑居处本无郎"(319)、"碧海青天夜夜心"(205)的诗意,达到天衣无缝的程度,于秾丽中见幽情,表明神女原也依恋人间。("翠壁丹枫"为巫峰中所有之景象。)

七夕醉答君东二首(其二)

明　汤显祖

玉 茗 堂 开 春 翠 屏，　　　新 词 传 唱《牡 丹 亭》。
｜ ｜ 一 一 一 ｜ 一 — 变格4　　　一 一 一 ｜ 一 ｜ 一
λ2 ∨24 ＿7 ‾10 ‾11 、4 ＿9　　　‾11 ‾4 ＿1 、23 ∨25 ‾14 ＿9

伤 心 拍 遍 无 人 会，　　　自 掐 檀 痕 教 小 伶。
一 一 ｜ ｜ ｜ 一 ｜　　　｜ ｜ 一 一 一 ｜ 一 — 变格4
＿7 ＿12 λ11 、17 ‾7 ‾11 、9　　　、4 λ17 ‾14 ‾13 ＿3 ∨17 ＿9

　　上联,一写诗人归隐后的新居玉茗堂,一写《牡丹亭》,是诗人引为得意的两件大事;下联在洒脱的表象后面,隐藏着一颗忧伤的心,无奈而自嘲。因为《牡丹亭》问世后虽大受欢迎,但真正的知音并不多。

王昭君（二首选一）

清　刘献廷

汉 主 曾 闻 杀 画 师，　　　画 师 何 足 定 妍 媸？
｜ ｜ — — ｜ ｜ —　　　｜ — — ｜ ｜ — —
╰15 ╱7 ＿10 ⁻12 ╲8 ╲10 ⁻4　　╲10 ⁻4 ＿5 ╲2 ╲25 ＿1 ⁻4

宫 中 多 少 如 花 女，　　　不 嫁 单 于 君 不 知！
— — — ｜ ｜ — ｜　　　｜ ｜ — — ｜ — 变格4
⁻1 ⁻1 ＿5 ╱17 ⁻6 ＿6 ╱6　　╱5 ╲22 ＿1 ⁻7 ⁻12 ╲5 ⁻4

　　本诗没有把昭君悲剧责任归咎于毛延寿的小人弄权或惋惜昭君自己的命运不济，而是矛头直指"君王"，从而揭示了封建社会这类悲剧的根本原因，这正是本诗较同类题材别有开掘所在。

竹　石

清　郑燮

咬 定 青 山 不 放 松，　　　立 根 原 在 破 岩 中。
｜ ｜ — — ｜ ｜ —　　　｜ ｜ — — ｜ — —
╱18 ╲25 ＿9 ⁻15 ╱5 ╲23 ⁻2 邻韵　╲14 ⁻13 ⁻13 ╲11 ╲21 ＿15 ⁻1

千 磨 万 击 还 坚 劲，　　　任 尔 东 西 南 北 风。
— — ｜ ｜ — — ｜　　　｜ ｜ — — ｜ ｜ — 变格4
＿1 ＿5 ╲14 ╱12 ⁻15 ＿1 ╲24　　╲27 ╲4 ⁻1 ⁻8 ＿13 ╱13 ⁻1

　　作者诗、书、画"三绝"，是清代著名的"扬州八怪"之一，这个"怪"就包含在倔强不屈的"坚劲"性格在内。所以，竹子的"坚劲"，就是他个人性格的生动写照。

台湾竹枝词

清　钱琦

竹 舍 茅 檐 似 画 图，　　　疏 篱 都 夹 绿 珊 瑚。
｜ ｜ — — ｜ ｜ —　　　— — ｜ — ｜ — —
╱1 ╲22 ＿3 ⁻14 ╱4 ╲10 ⁻7　　⁻6 ⁻4 ⁻7 ╱17 ╲2 ⁻14 ⁻7

不 教 夜 雨 空 阶 滴，　　　添 种 芭 蕉 三 五 株。

| — | | — — | 　　　— | — — — 　• | —。变格4
∧5 _3 ╲22 ╲/7 ⁻1 ⁻9 ∧12　　　_14 ╲2 _6 _2 _13 ╲/7 ⁻7

上联已是一幅带着亚热带清新之气的精美画图;下联更使静止的画面变成了一方立体的空间,不仅可以听到雨打芭蕉那清脆透亮的声响,还能触摸到芭蕉在风雨中摇曳擅动的枝叶了。

山　行

清　姚　范

百　道　飞　泉　喷　雨　珠,　　　　春　风　窈　窕　绿　蘼　芜。
| | — — | 　• | —变格4　　　— | | | | — —。
∧11 ╲/19 ⁻5 _1 ⁻13 ╲/7 ⁻7　　　⁻11 ⁻1 ╲/17 ╲/17 ∧2 ⁻4 ⁻7

山　田　水　满　秧　针　出,　　　　一　路　斜　阳　听　鹧　鸪。
— | | | | | |　　　　| | | — 　• | —。变格4
⁻15 _1 ╲/4 ╲/14 _7 _12 ∧4　　　∧4 ╲7 _6 _7 _9 ╲22 ⁻7

上联写大自然的山景,下联写田园化的山景。在一派熟悉而亲切的气氛中诗人轻快地行走着,心中充满了对大自然和农村生活的美好向往和体验。

马　嵬(四首选一)

清　袁　枚

莫　唱　当　年《长　恨　歌》,　　　人　间　亦　自　有　银　河。
| | — — | 　• | —变格4　　　— — | | | | —。
∧10 ╲23 _7 _1 _7 ╲14 _5　　　⁻11 ⁻15 ∧11 ╲4 ╲/25 ⁻11 _5

石　壕　村　里　夫　妻　别,　　　　泪　比　长　生　殿　上　多。
| — | | | | |　　　　| | | — | | —。
∧11 _4 ⁻13 ╲/4 ⁻7 ⁻8 ∧9　　　╲4 ╲/4 _7 _8 ∧17 ╲23 _5

本诗选取的《长恨歌》(847)和《石壕吏》(814)都是人所共知的名篇。在帝王和苍生的感情天平上,诗人的砝码投向后者,这种民为贵、君为轻的民本思想是可贵的,故本诗是诗人咏古之作中最好的一篇。

粤秀峰晚望同黄香石诸子

清　谭敬昭

江 上 青 山 山 外 江，　　　　远 帆 片 片 点 归 艭。
— ｜ — — ˙ ｜ —变格4　　｜ — ｜ ｜ ｜ —
⁻3 ˎ23 ﹍9 ⁻15 ⁻15 ˎ9 ⁻3　　ˇ13 ﹍15 ˎ17 ⁻17 ˇ28 ⁻5 ⁻3

横 空 老 鹤 南 飞 去，　　　　带 得 钟 声 到 海 幢。
　　　　　　　　　　　　　　　｜ ｜ — — ｜ ｜ —
﹍8 ⁻1 ˇ19 ˎ10 ﹍13 ⁻5 ˎ6　　ˎ9 ˎ13 ⁻2 ﹍8 ˎ20 ˇ10 ⁻3

　　四句诗，起承转合，条理俨然。第一句起得别致，第二句承得巧妙，第三句转得突兀，第四句合得隽永，传神地写出了广州粤秀峰晚望的清新隽逸的特色。

舟中二绝（其二）

近代　江湜

我 向 西 行 风 向 东，　　　　心 随 风 去 到 家 中。
｜ ｜ — — ˙ ｜ —变格4　　— — ｜ ｜ ｜ —
ˇ20 ˎ23 ⁻8 ﹍8 ⁻1 ˎ23 ⁻1　　﹍12 ⁻4 ⁻1 ˎ6 ˎ20 ﹍6 ⁻1

凭 风 莫 撼 庭 前 树，　　　　恐 被 家 人 知 阻 风。
— — ｜ ｜ — — ｜　　　　｜ ｜ — — ˙ ｜ —变格4
﹍10 ⁻1 ˎ10 ˇ27 ﹍9 ﹍1 ˎ7　　ˇ2 ˎ4 ﹍6 ⁻11 ⁻4 ˇ6 ⁻1

　　每句都有"风"字：一、四句之"风"在眼前；二、三句之"风"在想象中，前之"风"携我心去、我当谢之，后之"风"欲撼树、我又恐之。这样的着意安排，既富于音韵美，更为了排遣作者的思乡之情。

赠梁任父同年

近代　黄遵宪

寸 寸 河 山 寸 寸 金，　　　　侉 离 分 割 力 谁 任？
｜ ｜ — — ｜ ｜ —　　　　— — — ｜ ｜ — ｜
ˎ14 ˎ14 ﹍5 ⁻15 ˎ14 ˎ14 ﹍12　　ˎ21 ⁻4 ⁻12 ˎ7 ˎ13 ⁻4 ﹍12

杜 鹃 再 拜 忧 天 泪，　　　　精 卫 无 穷 填 海 心。

| — | | | — — | 　　　　　— | — — · | — 变格 4
∨7 ＿1 ∖11 ＿10 ＿11 ＿1 ∖4 　　　＿8 ∖8 ⁻7 ⁻1 ＿1 ∨10 ＿12

梁任父即梁启超。本诗抒发了深切的忧国、爱国之情。2003 年 6 月 29 日，在纪念香港回归六周年之日，温家宝总理在讲话中引用了本诗，深情祝愿香港，引起各界共鸣。

早　行
近代　杨　圻

野 月 窥 人 红 叶 间，　　　　一 肩 行 李 出 柴 关。
| | — — · | — 变格 4　　　| — — | | — 。
∨21 ∖6 ⁻4 ⁻11 ＿1 ∖16 ＿15 　∖4 ＿1 ＿8 ∨4 ∖4 ⁻9 ＿15

谁 怜 马 背 雕 鞍 重，　　　　愁 梦 多 于 淮 上 山！
— | | — — | | 　　　— | — — · | — 变格 4
⁻4 ＿1 ∨4 ∖11 ＿2 ⁻14 ∨2 　＿11 ∖1 ＿5 ⁻7 ⁻9 ∖23 ＿15

驮着行李的马有人怜惜，而担着心头重负的我，又有谁人理解呢？诗句一唱三叹，诗旨旋进旋深。读着这些情景交融、构思精巧的清词丽句，我们便能领悟，何以康有为大笔一挥，于诗人集子题下"绝代江山"四个大字！

自　嘲
现代　齐白石

富 贵 无 心 轻 快 人，　　　　亦 非 故 遣 十 分 贫。
| | — — · | — 变格 4　　　| — — | | — 。
∖26 ∖5 ⁻7 ＿12 ＿8 ∖10 ⁻11 　∖11 ⁻5 ∨7 ∨16 ∖14 ⁻12 ＿11

五 旬 以 后 三 年 饱，　　　　不 算 完 全 饿 殍 身。
| — | | ∖ — | 　　　| — — | | — 。
∨7 ⁻11 ∨4 ∖26 ＿13 ＿1 ∨18 　∖5 ∖15 ⁻14 ＿1 ∨21 ∨17 ⁻11

本诗不无幽默，但感情严肃。诗趣宛转跌宕，蕴藉绵长，十分耐人寻味。饱汉偏知饿汉饥，更令人崇敬。

《警世钟》引子一首

现代　陈天华

长 梦 千 年 何 日 醒？　　　　睡 乡 谁 遣 警 钟 鸣？
— | — — — · | —变格4　　　| | — | | — —

腥 风 血 雨 难 为 我，　　　　好 个 江 山 忍 送 人！
— — | | — | |　　　　| — — | | — —

本诗依《词韵》协韵，青、庚两韵为第十一部，真韵为第六部，两部通押。1905年12月，陈天华在东京留下绝命书，勉励同志誓师救国，旋即蹈海殉国。著有《猛回头》、《警世钟》等作品，宣传反对帝国主义、推翻满清政府的革命思想。本诗深刻揭露满清的腐朽卖国罪行，表示极大的愤慨。

寄语于右任八十三生日诗

现代　朱蕴山

梅 子 黄 时 百 草 肥，　　　　故 园 花 木 锦 成 堆。
— | — | | | —　　　　| | — | | — —出韵

台 澎 一 水 盈 盈 隔，　　　　日 暮 孤 城 胡 不 归？
— — | | — | |　　　　| | — — — · | —变格4

朱蕴山和于右任都是国民党元老，在追随中山先生致力于国民革命的战斗岁月里，他们两人建立了深厚的友谊。由于历史演变，1949年后他们不得不一在大陆一在台湾。本诗表现了作者对老友真挚的思念，对祖国统一的美好理想。

题穿山图

现代　欧阳予倩

铜 柱 边 陲 安 在 哉？　　　　伏 波 功 绩 至 今 怀。
— | — — — · | —变格4　　　| — — | | — —

¯1 √7 _1 ¯4 ¯14 ＼11 ¯10　　＼1 _5 ¯1 ＼12 ＼4 _12 ¯9 出韵

纵 无 神 箭 穿 坚 石，　　一 片 青 山 启 后 来。

｜ — — ｜ — ｜ ｜　　｜ ｜ — ｜ ｜ ｜

＼2 ¯7 ¯11 ＼17 _1 _1 ＼11　　＼4 ＼17 _9 ¯15 √8 ＼26 ¯10

这首作于抗日战争时期的题画诗，著名戏剧家欧阳予倩借汉代伏波将军马援和神箭穿石李广的典故，表达了对国民党片面抗战、消极防御的愤慨，并把希望寄托在中国共产党的身上，坚信共产党一定能领导全国人民取得抗战的最后胜利。

赠曹禺
现代　茅　盾

当 年 海 上 惊 雷 雨，　　雾 散 云 开 明 朗 天。

— — — ｜ — — ｜　　｜ ｜ — — — ･ ｜ — 变格4

_7 _1 √10 ＼23 _8 ¯10 √7　　¯7 ＼15 ¯12 ¯10 _8 √22 _1

阅 尽 风 霜 君 更 健，　　昭 君 今 继 越 王 篇。

｜ ｜ — — ｜ ｜ ｜　　— — — ｜ — — —

＼9 √11 ¯1 _7 ¯12 ＼24 ＼14　　_2 ¯12 _12 ＼8 ＼6 _7 _1

1933年曹禺写了处女作《雷雨》，解放后曹禺写的第一个话剧就是《明朗的天》，1962年曹禺又写了第一个历史剧《胆剑篇》，后来又写了历史剧《王昭君》。一首绝句，以生动形象的语言，概括说明了曹禺有代表性的四部作品，用语十分精当，赞扬了曹禺这位著名戏剧家为中国戏剧文学做出的卓越贡献。

游肇庆七星岩
现代　叶剑英

借 得 西 湖 水 一 圈，　　更 移 阳 朔 七 堆 山。

｜ ｜ — — ｜ — — ｜ °　　｜ — — ｜ — — — °

＼22 ＼13 ¯8 _7 √4 ＼4 ¯15　　＼24 _4 _7 ＼3 ＼4 ¯10 ¯15

堤 边 添 上 丝 丝 柳，　　画 幅 长 留 天 地 间。

— — — ｜ — — ｜　　｜ ｜ — — — ･ ｜ — 变格4

¯8 _1 _14 ＼23 ¯4 _4 √25　　¯10 ＼1 _7 _11 _1 ＼4 ¯15

本诗"借""比西子"的杭州西湖之水和"移""甲天下"的桂林阳朔之山，来写广东肇庆七星岩的美景，真是出人意料，使人感到叶帅登山临水之际，胸中自有天地，涌出的诗情,具清新隽永、自由挥洒的潇洒韵致。

赠 鲁 迅

现代　瞿秋白

雪 意 凄 其 心 惘 然，　　　江 南 旧 梦 已 如 烟。
| | — — ·| — 变格4　　　— — | | | — ◦
乁9 ∨4 ⁻8 ⁻4 ⁻12 ∨22 _1　　　⁻3 _13 ⁻26 ∨1 ∨4 ⁻6 _1

天 寒 沽 酒 长 安 市，　　　犹 折 梅 花 伴 醉 眠。
— — — | | |　　　| | | | — ◦
_1 ⁻14 ⁻7 ∨25 _7 ⁻14 ∨4　　　_11 乁9 ⁻10 _6 ∨14 ∨4 _1

此诗作于 1918 年。1932 年,瞿秋白受王明等人排挤,此时他将此诗书赠鲁迅,一方面是自我批判绅士阶级蛰伏的灵魂可能感到"惘然"失意而退回到个人安乐窝的"醉眠"状态,另一方面是鼓舞战友彻底地做封建宗法社会的逆子贰臣。此后秋白重返中央苏区,继续革命,直至 1935 年 6 月在福建长汀慷慨就义。书赠此诗鞭策自己的深层含意,更可了然了。

自黄山光明顶至始信峰

现代　老 舍

玉 柱 擎 天 云 海 开，　　　登 峰 始 信 胜 蓬 莱。
| | — — ·| — 变格4　　　— — | | | — ◦
乁2 ∨7 _8 _1 ⁻12 ∨10 ⁻10　　　_10 ⁻2 ∨4 ﹨12 ﹨25 _1 ⁻10

石 猿 无 语 歌 声 起，　　　人 自 光 明 顶 上 来。
| | — — | | |　　　— — | | | | — ◦
乁11 ⁻13 ⁻7 ∨6 _5 _8 ∨4　　　⁻11 ﹨4 _7 _8 ∨24 ﹨23 ⁻10

光明顶、始信峰是黄山的两处景点。本诗不写黄山的奇、险,而用"玉柱擎天"、"云海开"、"石猿无语"、"胜蓬莱"等描绘黄山的高、仙,言简意赅,显示出大家的手笔。

寄陶钝同志

现代　臧克家

碧野桥东陶令身，　　　　长红小白作芳邻。

秋来不用登高去，　　　　自有黄花俯就人。

诗前小序："闻陶钝兄新从愿坚处移去菊花一丛，小院秋色，更加一分，吟成四句，以博一粲。"诗后原注："陶钝住郊外东大桥'芳草地'"。本诗起句幽默，以陶渊明的"陶令"代指陶钝，显示两位订交七十多年老友间的亲密关系。承句亲切，化用李贺"花枝草蔓眼中开，小白长红越女腮"（554），赋与花卉以人格特征，使读者沐浴着花卉的芬香。转合两句波澜陡起，妙笔生花，"黄花"配合"碧野"、"红"、"白"，色彩缤纷，鲜明耀眼；尤其"俯就"一词更是新鲜奇特，臧老发前人所未发，令菊花屈尊，俯就陶钝，就不仅使傲霜的菊花也人格化了，而且表露出对好友陶钝的亲切、敬重之情。（序中"愿坚"，即著名作家王愿坚。）

咏　梅

现代　陶　铸

料峭寒风花独开，　　　　孤芳心理费疑猜。

成尘我爱香如故，　　　　妒忌无端究可哀。

本诗通篇无"梅"字，即很好地描写出梅花的独特神韵；而且物我两融，宛然暗托出一个革命者凌霜傲雪的形象。联系作者当时正遭迫害的情景，真如梅花遭忌一般；而那即使"成尘""香如故"，则是作者的誓言。事实证明，陶铸同志确是"香如故"，而江青等人则是"究可哀"。

为"振兴丝绸之路国际书画展"题诗二首
现代　钱仲联

其　一

西 出 阳 关 西 复 西，　　　秋 风 古 道 马 曾 嘶。
— ｜ — 关 ·｜ — 变格4　　— — ｜ ｜ ｜ — —
‾8 ∖4 ‾7 ‾15 ‾8 ∖1 ‾8　　_11 ‾1 √7 √19 √21 _10 ‾8

夕 阳 红 照 丝 绸 路，　　　天 向 中 华 以 外 低。
｜ — — ｜ — — ｜　　　— ｜ — — ｜ ｜ —
∖11 _7 ‾1 ∖18 ‾4 _11 √7　　_1 ∖23 ‾1 _6 √4 ∖9 ‾8

其　二

飙 轮 电 驶 了 非 难，　　　过 却 千 山 又 万 山。
— — ｜ ｜ ｜ — —　　　｜ ｜ — — ｜ ｜ —
_2 ‾11 ∖17 √4 √17 ‾5 ‾14 邻韵　　√21 ∖10 _1 ‾15 ∖26 ∖14 ‾15

孔 道 不 殊 人 世 换，　　　春 光 远 度 玉 门 关。
｜ ｜ ｜ — — ｜ ｜　　　— — ｜ ｜ ｜ — —
√1 √19 ∖5 ‾7 ‾11 ∖8 ∖15　　‾11 _7 √13 ∖7 ∖2 ‾13 ‾15

　　这两首诗写于1987年。第一首写古代丝绸之路。一幅丝绸古道的画图展现在读者面前，犹如元代马致远曲《天净沙·秋思》："枯藤老树昏鸦，小桥流水人家，古道西风瘦马。夕阳西下，断肠人在天涯。"第二首写今日丝绸之路。"飙轮电驶""千山又万山"，一反王之涣"春风不度玉门关"（333）为"春光远度玉门关"，盖因"人世换"矣。

第六章　孤平救

一、五律

雪晴晚望
唐　贾岛

倚杖望晴雪，　　　溪云几万重。
｜｜——｜　　　——｜｜。
√4 √22 _7 _8 ∖9　　⁻8 ⁻12 √5 ∖14 ⁻2

樵人归白屋，　　　寒日下危峰。
———｜｜　　　—｜｜—。
_2 ⁻11 _5 ∖11 ∖1　　⁻14 ∖4 ∖22 _4 ⁻2

野火烧冈草，　　　断烟生石松。　——孤平救
｜｜——｜　　　｜—·｜—
√21 √20 _2 _7 √19　　∖15 _1 _8 ∖11 ⁻2

却回山寺路，　　　闻打暮天钟。
｜——｜｜　　　—｜｜—。
∖10 ⁻10 ⁻15 ∖4 _7　　⁻12 √21 ∖7 _1 ⁻2

前六句逶迤写来，景色全是静谧的，是望景。七句一转，末句一声清脆的暮钟，由视觉转到听觉。这钟声不仅惊醒赏景的诗人，而且钟鸣谷应，使前六句所有景色都随之飞动起来，整个诗境形成了有声有色、活泼泼的局面。回味全诗，余韵无穷。

雪中枢密蔡谏议借示范宽雪景图
宋　文彦博

梁园深雪里，　　　更看范宽山。
———｜｜　　　｜｜｜—。
_7 ⁻13 _12 ∖9 √4　　∖24 ∖15 √29 ⁻14 ⁻15

迴 出 关 荆 外，　　　如 游 嵩 少 间。
| 　| 　| 　| 　|　　　 — 　— 　· 　| 　—　变格4
√24 ⅄4 ⁻15 _8 ╲9　　　⁻6 _11 ⁻1 ╲18 ╲15

云 愁 万 木 老，　　　渔 罢 一 蓑 还。
— 　— 　| 　| 　|　变格2　　— 　— 　| 　| 　—
⁻12 _11 ╲14 ⅄1 ╲19　　⁻6 _22 ⅄4 _5 ╲15

此 景 堪 延 客，　　　拥 炉 倾 小 蛮。
| 　| 　| 　| 　|　　　 | 　| 　· 　| 　—　孤平救
√4 √23 _13 _1 ⅄11　　√2 ⁻7 _8 √17 ╲15

　　本诗写诗人欣赏宋初善画山的著名画家范宽雪景图的观感。颔联既以"迴出"赞其画品之高，已超过了五代后梁著名画家关同及其师荆浩笔下的山；又以"如游"喻其画境之真，如神游于嵩山、少室山之间。全诗处处点染着诗人的喜悦之情，画中有情，情中有画，诗情画意汇为一体。

春　晚
宋　左　纬

池 上 柳 依 依，　　　柳 边 人 掩 扉。
— 　| 　| 　— 　—　　　| 　— 　— 　| 　—　孤平救
⁻4 ╲23 √25 _5 ⁻5　　　√25 _1 ⁻11 √28 ⁻5

蝶 随 花 片 落，　　　燕 拂 水 纹 飞。
| 　| 　| 　| 　|　　　 | 　| 　| 　| 　—
⅄16 ⁻4 _6 ╲17 ⅄10　　╲17 ⅄5 √4 ⁻12 ⁻5

试 数 交 游 看，　　　方 惊 笑 语 稀。
| 　| 　— 　— 　|　　　 — 　— 　| 　| 　—
√4 √7 _3 _11 ╲15　　　_7 _8 ╲18 √6 ⁻5

一 年 春 又 尽，　　　倚 杖 对 斜 晖。
| 　— 　— 　| 　|　　　 | 　| 　| 　— 　—
⅄4 _1 ⁻11 ╲26 √11　　√4 √22 ╲11 _6 ⁻5

　　这是一首表现人到垂暮之年产生寂寞感伤情绪的诗。前四句景中含情，后四句情中有景。颔联中，繁花、粉蝶、鸟燕、碧水，色泽丰富，动态逼真。蝶与燕同是飞行，但姿态各异，蝶是上下翻飞，燕是掠水而过，说明诗人体物很细、描摹很工，正是匠心所在。

南安军

宋　文天祥

梅花南北路，　　　风雨湿征衣。

出岭谁同出？　　　归乡如不归！　——变格4

山河千古在，　　　城郭一时非。

饿死真吾事，　　　梦中行采薇。　——孤平救

文天祥被俘四年，一直拒降，最后殉难，表现出高度的气节。其间写了许多诗，还用杜甫诗句集成多首诗，抒写自己的胸怀，表现出强烈的爱国感情。本诗是被俘北行、途经南安军所写。全诗逐层递进，声情激荡，不假雕饰，自见功力。作者对杜甫的诗用力甚深，风格颇近，即于质朴中见深厚之性情，可以说是用血和泪写成的。

萤　火

清　赵执信

和雨还穿户，　　　经风忽过墙。

虽缘草成质，　　　不借月为光。　——变格3

解识幽人意，　　　请今聊处囊。　——孤平救

君看落空阔，　　　何异大星芒。

— — ¦ — | 变格 3　　— | | — —。

ˉ12 ˉ14 ⅄10 ˉ1 ⅄7　　_5 ˎ4 ˎ21 _9 _7

萤火虫啊，你身虽细小，但不畏风雨；你光虽微弱，但终是自身禀赋；你不肯炫耀自己，但能照亮黑沉沉的夜空；你若升腾在夜幕漆黑的空旷高处，你的光芒与天上的大星又有什么区别呢？这是一首抒情言志的咏物诗，萤火虫的形象正是诗人自己的写照。

长江颂

当代　程克谅

涓涓出青藏，　　浩浩下荆襄。

— — ¦ — | 变格 3　　| | | — —。

_1 _1 ⅄4 _9 ˎ23　　ˇ19 ˇ19 ˎ22 _8 _7

不择千条细，　　方延万里长。

| | — — |　　— — | | —。

⅄5 ⅄11 _1 _2 ˎ8　　_7 _1 ˎ14 ˇ4 _7

齐携中土水，　　共赴太平洋。

— — — | |　　| | | — —。

ˉ8 ˉ8 ˉ1 ˇ7 ˇ4　　ˎ2 ˎ7 ˎ9 _8 _7

喜看临流处，　　稻花飘异香。

| | — — |　　¦ — — | —。孤平救

ˇ4 ˎ15 _12 _11 ˎ6　　ˇ18 _6 _2 ˎ4 _7

这是一首吟诵长江的五律。中间两联写长江的宽广胸怀：不择细流，延长万里，齐携土水，共赴东海，是长江的襟怀，也是中国人民的象征和写照。尤其“不择千条细，方延万里长”两句富含哲理。末句“稻花飘异香”，概括了长江流域土地肥沃，物产富庶，人民生活幸福，显示出新中国治理长江的成果。

二、五　绝

夜宿山寺

唐　李　白

危楼高百尺，　　手可摘星辰。

— — — | |　　　　　　| | | — ⌒
⌐4 ⌐11 ⌐4 ﹨11 ﹨11　　　√25 √20 ⌐11 ⌐9 ⌐11

不 敢 高 声 语，　　　　恐 惊 天 上 人。

| | — — |　　　　　| — ⌒ | — 孤平救
﹨5 √27 ⌐4 ⌐8 √6　　　√2 ⌐8 ⌐1 ﹨23 ⌐11

本诗选自《绝句三百首》。"手可摘星辰"是极度的夸张，"恐惊天上人"是浪漫的想象，这就是"诗仙"的诗。

三月晦日送客

唐 崔 橹

野 酌 乱 无 巡，　　　　送 君 兼 送 春。

| | | — ⌐　　　　⌒ — ⌒ | 孤平救
√21 ﹨10 ﹨15 ⌐7 ⌐11　　　﹨1 ⌐12 ⌐14 ﹨1 ⌐11

明 年 春 色 至，　　　　莫 作 未 归 人。

— — — | |　　　　　| | — — ⌐
⌐8 ⌐1 ⌐11 ﹨13 ﹨4　　　﹨10 ﹨10 ﹨5 ⌐5 ⌐11

次句中一"兼"字，便把惜别、伤春自然地粘合在一起，从而把双重的怅惜、怅惘之情表现得浓烈而深挚。次联对次句作了补笔，更增强了感情的浓度。

效崔国辅体四首(其四)

唐 韩 偓

罗 幕 生 春 寒，　　　　绣 窗 愁 未 眠。

— | ⌒ — — 变格1　　　⌒ | — ⌒ | 孤平救
⌐5 ﹨10 ⌐8 ⌐11 ⌐14 邻韵　　﹨26 ⌐3 ⌐11 ﹨5 ⌐1

南 湖 一 夜 雨，　　　　应 湿 采 莲 船。

— — | | | 变格2　　　⌐ | ⌒ | — ⌐
⌐13 ⌐7 ﹨4 ﹨22 √7　　　⌐10 ﹨10 √10 ⌐1 ⌐1

来源于南朝乐府的崔国辅(盛唐诗人)体(290、314)，多写儿女情思，风格自然清新，宛转多姿，柔曼可歌。本诗中女主人公想象采莲船的遭遇，就是回想自己的爱情生活，该有多少话要倾诉？

春　怨
唐　金昌绪

打	起	黄	莺	儿，		莫	教	枝	上	啼。
ǀ	ǀ	•	—	° 变格1		ǀ	—	•	ǀ	— 孤平救
˅21	˅4	ˍ7	ˍ8	ˉ4 邻韵		㇏10	ˍ3	ˉ4	ˋ23	ˍ8

啼	时	惊	妾	梦，		不	得	到	辽	西。
			ǀ	ǀ			ǀ	ǀ	ǀ	
ˉ8	ˉ4	ˍ8	㇏16	ˋ1		㇏5	㇏13	ˋ20	ˍ2	ˉ8

　　四句诗，句句相承，环环相扣，每句诗都产生一个疑问，下一句解答了这个疑问，却又产生新的疑问，最后说出的答案仍然有疑问，留待读者去想象，去思索。这首小诗篇内见曲折，篇外见深度。

劝　酒
唐　于武陵

劝	君	金	屈	卮，		满	酌	不	须	辞。
ǀ	—	•	ǀ	— 孤平救		ǀ	ǀ	ǀ	—	—
ˋ14	ˉ2	ˍ12	㇏5	ˉ4		˅14	㇏10	㇏5	ˉ7	ˉ4

花	发	多	风	雨，		人	生	足	别	离。
	ǀ		ǀ	ǀ			ǀ	ǀ	ǀ	
ˍ6	㇏6	ˍ5	ˉ1	˅7		ˉ11	ˍ8	㇏2	㇏9	ˉ4

　　这首祝酒歌，前两句敬酒，后两句祝辞，语不多，却有味。因为后两句有高度概括的哲理意味，近于格言谚语，遂为名句，颇得传诵。

绝命诗二首(其二)
现代　续范亭

灭	却	虚	荣	气，		斩	删	儿	女	情。
ǀ	ǀ	ǀ	—	ǀ		ǀ	—	•	ǀ	— 孤平救
㇏9	㇏10	ˉ6	ˍ8	˅5		˅29	ˉ15	ˉ4	˅6	ˍ8

涤	除	尘	垢	洁，		为	世	作	牺	牲。
	ǀ		ǀ	ǀ			ǀ	ǀ	ǀ	

λ12 ⁻6 ⁻11 ✓25 λ9　　　　　✓4 ✓8 λ10 ⁻4 ‿8

　　续范亭是国民党元老、国民军中将,他面对蒋介石的倒行逆施却又无可奈何,1935年在南京中山陵痛哭后,写下绝命诗,剖腹自杀以明志(后被救)。他用自己的鲜血和生命,表明了同蒋介石卖国集团的彻底决裂,对国民党卖国政策的严重抗议。

三、七　律

九　日
唐　杜　甫

重 阳 独 酌 杯 中 酒,	抱 病 起 登 江 上 台。
— — ｜ ｜ — — ｜	｜ ｜ ！ — ‧ ｜ — 孤平救
⁻2 ⁻7 λ1 λ10 ⁻10 ⁻1 ✓25	✓19 ✓24 ✓4 ‿10 ⁻3 ✓23 ⁻10

竹 叶 于 人 既 无 分,	菊 花 从 此 不 须 开。
｜ ｜ — — ｜ ‧ ｜ 变格3	｜ — — ｜ ｜ — —
λ1 λ16 ⁻7 ⁻11 ✓5 ⁻7 ✓13	λ1 ‿6 ⁻2 ✓4 λ5 ⁻7 ⁻10

殊 方 日 落 玄 猿 哭,	旧 国 霜 前 白 雁 来。
— ｜ ｜ ｜ — — ｜	｜ ｜ — — ｜ ｜ —
⁻7 ‿7 λ4 λ10 ‿1 ⁻13 λ1	✓26 λ13 ‿7 ‿1 λ11 ✓16 ⁻10

弟 妹 萧 条 各 何 在,	干 戈 衰 谢 两 相 催!
｜ ｜ — — ｜ ‧ ｜ 变格3	— — — ｜ ｜ — —
✓8 ✓11 ‿2 ‿2 λ10 ‿5 ✓11	⁻14 ‿5 ⁻7 ✓22 ✓22 ‿7 ⁻10

　　本诗由因病戒酒、对花发慨、黑猿哀啼、白雁南来,引出思念故乡,忆想弟妹的情怀,进而表现遭逢战乱,衰老催人的感伤。全篇皆对,尤以颔联最佳。诗人巧妙使用借对,借"竹叶青"酒的"竹叶"二字与"菊花"相对,被称为杜律的首创。菊花虽是实景,"竹叶"却非真物,然而由于字面工整贴切,特别显得新鲜别致,此联遂成为历来传诵的名句。

遣悲怀三首(其三)
唐　元　稹

| 闲 坐 悲 君 亦 自 悲, | 百 年 都 是 几 多 时! |

—　｜　—　—　｜　｜　。　　　　—　—　—　｜　｜　—　。
‾15　﹨21　‾4　‾12　﹨11　﹨4　‾4　　　　﹨11　_1　_5　﹨4　﹨5　_5　‾4

邓　攸　无　子　寻　知　命，　　　　潘　岳　悼　亡　犹　费　词。

｜　—　—　｜　—　—　｜　　　　—　—　｜　·　—　·　｜　—— 孤平救
﹨25　_11　‾7　﹨4　_12　‾4　﹨24　　　　‾14　﹨3　_20　_7　_11　﹨5　‾4

同　穴　窅　冥　何　所　望？　　　　他　生　缘　会　更　难　期！

—　｜　｜　｜　—　｜　｜　　　　｜　—　—　｜　﹨　—　—
‾1　_9　﹨17　_9　_5　﹨6　﹨23　　　　_5　_8　_1　﹨9　﹨24　‾14　‾4

惟　将　终　夜　长　开　眼，　　　　报　答　平　生　未　展　眉。

—　_7　—　﹨　—　_　﹨　　　　﹨　﹨　_　_　﹨　﹨　—
‾4　_7　‾1　﹨22　_7　_10　﹨15　　　　﹨20　﹨15　_8　_8　﹨5　﹨16　‾4

　　《遣悲怀三首》，一个"悲"字贯串始终。悲痛之情如同长风推浪，滚滚向前，逐首推进。前两首悲妻子韦丛，从生前写到身后；末首悲自己，从现在写到将来。字字出于肺腑，句句至性至情。叙事叙得实，写情写得真。《唐诗三百首》编者清代蘅塘退士评论此诗时说"古今悼亡诗充栋，终无能出此三首范围者。"现代学者陈寅恪先生说："夫唯真实，遂造诣独绝欤？"

过平舆，怀李子先，时在并州
宋　黄庭坚

前　日　幽　人　佐　吏　曹，　　　　我　行　堤　草　认　青　袍。
—　｜　—　—　｜　｜　—　　　　｜　—　—　｜　—　—　。
_1　﹨4　_11　‾11　﹨21　﹨4　_4　　　　﹨20　_8　‾8　﹨19　﹨12　_9　_4

心　随　汝　水　春　波　动，　　　　兴　与　并　门　夜　月　高。
—　—　｜　｜　—　—　｜　　　　﹨　｜　—　—　｜　｜　—
_12　‾4　﹨6　﹨4　‾11　_5　﹨　　　　﹨25　﹨6　_8　_8　﹨22　﹨6　_4

世　上　岂　无　千　里　马？　　　　人　中　难　得　九　方　皋！
｜　｜　｜　—　—　｜　｜　　　　—　—　—　｜　﹨　—　—
﹨8　﹨23　﹨5　‾7　_1　﹨4　﹨21　　　　‾11　_1　‾14　﹨13　﹨25　_7　_4

酒　船　渔　网　归　来　是，　　　　花　落　故　溪　深　一　篙。
｜　—　—　｜　—　—　｜　　　　｜　｜　·　—　—　·　｜　—— 孤平救
﹨25　_1　‾6　﹨22　_5　‾10　﹨4　　　　_6　﹨10　﹨7　‾8　_12　﹨4　_4

　　全诗紧扣题旨，如与友人娓娓叙谈：首联说官卑，颔联写春兴，颈联叹九方皋之罕见,尾联叙故溪之可游,充分表达自己得不到赏识、欲归湖山的心情。颈联两句措辞自然,对仗工稳而又意在言外,显示出诗人锤炼语言的深厚功力。作者曾以此联示人,谓"此可为律诗之法"(《潜夫诗话》)。这两句也深得后人爱重。

和李上舍冬日书事

宋　韩　驹

北风吹日昼多阴,　　　　　　日暮拥阶黄叶深。
｜　｜　｜　　　　　　　　　　　　｜　｜　｜　　—孤平救
∧13 −1 −4 ∧4 ∨26 _5 _12　　　　∧4 −7 ∨2 −9 −7 ∧16 _12

倦鹊绕枝翻冻影,　　　　　　飞鸿摩月堕孤音。
｜　｜　｜　｜　　　　　　　　　｜　｜　｜　｜
∨17 ∧10 ∨18 −4 −13 ∨1 ∨23　　−5 −1 _6 ∨20 −7 _12

推愁不去如相觅,　　　　　　与老无期稍见侵。
｜　｜　｜　｜　　　　　　　　　｜　｜　｜　｜
−10 _11 ∧5 ∨6 −6 −7 ∧12　　∨6 ∨19 −7 −4 ∨19 ∨17 _12

顾藉微官少年事,　　　　　　病来那复一分心?
｜　｜　一　｜　｜　变格3　　　｜　｜　｜　｜
−7 ∧11 −5 −14 ∨18 _1 ∧4　　∨24 −10 ∨20 ∧1 ∧4 −12 _12

本诗书写了一个困顿失意的士人在阴冷凄寒的冬日愁病交侵的境遇与心情。颔联刻画极工,着意锤炼,意新语奇,骨格瘦劲。又曹植《释愁文》:"愁之为物,惟恍惟惚,不召自来,推之弗往。"庾信《愁赋》:"闭门欲驱愁,愁终不肯去,深藏欲避愁,愁已知人处。"这两句为颈联之本,而一经诗人熔铸,不独工整典重,且愈见奇警。这中间两联充分体现出典型的宋调。

道间即事

宋　黄公度

花枝已尽莺将老,　　　　　　桑叶渐稀蚕欲眠。
｜　｜　｜　　　　　　　　　　｜　｜　｜　　—孤平救
_6 −4 ∨4 ∨11 _8 −7 ∨19　　−7 ∧16 ∨28 −5 _13 ∧2 _1

半湿半晴梅雨道,　　　　　　乍寒乍暖麦秋天。
｜　｜　｜　｜　　　　　　　　　｜　｜　｜　｜

　　　　、15　、14　、15　＿8　⁻10　√7　√19　　　　　　　√22　⁻14　、22　√14　√11　＿11　＿1
　　　　村　庐　沽　酒　谁　能　择？　　　　　　　　邮　壁　题　诗　尽　偶　然。
　　　　—　　—　　—　　｜　　—　　—　　｜　　　　　　—　　—　　—　　｜　　—　　—　　。

　　　　⁻13　⁻7　⁻7　√25　⁻4　＿10　、11　　　　　　　＿11　√12　⁻8　⁻4　√11　√25　＿1
　　　　方　寸　怡　怡　无　一　事，　　　　　　　　粗　袋　粝　食　地　行　仙。
　　　　—　　｜　　｜　　—　　—　　｜　　　　　　　　—　　—　　｜　　｜　　—　　—　　。
　　　　＿7　、14　⁻4　⁻4　⁻7　√4　√4　　　　　　　　⁻7　＿11　、8　√13　√4　＿8　＿1

　　这是一首记行抒怀之作。上两联写景，将江南乡村的初夏景色刻画得鲜明生动。颔联中两个"半"、两个"乍"组成的双拟对既工致又流利，"梅雨"对"麦秋"同样精彩。下两联叙事抒怀。"谁能择"带有一丝无奈，"尽偶然"并不兴高采烈，但所反映的主要还是洞达世事人情后的那种超然。"怡怡"之自称，"地行仙"之自喻，就给人以宠辱不惊、超然物外的深刻印象。

梅　花
宋　张道洽

　　　　行　尽　荒　林　一　径　苔，　　　　　　　竹　梢　深　处　数　枝　开。
　　　　｜　　｜　　—　　—　　｜　　—　　—　　　　｜　　—　　—　　｜　　｜　　—　　。
　　　　＿8　√11　＿7　＿12　√4　、25　⁻10　　　　　√1　＿3　＿12　、6　⁻7　⁻4　⁻10

　　　　绝　知　南　雪　羞　相　并，　　　　　　　欲　嫁　东　风　耻　自　媒。
　　　　｜　　—　　—　　｜　　—　　—　　｜　　　　｜　　—　　—　　—　　｜　　｜　　。
　　　　√9　⁻4　＿13　√9　＿11　＿7　√24　　　　　√2　、22　⁻1　⁻1　√4　√4　⁻10

　　　　无　主　野　桥　随　月　管，　　　　　　　有　根　寒　谷　也　春　回。
　　　　—　　｜　　｜　　—　　—　　｜　　｜　　　　｜　　—　　—　　｜　　｜　　—　　。
　　　　⁻7　√7　√21　＿2　⁻4　√6　√14　　　　　　√25　⁻13　⁻14　√1　√21　⁻11　⁻10

　　　　醉　余　不　睡　庭　前　地，　　　　　　　只　恐　忽　吹　花　落　来。　——孤平救
　　　　｜　　—　　｜　　｜　　—　　—　　｜　　　　｜　　｜　　！　　—　　·　　｜　　—
　　　　√4　⁻6　√5　√4　＿9　＿1　√4　　　　　　√4　√2　√6　⁻4　⁻6　√10　⁻10

　　张道洽写梅花诗三百余首，无论数量、质量都不弱于林逋、苏轼、陆游。本诗以寻梅起兴，写出了梅花的精神，不以风神胜，而以标格胜，正是宋诗之调。首、尾两联偏于叙事抒情，但并没有撇开梅花去写；中间两联专写梅花，但又并不作纯客观的描叙。诗人移情于物，借物抒情，处处梅花，又处处自身，不滞不脱，若即若离，是一首极成功的咏梅诗。

杜鹃花得红字

宋　真山民

愁 锁 巴 云 往 事 空，　　　　　只 将 遗 恨 寄 芳 丛。

　|　|　|　—　•　|　—　　　　　|　|　•　|　•　|　—

_11 ∨20 _6 ¯12 ∨22 ﹨4 _1　　　　∨4 _7 ¯4 ﹨14 ﹨4 _7 ¯1

归 心 千 古 终 难 白，　　　　　啼 血 万 山 都 是 红。

　—　|　—　|　|　—　|　　　　　|　!　|　•　|　—　— 孤平救

_5 _12 _1 ∨7 _1 ¯14 ﹨11　　　　¯8 ﹨9 ﹨14 ¯15 ¯7 ∨4 _1

枝 带 翠 烟 深 夜 月，　　　　　魂 飞 锦 水 旧 东 风

　—　|　|　•　|　|　|　　　　　—　|　—　|　•　|　—

¯4 ﹨9 ﹨4 _1 _12 ﹨22 ﹨6　　　　¯13 ¯5 ∨26 ∨4 ﹨26 ﹨4 _1

至 今 染 出 怀 乡 恨，　　　　　长 挂 行 人 望 眼 中。

　|　|　|　•　|　|　|　　　　　—　|　—　—　|　|　—

﹨4 _12 ∨28 ﹨4 ¯9 _7 ¯14　　　　_7 ﹨10 _8 ¯11 ﹨23 ∨15 ¯1

　　把杜鹃鸟哀鸣啼血与杜鹃花盛开绽红联系起来，以咏物寄托的手法表现亡国之痛，是本诗的特点。首联惆怅，颔联悲愤，颈联深婉，尾联凄凉，都各到好处。颔联中，杜鹃的归心，象征着诗人内心深处难以言说的万般情思：唯其千古难白，愁怨更为深长；唯其万山红遍，遗恨尤为沉重。颈联中，翠烟、夜月、精魂、东风、杜鹃花与杜鹃鸟交织成一片纯美的诗情，意象格外凄美动人。

闻 捣 衣

元　赵孟頫

露 下 碧 梧 秋 满 天，　　　　　砧 声 不 断 思 绵 绵。

　|　|　!　—　•　|　—　孤平救　　　—　—　|　|　•　|　— 变格1

∨7 ﹨22 ﹨11 ¯7 _11 ∨14 _1　　　　_12 _8 ﹨5 ﹨15 ﹨4 _4 _1

北 来 风 俗 犹 存 古，　　　　　南 渡 衣 冠 不 及 前。

　|　—　—　|　—　|　|　　　　　—　|　—　—　|　|　—

﹨13 ¯10 _1 ﹨2 _11 ¯13 ∨7　　　　_13 ﹨7 ¯5 ¯14 ﹨5 ﹨14 _1

首 蓿 总 肥 宛 要 裹，　　　　　琵 琶 曾 泣 汉 婵 娟。

　|　|　|　—　•　|　|　　　　　—　—　|　|　|　—　—

λ1 λ1 ✓1 ¯5 ¯13 、18 ✓17　　　　　¯4 _6 _10 λ14 、15 _1 _1
人　间　俯　仰　成　今　古，　　　何　待　他　年　始　惘　然！
—　—　|　|　—　|　|　　　　—　|　—　—　|　—　—
¯11 ¯15 ✓7 22 _8 _12 ✓7　　　　　_5 _10 _5 _1 ✓4 ✓22 _1

　　历来的"捣衣诗"，大多抒写男女相思之情、山河远隔之悲。李白将它与"何日平胡虏，良人罢远征"联系起来，思致深沉，博得了诗论家的赞叹。本诗更进一层，完全撇开男女思情，来抒写"故国不堪回首月明中"的哀伤，就愈加深切感人。全诗从秋夜的一片砧声，引出"北来"、"南渡"的悲愤对照，化入历史兴衰的欷歔喻境，而后在俯仰古今的喟伤叹息中收结，无限伤怀的亡国之悲，如叹如诉如泣如咽……

秋日早朝待漏有感

明　文徵明

钟　鼓　殷　殷　曙　色　分，　　　紫　云　楼　阁　尚　氤　氲。
—　|　—　—　|　|　—　　　　|　—　—　|　|　—　—
¯2 ✓7 ¯12 ¯12 、6 λ13 ¯12 邻韵　　　✓4 ¯12 _11 λ10 、23 ¯11 ¯12 出韵

常　年　待　漏　承　明　署，　　　何　日　挂　冠　神　武　门？
—　—　|　|　—　—　|　　　　—　|　|　—　—　|　—　孤平救
_7 _1 ✓10 、26 _10 _8 、6　　　　　_5 λ4 、10 ¯14 ¯11 ✓7 _13

林　壑　秋　清　猿　鹤　怨，　　　田　园　岁　晚　菊　松　存。
—　|　—　—　—　|　|　　　　—　—　|　|　|　—　—
_12 λ10 _11 _8 ¯13 λ10 、14　　　_1 ¯13 、8 ✓13 λ1 ¯2 _13

若　为　久　索　长　安　米，　　　白　发　青　衫　忝　圣　恩。
|　—　|　|　—　—　|　　　　|　|　—　—　—　|　—
λ10 ¯4 ✓25 λ10 _7 ¯14 ✓8　　　λ11 λ6 _9 _15 ✓28 、24 ¯13

　　从早朝感受到屈辱，是罕见的写法。这是因为作者的官实在太可怜，而且诗人以自己的社会声誉作为参照，才特别感受到身为从九品这最低官位的可笑与尴尬。这里还包含着一个重要的历史背景：在明代中叶起的市民社会中，一种不同于以官职高低为衡量标准的价值观正在形成，财富、文学艺术的成就等，最终是要打破封建等级制的。

独 夜

清 黎 简

独 夜 起 窥 江 月 寒，　　四 山 阴 似 梦 中 看。
｜　｜　｜　—　—　•　｜　——孤平救　　｜　—　｜　—　｜　｜　。
ㄟ1 ﹨22 ∨4 ˉ4 ˉ3 ﹨6 ˉ14　　﹨4 ˉ15 ﹍12 ∨4 ﹨1 ˉ1 ˉ14

关 河 霜 雪 朋 侪 旧，　　溟 渤 鱼 龙 窟 宅 宽。
ˉ15 ﹍5 ﹍7 ﹨9 ﹍10 ˉ9 ﹨26　　﹍9 ﹨6 ˉ6 ﹍2 ﹨6 ﹨11 ˉ14

空 有 相 思 送 迟 暮，　　更 无 佳 誉 恣 怀 安。
—　｜　—　—　•　•　｜　变格3　　｜　—　｜　｜　—　—　。
ˉ1 ∨25 ﹍7 ˉ4 ﹨1 ˉ4 ∨7　　﹨24 ˉ7 ˉ9 ﹨6 ﹨4 ˉ9 ˉ14

扁 舟 合 试 墙 根 竹，　　敢 趁 任 公 下 钓 竿！
—　—　｜　｜　｜　｜　｜　　｜　｜　—　—　｜　｜　。
﹍1 ﹍11 ﹨15 ﹨4 ﹍7 ˉ13 ﹨1　　∨27 ﹨12 ﹍12 ˉ1 ﹨22 ﹍18 ˉ14

这是一首抒情之作。诗人长夜难眠，独自出门，眺望四野景物，心中陡然起了无限感触，写下此诗，流露出他欲有所为，但又不屑于抗尘走俗的矛盾心理。颔联以朋友的汲汲功名与自己的托身天地、淡泊处世相比较，表现了自己对功业的淡漠和蔑视，而造语凝炼警策，气度不凡，是黎简被广为传诵的名句。

辞 岁

现代 姚雪垠

又 是 一 年 辞 旧 岁，　　银 灯 白 发 醉 颜 红。
｜　｜　｜　—　—　｜　｜　　—　—　｜　｜　—　｜　。
﹨26 ∨4 ﹨4 ﹍1 ˉ4 ﹨26 ﹨8　　ˉ11 ﹍10 ﹨11 ﹨6 ﹨7 ˉ15 ˉ1

幸 无 每 饭 三 遗 矢，　　尚 有 平 生 百 练 功。
｜　｜　｜　｜　—　—　｜　　｜　｜　—　—　｜　｜　。
∨23 ˉ7 ∨9 ﹨13 ﹍13 ˉ4 ∨4　　∨23 ∨25 ﹍8 ﹍8 ﹨11 ﹨17 ˉ1

手 底 横 斜 蝇 首 字，　　心 头 起 伏 马 蹄 风。
｜　｜　—　—　—　｜　｜　　｜　｜　—　—　｜　｜　。
∨25 ∨8 ﹍8 ﹍6 ﹍10 ∨25 ﹨4　　﹍12 ﹍11 ﹨4 ﹨1 ∨21 ˉ8 ˉ1

壮 怀 常 伴 荒 鸡 舞，　　寒 夜 熟 闻 关 上 钟。

| — — | ⌣ — — |　　　— | · — — · | — 孤平救
⌣23 ⁻9 ＿7 ⌣14 ＿7 ⁻8 ⌣7　　⁻14 ⌣22 λ1 ⁻12 ⁻15 ⌣23 ⁻2 出韵

这是作者于 1972 年农历除夕在武汉写的一首抒怀诗。自长篇历史小说《李自成》(第一卷)在 1963 年出版后,得到毛泽东的肯定,在国内外引起巨大反响。三年后,十年浩劫开始。以姚的人品、才学和经历,本在横扫之列,但由于毛泽东点名保护,姚未受到丝毫损伤,但也被深深地触动了"灵魂"。本诗就是姚老在那个特定历史环境里心境的真实写照。

送小女友庄参军

当代　　陈贻焮

不 拟 左 思《娇 女 诗》,　　　临 行 旋 课《木 兰 辞》。
| | · — · | — 孤平救　　— — — | | — 。
λ5 ⌣4 ⌣20 ⁻4 ＿2 ⌣4 ⁻4　　＿12 ＿8 ＿1 ⌣21 λ1 ⁻14 ⁻4

平 居 总 觉 孩 提 态,　　　　握 别 才 惊 少 女 姿。
— — | | — — |　　　　　| | — — | | — 。
＿8 ⁻6 ⌣1 λ3 ⁻10 ＿8 ⌣11　　λ3 ⌣9 ⁻10 ＿8 ⌣18 ⌣6 ⁻4

非 是 从 军 怜 老 父,　　　　只 缘 爱 国 似 男 儿。
— | — — — | |　　　　　| — | | — — 。
⁻5 ⌣4 ⁻2 ⁻12 ＿1 ⌣19 ⌣7　　⌣4 ＿1 ⌣11 λ13 ⌣4 ＿13 ⁻4

十 年 自 信 爷 娘 健,　　　　出 郭 相 迎 奏 凯 时。
| — | | | — |　　　　　| — | | | — 。
λ14 ＿1 ⌣4 ⌣12 ＿6 ＿7 ⌣14　　λ4 ⌣10 ＿7 ＿8 ⌣26 ⌣10 ⁻4

女儿要参军了,老诗人不拟给女儿讲晋代诗人左思的《娇女诗》,而给她讲了北魏民歌《木兰辞》(946)。希望女儿以木兰为榜样,教女儿入伍后,不图做官进爵,而要为国建功立业……全诗写得平淡自然,如叙家常,语淡情深,舐犊之情跃然纸上!读来感人至深。

四、七　绝

兰溪棹歌
唐 戴叔伦

凉 月 如 眉 挂 柳 湾，　　　　越 中 山 色 镜 中 看。

兰 溪 三 日 桃 花 雨，　　　　半 夜 鲤 鱼 来 上 滩。

"挂柳湾"，指月挂柳梢；"镜中看"，喻溪水中看。本诗以民歌的韵致，写出兰溪一带的山水之美，渔家的欢快之情，宛如一支妙曲，一幅佳画。

从军北征
唐 李　益

天 山 雪 后 海 风 寒，　　　　横 笛 遍 吹《行 路 难》。

碛 里 征 人 三 十 万，　　　　一 时 回 首 月 中 看。

三十万征人在同一时间回首顾望，这极度的夸张充分显示这片笛声的哀怨和广大征人的心情，使这支远征队伍在大漠中行军的壮观得到最好的艺术再现。

踏歌词四首(其一)
唐 刘禹锡

春 江 月 出 大 堤 平，　　　　堤 上 女 郎 连 袂 行。

　⁻11　⁻3　Ↄ6　Ↄ4　↘21　⁻8　_8　　　　　_8　↘23　✓6　_7　_1　↘8　_8

唱　尽　新　词　欢　不　见，　　　　红　霞　映　树　鹧　鸪　鸣。

　|　　|　　—　—　|　　|　　|　　　　　|　　|　　—　—　|　　|　　|

↘23　✓11　⁻11　⁻4　⁻14　Ↄ5　_17　　　_1　_6　↘24　↘7　✓22　⁻7　_8

刘禹锡用民歌体写的爱情诗，常有一种似愁似怨、似失望又似期待的复杂情绪。本诗中"欢不见"的小伙子真的无动于衷吗？说不定"道是无晴还有晴"（388），他们是在有意捉弄这些多情的女郎呢！

题兴化寺园亭

唐　贾　岛

破　却　千　家　作　一　池，　　　　不　栽　桃　李　种　蔷　薇。

|　　|　　—　|　—　|　　|　　　　|　　|　　|　　|　　|　　|　　|

↘21　Ↄ10　_1　_6　Ↄ10　Ↄ4　⁻4　　Ↄ5　⁻10　_4　✓4　↘2　_7　⁻5 出韵

蔷　薇　花　落　秋　风　起，　　　　荆　棘　满　亭　君　自　知。

—　—　|　|　—　—　|　　　　|　！　—　·　|　—孤平救

_7　⁻5　_6　Ↄ10　_11　⁻1　✓4　　_8　Ↄ13　✓14　_9　⁻12　↘7　⁻4

本诗妙处在于，接"种蔷薇"的茬儿，将题旨拈连带出：表面写秋后将出现的园景，实质指出聚敛定要出现的可悲下场，达到讽嘲权贵的本意。

题阳关图二首（其二）

宋　黄庭坚

人　事　好　乖　当　语　离，　　　　龙　眠　貌　出　断　肠　诗。

—　|　！　—　·　|　—孤平救　　—　|　|　|　|　|　|

⁻11　↘4　✓19　⁻9　_7　✓6　⁻4　　⁻2　_1　↘19　Ↄ4　_15　_7　⁻4

渭　城　柳　色　关　何　事？　　　　自　是　离　人　作　许　悲。

|　|　—　|　—　|　|　　　　|　|　—　—　|　|　|

↘5　_8　✓25　Ↄ13　⁻15　_5　⁻4　　⁻4　✓4　⁻4　⁻11　Ↄ10　✓6　⁻4

物固无情，人自有意，有意的离人将情加于物上，便使那原不关情的柳亦自有了情。所以离人们见到杨柳就会引起别愁、别情，听到《折杨柳》的笛声与"渭城柳"之类的歌声就要潸然泪下了！本诗写出王维诗《渭城曲》（550）与李公麟（号龙眠居士）画《阳关图》之新意，为题画诗之上品。

中牟道中二首(其一)

宋　陈与义

雨 意 欲 成 还 未 成，　　　归 云 却 作 伴 人 行。

| | ！ ─ ● | ── 孤平救

√7 、4 λ2 _8 ⁻15 、5 _8　　⁻5 _12 λ10 λ10 √14 ⁻11 _8

依 然 坏 郭 中 牟 县，　　　千 尺 浮 屠 管 送 迎。

─ ─ | | ─ ─ |

⁻5 _1 、10 λ10 ⁻1 _11 、17　　_1 λ11 _11 ⁻7 √14 、1 _8

云能"行"能"归"，已是拟人，而伴人行路，更显出云的情意；浮屠之迎人送人本是人的感觉，着一"管"字更显出它对人的热情与诚笃。谐趣幽默，别具风情，后来杨万里诗的"奇趣"、"活法"，可能受到陈与义诗的启发。

访中洲

宋　姚镛

踏 雨 来 敲 竹 下 门，　　　荷 香 清 透 紫 绡 裙。

| | ─ ─ | | ─ ── 邻韵

λ15 √7 ⁻10 _3 λ1 、22 ⁻13　　_5 _7 _8 、26 √4 _2 ⁻12

相 逢 未 暇 论 奇 字，　　　先 向 水 边 看 白 云。

─ ─ | | ─ ─ |　　　─ | ！ ─ ● | ── 孤平救

_7 ⁻2 、5 、22 ⁻13 ⁻4 、4　　_1 、23 √4 _1 ⁻14 λ11 ⁻12

"论奇字"已是没事忙，而更有先于此者，即"看白云"也。梁陶弘景有"山中何所有，岭上多白云。只可自怡悦，不堪持寄君。"(618)可见对白云的特定感受是历代诗家都有的，是诗人生活的情趣，精神的寄托。

应教题梅

元　王冕

刺 刺 北 风 吹 倒 人，　　　乾 坤 无 处 不 沙 尘。

| | ！ ─ ● | ── 孤平救　　　─ ─ ─ | | | ──

λ11 λ11 λ13 −1 −4 ∨19 −11　　　　　_1 −13 −7 ∨6 λ5 _6 −11

胡　儿　冻　死　长　城　下，　　　谁　信　江　南　别　有　春？

— — | | — — |　　　　　— | — — | | —

−7 −4 ∨1 ∨4 _7 _8 ∨22　　　　　−4 ∨12 −3 _13 λ9 ∨25 −11

　　诗虽"题梅"，却无一"梅"字，且总共四句中前三句都与"梅"无关，只是末句回到诗题。这个"梅"，极富气势，它已融为春光，浩浩一片，拥有了消融冰雪的力量，这不比一般地写梅的傲风霜、耐严寒更有意义么？诗又"应教"，是应朱元璋之命所写；朱看后大喜，是有其政治色彩的。

江上看晚霞（三首选一）

清　王士禛

彭　泽　县　前　风　倒　吹，　　　三　朝　休　怨　峭　帆　迟。

— | ⋮ — ⋰ — —孤平救　　　— — — | | | —（°）

_8 λ11 ∨17 _1 −1 ∨20 −4　　　　　_13 _2 _11 ∨14 ∨18 _15 −4

馀　霞　散　绮　澄　江　练，　　　满　眼　青　山　小　谢　诗。

— — | | — — |　　　　　| | — — | | —（°）

−6 _6 ∨15 ∨4 _8 −3 ∨17　　　　　∨14 ∨15 _9 −15 ∨17 ∨22 −4

　　第三句采用南朝诗人"小谢"即谢朓之名句"馀霞散成绮，澄江净如练"（682）十分恰当贴切；末句最堪品味，以"小谢诗"蕴含晚霞映照"青山"的清丽之美，诗人沉浸其中，体会到大自然的无穷美妙。

三峡竹枝词（其八）

近代　易顺鼎

山　远　水　长　思　若　何？　　　竹　枝　声　里　断　魂　多。

— | ⋮ — ⋰ — —孤平救　　　| | — — | | —（°）

−15 ∨13 ∨4 _7 −4 λ10 _5　　　　　λ1 −4 _8 ∨4 ∨15 −13 _5

千　重　巫　峡　连　巴　峡，　　　一　片　渝　歌　接　楚　歌。

— — — | — — |　　　　　| | — — | | —（°）

_1 −2 −7 λ17 _1 _6 17　　　　　λ4 ∨17 −7 _5 λ16 ∨6 _5

　　末两句显然脱胎于老杜的"即从巴峡穿巫峡，便下襄阳向洛阳"（87），同为流水对，一气流注，曲折尽情，但同中见异，杜甫传达的是轻快迅捷的喜悦之情，本诗流露的是连云走风、浩漫无穷的离别之思。两者各有侧重,各臻其妙。

春坞纸鸢
现代　齐白石

仰观万丈落儒冠,　　　　一线欲无云际寒。

不见木鸢天上去,　　　　诸君尘世未曾看。

　　本诗是白石翁老年回忆家乡放风筝情事的咏物抒怀诗。诗以"春坞纸鸢"起兴,以"木鸢"自喻,抒发自己致力艺术、不慕高位的坦荡而朴素的襟怀。描写与抒情结合得水乳交融,巧妙自然,是一首不可多得的好诗。("春坞",即春天的杏子坞,在湖南湘潭。白石少时曾学过木工,故以"木鸢"自喻。)

纪念辛亥革命五十周年八首(其三)
现代　吴玉章

廿世纪初零五年,　　　　东京盛会集群贤。

组成革命同盟会,　　　　领袖群伦孙逸仙。

　　这组写于1961年9月的诗,吴老以自己的亲身体会,以无比深邃的洞察力,指出了从辛亥革命到建立新中国这一革命发展的趋势,是历史的必然。本诗写1905年8月20日,孙中山领导的兴中会,蔡元培、章太炎领导的光复会,黄兴、陈天华、宋教仁领导的华兴会联合组成同盟会,以孙中山提出的"驱除鞑虏,恢复中华,建立民国,平均地权"为宗旨,并推孙中山为总理,吴玉章也被选为同盟会评议部的评议员。

忆日卜

现代　邓拓

记 得 昨 宵 篝 火 红，　　　战 歌 诗 思 倍 匆 匆。
| | | ‥ — ‥ | — 孤平救　　| — — | | — —
↘4 ↘13 ↘10 ＿2 ＿11 ↙20 ⁻1　　↘17 ＿5 ⁻4 ↘4 ↙10 ⁻1 ⁻1

枕 戈 斜 倚 刍 茅 帐，　　　假 寐 醒 时 月 正 中。
| | | | | | |　　| | | — | | —
↙26 ＿5 ＿6 ↙4 ⁻7 ＿3 ↘23　　↙22 ↘4 ＿9 ⁻4 ↙6 ↘24 ⁻1

　　日卜，是河北省阜平县一个小山村的名字。本诗写于 1943 年秋冬，正是作者率《晋察冀日报》社的队伍与日寇周旋，并取得胜利的时候。诗人以清秀流畅的笔调，记下了紧张战斗中的那片刻宁静，刻画出只有此时此刻才有的那种心情。

回武夷

当代　蔡厚示

一 十 四 回 回 武 夷，　　　溪 声 筏 影 总 相 思。
| | | ‥ — ‥ | — 孤平救　　— — | | | — —
↘4 ↘14 ↘4 ⁻10 ⁻10 ↙7 ⁻4　　⁻8 ＿8 ↙6 ↘23 ↙1 ＿7 ⁻4

何 当 化 石 山 头 立，　　　看 到 风 烟 俱 净 时。
— | | | — — |　　| | — — ‥ | — 变格4
＿5 ＿7 ↘22 ↙11 ⁻15 ＿11 ↙14　　↘15 ↘20 ⁻1 ＿1 ‥7 ↘24 ⁻4

　　这是一首托景抒怀诗。诗写于"文化大革命"十年浩劫中，当时中国社会动乱不宁，烟尘日上，是非混淆，危机四伏。看到武夷山宁静和穆的自然风光，诗人为国家的前途和命运担忧，希望看到这种局面早日结束，出现"风烟俱净"政通人和的清明气象。

学子心

当代　陈一鹤

含 光 醇 德 一 摇 篮，　　　英 俊 少 年 承 露 甘。
— — — | | — —　　— | | ‥ — ‥ | 孤平救

_13 _7 ‾11 ⅄13 ⅄4 _2 _13　　　　_8 ⅁12 _18 _1 _10 ⅁7 _13

咀 嚼 芝 英 苗 壮 长，　　　　华 年 大 任 铁 肩 担。

｜ ｜ — — · ｜ ｜ ｜ 变格2　　— — ｜ ｜ ｜ ｜ 。

⅄6 ⅁18 ‾4 _8 ⅄4 ⅁23 ⅁22　　　　6 _1 ⅄23 ⅁27 ⅄9 _1 _13

　　笔者初中就读于苏州市第二初级中学，现为苏州市第十六中学。2010 年春，笔者回母校探亲，赠拙著《〈唐诗三百首〉声韵学析》，归后作《颂母校》组诗五首:《母校史》《老师恩》《同学情》《今日荣》《学子心》。本诗中"含光醇德"，引自《辞海》第六版第 839 页:"亦指含藏美德。蔡邕《陈寔碑》:'含光醇德，为士作程。'""咀嚼芝英"，引自《王力古汉语字典》第 110 页:"《汉书·司马相如传·大人赋》:'咀嚼芝英兮嚼琼华。'"又本诗为"鹤顶格"，即"藏头诗"，把校训"含英咀华"四字分别置于每句之首字。"含英咀华"源自韩愈《进学解》:"沈浸浓郁，含英咀华。"

咏张青莲院士

当代 陈一鹤

佛 祖 青 莲 洞 亚 洲，　　　　青 莲 现 世 誉 全 球。

｜ ｜ | — — ｜ ｜ 。　　　　— — ｜ ｜ ｜ ｜ 。

⅄5 ⅁7 _9 _1 ⅁1 ⅁22 _11　　　　_9 _1 ⅁17 ⅁8 ⅁6 _1 _11

微 观 质 量 重 精 测，　　　　肖 像 载 书 功 永 留。

— — ｜ ｜ ｜ — ｜　　　　— — · ｜ — · ｜ 孤平救

‾5 ‾14 ⅄4 ⅁23 ‾2 _8 ⅄13　　　　_2 ⅁22 _10 ‾6 ‾1 ⅁23 _11

　　张青莲(1908—2006)，1930—1931 年在常熟孝友中学任教;1955 年当选中国科学院第一批学部委员，今称院士;1983 年当选国际原子量委员会委员，在 1991 年、1993 年精确测定了铟(In)、锑(Sb)的相对原子质量数值，1995 年精确测定了铈(Ce)、铕(Eu)的相对原子质量数值，并被审定为取代旧值的新标准，现初中、高中化学教科书上都有他的肖像。今"常熟市孝友中学"校名即他题写。又由于青莲瓣长而广，形如眼目，佛书中多用"青莲"来比喻佛祖的眼睛。

第七章　小 拗 救

一、五　律

早寒有怀

唐　孟浩然

木 落 雁 南 渡，　　　　北 风 江 上 寒。
　│　│　‖　—　│　　　‖　—　—　·　│　—　小拗、孤平救
λ1　λ10　‖16　_13　∨7　　　λ13　⁻1　_3　∨23　⁻14

我 家 襄 水 曲，　　　　遥 隔 楚 云 端。
　│　—　—　│　│　　　　│　—　│　—　—
∨20　_6　_7　∨4　λ2　　　_2　λ11　∨6　⁻12　⁻14

乡 泪 客 中 尽，　　　　孤 帆 天 际 看。
　—　│　‖　·　│　　　　·　│　—　│　—　小孤救
_7　∨4　λ11　⁻1　∨11　　　⁻7　_15　_1　∨8　⁻14

迷 津 欲 有 问，　　　　平 海 夕 漫 漫。
　—　—　│　│　│　变格2　　—　│　—　—　—
⁻8　⁻11　λ2　∨25　∨13　　　_8　∨10　λ11　⁻14　⁻14

　　此篇前半似太白，后半似少陵；而集清逸沉郁于一诗，浑然而就，淡而不幽，怨而不怒者，又知其必为孟浩然诗。时值寒秋，奔走各地：既想归隐，又想求官；既羡慕田园生活，又想在政治上有所作为。因而此诗流露的感情相当复杂。

辋川闲居赠裴秀才迪

唐　王　维

寒 山 转 苍 翠，　　　　秋 水 日 潺 湲。
　—　—　│　—　│　变格3　　—　│　│　—　—
⁻14　⁻15　∨16　_7　∨4　　　_11　∨4　λ4　⁻15　_1

倚 杖 柴 门 外，　　　　　临 风 听 暮 蝉。
∣ ∣ ∣ ∣ ∣ 　　　　 ∣ • ∣ ∘ ——变格4
ˇ4 ˇ22 ¯9 ¯13 ˎ9 　　 ﹍12 ¯1 ﹍9 ˎ7 ﹍1

渡 头 余 落 日，　　　　　墟 里 上 孤 烟。
∣ ∣ ∣ ∣ ∣ 　　　　 ∣ ∣ ∣ ∣ ∣
ˎ7 ﹍11 ¯6 ʎ10 ʎ4 　　 ¯6 ˇ4 ˎ23 ¯7 ﹍1

复 值 接 舆 醉，　　　　　狂 歌 五 柳 前。
∣ ∣ ∣ˎ ∣ ∣ 　　　 — — ∣ ∣ ∘ ——小拗未救
ʎ1 ʎ13 ʎ16 ¯6 ˎ4 　　 ﹍7 ﹍5 ˇ7 ˎ25 ﹍1

这是一首诗、画、乐完美结合的五律。首、颈两联写景，描绘辋川附近山水田园的深秋暮色，画在人眼里，人在画图中，一景一物都经过诗人主观的过滤而带上了感情色彩。颔、尾两联写人，刻画诗人和裴迪两个隐士形象，有形无形，有声无声，都和景物描写密切结合。风光人物，交替行文，相映成趣，形成物我一体、情景交融的艺术境界，抒写诗人的闲居之乐和对友人的真切情谊。

宿五松山下荀媪家
唐 李 白

我 宿 五 松 下，　　　　　寂 寥 无 所 欢。
∣ ∣ ∣• — ∣ 　　　 ∣ — ∣ • ∣ ∘ ——小拗、孤平救
ˇ20 ʎ1 ˇ7 ¯2 ˎ22 　　 ʎ12 ﹍2 ﹍7 ˇ6 ¯14

田 家 秋 作 苦，　　　　　邻 女 夜 春 寒。
— — — ∣ ∣ 　　　 — ∣ ∣ — ∣
﹍1 ﹍6 ﹍11 ʎ10 ˇ7 　　 ¯11 ˇ6 ˎ22 ﹍2 ¯14

跪 进 雕 胡 饭，　　　　　月 光 明 素 盘。
∣ ∣ — — ∣ 　　　 ∣ — • ∣ ∘ ——孤平救
ˇ4 ˎ12 ﹍2 ¯7 ˎ14 　　 ʎ6 ﹍7 ﹍8 ˎ7 ¯14

令 人 惭 漂 母，　　　　　三 谢 不 能 餐。
— — — — ∣ 　　　 — ∣ ∣ — ∘
ˎ24 ¯11 ﹍13 ˇ17 ˇ25 　　 ﹍13 ˎ22 ʎ5 ﹍10 ¯14

李白的性格是很高傲的，他不肯"摧眉折腰事权贵"(1064)，在王公大人面前是桀傲不训的；可是，对一个普通的山村老妈妈却是如此谦恭、如此诚挚，充分显示了他的可贵品质。李白的诗以豪迈飘逸著称，但本诗却没有一点纵放。风格极为朴素，语言清淡，不露雕琢痕迹而颇有情韵，是李白诗中别具一格之作。

送友人

唐　李　白

青　山　横　北　郭，　　　　白　水　绕　东　城。
—　—　—　｜　｜　　　　｜　｜　｜　—　。
_9　ˉ15　_8　ɹ13　ɹ10　　　ɹ11　ˇ4　ˋ18　ˉ1　_8

此　地　一　为　别，　　　　孤　蓬　万　里　征。
｜　｜　˙｜　—　｜　　　　—　—　｜　｜　—　— 小拗未救
ˇ4　ˋ4　ɹ4　ˉ4　ɹ9　　　　ˉ7　ˉ1　ˋ14　ˇ4　_8

浮　云　游　子　意，　　　　落　日　故　人　情。
—　—　—　—　｜　　　　｜　｜　｜　—　。
_11　ˉ12　_11　ˇ4　ˋ4　　　ɹ10　ɹ4　ˋ7　ˉ11　_8

挥　手　自　兹　去，　　　　萧　萧　班　马　鸣。
—　｜　˙｜　—　｜　　　　—　—　—　˙｜　。小拗救
ˉ5　ˇ25　ɹ4　ˉ4　ɹ6　　　_2　_2　ˉ15　ɹ21　_8

　　青翠的山岭，清澈的流水，洁白的浮云，火红的落日，相互映衬，色彩璀璨。频
频挥手，感情真挚热诚；班马长鸣，形象新鲜活泼。自然美与人情美交织在一起，写
得有声有色，气韵生动，节奏明快，豁达乐观。作为性情中人，李白与杜甫的送别诗
都写得深挚悲壮；但杜甫是"悲"的比重大，李白则是"壮"的成分多。

天末怀李白

唐　杜　甫

凉　风　起　天　末，　　　　君　子　意　如　何。
—　—　｜　—　｜ 变格3　　　—　｜　｜　—　。
_7　ˉ1　ɹ4　_1　ɹ7　　　　ˉ12　ˇ4　ˋ4　ˉ6　_5

鸿　雁　几　时　到，　　　　江　湖　秋　水　多。
—　｜　｜　—　｜　　　　—　—　˙｜　—　。小拗救
ˉ1　ɹ16　ˇ5　ˉ4　ɹ20　　　ˉ3　ˉ7　_11　ˇ4　_5

文　章　憎　命　达，　　　　魑　魅　喜　人　过。
—　—　—　—　｜　　　　—　—　｜　—　｜
ˉ12　_7　_10　ɹ24　ɹ7　　　ˉ4　ˋ4　ɹ4　ˉ11　_5

应 共 冤 魂 语，　　　　　投 诗 赠 汨 罗。
— ｜ — ｜ ｜　　　　　— — ｜ ｜ 。
_10 ﹨2 ¯13 ¯13 √6　　　　_11 ¯4 ﹨25 ﹨4 _5

　　吟诵本诗，如展读友人书信，充满殷切的思念、细微的关注和发自心灵深处的感情，反复咏叹，低回婉转，沉郁深微，实为抒情名作。颈联议论中带情韵，用比中含哲理，意味深长，有极为感人的艺术力量，是传诵千古的名句。因为这两句诗道出了自古以来才智之士的共同命运，是对无数历史事实的高度总结。

喜外弟卢纶见宿
唐　司空曙

静 夜 四 无 邻，　　　　　荒 居 旧 业 贫。
｜ ｜ — — 。　　　　　— — ｜ ｜ —
√23 ﹨22 ﹨4 _7 ¯11　　　　_7 ¯6 ﹨26 ﹨17 ¯11

雨 中 黄 叶 树，　　　　　灯 下 白 头 人。
｜ — — ｜ ｜　　　　　— ｜ ｜ — 。
√7 ¯1 _7 ﹨16 ﹨7　　　　_10 ﹨22 ﹨11 _11 ¯11

以 我 独 沉 久，　　　　　愧 君 相 见 频。
｜ ｜ ● — ｜　　　　　— — ● ｜ — 　小拗、孤平救
√4 ﹨20 ﹨1 _12 √25　　　﹨4 ¯12 _7 ﹨17 ¯11

平 生 自 有 分，　　　　　况 是 蔡 家 亲。
— — ｜ ｜ ｜ 变格2　　　　｜ ｜ ｜ — —
_8 _8 ﹨4 √25 ﹨13　　　　﹨23 √4 _9 _6 ¯11

　　本诗前半写独处之悲，后半写相逢之喜。悲喜交感，统一于悲；题中虽着"喜"字，背后却是"悲"味。一正一反，互相生发，互相映衬，使所要表现的主旨深化、突出，正是"反正相生"手法的艺术效果。另外，比兴兼用也是本诗重要的艺术手法。"雨中黄叶树，灯下白头人"不是单纯的比喻，而是进一步利用作比的形象来烘托气氛，特别富有韵味，成了著名的警句。

题破山寺后禅院
唐　常　建

清 晨 入 古 寺，　　　　　初 日 明 高 林。

— — 丨 丨　丨 变格2	— 丨 · — 。变格1
8 ⁻11 ⧹14 ✓7 ⧹4	⁻6 ⧹4 8 4 12
竹 径 通 幽 处，	**禅 房 花 木 深。**

丨 丨 — 丨 丨	· — 。变格4
⧹1 ⧹25 ⁻1 11 ⧹6	1 ⁻7 6 ⧹1 12
山 光 悦 鸟 性，	**潭 影 空 人 心。**

— — 丨 丨 丨 变格2	· — 。
⁻15 7 ⧹9 ✓17 ⧹24	13 ✓23 ⧹1 ⁻11 12
万 籁 此 都 寂，	**但 馀 钟 磬 音。**

丨 丨 丨 丨	· — — 丨 —小拗、孤平救
✓14 9 ✓4 ⁻7 ⧹12	✓14 ⁻6 ⁻2 ⧹25 12

　　本诗抒发清晨游寺后禅院的观感，笔调古朴，描写省净，兴象深微，意境浑融，是盛唐山水诗中的名篇，唐代殷璠所编第一本唐诗选集《河岳英灵集》中就有本诗。在流传过程中，文词多有变异：第二句中"明高林"又作"照高林"，第三句中"竹径"又作"曲径"，第七句中"此都寂"又作"此俱寂"、"此皆寂"，第八句中"但馀"又作"惟闻"。现依江苏常熟破山寺（兴福寺）中保存的一块清代所刻碑石上宋代米芾所书"常少府题破山寺诗"手迹照录。（兴福寺"三宝"：唐诗、宋书、清刻。）

　　诗后题跋："余守襄郡日得元章书因勒石破山或亦补斯寺之阙也乾隆三十七年中秋日素园言如泗附识"。左下角极小字为："半百玩松山人穆氏大展铁笔"。笔者注：《题跋》中"元章"即宋代著名书法家米芾；言如泗，常熟人，是孔子唯一的南方弟子言偃（112）的第75世孙，该碑即由他请穆大展所刻。

金陵怀古

唐　刘禹锡

潮 满 冶 城 渚，　　　　日 斜 征 虏 亭。
— | | — |　　　　| — · — ———小拗、孤平救
_2 ⌄14 ⌄21 _8 ⌄6　　　╲4 _6 _8 ⌄7 _9

蔡 州 新 草 绿，　　　　幕 府 旧 烟 青。
⌄9 _11 ‾11 ⌄19 ╲2　　╲10 ⌄7 ╲26 _1 _9

兴 废 由 人 事，　　　　山 川 空 地 形。
— | — — |　　　　— — · | ———变格4
_10 ╲11 _11 ‾11 ╲4　　‾15 _1 ‾1 ╲4 _9

《后 庭 花》一 曲，　　　幽 怨 不 堪 听。
| — — | |　　　　— | | — —
╲26 _9 _6 ╲4 ╲2　　_11 ‾14 ╲5 _13 _9

本诗前两联点出与六朝有关的金陵名胜古迹，为后两联通过议论与感慨借古讽今，揭示全诗主旨作铺垫。颈联中，诗人思接千里，自铸伟词，提出了社稷之存"在德不在险"的卓越见解，后世有关诗句多由此化出。尾联是晚唐杜牧名句"商女不知亡国恨，隔江犹唱《后庭花》"(146)之脱胎所在。

昼居池上亭独吟

唐　刘禹锡

日 午 树 阴 正，　　　　独 吟 池 上 亭。
| | | — |　　　　| — — | ———小拗、孤平救
╲4 ⌄7 ╲7 _12 ╲24　　╲1 _12 ‾4 ╲23 _9

静 看 蜂 教 诲，　　　　闲 想 鹤 仪 形。
| — — | |　　　　— | | — —
⌄23 ‾14 ‾2 ╲19 _11　　‾15 ⌄23 ╲10 ‾4 _9

法 酒 调 神 气，　　　　清 琴 入 性 灵。
| | — — |　　　　— — | | —
╲17 ⌄25 _2 ‾11 ╲5　　_8 _12 ╲14 ╲24 _9

浩 然 机 已 息，　　　　几 杖 复 何 铭？

｜　—　—　｜　｜　　　　　　｜　｜　｜　—　。̣
ˇ19　ˍ1　ˉ5　ˇ4　ﾉ13　　　　　ˇ5　ˇ22　ﾉ1　ˍ5　ˍ9

刘禹锡是唐代一个很有抱负的诗人,长期遭贬,备受打击,却仍然抗厉不屈。我国古代有"圣人师蜂"的说法,接受"蜂教诲",应该勤奋工作,勇于为人;相传鹤是君子所化,取效"鹤仪形",应该进德修身,心存社稷。饮酒、抚琴,既表现了诗人不甘沉沦、在寂寞中力求振拔的精神,又是诗人娱情悦志、排遣愁绪的一种方式。显然,渴望用世与酒琴自娱,从写形角度看,是相反的、矛盾的;而从写神角度看,是相成的、统一的。所以,中间两联正是用相反相成的艺术手法,形神兼备地写出了诗人的美好情操。

商山早行

唐　温庭筠

晨　起　动　征　铎,　　　　客　行　悲　故　乡。
—　｜　｜　—　｜　　　　　　｜　—　—　｜　—。̣——小拗、孤平救
ˉ11　ˇ4　ˇ1　ˍ8　ﾉ10　　　ﾉ11　ˍ8　ˉ4　ˇ7　ˍ7

鸡　声　茅　店　月,　　　　人　迹　板　桥　霜。
—　—　—　｜　｜　　　　　　—　｜　｜　—　。̣
ˉ8　ˍ8　ˍ3　ˇ29　ﾉ6　　　ˉ11　ﾉ11　ˇ15　ˍ2　ˍ7

槲　叶　落　山　路,　　　　枳　花　明　驿　墙。
｜　｜　｜　—　｜　　　　　　｜　—　—　｜　—。̣——小拗、孤平救
ﾉ1　ﾉ16　ﾉ10　ˉ15　ˇ7　　　ˇ4　ˍ6　ˍ8　ﾉ11　ˍ7

因　思　杜　陵　梦,　　　　凫　雁　满　回　塘。
—　—　｜　·　｜　变格3　　—　｜　｜　—　。̣
ˉ11　ˉ4　ˇ7　ˍ10　ˏ1　　　ˉ7　ﾉ16　ˇ14　ˉ10　ˍ7

本诗通过鲜明的艺术形象,真切地反映了古代旅人的共同感受,"早行"之景与"早行"之情都得到了完美的表现。颔联中"鸡声茅店月,人迹板桥霜。"十个字,是十个名词,代表十种景物,既能各自独立,又可相互结合。这两句纯用名词组成的诗句,写早行情景宛然在目,音韵铿锵,意象具足,历来脍炙人口。

蝉

唐 李商隐

本 以 高 难 饱，	徒 劳 恨 费 声。
| | — — |	— — | | 。
∨13 ∨4 _4 ⁻14 ∨18	⁻7 _4 ﹨14 ﹨5 _8

五 更 疏 欲 断，	一 树 碧 无 情。
| — — | |	| | | — 。
∨7 _8 ⁻6 ﹨2 ﹨15	﹨4 _7 ﹨11 ⁻7 _8

薄 宦 梗 犹 泛，	故 园 芜 已 平。 小拗、孤平救
| | ⁚ | |	· — — | — 。
﹨10 ﹨16 ∨23 _11 ﹨30	﹨7 ⁻13 ⁻7 ∨4 _8

烦 君 最 相 警，	我 亦 举 家 清。
— — ⁚ · | 变格3	| | | — 。
⁻13 ⁻12 ﹨9 _7 ∨23	∨20 ﹨11 ∨6 _6 _8

诗人宦游漂泊，举家清贫萧条，乃缘于嫉俗自好。于是借蝉寓己，立意新巧，章法夭矫。首二句写蝉之鸣，三四写蝉之不鸣；"一树碧无情"，真是追魂取气之句。五六先作"清"字地步，然后借"烦君"两字，折出结句来，法老笔高，晚唐一人也。"本以高难饱，徒劳恨费声"是牢骚人语。

春宫怨

唐 杜荀鹤

早 被 婵 娟 误，	欲 妆 临 镜 慵。 孤平救
| | — — |	· — · | — 。
∨19 ﹨4 _1 _1 ﹨7	﹨2 _7 _12 ﹨24 ⁻2

承 恩 不 在 貌，	教 妾 若 为 容？
— — ⁚ | | 变格2	| | | — —
_10 ⁻13 ﹨5 _11 ﹨19	﹨19 ﹨16 ﹨10 ⁻4 ⁻2

风 暖 鸟 声 碎，	日 高 花 影 重。 小拗、孤平救
— | ⁚ — |	| — — | — 。
⁻1 ∨14 ∨17 _8 ﹨11	﹨4 _4 _6 ∨23 ⁻2

年 年 越 溪 女，	相 忆 采 芙 蓉。

　　　　— — ┊ — ┊ 变格3　　　　　— ┊ ┊ — 。
　　　　_1 _1 ᴧ6 ⁻8 ✓6　　　　　_7 ᴧ13 ✓10 -7 ⁻2

　　人臣之得宠主要不是凭仗才学,这与宫女"承恩不在貌"如出一辙;宫禁斗争的复杂与仕途的凶险,又不免使人憧憬起民间自由自在的生活,这与宫女羡慕越溪女天真无邪的生活并无二致。本诗不仅把"宫怨"借"风暖"一联写得更为深刻,而且还隐喻当时黑暗政治对人才的戕杀。作者在世时,就有"杜诗三百首,唯在一联中"的谚语,这"一联"更应该指"承恩不在貌,教妾若为容"这一联。

鲁山山行

宋　梅尧臣

适　与　野　情　惬,　　　　千　山　高　复　低。
┊　┊　┊　—　┊　　　　　—　┊　·　┊　— 小拗救
ᴧ11 ✓6 ✓21 _8 ᴧ16　　　　_1 ⁻15 _4 ᴧ1 ⁻8

好　峰　随　处　改,　　　　幽　径　独　行　迷。
┊　┊　—　┊　┊　　　　　—　┊　┊　—　┊
✓19 ⁻2 ⁻4 ᴠ6 ⁻10　　　　_11 ᴠ25 ᴧ1 _8 ⁻8

霜　落　熊　升　树,　　　　林　空　鹿　饮　溪。
—　┊　—　—　┊　　　　　—　—　┊　┊　—
_7 ᴧ10 ⁻1 _10 ᴠ7　　　　_12 ⁻1 ᴧ1 ✓26 ⁻8

人　家　在　何　许?　　　　云　外　一　声　鸡。
—　—　┊　—　┊ 变格3　　　—　┊　┊　—　。
⁻11 _6 ᴠ11 _5 ✓6　　　　⁻12 ᴠ9 ᴧ4 _8 ⁻8

　　首联点题,并以"惬"字领起整篇游兴。颔联移步换景,紧扣"行"字,映带"好峰""幽径","改"与"迷"状物传神。颈联以特写的手法,抓住特定的场景作定格化的聚集,"熊升树"、"鹿饮溪"显出山中特别的寂静。尾联"云外一声鸡",余味无穷,作者的喜悦之情尽在其中。总之,全诗按山行经过一路写来,情寓景中,新颖自然,做到了作者自己提出的要求:"状难写之景如在目前,含不尽之意见于言外。"(欧阳修《六一诗话》)

登快哉亭

宋 陈师道

城 与 清 江 曲，	泉 流 乱 石 间。
— | — — |	— — | | 。
_8 ∨6 _8 ⁻3 ∧2	_1 _11 ∖15 ∧11 ⁻15
夕 阳 初 隐 地，	暮 霭 已 依 山。
| — — |	| | — — 。
∧11 _7 ⁻6 ∨12 ∖4	∖7 ∨9 ∖4 ⁻5 ⁻15
度 鸟 欲 何 向？	奔 云 亦 自 闲。
| | | — |	— — — | |—— 小拗未救
∨7 ∨17 ∧2 _5 ∖23	⁻13 ⁻12 ∧11 ∖4 ⁻15
登 临 兴 不 尽，	稚 子 故 须 还。
— — | | | 变格2	| | | — — 。
_10 _12 ∖25 ∧5 ∨11	∖4 ∨4 ∖7 ⁻7 ⁻15

宋人每于景物中体悟哲理，故其诗多尚理趣。本诗写登临所见，景物层次井然而摹写生动，但更主要的是展现人格境界。清江迤逦，泉流琤琮，暮色降临，鸟云飞奔。其意象显示了在人世纷纭中我自悠闲从容、安贫乐道的高尚情趣。那横空而过的飞鸟，岂不是人生匆遽的象征？那自由自在的白云，不也是诗人内心恬淡寡欲、平静无波、登亭"快哉"的表白？

登岳阳楼

宋 萧德藻

不 作 苍 茫 去，	真 成 浪 荡 游。
| | — — |	— — | | — 。
∧5 ∧10 _7 _7 ∖6	⁻11 _8 ∖23 ∨22 ⁻11
三 年 夜 郎 客，	一 柁 洞 庭 秋。
— — | • | 变格3	| | | — — 。
_13 _1 ∖22 _7 ∧11	∧4 ∨20 ∖1 _9 ⁻11
得 句 鹭 飞 处，	看 山 天 尽 头。
| | | — |	— — • | — 。 小拗救
∧13 ∖7 ∨7 ⁻5 ∖6	⁻14 ⁻15 _1 ∨11 _11

犹　嫌　未　奇　绝，　　　　　更　上　岳　阳　楼。
— — ∣ — ∣ 变格3　　 ∣ ∣ ∣ ∣ 。
ˍ11 ˍ14 ﹨5 ￣4 ﹨9　　　 ﹨24 ﹨23 ﹨3 ˍ7 ˍ11

　　本诗首联发感慨，颔联起句写羁旅、对句写舟行，颈联以景为主，尾联才结到登岸上楼。杜甫的同题之作(509)，首联以上楼领起，颔联写浑茫之景，颈联起句叹浪游"无亲朋"、对句嗟飘泊"有孤舟"，尾联以感慨流涕作结。可见萧诗结构全由杜诗而来：首尾相反，推陈出新，别出心裁确实达到了浑化之境。当然，两诗风格仍有别：杜诗沉郁，萧诗洒脱。

山行即事
宋　王　质

浮　云　在　空　碧，　　　　　来　往　议　阴　晴。
— — ∣ — ∣ 变格3　　 — ∣ ∣ ∣ 。
ˍ11 ˍ12 ﹨11 ￣1 ﹨11　　 ￣10 ﹨22 ﹨4 ˍ12 ˍ8

荷　雨　洒　衣　湿，　　　　　蘋　风　吹　袖　清。
— ∣ ∣ — ∣　　　　　　　 — — ∣ ∣ — 小拗救
ˍ5 ﹨7 ﹨21 ￣5 ﹨14　　　 ￣11 ￣1 ￣4 ﹨26 ˍ8

鹊　声　喧　日　出，　　　　　鸥　性　狎　波　平。
∣ — — ∣ ∣　　　　　　　 — ∣ — ∣ —
﹨10 ˍ8 ￣13 ﹨4 ﹨4　　　 ﹨11 ﹨24 ﹨17 ˍ5 ˍ8

山　色　不　言　语，　　　　　唤　醒　三　日　酲。
— ∣ ∣ — ∣　　　　　　　 ∣ — ∣ — ∣ 小拗、孤平救
￣15 ﹨13 ﹨5 ˍ13 ﹨6　　　 ﹨15 ˍ9 ˍ13 ﹨4 ˍ8

　　首联统摄全局，以"议阴晴"涵盖全篇，别具匠心；次联承"阴"，荷雨洒衣，湿而凉爽，蘋风吹袖，清而不寒；三联承"晴"，鹊声喧日，上下翻飞，鸥性狎波，尽情玩乐；末联点出"山色"，刚过雨洗，又加上阳光照耀，其明净秀丽，真令人赏心悦目，使人神清气爽，困意全消。总之，全诗写得兴会淋漓，景美情浓，艺术构思，也相当精巧。

梅　花
宋　陈亮

疏　枝　横　玉　瘦，　　　　　小　萼　点　珠　光。

— — — | | | | | 。
⌐6 ⌐4 _8 ⅄2 ⅃26   √17 ⅄10 √28 ⌐7 _7
一 朵 忽 先 变，   百 花 皆 后 香。
| | ⌐| —   ⌐| · | | — 小拗、孤平救
⅄4 √20 ⅄6 _1 ⅃17   ⅄11 _6 ⌐9 ⅃26 _7
欲 传 春 信 息，   不 怕 雪 埋 藏。
| — — | | | | — | 。
⅄2 _1 ⌐11 ⅃12 ⅄13   ⅄5 ⅃22 ⅄9 ⌐9 _7
玉 笛 休 三 弄，   东 君 正 主 张。
| | — — | | — | | 。
⅄2 ⅄12 _11 ⌐13 ⅃1   ⌐1 ⌐12 ⅃24 √7 _7

　　陈亮是南宋著名的词人，他的词《浪淘沙·梅》"墙外红尘飞不到，彻骨清寒"以情韵胜；他很少写诗，仅存的咏梅花的本诗以义理胜。前两联写梅花形神兼备，"点"字下得极妙，既与"珠光"搭配准确，也勾勒出小小花苞的可爱形象。后两联作议论，展示梅花的品格，不必嗟叹"梅花落"（笛曲"梅花三弄"的又名），春天已经回到了人间。梅花的这种精神正是作者不怕艰难，敢为人先，乐观向上的个性风貌的最好写照。

墨 兰
宋　郑思肖

钟 得 至 清 气，   精 神 欲 照 人。
— | ⌐| — | | | — | | — 小拗未救
⌐2 ⅄13 ⅃4 _8 ⅃5   _8 ⌐11 ⅄2 ⅃18 ⌐11
抱 香 怀 古 意，   恋 国 忆 前 身。
| — | | | | | — — 。
√19 _7 ⌐9 √7 ⅃4   ⅃17 ⅄13 ⅄13 _1 ⌐11
空 色 微 开 晓，   晴 光 淡 弄 春。
— | — — | | — | | |
⌐1 ⅄13 ⌐5 ⌐10 √17   _8 ⌐7 ⅃28 ⅃1 ⌐11
凄 凉 如 怨 望，   今 日 有 遗 民。
— — | | | | | | — 。
⌐8 _7 ⌐6 ⅄14 ⅃23   ⌐12 ⅄4 √25 ⌐4 ⌐11

　　本诗选自《宋诗三百首》。此诗题画，遗貌取神。以"清"、"香"、"空"、"淡"见兰

之高雅孤傲,晶莹玉洁;以其精神照人,寓作者砥砺节操之意,见高洁情怀。收尾处着"凄凉"二字,透遗民心态。《宋遗民录》载,郑氏善画墨兰,南宋失国,画兰不画土,根须毕露,问之则答:"土为番人夺去,汝犹不知耶?"其忠宋之心,令人动容;如此再细读本诗,就更能见其洁士高情了。

榆河晓发

明　谢榛

<pre>
朝 晖 开 众 山,   遥 见 居 庸 关。
—   —   —   · | —变格4   — | ·   —   — 变格1
_2 ‾5 _10 ﹨1 ‾15   _2 ﹨17 ‾6 ‾2 ‾15

云 出 三 边 外,   风 生 万 马 间。
— | —   — | —   — | | —
‾12 ﹨4 _13 _1 ﹨9   ‾1 _8 ﹨14 ﹨21 ‾15

征 尘 何 日 静,   古 戍 几 人 闲?
—   —   — | | — | —   —   —
_8 ‾11 _5 ﹨4 √23   √7 ﹨7 √5 ‾11 ‾15

忽 忆 弃 繻 者,   空 惭 旅 鬓 斑。
| | | — | —   — | | — 小拗未救
﹨6 _13 ﹨4 ‾7 √21   ‾1 _13 √6 ﹨12 ‾15
</pre>

杜甫《晚行口号》:"三川不可到,归路晚山稠。落雁浮寒水,饥马集戍楼。市朝今日异,丧乱几时休?远愧梁江总,还家尚黑头。"谢榛学习杜诗颇为相似,但也有不同。谢诗写得最好的颔联与杜诗颔联同是写景,但景色、气象不同,感情基调迥异。谢诗用远近结合、虚实相生的手法,在想象与现实的交汇中,描绘出居庸关一带地形的辽远空阔,气势雄浑,格调高豪,被誉为盛唐边塞诗的遗响。这也说明,从事文艺,由摹拟入手,并非不可;但必须从摹拟入,又从创造出,方能自有成就。

舟中对月书情

明　皇甫汸

<pre>
不 识 别 家 久,   但 看 明 月 辉。
| | | — | | —   · | — 小拗、孤平救
﹨5 ﹨13 ﹨9 _6 √25   √14 ‾14 _8 ﹨6 _5
</pre>

关 山 一 以 鉴，　　　驿 路 远 相 连。
— — ｜ ｜　变格2
⁻15 ⁻15 ∖4 ∨4 ∖30　　　∖11 ⁻7 ∨13 _7 _5

影 落 吴 云 尽，　　　凉 生 楚 树 微。
｜ ｜ — ｜ ｜
∨23 ∖10 ⁻7 ⁻12 ∨11　　_7 _8 ∨6 ∖7 _5

天 边 有 乌 鹊，　　　思 与 共 南 飞。
— — ｜ ｜　变格3
_1 _1 ∨25 ⁻7 ∖10　　⁻4 ∨6 ∖2 _13 _5

颈联为全诗之"诗眼"，不仅写出了秋月下的江面那种开阔的场景和奇异的景致，更通过这一组富有动感的意象的提炼，烘托了诗人此时此地面对此景此物的特殊情感：惜"吴云"之"尽"，正是对远离家乡的感慨；觉"楚树"之"凉"，乃表明对宦游之地的陌生。联系其他三联，全诗的情景交融就显得格外的自然和谐，"舟中"的"对月书情"也写得特别的深邃幽远。

灵隐寺月夜
清 厉 鹗

夜 寒 香 界 白，　　　涧 曲 寺 门 通。
｜ — — ｜ ｜
∖22 ⁻14 _7 ∖10 ∖11　　∖16 ∖2 _4 ⁻13 _1

月 在 众 峰 顶，　　　泉 流 乱 叶 中。
｜ ｜ ｜ —　　　　— — ｜ ｜　——小拗未救
∨6 ∖11 ∖1 _2 ∨24　　_1 _11 ∖15 ∖16 _1

一 灯 群 动 息，　　　孤 磬 四 天 空。
｜ — ｜ ｜
∖4 _10 ⁻12 ∨1 ∖13　　⁻7 ∖25 ∖4 _1 _1

归 路 畏 逢 虎，　　　况 闻 岩 下 风。
— ｜ ｜ — ｜　　　　｜ — ｜ ｜ —　——小拗、孤平救
⁻5 ∖7 ∖5 ⁻2 ∨7　　∖23 ⁻12 _15 ∖22 ⁻1

坐落在杭州西湖西北灵隐山麓的灵隐寺，本是一处山峰环绕、古木阴深的幽静之地；时值深秋月夜，景色就更加幽深静谧、寒气侵入了。在这里，沉重的夜色和洁白的月光，衬托出山峰涧流的高峻和弯曲；一灯独明和孤磬传响，则渲染出佛界圣地特有的风情。而归路的畏虎与风起，又为全诗所营造的氛围平添了些许恐惧。

这是一种寒意与幽韵所共同呈现的特殊之美，是美景西湖的又一西湖美景。

小　园
清　黎　简

水　影　动　深　树，　　　　　山　光　窥　短　墙。
｜　｜　｜　．　—　｜　　　　　—　—　—　．　｜　—　。小拗救
˅4　˅23　˅1　_12　˅7　　　　　¯15　_7　¯4　˅14　_7

秋　村　黄　叶　满，　　　　　一　半　入　斜　阳。
—　—　—　｜　｜　　　　　　｜　｜　｜　—　—　。
_11　¯13　_7　˄16　˅14　　　　　˄4　˅15　˅14　_6　_7

幽　竹　如　人　静，　　　　　寒　花　为　我　芳。
—　｜　—　—　｜　　　　　　—　—　｜　｜　—　。
_11　˄1　_6　¯11　˅23　　　　　¯14　_6　˅4　˅20　_7

小　园　宜　小　立，　　　　　新　月　似　新　霜。
｜　—　—　｜　｜　　　　　　—　｜　｜　—　—　。
˅17　¯13　¯4　˅17　˄14　　　　　¯11　˄6　˅4　¯11　_7

　　本诗前半首写傍晚秋容，以炼字炼句胜，诗中有画；后半首写初夜秋色，以意境情韵胜，画中有人。那幽竹静立翠亭，显示诗人的劲节高风；那寒花（秋菊）凌霜傲放，送予诗人以盈袖馨香；那新月皎洁无瑕，恍如诗人的一片冰心。我们看到这位无意仕进，宁愿以作书画、授蒙童、清贫自守的诗人，此时小立于这幽竹、寒花、新月之中，他高尚的情操，澄明的胸次，与周围景物浑融一体，构成了孤清高洁的意境。

尚湖舟中
清　席佩兰

众　叶　绘　秋　色，　　　　　乱　峰　波　上　明。
｜　｜　｜　．　—　｜　　　　　｜　—　—　．　｜　—　。—小拗、孤平救
˅1　˄16　˅9　_11　˄13　　　　　˅15　¯2　_5　˅23　_8

云　多　疑　树　重，　　　　　风　正　觉　帆　轻。
—　—　—　｜　｜　　　　　　—　｜　｜　—　—　。
¯12　_5　¯4　˅7　˅2　　　　　　¯1　_24　˄3　_15　_8

远　水　群　鸥　小，　　　　　长　空　一　雁　平。

```
 |   |   —   —   |                — —   |   |   。
√13 √4 ⁻12 ₋11 √17          ₋7 ⁻1 ⅄4 ⅄16 ₋8
篷 窗 饶 暮 景 ，          收 拾 到 诗 情 。
 —   —   —   |   |                |   |   |   ⁻   。
⁻1 ⁻3 ₋2 √7 √23            ₋11 ⅄14 ⅄20 ⁻4 ₋8
```

本诗选自《历代名人咏常熟》。席佩兰与其夫孙原湘都是江苏常熟人,也都是袁枚的弟子。孙原湘的《登白云栖绝顶》(1046)描写的是常熟的虞山,席佩兰的本诗抒怀的是常熟的尚湖。一山一水,夫妇伉俪的两诗,充分表达了他(她)们对家乡的热爱。传商末姜尚(姜太公)避纣王时不仅隐居于常熟虞山北麓的石屋洞(1221),也到虞山南面原名西湖垂钓,故该湖此后便得名为尚湖。尚湖现有水面面积一千公顷,是全国重点风景名胜区、国家城市湿地公园、全国十大魅力休闲旅游湖泊(浙江杭州西湖、江苏常熟尚湖、浙江宁波东钱湖、四川九寨沟、湖南张家界宝峰湖、吉林长白山天池、宁夏沙湖、浙江淳安千岛湖、新疆天山天池、内蒙古腾格里沙漠月亮湖)之一。景区内现有太公岛、拂水山庄、水上森林、荷香洲、山水文化园、中华牡丹园等景点。中华牡丹园是全国四大牡丹园林(河南洛阳、山东荷泽、四川彭州、江苏常熟)之一,是江南最大的牡丹园。笔者认为,尚湖中风景最佳处是面对虞山、上有十七孔桥湖堤的千顷湖面,笔者学诗两首咏之:"一泓渌水映蓝天,十里青山尽眼前;千顷尚湖佳绝处,万方来客共游仙。""孔桥十七湖堤姝,且待寻思记得无,曾在京都胜地见,颐和园里昆明湖。"2013 年春,尚湖又与沙家浜(470)、虞山(113)一起,荣膺国家 5A 级沙家浜—虞山尚湖旅游景区。

晨登衡岳祝融峰

近代 谭嗣同

```
身 高 殊 不 觉 ，          四 顾 乃 无 峰 。
—   —   —   |   |                |   |   |   —   。
⁻11 ₋4 ⁻7 ⅄5 ⅄3            ⅄4 ⅄7 ⅄10 ⁻7 ⁻2
但 有 浮 云 度 ，          时 时 一 荡 胸 。
 |   |   —   —   |                —   —   |   |   。
√14 √25 ₋11 ⁻12 ⅄7        ⁻4 ⁻4 ⅄4 √22 ⁻2
地 沉 星 尽 没 ，          天 跃 日 初 熔 。
 |   —   —   —   |                —   —   |   —   。
⅄4 ₋12 ₋9 √11 ⅄6          ₋1 ⅄10 ⅄4 ⁻6 ⁻2
```

半 勺 洞 庭 水，　　　　秋 寒 欲 起 龙。
｜　｜　｜　—　｜　　　—　—　｜　｜　— ——小拗未救
ˎ15 ˋ10 ˎ1 ＿9 ˎ4　　　＿11 ¯14 ˋ2 ˇ4 ¯2

本诗由登山而写到观日出，由远眺而想到蛰龙欲起，舒展自如，一气直下，如行
云流水，自然成文而浑然一体。其中不仅写出河山壮丽，寓意也十分显豁。颈联不
仅是眼前景物的记实，也是当时形势的写照。末句的浩叹已预示了诗人后来积极
参加变法维新，并以生命而殉其理想的伟大精神。

为鲁迅先生诞生八十周年纪念作
现代　沈尹默

蹻 蹻 一 朝 迹，　　　　泱 泱 四 海 风。
｜　｜　｜　—　｜　　　—　—　｜　｜　— ——小拗未救
ˇ7 ˇ7 ˎ4 ＿2 ˎ11　　　＿7 ＿7 ˋ4 ˇ10 ¯1

世 人 轻 部 吏，　　　　吾 党 重 文 雄。
｜　｜　｜　—　｜　　　—　—　｜　—　—
ˋ8 ¯11 ＿8 ˇ7 ˋ4　　　¯7 ˇ22 ˇ2 ＿12 ¯1

见 远 明 悬 的，　　　　憎 深 巧 引 弓。
｜　｜　｜　—　｜　　　—　—　｜　｜　—
ˋ17 ˇ13 ＿8 ＿1 ˎ12　　　＿10 ＿12 ˇ18 ˇ11 ¯1

革 新 无 限 力，　　　　鼓 舞 艺 林 中。
｜　—　—　｜　｜　　　—　｜　｜　｜　—
ˎ11 ¯11 ¯7 ˇ15 ˎ13　　　ˇ7 ˇ7 ˋ8 ＿12 ¯1

著名书法家沈尹默先生是鲁迅的同志和挚友，"五四"时期曾共同参与《新青
年》杂志编务。本诗写于1961年，概括深广，诗意深沉，对鲁迅一生作了评价，驳斥
了对鲁迅的各种诬蔑和误解，对文化新军最伟大最英勇的旗手的不朽功绩，作了热
情的歌颂。首联总写，后三联一气呵成，奔泻而下，如生生不已的鲁迅精神已发展
为历史洪流，不可阻挡。

哭恽代英五首（选一）
现代　柳亚子

忽 报 恽 生 殉，　　　　凄 然 双 泪 流。

人 皆 有 一 死，　　　君 已 重 千 秋。
苦 行 嗟 谁 及，　　　雄 文 自 此 休。
剧 怜 狐 媚 子，　　　对 汝 亦 颜 羞。

恽代英是中国共产党早期著名的政治活动家，中国青年运动的先驱者。1930年被国民党反动派逮捕，次年 4 月 29 日被杀害。柳亚子与恽代英交谊甚厚。本诗对恽代英的精神、品格、才能和气节作出高度评价，表达了诗人对朋友的深切悼念之情。全诗任情而写，自然流畅，曲直有致，巧用反问和反衬手法，增强了艺术感染力，呈现自然而凝重的风格。

星洲既陷，厄苏岛困孤舟中，赋此见志

现代 郁达夫

伤 乱 倦 行 役，　　　西 来 又 一 关。
偶 传 如 梦 令，　　　低 唱 念 家 山。
海 阔 回 潮 缓，　　　风 微 夕 照 殷。
愿 随 南 雁 侣，　　　从 此 赋 刀 环。

1939 年，诗人赴新加坡参加抗日救亡运动。1941 年 12 月 8 日，太平洋战争爆发，新加坡随即沦陷于日寇。他与胡愈之等人渡海进入苏门答腊，本诗即作于孤舟

飘泊之时。诗借用《如梦令》与《念家山》两词、曲牌名，表达了自己思念家乡的深切情意，并切望和大雁一起飞回祖国，以笔作刀枪，和抗日将士一道进行战斗的愿望。

伟哉，邓公（其二）

当代　周笃文

遍 翻 千 卷 史，	功 德 几 人 如？
｜ — — ｜ ｜	— ｜ ｜ —
、17 ‾13 _1 ⌄17 ⌄4	‾1 ⌄13 ⌄5 ‾11 ‾6 邻韵
百 战 开 新 纪，	三 迁 励 壮 图。
｜ ｜ — — ｜	— — ｜ ｜ —
⌄11 、17 ‾10 ‾11 ⌄4	_13 _1 、8 、23 ‾7
狂 澜 凭 抑 挽，	大 纛 仗 匡 扶。
— — — ｜ ｜	｜ ｜ ｜ — —
_7 ‾14 _10 ⌄13 ⌄13	、21 、20 ⌄22 _7 ‾7
何 忍 遽 归 去，	悲 声 恸 九 衢。
— ｜ ｜ — ｜	— — ｜ ｜ — 小拗未救
_5 ⌄11 、6 _5 、6	‾4 _8 、1 ⌄25 ‾7

1997年2月19日，邓小平同志逝世，这是中国人民十分悲恸的日子。本诗首联设问，读者不答自知，在党的"十五大"政治报告中，20世纪的世纪伟人就三人：孙中山、毛泽东、邓小平。接着叙写虽三次遭受贬谪，但仍能开新纪、挽狂澜、扶大纛。伟人的仪态风采犹在面前，千秋功业，泽及华夏，书之青史，他的逝世，"悲声恸九衢"，缅怀之情充溢于字里行间。

二、五　绝

秋浦歌十七首（其十四）

唐　李白

炉 火 照 天 地，	红 星 乱 紫 烟。
— ｜ ｜ — ｜	— — ｜ ｜ — 小拗未救
‾7 ⌄20 、18 _1 、4	‾1 _9 、15 ⌄4 _1
赧 郎 明 月 夜，	歌 曲 动 寒 川。

|　—　—　|　| 　　　　　　　—　|　|　。
✓15　_7　_8 ＞6　＞22　　　　　　　_6　＞2　✓1　¯14　_1

　　在诗人笔下，光、热、声、色交织辉映，明与暗、冷与热、动与静烘托映衬，鲜明、生动地表现了火热的劳动场景，酣畅淋漓地塑造了古代冶炼工人的形象，是古代诗歌宝库中放射异彩的艺术珍品。

夜下征虏亭

唐　李　白

船　下　广　陵　去，　　　　月　明　征　虏　亭。
—　|　！　—　|　　　　　　|　—　•　|　—　小拗、孤平救
_1 ＞22　✓22　_10 ＞6　　　＞6　_8　_8　✓7　_9

山　花　如　绣　颊，　　　　江　火　似　流　萤。
—　—　—　|　|　　　　　　—　|　|　—　。
¯15　_6 ¯6 ＞26 ＞16　　　　¯3 ✓20 ✓4　_11　_9

　　本诗语言如话，意境如画。船、亭、山花、江火，都以月为背景，突出诸多景物在月光笼罩下所特有的朦胧美，是一幅令人心醉的春江花月夜景图。

绝句二首(其二)

唐　杜　甫

江　碧　鸟　逾　白，　　　　山　青　花　欲　燃。
—　|　！　—　|　　　　　　—　—　•　|　—　小拗救
¯3 ＞11 ✓17 ¯7 ＞11　　　　¯15　_9　_6 ＞2　_1

今　春　看　又　过，　　　　何　日　是　归　年？
—　—　—　|　|　　　　　　—　|　|　—　。
_12 ¯11 ¯14 ＞26 ＞21　　　　_5 ＞4 ✓4 ¯5　_1

　　本诗的特点是以乐景写哀情，但并没有让思归的感伤从景象中直接透露出来，而是以客观景物与主观感受的不同来反衬诗人乡思之深厚。

碧磵驿晓思

唐　温庭筠

香 灯 伴 残 梦，　　　　楚 国 在 天 涯。

— — ¦ — | 变格 3　　　　| | | — —。

_7 _10 √14 ¯14 ˋ1　　　　√6 λ13 ˋ11 _1 _6

月 落 子 规 歇，　　　　满 庭 山 杏 花。

| | ¦ — |　　　　¦ — — | —。小拗、孤平救

λ6 λ10 √4 ¯4 λ6　　　　√14 _9 ¯15 √23 _6

本诗语言特别柔婉绮丽，意境与风格都更接近于词，这是诗向词演化的迹象。其实，温庭筠不仅是位诗人，更是一位词人，是唐代大力填词第一人，在当时和后代影响极大，被奉为“花间派”（词派）的鼻祖。

效崔国辅体四首（其三）

唐　韩　偓

雨 后 碧 苔 院，　　　　霜 来 红 叶 楼。

| | ¦ — |　　　　— — — | —。小拗救

√7 ˋ26 λ11 ¯10 ˋ17　　　　_7 ¯10 ¯1 λ16 _11

闲 阶 上 斜 日，　　　　鹦 鹉 伴 人 愁。

— — ¦ — | 变格 3　　　　— | | — —。

¯15 ¯9 ˋ23 _6 λ4　　　　_8 √7 √14 ¯11 _11

诗篇婉曲凄清，“闲阶上斜日”一个细节，把闺中人那种长久期待而又渺茫空虚的心理，反映得何等深刻入神。

题玉泉溪

唐　湘驿女子

红 树 醉 秋 色，　　　　碧 溪 弹 夜 弦。

— | ¦ — |　　　　¦ — — | —。小拗、孤平救

¯1 ˋ7 ˋ4 _11 λ13　　　　λ11 ¯8 ¯14 ˋ22 _1

佳 期 不 可 再，　　　　风 雨 杳 如 年。

— — ¦ | | 变格 2　　　　— | | — —。

　　￣9　￣4　ㄣ5　ˇ20　ㄟ11　　　　　　￣1　ˇ7　ˇ17　￣6　_1

　　本诗写一个失去了幸福爱情生活的女子心灵上的痛苦。内容丰富,感情强烈,模声绘色,形象鲜明,艺术概括力很强。

蚕　妇
宋　张　俞

昨　日　入　城　市，　　　　归　来　泪　满　巾。
｜　｜　｜　｜　—　　　　　—　—　｜　｜　—小拗未救
ㄣ10　ㄣ4　ㄣ14　_8　ˇ4　　　￣5　_10　ㄟ4　ㄣ14　￣11

遍　身　罗　绮　者，　　　　不　是　养　蚕　人！
｜　—　—　｜　｜　　　　　｜　｜　｜　｜　—
ㄟ17　￣11　_5　ˇ4　ˇ21　　　ㄣ5　ˇ4　ˇ22　_13　￣11

　　为表现一个严肃、深刻的主题,诗中不着一字议论,完全诉诸形象:蚕妇神态,蚕妇所见,蚕妇所感,写得绘声绘色,有血有肉,既有说服力,又富感染力。

绝　句
金　王庭筠

竹　影　和　诗　瘦，　　　　梅　花　入　梦　香。
｜　｜　｜　—　｜　　　　　—　—　｜　｜　—小拗未救
ㄣ1　ˇ23　ㄟ21　￣4　ㄟ26　　　￣10　_6　ㄣ14　ㄟ1　_7

可　怜　今　夜　月，　　　　不　肯　下　西　厢。
｜　—　—　｜　｜　　　　　｜　｜　｜　—　—
ˇ20　_1　_12　ˇ22　ㄣ6　　　ㄣ5　ˇ24　ㄟ22　_8　_7

　　本诗大概是金诗中境界和情思净化得最美的一首绝句了,竹影、梅香、月色,皆笼罩在若有若无的梦境之中,只有一缕遗憾而幽怨的情思随着月光轻轻地飘荡,悠悠地远扬……

过七盘岭
明　吴国伦

驱　马　度　层　岭，　　　　马　鸣　知　撼　轲。

— | ·| | | ·| — ·| | 。小拗、孤平救
¯7 ˇ21 ˋ7 ¯10 ˇ23 ˇ21 ⌐8 ¯4 ˇ27 ⌐5

欲 舒 千 里 足， **其 奈 七 盘 何？**

| — — | | — | | | — 。
˗2 ¯6 ⌐1 ˋ4 ˗2 ¯4 ˋ9 ˗4 ¯14 ⌐5

这是作者得罪严嵩，无端遭贬，官职一降再降，仕途生涯坎坷无比，因而途经七盘岭时，由山路的崎岖而悟到了人生的波折，遂写下的本诗。

客 愁

清 洪 昇

夜 夜 贾 舡 里， **思 乡 愁 奈 何。**

| | ·| — | — — ·| | 。小拗救
ˋ22 ˋ22 ˇ7 ¯3 ˇ4 ¯4 ⌐7 ˗11 ˇ9 ⌐5

醒 听 北 人 语， **梦 听 南 人 歌。**

— — ·| ·| | 变格3 | | ·| — — 变格1
⌐9 ⌐9 ˗13 ¯11 ˇ6 ˋ1 ˋ25 ˗13 ¯11 ⌐5

本诗是作者飘泊在外的思乡之作，结构十分简单，仅截取了漫漫长途中的一个片段，但平易中见功力，疏淡中见真情，字里行间透露出无限辛酸，给人以历尽沧桑之感。

途 中

现代 熊亨瀚

昨 夜 洞 庭 月， **今 宵 汉 口 风。**

| | ·| — | — — | | — 小拗未救
˗10 ˋ22 ˋ1 ⌐9 ˗6 ˗12 ⌐2 ˋ15 ˇ25 ¯1

明 朝 何 处 去， **豪 唱 大 江 东。**

— — — — | | | | ·| — 。
⌐8 ⌐2 ⌐5 ˋ6 ˋ6 ⌐4 ˋ23 ˋ21 ¯3 ¯1

本诗是作者由家乡湖南经湖北赶赴江西，途中停宿于汉口时所写。诗中主人公的形象，典型地反映出大革命时代千千万万共产党人向往江西革命中心地区的迫切心情。

吾家四首（其二）

当代　周策纵

吾家原近水，　　　　池草漾游鱼；

－7　＿6　‾13　﹨13　﹨4　　　　‾4　﹀19　﹨23　＿11　‾6

长日曲栏静，　　　　风翻荷叶书。—小拗救

＿7　﹀4　﹨2　‾14　﹨23　　　　‾1　‾13　＿5　﹨16　‾6

作者是美籍华裔著名教授。组诗分写竹、水、泉、柳，各具特色，共同表现"吾家"之可爱。本诗妙在末句，由荷叶联想到书页，清风翻动，趣味盎然。

三、七　律

蜀　相

唐　杜甫

蜀相祠堂何处寻，—变格4　　　锦官城外柏森森。

﹀2　﹨23　‾4　＿7　＿5　﹨6　＿12　　　﹀26　‾14　＿8　＿9　﹨11　＿12　＿12

映阶碧草自春色，　　　　隔叶黄鹂空好音。—小拗救

﹨24　‾9　＿11　﹀19　﹨4　‾11　﹨13　　　﹨11　﹨16　＿7　‾8　‾1　﹀19　＿12

三顾频烦天下计，　　　　两朝开济老臣心。

＿13　﹨7　‾11　‾13　＿1　﹨22　﹨8　　　﹀22　＿2　‾10　﹨8　﹀19　‾11　＿12

出师未捷身先死，　　　　长使英雄泪满襟。

﹨4　‾4　﹨5　﹨16　‾11　＿1　﹀4　　　＿7　﹀4　＿8　‾1　﹨4　﹀14　＿12

这是"诗圣"的名篇之一，在众多咏诸葛亮的诗中也名列第一。首联自问自答、自开自合，颔联睹物思人、情在景中，颈联一片忠心，至为感人，尾联悲愤万千，传诵千古。全诗笼罩着荒凉肃穆的气氛，流露出诗人深深的缅怀和崇敬之情。"出师未

捷身先死"是对世上许多壮志未酬仁人志士的悲剧性的咏叹!

别舍弟宗一
唐　柳宗元

零落残魂倍黯然，　　　　双垂别泪越江边。

一身去国六千里，　　　　万死投荒十二年。 —小拗未救

桂岭瘴来云似墨，　　　　洞庭春尽水如天。

欲知此后相思梦，　　　　长在荆门郢树烟。

　　首联写己以罪谪之身送人，故"倍黯然"；颔联写政治上失意，时空辽阔，怨愤之情难抑；颈联景中寓情，"似墨"诉自己处境之险恶，"如天"言对方此去之遥远；尾联展望将来，恐只能在梦中相见，"烟"字惝恍迷离，似真似幻，极富诗意。总之，全诗苍茫劲健，雄浑阔远，既叙"别离"之意，又抒"迁谪"之情。两种情意相互贯通，和谐自然地熔于一炉，是一首抒情佳作。

咸阳城西楼晚眺
唐　许浑

一上高城万里愁，　　　　蒹葭杨柳似汀洲。

溪云初起日沉阁，　　　　山雨欲来风满楼。 —小拗、孤平救

鸟下绿芜秦宛夕，　　　　蝉鸣黄叶汉宫秋。

　　｜　　｜　　｜　　—　　—　　｜　　　　　　　—　　—　　—　　｜　　｜　　。
　ˇ17　ˎ22　ˋ2　ˉ7　ˉ11　ˇ13　ˋ11　　　　　_1　_8　_7　ˋ16　ˋ15　ˉ1　_11
　行　人　莫　问　当　年　事，　　　　　故　国　东　来　渭　水　流。
　　—　　—　　｜　　｜　　—　　—　　｜　　　　　　　｜　　｜　　—　　｜　　｜　　。
　_8　ˉ11　ˋ10　ˋ13　ˉ7　_1　ˋ4　　　　　ˋ7　ˋ13　ˉ1　ˉ1　ˋ10　ˋ5　ˇ4　_11

　　读中晚唐人诗，心头总抹不去一种世纪末情结：无端的焦虑、莫名的感伤、淡淡的绝望……景色迁动，心情变故，捕捉在颔联两句之中，后来的读者，都如身在城楼之上、风雨之间，"山雨欲来风满楼"遂成为不朽之名句，传诵之普遍，自然也大大超过原诗的含义了。再由鸟飞蝉鸣于秦汉故宛废墟之上，由故乡之思进而到历史兴衰作结，感慨何等深沉！

经炀帝行宫
唐　刘　沧

此　地　曾　经　翠　辇　过，　　　　浮　云　流　水　竟　如　何？
　｜　　｜　　｜　　—　　—　　｜　　　　　　—　　—　　—　　｜　　｜　　—　　。
ˇ4　ˋ4　_10　_9　ˋ4　ˇ16　_5　　　　　_11　ˉ12　_11　ˇ4　ˋ24　ˉ6　_5
香　销　南　国　美　人　尽，　　　　怨　入　东　风　芳　草　多。
　—　　—　　—　　｜　　｜　　—　　　　　　｜　　｜　　—　　—　　•　　｜　—小拗救
_7　_2　_13　ˋ13　ˇ4　ˉ11　ˇ11　　　　　ˋ14　ˋ14　ˉ1　ˉ1　_7　ˇ19　_5
残　柳　宫　前　空　露　叶，　　　　夕　阳　川　上　浩　烟　波。
ˉ14　ˇ25　ˉ1　_1　ˉ1　ˋ7　ˋ16　　　　　ˋ11　_7　_1　ˋ23　ˇ19　_1　_5
行　人　遥　起　广　陵　思，　　　　古　渡　月　明　闻　棹　歌。
　—　　—　　—　　｜　　•　　—　　｜　　　　　｜　　｜　　•　　—　　•　　｜　—小拗、孤平救
_8　ˉ11　_2　ˇ4　ˇ22　_10　ˋ4　　　　　ˋ7　ˋ7　ˋ6　_8　ˉ12　ˋ19　_5

　　本诗咏古别具一格，写得清新自然，娓娓动听。挹之而源不尽，咀之而味无穷。全诗句句是即景，句句含深意；景真、情长、意远，构成了本诗特有的空灵浪漫风格。尾联回应诗题，通过今人的遥思与古人的棹歌，将咏古和讽今融为一体，以景语作结，完成了诗的题旨。

长安秋望

唐　赵　嘏

云　物　凄　清　拂　曙　流，　　　汉　家　宫　阙　动　高　秋。

‾12　↘5　‾8　＿8　↘5　↘6　＿11　　　↘15　＿6　‾1　↘6　↙1　＿4　＿1

残　星　几　点　雁　横　塞，　　　　长　笛　一　声　人　倚　楼。　　——小拗、孤平救

‾14　＿9　↙5　↙28　↘16　＿8　↘11　　　＿7　↘12　↙4　＿8　‾11　↘4　＿11

紫　艳　半　开　篱　菊　静，　　　　红　衣　落　尽　渚　莲　愁。

↙4　↘29　＿15　＿10　‾4　↙1　↙23　　　‾1　‾5　↙10　＿11　↙6　＿1　＿11

鲈　鱼　正　美　不　归　去，　　　　空　戴　南　冠　学　楚　囚。　　——小拗未救

‾7　‾6　↘24　↙4　↙5　‾5　↘6　　　‾1　↘11　＿13　‾14　↙3　↙6　＿11

本诗通过诗人望中见闻，写深秋拂晓长安景色和羁旅思归的心情。首联总揽，颔联仰视，颈联俯察，尾联抒怀，全诗意境深远而和谐，风格峻峭而清新。颔联选景典型，韵味清远，杜牧对此赞叹不已，称赵嘏为"赵倚楼"。吹笛人哟，你只管在抒发自己内心的衷曲，却可曾想到你的笛声竟这样地使闻者黯然神伤吗？

绵谷回寄蔡氏昆仲

唐　罗　隐

一　年　两　度　锦　江　游，　　　前　值　东　风　后　值　秋。

↙4　＿1　↙22　↘7　↙26　‾3　＿11　　　＿1　↙13　‾1　‾1　↘26　↙13　＿11

芳　草　有　情　皆　碍　马，　　　　好　云　无　处　不　遮　楼。

＿7　↙19　↙25　＿8　‾9　↘11　↙21　　　↙19　‾12　‾7　↘6　↙5　＿6　＿11

山　牵　别　恨　和　肠　断，　　　　水　带　离　声　入　梦　流。　　——小拗未救

‾15　＿1　↙9　↘14　↘21　‾7　↘15　　　↙4　↘9　‾4　＿8　↙14　↘1　＿11

今　日　因　君　试　回　首，　　　　淡　烟　乔　木　隔　绵　州。

　　　　　　　— | — — | · | 变格3　　| — — | | — 。
　　　　　　 _12 ⅄4 ⁻11⁻12 ⅃4 ⁻10 ⌄25　　　 ⌄28 _1 _2 ⅄1 ⅄11 _1 _11

　　首联叙事,字里行间流露喜悦之情。中间两联以拟人手法写"芳草""碍马"、"好云""遮楼"、"山牵别恨"、"水带离声",表达对蔡氏兄弟的友情,寄托对他们的怀念,美好多情,含蓄有味。尾联用乔木高耸、淡烟迷茫的画面寄自己的情思,结束全篇,情韵悠长,余味无穷。总之,这是一首感情真挚,形象新颖,结构严整工巧,堪称一件精雕细琢、玲珑剔透的艺术精品。

秋宿湘江遇雨
唐　谭用之

湘　上　阴　云　锁　梦　魂,　　　　江　边　深　夜　舞　刘　琨。
—　　| 　　—　　| 　　| 　　| 　　—　　　　 —　　| 　　— 　　| 　　| 　　—　　。
_7 ⌄23 _12 ⁻12 ⌄20 ⌄1 ⁻13　　　 ⁻3 _1 _12 ⌄22 ⌄7 _11 ⁻13

秋　风　万　里　芙　蓉　国,　　　　暮　雨　千　家　薜　荔　村。
—　　—　　| 　　| 　　—　　—　　| 　　　　 | 　　| 　　—　　—　　| 　　| 　　—　　。
_11 ⁻1 _14 ⌄4 ⁻7 _2 ⅄13　　　 ⌄7 ⌄7 _1 _6 ⌄8 ⌄8 ⁻13

乡　思　不　堪　悲　橘　柚,　　　　旅　游　谁　肯　重　王　孙。
—　　—　　| 　　—　　| 　　| 　　| 　　　　 | 　　—　　—　　| 　　| 　　—　　。
_7 ⌄4 ⅄5 _13 ⁻4 ⅄4 ⌄26　　　 ⌄6 _11 ⁻4 ⌄24 ⌄2 _7 ⁻13

渔　人　相　见　不　相　问,　　　　长　笛　一　声　归　岛　门。　—— 小拗、孤平救
—　　—　　| 　　| 　　| 　　| 　　| 　　　　 | 　　| 　　| 　　· | 　　—　　。
⁻6 ⁻11 _7 ⌄17 ⅄5 _7 ⌄13　　　 _7 ⅄12 ⅄4 _8 ·5 ⌄19 ⁻13

　　本诗借湘江秋雨的苍茫景色抒发诗人的慷慨不平之气,情景相生,意境开阔。颔联中,"芙蓉国"、"薜荔村",以极言芙蓉之盛,薜荔之多,又兼以"万里"、"千家"极度夸张之词加以渲染,更烘托出气象的高远,境界的壮阔,于尺幅之中写尽万里之景,为湖南的壮丽山河,绘出了雄奇壮美的图画,后人称湖南为芙蓉国,其源盖出于此。毛泽东诗就有"芙蓉国里尽朝晖"(332)之美称。

题西溪无相院
宋　张　先

积　水　涵　虚　上　下　清,　　　　几　家　门　静　岸　痕　平。

λ11 ∨4 _13 -6 ∨23 ∨22 _8　　　　∨5 _6 -13 ∨23 ∨15 -13 _8

浮　萍　破　处　见　山　影，　　　小　艇　归　时　闻　草　声。　　小拗救

_11 _9 ∨21 ∨6 _17 -15 ∨23　　　∨17 ∨24 -5 ∨4 -12 ∨19 _8

入　郭　僧　寻　尘　里　去，　　　过　桥　人　似　鉴　中　行。

λ14 λ10 _10 _12 -11 ∨4 ∨6　　　∨21 _2 -11 ∨4 ∨30 -1 _8

已　凭　暂　雨　添　秋　色，　　　莫　放　修　芦　碍　月　生。

∨4 _10 _28 ∨7 _14 _11 λ13　　　λ10 ∨23 _11 -7 ∨11 λ6 _8

本诗写寺中所见秋景，因在雨后，故以"积水"入手，出水天一色、溪痕平岸的背景；颔联由远而近，以见闻错示静动，体物小中见大；颈联辅以僧人行迹，突出景物的清静澄明，有化入禅悟之妙；最后逆挽虚收，在呼应中补出积水所由，又拓开一笔，使芦塘月色更具远神。张先善词且善写影而有"张三影"之称，细味本诗，其明暗虚实可想及影者凡六：天影、门影、山影、船影、人影、月影，而这一切，全由"暂雨"、"积水"而来，其妙自不可言。

新城道中二首(其一)
宋　苏　轼

东　风　知　我　欲　山　行，　　　吹　断　檐　间　积　雨　声。

-1 -1 -4 ∨20 λ2 -15 _8　　　　-4 ∨15 _14 -15 λ11 ∨7 _8

岭　上　晴　云　披　絮　帽，　　　树　头　初　日　挂　铜　钲。

∨23 ∨23 _8 -12 -4 ∨6 ∨20　　　-7 _11 -6 ∨4 ∨10 -1 _8

野　桃　含　笑　竹　篱　短，　　　溪　柳　自　摇　沙　水　清。　　小拗、孤平救

∨21 _4 _13 ∨18 λ1 -4 ∨14　　　-8 ∨25 ∨4 _2 _6 ∨4 _8

西　崦　人　家　应　最　乐，　　　煮　葵　烧　笋　饷　春　耕。

-8 ∨28 -11 _6 _10 _9 λ10　　　∨6 -4 _2 ∨11 ∨22 -11 _8

诗通篇写景,叙写一路见闻。诗人移情于物,起笔就以拟人化的手法赋予东风以感情色彩,为全诗定下了欢快的基调。"絮帽"、"铜钲"两喻以日常事物作譬,形象生动之外颇具诙谐之趣。"野桃含笑"点头,"溪柳自摇"起舞,好不快活自在? 常人得之便足以名世,何况东坡乎! 最后点出农人的"最乐"其实也是作者的"最乐"。全诗欢快的基调在结尾达到了高潮,诗人愉悦的心情也得到了淋漓尽致的表现。

病起书怀

宋　陆游

病骨支离纱帽宽，　　　　　　孤臣万里客江干。
| | — — · | | —变格4　　　— — | | | | —
↘24 ↗6 ¯4 ¯4 ¯6 ↘20 ¯14　　¯7 ¯11 ↘14 ↗4 ↗11 ¯3 ¯14

位卑未敢忘忧国，　　　　　　事定犹须待阖棺。
| | — | | — ·　　　　　　　| | — | | | —小拗未救
↘4 ¯4 ↘5 ↗27 ↘23 _11 ↗13　　↘4 ↘23 _11 ¯7 ↘10 ↗15 ¯14

天地神灵扶庙社，　　　　　　京华父老望和銮。
— | — | — | |　　　　　　— — | | — — —
_1 ↘4 _11 _9 ¯7 ↘18 ↗21　　_8 _6 ↗7 _19 ↘23 _5 ¯14

出师一表通今古，　　　　　　夜半挑灯更细看。
| — | | — — |　　　　　　| | — — | | —
↗4 ¯4 ↗4 ↗17 ¯1 _12 ↗7　　↘22 ↗15 _2 _10 ↘24 ↘8 ¯14

本诗选自《宋诗三百首》。陆游以诸葛亮来激励自己,鞠躬尽瘁,死而后已。"位卑未敢忘忧国"是作者的名句,足见诗人无限爱国之心曲,也是后世无数志士仁人之座右铭。正因为如此,刚病好的作者便挑灯夜看诸葛武侯之《出师表》,以期恢复中原,显得格外沉重庄严。

早发竹下

宋　范成大

结束晨装破小寒，　　　　　　跨鞍聊得散疲顽。
| | — — | | —　　　　　　| — | | | — —
↗9 ↗2 ¯11 _7 ↘21 ↗17 ¯14邻韵　↘22 ¯14 _2 ↗13 ↘15 ¯4 ¯15

行冲薄薄轻轻雾，　　　　　　看放重重叠叠山。

```
 — — ｜ ｜ — — ｜        ｜ ｜ — — ｜ ｜ 。
 _8 ¯2 ﹨10﹨10 _8 _8 ﹨7    ﹨15 ﹨23 ¯2 ¯2 ﹨16﹨16 ¯15
```

碧 穗 吹 烟 当 树 直，　　　　**绿 纹 溪 水 趁 桥 弯。**

```
 ｜ — — ｜ — ｜ —        ｜ — ｜ — ｜ ｜ 。
 ﹨11 ﹨4 ¯4 _1 _7 ﹨7 ﹨13    ﹨2 ¯12 _8 ⌄4 ﹨12 _2 ¯15
```

清 禽 百 啭 似 迎 客，　　　　**正 在 有 情 无 思 间。**

```
 — — ｜ ｜ ! — ｜        ｜ ｜ ! — • ｜ — 小拗、孤平救
 _8 _12﹨11 ﹨17 ⌄4 _8 ﹨11   ﹨24 ﹨11 ⌄25 _8 ¯7 ﹨4 ¯15
```

本诗写作者公务之后到郊外散步的见闻和感受，充满了愉悦的心情。颈联显然脱胎于王维的名句"大漠孤烟直，长河落日圆"（507），但意境迥然不同。王维以"直"和"圆"突出苍凉雄浑的塞外之景，范成大的"直"和"弯"则是突出林深溪秀的南国风光。前者壮美，后者秀美。学古而能创新，本诗为我们提供了一个很好的范例。

自题交游风月楼
宋　冯取洽

平 揖 双 峰 俯 霁 虹，　　　　**近 窥 乔 木 欲 相 雄。**

```
 — ｜ — — ｜ ｜ 。       ｜ — — ｜ ｜ — 。
 _8 ﹨14 ¯3 ¯2 ⌄7 _8 ¯1    ﹨13 ¯4 _2 ﹨1 ﹨2 _7 ¯1
```

一 溪 流 水 一 溪 月，　　　　**八 面 疏 棂 八 面 风。**

```
 ｜ — — ｜ ! — ｜       — ｜ — — — ｜ — 小拗未救
 ﹨4 _8 _11 ⌄4 ﹨4 ¯8 ﹨6     ﹨8 ﹨17 ¯6 _9 ﹨8 ﹨17 ¯1
```

取 用 自 然 无 尽 藏，　　　　**高 寒 如 在 太 虚 空。**

```
 ｜ ｜ ｜ — ｜ ｜ ｜       — — ｜ ｜ — — 。
 ⌄7 ﹨2 ﹨4 _1 ¯7 ⌄11﹨23     _4 ¯14 _6 ﹨11 ﹨9 _6 ¯1
```

落 成 恰 值 三 秋 半，　　　　**为 我 吹 开 白 兔 宫。**

```
 ｜ ｜ ! ｜ — ｜ ｜        ｜ ⌄ ｜ — — ｜ — 。
 ﹨10 _8 ﹨17﹨13 _13 _11 ﹨15    ﹨4 ⌄20 ¯4 ¯10﹨11 ﹨7 ¯1
```

首联写风月楼的雄伟气势；颔联于写景中交代了风月楼得名的由来，以数字入诗，用语工巧浑成，意境空灵淡远；颈联化用苏轼《前赤壁赋》中清风、明月等自然美景是"造物者之无尽藏也"和《水调歌头》词中"高处不胜寒"之名句，写出了诗人感情的升华；尾联则进一步将天上人间联系起来。总之，本诗藉山、水、风、月等自然

美景的衬托,突出新楼之高之美,是题楼诗中"大手笔"之作。

严陵钓台

明　张以宁

故 人 已 乘 赤 龙 去，　　　　　君 独 羊 裘 钓 月 明。
｜ － ｜ ｜ ｜ ｜ ｜　　　　　－ ｜ － ｜ ｜ ∨ 。— 小拗未救
∨7 ˉ11 ∨4 ∨25 ∧11 ˉ2 ∨6　　　　ˉ12 ∧1 ˍ2 ˍ11 ∨18 ∧6 ˍ8

鲁 国 高 名 悬 宇 宙，　　　　　汉 家 小 吏 待 公 卿。
｜ ｜ － － － ｜ ｜　　　　　－ － ｜ ｜ － ｜ ｜
∨7 ∧13 ˍ4 ˍ8 ˍ1 ∨7 ∨26　　　∨15 ˍ6 ∨17 ∨4 ∨10 ˉ1 ˍ8

天 回 御 榻 星 辰 动，　　　　　人 去 空 台 山 水 清。
｜ － ｜ － ｜ － ∨　　　　　－ － － ｜ ｜ ｜ ｜ — 变格4
ˍ1 ˉ10 ∨6 ∧15 ˍ9 ˉ11 ∨4　　　ˉ11 ∨6 ˉ1 ˉ10 ˉ15 ∨4 ˍ8

我 欲 长 竿 数 千 尺，　　　　　坐 来 东 海 看 潮 生。
｜ ｜ ｜ ｜ ｜ ｜ ｜— 变格3　　　｜ ｜ ｜ ｜ － ｜ ｜
∨20 ∧2 ˍ7 ˉ14 ∨7 ˍ1 ∧11　　　∨21 ˉ10 ˍ1 ∨10 ∨15 ˍ2 ˍ8

　　清人沈德潜认为,在明人所有咏严陵钓台的诗中,本篇最好,且特别指出诗中"汉家小吏待公卿"一句得风雅之道(见《明诗别裁集》),显然十分赞赏本诗作者敏锐的思想和犀利的笔锋:严光所以不愿出仕,就是因为汉代君王贱视公卿,将士大夫当作小吏使唤。当然,这和作者为官受制,宁愿逍遥是分不开的。

龙潭夜坐

明　王守仁

何 处 花 香 入 夜 清，　　　　　石 林 茅 屋 隔 溪 声。
－ － ｜ － ｜ ｜ ｜。　　　　　∨ ｜ ｜ － ｜ － ｜
ˍ5 ∨6 ˍ6 ˍ7 ∧14 ∨22 ˍ8　　　∧11 ˍ12 ˍ3 ∧1 ∧11 ˉ8 ˍ8

幽 人 月 出 每 孤 往，　　　　　栖 鸟 山 空 时 一 鸣。
－ － ｜ － ｜ ｜ ∨　　　　　－ ｜ － － ｜ ｜ ｜ — 小拗救
ˍ11 ˉ11 ∧6 ∧4 ∨10 ˉ7 ∨22　　　ˉ8 ∨17 ˉ15 ˉ1 ˉ4 ∧4 ˍ8

草 露 不 辞 芒 屦 湿，　　　　　松 风 偏 与 葛 衣 轻。
｜ ｜ ｜ － － ｜ ｜　　　　　－ － － ｜ ｜ － －

∨19 ∖7 ∖5 ¯4 _7 ∖7 ∖14　　　¯2 ¯1 _1 ∨6 ∖7 ¯5 _8

临　流　欲　写　猗　兰　意，　江　北　江　南　无　限　情。

— — ｜ ｜ — ｜ — 　— ｜ — — · ｜ 。— 变格4

_12 _11 ∨2 ∨21 ¯4 ¯14 ∖4　　　¯3 ∖13 ¯3 _13 ¯7 ∨15 _8

　　这首表面上的写景诗，其实是首体悟玄理的诗，诗中写了五个层次：夜坐前纷杂的思绪→夜坐→见自然之表→得自然之情→获自然之理，表现了诗人五步递进的体会。王守仁，号阳明先生，是继孔子、孟子、朱熹之后明代的儒学大师，提倡通过格物而"致良知"，即通过现实的观察、沉静的思考，品味人生的真谛。本诗是他对自己学说身体力行艺术化的写照，所谓"格致"是也。

梅花岭吊史阁部
清　蒋士铨

号　令　难　安　四　镇　强，　甘　同　马　革　自　沉　湘。

｜ ｜ — — ｜ ｜ — 　— — ｜ ｜ ｜ — 。—

∖20 ∖24 ¯14 ¯14 ∖4 ∖12 _7　　_13 ¯1 ∨21 ∨11 ∖4 _12 _7

生　无　君　相　兴　南　国，　死　有　衣　冠　葬　北　邙。

— — — — — — ｜ 　｜ ｜ — — ｜ ｜ 。—

_8 ¯7 _12 ∖23 _10 _13 ∖13　　∨4 ∨21 ¯5 ¯14 ∖23 ∖13 _7

碧　血　自　封　心　更　赤，　梅　花　人　拜　土　俱　香。

｜ ｜ ｜ — — ｜ ｜ 　— — — ｜ ｜ ｜ 。—

∖11 ∖9 ∖4 ¯2 _12 ∖24 ∖11　　¯10 _6 _11 ∖10 ∨7 ¯7 _7

九　原　若　遇　左　忠　毅，　相　向　留　都　哭　战　场。

｜ — ｜ ｜ · ｜ ｜ 　— ｜ — — ｜ ｜ 。— 小拗未救

∨25 _1 ∖10 ∖7 ∨20 ¯1 ∖5　　_7 ∖23 _11 ¯7 ∨1 ¯17 _7

　　梅花岭在扬州旧广储门外，是史可法衣冠冢所在地。诗凭吊史可法，立足"梅花岭"，扣住"史阁郎"，反面以扬州"四镇"、弘光"君相"来相衬，正面借"左忠毅"作烘托，有力地突出史可法的矢志抗清，捐躯报国的节烈气概。诗人在统治稳固、文网禁严的乾隆时期能写出这样的作品，是有一番胆量的。

入洞庭

清　宋　湘

客 自 长 江 入 洞 庭，	长 江 回 首 已 冥 冥。
╲11 ╲4 ─7 ─3 ╲14 ╲1 ─9	─7 ─3 ─10 ╱25 ╲4 ─9 ─9
湖 中 之 水 大 何 许，	湖 上 君 山 终 古 青。
─7 ─1 ─4 ╲4 ─21 ─5 ╱6	─7 ╲23 ─12 ─15 ─1 ─7 ─9 小拗救
深 夜 有 神 觞 正 则，	孤 舟 无 酒 酹 湘 灵。
─12 ╲22 ╱25 ─11 ─7 ╲24 ╲13	─7 ─11 ─7 ╱25 ─9 ─7 ─9
灯 前 欲 读 悲 秋 赋，	又 怕 鱼 龙 跋 浪 听。
─10 ─1 ╲2 ╲1 ─4 ─11 ╲7	╲26 ╲22 ─6 ─6 ╲7 ╲23 ─9

　　本诗与崔颢《黄鹤楼》(530)、李白《鹦鹉洲》(531)极为相似。上半首,崔诗中"黄鹤"、李诗中"鹦鹉"都出现三次,本诗首联重复"长江"、次联重复"湖",还有都不大讲究对仗,这些都是古诗的写法;下半首,则都是律诗的写法。当然,也有不同之处,崔、李两诗中平仄皆有不合律之处,本诗平仄皆合律。诗上半首写入洞庭之所见,雄浑浩茫,大气磅礴;下半首怀古与感叹,深沉凝重,因为作者是处在一个压抑的、没有言论自由的社会。

山　雨

近代　何绍基

短 笠 团 团 避 树 枝，	初 凉 天 气 野 行 宜。
╱14 ╲14 ─14 ─14 ╲4 ╲7 ─4	─6 ─7 ─1 ╲5 ─21 ─8 ─4
溪 云 到 处 自 相 聚,	山 雨 忽 来 人 不 知。
─8 ─12 ╲20 ╲6 ╲4 ─7 ╱7	─15 ╱7 ╲6 ─10 ─11 ╲5 ─4 小拗、孤平救
马 上 衣 巾 任 沾 湿,	村 边 瓜 豆 也 离 披。
		变格3	

√21 ╲23 ˉ5 ˉ11 ╲27 ˍ14 ╲14　　　　　ˉ13 ˍ1 ˍ6 ╲26 √21 ˉ4 ˉ4

新　晴　尽　放　峰　峦　出，　　　　万　瀑　齐　飞　又　一　奇。

—　—　｜　｜　｜　—　—　　　　　｜　｜　—　—　｜　—　—

ˉ11 ˍ8 √11 ╲23 ˉ2 ˉ14 ╲4　　　　　╲14 ╲1 ˉ8 ˉ5 ╲26 ╲1 ˉ4

全诗紧扣"山雨"题目，从未雨、遇雨、雨中与雨后等方面进行描写，用笔细腻、选材精当，皆从细微处着笔，表现出作者善于观察和捕捉变化中的事物。平常之物，一经点染，便耐人寻味，并表达作者野行时愉快的情感。颔联两句从许浑名句"溪云初起日沉阁，山雨欲来风满楼"（456）化来，但贵在不同，自有佳处。

九日游留园
近代　王国维

朝　朝　吴　市　踏　红　尘，　　　　日　日　萧　斋　兀　欠　伸。

—　—　—　｜　｜　—　—　　　　　　｜　｜　—　—　—　｜　—

ˍ2 ˍ2 ˉ7 √4 ╲15 ˉ1 ˉ11　　　　　╲4 ╲4 ˍ2 ˉ9 √6 ╲29 ˉ11

到　眼　名　园　初　属　我，　　　　出　城　山　色　便　迎　人。

｜　｜　—　—　—　｜　｜　　　　　　｜　—　—　｜　｜　—　—

╲20 √15 ˍ8 ˉ13 ˉ6 ╲2 √20　　　　╲4 ˍ8 ˉ15 ╲13 ╲17 ˍ8 ˉ11

奇　峰　颇　欲　作　人　立，　　　　乔　木　居　然　阅　世　新。

—　—　—　｜　·　—　｜　　　　　　—　｜　—　—　｜　｜　—　小拗未救

ˉ4 ˉ2 ˍ5 ╲2 ╲10 ˉ11 ╲14　　　　ˍ2 ╲1 ˉ6 ˍ1 ╲9 ╲8 ˉ11

忍　放　良　辰　等　闲　过，　　　　不　辞　归　路　雨　沾　巾。

｜　｜　—　—　｜·　·　｜　变格3　　｜　—　—　｜　｜　—　—

√11 ╲23 ˍ7 ˉ11 √24 ˉ15 ╲21　　　　╲5 ˉ4 ˉ5 ╲7 √7 ˍ14 ˉ11

留园为苏州四大古名园之一。园里溪水池塘、花木奇石、亭台楼阁、曲径回廊，皆美不胜收。本诗是作者应著名学者罗振玉之邀，任教江苏师范学堂（今江苏省苏州中学）时所写。此诗以中间两联为最佳，对仗精工，出语新奇，写景则收到以少总多之功。这是一首既写外界景物又写内在心境、两者融合得体的好诗。

游爱晚亭
现代　林伯渠

到　处　枫　林　压　酒　痕，　　　　十　分　景　色　赛　天　苏。

```
 |    |    —   —   |    |    —                    |    —   |    |    |    —   —。
ˇ20  ˇ6  ˉ1  _12 ˇ17 ˇ25 ˇ13             ˇ14 ˉ12 ˇ23 ˇ13 ˇ11 _1  ˉ13
```

千 山 洒 遍 杜 鹃 血，　　　　　　一 缕 难 招 帝 子 魂。

```
 —   —   |    |    |    •   |                    |    |    —   —   |    —  小拗未救
_1  ˉ15 ˇ21 ˇ17 ˇ7  _1  ˇ9              ˇ4  ˇ7  ˉ14 _2  ˇ8  ˇ4  ˉ13
```

欲 把 神 州 回 锦 绣，　　　　　　频 将 泪 雨 洗 乾 坤。

```
 |    |    |    —   —   |    |                    —   |    |    —   |    |    —。
ˇ2  ˇ21 ˉ11 _11 ˉ10 ˇ26 ˇ26             ˉ11 _7  ˇ4  ˇ7  ˇ8  _1  ˉ13
```

兰 成 亦 有 关 河 感，　　　　　　愁 看 江 南 老 树 邨。

```
 —   |    |    —   —   |    |                    |    |    —   |    |    |    —。
ˉ14 _8  ˇ11 ˇ25 ˉ15 _5  ˇ27             ˉ11 ˇ15 ˉ3  _13 ˇ19 ˇ7  ˉ13
```

　　爱晚亭在湖南长沙岳麓山，亭的取名本于唐杜牧"停车坐爱枫林晚，霜叶红于二月花"（202）。本诗写于1906年，不是一般的游山玩水，而是由爱晚亭的景色优美，枫叶鲜红，因景起兴，展开联想，想到革命烈士的流血牺牲，国势的危殆，忧国忧民，作者以南梁庾信（字兰成）自比，立志改换神州天地。全诗用典贴切，情调苍凉。

冬 云

现代 毛泽东

雪 压 冬 云 白 絮 飞，　　　　　　万 花 纷 谢 一 时 稀。

```
 |    |    —   —   |    |    —                    |    —   |    |    |    —   —。
ˇ9  ˇ17 ˉ2  _12 ˇ11 ˇ6  _5  邻韵         ˇ14 _6  ˉ12 ˇ22 ˇ4  ˉ4  _5  出韵
```

高 天 滚 滚 寒 流 急，　　　　　　大 地 微 微 暖 气 吹。

```
 —   —   |    |    |    —   |                    |    |    —   —   |    |    —。
_4  _1  ˇ13 ˇ13 ˉ14 _11 ˇ14             ˇ21 ˇ4  ˉ5  ˉ5  ˉ14 ˇ5  ˉ4
```

独 有 英 雄 驱 虎 豹，　　　　　　更 无 豪 杰 怕 熊 黑。

```
 |    |    —   —   |    |    |                    —   |    |    —   |    —   |。
ˇ1  ˇ25 _8  ˉ1  _7  ˇ7  ˇ19             ˇ24 ˉ7  _4  ˇ9  ˇ22 _1  ˉ4
```

梅 花 欢 喜 漫 天 雪，　　　　　　冻 死 苍 蝇 未 足 奇。

```
 —   |    —   |    •   —   |                    |    |    —   —   |    |    —。 小拗未救
ˉ10 _4  ˉ14 ˇ4  ˇ15 _1  ˇ9              ˇ1  ˇ4  _7  _10 ˇ5  ˇ2  ˉ4
```

　　本诗写于1962年12月26日，当日是作者69周岁生日。诗借传统的比兴手法，通过象征性的形象，充分表达了作者作为无产阶级革命家不怕任何困难的英雄

气概。《毛泽东诗词集》所收 15 首七律中,到本首共介绍了 14 首。这 14 首都是完全符合格律的。这 14 首共 112 句中,有 108 句都是正格,只有变格二 1 句(330)、变格三 2 句(331、332)、小拗未救 1 句,可见毛泽东对平仄要求是很严格的。另一首《咏贾谊》(545)是首不合律的拗体律诗,是毛泽东生前未发表的。

过 河 卒
现代　茅　盾

卒 子 过 河 来 对 方，　　　　　一 横 一 纵 亦 猖 狂。
　｜　｜　·　—　·　— —孤平救　｜　—　｜　—　｜　—　。
ㄨ6　ㄨ4　ㄕ21　_5　—10　ㄕ11　_7　　　ㄨ4　_8　ㄨ4　ㄕ2　ㄕ11　_7　_7

非 缘 勇 敢 不 回 步，　　　　　本 性 难 移 是 老 娘。
　—　—　｜　｜　·　—　｜　　　｜　｜　—　—　｜　｜　— —小拗未救
—5　_1　ㄚ2　ㄚ27　ㄨ5　—10　ㄕ7　　ㄚ13　ㄕ24　—14　—4　ㄕ4　ㄚ19　_7

潜 伏 内 廷 窥 帅 座，　　　　　里 通 外 国 借 恩 光。
　—　｜　｜　—　—　｜　｜　　　｜　—　｜　｜　｜　—　。
_14　ㄨ1　ㄕ11　_9　—4　ㄕ4　ㄕ21　　ㄚ7　—1　ㄕ9　ㄨ13　ㄕ22　—13　_7

春 雷 惊 破 春 婆 梦，　　　　　叛 逆 曾 无 好 下 场。
　—　—　—　｜　—　—　｜　　　｜　｜　—　—　｜　｜　。
—11　—10　_8　ㄕ21　—11　_5　ㄕ1　　ㄕ15　ㄨ11　—10　_7　ㄚ19　ㄕ22　_7

　　诗前小序:"江青自称过河卒子,盖谓有进无退,打油一律,揭其阴谋。"这首讽刺诗,意到笔随,诙谐幽默,喜笑怒骂,笔锋犀利。江青动不动就自称的、粗俗的字眼"老娘",把江青的本性刻画得淋漓尽致,作者对江青的痛恨、轻蔑、讥讽、戏耍,以及打倒"四人帮"后的自豪欢乐,都充分宣泄而出了。

为在华日本人民革命同盟会成立周年纪念题词
现代　老　舍

一 代 和 平 风 扫 沙，　　　　　海 天 雷 雨 斗 龙 蛇。
　｜　｜　—　—　—　·　｜ —变格4　　｜　—　—　｜　｜　—　。
ㄨ4　ㄕ11　_5　_8　—1　ㄚ19　_6　　ㄚ10　_1　—10　ㄚ7　ㄕ26　—2　_6

归 潮 垂 死 碧 城 血，　　　　　大 地 重 生 春 是 家。
　—　—　—　｜　·　｜ ｜　　　｜　｜　—　—　·　｜ —小拗救

‾5 _2 ‾4 ˇ4 ⅄11 _8 ⅄9 ⟋ ⅄21 ˋ4 ‾2 _8 ‾11 ˇ4 _6

小 住 巴 山 盟 菊 竹， 待 还 瀛 岛 醉 樱 花。
｜ ｜ － － ｜ ｜ ｜ ｜ － － ｜ ｜ 。

ˇ17 ˋ7 _6 ‾15 _8 ⅄1 _1 ⟋ ⅄11 ‾15 _8 ˇ19 ˋ4 _8 _6

临 流 共 识 同 舟 志， 东 海 晨 开 万 丈 霞。
｜ － ｜ － ｜ － ｜ － ｜ － ｜ ｜ 。

_12 _11 ˋ2 ⅄13 ‾1 _11 ˋ4 ⟋ ‾1 ˇ10 ‾11 ‾10 ˋ14 ˇ22 _6

本诗写于 1941 年 7 月 20 日，热情讴歌了在华日本人民革命同盟会成员与中国人民的深厚友谊。全诗语淡情深，含蓄深邃，与当时正在发生的日本侵华战争形成了强烈的反差，从而使处在深重灾难之中的中日两国热爱和平的人民，看到和平的希望，太平的曙光。

沙家浜
当代 陈一鹤

昔 有 横 泾 汲 古 阁， 今 为 芦 荡 沙 家 浜。
｜ ｜ － － ｜ ｜ ｜ 变格 2 － － － ｜ － － 。 变格 1
⅄11 ˇ25 _8 _9 ⅄14 ˇ7 ⅄10 _12 ‾4 ‾7 ˇ22 _6 _6 ‾3 出韵

春 来 茶 馆 斗 奇 智， 红 石 渔 村 藏 建 光。
‾11 _10 _6 ˇ14 ˋ26 ‾4 ˋ4 ‾1 ⅄11 _6 ‾13 _7 ˋ14 _7 小拗救

芦 苇 深 深 歼 日 寇， 军 民 团 结 力 威 强。
‾6 ˇ5 _12 _12 _14 ⅄4 ˋ26 ‾12 ‾11 ‾14 ˇ9 ⅄13 ‾5 _7

国 家 湿 地 公 园 建， 红 色 旅 游 名 美 扬。
｜ － － ｜ － － ｜ ‾1 ‾13 ˇ6 _11 _8 ˋ14 _7 孤平救
⅄13 _6 ⅄14 ˋ4 ‾1 ‾13 ˋ14

江苏常熟沙家浜风景区所在地，原为横泾乡。明末清初著名藏书家、出版家毛晋（1599—1659）即为横泾人。其藏书楼"汲古阁"为常熟四大藏书楼（脉望馆、汲古阁、绛云楼、铁琴铜剑楼）之一。毛晋一生藏书八万四千册，刻书六百多种，书版累积达十九万五千多块，他对中国文化传承作出了不可磨灭的贡献。现沙家浜风景区内有毛晋的铜像。1964 年，沪剧《芦荡火种》问世后，该地更名为芦荡乡，后又经毛泽东定名为沙家浜。现景区内有革命传统教育区、红石民俗文化村、横泾老街、湿地公园等景点,是全国百家红色旅游经典景区、全国爱国主义教育示范基地、国家湿地公园、国家国防教育示范基地,2013 年春,沙家浜又与虞山(113)、尚湖(447)一起,荣膺国家 5A 级沙家浜—虞山尚湖旅游景区。

四、七 绝

回乡偶书二首(其一)

唐 贺知章

少 小 离 家 老 大 回,　　乡 音 无 改 鬓 毛 衰。
| | | — | | 　　 — — | | — 。
ヽ18 ∨17 ˉ4 ˍ6 ∨19 ∠21 ˉ10　　ˍ7 ˍ12 ˉ7 ∨10 ヽ12 ˍ4 ˉ10

儿 童 相 见 不 相 识,　　笑 问 客 从 何 处 来?
— — — | ! — |　　 | | ! — • | — 小拗、孤平救
ˉ4 ˉ1 ˍ7 ヽ17 ∠5 ˍ7 ∠13　　ヽ18 ヽ13 ∠11 ˍ2 ˍ5 ヽ6 ˉ10

这是诗人八十六岁返乡时的作品。儿童问话极富情趣,即使我们不为诗人久客伤老之情所感染,也不能不被这一饶有趣味的儿童问话所打动。

雨过山村

唐 王 建

雨 里 鸡 鸣 一 两 家,　　竹 溪 村 路 板 桥 斜。
| | — — | | 。　　 | — — | | | — 。
∨7 ∨4 ˉ8 ˍ8 ∠4 ∨22 ˍ6　　∠1 ˉ8 ˍ13 ヽ7 ∨15 ˍ2 ˍ6

妇 姑 相 唤 浴 蚕 去,　　闲 着 中 庭 栀 子 花。
| — — | ! — |　　 — | | • | — 小拗救
∨7 ˉ7 ˍ7 ヽ15 ∠2 ˍ13 ヽ6　　ˉ15 ∠10 ˉ1 ˍ9 ˉ4 ∨4 ˍ6

"妇姑""浴蚕",兄弟耕牛,关栀子花何事?原来人人都在忙着,只有栀子花才"闲着",这花在说,你们忙里偷闲,来闻闻我这又叫同心花的淡淡的清香吧……

送友人

唐　薛涛

水国蒹葭夜有霜，　　　月寒山色共苍苍。

谁言千里自今夕，　　　离梦杳如关塞长。

本诗化用了前人一些名篇成语，使诗句的内涵大为深厚；诗意又层层推进，处处曲折，愈转愈深，可谓兼有委曲、含蓄的特点，向来为人传诵。

题木居士二首（其一）

唐　韩愈

火透波穿不计春，　　　根如头面干如身。

偶然题作木居士，　　　便有无穷求福人。

本诗的特点是运用咏物寓言形式，把"木居士"与"求福人"作为官场中两种人的代名，在影射的人与物之间取其相似点，获得讽刺艺术的喜剧效果。诗中对"木居士"的刻薄，也是对"求福人"的挖苦；戳在"木居士"身上，羞在"求福人"脸上。

望夫山

唐　刘禹锡

终日望夫夫不归，　　　化为孤石苦相思。

望来已是几千载，　　　只似当时初望时。

```
  |  —  |   ⌣|  —  |              |   |  —  —  —   •  |   。小拗救
 ╲23 ‾10 ╲4  ╲4  ╲5  _1 ╲10        ╲4  ╲4  _7  ‾4  ‾6  ╲23  _4
```

本诗"望"字三见,诗意推进三层。在"几千载"之后,末句突然出现的"初望"二字,这出乎意外,又尽情入妙。因为"初望"的心情最迫切,写久望只如初望,就有力地表现了相思之情的真挚和深切。

偶　书
唐　刘　叉

```
日  出  扶  桑  一  丈  高,            人  间  万  事  细  如  毛。
 |   |   —   |   |   —  。            —   —   |   |   —   —  。
╲4  ╲4  ‾7  _7  ╲4  ╲22 _4           ‾11 ‾15 ╲14 ╲4  ╲8  ‾6  _4
野  夫  怒  见  不  平  处,            磨  损  胸  中  万  古  刀。
 |   |   |   |  ⌣|   —  —            —   |   —   —   |   |  —  小拗未救
╲21 ‾7  ╲7  ╲17 ╲5  _8  ╲6           _5  ╲13 ‾2  ‾1  ╲14 ╲7 _4
```

在唐诗中,还没有看到用"刀"来比喻人的思想感情的。"磨损胸中万古刀",这新奇的构思和警辟的比喻,显示了刘叉诗歌的独特风格。

吴　宫
唐　李商隐

```
龙  槛  沉  沉  水  殿  清,            禁  门  深  掩  断  人  声。
 —   |   —   —   |   |  。            |   —   |   |   —   —  。
‾2  ╲29 _12 _12 ╲4  ╲17 _8           ╲27 ‾13 _12 ╲28 ╲15 ‾11 _8
吴  王  宴  罢  满  宫  醉,            日  暮  水  漂  花  出  城。
 —   —   |   |   |   —  —            |   |  ⌣|   —  •—   |  —  小拗、孤平救
‾7  _7  ╲17 ╲22 ╲14 ‾1  ╲4           ╲4  ╲7  ╲4  _2  _6  ╲4  _8
```

末句是神来之笔,既反衬了"满宫醉"前的喧闹和疯狂,又包蕴着比兴象征,吴宫繁华行将消逝,感受到一种即将覆亡的不祥阴影。

溪居即事
唐　崔道融

篱　外　谁　家　不　系　船，　　　　春　风　吹　入　钓　鱼　湾。
—　｜　—　—　｜　｜　—。　　　　—　—　—　｜　｜　—　—。
⁻4　＼9　⁻4　_6　λ5　＼8　_1 邻韵　　⁻11　_1　⁻4　_14　＼18　⁻6　⁻15

小　童　疑　是　有　村　客，　　　　急　向　柴　门　去　却　关。
｜　—　—　｜　！　—　｜　　　　｜　｜　—　—　｜　｜　———小拗未救
∨17　⁻1　⁻4　∨4　∨25　⁻13　λ11　　　λ14　＼23　⁻9　⁻13　＼6　λ10　⁻15

次联捕捉到一刹那间极富情趣的小镜头，成功地摄取了一个热情淳朴、天真可爱的农村儿童的形象。这位小朋友同贺知章"儿童相见不相识，笑问客从何处来"（470）的小朋友多么像啊！

塞　上
宋　柳　开

鸣　骹　直　上　一　千　尺，　　　　天　静　无　风　声　更　干。
—　—　｜　｜　！　—　｜　　　　—　｜　—　—　｜　—————小拗救
_8　_3　λ13　＼23　λ4　_1　λ11　　　_1　∨23　⁻7　_1　_8　⁻24　⁻14

碧　眼　胡　儿　三　百　骑，　　　　尽　提　金　勒　向　云　看。
｜　｜　—　—　—　｜　｜　　　　｜　—　—　｜　｜　—　—。
λ11　∨15　⁻7　⁻4　_13　λ11　＼4　　　∨11　⁻8　_12　λ13　＼23　⁻12　⁻14

本诗是柳开的名作。他的笔下虽无刀剑相交，仅响箭一支，但人们从这支不见其形、只闻其声的响箭中，可感受到诗人自豪的心理和高亢的精神。这是宋初国势相对强盛在人们精神上的反映。

夏　意
宋　苏舜钦

别　院　深　深　夏　席　清，　　　　石　榴　开　遍　透　帘　明。
｜　｜　—　—　｜　｜　—。　　　　—　—　—　｜　｜　—　—。
λ9　＼17　_12　_12　∨22　λ11　_8　　　λ11　_11　⁻10　＼17　＼26　_14　_8

树 阴 满 地 日 当 午，　　　梦 觉 流 莺 时 一 声。

∨7 _12 ∨14 ∨4 ∧4 _7 ∨7　　　∨1 ∧3 _11 8 ˉ4 ∧4 8　—小拗救

本诗笔致轻巧空灵，结构自然工巧，风格清而不弱。无一句不切夏景，又每一句都透散着清爽之意，读之有如微飔拂面之感。

待 月 台
宋　苏　轼

月 与 高 人 本 有 期，　　　挂 檐 低 户 映 蛾 眉。

∧6 ∨6 _4 ˉ11 ∨13 ∨25 ˉ4　　　∨10 _14 ˉ8 ∨7 ∨24 _5 ˉ4

只 从 昨 夜 十 分 满，　　　渐 觉 冰 轮 出 海 迟。

∨4 ˉ2 _10 ∨22 ∧14 ˉ12 ∨14　　　∨28 ∧3 _10 ˉ11 ∧4 ∨10 ˉ4　—小拗未救

苏轼是继李白之后，甚喜明月并写有大量吟颂明月的诗、词、文之作家。本诗以人拟月，借月抒感，把月写得有情有思。后两句从月的圆缺上想到人的命运，写出了满即缺之始、因满招损的自然规律。

北 窗
宋　黄庭坚

生 物 趋 功 日 夜 流，　　　园 林 才 夏 麦 先 秋。

_8 ∧5 ˉ7 _1 ∧4 ∨22 _11　　　ˉ13 _12 ˉ10 ∨22 ∧11 _1 _11

绿 阴 黄 鸟 北 窗 簟，　　　付 与 来 禽 安 石 榴。

∧2 _12 _7 ∨17 ∧13 ˉ3 ∨28　　　∨7 ∨6 ˉ10 _12 ˉ14 ∧11 _11　—小拗救

本诗通过后三句初夏景物的具体描写，说明首句所述的自然界之普遍规律，寓哲理于形象之中，显得清新自然，这在黄庭坚的诗中是不多的。

过百家渡四绝句(其四)

宋　杨万里

一 晴 一 雨 路 干 湿，　　　半 淡 半 浓 山 叠 重。

｜ － ｜ ｜ ﹒｜ － 　　　　 ｜ ｜ ﹒｜ － ﹒ ｜ － 小拗、孤平救

ㄑ4 ＿8 ㄑ4 ✓7 ˋ7 －14 ㄑ14　　 ˋ15 ˋ28 ˋ15 －2 －15 ㄑ16 －2

远 草 平 中 见 牛 背，　　　新 秧 疏 处 有 人 踪。

｜ ｜ － － ﹒｜ ｜ 变格3　　 － － － ｜ ｜ － －

✓13 ✓19 ＿8 －1 ˋ17 ＿11 ˋ11　　 －11 ＿7 －6 ˋ6 ✓25 －11 －2

道路和远山只是画面的背景，着重呈露的是草中的牛背和秧间的人踪。诗人的用心始终是赋予平常事物以新鲜感，这是"诚斋体"的核心。

次余仲庸松风阁韵十九首(其四)

宋　裘万顷

不 见 诗 仙 何 逊 来，　　　春 风 几 度 早 梅 开。

｜ ｜ － － － ﹒｜ － 变格4　　 － － ｜ ｜ ｜ － －

ㄑ5 ˋ17 －4 ＿1 ＿5 ˋ14 －10　　 －11 －1 ✓5 －7 ✓19 －10 －10

竹 篱 茅 舍 自 清 绝，　　　未 用 移 根 东 阁 栽。

｜ － － ｜ ｜ － ｜ 　　　　 ｜ ｜ － － － ｜ － 小拗救

ㄑ1 －4 ＿3 ˋ22 ˋ4 ＿8 ㄑ9　　 ˋ5 ˋ2 －4 －13 －1 ㄑ10 －10

虽然没有如梁朝何逊这样的名人来咏赏这枝隐居乡村的"早梅"(683)；可是自己淋浴着春风，照样自得地开放、自在地生长。这"早梅"正是孤芳自赏、自恃清高的诗人之形象。

题宗之家初序潇湘图

金　吴激

江 南 春 水 碧 如 酒，　　　客 子 往 来 船 是 家。

－ － － ｜ ｜ ﹒｜ ｜ 　　　 ｜ ｜ ﹒｜ － ﹒ ｜ － 小拗、孤平救

－3 ＿13 －11 ✓4 ㄑ11 －6 ✓25　　 ㄑ11 ✓4 ✓22 －10 ＿1 ˋ4 ＿6

忽 见 画 图 疑 是 梦，　　　而 今 鞍 马 老 风 沙！

　　| 　| 　| 　— 　— 　| 　|　　　　　— 　— 　— 　| 　| 　—
　　ㄨ6　ㄟ17　ㄟ10　⁻7　⁻4　ㄩ4　ㄟ1　　　　⁻4　＿12　⁻14　ㄩ21　ㄩ19　⁻1　＿6

　　作者是出使金朝、被留异国的南方诗人,曾被金代诗豪元好问推为"国朝第一作手"。就末句所展示的境界说,本诗已不再是一首题画之作,而是借《潇湘图》作反衬的一幅黯然神伤的自画像了。

上京即事五首(其一)
元　萨都剌

　　大 　野 　连 　山 　沙 　作 　堆,　　　　白 　沙 　平 　处 　见 　楼 　台。
　　| 　| 　| 　— 　— 　| 　| 　—变格4　　　| 　— 　— 　| 　| 　—
　　ㄟ21　ㄩ21　＿1　⁻15　＿6　ㄨ10　⁻10　　　ㄨ11　＿6　＿8　ㄟ6　ㄟ17　＿11　⁻10

　　行 　人 　禁 　地 　避 　芳 　草,　　　　尽 　向 　曲 　栏 　斜 　路 　来。
　　— 　— 　| 　| 　| 　| 　|　　　　　| 　| 　| 　— 　| 　|　—小拗、孤平救
　　＿8　⁻11　ㄟ27　ㄟ4　ㄩ4　＿7　ㄩ19　　　ㄩ11　ㄟ23　ㄟ2　⁻14　＿6　ㄟ7　⁻10

　　本诗写上都外景。广阔的沙漠与遥远的山峰相衍,一座雄伟的城堡里,楼台曲栏相连。宫殿前那"芳草",是元世祖思创业艰难,移植丹墀的沙漠莎草,示子孙不要忘记祖宗发祥之地,称为"誓俭草"。

赠 钓 伴
明　陈宪章

　　短 　短 　蒌 　蒿 　浅 　浅 　湾,　　　　夕 　阳 　倒 　影 　对 　南 　山。
　　| 　| 　| 　| 　| 　| 　—　　　　　| 　— 　| 　| 　| 　| 　—
　　ㄩ14　ㄩ14　＿11　＿4　ㄩ16　ㄩ16　⁻15　　ㄟ11　＿7　ㄟ20　ㄟ23　ㄟ11　＿13　⁻15

　　大 　船 　鼓 　枻 　唱 　歌 　去,　　　　小 　艇 　得 　鱼 　吹 　笛 　还。
　　| 　| 　| 　| 　| 　| 　|　　　　　| 　| 　| 　— 　| 　|　—小拗、孤平救
　　ㄟ21　＿1　ㄩ7　ㄟ8　ㄟ23　＿5　ㄟ6　　　ㄩ17　ㄩ24　ㄟ13　⁻6　⁻4　ㄟ12　⁻15

　　次句中,"对"字将落日的倒影、南山的倒影、渔舟的倒影,都组合到一块,构成了一幅兴象玲珑、水墨淋漓的天然图画,诗人徜徉其中,该忘怀一切了吧?

新春日
明　祝允明

拂旦梅花发一枝，　　　　融融春气到茅茨。
｜　｜　—　｜　—　｜　｜　　　—　—　｜　—　｜　｜　—
λ5　丶15　—10　6　λ6　丶4　—4　　　—1　—1　—11　丶5　丶20　3　—4

有花有酒有吟咏，　　　　便是书生富贵时。
｜　—　｜　｜　｜　—　｜　　　｜　｜　｜　—　—　｜　—　小拗未救
∨25　6　∨25　∨25　∨25　12　丶24　　　丶17　∨4　—6　8　丶26　丶5　—4

当作者摆脱以往名利缰索的羁绊、实现人性的自由复归时，我们今天的读者真
应该为之庆幸，否则明代文士们的风流异彩都要黯淡失色许多。

竹枝词二首（其一）
明　姚少娥

卖酒家临烟水滨，　　　　酒旗挂出树头春。
｜　｜　—　｜　｜　｜　—　变格4　　　｜　｜　｜　｜　—　｜　—
丶10　∨25　6　12　1　丶4　—11　　　∨25　—4　丶10　∨4　丶7　11　—11

当垆十五半遮面，　　　　一勺清泉能醉人。
—　—　｜　｜　｜　—　｜　　　｜　｜　—　—　—　｜　—　小拗救
7　—7　λ14　∨7　丶15　6　丶17　　　λ4　λ10　8　1　10　丶4　—11

当年卓文君当垆卖酒必定一览无余，如今这情窦未开的"十五"少女自然是"半
遮面"了。"清泉"真能醉人么？不，是因为"清泉"由美色足以醉人的少女舀出，所
以才水不醉人人自醉了。

再过露筋祠
清　王士禛

翠羽明珰尚俨然，　　　　湖云祠树碧于烟。
｜　｜　—　—　｜　｜　—　　　—　—　—　｜　—　—　—
丶4　∨7　8　—7　丶23　∨28　1　　　—7　—12　—4　∨7　λ11　—7　1

行人系缆月初坠，　　　　门外野风开白莲。

— — | | ⌟ — |　　　　　— | ⌟ — ⋅ | 。⌟ 小拗、孤平救
　_8 ⁻11 ﹨8 ﹨28 ⋏6 ⁻6 ﹨4　　　⁻13 ﹨9 ✓21 ⁻1 ⁻10 ⋏11 _1

　　莲花在传统审美意识中,一向是"出污泥而不染"的象征,白莲更显示着一种洁白无瑕的品格。睹物思人,这野风中的白莲不就是近在咫尺的露筋祠中那位圣洁女神的化身么?

葑门口号(三首选一)

清　钱　载

灭 渡 桥 回 柳 映 塘,　　　　南 风 吹 郭 不 胜 香。
| | — — | | 。　　　　　| | — | | — 。
⋏9 ﹨7 _2 ⁻10 ✓25 ﹨24 _7　　_13 ⁻1 ⁻4 ⋏10 ⋏5 _10 _7

湖 田 半 种 紫 芒 稻,　　　　麦 笠 时 遮 青 苎 娘。
— — | | ⌟ — |　　　　　— — | — ⋅ | 。⌟ 小拗救
⁻7 _1 ﹨15 ﹨2 ✓4 _7 ✓19　　⋏11 ⋏14 ⁻4 _6 _9 ✓6 _7

　　这首写苏州东北葑门外风光人物的诗,清新妍丽。写自然环境,是一幅优美的风景画;写江南农村女的劳动,又是一幅生动的风俗画。

一　蚊

清　赵　翼

六 尺 匡 床 障 皂 罗,　　　　偶 留 微 蠛 失 讥 诃。
| | — — | — 。　　　　　| — — | | | 。
⋏1 ⋏11 _7 _7 ﹨23 ✓19 _5　　✓25 _11 ⁻5 ﹨22 ⋏4 ⁻5 _5

一 蚊 便 搅 一 终 夕,　　　　宵 小 原 来 不 在 多。
| — | | ⌟ — |　　　　　— | — — | | 。⌟ 小拗未救
⋏4 ⁻12 ﹨17 ✓18 ⋏4 ⁻1 ⋏11　　_2 ✓17 ⁻13 ⁻10 ⋏5 ﹨11 _5

　　这是一首用比兴手法,借蚊论人,因小喻大之作。将蚊子与小人联系起来,使读者借助生活经验,感到他们的危害性,他们与生俱来的卑污、可厌、可怜。

二月十三夜梦于邕江上

清 黎简

一度花时两梦之，　　一回无语一相思。
| | | — | | 。　　| | | | | | 。
ㄑ4 ㄟ7 _6 —4 ㄑ22 ㄟ1 _4　　ㄑ4 —10 —7 ㄟ6 ㄑ4 _7 —4

相思坟上种红豆，　　豆熟打坟知不知？
— — | ! | 。　　| | ! — | — 小拗、孤平救
_7 —4 —12 ㄟ23 ㄟ2 _1 ㄟ26　　ㄟ26 ㄑ1 ㄟ21 —12 —4 ㄑ5 —4

本诗写得直率平易，然洋溢着出自肺腑的一片至情。前联连用三个"一"字，不忌重复，正所谓至情无文；后联的奇想，为情作文，使对亡妻的情思得以充分表现，一字一泪，点点滴滴，都是诗人纯情所化。

山村即目

近代 丘逢甲

一角西峰夕照中，　　断云东岭雨蒙蒙。
| | | — | | 。　　| | | — | | 。
ㄑ4 ㄑ3 —8 —2 ㄑ11 —18 —1　　ㄟ15 —12 —1 ㄟ23 ㄟ7 —1 —1

林枫欲老柿将熟，　　秋在万山深处红。
— — | | ! | 。　　| ! — | — 小拗、孤平救
_12 —1 ㄑ2 ㄟ19 ㄟ4 _7 ㄑ1　　_11 ㄟ11 ㄟ14 —15 _12 ㄟ6 —1

上联即刘禹锡"东边日出西边雨"（388）的奇景，不过本诗是"西峰夕照""东岭雨"的另版；下联中唯有"欲老"未老之林枫，"将熟"未熟之柿实，才使"万山深处红"得富于生机、耐人寻味，只让人感到欣喜，而不会引起感伤。

山行杂诗十首（其四）

近代 赵熙

石径穿云见佛关，　　蒲公采药几时还？
| | | — | | 。　　— | | — | | 。
ㄑ11 ㄟ24 _1 —12 ㄟ17 ㄑ5 —15　　_7 —1 ㄟ10 ㄑ10 ㄟ5 —4 —15

　经　年　不　断　树　根　雨，　　　　说　有　苍　龙　在　石　间。
　—　—　｜　｜　•｜　—　｜　　　　　｜　｜　—　—　｜　｜　。小拗未救
　_9　_1　ㄟ5　、15　ㄟ7　ˉ13　√7　　　　ㄟ9　√25　_7　ˉ2　、11　ㄟ11　ˉ15

　　唐贾岛有"松下问童子，言师采药去。只在此山中，云深不知处。"(658)贾诗中
的"师"是一位采药为生、济世众人的真隐士。本诗中的"蒲公"是传说中神化的隐
者，采药施人，普济众生，犹如石间伏龙，不断涌泉，滋润大地，哺育山树。

送曼殊东渡
现代　柳亚子

　红　灯　绿　酒　几　旬　醉，　　　　海　水　天　风　万　里　行。
　—　—　｜　｜　•｜　—　｜　　　　　｜　—　—　｜　｜　—　。小拗未救
　ˉ1　_10　ㄟ2　√25　√5　ˉ11　、4　　　√10　√4　_1　ˉ1　、14　√4　_8

　正　是　阳　春　旬　三　月，　　　　樱　花　丛　里　访　调　筝。
　｜　｜　—　—　•｜　•　　变格3　　—　—　—　｜　｜　—　—
　、24　√4　_7　ˉ11　、26　_13　ㄟ6　　　_8　_6　ˉ1　√4　、23　_2　_8

　　本诗作于 1912 年，为诗人送好友苏曼殊东渡日本的赠别之作。末句是全诗
"诗眼"，既描绘出扶桑之国樱花烂漫的美丽景色，又衬托出扶桑女士、曼殊女友"调
筝人"的美丽形象。

观　潮
现代　毛泽东

　千　里　波　涛　滚　滚　来，　　　　雪　花　飞　向　钓　鱼　台。
　—　｜　—　—　｜　｜　—　　　　　　｜　—　—　｜　｜　—　—
　_1　√4　_5　_4　√13　√13　ˉ10　　　ㄟ9　_6　ˉ5　、23　、18　ˉ5　ˉ10

　人　山　纷　赞　阵　容　阔，　　　　铁　马　从　容　杀　敌　回。
　—　—　—　｜　•｜　—　｜　　　　　｜　｜　—　—　｜　｜　—　小拗未救
　ˉ11　ˉ15　ˉ12　、15　、12　ˉ2　ㄟ7　　ㄟ9　√21　ˉ2　ˉ2　_8　ㄟ12　ˉ10

　　1957 年农历 8 月 18 日，作者去海宁七星庙观钱塘江口的涌潮，本诗即描写钱
塘潮的壮观。

昆明观周霖画展

现代　徐嘉瑞

谁 将 画 笔 六 千 尺，　　画 出 雪 峰 迎 太 阳。
— — | | ! — |　　| | ! — — · | — 小拗、孤平救
⁻4 _7 ﹨10 ﹨4 ·1 _1 ﹨11　　﹨10 ﹨4 ﹨9 ⁻2 _8 ﹨9 _7

祖 国 边 疆 无 限 好，　　玉 龙 春 暖 百 花 香。
| | | — — | |　　| | — | | — —
﹨7 ﹨13 _1 _7 ⁻7 ﹨15 ﹨19　　﹨2 ⁻2 ⁻11 ﹨14 ﹨11 _6 _7

"六千尺"，原注谓："丽江玉龙山海拔五千八百公尺。"本诗用纳西族老画家周霖的《雪峰向阳》《玉龙牡丹》两幅画，来表达作者和画家共同的心声：对祖国边疆的赞美和热爱。

题 扇

现代　王统照

铁 骨 冰 胎 古 艳 姿，　　冷 欺 霜 雪 破 胭 脂。
﹨9 ﹨6 _10 ⁻10 ﹨7 ﹨29 ⁻4　　﹨23 ⁻4 _7 ﹨9 ﹨21 _1 ⁻4

莫 言 枯 干 闲 生 意，　　老 树 著 花 无 丑 枝。
| | — — ! — |　　| | ! — — · | — 小拗、孤平救
﹨10 ⁻13 ⁻7 ﹨15 ﹨4 _8 ﹨4　　﹨19 ﹨7 ﹨10 _6 ⁻7 ﹨25 ⁻4

山东省文联主席王统照于1957年秋，在著名考古学者王献唐所画红梅的扇上题了本诗，并将此扇赠给著名诗人臧克家。诗着意渲染老梅的品格，并将老梅拟人化，抒发老文艺工作者对党的文艺工作的深挚感情。

黄河游览区登浮天阁

当代　赵玉林

浮 天 岩 顶 耸 高 阁，　　一 水 奔 流 泽 万 家。
— — — | ! — |　　| | — — | | — 小拗未救
_11 _1 _15 ﹨24 ﹨2 _4 ﹨10　　﹨4 ﹨4 ⁻13 _11 ﹨11 ﹨14 _6

入　眼　群　山　如　怒　马，　　　　　远　看　来　自　牡　丹　花。

| | — — — | | 　　　　　| — — | | — 。

λ14 ∨15 ⁻12 ⁻15 ⁻6 　∖7 ∨21 　　　　∨13 ⁻14 ⁻10 ∖4 ∨25 ⁻14 _6

　　飞腾而来的群山，却来自浮天阁下牡丹园里的花香，这充分表现了诗人驾御诗词技巧的能力，从容不迫地表达对生活的热爱，对光明的向往，故本诗在嵩山碑全国诗词大赛中荣获特别奖。

第八章　大 拗 救

一、五　律

与诸子登岘首
唐　孟浩然

人 事 有 代 谢，	往 来 成 古 今。
⁻ | | | |	| ⁻ — ⁻ | ─ 小拗、大拗、
⁻11 ﹨4 ﹨25 ﹨11 ﹨22	﹨22 ⁻10 ﹍8 ⁻7 ﹍12　孤平救
江 山 留 胜 迹，	我 辈 复 登 临。
— — — | |	| | | — ⁻
⁻3 ⁻15 ﹍11 ﹨25 ﹨11	﹨20 ﹨11 ﹨1 ﹍10 ﹍12
水 落 鱼 梁 浅，	天 寒 梦 泽 深。
| | — — |	— — | | —
﹨4 ﹨10 ⁻6 ﹍7 ﹨16	﹍1 ⁻14 ﹨1 ﹨11 ﹍12
羊 公 碑 尚 在，	读 罢 泪 沾 襟。
— — — | |	| | | — ⁻
﹍7 ⁻1 ﹍4 ﹨23 ﹨11	﹨1 ﹨22 ﹨4 ﹍14 ﹍12

　　晋羊祜镇守荆襄，常登岘首山，每叹江山长存，而人事不永。羊祜去世后，百姓感念德政，建碑于此，望者无不下泪，故谓堕泪碑。本诗前两联有一定的哲理性，后两联描景含情。四百多年前的羊祜，名垂千古，与山俱传；自己至今仍为"布衣"，无所作为，死后难免湮没无闻，这和"尚在"的羊公碑对比，令人伤感，就不免"读罢泪沾襟"了。

孤　雁
唐　杜甫

孤 雁 不 饮 啄，	飞 鸣 声 念 群。

　　— 　｜ 　｜ 　｜　　　　　　— 　— 　● 　｜　—小拗、大拗救
　ˉ7 　ヽ16 　人5 　ˇ26 　人1　　　　　ˉ5 　＿8 　＿8 　ˇ29 　ˉ12

谁　怜　一　片　影，　　　　相　失　万　重　云？
　— 　— 　｜ 　｜　　｜　变格2　　　　— 　｜ 　｜ 　｜
　ˉ4 　＿1 　人4 　ヽ17 　ˇ23　　　　　＿7 　人4 　ˇ14 　ˉ2 　ˉ12

望　尽　似　犹　见，　　　　哀　多　如　更　闻。
　｜ 　｜ 　｜ 　｜　｜　　　　　　— 　— 　● 　｜　—小拗救
　ヽ23 　ˇ11 　人4 　＿11 　ヽ17　　　　ˉ10 　＿5 　ˉ6 　ヽ24 　ˉ12

野　鸦　无　意　绪，　　　　鸣　噪　自　纷　纷。
　｜ 　｜ 　｜ 　｜　｜　　　　　　｜ 　｜ 　｜ 　｜
　ˇ21 　＿6 　ˉ7 　ヽ4 　ˇ6　　　　　＿8 　ヽ20 　ヽ4 　ˉ12 　ˉ12

　　这首孤雁念群之歌，体物曲尽其妙，同时又融注了作者的思想感情，堪称佳绝。颔联以"谁怜"设问，这一问间仿佛打开了一道闸门，诗人胸中情感的泉流滚滚而出："孤雁儿啊，我不正和你一样凄惶么？天壤茫茫，又有谁来怜惜我呢？"经历了安史之乱，诗人流落他乡，亲朋离散，天各一方，可他无时不渴望骨肉团聚，知友重逢。诗人与雁，物我交融，浑然一体了。

春山夜月

唐　于良史

春　山　多　胜　事，　　　　赏　玩　夜　忘　归。
　— 　— 　＿ 　｜　｜　　　　　　｜ 　｜ 　｜　○
　ˉ11 　ˉ15 　＿5 　ヽ25 　ヽ4　　　　ˇ22 　ヽ15 　ヽ22 　＿7 　ˉ5

掬　水　月　在　手，　　　　弄　花　香　满　衣。
　｜ 　｜ 　● 　｜　｜　　　　　　｜ 　｜ 　● 　｜　○—小拗、大拗、孤平救
　人1 　ˇ4 　人6 　＿11 　ˇ25　　　　ヽ1 　＿6 　＿7 　ヽ14 　ˉ5

兴　来　无　远　近，　　　　欲　去　惜　芳　菲。
　｜ 　— 　｜ 　｜　｜　　　　　　｜ 　｜ 　｜ 　｜
　ヽ25 　ˉ10 　＿7 　ˇ13 　ヽ13　　　　人2 　ヽ6 　人11 　＿7 　ˉ5

南　望　鸣　钟　处，　　　　楼　台　深　翠　微。
　— 　｜ 　— 　｜　｜　　　　　　— 　— 　● 　｜　○—变格4
　＿13 　ヽ23 　＿8 　ˉ2 　ヽ6　　　　＿11 　ˉ10 　＿12 　ヽ4 　ˉ5

　　颔联是全诗精神所在。"掬水"句写泉水清澄明澈照见月影，将明月与泉水合二而一；"弄花"句写山花馥郁之气溢满衣衫，将花香与衣香浑为一体。艺术形象虚

实结合，字句安排上下对举，使人倍觉意境鲜明，妙趣横生。总之，这两句在篇中，如"石韫玉而山辉，水怀珠而川媚"（晋陆机《文赋》），照亮四周。全诗既精雕细琢，又出语天成，浑然一体也。

赋得古原草送别
唐　白居易

离离原上草，　　一岁一枯荣。

野火烧不尽，　　春风吹又生。　　大拗救

远芳侵古道，　　晴翠接荒城。

又送王孙去，　　萋萋满别情。

当作者十六岁始入京，谒名士顾况时，顾说"米价方贵，居亦弗易。"虽是拿居易的名字打趣，却也有言外之意。及读到本诗尤其颔联，不禁大为嗟赏，"道得个语，居亦易矣。"并广为延誉。"烧不尽"与"吹又生"是何等唱叹有味，对仗亦工致天然，故卓绝千古。全诗字字含真情，语语有余味，不但得体，且别具一格，是束缚极严的"赋得体"中的绝唱。

忆江上吴处士
唐　贾岛

闽国扬帆去，　　蟾蜍亏复圆。　　变格4　出韵

秋风生渭水，　　落叶满长安。

_11 ‾1 _8 ↘5 ↙4　　　　　↘10 ↘16 ↙14 _7 ‾14

此 地 聚 会 夕，　　　　当 时 雷 雨 寒。

| | ! ! |　　　　— — · | — 小拗、大拗救

↙4 ↘4 ↙7 ↘9 ↘11　　　_7 ‾4 _10 ↙7 ‾14

兰 桡 殊 未 返，　　　　消 息 海 云 端。

— — — | |　　　　— | | — |

‾14 _2 ‾7 ↘5 ↙13　　　_2 ↘13 ↙10 ‾12 ‾14

　　本诗为纪念一位到福建一带去的姓吴的朋友而作，是一首生动自然而又流畅的抒情佳品。颔联是贾岛的名句，为后代不少名家引用。如宋周邦彦《齐天乐》词中"渭水西风，长安乱叶，空忆诗情宛转"，元白朴《梧桐雨》杂剧中"伤心故国，西风渭水，落日长安"，都是化用这两句而成的，可见其流传之广，影响之深。

落 花

唐 李商隐

高 阁 客 竟 去，　　　　小 园 花 乱 飞。

— | ! ! |　　　　| — · | 。 小拗、大拗、孤平救

_4 ↘10 ↘11 ↘24 ↘6　　↙17 ‾13 _6 ↘15 _5

参 差 连 曲 陌，　　　　迢 递 送 斜 晖。

— — — | |　　　　— | | — 。

_12 ‾4 _1 ↘2 ↘11　　_2 ↘8 _1 _6 _5

肠 断 未 忍 扫，　　　　眼 穿 仍 欲 稀。

— | | · |　　　　| — · | 。 小拗、大拗、孤平救

_7 ↘15 _5 ↙11 ↙19　　↙15 _1 _10 ↘2 _5

芳 心 向 春 尽，　　　　所 得 是 沾 衣。

— — | — | 变格3　　| | | — 。

_7 _12 ↘23 ‾11 ↙11　　↙6 ↘13 ↙4 _14 ‾5

　　颔联两句，不作正面描写，而落花的飘停之态、萎靡之相、惨淡之色、无奈之势，连同庭院的冷旷、时光的清凄、诗人的怨悱，无不具现，令人目迷心乱。当时，诗人陷于党派之争，境况很不如意。自然景物的变化极易触发他的忧思羁愁，于是借园中落花隐约曲折地吐露自己的心曲，把咏物与身世之慨结合得天衣无缝，哀怨动人。

野 色

宋 范仲淹

非 烟 亦 非 雾，　　　幂 幂 映 楼 台。
— — │ · │ 变格3　　│ │ │ — 。
˅5 _1 ˄11 ˉ5 ˉ7　　˄12 │12 ˋ24 _11 ˉ10

白 鸟 忽 点 破，　　　残 阳 还 照 开。
│ │ │ │ │　　　— — — · │ — 小拗、大拗救
˄11 ˅17 ˄6 ˅28 ˋ21　　ˉ14 _7 ˉ15 ˋ18 ˉ10

肯 随 芳 草 歇，　　　疑 逐 远 帆 来。
│ — — │ │　　　— │ │ — 。
˅24 ˉ4 _7 ˅19 ˄6　　ˉ4 ˄1 ˅13 _15 ˉ10

谁 会 山 公 意？　　　登 高 醉 始 回。
— │ — — │　　　— — │ │ — 。
ˉ4 ˋ9 ˉ15 _1 ˋ4　　_10 _4 ˋ4 ˅4 ˉ10

　　以朦胧的醉眼，见到郊野一片朦胧的气色；由迷离多变的意境，展示一种与自然契合融汇的恍惚。诗的好处，在于以楼台、白鸟、夕阳、芳草、远帆等实景实物，衬托渲染非烟非雾、可开可合、能歇能行，而又难以实指、不可名状、无法形容的虚幻"野色"，使人随着一幅幅水墨淡彩画面的转换连接，不知不觉中与诗人一起，深深感受到大自然的无比奇妙，从而沉浸于只可意会、不可言传的审美享受之中……

秋 怀

宋 欧阳修

节 物 岂 不 好，　　　秋 怀 何 黯 然！
│ │ │ · │　　　— — — · │ — 小拗、大拗救
˄9 ˅5 ˅5 ˅5 ˅19　　_11 ˉ9 _5 ˅29 _1

西 风 酒 旗 市，　　　细 雨 菊 花 天。
— — │ · │ 变格3　　│ │ │ — 。
ˉ8 _1 ˅25 ˉ4 ˄4　　ˋ8 ˋ7 ˄1 _6 _1

感 事 悲 双 鬓，　　　包 羞 食 万 钱。
│ │ — — │　　　— — │ │ — 。
˅27 ˋ4 ˉ4 ˉ3 ˋ12　　_3 _11 ˄13 ˋ14 _1

鹿 车 何 日 驾？　　　归 去 颍 东 田 。
｜ — — ｜ ｜　　　— ｜ ｜ — 。
λ1 ‿6 ‿5 λ4 ﹨22　　　‾5 ﹨6 ﹨23 ‾1 ‿1

　　本诗抒发了作者热爱生活和感叹国事的复杂情绪。领联承首句描绘秋日"节物"，咏尽秋日佳趣。颈联承次句解释"黯然"缘由，羞食国家厚禄。尾联伸足颈联之意，表达归隐之念。诗篇反映了作者晚年思想中忧世与出世的矛盾和痛苦，颇具沧桑之感。全诗抒情、写景、叙事交错进行，脉络清晰而无丝茅之感，情韵曲折而又余味无穷。

半山春晚即事

宋　王安石

春 风 取 花 去，　　　酬 我 以 清 阴 。
— — ｜ ● ｜　变格3　　● ｜ ｜ — 。
‾11 ‾1 ‿7 ‿6 ﹨6　　　‿11 ‿20 ﹨4 ‿8 ‿12

翳 翳 陂 路 静，　　　交 交 园 屋 深 。
｜ ｜ — ｜ ｜　　　— — ● ｜ — 大拗救
﹨8 ﹨8 ‿5 ﹨7 ‿23　　　‿3 ‿3 ‾13 λ1 ‿12

床 敷 每 小 息，　　　杖 屦 或 幽 寻 。
— — ｜ ｜ ｜　变格2　　｜ ｜ ｜ — — 。
‿7 ‾7 ‿10 ‿17 λ13　　　‿22 ﹨7 λ13 ‿11 ‿12

唯 有 北 山 鸟，　　　经 过 遗 好 音 。
— ｜ ｜ — ｜　　　— — ● ｜ — 小拗救
‾4 ‿25 λ13 ‾13 ‿17　　　‿9 ‿5 ‾4 ‿19 ‿12

　　本诗形象地展示了作者山居生活的情景。在对晚春清幽之境的描摹中，表现了作者恬淡安宁而又欣然自乐的心境。诗中写景动静结合，生动传神。首联十字，以散文句式作拟人化的描写，赋春风以多情，一"取"一"酬"，显示作者与大自然的谐和心态。若无"取"字，怎能形象表示自然景象之变换？若无"酬"字，怎能体现作者欣然自得之情怀？用此二字，春风的和煦，作者的达观，都跃然纸上了。

雨 后

宋 裘万顷

秋 事 雨 已 毕，　　　　秋 容 晴 为 妍。
— ｜ ｜ ｜ ｜　　　　— — — ｜ — 小拗、大拗救
_11 ﹨7 ∨7 ∨4 ﹨4　　　_11 ⁻2 _8 ﹨4 _1

新 香 浮 稏 秭，　　　　余 润 溢 潺 湲。
— — — ｜ ｜　　　　— ｜ ｜ — —
⁻11 _7 _11 ﹨22 ﹨22　　⁻6 ﹨12 ∧4 ⁻15 _1

机 杼 蛩 声 里，　　　　犁 锄 鹭 影 边。
— ｜ — — ｜　　　　— — ｜ ｜ —
⁻5 ∨6 ⁻2 _8 ﹨4　　　⁻8 ⁻6 ﹨7 ∨23 _1

吾 生 一 何 幸，　　　　田 里 又 丰 年。
— — ｜ ｜ ｜ 变格3　　— ｜ ｜ — —
⁻7 _8 ∧4 _5 ∨23　　　_1 ﹨4 ﹨26 ⁻2 _1

　　这是一首充满生活气息的田园诗，语虽淡而味实浓，赞美了男耕女织的勤劳，烘染出一派丰收景象。颈联：前句写室内，蛩声、机杼声都为秋天特有，这两种声响不仅内容一致，而且音响和谐，组成一首秋声交响曲；后句写室外，农夫在田里劳作，白鹭在水里捕鱼，天水一片，澄澈明净，真如一幅水墨画。一曲一画，真是"吾生一何幸"！

舟发阆水至饶阳道中作八首(其四)

清 梁佩兰

小 雨 湿 自 好，　　　　秋 花 鲜 向 人。
｜ ｜ ｜ ｜ ｜　　　　— — — ｜ — 小拗、大拗救
∨17 ∨7 ∧14 ﹨4 ∨19　　_11 _6 _1 ﹨23 ⁻11

秋 花 照 江 水，　　　　一 片 江 南 春。
— — ｜ ｜ ｜ 变格3　　｜ ｜ — — — 变格1
_11 _6 ﹨18 ⁻3 ﹨4　　　∧4 ∨17 ⁻3 _13 ⁻11

白 露 节 未 降，　　　　白 云 怀 已 新。
｜ ｜ ｜ ｜ ｜　　　　｜ — — ｜ — 小拗、大拗、孤平救
∧11 ﹨7 ∧9 ∨5 ﹨3　　∧11 ⁻12 ⁻9 ∨4 ⁻11

扁　舟　语　舟　子，　　　　　花　下　且　垂　纶。

— — ｜ ˙ ｜ 变格3　　　— ｜ ｜ — —。

_1 _11 ⌄6 _11 ⌄4　　　⁻6 ⌄22 ⌄21 ⁻4 ⁻11

　　本诗除末句为正格外，以上七句皆为变格或拗救；在七种变通方式中，除变格2、变格4未用外，其余五种都用到了；变格3、小拗救、大拗救且都用了两次；还有，罕见的变格1也用到了。所有这些，都表明唐代就形成的律诗平仄格式，即"1＋7"，都被后世很好地继承下来了。全诗清新素雅，于诗情画意中寄寓了诗人高洁的情怀，对江南美好的秋光赞叹不已。

龙门峡道中

近代　赵　熙

出　郭　二　十　里，　　　　　入　山　千　万　重。

｜ ｜ ｜ ˙ ｜　　　　　｜ ｜ ˙ ｜ — 小拗、大拗、孤平救

⋏4 ⋏10 ⌄4 ⋏14 ⌄4　　　⋏14 ⁻15 _1 ⌄14 ⁻2

遥　寻　瀑　布　水，　　　　　忽　听　松　林　钟。

— — ｜ ˙ ｜ 变格2　　　｜ ｜ ˙ ｜ —。变格1

_2 _12 ⌄1 ⌄7 ⌄4　　　⋏6 ⌄25 ⁻2 _12 ⁻2

石　涧　樵　生　路，　　　　　云　开　雁　过　峰。

｜ ｜ — — ｜　　　　　— — ｜ ｜ —。

⋏11 ⋏10 _2 _8 ⌄7　　　⁻12 ⁻10 ⋏16 ⌄21 ⁻2

传　闻　葛　由　侣，　　　　　于　此　伏　虬　龙。

— — ｜ ˙ ｜ 变格3　　　— ｜ ｜ — —。

_1 ⁻12 ⋏7 _11 ⌄6　　　⁻7 ⌄4 ⋏1 _11 ⁻2

　　和上首诗相同，本诗对唐代形成的律诗平仄格式，即"1＋7"，也很好地继承下来了。在七种变通方式中，除变格4外，其他六种都用到了；所谓"三平调"的变格1也用到了。对于变格1，我们总可以接受王力先生的观点，允许它在今体诗中也有一席之地吧。本诗描绘四川峨眉山龙门峡雄峻秀奇的风光，状写精工而又深得其神韵。

二、五 绝

终南望馀雪
唐 祖 咏

终 南 阴 岭 秀，　　　积 雪 浮 云 端。
— — — ｜ ｜　　　｜ ｜ · — — 变格1
ˉ1 ˍ13 ˍ12 ˇ23 ˋ26　　　ʌ11 ʌ9 ˍ11 ˉ12 ˉ14

林 表 明 霁 色，　　　城 中 增 暮 寒。
— ｜ — ｜ ｜　　　— — · ｜ — 大拗救
ˍ12 ˇ17 ˍ8 ˋ8 ʌ13　　　ˍ8 ˉ1 ˍ10 ˋ7 ˉ14

前三句尽收南眺所见，末句为起神之笔，由眼望积雪，转为心领苦寒，进而联想
到难挨雪后酷冷的众生。全诗就"尽"在不尽之中，正合诗之蕴藉特质。

听 弹 琴
唐 刘长卿

泠 泠 七 弦 上，　　　静 听 松 风 寒。
— — ｜ — ｜ 变格3　　　｜ ｜ — — — 变格1
ˍ9 ˍ9 ʌ4 ˍ1 ˋ23　　　ˇ23 ˋ25 ˉ2 ˉ1 ˉ14

古 调 虽 自 爱，　　　今 人 多 不 弹。
｜ ｜ — ｜ ｜　　　— — · ｜ — 大拗救
ˇ7 ˋ18 ˉ4 ˋ4 ˋ11　　　ˍ12 ˉ11 ˍ5 ʌ5 ˉ14

琴曲《风入松》，描摹月夜寒风穿越松林之声，相传为魏晋间"竹林七贤"之首嵇
康所作。诗以虚实相渗之法，藉凄清悠扬的音乐形象，渲染雅韵孤标、不媚流俗心
境，抒发世风日下、古调冷落感慨。

长 安 秋 望
唐 杜 牧

楼 倚 霜 树 外，　　　镜 天 无 一 毫。
— ｜ — ｜ ｜　　　｜ — · ｜ — 大拗、孤平救

```
 _11  ˅4  _7  ˅7  _9              ˅24  _1  ˉ7  ⋋4  _4
 南   山   与   秋   色，           气   势   两   相   高。
 —   —   |   •   |   变格3        |   |   |   —   —
                                                    。
 _13  ˉ15  ˅6  _11  ⋋13          ⋋5  ˅8  ˅22  _7  _4
```

晚唐诗往往流于柔媚绮艳，缺乏清刚遒健的骨格。本诗却把长安秋色写得意境高远，气势健举，和盛唐王之涣的《登鹳雀楼》(42)有神合之处。

乐 游 原
唐　李商隐

```
 向   晚   意   不   适，           驱   车   登   古   原。
 |   |   !   !   |               —   —   _   •   |   — 小拗、大拗救
 ⋋23  ˅13  ˅4  ⋋5  ⋋11          ˉ7  _6  _10  ˅7  _13
 夕   阳   无   限   好，           只   是   近   黄   昏。
 |   —   —   •  |   |           |   |   |   —   —
                                                    。
 ⋋11  _7  ˉ7  ˅15  _19          ˅4  ˅4  ˅13  _7  ˉ13
```

"夕阳无限好，只是近黄昏"流传极广，改者很多。笔者也试改为"夕阳无限好，绚丽待黄昏"并请友人书以为联，且配自题横批"半居"，悬挂于陋室之中。

幽 恨 诗
唐　安邑坊女

```
 卜   得   上   峡   日，           秋   江   风   浪   多。
 |   |   !   |   |               —   —   _   •   |   — 小拗、大拗救
 ⋋1  ⋋13  ˅23  ⋋17  ⋋4          _11  ˉ3  ˉ1  ˅23  _5
 巴   陵   一   夜   雨，           肠   断   木   兰   歌。
 —   —   !   |   |   变格2       —   |   |   —   —
                                                    。
 _6  _10  ⋋4  ˅22  ˅7           _7  ˅15  ⋋1  ˉ14  _5
```

上联写事，下联造境。那幽恨女子既不能安睡，又无心织作，唯有长吁短叹，哀歌当哭。雨声与歌声交织，形成分外凄凉的境界，有力地传达了巴陵女子思念、担忧和怨恨其夫的复杂情感。

寻胡隐君
明　高启

渡 水 复 渡 水，　　　看 花 还 看 花。
∣　∣　∣　∣　∣　　　∣　—　•　∣　— 小拗、大拗、
╲7 ╲4 ╱1 ╲7 ╲4　　╲15 ＿6 ￣15 ╲15 ＿6 孤平救

春 风 江 上 路，　　　不 觉 到 君 家。
—　—　—　—　∣　　　∣　∣　∣　∣　。
￣11 ￣1 ￣3 ╲23 ╲7　　╱5 ╲3 ╲20 ￣12 ＿6

本诗和晋代王子猷"雪夜访戴"故事同致。诗人饶有兴味地写一路上领略到的景色：一道道流水、一簇簇鲜花，一阵阵春风……令人不知他是在"寻胡隐君"还是在寻春。

客　晓
清　沈受宏

千 里 作 远 客，　　　五 更 思 故 乡。
—　∣　∣　∣　∣　　　∣　—　•　∣　— 小拗、大拗、
＿1 ╲4 ╱10 ╲13 ╲11　　╱7 ＿8 ￣4 ╲7 ＿7 孤平救

寒 鸦 数 声 起，　　　窗 外 月 如 霜。
—　—　∣　•　∣　变格3　　— ∣ ∣ ∣ 。
￣14 ＿6 ╲7 ＿8 ╲4　　￣3 ╲9 ╱6 ￣6 ＿7

本诗的意境、风格和李白的《静夜思》(623)相像。"寒鸦数声起，窗外月如霜"不正如"床前明月光，疑是地上霜"？诗人的身世之悲、羁旅之愁、思乡之情，都深深地传达了出来。

三、七 律

东 溪
宋　梅尧臣

行 到 东 溪 看 水 时，　　　坐 临 孤 屿 发 船 迟。
—　∣　—　—　∣　∣　—　。　　　∣　—　—　∣　∣　—　—　。

　_8　＼20　⁻1　⁻8　＼15　ᵛ4　⁻4　　　　＼21　_12　⁻7　ᵛ6　ﾍ6　_1　⁻4

野　鼍　眠　岸　有　闲　意，　　　老　树　着　花　无　丑　枝。

｜　—　—　｜　！　—　　　　　　｜　｜　！　—　—　｜　　— 小拗、孤平救
　　　　　　　　　　　　　　　　　　　　　　　　　•　　　。

ᵛ21　⁻7　_1　＼15　ᵛ25　⁻15　＼4　　　ᵛ19　＼7　ﾍ10　_6　⁻7　ᵛ25　⁻4

短　短　蒲　茸　齐　似　剪，　　　平　平　沙　石　净　于　筛。

｜　｜　—　—　—　｜　　　　　　—　—　—　—　｜　—
　　　　　　•　　　　　　　　　　　　　　　　　　　　　。

ᵛ14　ᵛ14　⁻7　⁻2　⁻8　ᵛ4　ᵛ16　　　_8　_8　_6　ﾍ11　＼24　⁻7　⁻4

情　虽　不　厌　住　不　得，　　　薄　暮　归　来　车　马　疲。

—　—　｜　｜　！　！　｜　　　　—　｜　—　—　—　｜　— 小拗、大拗救
　　　　　　　　　　　　　　　　　　　　　　　•　　　。

　_8　⁻4　ﾍ5　＼29　ᵛ7　ﾍ5　ﾍ13　　　ﾍ10　ᵛ7　⁻5　⁻10　_6　ᵛ21　⁻4

这首写景诗意新语工，尤其颔联，既写出一个清淡平远而又生意盎然的自然景
象，又写出一个恬静自得而又老当益壮的人物心情。每句前四字写景，后三字写
意。野鼍"有闲意"，实是作者自己爱闲、羡闲，自有庄子观鱼而知其乐的义理；老树
"无丑枝"也是作者的心情、新意，是前人所未道、常人所难道的趣理。总之，景、情、
意融为一体，既写出深层的含义，又保持生动的形象，脍炙人口，久传不衰。

过 苏 州

宋　苏舜钦

东　出　盘　门　刮　眼　明，　　　萧　萧　疏　雨　更　阴　晴。

—　｜　—　—　｜　—　　　　　　—　—　—　｜　｜　—
　　　　　　　　　　　　　。　　　　　　　　　　　　　。

⁻1　ﾍ4　⁻14　⁻13　ﾍ8　ᵛ15　_8　　　_2　_2　⁻6　ᵛ7　＼24　_12　_8

绿　杨　白　鹭　俱　自　得，　　　近　水　远　山　皆　有　情。

｜　—　｜　｜　—　｜　　　　　　｜　｜　—　—　—　｜　— 大拗、孤平救
　　　　　　　　　•　　　　　　　　　　　　　　　•　　　。

ﾍ2　⁻7　ﾍ11　＼7　⁻7　＼4　ﾍ13　　　＼13　ᵛ4　ᵛ13　⁻15　⁻9　ᵛ25　_8

万　物　盛　衰　天　意　在，　　　一　身　羁　苦　俗　人　轻。

｜　｜　—　—　—　｜　　　　　　—　—　—　｜　—　—
　　　　　　　　　　　　｜　　　　　　　　　　　　　。

＼14　ﾍ5　＼24　⁻10　_1　＼4　＼11　　　ﾍ4　⁻11　⁻4　ᵛ7　ﾍ2　⁻11　_8

无　穷　好　景　无　缘　住，　　　旅　棹　区　区　暮　亦　行。

—　—　｜　｜　—　—　｜　　　　　｜　｜　—　—　｜　｜　—
　　　　　　　　　　　　　　　　　　　　　　　　　　　。

⁻7　_1　ᵛ19　ᵛ23　⁻7　_1　＼7　　　ᵛ6　＼19　⁻7　⁻7　ᵛ7　ﾍ11　_8

首联写东出盘门的总体感受，颔联承上写具体景物，不仅上下句对仗，而且句
内自对，使得韵致更谐美、画面更生动；颈联自怜而生感慨，上句是对造物的思索，

下句是对世俗的讽刺;尾联总收,"无穷好景"回应上写美景,"旅棹"回应"羁苦",表明对苏州的眷恋之情。总之,这首过苏州的流连光景之作,不仅以清切闲淡为主,描摹了苏州的明媚风光,也渗透怏怏俊快之气,抒发了诗人达观不羁的情怀。

葛 溪 驿

宋　王安石

缺 月 昏 昏 漏 未 央，　　　　一 灯 明 灭 照 秋 床。
∣　∣　—　—　∣　∣　。　　　∣　—　∣　∣　—　—　。
ㄨ9　ㄨ6　-13　-13　ㄟ26　ㄟ5　_7　　　ㄨ4　_10　_8　ㄨ9　ㄟ18　_11　_7

病 身 最 觉 风 露 早，　　　　归 梦 不 知 山 水 长。——大拗、孤平救
∣　—　∣　∣　—　∣　∣　　　—　∣　∣　—　—　∣　—
ㄟ24　-11　ㄟ9　ㄨ3　-1　ㄟ7　ㄟ19　　　-5　_1　ㄨ5　-4　-15　ㄨ4　_7

坐 感 岁 时 歌 慷 慨，　　　　起 看 天 地 色 凄 凉。
∣　∣　∣　—　—　∣　∣　　　∣　—　—　∣　∣　—　—　。
ㄟ21　ㄨ27　ㄟ8　-4　_5　ㄨ22　ㄟ11　　　ㄟ4　-14　_1　ㄨ4　ㄨ13　-8　_7

鸣 蝉 更 乱 行 人 耳，　　　　正 抱 疏 桐 叶 半 黄。
—　—　∣　∣　—　—　∣　　　∣　∣　—　—　∣　∣　—
_8　_1　ㄟ24　ㄟ15　_8　-11　ㄨ4　　　ㄟ24　ㄨ19　-6　-1　ㄨ16　ㄟ15　_7

　　本诗以作者的深情敏感为契机,抒发了强烈的忧国忧家的感情。作者当时身为小吏,但"位卑未敢忘忧国"(461),这种感情随着时间的推移顿挫盘纡而出,并显示其转折变化的深度与广度,因而能极尽曲折往复之致,达到可兴可观的绝诣。全诗写景真切,抒情深沉,意境深远,达到了情景合一的境界。

过永乐文长老已卒

宋　苏轼

初 惊 鹤 瘦 不 可 识，　　　　旋 觉 云 归 无 处 寻。
—　—　∣　∣　∣　∣　∣　　　∣　∣　—　—　∣　∣　———小拗、大拗救
-6　_8　ㄨ10　ㄟ26　ㄨ5　ㄟ20　ㄟ13　　　_1　ㄨ3　-12　-5　-7　ㄟ6　_12

三 过 门 间 老 病 死，　　　　一 弹 指 顷 去 来 今。
—　∣　—　—　∣　∣　∣　变格2　　∣　—　∣　∣　∣　—　—　。
_13　ㄟ21　-13　-15　ㄨ19　ㄟ24　ㄨ4　　　ㄟ4　-14　ㄨ4　ㄨ23　ㄟ6　-10　_12

存 亡 惯 见 浑 无 泪，　　　　乡 井 难 忘 尚 有 心。

‾13 ⌐7 ＼16 ＼17 ‾13 ‾7 ＼4　　　　＿7 ⌄23 ‾14 ＿7 ＼23 ⌄25 ＿12

欲 向 钱 塘 访 圆 泽，　　　　葛 洪 川 畔 待 秋 深。

⌄2 ＼23 ＿1 ＿7 ＼23 ＿1 ⌄11　　　　⌄7 ‾1 ＿1 ＿15 ⌄10 ＿11 ＿12

　　苏轼在杭州通判任上，于熙宁五年（1072）曾遇四川同乡文及长老，写《秀州报本禅院乡僧文长老方丈》；交年再访，作《夜至永乐文长老院，文时卧病退院》；第三年，再至禅院，文及已圆寂，故写本悼诗以怀念两人友情。颔联是有名的巧对，"三过门间"、"一弹指顷"、"老病死"、"去来今"，紧扣佛家术语和两人交往的事实。上句讲两人交往，佛家以生老病死为四苦，这样写，从自己说，是感慨世事无常；对文及说，似有解脱意。下句中佛家以"去来今"为三世，这里暗伏的结语有来世因缘的意思在内。

寄黄幾复

宋　黄庭坚

我 居 北 海 君 南 海，　　　　寄 雁 传 书 谢 不 能。

⌄20 ‾6 ＼13 ＿10 ‾12 ＿13 ⌄10　　　　＼4 ＼16 ＿1 ＿6 ＼22 ⌄5 ＿10

桃 李 春 风 一 杯 酒，　　　　江 湖 夜 雨 十 年 灯。

＿4 ⌄4 ‾11 ‾1 ⌄4 ＿10 ⌄25　　　　‾3 ‾7 ＼22 ⌄7 ＼14 ＿1 ＿10

持 家 但 有 四 立 壁，　　　　治 病 不 蕲 三 折 肱。

‾4 ＿6 ⌄14 ⌄25 ＼4 ＼14 ＼12　　　　＼4 ＼24 ⌄5 ＼4 ＿13 ＼9 ＿10

想 见 读 书 头 已 白，　　　　隔 溪 猿 哭 瘴 溪 藤。

⌄22 ＼17 ＼1 ＿6 ＿11 ⌄4 ⌄11　　　　⌄11 ‾8 ‾13 ⌄1 ＼23 ‾8 ＿10

　　本诗在抒发怀友之情的同时，刻画出贫贱不移的操守气骨，其风格之清峻峭拔，堪称作者七律的标志性作品。颔联在当时就很有名，"一杯酒"是常语，"十年灯"是首创；"桃李春风"与"江湖夜雨"，这是乐与哀的对照，快意与失望，暂聚与久别，往日的交情与当前的思念，都从时、地、景、事、情的强烈对照中表现出来，令人寻味无穷。同为"苏门四学士"（黄庭坚、秦观、晁补之、张耒）的张耒称此联为"奇语"。

夜泊水村

宋　陆　游

腰 间 羽 箭 久 凋 零，　　　　太 息 燕 然 未 勒 铭。

老 子 犹 堪 绝 大 漠，　　变格2　　诸 君 何 至 泣 新 亭。

一 身 报 国 有 万 死，　　　　双 鬓 向 人 无 再 青。　—小拗、大拗、孤平救

记 取 江 湖 泊 船 处，　　变格3　　卧 闻 新 雁 落 寒 汀。

首联写遭时弃置而壮志未酬的矛盾，颔联写诗人雄飞奋发的壮怀与达官贵人懦怯孱弱的矛盾，颈联写诗人热血沸腾和岁月蹉跎的矛盾：以上三联俱写诗人的报国情怀；末联点题，写眼前所处的萧条秋景。在寂寞的景况中，诗人发出的是不甘寂寞的呼声："一身报国有万死，双鬓向人无再青。"这呼声慷慨激昂，英姿勃发，何等豪迈！

题盱眙军东南第一山二首（其一）

宋　杨万里

第 一 山 头 第 一 亭，　　邻韵　　闻 名 未 到 负 平 生。

不 因 王 事 略 小 出，　　　　那 得 高 人 同 此 行。　—小拗、大拗救

万 里 中 原 青 未 了，	半 篙 淮 水 碧 无 情。
∣　∣　—　∣　—　∣	—　—　—　∣　∣　—
╲14 ╱4 ⁻1 ⁻13 ₋9 ╱5 ╲17	╲15 ─4 ⁻9 ╱4 ⋋11 ⁻7 ₋8
登 临 不 觉 风 烟 暮，	肠 断 鱼 灯 隔 岸 明。
—　—　∣　∣　—　∣	—　∣　—　—　∣　∣　—
₋10 ₋12 ⋋5 ⋋3 ⁻1 ₋1 ╲7	₋7 ╲15 ⁻6 ₋10 ⋋11 ╲15 ₋8

本诗是作者受朝命接待金国使者，来到前线要地所写，抒发了诗人的爱国之情。颈联中"青未了"乃化用杜甫"齐鲁青未了"(693)诗句，倾泻了作者对中原的无限深情、对在金统治下广大北方人民的怀念。滔滔淮水把本是一家的人民分割成两地而居，长期得不到统一，碧绿的淮水是何等无情啊！十四个字表达了收复失地的心情，用非常经济的笔墨，收到了极好的效果。

郡 斋
明　李攀龙

金 虎 署 中 谁 大 名，	我 今 出 守 邢 州 城。
—　∣　！　∣　•　∣　—孤平救	∣　—　∣　∣　•　—　—变格1
₋12 ╱7 ╲6 ⁻1 ⁻4 ╱21 ₋8	╱20 ₋12 ⋋4 ╱25 ₋9 ₋11 ₋8
折 腰 差 自 强 人 意，	白 眼 那 堪 无 宦 情。
∣　—　—　∣　—　—　∣	∣　∣　—　—　∣　∣　—变格4
⋋9 ₋2 ₋6 ╲4 ₋7 ⁻11 ╲4	⋋11 ╱15 ₋5 ₋12 ⁻7 ╲16 ₋8
世 路 悠 悠 几 知 己，	风 尘 落 落 一 狂 生。
∣　∣　—　—　！　•变格3	—　—　∣　∣　—　—
╲8 ╲7 ₋11 ₋11 ╱5 ⁻4 ╲4	⁻1 ⁻11 ⋋10 ⋋10 ╲4 ₋7 ₋8
春 来 病 起 少 吏 事，	拟 草 玄 经 还 未 成。
—　—　∣　∣　！　∣　∣	∣　∣　—　—　•　∣　—小拗、大拗救
⁻11 ⁻10 ╲24 ╲4 ╱17 ╲4 ╲4	╱4 ₋19 ₋1 ₋9 ⁻15 ╲5 ₋8

本诗是全从心而发的咏怀诗，故时而骄狂、时而低沉，时而愤慨、时而伤感，时而安闲、时而烦乱，全凭心曲的跳跃。而诗人的独立人格，对自由渴望的自我形象也站立其中。颈联中"狂生"充满不顾一切的大胆勇往的英气，以至诗人后来在陕西按察使提学副使任上，因不堪受上司轻蔑拂袖而去，如同"不能为五斗折腰"的陶渊明、"不愿摧眉折腰事权贵"的李太白。

四、七　绝

江 南 春
唐　杜　牧

千 里 莺 啼 绿 映 红，　　　　水 村 山 郭 酒 旗 风。
— 　 | 　 — 　| 　| 　 | 　—　　　　| 　| 　— 　| 　| 　 | 　—
_1 　ᵛ4 　_8 　ˉ8 　ʌ2 　ᵛ24 　ˉ1　　　　ᵛ4 　ˉ13 　ˉ15 　ʌ10 　ᵛ25 　ˉ4 　ˉ1

南 朝 四 百 八 十 寺，　　　　多 少 楼 台 烟 雨 中。
— 　— 　| 　| 　| 　 | 　|　　　　— 　| 　— 　— 　 • 　| 　— — 小拗、大拗救
_13 　_2 　ᵛ4 　ʌ11 　ʌ8 　ʌ14 　ᵛ4　　　　_5 　ᵛ17 　_11 　ˉ10 　ˉ1 　ᵛ7 　ˉ1

　　本诗千百年来素负盛誉。四句诗，既写出了江南春景的丰富多彩，也写出了它的广阔、深邃。前两句明朗绚丽，后两句朦胧迷离，"江南春"何等丰富多彩！

丰乐亭游春三首(其一)
宋　欧阳修

绿 树 交 加 山 鸟 啼，　　　　晴 风 荡 漾 落 花 飞。
| 　| 　— 　— 　— 　 • 　| — 变格4　　　　| 　| 　— 　| 　| 　 | 　—
ʌ2 　ᵛ7 　_3 　_6 　ˉ15 　ᵛ17 　ˉ8 邻韵　　　　_8 　ˉ1 　ᵛ22 　ᵛ23 　ʌ10 　_6 　ˉ5

鸟 歌 花 舞 太 守 醉，　　　　明 日 酒 醒 春 已 归。
| 　— 　— 　| 　| 　 | 　|　　　　— 　| 　| 　— 　 • 　| 　— — 小拗、大拗、
ᵛ17 　_5 　_6 　ᵛ7 　ᵛ9 　ᵛ25 　ᵛ4　　　　_8 　ʌ4 　ᵛ25 　_9 　ˉ11 　ᵛ4 　ˉ5 孤平救

　　本诗写春景的迷人和春日的短暂，带有浓厚的惋惜之意。如果结合作者的散文名篇《醉翁亭记》、《丰乐亭记》来欣赏，更能相映成趣。

初晴游沧浪亭
宋　苏舜钦

夜 雨 连 明 春 水 生，　　　　娇 云 浓 暖 弄 阴 晴。
| 　| 　— 　— 　— 　 • 　| — 变格4　　　　— 　— 　| 　| 　| 　 | 　—

╲22 ╲7 ＿1 ＿8 ¯11 ╲4 ＿8　　　　　＿2 ¯12 ¯2 ╲14 ╲1 ＿12 ＿8

帘　虚　日　薄　花　竹　静，　　　　时　有　乳　鸠　相　对　鸣。

— — ｜ — ｜ ｜ ·｜　　　　— ｜ ｜ — ·｜ ｜ 。 — 大拗、孤平救

＿14 ¯6 ╲4 ╲10 ＿6 ·｜1 ╲23　　　　¯4 ╲25 ╲7 ＿11 ＿7 ╲11 ＿8

苏舜钦退居苏州后购得五代吴越广陵王钱元璙后人的池馆，取名沧浪。本诗
写他在漫游时观春水、望春云、注目帘上日色、端详杂花修竹、细听乳鸠对鸣的神
态。诗中有景，人在景中。

绝句四首(其四)
宋　陈师道

书　当　快　意　读　易　尽，　　　　客　有　可　人　期　不　来。

— — ｜ ｜ ｜ ｜ ·｜　　　　｜ ｜ ｜ — ·｜ ｜ 。 — 小拗、大拗、

¯6 ＿7 ╲10 ╲4 ╲1 ╲4 ╲11　　　　╲11 ╲25 ╲20 ¯11 ¯4 ╲5 ＿10　孤平救

世　事　相　违　每　如　此，　　　　好　怀　百　岁　几　回　开？

｜ ｜ — — ｜ — ·｜ 变格3　　　╲19 ＿10 ╲11 ╲8 ╲5 ¯10 ¯10

╲8 ╲4 ＿7 ¯5 ╲10 ¯6 ╲4

宋人爱用诗来说理。这位以苦吟著称的诗人给我们哲理性的认识是：希望和
现实总是矛盾的，不如意者十居八九，一个人一生中是很难遇到几次真正轻松愉
快、开怀大笑的好辰光的。

渔村诗话图
金　党怀英

江　村　清　景　皆　画　本，　　　　画　里　更　传　诗　语　工。

— — — ｜ — ｜ ·｜　　　　｜ ｜ ｜ — ·｜ ｜ 。 — 大拗、孤平救

¯3 ¯13 ＿8 ╲23 ¯9 ╲10 ╲13　　　　╲10 ╲4 ╲24 ＿1 ¯4 ╲6 ¯1

渔　父　自　醒　还　自　醉，　　　　不　知　身　在　画　图　中。

— ｜ ｜ — — ｜ ｜　　　　｜ ｜ — ｜ ｜ — 。 —

¯6 ╲7 ╲4 ＿9 ¯15 ╲4 ╲4　　　　╲5 ¯4 ¯11 ╲11 ╲10 ¯7 ¯1

末句分明是诗人看画的感受，却说成是画中渔夫的不自知。这就产生了一种
真真假假、虚虚实实、恍恍迷离的艺术效果，因而产生无穷的韵味。

刘伯川席上作

明　杨士奇

飞雪初停酒未消，　　　　溪山深处踏琼瑶。
— ｜ — — ｜ — 。　　　　— — — ｜ ｜ — 。
⁻5 ↘9 ⁻6 _9 ✓25 ↘5 _2　　　⁻8 _15 _12 ↘6 ↘15 _8 _2

不嫌寒气侵入骨，　　　　贪看梅花过野桥。
｜ — ｜ — — ｜ ｜ 　　　 — ｜ — — ｜ — —大拗救
↘5 _14 ⁻14 ↘5 _12 ↘14 ↘6　 _13 ↘15 ⁻10 _6 _5 ✓21 _2

青年诗人杨士奇冒着严寒天气，不恋家中温暖，却到冰天雪地里去寻梅，这不象征他在人生道路上有一种对美好理想的执着追求，并有一种不畏艰辛、勇于探索、为之奋斗的精神吗？

有　感

近代　蒋智由

落落何人报大仇，　　　　沉沉往事泪长流。
｜ ｜ — — ｜ ｜ — 　　　 — — ｜ ｜ ｜ — 。
↘10 ↘10 _5 ⁻11 ↘20 ↘21 _11　 _12 _12 ✓22 ↘4 ↘4 _7 _11

凄凉读尽支那史，　　　　几个男儿非马牛！
— — ｜ ｜ — ｜ ｜ 　　　 ｜ ｜ — — — ｜ —大拗救
⁻8 _7 ↘1 ⁻11 ⁻4 ↘21 ✓4　　 ✓5 ↘21 _13 ↘4 ⁻5 ✓21 _11

在前三句渲染铺垫的基础上，末句揭出全诗底蕴，一语中的地指出千百年来人们在专制压迫下的奴隶地位！从而唤起人的觉醒，催发反抗精神。这是甲午战争失败、洋务运动破产后，中国人最宝贵的思想启蒙，必须打碎封建专制，中国男儿才能摆脱当马牛的凄凉史！

岚山道中口占

现代　柳亚子

京洛名都地隽灵，　　　　岚山山色逼人青。
｜ ｜ — ｜ ｜ ｜ — 。　　　— — — ｜ ｜ — 。

　_8　ㄟ10　_8　¯7　ㄟ4　ㄥ16　_9　　　　_13　¯15　¯15　ㄟ13　ㄟ13　¯11　_9
一　生　能　著　几　两　屐？　　　　竟　向　翠　微　深　处　行。
｜　—　—　｜　｜　｜　｜　　　　｜　｜　｜　·　｜　｜　— 小拗、大拗、
ㄟ4　_8　_10　ㄟ10　ㄥ5　ㄥ22　ㄟ11　　　ㄟ24　ㄟ23　ㄟ4　¯5　_12　ㄟ6　_8 孤平救 出韵

这是作者 1928 年亡命日本京都时所作。诗中描写岚山的美丽风景，表现了诗人的豁达胸怀和豪爽情绪。

甘　肃

现代　叶剑英

铜　铁　煤　油　遍　走　廊，　　　　当　年　人　道　是　沙　场。
—　｜　—　—　｜　｜　｜　　　　—　—　—　｜　｜　—　—
_1　ㄟ9　¯10　_11　ㄟ17　ㄥ25　˚7　　　_7　_1　¯11　ㄥ19　ㄥ4　_6　_7
伫　看　工　厂　林　立　日，　　　　戈　壁　阴　成　瓜　果　乡。
｜　—　—　—　—　｜　｜　　　　—　｜　—　—　—　·　— 大拗救
ㄥ6　¯14　¯1　ㄥ22　_12　ㄟ14　ㄟ4　　　_5　ㄟ12　_12　_8　_6　ㄥ20　_7

这是诗人 1956 年 11 月考察甘肃河西走廊所写《西游杂咏六首》的第一首，从宏观角度总写河西走廊旧貌新颜的变化。

月夜遣兴

现代　闻一多

二　更　漏　尽　山　吐　月，　　　　一　曲　玉　箫　人　倚　楼。
｜　—　｜　｜　—　｜　｜　　　　｜　｜　—　—　·　— 大拗、孤平救
ㄟ4　_8　ㄟ26　ㄥ11　¯15　ㄥ7　ㄟ6　　　ㄟ4　ㄟ2　ㄟ2　_2　¯11　ㄟ4　_11
为　怕　海　棠　偷　睡　去，　　　　多　心　蟋　蟀　不　鸣　休。
｜　｜　｜　—　—　｜　｜　　　　—　—　｜　｜　｜　—　—
ㄟ4　ㄟ22　ㄥ10　_7　_11　ㄟ4　ㄟ6　　　_5　_12　ㄟ4　ㄟ4　ㄥ5　_8　_11

本诗与其《春柳》（317）都原载于 1917 年 6 月 15 日《辛酉镜》，诗人时年十八岁。苏轼《海棠》诗有"只怕夜深花睡去，高烧银烛照红妆"（155），本诗后两句可能受前人启发，但已另辟蹊径，别有新意。苏句何其雅艳，闻句极其质朴，这与少年诗人的审美情趣、审美视角极其吻合。由本诗也可见诗人早在少年时代就是一位美的崇拜者与美的创造者，所以他后来会将张若虚的《春江花月夜》（835）誉为"诗中的诗，顶峰上的顶峰。"

第九章　不合律的今体诗

《诗词格律概要》、《诗词格律》中关于失对、失黏、拗句、拗体、古绝的观点

　　以上八章介绍的都是完全合律的今体诗,含正格、变格和拗救。也有一些诗并不句句合律,但清蘅塘退士编选的《唐诗三百首》等书也把它们列入今体诗中,本章就是专门介绍这些不合律的今体诗。所谓不合律,有失对、失黏、拗句、拗体等。

　　《概要》第56页有:"律诗八句,分为四联。第一联叫做首联,第二联叫做颔联,第三联叫做颈联,第四联叫做尾联。每联的上句叫做出句,下句叫做对句。上句和下句的平仄关系叫做'对';前联和后联的平仄关系叫做'黏'。下句的平仄和上句的平仄相反,即相对立,所以叫做'对'。后联出句的平仄和前联对句的平仄相同,所以叫做'黏'。由于出句末字是仄声,对句末字是平声,后联的平仄不可能与前联的平仄完全相同,所以只能以后联出句第二字的平仄与前联对句第二字的平仄相同作为黏的标准。当然,如果是七言,第四字也要黏。"实际上,对或黏都以每句第二字或连同第四字的平仄是否异或同作为标准。第58页又有:"律诗、绝句不合对和黏的格律者,叫做'失对'、'失黏'。"

　　《概要》第60页有:"古人把律诗中不合平仄的句子称为拗句。初唐、盛唐某些诗人的律绝中出现一些拗句。"第62页又有:"全诗用拗句,或大部分用拗句,叫做拗体。"

　　王力《诗词格律》(中华书局1977年12月第2版)第52页有:"古绝既然是和律绝对立的,它就是不受律诗格律束缚的。它是古体诗的一种。凡合于下面的两种情况之一的,应该认为古绝:(1)用仄韵;(2)不用律句的平仄,有时还不黏、不对。当然,有些古绝是两种情况都具备的。"第54页又有:"古绝和律绝的界限并不是十分清楚的,因为在律诗兴起了以后,即使写古绝,也不能完全不受律句的影响。这里把它们分为两类,只是要说明绝句既不可以完全归入古体诗,也不可以完全归入近体诗罢了。"据此,本书对绝句的分章标准是:完全合律的绝句已分别在前面八章中介绍了;对不完全合律的绝句,若没有拗句、只有失对或失黏的,就在本章介绍;定有拗句、可能有失对或失黏的,将在第二篇"古体诗"第十一章"古绝"中介绍。当然,以上都是指平韵绝句;若是仄韵绝句,则理所当然地都在"古绝"一章中介绍。

为清晰说明不合律处,本章每句诗都增加一行,即第二行为该诗参考选用的规定格式,原第二、三行移下为第三、四行。

一、五　律

杳杳寒山道
唐　寒　山

杳 杳 寒 山 道，　　　　　落 落 冷 涧 滨。
Ⓛ | — — |　　　　　 | | | | —
| | — — |　　　　　 · · | | — 拗句、失对
∨17 ∨17 ‾14 ‾15 ∨19　　λ10 λ10 ∨23 ＼16 ‾11

啾 啾 常 有 鸟，　　　　　寂 寂 更 无 人。
⊝ — — | |　　　　　Ⓛ | | — —
— · — | | 失黏　　　　| | | — —
_11 _11 _7 ∨25 ∨17　　λ12 λ12 ＼24 ‾7 ‾11

浙 浙 风 吹 雨，　　　　　纷 纷 雪 积 身。
Ⓛ | — — |　　　　　| | | | —
| | — — |　　　　　| | | — —
λ12 λ12 ‾1 ‾4 ∨4　　‾12 ‾12 λ9 λ11 ‾11

朝 朝 不 见 日，　　　　　岁 岁 不 知 春。
⊝ — — | |　　　　　Ⓛ | | — —
— — | · | 变格3　　| | | — —
_2 _2 λ5 ∨17 ∨4　　＼8 ＼8 λ5 ‾4 ‾11

（从本章起,凡拗句、失对、失黏处,下也用·标出。）

次句中,两"落"字皆拗,使本句为拗句,且使本句与首句失对、使第三句与本句失黏。寒山是唐贞观时代的诗僧,后来张继《枫桥夜泊》(387)中的"寒山寺"就因他而得名。本诗的特点是通篇句首都用迭字:"杳杳"有幽暗的色彩感,"落落"有野旷的空间感,"啾啾"言有声,"寂寂"言无声,"浙浙"写风的动态,"纷纷"写雪的飞舞,"朝朝"指每天,"岁岁"指每年。八组迭字,各俱情状,复而不厌,赜而不乱,既显示形色美,又增强音乐美。

望洞庭湖赠张丞相

唐　孟浩然

八 月 湖 水 平，　　　　涵 虚 混 太 清。

ⓛ ｜ ｜ — ⊤　　　　— — ｜ ｜ ：

｜ ｜ ．｜ ⊙拗句　　　— — ｜ ｜ ⊙

ℷ8 ℷ6 ⁻7 ✓4 _8　　　_13 ⁻6 ✓13 ℷ9 _8

气 蒸 云 梦 泽，　　　　波 撼 岳 阳 城。

⊖ — — ｜ ｜　　　　ⓛ ｜ ｜ — —

｜ — — ｜ ｜　　　　— ｜ ｜ — ⊙

ℷ5 _10 ⁻12 ℷ1 ℷ11　　　_5 ✓27 ℷ3 _7 _8

欲 济 无 舟 楫，　　　　端 居 耻 圣 明。

ⓛ ｜ — — ｜　　　　— — — ｜ ⊤

｜ ｜ — — ｜　　　　— ｜ ｜ — ⊙

ℷ2 ℷ8 ⁻7 _11 ℷ16　　　⁻14 ⁻6 ✓4 ℷ24 _8

坐 观 垂 钓 者，　　　　徒 有 羡 鱼 情。

⊖ — — ｜ ｜　　　　ⓛ ｜ — — ⊤

｜ ｜ — ｜ ｜　　　　— ｜ ｜ — ⊙

ℷ21 ⁻14 ⁻4 ℷ18 ✓21　　　⁻7 ✓25 ℷ17 ⁻6 _8

首句中，"湖"、"水"两字拗。本诗从状写洞庭湖势着笔，以欲济须仗舟楫及"临渊羡鱼，不如退而结网"（《淮南子·说林训》），将题目中览胜的"望洞庭湖"与干谒的"赠张丞相"（指张九龄）不露痕迹的绾合为一，章法出神入化。颔联为描写洞庭湖的名句，上句用宽广的平面衬托湖的浩阔，下句用窄小的立体反映湖的声势。诗人笔下的洞庭湖雄阔高浑，充满活力。

过故人庄

唐　孟浩然

故 人 具 鸡 黍，　　　　邀 我 至 田 家。

⊖ — — ｜ ｜　　　　ⓛ ｜ ｜ — ⊤

｜ — ｜ ．｜ 拗句　　　— ｜ ｜ — ⊙

　、7　¯11　、7　¯8　∨6　　　　　_2　∨20　、4　_1　_6

绿 树 村 边 合，　　　　青 山 郭 外 斜。

Ⓛ　｜　—　—　｜　　　　—　—　｜　｜　—
｜　｜　—　—　｜　　　　｜　—　｜　｜　—

　∧2　、7　¯13　_1　∧15　　　　_9　¯15　∧10　、9　_6

开 轩 面 场 圃，　　　　把 酒 话 桑 麻。

⊖　—　—　｜　｜　　　　Ⓛ　｜　｜　—　—
—　—　｜　—　｜　　变格3　　｜　｜　｜　—　—

　¯10　¯13　、17　_7　∨7　　　　∨21　∨25　∨10　_7　_6

待 到 重 阳 日，　　　　还 来 就 菊 花。

Ⓛ　｜　—　—　｜　　　　—　—　｜　｜　—
｜　｜　—　—　｜　　　　—　—　｜　｜　—

　∨10　、20　¯2　_7　∧4　　　　¯15　¯10　、26　∧1　_6

　　首句因首字不平、未满足变格 3 条件而为拗句。本诗被闻一多称为"淡到看不见诗"(《孟浩然》)，但蕴藏深厚的情味。平平淡淡的叙述，普普通通的待客，恬静秀美的农村风光和淳朴诚挚的情谊融成一片，构成一个完美的意境。

终南别业
唐　王　维

中 岁 颇 好 道，　　　　晚 家 南 山 陲。

Ⓛ　｜　—　—　｜　　　　—　—　｜　｜　—
—　｜　—　｜　｜　　拗句　　｜　—　｜　—　—　拗句

　¯1　、8　_5　、20　∨19　　　　∨13　_6　_13　¯15　¯4

兴 来 每 独 往，　　　　胜 事 空 自 知。

⊖　—　—　｜　｜　　　　Ⓛ　｜　—　—　—
｜　—　｜　｜　｜　　拗句　　｜　｜　｜　—　—　拗句

　、25　¯10　∨10　∧1　∨22　　　　∨25　、4　_1　、4　¯4

行 到 水 穷 处，　　　　坐 看 云 起 时。

Ⓛ　｜　｜　—　｜　　　　—　—　—　｜　—
—　｜　｜　—　｜　　　　｜　—　—　｜　—　小拗、孤平救

　_8　、20　∨4　¯1　、6　　　　、21　¯14　_12　∨4　¯4

偶 然 值 林 叟，　　　　谈 笑 无 还 期。

$$⊖\ —\ —\ |\ |\qquad\qquad ①\ |\ —\ |\ —\ —$$
$$|\ —\ |·\ ·\ |\ \text{拗句}\qquad —\ |\ ·—\ —\ ·\ \text{变格 1}$$
$$\sqrt{25}\ \_1\ \diagdown 13\ \_12\ \sqrt{25}\qquad \_13\ \diagdown 18\ \_7\ ^-15\ \_4$$

首联中，"好"、"晚"分别为大拗、孤平，虽都被"南"字救，但"山"字又拗，故次句本身为拗句，首句也只能认为是拗句；第三句因"兴"字不平、未满足变格 2 条件而为拗句；第四句因"空"、"自"皆拗也为拗句；第七句因"偶"字不平、未满足变格 3 条件又为拗句。总之，八句中有五句为拗句，故王力先生《古体诗律学》(中国人民大学出版社 2004 年 12 月第 1 版，以下简称《古律》)第 167 页把本诗称为"古风式的律诗"。本诗如行云自由遨翔，如流水自由流淌，写出了诗人自得其乐的情趣，超然物外的风采。颈联是全篇之警策，两句是诗中有画，深得后人赞赏。

使至塞上
唐　王维

单车欲问边，　　　　　属国过居延。
$$—\ —\ |\ |\ |\qquad\qquad ①\ |\ |\ —\ —$$
$$—\ —\ |\ |\ |·\qquad\quad |\ |\ ·—\ —\ °$$
$$^-14\ \_6\ \diagdown 2\ \diagdown 13\ \_1\qquad \diagdown 2\ \diagdown 13\ \diagdown 21\ ^-6\ \_1$$

征蓬出汉塞，　　　　　归雁入胡天。
$$⊖\ —\ —\ |\ |\qquad\qquad ①\ |\ |\ —\ —$$
$$—\ —\ |·\ |\ |\ \text{失黏、变格 2}\quad |\ |\ —\ —\ °$$
$$\_8\ ^-1\ \_4\ \diagdown 15\ \diagdown 11\qquad ^-5\ \diagdown 16\ \diagdown 14\ ^-7\ \_1$$

大漠孤烟直，　　　　　长河落日圆。
$$①\ |\ —\ —\ |\qquad\qquad ①\ |\ |\ —\ —$$
$$|\ |\ —\ —\ |\qquad\qquad |\ —\ |\ |\ —\ °$$
$$\diagdown 21\ \diagdown 10\ ^-7\ \_1\ \diagdown 13\qquad ^-7\ \_5\ \diagdown 10\ \diagdown 4\ \_1$$

萧关逢候骑，　　　　　都护在燕然。
$$⊖\ —\ —\ |\ |\qquad\qquad ①\ |\ |\ —\ —$$
$$—\ —\ —\ |\ |\qquad\qquad |\ |\ —\ —\ °$$
$$\_2\ ^-15\ \_2\ \diagdown 26\ \diagdown 4\qquad ^-7\ \diagdown 7\ \diagdown 11\ \_1\ \_1$$

第三句与第二句失黏，因首联用首句 — — | | — 之首联，后三联用首句 ① | | — — 之后三联，即用了不同格式。这诗是诗人出塞途中所作。孤身乘车向边地进发，不无寂寞之感。但是大漠奇丽寥廓的景象，使他的心情逐渐变得昂扬豪

迈。"大漠"一联，古今传诵。其妙就妙在"直"字、"圆"字，看似无理而俗气，却能将塞外风光准确地、灵动地、如绘画般地展现出来。所以，王国维称之为"千古壮观"。不信，你就把书本合起来，闭上眼，静静地想一想……

听蜀僧濬弹琴

唐 李 白

蜀 僧 抱 绿 绮，　　　　　西 下 峨 眉 峰。

为 我 一 挥 手，　　　　　如 听 万 壑 松。

客 心 洗 流 水，　　　　　馀 响 入 霜 钟。

不 觉 碧 山 暮，　　　　　秋 云 暗 几 重。

第一、五两句都因首字不平，未满足变格 2、3 条件而皆为拗句。欣赏李白的本诗，感受与他听琴正同：一样的音节铿锵，一样的气韵飞动，一样的澄怀涤胸，一样的余味隽永。一气呵成，天矫天纵，清新明快，回味无穷，所谓"清水出芙蓉，天然去雕饰"（李白《经乱离后天恩流夜郎，忆旧游，书怀赠江夏韦太守良宰》）也。

阙 题

唐 刘眘虚

道 由 白 云 尽，　　　　　春 与 青 溪 长。

　｜　—　｜　·　　｜　拗句　　　　　　— 　｜　⌣　—　⌣　（变格 1）

⌄19　⌄11　⋋11　⁻12　⌄11　　　　　⁻11　⌄6　⌄9　⁻8　⌄7

时　有　落　花　至，　　　　　远　随　流　水　香。

Ⓘ　｜　—　｜　｜　　　　　　—　｜　⌄　—　⌣

　—　｜　·　｜　｜　　　　　　｜　—　｜　·　。　小拗、孤平救

⁻4　⌄25　⋋10　⌄6　⌄4　　　　　⌄13　⁻4　⌄11　⌄4　⌄7

闲　门　向　山　路，　　　　　深　柳　读　书　堂。

⊖　—　—　｜　｜　　　　　　Ⓘ　｜　｜　—　⌣

　—　—　｜　·　｜　变格 3　　　｜　—　｜　·　。

⁻15　⁻13　⋋23　⁻15　⌄7　　　　⌄12　⌄25　⋋1　⌄6　⌄7

幽　映　每　白　日，　　　　　清　辉　照　衣　裳。

Ⓘ　｜　｜　—　｜　　　　　　—　—　｜　—　⌣

　—　｜　·　｜　｜　小拗、大拗　　—　｜　·　。　拗句

⌄11　⌄24　⌄10　⋋11　⋋4　　　　⌄8　⁻5　⌄18　⌄5　⌄7

首句因首字不平未满足变格 3 条件而为拗句，第七句因"每"、"白"两字皆拗且对句未救也为拗句，第八句因"衣"字拗又为拗句。本诗句句写景，句句含情，佳句成篇，情韵盈然，正如王国维《人间词话》中所说："一切景语，皆情语也。"

登岳阳楼

唐　杜　甫

昔　闻　洞　庭　水，　　　　　今　上　岳　阳　楼。

⊖　—　—　｜　｜　　　　　　Ⓘ　｜　｜　—　⌣

　｜　—　｜　·　｜　拗句

⋋11　⁻12　⌄1　⌄9　⌄4　　　　　⌄12　⌄23　⋋3　⌄7　⌄11

吴　楚　东　南　坼，　　　　　乾　坤　日　夜　浮。

Ⓘ　｜　｜　—　｜　　　　　　—　—　｜　｜　⌣

　—　｜　·　—　｜　　　　　　｜　—　｜　｜　。

⁻7　⌄6　⁻1　⌄13　⋋11　　　　　⌄1　⁻13　⋋4　⌄22　⌄11

亲　朋　无　一　字，　　　　　老　病　有　孤　舟。

⊖　—　—　｜　｜　　　　　　Ⓘ　｜　｜　—　⌣

　—　｜　—　｜　｜　　　　　　｜　—　｜　·　。

⁻11　⌄10　⁻7　⋋4　⌄4　　　　　⌄19　⌄24　⌄25　⁻7　⌄11

戎 马 关 山 北，　　　凭 轩 涕 泗 流。
① | | — — |　　　— — | | 。
— | | — |　　　— — | | 。
⁻1 ˅21 ⁻15 ⁻15 ˼13　　　₋10 ⁻13 ˋ8 ˋ4 ₋11

　　首句因首字不平、未满足变格 3 条件而为拗句。前两联以博大气势描绘洞庭湖的地理形势和日夜浮涌的历史沧桑；后两联将自身的命运与国事之安危糅合一体，虽为老病之胸次，却堪与浩瀚之洞庭相契。颔联是描写洞庭湖的又一名联，仅十个字，就把洞庭湖水势浩瀚、无边无际的巨大形象特别逼真地描画出来。高立云霄，纵怀身世，胸襟气象，一等相称，故明代胡应麟《诗薮》中推本诗为"盛唐第一"。

早　梅

唐　齐　己

万 木 冻 欲 折，　　　孤 根 暖 独 回。
① | — — |　　　— — | | 。
| | ⋮ ⋮ |　拗句　　— — | | 。
ˋ14 ˼1 ˋ1 ˼2 ˼9　　　⁻7 ⁻13 ˅14 ˼1 ⁻10

前 村 深 雪 里，　　　昨 夜 一 枝 开。
⊖ — — | |　　　① | | — — 。
— — | | |　　　— | | — — 。
₋1 ⁻13 ₋12 ˼9 ˅4　　　˼10 ˋ22 ˼4 ⁻4 ⁻10

风 递 幽 香 出，　　　禽 窥 素 艳 来。
① | — — |　　　— — | | 。
| | — — |　　　— — | | 。
⁻1 ˋ8 ₋11 ₋7 ˼4　　　₋12 ˋ4 ˋ7 ˋ29 ⁻10

明 年 如 应 律，　　　先 发 望 春 台。
⊖ — — | |　　　① | | — — 。
— | — | |　　　— | | — — 。
₋8 ₋1 ⁻6 ˋ25 ˼4　　　₋1 ˼6 ˋ23 ⁻11 ⁻10

　　首句"冻"、"欲"两字拗、且对句未救而为拗句。诗人以清丽的语言，含蕴的笔触，刻画了梅花傲寒的品性，素艳的风韵，并以此寄托自己的意志。"一枝开"是本诗的画龙点睛之笔：梅花开于百花之前，是谓"早"；而这"一枝"又先于众梅，悄然"早"开，更显出此梅的不同寻常。据《唐才子传》记载，原为"数枝开"时齐己将本诗求教于郑谷，郑说：“‘数枝’非‘早’也，未若‘一枝’佳。”齐己深为佩服，便把“数枝”改为“一枝”，并称郑谷为“一字诗”。这也是诗坛炼字又一佳话。

岁晏村居

宋　石　介

岁 晏 有 余 粮，	杯 盘 气 味 长。
① ｜ ｜ — —。	— — ｜ ｜ —。
｜ ｜ ｜ — —。	— — ｜ ｜ —。
ˋ8 ˋ16 ˇ25 ¯6 _7	¯10 ¯14 ˋ5 ˋ5 _7
天 寒 酒 脚 落，	春 近 臛 头 香。
⊖ — — ｜ ｜	① ｜ ｜ — —。
— — ｜̣ ｜ ｜ 变格 2	— ｜ ｜ — —。
_1 ¯14 ˇ25 λ10 λ10	¯11 ˋ13 λ10 _11 _7
菜 色 青 仍 短，	茶 芽 嫩 复 黄。
① ｜ — — ｜	— — ｜ ｜ —。
｜ ｜ — — ｜	— — ｜ ｜ —。
ˋ11 λ13 _9 _10 ˇ14	_6 _6 ˋ14 λ1 _7
此 中 得 深 趣，	真 不 羡 膏 粱。
⊖ — — ｜ ｜	① ｜ ｜ — —。
｜ — ｜̣ —̣ ｜ 拗句	— ｜ ｜ — —。
ˇ4 ¯1 λ13 _12 ˋ7	¯11 λ5 ˋ17 _4 _7

第七句因首字不平、未满足变格 3 条件而为拗句。石介主要生活在北宋仁宗年间，与欧阳修是同榜进士。当时，北宋建国不久，是三百十九年宋王朝最好时期，本诗就反映出当时国泰民安的景象。诗即景生情，触处逢春，有色有香，生机弥漫。

庚子荐饥三首(其一)

宋　戴复古

饿 走 抛 家 舍，	纵 横 死 路 岐。
① ｜ — — ｜	— — ｜ ｜ —。
｜ ｜ — — ｜	— — ｜ ｜ —。
ˋ21 ˇ25 _3 _6 ˋ22	¯2 _8 ˇ4 ˋ7 ¯4

有 天 不 雨 粟，　　　无 地 可 埋 尸。

　　　　　　　拗句

劫 数 惨 如 此，　　　吾 曹 忍 见 之？

　　　　　　　　　　　　　　　小拗未救

官 司 行 赈 恤，　　　不 过 是 文 移！

　　第三句因首字不平、未满足变格2条件而为拗句。"庚子"是南宋理宗嘉熙四年，距南宋灭亡仅39年。本诗写当时饥荒的严重和官府赈济的徒具虚文，是南宋末期反映社会现实的优秀诗篇。上首《岁晏村居》与本诗产生于同一宋朝的始末，形成强烈对比，这是封建社会任何朝代的盛衰规律。

访益上人兰若

宋 严 羽

独 寻 青 莲 宇，　　　行 过 白 沙 滩。

　　　　　　　拗句

一 径 入 松 雪，　　　数 峰 生 暮 寒。

　　　　　　　　　　　　　　　小拗、孤平救

山 僧 喜 客 至，　　　林 阁 供 人 看。

　　　　　　　变格2　　　　　　　　　变格1

吟 罢 拂 衣 去，　　　钟 声 云 外 残。

◎ ｜ — — ｜　　　　— — ｜ ｜ 。
— ｜ ｜ — ｜　　　　— — · ｜ 。小拗救
　_12 ╲22 ╲5 ˉ5 ╲6　　　ˉ2 _8 _12 ╲9 ˉ14

　　首句因"莲"字拗为拗句。严羽以《沧浪诗话》最为后世说诗者称道,他以禅喻诗,对诗歌创作提出了一些独到的见解。本诗记叙他为了寻访一位法名益的僧人,过沙滩,穿松林,踏积雪,冒严寒,跋山涉水,只身进山的情景。全诗笔致灵活,诗思摇曳;特别是末句,如曲末长引,极富韵致,是实践了自己的理论:诗的最高妙处,在于"羚羊挂角,无迹可求",在于"透彻玲珑,不可凑泊,如空中之音,相中之色,水中之月,镜中之像,言有尽而意无穷。"

奉使行高邮道中(之一)
金　党怀英

野 云 来 无 际,　　　　风 樯 岸 转 迷 。
◎ ｜ — — ｜　　　　— — ｜ ｜ 。
｜ · — — ｜ 拗句　　　— · ｜ ｜ 。失对
╲21 ˉ12 _10 ˉ7 ╲8　　ˉ1 _7 ╲15 ╲16 ˉ8

潮 吞 淮 泽 小,　　　　云 抱 楚 天 低 。
⊖ — — ｜ ｜　　　　◎ ｜ ｜ — 。
— — ｜ ｜ ｜　　　　— ｜ ｜ — 。
_2 ˉ13 ˉ9 ╲11 ╲17　　ˉ12 ╲19 ╲6 _1 ˉ8

蹡 踏 船 鸣 浪,　　　　联 翩 路 牵 泥 。
◎ ｜ — — ｜　　　　— — ｜ ｜ 。
— ｜ ｜ — ｜　　　　— ｜ — ｜ 。
_7 ╲15 _1 _8 ╲23　　_1 _1 ╲7 ╲17 ˉ8

林 鸟 亦 惊 起,　　　　夜 半 傍 人 啼 。
— ｜ ｜ — ｜　　　　｜ ｜ — — 。
— ｜ ｜ — ｜ 失黏、小拗　｜ ｜ — — 。失对
_12 ╲17 ╲11 _8 ╲4　　╲22 ╲15 ╲23 ˉ11 ˉ8

　　首句因"云"字拗为拗句,且使次句失对;第七句因用了不同于其他七句,即首句为⊖ — — ｜ ｜ 的第七句而使本句失黏,且使末句失对。本诗以描写奉使出行高邮道中的景物为主,显示出诗人杰出的描写才能。领联为金诗中写景名句,这两句诗所展示的气魄和力度,我们在唐诗中曾经多处领略,但在宋诗中已鲜见其迹,这正是金诗有别于宋诗的特色所在。

登太白楼

明　王世贞

昔 闻 李 供 奉，　　　　长 啸 独 登 楼。

⊖ — — ｜ ｜　　　　Ⓘ — ｜ — —

｜ — ｜ ｜ ｜ 拗句　　｜ ｜ ｜ — ∘

λ11 ¯12 ∨4 ∨2 ∨2　　　_7 ヽ18 λ1 _10 _11

此 地 一 垂 顾，　　　　高 名 百 代 留。

Ⓘ ｜ ｜ — ｜　　　　— — ｜ ｜ —

｜ ｜ ｜ — ｜　　　　— — ｜ ｜ — ∘ 小拗未救

∨4 ヽ4 λ4 ¯4 ヽ7　　　_4 _8 λ11 ヽ11 _11

白 云 海 色 曙，　　　　明 月 天 门 秋。

⊖ — ｜ ｜ ｜　　　　Ⓘ ｜ — — —

｜ — ｜ ｜ ｜ 拗句　　— ｜ • — ∘ 变格1

λ11 ¯12 ∨10 λ13 ヽ6　　_8 λ6 _1 ¯13 _11

欲 觅 重 来 者，　　　　潺 湲 济 水 流。

Ⓘ ｜ — — ｜　　　　— — ｜ ｜ —

｜ ｜ — — ｜　　　　— — ｜ ｜ — ∘

λ2 λ12 ¯2 ¯10 ∨21　　¯15 _1 ヽ8 ∨4 _11

　　第一、五两句皆因首字不平而为拗句。本诗把李白当年登楼和作者今日登楼捏合到一起写，明写太白，暗写自己，写得极有才情，极富个性，表现了这位明代"后七子"领袖敢于与李白攀比的雄心、气魄。这首诗写得也像李白，海阔天空，气豪调古，颇得李白诗歌的神韵，符合作者提出的写诗要"有才情"、"见真情"的诗情说，是王世贞的最得意之作。

独 坐

明　李 贽

有 客 开 青 眼，　　　　无 人 问 落 花。

Ⓘ ｜ — — ｜　　　　— — ｜ ｜ —

｜ ｜ — — ｜　　　　— — ｜ ｜ — ∘

∨25 λ11 ¯10 _9 ∨15　　¯7 ¯11 ヽ13 λ10 _6

暖 风 熏 细 草，　　　凉 月 照 晴 沙。

客 久 翻 疑 梦，　　　朋 来 不 忆 家。

琴 书 犹 未 整，　　　独 坐 送 晚 霞。　拗句

末句因"晚"字拗而为拗句。作为大胆怀疑封建社会传统教条的明代杰出的思想家李贽，并不以诗擅胜场，但本诗却写得沉郁顿挫，锤炼精致，深刻地抒写了自己对来客的渴望，对朋友的思慕，对家乡的怀念，对生活的信心。末句"独坐"二字点醒题面，是全诗之眼，全诗之神，全诗之魂，集中表达了常人难以体味的深刻的孤独。因为思想家的欣悦，莫过于作为时代的伟大先驱，最先预见了新时代的曙光；思想家的痛楚，莫过于作为时代的少数先觉，最先承受着现实社会的孤独。

夜 起
明　沈 木

暑 夜 不 成 寐，　　　起 步 中 庭 中。
　　　　　　　小拗　　　　　　　　　失对、变格1

残 月 忽 堕 水，　　　明 河 犹 在 空。
　　　　　　　　　　　　　　　　　小拗、大拗救

篱 根 滴 清 露，　　　树 杪 生 微 风。
　　　　　　　变格3　　　　　　　　变格1

ˉ4 ˉ13 ﹨12 ﹍8 ﹨7　　　　　﹨7 ﹨17 ﹍8 ﹍5 ˉ1

坐　爱　新　凉　好，　　　先　秋　有　候　虫。

Ⓛ　｜　—　—　｜。　　　—　—　｜　｜　∘

｜　｜　—　—　｜　　　　—　—　｜　｜　∘

﹨21 ﹨11 ˉ11 ﹍7 ﹨19　　　﹍1 ﹍11 ﹨25 ﹨26 ˉ1

次句失对，因首句用Ⓛ｜——｜，后七句用首句为Ⓛ——｜｜之后七句。本诗将日常生活中的一个片段写得脱俗有致，具臻佳境。颔联是本诗警策，清沈德潜在《明诗别裁》中把该联与唐温庭筠的"鸡声茅店月，人迹板桥霜"（438）并举，指出温诗是早行，本诗是夜起，"各入神妙"。其中"忽""犹"两个虚词是诗眼，把俱是常景、常语的该联写得兴味无穷。

过洞庭湖

清　姚　淑

一　入　洞　庭　湖，　　　飘　飘　身　似　无。

Ⓛ　｜　｜　｜　∘　　　　—　—　—　｜　∘

｜　｜　｜　—　∘　　　　—　—　•　｜　∘　变格4

﹨4 ﹨14 ﹨1 ﹍9 ˉ7　　　﹍2 ﹍2 ﹍11 ﹨4 ˉ7

山　高　何　处　见，　　　风　定　亦　如　呼。

⊖　—　—　｜　｜　　　　Ⓛ　｜　｜　—　∘

—　—　—　—　｜　　　　—　—　｜　—　∘

ˉ15 ﹍4 ﹍5 ﹨6 ﹨17　　　ˉ1 ﹨25 ﹨11 ﹍6 ˉ7

天　地　忽　然　在，　　　圣　贤　自　不　孤。

Ⓛ　｜　—　—　｜　　　　—　—　｜　｜　∘

—　—　｜　•　｜　小拗　　—　—　｜　—　∘　孤平拗句

﹍1 ﹨4 ﹨6 ﹍1 ﹨11　　　﹨24 ﹍1 ﹨4 ﹨5 ˉ7

古　来　道　理　大，　　　知　者　在　吾　儒。

⊖　—　—　｜　｜　　　　Ⓛ　｜　｜　—　∘

—　—　｜　•　｜　拗句　　—　—　｜　—　∘

﹨7 ˉ10 ﹨19 ﹨4 ﹨21　　　ˉ4 ﹨21 ﹨11 ﹍7 ˉ7

第六句为孤平拗句，第七句因未满足变格2条件也为拗句。孟浩然"气蒸云梦泽，波撼岳阳城"（505）与杜甫"吴楚东南坼，乾坤日夜浮"（509）这两联俱写洞庭湖之大的名句都是以写实见长，本诗写洞庭湖之大则是以空灵见长。举目浩瀚无际涯的洞庭湖自然壮观，与印心千百世上下的圣贤儒者抱负，皆具有撼摄人心的艺术力量。浑然融为一体,极为美善圆满。

梦 洞 庭

近代　释敬安

昨 梦 汲 洞 庭,	君 山 青 入 瓶。
⊙ | | — |	— | | | °
| | | · | 拗句	— — · | ° 变格4
⅄10 ⅃1 ⅄14 ⅃1 ⌐9	¯12 ¯15 ⌐9 ⅄14 ⌐9

倒 之 煮 团 月,	还 以 浴 繁 星。
⊖ — — | |	⊙ | | — —
| | · · | 拗句	| | — | |
⅃20 ⌐4 ⌄6 ¯14 ⅃6	¯15 ⌐4 ⅄2 ¯13 ⌐9

一 鹤 从 受 戒,	群 龙 来 听 经。
⊙ | — — |	— — | | —
| | | · |	| | · | ° 大拗救
⅄4 ⅄10 ¯2 ⌄25 ⅃10	¯12 ¯2 ¯10 ⅃25 ⌐9

何 人 忽 吹 笛,	呼 我 松 间 醒。
⊖ — — | |	⊙ | | — —
— — · · | 变格3	— | · — ° 变格1
⌐5 ¯11 ⅄6 ¯4 ⅄12	¯7 ⌄20 ⅄2 ¯10 ⌐9

首句因"洞"字拗为拗句,第三句因未满足变格 3 条件为拗句。本诗以浪漫的
笔法,通过写梦,把洞庭湖夜月的美景与具高僧身份的诗人的清雅超尘的生活、豁
达开朗的情怀,及其对佛力无边的信仰融合在一起,使诗境既新颖脱俗又生动
传神。

咏 鹰

近代　黄　兴

独 立 雄 无 敌,	长 空 万 里 风。
⊙ | — — |	— — | | °
| | — — |	— — | | °
⅄1 ⅄14 ¯1 ¯7 ⅄12	⌐7 ¯1 ⅄14 ⌄4 ¯1

可　怜　此　豪　杰，　　　　　岂　肯　困　樊　笼？
⊖　—　—　｜　｜　　　　　　①　｜　｜　—　。
｜　—　!　•　｜　拗句　　　　｜　｜　｜　｜　。
✓20　_1　✓4　_4　λ9　　　　　✓5　✓24　✓14　⌐13　⌐1

一　去　渡　沧　海，　　　　　高　扬　摩　碧　穹。
①　｜　｜　｜　｜　　　　　　①　｜　｜　｜　｜
｜　｜　!　—　｜　　　　　　｜　｜　•　｜　。　小拗救
λ4　✓6　✓7　_7　✓10　　　　　_4　_7　_5　λ11　⌐1

秋　深　霜　气　肃，　　　　　木　落　万　山　空。
⊖　—　—　｜　｜　　　　　　①　｜　｜　—　。
—　—　—　｜　｜　　　　　　｜　｜　｜　｜　。
_11　_12　_7　✓5　λ1　　　　　λ1　λ10　✓14　⌐15　⌐1

　　第三句因首字不平而为拗句。本诗写于1900年，借歌咏雄鹰，来表达对送别之英雄的敬慕和庆幸，同时也可见青年黄兴(时年二十六岁)以天下为己任的雄姿。

秋　晓

近代　宋教仁

旅　夜　难　成　寐，　　　　　起　坐　独　彷　徨。
①　｜　｜　—　｜　　　　　　①　｜　｜　—　。
｜　｜　｜　—　｜　　　　　　｜　!　•　—　。　失对
✓6　✓22　⌐14　_8　✓4　　　　　✓4　✓21　λ1　_7　_7

月　落　千　山　晓，　　　　　鸡　鸣　万　瓦　霜。
①　｜　—　—　｜　　　　　　⊖　—　｜　｜　。
｜　｜　—　—　｜　　　　　　—　—　｜　｜　。
λ6　λ10　_1　⌐15　✓17　　　　　⌐8　_8　✓14　✓21　_7

思　家　嫌　梦　短，　　　　　苦　病　觉　更　长。
⊖　—　—　｜　｜　　　　　　①　｜　｜　—　。
—　—　—　｜　｜　　　　　　｜　｜　｜　—　。
⌐4　_6　_14　✓1　✓14　　　　　✓7　✓24　λ3　_8　_7

徒　有　枕　戈　意，　　　　　飘　零　只　自　伤。
①　｜　｜　—　｜　　　　　　—　—　｜　｜　。
—　｜　!　｜　　　　　　　—　—　｜　｜　。　小拗未救

‾7 ˅25 ˅26 ＿5 ˎ4　　　　　　　＿2 ＿9 ˅4 ˎ4 ＿7

次句失对,因首句用① ｜ — — ｜,后七句用首句⊖ — — ｜ ｜之后七句。作为资产阶级革命政党华兴会的创始人与同盟会的发起人之一的宋教仁,为寻求报国之路而日夜忧思,通过本诗吐露压抑不下的爱国挚情。颔联为诗中警句,"月落"、"鸡鸣"是写景,"千山"、"万瓦"并非写景,是诗人胸中气象所造之境,两句气象不凡,表现出这位未来革命领袖的襟怀气度。

赠邬其山
现代　鲁　迅

廿 年 居 上 海,　　　　　　每 日 见 中 华。
⊖ — — ｜ ｜　　　　　　① ｜ ｜ — —
｜ ｜ — ｜ ｜　　　　　　｜ — ｜ — —
ˎ14 ＿1 ‾6 ˎ23 ˅10　　　˅9 ˌ4 ˎ17 ‾1 ＿6

有 病 不 求 药,　　　　　　无 聊 才 读 书。
① ｜ ｜ — ｜　　　　　　⊖ — — ｜ —
｜ ｜ ⌣ — ｜　　　　　　— — · ｜ —　小拗救
˅25 ˎ24 ˌ5 ＿11 ˌ10　　　‾7 ＿2 ‾10 ˌ1 ＿6

一 阔 脸 就 变,　　　　　　所 砍 头 渐 多。
⊖ — — ｜ ｜　　　　　　① ｜ — ｜ —
｜ ⌣ ⌣ ｜ ｜　拗句、失黏　　 ｜ ｜ · ｜ —　拗句、失对
ˌ4 ˌ4 ˅28 ˎ26 ＿17　　　˅6 ＿27 ＿11 ˅28 ＿5

忽 而 又 下 野,　　　　　　南 无 阿 弥 陀。
① ｜ — — ｜　　　　　　⊖ — — — —
｜ — ⌣ ｜ ｜　拗句、失黏　　 — — · — —　拗句、失对
ˌ6 ‾4 ˎ26 ˌ22 ˅21　　　＿13 ‾7 ＿5 ‾4 ＿5

　　"华"为麻韵,"书"为鱼韵,"多"、"陀"皆歌韵,故本诗依《古音辨》"鱼虞歌麻四韵皆协虞音"而协韵。又本诗前四句皆合律;后四句皆拗句,且失黏、失对,尤其第五句和第八句,连用五仄和五平,完全是古风风格。本诗写于1931年。邬其山,即鲁迅的日本挚友内山完造,"廿年"即指内山在上海的二十年。本诗以漫画手法,借用内山的眼睛,把从1911年到1931年统治中国的那些拿钢刀和拿软刀的屠伯门,由失势到得势,由在朝到下野的变幻伎俩和丑恶嘴脸,刻画得淋漓尽致。尤其末句,体现十足的鲁迅风格,用梵语诵经口诀作结,极为幽默,令人喷饭。

闻长江大桥成喜赋

现代　董必武

江汉三城隔，　　　　　相持鼎足然。
⊙ | — — |　　　　　— — | | 。
— | — | |　　　　　— | | | 。
⁻3 ﹨15 ˍ13 ˍ8 ﹨11　　　ˍ7 ⁻4 ˅24 ﹨2 ˍ1

地为形所限，　　　　　人与货难迁。
⊖ — — | |　　　　　⊙ | | — 。
| — — | |　　　　　— | | — 。
﹨4 ⁻4 ⁻11 ˅6 ˅15　　　⁻11 ˅6 ˅21 ⁻14 ˍ1

利涉资舟楫，　　　　　风涛阻往还。
⊙ | — — |　　　　　— — | | 。
| | — — |　　　　　— | | | 。
﹨4 ﹨16 ⁻4 ˍ11 ﹨16　　　⁻1 ˍ4 ˅6 ˅22 ⁻15 出韵

梦思仙杖化，　　　　　喜见铁桥悬。
⊖ — — | |　　　　　⊙ | — — 。
| — — | |　　　　　— | — — 。
﹨1 ⁻4 ˍ1 ˅22 ﹨22　　　˅4 ﹨17 ﹨9 ˍ2 ˍ1

武汉连一气，　　　　　龟蛇在两边。
⊙ | — ! | 拗句　　　　— — | | 。
　　　　　　　　　　　— — | | 。
˅7 ﹨15 ˍ1 ﹨4 ﹨5　　　⁻4 ˍ6 ˍ11 ˅22 ˍ1

滔滔流不尽，　　　　　荡荡路无偏。
⊖ — — | |　　　　　⊙ | | — 。
　　　　　　　　　　　— | | — 。
ˍ4 ˍ4 ˍ11 ﹨5 ˅11　　　˅22 ˅22 ˅7 ⁻7 ˍ1

转运增潜力，　　　　　工程壮大千。
⊙ | — — |　　　　　— — | | 。
　　　　　　　　　　　— | | | 。
˅16 ﹨13 ˍ10 ˍ14 ﹨13　　⁻1 ˍ8 ﹨23 ﹨21 ˍ1

山青深浅杂，　　　　　云白卷舒妍。
⊖ — — | |　　　　　⊙ | | — 。
| — — | |　　　　　— | | | 。

¯15 ＿9 ＿12 ∨16 ↘15　　　　　¯12 ↘11 ∨16 ¯6 ＿1

黄　鹤　楼　非　旧，　　　　　晴　川　阁　尚　全。

⊖　｜　—　—　｜　　　　　⊙　｜　｜　—　。

⊖　｜　—　—　｜　　　　　—　—　｜　｜　。

＿7 ↘10 ＿11 ¯5 ↘26　　　　　＿8 ＿1 ↘10 ↘23 ＿1

游　观　当　日　暮，　　　　　何　物　惹　愁　牵？

⊖　—　—　—　｜　　　　　⊙　｜　｜　—　。

⊖　—　—　—　｜　　　　　—　—　｜　—　。

＿11 ¯14 ＿7 ↘4 ↘7　　　　　＿5 ↘5 ∨21 ＿11 ＿1

　　本诗二十句,除第九句为大拗拗句(对句未救)外,余十九句皆合律;且每四句为一组完全合律之五绝(除第三组):故本诗可看作是一首五言长律,类似唐钱起的《省试湘灵鼓瑟》(24)。若按现代汉语,"一"读"yī",为平声,又十个韵脚字皆寒韵,故第九句不为拗句、合律,全诗为完全合律之五言长律。我国第一座跨越长江的武汉长江大桥于 1957 年建成,董必武同志满腔热情地写下了本诗,诗从武汉三镇的地势,写到大桥的建成,桥建成后的效益,再写到江城的景色与游者的欢乐心情。作者挥笔铺叙,洋洋洒洒,大气回旋,既委婉曲折,又用典贴切,充分显示了作者深厚的五言诗的功力,诚如毛泽东《致陈毅》信中所说:"董老善五律"。

二、五　绝

蝉

唐　虞世南

垂　缕　饮　清　露，　　　　　流　响　出　疏　桐。

⊖　—　—　｜　　　　　⊙　｜　｜　—　。

—　—　｜　·　·　｜　变格3　　　⊙　｜　｜　—　。

¯4 ¯4 ∨26 ＿8 ↘7　　　　　＿11 ∨22 ↘4 ¯6 ＿1

居　高　声　自　远，　　　　　非　是　藉　秋　风。

⊖　—　—　｜　　　　　⊙　｜　｜　—　。

—　·　｜　—　｜　失黏　　　⊙　｜　｜　—　。

¯6 ＿4 ＿8 ↘4 ∨13　　　　　¯5 ∨4 ↘22 ＿11 ¯1

第三句失黏,因前、后联是"⊖ — — ｜ ｜, ⊙ ｜ ｜ — —"同样格式的重复
。

使用。其实,这是齐梁时代"永明体"即"对式"绝句(见下章详析 579、587 等)的遗响,第三句一定失黏,即"联内自对,相互不黏"。清代施补华《岘佣说诗》云:"三百篇比兴为多,唐人犹得此意。同一咏蝉,虞世南'居高声自远,端不藉秋风'是清华人语;骆宾王'露重飞难进,风多响易沉'(笔者注:301)是患难人语;李商隐'本以高难饱,徒劳恨费声'(笔者注:439)是牢骚人语。比兴不同如此。"这三首诗都是唐代托咏蝉以寄意的名作,由于作者地位、遭际、气质的不同,虽同样工于比兴寄托,却呈现出殊异的面貌,构成富有个性特征的艺术形象,成为唐代文坛"咏蝉"诗的三绝。本诗是唐人咏蝉诗最早的一首,作者曾被唐太宗称赏有"五绝"(德行、忠直、博学、文词、书翰),他笔下的人格化的"蝉",带有自况的意味,自然是"清华人语"。

于易水送人一绝

唐　骆宾王

此　地　别　燕　丹，　　　　壮　士　发　冲　冠。

（以上为声调符号谱）　　　　失对

√4　√4　λ9　ˍ1　ˉ14　　　ˋ23　√4　λ6　ˉ2　ˉ14

昔　时　人　已　没，　　　　今　日　水　犹　寒。

（以上为声调符号谱）　　　　失黏

λ11　ˉ4　ˉ11　√4　λ6　　　ˍ12　λ4　√4　ˍ11　ˉ14

　　上首是一、二两联同一格式的重复使用,本首是一、二两句同一格式"○｜｜－－"的重复使用,三、四两句是第一句格式的自然延伸,所以第二句一定失对,第三句一定失黏。对武则天统治极为不满,期待匡复李唐王朝的时机尚未到来之前,骆宾王的心情是沉沦压抑、彷徨企求的。本诗就是曲折地反映了他的这种苦闷心境。

赋得自君之出矣

唐　张九龄

自　君　之　出　矣，　　　　不　复　理　残　机。

（以上为声调符号谱）

ヽ4 ⁻12 ⁻4 ㄑ4 ㄷ4 　　　　　ㄑ5 ㄑ1 ㄷ4 ⁻14 ⁻5

思 君 如 满 月，　　　　　夜 夜 减 清 辉。

⊖ — — ｜ ｜　　　　　⊙ — ｜ — —

— ˙ — ｜ ｜ 失黏　　　　｜ ｜ — — —

⁻4 ⁻12 ⁻6 ㄑ14 ㄑ6 　　　　ヽ22 ヽ22 ㄑ29 ＿8 ⁻5

上、下联用了同种格式，所以第三句失黏。《自君之出矣》是乐府旧题，题名取自东汉末年(迄魏)徐幹《室思》第三章(673)中："……自君之出矣，明镜暗不治。思君如流水，何有穷已时。"该诗最后上述四句最为精彩，简洁明快，包孕丰富，充满晓畅隽永、清新自然之题。所以从南北朝到隋唐，仿作者甚多，本诗就是。张九龄写月亮的诗是很有名的，如"海上生明月，天涯共此时"(302)。本诗也用团圞的皎皎明月象征思妇情操的纯洁无邪、忠贞专一。

山 中
唐 王 维

荆 溪 白 石 出，　　　　天 寒 红 叶 稀。

⊖ — — ｜ ｜　　　　— — ｜ ｜ —

— — ｜ ｜ ｜ 变格2　　　— ˙ ｜ ｜ — 失对、变格4

＿8 ⁻8 ㄑ11 ㄑ11 ㄑ4　　　＿1 ⁻14 ⁻1 ㄑ16 ⁻1

山 路 元 无 雨，　　　　空 翠 湿 人 衣。

⊙ ｜ — — ｜　　　　⊙ ｜ — — —

— ｜ ｜ ｜ ｜ 失黏　　　— ｜ ｜ — 失对

⁻15 ㄑ7 ⁻13 ⁻7 ㄑ4　　　⁻1 ㄑ4 ㄑ14 ⁻11 ⁻5

第一、三两句用首句⊖ — — ｜ ｜之第一、三两句，第二、四两句用首句⊙ ｜ — — ｜之第二、四两句，所以第二、四两句失对，第三句失黏。"山路元无雨"，但"空翠"浓得几乎可以溢出翠色的水分，使整个空气里都充满了翠色的分子，故而"湿人衣"。这是视觉、触觉、感觉的复杂作用所产生的一种似幻似真的感觉，一种心灵上的快感。

秋夜寄邱二十二员外
唐 韦应物

怀 君 属 秋 夜，　　　　散 步 咏 凉 天。

〇 — — ｜ ｜　　　　　　　　① ｜ ｜ — —
— — ｜ — ｜　变格3　　　　 ｜ — ｜ — —
⁻9 ⁻12 ˅2 ﹍11 ˅22　　　　ˎ15 ⁻7 ˎ24 ﹍7 ﹍1

山　空　松　子　落，　　　　幽　人　应　未　眠。

〇 — — ｜ ｜　　　　　　　　① ｜ ｜ ｜ ｜
— — ｜ ｜ ｜　失黏　　　　 — ｜ ｜ ｜ — 　失对，变格4
⁻15 ﹍1 ⁻2 ˅4 ˅10　　　　﹍11 ⁻11 ﹍10 ˎ5 ﹍1

　　第一、二、四共三句用首句〇 — — ｜ ｜之第一、二、四共三句，第三句用首句
① ｜ — — ｜之第三句，所以第三句失黏，第四句失对。本诗上、下联分别运用写
实与虚构相结合的手法，使眼前景与意中景并列，使怀人之人与所怀之人两地相
连，从而表达了异地相思的深情。

新嫁娘词三首(其一)
唐　王　建

三　日　入　厨　下，　　　　洗　手　作　羹　汤。

① ｜ — — ｜　　　　　　　　① ｜ ｜ — —
— ｜ ｜ — ｜　小拗　　　　 ｜ ｜ ｜ — — 　失对
﹍13 ˅4 ˅14 ⁻7 ˎ22　　　　˅8 ˅25 ˅10 ﹍8 ﹍7

未　谙　姑　食　性，　　　　先　遣　小　姑　尝。

〇 — — ｜ ｜　　　　　　　　① ｜ ｜ — —
｜ — — ｜ ｜　失黏　　　　 ｜ ｜ ｜ — —
ˎ5 ﹍13 ⁻7 ˅13 ˎ24　　　　﹍1 ˅16 ˅17 ⁻7 ﹍7

　　第一、三、四共三句用首句① ｜ — — ｜之第一、三、四共三句，第二句用首句
〇 — — ｜ ｜之第二句，所以第二句失对，第三句失黏。本诗中的新嫁娘又是聪
明又有心计，本诗的诗味正在这里。这也是唐代社会封建礼教控制相对放松，妇女
们的巧思慧心多少能得以表现出来的一种反映。

自君之出矣
唐　雍裕之

自　君　之　出　矣，　　　　宝　镜　为　谁　明？

⊖ — — │ │   ① │ │ — —
│ — │ — │ │   。
╲4 ¯12 ¯4 ╲4 ╲4   ╲19 ╲24 ╲4 ¯4 _8

思 君 如 陇 水，   长 闻 鸣 咽 声。

⊖ — — │ │   — — │ │
— — ● │ │ 失黏   — — ● ● │ — 失对、变格4
¯4 ¯12 ¯6 ╲2 ╲4   _7 ¯12 ¯7 ╲9 _8

　　第三句用了不同于其他三句的首句① │ │ — — │ 之第三句，所以第三句失黏，第四句失对。这首"自君之出矣"模仿徐幹原作(673)的痕迹明显。诗表现了思妇对外出未归丈夫的深切怀念，立意委婉，设喻巧妙，含蓄有味。

柳 絮
唐　雍裕之

无 风 才 到 地，   有 风 还 满 空。

⊖ — — │ │   — — │ │ —
— — — │ │   。
— — — │ │   ● ● ● │ — 孤平救，失对
¯7 ¯1 ¯10 ╲20 ╲4   ╲25 ¯1 ¯15 ╲14 ¯1

缘 渠 偏 似 雪，   莫 近 鬓 毛 生。

⊖ — — │ │   — │ │ — —
                           。
_1 ¯6 _1 ╲4 ╲9   ╲10 ╲13 ╲12 _4 _8

　　后三句用首句① │ │ — — │ 之后三句，所以次句失对。又本诗依《古音辩》，东韵、庚韵协阳音，"空"、"生"两字便可协韵了。本诗求神似而不重形似，末句画龙点睛，富有风趣。由于用凝炼而准确的语言概括出柳絮最主要的特征，所以这二十个字精心编制的谜语，其谜底——柳絮，是一猜就着的。

答 人
唐　太上隐者

偶 来 松 树 下，   高 枕 石 头 眠。

⊖ — — │ │   ① │ │ — —
│ │ — — │ │   。

√25 ¯10 ¯2 ╲7 ╲22   _4 √26 λ11 _11 _1

山　中　无　历　日，   寒　尽　不　知　年。

⊖　—　—　｜　｜   ①　｜　｜　—　｜
　　　　　　　　　　　　　　　　　　　　　　　　。
—　—　·　—　｜　失黏   —　—　｜　｜　—

¯15 _1 ¯7 λ12 λ4   ¯14 √11 λ5 ¯4 _1

前、后联用了相同格式，所以第三句失黏。本诗语语古淡，但字字千金，一位高人形象跃然纸上。

乐府二首(其一)

宋　许　棐

妾　心　如　镜　面，   一　规　秋　水　清。

⊖　—　—　｜　｜   ｜　—　—　｜　—
　　　　　　　　　　　　　　　　　　　　　　　　　。
｜　—　—　｜　｜   ︱　·　—　·　｜　— 孤平救，失对

λ16 _12 ¯6 ╲24 _17   λ4 ¯4 _11 √4 _8

郎　心　如　镜　背，   磨　杀　不　分　明。

⊖　—　—　｜　｜   ①　｜　｜　—　—
　　　　　　　　　　　　　　　　　　　　　　　　　。
_7 _12 ¯6 ╲24 ╲11   _5 λ8 λ5 ¯12 _8

后三句用首句① ｜ — — ｜ 之后三句，所以次句失对。本诗以梳妆时常用的镜子为喻，正反对照，含蓄委婉地道出这位女子的心意：自己纯真痴情，情郎态度暧昧，因而产生了幽怨。

寄衣曲三首(其二)

宋　罗与之

愁　肠　结　欲　断，   边　衣　犹　未　成。

⊖　—　—　｜　｜   —　—　—　｜　—
　　　　　　　　　　　　　　　　　　　　　　　　　。
—　—　｜　·　｜　变格2   —　·　—　·　｜　— 失对，变格4

_11 _7 λ9 λ2 ╲15   _1 _5 _11 ╲5 _8

寒　窗　剪　刀　落，   疑　是　剑　环　声。

⊖　—　｜　—　｜   ①　｜　｜　—　—
　　　　　　　　　　　　　　　　　　　　　　　　　。
—　—　｜　·　｜　变格3   —　｜　｜　—　—

ˉ14 ˉ3 ∨16 ﹍4 ﹨4　　　　　　ˉ4 ∨4 ﹨30 ˉ15 ﹍8

　　后三句用首句①｜——｜之后三句,所以次句失对。思妇仿佛听到丈夫剑环的铿锵声,从而更有力地渲染了她对丈夫的思念之切、情爱之深。

长 安

明　何景明

白　云　望　不　尽,	高　楼　空　倚　阑。
⊖　—　—　｜　｜	①　｜　｜　｜　—°
｜　—　—　｜　｜	·　·　—　｜　—　失对,变格4
﹨11 ˉ12 ﹍7 ∨5 ∨11	﹍4 ﹍11 ˉ1 ∨4 ˉ14
中　宵　鸿　雁　过,	来　处　是　长　安。
⊖　—　—　｜　｜	①　｜　｜　—　—°
—　—　—　｜　｜	｜　｜　—　—　—°
ˉ1 ﹍2 ˉ1 ﹨16 ﹨21	ˉ10 ﹨6 ∨4 ﹍7 ˉ14

　　后三句用首句①｜——｜之后三句,所以次句失对。本诗表达了对京都的系念之情,体现诗人"身居江湖,心存魏阙"的爱国情操。(诗中"长安"代指京都。)

津门官舍话旧

清　邵长蘅

对　床　通　夕　话,	官　舍　一　灯　红。
⊖　—　—　｜　｜	①　｜　｜　—°
—　—　—　｜　｜	—　｜　—　—°
∨11 ﹍7 ˉ1 ﹨11 ﹨10	ˉ14 ﹨22 ∨4 ﹍10 ˉ1
十　年　存　殁　泪,	并　入　雨　声　中。
⊖　—　—　｜　｜	①　｜　｜　—　—°
｜　·　—　｜　｜ 失黏	｜　｜　—　—　—°
∨14 ﹍1 ˉ13 ∨6 ﹨4	﹨24 ∨14 ∨7 ﹍8 ˉ1

　　前、后联用了相同格式,所以第三句失黏。可见齐梁时代的"永明体"即"对式"绝句一直影响到清代。本诗写了一次难忘的会见,一场彻夜的长谈,抽象空灵,深刻共鸣。原来这是诗人时年五十,再度落第,返乡路过天津,拜会友人后所写。

无　题

现代　方志敏

雪　压　竹　头　低，　　　　低　下　欲　沾　泥。
① ｜ ｜ ― ―　　　　　― ｜ ｜ ｜ ―
｜ ｜ ｜ ― ―　　　　　｜ ｜ ｜ ― ― 失对
λ9 λ17 λ1 ﹍11 ˉ8　　　ˉ8 ╲22 λ2 ﹍14 ˉ8

一　朝　红　日　起，　　　　依　旧　与　天　齐。
― ― ― ― ｜　　　　　① ｜ ｜ ― ―
｜ ｜ ― ― ｜ 失黏　　　 ｜ ― ｜ ― ―
λ4 ﹍2 ˉ1 λ4 ∨4　　　　ˉ5 ╲26 ∨6 ﹍1 ˉ8

　　次句用不同于其他三句的首句⊖ ― ― ｜ ｜ 之次句，故次句失对，第三句失
黏。1935 年 1 月，方志敏率领红军北上抗日先遣队激战于皖赣交界地区，遇上七
倍多的敌军阻截，正值大雪纷飞，漫山遍野竹子的枝干被大雪压得低垂。作者触景
生情，口占此诗，用以鼓励指战员的战斗士气。

"小溪唇"杂咏六首（选一）

现代　黄药眠

早　年　怀　壮　志，　　　　救　国　具　雄　心。
⊖ ― ― ｜ ｜　　　　　① ｜ ｜ ― ―
｜ ― ― ｜ ｜　　　　　｜ ｜ ｜ ― ―
∨19 ﹍1 ﹍9 ╲23 ∨4　　　╲26 λ13 ∨7 ﹍1 ﹍12

岂　无　忧　患　苦，　　　　坚　持　直　至　今。
⊖ ― ― ｜ ｜　　　　　― ― ― ― ―
｜ ｜ ｜ ｜ ｜ 失黏　　　 ｜ ｜ ― ― ― 失对
∨5 ˉ7 ﹍11 ╲16 ∨7　　　﹍1 ﹍4 λ13 ╲4 ﹍12

　　第三句用首句① ｜ ― ― ｜ 之第三句，所以第三句失黏，第四句失对。1941
年太平洋战争爆发后，作者由香港避乱到家乡广东梅县小溪唇。全诗以质朴简洁
的语言，抒发了作者壮志不改，救国救民的决心。

去延安途中

现代　贺绿汀

布谷惊残梦，　　　　翠柳映红墙；

⊙｜｜－－｜　　　　⊙｜｜－－。

｜｜｜－－｜　　　　｜•｜－－。失对

丶7 夂1 _8 ⁻14 丶1　　丶4 ∨25 丶24 ⁻1 _7

交城又一宿，　　　　何日到家乡？

⊖－－｜｜　　　　⊙｜｜－。

－－•｜｜　　｜｜失黏、变格2　－｜｜－。

_3 _8 丶26 夂4 夂1　　_5 夂4 丶20 _6 _7

第二句用首句⊖－－｜｜之第二句，所以第二句失对，第三句失黏。本诗于 1943 年 6 月，作者经日伪统治区去延安，途经山西交城县时所写。作者是湖南人，但把延安比作自己的家乡，充分表达了他对延安、对革命事业的由衷的热爱。

三、七　律

积雨辋川庄作

唐　王　维

积雨空林烟火迟，　　　蒸藜炊黍饷东菑。

⊙｜－－｜｜。　　　⊖－⊙｜｜－。

｜｜｜－－•｜－变格4　－－｜｜｜－。

夂11 ∨7 ⁻1 _12 _1 ∨20 ⁻4　　_10 ⁻8 ⁻4 ∨6 ∨22 ⁻1 _4

漠漠水田飞白鹭，　　　阴阴夏木啭黄鹂。

⊙｜⊖－－｜｜　　　⊖－｜｜｜－。

｜•｜－•｜｜失黏　　－－｜｜｜－。

夂10 夂10 ∨4 _1 _5 夂11 丶7　　_12 _12 ∨21 夂1 丶17 _7 ⁻4

山中习静观朝槿，　　　松下清斋折露葵。

⊖－⊙｜－－｜　　　⊙｜－－｜｜。

－－｜｜－－｜　　　－｜－－｜｜。

⁻15 _1 夂14 ∨23 ⁻14 _2 ∨12　　⁻2 丶22 _8 ⁻9 夂9 丶7 ⁻4

野老与人争席罢，　　　海鸥何事更相疑？

⊙	|	⊖	—	—	|	|		⊖	—	⊙	|	|	—	—。
|	|	|	|	—	|	|		|	—	|	|	|	—	—。

√21 √19 √6 ⁻11 ⌄8 ⋏11 ⋎22　　　　　　√10 ⌄11 ⌄5 ⋎4 ⋎24 ⌄7 ⁻4

后三联用首句⊖ — ⊙ | | | — — 之后三联,所以第三句失黏。本诗是王维田园诗的代表作之一,诗人把自己幽雅清淡的禅寂生活与辋川恬静优美的田园风光结合起来描写,创造了一个物我相惬、情景交融的意境。颔联中广阔的"漠漠",幽深的"阴阴"使这幅诗中之画充满空蒙迷茫的色调和气氛,这两句也成为千古传诵之名句。

黄 鹤 楼

唐　崔　颢

昔 人 已 乘 黄 鹤 去,　　　　此 地 空 余 黄 鹤 楼。

⊖ — ⊙ | — — |　　　⊙ | — | — — 　
| | | — | | |　拗句　　　| — | | | — 失对,大拗救

⋏11 ⁻11 ⌄4 ⌄10 ⌄7 ⋏10 ⌄6　　√4 ⌄4 ⁻1 ⌄6 ⌄7 ⋏10 ⌄11

黄 鹤 一 去 不 复 返,　　　白 云 千 载 空 悠 悠。

⊙ | ⊖ | | — |　　　⊖ — | | | — —。
— | | | | |　拗句,失黏　　| — | | | — — 失对、变格1

⌄7 ⋏10 ⋏4 ⌄6 ⋏5 ⌄26 ⌄13　　⋏11 ⁻12 ⌄1 √10 ⁻1 ⌄11 ⌄11

晴 川 历 历 汉 阳 树,　　　芳 草 萋 萋 鹦 鹉 洲。

⊖ — ⊙ | ⊙ — |　　　⊙ | — — — | —。
— | | | | — |　　　— | | | — | —　小拗救

⌄8 ⌄1 ⋏12 ⋏12 ⌄15 ⌄7 ⌄7　　⌄7 √19 ⁻8 ⁻8 ⌄8 √7 ⌄11

日 暮 乡 关 何 处 是?　　　烟 波 江 上 使 人 愁。

⊙ | ⊖ — — | |　　　⊙ | — | | — —。
| | — | | — |　　　| — | | | — —。

⋏4 ⌄7 ⌄7 ⁻15 ⌄5 ⌄6 ⌄4　　⌄1 ⌄5 ⁻3 ⌄23 ⌄4 ⁻11 ⌄11

首联中,前"鹤"后"黄"虽为大拗救,但首句中"乘"字又拗,使本句为拗句,且使次句中"余"字失对;第三句中"去"、"不"二字皆拗,使本句为拗句,且"去"字与次句中"余"字失黏,使第四句中"载"字失对;还有前半首中"黄鹤"三次出现:故前半首完全是古风的格调。前半首劈空写来,发人去楼空、岁月不再之慨,寄托着诗人入世虚无的悲叹;后半首以明丽之景写江色之美,画面顿生明暗对比,但随即落笔暮

霭烟波,景致陡暗,原来是乐景写哀,归思难收,令人读罢,如幻如梦,愁绪无限。故这首传世佳作被宋代严羽《沧浪诗话》中谓:"唐人七言律诗,当以崔颢《黄鹤楼》为第一。"传说李白登黄鹤楼本欲题诗,因见崔诗敛手,曰:"眼前有景道不得,崔颢题诗在上头。"

鹦 鹉 洲

唐　李　白

鹦 鹉 来 过 吴 江 水,　　　江 上 洲 传 鹦 鹉 名。

拗句　　　　　　　　　　　　　　失对,变格4

鹦 鹉 西 飞 陇 山 去,　　　芳 洲 之 树 何 青 青。

变格3　　　　　　　　　　　　　变格1
　　　　　　　　　　　　　　　　出韵

烟 开 兰 叶 香 风 暖,　　　岸 上 桃 花 锦 浪 生。

迁 客 此 时 徒 极 目,　　　长 洲 孤 月 向 谁 明?

　　本诗选自上海古籍出版社2001年9月第1版《律诗三百首》。李白见了崔颢的《黄鹤楼》后真是"道不得"吗?不。笔者说:"黄鹤楼景道不得,鹦鹉洲景争上游。"本诗首句中"鹉"字拗,使本句为拗句,且使次句中"上"字失对;还有前半首中"鹦鹉"三次出现:故本诗前半首也完全是古风的格调,同崔诗如出一辙。本诗为李白流放夜郎遇赦,来到距黄鹤楼不远的、因东汉祢衡作《鹦鹉赋》而得名的鹦鹉洲,凭吊祢衡所作。前三联写时间流逝,草木无情,高士殒命,空留洲名,诗人感念于此,心头浮起惋怜凄凉之情。末联笔锋暗转,由祢衡联想自己一生遭际,悲情难以抑制,不由发出苍凉的啼号,诗人报国无门的怨恨,在此倾泻无遗。

登金陵凤凰台

唐　李　白

凤凰台上凤凰游，　　　　　凤去台空江自流。

吴宫花草埋幽径，　　　　　晋代衣冠成古丘。

三山半落青天外，　　　　　一水中分白鹭洲。

总为浮云能蔽日，　　　　　长安不见使人愁。

首、颈、尾三联用首句⊖ — ⊙ | | | — — 之首、颈、尾三联，颔联用首句⊙ | — — | | — 之颔联，所以第三、五两句皆失黏。李白不仅写了《鹦鹉洲》，而且又写了把历史的典故、眼前的景物和自己的感受交织在一起，抒发忧国伤时怀抱的《登金陵凤凰台》。本诗摹《黄鹤楼》也很明显，不仅前半首"凤凰"双现、"凤"字三出，而且同用尤韵、后半首还步韵。笔者说，三首都是好诗，"佳话三诗俱了得，崔颢、李白皆一流。"

白 帝

唐　杜　甫

白帝城中云出门，　　　　　白帝城下雨翻盆。

高江急峡雷霆斗，　　　　　古木苍藤日月昏。

　　　　　　　　　　失黏

戎马不如归马逸，　　　　　千家今有百家存。

哀哀寡妇诛求尽，　　　　　恸哭秋原何处村？

　　　　　　　　　　　　　　　　　　　　变格4

　　次句中"帝"字拗，使本句为拗句且与首句失对，使第三句失黏。"白帝"在同联上、下句皆起两字出现，必定失对；又两字皆仄声，读来颇为拗拙，但也因而有一种劲健的气骨。本诗前半首以云雨寄兴，暗写时代的动乱，紧张激烈；后半首转为阴惨凄冷，展现了经过安史之乱后唐代社会的缩影。

咏怀古迹五首(其二)

唐　杜　甫

摇落深知宋玉悲，　　　　　风流儒雅亦吾师。

怅望千秋一洒泪，　　　　　萧条异代不同时。

　　　　　　　失黏、
　　　　　　　变格2

江山故宅空文藻，　　　　　云雨荒台岂梦思。

最 是 楚 宫 俱 泯 灭，　　　　舟 人 指 点 到 今 疑。
ⓛ │ ─ ─ ⓛ │ │　　　　─ ─ ⓛ │ │ ─ ─
│ │ │ │ │ │ │　　　　─ │ │ │ │ ─ ─
╲9 ╲4 ╲6 ‾1 ‾7 ╲11 ╲9　　　_11 ‾11 ╲4 ╲28 ╲20 _12 ‾4

后三联用首句 ─ ─ ⓛ │ │ ─ ─ 之后三联，所以第三句失黏。在杜甫看来，宋玉既是词人，更是志士。而他生前身后却都只被视为词人，其政治上失志不遇，则遭误解。尤其《高唐赋》《神女赋》，它的故事虽属荒诞梦想，但作家的用意却在讽谏君主淫惑。然而世人只把它看作是荒诞梦想，欣赏风流艳事，这更从误解而曲解，使有益作品阉割成荒诞故事，把有志之士歪曲为无谓词人。这一切，使宋玉含屈，令杜甫伤心。诗瞩目江山，怅望古迹，吊宋玉，抒己怀；以千古之音写不遇之悲，体验深切；于精警议论见山光天色，艺术独到。

二月二日

唐　李商隐

二 月 二 日 江 上 行，　　　　东 风 日 暖 闻 吹 笙。
ⓛ │ ─ ─ │ │ ─　　　　─ ─ ⓛ │ ─ ─ ─
│ │ │ │ │ ─ ──拗句　　　─ ─ │ │ ─ ─ ──失对,变格1
╲4 ╲6 ╲4 ╲4 ‾3 ╲23 _8　　　‾1 ‾1 ╲4 ╲14 ╲12 ‾4 _8

花 须 柳 眼 各 无 赖，　　　　紫 蝶 黄 蜂 俱 有 情。
─ ─ ⓛ │ │ ─ │　　　　ⓛ │ ─ ─ │ │ ─
─ ─ │ │ │ ─ │　　　　│ │ ─ ─ │ ─ ──小拗救
_6 ‾7 ╲25 ╲15 ╲10 ‾7 ╲9　　　╲4 ╲16 _7 ‾2 ‾7 ╲25 _8

万 里 忆 归 元 亮 井，　　　　三 年 从 事 亚 夫 营。
ⓛ │ ⓛ ─ ⓛ │ │　　　　─ ─ ⓛ │ ─ ─ ─
│ │ │ ─ │ │ │　　　　─ ─ │ │ ─ ─ ─
╲14 ╲4 ╲13 ‾5 ‾13 ╲23 ╲23　　　_13 _1 ‾2 ╲4 ╲22 ‾7 _8

新 滩 莫 悟 游 人 意，　　　　更 作 风 檐 夜 雨 声。
─ ─ ⓛ │ ─ ─ │　　　　ⓛ │ ─ ─ │ │ ─
─ ─ │ │ ─ ─ │　　　　│ │ ─ ─ │ │ ─
‾11 ‾14 ╲10 ╲7 _11 ‾11 ╲4　　　╲24 ╲10 ‾1 _14 ╲22 ╲7 _8

首句中，"二日"、"江"共三字皆拗，使本句为拗句，且使次句共对。本诗以乐境写哀思，以美丽的春色反衬凄苦的身世，以轻快流走的笔调抒写抑塞不舒的情怀，以清空如话的语言表现宛转曲折的情思,收到了相反相成的艺术效果。颔联写得特别微婉,在绚丽的色彩中蕴含深深的隐痛,反衬诗人的沉沦身世和凄苦心情特别深刻。

合流遇潘子真,出斯文相示,因置酒。子真,黄九门人

宋　李之仪

山谷老子久不见,　　　　豫章诗人何许来?

章江未觉清澈骨,　　　　西山一带寒烟开。

文章明镜现诸相,　　　　句律蛰户惊春雷。

红炉劝坐且一醉,　　　　为我更赋扬州梅。

　　这是一首典型的拗体律诗,几乎通篇皆拗。第一、二、六、八句皆因第二、四两字同声而为拗句;其余四句虽有律句可参照,但第三句为大拗拗句,第四句失对,第五句为小拗,第七句为小拗、大拗拗句。本诗借用"黄九"即黄庭坚律诗的散句拗调及对典故点铁成金之法,仿其体而酬其文,虽是客串,倒也神似。其内容是对作者之友、黄庭坚门人潘子真的赞许。

出颍口,初见淮山,是日至寿州

宋　苏　轼

我行日夜向江海,　　　　枫叶芦花秋兴长。

㊀ 一 ① | 一 | ｜
| | ﹨ | ｜· | ｜
∨20 _8 ﹨4 ﹨22 ﹨23 ⁻3 ∨10
长　淮　忽　迷　天　远　近，

① | 一 | | 一 。
| | | | ·| | 一　小拗救
⁻1 ﹨16 ⁻7 _6 _11 ﹨25 _7
青　山　久　与　船　低　昂。

一 一 | | 一 | |　拗句
_7 ⁻9 ﹨6 ⁻8 _1 ∨13 ﹨13
寿　州　已　见　白　石　塔，

㊀ 一 ① | | 一 。
| ·| | | ·| | 一　失对、变格1
_9 ⁻15 ∨25 ∨6 _1 ⁻8 _7
短　棹　未　转　黄　茅　冈。

| | | | 一 | |　拗句
∨26 _11 ∨4 ⁻17 ﹨11 ﹨11 ﹨15
波　平　风　软　望　不　到，

| | | | 一 。　拗句
∨14 ﹨19 ∨5 ∨16 _7 _3 _7
故　人　久　立　烟　苍　茫。

一 一 一 一 | |　拗句
_5 _8 ⁻1 ∨16 ﹨23 ﹨5 ∨20

㊀ 一 ① | | 一 。
| ·| | ·| | 一　失对、变格1
﹨7 ⁻11 ∨25 ﹨14 _1 _7 _7

又是一首拗体律诗。第三、五、六、七句皆因第二、四两字或第四、六两字同声而为拗句；其余四句虽有律句可参照，但第四、八两句皆失对。这是东坡的名作之一，情景浑融，神气完足，光彩照人。三至六句是题目的正面文字，其描写中心归结到第七句的"波平风软"四字，这是诗人对此时此地的突出感受，是审美对象的突出特征。尤其对第四句，诗人自己也十分得意，他后来写的《李思训画长江绝岛图》(1070)有"沙平风软望不到，孤山久与船低昂"，重复使用了本诗的第七、四两句，只换了"沙"、"孤"两个字。

双井茶送子瞻

宋　黄庭坚

人　间　风　日　不　到　处，
㊀ 一 ① | 一 | ｜
一 一 | | ·| | ﹨
⁻11 ⁻15 ⁻1 ﹨4 ﹨5 ﹨20 ﹨6

天　上　玉　堂　森　宝　书。
① | 一 | | 一 。
一 | | ·| | ·| 一　小拗、大拗、
　　　　　　　　　　　　孤平救
_1 ﹨23 ﹨2 _7 _12 ∨19 ⁻6

想　见　东　坡　旧　居　士，
① 一 ① | | 一 |
| | | 一 一 | ·| ·|　变格3

挥　毫　百　斛　泻　明　珠。
㊀ 一 ① | 一 | 。
一 一 一 | 一 一

√22 、17 ⁻1 ⁻5 、26 ⁻6 √4　　　　⁻5 ⁻4 ＼11 ＼1 √21 ⁻8 ⁻7

我　家　江　南　摘　云　腴，　　　落　硙　霏　霏　雪　不　如。

⊖ ― ◐ | ― ― |　　　　◐ | ― ― | | ◦

| | ― ― | ！ ― ― 拗句、失黏　| | ― ― | | ◦ 失对

√20 ⁻6 ⁻3 ⁻13 ＼11 ⁻12 ⁻7　　　＼10 、11 ⁻5 ⁻5 ＼9 ＼5 ⁻6

为　君　唤　起　黄　州　梦，　　　独　载　扁　舟　向　五　湖。

⊖ ― ◐ | ― ― |　　　　◐ | ― ― | | ◦

| ！ | | ！ ― ― | 失黏　| | ― ― | | ◦

、4 ⁻12 、15 √4 ⁻7 ⁻11 、1　　　＼1 √10 ⁻1 ⁻11 、23 √7 ⁻7

第二、六两句用鱼韵，第四、八两句用虞韵，为通韵中之"进退韵"。又第五句中"南"、"摘"、"腴"三字拗，使本句为拗句、且与第四句失黏，并使第六句失对；尾联与颈联用相同格式，所以第七句失黏。本诗从高雅的玉堂发兴，引出题赠对象，再进入送茶之事，最终才点明题意——在风云变幻的官场里，不如及早效法范蠡，来个功成身退吧。这种千回百转、一波三折的构思方式，体现了黄庭坚诗的基本风格。

再登岳阳楼感慨赋诗

宋　陈与义

岳　阳　壮　观　天　下　传，　　　楼　阴　背　日　堤　绵　绵。

| ― | ― ― ― | 拗句　　　⊖ ― ◐ | | ― ― ◦

＼3 ⁻7 √23 ⁻14 ⁻1 √22 ⁻1　　　| ！ | | ◦ | ― ― 失对、变格1

草　木　相　连　南　服　内，　　　⁻11 ⁻12 、11 √4 ⁻8 ⁻1 ⁻1

◐ | ⊖ ― ― | |　　　　江　湖　异　态　栏　干　前。

| ！ ― ― ◦ | | 失黏　　⊖ | ◐ | ― ― ◦

√19 ＼1 ⁻7 ⁻1 ⁻13 ＼1 、11　　| | ― ― ◦ | 变格1

乾　坤　万　事　集　双　鬓，　　　⁻3 ⁻7 、4 ＼11 ⁻14 ⁻14 ⁻1

⊖ ― ◐ | | ― |　　　　臣　子　一　谪　今　五　年。

| ！ | ！ | | 小拗　　― ― ― | | ― ― ◦ 拗句

⁻1 ⁻13 、14 ＼4 ＼14 ⁻3 、12　　⁻11 √4 ＼4 ＼11 ⁻12 √7 ⁻1

欲　题　文　字　吊　古　昔，　　　风　壮　浪　涌　心　茫　然。

| ― ― | | | 拗句　　　― ― | | | ― ― ◦ 拗句

ᴧ2　⁻8　⁻12　ᴠ4　ᴠ18　ᴠ7　ᴧ11　　　　　⁻1　ᴠ23　ᴠ23　ᴠ2　_12　_7　_1

　　第一、六、七、八共四句因"二、四同声"或"四、六同声"而为拗句；其余四句虽有律句参照，但第二句失对，第三句失黏。为了表达欲语又止、抑塞难堪、郁戾不平的思想感情，本诗也用拗体格律，音节拗怒，陡折峭拔。尤其颈联掷地有声，充分表达了作者的国家兴衰之忧、自身迁谪之恨。

书　愤

宋　陆　游

早 岁 那 知 世 事 艰 ？　　　　中 原 北 望 气 如 山 。

ᴠ19　ᴠ8　ᴠ20　⁻4　ᴠ8　ᴠ4　_15　　　⁻1　⁻13　ᴧ13　ᴠ23　ᴠ5　⁻6　_15

楼 船 夜 雪 瓜 洲 渡 ，　　　　铁 马 秋 风 大 散 关 。

_11　_1　ᴠ22　ᴧ9　_6　_11　ᴠ7　　　ᴧ9　ᴠ21　_11　⁻21　ᴠ21　ᴠ15　_15

塞 上 长 城 空 自 许 ，　　　　镜 中 衰 鬓 已 先 斑 。

ᴠ11　ᴠ23　_7　_8　⁻1　ᴠ4　ᴠ6　　　ᴠ24　⁻1　⁻10　ᴠ12　ᴠ4　_1　_15

《出 师》一 表 真 名 世 ，　　　千 载 谁 堪 伯 仲 间 ？

ᴧ4　⁻4　ᴧ4　ᴠ17　⁻11　_8　ᴠ8　　　_1　ᴠ10　⁻4　_13　ᴧ11　ᴠ1　_15

　　首句为孤平拗句。本诗是陆游的名篇之一，全诗感情沉郁，气韵深厚，显然得力于杜甫。前半部分慷慨激昂，后半部分沉郁苍凉，足见诗人爱国伤时的忠愤之心。中间两联"楼船"、"铁马"的雄劲与"空"、"已"所包含的酸涩所形成的巨大反差，就更令人扼腕而生悲愤之情。尾联仍渴望效法诸葛亮"鞠躬尽瘁，死而后已"之精神，老骥伏枥，壮心不已。

黄山道中

金 赵沨

小 縠 城 荒 路 屈 盘，　　　石 根 寒 碧 涨 秋 湾。

√17 ﹨1 ＿8 ﹍7 ﹨7 ﹨5 ﹋14 邻韵　　﹨11 ﹋13 ﹋14 ﹨11 √22 ﹍11 ﹍15

千 章 秀 木 黄 公 庙，　　　一 点 飞 雪 白 塔 山。

﹍1 ﹍7 ﹨26 ﹨1 ﹍7 ﹋1 ﹨18　　拗句、失对

　　　　　　　　　　　　　　﹨4 √28 ﹍5 ﹨9 ﹨11 ﹨15 ﹍15

好 景 落 谁 诗 句 里？　　　蹇 驴 驮 我 画 图 间。

√19 √23 ﹨10 ﹋4 ﹋4 ﹨7 √4 失黏　　√16 ﹋7 ﹍5 √20 ﹨10 ﹍7 ﹋15

膏 肓 泉 石 真 吾 事，　　　莫 厌 乘 兴 数 往 还。

拗句、失对

＿4 ﹍7 ﹍1 ﹨11 ﹋11 ﹋7 ﹨4　　﹨10 ﹨29 ﹍10 ﹨25 ﹨7 √22 ﹋15

　　第四、八两句皆因第四字拗而为拗句、且失对，并使第五句失黏。全诗前两联写景，后两联议论，而以第三联绾合前两联景句，尾联则补足第三联之余意，结构匀称严谨，颇具匠心。"好景落谁诗句里，蹇驴驮我画图间"是诗人的名句。其好处不仅在于构思巧妙，不说景在诗中，而说诗人自在景中，便觉新警动人；而且骑着蹇驴缓缓前行，更显出山水画卷之长，美不胜收，故赵沨得"赵蹇驴"之美称。

送诉上人笑隐住龙翔寺

元 萨都剌

江 南 隐 者 人 不 识，　　　一 日 声 名 动 九 重。

大拗拗句

﹋3 ﹍13 √12 √21 ﹋11 ﹨5 ﹨13　　﹨4 ﹨4 ＿8 ﹍8 √1 √25 ﹍2

地 湿 厌 看 天 竺 雨，　　　月 明 来 听 景 阳 钟。

⊙　｜　⊖　—　—　｜　｜　　　　　⊖　—　⊙　｜　｜　—　｜
｜　｜　｜　—　｜　｜　　　　　｜　｜　｜　—　—　｜
ヽ4　ヽ14　ヽ29　-14　_1　ヽ1　√7　　　　　ヽ6　_8　-10　ヽ25　√23　_7　-2

衲　衣　香　暖　留　春　麝，　　　　　石　钵　云　寒　卧　夜　龙。

⊖　—　⊙　｜　｜　—　｜　　　　　⊙　｜　—　⊙　|　—　｜
ヽ15　-5　_7　√14　_11　-11　ヽ22　　　　　ヽ11　ヽ7　-12　-14　ヽ21　ヽ22　-2

何　日　相　从　陪　杖　屦，　　　　　秋　风　江　上　采　芙　蓉。

⊙　｜　⊖　—　—　｜　｜　　　　　⊖　—　⊙　｜　｜　—　｜
—　｜　｜　—　—　｜　｜　　　　　｜　｜　—　⊙　|　—　｜
_5　ヽ4　_7　-2　-10　√22　ヽ7　　　　　_11　-1　_3　ヽ23　√10　-7　-2

首句为大拗拗句。元文宗以其在南京作太子时的住邸改建为龙翔寺，迎杭州高僧笑隐（名诉）为主持。本诗酬赠，既表其上邀帝宠之身分，又切其道行高深之习性，无一废词芜句，可谓颂扬得体。

盘山绝顶
明　戚继光

霜　角　一　声　草　木　衰，　　　　　云　头　对　起　石　门　开。
⊙　｜　—　—　｜　｜　　　　　　　　⊖　—　⊙　｜　｜　—　｜
—　|　：　—　|　　　　　　　— 孤平拗句
_7　ヽ3　ヽ4　_8　√19　ヽ1　-10　　　　　-12　_11　ヽ11　√4　ヽ11　-13　-10

朔　风　虏　酒　不　成　醉，　　　　　落　叶　归　鸦　无　数　来。
⊖　—　⊙　｜　｜　—　｜　　　　　⊙　｜　—　—　｜　｜
｜　｜　｜　—　—　：　｜　　　　　｜　｜　—　—　•　｜　— 小拗救
ヽ3　-1　√7　√25　ヽ5　_8　ヽ4　　　　　ヽ10　ヽ16　-5　_6　-7　ヽ7　-10

但　使　玄　戈　销　杀　气，　　　　　未　妨　白　发　老　边　才。
⊙　｜　—　—　｜　｜　　　　　　　　⊖　—　⊙　｜　｜　—　｜
｜　｜　—　—　｜　｜　　　　　｜　｜　|　—　—　｜
√14　√4　_1　_5　_2　ヽ8　ヽ5　　　　　ヽ5　_7　ヽ11　ヽ6　_19　_1　-10

勒　名　峰　上　吾　谁　与？　　　　　故　李　将　军　舞　剑　台。
⊖　—　⊙　｜　｜　—　｜　　　　　⊙　｜　—　—　｜　｜
｜　｜　｜　—　—　｜　　　　　　　　｜　｜　—　—　｜　｜

ʌ13 ˍ8 ˉ2 ˎ23 ˉ7 ˉ4 ˅6　　　　ˎ7 ˎ4 ˍ7 ˉ12 ˅7 ˎ30 ˉ10

　　首句为孤平拗句。明朝一代名将戚继光,是文化素养很高的儒将,有着宽阔的胸襟和诗人的雅趣。他军务之暇,不忘山川名胜,给我们留下这首意境开阔,形象鲜明,豪放洒脱,格调高昂的盘山绝顶诗。

寄松风上人
清　郑　燮

岂 有 千 山 与 万 山,　　　　别 离 何 易 来 何 难。

⊙ │ — │ — │ —　　　　⊖ — ⊙ │ │ — —
│ │ — — │ │ —°　　　　│ │ — — • │ —°　变格1

˅5 ˅25 ˍ1 ˉ15 ˅6 ˎ14 ˉ15 邻韵　　ʌ9 ˉ4 ˍ5 ˎ4 ˉ10 ˍ5 ˉ14

一 日 一 日 似 流 水,　　　　他 乡 故 乡 空 倚 阑。

⊖ │ ⊖ │ — — │　　　　⊖ — │ — — │ —
│ ┆ — ┆ ┆ — │ 拗句、失黏　　— — │ │ — │ — 拗句

ʌ4 ʌ4 ʌ4 ʌ4 ˅4 ˍ11 ˅4　　　　ˍ5 ˍ7 ˎ7 ˉ7 ˉ1 ˅4 ˉ14

云 补 断 桥 六 月 雨,　　　　松 扶 古 殿 三 时 寒。

⊙ │ — — │ │ │　　　　⊖ — ⊙ │ — — —
— ┆ — — │ ┆ │ 失黏、拗句　　— — │ │ — — — 变格1

ˉ12 ˅7 ˍ15 ˍ11 ʌ1 ˍ6 ˅7　　　　ˉ2 ˍ7 ˅7 ˎ17 ˍ13 ˉ4 ˉ14

笋 脯 茶 油 新 麦 饭,　　　　几 时 猿 鹤 来 同 餐。

⊙ │ ⊖ — — │ │　　　　⊖ — — │ — — —
│ ┆ — • — │ │ 失黏　　— — — │ — │ — 变格1

˅11 ˅7 ˍ6 ˍ11 ˉ11 ʌ11 ˎ14　　　　˅5 ˉ4 ˉ13 ʌ10 ˉ10 ˉ1 ˉ14

　　第三、四两句皆因"二、四同声"而为拗句,且使第三句与第二句失黏、第五句与第四句失黏;第五句又因第三字不平未满足变格2条件而为拗句;又尾联与颈联用相同格式,故第七句也失黏:以上都说明本诗也是拗体律诗。上人栖身空门,诗人托身红尘,但两者之间的友情,还是可以沟通的。因为在佛家看来,凡是最能忘情的人,也是最有情的人,全然无情也就无所谓"忘情"了。

乌江项王庙

清　严遂成

云 旗 庙 貌 拜 行 人，　　　　功 罪 千 秋 问 鬼 神。
⊖ — ⊙ | | — ○　　　　⊙ | — — | | ○
— — | | | — ○　　　　— — | | | — ○
¯12 ¯4 ＼18 ＿19 ＼10 ＿8 ¯11　　　　¯1 ∨10 ＿1 ＿11 ＼13 ∨5 ¯11

剑 舞 鸿 门 能 赦 汉，　　　　船 沉 巨 鹿 竟 亡 秦。
⊙ | ⊖ — — | |　　　　⊖ — ⊙ | | — ○
| | — — — | |　　　　— — | | | — ○
＼30 ∨7 ¯1 ¯13 ＿10 ＼22 ＼15　　　　＿1 ＿12 ∨6 λ1 ＼24 ＿7 ¯11

范 增 一 去 无 谋 主，　　　　韩 信 原 来 是 逐 臣。
⊖ — ⊙ | — | |　　　　⊙ | — — | | ○
— — | | — | |　　　　— — | | | — ○
∨29 ＿10 λ4 ＼6 ¯7 ＿11 ∨7　　　　¯14 ＼12 ¯13 ＿10 ∨4 λ1 ¯11

江 上 楚 歌 最 哀 怨，　　　　招 魂 不 独 为 灵 均。
⊙ | ⊖ — — | |　　　　⊙ | — — | | ○
— | | — | • | 拗句　　　　— — | | | — ○
¯3 ＼23 ∨6 ＿5 ∨9 ¯10 ＼14　　　　＿2 ¯13 λ5 λ1 ＼4 ＿9 ¯11

　　第七句因第三字不平、未满足变格 3 条件而为拗句。本诗贵有新义。诗人不
以成败论英雄，将项羽与屈原相提并论显出卓越的史识；评说项羽一生功罪和历史
地位，准确、警策、概括，无愧是诗、史合璧的力作。对项羽，评功时以"能"、"竟"轻
轻带过，却内蕴有力；论过时以"一去"、"原来"流贯而下，却叹惜深沉。全诗冷峭蕴
藉，堪称咏史佳制。

早发武连驿忆弟

近代　曾国藩

朝 朝 整 驾 趁 星 光，　　　　细 想 吾 生 有 底 忙。
⊖ — ⊙ | | — ○　　　　⊙ | — — | | ○
— — | | | — ○　　　　— — — | | | ○
＿2 ＿2 ∨23 ＼22 ＼12 ＿9 ＿7　　　　＼8 ＼22 ¯7 ＿8 ∨25 ∨8 ＿7

疲 马 可 怜 孤 月 照，　　　　晨 鸡 一 破 万 山 苍。

日 归 日 归 岁 云 暮，　　　有 弟 有 弟 天 一 方。

大 壑 高 崖 风 力 劲，（拗句、失黏）　　何 当 吹 我 送 君 旁。（拗句）

（失黏）

颈联两句皆因"二、四、六同声"而为拗句，且使第五句与第四句失黏、第七句与第六句失黏。就是颈联这两句，运用同词反复之法，给人一唱三叹之感，诗人念弟思归之情与奔走宦路之苦交织，收到悠远绵长的艺术效果，使本诗在中国诗歌史怀人之作中，显示独有的艺术魅力。

夏日即事

近代　胡朝梁

人 生 快 意 是 会 合，（拗句）　　尽 日 好 风 来 东 南。（拗句）

芳 塘 半 亩 水 清 浅，（失黏）　　茅 屋 一 间 人 两 三。（小拗、孤平救）

看 水 看 山 殊 未 厌，　　栽 桑 栽 竹 粗 已 谙。（拗句）

青 云 可 致 不 须 致，　　我 愿 食 贫 如 荠 甘！

— — │ ． │ — │　　　　　　　│ │ ． — ． │ 　— 小拗、孤平救
 9 ⁻12 ✓20 ＼4 ⅄5 ⁻7 ＼4　　　　　✓20 ＼14 ⅄13 ⁻11 ⁻6 ✓8 13

第一、二、六共三句皆因"四、六同声"而为拗句；后三联用首句① │ — — │ │ — 之后三联，所以第三句失黏。全诗句句紧扣首句"人生快意"四字，写出诗人的"快意"。此种种"快意"，通过所写各种体感具体形象写出，而又"会合"一体，为首句统领。然此体感的"快意"，恰好为诗人心感快意的外露。心感的快意，则末句的"食贫如荠甘"也！即旧时知识分子"富贵不能淫，贫贱不能移"的志节。

吊大学生

现代　鲁　迅

 阔　人　已　骑　文　化　去，　　　　　此　地　空　余　文　化　城。
 ⊖　—　①　│　—　│　│　　　　　①　│　—　—　—　—　│
 │　—　│　．　—　─　│　拗句　　　│　│　—　．　│　—　│ — 失对、变格4
⅄7 ⁻11 ✓4 ＼4 ⁻12 ＼22 ＼6　　　✓4 ＼4 ⁻1 ⁻6 ⁻12 ＼22 ⁻8

 文　化　一　去　不　复　返，　　　　　古　城　千　载　冷　清　清。
 ①　─　─　⊖　①　—　│　　　　　①　—　—　①　─　—　—
 —　│　│　│　．　│　拗句、失黏　│　—　—　．　│　—　─ 失对
⁻12 ＼22 ⅄4 ＼6 ⅄5 ⅄1 ＼13　　　✓7 ⁻8 ⁻1 ✓10 ＼23 ⁻8 ⁻8

 专　车　队　队　前　门　站，　　　　　晦　气　重　重　大　学　生。
 ⊖　—　①　│　—　│　│　　　　　①　│　—　—　│　—　—
  1 ⁻6 ＼11 ⁻11 ⁻1 ⁻13 ＼30　　＼11 ⅄5 ⁻2 ⁻2 ＼21 ⅄3 ⁻8

 日　薄　榆　关　何　处　抗，　　　　　烟　花　场　上　没　人　惊。
 ①　│　⊖　—　—　│　│　　　　　⊖　—　①　│　│　—　—
⅄4 ⅄10 ⁻7 ⁻15 ⁻5 ＼6 ＼23　　　 1 ⁻6 ⁻7 ＼23 ⅄6 ⁻11 ⁻8

首句"骑"、"化"两字拗，使该句为拗句，且使次句中"余"字失对；第三句中"去"、"不"两字皆拗，使本句为拗句，且"去"字与次句中"余"字失黏，使第四句中"载"字失对；还有前半首中"文化"三次出现：故前半首完全是古风的格调。本诗和崔颢《黄鹤楼》(530)何其相似乃尔！不仅平仄、格律相似，如上所述，前半首完全是古风，后半首则完全合律，且全诗五十六个字中有五十二个字平仄完全相同；而且句法、措词相似，全诗八句，句句都是翻版，读者可细细品味。诚如作者《伪自由书

·崇实》一文的最后所说:"废话不如少说,只剥崔颢《黄鹤楼》诗以吊之。"当然,相似只是形式,而内容则完全不同。本诗写于 1933 年 1 月 31 日,当时,继东北之后,华北半壁山河岌岌可危,北平又将沦于敌手。可是对外投降对内残暴的国民党政府,不思卫国御敌,不顾广大人民包括大学生的安危,却仓忙地运起古董来了,因为这些古董如《崇实》中所说"可以随身带着","随时卖出铜钱来。"诗同作者的杂文一样,具有深刻的政治内容。句句堪称史笔,虽云"吊",却无哀伤,只有悲愤,整首诗的调子是慷慨激昂、幽默辛辣的,对国民党反动派不顾人民死活、只顾自己醉生梦死的嘴脸,作了尖锐的揭露和讽刺。(诗中"榆关"即山海关。)

咏贾谊

现代　毛泽东

少年倜傥廊庙才，　　　　　　壮志未酬事堪哀。

胸罗文章兵百万，　　　　　　胆照华国树千台。

雄英无计倾圣主，　　　　　　高节终竟受疑猜。

千古同惜长沙傅，　　　　　　空白汨罗步尘埃。

　　本诗是毛泽东十五首七律中唯一一首不合律的。第一、二、五、八共四句皆因四、六同声而为拗句,第三、四、六、七共四句皆因二、四同声而为拗句,八句皆拗,为典型的拗体律诗。另有两处失黏、两处失对。本诗对与屈原有相同的政治命运,都是因谗遭贬,壮志未酬的贾谊寄予了深切的同情。诗写得如作者本人在《读范仲淹两首词的批语》中所说的"既苍凉又优美"。

春节重怀台湾故旧

现代 王 力

庚 申 端 午 寄 吟 笺，　　壬 戌 迎 春 思 悄 然。
⊖ 一 ① | | 一 ╻　　① | 一 一 | | ╻
一 一 | | 一 ╻　　① | 一 一 • | 一 变格4
_8 ‾11 ‾14 √7 √4 _12 _1　　_12 λ4 _8 ‾11 ‾4 √17 _1

苦 恨 卅 秋 隔 沧 海，　　还 从 两 岸 结 文 缘。
① | ⊖ 一 一 一 |　　⊖ 一 ① | | 一 ╻
| | | | ╻ • | 拗句　　一 一 | | | 一 ╻
√7 √14 λ15 _11 λ11 _7 √10　　‾15 _2 √22 √15 λ9 _12 _1

江 东 渭 北 花 俱 发，　　大 陆 台 湾 月 共 圆。
⊖ 一 ① | 一 一 |　　① | 一 一 | | ╻
一 一 | | 一 一 |　　一 一 一 一 | | ╻
‾3 ‾1 √5 λ13 _6 ‾7 λ6　　√21 λ1 ‾10 ‾15 √6 √2 _1

樽 酒 论 文 何 日 是？　　暮 云 春 树 自 年 年。
① | ⊖ 一 一 | |　　⊖ 一 ① | | 一 ╻
一 | 一 一 一 | |　　一 一 一 一 | | ╻
‾13 √25 ‾13 ‾12 _5 λ4 √4　　√7 ‾12 ‾11 √7 √4 _1 _1

　　第三句因第三字不平而为拗句。本诗写于1982年，是王力教授缅怀台湾故旧的诗作。后四句从杜甫的"渭北春天树，江东日暮云。何时一樽酒，重与细论文"（350）点化而来，准确而巧妙地表达了自己急切地希望早日与老朋友把酒论诗文的心情。

卐 字 廊

现代 陶 铸

卐 字 廊 前 花 木 森，　　风 送 芬 芳 入 杳 冥。
① | 一 一 一 | 一　　① | 一 一 | | ╻
| | 一 一 一 • | 一 变格4　　| | 一 一 一 • | 失对
√14 √4 _7 _1 _6 λ1 _12　　‾1 √1 ‾12 _7 λ14 √17 _9

静 坐 偶 欣 唯 蝶 舞，　　夜 眠 深 苦 是 蚊 鸣。
① | ⊖ 一 一 | |　　⊖ 一 ① | | 一 ╻

汉家狱辱周何怨，　　　　宋室廷刑岳慨承。

人世烦冤终不免，　　　　求仁奚用为身名！

本诗依《词韵》协韵，"森"为第十三部，"冥"、"鸣"、"承"、"名"皆第十一部，两部通押。次句失对，因后七句用首句⊖—①｜——｜之后七句。本诗是陶铸身遭诬陷后被软禁时所写。全诗情景交融，用典（汉初周勃、南宋岳飞）贴切，以古今相通之笔，倾吐出诗人遭谗被陷、身处困境的积郁，表达出一个革命家无私无畏的耿耿忠心和广阔胸怀。读来令人回肠荡气，掩卷而三思。

无题二首

现代　公　木

其　一

胸中焰火吐氤氲，　　　　浊地清天变古今。

可上九霄摇月桂，　　　　便游四海将蛟鳞。

报春不伴游人赏，　　　　噫气常随知己嗔。

　　　　　　　　　　　　　　　　　　　　— 变格 4

第 二 自 然 凭 手 造，　　　　大 千 世 界 镂 诗 心。

本诗依《词韵》协韵，"瓺"、"鳞"、"嗔"皆第六部，"今"、"心"皆第十三部，两部通押；或依现代汉语十八韵协韵，五个韵脚字皆痕韵。

其　二

其 长 其 短 杳 无 音，　　　　我 欲 将 头 撞 帝 阍。

为 问 苍 天 可 有 眼，　　　　复 呼 大 地 岂 无 心。

（变格2）

假 真 真 假 凭 罗 织，　　　　非 是 是 非 靠 引 申。

（孤平拗句）

弹 雨 枪 林 穿 过 了，　　　　归 来 阶 下 作 囚 人。

本诗依《词韵》协韵，"音"、"心"皆第十三部，"阍"、"申"、"人"皆第六部，两部通押；或依现代汉语十八韵协韵，五个韵脚字皆痕韵。又第六句为孤平拗句。

两首诗后注："1969年10月，作者被'解放'，忆及遭迫害情景而作此诗。"以写新体诗而闻名的公木先生作旧体诗，别是一种格调。无题诗大师李商隐之无题诗，多用比兴，朦胧难解，故元好问谓"诗家总爱西昆好，独恨无人作郑笺"（221）。此两首《无题》：其二，抒发蒙冤入狱之愤慨，意向醒豁，尤其"假真"以下四句感慨遥深，读之令人痛心疾首；其一，似言革命之经历，似言壮志之难酬，又似言艺术之追求，耐人寻味，可谓得李商隐无题诗衣钵之作也。

重访湘西有感并怀洞庭湖区

当代　朱镕基

湘 西 一 梦 六 十 年，　　故 地 依 稀 别 有 天。

_7 _8 ⅄4 ⟍1 ⅄1 ⅄14 _1 　　⟍7 ⟍4 ‾5 ‾5 ⅄9 ⌵25 _1

（拗句）

吉 首 学 中 多 俊 彦，　　张 家 界 顶 有 神 仙。

⅄4 ⌵25 ⅄3 ‾1 _5 ⌵12 ⟍17 　　_7 _6 ⟍10 ⌵24 ⌵25 ‾11 _1

熙 熙 新 市 人 兴 旺，　　濯 濯 童 山 意 快 然。

‾4 ‾4 ‾11 ⌵4 ‾11 _10 ⟍23 　　⅄3 ⅄3 ‾1 _15 ⟍4 ⌵22 _1

浩 浩 汤 汤 何 日 现，　　葱 茏 不 见 梦 难 圆。

⌵19 ⌵19 _7 _7 _5 ⅄4 ⟍17 　　‾1 _2 ⅄5 ⟍17 ⟍1 ‾14 _1

　　首句为拗句。1941 年，朱镕基还是长沙中学的一名学生时，曾因避战乱转到湘西的国立八中就读，那一方山水，就在他的生命里扎下了根。2001 年 4 月，作者身为国家总理，终于踏上这片魂牵梦萦的土地，山川虽未变，旧貌换新颜，所以说"别有天"。颔联具现湘西今日之盛，作为湘西土家族苗族自治州首府的吉首，也有了民族大学，并培养出许多"俊彦"。颈联移步换景，对比强烈，作者由乐转忧，表示要坚决制止破坏生态环境的现象。尾联宕开一笔，由湘西转到湘北的洞庭湖，借范仲淹《岳阳楼记》中的成句"浩浩汤汤"，一个心系人民，所怀者大，所感者深，以天地为心、苍生为念的人民公仆的形象，便矗立在我们面前。

四、七　绝

采莲曲二首(其二)

唐　王昌龄

荷 叶 罗 裙 一 色 裁，　　　芙 蓉 向 脸 两 边 开。

乱 入 池 中 看 不 见，　　　闻 歌 始 觉 有 人 来。

如果把首句看作是不入韵的仄起仄收式，那么本诗就是上、下联用"① ｜ ⊖ — — ｜ ｜ , ⊖ — ① ｜ ｜ — —"相同格式，第三句一定失黏。其实，这是齐梁"永明体"在七绝中的反映，这种"对式"绝句是"联内自对，相互不黏"，即第三句必定失黏。本诗是一幅《采莲图》，作为画面中心的采莲少女们却夹杂在田田荷叶、艳艳荷花丛中，若隐若现，若有若无……

送元二使安西

唐　王　维

渭 城 朝 雨 浥 轻 尘，　　　客 舍 青 青 柳 色 新。

劝 君 更 尽 一 杯 酒，　　　西 出 阳 关 无 故 人。

本诗也可看作是前后联"⊖ — ① ｜ — — ｜ , ① ｜ — — ｜ ｜ —"重复使用的对式绝句，第三句肯定失黏。这是一首千古传诵的送别诗，后被谱成乐曲，就是有名的《阳关三叠》,又叫《渭城曲》,成为最流行、传唱最久的歌曲。

哭晁卿衡
唐　李　白

日 本 晁 卿 辞 帝 都,　　　　征 帆 一 片 绕 蓬 壶。

变格4

明 月 不 归 沉 碧 海,　　　　白 云 愁 色 满 苍 梧。

失黏

对式绝句,第三句失黏。李白与晁卿的友谊,不仅是两人的私交,也是盛唐文坛的佳话,更是中日两国人民友好交往历史的美好一页。

塞上听吹笛
唐　高　适

雪 净 胡 天 牧 马 还,　　　　月 明 羌 笛 戍 楼 间。

借 问 梅 花 何 处 落,　　　　风 吹 一 夜 满 关 山。

失黏

对式绝句,第三句失黏。上联写实景:胡天雪融,牧马归来,戍楼月明,笛声响起;下联想虚景:曲名拆用《梅花落》),写声成像,梅片飘落,香满关山。

戏为六绝句(其二)

唐　杜　甫

王　杨　卢　骆　当　时　体，　　　轻　薄　为　文　哂　未　休。

尔　曹　身　与　名　俱　灭，　　　不　废　江　河　万　古　流。

　对式绝句,第三句失黏。这首论诗绝句的观点是:评论作家,如初唐"四杰"("王杨卢骆"),不能脱离其时代条件。后两句有普遍意义,流传至今,应用极广。

小儿垂钓

唐　胡令能

蓬　头　稚　子　学　垂　纶，　　　侧　坐　莓　苔　草　映　身。

路　人　借　问　遥　招　手，　　　怕　得　鱼　惊　不　应　人。

　对式绝句,第三句失黏。上联写形,下联传神,是一首情景交融、形神兼备的描写儿童的佳作。唐诗中写儿童题材不多,故本诗十分可贵。

滁州西涧

唐　韦应物

独　怜　幽　草　涧　边　生，　　　上　有　黄　鹂　深　树　鸣。

⊖ — ① | — | — 　　　　　　　　① | | — — | — ⌒
| — | — | — | 。　　　　　　　| — | — | 。— 变格4
↘1 _1 _11 ↙19 ↘16 _1 _8　　　↘23 ↙25 _7 ⁻8 _12 ↘7 _8

春 潮 带 雨 晚 来 急，　　　　野 渡 无 人 舟 自 横。

⊖ — ① | — | —　　　　　　　　① | | — — | — ⌒
| 。— | ! | — — 失黏　　　 | — | — | 。— 小拗救
⁻11 _2 ↘9 ↙7 ↙13 ⁻10 ↙14　 ↙21 ↘7 _7 ⁻11 _11 ↘4 _8

　　对式绝句，第三句失黏。这是一首山水诗名篇，也是韦应物代表作之一。思欲归隐，故独怜幽草；无所作为，似水急舟横。所以诗中表露着恬淡的胸襟与忧伤的情怀。

春夜闻笛
唐 李 益

寒 山 吹 笛 唤 春 归，　　　　迁 客 相 看 泪 满 衣。

⊖ — ① | — | —　　　　　　　　— — | | — ⌒
— — — | — | 。　　　　　　　| — — | | 。—
⁻14 _15 ⁻4 ↙12 ↘15 ⁻11 _5　 _1 ↙11 _7 ⁻14 ↘4 ↙14 ⁻5

洞 庭 一 夜 无 穷 雁，　　　　不 待 天 明 尽 北 飞。

| — ① | — | —　　　　　　　　① | — — | — ⌒
| 。— | ! | — — 失黏　　　 | — | — | 。—
↘1 _9 ↙4 ↘22 ⁻7 ⁻1 ↘16　 ↙5 ↙10 _1 _8 ↙11 ↘13 ⁻5

　　对式绝句，第三句失黏。比起王之涣"羌笛何须怨杨柳，春风不度玉门关"(333)充满豪迈气概的盛唐诗，本诗多怨望而少豪气，这正是中唐诗的时代特点。

观 祈 雨
唐 李 约

桑 条 无 叶 土 生 烟，　　　　箫 管 迎 龙 水 庙 前。

⊖ — ① | — | —　　　　　　　　① | — — | — ⌒
— — — | — | 。　　　　　　　| — | — | 。—
_7 _2 ⁻7 ↘16 ↙7 _8 _1　 _2 ↙14 _8 ⁻2 ↙4 ↘18 _1

朱 门 几 处 看 歌 舞，　　　　犹 恐 春 阴 咽 管 弦。
⊖ — ⓛ ｜ — — ｜　　　　ⓛ ｜ — ｜ ｜ ｜ ｜
— — • ｜ ｜ — — —　失黏　— ｜ — ｜ ｜ ｜ 。
⁻7 ⁻13 ˇ5 ˋ6 ⁻14 ₋5 ˇ7　　　₋11 ˇ2 ⁻11 ₋12 ˋ9 ˇ14 ₋1

　　对式绝句，第三句失黏。一方面是小百姓"水庙""祈雨"，另一方面是大"朱门""犹恐春阴"，本诗对不平世道的讽刺曲折委婉，耐人寻味。

南园十三首(其一)
唐　李　贺

花 枝 草 蔓 眼 中 开，　　　　小 白 长 红 越 女 腮。
⊖ — ⓛ ｜ ｜ — —　　　　ⓛ ｜ — — ｜ ｜ —
— — ｜ ｜ ｜ — 。　　　　｜ ｜ — — ｜ ｜ —
₋6 ⁻4 ˇ19 ˋ14 ˋ15 ₋1 ⁻10　　　ˇ17 ˋ11 ₋7 ₋1 ˋ6 ˇ6 ⁻10

可 怜 日 暮 嫣 香 落，　　　　嫁 与 春 风 不 用 媒。
⊖ — ⓛ ｜ — — ｜　　　　ⓛ ｜ — — ｜ ｜ —
｜ • ｜ ｜ — — ｜　失黏　｜ ｜ — — ｜ ｜ 。
ˇ20 ₋1 ˋ4 ˇ7 ₋1 ₋7 ˋ10　　　ˋ22 ˇ6 ⁻11 ₋1 ˋ5 ˇ2 ⁻10

　　对式绝句，第三句失黏。本诗描摹南园景色，慨叹春暮花落，以赋笔为主，兼用比兴，清新委婉，风格别具。尤其结句，婉曲深沉，充满浓烈的悲剧气氛。

念昔游三首(其三)
唐　杜　牧

李 白 题 诗 水 西 寺，　　　　古 木 回 岩 楼 阁 风。
ⓛ ｜ ⊖ — — — ｜　　　　ⓛ ｜ — — — — —
｜ ｜ ｜ — ｜ • ｜　变格3　｜ ｜ — • • ｜ — 失对、变格4
ˇ4 ˋ11 ⁻8 ⁻4 ˇ4 ⁻8 ˋ4　　　ˇ7 ˋ1 ⁻10 ₋15 ₋11 ˋ10 ⁻1

半 醒 半 醉 游 三 日，　　　　红 白 花 开 山 雨 中。
⊖ — ⓛ ｜ — — ｜　　　　ⓛ ｜ — — — — —
｜ • ｜ • ｜ — — 失黏　　　— ｜ — — • ｜ — 变格4
ˋ15 ₋9 ˋ15 ˋ4 ₋11 ₋13 ˋ4　　　⁻1 ˋ11 ₋6 ⁻10 ₋15 ˇ7 ⁻1

次句用首句⊖ — ⓛ ｜ — — ｜之次句，其他三句用首句ⓛ ｜ ⊖ — — — ｜

｜之相应三句,所以次句失对,第三句失黏。李白写宣州泾县水西寺的诗:"清湍鸣回溪,绿竹绕飞阁;凉风日潇洒,幽客时憩泊。"杜牧将该诗凝炼为"古木回岩楼阁风",正是抓住了水西寺的特点;杜牧自己则写"红白花开山雨中"。这两句写景既雄俊清爽,又纤丽典雅。诗人是完全沉醉在这如画的山景里了吗? 还是借大自然的景致来荡涤自己胸中之块垒呢? 也许两者都有吧。

齐安郡后池绝句
唐　杜　牧

菱　透　浮　萍　绿　锦　池，　　　夏　莺　千　啭　弄　蔷　薇。

尽　日　无　人　看　微　雨，　　　鸳　鸯　相　对　浴　红　衣。

失黏、变格3

对式绝句,第三句失黏。在蒙蒙丝雨笼罩下,有露出水面的菱叶、铺满池中的浮萍、穿叶弄花的鸣莺、花枝离披的蔷薇,还有双双对对的鸳鸯……是"尽日无人"吗? 不,有个人在"看微雨"——是只看雨吗? ……

题齐安城楼
唐　杜　牧

鸣　轧　江　楼　角　一　声，　　　微　阳　潋　潋　落　寒　汀。

不　用　凭　栏　苦　回　首，　　　故　乡　七　十　五　长　亭。

失黏、变格3

对式绝句,第三句失黏。这首宦游思乡之作一出,赞许者几乎异口同声地誉其末句。同"南朝四百八十寺"(499)、"二十四桥明月夜"(147)一样,杜牧写诗好用数目堆积,且运用极妙,不乏见地,是表达情感的需要,是艺术上的独创,故清人王渔洋于《带经堂诗话》中说:"……皆妙,虽'算博士'何妨!"

赠别二首(其一)
唐　杜　牧

娉　娉　袅　袅　十　三　余，　　　豆　蔻　梢　头　二　月　初。

_9　_9　∨17　∨17　人14　_13　￣6　　　∨26　∨26　_3　_11　∨4　人6　￣6

春　风　十　里　扬　州　路，　　　卷　上　珠　帘　总　不　如。

　　　　　　　　　　　　失黏

￣11　_1　人14　∨4　_7　_11　∨7　　　∨16　∨23　￣7　_14　∨1　人5　￣6

　　　对式绝句,第三句失黏。在"算博士"的本诗中,在"娉娉袅袅十三余,豆蔻梢头二月初"前,一切"如花似玉"、"倾国倾城"之类比喻形容,都只能黯然失色;赞"春风十里扬州路"的美人,不用一个"女"字,也没有一个"花"字、"美"字,真是"不著一字"而能"尽得风流"。

溪上遇雨二首(其二)
唐　崔道融

坐　看　黑　云　衔　猛　雨，　　　喷　洒　前　山　此　独　晴。

　　　　　　　　　　　　　　　　　　　　　　　　　　　　失对

∨21　∨15　人13　￣12　_15　∨23　∨7　　　￣13　∨21　_1　￣15　∨4　人1　_8

忽　惊　云　雨　在　头　上，　　　却　是　山　前　晚　照　明。

　　　　　　　　　　　　失黏　　　　　　　　　　　　　　小拗未救

人6　_8　￣12　∨7　∨11　_11　∨23　　　人10　∨4　￣15　_1　∨13　∨18　_8

　　　次句用首句一 — ① ｜ — — ｜ 之次句,其他三句用首句① ｜ 一 — — ｜ ｜ 之相应三句,所以次句失对,第三句失黏。本诗准确抓住夏雨的特点:来去速疾,去来势猛,雨脚不定,瞬息万变。这种从一种自然现象的观察玩味中发现某种奇特情趣,是早于南宋杨万里二三百年前的"诚斋体"。这标志着在晚唐,唐诗向宋诗的过渡开始了。

以上十五首唐代绝句除二首外,十三首都是"对式"绝句,这表明南朝齐梁时代的"永明体"在唐代的遗响还是较多的。唐以后,这种遗响就减少了,历朝的"对式"绝句就不多了。

被酒独行,遍至子云、威、徽、先觉四黎之舍三首(其一)

宋　苏　轼

半 醒 半 醉 问 诸 黎,　　　　竹 刺 藤 梢 步 步 迷。

但 寻 牛 矢 觅 归 路,　　　　家 在 牛 栏 西 复 西。

（失黏　　　　　　　　　　　小拗救）

对式绝句,第三句失黏。本诗最大特点就是把人们认为最粗俗的"牛矢"取作诗材,写入诗中。这说明:文学作品的"雅"与"俗"是相对的,只要作者情愫高、功力深,从真情实感出发,能大胆创新,任何"俗"的题材都可以创造"雅"的意境,使它显得美,显得有味。

琴　诗

宋　苏　轼

若 言 琴 上 有 琴 声,　　　　放 在 匣 中 何 不 鸣?

（　　　　　　　　　　　　　　孤平救）

若 言 声 在 指 头 上,　　　　何 不 于 君 指 上 听?

（失黏　　　　　　　　　　　小拗未救）

﹨10 ⁻13 ＿8 ﹨11 ∨4 ＿11 ﹨23　　　　　＿5 ﹨5 ⁻7 ⁻12 ∨4 ﹨23 ＿9 出韵

本诗选自《绝句三百首》。对式绝句,第三句失黏。作者在本诗里提出了一个复杂的美学问题:产生艺术美的主客观因素,两者是缺一不可的。

登 岳
明　严　嵩

仙 家 鸟 道 迥 莫 到,　　　　　石 壁 猿 声 清 忽 闻。

＿1 ＿6 ∨17 ∨19 ∨24 ﹨10 ﹨20　　　　﹨11 ﹨12 ⁻13 ＿8 ＿8 ﹨6 ⁻12

（小拗、大拗救）

幽 泉 树 杪 飞 残 滴,　　　　　瑶 草 岩 中 吐 异 芬。

（失黏）

＿11 ＿1 ﹨7 ∨17 ⁻5 ⁻14 ﹨12　　　　＿2 ∨19 ＿15 ⁻1 ∨7 ﹨4 ⁻12

对式绝句,第三句失黏。明代文坛上,有两个人名声很臭,但又被公认为颇有文学才华的就是阮大铖和严嵩。如果撇开他们政治上的作为不论,阮大铖是一名相当不错的戏曲作家,严嵩是一个有成就的诗人。本诗是严嵩的早年之作,境界真切,文字秀美,是首好诗。

皇帝行幸南京歌
明　薛　蕙

燕 姬 玉 袖 抱 箜 篌,　　　　　马 上 长 随 翠 辇 游。

＿1 ⁻4 ﹨2 ﹨26 ∨19 ＿1 ＿11　　　　∨21 ﹨23 ＿7 ⁻4 ﹨4 ∨16 ＿11

春 来 照 影 秦 淮 水,　　　　　爱 杀 江 南 云 母 舟。

（失黏）　　　　　　　　　　　　　　　　（变格4）

⁻11 ＿10 ﹨18 ∨23 ⁻11 ⁻9 ∨4　　　　﹨11 ﹨8 ⁻3 ＿13 ⁻12 ∨25 ＿11

对式绝句,第三句失黏。这是一首用华丽色泽伪装着的讽刺诗,讽刺对象就是民间小说艳称的"正德皇帝游江南",戏曲《游龙戏凤》中的荒淫无耻的明武宗朱厚照。

湖上梅花歌四首(其四)

明　王稚登

闻 道 湖 中 尽 是 梅，　　　两 山 千 种 一 时 开。

⊙ | — — | | 。　　　⊖ — ⊙ | | — 。

— | — — | | 。　　　| — — | | — 。

⁻12 ⌄19 ⁻7 ⁻1 ⌄11 ⌄4 ⁻10　　⌄22 ⁻15 ⌄1 ⌄2 ⋋4 ⁻4 ⁻10

估 客 片 帆 春 雨 里，　　　载 将 香 气 过 湖 来。

⊙ | ⊖ — — | | 　　　⊖ — ⊙ | | — 。

| | | • — | | 失黏　　| — — | | — 。

⌄7 ⋋11 ⋋17 ⌐15 ⁻11 ⌄7 ⌄4　　⌄10 ⌐7 ⌐7 ⋋5 ⌄21 ⁻7 ⁻10

对式绝句,第三句失黏。结句推陈出新,状貌言情,香气本无形,却能"载将""过湖",突出梅香的浓郁,诗人的心情真是快活极了。

汉　口

清　邢昉

蜀 江 船 不 到 三 巴，　　　湖 南 船 不 到 长 沙。

⊖ — ⊙ | | — 。　　　⊖ — ⊙ | | — 。

| — — | | — 。　　　| • — — ! | — — 失对

⋋2 ⁻3 ⌐1 ⋋5 ⌄20 ⌐13 ⌐6　　⁻7 ⌐13 ⌐1 ⋋5 ⌄20 ⌐7 ⌐6

满 地 干 戈 关 塞 里，　　　行 人 那 不 早 还 家？

⊙ | ⊖ — — | | 　　　⊙ | ⊖ — — | |

| | — • — | | 失黏　　— — | | — — 。

⌄14 ⌄4 ⁻14 ⌐5 ⁻15 ⌄11 ⌄4　　⌐8 ⁻11 ⌄20 ⋋5 ⌄19 ⁻15 ⌐6

次句用首句⊙ | ⊖ — — | | 之次句,其他三句用首句⊖ — ⊙ | | — — 之相应三句,故次句失对,第三句失黏。本诗通过水路交通的不便,反映明末清初社会动乱的情景,颇有见微知著之妙。

鸳鸯湖棹歌一百首（之八）

清　朱彝尊

樯 燕 樯 乌 绕 棹 师，　　　　树 头 树 底 挽 船 丝。

① | — | | | — — | ① | | | — — ○

— | | — | | | — | | | — | | — ○

_7 ﹨17 _7 ⁻7 ﹨18 ﹨16 ⁻4　　　﹨7 _11 _7 √8 √13 _1 ⁻4

村 边 处 处 围 桑 麻，　　　　水 上 家 家 养 鸭 儿。

⊖ — ① | | — — ① | | | — — ○

— — | | • — — ——变格1 — | | | — | — ○

⁻13 _1 √6 _5 _7 _6　　　√4 ﹨23 _6 _6 √22 ﹨17 ⁻4

本诗句句合律，无拗句、失对、失黏；但第三句未用本该用的⊖ — ① | — — | ，而用⊖ — ① | | — — ，变未字仄声为平声，所以单独的每句虽都合律，但从整体看，本诗是不合七言律绝格律的。又第三句末字"麻"为下平声六麻韵，与其他三个皆上平声四支的韵脚字也是不能协韵的。本诗纯为景语，在这淳朴、亲切的画境中，读者能感受到一股叹赏不尽的欢悦之情的脉动。

冶春绝句（其十）

清　王士禛

当 年 铁 炮 压 城 开，　　　　折 戟 沉 沙 长 野 苔。

⊖ — ① | | — — ① | | — — | | ○

— — | | | — | | | — | — | | ○

_7 _1 ﹨9 ﹨19 ﹨17 _8 ⁻10　　　﹨9 ﹨11 _12 _6 √22 √21 ⁻10

梅 花 岭 畔 青 青 草，　　　　闲 送 游 人 骑 马 回。

⊖ — ① | — — | 失黏 ① | — — | | — ○

— — • | | | | — | | | — • | ○——变格4

⁻10 _6 √22 ﹨15 _9 _9 √19　　　⁻15 ﹨1 _11 ⁻11 ⁻4 √21 ⁻10

对式绝句，第三句失黏。本诗是悼念抗清英雄史可法的。一个"送"字，把坟冢连同坟上的青草都写活了，仿佛它们正在注视着眼前的一切，而游人们却未必意识到它们的存在。这是何等的沉痛！

江上竹枝词（四首选一）

清　姚　鼐

东 风 送 客 上 江 船，　　　西 风 催 客 下 江 船。

天 公 若 肯 如 侬 愿，　　　便 作 西 风 吹 一 年。

后三句用首句⊖│——││—之后三句，故次句失对。本诗中的"侬愿"是寄希望于西风，要它整年地吹，吹得上江的夫船下江，日思夜想的丈夫早日归来。委婉中有力量，故在刘禹锡的《竹枝词》中也是上乘。

校中百咏十首（其一）

现代　徐特立

早 起 亲 书 语 数 行，　　　格 言 科 学 及 词 章。

为 便 诸 生 一 流 览，　　　移 来 黑 板 挂 前 廊。

对式绝句，第三句失黏。徐特立在湖南长沙女子师范学校任校长时，在办公室前廊挂一黑板，他一早起来就在黑板上写上七绝诗，对同学进行教育，很受同学欢迎。这些诗总称《校中百咏》，已大都散失，仅存十首。本诗为第一首，开宗明义，就是为使学生获得些做人的格言以及科学知识和文学知识。

延安新竹枝词十七首(其八)

现代　李木庵

清凉山上晚风凉，　　　　　清凉山下水波扬。
⊖ 一 ① | | — —　　　　　⊖ 一 ① | | 一 —
— — — | | — —　　　　　— — ● | | — —　失对
_8 _7 ⁻15 ﹨23 ⌄13 ⁻1 _7　　_8 _7 ⁻15 ﹨22 ⌄4 _5 _7

夜半文星齐放采，　　　　　光芒万丈耀天长。
① | ⊖ — | | |　　　　　⊖ 一 ① | | — —
| | — — ● | |　失黏　　— — | | | — —
﹨22 ﹨15 ⁻12 _9 ⁻8 ﹨23 ⌄10　　_7 _7 ﹨14 ⌄22 ﹨18 _1 _7

次句用不同于其他三句的首句为① | ⊖ — — | |之次句,故次句失对,第三句失黏。1942年,作者采用竹枝词民歌形式写了组诗,歌颂延安生活。本诗有注,是赞写"解放日报社"的。诗借指报社夜半亮起的灯火,双关此报之光芒,赞扬了党报工作者和党报的光辉功绩。

车过图门江怀朝战

现代　朱　德

美帝侵朝霸亚洲，　　　　　敌锋已到绿江头。
① | — — | 一 —　　　　　⊖ 一 ① | | — —
| | — — | — —　　　　　— — | | | — —
⌄4 ﹨8 _12 _2 ﹨22 ﹨22 _11　　﹨12 ⁻2 ⌄4 ﹨20 ﹨2 ⁻3 _11

抗美援朝倡正义，　　　　　雄师百万复开州。
① | — — | | |　　　　　⊖ 一 ① | | — —
| | — — ● | |　失黏、变格2—　— — | | | — —
﹨23 ⌄4 ⁻13 _2 ﹨23 ﹨24 ﹨4　　⁻1 ⁻4 ﹨11 ﹨14 ﹨1 ⁻10 _11

对式绝句,第三句失黏。本诗写于1952年9月,尖锐揭露了美帝发动侵朝战争,企图称霸亚洲的罪恶行径,热情歌颂了抗美援朝战争的正义性和取得的伟大胜利。"开州"即开城。

咏 牡 丹

现代　郭沫若

绝 代 豪 华 富 贵 身，　　　　艳 色 娇 姿 自 可 人。
　①　｜　—　—　｜　｜　—　　　　①　｜　—　—　｜　｜　—
　｜　｜　—　—　｜　｜　。　　　　｜　｜　—　—　｜　—　失对
ㄑ9　ㄟ11　⌐4　⌐6　ㄟ26　ㄟ5　⌐11　　ㄟ29　ㄑ13　⌐2　⌐4　ㄟ4　ㄍ20　⌐11

花 国 于 今 非 帝 制，　　　　花 王 名 号 应 图 新。
　①　｜　⊖　—　—　｜　｜　　　　⊖　—　①　｜　｜　—　—
　—　｜　—　—　—　｜　｜　　　　—　—　—　｜　·　—　变格1
⌐6　ㄑ13　⌐7　⌐12　⌐5　ㄟ8　ㄟ8　　⌐6　⌐7　⌐8　ㄟ20　⌐10　⌐7　⌐11

　　后三句用首句⊖ — ① ｜ — — ｜之后三句，故次句失对。本诗写于1912年，作者才20岁，诗通过咏花王牡丹，热情地赞颂了1911年辛亥革命的胜利，表达了作者追求民主、追求共和的进步思想，是现代咏牡丹诗词中的一首好诗。

贾 谊

现代　毛泽东

贾 生 才 调 世 无 伦，　　　　哭 泣 情 怀 吊 屈 文。
　⊖　—　①　｜　｜　—　—　　　　①　｜　—　—　｜　｜　—
　｜　—　—　—　｜　—　—　　　　｜　｜　—　—　｜　｜　。
ㄍ21　⌐8　⌐10　ㄟ18　ㄟ8　⌐7　⌐11　ㄑ1　ㄑ14　⌐8　⌐9　ㄟ18　ㄑ5　⌐12

梁 王 堕 马 寻 常 事，　　　　何 用 哀 伤 付 一 生。
　⊖　—　①　｜　—　—　｜　　　　①　｜　—　—　｜　｜　—
　—　—　｜　·　｜　—　｜　失黏　　—　—　—　—　｜　｜　—
⌐7　⌐7　ㄍ20　ㄍ21　⌐12　⌐7　ㄟ4　　⌐5　ㄟ2　⌐10　⌐7　ㄟ7　ㄑ4　⌐8

　　对式绝句，第三句失黏。又本诗依《词韵》协韵，真韵、文韵皆词韵第六部，庚韵为词韵第十一部，两部通押。毛泽东对贾谊情有独钟，不仅写了《七律·咏贾谊》(545)，而且在这首七绝中十分赞赏贾谊的才华，认为他因哀伤而死不值得，并感到很惋惜。

梅岭三章

现代　陈　毅

其　一

断 头 今 日 意 如 何？　　创 业 艰 难 百 战 多。

此 去 泉 台 招 旧 部，　　旌 旗 十 万 斩 阎 罗。

其　二

南 国 烽 烟 正 十 年，　　此 头 须 向 国 门 悬。

后 死 诸 君 多 努 力，　　捷 报 飞 来 当 纸 钱。

失黏　　失对

第三句用不同于其他三句的首句〇 — ① | — — | 之第三句,故第三句失黏,第四句失对。

其　三

投 身 革 命 即 为 家，　　血 雨 腥 风 应 有 涯。

变格4

取 义 成 仁 今 日 事，　　人 间 遍 种 自 由 花。

⊙ | 一 — — | |　　　　　一 — ⊙ | | — 一
| | — — — | |　　　　　| | — | | — 一

√7 ↘4 ‾8 ‾11 ‾12 ↗4 ↘4　　　‾11 ‾15 ↘17 ↘2 ↘4 ‾11 ‾6

　　诗前小序："一九三六年冬,梅山被围。余伤病伏丛莽间二十余日,虑不得脱,
得诗三首留衣底,旋围解。"生死关头"得诗",可见其从容、镇定;"留衣底",意在作
为遗诗。这是陈毅的代表作,一组三篇,一气贯注,以设问开头总领全诗,围绕"断
头"两字构思,扣住"意如何"申发,由眼前回顾过去,从现实写到理想,既有高度的
概括力,又有鲜明的形象性。全诗用革命现实主义与革命浪漫主义相结合的手法,
生动表达了为革命献身的豪迈气概与死亦为鬼雄的彻底革命精神,英雄将帅与豪
放诗人的形象跃然纸上。

归 途

现代　袁晓园

夕 阳 未 必 逊 晨 曦,　　　　昂 首 飞 鬃 奋 老 蹄。
一 — ⊙ | | — —　　　　　⊙ | — — | | 一
| | — | | — —○　　　　　— | | | | — —○

↗11 ‾7 ↘5 ↗4 ↘14 ‾11 ‾4　　　‾7 ↗25 ‾5 ↘2 ↘13 ↗19 ‾8　邻韵

春 蚕 萦 绕 千 千 缕,　　　　愿 为 人 民 吐 尽 丝。
一 — ⊙ | | — —　　　　　⊙ | — — | | 一
— — — | | — —　失黏　　　| | — — | | 一○

‾11 ‾13 ‾8 ↘18 ‾1 ‾1 √7　　　↘14 ↘4 ‾11 ‾11 √7 ↗11 ‾4

　　对式绝句,第三句失黏。作者原是美籍华人学者,后寓居北京。1979 年当她
第一次登上由美国回祖国的飞机时,心情万分激动,于是在飞机上写下本诗。首句
一反李商隐"夕阳无限好,只是近黄昏"(492)的诗意,境界迥然不同;次句将曹操
"老骥伏枥,志在千里;烈士暮年,壮心不已"(1217)的名句作了形象生动的发挥;末
二句又化用李商隐"春蚕到死丝方尽"(99)的名句,展示了自己愿为祖国为人民鞠
躬尽瘁、死而后已的壮志情怀。所以,这首诗在《人民日报》发表后,很快被国内外
报刊相继转载,广为流传。

第十章　今体诗的起源

《诗词格律概要》、《古体诗律学》中关于句型的观点

王力先生在《概要》中把五、七言今体诗的句型分为三种：正格、变格和拗救、拗句；在《古律》中把五、七言古体诗的句型也分为三种：律句、拟律（句）、古句。古体诗中的律句即今体诗中的正格，古体诗中的拟律即今体诗中的变格和拗救，古体诗中的古句即今体诗中的拗句。

依数学的排列原理，五言有以下三十二种句型：

| | — — —，— | — — —，| — — — —，— — — — —，
— — — | —，| — — | —，| | — — —，| — — | —，
| | | — —，— — | — |，| | | — |，— — | | —，
— — | — |，— | | — —，| — — — |，— | — | —，
— — | — |，— | | — —，| | | — |，— | — | —，
| | — — |，— — — | |，| — — | |，— | — — |，
— | | | —，| | | — |，| | — | —，— — — | |。

这三十二种句型分为三类，它们在古体诗和今体诗中的对应关系如下：

1. 律句

古体诗平仄和代号		今体诗平仄和名称
| | | — —　A		⊕ | | — —　正格
— | | — |　A		
— — — | |　b		⊖ — — | |　正格
| — — | |　b		
— — | | —　B		— — | | —　正格
| | — — |　a		⊕ | — — |　正格
— | — — |　a		

共七句，规律：二、四异声，即第二、四两字声调必异。

2. 拟律

古体诗平仄和代号　　　　　　　今体诗平仄和名称

| | — — — 　　　　A¹
— | — — — 　　　　A¹

①| •— — —　变格1

— — | | | 　　　　b¹

— | | | 　变格2

— | | — | 　　　　b¹

— — | •— | 　变格3

— — — | — 　　　　B¹

— — •| — | 　变格4

| — | — | 　　　　B¹

| — •| — | 　孤平救

| | | — | 　　　　a¹

①| | — | 　小拗可救可不救

— | | — | 　　　　a¹

　　共八句。规律：除"— — | — |，b¹；— — | •— |，变格3"外，也是二、四异声。

　　3. 古句

　　除以上两类共十五句外的十七句，都是古句，即今体诗中的拗句。古句本书不再细分，不用代号。规律：除"| — | | — 孤平"和"| — | | |"两句外，都是二、四同声，即第二、四两字声调必同。

　　在三十二种五言句式的每一句前面都可分别加上— —、| —、| |、— | 四种，所以七言总句数为一百二十八句。律句和拟律则是在五言①| 前加⊖ —，⊖ — 或— — 前加① |，所以七言律句有十四句，七言拟律有十六句，代号与五言相同；另外九十八句都是七言古句，也不再细分，不用代号。

　　今体诗，即近体诗、格律诗，诗学界一般认为起源于南北朝时代南齐永明（齐武帝年号，公元483—493）年间，即"永明体"。笔者阅读《汉魏六朝诗鉴赏辞典》中906 首诗后，认为今体诗起源可上朔到楚汉相争年代。以下所选诗例就是906 首诗中每首四句或八句的平韵诗，不是四句、不是八句或不是平韵的都不选，以充分说明今体诗的起源。

一、五　言

　　汉、三国、两晋、南北朝、隋，前后经历八百多年，文学上简称为汉魏六朝。这一时期，五言古诗从产生走向繁荣，风靡社会；五言今体诗也萌芽、发展、形成、成熟。

（一）拟律、律句的出现

和项王歌
楚　虞姬

汉 兵 已 略 地，　　　　四 方 楚 歌 声。
| — | | |　　　　　| — | | 。
、15 _8 √4 λ10 、4　　　　、4 _7 √6 _5 _8

大 王 意 气 尽，　　　　贱 妾 何 聊 生！
| — | | |　　　　　| | — — 。—A¹
、21 _7 、4 、5 √11　　　　、17 λ16 _5 _2 _8

　　我国韵书的演变过程大致如下：《声类》（魏，李登撰）→《韵集》（晋，吕静撰）→《切韵》（隋，陆法言撰，共193韵）→《唐韵》（唐，孙缅撰，共206韵）→《广韵》（宋，陈彭年、邱雍撰，共206韵）→《集韵》（宋，丁度等撰，共206韵）→《平水韵》（宋，刘渊撰，共107韵）→《佩文诗韵》（清，张玉书等撰，共106韵），前四种都已失传，故现存最早的韵书为《广韵》。若依汉语史分期，先秦两汉为上古，唐宋为中古，元明清为近古，则《广韵》、《集韵》、《平水韵》、《佩文诗韵》为中、近古韵。《佩文诗韵》及其前身《平水韵》，都是根据唐初许敬宗等奏议，把206韵中邻近的韵合并来用，其实质和《集韵》、《广韵》、《唐韵》、《切韵》等是相承的；所以，用《佩文诗韵》来分析每个字的字声、平仄、押韵，可上溯到汉初，本诗即是。本诗五言四句，逢双押韵，押下平声八庚韵，是我国最早的一首五言诗，最早的一首平韵古绝。正如王力《古体诗律学》第237页所说：“绝句的产生，尚远在‘永明体’之前。”（笔者按：王力先生这句话非常宝贵。）四句中，前三句皆为古句，末句为拟律。2009年第六版《辞海》第2789页，说本诗见“《史纪·项羽本纪》张守节正义引陆贾《楚汉春秋》。”《汉魏六朝诗鉴赏辞典》第6页：“宋王应麟《困学记闻》卷十二《考史》认为此诗是我国最早的一首五言诗，可见其在中国诗歌史上地位之重要。”由上述可见，随着我国第一首五言诗的产生，今体诗的元素——拟律句就同时产生了。又虞姬的出生地，《辞海》第2789页，“虞姬”条目中没有记载。现江苏省张家港市南部凤凰镇（1962年前历来属于常熟县，古代为河阳山地区）建有“河阳山歌馆”，馆名为中国文联主席孙家正题，中国文联原主席周巍峙也题词盛赞河阳山歌是“人民的心声，民族的情结，国家的瑰宝，世界的奇葩。”《河阳山歌》（凤凰出版社2010年10月出版）第12页有：“河阳山（二）（马路村曹荷宝唱）　河阳山生得头朝西，山里出个能姐女。挑花踏线不讲究，舞剑弄刀学虞姬。注：据考，虞姬系河阳桥虞家浜人（今为凤凰镇新桥村）。……”第129页又有：“虞姬（小山村陆秀英等唱）　梅花开放是立春，虞姬生在虞家浜。跟得项羽来造反,专打暴君秦始皇。注:虞姬,名妙弋,河阳桥虞家浜人。
……"以上当然只是传说,另一种传说虞姬出生在沭阳。但无论是常熟(今张家港)
还是沭阳,都是江苏。综上所述,就把今体诗的起源:在时间上,从南齐"永明体"产
生的年代(公元 483—493 年)提前到楚汉相争年代(公元前 202 年,本诗即当年垓
下之战时所歌),提前了约 700 年;在空间上,从南齐"永明体"产生的地点——广泛
的南齐(半个中国)缩小到江苏。虞姬究竟是否为常熟(今张家港)人,有待专家考
证。如是,则常熟(今张家港)不但是吴文化的发源地之一,也是今体诗的发源地
了。其根据就是虞姬的《和项王歌》中有今体诗的元素——拟律句"贱妾何聊生"。
本诗故事家喻户晓,京剧大师梅兰芳就是主演《霸王别姬》中的虞姬,"四面楚歌"也
早已是成语了。

艳歌何尝行·白鹄 三解
汉 无名氏

吾 欲 衔 汝 去,　　　　口 噤 不 能 开。
— | — | |　　　　| | | — — A
⁻7 ⸝2 _15 ⌄6 ⸜6　　⌄25 ⸝26 ⸝5 _10 ⁻10

吾 欲 负 汝 去,　　　　毛 羽 何 摧 颓。
— | | | |　　　　— | — — — A¹
⁻7 ⸝2 ⌄25 ⌄6 ⸜6　　_4 ⌄7 _5 ⁻10 ⁻10

律句出现了,即第二句,第四句为拟律,第一、三两句为古句。本诗以双飞的白
鹄作譬,表现了一对患难夫妻被迫分离的情态。

言志(其二)
魏 何晏

转 蓬 去 其 根,　　　　流 飘 从 风 移。
| — | | —　　　　— — — | —
⌄16 ⁻1 ⌄6 ⁻4 ⁻13　　_11 _2 ⁻2 ⁻1 ⁻4

芒 芒 四 海 涂,　　　　悠 悠 焉 可 弥?
— — | | — B　　　　— — — | — B¹
_7 _7 ⌄4 ⌄10 ⁻6　　_11 _11 _1 ⌄20 ⁻4

愿 为 浮 萍 草,　　　　托 身 寄 清 池。

```
 |  —  —  —  |           |  —  |  —  。
、14 ⁻4 _11 ⁻9 ∨19      ∧10 ⁻11 、4 _8 ⁻4
 且  以  乐  今  日，        其  后  非  所  知。
 |  |  |  —  | a¹          —  |  —  |  。
∨21 ∨4 ∧10 _12 ∧4       ⁻4 、26 ⁻5 ∨6 ⁻4
```

本诗八句，一句律句、二句拟律、五句古句。本诗以比兴手法，抒发忧生之嗟。人生如蓬草于尘寰之中，毫无把握自己命运的能力，被外在力量所支配、所牵制推移，永无休止。但愿如浮萍一般，在小小的清池中获得安宁，可即使得到安宁，也只是暂时的，姑且及时行乐吧，往后的命运，谁又能预料？

以上三首古体诗中已有拟律、律句出现了，且逐渐增多。此后类似情况更多，但不再需要举例了，因律联很快出现了。打个比喻，这单独的拟律、律句，好比单独的精子、卵子。

（二）律联的出现

所谓律联，是由律句或拟律构成的上、下两句第二字平仄相对的两句一联。独立的精子和卵子已经合璧，成为受精卵了。

刺世疾邪赋秦客诗
汉　赵　壹

```
 河  清  不  可  俟，        人  命  不  可  延。
 —  —  |  |  | b¹          —  |  |  |  。
_5 _8 ∧5 ∨20 ⁻4           ⁻11 、24 ∧5 ∨20 _1
 顺  风  激  靡  草，        富  贵  者  称  贤。
 |  —  |  |  |            |  |  |  —  — A
、12 ⁻1 ∧12 ∨4 ∨19       、26 、5 ∨21 _10 _1
 文  籍  虽  满  腹，        不  如  一  囊  钱。
 —  |  —  |  |            |  —  |  —  |  。
⁻12 ∧11 ⁻4 ∨14 ∧1       ∧5 ⁻6 ∧4 _7 _1
 伊  优  北  堂  上，        肮  脏  倚  门  边。
 —  —  |  —  | b¹          —  |  |  —  — A
⁻4 _11 ∧13 _7 、23       _7 ∨22 ∨4 ⁻13 _1
```

第四联为律联，这是《汉典》中所载第一首有律联的诗，表明古体诗向今体诗的演变中前进了一步。赵壹的《刺世疾邪赋》反映了东汉政治黑暗的种种方面，富于真实性、广泛性、深刻性和尖锐性。本诗为该赋的结尾部分,假托秦客"为诗",与另一鲁生"作歌",用诗歌总结全赋要旨。诗可独立成篇,而又以讽喻见长。这种以诗结赋的写法,对后世也多有启导作用,尤以六朝人摹拟较多。

庭中有奇树

汉　无名氏

庭 中 有 奇 树, 　　绿 叶 发 华 滋。

攀 条 折 其 荣, 　　将 以 遗 所 思。

馨 香 盈 怀 袖, 　　路 远 莫 致 之。

此 物 何 足 贡, 　　但 感 别 经 时。

第一联为律联。这是《古诗十九首》中的一首,写一个妇女对远行丈夫的深切怀念之情。前六句极力赞扬鲜花的珍奇美丽,第七句突然一抑,正是为了后扬"但感别轻时"这一相思怀念的主题。

入 关

梁　吴 均

羽 檄 起 边 庭, 　　烽 火 乱 如 萤。　失对

是 时 张 博 望, 　　夜 赴 交 河 城。

马 头 要 落 日, 　　剑 尾 掣 流 星。

|　—　|　|　|　　　　　　　|　|　|　—　。A

√21 ＿11 、18 λ10 λ4　　　　　、30 √5 λ9 ＿11 ＿9

君　恩　未　得　报，　　　　何　论　身　命　倾。

—　—　|　|　|　b¹　　　　　_　|　|　—　。出韵

－12 －13 、5 λ13 、20　　　　　＿5 、14 －11 、24 ＿8

　　第二联为律联；第一联两句虽都为律句，但两句第二字皆仄声，失对，不为律联。本诗开唐代边塞诗先声，表达的是南方文人以汉代的人和事作为描写对象，寄托他们统一中国的理想。

送庾羽骑抱

北朝　郑公超

旧　宅　青　山　远，　　　　归　路　白　云　深。

|　|　|　—　|　a　　　　　—　|　|　—　。A　失对

、26 λ11 ＿9 －15 √13　　　　　－5 、7 λ11 －12 ＿12

迟　暮　难　为　别，　　　　摇　落　更　伤　心。

—　|　—　|　|　a　　　　　_　|　|　—　。A　失对

－4 、7 －14 －4 λ9　　　　　＿2 λ10 、24 ＿7 ＿12

空　城　落　日　影。　　　　迥　地　浮　云　阴。

—　—　|　|　|　b¹　　　　　|　|　|　—　。A¹

－1 ＿8 λ10 λ4 √23　　　　　√24 、4 ＿11 －12 ＿12

送　君　自　有　泪，　　　　不　假　听　猿　吟。

|　—　|　|　|　　　　　　　|　|　|　—　—　A

、1 －12 、4 √25 、4　　　　　λ5 、22 、25 －13 ＿12

　　前两联皆因失对而不为律联，仅第三联为律联。这首送别诗前三联皆对仗，体制逼近唐律。尤其第三联有三好：一为对仗好，五字皆工对；二为格律好，五字平仄皆相对；三为诗意好，若把该联与李白《送友人》中"浮云游子意，落日故人情"（434）与杜甫《春日忆李白》中"渭北春天树，江东日暮云"（350）比较，恐怕也是伯仲之间吧！

（三）律联的发展

　　受精卵要细胞分裂、增生，向胎儿进化了。八句四联的诗中要有二联、三联律联了。

1 两联律联的

归园田居五首(其三)

晋　陶渊明

种 豆 南 山 下，　　　　草 盛 豆 苗 稀。

| | — — | a　　　| ˙| | — ∘A　失对

ˇ2 ˇ26 ˍ13 ˉ15 ˇ22　　　ˇ19 ˙24 ˇ26 ˍ2 ˉ5

晨 兴 理 荒 秽，　　　　带 月 荷 锄 归。

— — | | b¹　　　| | — — ∘A

ˉ11 ˍ10 ˇ4 ˍ7 ˇ11　　　ˇ9 ˇ6 ˇ20 ˉ6 ˉ5

道 狭 草 木 长，　　　　夕 露 沾 我 衣。

ˇ19 ˇ17 ˇ19 ˇ1 ˍ7　　　ˇ11 ˇ7 ˍ14 ˇ20 ˉ5

衣 沾 不 足 惜，　　　　但 使 愿 无 违。

— — | | b¹　　　| | | — ∘A

ˉ5 ˍ14 ˇ5 ˇ2 ˇ11　　　ˇ14 ˇ4 ˇ14 ˉ7 ˉ5

　　第二、四两联为律联，本诗是《汉典》所载第一首有两联律联的八句平韵诗。陶渊明不愿"为五斗米向乡里小儿折腰"，辞去江西彭泽县令、挂印回家后作《归园田居》诗一组，描绘田园风光的美好与农村生活的淳朴可爱，抒发归隐后愉悦的心情。其中第三首最浅显，最有名。你看，月光洒遍田野，扛着锄头，沿着田间小路往家走，这是多么从容悠然、闲雅适意的情景啊！

咏 萍

齐　刘绘

可 怜 池 内 萍，　　　　蓱 葭 紫 复 青。

| — — | — ∘B¹　　　— ˙| | | — ∘B　失对

ˇ20 ˍ1 ˉ4 ˇ11 ˍ9 邻韵　　　ˉ13 ˉ12 ˇ4 ˇ1 ˍ9 出韵

巧 随 浪 开 合，　　　　能 逐 水 低 平。

| — | — |　　　— | | — — ∘A

ˇ18 ˉ4 ˇ23 ˉ10 ˇ15　　　ˍ10 ˇ1 ˇ4 ˉ8 ˍ8

微 根 无 所 缀，　　　　细 叶 讵 须 茎？

　　— — — ｜ ｜ b　　　　　　｜ ｜ ｜ — 。— A
　　¯5 ¯13 ¯7 ˅6 ˎ8　　　　　　ˎ8 ˎ16 ˎ6 ¯7 ＿8
　　飘　泊　终　难　测，　　　　**留　连　如　有　情。**

　　— ｜ ｜ — — ｜ a　　　　　— — — ｜ 。— B¹
　　＿2 ˎ10 ¯1 ¯14 ˎ13　　　　　＿11 ＿1 ¯6 ˅25 ＿8

　　后两联皆律联，且为一首首句平起仄收式之完全合律的五言律绝。这岂不是表明受精卵开始萌动了吗？本诗清逸秀出，摇曳生情，是一首颇具情趣的咏物好诗。尤其次联，描摹浮萍在水中飘、立、动、静之态，简直如翩翩少女的轻巧舞姿，表现了极为动人的韵致。

咏檐前竹

梁　沈　约

　　萌　开　箨　已　垂，　　　　**结　叶　始　成　枝。**
　　— — ｜ ｜ — B　　　　　　｜ ｜ ｜ — 。— A
　　＿8 ¯10 ˎ10 ˅4 ＿4　　　　　ˎ9 ˎ16 ˅4 ＿8 ¯4

　　繁　荫　上　蓊　茸，　　　　**促　节　下　离　离。**
　　— ｜ ｜ ｜ —　　　　　　｜ ｜ ｜ — 。— A
　　¯13 ˎ27 ˎ23 ˅1 ¯2　　　　　ˎ2 ˎ9 ˎ22 ¯4 ¯4

　　风　动　露　滴　沥，　　　　**月　照　影　参　差。**
　　¯1 ˅1 ˎ7 ˎ12 ˎ12　　　　　ˎ6 ˎ18 ˅23 ＿12 ¯4
　　— ｜ ｜ ｜ ｜　　　　　　｜ ｜ ｜ — 。— A

　　得　生　君　户　牖，　　　　**不　愿　夹　华　池。**
　　｜ — — ｜ ｜ b　　　　　　｜ ｜ ｜ — 。— A
　　ˎ13 ＿8 ¯12 ˅7 ˅25　　　　　ˎ5 ˎ14 ˎ17 ＿6 ¯4

　　一、四两联为律联。本诗咏竹，别无政治上的寓意和身世的感慨，只把竹子作为客观审美对象来观照，形象地勾勒它的清姿，映衬它的风韵。尤其第三联，檐竹沾满清露，在朗月清风中飒飒舞弄，栩栩在耳目之间最具灵性。末联中，檐竹对诗人的倾诉，其实也还是诗人对檐竹的赞美。

慈姥矶

梁 何 逊

暮 烟 起 遥 岸，　　　　斜 日 照 安 流。
｜　—　｜　—　｜ ｜ b　　　　— ｜ ｜ — —。A
⌄7 ＿1 ⌄4 ＿2 ⌄15　　　　＿6 ⌄4 ⌄18 ˉ14 ＿11

一 同 心 赏 夕，　　　　暂 解 去 乡 忧。
｜ — — ｜ ｜ b　　　　｜ ｜ ｜ — — 。A
⌄4 ˉ1 ＿12 ⌄22 ⌄11　　　　⌄28 ⌄9 ⌄6 ＿7 ＿11

野 岸 平 沙 合，　　　　连 山 远 雾 浮。
｜ ｜ — — ｜ a　　　　— — ｜ ｜ — B
⌄21 ⌄15 ＿8 ＿6 ⌄15　　　　＿1 ⌄15 ⌄13 ⌄7 ＿11

客 悲 不 自 已，　　　　江 上 望 归 舟。
｜ — ｜ ｜ ｜　　　　— ｜ ｜ — — 。A
⌄11 ˉ4 ⌄5 ⌄4 ⌄4　　　　ˉ3 ⌄23 ⌄23 ˉ5 ＿11

中间两联为律联，且为首句平起仄收式之合律五绝。这是一首写思乡之情的诗。第三联是名联，也有三好：一为对仗好，为工对；二为格律好，五字平仄皆相对；三为诗意好，写景状物，细微贴切，杜甫《秋兴五首》其四"远岸秋沙白，连山晚照红"即脱胎于此。

晚泊五洲

陈 阴 铿

客 行 逢 日 暮，　　　　结 缆 晚 洲 中。
｜ — — ｜ ｜ b　　　　｜ ｜ ｜ — — 。A
⌄11 ＿8 ＿2 ⌄4 ⌄7　　　　⌄9 ⌄28 ⌄13 ＿11 ˉ1

戍 楼 因 嵌 险，　　　　村 路 入 江 穷。
｜ — — — ｜　　　　— ｜ ｜ — — 。A
⌄7 ＿11 ˉ11 ＿13 ⌄28　　　　ˉ13 ⌄7 ⌄14 ˉ3 ˉ1

水 随 云 度 黑，　　　　山 带 日 归 红。
｜ — — ｜ ｜ b　　　　— ｜ ｜ — — 。A
⌄4 ˉ4 ＿12 ⌄7 ⌄13　　　　ˉ15 ⌄9 ⌄4 ˉ5 ˉ1

遥 怜 一 柱 观，　　　　欲 轻 千 里 风。

　　— — ｜　｜　｜ b¹　　　　　　｜　·— ｜　— 。B¹　　失对
　　_2 _1 ∨4 ∨7 ∨15　　　　　　∨2 _8 _1 ∨4 ⁻1

　　第一、三两联为律联。本诗写船泊五洲所见长江的晚景:戍楼因高峻而显得险要,村落因延伸而现出漫长,江水随着云影的浮动而渐次变暗,山峦带着夕阳的坠落而染上红晕。这种既有纵深感,又有动静感的描写,阔大了景物的表现空间,丰富了画面的色彩层次,所以深得后人赏叹。难怪杜甫《与李十二白同寻范十隐居》说:"李侯有佳句,往往似阴铿",杜甫自己在《解闷十二首》中也"颇学阴(铿)何(逊)苦用心"了。

　　　2 三联律联的

学刘公干体五首(其三)

宋 鲍照

胡 风 吹 朔 雪,　　　　　千 里 度 龙 山。
— — — ｜ ｜ b　　　　　｜ ｜ ｜ — 。A
⁻7 ⁻1 ⁻4 ∨3 ∨9　　　　　_1 ∨4 ∨7 ⁻2 ⁻15邻韵

集 君 瑶 台 上,　　　　　飞 舞 两 楹 前。
｜ — — — ｜　　　　　　｜ ｜ ｜ — 。A
∨14 _12 _2 ⁻10 ∨23　　　⁻5 ∨7 ∨22 _8 _1

兹 辰 自 为 美,　　　　　当 避 艳 阳 天。
— — ｜ — ｜ b¹　　　　　— ｜ ｜ — 。A
⁻4 ⁻11 ∨4 ⁻4 ∨4　　　　　_7 ∨4 ∨29 _7 _1

艳 阳 桃 李 节,　　　　　皎 洁 不 成 妍。
｜ — — ｜ ｜ b　　　　　｜ ｜ ｜ — 。A
∨29 _7 _4 ∨4 ∨9　　　　∨17 ∨9 ∨5 _8 _1

　　第一、三、四共三联皆律联。刘公干即"建安七子"之一的刘桢,他外具清高之风,内禀坚贞之节,其诗很能代表建安时代知识分子凛然有风骨的一面。鲍照出身寒门,虽望跻身朝廷,"心存魏阙";但绝不低声下气,摧眉折腰。本诗以雪自喻,学刘桢,形神兼备,有血有肉有筋有骨。

铜 雀 妓

梁　何　逊

秋 风 木 叶 落，	萧 瑟 管 弦 清。
— — ∣ ∣ ∣ b¹	— ∣ ∣ — —。A
﹍11 ﹍1 ⁻1 ﹨1 ﹨16 ﹨10	﹍2 ﹨4 ⌄14 ﹍1 8
望 陵 歌《对 酒》，	向 帐 舞 空 城。
∣ — — ∣ ∣ b	∣ ∣ ∣ — —。A
﹨23 ﹍10 ﹍5 ﹨11 ⌄25	﹨23 ﹨23 ⌄7 ⁻1 8
寂 寂 檐 宇 旷，	飘 飘 帷 幔 轻。
∣ ∣ — ˙∣ ∣ a¹	— — — ∣• ∣ B¹ 大拗救
﹨12 ﹨12 ﹍14 ⌄7 ﹨23	﹍2 ﹍2 ⁻4 ﹨15 8
曲 终 相 顾 起，	日 暮 松 柏 声。
∣ — ∣ ∣ ∣ b	∣ ∣ — ∣ —。A
﹨2 ⁻1 ﹍7 ⌄7 ⌄4	﹨4 ﹨7 ⁻2 ﹨11 8

前三联皆律联。第三联出句虽为大拗，但因对句相救，故该联也应为律联，出句也应认为拟律。又第二、三两联为首句平起仄收式之合律五绝，且两联皆为工整对仗。在南朝许多写铜雀台的诗中，何逊的这首较为出色，诗紧扣曹操生前言志抒怀和死后台上歌舞的情景，写出了一种悲凉的意境。是生死幽隔的哀伤，还是伟人死后的寂寞？是权势者的虚妄，还是每个人都想抓住生命的欲望？这一切很难说清，诗人也无意说清，全凭读者自己体会了。

胡无人行

梁　吴　均

剑 头 利 如 芒，	恒 持 照 眼 光。
∣ ∣ ∣ — ∣ b	— ∣ — ∣ ∣ —。B
﹨30 ﹍11 ﹨4 ⁻6 ﹍7	﹍10 ⁻4 ﹨18 ⌄15 ﹍7
铁 骑 追 骁 虏，	金 羁 讨 黠 羌。
∣ ∣ — — ∣ a	— — ∣ ∣ —。B
﹨9 ﹨4 ⁻4 ﹍2 ⌄7	﹍12 ⁻4 ⌄19 ﹨8 ﹍7
高 秋 八 九 月，	胡 地 早 风 霜。
— — ∣ ∣ ∣ b¹	— ∣ ∣ — —。A

```
_4  _11  ⅄8  ∨25  ⅄6              _7  ⅄4  ∨19  ¯1  _7
男  儿  不  惜  死 ，             破  胆  与  君  尝 。
—   —   |   |    | b¹            |   |   |   —   — 。A
_13 ¯4  ⅄5  ⅄11  ∨4              ∨21 ∨27 ∨6  _12  _7
```

　　后三联皆律联，第二、三两联又是首句仄起仄收式之合律五绝。对唐代边塞诗产生较大影响的南朝诗人中，吴均是突出的一位。除前面已介绍的《入关》(571)外，本诗开唐代边塞诗先声的是：一、慷慨激昂的感情和凌厉直上的气概；二、起承转合，章法整饬，辞意完密，一气贯通；三、节奏明快，音调铿锵，语言畅达，笔力劲健，如本诗中"高秋八九月，胡地早风霜"与盛唐岑参"胡天八月即飞雪"(844)之间的明显的源流关系。

晚出新亭

陈　阴铿

```
大  江  一  浩  荡 ，             离  悲  足  几  重 ？
|   —   |   |    |               —   —   |   |    — 。B
∨21 ¯3  ⅄4  ¯19  ∨22            ¯4  ¯4  ⅄2  ∨5  _2

潮  落  犹  如  盖 ，             云  昏  不  作  峰 。
—   |   —   —    | a             —   —   |   |    | 。B
_2  ⅄10 _11 ¯6   ∨9             ¯12 ¯13 ⅄5  ⅄10 ¯2

远  戍  唯  闻  鼓 ，             寒  山  但  见  松 。
|   |   —   —    | a             —   —   |   |    — 。B
∨13 ∨7  ¯4  ¯12  ∨7             ¯14 ¯15 ⅄14 ∨17 ¯2

九  十  方  称  半 ，             归  途  讵  有  踪 ？
|   |   —   —    | a             —   —   |   |    — 。B
∨25 ⅄14 _7  _10  ∨15            ¯5  ¯7  ∨6  ∨25 ¯2
```

　　后三联皆律联，又后七句皆律句。前三联写景，宛如一幅寒江晚行图，景象壮阔，氛围凝重；末联即《战国策·秦策》中"行百里者半于九十"之意，以行程遥远、归期难测遥应首联"离悲"，更觉意态横生，余味不尽。

春 日

陈 徐 陵

岸 烟 起 暮 色，　　　　岸 水 带 斜 晖。
| — | | |　　　　| | | — —　A
ㄥ15 _1 ㄥ4 ㄥ7 ㄥ13　　　ㄥ15 ㄥ4 ㄥ9 _6 ⁻5

径 狭 横 枝 度，　　　　帘 摇 惊 燕 飞。
| | — — |　a　　　　— — | | —　B¹
ㄥ25 ㄥ17 _8 ⁻4 ㄥ7　　　_14 _2 _8 ㄥ17 ⁻5

落 花 承 步 履，　　　　流 涧 写 行 衣。
| — — | |　b　　　　— | | — —　A
ㄥ10 _6 _10 ㄥ7 ㄥ4　　　_11 ㄥ16 ㄥ21 _8 ⁻5

何 殊 九 枝 盖，　　　　薄 暮 洞 庭 归。
— — | — |　b¹　　　　| | | — —　A
_5 ⁻7 ㄥ25 ⁻4 ㄥ9　　　ㄥ10 ㄥ7 ㄥ1 _9 ⁻5

后三联皆律联，又第二、三两联为首句仄起仄收式之合律五绝。本诗写傍晚出
游的春日景色。首联远景；次联近景；第三联绘景如画，轻灵美妙；末联把全诗带入
一个缥缈恍惚的奇境，我们的诗人就这样消失在春日薄暮的最后一片霞彩中……

（四）"永明体"的逐步形成

以上的诗都还是有古句、即拗句的；以下的诗就没有古句，全是拟律和律句了。
好比受精卵向胎儿的进化过程加快了，要形成胎儿了。

1 既有失对、又有失黏的

古 艳 歌

汉 乐 府

兰 草 自 生 香，　　　　生 于 大 道 傍。
— | | — —　A　　　　— — | | —　B
⁻14 ㄥ19 ㄥ4 _8 ⁻7　　　_8 ⁻7 ㄥ21 ㄥ19 ⁻7

十 月 钩 帘 起，　　　　并 在 束 薪 中。
| ! — — |　a　失黏　　| ! | — —　A　失对
ㄥ14 ㄥ6 _11 _14 ㄥ4　　ㄥ24 ㄥ11 ㄥ2 ⁻11 ⁻1

本诗依《古音辩》，阳韵与东韵皆协阳音而协韵。又本诗是《汉典》所载第一首

没有古句且都是律句的五言四句平韵诗,且前两句又是律联。因第一、二、四共三句用首句仄起平收式之该三句,第三句用首句平起平收式之第三句,所以第三句失黏,第四句失对。本诗借物寓意,寄寓了人才弃路旁,遭遇与凡众相等的慨叹,从而讽刺了在上位者的昏庸闇劣、糟踏人才。

出江陵县还二首(其一)

梁　萧　绎

游 鱼 迎 浪 上,	雏 雉 向 林 飞。
— — — ┃ ┃ b	┃ ┃ ┃ — 。A
ˇ11 ‾6 ⌣8 ╲23 ╲23	╲26 ⌄4 ╲23 ⌣12 ‾5
远 村 云 里 出,	遥 船 天 际 归。
┃ • — — b　失黏	— • — ┃ 。B¹　失对
⌄13 ‾13 ⌣12 ⌄4 ⋋4	⌣2 ⌣1 ⌣1 ╲8 ‾5

上联为律联。因第一、二、四共三句用首句平起仄收式之该三句,第三句用首句仄起仄收式之第三句,故第三句失黏,第四句失对。四句诗分别写游鱼、雏雉、远村、遥船,而各以江浪、森林、白云、天际作背景衬托,构成四幅景中有景、画中有画的画景。

春　日

陈　江　总

水 苔 宜 溜 色,	山 樱 助 落 晖。
┃ — — ┃ ┃ b	— • ┃ ┃ — 。B　失对
⌄4 ‾10 ⌣4 ╲26 ⋋13	‾15 ⌣8 ╲6 ⋋10 ‾5
浴 鸟 沈 还 戏,	飘 花 度 不 归。
┃ ┃ — — ┃ a　失黏	— — ┃ ┃ — 。B
⋋2 ⌄17 ⌣12 ‾15 ╲4	⌣2 ⌣6 ╲7 ⋋5 ‾5

下联为律联。因第一、三、四共三句用首句平起仄收式之该三句,第二句用首句仄起仄收式之第二句,故第二句失对,第三句失黏。本诗清新淡雅,仅用轻轻几笔,就绘出一幅山间春色图,一笔一划间,都融进了作者的喜悦之情。

行舟值早雾

梁 伏 挺

水 雾 杂 山 烟，　　　　冥 冥 不 见 天。
| | | — A　　　　| | | — B
√4 ˅7 ↘15 ⁻15 _1　　　　_9 _9 ↘5 ↘17 _1

听 猿 方 忖 岫，　　　　闻 濑 始 知 川。
— — — | | b　　　　— | | — — A
_9 ⁻13 _7 √13 ↘26　　　　⁻12 ↘9 √4 ⁻4 _1

渔 人 惑 澳 浦，　　　　行 舟 迷 沂 沿。　　失对
— • | | b¹ 失黏　　　— • — | — B¹
⁻6 ⁻11 ↘13 ↘20 √7　　　_8 _11 ⁻8 ↘7 _1

日 中 氛 霭 尽，　　　　空 水 共 澄 鲜。
| — | | b　　　　— | | — A
↘4 ⁻1 ⁻12 ˅9 √11　　　⁻1 √4 ↘2 _10 _1

　　因第五句用首句平起平收式之第五句，其他七句用首句仄起平收式之七句，故
第五句失黏，第六句失对。前两联又是一首首句仄起平收式之合律五绝。本诗以
白描的语言，紧密结合人在雾中的感觉和体验来展示雾中的景物，表现雾的氛围，
因而读者仿佛也被带入了弥漫着水雾山烟的意境，与诗人一道去体验那浓雾之中
的山水、川岫、猿声、濑声，获得了非常真切的感受。

折杨柳

梁 萧 绎

巫 山 巫 峡 长，　　　　垂 柳 复 垂 杨。
— — — | — B¹　　　— | | — — A
⁻7 ⁻15 ⁻7 ↘17 _7　　　⁻4 ˅25 ↘1 ⁻4 _7

同 心 且 同 折，　　　　故 人 怀 故 乡。　　失对
— • | | b¹ 失黏　　　— • — | — B¹
⁻1 _12 ˅21 ⁻1 ↘9　　　↘7 ⁻11 ⁻9 ↘7 _7

山 似 莲 花 艳，　　　　流 如 明 月 光。
— | | — | a 失黏　　　— — — | — B¹
⁻15 ˅4 _1 _6 ↘29　　　_11 ⁻6 _8 ↘6 _7

寒　夜　猿　声　彻，　　　　　　游　子　泪　沾　裳。

— ｜ — — ｜ a　　失黏　　　— ｜ ｜ — 。A　失对

⁻14 ﹨22 ⁻13 ＿8 ﹨9　　　　　　　＿11 ﹨4 ﹨4 ＿14 ＿7

　　因第一、二、四、七共四句用首句平起平收式之四句，第三、五、六、八共四句用首句仄起平收式之四句，故第三、五、七句皆失黏，第四、八句皆失对。折柳赠别，是流传已久的古老风俗；巫峡猿啼，是表述行旅之苦的典型意象。诗人把两者紧密绾合在一起，使游子怀念故乡的感绪表现得格外挚切动人。语言清丽明白，音韵圆婉流转，前四句音节相近，如环似带，酷似民歌风格。

咏　竹

梁　刘孝先

竹　生　荒　野　外，　　　　　　梢　云　耸　百　寻。

｜ — — ｜ ｜ b　　　　　　　　— ． ｜ — 。B　失对

﹨1 ＿8 ＿7 ﹨21 ﹨9　　　　　　　＿3 ⁻12 ﹨2 ﹨11 ＿12

无　人　赏　高　节，　　　　　　徒　自　抱　贞　心。

— — ｜ — ｜ b¹　　　　　　　— ｜ ｜ — 。A

⁻7 ⁻11 ﹨22 ＿4 ﹨9　　　　　　　⁻4 ﹨4 ﹨19 ＿8 ＿12

耻　染　湘　妃　泪，　　　　　　羞　入　上　官　琴。

｜ ｜ — — ｜ a　　　　　　　　— ｜ ｜ — 。A　失对

﹨4 ﹨28 ＿7 ⁻4 ﹨4　　　　　　　＿11 ﹨14 ﹨23 ⁻14 ＿12

谁　能　制　长　笛，　　　　　　当　为　吐　龙　吟。

— ． ｜ — ｜ b¹　　失黏　　　— — ｜ — 。A

⁻4 ＿10 ﹨8 ＿7 ﹨12　　　　　　　＿7 ﹨4 ﹨7 ＿2 ＿12

　　因第一、六两句用首句平起仄收式之两句，其他六句用首句仄起仄收式之六句，故第二、六句皆失对，第七句失黏。本诗咏叹的是生于荒野的翠竹，它挺拔高耸，上拂云天；它远离世俗尘嚣，自有高节贞心，不被称赏；它以沾染湘妃之泪而成斑为耻，以被裁作进入歌台舞榭的琴瑟为羞；它只期盼能被制成长笛，一吐胸内蕴蓄的龙吟虎啸之声。这是诗人借物言志，寄托遥深的咏物上乘之作。

园中杂咏橘树

隋　李孝贞

嘉　树　出　巫　阴，　　　　　分　根　徒　上　林。
— 　| 　| 　— 　A 　　　　　 — 　| 　| 　— 　B
_6 　ˇ7 　ᐟ4 　ˉ7 　_12 　　　　　 ˉ12 　ˉ13 　ˇ4 　ˋ23 　_12

白　华　如　散　雪，　　　　　朱　实　似　悬　金。
| 　— 　— 　| 　| 　b 　　　　　 — 　| 　| 　— 　— 　A
ˋ11 　_6 　ˉ6 　ˋ15 　ˋ9 　　　　　 ˉ7 　ˇ4 　ˇ4 　_1 　_12

布　影　临　丹　地，　　　　　飞　香　度　玉　岑。
| 　| 　— 　— 　| 　a 　　　　　 — 　— 　| 　| 　— 　B
ˋ7 　ˋ23 　_12 　ˉ14 　ˋ4 　　　　　 ˉ5 　_7 　ˋ7 　ˇ2 　_12

自　有　凌　冬　质，　　　　　能　守　岁　寒　心。
| 　| 　— 　— 　| 　a 　失黏　　 — 　| 　| 　— 　A 　失对
ˋ4 　ˇ25 　_10 　ˉ2 　ᐟ4 　　　　　 _10 　ˇ25 　ˋ8 　ˉ14 　_12

因第七句用首句平起平收式之该句，其他七句用首句仄起平收式之七句，所以第七句失黏，第八句失对。第一、二两联可看作首句仄起平收式之合律五绝，第二、三两联可看作首句平起仄收式之合律五绝。从全诗看，除第七句（本身也是律句）外，其他七句是首句仄起平收式之五律，这表明本诗已非常接近完全合格之五律了。本诗首联讲橘树的出身，次联讲橘树的形象，再次联讲橘树的影响，末联讲橘树的节操，是上承屈原《九章·橘颂》(1235)，下启张九龄《感遇之七·江南有丹橘》(690)托物言志的佳制。

　2 只有失对的

子夜四时歌·冬歌

梁　萧　衍

果　欲　结　金　兰，　　　　　但　看　松　柏　林。
| 　| 　| 　— 　— 　A 　　　　　 | 　— 　— 　| 　— 　B[1]
ˇ20 　ᐟ2 　ᐟ9 　_12 　ˉ14 　　　　　 ˇ14 　ˉ14 　ˉ2 　ᐟ11 　_12

经　霜　不　堕　地，　　　　　岁　寒　无　异　心。
— 　— 　| 　| 　b[1] 　　　　　 | 　— 　— 　| 　— 　B[1] 　失对
_9 　_7 　ᐟ5 　ˇ20 　ˋ4 　　　　　 ˋ8 　ˉ14 　ˉ7 　ˋ4 　_12

末句失对，因该句用不同于前三句的首句平起平收式之末句。《子夜四时歌》

是东晋以后在南方广为流传的名歌,主要歌唱男女之间的爱情。此歌传入宫廷后,深受文人喜爱,多有仿作。梁武帝萧衍的《子夜四时歌》,每歌四首,共十六首。本诗是冬歌中的一首。"金兰"语本《周易·系辞上》:"二人同心,其利断金;同心之言,其臭如兰。"后世一般用来指结拜兄弟。本诗指结为夫妻,要如同松柏,经得起考验。

春江花月夜(其一)

隋　杨　广

暮　江　平　不　动,	春　花　满　正　开。
|　—　—　|　|b	|　·　|　|　。B　失对
、7　ˉ3　ˉ8　ʌ5　˅1	ˉ11　˩6　˅14　ʌ24　ˉ10
流　波　将　月　去,	潮　水　共　星　来。
—　—　—　|　|b	—　|　|　—　。A
˩11　˩5　ˉ7　ʌ6　、6	˩2　˅4　、2　ˉ9　ˉ10

次句失对,因后三句用不同于首句的首句仄起仄收式之后三句。如此温清的春天、如此明净的江水、如此繁多的花树、如此荡漾的星月、如此灿烂的夜色,你该不再疑惑了吧,原来在张若虚之前(835),也曾有过别具妙境的春江花月夜,原来杨广这昏君以诗人面目出现时却一点也不昏。

人日思归

隋　薛道衡

入　春　才　七　日,	离　家　已　二　年。
|　—　—　|　|b	—　·　|　|　。B　失对
ʌ14　ˉ11　ˉ10　ʌ4　ʌ4	ˉ4　˩6　˅4　、4　˩1
人　归　落　雁　后,	思　发　在　花　前。
—　—　|　|　|b¹	—　|　|　—　。A
ˉ11　ˉ5　ʌ10　、16　、26	ˉ4　ʌ6　、11　˩6　˩1

次句失对,因后三句用首句仄起仄收式之后三句。"人日"是农历正月初七(南北朝时民俗已将正月一日为鸡、二日为狗、三日为猪、四日为羊、五日为牛、六日为马、七日为人);作者由北来南,按天数算,实际不满一年。但他在江南过了年,也就挂了两个年头。所以,"才七日"与"已二年"非常巧妙,大有逝者如斯、时不我待之

感。现代革命烈士在囚中作联语云:"洞中方七日,世上已千年"比本诗首联异曲更工,可以参玩。

宿郊外晓作
隋　王　衡

残 星 落 檐 外,　　　　　　馀 月 罢 窗 东。
— — — ｜ — ｜ b¹　　　 — ｜ ｜ — — A
⁻14 ◡9 ⋋10 ⁻14 ⋌9　　　 ⁻6 ⋋6 ⋌22 ⁻3 ⁻1

水 白 先 分 色,　　　　　　霞 暗 未 成 红。
｜ ｜ — — ｜ a　　　　　 — ｜ ｜ — — A　失对
◡4 ⋋11 ⁻1 ⁻12 ⋋13　　　 ⁻6 ⋋28 ⋋5 ⁻8 ⁻1

末句失对,因末句用首句仄起仄收式之末句。从"霞暗未成红"这富于生发性的顷刻,我们不难想象,很快地,天边就会露出一线异色,须臾之间,将是朝霞满天,一轮红日,也就喷薄而出了!

独 不 见
梁　王　训

日 晚 宜 春 暮,　　　　　　风 软 上 林 朝。
｜ ｜ — — ｜ a　　　　　 — ｜ ｜ — — A　失对
⋋4 ◡13 ⁻4 ⁻11 ⋋7　　　 ⁻1 ◡16 ⋋23 ⁻12 ⁻2

对 酒 近 初 节,　　　　　　开 楼 荡 夜 娇。
｜ ｜ ｜ — ｜ a¹　　　　 — — ｜ ｜ — B
⋋11 ◡25 ⋋13 ⁻6 ⋋9　　　 ⁻10 ⁻11 ◡22 ⋋22 ⁻2

石 桥 通 小 涧,　　　　　　竹 路 上 青 宵。
｜ — — ｜ ｜ b　　　　　 ｜ ｜ ｜ — — A
⋋11 ⁻2 ⁻1 ◡17 ⋋16　　　 ⋋1 ⋋7 ⋋23 ⁻9 ⁻2

持 底 谁 见 许?　　　　　　长 愁 成 细 腰。
— ｜ — ｜ ｜ a¹　　　　 — — — ｜ — B¹　大拗救
⁻4 ◡8 ⁻4 ⋋17 ◡6　　　 ⁻7 ⁻11 ⁻8 ⋋8 ⁻2

次句共对,因后七句用首句平起仄收式之后七句。末联出句虽为大拗,但因对句相救,故该联为律联,出句也应认为拟律。《独不见》为乐府旧题,习惯上写伤思而不得见之情。类似明代汤显祖《牡丹亭·惊梦》一折中的情调与构思,在本诗中就已出现。汤君偏爱六朝文学,《惊梦》是否受本诗影响呢?前六句写足了"良辰美景"、"赏心乐事",后两句不就是杜丽娘所唱"原来姹紫嫣红开遍,似这般都付与断井颓垣"吗?

奉使江州舟中七夕

梁　庾肩吾

九 江 逢 七 夕,　　　　　初 弦 值 早 秋。
｜ — — ｜ ｜ b　　　　— · ｜ ｜ — B　失对
√25 ⁻3 ⁻2 ╲4 ╲11　　　⁻6 ⁻1 ╲13 √19 ⁻11

天 河 来 映 水,　　　　　织 女 欲 攀 舟。
— — ｜ ｜ b　　　　　　｜ ｜ ｜ — A
⁻1 ⁻5 ⁻10 ╲24 √4　　　╲13 √6 ╲2 ⁻15 ⁻11

汉 使 俱 为 客,　　　　　星 槎 共 逐 流。
｜ ｜ ｜ — ｜ a　　　　　— — ｜ ｜ B
╲15 √4 ⁻7 ⁻4 ╲11　　　⁻9 ⁻6 ╲2 ╲1 ⁻11

莫 言 相 送 浦,　　　　　不 及 穿 针 楼。
｜ — — ｜ ｜ b　　　　　｜ ｜ — — A¹
╲10 ⁻13 ⁻7 ╲1 √7　　　╲5 ╲14 ⁻1 ⁻12 ⁻11

次句失对,因后七句用首句仄起仄收式之后七句。本诗把夜江的观感、神话的传说、奉命的出使、节日的喜庆一齐融化,语言清淡而极其自然,情致丰富而意味昭晰。"织女欲攀舟"生新隽永,夜风阵阵,微波漾漾,水中天河的织女星一次又一次靠近船边,她要抓着船弦,欲上舟中,与诗人相会⋯⋯

早 春

北朝　宗懔

昨 暝 春 风 起,　　　　　今 朝 春 气 来。
｜ ｜ — — ｜ a　　　　— — — ｜ — B¹
╲10 ╲25 ⁻11 ⁻1 √4　　　⁻12 ⁻2 ⁻11 ╲5 ⁻10

莺 鸣 一 两 啭,　　　　　花 树 数 重 开。
— — ｜ ｜ b¹　　　　　— ｜ ｜ — A

　_8　_8　ﾚ4　√22　ﾟ17　　　　　_6　ﾟ7　ﾟ7　¯2　¯10

散 粉 成 初 蝶，　　　　　剪 彩 作 新 梅。

｜　｜　—　—　｜ a　　　　　｜　‖　｜　—　—。A　失对

　ﾟ15　√12　_8　¯6　ﾚ16　　　　　ﾚ16　√10　ﾚ10　¯11　¯10

游 客 伤 千 里，　　　　　无 暇 上 高 台。

—　｜　—　—　｜ a　　　　　—　‖　｜　—　—。A　失对

　_11　ﾚ11　_7　_1　√4　　　　　¯7　ﾟ22　ﾟ23　_4　¯10

第六、八两句皆失对,因第一、二、三、四、五、八共六句用首句仄起仄收式之该六句,第六、七两句用首句平起仄收式之该两句。这是一首优美的早春之曲,最具特色的是第三联中熟谙荆楚岁时习俗的作者,为我们描摹的一幅新春风俗画。

3 只有失黏的——"永明体"形成了

从此开始,不仅没有古句,全是律句和拟律,而且全是律联了。即"联内自对,相互不黏"一种新的诗体——"永明体"形成了。这就好比受精卵经过细胞分裂、增生,向胎儿进化的过程后,胎儿终于形成了。

赠 范 晔
宋 陆 凯

折 花 逢 驿 使，　　　　　寄 与 陇 头 人。

｜　—　—　｜　｜ b　　　　　｜　｜　｜　—　—。A

　ﾚ9　_6　¯2　ﾚ11　√4　　　　　ﾚ4　√6　√2　_11　¯11

江 南 无 所 有，　　　　　聊 赠 一 枝 春。

｜　—　—　｜　｜ b　失黏　　　　—　｜　｜　—　—。A

　¯3　_13　¯7　√6　√25　　　　　_2　ﾟ25　ﾚ4　¯4　¯11

第三句失黏,因下联用首句仄起仄收式之下联。这种上、下联都是"⊖ — —｜｜,① ｜｜ — —"同样格律的重复使用,是齐梁永明新体诗常用的一种"对式"绝句,其下联出句必定失黏。这是《汉典》所载第一首符合"永明体"的诗,作者同时代好友范晔的生卒年代是 398－445 年,可见本诗比南齐永明帝在位 483－493 年间产生的"永明体"要早几十年的时间。"无所有"、"聊赠"似乎漫不经心,但是这委婉谦和的话语正见出情意的深重,千言万语也抵不上"折花"之"一枝春"啊!

后园作回文诗二首

齐　王　融

（顺读）

斜　峰　绕　径　曲，　　　　　耸　石　带　山　连。
—　—　｜　｜　｜ b¹　　　　 ｜　｜　｜　—　＿ A　。
_6 ⁻2 ╲18 ╲25 ╲2　　　　　　╲2 ╲11 ╲9 ⁻15 _1

花　馀　拂　戏　鸟，　　　　　树　密　隐　鸣　蝉。
—　•　｜　｜　｜ b¹　失黏　　｜　｜　｜　—　＿ A　。
_6 ⁻6 ╲5 ╲4 ╲17　　　　　　 ╲7 ╲4 ╲12 _8 _1

（逆读）

蝉　鸣　隐　密　树，　　　　　鸟　戏　拂　馀　花。
—　—　｜　｜　｜ b¹　　　　 ｜　｜　｜　—　＿ A　。
_1 _8 ╲12 ╲4 ╲7　　　　　　 ╲17 ╲4 ╲5 ⁻6 _6

连　山　带　石　耸，　　　　　曲　径　绕　峰　斜。
—　•　｜　｜　｜ b¹　失黏　　｜　｜　｜　—　＿ A　。
_1 ⁻15 ╲9 ╲11 ╲2　　　　　　╲2 ╲25 ╲18 ⁻2 _6

　　两首诗都是"⊖——｜｜,①｜｜——"重复使用的"对式"绝句,第三句都失黏。这两首互为回文诗。回文诗传云起自符秦时窦滔妻苏蕙的《织锦图》(即《璇机图诗》)(994)后来文士时或仿作。中国文字组成词句相当灵活,而且字词一经颠倒,含义即显差别。由回文词组可联缀成回文句,再由回文句即可结合为回文诗,它是中国独有的一种诗歌体。五言回文诗大抵每句的一二字和四五字各构成一个词组,中间甚具关键性的第三字常用动词系联,如这两首中的"绕"、"带"、"拂"、"隐",在顺读或逆读时,往往造成前后的主谓词组与偏正词组递相更换,从而意义发生改变。这两首互为回文诗,顺读由远景收入近景,逆读由近景拓出远景,也可顺逆读连成一气作为八句诗。作者仅使用了两组对偶句,反复颠倒,腾挪化变,渲染园林风光,摅写游赏兴致,发抒欢娱情怀。

同王主簿《有所思》

齐　谢　朓

佳 期 期 未 归，	望 望 下 鸣 机。
— — — │ —B¹	│ │ │ — ○A
⁻9 ⁻4 ⁻4 ↘5 ⁻5	↘23 ↘23 ↘22 ⁻8 ⁻5
徘 徊 东 陌 上，	月 出 行 人 稀。
— • — │ │ b　失黏	│ │ — — ○A¹
⁻10 ⁻10 ⁻1 ↙11 ↘23	↙6 ↙4 ⁻8 ⁻11 ⁻5

　　南齐永明年间，著名诗人沈约根据四声和双声、叠韵的道理来研究诗歌中音律的配合，指出有八种声病（平头、上尾、蜂腰、鹤膝、大韵、小韵、旁纽、正纽）必须避免。在他的倡导下，谢朓、王融等诗人将这种诗歌音律和晋宋以来诗歌中排偶、对仗的形式结合起来，创造了一种新的诗体——永明体，又叫新体诗。上、下两联各自成对，但相互不黏的"对式"绝句，就是"永明体"中的一种特殊形式。本诗首句入韵，但也相当于首句不入韵（这是五言诗的大多数）的上、下联重复使用"○ — — │ │，① │ │ — —"相同格式的诗，所以也是"对式"绝句，第三句必定失黏。诗题中的"同"，就是和的意思，王主簿就是王融。本诗写思妇夜织，怀念夫君，希望他早日归来。

望隔墙花

梁　刘孝威

隔 墙 花 半 隐，	犹 见 动 花 枝。
│ — — │ │ b	— │ │ — ○A
↙11 ⁻7 ⁻6 ↘15 ↙12	⁻11 ↘17 ✓1 ⁻6 ⁻4
当 由 美 人 摘，	讵 止 春 风 吹。
— • — │ │ b¹　失黏	│ │ — — ○A¹
⁻7 ⁻11 ✓4 ⁻11 ↙11	↘6 ✓4 ⁻11 ⁻1 ⁻4

　　上、下联重复使用"○ — — │ │，① │ │ — —"的对式绝句，故第三句失黏。本诗不仅本身值得玩味，而且对后世也有影响。苏轼《蝶恋花·花褪残红青杏小》词中："墙里秋千墙外道。墙外行人，墙里佳人笑。笑声不闻声渐悄，多情却被无情恼。"《西厢记》中莺莺所写《明月三五夜》诗："待月西厢下，迎风户半开；拂墙花影动，疑是玉人来。"（44）这些都受到本诗启发吧。

破 镜 诗

陈　徐德言

镜 与 人 俱 去，　　　　镜 归 人 未 归。
｜　｜　—　—　｜ a　　　｜　—　—　｜　。B¹
⌄24 ⌄6 ˉ11 ˉ7 ⌄6　　　⌄24 ˉ5 ˉ11 ⌄5 ˉ5

无 复 姮 娥 影，　　　　空 留 明 月 辉。
—　｜　—　—　｜ a　失黏　—　—　—　｜　。B¹
ˉ7 ⌄1 ˍ10 ˍ5 ⌄23　　　ˉ1 ˍ11 ˍ8 ⌄6 ˉ5

上、下联重复使用"①｜——｜，——｜｜—"的对式绝句,故第三句失黏。本诗是"破镜重圆"成语来源之一,另一为乐昌公主所作之完全合律的五绝《饯别诗》,见下述(597)。

野 望

隋　杨 广

寒 鸦 千 万 点，　　　　流 水 绕 孤 村。
—　—　—　｜　｜ b　　　—　｜　｜　—　。A
ˉ14 ˍ6 ˍ1 ⌄14 ⌄28　　　ˍ11 ⌄4 ⌄18 ˉ7 ˍ13

斜 阳 欲 落 去，　　　　一 望 黯 销 魂。
—　•　｜　｜　｜ b¹　失黏　｜　｜　｜　—　。A
ˍ6 ˍ7 ⌄2 ⌄10 ⌄6　　　⌄4 ⌄23 ⌄29 ˍ2 ˉ13

上、下联重复使用"⊖——｜｜，①｜｜——"的对式绝句,第三句失黏。来自江淹《别赋》中"黯然销魂者,唯别而已矣"之本诗末句,将前三句望中之情挑明,全篇立即情活意动,最为警策。秦观将本诗嵌入他《满庭芳》词中,"多少蓬莱旧事,空回首、烟霭纷纷。斜阳外,寒鸦万点,流水绕孤村。"真是绝妙之句。足见杨广在未称帝昏庸前所写本诗影响是多么大。

以上只有失黏的诗都是"对式"绝句,以下只有失黏的诗都有"对式"律联。

咏素蝶诗

梁　刘孝绰

随 蜂 绕 绿 蕙，　　　　避 雀 隐 青 薇。

—　—　｜　｜　｜ b¹　　　　　｜　｜　｜　—　— A
⌐4 ¬2 ╲18 ﹨2 ╲8　　　　　╲4 ﹨10 ⌵12 ﹍9 ⌐5
映　日　忽　争　起，　　　　因　风　乍　共　归。

｜　｜　｜　—　｜ a¹　　　　　—　—　｜　｜　— B
╲24 ﹨4 ﹨6 ﹍8 ⌵4　　　　　⌐11 ⌐1 ╲22 ﹨2 ⌐5
出　没　花　中　见，　　　　参　差　叶　际　飞。

｜　｜　—　—　｜ a　　失黏　　—　—　｜　｜　— B
﹨4 ﹒6 ﹍6 ⌐1 ╲17　　　　　﹍12 ⌐4 ﹨16 ╲8 ⌐5
芳　华　幸　勿　谢，　　　　嘉　树　欲　相　依。

—　—　｜　｜　｜ b¹　　　　　｜　｜　｜　—　— A
﹍7 ﹍6 ⌵23 ﹨5 ╲22　　　　　﹍6 ╲7 ﹨2 ﹍7 ⌐5

前、后半首各为全律之五绝；中间两联为"① ｜ — — ｜，— — ｜ ｜ —"重复使用之"对式"律联，所以第三联出句失黏。本诗体蝶入微，描摹传神，是咏物佳作。前六句，伴随着由绿蕙、青微、阳光、春风、红花、碧树的不断转换，展示了素蝶轻盈飘然、千姿百态的身影；后两句，素蝶自诉了自己的情感。这是真实的素蝶，还是作者的"庄子梦蝶"呢？

入若耶溪

梁　　王　　籍

舲　艎　何　泛　泛，　　　　空　水　共　悠　悠。
—　—　—　｜　｜ b　　　　　—　｜　｜　—　— A
⌐6 ﹍7 ﹍5 ╲30 ╲30　　　　　⌐1 ⌵4 ﹨2 ﹍11 ﹍11

阴　霞　生　远　岫，　　　　阳　景　逐　回　流。
—　—　—　｜　｜ b　　失黏　　—　｜　｜　—　— A
﹍12 ﹒6 ﹍8 ⌵13 ╲26　　　　⌐7 ⌵23 ﹨1 ⌐10 ﹍11

蝉　噪　林　逾　静，　　　　鸟　鸣　山　更　幽。
—　｜　—　—　｜ a　　　　　—　—　—　｜ B¹
﹍1 ╲20 ﹍12 ⌐7 ⌵23　　　　⌵17 ﹍8 ⌐15 ﹨24 ﹍11

此　地　动　归　念，　　　　长　年　悲　倦　游。
｜　｜　｜　—　｜ a¹　　失黏　　—　—　—　｜ B¹
⌵4 ﹨4 ⌵1 ﹍5 ╲29　　　　　﹍7 ﹍1 ⌐4 ╲17 ﹍11

上半首是"⊖ — — ｜ ｜，① ｜ ｜ — —"重复使用的"对式"律联，下半首是"① ｜ — — ｜，— — ｜ ｜ —"重复使用的"对式"律联，所以第二、四两联的出句皆失黏;第二、三两联倒是首句平起仄收式之合律五绝。本诗刻意经营静的境界,无论小舟泛溪、水天共色、云霞生岫、阳光逐流,都在"静"中完成;"蝉噪"和"鸟鸣"更从动的角度来写静,创造出"寂处有音"的艺术手法,给许多后代诗人以极大的启示,运用各种声响来写静;以上都是外境之静,而最后两句则是心境之静。这种静的层次逐渐深化,真是一种幽静恬淡的艺术境界,令人神往不已。

晚日后堂
梁　萧　纲

慢阴通碧砌,	日影度城隅。
｜ — — ｜ ｜ b	｜ ｜ ｜ — 。A
╲15 _12 ˉ1 ╲11 ╲8	╲4 ╲23 ╲7 _8 ˉ7
岸柳垂长叶,	窗桃落细跗。
｜ ｜ — — ｜ a	— — ｜ ｜ — 。B
╲15 ╲25 ˉ4 _7 ╲16	ˉ3 _4 ╲10 ╲8 ˉ7
花留蛱蝶粉,	竹翳蜻蜓珠。
— — ｜ ｜ b¹	╲ — ｜ — 。A¹
_6 _11 ╲16 ╲16 ╲12	╲1 ╲8 _8 _9 ˉ7
赏心无与共,	染翰独踟蹰。
｜ ｜ — — ｜ b 　失黏	｜ ｜ ｜ — 。A
╲22 _12 ˉ7 ╲6 ╲2	╲28 ╲15 ╲1 ˉ4 ˉ7

　　上半首是一合律五绝;下半首是"⊖ — — ｜ ｜,① ｜ ｜ — —"重复使用的"对式"律联,故第七句失黏。本诗描写傍晚时分的宫苑景色,表现作者对自然景色的欣赏,也流露出作者的孤寂心情。

咏　雾
梁　萧　绎

三晨生远雾,	万里暗城闉。
— — — ｜ ｜ b	｜ ｜ ｜ — 。A
_13 ˉ11 _8 ╲13 ╲7	╲14 ╲4 ╲28 _8 ˉ11
从风疑细雨,	映日似游尘。
— — — ｜ ｜ b 　失黏	｜ ｜ ｜ — — A

⁻2　⁻1　⁻4　﹨8　✓7　　　　　﹨24　﹥4　✓4　_11　⁻11

乍　若　飞　烟　散，　　　时　如　佳　气　新。

｜　｜　—　—　｜ a　　　—　—　—　｜　。B¹

﹨22　﹥10　⁻5　_1　﹨15　　　⁻4　⁻6　⁻9　﹨5　⁻11

不　妨　鸣　树　鸟，　　　时　蔽　摘　花　人。

｜　—　—　｜ b　　　　—　—　—　—　A。

﹨5　_7　_8　﹨7　✓17　　　⁻4　﹨8　﹥11　_6　⁻11

上半首是"⊖ — — ｜ ｜，① ｜ ｜ — —"重复使用的"对式"律联，故第三句失黏；下半首是一合律五绝。本诗写雾，形象逼真而活脱，传出了雾的形态美、意境美，也传出了观赏者的情致美。

拟咏怀二十七首(其二十六)

北朝　庾信

萧　条　亭　障　远，　　　凄　惨　风　尘　多。

—　—　—　｜　｜ b　　　—　｜　—　—　。A¹

_2　_2　_9　﹨23　✓13　　　⁻8　✓27　⁻1　⁻11　_5

关　门　临　白　狄，　　　城　影　入　黄　河。

—　·　｜　｜ b　　失黏　　—　｜　｜　—　。A

⁻15　⁻13　_12　﹥11　﹨12　　　_8　✓23　﹥14　_7　_5

秋　风　别　苏　武，　　　寒　水　送　荆　轲。

—　·　｜　— b¹　失黏　　—　｜　｜　—　。A

_11　⁻1　﹥9　_5　✓7　　　⁻14　﹨4　﹨1　_8　_5

谁　言　气　盖　世，　　　晨　起　帐　中　歌。

—　—　·　｜　｜ b¹　失黏　—　｜　｜　—　。A

⁻4　⁻13　﹨5　﹨9　﹨8　　　⁻11　﹨4　﹨23　⁻1　_5

四联都是"⊖ — — ｜ ｜，① ｜ ｜ — —"重复使用的"对式"律联，所以第三、五、七句都失黏。《拟咏怀》是庾信的代表作，着重表现自己羁留北方、怀念故国的哀怨，悔恨自身的失节，追悼梁朝的覆亡，情绪深沉曲折，风格苍凉沉郁，语言凝炼精致。这一首从周围环境中提炼与诗人心境相合的印象，同时以最简炼的手法表现出来，使诗人寂寞悲凉的心情与萧条冷落的外景融为一体。

七 夕

隋　王 睿

天 河 横 欲 晓，　　　　凤 驾 俨 应 飞。
— — — ｜ ｜b　　　　｜ ｜ ｜ — 。A
_1 _5 _8 ↘2 ✓17　　　　↘1 ↘22 ✓28 _10 ⁻5

落 月 移 妆 镜，　　　　浮 云 动 别 衣。
｜ ｜ — — ｜a　　　　— — ｜ ｜ — 。B
↘10 ↘6 ⁻4 _7 ↘24　　　　_11 ⁻12 ✓1 ↘9 ⁻5

欢 逐 今 宵 尽，　　　　愁 随 还 路 归。
— ｜ — — ｜a　失黏　　— — — ｜ — 。B¹
⁻14 ↘1 _12 _2 ✓11　　　　_11 ⁻4 ⁻15 ↘7 ⁻5

犹 将 宿 昔 泪，　　　　更 上 去 年 机。
— — ｜ ｜ ｜b¹　　　　｜ ｜ ｜ — — 。A
_11 _7 ↘1 ↘11 ↘4　　　　↘24 ↘23 ↘6 _1 ⁻5

　　前、后半首各为一合律之五绝；中间两联为"① ｜ — — ｜，— — ｜ ｜ —"重复使用之"对式"律联，所以第五句失黏。牛女双星这个美丽的神话，自《古诗十九首·迢迢牵牛星》(740)后，屡见歌咏。这些遐想低吟，大都以人间的眼光去看待碧空的星象，借星象故事，或隐忽现地表现人们自己对爱情生活的感受和体验。自然，不同诗人都各具个性。本诗独辟蹊径，别开生面，从别时将至时刻落笔，尽情渲染、抒写织女七夕将晓之伤离意绪。

（五）今体诗的诞生

　　经过"十月怀胎"之后，婴儿终于诞生了，而且呱呱之声，清脆响亮，向世人宣告：我来了！同以上所选的诗只是《汉典》中所载的少数不同，《汉典》所载完全合律的五言今体诗都在下面，共二十首。

　　1 五绝

酌 贪 泉

晋　吴隐之

古 人 云 此 水，　　　　一 歃 怀 千 金。
｜ — — ｜ ｜b　　　　｜ ｜ — — — 。A¹

√7 ¯11 ¯12 √4 √4　　　　λ4 λ17 ¯9 _1 _12
试　使　夷　齐　饮，　　　终　当　不　易　心。
｜　｜　｜　—　｜ a　　｜　—　—　｜　｜ 。B
√4 √4 ¯4 ¯8 √26　　　　¯1 _7 λ5 λ11 _12

　　本诗是《汉典》所载第一首完全合律之五绝。作者是东晋人士，卒于公元413年，而南齐永明元年是公元483年，所以这首完全合律的五绝要早于不完全合律的"永明体"的出现至少七十年以上，可见今体诗的起源比"永明体"的出现要早吧，当然，这还是偶合的。吴隐之是东晋一代良吏，一生清廉，始终不渝，他就贪泉赋诗言志，表示自己清廉为政的决心，成为我国诗歌史上一段佳话。《晋书》存其诗仅此一首，而就这一首竟是我国今体诗之鼻祖。

子夜四时歌·秋歌
梁　萧　衍

绣　带　合　欢　结，　　　锦　衣　连　理　文。
｜　｜　｜　—　｜ a¹　　｜　—　—　｜　。B¹
√26 √9 λ15 ¯14 λ9　　　√26 ¯5 _1 √4 ¯12
怀　情　入　夜　月，　　　含　笑　出　朝　云。
—　—　｜　｜　｜ b¹　　—　｜　｜　｜　。A
¯9 _8 λ14 √22 λ6　　　_13 √18 λ4 _2 ¯12

　　如果说上一首《酌贪泉》还有变格一，即尚有争议的"三平调"的话，本诗就没有了。而代齐建梁的梁武帝萧衍的生卒年代为公元464－549年，即与"永明体"483－493年形成同时，毫无争议、完全合律的今体诗就产生了。本诗表现一个沉浸于自由自在爱情中的少女，情志不俗，构思巧妙，意境优美，字句芬芳。

咏长信宫中草
梁　庾肩吾

委　翠　似　知　节，　　　含　芳　如　有　情。
｜　｜　｜　—　｜ a¹　　—　—　—　｜　。B¹
√4 √4 √4 ¯4 λ9　　　_13 _7 ¯6 √25 _8
全　由　履　迹　少，　　　并　欲　上　阶　生。
—　—　｜　｜　｜ b¹　　｜　｜　｜　｜　—A

　　　　　_1　_11　√4　λ11　√17　　　　　√24　λ2　√23　¯9　_8

　　本诗抓住长信宫中的小草,托物歌咏德容兼备的班婕妤。诗人不着一个怨字,而巧妙地给无感情的小草赋于感情,使女主人公的满腔愁怨,表现得更为深婉,从而也更能令读者为之低回感叹、黯然神伤。

咏王昭君
梁　施荣泰

垂　罗　下　椒　阁,　　　　举　袖　拂　胡　尘。
—　—　｜　—　｜ b¹　　　　｜　｜　｜　—　— A
¯4　_5　√22　_2　λ10　　　　√6　√26　λ5　¯7　¯11

唧　唧　抚　心　叹,　　　　蛾　眉　误　杀　人。
｜　｜　｜　—　｜ a¹　　　　—　—　｜　｜　— B
λ13　λ13　√7　_12　√15　　　　_5　¯4　√7　λ8　¯11

　　本诗的昭君形象是嗟叹红颜自误的一个悲剧形象。诗人巧妙抓住几个特定的动作,细微地展现了人物的悲戚情态,言简意丰,以少总多;"唧唧抚心叹"撼魂摄魄,是王昭君的典型形象。

重别周尚书二首(其一)
北朝　庾信

阳　关　万　里　道,　　　　不　见　一　人　归。
—　—　｜　｜　｜ b¹　　　　｜　｜　｜　—　— A
_7　¯15　√15　√4　√19　　　　λ5　√17　λ4　¯11　¯5

唯　有　河　边　雁,　　　　秋　来　南　向　飞。
—　｜　—　—　｜ a　　　　—　—　—　｜　— B¹
¯4　√25　_5　_1　√16　　　　_11　¯10　_13　√23　¯5

　　末句按常语为"秋来向南飞",但这样"— — ｜ — —"就为拗句,不合律了;依本诗则合律,可见诗人已有意地注意格律声调了。周尚书即周弘正,是周陈通好之后,由周返陈的南方来使第一人,而作者本人还只能留在北方。所以,本诗所展示的眼前景物虽是简笔勾勒,但境界寥廓,涵意深邃。尤其是那南飞的大雁,既是对周弘正特殊身份的贴切比喻,又寄托着诗人的羡慕之情;本诗的容量也超过了原意,若形容历史上各个分裂时期人们的心理状态,也是完全适宜的。

饯别诗

陈　乐昌公主

今 日 何 迁 次，　　　新 官 对 旧 官。
— ｜ — — ｜ a　　　— — ｜ ｜ —B
_12 ＼4 _5 _1 ＼4　　　¯11 ¯14 ¯11 ＼26 ¯14

笑 啼 俱 不 敢，　　　方 验 作 人 难。
｜ — — ｜ ｜ b　　　— ｜ ｜ — —A
＼18 ¯8 ¯7 ＼5 ＼27　　　_7 ＼29 ＼10 ¯11 ¯14

这是"破镜重圆"成语来源之二，之一为徐德言所作之第三句失黏的《破镜诗》(590)。这一故事是一位"才色冠绝"的乐昌公主(陈后主叔宝之妹)在战乱时代的悲剧。在陈隋之际的年代，这位公主及其夫徐德言的行为方式是为当时人所能理解和接受的。而后世人之接受，则着眼于他们两人对爱情同样固执不舍、虽离散而终归于团圆的执着精神。诗中"旧官"即徐德言，"新官"为陈亡后得乐昌公主之隋朝元勋杨素，杨得知"破镜"之约后，把乐昌公主归还于徐，使两人"破镜重圆"。

于长安归还扬州，九月九日行微山亭

陈　江　总

心 逐 南 云 逝，　　　形 随 北 雁 来。
— ｜ — — ｜ a　　　— — ｜ ｜ —B
_12 ＼1 _13 ¯12 ＼8　　　_9 ¯4 ＼13 ＼16 ¯10

故 乡 篱 下 菊，　　　今 日 几 花 开？
｜ — — ｜ ｜ b　　　— ｜ ｜ — —A
＼7 _7 ¯4 ＼22 ＼1　　　_12 ＼4 ＼5 _6 ¯10

本诗是作者入隋后，晚年归乡途中所作。"南云"指南去的云，"北雁"是北方飞来的雁，都充满对故乡的思念。

忆情人
隋　秦玉鸾

兰 幕 虫 声 切，　　椒 庭 月 影 斜。
— 　| 　— 　— 　| 　a　　— 　— 　| 　| 　。B
¯14 ⋋10 ¯1 ＿8 ⋋9　　＿2 ＿9 ⋋6 ⋎23 ＿6

可 怜 秦 馆 女，　　不 及 洛 阳 花。
| 　— 　— 　| 　| 　b　　| 　| 　| 　— 　。A
⋎20 ＿1 ¯11 ⋎14 ⋎6　　⋋5 ⋋14 ⋋10 ＿7 ＿6

　　此诗极为妙丽。前两句不言怀人，而怀人之情已在其中；虫声之切，月影之斜，都映现出心境的哀伤。这两句自出境界。后两句本是抒幽怨之情，却以自怜自怨出之，宛转俳侧，令人倍觉其幽怨之深。

妆成
隋　侯夫人

妆 成 多 自 惜，　　梦 好 却 成 悲。
— 　— 　— 　| 　| 　b　　| 　| 　| 　— 　— A
＿7 ＿8 ＿5 ⋎4 ⋋11　　⋎1 ⋎19 ⋋10 ＿8 ¯4

不 及 杨 花 意，　　春 来 到 处 飞。
| 　| 　— 　— 　| 　a　　— 　— 　| 　| 　— B
⋋5 ⋋14 ＿7 ＿6 ⋎4　　¯11 ¯10 ⋎20 ⋎6 ¯5

　　本诗支、微互为邻韵。这位宫女并不是未得宠幸而憾，而是未能如杨花般自由自在而憾；她不是在写《长门赋》、《团扇诗》，而是在写她未能挣脱深宫牢笼的哀怨之情。这就是本诗在立意上不同于一般宫怨诗而有超卓之处。

作蚕丝(一)
南朝　乐府民歌　西曲歌

春 蚕 不 应 老，　　昼 夜 常 怀 丝。
— 　— 　| 　— 　| 　b¹　　| 　| 　— 　— 　— A¹
¯11 ＿13 ⋋5 ＿10 ⋎19　　⋎26 ⋎22 ＿7 ¯9 ¯4

何 惜 微 躯 尽，　　缠 绵 自 有 时。

```
    —   |   — —   |  a              — —   |   |   -B
   _5  ╲11  -5  -7  ╲11            _1  _1  ╲4  ╲25  -4
```

"丝"、"思"谐音,"缠绵"更是切映蚕丝缠绵与情意缠绵的绝妙双关。春蚕的形象,在这里既有女性的温柔,更有女性的执着;既体现出爱情的缠绵,更显示出感情的炽烈。

长 干 行

南朝　乐府民歌　无名氏

```
    递  浪  故  相  邀,            菱  舟  不  怕  摇。
    |   |   |   —   —A              — —   |   |   -B
   ╲11 ╲23 ╲7  _7  _2             _10 _11 ╲5  ╲22 _2
    妾  家  扬  子  住,            便  弄  广  陵  潮。
    |   —   |   |   b              |   —   |   —   —A
   ╲16  _6  _7  ╲4  ╲7            ╲17 ╲1 ╲22 _2  _2
```

本诗中的女主人公不似其他情歌中的女子那样缠绵,却有一股飒爽英气。为了追逐幸福的爱情,她毫不畏惧地出没于风浪之中。

2 五律

奉和湘东王教班婕妤

梁　何思澄

```
    寂  寂  长  信  晚,            雀  声  喧  洞  房。
    |   |   —   !   |  (a¹)         !   —   •   |   -B¹     大拗、孤平救
   ╲12 ╲12  _7 ╲12 ╲13            ╲10 _8  -13 ╲1  _7
    蜘  蛛  网  高  阁,            驳  藓  被  长  廊。
    —   —   |   —   |  b¹            |   |   |   —   —A
   -4  -7  ╲22 _4  ╲10            ╲3  ╲16 ╲4  _7  _7
    虚  殿  帘  帷  静,            闲  阶  花  蕊  香。
    |   |   —   —   |  a              |   |   —   —   -B¹
   -6  ╲17 _12 -4  ╲23            -15 -9  _6  ╲4  _7
    悠  悠  视  日  暮,            还  复  拂  空  床。
    —   —   |   |   |  b¹            |   |   —   —   -A
```

　　　　_11 _11 ∨4 ∧4 ∨7　　　　　　⁻15 ∧1 ∧5 ⁻1 _7

　　首句本身虽为大拗，但对句相救，故也认为是拟律。本诗是《汉典》所载第一首完全合律的五律，是与"永明体"差不多同时出现的。班婕妤不是一般的貌艳命薄的宫妃，她期望如娥皇、女英那样侍奉虞舜，成为明君的内助，她辞却过与汉成帝同辇乘载的宠幸，也不屈于宫廷的审讯。本诗没有过分突出她失宠伤心、哀怨可怜的意态，只以映衬烘托之笔，含蓄表现她那无言无望的苦闷、空虚。因此，不仅表现角度领异标新，所咏主人公的内心感受也独特而深切。

登板桥咏洲中独鹤

梁　萧　纲

远　雾　旦　氛　氲，	单　飞　才　可　分。
|　|　|　—　—A	—　—　—　|　—B¹
∨13　∨7　∨15　⁻12　⁻12	⁻14　⁻5　⁻10　∨20　⁻12
孤　惊　宿　屿　浦，	羁　唳　下　江　滨。
—　—　|　|　b¹	—　|　|　—　—A
⁻7　_8　∧1　∨6　∨7	⁻4　∨8　∨22　⁻3　⁻12
意　惑　东　西　水，	心　迷　四　面　云。
|　|　|　—　|a	|　—　|　|　—B
∨4　∧13　⁻1　_8　∨4	_12　⁻8　∨4　∨17　⁻12
谁　知　独　辛　苦，	江　上　念　离　群。
—　—　|　—　|b¹	—　|　|　—　—A
⁻4　⁻4　∧1　⁻11　∨7	⁻3　∨23　∨29　⁻4　⁻12

　　中间两联颇有特色：前两句将动态感情化，后两句将感情动态化，不仅结构摇曳多姿，而且在诗思上互相发挥，互相深化。尾联从字面上看，是对独鹤的同情，从更深层次看，或许带着萧纲家族生活的阴影。兄弟虽多（八人），但觊觎权力者大有人在，萧纲内心不免有"独"、"离群"之叹吧。

舟中望月

北朝　庾　信

舟　子　夜　离　家，	开　舻　望　月　华。
—　|　|　—　—。A	—　—　|　|　—B

_11 ∨4 ∖22 ‾4 _6　　　　　‾10 _8 ∖23 ∧6 _6

山　明　疑　有　雪，　　　　岸　白　不　关　沙。

— — — | | b　　　　　| | | — —。A

‾15 _8 ‾4 ∨25 ∧9　　　　　∖15 ∧11 ∧5 ‾15 _6

天　汉　看　珠　蚌，　　　　星　桥　视　桂　花。

— | — — | a　　　　　— | | — —。B

_1 ∖15 ‾14 ‾7 ∨3　　　　　_9 _2 ∨4 ∖8 _6

灰　飞　重　晕　阙，　　　　糵　落　独　轮　斜。

— — — — | b　　　　　— | | — —。A

‾10 ‾5 ‾2 ∖13 ∧6　　　　　_9 ∧10 ∧1 ‾11 _6

本诗是《汉典》所载第一首全是正格，没有变格和拗救的五律。舟中望月，想象新奇，所见江山月色，与天河星桥对应，构成了一个水天相映、上下通明的晶莹世界，为唐人开辟了想象的新天地。

关山月二首(其一)

陈　徐　陵

关　山　三　五　月，　　　　客　子　忆　秦　川。

— — — | | b　　　　　| | | — —。A

‾15 ‾15 _13 ∨7 ∧6　　　　　∧11 ∨4 ∧13 ‾11 _1

思　妇　高　楼　上，　　　　当　窗　应　未　眠。

— | — — | a　　　　　— — | | —。B[1]

‾4 ∖7 _4 _11 ∖23　　　　　_7 ‾3 _10 ∖5 _1

星　旗　映　疏　勒，　　　　云　阵　上　祁　连。

— | — — | b[1]　　　　　— — | — —。A

_9 ‾4 ∖24 ‾6 ∧13　　　　　‾12 ∨12 ∖23 ‾4 _1

战　气　今　如　此，　　　　从　军　复　几　年？

| | — — |a　　　　　— — — | | 。B

∖17 ∨5 _12 ‾6 ∨4　　　　　‾2 ‾12 ∧1 ∨5 _1

首两句用诗人之眼写客子，三四句用客子之眼写思妇，后四句又用思妇客子两副眼光共同注视月下关山。这样由近而远，再由远而近的往复回还，爱国爱家与怨别伤离的感情得到了真切而深入的表现。诗咏乐府旧题，对唐代边塞诗，尤其是写怀人用从对方着笔设想的方法，深有影响。如初唐沈佺期《杂诗》："可怜闺里月，长在汉家营"，盛唐李白《关山月》："高楼当此夜，叹息未应闲"，都是继响。

别毛永嘉

陈　徐　陵

愿　子　厉　风　规，　　　归　来　振　羽　仪。
| 　| 　| 　— 　— A　　　— 　— 　| 　| 　B
、14 ∨4 、8 ⁻1 ⁻4　　　⁻5 ⁻10 ⁻12 ∨7 ⁻4

嗟　余　今　老　病，　　　此　别　空　长　离。
— 　— 　— 　| 　| b　　　| 　| 　| 　— 　— A¹
_6 ⁻6 _12 ∨19 、24　　　∨4 λ9 ⁻1 _7 ⁻4

白　马　君　来　哭，　　　黄　泉　我　讵　知。
| 　| 　| 　— 　| a　　　— 　| 　| 　| 　— B
λ11 ∨21 ⁻12 ⁻10 λ1　　　_7 _1 ∨20 、6 ⁻4

徒　劳　脱　宝　剑，　　　空　挂　陇　头　枝。
— 　— 　| 　| 　| b¹　　　— 　| 　| 　— 　— A
⁻7 _4 λ7 ⁻19 、30　　　⁻1 、10 ∨2 _11 ⁻4

　　这首犹如临终遗言的送别诗，反映了作者希望重整朝纲的积极入世的思想，也表现了他对友谊的珍重与对人世的眷念。前二句勉励，后六句惜别。一别将成永诀，于是情见乎辞，谈人说己，婉曲备至，吐露衷曲，极尽缠绵。所用范式奔丧（颈联）、季札挂剑（尾联）两典，曲尽衷肠，有令人不忍卒读之悲。

内园逐凉

陈　徐　陵

昔　有　北　山　北，　　　今　余　东　海　东。
| 　| 　| 　— 　| a¹　　　— 　— 　— 　| 　— B¹
λ11 ∨25 λ13 ⁻15 λ13　　　_12 ⁻6 ⁻1 ∨10 ⁻1

纳　凉　高　树　下，　　　直　坐　落　花　中。
| 　— 　— 　| 　| b　　　| 　| 　| 　— A
λ15 _7 _4 、7 、22　　　λ13 、21 λ10 _6 ⁻1

狭　径　长　无　迹，　　　茅　斋　本　自　空。
| 　| 　— 　— 　| a　　　— 　— 　| 　| 　— B
λ17 、24 _7 ⁻7 λ11　　　_3 ⁻9 ∨13 、4 ⁻1

提 琴 就 竹 簟，	酌 酒 劝 梧 桐。
— — | | | b¹	| | | — —。A
⁻8 ₋12 ╲26 ╱1 ╱17	╲10 ╱25 ╲14 ⁻7 ⁻1

　　本诗写家居的闲适，着墨不多，情味颇丰。诗人虽是被弹劾而家居，但没有幽怨之情或名利之想，他让自己的内心从尘俗的世界中解脱出来，成了精神上的自由人，故而能物我齐一，物我两忘，发现大自然之美，同时也表露了自己美的情趣，美的心胸。

　　由梁入陈的诗人徐陵，有三首完全合律的五律，且分别是首句平起仄收式、仄起平收式、仄起仄收式，足见诗人已自觉地、熟练地掌握了五律的平仄格式，是五言今体诗开始成熟的表现。

明君词
陈　陈　昭

跨 鞍 今 永 诀，	垂 泪 别 亲 宾。
| — — | | b	— | | | —。A
╲22 ⁻14 ₋12 ╱23 ╲9	⁻4 ╲4 ╲9 ⁻11 ⁻11

汉 地 随 行 尽，	胡 关 逐 望 新。
| | — — | a	— — | | —。B
╲15 ╲4 ⁻4 ₋8 ╱11	⁻7 ╲15 ╲1 ╲23 ⁻11

交 河 拥 塞 雾，	陇 日 暗 沙 尘。
— — | | | b¹	| | | — —。A
₋3 ₋5 ╱2 ╲11 ╱7	╱2 ╲4 ╲28 ₋6 ⁻11

唯 有 孤 明 月，	犹 能 送 远 人。
— | — — | a	— — | | —。B
⁻4 ╱25 ⁻7 ₋8 ╲6	₋11 ₋10 ╲1 ╱13 ⁻11

　　本诗以人物在时空中的移动为线索，融写景与抒情为一体，表现王昭君前往异土时的孤苦悲伤心情。尤其最后赋予月亮以人的情感，将昭君对汉地的无尽思念和在胡地的无限孤寂，合并托出，关合全诗，在艺术上极具匠心。

别周记室

隋　王　胄

五　里　徘　徊　鹤，　　　　　三　声　断　绝　猿。
｜　｜　—　—　｜ a　　　　　—　—　｜　｜　—B
√7　√4　⁻10 ⁻10 ＼10　　　　　_13　_8　＼15 ＼9　⁻13

何　言　俱　失　路，　　　　　相　对　泣　离　樽。
—　—　｜　｜　｜ b　　　　　—　｜　｜　—　—A
_5　⁻13 ⁻7　＼4　＼7　　　　　_7　＼11 ＼14 ⁻4　⁻13

别　意　凄　无　已，　　　　　当　歌　寂　不　喧。
｜　｜　—　—　｜ a　　　　　—　—　｜　｜　—B
＼9　＼4　⁻8　⁻7　√4　　　　　_7　_5　＼12 ＼5　⁻13

贫　交　欲　有　赠，　　　　　掩　涕　竟　无　言。
—　—　｜　｜　｜ b¹　　　　｜　｜　｜　—　—A
⁻11 _3　＼2　√25 ＼25　　　　√28 ＼8　＼24 ⁻7　⁻13

　　这首赠别诗由"泣离赠"、"寂不喧"而"欲有赠"，却"竟无言"，笔势萦回曲折，写情淋漓尽致。诗虽在"竟无言"中结束了，而那充满凄苦的离情别态，不是"此时无声胜有声"吗？

赋得岩穴无结构

隋　王由礼

岩　间　无　结　构，　　　　　谷　处　极　幽　寻。
—　—　—　｜　｜ b　　　　　｜　｜　｜　—　—A
_15 ⁻15 ⁻7　＼9　＼26　　　　＼1　＼6　＼13 ⁻11 _12

叶　落　秋　巢　迥，　　　　　云　生　石　路　深。
｜　｜　—　—　｜ a　　　　　—　—　｜　｜　—B
＼16 ＼10 ⁻11 _3　√24　　　　⁻12 _8　＼11 ＼7　_12

早　梅　香　野　径，　　　　　清　涧　响　丘　琴。
｜　｜　—　—　｜ b　　　　　—　—　｜　｜　—A
√19 ⁻10 _7　√21 ＼24　　　　_8　＼16 √22 _11 _12

独　有　栖　迟　客，　　　　　留　连　芳　杜　心。
｜　｜　—　—　｜ a　　　　　—　—　—　｜　—B¹

λ1　√25　⁻8　⁻4　λ11　　　　　_11　_1　_7　√7　_12

赋得，根据某个预定的题目赋诗。有时是一群人定好题目后分别写诗，有时是自己选择前人诗中成句为题。本诗是作者选择晋代诗人左思《招隐》诗中"岩穴无结构"为题，敷演成篇。左思原诗写作者入山寻访隐士，为山中清丽幽静的自然景色所吸引，于是"聊欲投吾簪"，萌发了弃官归隐与世决绝之意。本篇虽无投簪避世之情，但在对山中清幽之景的描绘中所流露的企羡之意，与左思原诗颇为近似。

以上所列《汉典》中完全合律的五言今体诗共二十首，足见五言今体诗在汉魏六朝末期，即梁陈（含北朝）及隋代已经形成而且成熟了。

二、七　言

汉魏六朝时代，七言古体诗只是产生仅初步发展，所以七言今体诗也只是刚刚孕育、萌芽。《汉典》所载七言四句或八句的平韵诗数量很少，总共才十首，下面全部列出，亦见七言今体诗起步之端倪。

（一）七绝的萌芽

思吴江歌

晋　张　翰

秋 风 起 兮 木 叶 飞，　　　　　吴 江 水 兮 鲈 正 肥。
— — ｜ — ｜ ｜ —　　　　　— — — ｜ — — —
_11 ⁻1 √4 ⁻8 λ1 λ16 ⁻5　　　　⁻7 ⁻3 √4 ⁻8 ⁻7 、24 ⁻5

三 千 里 兮 家 未 归，　　　　　恨 难 禁 兮 仰 天 悲。
— — ｜ — — ｜ —　　　　　｜ — ｜ — ｜ — —
_13 _1 √4 ⁻8 _6 、5 ⁻5　　　　、14 ⁻14 √27 ⁻8 √22 _1 ⁻4 邻韵

这是《汉典》所载最早的七言四句押同部平韵的诗，虽然句句用韵、句句都是古句（无拟律、律句）、且句句有"兮"未脱楚辞格调，这些都是古体诗的特点；但七言四句且押平韵毕竟是指向后来的今体七言绝句方向的。读唐诗宋词，常会遇到"秋风鲈脍"、"莼羹鲈脍"的典故，这典故就出自张翰。《晋书》载他"见秋风起，乃思吴中菰菜、莼羹、鲈鱼脍，曰：'人生贵得适志，何能羁宦数千里以要名爵乎！'遂命驾而归。"本诗当是思归时即兴吟成。

秋 思 引

宋　汤惠休

秋 寒 依 依 风 过 河，　　　　白 露 萧 萧 洞 庭 波。
— — | | — | 。　　　　| | — — | — 。
_11 ˉ14 ˉ5 ˉ5 ˉ1 ˋ21 _5　　　　ʌ11 ˋ7 _2 _2 ˋ1 _9 _5

思 君 未 光 光 已 灭，　　　　眇 眇 悲 望 如 思 何！
ˉ4 ˉ12 ˋ5 _7 _7 ˇ4 ʌ9　　　　ˇ17 ˇ17 ˉ4 ˋ23 ˉ6 ˉ4 _5

　　本诗虽然也都是古句，但已没有"兮"字、不是骚体了，更重要的是第三句已不押韵（且下面所引七言四句平韵诗的第三句也都不押韵），这是向后世今体七绝前进了一大步。文学史上把本诗认为是最早出现的七绝雏型作品。有两首古代名篇，一首是《诗经·蒹葭》，"蒹葭苍苍，白露为霜。所谓伊人，在水一方"（1229）。另一首是《楚辞·湘夫人》："帝子降兮北渚，目眇眇兮愁予。袅袅兮秋风，洞庭波兮木叶下"（1234）。本诗当受这两篇的感发，有意将重章叠句、累数十百言、反复铺写的这种缠绵悱恻的情意，凝聚成一首四句二十八言短歌中。诗中抒情主人公当为女性。

春别四首(其四)

梁　萧子显

衔 悲 揽 涕 别 心 知，　　　　桃 花 李 花 任 风 吹。
— — | | | — A　　　　— — | — | | 。
_15 ˉ4 ˇ27 ˋ8 ʌ9 _12 ˉ4　　　　_4 _6 ˇ4 _6 ˋ27 ˉ1 ˉ4

本 知 人 心 不 似 树，　　　　何 意 人 别 似 花 离。
| — — — | | |　　　　| | — | | | 。
ˇ13 ˉ4 ˉ11 _12 ʌ5 ˇ4 ˋ7　　　　_5 ˋ4 ˉ11 ʌ9 ˇ4 _6 ˉ4

　　三古句，一律句，开始有律句了，向今体七绝又前进了一步。本诗写春天别离之苦，情意缠绵，委婉动人。后两句对后世"无可奈何花落去"、"流水落花春去也"这些名句，不乏启发作用。

夜望单飞雁

梁 萧 纲

天 霜 河 白 夜 星 稀，　　一 雁 声 嘶 何 处 归。
— — — | | — —A　　| | — — — | —B¹
_1 _7 _5 ⅄11 ⅋22 _9 ⃘5　　⅄4 ⅋16 _8 ⁻4 _5 ⅋6 ⁻5

早 知 半 路 应 相 失，　　不 如 从 来 本 独 飞。
| — | | — — | a　　| — — — | | —
⌄19 ⁻4 ⅋15 ⌄7 _10 _7 ⅄4　　⅋5 ⁻6 ⁻2 ⁻10 ⌄13 ⅄1 ⁻5

一古句，一拟律，二律句，不但拟律、律句过了半数，而且有律联了，向今体七绝更前进了一步。本诗是梁简文帝萧纲在侯景之乱后，父亲梁武帝萧衍被逼死、子侄被杀害、自己被囚禁中所作，对人生的伤心和绝望，对命运的无可奈何，采用拟人的手法从孤雁口中道出，借雁代人在哀叹。

春别应令四首（其四）

梁 萧 绎

日 暮 徙 倚 渭 桥 西，　　正 见 凉 月 与 云 齐。
| | | | | — —　　| | — | | — —
⅄4 ⅋7 ⌄4 ⌄4 ⅋5 _2 ⁻8　　⅋24 ⅋17 _7 ⅄6 ⌄6 ⁻12 ⁻8

若 使 月 光 无 近 远，　　应 照 离 人 今 夜 啼。
| | | — — | | b　　— | — — — | —B¹　失对
⅄10 ⌄4 ⅄6 _7 ⁻7 ⅋13 ⌄13　　_10 ⅋18 ⁻4 ⁻11 _12 ⅋22 ⁻8

二古句，一拟律，一律句，后两句失对，不为律联。萧绎在作本诗前，先是萧子显写了《春别四首》（606），接着萧纲作《和萧侍中子显春别诗四首》，然后才是萧绎奉和萧纲（时为皇太子）作本诗。这三首唱和之作都具备到唐代盛极的今体七绝之雏形，是三人对文学史的一个贡献。诗写游子思念妻子，但后两句却反过来写妻子思念自己，同徐陵《关山月》（601）相似的从"对面写来"的方法，较之直言相思之苦，更耐人寻味。"读书破万卷"的诗圣杜甫的名句"今夜鄜州月，闺中只独看"（305）就是受这两句诗的启发吧？

挟瑟歌

北朝　魏　收

春 风 宛 转 入 曲 房，　　　　　兼 送 小 苑 百 花 香。
— — ｜ ｜ ｜ ｜ 。　　　　　— ｜ ｜ ｜ ｜ — 。
ˉ11 ˉ1 ˇ13 ˇ16 ʌ14 ʌ2 ˍ7　　　ˍ14 ˎ1 ˇ17 ˇ13 ʌ11 ˍ6 ˍ7

白 马 金 鞍 去 不 返，　　　　　红 妆 玉 筯 下 成 行。
｜ ｜ — ｜ ｜ ｜ b¹　　　　　｜ — ｜ ｜ ｜ — 。A
ʌ11 ˇ21 ˍ12 ˉ14 ˎ6 ˎ5 ˇ13　　ˉ1 ˍ7 ʌ2 ˎ6 ˎ22 ˍ8 ˍ7

　　二古句，一拟律，一律句，一律联。这首闺怨诗节奏精致，场面美丽，语言漂亮，
是北朝诗人模仿南朝名家的成功之作。

秋夜望单飞雁

北朝　庾　信

失 群 寒 雁 声 可 怜，　　　　　夜 半 单 飞 在 月 边。
｜ — — ｜ — ｜ 。　　　　　｜ ｜ — — ｜ ｜ — B
ʌ4 ˉ12 ˉ14 ˎ16 ˍ8 ˇ20 ˍ1　　ˎ22 ˇ15 ˉ14 ˎ5 ˎ11 ʌ6 ˍ1

无 奈 人 心 复 有 忆，　　　　　今 暝 将 渠 俱 不 眠。
— ｜ — ｜ ｜ ｜ b¹　　　　　— ｜ — — ｜ ｜ — B¹　失对
ˉ7 ˎ9 ˉ11 ˍ12 ʌ1 ˇ25 ʌ13　ˍ12 ˎ25 ˍ7 ˉ6 ˉ7 ʌ5 ˍ1

　　一古句，二拟律，一律句；后两句失对，不为律联。独自羁留北地的诗人，不正
像这只失群的寒雁一样不能飞向南方吗？虽无明言，但已点出人雁"俱不眠"，个中
深意，当可体味了。

送　别

隋　无名氏

杨 柳 青 青 著 地 垂，　　　　　杨 花 漫 漫 搅 天 飞。
— ｜ — — ｜ ｜ B　　　　　— — ｜ ｜ ｜ — A
ˍ7 ˇ25 ˍ9 ˍ9 ʌ10 ˎ4 ˉ4　邻韵　ˍ7 ˍ6 ˎ15 ˎ15 ˇ18 ˍ1 ˉ5

柳 条 折 尽 花 飞 尽，　　　　　借 问 行 人 归 不 归？

| — | | — — | a　　　　| | — — — | 丶B¹

√25 ＿2 ⅄9 √11 ＿6 ⁻5 √11　　　丶22 丶13 ＿8 ⁻11 ⁻5 ⅄5 ⁻5

三律句，一拟律，无古句，皆律联，无失对、失黏，所以本诗是完全合律的首句入韵的仄起平收式之今体七绝；可见，在汉魏六朝结束后的隋代，今体七绝终于萌芽了，这是《汉典》所载的最后一首诗（除民歌），但却是该书所载的唯一的一首合律的今体七绝，也是该书所载的唯一的一首合律的今体七言诗。本诗前两句写景，描绘出一幅宏阔的空间意象；后两句言情，开掘出一片深挚的内在情感。可谓前后照应，情景交融。兼以对仗工整，语浅情深，意味隽永；"青"、"漫"重叠，"尽"、"归"复用，韵律悠扬。若将本诗置于唐人绝句中，亦当十分出色。

（二）七律的孕育

《汉典》所载七言八句平韵诗只有两首。

琴歌二首（其一）

汉　司马相如

凤兮凤兮归故乡，　　　　遨游四海求其皇。

| — | | — — | 。　　　　— — | | | — — | 。A¹

丶1 ⁻8 丶1 ⁻8 ⁻5 丶7 ＿7　　　＿4 ＿11 丶4 √10 ＿11 ⁻4 ＿7

时未遇兮无所将，　　　　何悟今兮升斯堂！

— | — | — | — | 。B¹　　　— | |

⁻4 丶5 丶7 ⁻8 ⁻7 √6 ＿7　　　＿5 ＿7 ＿12 ⁻8 ＿10 ⁻4 ＿7

有艳淑女在闺房，　　　　室迩人遐毒我肠。

| | | | — | 。　　　　| | | | | 。—B

√25 丶29 ⅄1 √6 ⁻11 ⁻8 ＿7　　⅄4 √4 ⁻11 ＿6 ⅄2 √20 ＿7

何缘交颈为鸳鸯，　　　　胡颉颃兮共翱翔！

— — — | — — | 。A¹　　　— | | | | 。

＿5 ＿1 ＿3 √23 ⁻4 ⁻13 ＿7　　⁻7 ⅄9 ＿7 ⁻8 丶8 ＿4 ＿7

本诗有楚辞的痕迹，是有"兮"的骚体；又句句押同一平声韵，是柏梁体：这两点是古体诗的典型特征。但是，毕竟是七言诗、八句诗、押平韵的诗，这三点又表明本诗是向着七言今体律诗方向的。本诗是著名的《凤求凰》琴歌之一，表达司马相如对卓文君的无限倾慕和热烈追求。（琴歌之二见本书第 993 页。）

乌夜啼

北朝　庾信

促 柱 繁 弦 非《子 夜》，　　　歌 声 舞 态 异《前 溪》。

御 史 府 中 何 处 宿？　　　　洛 阳 城 头 那 得 栖！

弹 琴 蜀 郡 卓 家 女，　　　　织 锦 秦 川 窦 氏 妻。

讵 不 自 惊 长 泪 落，　　　　到 头 啼 乌 恒 夜 啼。

　　前两联是"⊕｜⊖——｜｜，⊖—⊕｜｜——"重复使用的"对式"律联，故第三句中"史"、"中"两字失黏；第四句中"头"、"得"两字拗，使本句为拗句，"头"字又使本句失对，使第五句中"郡"字失黏（第五句中"卓"字小拗未救，无妨）；第八句中"乌"、"夜"两字拗，使本句为拗句，"乌"字又使本句失对。除上述外，本诗其他各处都符合今体七律平仄要求，可见七律也在孕育之中。乌鸦在夜半哀啼，常引起不幸女子对身世的感慨，这就是本诗的主题。前四句用乌鸦的典故，暗示曲为不同于《子夜》、《前溪》的《乌夜啼》；后四句用文君、苏蕙皆被嫌弃的故事切入题旨，说明她们听到乌夜啼怎不惊心落泪？结尾一句，哀伤气氛，深沉不尽。

　　从汉代司马相如的《琴歌》到北朝庾信的《乌夜啼》，前诗与今体诗极其遥远，后诗与今体诗极其相近，其间跨度很大，似乎十分突然。但是，七言就是在五言基础上，前面分别加上⊖ —或⊕｜。若我们把《乌夜啼》当作五言看，再联系上述都是庾信所作的只有失黏的五律即"永明体"之五律《拟咏怀》(593)、完全合律之五绝《重别周尚书》(596)、完全合律之五律《舟中望月》(600)、不合律之七绝《秋夜望单飞雁》(608)，则本诗出自庾信之手就十分自然了。庾信在七律诗体上的贡献，是应当肯定的。清代刘熙载敏感地发现了这一点,他在《艺概·诗概》中指出:"庾子山……《乌夜啼》开唐七律。"

我们把本章所列六十四首五言诗每一首的总句数、律句数、拟律句数、古句数、律联数,列表如下:

(一) 拟律、律句的出现

	总句	律句	拟律	古句	律联
楚,虞 姬《和项王歌》	4	0	1	3	0
汉,无名氏《艳歌何尝行》 三解	4	1	1	2	0
魏,何 晏《言志(其二)》	8	1	2	5	0

(二) 律联的出现

	总句	律句	拟律	古句	律联
汉、赵 壹《刺世疾邪赋秦客诗》	8	2	2	4	1
汉,无名氏《庭中有奇树》	8	2	1	5	1
梁,吴 均《入关》	8	4	2	2	1
北朝,郑公超《送庾羽骑抱》	8	5	2	1	1

(三) 律联的发展

1 二联律联的

	总句	律句	拟律	古句	律联
晋、陶渊明《归园田居五首(其三)》	8	4	2	2	2
齐,刘 绘《咏萍》	8	5	2	1	2
梁,沈 约《咏檐前竹》	8	6	0	2	2
梁,何 逊《慈姥矶》	8	6	0	2	2
陈,阴 铿《晚泊五洲》	8	5	2	1	2

2 三联律联的

	总句	律句	拟律	古句	律联
宋,鲍 照《学刘公干体五首(其三)》	8	6	1	1	3
梁,何 逊《铜雀妓》	8	4	3	1	3
梁,吴 均《胡无人行》	8	5	2	1	3
陈,阴 铿《晚出新亭》	8	7	0	1	3

陈,徐 陵《春日》	8	5	2	1	3

（四）"永明体"的逐步形成

1 既有失对、又有失黏的

汉,汉乐府《古艳歌》	4	4	0	0	1
梁,萧 绎《出江陵县还二首（其一）》	4	3	1	0	1
陈,江 总《春日》	4	4	0	0	1
梁,伏 挺《行舟值早雾》	8	6	2	0	3
梁,萧 绎《折杨柳》	8	4	4	0	2
梁,刘孝先《咏竹》	8	6	2	0	2
隋,李孝贞《园中杂咏橘树》	8	8	0	0	3

2 只有失对的

梁,萧 衍《子夜四时歌·冬歌》	4	1	3	0	1
隋,杨 广《春江花月夜（其一）》	4	4	0	0	1
隋,薛道衡《人日思归》	4	3	1	0	1
隋,王 衡《宿郊外晓作》	4	3	1	0	1
梁,王 训《独不见》	8	5	3	0	3
梁,庾肩吾《奉使江州舟中七夕》	8	7	1	0	3
北朝,宋 懔《早春》	8	6	2	0	2

3 只有失黏的——"永明体"形成了

宋,陆 凯《赠范晔》	4	4	0	0	2
齐,王 融《后园作回文诗》（顺读）	4	2	2	0	2
齐,王 融《后园作回文诗》（逆读）	4	2	2	0	2
齐,谢 朓《同王主簿〈有所思〉》	4	2	2	0	2
梁,刘孝威《望隔墙花》	4	2	2	0	2
陈,刘德言《破镜诗》	4	2	2	0	2
隋,杨 广《野望》	4	3	1	0	2
梁,刘孝绰《咏素蝶诗》	8	5	3	0	4
梁,王 籍《入若耶溪》	8	5	3	0	4

梁,萧　纲《晓日后堂》	8	6	2	0	4
梁,萧　绎《咏雾》	8	7	1	0	4
北朝,庾信《拟咏怀二十七首(其二十六)》	8	5	3	0	4
隋,王　眘《七夕》	8	6	2	0	4

(五) 今体诗的诞生

1 五绝

晋,吴隐之《酌贪泉》	4	3	1	0	2
梁,萧　衍《子夜四时歌·秋歌》	4	1	3	0	2
梁,庾肩吾《咏长信宫中草》	4	1	3	0	2
梁,施荣泰《咏王昭君》	4	2	2	0	2
北朝,庾　信《重别周尚书二首(其一)》	4	2	2	0	2
陈,乐昌公主《饯别诗》	4	4	0	0	2
陈,江总《于长安归还扬州,九月九日行微山亭》	4	4	0	0	2
隋,秦玉鸾《忆情人》	4	4	0	0	2
隋,侯夫人《妆成》	4	4	0	0	2
南朝,西曲歌《作蚕丝(一)》	4	2	2	0	2
南朝,无名氏《长干行》	4	4	0	0	2

2 五律

梁,何思澄《奉和湘东王教班婕妤》	8	3	5	0	4
梁,萧　纲《登板桥咏洲中独鹤》	8	5	3	0	4
北朝,庾　信《舟中望月》	8	8	0	0	4
陈,徐　陵《关山月二首(其一)》	8	6	2	0	4
陈,徐　陵《别毛永嘉》	8	6	2	0	4
陈,徐　陵《内园逐凉》	8	5	3	0	4
陈,陈　昭《明君词》	8	7	1	0	4
隋,王　胄《别周记室》	8	7	1	0	4
隋,王由礼《赋得岩穴无结构》	8	7	1	0	4

　　从上表可知:从"(四)'永明体'的逐步形成"开始,全是律句、拟律,古句消失了;从"(四)3只有失黏的——'永明体'形成了"开始,全是联律,非律联消失了;从"(五)今体诗的诞生"开始,全是合律五言今体诗,失对、失黏都消失了。

结　论

（1）今体诗的源头比南齐永明年代（公元 483－493 年）要早，可上溯到西汉统一全国前的当年，即公元前 202 年。其标志是楚虞姬的《和项王歌》（568），即随着我国第一首五言诗的产生，今体诗的元素——拟律句，就同时产生。这说明，今体诗的起源，早在"永明体"产生前约七百年，距今有二千二百多年了。今体诗的起源是多么遥远！

（2）在"永明体"产生之前，拟律、律句的出现，律联的出现和发展，古句、失对、失黏的消失，"永明新体诗"的产生，甚至完全合律之五绝（晋吴隐之的《酌贪泉》，第594 页）的产生，都是无意识的、不自觉的、偶然的、暗合的。

（3）但是，正是由于"永明体"产生前的约七百年的实践，受魏晋以来印度梵音学的影响，在南齐永明年代，文士周顒、沈约、王融等提倡四声八病（后称永明声病说），主张作诗应区别平、上、去、入四声，避免平头、上尾等八种弊病，才产生了"永明新体诗"学说，即"联内自对、相互不黏"的初步理论，为今体声律的产生奠定了重要的理论基础。

（4）．在"永明体"理论产生以后，"永明新体诗"的继续出现便是有意识的、自觉的、主动的、积极的了。同时，在实践中，在继续保持"联内自对"时，"联间"也由"不黏"向"互黏"进步了，这一步，是今体诗理论完整产生的极其重要的一步，完全合律的五言今体诗在实践中就渐多地产生了。其标志就是上面所列之除晋吴隐之《酌贪泉》以外的十首五绝和九首五律，共十九首都是梁及梁以后的作品。其中贡献最大的是两位原来都是梁朝的诗人，一位是由梁入北朝的庾信，有完全合律的五绝《重别周尚书》（596）与完全合律的五律《舟中望月》（600）；另一位是由梁入陈的徐陵，有完全合律的五律三首：《关山月》（601）、《别毛永嘉》（602）、《内园逐凉》（602），正如清代沈德潜在《说诗晬语》中所说，五言律"庾信、徐陵已开其体。"可见，到六朝后期，即梁、陈时代，五言今体诗已经定型、成熟了。

（5）在五言今体诗产生、定型、成熟的过程中，七言今体诗也孕育、进化，到隋代、初唐也终于萌芽了。其标志是隋代无名氏完全合律之七绝《送别》（608）与初唐沈佺期完全合律之七律《独不见》（364）。这些表明，到隋代、初唐，无论五言还是七言，今体诗的理论都产生、定型了。这今体诗"联内相对、联间互黏"的理论比"永明体""联内自对、相互不黏"的理论当然是"进到了高一级的程度"（毛泽东《实践论》）。

（6）到盛唐，五、七言今体诗在实践中和古体诗一样，都空前繁荣，我国诗歌艺术达到了顶峰。此后，宋、辽、金、元、明、清、近代、现代、当代，延绵至今，历久不衰。

  上述过程,完全符合马克思主义"实践——理论——实践"的认识过程和"实践——理论——再实践——再理论——再实践……"的不断提高过程。

  明代胡应麟《诗薮》中有:"五言绝昉于两汉,七言绝起自六朝。"笔者以上的分析和《诗薮》的观点是完全一致的,其标志是楚虞姬的《和项王歌》(568)和晋张翰的《思吴江歌》(605)。

  总之,通过本章分析,把今体诗的起源从南齐永明年间(公元 483—493 年)提前到楚汉相争年代(公元前 202 年),即提前了约 700 年。

第二篇 古体诗

《古体诗律学》关于古体诗押韵的观点

王力《古体诗律学》第二、三、四章对古体诗的押韵有详尽的阐述,摘要如下。

1. 本韵

古风若用本韵,所依照的韵部和今体诗完全相同,即以《佩文诗韵》为准。

2. 通韵

指的是邻韵相通。通韵的情形,大致可分为十五部,见该书第 30 页(今体诗首句的邻韵和其他韵句的出韵,也大致依照这个标准)。通韵又分三类:

(1)偶然出韵　全篇用某韵,只有一个韵脚是出韵的。

(2)主从通韵　以某韵为主,参杂着少数他韵。

(3)等立通韵　两韵字数不一定完全相等,只是大致相等。

3. 转韵(分两类)

(1)仿古的古风　随便换韵。

(2)新式的古风　在转韵的距离上和韵脚的声调上都有讲究。该书第 54 页有:"典型的新式古风须具备三个条件:(一)平仄多数入律;(二)四句一换韵;(三)平仄韵递用。……大致说来,如果合乎后两个条件的古风,多数是合乎第一个条件的。"

除以上两类基本转韵方式外,该书第 52 页还有:"在起头或煞尾的地方,只用同韵的两个韵脚。前者可称为促起式,后者可称为促收式。"第 54 页又有:整首诗绝大多数"每两句换一韵"的以"短韵为主的古风"。据此,笔者补充:"若整首诗都是每两句换一韵,可称为短韵体"。在以后各章里,可见到促起式、促收式、以短韵为主的古风、短韵体。

综上,转韵分无规则的转韵,即随便转韵与有规则的转韵两种。有规则的转韵里有两种典型:一种是四句一转韵的新式古风,另一种是两句一转韵的短韵体。

另外,王力《诗词格律》第 54 页还有:"古体诗除了押韵之外不受任何格律的束缚,这是一种半自由体的诗。"

第十一章　古　绝

　　古绝是古体诗的一种特殊形式，先用一章单独介绍。古绝有平韵古绝和仄韵古绝两种。平韵古绝既分析押韵，又分析平仄（句型、黏对）；仄韵古绝只分析押韵。平韵古绝中，没有古句，只有失对或失黏的已在上篇第九章、第十章中分别介绍了，本章介绍的，都是定有古句，可能有失对或失黏的。

一、平韵古绝

和项王歌
楚　虞　姬

　　这是我国第一首五言诗，第一首有今体诗元素——拟律句的诗，也是第一首平韵古绝，在我国诗歌史上有很重要的地位。详见前面第十章（568）。

古绝句
汉　无名氏

藁 砧 今 何 在？	山 上 复 有 山。
∣ — — — ∣	— ∣ ∣ ∣ 。
˅19 ̲12 ̲12 ̲5 ˅11	ˉ15 ˅23 ˄1 ˅25 ˉ15
何 当 大 刀 头？	破 镜 飞 上 天。
— — ∣ — — 失黏	∣ ∣ — ∣ 。
̲5 ̲7 ˅21 ̲4 ̲11	˅21 ˅24 ˉ5 ˅23 ̲1

　　通韵，删先同用；四古句，一失黏。有藁砧没有铡草刀"铁"即"夫"，大刀头是"环"即"还"。本诗采用上述猜谜语的谐音，以及离合（两"山"字重叠成"出"字）、会意（破镜重圆）等民间惯用的手法，写一位思妇对行役在外的丈夫的思念盼归之情，扑朔迷离，饶有趣味。

神情诗

晋　顾恺之

春 水 满 四 泽，　　　　　夏 云 多 奇 峰。
— ｜ ｜ ｜ ｜　　　　　｜ — — — 。
⁻11 ˅4 ˅14 ˏ4 ﹨11　　　　﹨22 ⁻12 ˍ5 ⁻4 ⁻2

秋 月 扬 明 辉，　　　　　冬 岭 秀 寒 松。
— ｜ — — — A¹ 失黏　　— ｜ ｜ — — A 失对
ˍ11 ﹨6 ˍ7 ˍ8 ⁻5　　　　⁻2 ˅22 ﹨26 ⁻14 ⁻2

　　本韵,纯用冬韵;二古句、一拟律、一律句,一失对,一失黏。沉潜于艺术到了如痴如狂的地步,时人称为"顾痴"的晋代大画家顾恺之,以诗当画,用形象鲜明的文字,勾勒出一组典型的四时风光画。作者提出"以形写神"的著名论断,就在这组画里,我们看到了自然的精神和作者的精神,所以诗虽为写景之作,却冠以"神情"两字作为题目,体现了这位画家认为绘画的极诣在于"传神写照",即形神兼备的观点,其中所含的美学含意大可回味。

诏向山中何所有赋诗以答

梁　陶弘景

山 中 何 所 有，　　　　　岭 上 多 白 云。
— — — ｜ ｜ b　　　　　｜ ｜ — ｜ 。
⁻15 ⁻1 ˍ5 ˅6 ˅25　　　　˅22 ﹨23 ˍ5 ﹨11 ⁻12

只 可 自 怡 悦，　　　　　不 堪 持 寄 君。
｜ ｜ ｜ — ｜ a¹　　　　　｜ — — ｜ — B¹
˅4 ˅20 ﹨4 ⁻4 ﹨9　　　　﹨5 ˍ13 ⁻4 ﹨4 ⁻12

　　本韵,纯用文韵;一古句、二拟律、一律句。齐梁间著名隐士、道学家,但又有"山中宰相"之称的陶弘景不以诗名,但本诗以极简练的词句表现了他高远出世的情怀和敝屣富贵的傲然之志,是一首历来传诵人口的名作。

子夜歌

南朝乐府民歌　吴声歌曲

宿 昔 不 梳 头，　　　　　丝 发 被 两 肩。

　｜　　｜　　｜　　—　—A　　　　　—　　｜　　｜　　｜　—失对
ﾉ1　ﾉ11　ﾉ5　⁻6　_11　　　　　⁻4　ﾉ6　ﾍ4　ﾉ22　_1
婉　伸　郎　膝　下，　　　　何　处　不　可　怜。

　｜　　•—　—　｜　　｜b　失黏　　—　｜　｜　°
ﾍ13　⁻11　_7　ﾍ4　ﾍ22　　　　_5　ﾍ6　ﾍ5　ﾍ20　_1

　　本韵，纯用先韵；二古句、二律句，一失对，一失黏。《子夜歌》是江南民歌《吴声歌曲》中的一支，产地在以建康（今南京）为中心的江南地区。《唐书·乐志》说："《子夜歌》者，晋曲也。晋有女子名子夜，造此声，声过哀苦。"现存《子夜歌》共四十二首，基本上都是缠绵的情歌。本诗是其中一首，以发丝为主要意象，尤其"婉伸郎膝下"，将发丝委婉缠绕这种典型的蛇形线形状表现得清晰、丰富。英国美学家威廉·荷加兹认为"蛇形线赋于美以最大的魅力"，它"生动灵活"，同时"朝着不同的方向旋转，能使眼睛追逐其无限的多样性。"用当今的时尚话来说，就是"S"形、"曲线美"。这正是本民歌的成功之处。

子夜歌

南朝乐府民歌　吴声歌曲

我　念　欢　的　的，　　　　子　行　由　豫　情。
　｜　　｜　　—　　｜　　｜　　　　｜　　—　　｜　　｜　°B¹
ﾍ20　ﾍ29　⁻14　ﾍ12　ﾍ12　　　ﾍ4　_8　_11　ﾍ6　_8
雾　露　隐　芙　蓉，　　　　见　莲　不　分　明。
　｜　　｜　　｜　　—　—A　失黏　　｜　—　｜　—　°
ﾍ7　ﾍ7　ﾍ12　⁻7　_2　　　　ﾍ17　_1　ﾍ5　⁻12　_8

　　本韵，纯用庚韵；二古句、一拟律、一律句，一失黏。《古绝句》(617)中的谐音双关是十分曲折隐晦的，到南朝乐府民歌中就直接明显得多了。"由豫"即"犹豫"，"芙蓉"即"夫容"，"莲"即"怜"，与"丝"即"思"，"柳"即"留"一样，在后来的诗词中经常用到。（"欢"即"郎"。）

子夜四时歌·春歌

南朝乐府民歌　吴声歌曲

春　林　花　多　媚，　　　　春　鸟　意　多　哀。
　—　—　—　—　｜　　　　　—　｜　｜　—　°A

```
⁻11 ﹍12 ﹍6 ﹍5 ﹨4              ⁻11 ˅17 ﹨4 ﹍5 ⁻10
```
春 风 复 多 情，　　　　　　吹 我 罗 裳 开。
```
—  ·  |  —  —  失黏          —  |  —  —  。A¹
⁻11 ⁻1 λ1 ﹍5 ﹍8               ⁻4 ˅20 ﹍6 ﹍7 ⁻10
```

　　本韵，纯用灰韵；二古句、一拟律、一律句，一失黏。《子夜四时歌》是《子夜歌》的变体，用《子夜歌》的调子吟唱春夏秋冬四季，故名。现存七十五首，其中《春歌》、《夏歌》各二十首，《秋歌》十八首，《冬歌》十七首。本诗是《春歌》中的一首。王国维《人间词话》："有有我之境，有无我之境。……有我之境，以我观物，故物皆著我之色彩；无我之境，以物观物，故不知何者为我，何者为物。"本诗当然是"有我之境"，它反复地、有变化地通过春花的媚（象征少女的媚）、春鸟的哀（象征少女的哀）、春风的情（象征少女的情），总之是连串的"春"意、反复的"多"字，有力地突出了青春少女性的觉醒、爱的萌芽。这样集中，又这样繁荣，随着诗人的生花妙笔，读者分明感到少女的内心世界"罗裳开"地向外扩张，她那强烈的主观色彩已充塞天地，拥抱了整个春天。

子夜四时歌·秋歌
南朝乐府民歌　吴声歌曲

秋 风 入 窗 里，　　　　　　罗 帐 起 飘 飏。
```
—  —  |  —  |  b¹          —  |  |  —  。A
﹍11 ⁻1 λ14 ⁻3 ˅4          ﹍5 ﹨23 ˅4 ﹍2 ﹍7
```
仰 头 看 明 月，　　　　　　寄 情 千 里 光。
```
|  ·  |  —  |  失黏          |  ·  —  |  。B¹  失对
˅22 ﹍11 ﹨15 ﹍8 λ6          ﹨4 ﹍8 ﹍1 ˅4 ﹍7
```

　　本韵，纯用阳韵；一古句、二拟律、一律句，一失对，一失黏。看到本诗，绝大多数读者都会马上想起李白的《静夜思》："窗前明月光，疑是地上霜。举头望明月，低头思故乡。"（623）。显然，李诗从构思、造境、取象、用语、体制，都受到本诗的影响。虽然李诗意象更为集中（只写明月，不如本诗写秋风、罗帐与明月），构思更为精致（由"疑霜"而绾合月光与望月、思乡）；但本诗创境取象之优美，情思缠绵之悠远，却为太白之作不能代替。两诗可谓各具胜场。

大子夜歌二首

南朝乐府民歌　吴声歌曲

其　一

歌　谣　数　百　种，　　　　　子　夜　最　可　怜。
—　—　｜　｜　　｜ b¹　　　｜　｜　｜　｜　　—。
˰5　˰2　ˇ7　ˊ11　ˇ2　　　　ˇ4　ˋ22　ˋ9　ˇ20　˰1

慷　慨　吐　清　音，　　　　　明　转　出　天　然。　失对
｜　｜　｜　—　　—　A　　　—　｜　｜　—　　—。A
ˇ22　ˋ11　ˇ7　˰8　˰12　　　˰8　ˇ16　ˊ4　˰1　˰1

本韵，纯用先韵；一古句、一拟律、二律句，一失对。

其　二

丝　竹　发　歌　响，　　　　　假　器　扬　清　音。　失对
—　｜　｜　—　　｜ a¹　　　｜　·　—　—　　—。A¹
˗4　ˊ1　ˊ6　˰6　ˇ22　　　　ˋ24　ˋ4　˰7　˰8　˰12

不　知　歌　谣　妙，　　　　　声　势　出　口　心。
｜　·　—　—　　｜　失黏　　—　｜　｜　｜　—。
ˊ5　˗4　˰5　˰2　ˋ18　　　　˰8　ˋ8　ˊ4　ˇ25　˰12

本韵，纯用侵韵；二古句、二拟律，一失对、一失黏。

　　《大子夜歌》是《子夜歌》的变曲，这两首歌辞大约是当时文士写来赞颂《子夜》诸歌的。如果不将诗体局限于七言（如杜甫的《戏为六绝句》），可以说这两首诗才是最早的论诗绝句。所论对象虽然直接是《子夜歌》，但六朝民歌乃至六朝文学之妙亦尽于其中了。正如郑振铎《插图本中国文学史》中所说："六朝文学的最大光荣者乃是'新乐府辞'。"而六朝新乐府中最美妙的便数《子夜歌》系列，即"歌谣数百种，子夜最可怜。"这两首《大子夜歌》的妙义在于：一是抓住了民歌最本质的特色。"声势出口心"，即言为心声，故明转、天然、清音、慷慨。其中"慷慨"、"天然"是最能概括民歌神韵的，所以后来元好问在《论诗》中赞美《敕勒歌》："慷慨歌谣绝不传，穹庐一声本天然"（220）。二是指出了器乐和声乐的关系。乐府民歌初为"徒歌"清唱，后才"被以管弦"。器乐和声乐本各有其妙，作者用抑器扬声写法，是对世无知音，于乐府舍本逐末的浮靡时尚表示了感慨。也如后来白居易《问杨琼》中说"古人唱歌兼唱情，今人唱歌唯唱声"、姚燮在《杨宗伯式玉招饮》中说"但悦丝桐妙，谁知

歌者心。"其实,若要"歌谣妙",无论是管弦器乐妙,还是唱者声乐妙,都必须"声势出口心"。

莫愁乐
南朝乐府民歌　西曲歌

莫 愁 在 何 处?	莫 愁 石 城 西。
｜ 一 ｜ 一 ｜	｜ · ｜ 一 一 失对
＼10 _11 ＼11 _5 ＼6	＼10 _11 ＼11 _8 ¯8
艇 子 打 两 桨,	催 送 莫 愁 来。
｜ ! ｜ ｜ ｜ 失黏	一 ! ｜ 一 一 A 失对
＼24 ＼4 ＼21 ＼22 ＼22	¯10 ＼1 ＼10 _11 ¯10

通韵,齐灰同用;三古句、一律句,二失对、一失黏。《乐府诗集》云:"《西曲歌》出于荆、郢、樊、邓之间。"这一带正属南朝西部,当地经济繁荣,商业兴旺,文化发达,是西曲歌产生的社会条件。这首男子情歌中的石城在当今湖北钟祥市,南朝时正属郢州。歌里的莫愁,她既不是南京莫愁湖上的精灵,也不是梁武帝(一说无名氏)《河中之水歌》里那位"洛阳女儿"(997),她是湖北钟祥一个色艺双佳、品貌兼美的红歌女。

企喻歌
北朝乐府民歌

男 儿 欲 作 健,	结 伴 不 须 多。
一 一 ｜ ｜ ｜ b¹	｜ ｜ ｜ 一 一 A
_13 ¯4 ＼2 ＼10 ＼14	＼9 ＼14 ＼5 ¯7 _5
鹞 子 经 天 飞,	群 雀 两 向 波。
｜ ｜ 一 一 一 A¹	一 ! ｜ ｜ 一 失对
＼18 ＼4 _9 _1 ¯5	¯12 ＼10 ＼22 ＼23 _5

本韵,纯用歌韵;一古句、二拟律、一律句,一失对。这首民歌产生于北方少数民族,充分表现了北方各族人民剽悍的个性、尚武的精神,令人耳目一新。诗中鹞子即是男儿崇拜的对象,男儿理想的化身。

幽州马客吟歌

北朝乐府民歌

南 山 自 言 高，	只 与 北 山 齐。
— — ｜ — ｜	｜ ｜ ｜ — 。A
_13 ⁻15 ﹨4 _13 _4	﹨4 ﹨6 ﹍13 ⁻15 ⁻8

女 儿 自 言 好，	故 入 郎 君 怀。
— ．｜ — ｜ ♭1 失黏	｜ ｜ — — — 。A¹
﹨4 ⁻4 ﹨4 ⁻13 ﹨19	﹨7 ﹍14 _7 ⁻12 ⁻9

通韵，齐佳同用；一古句、二拟律、一律句，一失黏。爱情诗通常具有阴柔之美，多用花、草、蜂、蝶作比兴，这是南朝乐府民歌中常见的；但本诗却用巍峨雄壮的山岳的形象，象征一对恋人，充满阳刚之气，这就是北朝乐府民歌的本色。景物无知人有意，因物取兴往往能透露出作者的精神境界，甚至透露出一个民族的素质与风貌，这就是南北乐府民歌风格不同的原因。

静 夜 思

唐　李　白

床 前 明 月 光，	疑 是 地 上 霜。
— — — ｜ — B¹	— ｜ ｜ ｜ — 。
_7 _1 _8 ﹨6 _7	⁻4 ﹨4 ﹨4 ﹨23 _7

举 头 望 明 月，	低 头 思 故 乡。
｜ — ｜ — ｜ 失黏	— — — ｜ — B¹ 失对
﹨6 _11 _7 _8 ﹨6	⁻8 _11 ⁻4 ﹨7 _7

本韵，纯用阳韵，首句入韵，本章以上的诗首句都不入韵，这是五言诗的多数，本首起，有首句入韵的了；二古句、二拟律，一失对、一失黏。这首小诗，既没有奇特新颖的想象，更没有精工华美的辞藻，它只是诗人郁蓄既久的思家念亲之心声脱口而出，即《大子夜歌》的"声势出口心"（621），如月泻银，似露结霜，悄悄无声地凝成真情蕴藉的诗画境界。所以，千百年来，许多中华儿女从儿童起就能琅琅上口，我那今年八周岁能背一百多首诗（绝大多数是唐诗）的外孙女在刚满三周岁时所背的第一首诗就是本诗。

黄鹤楼送孟浩然之广陵

唐　李　白

故人 西 辞 黄 鹤 楼，　　烟花 三 月 下 扬 州。
| — — — — — 。　　— · | | — 。A 失对
ˋ7 ⁻11 ⁻8 ⁻4 ⁻7 ˎ10 ˍ11　　ˍ1 ˍ6 ˍ13 ˎ6 ˋ22 7 ˍ11

孤帆 远 影 碧 空 尽，　　唯见 长 江 天 际 流。
— — | | | — | a¹　　— | — — — | — B¹
⁻7 ˍ15 ˅13 ˅23 ˎ11 ⁻1 ˅11　　⁻4 ˋ17 ˍ7 ⁻3 ˍ1 ˋ8 ˍ11

　　本韵，纯用尤韵，首句入韵；一古句、二拟律、一律句、一失对；古绝主要是五言，七言也有，从本诗起，就有了。这首送别诗，不是王勃《送杜少府之任蜀川》(301)那种少年刚肠的送别；也不是王维《送元二使安西》(550)那种深情体贴的送别，而是在一个繁华的时代、繁华的季节、繁华的地区，在愉快的分手中，李白向往孟浩然、向往扬州的心中充满无穷向往、有着无穷诗意的送别。

夔州歌十绝句（其一）

唐　杜　甫

中巴 之 东 巴 东 山，　　江水 开 辟 流 其 间。
— — — — — — 。　　— | — | — — 。
⁻1 ˍ6 ⁻4 ⁻1 ˍ6 ⁻1 ⁻15　　⁻3 ˅4 ⁻10 ˎ11 ˍ11 ⁻4 ⁻15

白帝 高 为 三 峡 镇，　　瞿塘 险 过 百 牢 关。
| | — · — | b 失黏　　— — | | | — — 。A
ˎ11 ˋ8 ˍ4 ⁻4 ˍ13 ˎ17 ˋ12　　⁻7 ˍ7 ˅28 ˋ21 ˎ11 ˍ4 ⁻15

　　本韵，纯用删韵，首句入韵；二古句、二律句、一失黏。首句七字，连用平声，且皆阴平，更属创格，给人以航行三峡江面，听到空谷回音、嗡嗡作响之美音……全诗通过奇突雄浑的自然景物的描写，取得激动人心的艺术效果，情寓景中，读者能感到诗人对祖国奇异山川的热爱和由衷的赞美。

题 红 叶

唐　宣宗官人

流水 何 太 急，　　深宫 尽 日 闲。

　　— ｜ — ｜ ｜　　　　　　— — ｜ ｜ ⌒B
　　_11 ∨4 _5 ∨9 ∧14　　　　_12 _1 ∨11 ∧4 ⁻15
　　殷 勤 谢 红 叶，　　　　好 去 到 人 间。
　　— — ｜ — ｜ b¹　　　　｜ ｜ ｜ — ⌒A
　　⁻12 ⁻12 ∨22 _1 ∧16　　　∨19 ∨6 ∨20 ⁻11 ⁻15

　　本韵，纯用删韵；一古句、一拟律、二律句。本诗是成语"红叶题诗"的出处，可贵之处就在于让我们直接从宫人之口听到了宫人的心声。

登科后
唐　孟　郊

　　昔 日 龌 龊 不 足 夸，　　　今 朝 放 荡 思 无 涯。
　　｜ ｜ ｜ ｜ — ｜ ⌒　　　— — ｜ ! — — — ⌒A¹　失对
　　∧11 ∧4 ∧3 ∧3 ∧5 ∧3 _6　　_12 _2 ∨23 ∨22 ⁻4 ⁻7 _6
　　春 风 得 意 马 蹄 疾，　　　一 日 看 尽 长 安 花。
　　— — ｜ — ｜ — ｜ a¹　　　｜ ｜ ｜ ! — — — 失对
　　⁻11 _1 ∧13 ∨4 ∨21 ⁻8 ∧4　　∧4 ∧4 ∨15 ∨11 _7 ⁻14 _6

　　本韵，纯用麻韵，首句入韵；二古句、二拟律，二失对。本诗因为给后人留下了"春风得意"和"走马看花"两个成语而更为人们熟知。诗一开始，就用六个仄声且都是短促的入声字而把往日的郁结闷气一扫而光，真是"春风得意马蹄疾"！

竹枝词九首(其七)
唐　刘禹锡

　　瞿 塘 嘈 嘈 十 二 滩，　　　人 言 道 路 古 来 难。
　　— — — — ｜ ｜ ⌒　　　— ! ｜ ｜ ｜ — — A　失对
　　⁻7 _7 _4 _4 ∧14 ∨4 ⁻14　　⁻11 ⁻13 ∨19 ∨7 ∨7 ⁻10 ⁻14
　　常 恨 人 心 不 如 水，　　　等 闲 平 地 起 波 澜。
　　— ! — ∙ ｜ — ｜ b¹ 失黏　　｜ — — ｜ ｜ — — A
　　_7 ∨14 ⁻11 _12 ∧5 ⁻6 ∨4　　∨24 ⁻15 _8 ∨4 ∨4 _5 ⁻14

　　本韵，纯用寒韵，首句入韵；一古句、一拟律、二律句，一失对、一失黏。说瞿塘之险用"人言"提起，意为尽人皆知；叹人心之险用"长恨"领出，重在强调自己。以瞿塘喻人心，在人之言与我之恨之间，比喻巧妙，转折深入，命意精警，使人深省。

夜 雪
唐 白居易

已 讶 衾 枕 冷，　　　复 见 窗 户 明。
｜ ｜ ｜ ｜ ｜　　　 ｜ ｜ — ｜ — 失对
ˇ4 ˋ22 ˍ12 ˇ26 ˇ23　　 ˋ1 ˋ17 ¯3 ˇ7 ˍ8

夜 深 知 雪 重，　　　时 闻 折 竹 声。
｜ — — ｜ ｜ b　失黏　 — ｜ ｜ — — B　失对
ˋ22 ˍ12 ¯4 ˋ9 ˇ2　　 ¯4 ¯12 ˋ9 ˋ1 ˍ8

本韵，纯用庚韵；二古句、二律句，二失对、一失黏。在感觉、视觉作好铺垫之后，诗人着重从听觉写来，选取"折竹声"这一细节，且"夜深"而"时闻"，说明夜之静，雪之"重"。在众多咏雪诗里，本诗是一朵别具风采的小花。

日 射
唐 李商隐

日 射 纱 窗 风 撼 扉，　　香 罗 拭 手 春 事 违。
｜ ｜ — — — ｜ — B¹　　— — ｜ ｜ — ｜ —
ˋ4 ˋ22 ˍ6 ¯3 ¯1 ˇ27 ˍ5　　 ˍ7 ˍ5 ˋ13 ˇ25 ¯11 ˋ4 ¯5

回 廊 四 合 掩 寂 寞，　　碧 鹦 鹉 对 红 蔷 薇。
— — ｜ ｜ ｜ ｜ ｜　　 ｜ ｜ ｜ ｜ — — — A¹　失对
¯10 ˍ7 ˋ4 ˋ15 ˇ28 ˋ12 ˋ10　 ˋ11 ˍ8 ˇ7 ˋ11 ¯1 ˍ7 ¯5

本韵，纯用微韵，首句入韵；二古句、二拟律，一失对。李商隐的诗是以婉曲达意见长的，他喜欢避开正面抒情，借助环境景物的描绘来渲染气氛，烘托情思。这首闺怨诗更是通篇色彩鲜丽而情味凄冷，尤其"碧鹦鹉对红蔷薇"，以丽笔写哀思，有冷暖相形之妙，这是李商隐诗歌的一个特点。

诗
唐 捧剑仆

青 鸟 衔 葡 萄，　　　飞 上 金 井 栏。
— ｜ — — — A¹　　　 — ｜ — ｜ — 失对

_9 √17 _15 ‾7 _4　　　　　　‾5 √23 _12 √23 ‾14

美　人　恐　惊　去，　　　不　敢　卷　帘　看。

|　⌣　|　—　|　失黏　　　|　|　|　—　—。A

√4 ‾11 √2 _8 √6　　　　　　λ5 √27 √16 _14 ‾14

　　本韵，纯用寒韵；二古句、一拟律、一律句，一失对、一失黏。法国雕塑家罗丹说得好："美是到处都有的。对于我们的眼睛，不是缺少美，而是缺少发现。"(《艺术论》)本诗善于发现生活中的美，并予以艺术再现。青鸟衔葡萄的形象，极难遇到，但新奇美丽。本诗构思巧妙，创造出一个极其优美宁静、富有诗情画意的境界，含蓄地表达了人们对美好事物的热爱及对和平幸福生活的憧憬。更为可贵的是，本诗作者是晚唐咸阳的一名仆人。《全唐诗》卷七三二"捧剑仆小传"谓其"尝以望水眺云为事，遭鞭箠，终不改。"仆人尚且如此，可见唐代诗之盛行。唐诗为我国诗之巅峰，可见一斑。

安乐窝

宋　邵　雍

半　记　不　记　梦　觉　后，　　　似　愁　无　愁　情　倦　时。

|　|　|　|　|　|　|　　　|　—　—　—　—　|　。

√15 √4 λ5 √4 √1 √3 √26　　　√4 _11 ‾7 11 8 √17 ‾4

拥　衾　侧　卧　未　欲　起，　　　帘　外　落　花　撩　乱　飞。

|　—　|　|　·　|　|　失黏　　　|　|　|　—　—　|　—。B¹

√2 _12 λ13 √21 √5 λ2 √4　　　_14 √9 λ10 _6 _2 √15 ‾5

　　通韵，支微同用；三古句、一拟律，一失黏。首句七仄，次句一连四平，再次句又一连五仄，皆拗峭质朴；末句则入律，风神旖旎，以情韵取胜。本诗描绘了一种似醒非醒的情态：当睡梦初觉时，不免追想已逝的梦境，把捉缥缈的刹那，因记忆和情绪都暧昧不明，故思维接近于空白的状态，让人感觉轻松愉悦、毫无牵挂，故诗名为"安乐窝"。(这不是人皆有之的体验吗?)可惜的是，它只存在于梦与现实交替的短暂间隙中，拥衾未起的诗人，很快看见窗外纷飞的落花，这种真实的动景无疑是一幅清醒剂，整首诗便于此戛然而止。这就是这位道学家所写的充满情味的诗。

夜泛西湖五绝（其五）

宋　苏　轼

湖 光 非 鬼 亦 非 仙，　　　　风 恬 浪 静 光 满 川。
— — — ｜ ｜ — —A　　　　— ● ｜ ｜ ｜ —。失对
⁻7　7　⁻5　√5　↘11　⁻5　_1　　　　⁻1　_14　↘23　√23　7　√14　_1

须 臾 两 两 入 寺 去，　　　　就 视 不 见 空 茫 然。
— — ｜ ｜ ｜ ｜ ｜　　　　｜ ｜ ｜ ｜ ● — —。失对
⁻7　⁻7　√22　√22　↘14　↘4　↘6　　　　↘26　√4　↘5　↘17　⁻1　_7　_1

本韵，纯用先韵，首句入韵；三古句、一律句，二失对。这组诗的前两首写月下西湖之景，新月生辉，半璧吐艳，给人以明朗之感；中两首写月落未落之时，菰蒲无边，湖水茫茫，给人以朦胧之感；这最后一首写月落之后的湖光，给人以变幻多端、神秘莫测之感。整组诗给人以清新、淡雅、恬静的美感。

秋　江

宋　道　潜

赤 叶 枫 林 落 酒 旗，　　　　白 沙 洲 渚 阳 已 微。
｜ ｜ — — ｜ ｜ —B　　　　｜ — — ｜ — ｜ —。
↘11　↘16　⁻1　_12　↘10　√25　⁻4　　　　↘11　_6　_11　√6　_7　√4　⁻5

数 声 柔 橹 苍 茫 外，　　　　何 处 江 村 人 夜 归？
｜ — — ｜ — — ｜a　　　　— ｜ — — — ｜ —B¹
↘7　_8　_11　√7　_7　_7　↘9　　　　_5　↘6　⁻3　⁻13　⁻11　↘22　⁻5

通韵，微主支从，首句入韵，一古句、一拟律、二律句。本诗前两句是入画之境，所以用彩绘之笔；后两句是空中传声，遂出于默会之境。前实后虚的转换大体与秋江由明渐暗的变化相吻合，首句为夕阳正好之时，次句为落晖已敛之时，再次句是日沉之后暮色苍茫之景，末句是夜色笼罩秋江之景，这就在静态的意境描绘中不露痕迹地表现了由黄昏入夜的过程，有思致，有妙语，颇可玩味。

夏日绝句

宋　李清照

生 当 作 人 杰，　　　　死 亦 为 鬼 雄。

— — ｜ — ｜ b¹　　　　｜ ｜ — ｜ 。

_8 _7 ×10 ⁻11 ×9　　　　√4 ×11 ⁻4 √5 ⁻1

至 今 思 项 羽，　　　　**不 肯 过 江 东。**

｜ · — ｜ ｜ b　失黏　　｜ ｜ — ｜ 。A

×4 _12 ⁻4 ×3 √7　　　　×5 √24 ×21 ⁻3 ⁻1

　　本韵,纯用东韵;一古句、一拟律、二律句,一失黏。李清照是我国历史上文学成就最高、最著名的一位女词人。她的词或轻柔婉丽,或缠绵悱恻;而诗则都是洗净儿女气的慷慨之音,和词风大不相同。本诗是传诵很广的一首借古讽今、发抒悲愤的怀古诗,其实质是对宋高宗节节南逃、苟且偷安政治现实的抨击,义正辞严,慷慨激越,"压倒须眉",诚非虚言。

山　行
宋　叶　茵

青 山 不 识 我 姓 字，　　　**我 亦 不 识 青 山 名。**

— — ｜ ｜ ｜ ｜ ｜　　　　｜ ｜ ｜ · — — —失对

_9 ⁻15 ×5 ×13 √20 ×24 ×4　　√20 ×11 ×5 ×13 _9 ⁻15 _8

飞 来 白 鸟 似 相 识，　　　**对 我 对 山 三 两 声。**

— · ｜ ｜ ｜ — ｜ a¹ 失黏　　｜ ｜ ｜ — ｜ ｜ 。B¹

⁻5 ⁻10 ×11 √17 ×4 _7 ×13　　×11 √20 ×11 ⁻15 _13 √22 _8

　　本韵,纯用庚韵;二古句、二拟律,一失对、一失黏。这首山行拾趣的即兴小诗,文字天真,饶有风趣。在写法上,采取剪影式,捕捉住最唤起"诗心"的吉光片羽,不假修饰,以存其真,其中包孕,应能领会。

悟 道 诗
宋　某　尼

尽 日 寻 春 不 见 春，　　　**芒 鞋 踏 遍 陇 头 云。**

｜ ｜ — — ｜ ｜ — 。B　　　— — ｜ ｜ ｜ — 。A

√11 ×4 _12 ⁻11 ×5 ×17 ⁻11　　_7 ⁻9 ×15 ×17 √2 ⁻11 ⁻12

归 来 笑 拈 梅 花 嗅，　　　**春 在 枝 头 已 十 分。**

— — ｜ · ｜ ｜ ｜失黏　　　— ｜ — · ｜ ｜ — 。B　失对

⁻5 ⁻10 ×18 _14 ⁻10 _6 ×26　　⁻11 ×11 ⁻4 _11 √4 ×14 ⁻12

　　通韵,文主真从,首句入韵;一古句、三律句,一失对、一失黏。四出寻春,不见春迹;归来嗅梅,春在身边。某尼所悟之"道不远人",不应"道在迩而求诸远",自孔、孟至禅宗,已屡有所言,但作为一首说理诗,上联求道,下联悟道,写得如此生动、形象,确不多见。诗中某尼,看来不是一个刻板、冷漠的出家人,而是一个天真活泼、充满人生乐趣的少女。

西湖竹枝歌(其一)
元　杨维桢

苏 小 门 前 花 满 株,　　　　苏 公 堤 上 女 当 垆。
— | — — — | —B¹　　　 — — — | | — 。A
⁻7 ⌄17 ⁻13 ﹍1 ﹍6 ⌄14 ⁻7　　 ⁻7 ⁻1 ⁻8 ﹨23 ⌄6 ﹍7 ⁻7

南 官 北 使 须 到 此,　　　　江 南 西 湖 天 下 无 。
— — | | — | |　　　　　　 · — — | — | — 失对
﹍13 ⁻14 ﹨13 ⌄4 ⁻7 ﹨20 ⌄4　　 ⁻3 ﹍13 ⁻8 ⁻7 ﹍1 ﹨22 ⁻7

　　本韵,纯用虞韵,首句入韵;二古句、一拟律、一律句,一失对。杨维桢是元代唯一开宗立派的诗人,他的诗以"铁崖体"最负盛名(736),但《竹枝词》也很出色。本诗不以对景物的描绘见长,只是勾勒几笔湖畔、堤上名人留下的风情习俗,正是这爽朗明快的民歌风味,虽只短短四句,便已如酒家女的佳酿,足以让你心醉情迷的了。

西湖竹枝歌(其四)
元　杨维桢

劝 郎 莫 上 南 高 峰,　　　　劝 侬 莫 上 北 高 峰 。
| — | | — — —A¹　　　　 | · | | | — —A 失对
﹨14 ﹍7 ⌄10 ﹨23 ﹍13 ﹍4 ⁻2　　 ﹨14 ⁻2 ﹨10 ﹨23 ⌄13 ﹍4 ⁻2

南 高 峰 云 北 高 雨,　　　　云 雨 相 催 愁 杀 侬!
— — — · | — | 失黏　　　 — | — · — — |B¹ 失对
﹍13 ﹍4 ⁻2 ⁻12 ⌄13 ﹍4 ⌄7　　 ⁻12 ⌄7 ﹍7 ⁻10 ﹍11 ﹨8 ⁻2

　　本韵,纯用冬韵,首句入韵;一古句、二拟律、一律句,二失对、一失黏。南峰有"云",北峰有"雨",都是"无晴"。若按刘禹锡《竹枝词》以"晴"关"情"之例,这女子是在怪嗔心上人的用情不浓,难怪她要大声呼唤"云雨相催愁杀侬"了!但若按宋玉《高唐赋》中故事,这"云雨"合称,则有另一番意思,那就是男女欢爱的象征。这少女为高峰云雨之相催,是否萌动了与心上人的欢爱之思,故而正话反说呢?总之,吐语新奇,情思婉曲,不管怎样理解,都是明爽中带几分羞怯,设喻中蕴难猜之意,故明代诗论家胡应麟于《诗薮》中要说:"俊逸浓爽,如有神助"了。

西湖竹枝歌(其八)
元 杨维桢

石	新	妇	下	水	连	空,	飞	来	峰	前	山	万	重。

$|$ — $|$ $|$ $|$ — $\underset{\circ}{—}$ A $\qquad$ $|$ — — $\overset{\bullet}{|}$ — $|$ — $\underset{\circ}{—}$ 失对

$\searrow$11 ¯11 $\searrow$7 $\searrow$22 $\searrow$4 _1 ¯1 $\qquad$ ¯5 ¯10 ¯2 _1 ¯15 $\searrow$14 ¯2

妾	死	甘	为	石	新	妇,	望	郎	或	似	飞	来	峰。

$|$ $\overset{\bullet}{|}$ — — $|$ — $|$ b¹ 失黏 $\qquad$ $|$ — $|$ $|$ — — $\underset{\circ}{—}$ A¹

$\searrow$16 $\searrow$4 _13 ¯4 $\searrow$11 ¯11 $\searrow$7 $\qquad$ $\searrow$23 _7 $\searrow$13 $\searrow$4 ¯5 ¯10 ¯2

通韵,冬主东从,首句入韵;一古句、二拟律、一律句,一失对、一失黏。本诗以比兴手法,即景设譬,清丽意隽,音调条畅,大胆而又形象地表达了一个痴情女子对爱情的忠贞不渝。

杨维桢享有盛名,门下弟子百余人,所以他的《西湖竹枝歌》一出,一时传遍大江南北,四方名人韵士,争相属合,不下百家。受他的影响,以《竹枝词》吟咏地方上的风俗名胜遂成定格。

梦游西湖
明 杨基

采	莲	女	郎	莲	花	腮,	藕	丝	衣	轻	难	剪	裁。

$|$ — $|$ — — $|$ $\underset{\circ}{—}$ $\qquad$ $|$ $\overset{\bullet}{—}$ — $\overset{\bullet}{|}$ — $|$ — $\underset{\circ}{—}$ 失对

$\searrow$10 _1 $\searrow$6 _7 _1 _6 ¯10 $\qquad$ $\searrow$25 ¯4 ¯5 _8 ¯14 $\searrow$16 ¯10

瞥	然	一	见	唱	歌	去,	荷	叶	满	湖	风	雨	来。

$|$ — $|$ $\overset{\bullet}{|}$ $|$ — $|$ a¹ 失黏 $\qquad$ — — $|$ — — $|$ $\underset{\circ}{—}$ B¹

$\searrow$9 _1 $\searrow$4 $\searrow$17 $\searrow$23 _5 $\searrow$6 $\qquad$ _6 $\searrow$16 $\searrow$14 ¯7 _1 $\searrow$7 ¯10

本韵,纯用灰韵,首句入韵;二古句、二拟律,一失对、一失黏。诗人恰到好处地用了动词"去"和"来",前后两幅截然不同的画面衔接得天衣无缝,静态美和动态美,婉约美和奇谲美,在诗人笔下奇妙地融为一体,织成了一个色彩斑斓的西湖梦中美。

登 泰 山
明　杨继盛

志　欲　小　天　下，　　　　特　来　登　泰　山。
|　　|　　|　　—　　|　a¹　　　|　　—　—　　|　—B¹
╲4　╱2　╲17　_1　╲22　　　╱13　⁻10　_10　╲9　╲15

仰　观　绝　顶　上，　　　　犹　有　白　云　还。
|　　—　　|　　|　　|　　　　|　　|　　|　　—　—A
╲22　⁻14　╲9　╲24　╲23　　　_11　╲25　╱11　⁻12　╲15

　　本韵,纯用删韵;一古句、二拟律、一律句。泰山之高只是相对的,高峻的山岳之上,仍然有更高的东西。可见大道并无止境,圣哲之人也从不以其所秉赋之道自满。山外更有高山,白云之上也还有日月星辰。作者有感于此,领悟独多。诗句虽极简朴,却显示作者志在高远,不为物囿的执着追求精神。

湖上梅花歌四首(其二)
明　王稚登

山　烟　山　雨　白　气　氲，　　　梅　蕊　梅　花　湿　不　分。
—　—　—　|　|　|　—　　　—　|　—　—　|　|　—B
⁻15　_1　⁻15　╲7　╱11　╲5　⁻12　　　⁻10　╲4　⁻4　_6　╱14　╲5　⁻12

浑　似　高　楼　吹　笛　罢，　　　半　随　流　水　半　为　云。
—　·|　—　—　|　|　b　　　|　|　—　|　|　—　—A
⁻13　╲4　_4　⁻11　⁻4　╱12　╲22　　　╲15　⁻4　_11　╲4　╲15　⁻4　⁻12

　　本韵,纯用文韵,首句入韵;一古句、三律句。在众多的咏梅诗中,本首别具一格,用笛声比喻梅景,又用流水白云比喻笛声,曲折婉转,生新隽永,用听觉形象通过艺术通感让读者去想象景象,感受景象。

和怀古(苏子瞻)
清　杜濬

堂　堂　复　堂　堂，　　　　子　瞻　出　峨　嵋。
—　—　|　—　—　　　　|　·|　|　—　—失对

　_7　_7　∖1　_7　_7　　　　　∨4　_14　∖4　_5　‾4

少　读　范　滂　传，　　　　晚　和　渊　明　诗。

｜　｜　｜　—　｜ a¹　失黏　｜　｜　—　—　‿ A¹　失对

∖18　∖1　∨29　_7　∖17　　　　∨13　∖21　_1　8　‾4

本韵，纯用支韵；二古句、二拟律，二失对，一失黏。作诗能以短韵传神，殊不易易。作者咏怀苏轼，仅用两韵，概括大诗人的一生，使人见其性情怀抱，是最能得为诗之神髓，并真知苏子瞻之为人者。

绝　句

清　吴嘉纪

白　头　灶　户　低　草　房，　　　　六　月　煎　盐　烈　火　旁。

｜　—　｜　｜　—　｜　　　　｜　｜　—　—　｜　｜　‿ B

∖11　_11　∖20　∨7　‾8　∨19　_7　　　∖1　∨6　_1　∖14　∨9　∨20　_7

走　出　门　前　炎　日　里，　　　　偷　闲　一　刻　是　乘　凉。

｜　｜　｜　—　｜　｜ b　　　　｜　—　｜　｜　｜　—　‿ A

∨25　∖4　‾13　_1　_14　∖4　∨4　　　_11　‾15　∖4　∖13　∨4　_10　7

本韵，纯用阳韵，首句入韵；一古句、三律句。这首绝句的成功奥秘是：通过截取简短而最有代表性的横断面，表现诗之主题，使之获得永恒的艺术魅力。走到"炎日"里，居然是"乘凉"，这种"反常"手法的应用也是艺术上成功的关键。煮盐工的悲惨生活，使人读来心酸。

梅花开到九分

清　叶燮

亚　枝　低　拂　碧　窗　纱，　　　　镂　云　烘　霞　日　日　加。

｜　—　—　｜　｜　—　‿ A　　　　｜　·　—　—　｜　｜　‿ 失对

∖22　‾4　‾8　∖5　∖11　‾3　_6　　　∖26　_12　‾1　_6　∖4　∖4　_6

祝　汝　一　分　留　作　伴，　　　　可　怜　处　士　已　无　家。

｜　｜　｜　—　｜　｜ b　失黏　｜　—　｜　｜　｜　—　‿ A

∖1　∨6　∖4　‾12　_11　∖10　∨14　　∨20　_1　∖6　∨4　∨4　‾7　_6

本韵，纯用麻韵，首句入韵；一古句、三律句，一失对、一失黏。"梅花开到九分"最好，是古人早就明白的道理；本诗更从梅花的有伴无伴，"梅妻鹤子"林和靖处士的有家无家作想,写得一波三折,一唱三叹,将诗人的惜梅心情,曲曲传出,极富韵致。

秦淮竹枝词
清　纪映淮

栖　鸦　流　水　点　秋　光，　　　　　爱　此　萧　疏　树　几　行。
— — — | | — —A　　　　　　| | — — | | —。B
⁻8　⁻6　_11　√4　√28 _11　⁻7　　　　　＼11 √4　_2　⁻6　⁻7 √5 _7

不　与　行　人　绾　离　别，　　　　　赋　成　谢　女　白　雪　香。
| | — — | — | b¹　　　　　| — | | | | —。
＼5　√6　_8 ⁻11 _15 ⁻4 ＼9　　　　　＼7　_8　_22 √6 ＼11 ＼9 _7

本韵,纯用阳韵,首句入韵;一古句、一拟律、二律句。本诗颇具神韵。本来是东晋才女谢道韫看见飞雪而想起飞絮情景,联成名句"未若柳絮因风起"(1056)。本诗却说是柳絮作成谢女咏雪名句,从而赋予白雪以清香。作者本人也是才女,才能由柳联想到谢女咏雪故事,才能写出"赋成谢女白雪香"这一奇句。

偶然作
清　屈复

百　金　买　骏　马，　　　　　千　金　买　美　人。
| — | | |　　　　　　— · | | —。B　失对
＼11 _12 √9 √12 √21　　　　　_1 _12 √9 √4 ⁻11

万　金　买　高　爵，　　　　　何　处　买　青　春！
| — | — |　　　　　　— | | — —。A
＼14 _12 √9 ⁻4 ＼10　　　　　_5 ＼6 √9 _9 ⁻11

本韵,纯用真韵;二古句、二律句,一失对。金钱买不到的何止是青春! 作者的喝问是有启发性的。写法上的欲擒故纵,后人亦有学之而入妙者,如陈毅《冬夜杂咏》其一云:"一切机械化,一切电气化,一切自动化,总要按一下。"

鸡

清 袁 枚

养 鸡 纵 鸡 食，　　　　鸡 肥 乃 烹 之。
| — | — |　　　　— · | — —　失对
√22 ﹣8 ﹨2 ﹣8 ﹨13　　﹣8 ﹣5 √10 ﹣8 ﹣4

主 人 计 自 佳，　　　　不 可 使 鸡 知。
| — | | —　　　　| | | — —　A
√7 ﹣11 ﹨8 ﹨4 ﹣9　　﹨5 √20 √4 ﹣8 ﹣4

本韵，纯用支韵；三古句、一律句、一失对。这首咏物小诗全是口头语、大白话，但对现实中人与人之关系的洞察可谓深入骨髓，凡有一定人生体验的读者都会从中有所醒悟，有所警惕，有所启发。

千 山

清 姚元之

明 霞 为 饰 玉 为 容，　　　山 到 辽 阳 峦 嶂 重。
— — — | | — — A　　　— | — — — | — B¹
﹣8 ﹣6 ﹣4 ﹨13 ﹨2 ﹣4 ﹣2　　﹣15 ﹨20 ﹣2 ﹣7 ﹣14 ﹨23 ﹣2

欲 问 青 天 花 数 朵，　　　九 百 九 十 九 芙 蓉。
| | — — — | | b　　　| ! | — — — — 失对
﹨2 ﹨13 ﹨9 ﹣1 ﹣6 ﹨7 √20　　√25 ﹨11 √25 ﹨14 √25 ﹣7 ﹣2

本韵，纯用冬韵，首句入韵；一古句、一拟律、二律句、一失对。千山在今辽宁省辽阳市东南，原名千华山、千朵莲花山、积翠山，传说共有峰峦九百九十九座。本诗第三句问得出奇、天真、有趣，第四句答得鲜艳、瑰丽、迷人！这两句紧扣千山的传说与形貌特征，亦虚亦实，似幻似真，其词脱口而出，自然天成，所展示的瑰奇境界，真可与李白"庐山东南五老峰，青天削出金芙蓉"媲美。

一字诗

近代 陈 沆

一 帆 一 桨 一 渔 舟，　　　一 个 渔 翁 一 钓 钩。
| — | | | — — A　　　| | — — | | — B

λ4 ＿15 λ4 ∨22 λ4 ￣6 ＿11　　　　λ4 ､21 ￣6 ￣1 λ4 ､18 ＿11

一　俯　一　仰　一　场　笑，　　　　一　江　明　月　一　江　秋。

｜　　｜　　｜　　｜　　｜　　一　　｜　失黏　　　｜　　一　　一　　｜　　｜　　一　一 A　失对

λ4 ∨7 λ4 ∨22 λ4 ＿7 ､18　　　　λ4 ￣3 ＿8 λ6 λ4 ￣3 ＿11

　　本韵,纯用尤韵,首句入韵;一古句、三律句,一失对、一失黏。全诗二十八个字中有十个"一"字,真是一首空前绝后的"一字诗"！一幅空彻、灵均的明月秋江独钓图！本诗在中央电视台少儿节目中播出时,配上少年儿童的朗诵、舞蹈、音乐,让我的外孙女开心得不得了,当场就手舞足蹈把本诗背出来了。

甲辰五月二十日绝笔

近代　翁同龢

六　十　年　中　事，　　　　凄　凉　到　盖　棺。

｜　　｜　　一　　一　　｜ a　　　　一　　一　　｜　　｜　　一 B

λ1 λ14 ＿1 ￣1 ､4　　　　￣8 ￣7 ､20 ∨9 ￣14

不　将　两　行　泪，　　　　轻　为　汝　曹　弹。

｜　　一　　｜　　一　　｜　　　　一　　｜　　｜　　一　　一 A

λ5 ＿7 ∨22 ＿7 ､4　　　　＿8 ､4 ∨6 ＿4 ￣14

　　本韵,纯用寒韵;一古句、三律句。这是两朝帝师,戊戌变法失败后被慈禧太后"开缺回籍"、逐回常熟老家的翁同龢于临终前对自己一生的概括,抒发了他深沉的感慨和无尽的浩叹,既凄凉、又刚强。

十一月十四夜发南昌月江舟行(四首选一)

近代　陈三立

雾　气　如　微　虫，　　　　波　势　如　卧　牛。

｜　　｜　　一　　一　　一 A¹　　　　｜　　一　　｜　　一 失对

､7 ､5 ￣6 ￣5 ￣1　　　　＿5 ､8 ￣6 ､21 ＿11

明　月　如　茧　素，　　　　裹　我　江　上　舟。

一　　｜　　一　　一　　｜　　　　｜　　｜　　一　　｜　　一 失对

＿8 λ6 ￣6 ∨16 ､7　　　　∨20 ∨20 ￣3 ､23 ＿11

　　本韵,纯用尤韵;三古句、一拟律,二失对。作为晚清同光体诗人代表的陈三立,对他的"乡先辈"黄庭坚手摹心追,备极景仰。黄诗瘦硬冷隽、拗峭苦涩,本诗极似黄诗。三句比喻,起得突兀,接得紧凑,仿佛腾起的疾流,奔泻而下,不可遏抑;末句如堵急流、截奔马,戛然而止。又前三句中皆第三字为平声"如"字,不厌重复;而四句中第二字皆以一仄声字"气"、"势"、"月"、"我"作一顿挫,造成拗怒奇峭的艺术效果。总之,本诗也生新瘦硬,浓深俊微。

月下写怀

近代 陈衡恪

丛 竹 绿 到 地，　　月 明 影 斑 斑。
— 　│ │ │ │ 　　│ │ 　— — —
‾1 ∖1 ∖2 ∖20 ∖4 　∖6 _8 ∨23 ‾15 ‾15

不 照 死 者 心，　　空 照 生 人 颜。
│ 　│ 　│ │ 　│ — 失黏　— 　│ — — —　A¹ 失对
∖5 ∖18 ∨4 ∨21 _12 　‾1 ∖18 _8 ‾11 ‾15

本韵,纯用删韵;三古句、一拟律,一失对、一失黏。作者是陈三立长子,以画名,本诗首两句就像一幅水墨画;作者诗不多,且与其父诗风不同,这首悼念亡妻汪春绮的诗就写得情深意挚、凄婉哀怨而又富于诗情画意。

八月十五夜月

近代 王国维

一 点 灵 药 便 长 生，　　眼 见 山 河 几 变 更。
│ │ — │ │ — 。　　│ │ — — │ │ — B 失对
∖4 ∨28 _9 ∖10 ∖17 _7 _8 　∨15 ∖17 ‾15 _5 ∨5 ∖17 _8

留 得 当 年 好 颜 色，　　嫦 娥 底 事 太 无 情？
— │ — — │ — │ b¹　　— — │ │ │ — — A
_11 ∖13 _7 _1 ∨19 ‾15 ∖13 　_7 _5 ∨8 ∖4 ∖9 ‾7 _8

本韵,纯用庚韵,首句入韵;一古句、一拟律、二律句,一失对。责怪嫦娥自私,犹表白自己不愿独善其身;责怪嫦娥无情,犹披露自己对国计民生的关切。本诗作于 1900 年八国联军攻入北京后的中秋之夜,此时作者的人生观虽尚未定型,但已有荷负人生一切痛苦的趋向。故责备嫦娥虽是无理之笔,但正因其表面上的无理,诗人内心的烦乱和他的社会观才能体现,所以,本诗是"无理而奇"的佳作。

七绝二首(其一)

近代 蔡元培

养 兵 千 日 知 何 用，　　大 敌 当 前 喑 不 声。
｜ — — ｜ — — ｜ a　　｜ ｜ — — — ｜ 。B¹
˅22 ＿8 ＿1 ˄4 ‾4 ＿5 ˅2　　˅21 ˄12 ＿7 ＿1 ＿12 ˄5 ＿8

汝 辈 尚 容 说 威 信，　　十 重 颜 甲 对 苍 生。
｜ — — — ｜ — ｜　　｜ ｜ — — ｜ 。A
˅6 ˅11 ˅23 ‾2 ˄9 ‾5 ˅12　　˄14 ‾2 ‾15 ˄17 ˅11 ＿7 ＿8

本韵,纯用庚韵;一古句、一拟律、二律句。这是1933年初蔡元培书赠鲁迅的诗。当时,中国处于民族存亡之时,而反动当局竟以"攘外必先安内"对外屈辱、对内镇压的政策,来维护他们所谓的领袖的"威信"。对此,本诗予以怒斥,字字句句喷发出对反动卖国贼的愤怒、对民族罪人的声讨,是一篇讨伐卖国贼的檄文。

台湾竹枝词十首(选一)

近代 梁启超

郎 锤 大 鼓 妾 打 锣，　　稽 首 天 西 玛 祖 婆。
— — ｜ ｜ ｜ ｜ 。B　　— ｜ — — ｜ ｜ 。B
＿7 ＿10 ˅21 ˅7 ˄16 ˅21 ＿5　　‾8 ˅25 ＿1 ‾8 ＿21 ˅7 ＿5

今 生 受 够 相 思 苦，　　乞 取 他 生 无 折 磨。
— — ‧ ｜ ! — — ｜ a 失黏　　｜ ｜ — — — ｜ 。B¹
＿12 ＿8 ˅25 ˅26 ＿7 ‾4 ˅7　　˄5 ˅7 ＿5 ＿8 ‾7 ˄9 ＿5

本韵,纯用歌韵,首句入韵;一古句、一拟律、二律句,一失黏。"玛祖婆",我国东南沿海民间传说中的海神名。后联两句字面上是求神保佑来生不再受"相思苦",实质是表达日寇占领下的台湾人民渴望回归祖国的心声。组诗以淳朴的民歌语言和情调来写台湾民风民俗,已值得赞赏;而其隐含的台湾与祖国不可分割之意,更让人敬佩。吟咏之下,可见梁氏这位资产阶级启蒙思想家倡导的"诗界革命"之一斑,亦可见其拳拳爱国之心。

祭诗三首(其一)

现代 黄炎培

秋 非 秋 兮 春 非 春， 众 歌 众 哭 曾 不 闻。
— — — — — — — ｜ ·｜ ｜ — ｜ —失对
_11 ‾5 _11 ‾8 ‾11 ‾5 ‾11 ╲1 _5 ╲1 ╲1 ‾9 ╲5 ‾12

临 风 欲 醉 都 成 血， 地 下 人 筋 地 下 人。
— — — — — — ｜ a ｜ ｜ — ｜ ｜ ｜ — B
_12 ‾1 ╲2 ╲9 ‾7 _8 ╲9 ╲4 ╲22 ‾11 _7 ╲4 ╲22 ‾11

通韵，真文同用，首句入韵；二古句、二律句，一失对。本诗是 1948 年作者为悼念李公仆、闻一多、陶行知三位著名学者逝世二周年而作。一位先烈倒下去了，还没等后者对前人进行祭祀，后者也成了地下人！形象、生动地反映了三位先烈为了革命事业在半个月内(1946 年 7 月，在不到五天里，李公仆、闻一多先后在昆明被反动派暗杀，在闻一多遇害后第十一天，陶行知在上海为躲避反动政府迫害，而中风身亡)接连遇难的历史事实，以事叙情，悲含其中。

自题小像

现代 鲁 迅

灵 台 无 计 逃 神 矢， 风 雨 如 磐 闇 故 园。
— — — ｜ — — ｜ a — ｜ — ｜ ｜ ｜ — 失对
_9 ‾10 ‾7 ╲8 _4 ‾11 ╲4 ‾1 ╲7 ‾6 ╲25 ╲28 ╲7 ‾13

寄 意 寒 星 荃 不 察， 我 以 我 血 荐 轩 辕。
｜ ｜ — — · — ｜ b 失黏 ｜ · ｜ ｜ — — — 失对
╲4 ╲4 ‾14 _9 _1 ╲5 ╲8 ╲20 ╲4 ╲20 ╲9 ╲17 ‾13 ‾13

本韵，纯用元韵；二古句、二律句，二失对、一失黏。本诗写于 1902 年，正是清朝政府与入侵北京的八国联军订立丧权辱国的"辛丑和约"之后。抱着救国心志东渡日本的青年鲁迅(21 岁)，写下了这首忧郁沉重而又慷慨激昂的诗。诗中许多关键词语都化用了前人诗文中的语句，四句诗无一句不用典，无一句不用喻。用典用得贴切，了无雕饰痕迹；用喻用得明确，毫无隐晦之处。句句用的是常喻，又多是赋予新意。尤其是将西洋典故"神矢"入诗，更为新奇。许寿裳在《我所认识的鲁迅》中解释这首诗说："首句说留学外邦所受刺激之深，次写遥望故国风雨飘摇之状，三述同胞未醒，不胜寂寞之感，末了直抒怀抱，是一句毕生实践的格言。"这是对本诗的概括分析。

南京民谣

现代　鲁　迅

大　家　去　谒　灵，　　　　强　盗　装　正　经。
｜　—　｜　｜　－　　　　　－　｜　｜　｜　－。
ˇ21　‾6　ˇ6　ˋ6　‾9　　　　　‾7　ˋ20　‾7　ˋ24　‾9

静　默　十　分　钟，　　　　各　自　想　拳　经。　　　失对
｜　｜　｜　—　—　A　　　　｜　｜　｜　—　—　A
ˇ23　ˋ13　ˋ14　‾12　‾2　　　　ˋ10　ˋ4　ˇ22　‾1　‾9

本韵，纯用青韵，首句入韵；二古句、二律句，一失对。本诗二十字，展现出 20
世纪 30 年代初国民党各派之间尔虞我诈、勾心斗角、争权夺利、阴险卑劣的"群丑
图"，对这伙"强盗"作了义正辞严的鞭挞、讽刺和挖苦，使人仿佛看到了他们丑恶、
卑劣的嘴脸。

题《呐喊》

现代　鲁　迅

弄　文　罹　文　网，　　　　抗　世　违　世　情。
｜　—　—　—　｜　　　　　｜　｜　—　｜　－。
ˋ1　‾12　ˋ4　‾12　ˇ22　　　　ˋ23　ˋ8　‾5　ˋ8　‾8

积　毁　可　锁　骨，　　　　空　留　纸　上　声。
｜　｜　｜　｜　｜　　　　　—　—　｜　｜　—　B
ˋ11　ˇ4　ˇ20　ˇ20　ˋ6　　　　‾1　‾11　ˇ4　ˋ23　‾8

本韵，纯用庚韵；三古句、一律句。本诗二十字，既揭露了国民党文化"围剿"的
罪行，更表现出鲁迅铿锵如金石的战斗意志：即使"积毁锁骨"，也仍要英勇战斗，不
克厥敌，誓不罢休。末句与其说表现了作者的感喟，不如说是作者对文艺这一战斗
武器的正确认识。这首诗感情的倾吐，直言无讳，是对自己战斗历程的回顾，也是
对未来战斗的自我策励。正如毛泽东指出的："鲁迅是在文化战线上，代表全民族
的大多数，向着敌人冲锋陷阵的最正确、最勇敢、最坚决、最忠实、最热忱的空前的
民族英雄。"

病中见窗外竹感赋

现代 董必武

竹 叶 青 青 不 肯 黄，　　枝 条 楚 楚 耐 严 霜。
｜ ｜ — — ｜ ｜ —B　　— — ｜ ｜ ｜ — —A
λ1 λ16 _9 _9 λ5 √24 _7　　⁻4 _2 √6 √6 、11 _14 _7
昭 苏 万 物 春 风 里，　　更 有 笋 尖 出 土 忙。
— — ｜ ｜ — — ｜a　　｜ ｜ ｜ ｜ — ｜ —
_2 ⁻7 、14 λ5 ⁻11 ⁻1 √4　　、24 √25 √11 _14 λ4 √7 _7

本韵，纯用阳韵，首句入韵；一古句、三律句。本诗写于 1952 年 3 月 4 日，一方面表达了董老对竹之品性的喜爱，另一方面也是他欢悦心情的写照。他虽年逾花甲，仍以笋尖自喻，要像嫩笋长成修竹那样，继续为党、为人民、为社会主义事业奋斗不息。

团结御侮文件

现代 陶行知

大 祸 已 临 头，　　其 豆 忍 相 煎。
｜ ｜ ｜ — —A　　— ｜ ｜ — —A　失对
、21 √20 √4 _12 _11　　⁻4 、26 √11 _7 _1
摩 登 万 言 书，　　我 名 最 先 签。
— ｜ ｜ — — 失黏　　｜ — ｜ — — 失对
_5 _10 、14 ⁻13 ⁻6　　√20 _8 、9 _1 _14

本诗依《词韵》协韵，"煎"为第七部，"签"为第十四部，两部通押；或按现代汉语十八韵协韵，两韵脚字皆寒韵；二古句、二律句，二失对、一失黏。1936 年，《团结御侮宣言》发表，公开提出赞成中国共产党和中国工农红军的停止内战联合抗日的主张。陶行知第一个签名，要冒多大风险可想而知了。事实上签了名的《全国各界救国联合会》的沈均儒、邹韬奋、李公朴、章乃器、王造时、沙千里、史良等七人于 11 月 23 日被捕，即"七君子案"，陶行知因在国外而免遭厄运。陶先生不仅签了名，还作本诗以示决心。短短二十字，不难感受到一介书生冒萧萧易水寒风、誓一去不复归还的壮士气概。

题　兰
现代　郭沫若

菉 葹 盈 室 艾 盈 腰，　　　　谁 为 金 漳 谱 寂 廖？
| — — | | — —A　　　　— | — — | | —B
∧2 ⁻4 _8 ∧4 ⌄9 _8 _2　　　　⁻4 ⌄4 _12 _7 ⌄7 ∧12 _2

九 畹 既 滋 百 亩 树，　　　　美 君 风 格 独 嶕 峣。
| | | — | | —　　　　| — — | | — —A
⌄25 ⌄13 ⌄5 ⁻4 ∧11 ⌄25 ⌄7　　　　⌄17 ⁻12 _1 ∧10 ∧1 _2 _2

　　本韵，纯用萧韵，首句入韵；一古句、三律句。小原荣次郎是一位善于经营兰草的日本友人。1931 年，鲁迅曾有一首《送 O·E 君携兰归国》（300）相赠；1937 年，郭沫若在日本又应小原之约写了《题兰》。诗词界视这两首诗为现代题兰姊妹篇。同鲁诗相似，郭诗上联也用我国传统诗歌中"托物寄兴"的手法，以菉、葹、艾比喻日本军国主义当道，谁还有心思替那寂寥的兰花作谱呢？下联直接赞颂小原君，在如此险恶的环境里，还养护兰花宣传兰的品质，其风格之高，实在令人钦羡！这是在通过赞颂小原，把希望寄托在日本人民身上。

自誓诗四首（其四）
现代　车耀先

喜 见 东 方 瑞 气 升，　　　　不 问 收 获 问 耕 耘。
| | — — | | —B　　　　| | · — | | — 失对
⌄4 ⌄17 ⁻1 _7 ⌄4 ⌄5 _10　　　　∧5 ⌄13 _11 ∧11 ⌄13 _8 ⁻12

愿 以 我 血 献 后 土，　　　　换 得 神 州 永 太 平。
| | | | | | |　　　　| · — — | | —B 失对
⌄14 ⌄4 ⌄20 ∧9 ⌄14 ⌄26 ⌄7　　　　⌄15 ∧13 ⁻11 _11 ⌄23 ⌄9 _8

　　本诗依《词韵》协韵，"升"、"平"为第十一部，"耘"为第六部，两部通押；二古句、二律句，二失对。本诗写于作者参加革命初期。1940 年，车耀先与写有《狱中诗》（50）的罗世文在成都同时被捕，1946 年在白公馆同时遇难，最终实现了"愿以我血献后土"的伟大誓言！

七　绝

现代　恽代英

浪 迹 江 湖 忆 旧 游，　　　　故 人 生 死 各 千 秋。
| | — — | | —B　　　　| — — | | — A
ˋ23 ˊ11 ˉ3 ˉ7 ˋ13 ˋ26 ˍ11　　ˋ7 ˉ11 ˍ8 ˋ4 ˊ10 ˍ1 ˍ11

已 撇 忧 患 寻 常 事，　　　　留 得 豪 情 作 楚 囚。
| | — | — — | 失黏　　| | — — | | —B 失对
ˇ4 ˋ12 ˍ11 ˋ16 ˍ12 ˍ7 ˋ4　　ˍ11 ˊ13 ˍ4 ˍ8 ˊ10 ˇ6 ˍ11

　　本韵，纯用尤韵，首句入韵；一古句、三律句，一失黏、一失对。杰出的无产阶级革命家恽代英同志于 1931 年 4 月 29 日（年仅 36 岁），在南京狱中被杀害，本诗可能是在狱中所写，是其绝笔。短短四句诗，以极少的笔墨包含了极丰的内容，并树立起革命者的高大形象。以生命为代价，向人民奉献一片赤诚，这就是烈士诗词所独具的艺术魅力。

就 义 诗

现代　吉鸿昌

恨 不 抗 日 死，　　　　留 作 今 日 羞。
| | | | |　　　　— | — | — 失对
ˋ14 ˊ5 ˋ23 ˊ4 ˇ4　　　ˍ11 ˊ10 ˍ12 ˊ4 ˍ11

国 破 尚 如 此，　　　　我 何 惜 此 头。
| | | — | a¹　　　| — | | —
ˊ13 ˋ21 ˋ23 ˉ6 ˇ4　　ˇ20 ˍ5 ˊ11 ˇ4 ˍ11

　　本韵，纯用尤韵；三古句、一拟律，一失对。吉鸿昌是察绥抗日同盟军的将领，后加入中国共产党。1933 年 5 月，他联合冯玉祥、方振武，领导同盟军抗日，收复失地，得到全国人民的拥护。但是，国民党反动政府百般阻挠、破坏；日军、伪军联合"围剿"这支抗日队伍，同盟军最终失败。1934 年 11 月 9 日，吉鸿昌被国民党反动派逮捕，24 日英勇就义。本诗是吉鸿昌在刑场遇难时留下的绝命诗，是一个难抒壮志的抗日英雄的仰天长啸，一个忧患重重的共产党人的千古绝唱！

过阳江观《十五贯》演出

现代　田　汉

只 为 主 观 坏 作 风，　　　青 年 血 泪 可 怜 红。
| 　| 　| 　— 　| 　| 　。　　　— 　— 　| 　| 　| 　— 　。A
√4 　、4 　√7 　⌐14 　、10 　⌐1　　　_9 　_1 　⌐9 　、4 　√20 　_1 　⌐1

人 间 多 少 过 于 执，　　　反 问 遗 钱 笑 况 钟。
— 　— 　— 　| 　— 　| 　a　　　| 　| 　— 　— 　| 　| 　。B
⌐11 　⌐15 　_5 　√17 　_5 　_7 　⌐14　　　√13 　、13 　⌐4 　_1 　⌐18 　、23 　⌐2

　　通韵,东冬同用,首句入韵;一古句、三律句。戏剧家田汉"一出戏救活了一个剧种"(指昆剧)的话曾作为《人民日报》社论的标题。本诗是田汉 1962 年 4 月 12日,在阳江看粤剧《十五贯》后所写。诗说明"过于执"者、即主观主义者,不仅不肯深入群众调查研究,反而讥笑实事求是重证据(即"遗钱")、重调查研究的况钟,这就更显得问题的严重性。这在当时中国社会并不是个别现象,诗人以"人间多少"写出它的普遍性,点明《十五贯》剧本击中时弊的价值。

吟　菊

现代　瞿秋白

今 岁 花 正 盛，　　　栽 宜 白 玉 盆。
— 　| 　— 　| 　|　　　— 　— 　| 　| 　。B
_12 　、8 　_6 　、24 　、24　　　⌐10 　⌐4 　⌐11 　、2 　⌐13

只 缘 秋 色 澹，　　　无 处 觅 霜 痕。
| 　— 　— 　| 　| 　b　　　— 　| 　| 　— 　。A
√4 　_1 　_11 　⌐13 　、28　　　⌐7 　、6 　⌐12 　_7 　⌐13

　　本韵,纯用元韵;一古句、三律句。这是瞿秋白少年(14 岁)时期志向远大实属不凡之作,与青年鲁迅的《自题小像》(639)相近,其中蕴含了窒闷、召唤、呐喊和彷徨,而那共同的主旋律,则是爱国爱民不能自已的火炽热情。

就 义 诗

现代　夏明翰

砍 头 不 要 紧，　　　只 要 主 义 真。

|　　|　—　|　　|　　　　　　|　　|　|　|　—
√27　_11　↘5　↘18　√11　　　√4　↘18　√7　↘4　⁻11

杀 了 夏 明 翰，　　　还 有 后 来 人。

|　|　|　—　|　a¹　　　　—　|　|　—　—Ａ　　失对
↘8　√17　↘22　_8　√15　　　⁻15　↘25　↘26　⁻10　⁻11

　　本韵，纯用真韵；二古句、一拟律、一律句，一失对。又是一首革命烈士的就义诗！而且是我国流传最广，家喻户晓的壮丽诗篇。作者是"五四"运动时期湖南衡阳学生联合会的领导人，1928 年 2 月 8 日在汉口被国民党逮捕，次日英勇就义。作为一个无产阶级的坚强战士，无私无畏，喊出了肺腑之言；而且语言流畅，节奏明快，读来琅琅上口，易记易诵，所以妇孺皆知，众口皆碑。

花　落
现代　魏文伯

花 落 花 开 自 有 期，　　　上 台 终 有 下 台 时。

—　|　—　—　|　|　—Ｂ　　　|　—　—　|　|　—　—Ａ
_6　↘10　_6　⁻10　↘4　√25　⁻4　　　↘23　⁻10　⁻1　√25　↘22　⁻10　⁻4

长 途 跋 涉 防 迷 路，　　　一 举 一 言 仔 细 思。

—　—　|　|　—　—　|　a　　　|　—　|　—　|　|　—
_7　⁻7　↘7　↘16　_7　⁻8　↘7　　　↘4　√6　↘4　⁻13　↘4　↘8　⁻4

　　本韵，纯用支韵，首句入韵；一古句、三律句。本诗作于 1970 年 4 月作者被隔离审查时期。他独居一室，满怀屈怨，表达了自己心中的愤慨，并一语双关地道出了林彪、江青两个反革命集团的最终下场；同时，作者也看到了路途的艰辛，告慰自己要经得起考验。

山水吟二首(其一)
现代　杨　朔

半 雨 半 晴 半 暖 时，　　　一 峰 一 水 一 囊 诗。

|　|　|　—　|　|　—　　　|　—　|　|　|　—　—Ａ
↘15　√7　↘15　_8　↘15　√14　⁻4　　　↘4　⁻2　↘4　√4　↘4　_7　⁻4

搜 寻 总 得 千 万 句，　　　难 写 桂 林 绝 世 姿。

_11 _12 ⌄1 ⋋13 _1 ⋋14 ⌄7　　　　⁻14 ⌄21 ⋋8 _12 ⋋9 ⌄8 ⁻4

本韵,纯用支韵,首句入韵;三古句、一律句。本诗没有对桂林的奇山秀水作具体的描写,而是说即使搜寻到最美的诗句,也无法描绘出桂林山水的绝世美姿。这就是中国文论上所谓"画工"(人工)之美,总不如"化工"(自然)之美。这就越加突出了桂林山水的神妙,引入无限遐想,余韵无穷。

香港回归口号
当代　贺 苏

九　七　珠　还　日,　　　　百　年　耻　雪　时。
|　|　—　—　| a　　　　|　—　|　|　⁻ 。
⌄25 ⋋4 ⁻7 ⁻15 ⋋4　　　　⋋11 _1 ⌄4 ⋋9 ⁻4

老　夫　今　有　幸,　　　　不　写　示　儿　诗!
|　—　—　|　| b　　　　|　|　|　—　— A
⌄19 ⁻7 _12 ⌄25 ⌄23　　　　⋋5 ⌄21 ⋋4 ⁻4 ⁻4

本韵,纯用支韵;一古句、三律句。本诗以自己"不写示儿诗"为"有幸",反衬陆游写《示儿》(215)诗为"不幸"。四句小诗写得风神摇曳,兴会淋漓,弦外有音,言外见意,充分表达了对香港回归的喜悦。

过三潭印月
当代　赵玉林

湖　山　果　不　负　吟　骖,　　　处　处　波　光　映　翠　岚。
—　—　|　|　|　—　— A　　　　|　|　—　—　|　|　— B
⁻7 ⁻15 ⌄20 ⋋5 ⌄25 _12 _13　　⋋6 ⋋6 _5 _7 ⋋24 ⋋4 _13

我　把　素　心　印　明　月,　　　晶　莹　应　是　胜　三　潭。
|　|　|　—　|　—　|　　　　—　—　|　|　|　—　— A
⌄20 ⌄21 ⋋7 _12 ⋋12 _8 ⋋6　　_8 _8 _10 ⌄4 ⋋25 _13 _13

本韵,纯用覃韵,首句入韵;一古句、三律句。三潭印月,是杭州西湖十景之一。过三潭印月之游客何止千万,谁人能言"我把素心印明月,晶莹应是胜三潭"? 这同唐代王昌龄"一片冰心在玉壶"(197)一样天然浑成,不着痕迹,含蓄蕴藉,余韵无穷。

题兰鼎为余画牡丹

当代 霍松林

皓 首 穷 经 求 富 贵，　　不 知 富 贵 落 谁 家。

｜ ｜ — — — ｜ ｜ b　　｜ — ｜ ｜ ｜ — —。A

ˇ19 ˇ25 ¯1 _9 _11 ˎ26 ˎ5　　⋏5 ¯4 ˎ26 ˎ5 ⋏10 ¯4 _6

谢 君 下 笔 春 风 起，　　寒 舍 忽 开 富 贵 花。

｜ — ｜ ｜ — — ｜ a　　— ｜ ｜ — ｜ ｜ —。

ˎ22 ¯12 ˎ22 ⋏4 ¯11 ¯1 ˇ4　　¯14 ˎ22 ⋏5 ¯10 ˎ26 ˎ5 _6

本韵，纯用麻韵；一古句、三律句。孜孜兀兀，皓首穷经的书生们，是与真富贵无缘的。本来毫无富贵气息的“寒舍”里忽然有了画在纸上的“富贵花”，也聊堪自慰了。本诗兼写三方（牡丹、画家、作者），且出新意，跌宕跳脱，妙趣横生。

无 题

当代 欧阳中石

度 步 知 长 短，　　称 衡 决 重 轻。

｜ ｜ — — ｜ a　　— — ｜ ｜ —。B

ˎ7 ˎ7 ¯4 _7 ˇ14　　_10 _8 ⋏9 ˇ2 _8

弃 权 折 规 矩，　　各 自 任 纵 横。

｜ — ｜ — ｜　　｜ ｜ ｜ — —。A

ˎ4 _1 ⋏9 ¯4 ˇ7　　⋏10 ˎ4 ˎ27 ¯2 _8

本韵，纯用庚韵；一古句、三律句。第三句处于极端重要的转折位置，前头沉稳平静地说“度步”如何，“称衡”如何，到这儿一“弃”一“折”，可谓风云突变，蓄足气势，产生了“各自任纵横”。然而，“任纵横”只是一种现象，这将产生什么结果呢？这正是需要读者冷静思考的。可见本诗是一首轻松幽默、寓意深刻的短制。

南京夫子庙遇雨

当代 李才旺

云 遮 夫 子 庙，　　雨 锁 秦 淮 家。

— — — ｜ ｜ b　　｜ ｜ — — —。A1

¯12 _6 ¯7 ˇ4 ˎ18　　ˇ7 ˇ20 ¯11 ¯9 _6

$$
\begin{array}{ll}
\text{风　皱　千　池　水，} & \text{伞　开　一　街　花。} \\
— ｜ — — ｜ \text{a} & ｜ — ｜ — — \circ \\
{}^{-}1 \text{、} 26 \underline{}1 \text{ }^{-}4 \text{ }^{\vee}4 & {}^{\vee}14 \text{ }^{-}10 \text{ }_{\lambda}4 \text{ }^{-}9 \text{ }_{}6
\end{array}
$$

本韵，纯用麻韵；一古句、一拟律、二律句。本诗作于 1989 年。末句中"开"字是全篇诗眼，正是"开"了满街的伞之花，才显活了涌动着的生命意义，展示出改革开放年代的时代特征，赋于古老的夫子庙、秦淮河以鲜活的生命力，使其青春焕发，充满时代的气息。

二、仄韵古绝

枯鱼过河泣
汉乐府

$$
\begin{array}{ll}
\text{枯　鱼　过　河　泣，} & \text{何　时　悔　复　及！} \\
\quad\quad\quad {}_{\lambda}14 & \quad\quad\quad {}_{\lambda}14 \\
\text{作　书　与　鲂　鲔，} & \text{相　教　慎　出　入！} \\
& \quad\quad\quad {}_{\lambda}14
\end{array}
$$

（下有△者为仄韵脚。下同。）

本韵，纯用缉韵，首句入韵。本诗写一个遭到灾祸的人以枯鱼自比，警告人们行动小心，以免招来横祸。通篇全用比喻，想象新奇，结构精巧。

七 步 诗
魏 曹 植

$$
\begin{array}{ll}
\text{煮　豆　燃　豆　萁，} & \text{豆　在　釜　中　泣。} \\
& \quad\quad\quad {}_{\lambda}14 \\
\text{本　是　同　根　生，} & \text{相　煎　何　太　急！} \\
& \quad\quad\quad {}_{\lambda}14
\end{array}
$$

本韵，纯用缉韵。本诗以其贴切而生动的比喻，明白而深刻的寓意赢得了千百年来读者的称赏。"本是同根生，相煎何太急"两句，已成为人们劝戒避免兄弟阋墙、自相残杀的普遍用语。原诗本六句（674），在流传过程中简化、浓缩成以上四句。

桃叶歌

晋　王献之

桃叶映红花，　　　　无风自婀娜。
　　　　　　　　　　　　　　　∨20

春花映何限，　　　　感郎独采我。
　　　　　　　　　　　　　　　∨20

　　本韵,纯用哿韵。本诗是东晋书法家王献之(与其大书法家的父亲王羲之并称"二王")为其爱妾桃叶所作之歌,诗以桃叶的口吻来抒写桃叶对王献之热爱她的感激之情。诗语短情长,堪称古代爱情诗的一篇佳作。与本诗同时,乐府吴声歌曲中的《碧玉歌》(652)、《团扇歌》(653)与本诗声气相通,反映了魏晋以来,希望摆脱森严的礼法束缚,崇尚自然,主张顺着人的自然感情行动的要求。

离合诗二首(其一)

宋　谢惠连

放棹遵遥塗，　　　　方与情人别。
　　　　　　　　　　　　　　　λ9

啸歌亦何言，　　　　肃尔凌霜节。
　　　　　　　　　　　　　　　λ9

　　本韵,纯用屑韵。离合诗是杂诗的一种,即依汉字上下、左右、内外结构的特点,在诗句内拆开字形,取其一半,再和另一字的一半拼成它字,先离后合。离合诗汉魏即已有之,离合方法也有多种。自西晋潘岳以后,基本定型为每两句首字相离的方式,如本诗前两句首字"放"就离"方"取"攵",后两句首字"啸"就离"肃"取"口",再将"攵"与"口"相合,即成一个"各"字,即天各一方,表示分别的意思。本诗离合成的"各"字,又与诗本身表达的意思是统一的,前两句写分别之状,后两句抒分别之情,是为题旨、内容、谜底(指合成的新字)三者统一。

自君之出矣

宋　颜师伯

自君之出矣，　　　　芳帷低不举。
　　　　　　　　　　　　　　　∨6

思君如回雪，　　　　　　流乱无端绪。
　　　　　　　　　　　　　　　　　√6

　　本韵，纯用语韵。建安诗人徐幹有一首著名的《室思》(673)诗，以女子的口吻，诉说对远方丈夫的深情思念。其第三章末四句曰："自君之出矣，明镜暗不治。思君如流水，何有穷已时。"写情缠绵动人，深受后世人们的赞赏，纷纷模拟写作。在第九章，我们已介绍过唐代张九龄和雍裕之的两首(522、524)。这种拟作，标题和内容始终一致，而且大多是四句一篇，其首句必称"自君之出矣"，次句叙述一件事实，后两句则以"思君如××"引出各种比喻，类似于同题作文。这种拟作，早在南朝就不断有了，本诗就是其中有独到之处的一首。本篇写相思并不仅停留在表面，而是揭示出相思之人内在的情感体验，深刻而又真实。其以流风回雪比喻抽象的愁思，特别生动优美。

玉阶怨
齐　谢　朓

夕 殿 下 珠 帘，　　　　　流 萤 飞 复 息。
｜ ｜ ｜ 一 一 A　　　　　一 一 一 ｜ ｜ b
λ11 、17 、22 ˉ7 ˉ14　　　　ˍ11 ˍ9 ˉ5 λ1 λ13
长 夜 缝 罗 衣，　　　　　思 君 此 何 极？
一 ｜ 一 一 一 A¹ 失黏　　一 一 ｜ 一 ｜ b¹
ˉ7 、22 ˉ2 ˍ5 ˍ5　　　　ˉ4 ˉ12 √4 ˍ5 λ13

　　本韵，纯用职韵；二拟律、二律句；一失黏。这是一首上、下联重复使用"① ｜ ｜ 一 一，⊖ 一 一 ｜ ｜"相同格式的仄韵"对式"绝句，是致力"永明新体诗"创作且成就较突出的谢朓的代表作之一。这是一首宫怨诗，"玉阶怨"语出晋陆机《班婕妤》、又名《婕妤怨》(675)"寄情在玉阶，托意惟团扇"。与陆诗相比，本诗从班婕妤的哀怨中提炼出它的普遍意义，写出了所有被封建君王遗弃的妇女的共同哀怨，故而概括程度更高，表现更为含蓄。唐代出现的大量宫怨诗，莫不以此为渊源，尤其是李白的同题《玉阶怨》(655)，意境之空灵透明，音韵之悠扬宛转，可谓深得本诗三昧。足见谢朓的《玉阶怨》不但对宫怨诗的发展有其开创性的贡献，就是在声律韵调和艺术表现方面都对唐诗提供了宝贵的经验。

王孙游

齐 谢朓

绿草蔓如丝，　　　　杂树红英发。
　　　　　　　　　　　　λ6

无论君不归，　　　　君归芳已歇。
　　　　　　　　　　　　λ6

本韵，纯用月韵。本诗的"母题"出自汉代淮南小山之《楚辞·招隐士》中"王孙游兮不归，春草生兮萋萋。"即诗人的创作灵感获自《楚辞》，所写的内容则全是现实生活中的感受。本诗把主人公的心态从一般的少女怀春，从感情的倾诉和渲泄，升华到了一种对春的珍惜、对时的留恋的理性高度，渗透出一种强烈的时间意识和生命意识。这样，从景的描绘，到情的抒发，再到理性的升华，三者水乳交融般地融汇在一起了。所以，这是一首充满了生命意识的景、情、理俱佳的好诗。在艺术风格上，诗人用南朝乐府民歌五言四句的形式来表现《楚辞》这古老的"母题"，便将原有的华贵、雍雅的色彩悄悄褪去、渐渐淡化，而呈现出清思婉转、风情摇曳的特色。

春 思

梁 王僧孺

雪罢枝即青，　　　　冰开水便绿。
　　　　　　　　　　　　λ2

复闻黄鸟声，　　　　全作相思曲。
　　　　　　　　　　　　λ2

本韵，纯用沃韵。前三句皆写景，其中"青"、"绿"、"黄"相连，皆春天之色彩；直到末句才将对夫君的相思之意略略点出，因而给人以含蓄蕴藉之感，顿具唐人绝句的风致。

苏小小歌

南朝乐府民歌 无名氏

妾乘油壁车，　　　　郎骑青骢马。
　　　　　　　　　　　　√21

何处结同心？　　　　西陵松柏下。

✓21

　　本韵,纯用马韵。苏小小是南齐钱塘名倡。本诗中,在她身上爆发出的个性与感情的闪光显得分外耀眼,令人神往。难怪后世骚人墨客对苏小小的事迹有许多题咏,其中以中唐李贺的《苏小小墓》(959)最为感人。不知起于何时,人们还在西泠(西陵的别称)桥头为这位多才多艺的薄命红颜修筑了一座象征性的坟墓,并造了一个"慕才亭"以遮蔽风雨,亭上题有"千载芳名留古迹,六朝韵事著西泠"等对联。苏小小的香魂及其动人的爱情故事成了西湖历史文化的一个组成部分。

碧玉歌二首
南朝乐府民歌　吴声歌曲

其　一

碧 玉 小 家 女,　　　　　不 敢 攀 贵 德。
　　　　　　　　　　　　　　　　　入13

感 郎 千 金 意,　　　　　惭 无 倾 城 色。
　　　　　　　　　　　　　　　　　入13

　　本韵,纯用职韵。

其　二

碧 玉 破 瓜 时,　　　　　相 为 情 颠 倒。
　　　　　　　　　　　　　　　　　✓19

感 郎 不 羞 郎,　　　　　回 身 就 郎 抱。
　　　　　　　　　　　　　　　　　✓19

　　本韵,纯用皓韵。

　　这两首诗是成语"小家碧玉"的来源。碧玉姓刘,是东晋宗室汝南王司马义的姬妾。篆书"瓜"字好像两个"八"字叠成,因此古人用"破瓜"形容女子二八(十六岁)年华。这两首歌运用了当时民间的吴歌体,语言通俗生动,感情热烈大胆,富有民歌风味。

团扇歌二首
南朝乐府民歌　吴声歌曲

其　一

青青林中竹，　　　　可作白团扇。

动摇郎玉手，　　　　因风托方便。

本韵，纯用霰韵。

其　二

团扇复团扇，　　　　持许自遮面。

憔悴无复理，　　　　羞与郎相见。

本韵，纯用霰韵。

这两首诗写东晋中书令王珉和嫂子的婢女谢芳姿的爱情故事，同上面两首《碧玉歌》一样，都是用女子口吻所写。《团扇歌》、《碧玉歌》与前面的王献之的《桃叶歌》（649），都是乐府诗中的爱情佳作。

折杨柳枝歌
北朝乐府民歌

门前一株枣，　　　　岁岁不知老。

阿婆不嫁女，　　　　那得孙儿抱！

本韵，纯用皓韵，首句入韵。把本民歌与南朝民歌《懊侬歌》中"桐子不结花，何由得梧子！"（用"结花"譬况出嫁结婚，用"梧子"谐音"吾子"暗示生儿育女）比较，一个爽快，一个含蓄，一个直直率率，一个羞羞答答，都具有艺术美感，却体现北、南心理、文化的差异。

春 晓
唐 孟浩然

春 眠 不 觉 晓，　　　　处 处 闻 啼 鸟。
— — ｜ ｜ ｜b¹　　　｜ ｜ — — ｜a
‾11 _1 ╲5 ╲3 ╲17　　　╲6 ╲6 ‾12 ‾8 ╲17

夜 来 风 雨 声，　　　　花 落 知 多 少。
｜ ｜ ● — B¹　失黏　｜ ｜ — — ｜a
╲22 ‾10 _1 ╲7 _8　　　_6 ╲10 ‾4 _5 ╲17

　　本韵，纯用篠韵，首句入韵；二拟律、二律句；一失黏。本诗也是一首"联内自对、相互不黏"的仄韵"对式"绝句。行云流水，平易自然，悠远深厚，独臻妙境；千百年来，人们传诵它，探讨它，品味它，因为这四句诗是天籁之音，蕴涵着永远开掘不尽的艺术宝藏。我那可爱的外孙女跳着、笑着、背着这天籁之音！

鹿 柴
唐 王 维

空 山 不 见 人，　　　　但 闻 人 语 响。
　　　　　　　　　　　　　　　　△
　　　　　　　　　　　　　　　╲22

返 景 入 深 林，　　　　复 照 青 苔 上。
　　　　　　　　　　　　　　　　△
　　　　　　　　　　　　　　　╲23

　　通韵，养漾同用，上去通押。王维是诗人、画家、音乐家，本诗正体现出诗、画、乐的结合。上联以有声反衬空寂，下联以光亮反衬幽暗。整首诗就像在绝大部分用冷色的画面上掺进了一点暖色，结果反而使冷色给人的印象更加突出。

竹 里 馆
唐 王 维

独 坐 幽 篁 里，　　　　弹 琴 复 长 啸。
　　　　　　　　　　　　　　　　△
　　　　　　　　　　　　　　　╲18

深 林 人 不 知，　　　　明 月 来 相 照。
　　　　　　　　　　　　　　　　△
　　　　　　　　　　　　　　　╲18

　　本韵，纯用啸韵。清幽竹林，正合萧散尘外的情怀；琴啸自娱，恰适澹逸无物的兴意。除了洒在身上的月光,谁也不知林深处的我。诗人渐渐进入物我两忘、无所容心的境界了。竹里馆、鹿柴("柴"通"寨")各为辋川山庄一景。(本诗每单句皆符合"｜｜－－｜,－－｜·｜。－－·｜－,－｜－－｜"首句入韵的仄韵律绝格律,但"里"为纸韵,不能与啸韵协韵,所以就整首看,不是仄韵律绝。)

杂诗(其二)
唐 王 维

君 自 故 乡 来,	应 知 故 乡 事。
－ ｜ ｜ － － A	｜ － ｜ － ｜ b¹
⁻12 ↘4 ↘7 ₋7 ⁻10	₋10 ⁻4 ↘7 ₋7 ↘4

来 日 绮 窗 前,	寒 梅 著 花 未?
－ ｜ ｜ － － A 失黏	－ － ｜ － ｜ b¹
⁻10 ↘4 ↘4 ⁻3 ₋1	⁻14 ⁻10 ↘10 ₋6 ↘5

通韵,真未同用;二拟律、二律句;一失黏。这也是一首上、下联重复使用"① ｜ ｜ － －,⊖ － － ｜ ｜"相同格式的仄韵"对式"绝句。这株寒梅,不再是一般的自然物,而是故乡的一种象征,它已经被诗化、典型化了。这样的独问寒梅,就是一种通过特殊(寒梅)体现一般(故乡)的、寄巧于朴的、最高级的写作技巧。

玉 阶 怨
唐 李 白

玉 阶 生 白 露,	夜 久 侵 罗 袜。
	↘7

却 下 水 晶 帘,	玲 珑 望 秋 月。
	↘6

通韵,曷月同用。《玉阶怨》是专写宫怨的乐府诗,始创于南齐谢朓(650)。唐代出现的大量宫怨诗都以谢诗为渊源,而以李白的同题同体(皆仄韵古绝)的本诗深得谢诗三昧,最为卓绝。而意境之空灵透明,音韵之悠扬宛转,更超过谢诗。故明代诗论家胡应麟在《诗薮》中把本诗与《静夜思》并列,说:"太白五言如《静夜思》、《玉阶怨》等,妙绝古今。"(同《竹里馆》相似,"露"为去声,不能与"袜"、"月"皆入声协韵,故本诗不是仄韵律绝。)

送灵澈上人
唐　刘长卿

苍苍竹林寺，　　　　　杳杳钟声晚。
　　　　　　　　　　　　　　√13

荷笠带夕阳，　　　　　青山独归远。
　　　　　　　　　　　　　　√13

　　本韵，纯用阮韵。本诗写诗人在傍晚送灵澈返竹林寺的心情。一个宦途失意客，一个方外归山僧，入世出世，殊途同归，同有不遇而闲适的体验，共怀失意而淡泊的胸襟，因而构成一种闲淡的意境。

悯农二首
唐　李绅

其　一

春种一粒粟，　　　　　秋收万颗子。
　　　　　　　　　　　　　　√4

四海无闲田，　　　　　农夫犹饿死。
　　　　　　　　　　　　　　√4

　　本韵，纯用纸韵。

其　二

锄禾日当午，　　　　　汗滴禾下土。
　　√7　　　　　　　　　　√7

谁知盘中餐，　　　　　粒粒皆辛苦。
　　　　　　　　　　　　　　√7

　　本韵，纯用麌韵，首句入韵。

　　虽然中唐时期新乐府运动的倡导者之一、最早的实践者李绅的《新乐府》二十首今已不存，但他早年所写的《悯农二首》，即是人们儿时就能背诵的唐诗，并使人们知道中唐时期有这么一位深切同情劳动人民的诗人。

江　雪
唐　柳宗元

千 山 鸟 飞 绝，　　　　万 径 人 踪 灭。
— — ｜ — ｜ b¹　　　｜ ｜ — — ｜ a
△
_1 ⁻15 ∨17 ⁻5 ∖9　　　∖14 ∖24 ⁻11 ⁻2 ∖9

孤 舟 蓑 笠 翁，　　　　独 钓 寒 江 雪。
— — — ｜ — B¹ 失黏　　　｜ ｜ — — ｜ a
·　·　　　　　　　　　　△
⁻7 _11 _5 ∖14 ⁻1　　　∖1 ∖18 ⁻14 ⁻3 ∖9

　　本韵，纯用屑韵，首句入韵；二拟律、二律句；一失黏。本诗也是"联内自对、相互不黏"的仄韵"对式"绝句。诗作于贬所永州。迎风斗雪、寒江独钓的渔翁，正是诗人自拟傲岸坚贞而又孤寂无援的形象。诗纯用白描，意境空旷冷隽，极饶阴柔之美，耐人寻绎。以此诗作写意画者，代不绝人，然罕见真能传其神者。

幼女词
唐　施肩吾

幼 女 才 六 岁，　　　　未 知 巧 与 拙。
　　　　　　　　　　　　　　　　　　△
　　　　　　　　　　　　　　　　　　∖9

向 夜 在 堂 前，　　　　学 人 拜 新 月。
　　　　　　　　　　　　　　　　　　△
　　　　　　　　　　　　　　　　　　∖6

　　通韵，屑月同用。看到本诗，我也要作诗一首："孙女二岁半，天真又活泼。跟着亲好婆，虔诚拜菩萨。"

剑　客
唐　贾岛

十 年 磨 一 剑，　　　　霜 刀 未 曾 试。
　　　　　　　　　　　　　　　　　　∖4

今 日 把 示 君，　　　　谁 有 不 平 事？
△　　　　　　　　　　　　　　　　　　∖4
　　　　　　　　　　　　　　　　　　∖4

　　本韵，纯用真韵。"十年磨一剑"已作为成语被广泛应用，而且含意也超过托物言志、抒写自己兴利除弊政治抱负的诗之原意了。

访隐者不遇

唐 贾岛

松下问童子，　　　　　言师采药去。
— ｜ ｜ — ｜ a¹　　　 ｜ — — ｜ ｜ b¹
⁻2 ˎ22 ˎ13 ⁻1 ˅4　　　 ⁻13 ⁻4 ˅10 ˴10 ˎ6

只在此山中，　　　　　云深不知处。
｜ ！ ｜ — — A　失黏　 — — ｜ — ｜ b¹
˅4 ˎ11 ˅4 ⁻15 ⁻1　　　 ⁻12 ₌12 ˴5 ⁻4 ˎ6

　　本韵，纯用御韵；三拟律、一律句；一失黏。本诗也是"联内自对、相互不黏"的
仄韵"对式"绝句。贾岛是以"推敲"二字出名的苦吟诗人。其"推敲"不仅着眼于锤
字炼句，见《题李凝幽居》(305)；在谋篇构思方面也是煞费苦心的，本诗就是例证。
本篇的特点是寓问于答，"松下问童子"有三问："师往何处去？""何处去采药？""山
中在何处？"但这三问都省去了，只用三句答语表示了三句问句。

鸂鶒

唐 李群玉

锦羽相呼暮沙曲，　　　　波上双声戛哀玉。
　　　　　˴2　　　　　　　　　　˴2
霞明川静极望中，　　　　一时飞灭青山绿。
　　　　　　　　　　　　　　　　　˴2

　　本韵，纯用沃韵，首句入韵。鸂鶒是一种长有漂亮翠色毛羽的水鸟，经常雌雄
相随、同飞、并游、共宿。本诗前两句好比是一支轻清悠扬的乐曲，后两句好比是一
幅明朗洁净的图画。着墨不多，富有神韵。

官仓鼠

唐 曹邺

官仓老鼠大如斗，　　　　见人开仓亦不走。
　　　　˅25　　　　　　　　　　˅25

健儿无粮百姓饥， 谁遣朝朝入君口？
△
˅25

本韵，纯用有韵，首句入韵。本诗把官仓鼠比喻那些只知道吮吸人民血汗的贪官污吏，并把矛头直指最高统治者，故而讽刺性极强；深刻揭露了晚唐这个是非颠倒的黑暗社会。

菊 花
唐 黄 巢

待到秋来九月八， 我花开后百花杀。
λ8 λ8
冲天香阵透长安， 满城尽带黄金甲。
λ17

通韵，黠主洽从，首句入韵。菊花，在封建文人笔下，最多不过把它作为劲节之士的化身，赞美其傲霜的品格；本诗即赋予它农民起义军战士的战斗风貌与性格，把黄色的花瓣设想成战士的盔甲，使它从幽人高士之花成为最新最美的农民革命战士之花。当然，这样的诗，也只有农民起义军的领袖才能写得出来。

寻隐者不遇
宋 魏 野

寻真误入蓬莱岛， 春风不动松花老。
˅19 △ ˅19
采芝何处未归来， 白云满地无人扫。
˅19

本韵，纯用皓韵，首句入韵。读本诗，马上想起唐代贾岛的《访隐者不遇》（658）。两诗意境相似；但题中一为"访"、一为"寻"，仅换一字，内中含义昭然有别。贾诗中，隐者虽"云深不知处"，但毕竟"只在此山中"，还是有目标可见的，故曰"访"；而本诗中的隐者，行迹更加飘泊不定，难以捉摸，故曰"寻"。全诗显示了也是"隐者"的作者对所寻"隐者"的向往之情。

江南春二首(其二)

宋 寇 准

杳 杳 烟 波 隔 千 里，　　　　白 蘋 香 散 东 风 起。
| | — — | — |b¹　　　　| — — | — | a
∨17 ∨17 _1 _5 ∧11 _1 ∨4　　　∧11 ⁻11 _7 ⋎15 ⁻1 ⁻1 ∨4

日 落 汀 洲 一 望 时，　　　　柔 情 不 断 如 春 水。
| | — —·| | —B 失黏　　— — | | — — | a
∧4 ∧10 _9 _11 ∧4 ⋎23 ⁻4　　　_11 _8 ∧5 ⋎15 ⁻6 ⁻11 ∨4

本韵,纯用纸韵,首句入韵;一拟律、三律句;一失黏。这是一首"联内自对、相互不黏"的七言仄韵"对式"绝句。此诗约作于作者晚年,"柔情"一作"愁情"。本诗颇具唐诗特色,情韵悠长,蕴藉空灵。"愁情不断如春水",凭借鲜明的艺术形象,化抽象为具体,含蓄地倾吐出愁情的沛然莫遏,与早于他的李煜《虞美人》词"问君能有几多愁?恰似一江春水向东流"和晚于他的秦观《江城子》词"便做春江都是泪,流不尽,许多愁",可谓异曲同工。李词鲜明生动,秦词情辞兼胜,寇诗则妙在首尾呼应,情景相生,另有耐人寻味之处。

江上渔者

宋 范仲淹

江 上 往 来 人，　　　　但 爱 鲈 鱼 美。
　　　　　　　　　　　　　　∨4

君 看 一 叶 舟，　　　　出 没 风 波 里。
　　　　　　　　　　　　　　∨4

本韵,纯用纸韵。这首语言质朴、形象生动的小诗,自然使人联想到唐代李绅的"谁知盘中餐,粒粒皆辛苦"(656),联想到作者本人《岳阳楼记》中"先天下之忧而忧,后天下之乐而乐"等名句。全诗言近而旨远,词浅而意深,可以引发丰富的联想。

陶 者

宋 梅尧臣

陶 尽 门 前 土，　　　　屋 上 无 片 瓦;

　　　　　　　　　　　　　　　　　∨21
　　寸 指 不 沾 泥，　　　　鳞 鳞 居 大 厦。
　　　　　　　　　　　　　　　　　△
　　　　　　　　　　　　　　　　　∨21

　　本韵,纯用马韵。本诗短小精悍,深刻地揭示了封建社会的基本矛盾,饱含诗人对劳动人民的浓厚感情。

望云楼
宋　文　同

　　巴 山 楼 之 东，　　　　秦 岭 楼 之 北。
　　　　　　　　　　　　　　　　　　△13
　　　　　　　　　　　　　　　　　　ʌ
　　楼 上 卷 帘 时，　　　　满 楼 云 一 色。
　　　　　　　　　　　　　　　　　　△13
　　　　　　　　　　　　　　　　　　ʌ

　　本韵,纯用职韵。大画家文同的本诗全用画笔,意境瑰奇,情致飘渺,俨若一首题画诗。用语淡雅朴素,画面奇伟动人。每句用一“楼”字,显系有意安排,然而读来即如脱口而出,丝毫不显重复,堪称佳作。

山中夜坐
宋　文及翁

　　悠 悠 天 地 间，　　　　草 木 献 奇 怪。
　　— — — ｜ — B¹　　　｜ ｜ ｜ — ｜ a¹
　　‗11 ‗11 ‗1 ˅4 ˉ15　　∨19 ʌ1 ˅14 ˉ4 ˅10
　　投 老 一 蒲 团，　　　　山 中 大 自 在。
　　— ｜ ｜ — A　　　　— — ｜ ｜ ｜ b¹
　　‗11 ∨19 ʌ4 ˉ7 ˉ14　　ˉ15 ˉ1 ˅21 ˅4 ˅11

　　通韵,卦队同用;无古句、三拟律、一律句;无失对、无失黏。所以本诗也可以认为是一首“仄韵律绝”,因全用律句和拟律,即全用正格和变格、拗救,除用仄韵外,完全符合律绝的要求,全诗符合“— — ｜ ｜ —,⊙ ｜ — — ｜。⊙ ｜ ｜ — —,⊖ — — ｜ ｜”的格律。文及翁宋亡不仕,闭门著书。本诗写他在清冷的山中夜晚,青灯独坐,念念不忘的仍是旧君故国,前朝父老。

寒　夜

元　揭傒斯

疏 星 冻 霜 空，　　　　　流 月 湿 林 薄。
　　　　　　　　　　　　　　　　　　　∆10

虚 馆 人 不 眠，　　　　　时 闻 一 叶 落。
　　　　　　　　　　　　　　　　　　　∆10

　　本韵，纯用药韵。诗写寒夜难眠心态。前两句极写户外"寒夜"之状，其中"冻"、"湿"两个动词颇露斧斫之迹，强调"寒"乃主观感受。第三句转入客舍。末句最精彩，"一叶落"的声音是够细微的了，馆中人却能清晰地辨闻，足见夜间的阒静；而一个"时"字，更将漫漫长夜中不眠人的警醒，表现得淋漓尽致。整首诗前刻削后自然，前遒后逸，有凝重之感，又得风韵摇曳之妙。

题倪云林《竹木图》

明　高启

主 人 原 非 段 干 木，　　　一 瓢 倒 泻 潇 湘 绿。
　　　∆1　　　　　　　　　　　　　　　∆2

逾 垣 为 惜 酒 在 尊，　　　饮 余 自 鼓 无 弦 曲。
　　　　　　　　　　　　　　　　　　　∆2

　　通韵，沃主屋从，首句入韵。一个十六岁（一说二十一岁）的少年，在片刻时间，又限定"木"、"绿"、"曲"三个韵脚，短短二十八字，借战国魏文侯拜访贤士段干木、段却越墙出走的故事，表明自己追慕的是陶渊明式（梁萧统《陶靖节传》说："渊明不解音律，而蓄无弦琴一张，每酒适，辄抚弄以寄其意。"）的隐士生活，对做官是不感兴趣的。诗写得很自然，毫无为押韵而凑句的痕迹，充分说明高启构思的精妙与驾驭文字的技巧，其才华堪与《七步诗》（648）的作者曹植比肩。

圣 泽 泉

明　李梦阳

嘈 嘈 鸣 山 泉，　　　　　日 日 喷 悲 鋆。
　　　　　　　　　　　　　　　　　　　∆10

日 照 一 匹 练，　　　　　空 中 万 珠 落。
　　　　　　　　　　　　　　　　　　　∆

λ10

本韵,纯用药韵。圣泽泉是庐山白鹿书院附近的一个景点。诗人主要采用动态描绘的方法,从声音、形状、光亮、色彩等方面全面地展现圣泽泉的流动之美;诗人还善用比喻,"一匹练"与"万珠落",将一与万、纤巧与阔大、优美与壮丽、"练"的白色与日照下水珠的多彩,和谐地统一到了一起,完成了圣泽泉独具特色的诗境创造。

出 郊
明 杨 慎

高 田 如 楼 梯,　　　　平 田 如 棋 局。
　　　　　　　　　　　　　　　　　　λ2

白 鹭 忽 飞 来,　　　　点 破 秧 针 绿。
　　　　　　　　　　　　　　　　　　λ2

本韵,纯用沃韵。本诗用极其浅显而流畅的语言,捕捉了西南山乡水田典型的春色意象,特别是鹭之白与秧之绿,使戛然而止的诗篇更富有自然的情趣。这与宋代杨万里的"诚斋体",强调"活法",善于速写自然景物的美妙瞬间,可谓不谋而合。

就 义 诗
明 杨继盛

浩 气 还 太 虚,　　　　丹 心 照 千 古。
　　　　　　　　　　　　　　　　　　√7

生 平 未 报 国,　　　　留 作 忠 魂 补。
　　　　　　　　　　　　　　　　　　√7

本韵,纯用麌韵。本诗是杨继盛受严嵩迫害临刑时的绝唱,写得大义凛然,感人至深。"浩气还太虚,丹心照千古。"是足以追步文天祥"人生自古谁无死,留取丹心照汗青"(324)的铁骨铮铮之辞。

严陵四首(其一)
明 袁宏道

溪 深 六 七 寻,　　　　山 高 四 五 里。

纵　有　百　尺　钩，　　　　岂　能　到　潭　底？

通韵，纸荠同用。袁宏道与其兄宗道、弟中道，并称"三袁"，为"公安派"创始者，论诗文主张"独抒性灵，不拘格套"，其诗出自真情，任性而发，不避俚俗。富春江上有座赫赫有名的严子陵钓台，相传是东汉初年严光隐居、垂钓所在。袁宏道上去看了以后，产生了一系列古怪的念头，于是不免以诗纪之。本诗中的问话虽也有几分道理，可到底对严先生是不恭了。

上留田行
清　施闰章

里　中　有　啼　儿，　　　　声　声　呼　阿　母。

母　死　血　濡　衣，　　　　犹　衔　怀　中　乳。

本韵，纯用麌韵。母死固然可悲，孤儿无知而衔母尸之乳更是目不忍睹的悲惨场面，本诗充分揭示了清初兵乱的社会现实。

落　花
清　宋荦

昨　日　花　簌　簌，　　　　今　日　落　如　扫。

反　怨　盛　开　时，　　　　不　及　未　开　好。

本韵，纯用皓韵。本诗的新奇处，是在不"怨"其落，而"怨"其开。在花的开、落过程中，诗人有意错怪象征欢乐美满的盛开之花，将怨的对象回推上去，表露出与其失、不如无的心态。这比起直陈伤感，一味怨"落"来，更具撼人心灵的作用。

梅花坞坐月

清　翁　照

静 坐 月 明 中，　　　　孤 吟 破 清 冷。
　　　　　　　　　　　　　　　　√23

隔 溪 老 鹤 来，　　　　踏 碎 梅 花 影。
　　　　　　　　　　　　　　　　√23

本韵，纯用梗韵。明月静默无言，老鹤悄然无声，梅花黄昏无语；有了这三种物象，静境便烘托出来了。月是象征，晶莹纯洁；鹤似高士，独来独往；梅如幽人，遁迹山林：凭藉这三种物象，诗人孤高清远的情怀也就隐然可见了。静境既出，情怀如见，就形成了全诗古淡高远的意境。本诗非常接近唐人，与王维、孟浩然一样，清而不冷，静而不寂，有一种很高的艺术境界。

荒 亭

清　沈 畯

荒 亭 古 墓 南，　　　　远 见 车 尘 灭。
— — | | —B　　　　| | | — — | a
_7 _9 √7 ⌄7 _13　　　√13 ⌄17 _6 ⁻11 ⋋9

墓 前 双 石 人，　　　　送 尽 人 离 别。
| ● — | —B¹　失黏　| | | — — | a
⌄7 _1 ⁻3 ⋋11 ⁻11　　　⌄1 √11 ⁻11 ⁻4 ⋋9

本韵，纯用屑韵；一拟律、三律句；一失黏。本诗是上、下联重复使用"— — |
| — ，① | — — |"相同格式的仄韵"对式"绝句。石人自然是无生命的，但当它一旦化为艺术形象后，这种无生命状态却使人觉得它好像是因目睹伤感场面而悲哽难语，只能默默无声地经受这一次又一次的人间的生离死别，使全诗的感情表达更增添了悲凉的色彩。

澜 沧 江

清　赵 翼

绝 壁 积 铁 黑，　　　　路 作 之 字 折。
| | | | |　　　　| | — | |

ᵔ9 ᵔ12 ᵔ11 ᵔ9 ᵔ13　　　　　ᵔ7 ᵔ10 ⁻4 ᵔ4 ᵔ9
下　有　百　丈　洪，　　　　怒　喷　雪　花　热。
｜　｜　｜　｜　—　　　　　　｜　—　｜　—　｜
ᵔ22 ᵛ25 ᵔ11 ᵛ22 ⁻1　　　　　ᵔ7 ⁻13 ᵔ9 ₋6 ᵔ9

　　通韵，屑主职从，首句入韵。本诗以"雪花"形容江水奔涌时激溅起来的泡沫，以见水流之湍急。"雪花"之白还与首句"绝壁积铁黑"形成强烈的色彩对比，使澜沧江的奇险得到更充分的表现。最后的"热"字则是诗中最精采之笔，雪本来是寒冷的，但"雪花"翻腾极为剧烈，才给人"热"的感觉，一个"热"字可谓境界全出。又本诗不仅用仄韵，而且二十个字中有十六个仄声字，其中又有十个入声字，首句更全是入声。因为入声字声音短促，容易造成斩绝的效果，可使读者在声音的诱导下，更好地感受"绝壁"之绝，与诗所表现的浓缩在诗人脑海里的"奇险"印象取得一致。

题《寒江钓雪图》

近代　释敬安

垂　钓　板　桥　东，　　　　雪　压　蓑　衣　冷。
　　　　　　　　　　　　　　　　　　　　　ᵛ23

江　寒　水　不　流，　　　　鱼　嚼　梅　花　影。
　　　　　　　　　　　　　　　　　　　　　ᵛ23

　　本韵，纯用梗韵。这首题画诗题采自柳宗元《江雪》(657)。柳诗展示了在苦寒环境中绝、灭、孤、独的境界，这是柳宗元清高而孤傲情感的寄托，也是他对政治上失意的郁闷情怀的抒发。而释敬安则不同，他虽身在佛门，但心萦家园，正如他自己所说"我虽学佛未忘世"。在他笔下，江上的渔翁不必再对着茫茫大雪发愁，他将钓到清晰可见的鱼儿；画外的读者也不会为大雪而感到凛然寒意，他们将带着微笑赏看鱼儿与梅影的嬉戏。——这"鱼嚼梅花影"是诗中神来之笔，有此一句，全诗乃活泼、有趣、有生机，境界与柳诗截然不同。

今子夜歌二首

近代　夏敬观

其　一

侬　欢　各　天　涯，　　　　莫　道　别　离　苦。
　　　　　　　　　　　　　　　　　　　　　△

虽 云 不 相 见，　　　　朝 朝 帖 耳 语。

通韵，麌语同用。

其　二

思 欢 隔 欢 面，　　　　情 不 绝 如 线。

侬 唇 帖 欢 耳，　　　　闻 声 不 相 见。

本韵，纯用霰韵，首句入韵。

《子夜歌》系南朝乐府民歌，多以"侬"（我）、"欢"（郎）为词，写男女欢爱与相思之情。这两首诗以古题写新事——刚由西方传入中国的打电话。前首后两句是憾中有慰，后首后两句是慰中有憾。这样两方面相互补充，就把年轻恋人打电话的复杂心态和盘托出。可谓搔到痒处，令人解颐。古代乐府民歌也因为诗人的推陈出新而赋与了现代内容。

替豆萁伸冤

现代　鲁　迅

煮 豆 燃 豆 萁，　　　　萁 在 釜 下 泣——

我 烬 你 熟 了，　　　　正 好 办 教 席！

通韵，缉陌同用。在南方各省工农革命运动的影响下，北京的学生运动在1925年达到了新的高潮。5月7日，北京学生集会，遭到北洋政府的镇压，死伤多人。同日，由段祺瑞派遣的北京女子师范大学校长杨荫榆在女师大的集会上被学生的嘘声赶出会场。次日，杨荫榆蛮横开除学生自治会职员许广平、刘和珍等六人。此后，又连续发表文章诬蔑迫害学生；杨的走卒也写文用萁豆相煎的典故，妄图把本是杨对学生的迫害，反诬为学生逼杨，那么学生成了烧人的"萁"，杨倒成了被烧的"豆"了。这是对事实的肆意歪曲。鲁迅即于6月5日写了《咬文嚼字》一文进行反击，文后有一段话："据考据家说，这曹子建的《七步诗》是假的，但也没有什么大相干，姑且利用它来活剥一首，替豆萁伸冤。"这就是本诗写作的时代背景。说是"活剥"《七步诗》(648)，但本诗完全出现了一种前所未有的境界。诗的后两句不仅意境深厚，含意深沉，而且讽刺挖苦，跃然纸上，使整首诗"活"了起来。开头"豆""其"相对，然后"烬""熟"相对：前者说明两者关系，没有其，豆根本不会存在；后者说明两者的利害，毁了学生，成全了自己，这就是所谓的"教育家"！鲁迅以他犀利的、杂文式的文笔，一语戳穿了"有尊长之心"的杨荫榆之流不过是以办教育为名，行残害学生之实！它们是中国长期以来封建社会人肉筵席上的"食人者"！

悼陈毅同志
现代　朱　德

一生为革命，　　　　盖棺方论定。
　　　　　　　　　　　　　　　˅25

重道又亲师，　　　　路线根端正。
　　　　　　　　　　　　　　　˅24

通韵，径敬同用。1972 年 1 月 6 日，中国人民的忠诚战士陈毅不幸与世长辞。毛主席亲自参加了党中央追悼陈毅的大会，周总理亲自致悼词。朱德则怀着失去亲密战友的沉痛心情，写下了这首挽诗，吟咏出全国人民一致的肺腑之言，表达了对陈毅伟大一生的高度评价和沉痛悼念。同时，也是对当时仍在横行的"四人帮"的严正警告，充分表现了朱德坚持毛主席革命路线的坚强党性和革命胆略。

赠缅甸友人六首(其一、其六)
现代　陈　毅

其　一

我住江之头，　　　　君住江之尾。
　　　　　　　　　　　　　　　˅5

彼此情无限，　　　　共饮一江水。
　　　　　　　　　　　　　　　˅4

通韵，尾纸同用。

其　六

临水叹浩淼，　　　　登山歌石磊。

　　　　　　　　　　　　　　　　　　　　　∨10
　　山　山　皆　北　向，　　　　条　条　南　流　水 。
　　　　　　　　　　　　　　　　　　　　　　△
　　　　　　　　　　　　　　　　　　　　　∨4

通韵，贿纸同用。

　　1957 年 12 月 14 日，陈毅写了组诗赠给来北京访问的缅甸友好代表团。诗中形象地歌颂了中缅两国人民之间的胞波情谊。诗借山水比喻，反复吟咏，既亲切自然，感情深厚，又具有浓郁的民歌气息和艺术魅力。其一中的"江"，指缅甸的伊洛瓦底江和萨尔温江，分别发源于我国的独龙江和怒江。"共饮一江水"以其句短情长、语淡意浓而广为传诵，"共饮"两字，既关合了诗人居江头、友人居江尾之背景，也关合了"彼此情无限"之思量。其六"山山皆北向，条条南流水"，中缅边界的横断山脉，山山走向朝北，条条江水南流。此两句不仅仅是对中缅地理环境的客观写照，而且还含有诗人对山水相连之地的深厚感情。山向北，水南流，又产生了一种深长的意味；山傍水，水绕山，山水相映，这不是中缅胞波情谊的象征吗？以"山"、"水"收束全诗，遥合起首，络绎写来，使全诗一气贯注，浑然成篇，足见诗人谋篇布局深具匠心。

　　在以上五十三首仄韵古绝中，有七首为仄韵"对式"绝句（650、654、655、657、658、660、665），有一首"仄韵律绝"（661），都是既分析押韵，又分析句型（平仄、黏对）的。

第十二章　两句一韵、逢双押韵

从本章开始,讲古体诗的"1+7",即押韵方式。本章讲"1",就是一种常规的、基本的两句一韵、逢双押韵(首句或转韵第一句可韵可不韵)。

一、本　韵

(一)五　言

梁 甫 吟
汉乐府

步出齐城门,	遥望荡阴里。
	△ √4
里中有三坟,	累累正相似。
	△ √4
问是谁家墓?	田疆古冶子。
	△ √4
力能排南山,	又能绝地纪。
	△ √4
一朝被谗言,	二桃杀三士。
	△ √4
谁能为此谋?	国相齐晏子。
	△ √4

纸韵,首句不入韵。梁甫是泰山下一座小山的名字,古时民间相信人死后魂魄归于梁甫,故《梁甫吟》一般为葬歌;但本篇与葬歌无关,是一首咏史诗,所咏为《晏子春秋》所载齐景公用国相晏婴之谋,用二桃杀三士(田开疆、古冶子、公孙接)的故事。作者对三人无罪被杀寄予了同情和哀思,而对齐相晏婴表示了轻蔑和嘲讽。

青青河畔草

汉　无名氏

青 青 河 畔 草，	郁 郁 园 中 柳。△ ✓25
盈 盈 楼 上 女，	皎 皎 当 窗 牖。✓25
娥 娥 红 粉 妆，	纤 纤 出 素 手。✓25
昔 为 倡 家 女，	今 为 荡 子 妇。△ ✓25
荡 子 行 不 归，	空 床 难 独 守。✓25

　　有韵，首句不入韵。这是梁昭明太子萧统所编《文选》中《古诗十九首》中的一首。诗的主旨虽在后四句，但精采之处却是前六句。诗中一连用了六个叠词：青青和郁郁同是形容植物生长的畅茂，但青青重在色调，郁郁重在意态；盈盈和皎皎都是写美人的风姿，但盈盈重在体态，皎皎重在风采；娥娥和纤纤俱是状其容色，但娥娥是大体赞美，纤纤是细致刻画。六个叠词无一不切，由外围而中心，由总体而局部，由朦胧而清晰，烘托刻画了楼上女尽善尽美的形象，其中"纤纤素手"之作为成语流传至今。在五言诗草创之时，本诗的语汇用得如此贴切，足见《古诗十九首》那后人刻意雕镂所不能达到的精妙，以致《文心雕龙》的作者刘勰誉之为"五言之冠冕"，《诗品》的作者钟嵘誉之为"惊心动魄，可谓几乎一字千金。"

古诗·橘柚垂华实

汉　无名氏

橘 柚 垂 华 实，	乃 在 深 山 侧。△ λ13
闻 君 好 我 甘，	窃 独 自 雕 饰。△ λ13
委 身 玉 盘 中，	历 年 冀 见 食。△ λ13
芳 菲 不 相 投，	青 黄 忽 改 色。△

λ13
人 倘 欲 我 知，　　　　　因 君 为 羽 翼。
△
λ13

　　职韵，首句不入韵。咏橘见志，屈原早就有《橘颂》："后皇嘉树，橘徕服兮。受命不迁，生南国兮。深固难徙，更壹志兮。"(1235)这显然是借以表现自己的独立不阿、洁身自好的品格。本诗虽是受屈原的启发，但用意是不同的。诗人借橘柚为比，来写自己的遭际和心愿，表达了不为世用的愤懑。这样的主题带有较大的普遍性，所以本诗对后世也有一定影响，唐代张九龄的《感遇十二首》其七《江南有丹橘》便是其代表作之一(690)。

七哀诗三首(其二)
魏　王　粲

荆 蛮 非 我 乡，　　　　　何 为 久 滞 淫？
　　　　　　　　　　　　　　　　　　　　　12

方 舟 泝 大 江，　　　　　日 暮 愁 我 心。
　　　　　　　　　　　　　　　　　　　　　12

山 冈 有 馀 映，　　　　　岩 阿 增 重 阴。
　　　　　　　　　　　　　　　　　　　　　12

狐 狸 驰 赴 穴，　　　　　飞 鸟 翔 故 林。
　　　　　　　　　　　　　　　　　　　　　12

流 波 激 清 响，　　　　　猴 猿 临 岸 吟。
　　　　　　　　　　　　　　　　　　　　　12

迅 风 拂 裳 袂，　　　　　白 露 沾 衣 襟。
　　　　　　　　　　　　　　　　　　　　　12

独 夜 不 能 寐，　　　　　摄 衣 起 抚 琴。
　　　　　　　　　　　　　　　　　　　　　12

丝 桐 感 人 情，　　　　　为 我 发 悲 音。
　　　　　　　　　　　　　　　　　　　　　12

羁 旅 无 终 极，　　　　　忧 思 壮 难 任。
　　　　　　　　　　　　　　　　　　　　　12

　　侵韵，首句不入韵。这是被刘勰在《文心雕龙·才略》中评为建安"七子之冠冕"王粲的代表作之一，抒写诗人久客荆州思乡怀旧的感情。"荆蛮非我乡，何为久滞淫"与作者《登楼赋》中名句"虽信美而非吾土兮，曾何足以少留"的意思相同。

室思六首（其三）
魏　徐　幹

浮云何洋洋，　　　愿因通我辞。

飘飘不可寄，　　　徙倚徒相思。

人离皆复会，　　　君独无返期。

自君之出矣，　　　明镜暗不治。

思君如流水，　　　何有穷已时。

支韵，首句不入韵。《室思》是建安七子之一的徐幹所写的一组代言体的诗，写的是妻子对离家丈夫的思念。本首中后四句最为精彩，简洁明快，包孕丰富，充满晓畅隽永、清新自然之趣。所以从南北朝到隋唐，仿作甚多，且皆以"自君之出矣"为题及首句，第三句为"思君如××"作五言四句的小诗，在前面我们已介绍过三首（522、524、649）。

杂诗七首（其四）
魏　曹　植

南国有佳人，　　　容华若桃李。

朝游江北岸，　　　夕宿潇湘沚。

时俗薄朱颜，　　　谁为发皓齿？

俯仰岁将暮，　　　荣耀难久恃。

纸韵，首句不入韵。本诗在构思和写法上明显学习屈原的辞赋，以美人香草比喻贤能之士的传统。首二句自矜，中四句自惜，末二句自慨，主旨是怀才不遇。"南国有佳人，容华若桃李"是词藻华丽的名句，深得后人赞赏。

七 步 诗
魏 曹 植

煮 豆 持 作 羹，　　　漉 豉 以 为 汁。
　　　　　　　　　　　　　　　　λ14

萁 向 釜 下 然，　　　豆 在 釜 中 泣。
　　　　　　　　　　　　　　　　λ14

本 是 同 根 生，　　　相 煎 何 太 急。
　　　　　　　　　　　　　　　　λ14

缉韵，首句不入韵。本诗六句，是流传极广的四句《七步诗》(648)的原型，最早
记录在《世说新语》。

咏怀八十二首(其一)
魏 阮 籍

夜 中 不 能 寐，　　　起 坐 弹 鸣 琴。
　　　　　　　　　　　　　　　　12

薄 帷 鉴 明 月，　　　清 风 吹 我 襟。
　　　　　　　　　　　　　　　　12

孤 鸿 号 外 野，　　　翔 鸟 鸣 北 林。
　　　　　　　　　　　　　　　　12

徘 徊 将 何 见？　　　忧 思 独 伤 心。
　　　　　　　　　　　　　　　　12

侵韵，首句不入韵。"竹林七贤"之一阮籍的《咏怀八十二首》是千古杰作，对古
代五言诗的发展做出了贡献。本诗有序诗的作用，诗人孤独、失望、愁闷和痛苦的
心情，为《咏怀八十二首》定下了基调。"夜中不能寐，起坐弹鸣琴"出自王粲"独夜
不能寐，摄衣起抚琴"(672)，同是忧思，阮籍的忧思比王粲深刻得多。王的忧思不
过是怀乡引起的，阮的忧思是在险恶的政治环境中产生的。因为阮籍生活在魏晋
之际这样一个黑暗时代，忧谗畏祸，所以发出这种"忧生之嗟"。

班婕妤
晋　陆　机

婕妤去辞宠，	淹留终不见。△ヽ17
寄情在玉阶，	托意惟团扇。ヽ17
春苔暗阶除，	秋草芜高殿。△ヽ17
黄昏履綦绝，	愁来空雨面。△ヽ17

　　霰韵,首句不入韵。同情班婕妤遭遇之乐府古辞《班婕妤》现已不存,本首《班婕妤》是现在所见最早的一首以班婕妤为题的拟乐府诗,也是最早的一首真正的宫怨诗。诗描写了班婕妤在退居长信宫后忧伤悲痛的心情。第二联中"玉阶"、"团扇"分别代指班婕妤所作之《婕妤赋》(赋中有"华殿尘兮玉阶苔,中庭萋兮绿草生"句)和《团扇诗》(即《怨歌行》738),并以手持团扇、徘徊玉阶的形象表现班婕妤孤苦寂寞、悲愁难诉的心情。这一形象遂成此后许多宫怨诗的摹本。

游仙诗十四首(其二)
晋　郭　璞

青溪千余仞，	中有一道士。△ᵛ4
云生梁栋间，	风出窗户里。ᵛ4
借问此何谁，	云是鬼谷子。ᵛ4
翘迹企颍阳，	临河思洗耳。△ᵛ4
阊阖西南来，	潜波涣鳞起。△ᵛ4
灵妃顾我笑，	粲然启玉齿。ᵛ4

　蹇 修 时 不 存，　　　　要 之 将 谁 使？
　　　　　　　　　　　　　　　　　　　△
　　　　　　　　　　　　　　　　　　　✓4

　　　纸韵，首句不入韵。郭璞的十四首《游仙诗》大致可分为两类：一类歌颂隐逸，一类企求登仙。本诗兼有两类。诗中先后歌咏了鬼谷子、许由、灵妃这三位历史上著名的隐士、贤人、女神，抒发了自己隐遁高蹈、企慕神仙的情怀以及求仙无缘的苦恼。

兰亭诗六首(其三)

晋　王羲之

　三 春 启 群 品，　　　　寄 畅 在 所 因。
　　　　　　　　　　　　　　　　　　　̄11

　仰 望 碧 天 际，　　　　俯 磐 绿 水 滨。
　　　　　　　　　　　　　　　　　　　̄11

　寥 朗 无 厓 观，　　　　寓 目 理 自 陈。
　　　　　　　　　　　　　　　　　　　̄11

　大 矣 造 化 功，　　　　万 殊 莫 不 均。
　　　　　　　　　　　　　　　　　　　̄11

　群 籁 虽 参 差，　　　　适 我 无 非 新。
　　　　　　　　　　　　　　　　　　　̄11

　　　真韵，首句不入韵。王羲之的《兰亭集叙》被称为"天下第一行书"，其文也不胫而走，脍炙人口，但他的《兰亭诗》却较少为人注意。其实，诗、文表现的思想和描绘的景象有不少相同之处，可互相发明。如诗中"仰望碧天际，俯磐绿水滨"与文中"仰视宇宙之大，俯察品类之盛，所以游目聘怀，足以极视听之娱，信可乐也"的意境是相似的，只是诗比文更加凝炼而形象。《兰亭诗》是现存玄言诗的代表。诗人由写景而抒发自己对人生乃至宇宙的看法，所谓"寓目理自陈"正是一般玄言诗的格式。然本诗造语清新，虽然不脱道家崇尚自然的根本观念，却也歌颂了人的感物寄怀，其中体现的精神是积极向上的，这是作者本身的人格与思想的真实反映。此诗旨在说理，然畅达明白，不故作玄虚，是玄言诗中较成功的一首。

帆入南湖

晋 湛方生

彭蠡纪三江，　　　　庐岳主众阜。
　　　　　　　　　　　　　　　√25

白沙净川路，　　　　青松蔚岩首。
　　　　　　　　　　　　　　　√25

此水何时流？　　　　此山何时有？
　　　　　　　　　　　　　　　√25

人运互推迁，　　　　兹器独长久。
　　　　　　　　　　　　　　　√25

悠悠宇宙中，　　　　古今迭先后。
　　　　　　　　　　　　　　　√25

　　有韵，首句不入韵。本诗写作者在鄱阳湖（即"南湖"、"彭蠡"）泛舟所见所感。后六句把泛舟揽胜的游兴升华为探本溯源的人生玄思，表达的胸襟是廓大的。在他之前，羊祜曾登上附近的岘首山，并对同游者叹曰："自有宇宙，便有此山，由来贤达胜士登此远望如我与卿者多矣，皆湮没无闻，使人悲伤。"（见《晋书·羊祜传》）无独有偶，诗人身后又数百年，唐代孟浩然也表达过类似的感情，有诗《与诸子登岘首》（483）。此可谓异代神交，惺惺相惜，然而相比之下，湛方生的本诗，格调似更高更豁达一些。

杂诗十二首(其一)

晋 陶渊明

人生无根蒂，　　　　飘如陌上尘。
　　　　　　　　　　　　　　　°11

分散逐风转，　　　　此已非常身。
　　　　　　　　　　　　　　　°11

落地为兄弟，　　　　何必骨肉亲！
　　　　　　　　　　　　　　　°11

得欢当作乐，　　　　斗酒聚比邻。
　　　　　　　　　　　　　　　°11

盛年不重来，　　　　一日难再晨。
　　　　　　　　　　　　　　　°

及时当勉励，　　　　　岁月不待人。
　　　　　　　　　　　　　‾11

真韵,首句不入韵。十二首《杂诗》的基调是慨叹人生之无常,感喟生命之短暂。但本诗终篇四句慷慨激越,使人为之感奋,几成格言,常被人们引用来勉励年轻人要抓紧时机,珍惜光阴,努力学习,奋发上进。这是陶渊明始料未及的。

读山海经十三首（其九）
晋　陶渊明

夸父诞宏志，　　　　　乃与日竞走。
　　　　　　　　　　　　　√25

俱至虞渊下，　　　　　似若无胜负。
　　　　　　　　　　　　　√25

神力既殊妙，　　　　　倾河焉足有？
　　　　　　　　　　　　　√25

余迹寄邓林，　　　　　功竟在身后。
　　　　　　　　　　　　　√25

有韵,首句不入韵。陶渊明《读山海经十三首》是一组用神话素材创作的特殊抒情诗。本诗把神话原来的情节和自己独特的感受巧妙地结合起来,熔叙事、抒情、议论于一炉,于平淡的言辞中微婉地透露出对夸父的深情礼赞,并由此引出许多联想。历史上有许多杰出人物,生前虽未能施展其才能,实现其抱负,但他们留下的精神产品,诸如远大的理想,崇高的气节,正直的品质,以及各种卓越的发现和创造,往往沾溉后人,非止一世,他们都是"功竟在身后"的人。笔者就是为此选本诗贡献给读者的。

读山海经十三首（其十）
晋　陶渊明

精卫衔微木，　　　　　将以填沧海。
　　　　　　　　　　　　　√10

刑天舞干戚，　　　　　猛志固常在。
　　　　　　　　　　　　　√10

同物既无虑， 化去不复悔。
△
∨10

徒设在昔心， 良辰讵可待。
△
∨10

贿韵，首句不入韵。本诗借精卫魂化飞鸟、犹填海不已，刑天断首、仍自干戚相舞的神话，歌颂他们始终不渝、九死未悔的"猛志固常在"精神。同时，对这一题材的剪裁及其内涵的挖掘，表达诗人意欲奋志拼搏的心理，确如鲁迅所言陶渊明的"金刚怒目式"的一面。收尾两句，悲而更壮，使本诗获得了深切的悲剧美的特质。

登池上楼
宋 谢灵运

潜虬媚幽姿， 飞鸿响远音。
12

薄霄愧云浮， 栖川怍渊沉。
12

进德智所拙， 退耕力不任。
12

徇禄反穷海， 卧病对空林。
12

衾枕昧节候， 褰开暂窥临。
12

倾耳聆波澜， 举目眺岖嵚。
12

初景革绪风， 新阳改故阴。
12

池塘生春草， 园柳变鸣禽。
12

祁祁伤豳歌， 萋萋感楚吟。
12

索居易永久， 离群难处心。
12

持操岂独古， 无闷征在今！

_12

侵韵,首句不入韵。这是谢灵运被逐至永嘉(今浙江温州),久病初愈后写的名篇。全诗以登池上楼为中心,抒发了种种复杂的情绪。这里有孤芳自赏的情调,政治失意的牢骚,进退不得的苦闷,对政敌含而不露的怨愤,致仕归隐的志趣……诗中写景与抒情结合得相当紧密,并且成为诗中情绪变化的枢纽。对景物的描绘,充分体现出诗人对自然的喜爱和敏感,这正是他能开创山水诗一派的条件。"池塘生春草,园柳变鸣禽"是谢诗中最著名的两句,表现了诗人敏锐的感觉,以及忧郁的心情在春的节律中发生的振荡,自然生动,富有韵味,作者自己也说:"此语有神助,非吾语也。"(《谢氏家语》)

岁　暮

宋　谢灵运

殷忧不能寐,　　　　苦此夜难颓。

明月照积雪,　　　　朔风劲且哀。

运往无淹物,　　　　年逝觉已催。

灰韵,首句不入韵。诗的中间两句分别从视、听感受上写出岁暮之夜的高旷、萧瑟、寒凛、凄清,这不仅是对眼前景物直接而真切的感受,而且和殷忧不寐的诗人之间存在着一种微妙的契合。诗人是在特定的处境与心境下猝然遇物,而眼前的景象又恰与自己的处境、心境相合,情与境合、心与物怅,遂不觉而描绘出"明月照积雪,朔风劲且哀"的境界。大谢(谢灵运)诗最有名的自是上首《登池上楼》(679)的"池塘生春草,园柳变鸣禽",其次就是本诗"明月"一联。有趣的是,这两联都不是以精细工致的笔法描绘南方山川奇秀之美这大谢诗主要特色见长,而都是以自然见称。但同中有异,"池塘"一联纯属天籁,"明月"一联则是锤炼雕刻后返于自然。

赠傅都曹别

宋　鲍照

轻鸿戏江潭,　　　　孤雁集洲沚。

邂逅两相亲，　　　　　缘念共无已。

风雨好东西，　　　　　一隔顿万里。

追忆栖宿时，　　　　　声容满心耳。

落日川渚寒，　　　　　愁云绕天起。

短翮不能翔，　　　　　徘徊烟雾里。

　　纸韵，首句不入韵。南朝刘宋时代卓有成效的诗人除山水诗的开创者谢灵运外，还有被杜甫在《春日忆李白》(350)中誉为"俊逸鲍参军"的鲍照。两人各有所长：谢诗得力于辞赋，修辞凝练；鲍诗得力于乐府民歌，亲切感人。本诗前四句忆与傅都曹志趣相投，亲切订交；中四句写两人分手惜别时的情景；后四句设想别后离愁，并诉自己看不到出路的苦闷。全诗闲闲说起，怅怅结束，然而感情真挚，思绪万千，读来感到作者一腔孤愤，引人无限同情。

巫山高
齐　王　融

想象巫山高，　　　　　薄暮阳台曲。

烟霞乍舒卷，　　　　　蘅芳时断续。

彼美如可期，　　　　　寤言纷在瞩。

怃然坐相思，　　　　　秋风下庭绿。

　　沃韵，首句不入韵。本诗把宋玉《高唐》、《神女》二赋中最富诗意的描写加以想象加工，创造出极富文采意想之美的诗境，这是提炼精粹、化赋为诗的艺术手段。诗通过想象与对眼前景物的幻觉式感受，写出诗人那种欣慕、期待而又怅惘的心理，也烘托出神女缥缈的身姿面影。整个境界，迷离惝恍，空灵飘忽。

晚登三山还望京邑

齐　谢　朓

灞涘望长安，	河阳视京县。
白日丽飞甍，	参差皆可见。
余霞散成绮，	澄江静如练。
喧鸟覆春洲，	杂英满芳甸。
去矣方滞淫，	怀哉罢欢宴。
佳期怅何许，	泪下如流霰。
有情知望乡，	谁能鬒不变？

　　霰韵，首句不入韵。本诗抒写诗人登上建康西南长江南岸三山时，遥望京城和大江美景引起的去国思乡和怀才不遇的复杂感情。给人印象最深的是"余霞散成绮，澄江静如练"两句，描写白日西沉，灿烂的余霞铺满天空，犹如一匹散开的锦缎，清澄的大江伸向远方，仿佛一条明净的白绸。这一对比喻不仅色彩对比绚丽悦目，而且"绮"、"练"两个喻象给人以静止柔软的直觉感受，也与黄昏时平静柔和的情调十分和谐。所以得到李白的大力叹赏："解道'澄江静如练'，令人长忆谢玄晖。"（840，玄晖为谢朓的字）。

咏湖中雁

梁　沈　约

白水满春塘，	旅雁每迴翔。
唼流牵弱藻，	敛翮带馀霜。
群浮动轻浪，	单泛逐孤光。

悬飞竟不下，　　　　乱起未成行。

刷羽同摇漾，　　　　一举还故乡。

　　阳韵，首句入韵。本诗的精妙处在于诗人用轻灵之笔，写出湖中许许多多雁，湖面、湖空，参参差差，错错落落，唼、牵、敛、带、浮、动、泛、逐、悬飞、乱起、刷羽、摇漾、举、还，各种各样的动作，诸多的神态，五花八门，令人眼花缭乱，而写来一点也不费力，不露雕琢之迹，刻画精细而不流于纤丽，于成就而言，本诗可为咏物诗之祖。（此前咏物诗的成就皆不及本诗。）

咏早梅
梁　何　逊

兔园标物序，　　　　惊时最是梅。

衔霜当路发，　　　　映雪拟寒开。

枝横却月观，　　　　花绕凌风台。

朝洒长门泣，　　　　夕驻临邛杯。

应知早飘落，　　　　故逐上春来。

　　灰韵，首句不入韵。何逊以卓越的才能得到梁建安王萧伟的信任和重用。本诗首句以西汉梁孝王刘武的兔园（亦称梁苑、梁园）指萧伟的芳林苑，"衔霜"、"映雪"、"枝横"、"花绕"错落有致地写出了满苑梅花盛开、光彩照人的动人情景。当然，作者实是以司马相如自喻（第四联），借咏早梅表现自己坚定的情超和高远的志向。

咏弹筝人
梁　萧　统

故筝犹可惜，　　　　应度几人边。

尘 多 涩 移 柱，　　　　风 燥 脆 调 弦。
　　　　　　　　　　　　　　　　　　_1

还 作 三 洲 曲，　　　　谁 念 九 重 泉。
　　　　　　　　　　　　　　　　　　_1

先韵，首句不入韵。旧弦——新人——熟调——故人，这就是昭明太子萧统所作本诗的构思线索。一首小诗，虽写宫中物事，随手之作，却不琢而工，韵外有致，寄深刻的人生思索，追广泛的生命意义，平朴自然，风行无迹，愈朴愈厚，愈浅愈深，在藻华侈艳的齐梁风气中，或所谓"宫体"中，本诗殊为别调。

赋得入阶雨
梁　萧　纲

细 雨 阶 前 入，　　　　洒 砌 复 沾 帷。
　　　　　　　　　　　　　　　　　　-4

渍 花 枝 觉 重，　　　　湿 鸟 翻 飞 迟。
　　　　　　　　　　　　　　　　　　-4

倘 令 斜 日 照，　　　　并 欲 似 游 丝。
　　　　　　　　　　　　　　　　　　-4

支韵，首句不入韵。萧统于三十岁早卒，后为梁简文帝的弟弟萧纲所擅长的是描摹细致的情态和细微的景色，在人们通常注意不到的地方，表现出特殊的敏感。令人简直要怀疑：这位皇帝诗人，是否感觉神经长得比别人纤细柔弱？

芳　树
梁　费　昶

幸 被 夕 风 吹，　　　　屡 得 朝 光 照。
　　　　　　　　　　　　　　　　　ヽ18

枝 偃 疑 欲 舞，　　　　花 开 似 含 笑。
　　　　　　　　　　　　　　　　　ヽ18

长 夜 路 悠 悠，　　　　所 思 不 可 召。
　　　　　　　　　　　　　　　　　ヽ18

行 人 早 旋 返，　　　　贱 妾 犹 年 少。

、18

啸韵,首句不入韵。本诗以"枝偃"两句最佳。那枝舞花笑,宛然是青春女儿的写照,"欲"字、"含"字,又写出了她怯弱含羞的娇态,"似"字、"疑"字,更使这番景象达到了人树莫辨的地步。有此佳句,本诗所咏是"芳树"还是"芳姝"("贱妾")呢?

拟咏怀二十七首(其十八)

北朝 庾信

寻思万户侯,	中夜忽然愁。
琴声遍屋里,	书卷满床头。
虽言梦蝴蝶,	定自非庄周。
残月如初月,	新秋似旧秋。
露泣连珠下,	萤飘碎火流。
乐天乃知命,	何时能不忧?

尤韵,首句入韵。庾信原是梁简文帝时著名诗人,侯景之乱后,出使北朝,被扣不返。他早期诗篇多属宫体一类,后期由于生活环境的剧烈变化,诗风也大变。其诗以《拟咏怀二十七首》为代表作,着重表现自己羁留北方、怀念故国的哀怨,悔恨自身的失节,追悼梁朝的覆亡,情绪深沉曲折,风格苍凉沉郁,语言极为精致,显示出把南方的工细技巧和北方的慷慨悲歌结合起来的倾向。本诗前半篇写中夜操琴、诗书满架的情景,后半篇写白露明月、萤火飘流的秋色,构成清雅优美的意境,词气声调中却溢出难以抑止的烦燥和忧闷,与身世如梦的迷惘之感奇特地交织在一起,表现极为别致,而又全出于自然之声情,从而含蓄而又深细地展示了诗人内心苦闷的一个侧面。

拟咏怀二十七首（其二十四）

北朝　庾　信

无 闷 无 不 闷，　　　　有 待 何 可 待。
　　　　　　　　　　　　　　　　　　△
　　　　　　　　　　　　　　　　　　∨10

昏 昏 如 坐 雾，　　　　漫 漫 疑 行 海。
　　　　　　　　　　　　　　　　　　△
　　　　　　　　　　　　　　　　　　∨10

千 年 水 未 清，　　　　一 代 人 先 改。
　　　　　　　　　　　　　　　　　　△
　　　　　　　　　　　　　　　　　　∨10

昔 日 东 陵 侯，　　　　唯 有 瓜 园 在。
　　　　　　　　　　　　　　　　　　△
　　　　　　　　　　　　　　　　　　∨10

　　贿韵，首句不入韵。本诗并未具体描写亡国辱身之种种现象，而是以极概括之语言、善巧之比喻，在上半首凸出悲怆痛苦之心灵状态，在下半首更以极典型之成语、典故，暗示出悲剧心态之深刻根源。全诗笔墨极简炼，而包蕴极广大，实乃诗歌艺术之极高造诣。杜甫《戏为六绝句》之六云："庾信文章老更成，凌云健笔意纵横。"老更成者，此之谓也。

奉和示内人

北朝　庾　信

然 香 郁 金 屋，　　　　吹 管 凤 凰 台。
— — ｜ — ｜ b¹　　　　— ｜ ｜ — 。A
 _1 _7 λ1 _12 λ1　　　　‾4 ∨14 丶1 _7 ‾10

春 朝 迎 雨 去，　　　　秋 夜 隔 河 来。
— — • — ｜ b　　失黏　　— ｜ ｜ — 。A
‾11 _2 _8 ∨7 丶6　　　　_11 22 λ11 _5 ‾10

听 歌 云 即 断，　　　　闻 琴 鹤 倒 回。
— • ｜ — ｜ b　　失黏　　— • ｜ ｜ — 。B　失对
 _9 _5 _12 λ13 丶15　　‾12 _12 λ10 丶20 ‾10

春 窗 刻 凤 下，　　　　寒 壁 画 花 开。
— — ｜ ｜ ｜ b¹　　　　— ｜ ｜ — 。A
‾11 ‾3 λ13 丶1 丶22　　‾14 λ12 丶10 _6 ‾10

定 取 流 霞 气，　　　　时 添 承 露 杯。

|　|　—　—　|　a　　　　　　　—　—　—　|　—B¹
ㄟ25 ㄟ7 _11 _6 ㄟ5　　　　　　　‾4 _14 _10 ㄟ7 ‾10

灰韵,首句不入韵;无古句、三拟律、七律句;一失对、二失黏;后四句为完全合律之五绝;全诗五联,每联对仗,类似后来今体诗中的五言长律(又叫五言排律,24页)。所以清人刘熙载在《艺概》卷二中说:"庾子山《燕歌行》开唐初七古,《乌夜啼》开唐七律,其他体为唐五绝、五律、五排所本者,尤不可胜举。"五排即本诗;开唐初七古之《燕歌行》见本章下面转韵诗部分(1055);开唐七律之《乌夜啼》(610)、五绝之《重别周尚书》(596)、五律之《舟中望月》(600),还有七绝之《秋夜望单飞雁》(608)都已在前面第十章"今体诗的起源"中介绍过了。可见,庾信对今体诗的定型所做的贡献是很大的。笔者认为,在南北朝所有对今体诗的定型所做贡献的诗人中,庾信是第一位的。本诗是庾信早期仕梁时奉和简文帝萧纲所作,带有宫体色彩,虽用典很多,却也自然得体,于绮丽之中,尚能透露清新的气息,故杜甫在《春日忆李白》(350)中赞誉李白是"清新庾开府"(庾信后仕北周,累迁至骠骑大将军,开府仪同三司)。可见,"清新"是庾信诗歌的主要特点之一。

开 善 寺

陈 阴 铿

鸷 岭 春 光 遍,　　　　　　王 城 野 望 通。
|　|　—　—　|　a　　　　　　—　—　|　|　—B
ㄟ26 ㄟ23 ‾11 _7 ㄟ17　　　　　_7 _8 ㄟ21 ㄟ23 ‾1

登 临 情 不 极,　　　　　　萧 散 趣 无 穷。
—　—　—　|　|　b　　　　　—　|　|　—　—A
_10 _12 _8 ㄟ5 ㄟ13　　　　　_2 ㄟ15 ㄟ7 ‾7 ‾1

莺 随 入 户 树,　　　　　　花 逐 下 山 风。
—　—　|　|　b¹　失黏　　—　|　|　—　—A
_8 ‾4 ㄟ14 ㄟ7 ㄟ7　　　　　_6 ㄟ1 ㄟ22 ‾15 ‾1

栋 里 归 云 白,　　　　　　窗 外 落 晖 红。
|　|　—　—　|　a　　　　　—　|　—　—A　失对
ㄟ1 ㄟ4 ‾5 ‾12 ㄟ11　　　　　‾3 ㄟ9 ㄟ10 ‾5 ‾1

古 石 何 年 卧,　　　　　　枯 树 几 春 空?
|　|　—　—　|　a　　　　　—　|　|　—　—A　失对
ㄟ7 ㄟ11 _5 _1 ㄟ21　　　　　‾7 ㄟ7 ㄟ5 ‾11 ‾1

淹留惜未及，　　　　　　幽桂在芳丛。
— · | | | b¹　失黏　　— | | — — 。A
_14 _11 ＼11 ＼5 ＼14　　　　　　_11 ＼8 ＼11 _7 ¯1

　　东韵，首句不入韵；无古句、二拟律、十律句；二失对、二失黏；前四句为完全合律之五绝；全诗十二句，除末二句外，前面十句皆对仗，也类似后来的五言长律。所以，在我国旧体诗歌由古入律的过程中，阴铿也是有一定贡献的。本诗描写了开善寺的秀丽风景，表达了诗人的吊古之情和未能归隐山林的一丝惆怅。

赠薛播州(其十四)

隋　杨　素

衔悲向南浦，　　　　　　寒色黯沉沉。
　　　　　　　　　　　　　　　 。
　　　　　　　　　　　　　　　_12

风起洞庭险，　　　　　　烟生云梦深。
　　　　　　　　　　　　　　　 。
　　　　　　　　　　　　　　　_12

独飞时慕侣，　　　　　　寡和乍孤音。
　　　　　　　　　　　　　　　 。
　　　　　　　　　　　　　　　_12

木落悲时暮，　　　　　　时暮感离心。
　　　　　　　　　　　　　　　 。
　　　　　　　　　　　　　　　_12

离心多苦调，　　　　　　讵假雍门琴。
　　　　　　　　　　　　　　　 。
　　　　　　　　　　　　　　　_12

　　侵韵，首句不入韵。杨素是隋代的重要诗人，《赠薛播州》系其代表作。这组诗为连章体，共十四首。组诗从开天辟地的混沌之时写起，直写到隋文帝杨坚扫灭群雄，一统天下，刷新政治；又从广揽人才、朝廷生活、友人外放出守，写到自己进退两难的微妙处境。诗中把与薛道衡（出任播州刺史）的友谊写得真挚深切，把对友人的眷念之情写得缠绵婉转。组诗矫正了齐梁以来"骨气都尽、刚健不闻"的淫靡诗风，显示了六朝诗向风骨、声律并重的唐代诗歌过渡的艺术形态。本诗是组诗的最后一首，其伤别和自哀的情调已达到极点。结尾两句以琴为喻，而奏出的已是亡国之音（"雍门琴"用战国时齐国雍门周故事，为亡国之音）。短命的隋王朝，在杨素写这首诗后仅仅十二年，它就覆灭了。

早发始兴江口至虚氏村作

唐 宋之问

候 晓 逾 闽 嶂， 乘 春 望 越 台。
| | — — | a — — | | — B
‵26 ‵17 ‾7 ‾11 ‵23　 ‿10 ‾11 ‵23 ‿6 ‾10

宿 云 鹏 际 落， 残 月 蚌 中 开。
| — — | | b | | | — — A
‿1 ‾12 ‿10 ‵8 ‿10　 ‾14 ‿6 ‵3 ‾1 ‾10

薜 荔 摇 青 气， 桄 榔 翳 碧 苔。
| | — — | a — — | | — B
‵8 ‵8 ‿2 ‿9 ‵5　 ‾7 ‿7 ‵8 ‿11 ‾10

桂 香 多 露 裛， 石 响 细 泉 回。
| — — | | b | | | — — A
‵8 ‾7 ‿5 ‿7 ‵14　 ‿11 ‿22 ‵8 ‿1 ‾10

抱 叶 玄 猿 啸， 衔 花 翡 翠 来。
| | — — | a — — | | — B
‿19 ‿16 ‿1 ‾13 ‿18　 ‿15 ‿6 ‵5 ‵4 ‾10

南 中 虽 可 悦， 北 思 日 悠 哉。
— — — | | b | | | — — A
‿13 ‾1 ‾4 ‿20 ‿9　 ‿13 ‵4 ‿4 ‿11 ‾10

鬓 发 俄 成 素， 丹 心 已 作 灰。
| | — — | a — — | | — B
‿11 ‿6 ‿5 ‿8 ‵7　 ‾14 ‿12 ‿4 ‿10 ‾10

何 当 首 归 路， 行 剪 故 园 菜。
— — | — | b¹ — | | — — A
‿5 ‾7 ‿25 ‾5 ‵7　 ‿8 ‿16 ‵7 ‾13 ‾10

灰韵，首句不入韵；无古句、一拟律、十五律句；无失对、无失黏；这首十六句的古体诗可看作是四首完全合律的五绝或两首完全合律的五律之组合。可见宋之问在律诗定型上是有贡献的。本篇作于诗人贬官南行途中。诗人笔下的树木、禽鸟、泉石所构成的统一画面是南国所特有的，其中的一草一木无不渗透着诗人初见时所特有的新鲜感。特定的情与特定的景相统一，使本诗有着很强的艺术感染力。

感遇十二首（其七）

唐　张九龄

江 南 有 丹 橘，	经 冬 犹 绿 林。
	12
岂 伊 地 气 暖，	自 有 岁 寒 心。
	12
可 以 荐 嘉 客，	奈 何 阻 重 深！
	12
运 命 唯 所 遇，	循 环 不 可 寻。
	12
徒 言 树 桃 李，	此 木 岂 无 阴？
	12

　　侵韵，首句不入韵。咏橘喻志，最容易想到、也是早的诗篇是屈原的《橘颂》（1235），此后，汉代古诗《橘柚垂华实》（671）、隋代李孝贞《园中杂咏橘树》（583）皆一脉相承，到本诗开篇即"江南有丹橘，经冬犹绿林"，其托物明志之意尤其明显。全诗平淡浑成，语气温雅醇厚，愤怒也罢，哀伤也罢，总不着痕迹，不露圭角，达到了炉火纯青的地步。

渭川田家

唐　王　维

斜 光 照 墟 落，	穷 巷 牛 羊 归。
	5
野 老 念 牧 童，	倚 杖 候 荆 扉。
	5
雉 雊 麦 苗 秀，	蚕 眠 桑 叶 稀。
	5
田 夫 荷 锄 至，	相 见 语 依 依。
	5
即 此 羡 闲 逸，	怅 然 吟《式 微》。
	5

　　微韵，首句不入韵。前八句是夕阳西下、夜幕将临，一副恬然自乐的田家晚归图；这些都是为了反衬自己归隐太迟以及自己混迹官场的孤单、苦闷。最后两句才

是全诗的重心和灵魂。《式微》是《诗经·邶风》中的一篇,诗中反复咏叹:"式微,式微,胡不归?"

古风(其三)

唐　李　白

秦王扫六合,　　　　虎视何雄哉!

挥剑决浮云,　　　　诸侯尽西来。

明断自天启,　　　　大略驾群才。

收兵铸金人,　　　　函谷正东开。

铭功会稽岭,　　　　骋望琅邪台。

刑徒七十万,　　　　起土骊山隈。

尚采不死药,　　　　茫然使心哀。

连弩射海鱼,　　　　长鲸正崔嵬。

额鼻象五岳,　　　　扬波喷云雷。

鬐鬣蔽青天,　　　　何由睹蓬莱。

徐市载秦女,　　　　楼船几时回?

但见三泉下,　　　　金棺葬寒灰。

灰韵,首句不入韵。诗有感而发,主旨是借秦始皇之求仙不成,规讽唐玄宗之迷信神仙。全诗史实与夸张、想象结合,叙事与议论、抒情结合,欲抑故扬,跌宕生姿,既有批判现实精神又有浪漫奔放热情,是皆为拟古之作的《古风》五十九首中的力作。

鲁郡东石门送杜二甫

唐　李　白

醉别复几日，　　　　登临遍池台。
　　　　　　　　　　　　　　　-10

何时石门路，　　　　重有金樽开？
　　　　　　　　　　　　　　　-10

秋波落泗水，　　　　海色明徂徕。
　　　　　　　　　　　　　　　-10

飞蓬各自远，　　　　且尽手中杯！
　　　　　　　　　　　　　　　-10

灰韵，首句不入韵。本诗以"醉别"开始，尽杯结束，首尾呼应，一气呵成，以情动人，以美感人，充满李白对杜甫的深情厚意。

登太白峰

唐　李　白

西上太白峰，　　　　夕阳穷登攀。
　　　　　　　　　　　　　　　-15

太白与我语，　　　　为我开天关。
　　　　　　　　　　　　　　　-15

愿乘泠风去，　　　　直出浮云间。
　　　　　　　　　　　　　　　-15

举手可近月，　　　　前行若无山。
　　　　　　　　　　　　　　　-15

一别武功去，　　　　何时复更还？
　　　　　　　　　　　　　　　-15

删韵，首句不入韵。全诗借助丰富的想象，忽而驰骋天际，忽而回首人间，结构跳跃多变，突然而起，忽然而收，大起大落，雄奇跌宕，生动曲折地反映了诗人对黑暗现实的不满和对光明世界的憧憬。

望 岳

唐 杜 甫

岱 宗 夫 如 何？　　　齐 鲁 青 未 了。
△
∨17

造 化 钟 神 秀，　　　阴 阳 割 昏 晓。
△
∨17

荡 胸 生 层 云，　　　决 眦 入 归 鸟。
△
∨17

会 当 凌 绝 顶，　　　一 览 众 山 小。
△
∨17

篠韵，首句不入韵。本诗作于诗人二十四岁时，是现存杜诗中最早的一首，字里行间洋溢着青年杜甫那种蓬蓬勃勃的朝气。全篇天造地设，为万古开天名作。写"岳"奇绝，写"望"更奇绝，远望之色，近望之势，细望之景，极望之情：或实叙，或虚摹，语语奇警；气骨峥嵘，体势雄浑，胜人千百。特别是最后两句，可以看到诗人不怕困难、敢于攀登绝顶、俯视一切的雄心和气概。这正是杜甫能够成为一个伟大诗人之所在，也是一切有作为的人们所不可缺少的心气。这两句诗千百年来一直为人们所传诵，至今仍能引起我们强烈的共鸣。此诗被后人誉为"绝唱"，并刻石为碑立于山麓。无疑，它将与泰山一齐同垂不朽！

奉赠韦左丞丈二十二韵

唐 杜 甫

纨 袴 不 饿 死，　　　儒 冠 多 误 身。
。
⁻11

丈 人 试 静 听，　　　贱 子 请 具 陈：
。
⁻11

甫 昔 少 年 日，　　　早 充 观 国 宾。
。
⁻11

读 书 破 万 卷，　　　下 笔 如 有 神。
。
⁻11

赋 料 杨 雄 敌，　　　诗 看 子 建 亲。
。
⁻11

李邕求识面，　　王翰愿卜邻。

自谓颇挺出，　　立登要路津。

致君尧舜上，　　再使风俗淳。

此意竟萧条，　　行歌非隐沦。

骑驴十三载，　　旅食京华春。

朝扣富儿门，　　暮随肥马尘。

残杯与冷炙，　　到处潜悲辛。

主上顷见征，　　欻然欲求伸。

青冥却垂翅，　　蹭蹬无纵鳞。

甚愧丈人厚，　　甚知丈人真。

每于百僚上，　　猥诵佳句新。

窃效贡公喜，　　难甘原宪贫。

焉能心怏怏？　　只是走踆踆。

今欲东入海，　　即将西去秦。

尚怜终南山，　　回首清渭滨。

常拟报一饭，　　况怀辞大臣。

白鸥没浩荡，　　万里谁能驯！

真韵,首句不入韵。在这首求人援引的诗中,杜甫能不卑不亢,直抒胸臆,吐出长期郁结下的对封建统治者压制人才的悲愤不平。全诗不仅成功地运用了对比和顿挫曲折的笔法,抒写得如泣如诉,真切动人;而且语言质朴,锤炼颇细,含蕴深广。他虽"儒冠多误身",受辱遭贫,但仍"致君尧舜上",企求理想。至于本诗中最为人们熟知的是"读书破万卷,下笔如有神",这两句诗已成为读书人的座右铭。

前出塞九首（其六）
唐　杜　甫

挽弓当挽强，　　　用箭当用长。

射人先射马，　　　擒贼先擒王。

杀人亦有限，　　　列国自有疆。

苟能制侵陵，　　　岂在多杀伤。

阳韵,首句入韵。虽然本诗主旨在后四句,意在讽刺唐玄宗的开边黩武,但前四句却颇富韵致,饶有理趣,深得议论要领,为广大人民熟用的口头语。

新 婚 别
唐　杜　甫

兔丝附蓬麻，　　　引蔓故不长。

嫁女与征夫，　　　不如弃路旁。

结发为君妻，　　　席不暖君床。

暮婚晨告别，　　　无奈太匆忙！

君行虽不远，　　　守边赴河阳。

妾身未分明，	何以拜姑嫜？
父母养我时，	日夜令我藏。
生女有所归，	鸡狗亦得将。
君今往死地，	沉痛迫中肠。
誓欲随君去，	形势反苍黄。
勿为新婚念，	努力事戎行！
妇人在军中，	兵气恐不扬。
自嗟贫家女，	久致罗襦裳。
罗襦不复施，	对君洗红妆。
仰视百鸟飞，	大小必双翔。
人事多错迕，	与君永相望！

　　阳韵，首句不入韵。反映人民苦难的组诗《三吏》、《三别》中的《新婚别》是一首高度思想性和完美艺术性结合的作品。诗人一方面运用了大胆的艺术虚构，在新娘子身上倾注了浪漫主义的理想色彩；另一方面又有现实主义精雕细刻的特点，使主人公形象有血有肉。这样表现战争环境中人物思想感情的变化，显得非常自然，一个深明大义的新娘形象便呈现在读者面前。

寄全椒山中道士

唐　韦应物

今朝郡斋冷，	忽念山中客。

涧底束荆薪，	归来煮白石。
欲持一瓢酒，	远慰风雨夕。
落叶满空山，	何处寻行迹？

陌韵，首句不入韵。这是韦诗中的名篇，看来像是一片萧疏淡远的景，启人想象的却是表面平淡而实则深挚的情。在萧疏中见出空阔，在平淡中见出真诚。末韵两句，尤超妙自然，笔墨俱化，可堪绝唱。大文豪苏东坡很爱本诗，曾用其末韵曰："寄语庵中人，飞空本无迹。"但刻意学之终不如。盖韦公不用力，东坡用力；韦公自然，东坡造作也。

游子吟

唐 孟 郊

慈母手中线，	游子身上衣。
临行密密缝，	意恐迟迟归。
谁言寸草心，	报得三春晖。

微韵，首句不入韵。本诗亲切而真淳地吟颂了一种普通而伟大的人性美——母爱，因而引起了无数读者的共鸣，千百年来一直脍炙人口。

调张籍

唐 韩 愈

李杜文章在，	光焰万丈长。
不知群儿愚，	那用故谤伤！
蚍蜉撼大树，	可笑不自量。

伊我生其后，举颈遥相望。

夜梦多见之，昼思反微茫。

徒观斧凿痕，不瞩治水航。

想当施手时，巨刃磨天扬。

垠崖划崩豁，乾坤摆雷硠。

惟此两夫子，家居率荒凉。

帝欲常吟哦，故遣起且僵。

剪翎送笼中，使看百鸟翔。

平生千万篇，金薤垂琳琅。

仙官敕六丁，雷电下取将。

流落人间者，太山一毫芒。

我愿生两翅，捕逐出八荒。

精诚忽交通，百怪入我肠。

刺手拔鲸牙，举瓢酌天浆。

腾身跨汗漫，不着织女襄。

顾语地上友：经营无太忙！

乞君飞霞佩，与我高颉颃。

阳韵,首句不入韵。这首"论诗"之作,最能体现韩诗奇崛雄浑的诗风。作者通过丰富的想象和夸张、比喻等表现手法,在塑造李白、杜甫及其诗歌的艺术形象的同时,也塑造出作者本人及其诗歌的艺术形象,生动地表达出诗人对诗歌的一些精到的见解,这正是本诗在思想上和艺术上的成功之处。"李杜文章在,光焰万丈长"两句,已成为对这两位伟大诗人的千古定评。"蚍蜉撼大树,可笑不自量"两句,设喻贴切,形象生新,后世提炼为成语,早已家传户晓了。

采凫茨
宋　郑獬

朝携一筐出，　　　暮携一筐归。

十指欲流血，　　　且急眼前饥。

官仓岂无粟？　　　粒粒藏珠玑。

一粒不出仓，　　　仓中群鼠肥。

微韵,首句不入韵。本诗从采荸荠(即凫茨)的一个劳动场景引出感慨,反映了人民生活的疾苦,对造成民不聊生的社会现实进行了猛烈的抨击。

子瞻诗句妙一世,乃云效庭坚体,盖退之戏效孟郊、樊宗师之比,以文滑稽耳。恐后生不解,故次韵道之。子瞻《送杨孟容》诗云:"我家峨眉阴,与子同一邦。"即此韵
宋　黄庭坚

我诗如曹邻，　　　浅陋不成邦。

公如大国楚，　　　吞五湖三江。

赤壁风月笛，　　　玉堂云雾窗。

句法提一律，　　　坚城受我降。

枯 松 倒 涧 壑，　　　　　波 涛 所 舂 撞。
₋₃

万 牛 挽 不 前，　　　　　公 乃 独 力 杠。
₋₃

诸 人 方 嗤 点，　　　　　渠 非 晁 张 双。
₋₃

但 怀 相 识 察，　　　　　床 下 拜 老 庞。
₋₃

小 儿 未 可 知，　　　　　容 或 许 敦 厖。
₋₃

诚 堪 婿 阿 巽，　　　　　买 红 缠 酒 缸。
₋₃

　　江韵，首句不入韵。本诗的题目等于一篇小序，交代了写诗的缘由，而且说得很有情趣。北宋两位大诗人苏轼和黄庭坚，诗风各异，但并不妨碍他们之间互相钦慕与学习。本诗通过诗艺的讨论，揭示了两人之间互敬互学的深厚情谊，取材新颖。作者善于将抽象的事理转化为具体生动的形象，有丰富的想象力。此外，像比喻的奇特、典故成语的活用、字句的烹炼、文气的拗折以及押"降"、"扛"、"双"、"庞"之类险韵等，都体现了黄庭坚及江西诗派的风格特点。

咏水仙花五韵
宋　陈与义

仙 人 缃 色 裘，　　　　　缟 衣 以 裼 之。
₋₄

青 悦 纷 委 地，　　　　　独 立 东 风 时。
₋₄

吹 香 洞 庭 暖，　　　　　弄 影 清 昼 迟。
₋₄

寂 寂 篱 落 阴，　　　　　亭 亭 与 予 期。
₋₄

谁 知 园 中 客，　　　　　能 赋《会 真 诗》。
₋₄

　　支韵，首句不入韵。宋代诗人咏水仙花的诗很多。本诗作者用拟人化的手法，

把水仙花写成一位亭亭独立的凌波仙子。(此诗手稿,至今还珍藏在北京故宫博物院中。)诗的首韵写仙子的衣着,第二韵写仙子的佩巾和她的仪态,第三韵写仙子肌体中散发出来的香气和轻轻移动的倩影,第四韵写仙子之情,第五韵写作者面对仙子的表白。总之,作者托美人芳草之意,寄寓自己追求美好芳洁的事物的心情,表示高洁芳香的水仙,虽然有时被冷落在幽寂的环境之中,但自有高士清赏,不至于辜负她的芳华。

赋水仙花

宋 朱 熹

隆冬凋百卉, 江梅厉孤芳。

如何蓬艾底, 亦有春风香。

纷敷翠羽帔, 温艳白玉相。

黄冠表独立, 淡然水仙装。

弱植愧兰荪, 高操摧冰霜。

湘君谢遗褋, 汉水羞捐珰。

嗟彼世俗人, 欲火焚衷肠。

徒知慕佳冶, 讵识怀贞刚?

凄凉《柏舟》誓, 恻怆《终风》章。

卓哉有遗烈, 千载不可忘。

阳韵,首句不入韵。又是一首咏水仙花的诗,也是一首以文载道的诗。前十二句着重描绘花的形象,赞颂花的品质;后八句在评品花的风操以后抒发感慨,嗟叹世俗徒慕佳冶,不重刚贞,是缺乏高尚的情操所导致的结果,在诗中寓劝戒之意。朱熹是南宋著名理学家,但又具有很高的文学修养,诗和文都有相当高的成就,本诗就是一首佳作。

铁 如 意
宋 谢 翱

仙客五六人，	月下斗婆娑。
散影若云雾，	遗音杳江河。
其一起楚舞，	一起作楚歌。
双执铁如意，	击碎珊瑚柯；
一人夺执之，	睨者一人过。
更舞又一人，	相向屡傞傞；
一人独抚掌，	身挂青薜萝。
夜长天籁绝，	宛转愁奈何。

　　歌韵，首句不入韵。本诗是作者为悼念文天祥殉国而写。他与友人登浙江桐庐富春江畔的子陵台，以铁如意击石，声震林木。诗本为文天祥招魂，但诗却不从正面描写登台经过，也无一字提及文天祥，无一语涉及史实；而是以叙述登台歌舞为主，借助客观景象的细致描绘和气氛的有力渲染，构筑成空灵迷离的意境，因而大大地丰富了诗的内涵，充分显示了作者对故国、对烈士的无尽思念。

出八达岭
金 刘 迎

| 山险略已出， | 弥望尽荒坡。 |
| 风土日已殊， | 气象微沙陀。 |

我老倦行役，	驱车此经过。
时节春已夏，	土寒地无禾。
行路不肯留，	奈此居人何！
作诗无佳语，	以代劳者歌。

歌韵，首句不入韵。诗人暮年途经八达岭，山险路难行，加上年老体衰，其疲惫劳倦可想而知。可是诗人在险未竟、体未安的困顿之中，却援笔"代劳者歌"，对地处荒僻、身陷苦寒的当地"居人"倾注了自己的满腔同情和关切之心，其情其意，可嘉可佩！

对　酒

元　倪　瓒

题诗石壁上，	把酒长松间。
远水白云度，	晴天孤鹤还。
虚亭映苔竹，	聊此息跻攀。
坐久日已夕，	春鸟声关关。

删韵，首句不入韵。一个与世无争、悠闲懒散惯了的画家诗人，经历一程小小的游历，已收到净化心灵的效果，他就放纵心神去遨游太虚了，被遗忘的躯壳只能一直兀坐亭中，直到夕阳西下，暮归春鸟的关关嘤嘤之声遍满了松间……

孤　松

明　贝　琼

| 青松类贫士， | 落落惟霜皮。 |

已 羞 三 春 艳，　　　　　辛 存 千 岁 姿。

蝼 蚁 穴 其 根，　　　　　乌 鹊 巢 其 枝。

时 蒙 过 客 赏，　　　　　但 感 愚 夫 嗤。

回 飙 振 空 至，　　　　　百 卉 落 无 遗。

苍 然 上 参 天，　　　　　乃 见 青 松 奇。

苟 非 厄 冰 雪，　　　　　贞 脆 安 可 知？

　　支韵，首句不入韵。天地是公正的，它用风吼雪厉的磨劫，来检验草树花卉，让它们显示生命的软弱或坚强、平凡或雄奇。清寒而寡合的青松，正是在这样的磨劫和考验中，显示了大多生命所难以企及的价值。其实，诗人在这里讴歌的，当然并不止青松，他还在向整个企慕荣华的世界，表明包括自己在内的无数高洁"贫士"的兀傲和自信呵！

新 月
明 吴 宽

新 月 如 少 女，　　　　　静 娟 凝 晚 妆。

亭 亭 朱 楼 上，　　　　　隐 隐 银 汉 旁。

桂 树 未 全 长，　　　　　玉 兔 在 何 方？

自 然 多 思 致，　　　　　何 必 满 容 光？

黄 昏 延 我 坐，　　　　　檐 下 施 胡 床。

遂 尔 成 良 会，　　　　　清 风 复 吹 裳。

愿言长不负，　　　　　　莫学参与商。

阳韵，首句不入韵。诗人把新月作为圣洁的审美对象来描摹。前八句中，把新月写得可亲而不可接，可远观而不可亵玩；后六句对月抒怀，诉倾慕之忱，又复情深语淡，风仪有度，使整诗格调高雅，意境清幽。尤为可贵的是，"自然多思致，何必满容光"两句，诗人提出了全新的缺陷之美的审美观点，使人耳目一新，审美情操也受到了圣洁的洗涤。

春日醉卧戏效太白

明　祝允明

春日入芳壶，　　　　　　吹出椒兰香。

累酌无劝酬，　　　　　　颓然倚东床。

仙人满瑶京，　　　　　　处处相迎将。

携手观大鸿，　　　　　　高揖辞虞唐。

人生若无梦，　　　　　　终世无鸿荒。

阳韵，首句不入韵。梦，除了指睡梦以外，一般还指各种各样的幻境，以及一切超越现实限制的向往。前者是生理上的梦，后者是心理上的梦。"日有所思"是心理梦，"夜有所梦"是生理梦；心理梦是生理梦的源泉，生理梦是心理梦的坦露。无论是智者或愚者，贤人或恶人，都会有梦。人之所以区别于其他动物，就在于人能够超越"现实性"的规定，不断地向着"可能性"即理想世界前进。换句话说，人之为人，就在于人有梦。但是，梦又是造成冲突的根源。所以，在人类的社会文化里，又专门有些道理，教人安份守己、规矩老实，少做梦或不做梦。这种道理好像在中国最发达，以致于有劝戒人们不要做梦但又含"梦"字的成语，如"黄粱美梦"、"南柯一梦"。祝允明是一位思致深湛的哲人，但他很重视感情的价值，厌恶因过于理想化而变为僵死。所以，在本诗中他并不是简单地描述一场李白式的醉后梦境，而是在呼唤社会的热情，呼唤李白式的神奇幻想，以及这幻想中所蕴藏的创造力。因为没有梦的社会、没有梦的人生，实在是太平板，太枯燥了。

过皋亭龙居湾宿永庆禅院同一濂澄心恒可诸上人步月

明　李流芳

每多方外游，　　见僧即如故。

灯明一龛下，　　夜长惬深晤。

不知山月上，　　千林已流素。

出门寻旧溪，　　爱踏松影路。

气和空宇澄，　　寒魄如春露。

幽泉洗我心，　　微钟杳然度。

　　遇韵，首句不入韵。本诗写良辰、美景、赏心、乐事的"四美并"，字字从肺腑间流出，亲切自然，毫无做作。景语、意兴、境界、风韵，俱各超妙。尤其"幽泉洗我心，微钟杳然度"，不仅在画面上添增了泉色钟声，而且表现出一种禅味，诗人此时的身心与之融汇为一，真可谓迥非尘事之境界了。

宝珠洞

清　法式善

行到翠微顶，　　翠微全在下。

峭壁不洗濯，　　孤青自淡冶。

山声石上来,，　暮色天际写。

土灶燃松柴，　　放出烟一把。

　　马韵，首句不入韵。本诗写北京西郊八大处之最高处——翠微山之宝珠洞。全诗纯用画笔，清而能远，淡而能腴，静中有动，动静相衬。色是画中之色，声是画中之声，空灵蕴藉中寓有实质。由画意写诗，故诗中有画。诗中的韵味，乃于画法中得之。

湖居后十首(其三)

清　宋　湘

名 山 好 著 书，　　著 书 何 为 者？
当 其 结 撰 时，　　古 今 复 天 下。
书 成 取 自 读，　　不 如 无 书 也。
事 理 如 牛 毛，　　揽 之 才 一 把。
家 家 十 万 言，　　累 人 读 欲 哑。
请 君 行 看 湖，　　尘 埃 与 野 马。

马韵,首句不入韵。德、功、言,是古代儒家三不朽理论;其最后一项"言",即著书立说。在深刻地体验了做书生的无聊与痛苦之后,作者像许多求不到功名的人,用老庄思想否定功名的意义那样否定了著述的意义。欲有为——难有为——肯定无为,不知道有多少古代文人都完成了这样的人生心理活动轨迹。但是,自古至今,仍然不断有人著书立说;而且,越是艰难,越是坚持。宋湘本人不也是有《红杏山房诗钞》和《不易居斋集》两部著作吗? 其实,司马迁早在《报任少卿书》中就说过:"盖文王拘而演《周易》;仲尼厄而作《春秋》;屈原放逐,乃赋《离骚》;左丘失明,厥有《国语》;孙子膑脚,兵法修列;不韦迁蜀,世传《吕览》;韩非囚秦,《说难》、《孤愤》;《诗》三百篇,大抵圣贤发愤之所为作也。"为什么上述及此后之历代圣贤皆"发愤""为作"呢? 正如曹丕《典论·论文》所说:"盖文章经国之大业,不朽之盛事"也。只要不是求功名、谋私利,是"经国",即为国家、为民族、为百姓,"言"即著书立说,自能成为"不朽之盛事"的。笔者退休后,用十四年时间学习、编著、出资十数万,出版了两本书,并将《〈唐诗三百首〉声韵学析》一书赠达全国各县及以上各级图书馆(包括港澳台),每馆一本,共赠近三千三百本;还将《两个"1+7",解读旧诗律》即本书赠达全国各地级市及以上各级图书馆(包括港澳台),每馆一本,共赠近四百本。这些自然谈不上"著书立说",更不是什么"盛事",只要对传承中华文化有点用处,就心满意足了。也是对自己《青春之梦》(931)的一点弥补吧。

雪中家伯愚谷先生枉过燕支山赋呈二首

近代　陈　沆

其　一

积 雪 满 林 屋，　　　　没 我 阶 上 苔。
　　　　　　　　　　　　　　　-10

三 日 闭 门 坐，　　　　悄 然 对 寒 梅。
　　　　　　　　　　　　　　　-10

谁 知 先 生 杖，　　　　为 我 山 中 来。
　　　　　　　　　　　　　　　-10

灰韵，首句不入韵。

其　二

七 十 犹 好 学，　　　　无 人 知 此 心。
　　　　　　　　　　　　　　　-12

虚 怀 发 高 论，　　　　独 许 吾 知 音。
　　　　　　　　　　　　　　　-12

夫 子 下 山 去，　　　　梅 花 香 满 林。
　　　　　　　　　　　　　　　-12

侵韵，首句不入韵。

第一首写雪中迎客，第二首写梅下送客。这两首诗造语简淡，却情味深浓；状形设喻，随景择取，而格高味永，情长韵远。陈沆为诗，讲究锤炼，常几易其稿，然读来不落痕迹，做到了深入浅出，无愧于时人的诗坛大宗之誉。

镇江至江宁山行杂述十二首（其九）

近代　潘德舆

江 头 不 断 山，　　　　山 腰 不 断 枫。
　　　　　　　　　　　　　　　-1

衣 裳 染 云 碧，　　　　门 巷 铺 霞 红。
　　　　　　　　　　　　　　　-1

居人淡然忘，　　　　我乃行画中。○1

东韵，首句不入韵。本诗描绘的江山秋色图其不同寻常之处在于：是流动的而非静穆的，是富于生气的而非杀肃的，是明丽浓郁的而非苍茫迷蒙的。因而表现的情趣是欢快昂扬的而非凄恻苍凉的。

寄怀辛眉

近代　王闿运

空山霜气深，○12　　　　落月千里阴。○12

之子未高卧，　　　　相思共此心。○12

一夜梧桐老，　　　　闻君江上琴。○12

侵韵，首句入韵。本诗为作者寄怀邓绎（字辛眉）之作，抒写了他对分别已久的远方友人的怀念之情。最后两句作者倾注满腔感情，他仿佛听到辛眉正以琴声倾诉其离别之情怀，表达其悠悠之心声，这依稀可闻的如泣如诉，如怨如慕之琴声，引起了作者深深的共鸣，也只有作者才能理解、鉴赏此琴声，因为他们是挚友，是知音。

七十客绥，哀吕梁灾民并自寿

现代　徐特立

蒋阎肆虐政，　　　　灾民遍吕梁。○7

败絮不蔽体，　　　　充饥惟秕糠。○7

老弱转沟壑，　　　　少壮半逃亡。○7

转看警备区，　　　　家家有余粮，○7

黄河一水隔，　　　　地狱与天堂。○

法币八万万，　购棉又购粮，
边区济河东，　艰苦与共尝。
我今年七十，　客绥避兵荒；
党政军民学，　群议称寿觞。
苦乐两相形，　不觉倍感伤，
却之感不恭，　请勿事铺张。
瓜果代鸡豚，　清茶代酒浆，
题字代寿联，　词短意更长。
诗文写性情，　所贵非颂扬，
纸笺不拘格，　百衲愈琳琅。
不落旧窠白，　吾党破天荒，
祝寿破常例，　推广到婚丧。

阳韵，首句不入韵。1946年，国民党反动派准备进攻延安，徐老奉命撤居绥德。时逢徐老七十寿辰，绥德党政军民学要给徐老祝寿，徐老作此诗以致谢。作为一个德高望重的老革命家、边区政府的领导人，在七十大寿时，想到的是吕梁灾民及我党的勤俭作风。徐老的这种革命精神，自是我们学习的榜样；诗中表现的朴实的文风，也是值得我们学习的。

国难日有感

现代　续范亭

乡邦不可问，　　　有家若无家。

奔驰三十载，　　　国危空咨嗟。

北守贺兰缺，　　　西征入流沙。

未遂区区志，　　　苍苍鬓已华。

黄金身外物，　　　美女雾中花。

我惟爱宝剑，　　　干将与莫邪。

我亦爱名马，　　　骐骥与骝骅。

剑马求不得，　　　狂歌走天涯。

麻韵，首句不入韵。本诗作于1936年，"国难日"指"九·一八"事变纪念日。诗分两部分，前八句感叹革命经历和当前处境，后八句表明处世态度和志向所在。诗如其人，处处表明无比坚定的革命性。

拟李陵与苏武诗三首(选一)

现代　闻一多

三载同偃息，　　　参商在须臾。

缱绻情难已，　　　握手且踟蹰。

长城界夷夏，　　　飞鸟若难窬。

从兹不相见，　　　老死各一隅。

岂 无 盈 尊 酒， 强 欢 留 斯 须。

归 期 不 可 误， 勉 子 慎 征 躯！

虞韵，首句不入韵。本诗写苏武归汉时李陵送别他的情景，虽全出自想像，但却情真意切，深刻感人。写此诗时，诗人年方十七，却能把二千多年前古人的处境、情怀体察得如此细腻如此逼真，而且通篇以抒情主人公李陵的角度出之更为感人，实属难能可贵，日后成为一代大诗人的闻一多于此少年时已见端倪。

经曲阜重游孔庙

现代　楚图南

文 运 宗 齐 鲁， 儒 学 传 九 州。

阙 里 诞 圣 哲， 乱 世 逢 孔 丘。

救 民 于 水 火， 列 国 任 周 游。

时 衰 道 不 行， 开 门 弟 子 收。

整 理 古 诗 史， 奇 文 万 代 流。

有 教 无 类 别， 杏 坛 同 进 修。

陋 巷 许 颜 回， 好 勇 训 子 由。

穷 居 自 慎 独， 达 为 天 下 谋。

笃 道 而 好 学， 勉 为 孺 子 牛。

爱 人 且 敬 信， 临 危 无 怨 尤。

心 清 神 自 阔， 天 地 与 同 俦。
-11

我 今 瞻 廊 庙， 遗 教 重 探 求。
-11

取 精 去 糟 粕， 宏 旨 昭 千 秋。
-11

皇 皇 华 夏 胄， 不 忘 天 下 忧。
-11

仁 义 挽 时 运， 马 列 奠 新 猷。
-11

和 平 与 进 步， 玉 帛 代 干 矛。
-11

诸 法 皆 平 等， 十 方 众 香 稠。
-11

天 下 成 一 家， 万 民 乐 悠 悠。
-11

尤韵，首句不入韵。本诗写于 1987 年 9 月，是一曲对孔子及儒学的颂歌，一曲炎黄文化的颂歌，也是一曲对和平与进步、希望与未来的颂歌。诗写得感情充沛、气势恢宏，洋溢着火热的爱国主义激情，体现出鲜明而生动的历史唯物主义和辩证唯物主义的观点。对儒学的勾勒，尤其剪裁得体，重点突出，给人以深刻印象，确见大家的功力。时至今日，"孔子学院"已在全球各地普遍建立，儒家学说已为世界人民逐步接受，中华文化正在发扬光大，造福人类。

题吴作人画鹰

现代 赵朴初

敛 翼 立 千 仞， 凝 目 视 万 里。
△
√4

气 雄 岳 并 尊， 意 远 海 难 比。
△
√4

苍 鹰 画 作 殊， 素 练 风 霜 起。
△
√4

纸韵，首句不入韵。本诗首两句写鹰之神态，起笔奇特，先声夺人；中两句写鹰之心志，使其外表与内心达到完美的结合；末两句巧妙地采用杜甫《画鹰》诗的首两句并颠倒用之,一反前面凝神于画中,至此才回转神来,评起画作之妙态。总之,章法谨严,形象生动,寓意深远,是一首题画诗的杰作。

(二) 七　言

七言包括纯七言和以七言为主的杂言,本书把它们分开。"七言"指纯七言,以七言为主的杂言在"杂言"中介绍。

拟行路难十八首(其一)

宋　鲍　照

奉君金卮之美酒,　　　　玳瑁玉匣之雕琴。
　　　　　　　　　　　　　　　　　　　12

七綵芙蓉之羽帐,　　　　九华蒲萄之锦衾。
　　　　　　　　　　　　　　　　　　　12

红颜零落岁将暮,　　　　寒光宛转时欲沉。
　　　　　　　　　　　　　　　　　　　12

愿君裁悲且减思,　　　　听我抵节行路吟。
　　　　　　　　　　　　　　　　　　　12

不见柏梁铜雀上,　　　　宁闻古时清吹音?
　　　　　　　　　　　　　　　　　　　12

侵韵,首句不入韵。《行路难》为乐府古题,汉代民歌,久已失传。刘宋时代鲍照的《拟行路难》实为流传至今这一诗题的最早篇翰,齐梁下及唐代不少诗人,也都袭用这个调名写了不少名作。鲍照的《拟行路难十八首》,运用七言和杂言样式,写得流畅奔放。此前的七言诗句句押韵,有的还是骚体或柏梁体(见以后有关各章);鲍照的七言诗开始隔句用韵,有的还常常换韵,加强了七言诗的节奏和变化,增强了表现力,对南朝后期和唐代的七言诗产生很大影响,因而鲍照对我国诗歌发展也有重大贡献。这十八首诗涉及不同的题材内容,体式风格也不尽一致;但它们都有一个共同的主旋律,就是对人生苦闷的吟唱,反映了各种人物的悲剧和哀怨。本篇是《拟行路难》开宗明义第一首,是组诗的序曲。

拟行路难十八首(其三)

宋　鲍　照

璇闺玉墀上椒阁,　　　　文窗绣户垂绮幕。

中有一人字金兰，　　　被服纤罗采芳蘼。

春燕差池风散梅，　　　开帏对景弄禽爵。

含歌揽涕恒抱愁，　　　人生几时得为乐？

宁作野中之双兔，　　　不愿云间之别鹤。

　　药韵，首句入韵。这是一首以女子口吻的言情之作，抒写爱情渴求得不到满足的苦闷。贫贱而充满爱情的生活，远胜于富贵而孤独的囚笼。她宁愿像水鸭双栖草野，不愿如别鹤高翔云间。

闺怨篇

陈　江　总

寂寂青楼大道边，　　　纷纷白雪绮窗前。

池上鸳鸯不独自，　　　帐中苏合还空然。

屏风有意障明月，　　　灯火无情照独眠。

辽西水冻春应少，　　　蓟北鸿来路几千。

愿君关山及早度，　　　念妾桃李片时妍。

　　先韵，首句入韵。本诗所写景物全是闺妇眼中所见、心中所感，因而无不饱含闺妇强烈的感情色彩，成为其内心的物外表现，堪称情景交融，形神兼备。其中"屏风"一联尤为出色，不仅点出景中之人，为上下转接的关捩，而且属对巧妙，用语清新，很有意境，堪称名句。

江上吟
唐　李　白

木 兰 之 枻 沙 棠 舟。　　玉 箫 金 管 坐 两 头。
　　　　　　 11　　　　　　　　　　　　 11

美 酒 尊 中 置 千 斛，　　载 妓 随 波 任 去 留。
　　　　　　　　　　　　　　　　　　　　 11

仙 人 有 待 乘 黄 鹤，　　海 客 无 心 随 白 鸥。
　　　　　　　　　　　　　　　　　　　　 11

屈 平 词 赋 悬 日 月，　　楚 王 台 榭 空 山 丘。
　　　　　　　　　　　　　　　　　　　　 11

兴 酣 落 笔 摇 五 岳，　　诗 成 笑 傲 凌 沧 洲。
　　　　　　　　　　　　　　　　　　　　 11

功 名 富 贵 若 长 在，　　汉 水 亦 应 西 北 流。
　　　　　　　　　　　　　　　　　　　　 11

　　尤韵，首句入韵。本诗以江上遨游起兴，表现了诗人对庸俗、局促的现实的蔑弃，和对自由、美好的生活理想的追求。"屈平"一联，形象地说明了：历史上属于进步的终归不朽，属于反动的必然灭亡；文章乃不朽之大业，势位终不可恃的道理。

金陵酒肆留别
唐　李　白

风 吹 柳 花 满 店 香，　　吴 姬 压 酒 劝 客 尝。
　　　　　　　 7　　　　　　　　　　　　 7

金 陵 子 弟 来 相 送，　　欲 行 不 行 各 尽 觞。
　　　　　　　　　　　　　　　　　　　　 7

请 君 试 问 东 流 水，　　别 意 与 之 谁 短 长？
　　　　　　　　　　　　　　　　　　　　 7

　　阳韵，首句入韵。本诗把惜别之情写得饱满酣畅，悠扬跌宕，表现了诗人青壮年时代丰采华茂、风流潇洒的情怀。末两句以流水比别恨离愁，从此成为典故。李煜《虞美人》词"问君能有几多愁，恰似一江春水向东流"名句，也许受此影响吧。

神鸡童谣
唐　民　谣

生儿不用识文字，　　　斗鸡走马胜读书。

贾家小儿年十三，　　　富贵荣华代不如。

能令金距期胜负，　　　白罗绣衫随软舆。

父死长安千里外，　　　差夫持道挽丧车。

鱼韵，首句不入韵。本诗大胆直率，用辛辣的语言嘲笑爱斗鸡走马的当朝皇帝。这在文人诗里，是很难见到的，只有民谣能作此直白的快人快语。

山　石
唐　韩　愈

山石荦确行径微，　　　黄昏到寺蝙蝠飞。

升堂坐阶新雨足，　　　芭蕉叶大栀子肥。

僧言古壁佛画好，　　　以火来照所见稀。

铺床拂席置羹饭，　　　疏粝亦足饱我饥。

夜深静卧百虫绝，　　　清月出岭光入扉。

天明独去无道路，　　　出入高下穷烟霏。

山红涧碧纷烂漫，　　　时见松枥皆十围。

当流赤足踏涧石，　　　水声激激风吹衣。

人生如此自可乐，　　　岂必局束为人靰？

嗟哉吾党二三子，　　　安得至老不更归！

　　微韵，首句入韵。诗以"山石"为题，却并不是歌咏山石，而是一篇叙写游踪的诗。诗汲取了散文中有悠久传统的游记文的写法，按照行程的顺序，叙写"黄昏到寺"、"夜深静卧"到"天明独去"的所见、所闻和所感，是一篇诗体的山水游记。在韩愈以前，记游诗一般都是截取某一侧面，选取某一重点，因景抒情。本诗则汲取游记散文的特点，以文入诗，详记游踪，而又诗意盎然，《山石》是有独创性的。

和秦太虚梅花

宋　苏　轼

西湖处士骨应槁，　　　只有此诗君压倒。

东坡先生心已灰，　　　为爱君诗被花恼。

多情立马待黄昏，　　　残雪消迟月出早。

江头千树春欲闇，　　　竹外一枝斜更好。

孤山山下醉眠处，　　　点缀裙腰纷不扫。

万里春随逐客来，　　　十年花送佳人老。

去年花开我已病，　　　今年对花还草草。

不如风雨卷春归，　　　收拾余香还畀昊。

　　皓韵，首句入韵。苏轼一向喜爱梅花，以梅为题的诗就有近四十首。本诗由梅而己、由己而梅，曲尽意致，感情沉郁。"竹外一枝斜更好"，诗人没有雕镂梅花其幽艳丰姿之形，只侧重勾画她斜倚修竹的幽独闲雅之神，这正暗合诗人被贬的落寞情怀，所以他才分外倾赏那枝"无意苦争春"的竹外孤梅。该句是东坡的得意之笔，论家也赞赏备至。清代大学士纪昀称:"实是名句,在和靖'暗香'、'疏影'一联之上,故无愧色"(王文诰辑注《苏轼诗集》卷二十二引)。清代画家赵之谦还以《梅竹》为题作画,画上题"竹外一枝斜更好"。

题胡逸老致虚庵
宋　黄庭坚

藏书万卷可教子,　　　　遗金满籯常作灾。
能与贫人共年谷,　　　　必有明月生蚌胎。
山随宴坐画图出,　　　　水作夜窗风雨来。
观山观水皆得妙,　　　　更待何物污灵台?

灰韵,首句不入韵。黄庭坚在敬慕胡逸老不慕荣利、雅有山水之趣的同时,也表明了自己的高雅情怀。"藏书万卷可教子,遗金满籯常作灾"语出《汉书·韦贤传》:"遗子黄金满籯,不如一经。"两句劈空而来,发唱惊挺。"山随"一联是名句,化静为动,化虚为实,情景交融;宴坐的闲适,听雨的从容,都在不言之中。

寄隐居士
宋　谢　逸

先生骨相不封侯,　　　　卜居但得林塘幽。
家藏玉唾几千卷,　　　　手校韦编三十秋。
相知四海孰青眼,　　　　高卧一庵今白头。
襄阳耆旧节独苦,　　　　只有庞公不入州。

尤韵,首句入韵。本诗表达了对高人逸士的敬佩心情,也寄寓了诗人甘心隐居林下的心态。写先生藏书之富与读书之勤的"家藏玉唾几千卷,手校韦编三十秋"

与上首黄庭坚诗中"藏书万卷可教子,遗金满籯常作灾"如出一辙,表明两位诗人对书本、对知识的高度重视,这是五千年中华文明最宝贵的精神财富。

春　日
宋　汪　藻

一 春 略 无 十 日 晴,	处 处 浮 云 将 雨 行。

野 田 春 水 碧 于 镜,	人 影 渡 傍 鸥 不 惊。

桃 花 嫣 然 出 篱 笑,	似 开 未 开 最 有 情。

茅 茨 烟 暝 客 衣 湿,	破 梦 午 鸡 啼 一 声。

庚韵,首句入韵。无数富于诗情的片段,构成了迤逦的春游长卷,把人引入盎然春意之中……这就是本诗的妙谛。"似开未开最有情"是最富诗意、最有韵味、最含哲理的妙句。

夏夜不寐有赋
宋　陆　游

急 雨 初 过 天 宇 湿,	大 星 磊 落 才 数 十。

饥 鹘 惊 檐 飞 磔 磔,	冷 萤 堕 水 光 熠 熠。

丈 夫 无 成 忽 老 大,	箭 羽 凋 零 剑 锋 涩。

徘 徊 欲 睡 还 复 行,	三 更 犹 凭 阑 干 立。

缉韵,首句入韵。发抒请缨无路、报国无门、自伤老大的情怀,是陆游晚年诗篇的重要内容。本诗前四句如易水之歌未发,击筑之声已自具悲慨;山雨欲来,先有狂风满楼。后四句正面抒情,但又点到为止,感情的闸门稍开即阖,最后以形象挽住全诗,笔酣意足却又引而不发,遂使全诗具有凄咽顿挫、激荡回旋的力量。

怅怅词

明 唐寅

怅怅莫怪少年时， 百丈游丝易惹牵。

何岁逢春不惆怅， 何处逢情不可怜？

杜曲梨花杯上雪， 灞陵芳草梦中烟。

前程两袖黄金泪， 公案三生白骨禅。

老后思量应不悔， 衲衣持钵院门前。

先韵，首句不入韵。唐寅是众所周知的风流才子，但要真正知道他，《怅怅词》是不可不读的。本诗说了他的少年生活，诉了他的内心世界。读书求富贵最后成了一场幻梦，那些邂逅的爱情也早已往事如烟。但在感情上，后者毕竟是珍贵的、真实的。社会既然抛弃了自己，一切道德规范、风雅体面，都已显得无聊，只有任由真情的生活，才值得珍视。

题春绮遗像

近代 陈衡恪

人亡有此忽惊喜， 兀兀对之呼不起。

嗟余只影系人间， 如何同生不同死！

同死焉能两相见？ 一双白骨荒山里。

及我生时悬我睛， 朝朝伴我摩诗史。

漆棺幽闷是何物？ 心藏形貌差堪似。

　　　　去 岁 欢 笑 已 成 尘，　　　　今 日 梦 魂 生 泪 泚。

　　纸韵，首句入韵。这首诗以春绮遗像为经，以诗人感情为纬，织成了一阕哀感无端的乐章。"漆棺"两句，是诗中感情发展到高潮时迸发出来的奇语。人死之后总要埋葬，但究竟是埋葬在黑漆棺材中为好，还是埋葬在爱人心中为好，却颇值得深思。埋葬棺中终与草木同腐，埋葬在人们心中却能精神永存。以"棺葬"与"心藏"对比，纯系出于诗人的想象与创造，确是未经人道语。它把诗人对亡妻的悼念，从世俗旧习升华到一个高尚清华的境界。

吃 饭

现代　钱来苏

　　　　今 朝 吃 饭 又 成 诗，　　　　下 箸 沉 吟 有 所 思。

　　　　虾 米 海 参 山 里 见，　　　　蔗 糖 乳 粉 月 初 遗。

　　　　每 餐 蔬 菜 三 分 鼎，　　　　间 日 鸡 豚 一 朵 颐。

　　　　仁 政 生 财 生 者 众，　　　　暴 君 敛 货 敛 无 时。

　　　　未 能 诛 纣 惭 公 望，　　　　却 喜 归 周 许 伯 夷。

　　　　新 社 会 人 歌 鼓 腹，　　　　江 南 到 处 正 啼 饥。

　　支韵，首句入韵。本诗写于 1948 年。诗前有序："我区提倡生产，普遍丰衣足食，待老年尤为优异。而蒋区劫掠民财，到处啼饥号寒，两者相较，喜怒交集。"诗人抓住吃饭时一刹那的感受，向深层挖掘，把普通的事物，赋予特殊的含义，深化了主题。既歌颂了生产自救，表现了边区旺盛的生命力；也表达了对蒋管区人民啼饥号寒的关切。

磨 刀 歌

现代 唐玉虬

阴山山头明月高， 壮士夜起磨宝刀。

鬼呼神邪助气力， 风惨云死松罢涛。

磨成一片霜雪利， 试之能截飞鸿毛。

世无荆卿谁为赠， 侧足四望心为劳。

弃置匣中终不用， 夜夜还作蛟龙号。

豪韵，首句入韵。本诗作于 1923 年，时作者三十岁。诗以磨刀为题，抒发诗人怀才不遇、报国无门的悲愤。此后在日寇侵华、国难深重时，作者奋笔写出千余首抗战诗歌，雄奇慷慨，激越昂扬，在现代诗史留下了光彩的一页，见作者的《大刀队歌》(1025)。

流亡路上

当代 陈雷

遍地腐尸啼乱鸦， 惊魂落魄走荒沙。

人流原野散关路， 雁去长安逐海涯。

桦泉暂住秋霜早， 客地难眠晓月斜。

神往山河悲破国， 心思乡土痛亡家。

槽头骏马恨缰锁， 漠上明驼叹道遐。

野店黑风劫少女， 园田日白放罂花。

万千邪恶真堪咒，　　　　今古文明且莫夸。

何处传来流亡曲，　　　　呼唤英雄救中华。

麻韵，首句入韵。这是一首现代丧乱诗。作者采用情景交融的艺术手法，描写自己在流亡路上的所见、所闻、所感，淋漓尽致地揭示了日寇侵占我东三省的罪恶行径，对于祖国、对于家乡的热爱之情，充溢于字里行间。

（三）杂　言

薤　露
汉乐府

薤上露，　　　　　　何易晞！

露晞明朝更复落，　　人死一去何时归！

微韵，首句不入韵。起于民间，作为丧葬礼俗的挽歌，《薤露》是送王公、贵人的。歌从朝露感兴起篇，感叹人生命的短暂。生与死的矛盾长期苦恼着人们，及时行乐或力有建树，是两种截然不同的人生态度。

蒿　里
汉乐府

蒿里谁家地？　　　　聚敛魂魄无贤愚。

鬼伯一何相催促？　　人命不得少踟蹰。

虞韵，首句不入韵。挽歌《蒿里》是送士大夫、庶人的。这首歌辞反映人们对生死问题的种种思索。人活着时等级森严，死后就彼此彼此了，这到底是怎么一回事呢？看来"鬼伯"是最公正廉洁的。

猛 虎 行

晋 陆 机

渴 不 饮 盗 泉 水 ，	热 不 息 恶 木 阴 。
恶 木 岂 无 枝 ，	志 士 多 苦 心 。
整 驾 肃 时 命 ，	杖 策 将 远 寻 。
饥 食 猛 虎 窟 ，	寒 栖 野 雀 林 。
日 归 功 未 建 ，	时 往 岁 载 阴 。
崇 云 临 岸 骇 ，	鸣 条 随 风 吟 。
静 言 幽 谷 底 ，	长 啸 高 山 岑 。
急 弦 无 懦 响 ，	亮 节 难 为 音 。
人 生 诚 未 易 ，	曷 云 开 此 衿 。
眷 我 耿 介 怀 ，	俯 仰 愧 古 今 。

侵韵，首句不入韵。本诗是陆机的代表作，虽为倾诉抑郁而作，实是根据自己的政治处境现身说法，深刻表明一个有志的文士，其行藏出处，必须始终慎重，执着坚持，稍一不慎，就会陷于进退两难的境地，既不得已又不得意，是乱世文人的普遍心理。"饥食猛虎窟，寒栖野雀林"是乐府古辞《猛虎行》"饥不从猛虎食，暮不从野雀栖"的反用，足见何等无奈！

拟行路难十八首(其六)

宋 鲍 照

| 对 案 不 能 食 ， | 拔 剑 击 柱 长 叹 息 。 |

丈 夫 生 世 会 几 时？　　安 能 蹀 躞 垂 羽 翼！

弃 置 罢 官 去，　　还 家 自 休 息。

朝 出 与 亲 辞，　　暮 还 在 亲 侧。

弄 儿 床 前 戏，　　看 妇 机 中 织。

自 古 圣 贤 尽 贫 贱，　　何 况 我 辈 孤 且 直！

职韵,首句入韵。最后两句表面上引证古圣贤的贫贱以自嘲自解,实质上是将个人的失意扩大、深化到整个历史层面——怀才不遇并非个别人的现象,而是自古皆然,连大圣大贤都在所不免,这难道不足以证明现实生活的不合理吗？于是诗的主旨便从抒写个人失意情怀,提升到了揭发、控诉时世不公道的高度,这是一次有重大意义的升华。

六忆诗四首
梁　沈　约

其　一

忆 来 时，　　灼 灼 上 阶 墀。

勤 勤 叙 别 离，　　慊 慊 道 相 思。

相 看 常 不 足，　　相 见 乃 忘 饥。

支韵,首句入韵。"勤勤"、"慊慊"两句为两句一联之独立句,详见下章。因组诗关系,不便分开,故列在此。

其　二

忆 坐 时，　　点 点 罗 帐 前。

或 歌 四 五 曲，　　　　或 弄 两 三 弦。

笑 对 应 无 比，　　　　嗔 时 更 可 怜。

先韵，首句不入韵。

其 三

忆 食 时，　　　　　　临 盘 动 容 色。

欲 坐 复 羞 坐，　　　　欲 食 复 羞 食。

含 哺 如 不 饥，　　　　擎 瓯 似 无 力。

职韵，首句不入韵。

其 四

忆 眠 时，　　　　　　人 眠 强 未 眠。

解 罗 不 待 劝，　　　　就 枕 更 须 牵。

复 恐 傍 人 见，　　　　娇 羞 在 烛 前。

先韵，首句不入韵。

沈约是审美者。他捕捉美、表现美、创造美，将日常生活诗化，着意造成情感的涟漪。在他的《六忆诗》中，来、坐、食、眠，这日常生活中司空见惯、最为普遍的内容，由于被情爱所润泽而带上了永不退逝的绚丽光环。作为齐梁时代诗坛的领袖人物，沈约对诗文创作曾有这样的主张："文章当以三易。易见事，一也；易识字，二也；易诵读，三也。"（《颜氏家训·文章篇》）这四首《六忆诗》正是实践这种理论的产物。四首诗既不借助于取典用事的艰深曲折，也不借助于金玉锦绣的辞藻铺排，吐言天拔，出于自然。诗中"灼灼"、"勤勤"、"慊慊"、"点点"等叠字的运用，以及"欲坐复羞坐"、"欲食复羞食"等连珠句式的安排，使行文的音韵有珠落玉盘的妙响。这些艺术特征，恐怕也是得益于诗人自觉地汲取了当时吴歌、西曲这些闾巷民谣的精髓吧！总之，沈约不仅在形式格律上提出了"永明体"，而且在思想内容上提出了"三易"理论，他对诗歌艺术的贡献是很大的。

大言应令

梁　王　规

> 俯身望日入，　　　　　　下视见星罗。
> 　　　　　　　　　　　　　　　　　 5
>
> 嘘八风而为气，　　　　　吹四海而扬波。
> 　　　　　　　　　　　　　　　　　 5

歌韵，首句不入韵。本诗想象奇特，在某庞然大物眼中，日月星辰，俱在其下，须俯视而见，其嘘气则成八方之风，扬四海之波。事物的大小有待于相比较而显现，故赋大言者总是把人们客观承认的极大之物看作极小，而赋小言者则把人们客观承认的极小之物看作极大。《大言应令》（奉太子萧统原诗而作，故言应令）和《细言应令》（1259）反映了当时人们对宏观世界和微观世界的朴素认识。

捣　衣

北朝　温子昇

> 长安城中秋夜长，　　　　佳人锦石捣流黄。
> 　　　　　　　 7　　　　　　　　　　　　 7
>
> 香杵纹砧知远近，　　　　传声递响何凄凉！
> 　　　　　　　　　　　　　　　　　　 7
>
> 七夕长河烂，　　　　　　中秋明月光。
> 　　　　　　　　　　　　　　　　 7
>
> 蟋蟀塞边绝候雁，　　　　鸳鸯楼上望天狼。
> 　　　　　　　　　　　　　　　　　　 7

阳韵，首句入韵。本诗将秋夜的月光和远近递响的杵音交织在一起，运用清美画景的映衬和悠悠的悬想，表现佳人长夜捣衣的思情。写得委婉蕴藉，余韵袅袅，境界空灵。即使将它与后世李白《子夜吴歌》中"长安一片月，万户捣衣声。秋风吹不尽，总是玉关情"相比，也略无逊色。倘若考虑到温诗开拓境界在前，李白化用其意在后，则温诗更难能可贵了。

春日看梅花二首
隋 侯夫人

其 一

砌 雪 无 消 日 ， 卷 帘 时 自 颦 。
| | — — | a | — — | — B¹
ˇ8 ⅄9 ¯7 ˍ2 ⅄4 ˇ16 ˍ14 ¯4 ˇ4 ¯11

庭 梅 对 我 有 怜 意 ， 先 露 枝 头 一 点 春 。
— — | | | | a¹ | ˋ7 ¯4 ˍ11 ⅄4 ˇ28 ¯11
ˍ9 ¯10 ˋ11 ˇ20 ˇ25 ˍ1 ˋ4

真韵，首句不入韵。

其 二

香 清 寒 艳 好 ， 谁 惜 是 天 真 。
— — — | | b — | | — A
ˍ7 ˍ8 ¯14 ˋ29 ˇ19 ¯4 ⅄11 ˇ4 ˍ1 ¯11

玉 梅 谢 后 阳 和 至 ， 散 与 群 芳 自 在 春 。
| — | | — — | a | | — — | | — B
⅄2 ¯10 ˋ22 ˋ26 ˍ7 ˍ5 ˋ4 ˋ15 ˇ6 ¯12 ˍ7 ˋ4 ˋ11 ¯11

真韵，首句不入韵。

这两首诗形式独特，皆本为七绝，且皆律句或拟律（无古句），只在首韵两句各减两字，使全诗结构为五、五、七、七的形式，近于后来的词作，为长短句的先声。两首诗，感情真挚而浓烈，芳洁而温馨，诗人先写怜惜人的梅花，再写怜惜梅花的人，末后则是人和花融为一体。作者正像一枝亭亭玉立的梅花。梅花是天真的纯洁的，作者也是天真的纯洁的；梅花是清香的寒艳，作者是孤芳自赏的佳人。同是天真，可见花怜人、人惜花，人是痴情、花是真情。

读 曲 歌
南朝乐府民歌 吴声歌曲

打 杂 长 鸣 鸡 ， 弹 去 乌 白 鸟 。

愿 得 连 暝 不 复 曙， 　　一 年 都 一 晓^{√17}。^{△17}

　　篠韵，首句不入韵。六朝乐府常有些情痴之语，"俚句拙语，想极荒唐"，然而其间自有一种真朴之气，使人读之不禁意为之动、情为之感。本诗中，只要鸡儿不啼，鸟儿不鸣，熹微的晨光岂不是就不会降临，她和心上人岂不是就可以永不分离？这巧妙的构思，直接派生了唐金昌绪"打起黄莺儿，莫教枝上啼。啼时惊妾梦，不得到辽西"(416)，可见乐府民歌对后世文学创作的影响力有多大了。

登幽州台歌
唐　陈子昂

前 不 见 古 人， 　　后 不 见 来 者[△]。^{√21}

念 天 地 之 悠 悠， 　　独 怆 然 而 涕 下[△]！^{√21}

　　马韵，首句不入韵。这是一首历来传诵的名篇。读这首诗，我们会深刻地感受到一种苍凉悲壮的气氛，面前仿佛出现了一幅北方原野苍茫广阔的图景，就在这个图景面前，兀立着一位胸怀大志却因报国无门而感到孤独悲伤的诗人形象……

横江词六首(其一)
唐　李　白

人 道 横 江 好， 　　侬 道 横 江 恶[△]。^{λ10}

猛 风 吹 倒 天 门 山， 　　白 浪 高 于 瓦 官 阁[△]。^{λ10}

　　药韵，首句不入韵。诗人以浪漫主义的彩笔，驰骋丰富奇伟的想象，创造出雄伟壮阔的境界，读来使人精神振奋，胸襟开阔。语言也像民歌般自然流畅，明白如话。

贫 交 行
唐 杜 甫

翻 手 为 云 覆 手 雨，　　纷 纷 轻 薄 何 须 数。
　　　　　　　　√7　　　　　　　　　　√7

君 不 见 管 鲍 贫 时 交 ，　此 道 今 人 弃 如 土。
　　　　　　　　　　　　　　　　　　√7

麌韵，首句入韵。本诗发唱惊挺，造形生动，通过正反对比手法和过情夸张语气的运用，反复咏叹，造成了慷慨不可止的情韵，吐露出诗人心中郁结的愤懑与悲辛。"翻手为云，覆手为雨"或"翻云覆雨"之成语，就出自本诗。

王维吴道子画
宋 苏 轼

何 处 访 吴 画 ？　　　普 门 与 开 元。
　　　　　　　　　　　　　　　　-13

开 元 有 东 塔，　　　摩 诘 留 手 痕。
　　　　　　　　　　　　　　　　-13

吾 观 画 品 中，　　　莫 如 二 子 尊。
　　　　　　　　　　　　　　　　-13

道 子 实 雄 放，　　　浩 如 海 波 翻
　　　　　　　　　　　　　　　　-13

当 其 下 手 风 雨 快，　笔 所 未 到 气 已 吞。
　　　　　　　　　　　　　　　　　-13

亭 亭 双 林 间，　　　彩 晕 扶 桑 暾 。
　　　　　　　　　　　　　　　-13

中 有 至 人 谈 寂 灭，　悟 者 悲 涕 迷 者 手 自 扪。
　　　　　　　　　　　　　　　　　　　-13

蛮 君 鬼 伯 千 万 万，　相 排 竞 进 头 如 鼋。
　　　　　　　　　　　　　　　　　-13

摩 诘 本 诗 老，　　　佩 芷 袭 芳 荪 。
　　　　　　　　　　　　　-13

今 观 此 壁 画，　　　亦 若 其 诗 清 且 敦。

祇园弟子尽鹤骨，　　　　心如死灰不复温。₋₁₃

门前两丛竹，　　　　　　雪节贯霜根。₋₁₃

交柯乱叶动无数，　　　　一一皆可寻其源。₋₁₃

吴生虽妙绝，　　　　　　犹以画工论。₋₁₃

摩诘得之于象外，　　　　有如仙翮谢笼樊。₋₁₃

吾观二子皆神俊，　　　　又于维也敛衽无间言。₋₁₃

　　元韵，首句不入韵。本诗表达了苏轼对王维、吴道子两人绘画艺术的观感及评价。先用六句总叙两人的画，后各以十句分论两家，最后六句又合评两家、于相并尊重之中又从两人艺术造诣的境界，有所抑扬。对吴画评为"妙绝"，是对吴画中听众情态毕现形象的品题，而"妙绝"仅在迹象。诗人认为王画"得之于象外"，如神鸟之离绝樊笼，超脱于形迹之外，精神自然悠远，于是衷心佩服，觉得无所不足。这也体现了诗人美学理想的又一个方面。他在《书鄢陵王主簿所画折枝》两首中说："论画以形似，见与儿童邻；赋诗必此诗，定非知诗人。""瘦竹如幽人，幽花如处女。"（760、761）认为绘画不能只求形似，正如赋诗不能只停在所赋事物的表面，而要在形迹之外，使人在精神上得到启发，有所感受。瘦竹、幽花与幽人、处女，物类的质性迥异，而从瘦竹感到幽人的韵致，从幽花如见处女的姿态，俱是摄取象外的精神，意味便觉无穷。这种脱略形迹、追求象外意境的美学思想，长期支配我国文人画的创作，形成我国绘画艺术的独特风貌。

胡无人

宋　陆　游

须如蝟毛磔，　　　　　　面如紫石棱。₁₀

丈夫出门无万里，　　　　风云之会立可乘。₁₀

追奔露宿青海月，　　夺城夜踏黄河冰。
　　　　　　　　　　　　　　_10

铁衣度碛雨飒飒，　　战鼓上陇雷凭凭。
　　　　　　　　　　　　　　_10

三更穷虏送降款，　　天明积甲如丘陵。
　　　　　　　　　　　　　　_10

中华初识汗血马，　　东夷再贡霜毛鹰。
　　　　　　　　　　　　　　_10

群阴伏，太阳升；　　胡无人，宋中兴！
　　　　_10　　　　　　　　　_10

丈夫报主有如此，　　笑人白首篷窗灯。
　　　　　　　　　　　　　　_10

　　蒸韵，首句不入韵。《胡无人》是古乐府篇名，但与诗意极为吻合，可见作者匠心。《胡无人》就是一篇勃发着要使"胡无人"的壮气之作，勾画了幻想中的北伐胜利图，酣畅淋漓地表现了爱国激情，是诗人六十年间万首诗的主旋律。

对　酒

宋　陆　游

闲愁如飞雪，　　入酒即消融。
　　　　　　　　　　　　　　-1

好花如故人，　　一笑杯自空。
　　　　　　　　　　　　　　-1

流莺有情亦念我，　　柳边尽日啼春风。
　　　　　　　　　　　　　　-1

长安不到十四载，　　酒徒往往成衰翁。
　　　　　　　　　　　　　　-1

九环宝带光照地，　　不如留君双颊红。
　　　　　　　　　　　　　　-1

　　东韵，首句不入韵。陆游写饮酒的诗篇很多，有侧重因感慨世事而痛饮的，有侧重因愤激于报国壮志难酬而痛饮的，有想借酒挽回壮志而痛饮的，本诗则侧重蔑视权贵而痛饮。开头起突豪放，中间细致优美，结尾以壮气表沉痛，笔调灵活多变，而以豪壮为基调。

游华山寄元裕之

金　赵秉文

我从秦川来，　　　　　　　　遍历终南游。

暮行华阴道，　　　　　　　　清快明双眸。

东风一夜横作恶，　　　　　　尘埃咫尺迷嵩幽。

山神戏人亦薄相，　　　　　　一杯未尽阴霾收。

但见两崖巨壁插剑戟，　　　　流泉夹道鸣琳璆。

希夷石室绿萝合，　　　　　　金仙鹤驾空悠悠。

石门划断一峰出，　　　　　　婆娑石上为迟留。

上方可望不可到，　　　　　　崖崩路绝令人愁。

十盘九折羊角上，　　　　　　青柯平上得少休。

三峰壁立五千仞，　　　　　　其下无址傍无俦。

巨灵仙掌在宵汉，　　　　　　银河飞下青云头。

或云奇胜在高顶，　　　　　　脚力未易供冥搜。

苍龙岭瘦苔藓滑，　　　　　　嵌空石磴谁雕锼？

每怜风自四山而下不见底，　　惟闻松声万壑寒飕飕。

扣参历井到绝顶，　　　　　　下视尘世区中囚。

酒酣苍茫瞰无际，　　　　　　　块视五岳芥九州。

南望汉中山，　　　　　　　　　碧玉簪乱抽。

况复秦宫与汉阙，　　　　　　　飘然聚散风中沤。

上有明星玉女之洞天，　　　　　二十八宿环且周。

又有千岁之玉莲，　　　　　　　花开十丈藕如舟。

五鬛不朽之长松，　　　　　　　流膏入地盘蛟虬。

采根食实可羽化，　　　　　　　方瞳绿发三千秋。

时闻笙箫明月夜，　　　　　　　芝軿羽盖来瀛洲。

乾坤不老青山色，　　　　　　　日月万古无停辀。

君且为我挽回六龙辔，　　　　　我亦为君倒却黄河流。

终期汗漫游八极，　　　　　　　乘风更觅元丹丘。

尤韵，首句不入韵。"华岳灵峻，削成四方。爰有神女，是挹玉浆。其谁游之，龙驾云裳？"这是以游仙诗著称的晋人郭璞写下的著名《华山赞》。历代许多文人墨客都游过华山，留下了足与此山共俯百世的佳作。如今一位神采飘逸的诗人，一次意兴盎然的华山之游，化作了一首如此奇境迭出的七古长诗。它的奇妙，不仅在于写景状物的层次井然，引导你在峰回路转之中，对华山的翠崖奇峰、流泉飞瀑惊叹不暇；更在于思致葱笼、想落天外，带给你如入缥缈仙境的不尽遐想……

庐山瀑布谣

元　杨维桢

银河忽如瓠子决，	泻诸五老之峰前。
我疑天仙织素练，	素练脱轴垂青天。
便欲手把并州剪，	剪取一幅玻璃烟。
相逢云石子，	有似捉月仙。
酒喉无耐夜渴甚，	骑鲸吸海枯桑田。
居然化作千万丈，	玉虹倒挂清冷渊。

先韵，首句不入韵。唐代诗人李白、杜甫、李贺，分别被人称为诗仙、诗圣、诗鬼，元代末年，又出了一位"文妖"，这就是以"铁崖体"风靡一时的杨维桢。本诗中，他把自己和好友贯云石都描绘成宇宙间无所不能的巨人，可以"骑鲸吸海枯桑田"，可以"手把并州剪"，剪下天仙所织"脱轴垂青天"的素练。这种超现实的自我形象不是太虚妄了吗？但透过这层虚幻的雾，不难看出一个企图挣脱一切枷锁的灵魂，"铁崖体"的灵魂。

附：著名散曲家贯云石的《彭郎词》云："相逢渔子问二姑，大姑不如小姑好。小姑昨夜巧装束，新月半痕玉梳小。彭郎欲娶无良媒，飞向庐山寻五老。五老颓然不肯起，彭郎怒踢香炉倒。"这首诗写彭郎要娶小姑，五老不肯做媒的故事，实际上也是游山玩水之作。诗中大姑、小姑是嶷然独立于江水中的大小孤山，彭郎乃江侧一石矶，五老、香炉皆庐山高峰。贯云石巧于构思，把它们都拟人化了。杨维桢很欣赏这首诗，梦中还记着，并为此作《庐山瀑布谣》。

西郊落花歌

近代　龚自珍

西郊落花天下奇，	古来但赋伤春诗。

西郊车马一朝尽， 定庵先生沽酒来赏之。

先生探春人不觉， 先生送春人又嗤。

呼朋亦得三四子， 出城失色神皆痴。

如钱塘潮夜澎湃， 如昆阳战晨披靡，

如八万四千天女洗脸罢， 齐向此地倾胭脂。

奇龙怪凤爱漂泊， 琴高之鲤何反欲上天为？

玉皇宫中空若洗， 三十六界无一青蛾眉。

又如先生平生之忧患， 恍惚怪诞百出无穷期。

先生读书尽三藏， 最喜维摩卷里多清词。

又闻净土落花深四寸， 冥目观赏尤神驰。

西方净园未可到， 下笔绮语何漓漓！

安得树有不尽之花更雨新好者，三百六十日长是落

花时！

支韵，首句入韵。古来吟咏落花之作，多为凄婉感伤的寄托。本诗却别发奇想，于纷谢委顿的落红之中升华出一个奇丽无比，又冲荡着阳刚之气的艺术境界。它不是对历史审美积淀的复加，而是以充满浪漫精神的诗心，对这传统观照对象所作的独异的感知和开掘。与其说诗人描写了落花，实在不如说他是把自己整个人生遭际导致的心灵动荡投注于落花。因此，诗人丰富强烈的主观思想感情决定性地支配着对落花独异感受的激发，支配着对想象幻想的驱动，支配着对形象结构的选择运用，就成为本诗综合艺术思维过程最突出的特征，也正是龚自珍浪漫主义诗

风的典型体现。

二、通　韵

（一）五　言

怨歌行

汉　班婕妤

新裂齐纨素，　　　　　鲜洁如霜雪。
　　　　　　　　　　　　　　　　　△λ9

裁为合欢扇，　　　　　团团似明月。
　　　　　　　　　　　　　　　　　△λ6

出入君怀袖，　　　　　动摇微风发。
　　　　　　　　　　　　　　　　　△λ6

常恐秋节至，　　　　　凉飙夺炎热。
　　　　　　　　　　　　　　　　　△λ9

弃捐箧笥中，　　　　　恩情中道绝。
　　　　　　　　　　　　　　　　　△λ9

　　等立通韵，屑月同用，首句不入韵。班婕妤（婕妤是嫔妃称号）是著名史学家班固的祖姑。此诗写因赵飞燕入宫，她失去汉成帝宠幸后，幽居长信宫的郁闷和哀怨。通首比体，借秋扇见捐喻嫔妃受帝王玩弄终遭遗弃的不幸命运。本诗又题为《团扇》（钟嵘《诗品》），是一首托物言情之作，在后代诗词中，团扇成为红颜薄命、佳人失时的象征。

咏　史

汉　班　固

三王德弥薄，　　　　　惟后用肉刑。
　　　　　　　　　　　　　　　　　○9

太苍令有罪，　　　　　就递长安城。
　　　　　　　　　　　　　　　　　○8

自恨身无子，　　　　　困急独茕茕。
　　　　　　　　　　　　　　　　　○

小女痛父言，	死者不可生。
上书诣阙下，	思古歌鸡鸣。
忧心摧折裂，	晨风扬激声。
圣汉孝文帝，	恻然感至情。
百男何愦愦，	不如一缇萦。

　　偶然出韵，庚中杂青，首句不入韵。班固乃史家之巨擘，作诗非其所长。但在诗歌发展史上，人们总要提到他，因为他在两方面开了风气之先：一是文人写五言诗，他是东汉少数先驱者之一；二是诗有"咏史"之作，班固又堪称千古之第一人。在这两方面奠定他诗歌上地位的，正是这首五言诗《咏史》。本诗歌咏了西汉时的一位奇女子——淳于缇萦，正是由于她伏阙上书，不仅救了她触刑的父亲，还感动汉文帝下达了废除肉刑的著名诏令。

翠　鸟
汉　蔡邕

庭陬有若榴，	绿叶含丹荣。
翠鸟时来集，	振翼修形容。
回顾生碧色，	动摇扬缥青。
幸脱虞人机，	得亲君子庭。
驯心托君素，	雌雄保百龄。

　　主从通韵，青韵为主、庚冬从之（依《古音辩》，东、冬、江、阳、庚、青、蒸皆协阳音），首句不入韵。蔡邕是东汉末年著《胡笳十八拍》之著名女诗人蔡文姬（蔡琰）的父亲。他作过《琴操》，自然妙解音律；写过《石经》，向称书法大家；从本诗可知，他

也精于丹青。诗中描摹翠鸟栖止、跳跃、鸣啭之形,刻画细腻、神态逼真,不乏新颖动人的艺术想象力,达到了诗中有画、动静生姿的绝妙境界。

长 歌 行
汉乐府

青青园中葵,	朝露待日晞。
°4	ˉ5
阳春布德泽,	万物生光辉。
	°ˉ5
常恐秋节至,	焜黄华叶衰。
	ˉ4
百川东到海,	何时复西归!
	ˉ5
少壮不努力,	老大徒伤悲。
	°ˉ4

　　等立通韵,支微同用,首句入韵。本诗的主题思想很明确,就是"少壮不努力,老大徒伤悲。"但不是抽象的概念、不是单纯的说教,而是在前八句让形象和比喻来说话,只是最后才通过形象思维提高到逻辑思维自然得出的已成格言的结论。

迢迢牵牛星
汉　无名氏

迢迢牵牛星,	皎皎河汉女。
	△√6
纤纤擢素手,	札札弄机杼。
	△√6
终日不成章,	泣涕零如雨。
	△√7
河汉清且浅,	相去复几许?
	△√6
盈盈一水间,	脉脉不得语。
	△√6

　　偶然出韵,语中杂麌,首句不入韵。这是《古诗十九首》中的一首。在中国关于

牵牛和织女的民间故事起源很早。《诗经·小雅·大东》有:"跂彼织女,终日七襄。……睆彼牵牛,不以服箱。"但还只是作为两颗星来写,无他意。到曹丕的《燕歌行》(1055),曹植的《洛神赋》和《九咏》里,牵牛和织女已成为夫妇了。《九咏》曰:"牵牛为夫,织女为妇。织女牵牛之星各处河鼓之旁,七月七日乃得一会。"这是当时最明确的记载。本诗时代在东汉后期,略早于二曹,可见在东汉末年到魏这段时间里,牵牛织女的故事大概已经定型了。本诗十句,其中六句用了叠音词,即"迢迢"、"皎皎"、"纤纤"、"札札"、"盈盈"、"脉脉"。这些叠音词使这首诗质朴清丽,情趣盎然。特别是最后两句,一个饱含离愁的少妇形象跃然纸上,意蕴深沉,风格浑成,是极难得的佳句。

去者日已疏

汉 无名氏

去 者 日 以 疏, 　　　来 者 日 以 亲。

出 郭 门 直 视, 　　　但 见 丘 与 坟。

古 墓 犁 为 田, 　　　松 柏 摧 为 薪。

白 杨 多 悲 风, 　　　萧 萧 愁 杀 人。

思 归 故 里 闾, 　　　欲 归 道 无 因。

　　偶然出韵,真中杂文,首句不入韵。这也是《古诗十九首》中的一首。本诗首两句笼罩全文,富于形象,充满哲理。今日之"去",曾有过去日之"来";而今日之"来",难道不会有来日之"去"? 这和王羲之《兰亭集序》中"昔之视今,亦犹今之视昔"相似,也说明东汉末年以至魏晋文人,他们喜爱对人生进行探索,对命运进行思考。诗人有着炯炯双眸,他何止是"直视""丘与坟",他面向的是茫茫宇宙的奥区,进行观照和冥索。

薤露行

魏 曹操

惟汉二十世,,　　　　所任诚不良。7

沐猴而冠带,　　　　知小而谋疆。7

犹豫不敢断,　　　　因狩执君王。7

白虹为贯日,　　　　己亦先受殃。7

贼臣持国柄,　　　　杀主灭宇京。8

荡覆帝基业,　　　　宗庙以燔丧。7

播越西迁移,　　　　号泣而且行。8

瞻彼洛城郭,　　　　微子为哀伤。7

　　主从通韵,阳主庚从(依《古音辩》),首句不入韵。《薤露》为乐府歌辞,是送王公、贵人的挽歌(724)。曹操借古调来写新辞,以此为题是旧瓶装新酒,写了汉末董卓之乱的前因后果,读来如浏览一幅汉末的历史画卷。明代钟惺《古诗归》称本诗为"汉末实录,真诗史也"。

杂诗二首(其一)

魏 曹丕

漫漫秋夜长,　　　　烈烈北风凉。7　7

展转不能寐,　　　　披衣起彷徨。7

彷徨忽已久,　　　　白露沾我裳。7

俯 视 清 水 波， 仰 看 明 月 光。
7

天 汉 回 西 流， 三 五 正 纵 横。
8

草 虫 鸣 何 悲， 孤 雁 独 南 翔。
7

郁 郁 多 悲 思， 绵 绵 思 故 乡。
7

愿 飞 安 得 翼， 欲 济 河 无 梁。
7

向 风 长 叹 息， 断 绝 我 中 肠。
7

偶然出韵，阳中杂庚（依《古音辩》），首句入韵。此篇是一首游子思妇诗，写得清丽自然而又缠绵悱恻，风格、情调和措词都和《古诗十九首》相近，是曹丕的代表作。

白马篇
魏 曹 植

白 马 饰 金 羁， 连 翩 西 北 驰。
4　　　　　　　4

借 问 谁 家 子， 幽 并 游 侠 儿。
4

少 小 去 乡 邑， 扬 名 沙 漠 垂。
4

宿 昔 秉 良 弓， 楛 矢 何 参 差。
4

控 弦 破 左 的， 右 发 摧 月 支。
4

仰 手 接 飞 猱， 俯 身 散 马 蹄。
8

狡 捷 过 猴 猿， 勇 剽 若 豹 螭。
4

边 城 多 警 急，	胡 虏 数 迁 移。⁻4
羽 檄 从 北 来，	厉 马 登 高 隄。⁻8
长 驱 蹈 匈 奴，	左 顾 凌 鲜 卑。⁻4
弃 身 锋 刃 端，	性 命 安 可 怀？⁻9
父 母 且 不 顾，	何 言 子 与 妻？⁻8
名 编 壮 士 籍，	不 得 中 顾 私。⁻4
捐 躯 赴 国 难，	视 死 忽 如 归。⁻5

　　主从通韵，支韵为主、齐佳微从之，首句入韵。本诗塑造了一个武艺精良的爱国壮士的形象，歌颂了他为国献身、誓死如归的高尚精神，寄托了诗人为国建功立业的雄心壮志。"捐躯赴难"、"视死如归"成为后世许多仁人志士的豪言壮语。

王明君辞

晋　石　崇

我 本 汉 家 子，	将 适 单 于 庭。⁻9
辞 诀 未 及 终，	前 驱 已 抗 旌。⁻8
仆 御 涕 流 离，	辕 马 为 悲 鸣。⁻8
哀 郁 伤 五 内，	泣 泪 沾 朱 缨。⁻8
行 行 日 已 远，	遂 造 匈 奴 城。⁻8
延 我 于 穹 庐，	加 我 阏 氏 名。⁻8

殊 类 非 所 安， 虽 贵 非 所 荣。

父 子 见 凌 辱， 对 之 惭 且 惊。

杀 身 良 不 易， 默 默 以 苟 生。

苟 生 亦 何 聊， 积 思 常 愤 盈。

愿 假 飞 鸿 翼， 弃 之 以 遐 征。

飞 鸿 不 我 顾， 伫 立 以 屏 营。

昔 为 匣 中 玉， 今 为 粪 上 英。

朝 华 不 足 欢， 甘 与 秋 草 并。

传 语 后 世 人， 远 嫁 难 为 情。

偶然出韵，庚中杂青，首句不入韵。自汉以降，以王昭君故事为题材的文学作品，历代不乏。由于时代不同，作家思想倾向各异，这类作品就呈现出不同的姿态和各异的美感，也往往是作家借此题材的酒杯，以浇自己心头之垒块。石崇为西晋豪富，其家金谷园每为诗人集会之所。本诗时代较早，去汉未远，故悲昭君之远嫁，尚未有像后世同题材作品的种种寄托，且是第一首有主名的咏昭君诗。全篇以代言体形式，突出昭君对故国家邦的怀念之情，叙议之中，唏嘘感叹，颇有动人之处。又诗前有小序云："王明君者，本是王昭君，以触文帝讳，故改之。"

（"文帝"指晋文帝司马昭，系晋武帝司马炎追尊父之帝号。）

日出东南隅行

晋 陆 机

扶 桑 升 朝 晖， 照 此 高 台 端。

高 台 多 妖 丽， 浚 房 出 清 颜。

淑貌耀皎日，　　惠心清且闲。[15]

美目扬玉泽，　　蛾眉象翠翰。[15]

鲜肤一何润，　　秀色若可餐。[14]

窈窕多容仪，　　婉媚巧笑言。[14]

暮春春服成，　　粲粲绮与纨。[13]

金雀垂藻翘，　　琼珮结瑶璠。[14]

方驾扬清尘，　　濯足洛水澜。[13]

蔼蔼风云会，　　佳人一何繁。[14]

南崖充罗幕，　　北渚盈辀轩。[13]

清川含藻景，　　高岸被华丹。[13]

馥馥芳袖挥，　　泠泠纤指弹。[14]

悲歌吐清响，　　雅舞播《幽兰》。[14]

丹唇含《九秋》，　　妍迹陵《七盘》。[14]

赴曲迅惊鸿，　　蹈节如集鸾。[14]

绮态随颜变，　　沈姿无定源。[14]

俯仰纷阿那，　　顾步咸可欢。[13]

遗芳结飞飙，　　浮景映清湍。[14]

冶容不足咏，　　　　　春游良可叹。

　　主从通韵，寒韵为主、元删从之，首句不入韵。本诗是模拟汉乐府民歌《陌上桑》(1092)的作品，诗题即《陌上桑》的首句。虽是模拟，但其间差别仍然很大。《陌上桑》有一个完整的故事结构，表现了女子的美丽与德行的双重主题；本诗只是借上巳节的背景，专写女子的美丽可爱。《陌上桑》用的是朴素的口语；本诗却用辞赋手段，大量铺陈华美的语言，作精细的描摹，差不多可以说是一篇美人赋。从诗中细致描摹女子体貌的特点看，本诗是后来宫体诗的滥觞。其中"鲜肤一何润，秀色若可餐"就是成语"秀色可餐"的出处。抛开德行专写女子的美丽，未必有多少思想性；但是，美就是价值，欣赏美就是本性。比如现在不少人都爱看模特儿的表演，那里面又有多少思想性呢？

咏史八首(其一)

晋　左　思

弱冠弄柔翰，　　　　　卓荦观群书。

著论准《过秦》，　　　　作赋拟《子虚》。

边城苦鸣镝，　　　　　羽檄飞京都。

虽非甲胄士，　　　　　畴昔览《穰苴》。

长啸激清风，　　　　　志若无东吴。

铅刀贵一割，　　　　　梦想骋良图。

左眄澄江湘，　　　　　右盼定羌胡。

功成不受爵，　　　　　长揖归田庐。

　　等立通韵，鱼虞同用，首句不入韵。左思是西晋太康时期的杰出作家。他的诗赋成就很高，《三都赋》使"洛阳纸贵"。咏史诗，始于东汉班固(738)，但基本上只是记录史实;借咏史而咏怀,始于左思。《咏史八首》抒写诗人从积极入世到消极避世的变化过程,这是封建社会中一个郁郁不得志的有理想有才能的知识分子的不平之鸣。本诗写自己的才能和愿望,可以看作是组诗的序曲。此诗意气豪迈,情感昂扬,很易使人想起曹植《白马篇》中"捐躯赴国难,誓死忽如归"(744)。曹植的志愿被曹丕父子扼杀了,他郁郁不得志地度过了自己的一生;左思的雄心壮志,被当时的门阀制度断送了,所以,诗人用《咏史八首》愤怒地向门阀制度提出了控诉。

咏荆轲

晋　陶渊明

燕丹善养士，　　志在报强嬴。

招集百夫良，　　岁暮得荆卿。

君子死知己，　　提剑出燕京。

素骥鸣广陌，　　慷慨送我行。

雄发指危冠，　　猛气冲长缨。

饮饯易水上，　　四座列群英。

渐离击悲筑，　　宋意唱高声。

萧萧哀风逝，　　淡淡寒波生。

商音更流涕，　　羽奏壮士惊。

心知去不归，　　且有后世名。

登车何时顾，　　飞盖入秦庭。

凌厉越万里，　　逶迤过千城。

图 穷 事 自 至，	豪 主 正 怔 营。8
惜 哉 剑 术 疏，	奇 功 遂 不 成。8
其 人 虽 已 没，	千 载 有 余 情！8

　　偶然出韵，庚中杂青，首句不入韵。陶渊明一生"猛志固常在"(678)，疾恶除暴、舍身济世之心不衰，本诗中的荆轲正是这种精神和理想的艺术折光，也就是借历史之壮事，抒自己之爱憎。最后四句达到了高潮，诗人一面惋惜其"奇功"不成，一面肯定其精神犹在，在惋惜和赞叹之中，使这个勇于牺牲、不畏强暴的形象，获得了不灭的光辉、不朽的生命。

移居二首(其一)

晋　陶渊明

昔 欲 居 南 村，	非 为 卜 其 宅。△11
闻 多 素 心 人，	乐 与 数 晨 夕。△11
怀 此 颇 有 年，	今 日 从 兹 役。△11
弊 庐 何 必 广，	取 足 蔽 床 席。△11
邻 曲 时 时 来，	抗 言 谈 在 昔。△11
奇 文 共 欣 赏，	疑 义 相 与 析。△12

　　偶然出韵，陌中杂锡，首句不入韵。"弊庐何必广，取足蔽床席"这种在住房追求上，表现出高远精神境界的何止陶渊明一人？孔子曰："君子居之，何陋之有？"(《论语·子罕》)杜甫呼唤："安得广厦千万间，大庇天下寒士俱欢颜。呜呼！何时眼前突兀见此屋，吾庐独破受冻死亦足！"(《茅屋为秋风所破歌》)刘禹锡为陋室作铭："山不在高，有仙则名；水不在深，有龙则灵。斯是陋室，惟吾德馨。"(《陋室铭》)至于"奇文共欣赏，疑义相与析"更是绝妙诗句，赢得千古读者的激赏。

饮酒二十首（其五）

晋　陶渊明

结庐在人境，　　　　而无车马喧。
　　　　　　　　　　　　　　　-13

问君何能尔，　　　　心远地自偏。
　　　　　　　　　　　　　　　-1

采菊东篱下，　　　　悠然见南山。
　　　　　　　　　　　　　　　-15

山气日夕佳，　　　　飞鸟相与还。
　　　　　　　　　　　　　　　-15

此中有真意，　　　　欲辨已忘言。
　　　　　　　　　　　　　　　-13

　　主从通韵，元删为主、先韵从之，首句不入韵。凭着浅显的语言、精微的结构、高远的意境、深蕴的哲理，本诗是陶渊明诗歌中最高妙的一首，也是中国诗史上最为人们熟知的名篇之一。你看："问君何能尔，心远地自偏"，何等高尚的精神境界；"采菊东篱下，悠然见南山"，多么轻盈的美妙乐曲；"此中有真意，欲辨已忘言"，什么语言也表达不出的生命的真谛，把读者的思路引回到形象，去体悟，去咀嚼，去享受……

咏 落 梅

齐　谢　朓

新叶初冉冉，　　　　初蕊新霏霏。
　　　　　　　　　　　　　　　-5

逢君后园讌，　　　　相随巧笑归。
　　　　　　　　　　　　　　　-5

亲劳君玉指，　　　　摘以赠南威。
　　　　　　　　　　　　　　　-5

用持插云髻，　　　　翡翠比光辉。
　　　　　　　　　　　　　　　-5

日暮长零落，　　　　君恩不可追。
　　　　　　　　　　　　　　　-4

　　偶然出韵，微中杂支，首句不入韵。由于作者介入皇室内部的矛盾斗争，被卷进政治旋涡,所以忧心忡忡,惶惶不安。这首咏落梅的诗,寄托了深沉的政治感慨。咏物诗至谢朓时,由求其形似转而求其寄托。谢朓的咏物诗既有与时代相通的善于写物图形的特性,又汲取了《诗》《骚》以来比兴的传统,在客观的物象之中寄托主观的旨意。本诗中,传统的所谓"香草""美人"的比兴都有。诗中既以"落梅"(香草)自拟,又以"南威"(美人)自似,其所比拟均在拟与不拟之间,即所谓不即不离,不粘不脱者也。这一艺术境界成了唐宋诗词的最高准则。所以,本诗标志谢朓在咏物诗方面的杰出贡献。

别 诗

梁 范 云

孤 烟 起 新 丰,	归 雁 出 云 中。
草 低 金 城 雾,	木 下 玉 门 风。
别 君 河 初 满,	思 君 月 屡 空。
折 桂 衡 山 北,	采 兰 沅 水 东。
桂 折 心 焉 寄?	采 兰 意 谁 通。

偶然出韵,东中杂冬,首句入韵。这是一首闺中思妇伤别怀远之作。虽以六地名("新丰"、"云中"、"金城"、"玉门"、"衡山"、"沅水")入诗,但句式变化多端,毫无板滞堆垛之感;通篇骈偶且属对工巧;末四句用反复格修辞,具声情摇曳、感情炽热之妙。总之,全诗气机流动,饶有情致,在众多同类诗作中,戛戛独造,别具一格。

悼室人十首(其十)

梁 江 淹

二 妃 丽 潇 湘,	一 有 乍 一 无。
佳 人 承 云 气,	无 下 此 幽 都。

当 追 帝 女 迹，	出 入 泛 灵 舆。 -6
奋 映 金 渊 侧，	游 豫 碧 山 隅。 -7
暖 然 时 将 罢，	临 风 返 故 居。 -6

等立通韵，虞鱼同用，首句不入韵。江淹《悼室人》前九首都是抒发对亡妻的深切思念之情，这最后一首则是寄托了对爱妻亡灵的深情祝愿之意。此诗虽有游仙色彩，但从脱胎于屈原《招魂》的"魂兮归来，反故居些"的诗之末句"临风返故居"，可见本诗的主旨"魂兮归来"，仍然贯串全诗，因而有别于一般的游仙诗。这在悼亡诗歌中也算是有特色的。

怨 歌 行
梁 萧 纲

十 五 颇 有 馀， -6	日 照 杏 梁 初。 -6
蛾 眉 本 多 嫉，	掩 鼻 特 成 虚。 -6
持 此 倾 城 貌，	翻 为 不 肖 躯。 -7
秋 风 吹 海 水，	寒 霜 依 玉 除。 -6
月 光 临 户 驶，	荷 花 依 浪 舒。 -6
望 檐 悲 双 翼，	窥 沼 泣 王 馀。 -6
苔 生 履 处 没，	草 合 行 人 疏。 -6
裂 纨 伤 不 尽，	归 骨 恨 难 祛。 -6
早 知 长 信 别，	不 避 后 园 舆。 -6

偶然出韵，鱼中杂虞，首句入韵。在众多咏班婕妤之作中，本诗有过人之处。

其摹写婕妤凄凉处境之细致深婉,足可与其他同题材之作媲美,且"秋风"句的意境,还略胜他作一筹;至于其开首时的乐中伏悲("日照杏梁初")、结尾处的愈转愈悲("不避后园舆"),更是别出新意,他作所无、且不能望其项背的。

感遇三十八首(其二)
唐　陈子昂

兰　若　生　春　夏，　　　芊　蔚　何　青　青！
　　　　　　　　　　　　　　　　　　　　。9

幽　独　空　林　色，　　　朱　蕤　冒　紫　茎。
　　　　　　　　　　　　　　　　　　　。8

迟　迟　白　日　晚，　　　嫋　嫋　秋　风　生。
　　　　　　　　　　　　　　　　　　　。8

岁　华　尽　摇　落，　　　芳　意　竟　何　成？
　　　　　　　　　　　　　　　　　　　。8

偶然出韵,庚中杂青,首句不入韵。《感遇》是陈子昂以感慨身世及时政为主旨的组诗,本诗以兰若自比,寄托了个人的身世之感。"岁华"、"芳意"用语双关,借花草之凋零,悲叹自己的年华流逝,理想破灭,寓意凄婉,寄慨遥深。

春中田园作
唐　王　维

屋　上　春　鸠　鸣，　　　村　边　杏　花　白。
　　　　　　　　　　　　　　　　　　　入11

持　斧　伐　远　扬，　　　荷　锄　觇　泉　脉。
　　　　　　　　　　　　　　　　　　　入11

归　燕　识　故　巢，　　　旧　人　看　新　历。
　　　　　　　　　　　　　　　　　　　入12

临　觞　忽　不　御，　　　惆　怅　思　远　客。
　　　　　　　　　　　　　　　　　　　入11

偶然出韵,陌中杂锡,首句不入韵。这是一首春天的颂歌。诗人凭着他敏锐的感受,捕捉的都是春天较早发生的景象,仿佛不是在欣赏春天的外貌,而是在倾听春天的脉搏,追踪春天的脚步。

古风(其十九)

唐　李　白

西 上 莲 花 山，　　　　　迢 迢 见 明 星。9

素 手 把 芙 蓉，　　　　　虚 步 蹑 太 清。8

霓 裳 曳 广 带，　　　　　飘 拂 升 天 行。8

邀 我 至 云 台，　　　　　高 揖 卫 叔 卿。8

恍 恍 与 之 去，　　　　　驾 鸿 凌 紫 冥。9

俯 视 洛 阳 川，　　　　　茫 茫 走 胡 兵。8

流 血 涂 野 草，　　　　　豺 狼 尽 冠 缨。8

　　　主从通韵,庚主青从,首句不入韵。这是一首游仙诗,诗人出世和用世的思想矛盾是通过美妙洁净的仙境和血腥污秽的人间这样两种世界的强烈对照表现出来的。这就造成诗歌情调从悠扬到悲壮的急速变换,风格从飘逸到沉郁的强烈反差,然而他们却和谐地统一在一首诗里。李白借游仙表现了对现实的反抗和对理想的追求,使魏晋以来宣扬高蹈遗世的游仙诗获得了新的生命。

新 安 吏

唐　杜　甫

客 行 新 安 道，　　　　　喧 呼 闻 点 兵。8

借 问 新 安 吏：　　　　　"县 小 更 无 丁？"9

"府 帖 昨 夜 下，　　　　　次 选 中 男 行。"8

"中 男 绝 短 小，　　　　　何 以 守 王 城？"

肥男有母送，　　　瘦男独伶俜。

白水暮东流，　　　青山犹哭声。

"莫自使眼枯，　　　收汝泪纵横。

眼枯即见骨，　　　天地终无情！

我军取相州，　　　日夕望其平。

岂意贼难料，　　　归军星散营。

就粮近故垒，　　　练卒依旧京。

掘壕不到水，　　　牧马役亦轻。

况乃王师顺，　　　抚养甚分明。

送行勿泣血，　　　仆射如父兄。"

　　主从通韵，庚主青从，首句不入韵。这是组诗"三吏"、"三别"的第一首，既揭露统治集团不顾人民死活，又旗帜鲜明地肯定平叛战争，对应征者加以劝慰和鼓励。

佳　人

唐　杜　甫

绝代有佳人，　　　幽居在空谷。

自云良家子，　　　零落依草木。

关中昔丧乱，　　　兄弟遭杀戮。

官 高 何 足 论，	不 得 收 骨 肉。 λ1
世 情 恶 衰 歇，	万 事 随 转 烛。 λ2
夫 婿 轻 薄 儿，	新 人 美 如 玉。 λ2
合 昏 尚 知 时，	鸳 鸯 不 独 宿。 λ1
但 见 新 人 笑，	那 闻 旧 人 哭。 λ1
在 山 泉 水 清，	出 山 泉 水 浊。 λ3
侍 婢 卖 珠 回，	牵 萝 补 茅 屋。 λ1
摘 花 不 插 发，	采 柏 动 盈 掬。 λ1
天 寒 翠 袖 薄，	日 暮 倚 修 竹。 λ1

　　主从通韵，屋韵为主、沃觉从之，首句不入韵。在中国古典人物画廊中，本诗描摹了一位独特而鲜明的"佳人"形象：她的命运是悲惨的，"合昏尚知时，鸳鸯不独宿"，"但见新人笑，那闻旧人哭"；她的情操是高洁的，"在山泉水清，出山泉水浊"，"采柏动盈掬"，"日暮倚修竹"。语气率真醋畅，所以感人肺腑，触发读者的共鸣；笔调含蓄蕴藉，所以耐人寻味，给读者留下想象的余地。两者互相配合，使得女主人公的形象既充满悲剧色彩又富于崇高之感，好一个"绝代有佳人，幽居在空谷"！

古 怨 别
唐 孟 郊

飒 飒 秋 风 生，	愁 人 怨 离 别。 λ9
含 情 两 相 向，	欲 语 气 先 咽。 λ9
心 曲 千 万 端，	悲 来 却 难 说。

别 后 唯 所 思， 天 涯 共 明 月。

偶然出韵,屑中杂月,首句不入韵。这是一首描写情人离愁的诗歌。"含情两相向,欲语气先咽",写得极为生动传情,宋代柳永便把它点化到自己的词《雨霖铃》中:"执手相看泪眼,竟无语凝咽"。"别后唯所思,天涯共明月",从这幅开阔的画面里,使人看到了他们在月光之下思念对方的情状,使人想象到宋代苏轼词《水调歌头》中"但愿人长久,千里共婵娟"相互间的美好祝愿。

村居苦寒
唐 白居易

八 年 十 二 月， 五 日 雪 纷 纷。

竹 柏 皆 冻 死， 况 彼 无 衣 民！

回 观 村 间 间， 十 室 八 九 贫。

北 风 利 如 剑， 布 絮 不 蔽 身。

唯 烧 蒿 棘 火， 愁 坐 夜 待 晨。

乃 知 大 寒 岁， 农 者 尤 苦 辛。

顾 我 当 此 日， 草 堂 深 掩 门。

褐 裘 覆 绁 被， 坐 卧 有 余 温。

幸 免 饥 冻 苦， 又 无 垅 亩 勤。

念 彼 深 可 愧， 自 问 是 何 人？

主从通韵,真韵为主、文元从之,首句不入韵。古典诗歌中,运用对比手法的很多,把农民的贫困痛苦与剥削阶级的骄奢淫逸加以对比的也不少。但是,像此诗中把农民的穷苦与诗人自己的温饱作对比的却极少见,尤其是出自肺腑的"自问",在封建士大夫中更是难能可贵的。

咏怀二首(其一)

唐 李 贺

长 卿 怀 茂 陵,　　　　绿 草 垂 石 井。
　　　　　　　　　　　　　　　　　　　△
　　　　　　　　　　　　　　　　　　　✓23

弹 琴 看 文 君,　　　　春 风 吹 鬓 影。
　　　　　　　　　　　　　　　　　　　△
　　　　　　　　　　　　　　　　　　　✓23

梁 王 与 武 帝,　　　　弃 之 如 断 梗。
　　　　　　　　　　　　　　　　　　　△
　　　　　　　　　　　　　　　　　　　✓23

惟 留 一 简 书,　　　　金 泥 泰 山 顶。
　　　　　　　　　　　　　　　　　　　✓24

　　偶然出韵,梗中杂迥,首句不入韵。李贺为抒发自己的怨愤之情,从描写司马相如的闲适生活入手,欲抑先扬。前后表达的感情迥然不同,犹如筑堤蓄水,故意造成高低悬殊的形势,使思想感情的流水倾泻而下,跌落有声,读来自有一番韵味。

辛 苦 吟

唐 于 濆

垅 上 扶 犁 儿,　　　　手 种 腹 长 饥。
　　　　　　○　　　　　　　　　　　　○
　　　　　　‾4　　　　　　　　　　　　‾4

窗 下 投 梭 女,　　　　手 织 身 无 衣。
　　　　　　　　　　　　　　　　　　　○
　　　　　　　　　　　　　　　　　　　‾5

我 愿 燕 赵 姝,　　　　化 为 嫫 母 姿。
　　　　　　　　　　　　　　　　　　○
　　　　　　　　　　　　　　　　　　‾4

一 笑 不 值 钱,　　　　自 然 家 国 肥。
　　　　　　　　　　　　　　　　　　　○
　　　　　　　　　　　　　　　　　　　‾5

　　等立通韵,支微同用,首句入韵。本诗用了两种传统的对比手法。前四句说,耕者应吃饱,实际却挨饿;织者应穿暖,实际却受冻。情理与实际形成强烈对比;但这种情理并非直接说出,只写出条件,由读者推理,然后与实际情况对照,可称之为"推理对比"。后四句说,但愿燕赵美人转化为黄帝的妃子嫫母,貌美转化为貌丑,无德转化为有德,一笑千金转化为笑不值钱。这样,于国于家于人皆有利。诗人驰骋想象,从现实的境界转化为理想的境界,用两种境界形成鲜明对比,可称之为"转化对比"。这两种对比都能以情动人,以理服人。

伤田家
唐　聂夷中

二月卖新丝,	五月粜新谷。△ ∨1
医得眼前疮,	剜却心头肉。△ ∨1
我愿君王心,	化作光明烛。△ ∨2
不照绮罗筵,	只照逃亡屋。△ ∨1

偶然出韵,屋中杂沃,首句不入韵。本诗可与李绅《悯农》(656)前后辉映,充满了诗人对贫苦田家的无限同情。"医得眼前疮,剜却心头肉",入骨三分地揭示那血淋淋的现实,叫人一读就铭刻在心,永志不忘。"挖肉补疮"因而成为千古传诵的名句。

书 哀
宋　梅尧臣

天既丧我妻,	又复丧我子。△ ∨4
两眼虽未枯,	片心将欲死。△ ∨4
雨落入地中,	珠沉入海底。△ ∨8
赴海可见珠,	掘地可见水。。∨4
唯人归泉下,	万古知已矣!△ ∨4

| 拊膺当问谁， | 憔悴鉴中鬼。△√5 |

主从通韵，纸韵为主、荠尾从之，首句不入韵。本诗主要用赋法，间以独特的比喻，将一己的深哀巨痛，用最朴素凝练的语句表现出来，颇能传神写照，感人肺腑。

新晴山月

宋　文　同

高松漏疏月，	落影如画地。△√4
徘徊爱其下，	夜久不能寐。△√4
怯风池荷卷，	病雨山果坠。△√4
谁伴予苦吟？	满林啼络纬。△√5

偶然出韵，真中杂未，首句不入韵。这是苏轼表兄文同以诗人兼画家的双重眼光，观察和体会月夜美景而吟成的富于画意的好诗。上半首是一片光和影的世界，下半首是风声、雨声、虫声和吟诗声交织成的月光曲。整首诗其实就是一首天然和谐的妙曲。诗人所以"夜久不能寐"，是因为他发现此时此景，确是画中有诗，于是徘徊不去，吟出好诗；他独有会心，在诗中充分摄入大自然生机盎然之美，做到诗中有画。所以此诗可说是诗、画、乐交融的一件艺术珍品，值得细细吟味。

书鄢陵王主簿所画折枝二首

宋　苏　轼

其　一

论画以形似，	见与儿童邻。－11
赋诗必此诗，	定非知诗人。。－11
诗画本一律，	天工与清新。。

边鸾雀写生，　　　　赵昌花传神。
何如此两幅，　　　　疏淡含精匀。
谁言一点红，　　　　解寄无边春。

真韵，首句不入韵。此诗为本韵，因与第二首密切有关，故放在这里一并介绍。

其　二

瘦竹如幽人，　　　　幽花如处女。
低昂枝上雀，　　　　摇荡花间雨。
双翎决将起，　　　　众叶纷自举。
可怜采花蜂，　　　　清蜜寄两股。
若人富天巧，　　　　春色入毫楮。
悬知君能诗，　　　　寄声求妙语。

主从通韵，语主麌从，首句不入韵。

这两首题画诗是苏轼用诗歌形式评论文艺作品的名篇。第一首前六句关于"形似"的见解颇受后人注目，曾引起不同评论。其实，苏轼否定的只是没有意趣、没有韵味的形似之作而已；他主张的是既能形似更能传神的作品，即主张在"天工与清新"中赋咏事物之神韵。他推崇王主簿此画，正因为此画虽着墨不多，但善于捕捉事物的精神状态，所以更深刻地反映了事物的本质，即能用"一点红""寄无边春"。宋人喜欢在诗中说理，本诗几乎全用议论，是苏轼"议论为诗"的一首代表作。当然，所议论之哲理与情景描写配合有致，故能摇曳多姿，不愧是诗歌园地里的一朵奇葩。

第二首咏画，特点是精当、形象。说它精当，是因为其中出现的画面图像正可用来印证前面第一首中所表述的艺术理论。这就是一、二句写竹用"瘦"、写花用"幽"，已颇具情致，再用"幽人"比竹、"处女"比花，则进一步状出了竹与花的风韵，这自然是诗人以"神似"论画、赋诗的结果。说它形象,是因为诗中对王主簿的折枝画描写得如此生动,不过一丛竹、数枝花、两头雀、一只蜂,却带来了盎然春意。尤其是七、八句描写细腻,连蜂儿股上的"清蜜"也分明可辨,这应该是苏轼并非全盘否定"形似"的明证。总之,这组诗虽分为两首,但围绕"以诗题画",由画到诗,再由诗到画,最后仍然归结到诗,离中有合,体现了作者构思的精密。

题竹石牧牛　并引
宋　黄庭坚

子瞻画丛竹怪石,伯时增前坡牧儿骑牛,甚有意态。戏咏。

野 次 小 崢 嶸,	幽 篁 相 倚 绿。
	△ λ2
阿 童 三 尺 棰,	御 此 老 觳 觫。
	△ λ1
石 吾 甚 爱 之,	勿 遣 牛 砺 角!
	△ λ3
牛 砺 角 犹 可,	牛 斗 残 我 竹。
	△ λ1

主从通韵,屋韵为主、沃觉从之,首句不入韵。宋代绘画艺术特别繁荣,题画诗也很发达,苏轼、黄庭坚都是这类诗作的能手。本篇为苏轼、李公麟(字伯时)合作的竹石牧牛图题咏。前四句分咏石、竹、牧童、牛,合成完整的画面,仅此也是一首出色的题画诗。但诗的重心还在后四句的感想议论,表现作者对大自然的爱好和破坏自然美的痛心——这还只是就画面的;实际上是讽喻北宋后期统治阶级内部的新旧党争以及各派系间的相互倾轧,以致严重削弱了宋王朝的统治力量。苏轼曾说:"赋诗必此诗,定非知诗人。"(760)黄庭坚当然不是这种人,而是"赋诗非此诗,定必知诗人。"(笔者戏为。)

示三子
宋　陈师道

去 远 即 相 忘,	归 近 不 可 忍。
	△ √11
儿 女 已 在 眼,	眉 目 略 不 省。
	△

　　　　　　　　　　　　　　　　　　　　　　　　　　√23
喜　极　不　得　语，　　　泪　尽　方　一　哂。
　　　　　　　　　　　　　　　　　　　　　　　√11
了　知　不　是　梦，　　　忽　忽　心　未　稳。
　　　　　　　　　　　　　　　　　　　　　　△12

　　主从通韵，轸韵为主、吻梗从之，首句不入韵。本诗受《词韵》影响而协韵，轸韵、吻韵属词韵第六部，梗韵属词韵第十一部，词韵中第六部与第十一部可通押。陈师道因家贫，妻子与三子、一女只能随岳父去成都度日，四年后方才回归。本诗是与妻儿刚重逢时所写，通首造语质朴浑厚，无矫饰造作之气，然读来恻恻感人，其原因就在于诗人感情的真挚，语语皆从肺腑中流出，所谓至情无文，即是艺术上一种极高的境界。

感春十三首(其八)

宋　张　耒

　　　　　　　　　　　　　　　　　　　　　　　　△
浮　云　起　南　山，　　　冉　冉　朝　复　雨。
　　　　　　　　　　　　　　　　　　　　　　√7
　　　　　　　　　　　　　　　　　　　　　　△
苍　鸠　鸣　竹　间，　　　两　两　自　相　语。
　　　　　　　　　　　　　　　　　　　　　　√6
　　　　　　　　　　　　　　　　　　　　　　△
老　农　城　中　归，　　　沽　酒　饮　其　妇。
　　　　　　　　　　　　　　　　　　　　　　√7
　　　　　　　　　　　　　　　　　　　　　　△
共　言　今　年　麦，　　　新　绿　已　映　土；
　　　　　　　　　　　　　　　　　　　　　　√7
丰　年　一　尺　雪，　　　新　泽　至　已　屡；
　　　　　　　　　　　　　　　　　　　　　　√7
　　　　　　　　　　　　　　　　　　　　　　△
丰　年　坐　可　待，　　　春　服　行　欲　补。
　　　　　　　　　　　　　　　　　　　　　　√7

　　主从通韵、又上去通押，麌韵为主、语遇从之，首句不入韵。关于上去通押，《古体诗律学》第48页有："在四声当中，上声韵和去声韵字数最少，因此，诗人们偶然把上声字和去声字通押。又因这两个声调的字本来有点儿流动不居，有些字本有上去两读，有些去声字被人们念入上声，有些上声字被人们念入去声，……所以更容易造成上去通押的情形。"
　　张耒是"苏门四学士"中最关怀人民生活的诗人，《感春》就是这方面的代表作。

本诗以洗练的笔触,塑造了一位老农城中沽酒归来,同老伴对饮共话的情态,很像一幅农家生活素描。

南　溪
宋　刘子翚

聊 为 溪 上 游,	一 步 一 回 顾。
	＼7
悠 悠 出 山 水,	浩 浩 无 停 注。
	＼7
唯 有 旧 溪 声,	万 古 流 不 去。
	＼6

　　等立通韵,遇御同用,首句不入韵。在文学欣赏过程中,读者可以依据自己的生活经验和审美情趣,展开想象,进行艺术的再创造,即所谓"作者未必然,读者何必不然"。对于朱熹曾从其问学的道学家刘子翚的本诗究竟寄寓什么感慨,今天已难以指实,也不必指实。但可以把"唯有旧溪声,万古流不去"视为对某种信守不移的人生信念的写照,或者对某种一成不变的社会现象的比况。这样,我们就既领悟到关于社会、人生的某些哲理,也领略到出自道学家之手的某些吟咏性情、摹写山水篇什的理趣。世上既有变化"无停注"如彼,也有不变"流不去"如此。

题景苏堂竹
宋　道璨

一 叶 复 一 叶,	也 道 几 翻 覆。
	ﾉ1
一 点 复 一 点,	书 墨 要 接 续。
	ﾉ2
亲 见 长 公 来,	一 节 不 肯 曲。
	ﾉ2
见 竹 如 见 公,	北 麓 能 不 俗。
	ﾉ2
回 首 熙 丰 间,	几 人 愧 此 竹?
	ﾉ1

等立通韵,沃屋同用,首句不入韵。王景琰(号北麓)任江西瑞昌主簿时,把洒落有苏轼墨点的竹子移栽于厅堂前,堂上挂一块"景苏堂"匾额,表示仰慕之情。本诗通过题竹,赞扬了"长公"即苏轼的高风亮节。前四句写竹,一、三句十分形似,二、四句更具神韵,与苏轼的画论(760、761)一致。

庄器之贤良居镜湖上,作《吾亦爱吾庐》六首见寄,因次韵述桂隐事报之,兼呈同志(其三)

宋 张 镃

吾亦爱吾庐,	第一桂多种。
西香郁天地,	不假风迎送。
花开与花落,	真境未尝动。
群芳亦有时,	幻巧云锦综。
廓然清净观,	岂复计疏壅。
红红白白处,	政自见日用。
江山虽阻修,	此乐朝暮共。
逢场任竿木,	何许非戏弄。
一笑和君诗,	是亦梦中梦。

主从通韵又上去通押,宋送为主、董肿从之,首句不入韵。本诗借述桂隐之胜,进而写居处之乐。本写桂花的秋香,兼写对群芳的欣赏。末后则由园居之乐,涉及对人生的观感。诗中"逢场"作"戏弄"以及"梦中梦"诸语,似有消极意识,但实质是出于"淡忘荣利"的情怀:任情率真,则我为外物的主人;拘墟局促,则我是外物的奴仆。

梦中亦役役
宋　戴复古

半 夜 群 动 息，　　　五 更 百 梦 残。
　　　　　　　　　　　　　　　　－14

天 鸡 啼 一 声，　　　万 枕 不 遑 安。
　　　　　　　　　　　　　　　　－14

一 日 一 百 刻，　　　能 得 几 时 闲？
　　　　　　　　　　　　　　　　－15

当 其 闲 睡 时，　　　作 梦 更 多 端。
　　　　　　　　　　　　　　　　－14

穷 者 梦 富 贵，　　　达 者 梦 神 仙。
　　　　　　　　　　　　　　　　－1

梦 中 亦 役 役，　　　人 生 良 鲜 欢。
　　　　　　　　　　　　　　　　－14

　　主从通韵，寒韵为主、删先从之，首句不入韵。人生的辛苦寡欢，特别是为追逐名利而营营不休，苏轼在词中多次表达过对它的厌倦："世路无穷，劳生有限，似此区区长鲜欢"（《沁园春》），"长恨此身非我有，何时忘却营营"（《临江仙》）。但还都是写醒时的区区营营，而本诗则进一步写了"梦中亦役役"，这就把"人生良鲜欢"的主旨表达得更加深刻充分。因为这意味着，为追逐名利而营营不休已侵入到"闲睡时"，整个人生就没有片刻安闲了。

大热五首(其一)
宋　戴复古

天 地 一 大 窑，　　　阳 炭 烹 六 月。
　　　　　　　　　　　　　　　△
　　　　　　　　　　　　　　　λ6

万 物 此 陶 镕，　　　人 何 怨 炎 热？
　　　　　　　　　　　　　　　　△
　　　　　　　　　　　　　　　　λ9

君 看 百 谷 秋，　　　亦 自 暑 中 结。
　　　　　　　　　　　　　　　　△
　　　　　　　　　　　　　　　　λ9

田 水 沸 如 汤，　　　背 汗 湿 如 泼。
　　　　　　　　　　　　　　　　△
　　　　　　　　　　　　　　　　λ7

农夫方夏耘，　　　安坐吾敢食？
　　　　　　　　　　　　　　　　入13

　　主从通韵，屑韵为主、月曷职从之，首句不入韵。"君看百谷秋，亦自暑中结"两句，进一步发挥"万物此陶镕"这一主旨，笔者年青时在农村劳动也听到老农们说"勿热勿结谷"这一极平常然而又极深刻的道理。"田水沸如汤，背汗湿如泼"这两句寻常话，也非有实际体会者不能道，笔者在水田里插秧时也才体验到"汗如雨下，背衫全湿"的酷热，这两句可与唐人李绅的"锄禾日当午，汗滴禾下土"（656）媲美，都是本色语言。总之，将气候描写与悯农内容结合起来，前人不乏其例，但将它们和理趣结合，则是戴复古此诗的特点。其实，这也是宋诗的特点之一，如缪钺先生为《宋诗鉴赏辞典》所作序言中说："宋诗以意胜，故精能，而贵深析透辟。"

渊明携酒图
宋　梁　栋

渊明无心云，　　　才出便归岫。
　　　　　　　　　　　　　　　ゝ26

东皋半顷秫，　　　所种不常有；
　　　　　　　　　　　　　　　√25

苦恨无酒钱，　　　闲却持杯手；
　　　　　　　　　　　　　　　√25

今朝有一壶，　　　携之访亲友。
　　　　　　　　　　　　　　　√25

惜无好事人，　　　能消几壶酒；
　　　　　　　　　　　　　　　√25

区区谋一醉，　　　岂望名不朽！
　　　　　　　　　　　　　　　√25

闲吟篱下菊，　　　自传门前柳。
　　　　　　　　　　　　　　　√25

试问刘寄奴，　　　还识此人不？
　　　　　　　　　　　　　　　√25

　　偶然出韵又上去通押，有中杂宥，首句不入韵。本诗借对陶渊明隐居生活的赞美和向往，特别最后两句（刘寄奴是与陶渊明同官晋朝，后灭晋建刘宋新朝的刘裕）曲折地表达了作者隐迹山林，不求名利和反抗现实、不与元朝统治者合作的决心。看似写渊明，实则处处写自己，几乎可看作是"自题造像"之作。

题西岩(其一)

金　刘　汲

人爱名与利，　　　　我爱水与山。
　　　　　　　　　　　　　　　－15

人乐纷而竞，　　　　我乐静而闲。
　　　　　　　　　　　　　　　－15

所以西岩地，　　　　千古无人看。
　　　　　　　　　　　　　　　－14

虽看亦不爱，　　　　虽赏亦不欢。
　　　　　　　　　　　　　　　－14

欣赏会予心，　　　　卜筑于其间。
　　　　　　　　　　　　　　　－15

有石极峭屼，　　　　有泉极清寒。
　　　　　　　　　　　　　　　－14

流觞与祓褉，　　　　终日堪盘桓。
　　　　　　　　　　　　　　　－14

此乐为我设，　　　　信哉居之安。
　　　　　　　　　　　　　　　－14

　　主从通韵，寒主删从，首句不入韵。本诗写不同心态之人对客观事物不同的好恶心理，表示了作者对名利场中之人的鄙弃和自己甘于淡泊、追求自适、超凡脱俗的人生态度。语言质朴简练，风格清纯淡雅。

狱中赋萱

金　王庭筠

沙麓百战场，　　　　鸟卤不敏树。
　　　　　　　　　　　　　　　丶7

况复幽囹中，　　　　万古结愁雾。
　　　　　　　　　　　　　　　丶7

寸根不择地，　　　　于此生意具。
　　　　　　　　　　　　　　　丶7

婆娑绿云秒，　　　　金凤掣未去。
　　　　　　　　　　　　　　　　丶6

晚雨沾濡之，　　　　向我泣如诉。
　　　　　　　　　　　　　　　　丶7

忘忧定漫说，　　　　相对清泪雨。
　　　　　　　　　　　　　　　　丶7

　　偶然出韵，遇中杂御，首句不入韵。诗人身系狱中，动情地望着萱草即忘忧草，不仅未能忘去忧愁，且倍添愁思。想到这里，诗人脸上只有两行清泪无声无息地流淌下来，同如泣如诉的萱草默默应和，对冤曲不平的遭遇作出无声的控诉。

江天暮雪
元　陈孚

长空卷玉花，　　　　汀洲白浩浩。
　　　　　　　　　　　　　　　　∨19

雁影不复见，　　　　千崖暮如晓。
　　　　　　　　　　　　　　　　∨17

渔翁寒欲归，　　　　不记巴陵道。
　　　　　　　　　　　　　　　　∨19

坐睡船自流，　　　　云深一蓑小。
　　　　　　　　　　　　　　　　∨17

　　等立通韵，篠皓同用，首句不入韵。《江天暮雪》为北宋宋迪《潇湘八景》组画之一，宋元文人多在八景画题的启迪下，结合自身的游历和感受，以诗歌形式一一结撰出新的构图。本诗八句，动静相间，将江、天、暮、雪面面写到。全篇弥现着暮雪雪景所特有的瞳瞳眬眬、半幽半明的色调与风韵，构成了一幅清逸超妙的潇湘冬景图。

罪　出
元　赵孟頫

在山为远志，　　　　出山为小草。
　　　　　　　　　　　　　　　　∨19

古语已云然，　　　　见事苦不早。

	✓19
平生独往愿，	丘壑寄怀抱。△
	✓19
图书时自娱，	野性期自保。△
	✓19
谁令堕尘网，	宛转受缠绕。△
	✓17
昔为水上鸥，	今如笼中鸟。△
	✓17
哀鸣谁复顾，	毛羽日摧槁。△
	✓19
向非亲友赠，	蔬食常不饱。△
	✓18
病妻抱弱子，	远去万里道。△
	✓19
骨肉生别离，	丘陇谁为扫？△
	✓19
愁深无一语，	日断南云杳。△
	✓17
恸哭悲风来，	如何诉穹昊？△
	✓19

主从通韵，皓韵为主、篠巧从之，首句不入韵。作者为南宋宗室（宋太祖第十一世孙），宋亡后在压力下屈身服事新朝，"罪出"即意为对出山仕元的忏悔。诗中虽有委婉求取世人谅解同情开脱之意，但怨艾自疚之情仍出自肺腑，溢于言表。"在山为远志，出山为小草"、"昔为水上鸥，今如笼中鸟"，尤其给后人留下了深刻的印象和无尽的感慨。这也昭告人们：操守、气节对于人之生命多么重要，谁若不慎失足，那精神上的痛苦，是任何权势也改变不了、任何忏悔也弥补不了的啊！

知非堂夜坐

元　何　中

前池荷叶深，	微凉坐来爽。△
	✓22

人 归 一 犬 吠，　　　　　月 上 百 虫 响。
　　　　　　　　　　　　　　　　　△
　　　　　　　　　　　　　　　　　╲22

余 非 洽 隐 沦，　　　　　隙 地 成 偃 仰。
　　　　　　　　　　　　　　　　　△
　　　　　　　　　　　　　　　　　╲22

林 端 斗 柄 斜，　　　　　抚 心 独 凄 怆。
　　　　　　　　　　　　　　　　　△
　　　　　　　　　　　　　　　　　╲23

偶然出韵又上去通押，养中杂漾，首句不入韵。首两句已是常人不易造到的真隐者语；"人归一犬吠，月上百虫响"更是夏夜的逼真之景，又全由声响得之，非久坐谛听者，不能道得，值得反复回味。

别 武 昌
元　揭傒斯

欲 归 常 恨 迟，　　　　　将 行 反 愁 遽。
　　　　　　　　　　　　　　　　　△
　　　　　　　　　　　　　　　　　╲6

残 年 念 骨 肉，　　　　　久 客 多 亲 故。
　　　　　　　　　　　　　　　　　△
　　　　　　　　　　　　　　　　　╲7

伫 立 望 江 波，　　　　　江 波 正 东 注。
　　　　　　　　　　　　　　　　　△
　　　　　　　　　　　　　　　　　╲7

等立通韵，遇御同用，首句不入韵。前两句，是复杂的心理；中两句，是复杂心理的解释；后两句，是形象的神注，其中的蕴藉，深似被诗人用顶真法重复了的"江波"。在"别"这个诗题的大家族里，本诗是一个决非先辈翻版的新生儿。

水 上 盥 手
明　高 启

盥 手 爱 春 水，　　　　　水 香 手 应 绿。
　　　　　　　　　　　　　　　　　△
　　　　　　　　　　　　　　　　　╲2

沄 沄 细 浪 起，　　　　　杳 杳 惊 鱼 伏。
　　　　　　　　　　　　　　　　　△
　　　　　　　　　　　　　　　　　╲1

怊 怅 坐 沙 边，　　　　　流 花 去 难 掬。
　　　　　　　　　　　　　　　　　△
　　　　　　　　　　　　　　　　　╲1

等立通韵，屋沃同用，首句不入韵。本诗气息之清新、情味之隽永固然可观，但大可令我们玩味的是这盥手诗人的形象。他不是站得高高地临水而叹，而是双手浸到水里一心一意在寻觅水中之趣，充满着追求生活之美的认真。正是在这点上，本诗与前人的咏水之作，有着极细微却又不容混同的区别，始能有异于前人、前人所不到之处。

暮归山中
明　蓝　仁

暮 归 山 已 昏，　　　　　濯 足 月 在 涧。
　　　　　　　　　　　　　　　　　、16

衡 门 栖 鹊 定，　　　　　　暗 树 流 萤 乱。
　　　　　　　　　　　　　　　　　、15

妻 孥 候 我 至，　　　　　　明 灯 共 蔬 饭。
　　　　　　　　　　　　　　　　　、14

伫 立 松 桂 凉，　　　　　　疏 星 隔 河 汉。
　　　　　　　　　　　　　　　　　、15

　　主从通韵，翰韵为主、谏愿从之，首句不入韵。一个布衣诗人，只怀着一颗平常心，只想写平常事，就像他平生不曾想到做官一样，做诗也不曾求什么深致高韵。结果，内容虽平淡，用笔虽随意，倒反而写出了真趣。用句俗话，这叫"无心插柳柳成荫"；用句行话，可谓之"自然高妙"。

峤屿春潮
明　高　棅

瀛 洲 见 海 色，　　　　　　潮 来 如 风 雨。
　　　　　　　　　　　　　　　　　√7

初 日 照 寒 涛，　　　　　　春 声 在 孤 屿。
　　　　　　　　　　　　　　　　　√6

飞 帆 落 镜 中，　　　　　　望 入 桃 花 去。
　　　　　　　　　　　　　　　　　、6

　　等立通韵又上去通押，麌语御同用，首句不入韵。历来观潮之作，风格以雄放为宗，本诗则以清拔见胜。短短三十个字，写出了春潮之势，春潮之色，春潮之声，春潮之力。诗人笔下的海潮，有时确实可畏，有时确又可亲。

对月感秋(其二)

明 吴承恩

人云天上月,	中有嫦娥居。
孤栖与谁共?	顾兔并蟾蜍。
冰轮不载土,	桂树无根株。
纷纷黄金粟,	岁岁何由舒?
一闭千万年,	玉颜近何如?
相违不咫尺,	照我阑干隅。
一杯劝尔酒,	为我留须臾。

等立通韵,鱼虞同用,首句不入韵。吴承恩的《西游记》中,嫦娥是被醉汹汹闯入广寒宫的"天蓬元帅"调戏过的;但在本诗中,他同大诗人李白一样,对嫦娥也颇表同情的。在奇妙的幻境想象中,诗人凭虚落笔、悠然发问,问得也格外隽永和富于韵致——真不愧是写过《西游记》的浪漫大家之手笔!其实,将自身的苦闷,通过独酌望月生发的奇思,借着缥缈嫦娥的生涯抒写,正是本诗的独特之处。唯其如此,诗中所表现的寂寞与苍凉也更觉广大无际、绵邈悠长。

对 客

明 归子慕

默然对客坐,	竟坐无一语。
亦欲通殷勤,	寻思了无取。
好言不关情,	谅非君所与。

坦 怀 两 相 忘，	何 害 我 与 汝。
	⌣6

　　偶然出韵，语中杂麌，首句不入韵。一幕奇异的相聚：就这么坐着，彼此敞开胸怀，海阔天空，把小我都付与无限的天地，由相知而相契再相忘，想来这于你于我都绝无妨碍，因为在我们以心相会的时刻，有声与无声，统统已经失去了意义。

清凉山赞佛诗（一）

清　吴伟业

西 北 有 高 山，	云 是 文 殊 台。
	—10
台 上 明 月 池，	千 叶 金 莲 开。
	—10
花 花 相 映 发，	叶 叶 同 根 栽。
	—10
王 母 携 双 成，	绿 盖 云 中 来。
	—10
汉 王 坐 法 宫，	一 见 光 徘 徊。
	—10
结 以 同 心 合，	授 以 九 子 钗。
	—9
翠 装 雕 玉 辇，	丹 髹 沉 香 斋。
	—9
护 置 琉 璃 屏，	立 在 文 石 阶。
	—9
长 恐 乘 风 去，	舍 我 归 蓬 莱。
	—10
从 猎 往 上 林，	小 队 城 南 隈。
	—10
雪 鹰 异 凡 羽，	果 马 殊 群 材。
	—10
言 过 乐 游 苑，	进 及 长 杨 街。
	—9

张宴奏丝桐，　　　　新月穿宫槐。

携手忽太息，　　　　乐极生微哀。

千秋终寂寞，　　　　此日谁追陪。

陛下寿万年，　　　　妾命如尘埃。

愿共南山椁，　　　　长奉西宫杯。

披香淖博士，　　　　侧听私惊猜：

今日乐方乐，　　　　斯语胡为哉？

待诏东方生，　　　　执戟前诙谐。

熏炉拂黼帐，　　　　白露零苍苔。

吾王慎玉体，　　　　对酒毋伤怀。

主从通韵，灰主佳从，首句不入韵。在清初的几大疑案中，最富神秘色彩的无过于"顺治出家"了。顺治究竟是出家还是病死，至今仍是个谜；但他百般宠爱的绝不是"秦淮八艳"之一的董小宛，而是内大臣鄂硕之女董鄂氏。《清凉山赞佛诗》共四首，第一首写董鄂氏进宫，第二首写其夭逝，第三首写顺治魂游五台，第四首写他皈依佛门。本首写董鄂氏的不平凡入宫、受宠及其不祥之兆，重点不是顺治与董鄂妃的恩爱细节，而在于顺治对爱妃的纯真感情。所有的情节几乎都是虚假的，但所表现的情感是真诚的，这对少年夫妻的纯洁的爱情就靠这些真真假假、藉假而更真的表现手法刻画出来的。清末文廷式《纯常子枝语》对组诗给以高度评价："凄沁心脾，哀感顽绝，古人《哀蝉落叶》之遗音也。"又本诗倒数第十一句末字《元明清诗鉴赏辞典》第858页上为"抔"，笔者疑为"杯"之误，引录时用"杯"。其理由有三：①从内容看，"抔"、"杯"都能解释得通；②从对仗看，"抔"只能作动词或量词，不能与上句末字"椁"相对，而"杯"是名词，与作为名词的"椁"正好对仗；③从押韵看，"抔"为尤韵，不能与前、后韵脚字协韵，而"杯"为灰韵，前、后韵脚字"埃"、"猜"皆灰韵，正好协韵。

登华山

清 袁枚

太华峙西方，　　　倚天如插刀。
闪烁铁花冷，　　　惨淡阴风号。
云雷莽回护，　　　仙掌时动摇。
流泉鸣青天，　　　乱走三千条。
我来蹑芒蹻，　　　逸气不敢骄。
绝壁纳双踵，　　　白云埋半腰。
忽然身入井，　　　忽然影坠巢。
天路望已绝，　　　云栈断复交。
惊魂飘落叶，　　　定志委铁镣。
闭目谢人世，　　　伸手探斗杓。
屡见前峰俯，　　　愈知后历高。
白日死崖上，　　　黄河生树梢。
自笑亡命贼，　　　不如升木猱。
仍复自崖返，　　　不敢向顶招。
归来如再生，　　　两眼青寥寥。

主从通韵,萧韵为主、豪肴从之,首句不入韵。华山素以峻嶒险峻闻名,古人题咏多从旁观角度写华山之高峻。本诗则以独抒性灵的创新精神,把描写华山自然之险境与诗人亲身体验结合起来,两者相得益彰,使读者如临其境,如见其人,与诗人同惊同喜,共同体验登华山之艰险与乐趣。

灵泉寺
近代 陈沆

万树结一绿,　　苍然成此山。

行入山际寺,　　树外疑无天。

我心忽荡漾,　　照见三灵泉。

泉性定且清,　　物形视所迁。

流行与坎止,　　外内符自然。

一杯且消渴,　　吾意不在禅。

偶然出韵,先中杂删,首句不入韵。本诗把只有通过静观才能领略的景色,只有通过深思才能悟见的哲理,只有通过洗炼才能形成的淡朴简古的语言融为一体,从而展示了一个清幽澄静的境界。这种境界与末句中才暗示的仍在用世济时的"意",实际上反映出千百年来中国知识分子出世与入世、退隐与进取的矛盾。

湘江舟行(六首选一)
近代 魏源

乱山吞行舟,　　前樯忽然没。

谁知曲折处,　　万竹锁屋阅。

全身浸绿云,　　清峰慰吾渴。

人咳鸥鹭起，　　　　　净碧上眉发。
　　　　　　　　　　　　　　　λ7
近水山例青，　　　　　湘山青独活。
　　　　　　　　　　　　　　　λ6
无云翠蒙蒙，　　　　　烟林尽如泼。
　　　　　　　　　　　　　　　λ7
遥青一峰显，　　　　　近青一峰灭。
　　　　　　　　　　　　　　　λ7
眼底青甫过，　　　　　意中青郁勃。
　　　　　　　　　　　　　　　λ9
汇作无底潭，　　　　　遥空蔚蓝阔。
　　　　　　　　　　　　　　　λ6
十载画潇湘，　　　　　不称潇湘月。
　　　　　　　　　　　　　　　λ7
今朝船窗底，　　　　　饱览千嶂崒。
　　　　　　　　　　　　　　　λ6
他年载画船，　　　　　鸥鹭无汝缺。
　　　　　　　　　　　　　　　λ6
　　　　　　　　　　　　　　　λ9

　　主从通韵，月曷为主、屑韵从之，首句不入韵。综观全诗，实在是一幅奇诡飞动的山水长卷，写山势则吞行舟，没樯橹；写山色则遥青近青，峰显峰灭；写湘水则染绿云，上须眉，包括潇湘月色的改变，都仿佛是印象派画师的杰作。当然，除了是对大自然的礼赞外，更是一曲对故乡山水深情的颂歌。

听公朴、乃器唱《义勇军进行曲》有感
现代　沈均儒

双眼望圜扉，　　　　　苦笑喊"前进"！
　　　　　　　　　　　　　　　﹨12
闻之为泪落，　　　　　神往北几省。
　　　　　　　　　　　　　　　√23
国难如此殷，　　　　　我侪乃见摒。
　　　　　　　　　　　　　　　﹨24

$$
\text{哀哉勿自馁，} \qquad \text{驼耳犹知奋！}_{\triangle\diagdown 13}
$$

等立通韵，梗敬震问四韵上去通押，首句不入韵；又本诗依《词韵》协韵，"省"、"捭"为第十一部，"进"、"奋"为第六部，两部通押。本诗作于"七君子事件"的国民党监狱中。外有强寇，内有屠刀，国家、民族及个人的安危均千钧一发之际，前清进士、当时已年逾花甲、"七君子"中最年长的沈老慷慨悲歌，撼人肝胆，催人落泪，令人神往，激人奋进！

哭　陵
现代　续范亭

$$
\begin{array}{ll}
\text{谒陵我心悲，} & \text{哭陵我无泪；}_{\triangle\diagdown 4} \\[2ex]
\text{瞻拜总理陵，} & \text{寸寸肝肠碎。}_{\triangle\diagdown 11} \\[2ex]
\text{战死无将军，} & \text{可耻此为最；}_{\triangle\diagdown 9} \\[2ex]
\text{靦颜事仇敌，} & \text{瓦全安足贵？}_{\triangle\diagdown 5}
\end{array}
$$

等立通韵，寘队泰末同用，首句不入韵。1935 年，为大声疾呼抗日，作者从兰州赶到南京。当他看到国民党要员腐朽糜烂的生活，卖国媚敌的丑态时，大失所望，悲愤至极，于是到中山陵上痛哭。本诗淋漓尽致地揭露了蒋介石"攘外必先安内"、卖国媚敌的罪恶嘴脸，并表达了作者忧国忧民、爱国爱民的一片赤忱。

过洞庭二首
现代　邓中夏

其　一

$$
\begin{array}{ll}
\text{莽莽洞庭湖，} & \text{五日两飞渡。}_{\triangle\diagdown 7} \\[2ex]
\text{雪浪拍长空，} & \text{阴森疑鬼怒。}_{\triangle\diagdown 7}
\end{array}
$$

问 今 为 何 世？	豺 虎 满 道 路。
	﹨7
禽 狝 奸 除 之，	我 行 适 我 素。
	﹨7

本韵，纯用遇韵，首句不入韵。

其　二

莽 莽 洞 庭 湖，	五 日 两 飞 渡。
	﹨7
秋 水 含 落 晖，	彩 霞 如 赤 炷。
	﹨7
问 将 为 何 世？	共 产 均 贫 富。
	﹨26
惨 淡 经 营 之，	我 行 适 我 素。
	﹨7

王力《古体诗律学》第 234 页在介绍了《古音辩》分古韵六部后，又有："所略不足者，鱼虞歌麻与萧肴豪尤尚分两部耳。"即虞音与尤音可互协，合为一部。故本诗依《古音辩》协韵，"渡"、"炷"、"素"皆遇韵，协虞音，"富"为宥韵，协尤音，虞音与尤音两音互协；或按现代汉语十八韵协韵，四个韵脚字皆模韵。首句不入韵。

邓中夏为中国共产党的创始人之一，早在 1920 年初，即与陈独秀、李大钊等开始探索和酝酿成立中国共产党，参加了在北京的共产主义小组。1933 年被捕，9 月在南京雨花台就义。两首诗是一个整体，前首说当今，后首望将来。两首诗中有三句全同，还有一句只换了一个字：前首是"问今为何世"，对充满豺狼虎豹的当今黑暗世界，要一切"奸除之"，显出坚定革命者不畏困难一往无前的英雄气概；后首是"问将为何世"，为实现无限美好的共产主义社会，要"惨淡经营之"，说得又是多么踏实、多么豪迈啊！

八十自述
现代　茅盾

忽 然 已 八 十，	始 愿 所 未 及。
λ14	λ14
俯 仰 愧 平 生，	虚 名 不 副 实。
	△

昔我少也孤，	慈母兼父职。
管教虽从严，	母心常戚戚。
儿幼偶游戏，	何忍便扑责。
旁人冷言语，	谓此乃姑息。
众口可铄金，	母心亦稍惑。
沉思忽展颜，	我自有准则。
大节贵不亏，	小德许出入。
课儿攻诗史，	岁终勤考绩。

主从通韵，职缉锡质陌五韵同用，首句入韵。这是茅盾于1976年7月4日八十大寿时所写的自述之作。虽曰"自述"，诗人却未尽述平生之事，而是将八十年来所历之事一笔带过，着重叙述从母亲的爱护和教育中，深悟"大节贵不亏，小德许出入"之理，并以此为生活准则，进而教育后人。这是个自我教育问题，更是一个做人的大问题。联系当时还是"文化大革命"期间，此语更发人惊警，无异于以此自励，并教育后人。今天读来，对于教育和做人，仍有深刻的意义。

临黄河赞祖国

现代 楚图南

浩荡黄河水，	蜿蜒似龙翔。
华夏发祥地，	文明启曙光。
三皇辟草莱，	五帝德弥彰。

轩辕创基业，　　百代颂炎黄。

嫘祖始衣帛，　　养蚕复植桑。

尧舜公天下，　　推位让贤良。

大禹疏九河，　　万姓得安康。

殷商始建国，　　文物灿辉煌。

岐原兴周伯，　　地跨东南疆。

春秋与战国，　　百家美名扬。

嬴皇大统一，　　书轨同四方。

汉唐相继起，　　威武震八荒。

宋元明清世，　　国势递驰张。

辛亥建共和，　　外寇逞豪强。

工农大起义，　　四九立新邦。

全民齐声颂，　　宏猷庆永昌。

前程灿如锦，　　国运万年长。

偶然出韵，阳中杂江，首句不入韵。一百七十字的本诗，竟概括了中华民族五千年灿烂辉煌的历史，实在令人惊叹。诗有两个鲜明的特点：一是剪裁合体，详略得当；一是感情饱满，气势酣畅。所以，这首诗是"龙"的履历，是精缩的中华民族的历史，是嘹亮的中华民族的颂歌，是作者诚挚而深沉的爱国精神的生动写照。

穿墙道士

现代　萧　克

道士不修道，　　　　　穿墙而行窃。
　　　　　　　　　　　　　　　△入9

邪术破了产，　　　　　身败而名裂。
　　　　　　　　　　　　　　　△入9

今有人失道，　　　　　从政不廉洁。
　　　　　　　　　　　　　　　△入9

唯识孔方兄，　　　　　贪馋如饕餮。
　　　　　　　　　　　　　　　△入9

侈谈仁与义，　　　　　言与行不一。
　　　　　　　　　　　　　　　△入4

较之穿墙去，　　　　　过之无不及。
　　　　　　　　　　　　　　　△入14

主从通韵，屑韵为主、质缉从之，首句不入韵。将军诗人的本诗，写于1986年7月。诗人视察青岛，联想到当地崂山道士为学不劳而获之术去崂山，后以穿墙之术行窃，触墙而死。《聊斋志异》中此章有八百余字，诗人仅用二十字说清。且翻出新意，深入一层，联想到今之穿墙道士"过之无不及"，至此戛然而止，让读者去思考，即古即今，即今即古，情之所至，便有寄托，思之所至，便有想像，古是宾，今是主，感古制今，巧于剪裁，诗味含蓄而警世深刻。

白莲以夜胜，独起访之

现代　钱仲联

鼻观触静香，　　　　　心知必有异。
　　　　　　　　　　　　　　　△丶4

幽寻入万籁，　　　　　一凉苏病肺。
　　　　　　　　　　　　　　　△丶11

白莲清夜明，　　　　　冰魂结露气。
　　　　　　　　　　　　　　　△丶5

美人出深碧，　　　　　独立自成世。
　　　　　　　　　　　　　　　△丶8

叶 动 即 诗 声，	萧 散 得 秋 味。 △ ﹨5
花 我 了 不 分，	仙 心 合 烟 际。 △ ﹨8
归 枕 氤 氲 中，	梦 寐 尽 花 意。 △ ﹨4

　　主从通韵，真未霁队同用，首句不入韵。诗写清夜观莲，意境空灵缥缈，寄寓诗人高洁出尘的情怀。前四句是第一层，写诗人闻到莲花的缕缕幽香，独起寻访，顿觉香入肺腑，遍体清凉。"静"、"幽"、"苏"等字，锤炼精切，写访莲的过程、感觉，曲折幽微。中六句重点描绘白莲的形象，从视觉、听觉、味觉多方面着笔，虚实交融，思致灵幻。"美人出深碧，独立自成世"，状白莲之冷艳孤芳，骨重神寒，十字足传千古。末四句为第三层，写莲花之神与诗人之心融为一体，归后就枕，梦中皆一片花香，结句余味深长，令人神往。诗作于 1925 年，诗人年仅十七岁，已初步展现出卓越的艺术才华，不同凡响。

（二）七　言

玉树后庭花

陈　陈叔宝

丽 宇 芳 林 对 高 阁，	新 妆 艳 质 本 倾 城。 ○ _8
映 户 凝 娇 乍 不 进，	出 帷 含 态 笑 相 迎。 ○ _8
妖 姬 脸 似 花 含 露，	玉 树 流 光 照 后 庭。 ○ _9

　　等立通韵，庚青同用，首句不入韵。这就是历史上赫赫有名的亡国之音。李白《金陵歌送别范宣》写道"天子龙沉景阳井，谁歌《玉树后庭花》"，杜牧《泊秦淮》更说"商女不知亡国恨，隔江犹唱《后庭花》"（146）。但是，只要拨开罩在本诗上的这一层亡国之音的阴影，我们就会发现这首诗不过是描写女性的宫体诗而已，其内容虽不足褒，却也不足深贬。至于在艺术表现上，本诗则有可取之处。它描写女性不作烦琐细密的刻画，用词也绝不恶俗，而只是着意于对美丽嫔妃的资质、情态的形容，力求略去美人的"形"，而写出美人的"神"。所以，它虽是宫体，却也在某种程度上净化了宫体，这不能不说是作为诗人的陈叔宝在诗歌创作上的突破。可以说，倘使

此诗不出于陈叔宝之手,则绝不会招来如许非议;倘使此诗表现的不是帝王对嫔妃的迷恋,而只是一般文士对美人的赞赏,恐怕还会被人击节而叹呢! 所以,《玉树后庭花》是否该称为"亡国之音",是大可怀疑的。《旧唐书·音乐志》载,一代英主唐太宗早就说过:"夫音声能感人,自然之道也,故欢者闻之则悦,忧者听之则悲……今《玉树》、《伴侣》之曲,其声具存,朕当为公奏之,知公必不悲矣。"(笔者注:《伴侣》为齐末之《伴侣曲》。)足见《玉树》之声,并无碍于"贞观之治",谓之"亡国之音",不亦诬乎?

悲陈陶
唐 杜 甫

孟冬十郡良家子, 　　血作陈陶泽中水。

野旷天清无战声,, 　　四万义军同日死。

群胡归来血洗箭, 　　仍唱胡歌饮都市。

都人回面向北啼, 　　日夜更望官军至。

偶然出韵又上去通押,纸中杂真,首句入韵。陈陶(长安西北)之战伤亡是惨重的,但是杜甫从战士的牺牲中,从宇宙的沉默气氛中,从人民流泪的悼念和他们悲哀的心底中仍然发现并写出了悲壮的美。它给人民以力量,鼓舞人民为讨平叛乱而继续斗争。

渔 翁
唐 柳宗元

渔翁夜傍西岩宿, 　　晓汲清湘燃楚竹。

烟销日出不见人, 　　欸乃一声山水绿。

回看天际下中流, 　　岩上无心云相逐。

偶然出韵,屋中杂沃,首句入韵。本诗和《江雪》都是作者谪居永州所写,是"孤舟衰笠翁,独钓寒江雪"(657)的又一种表现。当年的渔父曾为行吟泽畔的屈原指迷解惑,如今的渔翁又何尝不在为远贬的诗人暗示行径?苏东坡对本诗极为赞叹说:"诗以奇趣为宗,反常合道为趣。熟味此诗有奇趣。"(《全唐诗话续编》卷上引惠洪《冷斋夜话》)还认为,末四句"虽不必亦可",使诗以"欸乃一声山水绿"的奇句作结,不仅余情不尽,而且奇趣更显。

无题四首(其四)

唐 李商隐

何处哀筝随急管, 樱花永巷垂杨岸。

东家老女嫁不售, 白日当天三月半。

溧阳公主年十四, 清明暖后同墙看。

归来展转到五更, 梁间燕子闻长叹。

偶然出韵又上去通押,翰中杂旱,首句入韵。李商隐的无题诗,以七律为主要形式,且以抒情的深细婉曲、意境的含蓄朦胧为主要特色,多取主人公内心独白的表达方式,很少叙写事件、人物和客观生活场景。本诗是其无题诗中唯一的一首七古,且不主抒情,不作心理刻画,而以第三人称的表达方式,描写出一幕有人物、有事件的生活场景。就在这生活场景中寄寓了诗的旨意——以美女的无媒难嫁、朱颜的见薄于时,寓才士不遇的感慨。

暑旱苦热

宋 王令

清风无力屠得热, 落日着翅飞上山。

人固已惧江海竭, 天岂不惜河汉干。

昆仑之高有积雪, 蓬莱之远常遗寒。

不能手提天下往， 何忍身去游其间。

等立通韵，寒删同用，首句不入韵。当天下人都在苦热之时，即使有清凉世界，自己也不忍独游其间，表现了作者甘与天下人共苦难的情操。

次韵秦太虚见戏耳聋

宋 苏轼

君不见诗人借车无可载， 留得一钱何足赖！

晚年更似杜陵翁， 右臂虽存耳先聩。

人将蚁动作牛斗， 我觉风雷真一噫。

闻尘扫尽根性空， 不须更枕清流派。

大朴初散失浑沌， 六凿相攘更胜坏。

眼花乱坠酒生风， 口业不停诗有债。

君知五蕴皆是贼， 人生一病今先差。

但恐此心终未了， 不见不闻还是碍。

今君疑我特佯聋， 故作嘲诗穷险怪。

须防额痒出三耳， 莫放笔端风雨快。

主从通韵，卦韵为主、队泰从之，首句入韵。"君不见"三字是七言古风的冒头，是一种变体，本诗仍作纯七言看，不作杂言。以下类似情况不再说明。本诗恰好总结了诗人"乌台诗案"之前一段时间内的思想情绪，他忧谗畏讥，即又未免"托大"，此时还是"我觉风雷真一噫"。到"乌台诗案"时，只能"魂惊汤火命如鸡"（系于狱中所作)了。他经此打击,创巨痛深,所以此后诗作的风格、手法都有改变,由刘禹锡式的喜讽刺,变为白乐天式的旷达、陶渊明式的恬适——一句话,不再那么天真了。天真坦率,是诗人的本性,却又是他的苦难根源。

书林逋诗后

宋　苏　轼

吴侬生长湖山曲,　　　　呼吸湖光饮山绿。
　　　　　　　入2　　　　　　　　　　　入2
不论世外隐君子,　　　　傭儿贩妇皆冰玉。
　　　　　　　　　　　　　　　　　　入2
先生可是绝俗人,　　　　神清骨冷无由俗。
　　　　　　　　　　　　　　　　　　入2
我不识君曾梦见,　　　　瞳子瞭然光可烛。
　　　　　　　　　　　　　　　　　　入2
遗篇妙字处处有,　　　　步绕西湖看不足。
　　　　　　　　　　　　　　　　　　入2
诗如东野不言寒,　　　　书似留台差少肉。
　　　　　　　　　　　　　　　　　　入1
平生高节已难继,　　　　将死微言犹可录。
　　　　　　　　　　　　　　　　　　入2
自言不作《封禅书》,　　　更肯悲吟《白头曲》!
　　　　　　　　　　　　　　　　　　入2
我笑吴人不好事,　　　　好作祠堂傍修竹。
　　　　　　　　　　　　　　　　　　入1
不然配食水仙王,　　　　一盏寒泉荐秋菊。
　　　　　　　　　　　　　　　　　　入1

主从通韵,沃主屋从,首句入韵。全诗主要赞美林逋的高风亮节,并赞美他的诗和书法,最后讲到人们对他的纪念,应该提高规格,在水仙王庙里受到祭祠。后来因水仙王庙不存,所以后人在白香山祠内祭祠林逋,把他跟白居易相配。

轼在颍州,与赵德麟同治西湖,未成,改扬州。
三月十六日湖成,德麟有诗见怀,次韵

宋 苏 轼

太山秋毫两无穷, 巨细本出相形中。

大千起灭一尘里, 未觉抗颍谁雌雄。

我在钱塘拓湖渌, 大堤士女争昌丰。

六桥横绝天汉上, 北山始与南屏通。

忽惊二十五万丈, 老葑席卷苍云空。

揭来颍尾弄秋色, 一水萦带昭灵宫。

坐思吴越不可到, 借君月斧修朣胧。

二十四桥亦何有, 换此十顷玻璃风。

雷塘水干禾黍满, 宝钗耕出馀鸾龙。

明年诗客来吊古, 伴我霜夜号秋虫。

　　主从通韵,东主冬从,首句入韵。宋人以议论为诗,以才学为诗,以文为诗。本诗在这些方面都能扬长避短。议论不坠于抽象说理,而富于耐人玩味的理趣;才学不流于堆垛故实,而能恰切用事以丰富诗的内涵;以文法入诗,不陷于平衍铺叙,而能注意形象飞动与腾挪波澜。本篇在章法上关合极紧,堪称巧构。首以与对方辩难始,结以答对方意愿止。中间则前以杭之西湖陪说颍之西湖,后以欧阳修之自扬移颍比己之自颍改扬,都有天然证佐,会成佳谈,构成绝唱。全篇跨度很大,包括杭、颍、扬三州,但不离湖水水利,以杭之西湖到颍之西湖再到扬之雷塘,一线贯串,散而不离。运思用笔,风趣幽默,触处生春。

溪上谣
宋　林希逸

溪上行吟山里应，　　　　　山边闲步溪间影；
　　　　　⌄25　　　　　　　　　　　　　　⌄23

每应人语识山声，　　　　　却向溪光见人性。
　　　　　　　　　　　　　　　　　　　　⌄24

溪流自漱溪不喧，　　　　　山鸟相呼山愈静。
　　　　　　　　　　　　　　　　　　　　⌄23

野鸡伏卵似养丹，　　　　　睡鸭栖芦如入定。
　　　　　　　　　　　　　　　　　　　　⌄25

人生何必学臞仙，　　　　　我行自乐如散圣。
　　　　　　　　　　　　　　　　　　　　⌄24

无人独赋溪山谣，　　　　　山能远和溪能听。
　　　　　　　　　　　　　　　　　　　　⌄25

　　主从通韵又上去通押，径韵为主、敬梗从之，首句入韵。作者既是诗人，又是画家，所以能兼取诗画之长，把诗情与画意结合起来，绘出了一幅意境幽远的"溪山图"：溪绕山间，泉流石上；溪上行吟，山边闲步；罕闻人语，但见溪光；溪流自漱，泠泠作响；山鸟相呼，嘤嘤成韵；野鸡伏卵，（似）高士养丹；睡鸭栖芦，（如）老僧入定……一切宁静和谐，真有出尘之感。

题李俨黄菊赋
辽　耶律弘基

昨日得卿黄菊赋，　　　　　碎剪金英填作句。
　　　　　⌄7　　　　　　　　　　　　　　⌄7

袖中犹觉有余香，　　　　　冷落西风吹不去。
　　　　　　　　　　　　　　　　　　　　⌄6

　　等立通韵，遇御同用，首句入韵。这是辽道宗耶律弘基写给其相李俨的一首诗（李俨先写《黄菊赋》献辽道宗）。首句写《赋》，次句用"金英"由《赋》切入到菊；后两句更深一层，从形到神，专写"袖中""余香"。诗家作诗，要求留好字以助警策，留好韵以助精神。本诗的好字好韵皆在末句，因而警策精神亦在末句，短短七个字，毫不见刀斧痕，却把全诗的精神升华到一个新的境界，既赞颂了黄菊（赋），也勉励了李俨。

小饮邢嵓夫家因次其韵
金　蔡松年

东风初度野梅黄，　　　醉我东山云雾窗。
只今相逢暮春月，　　　夜床风雨翻寒江。
人生离合几春事，　　　霜雪行侵青鬓双。
大梁一官且归去，　　　酒肠云梦吞千缸。

　　偶然出韵,江中杂阳,首句入韵。本诗抒发了与友人相逢的欣喜之情,以及辞官归隐的愿望。感情真挚,语短情长。

风雨渡扬子江
元　吴莱

大江西来自巴蜀，　　　直下万里浇吴楚。
我从扬子指蒜山，　　　旧读《水经》今始睹。
平生壮志此最奇，　　　一叶轻舟傲烟雨。
怒风鼓浪屹于城，　　　沧海输潮开水府。
凄迷滟澦恍如见，　　　潆洄扶桑杳何所。
须臾草树皆动摇，　　　稍稍鼋鼍欲掀舞。
黑云鲸涨颇心掉，　　　明月贝宫终色侮。

吟倚金山有暮钟，　　望穷采石无朝橹。
△
√7

谁欤敲齿咒能神，　　或有伛身言莫吐。
△
√7

向来天堑如有限，　　日夜军书费传羽。
△
√7

三楚畸民类鱼鳖，　　两淮大将犹熊虎。
△
√7

锦帆十里徒映空，　　铁锁千寻竟燃炬。
△
√6

桑麻夹岸收战尘，　　芦苇成林出渔户。
△
√7

宁知造物总儿戏，　　且揽长川入尊俎。
△
√6

悲哉险阻惟白波，　　往矣英雄几黄土！
△
√7

独思万载疏凿功，　　吾欲持觞酹神禹。
△
√7

主从通韵，虋主语从，首句不入韵。本诗是吴莱歌行体的代表作，气格雄壮，行文恣肆，情随景生，于空间与时间中出入开合，腾挪自如。

雨晴月下庆云庵观杏花

明　沈　周

杏花初开红满城，　　我眠僧房闻雨声。
。8
_8

侵朝急起看红艳，　　对房两株令眼明。
。8
_8

还宜夜坐了余兴，　　静免蜂蝶来纷争。
。8
_8

嫣然红粉本富贵，　　更借月露添妍清。
。8
_8

青苹流水未足拟，　　金莲影度双娉婷。
。8

庭 空 月 悄 花 不 语，　　　但 觉 风 过 微 香 生。
_9
　　　　　　　　　　　　　　　　　　　　　　　　　　　_8

老 僧 看 惯 不 为 意，　　　却 爱 小 纸 燕 脂 萦。
　　　　　　　　　　　　　　　　　　　　　　　　　　_8

高 斋 素 壁 可 长 有，　　　不 由 零 落 愁 人 情。
　　　　　　　　　　　　　　　　　　　　　　　　　　_8

　　偶然出韵，庚中杂青，首句入韵。本诗通过写杏花托物自况，表现了沈周高雅脱俗的情怀。无论是对景物的描绘还是情感的揭示，都层次井然，由表及里，由浅入深，平静而不奇拗，清新而不聱牙，如山间小溪，于潺湲间汇入大河，虽然终于不见了踪影，但自有清新的余韵存在。

毕 业 歌

现代　徐特立

休 夸 长 沙 十 万 口，　　　子 弟 不 教 非 我 有。
　　　　　　　　　√25　　　　　　　　　　　　√25

十 八 乡 镇 半 开 化，　　　不 数 通 人 难 持 久。
　　　　　　　　　　　　　　　　　　　　　　√25

莫 谓 乡 村 阻 力 多，　　　盘 根 错 节 须 能 手。
　　　　　　　　　　　　　　　　　　　　　　√25

莫 谓 乡 村 馆 谷 薄，　　　树 人 收 获 金 如 斗。
　　　　　　　　　　　　　　　　　　　　　　√25

大 家 努 力 树 桃 李，　　　使 我 古 潭 追 邹 鲁。
　　　　　　　　　　　　　　　　　　　　　　√7

　　本诗依《古音辩》协韵，有韵协尤音，麌韵协虞音，尤、虞两音互协，首句入韵。本诗为徐老任湖南长沙县女子师范学校校长时所作，是一首鼓励师范毕业生努力开展乡村教育的战歌。办好教育，是提高国民素质之本；办好乡村教育，是办好教育的基本保证。诗中所述，今天读来，依然很有教育意义。"通人"，《论衡·超奇》："博览古今者为通人"。"古潭"即长沙。"邹鲁"，春秋战国时代文化发达的邹国和鲁国。

送纵宇一郎东行

现代　毛泽东

云 开 衡 岳 积 阴 止，　　天 马 凤 凰 春 树 里。

年 少 峥 嵘 屈 贾 才，　　山 川 奇 气 曾 钟 此。

君 行 吾 为 发 浩 歌，　　鲲 鹏 击 浪 从 兹 始。

洞 庭 湖 水 涨 连 天，　　艟 艨 巨 舰 直 东 指。

无 端 散 出 一 天 愁，　　幸 被 东 风 吹 万 里。

丈 夫 何 事 足 萦 怀，　　要 将 宇 宙 看 稊 米。

沧 海 横 流 安 足 虑，　　世 事 纷 纭 从 君 理。

管 却 自 家 身 与 心，　　胸 中 日 月 常 新 美。

名 世 于 今 五 百 年，　　诸 公 碌 碌 皆 馀 子。

平 浪 宫 前 友 谊 多，　　崇 明 对 马 衣 带 水。

东 瀛 濯 剑 有 书 还，　　我 返 自 崖 君 去 矣。

偶然出韵，纸中杂荠，首句入韵。纵宇一郎，罗章龙在 1915 年同毛泽东初次通信时用的化名。1919 年 4 月罗去日本，临行前，新民学会在长沙北门外的平浪宫聚餐，为他饯行。毛泽东写了本诗送行，真挚地表达了惜别之情，并祝愿罗像鲲鹏一样成就一番事业，修身治国平天下。

（三）杂　言

艳歌何尝行·白鹄　二解
汉　无名氏

妻卒被病，　　　　　行不能相随。
　　　　　　　　　　　　　　－4

五里一反顾，　　　　六里一徘徊。
　　　　　　　　　　　　　　－10

　　等立通韵，支灰同用，首句不入韵。《艳歌何尝行·白鹄》由曲辞四解（首）和趋辞十句（一首）组成，共五首，它以双飞的白鹄作譬，表现了一对患难夫妻被迫分离的情态。这里引的二解和前面第十章引的三解（569），以及一解、四解都以雄鹄的口吻描写男子洒泪告别爱侣的情景，最后的趋辞（1293）则用女子的口吻，描写对重新聚首的期待。

东征歌
隋　王　通

我思国家兮，　　　　远游京畿。
　　　　　　　　　　　　　　－5

忽逢帝王兮，　　　　降礼布衣。
　　　　　　　　　　　　　　－5

遂怀古人之心兮，　　将兴太平之基。
　　　　　　　　　　　　　　　　－4

时异事变兮，　　　　志乖愿违。
　　　　　　　　　　　　　　－5

吁嗟道之不行兮，　　垂翅东归。
　　　　　　　　　　　　　　－5

皇之不断兮，　　　　劳身西飞。
　　　　　　　　　　　　　　－5

　　偶然出韵，微中杂支，首句不入韵。（"兮"字为语气词，不作押韵分析。）本诗在五、七言诗盛行的隋代选用骚体，外而符内，相得益彰，以发抒其豪情悲慨，可谓具眼。前六句抒以天下为己任之远大抱负，后六句叹"道之不行"之深沉悲慨。字字从肺腑中流出,不假雕饰,至为真实,感染力极强。事实上,隋虽结束了自汉末以来三百六十九年之分裂混乱局面;但在作者见过隋文帝并写出本诗的十五年以后,即因政治腐败透顶而灭亡了。

北风行

唐　李　白

烛龙栖寒门,　　　　　　光耀犹旦开。
　　　　　　　　　　　　　　-10

日月照之何不及此,　　　唯有北风号怒天上来。
　　　　　　　　　　　　　　　-10

燕山雪花大如席,　　　　片片吹落轩辕台。
　　　　　　　　　　　　　　-10

幽州思妇十二月,　　　　停歌罢笑双蛾摧。
　　　　　　　　　　　　　　-10

倚门望行人,　　　　　　念君长城苦寒良可哀。
　　　　　　　　　　　　　　　-10

别时提剑救边去,　　　　遗此虎文金鞞靫。
　　　　　　　　　　　　　　-9

中有一双白羽箭,　　　　蜘蛛结网生尘埃。
　　　　　　　　　　　　　　-10

箭空在,　　　　　　　　人今战死不复回。
　　　　　　　　　　　　　　-10

不忍见此物,　　　　　　焚之已成灰。
　　　　　　　　　　　　　　-10

黄河捧土尚可塞,　　　　北风雨雪恨难裁。
　　　　　　　　　　　　　　-10

　　偶然出韵,灰中杂佳,首句不入韵。本诗的主题是控诉战争罪恶,同情人民痛苦。信笔挥洒,时有妙语惊人;自然流畅,不露斧凿痕迹。成功地运用了夸张手法,收到比写实强烈得多的艺术效果。

花非花

唐 白居易

花 非 花 ， 雾 非 雾 ， 　　 夜 半 来 ， 天 明 去 。
　　　　　　　　＼7　　　　　　　　　　　　　＼6

来 如 春 梦 几 多 时 ？ 　　 去 似 朝 云 无 觅 处 。
　　　　　　　　　　　　　　　　　　　　　　　＼6

　　等立通韵，御遇同用，首句不入韵。白居易的诗，不仅以语言浅近著称，其意境亦多显露。本诗却颇具"朦胧"，用一连串的比喻(花、雾、梦)构成博喻，表现出一种对于生活中存在过、而又消逝了的美好的人与物的追念、惋惜之情。又本诗用三字句与七字句轮换的形式，兼有节律整饬与错综之美，极似后来的小令。所以后人就采此诗句法为词调，而以"花非花"为调名。上海古籍出版社 2004 年 2 月第 1 版《中华韵典》第 592 页上更把此诗作为"花非花"词的例词。

题湖南清绝图

宋 韩 驹

故 人 来 从 天 柱 峰 ， 　　 手 提 石 廪 与 祝 融 。
　　　　　　　　－2　　　　　　　　　　　　　　－1

两 山 坡 陀 几 百 里 ， 　　 安 得 置 之 行 李 中 ？
　　　　　　　　　　　　　　　　　　　　　－1

下 有 潇 湘 水 清 泻 ， 　　 平 沙 赤 岸 摇 丹 枫 。
　　　　　　　　　　　　　　　　　　　　　－1

渔 舟 已 入 浦 溆 宿 ， 　　 客 帆 日 暮 犹 争 风 。
　　　　　　　　　　　　　　　　　　　　　－1

我 方 骑 马 大 梁 下 ， 　　 怪 此 物 象 不 与 常 时 同 。
　　　　　　　　　　　　　　　　　　　　　　　　　－1

故 人 谓 我 乃 绢 素 ， 　　 粉 精 墨 妙 烦 良 工 。
　　　　　　　　　　　　　　　　　　　　　－1

都 将 湖 南 万 古 愁 ， 　　 与 我 顷 刻 开 心 胸 。
　　　　　　　　　　　　　　　　　　　　　－2

诗 成 画 往 默 惆 怅 ， 　　 老 眼 复 厌 京 尘 红 。
　　　　　　　　　　　　　　　　　　　　　－1

　　主从通韵,东主冬从,首句入韵。本诗具缩千里于尺幅的艺术概括,把《湖南清绝图》上展现的衡山诸峰与潇湘之水,描写得清新明畅,具有散文化的风格,又富于诗的韵味。结句既与开头的故人携画而来相呼应,激清了画的来综去迹,更将画中可望而不可即的清绝之境与眼前尘嚣纷扰的现实作了鲜明对照,表达了诗人厌弃尘俗、向往自然的意趣。

开禧记事二首(二)
宋　刘　宰

"婆饼焦",　　　　　　　　　　　"车载板"。
　　　　　　　　　　　　　　　　　　∨15

　饼焦有味婆可食,　　　　　有板盈车死不晚。
　　　　　　　　　　　　　　　　　∨13

　君不见比来翁姥尽饥死,　　狐狸嗛骨乌啄眼!
　　　　　　　　　　　　　　　　　∨15

　　等立通韵,潸阮同用,首句不入韵。本诗是禽言诗,这种诗同给鸟儿命名有关。钱钟书《宋诗选注》:"模仿着叫声给鸟儿起一个有意义的名字,再从这个名字上引申生发,来抒发情感,就是'禽言'诗。"诗中的"婆饼焦"、"车载板"就是鸟的名字。本诗的讽刺意味极深刻,作者不留情面地揭示南宋后期"中兴"的真相,展现了一幅惨不忍睹的画图。这就是:"翁姥尽饥死",死后还落得个"狐狸嗛骨乌啄眼"的结局。相比之下,有焦饼充饥,有板作棺木,尽管展转难熬,还算是上上大吉的了。如此反复转折,层层腾跃,足见诗人感慨之深沉。

冬青花
宋　林景熙

　冬青花,　　　　　　　花时一日肠九折。
　　　　　　　　　　　　　　　∧9

　隔江风雨晴影空,　　五月深山护微雪。
　　　　　　　　　　　　　　　∧9

　石根云气龙所藏,　　寻常蝼蚁不敢穴。
　　　　　　　　　　　　　　　∧9

　移来此种非人间,　　曾识万年觞底月。
　　　　　　　　　　　　　　　∧

蜀 魂 飞 绕 百 鸟 臣，   夜 半 一 声 山 竹 裂。

    偶然出韵，屑中杂月，首句不入韵。中国诗歌的传统写法有所谓"赋"、"比"、"兴"。本诗是用兴体，兴乃托事于物，故其事隐。物自是冬青花；事指南宋亡后诸帝陵被毁，林景熙等人收其遗骨，葬于会稽山中，又从宋帝殿移来冬青树植其上，以为标志。诗中充满凄怆之音，寄托了诗人深沉的故国之思。

送余学官归罗江

明 杨 慎

"豆 子 山 ，打 瓦 鼓 ；   阳 坪 山 ，撒 白 雨 。

白 雨 下 ，娶 龙 女 ；   织 得 绢 ，二 丈 五 。

一 半 属 罗 江 ，   一 半 属 玄 武 。"

我 诵 绵 州 歌 ，   思 乡 心 独 苦 。

送 君 归 ，   罗 江 浦 。

    偶然出韵，麌中杂语，首句不入韵。这是一首奇特的送别诗，前十句把诗人家乡的民间歌谣《绵州巴歌》整首采入，后四句才是自己的话。话的内容并无奇特，使人为之赞叹不已的是，这四句话同民间歌谣连在一起，色调竟然完全一致，通俗质朴的语言，长短错落的音节，都和《绵州巴歌》极为相配，看不出有丝毫拼凑的痕迹。

道 旁 碑

清 赵执信

道 旁 碑 石 何 累 累 ，   十 里 五 里 行 相 追 。

细 观 文 字 未 磨 灭 ，   其 词 如 出 一 手 为 。

盛称长吏有惠政，　　遗爱想像千秋垂。
就中行事极琐细，　　龃龉不顾识者嗤。
征输早毕盗终获，　　黉宫既葺城堞随。
先圣且为要名具，　　下此黎庶吁可悲。
居人遇直聊借问，　　姓名恍惚云不知。
住时于我本无恩，　　去后遣我如何思？
去者不思来者怒，　　后车恐蹈前车危。
深山凿石秋雨滑，　　耕时牛力劳挽推。
里社合钱乞作记，　　兔园老叟颐指挥。
请看碑石俱砖甓，　　身及妻子无完衣。
但愿太行山上石，　　化为滹沱水中泥。
不然道傍隙地正无限，　　那免年年常立碑！

　　主从通韵，支韵为主、微齐从之，首句不入韵。本诗以简明生动的语言揭示一个虚伪的社会现象，其讽刺矛头直指官僚集团，这在以官为主体的封建社会中无疑是大胆的行为。作者采取了对比手法，用碑文中的歌功颂德与现实中百姓对此深恶痛绝构成强烈对照，使官吏的丑恶嘴脸暴露无疑；诗人又直接引用居人之语，令诗意更为逼真而具有说服力。

登屴崱峰

现代 李木庵

昔游太行山， 今登屴崱峰。

太行山里云翻白， 屴崱峰头日耀红。

才教东渐入西徙， 潦倒孤踪类转蓬。

荜蓝疲敝无遑息， 到处山灵应笑侬。

年来意气更豪放， 不辞板荡陟崇墉。

入山赤脚忘行屐， 赖有姑射导飞踪。

攀藤蹑蹬踏云起， 奋身直捣百灵宫。

当前顾盼无一物， 领有东南谁与雄？

双涧怒涛匝地动， 虎门天堑划沟鸿。

大好河山堪镇摄， 忽来海水荡长空。

中原咤叱鹿争逐， 四野昏腾鬼暗纵。

我欲拔剑凌空去， 马尘起处歼群龙。

更当破浪横沧海， 斩取长鲸奠极东。

等立通韵，东冬同用，首句不入韵。屴崱峰，是位于福建福州市区东的鼓山之主峰。本诗作于 1915 年。其年袁世凯不仅丧权辱国接受了日本提出的《二十一条》，甚至策划窃国称帝。面对如此形势，作者匡时救国之心难捺，故借《登屴崱峰》一抒其志。前十句，叙述自己为寻求真理而南北奔波，虽潦倒失意，但如今仍意气豪放,登上旡崍峰。中八句,描绘登山时的经过及旡崍峰形势,借以抒发以天下为己任的昂扬意气。后八句,具体描述国家形势,抒发自己的豪情壮志,表达了参加反对袁世凯称帝、反对军阀混战、反对日本帝国主义的决心。

庆香港回归,颂《良辰》

当代　文怀沙

高歌大风兮寰宇清,　　　　　　手提落日兮莫西沉。
　　　　　_8　　　　　　　　　　　　_12

当年美君画良宵兮开国运,　　　今又欣看擎天巨椽兮绘良辰。
　　　　　　　　　　　　　　　　　　　　　　　　　_11

　　本诗依《词韵》协韵,"清"为第十一部,"沉"为第十三部,"辰"为第六部,三部通押,首句入韵。刘宇一教授是历史名画《良宵》的创作者。《良宵》自1988年珍藏于北京毛主席纪念堂以来,好评如潮,被誉为有重大历史意义的经典之作。《良辰》是《良宵》的姊妹篇。在《良辰》这幅巨制中,刘宇一以高度概括的艺术笔触,描绘了在祖国的天空下,邓小平、江泽民等国家领导人和为香港的回归和繁荣作出贡献的一百八十多位香港各界知名人士欢聚一堂的喜庆场面。作者观看了这一巨幅画作后,用楚辞骚体写下本首题贺诗。前两句写大风高歌环宇清明,当年号称"日不落"的大英帝国,如今已日落西沉,江河日下。后两句赞扬画家精制《良宵》与《良辰》两幅巨画的盛举,喜庆香港回归、百年国耻一朝雪洗的欣悦之情,溢于言表。

三、转　韵

(一) 五　言

白头吟

汉乐府

皑如山上雪,　　　　　　皎如云间月。
　　λ9　　　　　　　　　　　　λ6

闻君有两意,　　　　　　故来相决绝。
　　　　　　　　　　　　　　　　λ9

今日斗酒会,　　　　　　明旦沟水头;

踯躅御沟上， 沟水东西流。

凄凄复凄凄， 嫁娶不须啼；

愿得一心人， 白头不相离。

竹竿何嫋嫋， 鱼尾何簁簁。

男儿重义气， 何用钱刀为！

转韵夹通韵，屑月同用(4,4为该韵句数，下同。)→尤(4)→支齐同用(8)，平仄相间一处、以平承平一处，首句入韵，转韵第一句一不入韵一入韵。本诗塑造了一位个性鲜明的弃妇形象，不仅反映了封建社会妇女的婚姻悲剧，而且着力歌颂了女主人公对于爱情的高尚态度和她的美好情操。她的气度何等闲静，她的胸襟何等开阔，她较之于古诗中一般弃妇的形象是迥然不同的！

行行重行行

汉 无名氏

行行重行行， 与君生别离。

相去万余里， 各在天一涯；

道路阻且长， 会面安可知！

胡马依北风， 越鸟巢南枝。

相去日已远， 衣带日已缓；

浮云蔽白日， 游子不顾返。

思君令人老， 岁月忽已晚。

弃 捐 勿 复 道，　　　　努 力 加 餐 饭。

　　转韵、夹通韵，支(8)→阮中杂旱(8)，平仄相间，首句不入韵，转韵第一句入韵。本诗情真、景真、事真、意真，首叙初别之情、次叙路远会难、再叙相思之苦、末以宽慰期待作结：离合奇正，现转换变化之妙。不迫不露、句平意远的艺术风格，表现出东方女性热恋相思的心理特点，是《古诗十九首》中著名的一首。

赠从弟三首(其二)
魏　刘　桢

亭 亭 山 上 松，　　　　瑟 瑟 谷 中 风。

风 声 一 何 盛，　　　　松 枝 一 何 劲！

冰 霜 正 惨 悽，　　　　终 岁 常 端 正。

岂 不 罹 凝 寒？　　　　松 柏 有 本 性。

　　转韵、夹通韵，冬东同用(2)→敬(6)，平仄相间，首句及转韵第一句皆入韵，首韵为促起式。"建安七子"中的刘桢，是一位很有骨气的文士，《赠从弟三首》就显示了他的气骨。诗中运用比兴之法，分咏蘋藻、松柏、凤凰三物，以它们高洁、坚贞的品性和远大的怀抱，激励堂弟，亦以自勉，在大多抒写朋友往还之事、夫妇离聚之情的赠别诗中，可谓卓然独立、难与并能了。松柏自古以来为人们所称颂，成为秉性坚贞，不向恶势力屈服的象征。孔子当年就曾满怀激情地赞美它："岁寒然后知松柏之后凋也。"本诗辞气壮盛、笔力遒劲，正可与松柏的抗风傲霜之节并驱，并以此为喻，勉励堂弟常怀坚贞之节。

野田黄雀行
魏　曹　植

高 树 多 悲 风，　　　　海 水 扬 其 波。

利 剑 不 在 掌，	结 交 何 须 多？
	5
不 见 篱 间 雀，	见 鹞 自 投 罗？
	5
罗 家 见 雀 喜，	少 年 见 雀 悲。
	4
拔 剑 捎 罗 网，	黄 雀 得 飞 飞。
	5
飞 飞 摩 苍 天，	来 下 谢 少 年。
1	1

转韵、夹通韵，波(6)→支微同用(4)→先(2)，皆以平承平，首句不入韵，转韵第一句一不入韵一入韵，末韵为促收式。曹丕继位后，立即把曹植的"至交"丁仪、丁廙杀了。好友被杀，曹植无力相救，本诗所抒写的，就是这样一种悲愤情绪。

拟挽歌辞三首(三)
晋 陶渊明

荒 草 何 茫 茫，	白 杨 亦 萧 萧。
	2
严 霜 九 月 中，	送 我 出 远 郊。
	3
四 面 无 人 居，	高 坟 正 嶕 峣。
	2
马 为 仰 天 鸣，	风 为 自 萧 条。
	2
幽 室 一 已 闭，	千 年 不 复 朝。
	2
千 年 不 复 朝，	贤 达 无 奈 何。
	5
向 来 相 送 人，	各 自 还 其 家。
	6
亲 戚 或 余 悲，	他 人 亦 已 歌。
	5

　　　　　死 去 何 所 道，　　　　　托 体 同 山 阿。
　　　　　　　　　　　　　　　　　　　　　　　。
　　　　　　　　　　　　　　　　　　　　　　　5

　　转韵、夹通韵，萧中杂肴(10)→歌中杂麻(8)《古律》第 31 页有："歌麻在六朝相通。"以平承平，首句及转韵第一句皆不入韵。一提陶渊明，人们马上想到他是中国古代诗歌田园诗的代表者，想到他的"采菊东篱下，悠然见南山"(750)，这是陶诗的一个主要方面；随着对陶诗的进一步学习，我们还看到陶诗的另一个重要方面，就是"刑天舞干戚，猛志固常在"(678)"金刚怒目式"的一面；其实，陶渊明及其诗歌还有一个突出的方面，就是《拟挽歌辞三首》显示的勘破生死关的达观思想。组诗第一首开宗明义，"有生必有死，早终非命促"是作者对生死观的中心思想。"得失不复知，是非安能觉！千秋万岁后，谁知荣与辱？"是作者大彻大悟之言。第二首写由入殓到受奠的过程。第三首写送殡下葬的过程，尤突出写了送葬者。这里所引的就是第三首，是组诗中最好的一首，萧统的《文选》也只选了这一首。本篇最精彩的，全在最后六句。"向来"两句是写了真实。"亲戚"两句是识透人生真谛后提炼出来的话。家人亲戚，因为跟自己有血缘关系，可能想到死者还有点难过；而一般人，为人送葬不过是礼节性的周旋应酬，从感情上说，是没有什么悲伤的，只要葬礼一毕，自然可以歌唱了。这是陶渊明看透了世俗人情，思想上真正达观而毫无矫饰之处，陶之可贵亦在于此。最后"死去"两句在佛教轮回观念大为流行的晋宋之交，也是十分难能可贵的唯物观点。总之，在陶渊明之前，贤如孔孟，达如老庄，还没有一个人从死者本身角度来设想离开人世之后有哪些主客观方面的情状发生；而陶渊明不但这样想了，并且把它们一一用形象化的语言写成了诗，其创新程度可以说是"前不见古人"(730)，后倒启来者(821)了。

五字叠韵诗

梁　萧衍等六人

　　　　后 牖 有 榴 柳，　　　　　梁 王 长 康 强。
　　　　√25 √25 √25 √25 √25　　　　_7 _7 _7 _7 _7

　　　　偏 眠 船 弦 边，　　　　　载 载 每 碍 埭。
　　　　_1 _1 _1 _1 _1　　　　丶11 丶11 丶11 丶11 丶11

　　　　六 斛 熟 鹿 肉，　　　　　膜 苏 姑 枯 卢。
　　　　λ1 λ1 λ1 λ1 λ1　　　　⁻7 ⁻7 ⁻7 ⁻7 ⁻7

　　转韵，有(1)→阳(1)→先(1)→队(1)→屋(1)→虞(1)，平仄相间三处、以平承平一处、以仄承仄一处，首句及转韵第一句皆入韵。这是一首联句诗，由梁武帝萧

衍、刘孝绰、沈约、庾肩吾、徐摛、何逊六人各人吟一句而成。诗用叠韵,所谓叠韵,
王国维《人间词话》说:"两字同一母音(即韵母)者,谓之叠韵。如梁武帝'后牖有榴
柳'……刘孝绰之'梁王长康强'……"每句五个字押同一韵,而句与句之间则无法
押韵。此诗的价值在于:它是梁武帝扬州同泰寺审音大会的基础,它透露了审音大
会前我国的音韵体系已经成熟。另外它提供了古今音变化的坐标,我们是以隋朝
陆法言所撰《切韵》为依据(后逐步演化为《佩文诗韵》568),隋离梁的时代不远,其
音系大致相同,如"队""代"同用,至今这些字,除入声一组已派入平上去三声外,其
他都未变,依旧同属一个韵部,声调也未变。总之,此诗的内容不值一提,且属游戏
笔墨,但在音韵学上却有很高的参考价值。且六句三联,联内相对,联间互黏,是今
体诗形成的必要条件。

杂体诗三十首·古离别

梁 江 淹

远 与 君 别 者,　　　　乃 至 雁 门 关。
　　　　　　　　　　　　　　　　　　　　˗15

黄 云 蔽 千 里,　　　　游 子 何 时 还?
　　　　　　　　　　　　　　　　　　　　˗15

送 君 如 昨 日,　　　　檐 前 露 已 团。
　　　　　　　　　　　　　　　　　　　　˗14

不 惜 蕙 草 晚,　　　　所 悲 道 里 寒。
　　　　　　　　　　　　　　　　　　　　˗14

君 在 天 一 涯,　　　　妾 身 长 别 离。
　　　　　　　　　˗4　　　　　　　　　˗4

愿 一 见 颜 色,　　　　不 异 琼 树 枝。
　　　　　　　　　　　　　　　　　　　　˗4

菟 丝 及 水 萍,　　　　所 寄 终 不 移。
　　　　　　　　　　　　　　　　　　　　˗4

　　转韵、夹通韵,删寒同用(8)→支(6),以平承平,首句不入韵,转韵第一句入韵。
《杂体诗三十首》是江淹的代表作,逐次模拟汉魏至晋宋以来诸家的五言诗。本诗
是第一首,题材是《古诗》中常见的游子思妇的相思离别,用诉说口吻,极富抒情性,
语言浅显自然,显得家常而亲切。诗中化用《古诗》的一些语句,如"黄云蔽千里,游
子何时还"就是化用《古诗十九首·行行重行行》(803)中"浮云蔽白日,游子不顾
返"等,熔铸得浑然一体,是摹拟的上乘之作。

送韦司马别

梁　何　逊

送 别 临 曲 渚， ▽6	征 人 慕 前 侣。 ▽6
离 言 虽 欲 繁，	离 思 终 无 绪。 ▽6
悯 悯 分 手 毕，	箫 箫 行 帆 举。 ▽6
举 帆 越 中 流， 。11	望 别 上 高 楼。 。11
予 起 南 枝 怨，	子 结 北 风 愁。 。11
逦 逦 山 蔽 日，	汹 汹 浪 隐 舟。 。11
隐 舟 邈 已 远， ▽13	徘 徊 落 日 晚。 ▽13
归 衢 并 驾 奔，	别 馆 空 筵 卷。 ▽16
想 子 敛 眉 去，	知 予 衔 泪 返。 ▽13
衔 泪 心 依 依， ‾5	薄 暮 行 人 稀。 ‾5
暧 暧 入 塘 港，	蓬 门 已 掩 扉。 。5
帘 中 看 月 影，	竹 里 见 萤 飞。 。5
萤 飞 飞 不 息， ㄨ13	独 愁 空 转 侧。 ㄨ13
北 窗 倒 长 簟，	南 邻 夜 闻 织。 ㄨ13
弃 置 勿 复 陈，	重 陈 长 叹 息。 ㄨ13

转韵、夹通韵，语(6)→尤(6)→阮中杂铣(6)→微(6)→职(6)，皆平仄相间，首

句及转韵第一句皆入韵。本诗的艺术特色有三：一是四次转韵，共用五韵，皆平仄相间，符合本篇开始(616)摘引《古体诗律学》中新式古风的三个条件之一，这表明古体诗从随便换韵到有规律换韵的起步开始了。二是"顶真格"即"联珠格"的成功运用。所谓"顶真格"，就是以上句或上段的末几字做下句或下段的开头，使语句递接紧凑而生动畅达，读来抑扬顿挫，缠绵不绝。本诗中五韵即五段，每段中间"顶真"，又有两种情况，一种完全相同，如"隐身"、"萤飞"，另一种稍有变化，如"帆举"变为"举帆"，"衔泪返"变为"衔泪心"。三是叠字的运用，本诗用了六组叠字："悯悯"、"萧萧"、"逦逦"、"泅泅"、"依依"、"暖暖"，增强了艺术感染力。

奉和湘东王春日诗
梁 鲍 泉

新莺始新归，　　　　　新蝶复新飞。

新花满新树，　　　　　新月丽新晖。

新光新气早，　　　　　新望新盈抱。

新水新绿浮，　　　　　新禽新听好。

新景自新还，　　　　　新叶复新攀。

新枝虽可结，　　　　　新愁讵解颜？

新思独氛氲，　　　　　新知不可闻。

新扇如新月，　　　　　新盖学新云。

新落连珠泪，　　　　　新点石榴裙。

转韵，微(4)→皓(4)→删(4)→文(6)，平仄相间二处、以平承平一处，首句及转韵第一句皆入韵。湘东王萧绎原唱《春日诗》用"重字"格式，每句都重复一二个"春"字。鲍泉的这首诗，用"新"字奉和"春"字，每句也重复一二个"新"字，诗共十八句，用了三十个"新"字，其中十二句每句用两个"新"字，六句每句用一个"新"字，且句句用"新"字起头,可谓匠心独运,巧妙至极。新是春的主要特征,故"新"即含"春"意,而"新"字又比"春"字含义丰富,故笔墨的回旋余地大得多。在充分描绘了春天的新景后,诗先写"新愁"、"新思"之苦,再写"新扇"、"新盖"之乐,最后写"新泪"之悲,层层递进,步步深化。章法井然,有曲折,有变化,情致缠绵,耐人玩味。这种重字格式为诗体的一种,可聊备一格。

拟咏怀二十七首(其十)

北朝　庾信

悲 歌 渡 燕 水,　　　　　　弹 节 出 阳 关。
　　　　　　　　　　　　　　　　　　　　　　－15

李 陵 从 此 去,　　　　　　荆 卿 不 复 还。
　　　　　　　　　　　　　　　　　　　　　　－15

故 人 形 影 灭,　　　　　　音 书 两 俱 绝。
　　　　　　　△ 入9　　　　　　　　　　　△ 入9

遥 看 塞 北 云,　　　　　　悬 想 关 山 雪。
　　　　　　　　　　　　　　　　　　　　　　△ 入9

游 子 河 梁 上,　　　　　　应 将 苏 武 别。
　　　　　　　　　　　　　　　　　　　　　　△ 入9

转韵,删(4)→屑(6),平仄相间,首句不入韵,转韵第一句入韵。庾信以自己羁留北方的心情去体会李陵当初陷于匈奴的处境,又借抒写李陵身陷塞外的心境寄托自己羁留异域、遥念故国的哀思。在艺术表现上吸取"苏李诗"中重叠递进的章法,以及运用浮云喻游子的比兴手法。虽然构思巧妙,用典精当,颇多偶对,但像汉代五言诗一样兴象浑沦,句调谐畅,因而能散雕为朴,深得古意。

西 洲 曲

南朝乐府民歌　无名氏

忆 梅 下 西 洲,　　　　　　折 梅 寄 江 北。
　　　　　　　　　　　　　　　　　　　△ 入13

单 衫 杏 子 红,　　　　　　双 鬓 鸦 雏 色。
　　　　　　△　　　　　　　　　　　　△ 入13

西 洲 在 何 处?　　　　　　两 桨 桥 头 渡。
　　　　　　　△　　　　　　　　　　　　　△

日暮伯劳飞，风吹乌白树。

树下即门前，门中露翠钿。

开门郎不至，出门采红莲。

采莲南塘秋，莲花过人头。

低头弄莲子，莲子青如水。

置莲怀袖中，莲心彻底红。

忆郎郎不至，仰首望飞鸿。

鸿飞满西洲，望郎上青楼。

楼高望不见，尽日栏杆头。

栏干十二曲，垂手明玉如。

卷帘天自高，海水摇空绿。

海水梦悠悠，君愁我亦愁。

南风知我意，吹梦到西洲。

转韵、夹通韵，职(4)→遇御同用(4)→先(4)→尤(2)→纸(2)→东(4)→尤(4)→沃(4)→尤(4)，平仄相间五处、以平承平二处、以仄承仄一处，首句不入韵，转韵第一句皆入韵。《西洲曲》艺术造诣自然高妙，体现了南朝乐府之最高成就。论其构思，圆满具备中国诗歌意境回环宛转之美。以时间言，则从冬至春，从夏至秋，兼以日日夜夜，已极四季相思、日夜相思、回环宛转之致。以空间言，则相思于西洲、于门前、于南塘、于高楼、于天、于海，相思真无往而不在，已遍其生活之空间。而整幅意境起自西洲，终于西洲(起是实在，终是梦到，实虚相生)，亦极回环宛转之致。

构思造境回环宛转之美,乃是绵绵情思固执不舍之体现。诗中所写之爱情,是清如秋水之纯情,更有一种择善固执而不舍之向上精神,是中国爱情诗之真谛。此外,全诗多用比兴,而比兴皆取江南风光,又多用接字法,善用谐音双关,都表明本诗在艺术上是南朝乐府之绝唱。

长 干 行

唐 李 白

妾发初复额。　　　　　折花门前剧。
　　　λ11　　　　　　　　λ11

郎骑竹马来。　　　　　绕床弄青梅。
　　　ˉ10　　　　　　　　ˉ10

同居长干里,　　　　　两小无嫌猜。
　　　　　　　　　　　　ˉ10

十四为君妇,　　　　　羞颜未尝开。
　　　　　　　　　　　　ˉ10

低头向暗壁,　　　　　千唤不一回。
　　　　　　　　　　　　ˉ10

十五始展眉,　　　　　愿同尘与灰。
　　　　　　　　　　　　ˉ10

常存抱柱信,　　　　　岂上望夫台。
　　　　　　　　　　　　ˉ10

十六君远行,　　　　　瞿塘滟滪堆。
　　　　　　　　　　　　ˉ10

五月不可触,　　　　　猿声天上哀。
　　　　　　　　　　　　ˉ10

门前迟行迹,　　　　　一一生绿苔。
　　　　　　　　　　　　ˉ10

苔深不能扫。　　　　　落叶秋风早。
　　　∨19　　　　　　　　∨19

八月蝴蝶黄,　　　　　双飞西园草。
　　　　　　　　　　　　∨19

感此伤妾心,　　　　　坐愁红颜老。
　　　　　　　　　　　　△

早 晚 下 三 巴 。　　　　预 将 书 报 家 。

相 迎 不 道 远 ，　　　　直 至 长 风 沙 。

转韵，陌(2)→灰(18)→皓(6)→麻(4)，皆平仄相间、符合新式古风条件之一，首句及转韵第一句皆入韵，首韵为促起式。《长干行》为乐府旧题。长干，在今南京市秦淮河畔，其地山川狭长，士民杂处，号长干里。历代文人仿制，皆咏此地风情。本诗以独白技法，写年少商妇怀念夫君之情。"青梅竹马"、"两小无猜"两成语出于本诗。诗中化用古乐府《孔雀东南飞》句式："十三能织素，十四学裁衣，十五弹箜篌，十六诵诗书，十七为君妇，心中常苦悲。"(1274)诗人独具之俊逸之气，融入乐府诗风，写来明艳娇憨清新可喜。又本诗比白居易《琵琶行》(851)早半个多世纪，是最早在封建正统文学中透露了一些市民信息，是《琵琶行》等一类作品的先驱。

妾 薄 命
唐 李 白

汉 帝 重 阿 娇 ，　　　　贮 之 黄 金 屋 。

咳 唾 落 九 天 ，　　　　随 风 生 珠 玉 。

宠 极 爱 还 歇 ，　　　　妒 深 情 却 疏 。

长 门 一 步 地 ，　　　　不 肯 暂 回 车 。

雨 落 不 上 天 ，　　　　水 覆 难 再 收 。

君 情 与 妾 意 ，　　　　各 自 东 西 流 。

昔 日 芙 蓉 花 ，　　　　今 成 断 根 草 。

以 色 事 他 人 ，　　　　能 得 几 时 好 ？

转韵、夹通韵,屋沃同用(4)→鱼(4)→尤(4)→皓(4),平仄相间二处,以平承平一处,首句及转韵第一句皆不入韵,皆四句一转韵,符合新式古风条件之一。《妾薄命》是乐府古题,本诗"依题立义",通过对汉武帝陈皇后阿娇由得宠到失宠的描写,揭示了封建社会中妇女以色事人,色衰而爱驰的悲剧命运。"覆水难收"作为成语流传此后。

月下独酌四首(其一)

唐　李　白

花 间 一 壶 酒,	独 酌 无 相 亲。
	⁻11
举 杯 邀 明 月,	对 影 成 三 人。
	⁻11
月 既 不 解 饮,	影 徒 随 我 身。
	⁻11
暂 伴 月 将 影,	行 乐 须 及 春。
	⁻11
我 歌 月 徘 徊,	我 舞 影 零 乱。
	△15
醒 时 同 交 欢,	醉 后 各 分 散。
	△15
永 结 无 情 游,	相 期 邈 云 汉。
	△15

转韵,真(8)→翰(6),平仄相间,首句及转韵第一句皆不入韵。在"月下独酌"笼罩下,诗人运用丰富的想象,表现出一种由独而不独,由不独而独,再由独而不独的复杂情感。表面看来,诗人真能自得其乐,可是背面却有着无限的凄凉。陶渊明诗有形、影、神,李太白诗写月、影、我,可见古之大诗人异曲同工。孤独的诗人只能使醉中人与天上月、花前影永远结游,并且相约在那邈远的上天仙境再见。结尾两句,点尽了诗人的踽踽凉凉之感。

石壕吏

唐　杜　甫

暮 投 石 壕 村,	有 吏 夜 捉 人。

老翁逾墙走，　　老妇出门看。

吏呼一何怒！　　妇啼一何苦！

听妇前致词：　　"三男邺城戍。

一男附书至，　　二男新战死。

存者且偷生，　　死者长已矣！

室中更无人，　　惟有乳下孙。

有孙母未去，　　出入无完裙。

老妪力虽衰，　　请从吏夜归。

急应河阳役，　　犹得备晨炊。"

夜久语声绝，　　如闻泣幽咽。

天明登前途，　　独与老翁别。

　　转韵、夹通韵又上去通押，元真寒同用(4)→遇麌同用(4)→纸寘同用(4)→真元文同用(4)→支微同用(4)→屑(4)，皆四句一换韵、符合新式古风一个条件，平仄相间三处、以平承平一处、以仄承仄一处，首句及转韵第一句皆入韵。这是诗人从洛阳回华州任所途中所见所闻，写成组诗"三吏"、"三别"中的一首，全诗主题是通过"有吏夜捉人"的形象描绘，揭露官吏的横暴，反映人民的苦难。由于诗人笔墨简洁、洗练，全诗仅一百二十字，却在惊人的广度与深度上反映了生活中的矛盾与冲突，是十分难能可贵的。

长歌续短歌

唐　李　贺

长 歌 破 衣 襟，　　　短 歌 断 白 发 。
　　　　　　　　　　　　　　　　　　λ6

秦 王 不 可 见，　　　旦 夕 成 内 热 。
　　　　　　　　　　　　　　　　　　λ9

渴 饮 壶 中 酒，　　　饥 拔 陇 头 粟 。
　　　　　　　　　　　　　　　　　　λ2

凄 凉 四 月 阑，　　　千 里 一 时 绿 。
　　　　　　　　　　　　　　　　　　λ2

夜 峰 何 离 离，　　　明 月 落 石 底 。
　　　　　　　　　　　　　　　　　　✓8

徘 徊 沿 石 寻，　　　照 出 高 峰 外 。
　　　　　　　　　　　　　　　　　　ヽ9

不 得 与 之 游，　　　歌 成 鬓 先 改 。
　　　　　　　　　　　　　　　　　　✓10

转韵、夹通韵又上去通押,沃韵为主、月屑从之(8)→荠泰贿同用(6),以仄承仄,首句及转韵第一句皆不入韵。这首悲歌在立意和表现手法上,都与《离骚》很相似。"夜峰何离离,明月落石底",哀婉凄伤,寄托深远,诗人把自己的意志和情绪融化在生动的比喻和深邃的意境中,含蓄隽永,优美动人,颇得《离骚》的神髓。

别　离

唐　陆龟蒙

丈 夫 非 无 泪，　　　不 洒 离 别 间 。
　　　　　　　　　　　　　　　　　　–15

杖 剑 对 尊 酒，　　　耻 为 游 子 颜 。
　　　　　　　　　　　　　　　　　　–15

蝮 蛇 一 螫 手，　　　壮 士 即 解 腕 。
　　　　　　　　　　　　　　　　　　ヽ15

所 志 在 功 名，　　　离 别 何 足 叹 。
　　　　　　　　　　　　　　　　　　ヽ15

转韵,删(4)→翰(4),四句一转韵,平仄相间,符合新式古风三个条件中的二个,首句及转韵第一句皆不入韵。这首诗,叙离别而全无依依不舍的离愁别怨,写得慷慨激昂,议论滔滔,形象丰满,别具一格。

哭 张 六
宋 徐 积

> 欲 视 目 已 瞑,   欲 语 口 已 噤。 ↘27
>
> 欲 动 肉 已 寒,   欲 书 手 已 硬。 ↘24
>
> 惟 有 心 上 热,   惟 有 心 上 悲。 −4
>
> 此 热 须 臾 间,   此 悲 无 休 时。 −4
>
> 所 悲 孤 儿 寒,   所 悲 孤 儿 饥。 −4
>
> 苦 苦 复 苦 苦,   此 悲 遂 入 土。 ∨7   ∨7

转韵、夹通韵,沁敬同用(4)→支(6)→麌(2),皆平仄相间,首句不入韵,转韵第一句一不入韵一入韵,末韵为促收式,沁敬同用是受《词韵》影响而协韵,因沁韵为《词韵》第十三部,敬韵为《词韵》第十一部,两部可通押。作者所哭张六,是一位贫士,也是作者的妹夫。其妹嫁后早亡,遗有孤甥,而张六又不幸病故,室中唯有孤甥与其祖母。全诗几乎全篇皆重字、重词,写得很凄苦,哀音镇纸,字字血泪,怆恻感人。

赣上食莲有感
宋 黄庭坚

> 莲 实 大 如 指,   分 甘 念 母 慈。
> — | | — | a¹   — — | | — B −4
>
> 共 房 头 觖 觖,   更 深 兄 弟 思。
> | — — | | b | — — | — B¹

实 中 有 么 荷，　　　　拳 如 小 儿 手。
| — | | —　　　　— — | — | b¹　✓25

令 我 念 众 雏，　　　　迎 门 索 梨 枣。
| | | | —　　　　| | | | | b¹　✓19

莲 心 政 自 苦，　　　　食 苦 何 能 甘？
— — | | | b¹　　　| | — — — A¹　_13

甘 飡 恐 腊 毒，　　　　素 食 则 怀 惭。
— — | | | b¹　　　| | — — — A　_13

莲 生 淤 泥 中，　　　　不 与 泥 同 调。
— — | — —　　　　| | — — | a　✓18

食 莲 谁 不 甘，　　　　知 味 良 独 少。
| — — | — B¹　　　| | — | | ✓17

吾 家 双 井 塘，　　　　十 里 秋 风 香。
— — | | — B¹　　　| | — — — A¹　_7

安 得 同 袍 子，　　　　归 制 芙 蓉 裳。
— | — — | a　　　　— | — — — A¹　_7

转韵、夹通韵又上去通押，支(4)→有皓同用(4)→覃(4)→啸篠同用(4)→阳(4)，皆四句一转韵，皆平仄韵相间，又全诗二十句中有十六句入律(律句或拟律，即正格或变格与拗救)，新式古风的三个条件皆符合，所以本诗是典型的新式古风。首句不入韵，转韵第一句三不入韵一入韵。又有韵属尤韵，皓韵属豪韵，故有皓两韵是依《古音辩》"萧、肴、豪、尤四韵皆协尤音"而协韵通押。本诗构思很新，写出了前人未写过的食莲知味，就是从"分甘"、"食苦"中引出各种感想来，最后想到归隐，效屈原的"修吾初服"(《离骚》："进不入以离尤兮，退将复修吾初服。制芰荷以为衣兮，集芙蓉以为裳。")，含蓄地表示进不免遭祸，还不如退归，具有深切的感慨。

跋子瞻和陶诗
宋　黄庭坚

子瞻谪岭南，　　　　　时宰欲杀之。

饱吃惠州饭，　　　　　细和渊明诗。

彭泽千载人，　　　　　东坡百世士。

出处虽不同，　　　　　风味乃相似。

　转韵，支（4）→纸（4），四句一转韵，平仄相间，符合新式古风三个条件中的二个，首句及转韵第一句皆不入韵。东坡和陶诗共一百零九首（和《饮酒诗》二十首，和《归园田居》八十九首），风格内容多种多样。作者紧紧抓住"风味乃相似"这个特点，专写东坡胸怀。言为心声，其人如此，与陶相似，其细心和诗，境界可知。这是作者以简驭繁，遗貌取神，探骊得珠之处。八句中上下数百年，至少有四大转折，这是山谷短古的刻意求精之作。

渔家傲
宋　晁补之

渔家人言傲，　　　　　城市未曾到。

生理自江湖，　　　　　那知城市道。

晴日七八船，　　　　　熙然在清川。

但见笑相属，　　　　　不省歌何曲。

忽然四散归，　　　　　远处沧洲微。

或云后车载，　　　　　藏去无复在。

　　　至　老　不　曲　躬，　　　　　　羊　裘　行　泽　中。
　　　　　　　　　　○
　　　　　　　　　‾1　　　　　　　　　　　　　　　　‾1

　　转韵、夹上去通押，号皓同用(4)→先(2)→沃(2)→微(2)→贿(2)→东(2)，皆平仄相间，首句及转韵第一句皆入韵，除起四句为一韵外，后面都是两句一韵，故本诗是以短韵为主的古风。诗人笔下的"渔家"，行舟江河，傲放湖泽；逍遥自在，悠闲自乐。他们既不为名利所动，亦不因权贵折节；超然物外，远离尘嚣。显然，这是一种非现实的"渔家"生活，其中寄托了作者的理想，蕴藏着他寄情山水、归隐湖泽的志向。通观全诗，洒脱轻快，确是一首因事立题、即事名篇的《渔家傲》。

杂　兴

宋　张　镃

　　　渊　明　膝　上　桐，　　　　　　一　丝　不　肯　挂。
　　　—　·—　|　|　—B　　　　　　 |　—　|　|　|
　　　　　　　　　　　　　　　　　　　　　　　　　　、10

　　　弹　声　聒　天　地，　　　　　　无　人　知　此　话。
　　　—　—　|　—　|　b¹　　　　　　 —　—　—　|　|　b
　　　　　　　　△　　　　　　　　　　　　　　　△　　、10

　　　谓　琴　只　这　是，　　　　　　世　间　何　用　弦？
　　　|　—　|　|　|　　　　　　　　 |　—　—　|　—B¹
　　　　　　　　　　　　　　　　　　　　　　　　　　○
　　　　　　　　　　　　　　　　　　　　　　　　　‾1

　　　谓　在　有　无　中，　　　　　　其　然　岂　其　然？
　　　|　|　|　—　—A　　　　　　　 —　—　|　—　—
　　　　　　　　　　　　　　　　　　　　　　　　　　○
　　　　　　　　　　　　　　　　　　　　　　　　　‾1

　　转韵，卦(4)→先(4)，平仄相间，四句一转韵，首句及转韵第一句皆不入韵，全诗八句，五句入律，新式古风三个条件都符合，为新式古风。作者有一组《杂兴》诗，大多写古代人物有关事迹，并对此进行富于理趣的评论，本篇是其中一首，就晋代陶渊明蓄有无弦琴事抒感。据梁昭明太子萧统所作《陶渊明传》称："渊明不解音律，而蓄无弦琴一张，每有酒适，辄抚弄以寄其意。"本诗就此事发表抒感。笔者以为，世上本没有"最好的"，只有"适合的"。各人的志向、情趣、生活方式各异，只要自己认为"适合的"，那对他就是"最好的"，他人是不必多言的，即"只这是"是也。正如不解音律的陶渊明，常抚弄无弦琴以娱心意，实在是"其然"能"寄其意"也。

薤露歌

明 刘 基

蜀琴且勿弹，　　　齐竽且莫吹，

四筵并寂听，　　　听我薤露诗。

昨日七尺躯，　　　今日为死尸，

亲戚空满堂，　　　魂气安所之。

金玉素所爱，　　　弃捐篋笥中，

佩服素所爱，　　　凄凉挂悲风。

妻妾素所爱，　　　洒泪空房栊，

宾客素所爱，　　　分散各西东。

仇者自相快，　　　亲者自相悲，

有耳不复闻，　　　有目不复窥。

譬彼烛上火，　　　一灭无光辉，

譬彼空中云，　　　散去绝余姿。

人生无百岁，　　　百岁复如何？

谁能将两手，　　　挽彼东逝波？

古来英雄士，　　　俱已归山阿。

有酒且尽欢，　　　听我薤露歌。

_5

转韵、夹通韵，支(8)→东(8)→支中杂微(8)→歌(8)，皆以平承平，首句及转韵第一句皆不入韵。采用诙谐的语调、利用挽歌的形式来抒怀，并非刘基首创，陶渊明就写过《挽歌辞》(805)，曾有"千秋万岁后，谁知荣与辱？但恨在世时，饮酒不得足"的感慨。刘基此诗正是在陶诗基础上所作的扩充和演绎，主旨和风格相当一致，表现了同样力求超脱淡泊的心境。

夜宿丘园

明　徐　渭

老 树 挲 空 云，　　　　　　长 藤 网 溪 翠。
　　　　　　　　　　　　　　　　　　　 △
　　　　　　　　　　　　　　　　　　　 ╲4

碧 火 冷 枯 根，　　　　　　前 山 友 精 祟。
　　　　　　　　　　　　　　　　　　　 △
　　　　　　　　　　　　　　　　　　　 ╲4

或 为 道 士 服，　　　　　　月 明 对 人 语。
　　　　　　　　　　　　　　　　　　　 △
　　　　　　　　　　　　　　　　　　　 ╲6

幸 勿 相 猜 嫌，　　　　　　夜 来 谈 客 旅。
　　　　　　　　　　　　　　　　　　　 △
　　　　　　　　　　　　　　　　　　　 ╲6

转韵，真(4)→语(4)，以仄承仄，首句及转韵第一句皆不入韵。就原来的素材说，本诗完全可以写成另一种情调，譬如寂寞旅途中陌生人彼此相亲近的温暖，也可是一首好诗。但本诗写成的意境，是那样阴郁和不安，如中唐李贺的诗，充满了"鬼气"，连好意来闲谈的道士，都带来一份恐怖和威胁。这就说明一个道理：诗人的心境与其创作的诗境是密切相关的，同样的素材可以写出截然相反的诗作，但都是诗人心境的反映。徐渭一生历经坎坷，本诗就反映了他始终感受到的外部世界对自我心灵的压迫，并在自我心灵对外部世界的敏感与警觉中，表现出某种对抗意识。

灌 花 吟

清　宋 湘

朝 朝 课 僮 子，　　　　　　朝 朝 起 灌 花。
— — ｜ — ｜ b^1　　　　 — — ｜ ｜ 。B
　　　　　　　　　　　　　　　　　　　 _6

花 天 花 气 力，
— — — ｜ ｜ b

但 得 花 香 满，
｜ ｜ — — ｜ a
　　　　　✓14

僮 子 亦 何 辞，
— ｜ ｜ — — A

昨 日 井 汲 浅，
｜ ｜ ｜ ｜ ｜

汲 深 犹 绠 短，
｜ — — ｜ ｜ b

借 问 远 何 许？
｜ ｜ ｜ — ｜ a¹

出 城 复 入 城，
｜ — ｜ ｜ —

不 惜 一 里 劳，
｜ ｜ ｜ ｜ —
　　　　　。_4

千 花 主 人 喜，
— — ｜ — ｜ b¹

嗟 哉 远 如 此，
— — ｜ — ｜ b¹
　　　　　✓4

急 收 调 水 符，
｜ — ｜ ｜ —

得 饮 滋 芳 华。
｜ ｜ — — — 。A¹
　　　　　_6

恣 僮 饮 餐 饭，
｜ — ｜ — ｜
　　　　　✓13

忽 道 一 声 远。
｜ ｜ ｜ — ｜ a¹
　　　　　✓13

今 日 井 汲 深，
— ｜ ｜ ｜ — 。
　　　　　_12

一 日 短 一 寻。
— ｜ ｜ — 。
　　　　　_12

桥 头 汲 江 水，
— — ｜ — ｜ b¹
　　　　　✓4

一 花 行 一 里。
— — ｜ ｜ b
　　　　　✓4

但 愿 千 花 高，
｜ ｜ — — — 。A¹
　　　　　_4

千 里 僮 何 逃？
— ｜ — — ｜ A¹
　　　　　。_4

花 开 人 槁 矣。
— — ｜ ｜ b
　　　　　✓4

彼 僮 亦 人 子！
｜ — ｜ — ｜
　　　　　✓4

转韵、夹通韵，麻(4)→阮旱同用(4)→侵(4)→纸(4)→豪(4)→纸(4)，首句不入韵,转韵第一句三入韵二不入韵,皆四句一转韵,皆平仄相间,二十四句中有十六句入律,所以本诗是三个条件都符合的新式古风。本诗以质朴的语言,讲一个质朴的故事,写一颗质朴的心,三者十分协调地通过灌花这件日常生活中的小事,表现了将心比心、"仁者爱人"的人道思想,显示了诗人的朴素良心。

今别离四首(其二)

近代　黄遵宪

朝寄平安语,　　　　　暮寄相思字。˅4

驰书迅已极,　　　　　云是君所寄。˅4

既非君手书,　　　　　又无君默记。˅4

虽署花字名,　　　　　知谁箝缄尾。√5

寻常并坐语,　　　　　未遽悉心事。˅4

况经三四译,　　　　　岂能达人意!˅4

只有斑斑墨,　　　　　颇似临行泪。˅4

门前两行树,　　　　　离离到天际。˅8

中央亦有丝,　　　　　有丝两头系。˅8

如何君寄书,　　　　　断续不时至?˅4

每日百须臾,　　　　　书到时有几?√5

一息不相闻,　　　　　使我容颜悴。˅4

安得如电光,　　　　　一闪至君旁。○7　　　　　　　　　　○7

转韵、夹通韵又上去通押,真韵为主,霁尾从之(24)→阳(2),平仄相间,首句不入韵,转韵第一句入韵,阳韵为促收式。光绪十六年(1890),黄遵宪在伦敦任驻英使馆参赞,以乐府杂曲歌辞《今别离》旧题,分别歌咏了火车、轮船、电报、照相等新事物和东西半球昼夜相反的自然现象。诗人巧妙地将近代出现的新事物,与传统游子思妇题材融为一体,以离别之苦写新事物和科学技术之昌明,又以新事物和科学技术之昌明,表现出当时人在别离观上的新认识。因此,《今别离》既是乐府旧题,又反映了今人——近代人别离的意识,是当时"诗界革命"和黄遵宪"新派诗"的代表作。本诗是组诗的第二首,写抵达异域后,以电报向家人报告平安,以南朝乐府民歌中谐音双关的艺术手法,来描写与电报有关的电讯器材和电讯设施,把相思之情与电报的特点高度融合在一起,颇有新意。

题蒋卫平遗像

现代 李大钊

斯 人 气 尚 雄,　　江 流 自 千 古。

碧 血 几 春 花,　　零 泪 一 抔 土。

不 闻 叱 咤 声,　　但 听 呜 咽 水。

夜 夜 空 江 头,　　似 有 蛟 龙 起。

转韵,麌(4)→纸(4),以仄承仄,首句及转韵第一句皆不入韵。本诗写于1917年。蒋卫平是一位坚定的爱国志士,李大钊的友人。1910年前后,在东北渡河时被沙俄杀害。本诗满腔热情地歌颂了爱国志士坚强不屈、英勇牺牲的光辉形象,强烈地控诉了反动派镇压人民的罪行,起到了唤醒人民、鼓舞人民走向反帝反封建斗争前列的作用。

(二) 七 言

垓 下 歌

楚 项 羽

力 拔 山 兮 气 盖 世,　　时 不 利 兮 骓 不 逝。

　　　　　　　　　　　、8　　　　　　　　　　　　　　　、8
　　雅 不 逝 兮 可 奈 何，　　　　虞 兮 虞 兮 奈 若 何！
　　　　　　　　　　　。5　　　　　　　　　　　　　　　。5

　　转韵，霁(2)→歌(2)，平仄相间，首韵及转韵第一句皆入韵，前韵为促起式，后
韵为促收式，全诗也就是短韵体的七言古风，也是我国最早出现的骚体七言诗。本
诗是楚霸王项羽在进行必死战斗前夕所作的绝命词，既洋溢着无与伦比的豪气，又
蕴含着满腔深情；既显示出罕见的自信，却又为人的渺小而沉重地叹息。是的，对
于永恒的自然界来说，个体的人确实极其脆弱，即使是英雄豪杰，在奔腾不息的历
史长河里也不过像一朵大的浪花，转瞬即逝，令人感喟不已。但爱却是长存的，它
一直是人类使自己奋发和纯净的有力精神支柱之一，任何人在爱的面前也不免有
匍伏拜倒的一日，使人欢喜赞叹。《垓下歌》篇幅虽短，但千百年来，曾打动过无数
人的心，其魅力大概就在于此吧！

车遥遥篇

晋　傅　玄

　　车 遥 遥 兮 马 洋 洋，　　　　追 思 君 兮 不 可 忘。
　　　　　　　　　_7　　　　　　　　　　　　　　　_7
　　君 安 游 兮 西 入 秦，　　　　愿 为 影 兮 随 君 身。
　　　　　　　　　-11　　　　　　　　　　　　　　　-11
　　君 在 阴 兮 影 不 见，　　　　君 依 光 兮 妾 所 愿！
　　　　　　　　　△17　　　　　　　　　　　　　　　、14

　　转韵、夹通韵，阳(2)→真(2)→霰愿同用(2)，平仄相间一处、以平承平一处，首
韵及转韵第一句皆入韵，本诗是短韵体的古风。这位深情的妻子，分明是被别离的
痛苦折磨够了。在她的心中，再挨不得与夫君的片刻分离。痛苦的"追思"引出她
化身为影的奇想，在这奇想的字字句句中，读者听到的显然只是一个声音："不离"！
"不离"！"不离"！而诗中连续出现的六个"兮"字，恰如女主人公痛苦沉吟中的叹
息，又如钢琴曲中反复出现的音符，追随着思念的旋律，一个高似一个，一个强似一
个，声声敲击在读者的心上……

乌栖曲四首(其一)

梁　萧　纲

芙蓉 作 船 丝 作 绖，　　　北 斗 横 天 月 将 落。
　　　　　　λ10　　　　　　　　　　　λ10

采 桑 渡 头 碍 黄 河，　　　郎 今 欲 渡 畏 风 波。
　　　　　　。5　　　　　　　　　　　。5

转韵，药(2)→歌(2)，平仄相间，首句及转韵第一句皆入韵，短韵体。一开始，诗就用谐声双关手法("芙蓉"即"夫容"，"丝"即"思")，且回环曲折，芙蓉小船、月落时分、黄河古渡，要到末句，才让人品出味来，原来通篇以女子自述的口吻，描写了与情人约会受阻时的急切心情。

燕 歌 行

北朝　庾　信

代 北 云 气 昼 昏 昏，　　　千 里 飞 蓬 无 复 根。
　　　　　　-13　　　　　　　　　　　-13

寒 雁 噰 噰 渡 辽 水，　　　桑 叶 纷 纷 落 蓟 门。
　　　　　　　　　　　　　　　　　　-13

晋 阳 山 头 无 箭 竹，　　　疏 勒 城 中 乏 水 源。
　　　　　　　　　　　　　　　　　　-13

属 国 征 戍 久 离 居，　　　阳 关 音 信 绝 能 疏。
　　　　　　-6　　　　　　　　　　　-6

愿 得 鲁 连 飞 一 箭，　　　持 寄 思 归 燕 将 书。
　　　　　　　　　　　　　　　　　　-6

渡 辽 本 自 有 将 军，　　　寒 风 萧 萧 生 水 纹。
　　　　　　-12　　　　　　　　　　　-12

妾 惊 甘 泉 足 烽 火，　　　君 讶 渔 阳 少 阵 云。
　　　　　　　　　　　　　　　　　　-12

自 从 将 军 出 细 柳，　　　荡 子 空 床 难 独 守。
　　　　　　√25　　　　　　　　　　　√25

盘 龙 明 镜 饷 秦 嘉，　　　辟 恶 生 香 寄 韩 寿。
　　　　　　　　　　　　　　　　　　√25

春　风　燕　来　能　几　日？　　二　月　蚕　眠　不　复　久。
　　　　　　　　　　　　　　　　　　　　　　　　　△
　　　　　　　　　　　　　　　　　　　　　　　　　√25

洛　阳　游　丝　百　丈　连，　　黄　河　春　冰　千　片　穿。
　　　　　　　　　　　　　。　　　　　　　　　　　　　。
　　　　　　　　　　　　　_1　　　　　　　　　　　　　_1

桃　花　颜　色　好　如　马，　　榆　荚　新　开　巧　似　钱。
　　　　　　　　　　　　　　　　　　　　　　　　　。
　　　　　　　　　　　　　　　　　　　　　　　　　_1

蒲　桃　一　杯　千　日　醉，　　无　事　九　转　学　神　仙。
　　　　　　　　　　　　　　　　　　　　　　　　　。
　　　　　　　　　　　　　　　　　　　　　　　　　_1

定　取　金　丹　作　几　服，　　能　令　华　表　得　千　年。
　　　　　　　　　　　　　　　　　　　　　　　　　。
　　　　　　　　　　　　　　　　　　　　　　　　　_1

转韵，元(6)→鱼(4)→文(4)→有(6)→先(8)，平仄相间二处、以平承平二处，首句及转韵第一句皆入韵。《燕歌行》在我国古代诗歌史上对七言古诗的发展，起过重大的作用和影响。它是乐府古题，其传统内容是抒写"时序迁换，行役不归，妇人怨旷无所诉也"(《乐府解题》，唐刘悚撰)的思念和苦闷。这一古题一直为汉魏六朝文人相继沿用，直至唐代还有不少诗人因袭此题。于是，《燕歌行》佳作竞传，据宋郭茂清《乐府诗集》著录，先后有曹丕、曹叡、陆机、谢灵运、萧绎、萧子显、王褒、庾信、高适、贾至、陶翰等同题诗作。极雅好文字的曹丕所写的《燕歌行》(1055)自是首创，也是我国诗歌史上第一首完整的七言诗(无"兮"字，不是骚体)；我国诗歌最高峰盛唐时高适写的《燕歌行》(955)不仅是高适的第一大篇，而且是整个唐代边塞诗的杰作，也是《燕歌行》这一乐府古题众多杰作的最高峰；而庾信的这首《燕歌行》则起了承前启后、继往开来的作用，是从曹丕到高适中间的最重要的一块里程碑。所以清刘熙载《艺概》说"唐初四子源出子山"(笔者注："唐初四子"指王勃、杨炯、卢照邻、骆宾王，"子山"为庾信之字)并认为庾信这首《燕歌行》是"开唐初七古"之作。为什么呢？首先，在体制和声调上看。曹作限于篇幅，尚不能恢宏开合，庾信将曹作两首(分别为十五句、十三句)兼并合用，变为二十八句。这就使七言古诗在体制上发展为宜于叙述的长篇巨什，成为一任诗笔纵横开合的广阔天地。从声调看，曹作承袭柏梁体，每句押同一韵，音节不免单调，缺乏咏叹之姿。庾作则平仄韵互换，或六句一转韵，或四句一转韵，或八句一转韵，配合诗情抑扬起伏，婉转回环，已具备唐初七言长体的规模。再与高适《燕歌行》比较，庾、高两诗不仅音节、转韵相类(高作除有韵外全为四句一转韵、皆平仄相间)，其规模竟完全相同，都为二十八句。其次，从诗题内容与格调上看。曹作笔致仅限于闺中思妇的狭窄内容；与庾信同时代的梁元帝萧绎、王褒之作仍失之纤弱，依然是贵绮丽而不重气质的齐梁文辞气派；而庾信的笔触不仅已伸向边塞，表达了人民强烈怨战情绪和盼望早日结束战争的愿望,而且一扫当时文坛的柔靡之音,唱出雄健慷慨的调子,于悲戚中见风骨。可见庾信已远远超过其前辈与同时代的衮衮诸公。最后,从七言歌行体特有的写作要求看。七言古诗尚铺叙,讲开合,考究音响浏亮,注意气概神情,追求法度森严等。庾信此作,不仅富有气概,而且传出神情,不仅挥洒自如,而又十分蕴藉。情寓于景,委婉有致,情深意远,耐人寻味,代表了北朝诗的最高成就。总之,从以上三个方面,足以看出庾信的《燕歌行》确实是承前启后、继往开来、"开唐初七古"之典范。

梅　花　落

陈　江　总

腊月正月早惊春,　　　　　众花未发梅花新。

可怜芬芳临玉台,　　　　　朝攀晚折还复开。

长安少年多轻薄,　　　　　两两共唱梅花落。

满酌金卮催玉柱,　　　　　落梅树下宜歌舞。

金谷万株连绮萼,　　　　　梅花密处藏娇莺。

桃李佳人欲相照,　　　　　摘蕊牵花来并笑。

杨柳条青楼上轻,　　　　　梅花色白雪中明。

横笛短箫凄复切,　　　　　谁知柏梁声不绝。

转韵,真(2)→灰(2)→药(2)→麌(2)→庚(2)→啸(2)→庚(2)→屑(2),平仄相间五处,以平承平一处,以仄承仄一处,本诗为短韵体。(首句及转韵第一句肯定皆入韵,此后不再说明)。本诗前四句写梅花的早发喜人,次四句写梅树下的宴乐,再四句写梅林下的甜情蜜意,末四句归结到咏梅及乐曲本意上,诗人将咏梅和赏梅情事融为一体,很有发人意想的情致。

东飞伯劳歌

南朝　乐府民歌

东 飞 伯 劳 西 飞 燕，　　　黄 姑 织 女 时 相 见。
　　　　　　　　　、17　　　　　　　　　　　　、17

谁 家 女 儿 对 门 居，　　　开 华 发 色 照 里 闾。
　　　　　　　　　－6　　　　　　　　　　　　－6

南 窗 北 牖 挂 明 光，　　　罗 帏 绮 帐 脂 粉 香。
　　　　　　　　　－7　　　　　　　　　　　　－7

女 儿 年 几 十 五 六，　　　窈 窕 无 双 颜 如 玉。
　　　　　　　　　λ1　　　　　　　　　　　　λ2

三 春 已 暮 花 从 风，　　　空 留 可 怜 与 谁 同！
　　　　　　　　　－1　　　　　　　　　　　　－1

　　转韵、夹通韵，霰(2)→鱼(2)→阳(2)→屋沃同用(2)→东(2)，平仄相间三处，以平承平一处，短韵体。这首南朝民歌的主题是：叹息"如花美眷，似水流年"。你看，一方面是如花的青春，如玉的容貌，另一方面却是如水的年光，如丝的思绪，这不令人叹惋吗？一种淡怅薄惘，一种轻愁浅恨，当我们看到一种美好的东西正在悄悄地消失时，心中不也会有一种莫名的怅惘，一种无奈的愁恨吗？

长安古意

唐　卢照邻

长 安 大 道 连 狭 斜，　　　青 牛 白 马 七 香 车。
－ － ｜ ｜ － ｜ －　　　－ － ｜ ｜ ｜ － A
　　　　　　　　　－6　　　　　　　　　　　　－6

玉 辇 纵 横 过 主 第，　　　金 鞭 络 绎 向 侯 家。
｜ ｜ － － ｜ ｜ ｜ b¹　　　－ － ｜ ｜ ｜ － A
　　　　　　　　　　　　　　　　　　　　　－6

龙 衔 宝 盖 承 朝 日，　　　凤 吐 流 苏 带 晚 霞。
－ － ｜ ｜ － － ｜ a　　　｜ ｜ － － ｜ ｜ － B
　　　　　　　　　　　　　　　　　　　　　－6

百 尺 游 丝 争 绕 树，　　　一 群 娇 鸟 共 啼 花。
｜ ｜ － － － ｜ ｜ b　　　｜ － － ｜ ｜ － A

游蜂戏蝶千门侧，
— — | | — — | a

碧树银台万种色。
| | | — — | | b¹

复道交窗作合欢，
| | — — | | — B

双阙连甍垂凤翼。
— | — — — | | b

梁家画阁中天起，
— — | | — — | a

汉帝金茎云外直。
| | — — — | | b

楼前相望不相知，
— — — | | — A

陌上相逢讵相识？
| | — — | — | b¹

借问吹箫向紫烟，
| | — — | | — B

曾经学舞度芳年。
— — | | | — — A

得成比目何辞死，
| — | | | — — | a

愿作鸳鸯不羡仙。
| | — — | | — B

比目鸳鸯真可美，
| | — — — | | b

双去双来君不见？
— | — — — | | b

坐憎帐额绣孤鸾，
— — | | | — — A

好取门帘帖双燕。
| | — — | — | b¹

双燕双飞绕画梁，
— | — — | | — B

罗帷翠被郁金香。
— — | | | — A

片片行云着蝉翼，
| | — — — | | b¹

纤纤初月上鸦黄。
— — — | | — A

鸦黄粉白车中出，
— — | | — — | a

含娇含态情非一。
— — — | — — | a

λ4

妖 童 宝 马 铁 连 钱，
— — | | | — —A

御 史 府 中 乌 夜 啼，
| | | | — — |　B¹
　　　　　　　　。
　　　　　　　⁻8

隐 隐 朱 城 临 玉 道，
| | — — | | | b

挟 弹 飞 鹰 杜 陵 北，
| | — — | — |　b¹

俱 邀 侠 客 芙 蓉 剑，
— — | | — — | a

娼 家 日 暮 紫 罗 裙，
| — | | | — —A
　　　　　　　。
　　　　　　⁻12

北 堂 夜 夜 人 如 月，
| — | | — — | a

南 陌 北 堂 连 北 里，
— | | — — | |　b
　　　　　　　△
　　　　　　　∨4

弱 柳 青 槐 拂 地 垂，
| | — — | | —B

汉 代 金 吾 千 骑 来，
| | — — — | —　B¹
　　　　　　　。
　　　　　　⁻10

罗 襦 宝 带 为 君 解，
— — | | | — |　a¹

λ4

娼 妇 盘 龙 金 屈 膝。
| | — — — | | b
　　　　　　　△
　　　　　　λ4

廷 尉 门 前 雀 欲 栖。
— | — — | | —　B
　　　　　　　。
　　　　　　⁻8

遥 遥 翠 幰 没 金 堤。
— — | | | — —A
　　　　　　　。
　　　　　　⁻8

探 丸 借 客 渭 桥 西。
— — | | | — —A
　　　　　　　。
　　　　　　⁻8

共 宿 娼 家 桃 李 蹊。
| | — — — | —　B¹
　　　　　　　。
　　　　　　⁻8

清 歌 一 啭 口 氛 氲。
— — | | | — —A
　　　　　　　。
　　　　　　⁻12

南 陌 朝 朝 骑 似 云。
— | — — | | —　B
　　　　　　　。
　　　　　　⁻12

五 剧 三 条 控 三 市。
| | — — | — |　b¹
　　　　　　　△
　　　　　　∨4

佳 气 红 尘 暗 天 起。
— | — — | — |　b¹
　　　　　　　△
　　　　　　∨4

翡 翠 屠 苏 鹦 鹉 杯。
| | — — — | —　B¹
　　　　　　　。
　　　　　　⁻10

燕 歌 赵 舞 为 君 开。
| — | | | — —A
　　　　　　　。

别有豪华称将相， 转日回天不相让。

意气由来排灌夫， 专权判不容萧相。

专权意气本豪雄， 青虬紫燕坐春风。

自言歌舞长千载， 自谓骄奢凌五公。

节物风光不相待， 桑田碧海须臾改。

昔时金阶白玉堂， 即今惟见青松在。

寂寂寥寥扬子居， 年年岁岁一床书。

独有南山桂花发， 飞来飞去袭人裾。

转韵，麻(8)→职(8)→先(4)→霰(4)→阳(4)→质(4)→齐(8)→文(4)→纸(4)→灰(4)→漾(4)→东(4)→贿(4)→鱼(4)，除齐文一处以平承平外，其他十二处皆平仄相间，除麻职齐三韵为八句外、其他皆四句一韵，全诗六十八句除二句不入律外、其他六十六句皆入律，这三点都说明本诗极接近新式古风。首句及转韵第一句皆入韵。七古中出现这样洋洋洒洒的巨制，而且感情充沛、力量雄厚来写当时长安城中的形形色色，托"古意"而抒今情，是前所未有的。尤其是在宫体余风尚炽的初唐诗坛，卢照邻唱出如此新声，确是可喜的，而就本诗的艺术价值而言，也足以使他被杜甫誉为"不废江河万古流"（杜甫《戏为六绝句》之二,552）的。

滕王阁诗

唐　王　勃

滕 王 高 阁 临 江 渚，　　　　佩 玉 鸣 鸾 罢 歌 舞。
— — — — | — — | a　　　 | | — — | — | b¹
　　　　　　　　　 ∨6　　　　　　　　　　　 ∨7

画 栋 朝 飞 南 浦 云，　　　　珠 帘 暮 卷 西 山 雨。
| | — — — | — B¹　　　　— — | | — — | a
　　　　　　　　　　　　　　　　　　　　　 ∨7

闲 云 潭 影 日 悠 悠，　　　　物 换 星 移 几 度 秋。
— — — | | — — A　　　　| | — — | | — B
　　　　　　　　 ○11　　　　　　　　　　 _11

阁 中 帝 子 今 何 在？　　　　槛 外 长 江 空 自 流。
| — | | — — | a　　　　| | — — — | B¹
　　　　　　　　　　　　　　　　　　　 ○11

　　转韵、夹通韵，麌语同用(4)→尤(4)，平仄相间，四句一转韵，首句及转韵第一句皆入韵，全诗八句皆入律，故本诗是三个条件都符合的新式古风。这是诗人著名的《滕王阁序》的附诗，凝练、含蓄地概括了序文的内容。"物换星移"作为成语也流传下来。

代悲白头翁

唐　刘希夷

洛 阳 城 东 桃 李 花，　　　　飞 来 飞 去 落 谁 家？
　　　　　　　 ○_6　　　　　　　　　　　 _6

洛 阳 女 儿 惜 颜 色，　　　　行 逢 落 花 长 叹 息。
　　　　　　　 ⋌13　　　　　　　　　　 ⋌13

今 年 落 花 颜 色 改，　　　　明 年 花 开 复 谁 在？
　　　　　　　 ∨10　　　　　　　　　　 ∨10

已 见 松 柏 摧 为 薪，　　　　更 闻 桑 田 变 成 海。
　　　　　　　　　　　　　　　　　　　 ∨10

古 人 无 复 洛 城 东，　　　　今 人 还 对 落 花 风。
　　　　　　　 ○_1　　　　　　　　　　 ○_1

年 年 岁 岁 花 相 似，　　　岁 岁 年 年 人 不 同。

寄 言 全 盛 红 颜 子，　　　应 怜 半 死 白 头 翁。

此 翁 白 头 真 可 怜，　　　伊 昔 红 颜 美 少 年。

公 子 王 孙 芳 树 下，　　　清 歌 妙 舞 落 花 前。

光 禄 池 台 文 锦 绣，　　　将 军 楼 阁 画 神 仙。

一 朝 卧 病 无 相 识，　　　三 春 行 乐 在 谁 边？

宛 转 蛾 眉 能 几 时？　　　须 臾 鹤 发 乱 如 丝。

但 看 古 来 歌 舞 地，　　　惟 有 黄 昏 鸟 雀 悲。

转韵，麻(2)→职(2)→贿(4)→东(6)→先(8)→支(4)，平仄相间二处、以平承平二处、以仄承仄一处，首句及转韵第一句皆入韵，首两韵为促起式。本诗从女子写到老翁，咏叹青春易逝、富贵无常。构思独创，抒情宛转，语言优美，音韵和谐，艺术性较高，在初唐即受推崇，历来传为名篇。尤其是"年年岁岁花相似，岁岁年年人不同"两句，排沓回荡、音韵优美，比喻精当、语言精粹，令人警省、耐人寻味，历代脍炙人口。

春江花月夜

唐　张若虚

春 江 潮 水 连 海 平，　　　海 上 明 月 共 潮 生。

滟 滟 随 波 千 万 里，　　　何 处 春 江 无 月 明。

江 流 宛 转 绕 芳 甸，　　　月 照 花 林 皆 似 霰。

空 里 流 霜 不 觉 飞，　　　汀 上 白 沙 看 不 见。

江天一色无纤尘，　　　皎皎空中孤月轮。

河畔何人初见月？　　　江月何年初照人？

人生代代无穷已，　　　江月年年只相似。

不知江月待何人，　　　但见长江送流水。

白云一片去悠悠，　　　青枫浦上不胜愁。

谁家今夜扁舟子？　　　何处相思明月楼？

可怜楼上月徘徊，　　　应照离人妆镜台。

玉户帘中卷不去，　　　捣衣砧上拂还来。

此时相望不相闻，　　　愿逐月华流照君。

鸿雁长飞光不度，　　　鱼龙潜跃水成文。

昨夜闲潭梦落花，　　　可怜春半不还家。

江水流春去欲尽，　　　江潭落月复西斜。

斜月沉沉藏海雾，　　　碣石潇湘无限路。

不知乘月几人归，　　　落月摇情满江树。

转韵，庚(4)→霰(4)→真(4)→纸(4)→尤(4)→灰(4)→文(4)→麻(4)→遇(4)，皆四句一转韵，平仄相间五处、以平承平三处，首句及转韵第一句皆入韵。被闻一多先生誉为"诗中的诗，顶峰上的顶峰"（《宫体诗的自赎》）的《春江花月夜》，一千多年来使无数读者为之倾倒。一生仅留下两首诗的张若虚，也因这一首诗而"孤篇横绝,竟为大家"。这首诗的题目就令人心驰神往,春、江、花、月、夜,这五种事物集中体现了人生最动人的良辰美景,构成了诱人探寻的奇妙的艺术境界。本诗在思想和艺术上都超越了以前那些单纯模山范水的景物诗,"羡宇宙之无穷,哀吾生之须臾"的哲理诗,抒儿女别情绪的爱情诗。诗人将这些屡见不鲜的传统题材,注入了新的含义,融诗情、画意、哲理为一体,凭借对春江花月夜的描绘,尽情赞叹大自然的奇丽景色,讴歌人间纯洁的爱情,把对游子思妇的同情心扩大开来,与对人生哲理的追求、对宇宙奥秘的探索结合起来,从而汇成一种情、景、理水乳交融的幽美而邈远的意境。诗宛如一幅清远淡雅的中国水墨画,又像是一首含蕴隽永的西洋小夜曲。诗篇笼罩在一片空灵而迷茫的月色里,吸引着读者去探索其中美的真谛。诗中的自问自答最为精彩。诗人的遐思冥想"江畔何人初见月?江月何年初照人?"虽是古已有之的感慨宇宙的永恒、人生的有限;但他却没有陷入前人窠穴,而是翻出了新意:"人生代代无穷已,江月年年只相似",个人的生命是短暂即逝的,而人类的存在却是绵延长久的,因之"代代无穷已"的人生和"年年只相似"的江月得以共存。这是诗人从大自然美景中感受到的欣慰,所以全诗的基调是"哀而不伤",使我们得以聆听到初、盛唐时代之音的美好回响。

听安万善吹觱篥歌

唐　李　颀

南山截竹为觱篥,　　　　　　此乐本自龟兹出。

流传汉地曲转奇,　　　　　　凉州胡人为我吹。

旁邻闻者多叹息,　　　　　　远客思乡皆泪垂。

世人解听不解赏,　　　　　　长飙风中自来往。

枯桑老柏寒飕飗,　　　　　　九雏鸣凤乱啾啾。

龙吟虎啸一时发,　　　　　　万籁百泉相与秋。

忽然更作《渔阳掺》,　　　　黄云萧条白日暗。

变 调 如 闻《杨 柳》春，　　　　上 林 繁 花 照 眼 新。
　　　　　　　　　　-11　　　　　　　　　　　　　　　　-11

岁 夜 高 堂 列 明 烛，　　　　　美 酒 一 杯 声 一 曲。
　　　　　　　　　　△λ2　　　　　　　　　　　　　　　△λ2

　　转韵,质(2)→支(4)→养(2)→尤(4)→勘(2)→真(2)→沃(2),皆平仄相间,首
句及转韵第一句皆入韵,首韵为促起式,末三韵皆促收式。本诗除尤韵四句正面描
摹觱篥的各种声音外,主要还是最后两句充满了自己的感情。后来李商隐曾有"一
杯歌一曲,不觉夕阳迟"之句,北宋晏殊《浣溪沙》词中也有"一曲新词酒一杯,去年
天气旧亭台,夕阳西下几时回"之句,取材、用字都和李颀这两句相同。但同一惘惘
不堪之情,李颀以高华的字面,挺健的句法暗表;李商隐则以舒徐的态度,感慨的口
气微吟;晏殊则以委婉的情致,摇曳的风调细说。风格不同,却有一脉相通之处,可
见李颀沾泽之远。

桃 源 行
唐　王　维

渔 舟 逐 水 爱 山 春，　　　　两 岸 桃 花 夹 去 津。
　　　　　　　　　　-11　　　　　　　　　　　　　　　　-11

坐 看 红 树 不 知 远，　　　　行 尽 青 溪 不 见 人。
　　　　　　　　　　　　　　　　　　　　　　　　　　　　-11

山 口 潜 行 始 隈 隩，　　　　山 开 旷 望 旋 平 陆。
　　　　　　　　　　△λ1　　　　　　　　　　　　　　　△λ1

遥 看 一 处 攒 云 树，　　　　近 入 千 家 散 花 竹。
　　　　　　　　　　△λ1　　　　　　　　　　　　　　　△λ1

樵 客 初 传 汉 姓 名，　　　　居 人 未 改 秦 衣 服。
　　　　　　　　　　△λ1　　　　　　　　　　　　　　　△λ1

居 人 共 住 武 陵 源，　　　　还 从 物 外 起 田 园。
　　　　　　　　　　-13　　　　　　　　　　　　　　　　-13

月 明 松 下 房 栊 静，　　　　日 出 云 中 鸡 犬 喧。
　　　　　　　　　　　　　　　　　　　　　　　　　　　　-13

惊 闻 俗 客 争 来 集，　　　　竞 引 还 家 问 都 邑。
　　　　　　　　　　△λ14　　　　　　　　　　　　　△λ14

平 明 闾 巷 扫 花 开，　　　　薄 暮 渔 樵 乘 水 入。
　　　　　　　　　　　　　　　　　　　　　　　　　　　△

初 因 避 地 去 人 间， 及 至 成 仙 遂 不 还。

峡 里 谁 知 有 人 事， 世 中 遥 望 空 云 山。

不 疑 灵 境 难 闻 见， 尘 心 未 尽 思 乡 县。

出 洞 无 论 隔 山 水， 辞 家 终 拟 长 游 衍。

自 谓 经 过 旧 不 迷， 安 知 峰 壑 今 来 变。

当 时 只 记 入 山 深， 青 溪 几 度 到 云 林。

春 来 遍 是 桃 花 水， 不 辨 仙 源 何 处 寻。

转韵，真(4)→屋(6)→元(4)→缉(4)→删(4)→霰(6)→侵(4)，皆平仄相间，首句及转韵第一句皆入韵。本诗是王维十九岁时所写，题材取自陶渊明的叙事散文《桃花源记》。王诗和陶文都很出色，各有特点。散文长于叙事，讲究文理文气，故事有头有尾，时间、地点、人物、事件都交代得具体清楚。而这些，在诗中都没有具体写到，却又使人可以从诗的意境中想象到。诗中展现的是一个个画面，造成诗的意境，调动读者的想象力，去想象、玩味那画面以外的东西，并从中获得一种美的感受。清人王士禛说："唐宋以来，作《桃源行》最佳者，王摩诘(维)、韩退之(愈)、王介甫(安石)三篇。观退之、介甫二诗，笔力意思甚可喜。及读摩诘诗，多少自在；二公便如努力挽强，不免面红耳热，此盛唐所以高不可及。"(《池北偶谈》)这"多少自在"四字，便是极高的评价。清人翁方纲也极口推崇道："古今咏桃源事者，至右丞(笔者注：王维官至尚书右丞，故亦称王右丞)而造极。"(《石洲诗话》)可谓定评。

乌 夜 啼

唐 李 白

黄 云 城 边 乌 欲 栖， 归 飞 哑 哑 枝 上 啼。

机 中 织 锦 秦 川 女， 碧 纱 如 烟 隔 窗 语。

$\sqrt{6}$　　　　　　　　　　　　　　　　$\sqrt{6}$

停 梭 怅 然 忆 远 人，　　　　独 宿 空 房 泪 如 雨。

$\overset{\triangle}{\sqrt{7}}$

　　转韵、夹通韵，齐（2）→语麌同用（4），平仄相间，首句及转韵第一句皆入韵，首韵为促起式。传说李白在天宝初年到长安，贺知章读了他的《乌栖曲》（1060）和《乌夜啼》等诗后，大为叹赏，说他是"天上谪仙人也"，于是向唐玄宗推荐了他。《乌夜啼》为乐府旧题，内容多写男女离别相思之苦，李白这首的主题也与前代所作相类。起手写景，布景出人，景里含情；中间两句，人物有确定的环境、身分、身世，且绘影绘声，想见其人；最后点明主题，却又包含许多意内而言外之音。总之，短短六句，言简意深，别出新意，遂为名篇。

金陵城西楼月下吟
唐 李 白

金 陵 夜 寂 凉 风 发，　　　　独 上 高 楼 望 吴 越。

— — ｜ ｜ — — ｜ a　　　｜ ｜ — — ｜ — ｜ b^1

$\overset{\triangle}{\lambda}$6　　　　　　　　　　　　　　$\overset{\triangle}{\lambda}$6

白 云 映 水 摇 空 城，　　　　白 露 垂 珠 滴 秋 月。

｜ — ｜ ｜ — — — A^1　　　｜ ｜ — — ｜ — ｜ b^1

　　　　　　　　　　　　　　　　　$\overset{\triangle}{\lambda}$6

月 下 沉 吟 久 不 归，　　　　古 来 相 接 眼 中 稀。

｜ ｜ — — ｜ ｜ — B　　　　｜ — — ｜ ｜ — A

$\underset{-5}{\circ}$　　　　　　　　　　　　　　$\underset{-5}{\circ}$

解 道 "澄 江 净 如 练"，　　　令 人 长 忆 谢 玄 晖。

｜ ｜ — — ｜ — ｜ b^1　　　— — — ｜ ｜ — — A

　　　　　　　　　　　　　　　　　$\underset{-5}{\circ}$

　　转韵，月（4）→微（4），平仄相间，四句一转韵，首句及转韵第一句皆入韵，全诗八句皆入律，完全是新式古风。谢玄晖，即谢朓，南齐著名诗人，曾任过地方官和京官，后被诬陷，下狱死。李白对谢朓十分敬慕，这是因为谢朓的诗风清新秀逸，他的孤直、傲岸的性格和不幸遭遇同李白相似。谢朓在被排挤出京离开金陵时，曾写有《晚登三山还望京邑》（682）的著名诗篇，描写金陵壮美秀丽的景色和抒发其去国怀乡之愁。"澄江净如练"就是此诗中最好的名句，他把清澈的江水比喻成洁白的丝绸。李白夜登城西楼和谢朓当年晚登三山，境遇、心情都相同，于是自然想到谢朓，想到该诗,发出会心的赞叹:"解道'澄江净如练',令人长忆谢玄晖。"寄托了自己深沉的感慨。

把酒问月

唐　李　白

青 天 有 月 来 几 时?　　　　我 今 停 杯 一 问 之。

人 攀 明 月 不 可 得,　　　　月 行 却 与 人 相 随。　A¹

皎 如 飞 镜 临 丹 阙,　　　　绿 烟 灭 尽 清 辉 发。　a

但 见 宵 从 海 上 来,　　　　宁 知 晓 向 云 间 没?　B

白 兔 捣 药 秋 复 春,　　　　嫦 娥 孤 栖 与 谁 邻?

今 人 不 见 古 时 月,　　　　今 月 曾 经 照 古 人。　a¹　　　B

古 人 今 人 若 流 水,　　　　共 看 明 月 皆 如 此。

唯 愿 当 歌 对 酒 时,　　　　月 光 长 照 金 樽 里。　B

转韵,支(4)→月(4)→真(4)→纸(4),皆平仄相间,皆四句一转韵,首句及转韵第一句皆入韵,全诗十六句中有十句入律,故本诗为新式古风。全诗从酒写到月,从月归到酒;从空间感受写到时间感受。其中将人与月反反复复加以对照,又穿插以景物描绘与神话传说,塑造了一个崇高、永恒、美好而又神秘的月的形象,于中也显露出一个孤高出尘的诗人自我。其实,《把酒问月》这诗题就是诗人绝妙的自我造像,那飘逸浪漫的风神唯谪仙人方能有之。这一形象也为苏轼大为喜欢,其词《水调歌头》一开始就有:"明月几时有,把酒问青天"。又诗中"今人"以下四句,诗情哲理并茂,读来意味深长,回肠荡气。

人日寄杜二拾遗
唐　高　適

人 日 题 诗 寄 草 堂,　　　　遥 怜 故 人 思 故 乡。
— | — — | | — B　　　　— — | | — | 。
　　　　　　　　　_7　　　　　　　　　　　　　　_7

柳 条 弄 色 不 忍 见,　　　　梅 花 满 枝 空 断 肠!
| — | | | | |　　　　　　— — | — — | 。
　　　　　　　　　　　　　　　　　　　　　　_7

身 在 南 蕃 无 所 预,　　　　心 怀 百 忧 复 千 虑。
— | — — — | | b　　　　— — | — | — |
　　　　　　　　　ヽ6　　　　　　　　　　　　　ヽ6

今 年 人 日 空 相 忆,　　　　明 年 人 日 知 何 处?
— — | | — — | a　　　　— — | | — — | a
　　　　　　　　　　　　　　　　　　　　　　ヽ6

一 卧 东 山 三 十 春,　　　　岂 知 书 剑 老 风 尘,
| | — — — | — B¹　　　　| — — | | — A
　　　　　　　　　-11　　　　　　　　　　　　　-11

龙 钟 还 忝 二 千 石,　　　　愧 尔 东 西 南 北 人!
— — — | | — | a¹　　　　| | — — — | — B¹
　　　　　　　　　　　　　　　　　　　　　　-11

转韵,阳(4)→御(4)→真(4),皆平仄相间,皆四句一转韵,首句及转韵第一句皆入韵,十二句中有八句入律,本诗为新式古风。这是高適晚年诗作中最动人的一篇,没有华丽夺目的词藻,也没有刻意雕琢的警句,有的只是浑朴自然的语言,发自肺腑的真情。所以,杜甫接到本诗后,竟至:"泪洒行间,读终篇末"(《追酬高蜀州人日见寄并序》)。

观公孙大娘弟子舞剑器行

唐　杜　甫

昔有佳人公孙氏，　一舞剑器动四方。

观者如山色沮丧，　天地为之久低昂。

㸌如羿射九日落，　矫如群帝骖龙翔。

来如雷霆收震怒，　罢如江海凝清光。

绛唇珠袖两寂寞，　晚有弟子传芬芳。

临颍美人在白帝，　妙舞此曲神扬扬。

与余问答既有以，　感时抚事增惋伤。

先帝侍女八千人，　公孙剑器初第一。

五十年间似反掌，　风尘澒洞昏王室。

梨园弟子散如烟，　女乐馀姿映寒日。

金粟堆前木已拱，　瞿塘石城草萧瑟。

玳筵急管曲复终，　乐极哀来月东出。

老夫不知其所往，　足茧荒山转愁疾。

　　转韵，阳(14)→质(12)，首句及转韵第一句皆不入韵，平仄相间。本诗的艺术风格，既有浏漓顿挫的气势节奏，又有豪荡激扬的感人力量，是七言歌行中沉郁悲壮的杰作。篇幅虽然不长，包容相当广大，从乐舞之今昔对比中见五十年的兴衰治乱，没有深厚的笔力是写不出的。

白雪歌送武判官归京

唐 岑 参

北 风 卷 地 白 草 折，　　　　胡 天 八 月 即 飞 雪。
　　　　　　　λ9　　　　　　　　　　　　　　　λ9

忽 如 一 夜 春 风 来，　　　　千 树 万 树 梨 花 开。
　　　　　　　﹣10　　　　　　　　　　　　　　﹣10

散 入 珠 帘 湿 罗 幕，　　　　孤 裘 不 暖 锦 衾 薄。
　　　　　　　△10　　　　　　　　　　　　　　λ10

将 军 角 弓 不 得 控，　　　　都 护 铁 衣 冷 难 着。
　　　　　　　△　　　　　　　　　　　　　　　λ10

瀚 海 阑 干 百 丈 冰，　　　　愁 云 惨 淡 万 里 凝。
　　　　　　　﹣10　　　　　　　　　　　　　　﹣10

中 军 置 酒 饮 归 客，　　　　胡 琴 琵 琶 与 羌 笛。
　　　　　　　λ11　　　　　　　　　　　　　　λ12

纷 纷 暮 雪 下 辕 门，　　　　风 掣 红 旗 冻 不 翻。
　　　　　　　﹣13　　　　　　　　　　　　　　﹣13

轮 台 东 门 送 君 去，　　　　去 时 雪 满 天 山 路。
　　　　　　　、6　　　　　　　　　　　　　　　、7

山 回 路 转 不 见 君，　　　　雪 上 空 留 马 行 处。
　　　　　　　　　　　　　　　　　　　　　　　、6

　　转韵、夹通韵，屑(2)→灰(2)→药(4)→蒸(2)→陌锡同用(2)→元(2)→御遇同用(4)，皆平仄相间，首句及转韵第一句皆入韵，首两韵为促起式。当笔者在 1956 年还是一个中学生时，就在语文课上学过这首诗，此后，全诗早已不能背全了，但"忽如一夜春风来，千树万树梨花开"却牢记至今并直至生命尽头；而且，许多亲友——不，凡是读过此诗的人，都会牢记这两句诗的。诗人用"春风"比喻"北风"，用"梨花"比喻"雪花"，一团一团，花团锦簇，千树万树，压枝欲低，"雪花"乎，"梨花"乎？着想、造境俱为奇绝，真是妙手回春的千古名句。

轮台歌奉送封大夫出师西征

唐 岑 参

轮 台 城 头 夜 吹 角，　　　　轮 台 城 北 旄 头 落。
　　　　　　　△　　　　　　　　　　　　　　　△

羽书昨夜过渠黎，　单于已在金山西。

戍楼西望烟尘黑，　汉军屯在轮台北。

上将拥旄西出征，　平明吹笛大军行。

四边伐鼓雪海涌，　三军大呼阴山动。

虏塞兵气连云屯，　战场白骨缠草根。

剑河风急雪片阔，　沙口石冻马蹄脱。

亚相勤王甘苦辛，　誓将报主静边尘。

古来青史谁不见，　今见功名胜古人。

转韵、夹通韵，觉药同用(2)→齐(2)→职(2)→庚(2)→肿董同用(2)→元(2)→曷(2)→真(4)，皆平仄相间，首句及转韵第一句皆入韵，本诗是除最后四句一韵外、余皆两句一韵的以短韵为主的古风。全诗有正面描写，有侧面烘托，又运用象征、想象和夸张等手法，特别是渲染大军声威，造成极宏伟壮阔的画面，使全诗充满浪漫主义激情和边塞生活气息，成功地表现了三军将士建功报国的英勇气概。

巫山曲

唐　孟　郊

巴江上峡重复重，　阳台碧峭十二峰。

荆王猎时逢暮雨，　夜卧高丘梦神女。

轻红流烟湿艳姿，　行云飞去明星稀。

目极魂断望不见，　猿啼三声泪滴衣。

－5

转韵、夹通韵，冬(2)→麌语同用(2)→微支同用(4)，皆平仄相间，首句及转韵第一句皆入韵，首两韵为促起式。巫山神女虽是人人眼中所未见，却又是人人心中所早有。本诗紧紧抓住"旦为朝云，暮为行雨，朝朝暮暮，阳台之下"(《高唐赋》)的绝妙好词来进行艺术构思。神女出场是以"暮雨"的形式："轻红流烟湿艳姿"；神女离去是以"朝云"的形式："行云飞去明星稀"。诗中这精彩的一笔，如同为读者心中早已隐隐存在的神女揭开了面纱，使之眉目宛然，光彩照人。

野老歌
唐　张　籍

老农家贫在山住，7	耕种山田三四亩。25
苗疏税多不得食，	输入官仓化为土。7
岁暮锄犁傍空室，4	呼儿登山收橡实。4
西江贾客珠百斛，1	船中养犬长食肉。1

转韵、夹通韵，遇有麌同用(4)→质(2)→屋(2)，皆以仄承仄，首句及转韵第一句皆入韵，后两韵为促收式。又依《古音辩》遇麌两韵皆协虞音，有韵协尤音，虞音与尤音可互协，故本诗前四句就是据此而协韵的。本诗通过两次对比(一是老农与官家，一是人与狗)，形象而深刻地揭露了封建剥削多么残酷！

雉带箭
唐　韩　愈

原头火烧静兀兀，6	野雉畏鹰出复没。6
将军欲以巧伏人，	盘马弯弓惜不发。6
地形渐窄观者多，	雉惊弓满劲箭加。

冲 人 决 起 百 馀 尺，　　　　红 翎 白 镞 随 倾 斜。

将 军 仰 笑 军 吏 贺，　　　　五 色 离 披 马 前 堕。

转韵、夹通韵又上去通押，月(4)→麻歌同用(4)→箇箇同用(2)，皆平仄相间，首句及转韵第一句皆入韵，末韵为促收式。本诗表现了韩愈善于捕捉艺术形象以描述客观事物的高超艺术手腕，以其写长篇古风的笔法来写小诗，更觉丰神超迈，情趣横生。苏轼极喜本诗，亲自用大字书写，以为妙绝。

长 恨 歌
唐　白居易

汉 皇 重 色 思 倾 国，　　　　御 宇 多 年 求 不 得。

杨 家 有 女 初 长 成，　　　　养 在 深 闺 人 未 识。

天 生 丽 质 难 自 弃，　　　　一 朝 选 在 君 王 侧。

回 眸 一 笑 百 媚 生，　　　　六 宫 粉 黛 无 颜 色。

春 寒 赐 浴 华 清 池，　　　　温 泉 水 滑 洗 凝 脂。

侍 儿 扶 起 娇 无 力，　　　　始 是 新 承 恩 泽 时。

云 鬓 花 颜 金 步 摇，　　　　芙 蓉 帐 暖 度 春 宵。

春 宵 苦 短 日 高 起，　　　　从 此 君 王 不 早 朝。

承 欢 侍 宴 无 闲 暇，　　　　春 从 春 游 夜 专 夜。

后 宫 佳 丽 三 千 人，　　　　三 千 宠 爱 在 一 身。

金屋妆成娇侍夜，玉楼宴罢醉和春。

姊妹弟兄皆列土，可怜光彩生门户。

遂令天下父母心，不重生男重生女。

骊宫高处入青云，仙乐风飘处处闻。

缓歌慢舞凝丝竹，尽日君王看不足。

渔阳鼙鼓动地来，惊破霓裳羽衣曲。

九重城阙烟尘生，千乘万骑西南行。

翠华摇摇行复止，西出都门百余里。

六军不发无奈何，宛转蛾眉马前死。

花钿委地无人收，翠翘金雀玉搔头。

君王掩面救不得，回看血泪相和流。

黄埃散漫风萧索，云栈萦纡登剑阁。

峨嵋山下少人行，旌旗无光日色薄。

蜀江水碧蜀山青，圣主朝朝暮暮情。

行宫见月伤心色，夜雨闻铃肠断声。

天旋地转回龙驭，到此踌躇不能去。

马嵬坡下泥土中，不见玉颜空死处。

君臣相顾尽沾衣，°-5
东望都门信马归。、6 °-5

归来池苑皆依旧，、△26
太液芙蓉未央柳。∨△25

芙蓉如面柳如眉，°-4
对此如何不泪垂。°-4

春风桃李花开日，
秋雨梧桐叶落时。°-4

西宫南内多秋草，∨19
落叶满阶红不扫。∨19

梨园弟子白发新，
椒房阿监青娥老。∨△19

夕殿萤飞思悄然，_1
孤灯挑尽未成眠。°_1

迟迟钟鼓初长夜，
耿耿星河欲曙天。°_1

鸳鸯瓦冷霜华重，∨2
翡翠衾寒谁与共。、△2

悠悠生死别经年，
魂魄不曾来入梦。、△1

临邛道士鸿都客，人11
能以精诚致魂魄。人△10

为感君王辗转思，
遂教方士殷勤觅。人△12

排空驭气奔如电，、△17
升天入地求之遍。、△17

上穷碧落下黄泉，
两处茫茫皆不见。、△17

忽闻海上有仙山，°-15
山在虚无缥缈间。°-15

楼阁玲珑五云起，∨△4
其中绰约多仙子。∨△4

中有一人字太真，　　　雪肤花貌参差是。

金阙西厢叩玉扃，　　　转教小玉报双成。

闻道汉家天子使，　　　九华帐里梦魂惊。

揽衣推枕起徘徊，　　　珠箔银屏迤逦开。

云鬓半偏新睡觉，　　　花冠不整下堂来。

风吹仙袂飘飘举，　　　犹似霓裳羽衣舞。

玉容寂寞泪阑干，　　　梨花一枝春带雨。

含情凝睇谢君王，　　　一别音容两渺茫。

昭阳殿里恩爱绝，　　　蓬莱宫中日月长。

回头下望人寰处，　　　不见长安见尘雾。

唯将旧物表深情，　　　钿合金钗寄将去。

钗留一股合一扇，　　　钗擘黄金合分钿。

但教心似金钿坚，　　　天上人间会相见。

临别殷勤重寄词，　　　词中有誓两心知。

七月七日长生殿，　　　夜半无人私语时。

在天愿作比翼鸟，　　　在地愿为连理枝。

天长地久有时尽，　　　此恨绵绵无绝期。

¯4

转韵、夹通韵又上去通押,职(8)→支(4)→萧(4)→祃(2)→真(4)→麌语同用(4)→文(2)→沃屋同用(4)→庚(2)→纸(4)→尤(4)→药(4)→庚青同用(4)→御(4)→微(2)→宥有上去通押(2)→支(4)→皓(4)→先(4)→肿宋送上去通押(4)→陌药锡同用(4)→霰(4)→删(2)→纸(4)→庚青同用(4)→灰(4)→麌语同用(4)→阳(4)→御遇同用(4)→霰(4)→支(8),平仄相间二十五处、以平承平两处、以仄承仄三处,首句及转韵第一句皆入韵。一个帝王的悲剧,一个朝代由盛而衰的转折,一个泛化了的呼唤真情挚爱的凄美故事,三者的融合、凝聚和超越时空的升华,使《长恨歌》成为白居易诗作中经久不衰的名篇,古往今来,许多人都肯定这首诗的特殊魅力。为什么呢? 最主要的是诗中宛转动人、缠绵悱恻的艺术形象,是现实中人的复杂、真实的感情的再现,所以能在历代读者心中漾起阵阵涟漪。其中许多句子都是脍炙人口的:"天生丽质"、"回眸一笑"、"后宫佳丽三千人,三千宠爱在一身"、"春风桃李花开日,秋雨梧桐叶落时"、"上穷碧落下黄泉,两处茫茫皆不见"、"忽闻海上有仙山,山在虚无缥缈间"、"玉容寂寞泪阑干,梨花一枝春带雨"、"七月七日长生殿,夜半无人私语时"、"在天愿作比翼鸟,在地愿为连理枝"、"天长地久有时尽,此恨绵绵无绝期"等等。

琵琶行

唐 白居易

浔阳江头夜送客,	枫叶荻花秋瑟瑟。
∧11	∧4
主人下马客在船,	举酒欲饮无管弦。
¯1	¯1
醉不成欢惨将别,	别时茫茫江浸月。
∧9	∧6
忽闻水上琵琶声,	主人忘归客不发。
	∧6
寻声暗问弹者谁,	琵琶声停欲语迟。
¯4	¯4
移船相近邀相见,	添酒回灯重开宴。
﹨17	﹨17
千呼万唤始出来,	犹抱琵琶半遮面。

转 轴 拨 弦 三 两 声，　。8
弦 弦 掩 抑 声 声 思，　△4
低 眉 信 手 续 续 弹，
轻 拢 慢 撚 抹 复 挑，　。2
大 弦 嘈 嘈 如 急 雨，　√7
嘈 嘈 切 切 错 杂 弹，　‾14
间 关 莺 语 花 底 滑，
冰 泉 冷 涩 弦 凝 绝，　乀9
别 有 幽 愁 暗 恨 生，　。8
银 瓶 乍 破 水 浆 迸，
曲 终 收 拨 当 心 画，　乀11
东 船 西 舫 悄 无 言，
沉 吟 放 拨 插 弦 中，　‾1
自 言 本 是 京 城 女，　√6
十 三 学 得 琵 琶 成，
曲 罢 常 教 善 才 服，

　　　　　　　、17
未 成 曲 调 先 有 情。　。8
似 诉 平 生 不 得 志。　、4
说 尽 心 中 无 限 事。　△4
初 为《霓 裳》后《六 幺》。　。2
小 弦 切 切 如 私 语。　√6
大 珠 小 珠 落 玉 盘。　‾14
幽 咽 流 泉 冰 下 滩。　‾14
凝 绝 不 通 声 渐 歇。　乀6
此 时 无 声 胜 有 声。　。8
铁 骑 突 出 刀 枪 鸣。　。8
四 弦 一 声 如 裂 帛。　乀11
唯 见 江 心 秋 月 白。　乀11
整 顿 衣 裳 起 敛 容。　‾2
家 在 虾 蟆 陵 下 住。　、7
名 属 教 坊 第 一 部。　√7
妆 成 每 被 秋 娘 妒。　、7

五陵年少争缠头，一曲红绡不知数。

钿头银篦击节碎，血色罗裙翻酒污。

今年欢笑复明年，秋月春风等闲度。

弟走从军阿姨死，暮去朝来颜色故。

门前冷落车马稀，老大嫁作商人妇。

商人重利轻别离，前月浮梁买茶去。

去来江口守空船，绕船明月江水寒。

夜深忽梦少年事，梦啼妆泪红阑干。

我闻琵琶已叹息，又闻此语重唧唧。

同是天涯沦落人，相逢何必曾相识！

我从去年辞帝京，谪居卧病浔阳城。

浔阳地僻无音乐，终岁不闻丝竹声。

住近湓江地低湿，黄芦苦竹绕宅生。

其间旦暮闻何物，杜鹃啼血猿哀鸣。

春江花朝秋月夜，往往取酒还独倾。

岂无山歌与村笛，呕哑嘲哳难为听。

今夜闻君琵琶语，如听仙乐耳暂明。

莫 辞 更 坐 弹 一 曲，　　　为 君 翻 作 琵 琶 行。
　　　　　　　　　　　　　　　　　　　　＿8

感 我 此 言 良 久 立，　　　却 坐 促 弦 弦 转 急。
　　　　　　　△ λ14　　　　　　　　　λ14

凄 凄 不 似 向 前 声，　　　满 座 重 闻 皆 掩 泣。
　　　　　　　　△　　　　　　　　　　　λ14

座 中 泣 下 谁 最 多？　　　江 州 司 马 青 衫 湿。
　　　　　　　　　　　　　　　　　　　　λ14

　　转韵、夹通韵又上去通押，陌质同用(2)→先(2)→月屑同用(4)→支(2)→霰(4)→庚(2)→真(4)→萧(2)→麌语同用(2)→寒(4)→屑月同用(2)→庚(4)→陌(4)→东冬同用(2)→遇韵为主、语麌御从之(18)→寒先同用(4)→职(4)→庚中杂青(16)→缉(6)，皆平仄相间，首句及转韵第一句皆入韵，开头两韵为促起式。《琵琶行》和《长恨歌》是各具独创的名篇，早在作者生前，已经是"童子解吟《长恨》曲，胡儿能唱《琵琶》篇"，此后，一直传诵国内外，显示了强大的艺术生命力。诗中从"大弦嘈嘈如急雨"到"四弦一声如裂帛"共十四句，绘声绘色地展现千变万化的音乐形象，是我国旧体诗歌中写音乐最好的诗句。笔者在1956年还是一个中学生时，就学过这首诗，至今仍牢记其中许多名句："浔阳江头夜送客，枫叶荻花秋瑟瑟"、"千呼万唤始出来，犹抱琵琶半遮面"、"似诉平生不得志"、"说尽心中无限事"、"大弦嘈嘈如急雨，小弦切切如私语。嘈嘈切切错杂弹，大珠小珠落玉盘"、"别有幽愁暗眼生，此时无声胜有声"、"今年欢笑复明年，秋月春风等闲度"、"同是天涯沦落人，相逢何必曾相识"、"座中泣下谁最多，江州司马青衫湿"等等。

梦 天

唐 李 贺

老 兔 寒 蟾 泣 天 色，　　　云 楼 半 开 壁 斜 白。
　　　　　　　△ λ13　　　　　　　　　△ λ11

玉 轮 轧 露 湿 团 光，　　　鸾 珮 相 逢 桂 香 陌。
　　　　　　　　　　　　　　　　　　　　△ λ11

黄 尘 清 水 三 山 下，　　　更 变 千 年 如 走 马。
　　　　　　　△ √21　　　　　　　　　√21

遥 望 齐 州 九 点 烟，　　　一 泓 海 水 杯 中 泻。
　　　　　　　　　　　　　　　　　　　　△

转韵、夹通韵。陌职同用（4）→马（4），以仄承仄，首句及转韵第一句皆入韵。李贺在本诗里，通过梦游月宫，描写天上仙境，以排遣个人苦闷。天上众多仙女在清幽的环境中，你来我往，过着宁静的生活。而俯视人间，时间短促，空间渺小，寄寓了诗人对人事沧桑的深沉感慨，表现出冷眼看待现实的态度。想象丰富，构思奇妙，用比新颖，变幻怪谲。

天 上 谣

唐 李 贺

天河夜转漂回星，	银浦流云学水声。
-9	-8
玉宫桂树花未落，	仙妾采香垂珮缨。
	-8
秦妃卷帘北窗晓，	窗前植桐青凤小；
△17	▽17
王子吹笙鹅管长，	呼龙耕烟种瑶草。
	▽19
粉霞红绶藕丝裙，	青洲步拾兰苕春，
-12	-11
东指羲和能走马，	海尘新生石山下。
△21	▽21

转韵、夹通韵，庚青同用（4）→筱皓同用（4）→文真同用（2）→马（2），皆平仄相间，首句及转韵第一句皆入韵，后两韵为促收式。这首游仙诗虚构了一个尽善尽美的仙境，显然有所寄托。诗人心怀壮志而生不逢时，宝贵的青春年华被白白地浪费了，这叫他怎不愤恨不已？对美好生活的向往，正是对当时社会现实和个人境遇不满的曲折表现。全诗充满浪漫气息，运用神话传说，创造出种种新奇瑰丽的幻境；但又把神与人结合起来，把理想与现实结合起来，使抽象的理想成为可以观照的物象，因而显得深刻隽永，而又有生气灌注。

浩 歌
唐 李贺

南 风 吹 山 作 平 地，　　　帝 遣 天 吴 移 海 水。
　　　　　　　　△ヽ4　　　　　　　　　　　　　∨4

王 母 桃 花 千 遍 红，　　　彭 祖 巫 咸 几 回 死？
　　　　　　　△4　　　　　　　　　　　　　∨4

青 毛 骢 马 参 差 钱，　　　娇 春 杨 柳 含 细 烟。
　　　　　　　－1　　　　　　　　　　　　　－1

筝 人 劝 我 金 屈 卮，　　　神 血 未 凝 身 问 谁？
　　　　　　　－4　　　　　　　　　　　　　－4

不 须 浪 饮 丁 都 护，　　　世 上 英 雄 本 无 主。
　　　　　　　△ヽ7　　　　　　　　　　　　　∨7

买 丝 绣 作 平 原 君，　　　有 酒 唯 浇 赵 州 土。
　　　　　　　　　　　　　　　　　　　　　　　△∨7

漏 催 水 咽 玉 蟾 蜍，　　　卫 娘 发 薄 不 胜 梳。
　　　　　　　－6　　　　　　　　　　　　　－6

羞 见 秋 眉 换 新 绿，　　　二 十 男 儿 那 刺 促！
　　　　　　　△入2　　　　　　　　　　　　　入2

　　转韵、夹上去通押，纸寘同用(4)→先(2)→支(2)→麌遇同用(4)→鱼(2)→沃(2)，平仄相间四处、以平承平一处，首句及转韵第一句皆入韵，末两韵为促收式。从秀丽的山姿水态，想到它们难免发生沧海桑田的变化；从娇艳的红桃绿柳，想到人生的短暂易逝：一者悲悼好景不长，一者慨叹年命难久，本诗表达的正是这种特殊的境遇和情怀。这种把欢乐和哀怨、明丽和幽冷等等矛盾着的因素糅合起来的现象，在李贺诗歌里是屡见不鲜的。全诗活而不乱，粘而不滞，行文的回环曲折与感情的起落变化相适应，迷离浑化，达到了艺术上完全的统一。

秋 来
唐 李贺

桐 风 惊 心 壮 士 苦，　　　衰 灯 络 纬 啼 寒 素。
　　　　　　　△∨7　　　　　　　　　　　　　ヽ7

谁 看 青 简 一 编 书，　　　不 遣 花 虫 粉 空 蠹？
　　　　　　　　　　　　　　　　　　　　　　　△

　丶7

思牵今夜肠应直，　　　　雨冷香魂吊书客。
　　　　λ13　　　　　　　　　　　　　λ11

秋坟鬼唱鲍家诗，　　　　恨血千年土中碧！
　　　　　　　　　　　　　　　　　λ11

　　转韵、夹通韵又上去通押，遇麌同用（4）→陌职同用（4），以仄承仄，首句及转韵第一句皆入韵。这是"诗鬼"李贺的一首著名的"鬼"诗，其实，诗所要表现的并不是"鬼"，而是抒情诗人的自我形象。香魂来吊、鬼唱鲍诗、恨血化碧等等形象的出现，主要是为了表现诗人抑郁未伸的情怀。诗人在人世间找不到知音，只能到阴冥世界寻求同调，不亦悲乎！

金洞仙人辞汉歌
唐　李　贺

茂 陵 刘 郎 秋 风 客，　　　夜 闻 马 嘶 晓 无 迹。
　　　　　　λ11　　　　　　　　　　　　λ11

画 栏 桂 树 悬 秋 香，　　　三 十 六 宫 土 花 碧。
　　　　　　　　　　　　　　　　　　λ11

魏 官 牵 车 指 千 里，　　　东 关 酸 风 射 眸 子。
　　　　　　　∨4　　　　　　　　　　　　∨4

空 将 汉 月 出 宫 门，　　　忆 君 清 泪 如 铅 水。
　　　　　　　　　　　　　　　　　　∨4

衰 兰 送 客 咸 阳 道，　　　天 若 有 情 天 亦 老。
　　　　　　∨19　　　　　　　　　　　　∨19

携 盘 独 出 月 荒 凉，　　　渭 城 已 远 波 声 小。
　　　　　　　　　　　　　　　　　　∨17

　　转韵、夹通韵，陌（4）→纸（4）→皓篠同用（4），皆以仄承仄，首句及转韵第一句皆入韵。本诗抒发一种交织着家国之痛和身世之悲的凝重感情，是李贺的代表作之一。它设想奇创，而又深沉感人；形象鲜明，而又变幻多姿。怨恨之情溢于言外，却并无怒目圆睁、气峻难平的表现。遣词造句奇峭而又妥帖，刚柔相济，恨爱互生，参差错落而又整饬绵密。这确是一首既有独特风格，而又诸美同臻的好诗。"天若有情天亦老"这一句设想奇伟，司马光称为"奇绝无对"。但开国领袖毛泽东则把该句移用于他的《七律·人民解放军占领南京》，并给出对句："天若有情天亦老，人间

正道是沧桑"(76)。从格律上讲，这是一联律联；从对仗上讲，这是一联流水对；从
　｜　｜　｜　—　。
内容上讲，赋予了新意。毛泽东不仅是位伟大的政治家，军事家，而且是位杰出的
诗人。

老夫采玉歌
唐　李　贺

采 玉 采 玉 须 水 碧， λ11	琢 作 步 摇 徒 好 色。 λ13
老 夫 饥 寒 龙 为 愁，	蓝 溪 水 气 无 清 白。 λ11
夜 雨 冈 头 食 蓁 子， ∨4	杜 鹃 口 血 老 夫 泪。 ∨4
蓝 溪 之 水 厌 生 人，	身 死 千 年 恨 溪 水。 ∨4
斜 山 柏 风 雨 如 啸， ∨18	泉 脚 挂 绳 青 袅 袅。 ∨17
村 寒 白 屋 念 娇 婴，	古 台 石 磴 悬 肠 草。 ∨19

　　转韵、夹通韵又上去通押，陌职同用(4)→纸真同用(4)→啸篠皓同用(4)，皆以
仄承仄，首句及转韵第一句皆入韵。本诗写采玉民工的艰苦劳动和痛苦心情，是李
贺少数以现实社会生活为题材的作品之一，但仍然富有浪漫主义的奇想。如"龙为
愁"、"杜鹃口血"是奇特的艺术联想，"蓝溪之水厌生人，身死千年恨溪水"更是超越
常情的想象。这些诗句渲染了浓郁的感情色彩，增添了诗的浪漫情趣，体现了李贺
特有的瑰奇艳丽的风格。

达摩支曲
唐　温庭筠

捣 麝 成 尘 香 不 灭， ｜　｜　—　—　—　｜　↓b λ9	拗 莲 作 寸 丝 难 绝。 ｜　—　｜　｜　—　—　↓a λ9

红 泪 文 姬 洛 水 春 ，　　　　　　白 头 苏 武 天 山 雪 。

一 丨 一 一 丨 丨 一 B　　　　丨 一 一 丨 一 一 丨 a
　　　　　　　　　　　　　　　　　　　　　　　　△9

君 不 见 无 愁 高 纬 花 漫 漫 ，　　漳 浦 宴 馀 清 露 寒 。

一 丨 丨 一 一 一 丨 一 一 一 A¹　一 丨 丨 一 一 丨 一 B¹
　　　　　　　　　　　　。14　　　　　　　　　　　。14

一 旦 臣 僚 共 囚 虏 ，　　　　　　欲 吹 羌 管 先 汍 澜 。

丨 丨 一 一 丨 一 丨 b¹　　　　丨 一 一 丨 一 一 一 A¹
　　　　　　　　　　　　　　　　　　　　　　　　。14

旧 臣 头 鬓 霜 华 早 ，　　　　　　可 惜 雄 心 醉 中 老 。

丨 一 一 丨 一 一 丨 a　　　　　丨 丨 一 一 丨 一 丨 b¹
　　　　　　　　　　∨19　　　　　　　　　　　　△19

万 古 春 归 梦 不 归 ，　　　　　　邺 城 风 雨 连 天 草 。

丨 丨 一 一 丨 丨 一 B　　　　　丨 一 一 丨 一 一 丨 a
　　　　　　　　　　　　　　　　　　　　　　　　∨19

转韵，屑(4)→寒(4)→皓(4)，皆平仄相间，皆四句一转韵，首句及转韵第一句皆入韵，十二句全部入律，故本诗为典型新式古风。"达摩支"是乐府曲名。本诗借咏叹北齐后主高纬荒淫奢侈、亡国殒身故事，对腐败的晚唐统治集团进行针砭。歌咏本事的诗句仅六句，开头四句和结尾二句，都是为亡国之恨而反复地烘托渲染，从时间、空间、情思各方面扩展意境，大大丰富了诗的形象，增强了抒情色彩和感染力量。

晚泊岳阳

宋　欧阳修

卧 闻 岳 阳 城 里 钟 ，　　　　　　系 舟 岳 阳 城 下 树 。

丨 一 丨 一 一 丨 一　　　　　　丨 一 丨 一 一 丨 丨
　　　　　　　　　　　　　　　　　　　　　　　　△
　　　　　　　　　　　　　　　　　　　　　　　　∨7

正 见 空 江 明 月 来 ，　　　　　　云 水 苍 茫 失 江 路 。

丨 丨 一 一 一 丨 一 B¹　　　　一 丨 一 一 丨 一 丨 b¹
　　　　　　　　。　　　　　　　　　　　　　　　∨7

夜 深 江 月 弄 清 辉 ，　　　　　　水 上 人 歌 月 下 归 ；

丨 一 一 丨 丨 一 一 A　　　　　丨 丨 一 一 丨 丨 一 B
　　　　　　　　。　　　　　　　　　　　　　　　。

　　　　　　　　　　　⁻5　　　　　　　　　　　　　　　　　⁻5
一　阕　声　长　听　不　尽，　　　轻　舟　短　棹　去　如　飞。
｜　｜　—　—　—　｜　｜ b　　—　—　｜　｜　｜　—　。A
　　　　　　　　　　　　　　　　　　　　　　　　　　　　⁻5

　　转韵，遇(4)→微(4)，平仄相间，四句一转韵，首句不入韵，转韵第一句入韵，全诗八句中六句入律，故本诗为新式古风。本诗是欧阳修的名篇之一，写旅中思归，深藏不露，只是句句写景，然景中自有缕缕情思。全诗语句平易流畅，情意深婉曲折，往反咏唱，令人低徊欲绝，一唱三叹而有遗音。

桃源行

宋　王安石

望　夷　宫　中　鹿　为　马，　　　秦　人　半　死　长　城　下。
｜　—　—　—　｜　—　｜　　　　—　—　｜　｜　—　—　｜ a
　　　　　　　　　　　　△21　　　　　　　　　　　　　△21

避　时　不　独　商　山　翁，　　　亦　有　桃　源　种　桃　者。
｜　—　｜　｜　—　—　—A¹　　　　｜　｜　—　—　｜　—　｜ b¹
　　　　　　　　　　　　　　　　　　　　　　　　　　△21

此　来　种　桃　经　几　春，　　　采　花　食　实　枝　为　薪。
｜　—　｜　—　—　｜　。　　　　　｜　—　｜　｜　—　—　—A¹
　　　　　　　　　　⁻11　　　　　　　　　　　　　　⁻11

儿　孙　生　长　与　世　隔，　　　虽　有　父　子　无　君　臣。
—　—　—　｜　｜　｜　—　　　　　—　｜　｜　｜　—　—　。
　　　　　　　　　　　　　　　　　　　　　　　　　　⁻11

渔　郎　漾　舟　迷　远　近，　　　花　间　相　见　惊　相　问。
—　—　｜　—　｜　｜　｜　　　　　—　—　｜　｜　—　—　｜ a
　　　　　　　　　　　＼13　　　　　　　　　　　　　　＼13

世　上　那　知　古　有　秦，　　　山　中　岂　料　今　为　晋！
｜　｜　｜　—　｜　｜　—　　　　　—　—　｜　｜　—　—　｜ a
　　　　　　　　　　　　　　　　　　　　　　　　　　＼12

闻　道　长　安　吹　战　尘，　　　春　风　回　首　一　沾　巾。
—　｜　—　—　—　｜　｜　—B¹　　—　—　｜　｜　｜　—　—A
　　　　　　　　　　　⁻11　　　　　　　　　　　　　　⁻11

重　华　一　去　宁　复　得，　　　天　下　纷　纷　经　几　秦？
—　—　｜　｜　—　｜　｜　　　　—　｜　—　—　—　｜　－　。B¹
　　　　　　　　　　　　　　　　　　　　　　　　　　　　⌐11

　　转韵、夹通韵，马(4)→真(4)→问震同用(4)→真(4)，皆平仄相间，皆四句一转韵，首句及转韵第一句皆入韵，十六句中有九句入律，故本诗也为新式古风。自晋末陶渊明作《桃花源记并诗》后，历代文士歌咏桃源之事的篇什便层出不穷，最著名的有王维的《桃源行》(838)、韩愈的《桃源图》和王安石的本诗。它们虽都取材于桃源故事，但各自的构思布局和艺术情趣是不同的。陶渊明、王维的作品都以渔人入山，然后引出桃源中人避乱隐居的故事；韩愈的诗是先写桃源图之始末，再折入桃源的描述；而王安石的本诗却从秦人避难起势，纯以咏桃源为主干，而渔人之误入，只是作为一个穿插，因而能脱去前人蹊径，别树一格。又陶、王(维)、韩的作品中充满幻想，与虚无飘渺的神仙世界联系在一起；这种气息在本诗中却大大减少，因而读来更有真实感，充分反映了王安石对乱世的厌恶与对淳朴平等社会的向往。

明妃曲三首

宋　王安石

其　一

明　妃　初　出　汉　宫　时，　　　　泪　湿　春　风　鬓　脚　垂。
—　—　—　｜　｜　—　—　。A　　　｜　｜　—　—　｜　｜　－　。B
　　　　　　　　　　⌐4　　　　　　　　　　　　　　　⌐4

低　徊　顾　影　无　颜　色，　　　　尚　得　君　王　不　自　持。
—　—　｜　｜　—　—　｜　a　　　｜　｜　—　—　｜　｜　－　。B
　　　　　　　　　　　　　　　　　　　　　　　　　　⌐4

归　来　却　怪　丹　青　手，　　　　入　眼　平　生　未　曾　有。
—　—　｜　｜　—　—　｜　a　　　｜　｜　—　—　｜　—　｜　b¹
　　　　　　　　　　　√25　　　　　　　　　　　　　　　√25

意　态　由　来　画　不　成，　　　　当　时　枉　杀　毛　延　寿。
｜　｜　—　—　｜　｜　—　B　　　—　—　｜　—　—　—　｜　a
　　　　　　　　　　　　　　　　　　　　　　　　　　　　√25

一　去　心　知　更　不　归，　　　　可　怜　着　尽　汉　宫　衣。
｜　｜　—　—　｜　｜　—　。B　　　｜　—　｜　｜　｜　—　－　。A

⁻⁵　　　　　　　　　　　　　　　　　　　⁻⁵

寄 声 欲 问 塞 南 事，　　　　　　只 有 年 年 鸿 雁 飞。
| — | | | — | a¹　　　　　　　| | — — — | 。— B¹
　　　　　　　　　　　　　　　　　　　　　　　　　⁻⁵

家 人 万 里 传 消 息，　　　　　　好 在 毡 城 莫 相 忆！
— — | | — — | a　　　　　　　| | — — | — | b¹
　　　　　　　　∧13　　　　　　　　　　　　　　　∧13

君 不 见 咫 尺 长 门 闭 阿 娇，　　　人 生 失 意 无 南 北。
| | — — | | — B　　　　　— — | | — — | a
　　　　　　　　　　　　　　　　　　　　　　　　∧13

转韵，支(4)→有(4)→微(4)→职(4)，皆平仄相间，首句及转韵第一句皆入韵，又皆四句一转韵，十六句皆入律，故本诗为典型的新式古风。

其 二

明 妃 初 嫁 与 胡 儿，　　　　　　毡 车 百 辆 皆 胡 姬。
— — — | | — A　　　　　　　— — | | — — 。A¹
　　　　　　　⁻⁴　　　　　　　　　　　　　　　⁻⁴

含 情 欲 说 独 无 处，　　　　　　传 与 琵 琶 心 自 知。
— — | | | — | a¹　　　　　　| — — — | — 。— B¹
　　　　　　　　　　　　　　　　　　　　　　　　⁻⁴

黄 金 杆 拨 春 风 手，　　　　　　弹 看 飞 鸿 劝 胡 酒。
— — | | — — | a　　　　　　　— | — — | — | b¹
　　　　　　　　√25　　　　　　　　　　　　　　√25

汉 宫 侍 女 暗 垂 泪，　　　　　　沙 上 行 人 却 回 首。
| — | | | — | a¹　　　　　　| | — — | — | b¹
　　　　　　　　　　　　　　　　　　　　　　　　√25

汉 恩 自 浅 胡 自 深，　　　　　　人 生 乐 在 相 知 心。
| — | | — | — 。12　　　　　— — | | — — A¹
　　　　　　　　　　　　　　　　　　　　　　　　12

可 怜 青 冢 已 芜 没，　　　　　　尚 有 哀 弦 留 至 今。
| — — | | — | a¹　　　　　　| | — — — | 。— B¹
　　　　　　　　　　　　　　　　　　　　　　　　12

转韵，支(4)→有(4)→侵(4)，皆平仄相间，首句及转韵第一句皆入韵，又皆四句一转韵,十二句中有十一句入律,本诗也是典型的新式古风。

在历代咏昭君的诗中,这两首是很有新意的。第一首写明妃离汉宫时的情形。"当时枉杀毛延寿",不把昭君悲剧命运归咎于画工毛延寿;"人生失意无南北",说明宫女悲剧命运决非昭君一人:两者矛头都含蓄指向封建帝王。至于"着尽汉宫衣"所刻画的明妃爱国思乡的纯洁、浓厚感情则延伸到第二首写明妃在塞外的境遇。"汉恩自浅胡自深",虽然明君在汉时先被禁闭、后被和番,而胡人对她"百辆"相迎、"恩"礼"深"加,但明君手弹琵琶以"劝胡"饮"酒"时,仍然眼"看飞鸿",心向"塞南",而且"哀弦"尚"留至今",当时之哀自可想见。为什么明妃之心,与常情不同呢?原来,她深明大义,不以个人恩怨得失改变心意。这就把明妃的爱国思乡之感情提到很高的境界。又两诗声情凄楚,哀婉动人,在艺术上也取得了很高的成就。

往富阳、新城,李节推先行三日,留风水洞见诗

宋　苏　轼

春 山 磔 磔 鸣 春 禽,	此 间 不 可 无 我 吟。
。12	。12
路 长 漫 漫 傍 江 浦,	此 间 不 可 无 君 语。
△7	△6
金 鲫 池 边 不 见 君,	追 君 直 过 定 山 村。
—12	—13
路 人 皆 言 君 未 远,	骑 马 少 年 清 且 婉。
√13	√13
风 岩 水 穴 旧 闻 名,	只 隔 山 溪 夜 不 行。
。8	—8
溪 桥 晓 溜 浮 梅 萼,	知 君 系 马 岩 花 落。
ʎ10	ʎ10
出 城 三 日 尚 逶 迟,	妻 孥 怪 骂 归 何 时。
—4	—4
世 上 小 儿 夸 急 走,	如 君 相 待 今 安 有?
√25	√25

转韵、夹通韵,侵(2)→麌语同用(2)→文元同用(2)→阮(2)→庚(2)→药(2)→支(2)→有(2),皆平仄相间,短韵体。本诗是苏轼奉命出巡杭州属县,为先行的节

度推官李俟而作。先总写自己需李同行，然后再分写己之追李与李之相候，最后以妻孥怪骂、世人疾走相映衬，充分抒发了对李"相待"的感谢之情。诗之结尾颇能代表苏轼的性格和苏诗的特征：嬉笑怒骂，皆成文章；随手拈来，皆有奇趣。

韩幹马十四匹

宋　苏　轼

二马并驱攒八蹄，　　　二马宛颈鬃尾齐；

一马任前双举后，　　　一马却避长鸣嘶。

老髯奚官骑且顾，　　　前身作马通马语。

后有八匹饮且行，　　　微流赴吻若有声。

前者既济出林鹤，　　　后者欲涉鹤俯啄。

最后一匹马中龙，　　　不嘶不动尾摇风。

韩生画马真是马，　　　苏子作诗如见画。

世上伯乐亦无韩，　　　此诗此画谁当看？

　　转韵、夹通韵又上去通押，齐(4)→遇语同用(2)→庚(2)→药屋同用(2)→冬东同用(2)→马卦同用(2)→寒(2)，皆平仄相间，首句及转韵第一句皆入韵，除首四句一韵外、余皆两句一韵的以短韵为主的古风。又受《词韵》影响而协韵：马、卦两韵皆词韵第十部；药韵为词韵第十六部，屋韵为词韵第十五部，两部可通押。苏轼既是诗人，又是画家(笔者以为，苏轼是我国古代最全能的大文豪，诗、词、文、书、画、乐、食、居等八个方面都是行家里手)，他的题画诗，多而且好，本诗是他七古中题画名篇。细读本诗，就会发现漏数了一匹(老髯所骑之马)，搞混了一匹("最后一匹"非在"后有八匹"之中)，实际画中是十六匹马。诗人匠心独运，虽将十六匹马一一摄入诗中，但不是一一叙述，平冗琐碎，而是时分时合，夹叙夹议，穿插转换，变化莫测。最后两句诗收尽全篇，感慨无限，意味无穷。

月夜与客饮酒杏花下

宋　苏　轼

杏 花 飞 帘 散 余 春，　　　明 月 入 户 寻 幽 人。
Ⅰ 一 一 一 Ⅰ Ⅰ 一　　　　一 Ⅰ 一 Ⅰ 一 一 一
　　　　　　　。-11　　　　　　　　　　　。-11

褰 衣 步 月 踏 花 影，　　　炯 如 流 水 涵 青 蘋。
一 一 Ⅰ Ⅰ Ⅰ 一 Ⅰa¹　　一 一 一 Ⅰ 一 一 一A¹
　　　　　　　　　　　　　　　　　　。-11

花 间 置 酒 清 香 发，　　　争 挽 长 条 落 香 雪。
一 一 Ⅰ Ⅰ 一 一 Ⅰa　　一 Ⅰ Ⅰ 一 Ⅰ 一 Ⅰb¹
　　　　　λ6　　　　　　　　　　　　　　λ9

山 城 酒 薄 不 堪 饮，　　　劝 君 且 吸 杯 中 月。
一 一 Ⅰ Ⅰ Ⅰ 一 Ⅰa¹　　Ⅰ 一 Ⅰ Ⅰ 一 一 Ⅰa
　　　　　　　　　　　　　　　　△
　　　　　　　　　　　　　　　　　λ6

洞 箫 声 断 月 明 中，　　　惟 忧 月 落 酒 杯 空。
Ⅰ 一 一 Ⅰ Ⅰ Ⅰ 一A　　一 一 Ⅰ Ⅰ 一 一 一A
　　　　　　　。-1　　　　　　　　　　　。-1

明 朝 卷 地 春 风 恶，　　　但 见 绿 叶 栖 残 红。
一 一 Ⅰ Ⅰ 一 一 Ⅰa　　Ⅰ Ⅰ Ⅰ Ⅰ 一 一 一
　　　　　　　　　　　　　　　　　　。-1

　　转韵、夹通韵，真(4)→月屑同用(4)→东(4)，皆平仄相间，首句及转韵第一句皆入韵，皆四句一换韵，十二句中九句入律，本诗为新式古风。本诗写月、写花、写酒，也写人，既把四者揉为一体，又围绕月穿插写来，于完美统一之中见错落之致。诗人笔下的月，不仅含情脉脉，而且有一股仙气与诗情。这种仙气与诗情，是诗人超脱飘逸风格的体现，也是诗人热爱自然的心情的流露。

虢国夫人夜游图

宋　苏　轼

佳 人 自 鞚 玉 花 骢，　　　翩 如 惊 燕 蹋 飞 龙。
　　　　　　　。-1　　　　　　　　　　　。-2

金 鞭 争 道 宝 钗 落，　　　何 人 先 入 明 光 宫？
　　　　　　　　　　　　　　　　　　。

宫中羯鼓催花柳，　　　玉奴弦索花奴手。

坐中八姨真贵人，　　　走马来看不动尘。

明眸皓齿谁复见，　　　只有丹青余泪痕。

人间俯仰成今古，　　　吴公台下雷塘路。

当时亦笑张丽华，　　　不知门外韩擒虎。

转韵、夹通韵又上去通押，东冬同用(4)→有(2)→真元同用(4)→麌遇同用(4)，皆平仄相间，首句及转韵第一句皆入韵。苏轼这首诗与杜甫的《丽人行》一脉相承，有一定的讽喻意义。前面十句，全以画意为诗，笔墨酣畅；后四句，揭示作意，语意新警，亦讽亦慨，而千古恨事亦在其中。如此题图，大笔淋漓，有如史论，足以引起后人深思。

王充道送水仙花五十枝，欣然会心，为之作咏

宋　黄庭坚

凌波仙子生尘袜，　　　水上轻盈步微月。
— — — | — — | a　　　| | — — | — | b¹

是谁招此断肠魂？　　　种作寒花寄愁绝。
| — — | — — A　　　| | — — | — | b¹

含香体素欲倾城，　　　山矾是弟梅是兄。
— — | | | — A　　　| — | | — | —

坐对真成被花恼，　　　出门一笑大江横。
| | — — | — | b¹　　　| | | | | — A

转韵、夹通韵，曷月屑同用(4)→庚(4)，平仄相间，四句一转韵，首句及转韵第

一句皆入韵,全诗八句中七句入律,故本诗也为新式古风。这是黄庭坚咏水仙花诗最著名的一首,离奇而孤矫。前五句用洛神来比水仙,写得幽细秀美,骨瘦韵远;后三句用山矾、梅花来比水仙,而且男性化了,写得格高力壮,粗犷奇特。文学作品,千变万化,有以统一、调和为美的,也有以不统一、不调和为美的。本诗就是从不统一、不调和之中看出它的参差变幻之美的,这也是欣赏文学作品的关键之一。

赠女冠畅师

宋　秦　观

瞳人剪水腰如束,　　　　一幅乌纱裹寒玉。

飘然自有姑射姿,　　　　回看粉黛皆尘俗。

雾阁云窗人莫窥,　　　　门前车马任东西。

礼罢晓坛春日静,　　　　落红满地乳鸦啼。

　　转韵、夹通韵,沃(4)→齐支同用(4),平仄相间,四句一转韵,首句及转韵第一句皆入韵,全诗八句,七句入律,故本诗也为新式古风。一位"自有姑射姿"的年青道姑,从未因韶华的凋零而产生过惆怅之情,她坦然,她宁静,所以花落鸟啼在她眼里不过是寻常春色,引不起感情的波澜。她照常全神贯注地焚香祭祷。暮春尚且如此,其他季节更是不言而喻了。"落红满地乳鸦啼",以景结情,隽永有味。

劳　歌

宋　张　耒

暑天三月元无雨,　　　　云头不合惟飞土。

深堂无人午睡余,　　　　欲动身先汗如雨。

忽怜长街负重民，　　　　筋骸长彀十石弩。

半衲遮背是生涯，　　　　以力受金饱儿女。

人家牛马系高木，　　　　惟恐牛驱犯炎酷。

天工作民良久艰，　　　　谁知不如牛马福。

转韵、夹通韵，麌中杂语(8)→屋沃同用(4)，以仄承仄，首句及转韵第一句皆入韵。张耒出身贫寒，从政后又一直沉沦下僚，对广大人民的穷苦生活有所体察和了解，在苏门四学士中，他是最关怀民生疾苦的。这首《劳歌》以朴素明快的语言，通过对"负重民"劳动神态的刻画，从一个侧面反映了劳动人民的悲惨命运。

清江曲
宋　苏　庠

属玉双飞水满塘，　　　　菰蒲深处浴鸳鸯。

白蘋满棹归来晚，　　　　秋著芦花两岸霜。

扁舟系岸依林樾，　　　　萧萧两鬓吹华发。

万事不理醉复醒，　　　　长占烟波弄明月。

转韵，阳(4)→月(4)，平仄相间，四句一转韵，首句及转韵第一句皆入韵，全诗八句，七句入律，故本诗为新式古风。本诗以属玉、鸳鸯、菰蒲、白蘋、芦花、扁舟、林樾等景物，创造出一种幽美清新的江湖世界，活动在其间的诗人，又是一位孤高出尘、自由不羁的隐逸者，因此，全诗给人以一种脱尽尘世烟火的感觉，而使苏轼大为赞赏:"此篇若置太白集中,谁复疑其非也?"(胡仔《苕溪渔隐丛话》引)认为可与李白诗媲美。

桃源行
宋　汪　藻

祖 龙 门 外 神 传 璧，
｜ — — ｜ — — ｜ a
　　　　　　　　入11

方 士 犹 言 仙 可 得。
｜ ｜ — — — ｜ ｜ b
　　　　　　　　入13

东 行 欲 与 羡 门 亲，
— — ｜ ｜ ｜ — — A

咫 尺 蓬 莱 沧 海 隔。
｜ ｜ — — — ｜ ｜ b
　　　　　　　　入11

那 知 平 地 有 青 云，
｜ — — ｜ ｜ — — A
　　　　　　　⁻12

只 属 寻 常 避 世 人。
｜ ｜ — — ｜ ｜ — B
　　　　　　　⁻11

关 中 日 月 空 千 古，
— — ｜ ｜ — — ｜ a

花 下 山 川 长 一 身。
— ｜ — — — ｜ — B¹
　　　　　　　⁻11

中 原 别 后 无 消 息，
— — ｜ ｜ — — ｜ a
　　　　　　　入13

闻 说 胡 尘 因 感 昔。
— ｜ — — — ｜ ｜ b
　　　　　　　入11

谁 教 晋 鼎 判 东 西，
— — ｜ ｜ ｜ — — A

却 愧 秦 城 限 南 北。
｜ ｜ — — ｜ — ｜ b¹
　　　　　　　入13

人 间 万 事 愈 堪 怜，
— — ｜ ｜ ｜ — — A
　　　　　　　⁻1

此 地 当 时 亦 偶 然。
｜ ｜ — — ｜ ｜ — B
　　　　　　　⁻1

何 事 区 区 汉 天 子，
— ｜ — — ｜ — ｜ b¹

种 桃 辛 苦 求 长 年。
｜ — — ｜ — — — A¹
　　　　　　　⁻1

　　转韵、夹通韵,陌职同用(4)→真文同用(4)→职陌同用(4)→先(4),皆平仄相间,首句及转韵第一句皆入韵,皆四句一转韵,十六句皆入律,故本诗为典型新式古风。全诗说理精辟,运笔不落常轨,说明桃源这种理想境界,当年虽有传说,原不过是文人不满政治现实的虚构。至于君王背离人民,妄想以谋求长生寻觅海外仙源,不论古代的信任方士,现今的辛苦种桃,其结果都是以悲剧告终,使国家和人民遭受深重的灾难,皇族本身也归于夷灭。这样写法,显然和王维《桃源行》(838)渲染桃源境界,橥括陶渊明《桃花源记》为诗不同;也和韩愈《桃源图》写桃源隔离人世,对人间的地坼天分,嬴颠刘蹶,都不知晓,渔舟之子,来至此地,又因人间有累复出有别;又和王安石《桃源行》(860)感慨"重华一去宁复得,天下纷纷经几秦"迥异。诗贵创意创境,汪藻之《桃源行》,可谓异军突起,别开生面。

关 山 月
宋 陆 游

和 戎 诏 下 十 五 年，　　　将 军 不 战 空 临 边。
— — | | | | —　　　　— — | | | — — A[1]
　　　　　　　　　-1　　　　　　　　　　　　　-1

朱 门 沉 沉 按 歌 舞，　　　厩 马 肥 死 弓 断 弦。
— — — — | — |　　　　| | — | — | —
　　　　　　　　　　　　　　　　　　　　　　　-1

戍 楼 刁 斗 催 落 月，　　　三 十 从 军 今 白 发。
| — — | — | |　　　　— | — — — | |
　　　　　　　　　λ6　　　　　　　　　　　　　λ6 b

笛 里 谁 知 壮 士 心，　　　沙 头 空 照 征 人 骨。
| | — — | | — B　　　— — — | — — | a
　　　　　　　　　　　　　　　　　　　　　　　λ6

中 原 干 戈 古 亦 闻，　　　岂 有 逆 胡 传 子 孙？
— — — — | | —　　　　| | | — — | — B[1]
　　　　　　　　　-12　　　　　　　　　　　　　-13

遗 民 忍 死 望 恢 复，　　　几 处 今 宵 垂 泪 痕！
— — | | | — | a[1]　　— | — — — | — B[1]
　　　　　　　　　　　　　　　　　　　　　　　-13

　　转韵、夹通韵,先(4)→月(4)→元文同用(4),皆平仄相间,首句及转韵第一句皆入韵,皆四句一转韵,十二句中七句入律,本诗为新式古风。本诗集中体现了陆游一生的政治主张。它抓的是一些典型的、触目惊心的、令人愤慨的现象;它表达的是强烈的忧国忧民的感情。句句是血、声声是泪,一股浓烈深沉的感情和意气贯穿其中,使其浑然一体,故千百年来,人们一读到本诗,便不禁要欷歔感叹了。

舟中对月

宋　陆　游

百 壶 载 酒 游 凌 云,	醉 中 挥 袖 别 故 人。
依 依 向 我 不 忍 别,	谁 似 峨 嵋 半 轮 月。
月 窥 船 窗 挂 凄 冷,	欲 别 渝 州 酒 初 醒。
江 空 袅 袅 钓 丝 风,	人 静 翩 翩 葛 巾 影。
哦 诗 不 睡 月 满 船,	清 寒 入 骨 我 欲 仙。
人 间 更 漏 不 到 处,	时 有 沙 禽 背 船 去。

转韵、夹通韵,文真同用(2)→屑月同用(2)→梗迥同用(4)→先(2)→御(2),平仄相间三处,以仄承仄一处,除中间一韵四句外,余皆两句一韵以短韵为主的古风。诗以"月"为故人,实际抒写无人理解的孤单处境和凄凉情怀。清隽奔放,飘逸欲仙,酷似太白;轻灵流利,行云流水,颇类东坡。然而,又以超迈的笔力熔太白、东坡于一炉,自铸雄浑奔放,明朗流畅的风格,因而使本诗既如李白、苏轼合作,又为陆游所独有。

荆渚中流,回望巫山,无复一点,戏成短歌

宋　范成大

千 峰 万 峰 巴 峡 里,	不 信 人 间 有 平 地。
渚 宫 回 望 水 连 天,	却 疑 平 地 原 无 山。
山 川 相 迎 复 相 送,	转 头 变 灭 都 如 梦。

　　　归 程 万 里 今 三 千，　　　　　几 梦 即 到 石 湖 边。
　　　　　　　　　　　　。_1　　　　　　　　　　　　。_1

　　转韵、夹通韵，真纸同用(2)→先删同用(2)→送(2)→先(2)，皆平仄相间，短韵体。本诗写作者由江陵长江中流回头西望三峡的情景，八句四转韵，转得轻妙自然，如行云流水，而音节柔和，神韵悠远，是作者七言古诗中最为轻灵的作品之一。

舟中排闷
宋　杨万里

江 流 一 直 还 一 曲，　　　　淮 山 一 起 还 一 伏。
— — ｜ ｜ ｜ — ｜　　　　— — ｜ ｜ ｜ — ｜
　　　　　　　λ2　　　　　　　　　　　　λ1

江 流 不 肯 放 人 行，　　　　淮 山 只 管 留 人 宿。
— — ｜ ｜ ｜ — — A　　　— — ｜ ｜ ｜ — ｜ a
　　　　　　　　　　　　　　　　　　　　λ1

老 夫 一 出 缘 秋 凉，　　　　半 途 秋 热 难 禁 当。
｜ — ｜ ｜ — — — A¹　　　— — — ｜ — ｜ A¹
　　　　　　　。_7　　　　　　　　　　　。_7

却 借 楼 船 顺 流 下，　　　　逆 风 五 日 殊 未 央。
｜ ｜ — — — — ｜ b¹　　　｜ — ｜ ｜ — ｜ —
　　　　　　　　　　　　　　　　　　　。_7

老 夫 平 生 行 此 世，　　　　不 自 为 政 听 天 地。
｜ — — — — ｜ ｜　　　　｜ ｜ — — ｜ — ｜
　　　　　　　＼8　　　　　　　　　　　＼4

只 今 未 肯 放 归 程，　　　　安 知 天 意 非 奇 事？
｜ — ｜ ｜ ｜ — — A　　　— — — ｜ — — ｜ a
　　　　　　　　　　　　　　　　　　　＼4

平 生 爱 诵 谪 仙 诗，　　　　百 诵 不 熟 良 独 痴。
— — ｜ ｜ ｜ — — A　　　｜ ｜ ｜ ｜ — ｜ —
　　　　　　　。_4　　　　　　　　　　　。_4

舟 中 一 日 诵 一 首，　　　　诵 得 遍 时 应 得 归！
— — ｜ ｜ ｜ — ｜　　　　｜ ｜ — — — — ｜ — B¹
　　　　　　　　　　　　　　　　　　　。_5

转韵、夹通韵,屋沃同用(4)→阳(4)→真霁同用(4)→支微同用(4),皆平仄相间,首句及转韵第一句皆入韵,皆四句一转韵,十六句中九句入律,本诗为新式古风。本诗有"闷"而不说怨语、怒语,却出之以自嘲语、痴语,故幽默而诙谐;其间插之以拟人化的描写,更显生动风趣;兼之语言平易浅近,犹如口语,新鲜活泼;真是一首典型的讲究"活法"的"诚斋体"诗。

分题得渔村晚照
宋　徐　照

渔师得鱼绕溪卖,　　　　　小船横系柴门外。
　　　　　、10　　　　　　　　　　　、9

出门老妪唤鸡犬,　　　　　收敛蓑衣屋顶晒。
　　　　　　　　　　　　　　　　　、10

卖鱼得酒又得钱,　　　　　归来醉倒地上眠。
　　　　　_1　　　　　　　　　　　_1

小儿啾啾问煮米,　　　　　白鸥飞去芦花烟。
　　　　　　　　　　　　　　　　　_1

转韵、夹通韵,卦泰同用(4)→先(4),平仄相间,首句及转韵第一句皆入韵。在本诗中的"渔师",不是张志和《渔歌子》中的渔夫那样"青箬笠,绿蓑衣,斜风细雨不须归"的悠然自得的形象,也不是柳宗元《渔翁》中"烟销日出不见人,欸乃一声山水绿"(785)那种令人神往的意境和山水清音;而是一个道道地地的贫苦渔民。一种清苦辛酸的渔家生活展示在人们面前,应当引起同情和重视,这就是本诗的意义所在。

江上双舟催发
宋　华　岳

前帆风饱江天阔,　　　　　后帆半出疏林阙。
— — — | — — |a　　　| — | | — — |a
　　　　　　λ7　　　　　　　　　　　λ6

后帆招手呼前帆,　　　　　画鼓轻敲总催发。
| — — | | — A¹　　　| — | — | | |b¹
　　　　　　　　　　　　　　　　　λ6

前 帆 雪 浪 惊 飞 湍，　　　　后 帆 舵 尾 披 银 山。
— — | | — — — 。A¹　　　| — — | | — — — 。A¹
　　　　　　　￣14　　　　　　　　　　　　￣15

前 帆 渐 缓 后 帆 急，　　　　相 将 俱 入 芦 花 湾。
— — | | | — | a¹　　　　— — — | — — — 。A¹
　　　　　　　　　　　　　　　　　　　　￣15

岛 屿 萦 洄 断 还 续，　　　　沙 尾 夕 阳 明 属 玉。
| | — — | — | b¹　　　　— | | — — | b
　　　　　　　λ2　　　　　　　　　　　λ2

望 中 醉 眼 昏 欲 花，　　　　误 作 闲 窗 小 横 幅。
| — | | — — — a¹　　　　| | — — | — | b¹
　　　　　　　　　　　　　　　　　　　λ1

　　转韵、夹通韵，月曷同用(4)→删寒同用(4)→沃屋同用(4)，皆平仄相间，首句
及转韵第一句皆入韵，皆四句一转韵，十二句中十一句入律，为典型新式古风。本
诗如一幅写生画，可题为《江上双舟图》。末二句，作者别具手眼，把这一意境用"醉
眼昏花"而"误作"引出，显得更为自然。

军中乐
宋　刘克庄

行 营 面 前 设 刁 斗，　　　　帐 门 深 深 万 人 守。
　　　　　　　√25　　　　　　　　　　　　√25

将 军 贵 重 不 据 鞍，　　　　夜 夜 发 兵 防 隘 口。
　　　　　　　　　　　　　　　　　　　√25

自 言 虏 畏 不 敢 犯，　　　　射 麋 捕 鹿 来 行 酒。
　　　　　　　　　　　　　　　　　　　√25

更 阑 酒 醒 山 月 落，　　　　彩 缣 百 段 支 女 乐。
　　　　　　　λ10　　　　　　　　　　　　λ10

谁 知 营 中 血 战 人，　　　　无 钱 得 合 金 疮 药！
　　　　　　　　　　　　　　　　　　　λ10

　　转韵，有(6)→药(4)，以仄承仄，首句及转韵第一句皆入韵。本诗揭露宋军将
士之间的不平等，直刺其不堪一战的本质，所写不是危言耸听，而是南宋的现实写
照。诗人对将军的愤恨、对士卒的同情、对边防的耽忧之情，在对比间就显而易见、

非常深刻了。

医巫闾

金　蔡　珪

幽州北镇高且雄，　　倚天万仞蟠天东；
　—　—　｜　｜　—　｜　—　　　　｜　—　｜　｜　—　—　—　A¹
　　　　　　　　　　　　－1　　　　　　　　　　　　　　　　　　－1

祖龙力驱不肯去，　　至今鞭血余殷红。
　｜　—　｜　—　｜　｜　｜　　　　｜　—　—　｜　—　—　—　A¹
　　　　　　　　　　　　　　　　　　　　　　　　　　　　　　－1

崩崖岸谷森云树，　　萧寺门横入山路；
　—　—　｜　｜　—　—　｜　a　　　—　｜　—　—　｜　—　｜　b¹
　　　　　　　　　　　　　ヽ7　　　　　　　　　　　　　　　　ヽ7

谁道营丘笔有神？　　只得峰峦两三处。
　—　｜　—　—　｜　｜　—　B　　　｜　｜　—　—　｜　—　｜　b¹
　　　　　　　　　　　　　　　　　　　　　　　　　　　　　　ヽ6

我方万里来天涯，　　坡陀缭绕昏风沙；
　｜　—　｜　｜　—　—　—　A¹　　—　—　—　｜　—　—　—　A¹
　　　　　　　　　　　　　－6　　　　　　　　　　　　　　　　－6

直教眼界增明秀，　　好在岚光日夕佳。
　｜　—　｜　｜　—　—　｜　a　　　｜　｜　—　—　｜　｜　—　B
　　　　　　　　　　　　　　　　　　　　　　　　　　　　　　－9

封龙山边生处乐，　　此山之间亦不恶；
　—　—　—　—　—　｜　｜　｜　　　｜　—　—　—　｜　｜　｜
　　　　　　　　　　　　　ハ10　　　　　　　　　　　　　　　ハ10

他年南北两生涯，　　不妨世有扬州鹤。
　—　—　—　—　｜　—　—　A　　　｜　—　｜　｜　—　—　｜　a
　　　　　　　　　　　　　　　　　　　　　　　　　　　　　　ハ10

转韵、夹通韵，东（4）→遇御同用（4）→麻佳同用（4）→药（4），皆平仄相间，首句及转韵第一句皆入韵，皆四句一转韵，十六句中十二句入律，本诗为新式西风。又麻佳两韵皆《词韵》第十部而通押。金世宗大定年间，出现了代表金本朝文学特色的"中州文派"。蔡珪便是其中的杰出代表，他的诗显示出昂扬奋发的时代精神和雄健豪迈的气势风格,本诗便是具有这种特色的代表性作品。医巫闾,又名广宁山,在今辽宁省西部,为北方名山之一。本诗前八句写景,后八句抒情。诗人认为,只要有明秀山水作伴,那么,无论在南在北,无论居家从政,都能享受到人生的乐趣,都能实现人生的价值。

居庸叠翠
元　陈　孚

断崖万仞如削铁,　　　　　　鸟飞不度苔石裂。
　　　　λ9　　　　　　　　　　　　λ9

嵯岈老树无碧柯,　　　　　　六月太阴飞急雪。
　　　　　　　　　　　　　　　　　λ9

寒沙茫茫出关道,　　　　　　骆驼夜吼黄云老。
　　　　∨19　　　　　　　　　　　　∨19

征鸿一声起长空,　　　　　　风吹草低山月小。
　　　　　　　　　　　　　　　　　∨17

　转韵、夹通韵,屑(4)→皓篠同用(4),以仄承仄,首句及转韵第一句皆入韵。本诗从视觉中的"高",转出感觉上的"寒";从气候上的严寒,转出心理中的荒寒;从"苍凉"所含的幽寂,又转出空间意义上的"幽旷"。作者并未拘泥于"居庸叠翠"的题面,甚至在诗中排除了"翠"色,却表现了居庸关山苍莽雄郁的本色,这正是"居庸叠翠"真正的魅力所在,也使本诗脱颖而出,成为同命题咏的上选。

白翎雀歌
元　虞　集

乌桓城下白翎雀,　　　　　　雌雄相呼以为乐。
— — — 丨 丨 — 丨a^1　　— — — — 丨 — 丨
　　　　λ10　　　　　　　　　　　　λ10

平沙无树托营巢,　　　　　　八月雪深黄草薄。
— — — 丨 丨 — A　　丨 丨 — 丨 — 丨 b
　　　　　　　　　　　　　　　　　λ10

君不见旧时飞燕在昭阳,　　　沉沉宫殿锁鸳鸯。
丨 — — 丨 丨 A　　　— — 丨 丨 丨 — A
　　。　　　　　　　　　　　　　。

芙蓉露冷秋宵永，　　　　　芍药风暄春昼长。
— — | | — — | a　　　　| | — — — | —B¹

转韵，药(4)→阳(4)，平仄相间，四句一转韵，首句及转韵第一句皆入韵，全诗八句，七句入律，故本诗为新式古风。白翎雀是百灵鸟的一种，又名蒙古百灵，生活在极北之地，雌雄和鸣，严冻大寒，也不搬迁。由于它的独特个性，许多名家都有吟咏，以虞集的这首最为人称道。本诗拿白翎雀和幽闭宫中的美女作对比，突出它虽身处苦寒却相偶和乐的幸福。上半首写荒凉、突出双飞，下半首写豪华、点染独处，上下相照，感染颇强。

题渔村图
元　虞　集

黄叶江南何处村，　　　　　渔翁三两坐槐根。
— | — — — | —B¹　　　— — — | | — 。A

隔溪相就一烟棹，　　　　　老妪具炊双瓦盆。
| — — | | | a¹　　　　| | | — — | —B¹

霜前渔官未竭泽，　　　　　蟹中抱黄鲤肪白。
— — — — — | | |　　　| — | — | | |

已烹甘瓠当晨餐，　　　　　更撷寒蔬共萑席。
| — — | — — —A¹　　 | | — — | | b¹

垂竿何人无意来，　　　　　晚风落叶何皑皑！
— — — — — | —　　　| — | | — —A¹

了无得失动微念，　　　　　况有兴亡生远哀？
| — | | | — | a¹　　　| | — — — | —B¹

忆昔采芝有园绮，　　　　　犹被留侯追之起。

| | | — | — |　　— | — — — — |
△√4　　△√4

莫将名姓落人间，　　随此横图卷秋水。

| — — | | — — A　　— | — — | — | b^1
△√4

转韵，元(4)→陌(4)→灰(4)→纸(4)，皆平仄相间，首句及转韵第一句皆入韵，皆四句一转韵，十六句中有十一句入律，本诗为新式古风。这是一首题画诗，前半首咏江南渔村的风光与渔翁生活的自在消遥，后半首感慨名利对人的危害。每一时代的文学都有其特点。宋代的山水画、诗，以客观为中心，往往把人物躲在山水的帷幔之后；元代的山水画、诗，以主观为中心，让人物直接出现在画面上。同时，元代山水画开始把题款也作为整个画面的布置，使它成为整个画的重要组成部分。书法、款式成为表现画的意趣的主要手段之一，而题画诗的内容，也就与山水画相互掩映补充。如虞集本诗所写，就是画中之画，但他却把主观思想硬锲入诗中，以秦末隐士被聘出山为例，表示自己出仕的不得已及对隐逸生活的追求，这样，画就带有强烈的个性了。末句为神来之笔，既表达了自己的心情，又切合了“题画”本身。

花游曲

元　杨维桢

三月十日春濛濛，　　满江花雨湿东风。
○¯1　　○¯1

美人盈盈烟雨里，　　唱彻湖烟与湖水。
△√4　　△√4

水天虹女忽当门，　　午光穿漏海霞裙。
○¯13　　○¯12

美人凌空蹑飞步，　　步上山头小真墓。
△、7　　△、7

华阳老仙海上来，　　五湖吐纳掌中杯。
○¯10　　○¯10

宝山枯禅开茗碗，　　木鲸吼罢催花板。
△√14　　△√15

老仙醉笔石栏西，　　一片飞花落粉题。
○　　○

蓬莱宫中花报使，　　　　花信明朝二十四。

老仙更试蜀麻笺，　　　　写尽春愁子夜篇。

转韵、夹通韵又上去通押，东(2)→纸(2)→元文同用(2)→遇(2)→灰(2)→旱潸同用(2)→齐(2)→纸真同用(2)→先(2)，皆平仄相间，短韵体。这是杨维桢同诸多文人游石湖之作。诗前自序中说，本诗是为同游妓者而写，故名《花游曲》。此题其实只是个陪衬，借以引出诗人们蔑视礼法、游戏人间的生活态度，表现作者浪迹江湖、欢欣逍遥的感慨，才是深意所在。本诗涉及的人物身份各异：儒、道、佛、俗都有，他们能相安无事，甚至感情融洽，情投意合，这种奇观是诗人洒脱自由心性的表现。为此，他不写格律诗，而用全是两句一韵的短韵式古乐府，淋漓尽致地表白自己的所见所闻。我们也看到了封建时代一个摆脱世俗羁绊的自由人的快乐意识，窥见了铁崖诗人豪放不羁的真性情。

过嘉兴

元　萨都剌

三山云海几千里，　　　　十幅蒲帆挂烟水。

吴中过客莫思家，　　　　江南画船如屋里。

芦芽短短穿碧沙，　　　　船头鲤鱼吹浪花。

吴姬荡桨入城去，　　　　细雨小寒生绿纱。

我歌水调无人续，　　　　江上月凉吹紫竹。

春 风 一 曲 鹧 鸪 词，　　　　　花 落 莺 啼 满 城 绿。
— — ｜ ｜ ｜ — — A　　　　　— ｜ — — ｜ — ｜ b¹
　　　　　　　　　　　　　　　　　　　　　　　　λ2

　　转韵、夹通韵，纸(4)→麻(4)→沃屋同用(4)，皆平仄相间，首句及转韵第一句皆入韵，皆四句一转韵，十二句中九句入律，本诗为新式古风。全诗紧扣"过"字来写：前四句是"过"之前的背景交待，乃一阔大画框；中四句写"过"嘉兴所见美景、即画中诸景，"芦芽"、"碧沙"、"锦鲤"、"白浪"、"细雨"、"绿纱"，以及荡桨的吴姬，织就一幅江南春雨图，墨气淋漓；后四句是"过"后的感慨与回味，旖旎有情，乃观画之感。全诗画意浓郁，诚不愧为丹青妙手之诗，得到后人很高的赞赏和推崇。

美人烧香图

明　刘　基

翡 翠 钗 梁 云 作 叶，　　　　　腻 红 深 晕 桃 花 颊。
　　　　　　　　△　　　　　　　　　　　　　　　　　△
　　　　　　λ16　　　　　　　　　　　　　　　　λ16

玉 奴 纤 手 卷 虾 须，　　　　　绣 罗 袜 小 不 胜 扶。
　　　　　　　○　　　　　　　　　　　　　　　　　○
　　　　　　-7　　　　　　　　　　　　　　　　　-7

低 头 背 人 整 裙 带，　　　　　神 前 独 自 深 深 拜。
　　　　　　　丶　　　　　　　　　　　　　　　　　△
　　　　　　9　　　　　　　　　　　　　　　　　10

翠 袖 轻 回 香 雾 分，　　　　　细 语 悠 悠 听 不 闻。
　　　　　　　○　　　　　　　　　　　　　　　　　○
　　　　　　-12　　　　　　　　　　　　　　　　-12

门 外 游 人 空 驻 马，　　　　　冥 冥 白 日 西 山 下。
　　　　　　　△　　　　　　　　　　　　　　　　　△
　　　　　　√21　　　　　　　　　　　　　　　　√21

　　转韵、夹通韵，叶(2)→虞(2)→泰卦同用(2)→文(2)→马(2)，皆平仄相间，短韵体。人总是有愿望的，可是现实的力量极为有限，就只有向冥冥之中的神灵祈求了。一缕清香，便成为沟通神人之间的无声信息。有些愿望是不希望别人知道，但对神灵是可以坦率表白的。神不需要高声大语，只需"细雨悠悠"即可。诗写到此，应该可以结束了，却又添上两句，这两句诗人故弄狡狯，正见题画之旨。因为画是无声的，诗人并不道破，只从美人的神韵着眼，正是触处生春，深妙不露。

登岳阳楼望君山
明　杨　基

洞庭无烟晚风定，　　　春水平铺如练净。

君山一点望中青，　　　湘女梳头对明镜。

镜里芙蓉夜不收，　　　水光山色两悠悠。

直教流下春江去，　　　消得巴陵万古愁。

转韵、夹通韵，敬径同用(4)→尤(4)，平仄相间，四句一转韵，首句及转韵第一句皆入韵，全诗八句，七句入律，故本诗为新式古风。本诗在所有同类诗中别具一格。在前六句中，把视线凝于一点，紧扣君山做文章；结尾两句，视线突然从君山移开，转向缓缓流动的湖水以及整个巴陵郡，眼前豁然开朗，全诗便充满了活力。静与动得到平衡，但稍纵即收，给人以无穷回味的余地。

卖 花 词
明　高　启

绿盆小树枝枝好，　　　花比人家别开早。

陌头担得春风行，　　　美人出帘闻叫声。

移去莫愁花不活，　　　卖与还传种花诀。

馀香满路日暮归，　　　犹有蜂蝶相随飞。

买花朱门几回改，　　　不如担上花长在。

转韵、夹通韵，皓（2）→庚（2）→曷屑同用（2）→微（2）→贿（2），皆平仄相间，短韵体。本诗末两句翻出新意。前八句，一个勤于花、精于花、痴于花、以花为生命的坦荡、热诚、轻快的卖花人，经诗人多方设色传神，已活脱脱地立在读者面前；不仅如此，诗人再由买花人处背面傅粉，益见得卖花人的襟怀恬淡、高不可及，真是篇末奇笔！其实，这卖花人的篇末自白，不也正是高卧不起、萧散自得的青丘子（1187）的夫子自道？

一 年 歌

明　唐　寅

一 年 三 百 六 十 日，　　　　春 夏 秋 冬 各 九 十。
| — | | | | |　　　　　　 — | — — | | | b¹
　　　　　　　⋋4　　　　　　　　　　　　　　⋋14

冬 寒 夏 热 最 难 当，　　　　寒 则 如 刀 热 如 炙。
— — | | | — —A　　　　 — | — — | — | b¹
　　　　　　　　　　　　　　　　　　　　　⋋11

春 三 秋 九 号 温 和，　　　　天 气 温 和 风 雨 多。
— — — | | — —A　　　　 — | — — — | — B
　　　　　　　。_5　　　　　　　　　　　　。_5

一 年 细 算 良 辰 少，　　　　况 又 难 逢 美 景 何？
| — | | — — | a　　　　 | | — — | | — B
　　　　　　　　　　　　　　　　　　　　。_5

美 景 良 辰 倘 相 遇，　　　　又 有 赏 心 并 乐 事。
| | — — | — | b¹　　　　 | | | — — | | b
　　　　　　　　　　　　　　　　　　　　　⋋4

不 烧 高 烛 对 芳 尊，　　　　也 是 虚 生 在 人 世。
| — — | | — —A　　　　 | | — — | — | b¹
　　　　　　　　　　　　　　　　　　　　　⋋8

古 人 有 言 亦 达 哉，　　　　劝 人 秉 烛 夜 游 来。
| — | — | | —　　　　 | — | | | — — A
　　　　　　　。_10　　　　　　　　　　。_10

春 宵 一 刻 千 金 价，　　　　我 道 千 金 买 不 回。

— — | · | — — | a　　　　| | — — | | ─B
　　　　　　　　　　　　　　　　　　　　　　　　　。
　　　　　　　　　　　　　　　　　　　　　　　─10

　　转韵、夹通韵，质缉陌同用(4)→歌(4)→真霁同用(4)→灰(4)，首句入韵，转韵第一句二入韵一不入韵，皆平仄相间，皆四句一转韵，十六句中十四句入律，可谓典型新式古风。在中国文人诗歌的历史上，像本诗这种带"乞儿"味的作品，是相当奇特的。但不能简单地从宣扬及时行乐一面看，还要看到作者对缙绅阶级的叛离态度，对他们价值观的唾弃，因而讴歌生命的可贵。正是这点，本诗值得一读。

宿金沙江
明　杨　慎

往 年 曾 向 嘉 陵 宿，　　　驿 楼 东 畔 阑 干 曲。
| — — | — — | a　　　　| — — | — — | a
　　　　　　　　　　入1　　　　　　　　　　　　入2

江 声 彻 夜 搅 离 愁，　　　月 色 中 天 照 幽 独。
— — | | — — A　　　　| | — — | | b¹
　　　　　　　　　　　　　　　　　　　　　　　入1

岂 意 飘 零 瘴 海 头，　　　嘉 陵 回 首 转 悠 悠。
| | — — | | ─B　　　　— — | | | — ─A
　　　　　　　。　　　　　　　　　　　　。
　　　　　　　─11　　　　　　　　　　　─11

江 声 月 色 那 堪 说，　　　肠 断 金 沙 万 里 楼。
— — | | — — | a　　　　| | — — | | ─B
　　　　　　　　　　　　　　　　　　　　　　　。
　　　　　　　　　　　　　　　　　　　　　　　─11

　　转韵、夹通韵，屋沃同用(4)→尤(4)，平仄相间，四句一转韵，首句及转韵第一句皆入韵，全诗八句，全部入律，本诗为新式古风。此诗以昔日宿嘉陵江的感受和今日宿金沙江的心情作对比，将离愁别恨表现得深婉凄绝，令人动容。诗的押韵颇有特色，前四句押入声韵，但其中不押韵的第三句末字"愁"可与后四句的平声韵协韵；后四句押平声韵，但其中不押韵的第三句末字"说"又可与前四句的入声韵协韵。这种前后呼应的押韵方式，音乐感极强，更能表现诗人伤痛的内在感情。

岁杪放歌

明　李攀龙

终年著书一字无，　　中岁学道仍狂夫。
　　　　　　。-7　　　　　　　　　　-7
劝君高枕且自爱，　　劝君浊醪且自酤。
　　　　　　　　　　　　　　　　　　-7
何人不说宦游乐，　　如君弃官复不恶。
　　　　　　λ10　　　　　　　　　　λ10
何处不说有炎凉，　　如君杜门复不妨。
　　　　　　。-7　　　　　　　　　　-7
纵然疏拙非时调，　　便是悠悠亦所长。
　　　　　　　　　　　　　　　　　　-7

转韵，虞(4)→药(2)→阳(4)，首句及转韵第一句皆入韵，皆平仄相间。诗以言志，歌以咏怀，乃古今诗家之能事。然大抵人各有志，情怀不一，也就人面桃花，天上人间。本诗洋溢着一股旷逸佻达、自爱自尊、甘于寂寞的豪放之气，实是诗人严肃、执拗的志在林泉、不同流合污的人生追求与处世哲学的坦露。

刘季龙简讨庭上看舞刀歌

明　谭元春

灯影与月争微茫，　　阶闲尘静添薄霜。
　　　　　　。-7　　　　　　　　　　-7
主人奇不但文事，　　呼童舞刀刀划光。
　　　　　　　　　　　　　　　　　　-7
一童双臂如蛟缠，　　两童踙踖身手强。
　　　　　　　　　　　　　　　　　　-7
沐金浴火刀欲吼，　　飒飒月响秋吐芒。
　　　　　　　　　　　　　　　　　　-7
我欲饮时舞亦回，　　素魄挟霜纷下翔。
　　　　　　　　　　　　　　　　　　-7
鸡既鸣矣冷相看，　　葳蕤钥起天欲明。
　　　　　　　　　　　　　　　　　　。-8

青鞵青笠我不辞，　　　　　　君用世人宜徬徨。[7]

他年期我深山里，[4]　　　　　世平愦散刀沉水。[4]

转韵，阳中杂庚（依《古音辩》，14）→纸（2），平仄相间，首句及转韵第一句皆入韵，尾韵为促收式。这首《舞刀歌》立意造语均不同凡响，给人以生新奇异、幽深孤峭之感。若与杜甫的《观公孙大娘弟子舞剑器行》（843）相比，彼得阳刚之气，此饶阴柔之美，亦未遑多让呢！

圆圆曲

清　吴伟业

鼎湖当日弃人间，[15]　　　　破敌收京下玉关；[15]

恸哭六军俱缟素，　　　　　　冲冠一怒为红颜。[15]

红颜流落非吾恋，[17]　　　　逆贼天亡自荒宴；[17]

电扫黄巾定黑山，　　　　　　哭罢君亲再相见。[17]

相见初经田窦家，[6]　　　　侯门歌舞出如花；[6]

许将戚里箜篌伎，　　　　　　等取将军油壁车。[6]

家本姑苏浣花里，[4]　　　　圆圆小字娇罗绮；[4]

梦向夫差苑里游，　　　　　　宫娥拥入君王起；[4]

前身合是采莲人，　　　　　　门前一片横塘水。[4]

横塘双桨去如飞，[5]　　　　何处豪家强载归；[5]

此际岂知非薄命，　　　　　　此时只有泪沾衣。

薰天意气连宫掖，(入11)　明眸皓齿无人惜；(－5 入11)

夺归永巷闭良家，教就新声倾坐客。(入11)

坐客飞觞红日暮，(、7)一曲哀弦向谁诉；(、7)

白皙通侯最少年，拣取花枝屡回顾。(、7)

早携娇鸟出樊笼，待得银河几时渡；(、7)

恨杀军书底死催，苦留后约将人误。(、7)

相约恩深相见难，(。14)一朝蚁贼满长安；(－14)

可怜思妇楼头柳，认作天边粉絮看；(。14)

遍索绿珠围内第，强呼绛树出雕栏。(－14)

若非壮士全师胜，争得蛾眉匹马还。(。15)

蛾眉马上传呼进，(、12)去鬟不整惊魂定；(、25)

蜡炬迎来在战场，啼妆满面残红印。(、12)

专征箫鼓向秦川，金牛道上车千乘；(、25)

斜谷云深起画楼，散关月落开妆镜。(、24)

传来消息满江乡，(。7)乌柏红经十度霜；(－7)

教曲妓师怜尚在，浣纱女伴忆同行。(－7)

旧巢共是衔泥燕，　飞上枝头变凤凰；
长向尊前悲老大，　有人夫婿擅侯王。
当时只受声名累，　贵戚名豪竞延致；
一斛珠连万斛愁，　关山漂泊腰肢细；
错怨狂风飏落花，　无边春色来天地。
尝闻倾国与倾城，　翻使周郎受重名；
妻子岂应关大计，　英雄无奈是多情；
全家白骨成灰土，　一代红妆照汗青。
君不见馆娃初起鸳鸯宿，　越女如花看不足；
香径尘生鸟自啼，　屧廊人去苔空绿。
换羽移宫万里愁，　珠歌翠舞古梁州。
为君别唱吴宫曲，　汉水东南日夜流。

转韵、夹通韵，删(4)→霰(4)→麻(4)→纸(6)→微(4)→陌(4)→遇(8)→寒中杂删(8)→震径敬共用(8)→阳(8)→真中杂霁(6)→庚中杂青(6)→沃屋同用(4)→尤(4)，首句及转韵第一句皆入韵，平仄相间十二处、以仄承仄一处，震韵为《词韵》第六部、径敬两韵皆《词韵》第十一部、依《词韵》第六、第十一部可通押。吴梅村的《圆圆曲》，以其特有的艺术魅力蜚声文坛，它是继白居易《长恨歌》以后最值得注意的歌行体长诗之一。全诗通过叙述陈圆圆传奇式的遭遇，讽刺了不顾大义、给人民带来苦难的历史罪人吴三桂。在艺术上，它有明显特色：首先，用典巧妙，反复运用有关夫差、西施的故实，在扑朔迷离中透露真意；其次，构思奇谲，有叙事，有抒情，时而旁敲侧击，时而倒叙插叙，整个作品的格局变化莫测，适足表现阴晴不定的时代和吴三桂反复无常的性格；再次，巧妙应用民歌中的"顶真"格，把各个片段勾连起来，收到了变化错落而又气足神完的艺术效果。

琵琶行

清　吴伟业

琵琶急响多秦声，　　　　　　对山慷慨称入神。
　　　　　　　。8　　　　　　　　　　　　　　－11

同时渼陂亦第一，　　　　　　两人失志遭迁谪。
　　　　　　　△4　　　　　　　　　　　　λ11

绝调王康并盛名，　　　　　　昆仑摩诘无颜色。
　　　　　　　　　　　　　　　　　　　λ13

百余年来操南风，　　　　　　竹枝水调讴吴侬。
　　　　　　　。1　　　　　　　　　　　　　－2

里人度曲魏良辅，　　　　　　高士填词梁伯龙。
　　　　　　　　　　　　　　　　　　　－2

北调犹存止弦索，　　　　　　朔管胡琴相间作。
　　　　　　　λ10　　　　　　　　　　　　λ10

尽失传头误后生，　　　　　　谁知却唱江南乐，
　　　　　　　　　　　　　　　　　　　λ10

今春偶步城南斜，　　　　　　王家池馆弹琵琶。
　　　　　　　。6　　　　　　　　　　　　。6

悄听失声叫奇绝，　　　　　　主人招客同看花。
　　　　　　　　　　　　　　　　　　　。6

为问按歌人姓白，　　　　　　家往通州好寻觅。
　　　　　　　△11　　　　　　　　　　　λ12

袴褶新更回鹘装，　　　　　　虬须错认龟兹客。
　　　　　　　　　　　　　　　　　　　λ11

偶因同步话先皇，　　　　　　手把檀槽泪几行。
　　　　　　　。7　　　　　　　　　　　　－7

抱向人前诉遗事，　　　　　　其时月黑花茫茫。
　　　　　　　　　　　　　　　　　　　－7

初拨鸱弦秋雨滴，　　　　　　刀剑相摩毂相击。

惊沙拂面鼓沉沉，舂然一声飞霹雳。

南山石裂黄河倾。马蹄迸散车徒行。

铁凤铜盘柱摧塌，四条弦上烟尘生。

忽焉摧藏若枯木，寂寞空城乌啄肉。

辘轳夜半转呀哑，呜咽无声贵人哭。

碎珮丛铃断续风，冰泉冻壑泻淙淙。

明珠瑟瑟抛残尽，却在轻笼慢撚中。

斜抹轻挑中一摘，潺栗飕飗惜饥骨。

衔枚铁骑饮桑乾，白草黄沙夜吹笛。

可怜风雪满关山，乌鹊南飞行路难。

猢啸鼯啼山鬼语，瞿唐千尺响鸣滩。

坐中有客泪如霰，先期旧值乾清殿。

穿宫近侍拜长秋，咬春燕九陪游宴。

先皇驾幸玉熙宫，凤纸金名唤乐工。

苑内水嬉金傀儡，殿头过锦玉玲珑。

一自中原盛豺虎，暖阁人才撤歌舞。

插柳停挏素手筝，　　烧灯罢击花奴鼓。

我亦承明侍至尊，　　止闻鼓乐奏云门。

段师沦落延年死，　　不见君王赐予恩。

一人劳悴深宫里，　　贼骑西来趋易水。

万岁山前辇鼓鸣，　　九龙池畔悲筘起。

换羽移宫总断肠，　　江村花落听霓裳。

龟年哽咽歌长恨，　　力士凄凉说上皇。

前辈风流最堪羡，　　明时迁客犹嗟怨。

即今相对苦南冠，　　昇平乐事难重见。

白生尔尽一杯酒，　　由来此技推能手。

岐王席散少陵穷，　　五陵召客君知否？

独有风尘潦倒人，　　偶逢丝竹便沾巾。

江湖满地南乡子，　　铁笛哀歌何处寻！

　　转韵、夹通韵，庚真同用(2)→质陌职同用(4)→冬东同用(4)→药(4)→麻(4)→陌锡同用(4)→阳(4)→锡(4)→庚(4)→屋(4)→东冬同用(4)→陌月锡同用(4)→寒删同用(4)→霰(4)→东(4)→麌(4)→元(4)→纸(4)→阳(4)→霰愿同用(4)→有(4)→真侵同用(4)，首句及转韵第一句皆入韵，平仄相间二十处、以仄承仄一处，除首韵为两句一韵的促起式外、其余皆四句一转韵。首句中庚韵为《词韵》第十一部、真韵为《词韵》第六部，两部通押；末韵中真韵为《词韵》第六部、侵韵为《词韵》第十三部，两部通押；《词韵》中第六部、第十一部、第十三部可三部通押。与白居易

《琵琶行》同名的本诗,出自"擅长歌行"的清初诗坛巨擘吴伟业之手。如果将白居易的《琵琶行》比作云烟缭绕中的庐山秀峰,则吴伟业的《琵琶行》就是激荡石头城下的扬子江浪。前者耸峙千古,后者长流百世,可以说是同曲异调、共臻至境的姊妹篇。而且,吴伟业之《琵琶行》,不仅在表现技巧上,对白居易之《琵琶行》多有继承中的翻新;更在借先朝覆亡见证人白在湄所弹的琵琶曲以寄寓对历史的兴亡之感上,局阵恢宏、情思深沉,于白居易之后又开了新的境界。

马 草 行
清　朱彝尊

阴风萧萧边马鸣,　　　　　健儿十万来空城。
　　　　 _8　　　　　　　　　　　　　 _8

角声呜呜满街道,　　　　　县官张灯征马草。
　　　　 △∨19　　　　　　　　　　　 △∨19

阶前野老七十余,　　　　　身上鞭朴无完肤。
　　　　 _6　　　　　　　　　　　　　 _7

里胥扬扬出官署,　　　　　未明已到田家去。
　　　　 ∖6　　　　　　　　　　　　　 ∖6

横行叫骂呼盘飧,　　　　　阑牢四顾搜鸡豚。
　　　　 _13　　　　　　　　　　　　 _13

归来输官仍不足,　　　　　拥金夜就倡楼宿。
　　　　 ⋌2　　　　　　　　　　　　 ⋌1

转韵、夹通韵,庚(2)→皓(2)→鱼虞同用(2)→御(2)→元(2)→沃屋同用(2),皆平仄相间,短韵体。本诗以冷峻辛辣的笔墨,勾勒了里胥爪牙在催逼马草中的丑恶嘴脸。末句是最尖锐的画龙点睛之笔。

中秋夜洞庭湖对月歌
清　查慎行

长风霾云莽千里,　　　　　云气蓬蓬天冒水。
—————｜—∣　　　　—｜———｜　∣b
　　　　 ∨4　　　　　　　　　　　　 △∨4

风收云散波乍平,　　　　　倒转青天作湖底。

初看落日沉波红，　　　素月欲升天敛容。

舟人回首尽东望，　　　吞吐故在冯夷宫。

须臾忽自波心上，　　　镜面横开十余丈。

月光浸水水浸天，　　　一派空明互回荡。

此时骊龙潜最深，　　　目炫不得衔珠吟。

巨鱼无知作腾踔，　　　鳞甲一动千黄金。

人间此境知难必，　　　快意翻从偶然得。

遥闻渔父唱歌来，　　　始觉中秋是今夕。

转韵、夹通韵，纸荠同用(4)→东冬同用(4)→养(4)→侵(4)→质职陌同用(4)，首句及转韵第一句皆入韵，皆平仄相间，皆四句一转韵，二十句中十三句入律，本诗为新式古风。这是一首堪称宏伟的山水诗篇，景象壮观宏丽，意境开阔，显示出诗人雄厚姿肆的才力，把古代山水诗重在壮景图貌和重在造境写意两种倾向高度结合起来，并发挥到了极致。"人间"一联最具哲理，道出人生"快意"可遇不可求的真谛。

漂母祠

清　蒋士铨

妇人之仁偶然耳，　　　不遇韩侯何足齿？

鬼神默相饭王孙，　　　齐王不死楚王死。

千金之报直一钱，　　　老母庙食今犹传。

丈夫箪豆形诸色，　　　饿殍纷纷亦可怜。

转韵，纸（4）→先（4），四句一转韵，首句及转韵第一句皆入韵，平仄相间，八句中五句入律，故本诗为新式古风。本诗就韩信漂母事发感，漂母饭信不望报，而今天英雄大丈夫穷途末路，求望报一饭一羹的人也没有，得不到施舍而饿死的人却到处都是，令人伤心垂怜。诗写得盘诘生硬，有识有力，有声有光，把诗人胸中不可磨灭之气全寄于诗中。

笥河先生偕宴太白楼醉中作歌

清　黄景仁

红霞一片海上来，　　　照我楼上华筵开。

倾觞绿酒忽复尽，　　　楼上谪仙安在哉！

谪仙之楼楼百尺，　　　笥河夫子文章伯。

风 流 仿 佛 楼 中 人，
一 一 ｜ ｜ 一 一 一 A¹

是 日 江 山 同 云 开，
｜ ｜ 一 一 一 一 一。
　　　　　　　　　-10

江 从 慈 母 矶 边 转，
一 一 一 ｜ 一 ｜ a

青 山 对 面 客 起 舞，
一 一 ｜ ｜ 一 ｜ ｜
　　　　　　　　√7

若 论 七 尺 归 蓬 蒿，
｜ 一 ｜ ｜ 一 一 一 A¹

若 论 醉 月 来 江 滨，
｜ 一 ｜ ｜ 一 一 一 A¹。
　　　　　　　　　-11

长 星 动 摇 若 无 色，
一 一 ｜ 一 ｜ 一 ｜

身 后 苍 凉 尽 如 此，
一 ｜ 一 一 ｜ 一 ｜ b¹
　　　　　　　　√4

杯 底 空 馀 今 古 愁，
一 ｜ 一 一 一 ｜ 一 B¹

高 会 题 诗 最 上 头，
一 ｜ 一 一 ｜ ｜ 一 B。
　　　　　　　　　11

请 将 诗 卷 掷 江 水，
｜ 一 一 ｜ ｜ ｜ a¹

千 一 百 年 来 此 客。
一 ｜ ｜ 一 一 ｜ ｜ b
　　　　　　　　ᐳ11

天 门 淡 扫 双 蛾 眉。
一 一 ｜ ｜ 一 一 一 A¹。
　　　　　　　　　-4

潮 到 然 犀 亭 下 回。
一 ｜ 一 一 一 ｜ 一 B¹。
　　　　　　　　　-10

彼 此 青 莲 一 抔 土。
｜ ｜ 一 一 ｜ 一 ｜ b¹
　　　　　　　　√7

此 楼 作 客 山 是 主。
｜ 一 ｜ ｜ 一 ｜ ｜
　　　　　　　　√7

此 楼 作 主 山 作 宾。
｜ 一 ｜ ｜ 一 ｜ 一。
　　　　　　　　-11

未 必 长 作 人 间 魂。
｜ ｜ 一 ｜ 一 一 一。
　　　　　　　　　-13

俯 仰 悲 歌 亦 徒 尔。
｜ ｜ 一 一 ｜ 一 ｜ b¹
　　　　　　　　√4

眼 前 忽 尽 东 南 美。
｜ 一 ｜ ｜ 一 一 ｜ a
　　　　　　　　√4

姓 名 未 死 重 山 丘。
｜ 一 ｜ ｜ 一 一 一 A。
　　　　　　　　11

定 不 与 江 东 向 流！
｜ ｜ ｜ 一 一 ｜ 一 B¹。
　　　　　　　　　11

转韵、夹通韵,灰(4)→陌(4)→灰支同用(4)→麌(4)→真元同用(4)→纸(4)→尤(4),首句及转韵第一句皆入韵,皆平仄相间,皆四句一转韵,二十八句中有十八句入律,故本诗为新式古风。本诗是向着诗仙长眠的青山,所发出的豪宕誓言。这誓言发自乾隆三十七年(1772)三月的太白楼上,出自一位年方二十四岁的青年诗人笔下。它是如此令人振奋,而且很快变成了现实:这首清壮沉郁、感慨淋漓的歌一经问世,聚会东南的八府士子立即争相传抄,出现了"一日纸贵"的奇迹。倘若李白九泉下有知,也会引诗人为千古同调,而含笑举觞的吧!

项王庙

清　王昙

立马一呼千人号， 咸阳大火不足烧。

十八诸侯作臣子， 如何不舞鸿门刀？

陈平美奴张良女， 淮阴之少小儿乳。

功臣反面见君王， 吾亦伤心老亚父。

君王如玉妾如花， 君马一走天下瓜。

赤蛇不死白蛇死， 妾骨空阗垓下沙。

儿女英雄两不足， 水庙山烟吾来宿。

八千子弟大风来， 父老江东到今哭。

｜　－　｜　｜　｜　－　－　A　　　　　｜　｜　－　－　｜　－　｜ b¹
　　　　　　　　　　　　　　　　　　　　　　　　　　　　　　λ1

转韵、夹通韵，豪萧同用(4)→麋语同用(4)→麻(4)→屋沃同用(4)，首句及转韵第一句皆入韵，皆平仄相间，皆四句一转韵，十六句中十一句入律，故本诗为新式古风。司马迁《史记》中的《项羽本纪》和《高祖本记》，把项羽的勇敢善战、卤莽而率直、粗暴而不乏仁慈，和汉高祖刘邦的多谋能忍、善耍无赖两种性格写得很生动，深入人心。所以后人往往不从理性上去评刘、项的政治得失，而却从感情上偏爱项羽，同情这位英雄，唐代杜牧的《题乌江亭》诗(201)，宋代李清照"至今思项羽，不肯过江东"之句(629)，都表现了这种倾向，本诗也是如此。

蜘蛛蝴蝶篇
清　舒　位

蜘 蛛 结 网 诱 青 虫，　　　　桃 花 飞 入 怨 东 风。
　　　　　　　　－1　　　　　　　　　　　　　　　－1

蝴 蝶 寻 花 尾 花 往，　　　　打 尽 桃 花 同 一 网。
　　　　　　　　△22　　　　　　　　　　　　　　△22

蜘 蛛 不 语 蝴 蝶 愁，　　　　丝 丝 罗 织 桃 花 囚。
　　　　　　　　－11　　　　　　　　　　　　　　－11

桃 花 隔 雾 看 蝴 蝶，　　　　可 似 天 女 逢 牵 牛？
　　　　　　　　　　　　　　　　　　　　　　　　－11

潇 潇 春 雨 当 窗 入，　　　　沾 泥 花 片 胭 脂 湿。
　　　　　　　　λ14　　　　　　　　　　　　　　λ14

蝶 粉 蛛 丝 一 劫 灰，　　　　青 虫 自 向 墙 根 立。
　　　　　　　　　　　　　　　　　　　　　　　　λ14

转韵，东(2)→养(2)→尤(4)→缉(4)，首句及转韵第一句皆入韵，皆平仄相间，首两韵为促起式。这是一首寓言诗。一件细事，一个落花、小虫间相互纠葛的小场景，简洁、生动地写来，可以给人以不同的领会和颇多的启发。是触目惊心的感慨呢？还是洞悉无常的达观呢？可因人的不同经历和不同见识而各得其不同领会。这样一来，它题材虽小，而意义却就不小了。

梅花岭吊史阁部

清 舒位

一寸楼台谁保障？　　跋扈将军弄权相。

已闻北海收孔融，　　安取南楼开庾亮。

天心所坏人不支，　　公于此时称督师。

豹皮自可留千载，　　马革终难裹一尸。

平生酒量浮于海，　　自到军门唯饮水。

一江铁锁不遮拦，　　十里珠帘尽更改。

譬如一局残棋收，　　公之生死与劫谋。

死即可见左光斗，　　生不愿作洪承畴。

东风吹上梅花岭，　　还剩几分明月影。

狎客秋声蟋蟀堂，　　君王政事胭脂井。

中郎去世老兵悲，　　　　　迁客还家史笔垂。
— — | | | — A　　　　　 — | — — | | — B
　　　　　　　　-4　　　　　　　　　　　　　-4

吹箫来唱招魂曲，　　　　　拂藓先看堕泪碑。
— — — | — — | a　　　　　| | — — | | — B
　　　　　　　　　　　　　　　　　　　　　-4

转韵、夹通韵，漾（4）→支（4）→贿纸同用（4）→尤（4）→梗（4）→支（4），首句及转韵第一句皆入韵，皆平仄相间，皆四句一转韵，二十四句中十八句入律，本诗为新式古风。史可法是明末的节义之士，他督师扬州，清兵南下，以身殉国，连遗体也没有找到，后人以其衣冠袍笏葬于扬州近郊的梅花岭上，遂使此处成为人们凭吊史氏之处。舒位的前辈蒋士铨就有《梅花岭吊史阁部》（464）一首，舒位之后的黄燮清也有《广陵吊史阁部》（69）一首，皆是名作。舒位的这首歌行体，笔墨更为洒脱酣畅，以一曲哀歌，一掬热泪，表达了对前代忠义之士的敬仰。

白水瀑布

近代　郑珍

断崖千尺无去处，　　　　　银河欲转上天去。
　　　　　　　、6　　　　　　　　　　　、6

水仙大笑且莫莫，　　　　　恰好借渠写吾乐。
　　　　　　λ10　　　　　　　　　　　λ10

九龙浴佛雪照天，　　　　　五剑挂壁霜冰山，
　　　　　　。1　　　　　　　　　　　-15

美人乳花玉胸滑，　　　　　神女佩戴珠囊翻。
　　　　　　　　　　　　　　　　　　-13

文章之妙避直露，　　　　　自半以下成霏烟。
　　　　　　　　　　　　　　　　　　。1

银虹堕影饮觥罍，　　　　　天马无声下神渊。
　　　　　　　　　　　　　　　　　　-1

沫尘破散汤沸鼎，　　　　　潭日荡漾金熔盘。
　　　　　　　　　　　　　　　　　　-14

白水瀑布信奇绝，　　　　　占断黔中山水窟。
　　　　　　λ9　　　　　　　　　　　λ6

世 无 苏、李 两 谪 仙，　　　江 月 海 风 谁 解 说？

春 风 吹 上 观 瀑 亭，　　　高 岩 深 谷 恍 曾 经。

手 把 清 泠 洗 凡 耳，　　　所 不 同 心 如 白 水。

转韵、夹通韵，御(2)→药(2)→先韵为主、删元寒从之(10)→屑月同用(4)→青(2)→纸(2)，首句及转韵第一句皆入韵，平仄相间四处、以仄承仄一处，首两韵为促起式，末两韵为促收式。白水瀑布即今日闻名中外的黄果树瀑布，在贵州省镇宁县西南十五公里的白水河上，河水流经黄果树时，因河床断落，遂形成大瀑布。瀑布宽达二十米，自悬岩至犀牛潭落差六十多米，为稀有的观景。本诗生动描绘了瀑布的壮观景象，并抒发了作者观赏的感受，不失为写景佳篇。作品继承了李白、苏轼等名家写景的传统，描写中充满神奇的想象，具有形象化的特点。

人日立春对新月忆故情

近代　王闿运

蓁 蓁 千 里 物 华 新，　　　湘 春 人 日 不 逢 人。

园 中 柳 枝 巳 能 绿，　　　汀 洲 草 色 暗 生 尘。

立 春 人 日 芳 菲 节，　　　此 日 行 吟 正 愁 绝。

倚 栏 垂 泪 看 初 春，　　　临 水 低 头 见 新 月。

新 春 新 月 几 回 新？　　　几 回 新 月 照 新 人？

若 言 人 世 年 年 老，　　　何 故 天 边 岁 岁 春？

寻 常 人 日 人 常 在，　　　只 言 明 月 无 期 待。

故 人 看 月 恒 自 新，　　　胡 月 看 人 人 事 改？

也知盈缺本无情，　　无奈春来春恨生。

远思随波易千里，　　罗帷对影最孤明。

故人新月共裴回，　　湘水浮春尽日来。

黄鹤楼前汉阳树，　　湘春城角定王台。

休言月下新人艳，　　明年对月容光减。

鸾镜长开亦厌人，　　燕脂色重难胜脸。

庭中桃树背春愁，　　春来月落梦悠悠。

唯见迎春卷珠幔，　　谁能避月下江楼？

楼前斜月到天边，　　楼上春寒非昔年。

远水余光仍似雪，　　空山夜碧忽如烟。

如烟似雪光难取，　　明月有情应有语。

从来照尽古今人，　　可怜愁思无今古。

　　转韵、夹通韵又上去通押，真（4）→屑月同用（4）→真（4）→贿（4）→庚（4）→灰（4）→艳豏琰同用（4）→尤（4）→先（4）→麌语同用（4），首句及转韵第一句皆入韵，平仄相间七处、以平承平二处。王闿运为诗以好拟古著称，此诗可见其效仿张若虚《春江花月夜》（835）之痕迹，然这篇有真情实感之作艺术上的成功，却使人看到了作者拟前人而能化，仿旧作而能变的一面。诗以春、江、月、夜为抒写背景，着力处尤在春、月，诗中"春"字、"月"字都各自出现十三次，全诗以春为纬，贯穿始终，以月为脉，通达首尾，可谓写尽月夜之景，抒尽心中之情。特别最后六句是全诗意境最美，辞采最佳之处，乃神来之笔，融诗情、画意、哲理为一体，汇成情、景、理交融无间之深邃邈远意境，那空灵迷茫、惝恍扑朔之氛围，那清新雅丽、婉转流畅之文词，给人以一种心醉神迷的艺术享受。

圆明园词

近代 王闿运

宜春苑中萤火飞， 建章长乐柳十围。

离宫从来奉游豫， 皇居那复在郊圻？

旧池澄绿流燕蓟， 洗马高梁游牧地。

北藩本镇故元都， 西山自拥兴王气。

九衢尘起暗连天， 辰极星移北斗边。

沟洫填淤成斥卤， 宫庭映带觅泉原。

淳泓稍见丹棱沜， 陂陀先起畅春园。

畅春风光秀南苑， 蜿蜒凤盖长游宴。

地灵不惜瓮山湖， 天题更创圆明殿。

圆明始赐在潜龙， 因回邸第作郊宫。

十八篱门随曲涧， 七楹正殿倚乔松。

轩堂四十皆依水， 山石参差尽亚风。

甘泉避暑因留跸， 长杨扈从且弨弓。

纯皇缵业当全盛， 江海无波待游幸。

行所留连赏四园，

画师写放开双境。△23

谁道江南风景佳，⁻9

移天缩地在君怀！⁻9

当时只拟成灵囿，

小费何曾数露台。⁻10

殷勤毋佚箴骄念，﹨29

岂意元皇失恭俭！﹨28

秋狝俄闻罢木兰，

妖氛暗已传离坎。﹨27

吏治陵迟民困痛，⁻7

长鲸跋浪海波枯。⁻7

始惊计吏忧财赋，

欲卖行宫助传输。⁻7

沉吟五十年前事，﹨4

厝火薪边然已至。﹨4

揭竿敢欲犯阿房，

探丸早见诛文吏。﹨4

此时先帝见忧危。⁻4

诏选三臣出视师。⁻4

宣室无人侍前席，

郊坛有恨哭遗黎。⁻8

年年辇路看春草，△19

处处伤心对花鸟。△17

玉女投壶强笑歌，

金杯掷酒连昏晓。△17

四时景物爱郊居，⁻6

玄冬入内望春初。⁻6

袅袅四春随凤辇，

沉沉五夜递铜鱼。⁻6

内装颇学崔家髻，﹨8

讽谏频除姜后珥。﹨4

玉路旋悲车毂鸣，

金銮莫问残灯事。

鼎湖弓剑恨空还，
玉泉悲咽昆明塞，
青芝岫里狐夜啼，
何人老监福园门，
昔日喧阗厌朝贵，
游人朝贵殊喧寂，
贤良门闭有残砖，
文宗新构清辉堂，
妖梦林神辞二品，
湖中蒲稗依依长，
枯树重抽盗作薪，
别有开云镂月台，
宁知乱竹侵苔落，
平湖西去轩亭在，
金梯步步度莲花，
当时仓卒动铃驼，

郊垒风烟一炬间。
惟有铜犀守荆棘。
绣漪桥下鱼空泣。
曾缀朝班奉至尊。
于今寂寞喜游人。
偶来无复金闺客。
光明殿毁寻颓壁。
为近前湖纳晓光。
佛城舍卫散诸方。
阶前蒿艾萧萧响。
游鳞暂跃惊逢网。
太平三圣昔同来。
不见春风泣露开。
题壁银钩连倒薤。
绿窗处处留嬴黛。
守宫上直余嫔娥。

芦笳短吹随秋月，　豆粥长饥望热河。

上东门开胡雏过，　正有王公班道左。

敌兵未爇雍门荻，　牧童已见骊山火。

应怜蓬岛一孤臣，　欲持高洁比灵均。

丞相避兵生取节，　徒人拒寇死当门。

即今福海冤如海，　谁信神州尚有神！

百年成毁何匆促，　四海荒残如在目。

丹城紫禁犹可归，　岂闻江燕巢林木？

废宇倾基君好看，　艰危始识中兴难。

已惩御史言修复，　休遣中官织锦纴。

锦纴柱竭江南赋，　鸳文龙爪新还故。

总饶结彩大宫门，　何如旧日西湖路！

西湖地薄比郇瑕，　武清暂住已倾家。

惟应鱼稻资民利，　莫教莺柳斗宫花。

词臣讵解论都赋，　挽辂难移幸雏车。

相如徒有上林颂，　不遇良时空自嗟！

转韵、夹通韵又上去通押，微(4)→霁真未同用(4)→先元同用(6)→霰阮同用

（4）→东冬同用（8）→梗敬同用（4）→佳灰同用（4）→艳琰感同用（4）→虞（4）→真（4）→支齐同用（4）→篠皓同用（4）→鱼（4）→真霁同用（4）→删（2）→职缉同用（4）→元真同用（4）→锡陌同用（4）→阳（4）→养（4）→灰（4）→队卦同用（4）→歌（4）→胥箇同用（4）→真元同用（6）→屋沃同用（4）→寒（4）→遇（4）→麻（8），首句及转韵第一句皆入韵，皆平仄相间。本诗记录了圆明园的成毁经过，总结出历史教训，今日读来，犹觉意义深长，足堪反复品味。诗中最突出的是把圆明园被毁的责任，牢牢地系在最高统治者——皇帝身上；从康熙到同治，七个皇帝都不同程度地受到诗人的非议、揭露、批评乃至谴责，这在当时，是需要极大勇气的，须知诗人当时还是大清朝的一介臣民，在这一点上，王闿运显示了一个真正诗人所应有的品质。读罢本诗，给人留下一个鲜明的观念：圆明园实毁于统治者之手、实毁于建园者之手，穷竭民力而成的名园，终将以不祥的结局而毁；木必先腐、然后招蠹，国必先有内患，然后招致外侮。在艺术上，本诗最可注目的是叙事议论皆用典故成语，或化用、或借用、或正用、或反用，而又将其部署整齐，安置于整饬的句式中；善用顶真，对仗工细，有条不紊，足见诗人的学问之深，才情之富了；兼又词藻华丽，章节铿锵，浓墨重彩，镂金刻银；格局大开大阖、笔法多样多变，立意又高于常人。总之，本诗是为王闿运一生之杰作，晚清诗中之翘楚。

过驷马桥题诗

近代 易顺鼎

武皇好武不好文，　人奴牧竖皆纷纷。

当时上林无狗监，　汉家词赋谁凌云？

相如落魄求凤操，　独有文君赏才调。

一别琴台酒市垆，　终持使节灵关道。

意气相如还慷慨，　龙门吏笔共轩昂。

							B¹							A

良 禽 择 木 古 来 有， 　　　 吕 尚 奸 周 尹 就 汤。

文 园 异 日 俱 迟 暮， 　　　 放 诞 风 流 恐 非 故。

白 头 凄 断 茂 陵 人， 　　　 黄 金 却 忆 长 门 赋。

富 贵 区 区 安 足 论， 　　　 文 君 情 胜 汉 家 恩。

高 车 驷 马 终 何 物， 　　　 不 及 临 邛 一 犊 裈。

　　转韵、夹通韵又上去通押，文(4)→号啸皓同用(4)→阳(4)→遇(4)→元(4)，首句及转韵第一句皆入韵，皆平仄相间，皆四句一转韵，二十句中十八句入律，本诗为典型新式古风。本诗可以说是那些心比天高、命如一叶的中国旧式文人的心灵自画像。人们掩卷沉思，依稀可见一个青衫小帽、行囊萧索的天涯倦客，踟蹰驷马桥头，吊古伤今，追慕两千年前的一位命运的宠儿——司马相如，心潮澎湃，凄然顾影，带着几分过屠门而大嚼的狂姿快意，也带着自己半生坎坷、一事无成的辛酸和遗憾。这是中国封建文人的普遍心态：既有对于富贵的歆羡心理，一种青霄有路、彩笔凌云的梦想；又有富贵于我如浮云的聊自解嘲，一种落拓潦倒、中路彷徨的牢骚苦闷。

檀青引

近代 杨圻

江 都 三 月 看 琼 花， 　　　 宝 马 香 轮 十 万 家。

一代兴亡天宝曲，
｜　｜　—　—　—　｜　｜b

玉钩斜畔春色去，
｜　—　—　｜　—　｜　｜
　　　　　　　　　丶6

都是寻常百姓家，
—　｜　—　—　｜　｜　—B

高台置酒雨溟溟，
—　—　｜　｜　｜　—　—。A
　　　　　　　　　_9

二十五弦无限恨，
｜　｜　｜　—　—　｜　｜b

雕栏风暖凝丝竹，
—　—　—　｜　｜　｜　｜a
　　　　　　　　　𝄃1

其时雨脚带春潮，
—　—　｜　｜　｜　—　—A

朱弦断续怨沧桑，
—　—　｜　｜　｜　—　—A
　　　　　　　　　。
　　　　　　　　　_7

欲说先皇先坠泪，
｜　｜　—　—　—　｜　｜b

坐客相看共呜咽，
｜　｜　—　—　｜　—　｜b¹
　　　　　　　　　𝄃9

同时伤春事不同，
—　—　—　｜　｜　｜　—

几分春色玉钩斜。
｜　—　—　｜　｜　—。A
　　　　　　　　　_6

满川烟草飞花絮。
｜　—　—　｜　—　｜a
　　　　　　　　　丶6

欲问迷楼谁知处？
｜　｜　—　—　｜
　　　　　　　　｜
　　　　　　　丶6

贺老弹词不忍听。
｜　｜　—　—　｜　｜　—。B
　　　　　　　　　_9

白头犹见蒋檀青。
—　—　—　｜　｜　—。A
　　　　　　　　　_9

筵上惊闻朝元曲。
—　｜　—　—　—　｜
　　　　　　　　𝄃2

江南江北千山绿。
—　—　—　｜　—　—　｜a
　　　　　　　　　𝄃2

望帝春心暗断肠。
｜　｜　—　—　｜　｜　—B
　　　　　　　　　_7

千言万语总心伤。
—　—　｜　｜　｜　—　—。A
　　　　　　　　　_7

金徽弹罢愁难绝。
—　—　—　｜　—　—　｜a
　　　　　　　　　𝄃9

飘零身世何堪说。
—　—　—　｜　—　—　｜a
　　　　　　　　　𝄃9

家在京师海岱门，　　　　少年往事不堪论。

旗亭旧日多名士，　　　　北海当年侍至尊。

太行北尽仙园起，　　　　灵台缥缈五云里。

半年豹尾幸离宫，　　　　百官扈从六宫徒。

万户千门鱼钥开，　　　　柳烟深浅见蓬莱。

妆楼明镜云中落，　　　　别殿笙歌画里来。

祖宗旰食勤朝政，　　　　百年文物乾坤定。

万方钟鼓与民同，　　　　九重乐事怡天听。

建康杀气下江东，　　　　百二关河战火红。

猿鹤山中啼夜月，　　　　渔樵江上哭秋风。

军书榜午入青琐，　　　　从此先皇近醇酒。

花萼楼前春昼长，
芙蓉帐里清宵久。

三山清月照瑶台，
夹道珠灯拥夜来。

一曲吴歌调凤琯，
后庭玉树极花开。

临春结绮新承宠，
玉骨轻盈珍珠重。

避面宁教妒尹邢，
当筵未许怜张孔。

太液春寒召管弦，
官家小宴杏花天。

昭阳宫里春如海，
五鼓初传《燕子笺》。

鞓红照睡繁华重，
绝代佳人花扶拥。

南府新声妒野狐，
昇平独赐龟年俸。

夜半青娥扫落花，
深宫月色照羊车。

庸知铜雀春深事，
留与词人赋馆娃。

当时海内勤王事，　　　　慨慷誓师有曾李。

未见江头捷骑来，　　　　忽闻海畔夷歌起。

避暑温泉夜气清，　　　　宫花露冷月华明。

惊心一曲《长生殿》，　　直是渔阳鼙鼓声。

延秋门外黄昏路，　　　　城阙生尘妃嫔去。

穆王从此不重来，　　　　马上天颜频回顾。

来朝胡骑绕宫墙，　　　　凝碧池头踞御床。

昨夜《采莲》新制曲，　　月明多处舞衣凉。

太白睒睒欃枪吐，　　　　云房水殿都凄楚。

咸阳不见阿房宫，　　　　可怜一炬成焦土。

和戎留守有贤王，　　　　八骏西行入大荒。

金粟堆空啼杜宇，

居庸日落离宫暮，

初闻哀诏在沙邱，

鼎湖龙静使人愁，

山蝶乱飞芳树外，

梨园寂寞闭烟雨，

汉家仙掌下民间，

玉泉山下少人行，

独有渔翁斜月里，

繁华事散堪悲恸，

明年重过德功坊，

苍梧云冷泣英皇。

北望幽州空烟树。

已报新君归灵武。

福海悠悠春水流。

野莺啼满殿西头。

百草千花愁无主。

秦宫宝镜知何处。

琼岛春阴水木清。

隔墙吹笛到天明。

玉辇清游忆陪从。

梨花落尽柳如梦。

小臣掩面过宫门，
｜—｜｜｜—— A
　　　　　　　。₋13

犬马难忘故主恩。
｜｜——｜｜— B
　　　　　　。₋13

檀板红牙今落魄，
—｜———｜｜ b

寻常风月最销魂。
———｜｜—— A
　　　　　　。₋13

十年血战动天地，
｜—｜｜｜—｜ a¹
　　　　　　 ₍△₎ヽ4

金陵再见真王气。
——｜｜—｜ a
　　　　　 ₍△₎ヽ5

南部烟花北地人，
—｜—｜｜｜— B

天涯难免伤心泪。
———｜—— ｜ a
　　　　　　 ₍△₎ヽ4

武帝旌旗满九州，
｜｜——｜｜— B
　　　　　　_11

湘淮诸将尽封侯。
———｜｜—— A
　　　　　　。_11

两宫日月扶双辇，
｜—｜｜｜｜ a

万国车书拜五洲。
———｜｜｜— B
　　　　　　。_11

独有开元伶人老，
｜｜———｜— ｜
　　　　　 ₍△₎∨19

飘泊秦淮鬓霜早。
—｜——｜—｜ b¹
　　　　　　∨19

夜梦帘间唱谢恩，
｜｜——｜｜— B

玉阶叩首依宫草。
｜—｜｜—｜｜ a
　　　　　　 ₍△₎∨19

糊口江淮四十年，
—｜——｜｜— B
　　　　　　。_1

清明寒食飞花天。
———｜—— A¹
　　　　　　。_1

春江酒店青山路，
——｜｜—— ｜ a

一曲《霓裳》卖一钱。
｜｜——｜ — B
　　　　　　。_1

君问飘零感君意，
—｜——｜— ｜ b¹
　　　　　 ₍△₎ヽ4

含情弹出宫中事。
—｜——｜ ｜ a
　　　　　 ₍△₎ヽ4

乱后相逢话太平，　　　　　咸丰旧恨今犹记。

怜尔依稀事两朝，　　　　　千秋万岁恨迢迢。

至今烟月千门锁，　　　　　天上人间两寂寥！

　　转韵、夹通韵又上去通押：麻（4）→御（4）→青（4）→沃屋同用（4）→阳（4）→屑（4）→元（4）→纸（4）→灰（4）→径（4）→东（4）→有哿同用（4）→灰（4）→肿董同用（4）→先（4）→宋肿同用（4）→麻（4）→纸真同用（4）→庚（4）→遇御同用（4）→阳（4）→麌语同用（4）→阳（4）→遇麌同用（4）→尤（4）→麌御同用（4）→庚（4）→送宋同用（4）→元（4）→真未同用（4）→尤（4）→皓（4）→先（4）→真（4）→萧（4），首句及转韵第一句皆入韵。有哿同用是根据《古音辩》，有韵属尤韵协尤音，哿韵属歌韵协虞音，而尤音与虞音这两部可合并使用。皆平仄相间，皆四句一转韵，全诗一百四十句中有一百二十五句入律（达 89.3%），故本诗为典型新式古风。又全诗一百四十句，有七十韵（每两句一韵），三十五组韵（每两韵为一组）；这三十五组韵中，有十八组平韵，十七组仄韵；十八组平韵的每一组都是一首完全合律的律绝（十七组仄韵中还有一组为一首完全合律的仄韵律绝，即有哿同用一组），可见本诗是高度入律。就每句平仄多数入律，是不难做到的，也是屡见不鲜的；但每一组平声韵都为一首完全合律的律绝（还有一组仄韵为一首完全合律的仄韵律构），却是极难做到的，也是八本系列鉴赏辞典（《先秦诗鉴赏辞典》、《汉魏六朝诗鉴赏辞典》、两版《唐诗鉴赏辞典》、《宋诗鉴赏辞典》、《元明清诗鉴赏辞典》上、下册、《近现代诗词鉴赏辞典》）所收六千多首诗中唯一的，所以说，本首古体诗是"高度入律"的。《檀青引》清圆妩媚，音节哀怨，辞采华赡，借宫廷艺人蒋檀青的一生遭际并以其身经目击为线索，敷衍囊括咸丰朝一代史事，寓意精警，哀感顽艳，成为诗人"江东独步"的成名作。诗成于中日甲午海战、马关条约签定之后，这是值得令人注意的。由于统治者的纵情声色，荒淫误国，诗人当时面对的国内形势是：政治腐败，内忧外患，国步维艰。诗人少有大志，欲以天下为己任，于此自感忧愤填膺，痛心疾首，遂嗣响梅村（清初吴伟业），继轨香山（中唐白居易），形诸笔墨，成此佳构，寓国运之悲悯，寄荒政之愤慨，予国治之婉讽，反映了诗人反对腐败政治，力图富国强兵以抗御外侮的忠君爱国立场。本诗继承了白居易的现实主义创作手法，不让吴伟业擅场专美于前，获得极大的声誉,这除了政治倾向进步,有积极的社会意义之外,还与其艺术上的成熟与成功密不可分。除上述四句一转韵,且平仄相间互押,使音调华美流畅,节奏铿锵鲜明,读之琅琅上口,便于记忆传诵外,还因为在立意谋篇上,《檀青引》充分吸取了《长恨歌》、《琵琶行》、《圆圆曲》等历史名篇的长处,首尾回环,结构完整;剪材老到,布局精当;以点及面,小中见大。在场面的描摹铺陈及气氛的设造渲染上,无不遣辞典雅,色彩绚丽,景观鲜明,真切可感,使人身临其境。更由于诗人是饱学之士,腹笥丰满富实,且才华绝发,极富驾驭语言之娴熟功夫,因此,诗歌虽大量运用前朝史事,化用前人诗句,却驾轻就熟,出神入化,全无生吞活剥的现象。相反,其取譬设喻,比拟象征,援古证今,无不显得得心应手,稳妥贴切。故康有为、范当世、何震彝等《江山万里楼诗钞》十三家评本赞本诗为"绝代风华,梅村再世"的"煌煌巨制",并认为"《长恨歌》、《永和宫词》,并此鼎足而三。称之诗史,洵无愧色。"(笔者注:《永和宫词》为吴伟业作,咏明末崇祯帝与田贵妃故事,寄兴亡之感叹。)

芳华曲

当代　孔凡章

碧城缥缈银河落,	两行宫烛迎仙乐。
闻道扬州日涉园,	梅林地近花神阁。
阁畔梅林檀馥芬,	一枝分秀到燕云。
公孙剑舞风前试,	王子笙歌月里闻。
菊部百年思济美,	梅家三世欲论勋。
氍毹屈指推翘楚,	应许斯人迥不群。
尧疆百战还龙裔,	良辰更献逢场戏。
甲胄宁辞此夜劳,	胭脂不减当年丽。
重现杨家穆桂英,	深闺正决征辽计。

夜阑灯炧卸明妆，
碧海浮沤思浩劫，
哀乐平生馀太息，
奕叶漪兰本世家，
入时燕赵工蝉钿，
卜居凤重芳邻择，
何物偏怀合浦珠，
坊间重币选莺喉，
金谷花开争烂漫，
新妆自创盘龙髻，
谁意微霞生拂晓，
峨峨宫髻垂金凤，
泣玉诗焚泪欲枯，
一别阊门事已差，
神瑛槛外肠空断，
文场轻笛促繁筝，

花草风雷岁月长。
红旗稽首认归航。
缤纷尘梦一思量：
承平歌舞送春华。
绝响同光忆凤琶。
斜衔尚见刘安宅。
宁馨竟是连城璧。
十斛量珠聘主讴。
银霄鸾鹜任翱游。
瑞锦新裁舞雉裘。
化为晴霭丽星球。
红楼再现游仙梦。
惜花情重心难控。
兰闺还泪是生涯。
仙蕙林中愿未赊。
若个花蹊蹻蹻行？

鹦鹉昨宵春梦恶，　　　蔷薇别院晓寒轻。

两袖麝烟饶雅致，　　　一犁鹃雨湿幽情。

本惜前身同薄命，　　　更堪亲手葬倾城！

一自新声惊四座，　　　不知芳誉满神京。

岂有人才拘一格，　　　娅隅毕竟清池窄。

乡土何尝惯别离，　　　关山不惮劳形役。

一江烟火一山岚，　　　黛色东来玉管酣。

香帘烛映琴边幕，　　　油壁车迎柳外骖。

檀板韵从徐后疾，　　　桐丝声在静中涵。

从兹歌浦无双誉，　　　惟有河阳第一堪。

最是曲终人散尽，　　　馀音浑欲醉江南。

江南一醉春林霁，　　　沉香亭北花盈砌。

华清池畔眼波流，　　　昭阳殿上眉山细。

唐宫"醉酒"擅风神，　　十万珠云拥太真。

玉辇笙箫归禁苑，　　　银筯醽醁遣芳辰。

筵前御柳鹦哥慧，　　　冠上宫花凤子驯。

迎驾无端嗔力士，　　　降阶浑欲礼词臣。

明灯如月照朱颜，

顾曲周郎应笑语，

最难珠玉深藏椟，

衣带量程苇一杭，

远去绾偿出岫心，

一时江户起狂潮，

户外香轮垂紫幕，

源同夏后敦邻谊，

梅萼自来尊国色，

瀛洲卅载成三访，

珊戈玉帛休重论，

健笔难描九畹心，

教人肠断感甄吟，

憔悴樊笼哀翠羽，

春风玉佩湘皋远，

汴京物换愁何许，

活色生香观玉环。

此生能几见华鬘？

东风雁简来殊服。

帆樯计日桑三宿。

高瞻自有横波目。

朝野知名竞折腰。

街头芳树系红绡。

乐衍春王谱正韶。

樱花从此愧天骄。

锦瑟朱弦往事遥。

恩仇毕竟盈方寸。

情人自有邦家恨。

清泪年年湿袂襟。

邃深宫苑渺青禽。

夜月银箫魏阙深。

洛水魂归恨不禁！

摩挲酒迹怜衣裋，△、27

鹓鹜依约凤来仪，

长门花落写婵娟。。1

寂寞但吟怀旧赋，

此心何事最难温？。-13

五夜乌栖幽咽曲，

云中皓月花前镜，、24

载誉翻愁小住难，

堂上王储优俪尊，

最是鱼鸿应对难，△

彼美西方伫钿车。。6

栽来连理和平树，

交往不须劳使节，

阳春到处留新谱，△√7

丽彩新生大厦辉，

盛筵相识尽名流，△

巨匠论交在艺林，

陈王此醉终难醒。√24

雉尾依稀花弄影。√23

永忆飞琼谪降年。。1

渺茫空憬再生缘。。1

最是相逢铸梦痕。。-13

人间天上一销魂。。-13

身如花月交相映。△、24

迎宾转为高名病。、24

门前国使车骑盛。△、24

飞来雅意如相竞。、24

隆情隔海播春芽。。6

种就芬芳友谊花。。6

霓裳直欲替星槎。。6

异国冠裳争快睹。△√7

喧宾欲夺群芳主。√7

高位频闻颂学府。△√7

行人风采留歌圍。△

瑶台阆苑回翔走，　　梨园霸业应无偶。

倾盖萧翁莫逆交，　　忘年耆老多闻友。

一曲横吹调未终，　　虬髯碧眼同低首。

正是芳春鼎盛时，　　关东严邑起狂飚。

江山有地资强敌，　　风雪无人拯义师。

罪有攸归公论在，　　责无旁贷史臣知。

舆图唾手三千里，　　南宋君臣梦醒迟。

直北伤心休远眺，　　难将恢复期廊庙。

白日长怀悄悄忧，　　丹枕暗燕星星燎。

换柱新更敕勒歌，　　鸣琴顿废清平调。

赵宋兴亡在战和，　　韩程生死空啼笑。

天地苍茫强自宽，　　一行远应香江召。

香江此去路漫漫，　　一缕清芬拂艺坛。

箫鼓钧天方雅乐，　　帆樯沧海忽惊澜。

谁知南服嘤鸣意，　　转作遁逃避祸看。

血战雄关坚不守，　　时逢天忘当阳九。

凭陵风雨会楼兰，

泰岳军魂不可招，

附骥伊谁竟虎伥，

江东涂炭事全非，°-5

战后楼台哀冷月，

明珰翠羽抛难尽，

谁怜孔雀珍毛羽，

纟干无地容寒雀，∧10

异地依人夏屋难，

等是龙潭虎穴中，

一夜纛纛忽有须，°-7

首阳薇蕨情虽异，

颜色从今非卫玠，

漫天金鼓身何病，

客边衣食谋生计，

怜君风义真男子，

竟从脂粉识昆仑，°

满地烟尘思细柳。△√25

蒋山王气今何有？△√25

沐猴有客宁鸡口。△√25

白雁飞来正合围。°-5

劫馀花木耐斜晖。°-5

雾鬓风鬟去不归。°-5

殄瘁东南独自飞。°-5

南溟一样风波恶。∧10

兵时久客春衣薄。∧10

归来尚免沦沟壑。∧10

弹冠新贵漫揶揄。°-7

凝碧琵琶事岂殊？°-7

情怀长是托昆吾。°-7

报国银针血溅肤。°-7

吟畔丹青抵宿逋。°-7

愧彼衣冠士大夫！-7

气节炎黄一柱存。°

尺寸但馀唐土地，版图终是汉乾坤。

宁从玉石分鸦凤，肯向金陵侍犬豚？

冰心自葆坚贞质，不负黄河灌溉恩！

社稷飘摇妖焰烈，全民共挽金瓯缺。

大地横飞战伐声，名城苦滴英雄血。

三户能收牧鼎回，八年尽荡槜枪绝。

左衽狂心末日衰，前朝旧辱崇朝雪。

白下降旛惨不飘，八紘妖梦如烟灭。

粉黛生涯未合休，妆成不改旧风流。

方期禹甸安阛阓，又报萧墙阋盾矛。

天命由来分顺逆，人心终古辨薰莸。

横江铁锁空天堑，蔽日银戈下石头。

天步艰难终有极，卿云缦缦起神州。

闭门久仁南征斾，卷阿喜赋鸾声哕。

开国新朝礼俊才，归仁上苑成高会。

清时无处不青春，雪拥征轺莅远邻。

胜利难忘凝血泪，　　艰危曾是共荆榛。
　　　　　　　　　　　　　　　　－11

革命红场犹有迹，　　长征赤县已无尘。
　　　　　　　　　　　　　　　　－11

友情无间交弥厚，　　文杰相逢意倍亲。
　　　　　　　　　　　　　　　　－11

深情到处留鸿雪，　　今古歌坛更几人？
　　　　　　　　　　　　　　　　－11

长蛟卷浪千山黑，　　由来拯溺原天职。
　　　　　　λ13　　　　　　　　λ13

急难何愁涉险峨，　　同袍肯惜劳心力？
　　　　　　　　　　　　　　　　λ13

鸭绿江桥一线横，　　国门箫管送佳兵。
　　　　　　－8　　　　　　　　　－8

山前弹雨闻鲸鼓，　　地下灯云起雁筝。
　　　　　　　　　　　　　　　　－8

箪食竞援烽火急，　　弦歌能壮鼓鼙声。
　　　　　　　　　　　　　　　　－8

紫塞两征完义举，　　青霜一舞播芳名。
　　　　　　　　　　　　　　　　－8

此舞舞回千载事，　　风云楚汉忆龙争。
　　　　　　　　　　　　　　　　－8

烟霞万古诗重读，　　大王墓上诗人哭。
　　　　　　λ1　　　　　　　　　λ1

封侯雍齿正从龙，　　兴暴重瞳空逐鹿。
　　　　　　　　　　　　　　　　λ1

一曲当场度"别姬"，　干将掠影春山蹙。
　　　　　　　　　　　　　　　　λ1

中原抬眼遍干戈，　　不逝乌骓可奈何！
　　　　　　－5　　　　　　　　　－5

先入关中秦火熄，　　重围垓下楚声多。
　　　　　　　　　　　　　　　　－5

离合神光留剑影，　　死生敌忾入琴歌。

万里域疆归赤帝，千秋坛坫忆青娥。

蛾眉肯为君王死，此恨端应问太阿。

樽前项羽惊魂骤，残棋妃子双难救。

红颜珠钿玉长消，碧血罗衣花欲透。

君看吕雉漫垂帘，却笑媚娘工掩袖。

争及春风婉娈花，美人名字留身后。

从艺宁教一息停，倚栏双鬓已星星。

鸿痕梦植花千树，燕影诗描画一屏。

有恨江城伤玉笛，无情天道靳金铃。

二竖弄人成祸水，一身如寄付空泠。

心期自践瑶池约，身世应书玉璧铭。

人生美善应无憾，骊曲凄凉未可听。

风雨江湖休再涉，冰魂珍重葆馀馨。

盖棺无愧是行藏，朗月明珠许颉颃。

归省敬恭瞻故里，无衣慈惠赋同裳。

世事百年终是客，天才一代合称王。

迷离钗弁留双影，游戏仙凡又一场。
歌云瑷逮飞寰宇，名字从来不愧芳。
平生事业诗难记，幽怀只借鹍弦阆。
慧敏真疑倩女魂，音容妙得闺人意。
绝艺珠峰独自臻，严妆轻饰总无伦。
延誉每多名士友，留芳不属女儿身。
恰如王冠杨卢骆，端合梅优程尚荀。
龙门评价惭芜笔，燕市传奇在锦茵。
漱玉披香原是梦，不须惆怅问兰因。
并世风华孰比高，更留清泽惠儿曹。
红梅继美闻骈角，丹桂同芳嗣凤毛。
每试舞衣新蜀锦，如闻歌管旧云璈。
至今"探母"留佳话，姊弟珠旒对蟒袍。
弟子韩嫣容色近，音容暗习师门韵。
入室公然绮岁能，传灯不禁瑶华问。
羯鼓初停世已惊，昙花倐谢天胡靳！
后来桃李竟成行，新阴绿遍燕吴郡。

、13

清浅蓬莱又几回，年年春去复春来。

潘鬓沈腰成水月，舞衫歌扇已尘埃。

罗浮一梦终成幻，吴会重吟剧可哀。

衣冠优孟登场罢，墓上鲜花锦作堆。

太息吾生驹过隙，十年宦迹邯郸客。

驽马空怀冀北惭，精禽莫补天南坼。

愁碎关中处士琴，饱看邺下仙人弈。

身外浮名剧作场，心头隐痛诗成册。

每戒行吟失正声，更惭妄语违诗格。

绝世风华过眼缦，万花山径几徘徊。

愿因劲骨存松柏，莫遣贞心没草莱。

沉迷吟事浑忘倦，抒怀每借端州砚。

晚岁宁辞俭腹讥，诗成旷代名优传。

转韵夹通韵又上去通押，药觉同用(4)→文(8)→霁中杂真(6)→阳(6)→麻(4)→陌(4)→尤(8)→送(4)→麻(4)→庚(10)→陌(4)→罩(10)→霁(4)→真(8)→删(4)→屋(6)→萧(10)→愿(4)→侵(8)→沁迥梗同用(4,依《词韵》,沁韵为第十三部,迥、梗两韵为第十一部,两部通押)→先(4)→元(4)→敬(8)→麻(6)→麋(8)→有(6)→支(8)→啸(10)→寒(6)→有(8)→微(8)→药(6)→虞(12)→元(8)→屑(10)→尤(10)→泰(4)→真(10)→职(4)→庚(10)→屋(6)→歌(10)→宥(8)→青

（14）→阳（10）→眞（4）→真（10）→豪（8）→问（8）→灰（8）→陌（10）→灰（4）→霰（4），首句及转韵第一句皆入韵，平仄相间四十四处、以平承平七处、以仄承仄一处。诗前有序："梅兰芳大师艺名震中外，享盛誉五十余年。艺术成就，尽人皆知。而其人一生之清操亮节，待人之宽厚热忱，爱国之大义凛然，世人能知其概略者为数当不甚众。章自髫龄至青年，观大师剧几数十，素所心仪。恐部分事迹之久而湮没也。不揣陋学，试赋此曲。大师名澜，艺名兰芳，字畹华，故以'芳华'名曲。又名剧繁多，不能尽述，诗中仅涉及《葬花》、《醉酒》、《洛神》、《别姬》四剧。"这段序言，明确交代了作诗的本旨——歌颂梅大师的清操亮节与爱国精神，为后人树立楷模，此为贯穿全诗的灵魂，思想精华之所在；再解释诗题，题中包含了大师品德芳馨、艺术华美、当永世流传的深刻意义。这首七言长篇歌行，凡三百七十四句，一百八十七韵，二千六百十八字。是作者在《长恨歌》（847）、《圆圆曲》（885）等前贤名作的基础上汲取精华、有所发展，在1997年春完成的"梅村体"力作。当年诗人已高龄八十四岁，诗以真实的史笔，叙述现代著名京剧大师梅兰芳一生不平凡的事迹，展现其优美的舞台风采，讴歌其崇高的爱国精神。诗作思想性和艺术性都达到了极高的境界，既是孔凡章先生的代表作，也是现代诗坛罕能一觏的鸿篇杰构，为20世纪诗坛的长诗大书了辉煌的一笔。

红 豆 曲

当代 刘 征

南国红豆生处处，　　　最数无锡红豆树，

道是萧郎手自栽，　　　红泪千年咽风雨。

萧郎帝子人中龙，　　　金蝉翠缕当华凤，

济贫苏困不自足，　　　文选楼头夜烛红。

恰似清明新雨后，　　　信马青郊问花柳，

暂辞倦眼万飞鸦，　　　难得清心一壶酒。

当垆女儿傍前溪，　　　杏红衫子绿杨枝，

相逢却似曾相识，
未曾相识已相思。

素手捧怀奉公子，
明眸含笑凝春水，

不须丝竹伴清歌，
天下流莺欲羞死。

碧桃花下誓终生，
阿侬小语许花听：

"因爱红豆名红豆，
不慕繁华只重情。"

归来杜门耽笔砚，
寝馈沉酣书万卷。

碧玉未及破瓜时，
待嫁三年应未晚。

文选终成第一书，
牙签锦轴聚琼琚。

凤笙龙管迎红豆，
春风十里紫云车。

白头阿母吞声泣：
"讵料一病终不起！

欲寻红豆向何方？
林前一片埋愁地。

朝占鹊噪暮灯昏，
枫叶桃花秋复春，

伶仃寸草当垆女，
寒微无路叩金门。

嘘气如丝泪成血，
枕上声声犹唤君，

叮嘱一物遗公子，
锦帕包裹是儿心。"

帕上鸳鸯女亲绣，
鸳鸯帕裹双红豆，

如闻红豆唤萧郎，
红豆与郎永相守。

悔因功业负佳人，
从今见豆如见卿，
一双红豆种楼前。
泪挽柔枝唯脉脉，
香丝未尽春蚕死，
双树合抱成一树，
黄鸟来歌白蝶舞，
彤管轻吹玫瑰风，
梦里繁星坠地来，
祝福天下有情人，
岁寒来访雪压枝，
豆似丹霞花似雪，
树前闲话得小憩，
和泪翻成红豆曲，
纷纷争斗多仇怨，
安得播爱遍人间，

恨我来迟卿已走，
豆似明珠捧在手。
春怜风雨夜怜寒，
月移树影望珊珊。
红豆树长年复年，
双枝交叶绿含烟。
芝兰相伴幽篁护，
情天漫洒金盘露。
枝头红豆结无数，
欲启朱唇作低语。
回廊图展令心怡，
前修诗笔罗珠玑。
秀眉老父道传奇，
聊补摩诘相思诗。
采撷休忘摩诘劝，
婆娑红豆植伊甸。

转韵夹通韵又上去通押,御遇麌同用(4)→东冬同用(4)→有(4)→支齐同用(4)→纸(4)→庚青同用(4)→霰阮同用(4)→鱼(4)→纸寘同用(4)→元真文侵同用(8,依《词韵》协韵,元真文三韵皆第六部,侵韵为第十三部,两部通押;或依现代汉语十八韵协韵,五个韵脚字皆痕韵)→有宥同用(8)→先寒同用(8)→遇麌语同用(8)→支(8)→愿霰同用(4),皆平仄相间,除纸寘同用一韵外(若依现代汉语,该韵首句也入韵,因"泣"、"起"、"地"三韵脚字皆齐韵),首句及转韵第一句皆入韵。诗前有序:"2001年访无锡,因得赏无锡红豆树。树传为梁昭明太子萧统手植,已一千多年。原为两树,后两干合抱,并为一树,上枝仍分为二。近处旧有文选楼,已圮无遗迹。时值岁寒,木叶尽脱,根柯盘结如虬龙。廊上悬有红豆树图片及前贤诗文,益我见闻。听老者讲昭明太子浪漫传说,哀艳动人,遂有写《红豆曲》之萌动,孕育多日,终于呼之欲出。2002年春节多暇,命笔成章。传说为我起兴,赋事任臆所之,真实不虚者只一情字。"刘征得奖作《红豆曲并序》是一篇时空交错、亦真亦幻、瑰丽哀艳、缜密疏阔的真情佳作。与王维咏红豆(42)之物不同,刘征咏的是红豆树,树虽由豆生,但远比豆高大雄伟。用红豆树这一有着浓郁东方文化色彩的大意象作为诗的主题意象,是刘征不同于王维的创造,岂止如其自谦所曰"聊补摩诘相思诗"? 诗人在序和诗中,通过梁昭明太子萧统和农村贫寒女子红豆的生死恋,分别给我们绘制了两幅相隔千年一真一幻的红豆树的画面,来深化主题意象,使之具有多重内涵。一幅是当下目睹的无锡红豆树的景象,"时值岁寒,木叶尽脱,根柯盘结如虬龙"。这不仅是因为冬季,更由于"千年咽风雨",红豆树才显露出饱经霜雪的苍老佝偻的形态。它在昭示世人经过千年历史沧桑考验与磨练的爱情之永恒。一幅是穿越千年时空,想象当年红豆树的姿影,"黄鸟来歌白蝶舞,芝兰相伴幽篁护,彤管轻吹玫瑰风,情天漫洒金盘露",写得有声有色,香气馥郁,生机盎然。这是青春爱情的象征,寄托着诗人对天下有情人的美好祝愿。两幅画面前后映衬,交互迭合,相反相成,从时间上说是由近及远的上溯,而诗情却反向而行,面向未来进行展望,由此完成"双树合抱成一树,双枝交叶绿含烟"的美好愿望。诗人更希望这样的红豆树遍布人寰,让世界处处充满爱。最后四句"纷纷争斗多仇怨,采撷休忘摩诘劝,安得播爱遍人间,婆娑红豆植伊甸",诗人又呼吁变情爱为博爱,且放眼世界,诗意又上了一层楼,立意更高,视野更开阔了。

回母校

当代　陈一鹤

手抄心口怦怦跳，　　心含情愫喃喃叫：

｜ — — ｜ — — ｜ a
　　　　　　　　△18
梦 里 想 您 五 十 年，
｜ ｜ ｜ — ｜ ｜ —

母 校 千 年 府 学 绵，
｜ ｜ — — ｜ ｜ — B
　　　　　　　　　◦1
端 方、振 玉 建 新 学，
— — ｜ ｜ ｜ — ｜ a¹

"智 德 之 门" 涅 槃 在，
｜ — ｜ ｜ — ｜ b¹
　　　　　　　　、11
相 思 红 楼 扑 面 迎，
— ｜ — — ｜ ｜

关 关 雎 鸠 友 乐 之，
— — — ｜ ｜ ｜
　　　　　　　◦4
杨 柳 神 交 李 太 白，
— ｜ — — ｜ ｜ b¹

渔 父 金 鱼 真 美 妙，
— ｜ — — ｜ ｜ b
　　　　　　　　△、18
大 心 童 心 "哈 拉 梭"，
｜ — — — — ｜ —

抛 物 线 "翩 若 惊 鸿"，
— — ｜ ｜ ｜
　　　　　　◦1
云 书 板 书 美 轮 奂，

— — — ｜ — — ｜ a
　　　　　　　　△18
儿 子 古 稀 回 母 校。
｜ ｜ — ｜ ｜ — ｜ b
　　　　　　　　△19
先 忧 后 乐 范 公 言；
— — — ｜ ｜ — — A
　　　　　　　　　、13
风 雨 沧 桑 百 十 年。①
— — — ｜ ｜ — B
　　　　　　　　◦1
科 学 楼 边 正 步 迈，
— — ｜ ｜ ｜ b¹
　　　　　　　△10
三 年 求 学 无 涯 海。②
— — — — ｜ ｜ ｜ a
　　　　　　　　　√10
"驾 青 虬 兮 骖 白 螭"，
— — — — ｜ ｜ ｜
　　　　　　　　◦4
天 马 行 空 一 大 师。③
— — ｜ ｜ ｜ — B
　　　　　　　　◦4
钦 差 大 臣 捧 腹 笑，
— — ｜ ｜ ｜ ｜
　　　　　　　△、18
妙 语 连 珠 幽 默 老。④
｜ ｜ ｜ ｜ — ｜ ｜ b
　　　　　　　　　△、19
双 曲 线 "婉 若 游 龙"，
— ｜ ｜ ｜ — ｜
　　　　　　　◦2
行 云 流 水 遨 苍 穹。⑤

各位老师皆父母，　　　母校恩情今日诉；

莘莘学子八方来，　　　同窗共读帮相互。

文史地外细切磋，　　　数理化生多琢磨。

学社、科研又劳技，　　素质教育早先河。

体育锻炼健身力，　　　校际竞赛相匹敌；

化装舞会齐参加，　　　全校比评为第一。

碧霞、春雨竞迎春，　　惹得道山亭笑嗔，

山后亭前风乍起，　　　两池渌水皱波纹。⑥

青春无价孕遐想，　　　青春无悔莫恼恍。

青春之梦一生缘，　　　青春之歌梦中唱。

下得道山南左行，　　　长方泮池桥上停，

这是笔者于 1958 年 6 月 4 日高中毕业前在母校道山亭和部分同学的合影,后排右起第三人为笔者。

｜ ｜ ｜ — — ｜ — B¹　　　— — ｜ — ｜ ｜ — ｜
　　　　　　　。8　　　　　　　　　　　。9

隔 墙 孔 庙 大 成 殿，　　　左 庙 右 学 范 公 营。⑦

｜ — — ｜ ｜ ｜ — ｜ a¹　　｜ ｜ ｜ — ｜ ｜ — — ｜
　　　　　　　　　　　　　　　　　　　。8

道 山、泮 池 两 胜 景，　　　山 水 浴 人 千 岁 幸，

｜ — ｜ — ｜ — ｜ ｜　　　｜ ｜ — — ｜ ｜ b
　　　　　　　✓23　　　　　　　　　　✓23

道 山 道 学 德 仁 耕，　　　泮 池 泮 宫 才 智 韫。⑧

｜ — ｜ ｜ ｜ — — A　　　｜ ｜ — — ｜ ｜
　　　　　　　　　　　　　　　　　　　✓12

名 臣 办 学 亲 运 筹，　　　名 流 长 校 主 宏 谋。

— — ｜ ｜ — ｜ 。　　　　— — ｜ ｜ ｜ — — A
　　　　　　　11　　　　　　　　　　　11

名 师 执 教 千 年 计，　　　名 人 辈 出 皆 一 流。⑨

— — ｜ — — ｜ a　　　　— — ｜ ｜ — ｜ 。
　　　　　　　　　　　　　　　　　　　11

历 任 校 长 心 血 累，　　　大 师 云 集 学 者 荟，

｜ ｜ ｜ — — ｜ ｜　　　｜ — — ｜ ｜ ｜
　　　　　　　✓4　　　　　　　　　　✓9

新 学 百 年 成 果 丰，　　　两 院 院 士 群 英 萃。⑩

｜ ｜ ｜ — — ｜ — B¹　　｜ ｜ — — ｜
　　　　　　　　　　　　　　　　　✓4

国 际 班 生 学 之 超，　　　高 考 状 元 天 之 骄，

｜ ｜ ｜ — — ｜ 。　　　　— — ｜ — — ｜ 。
　　　　　　　2　　　　　　　　　　　2

道 山 登 上 望 泰 山，　　　泮 桥 别 了 到 康 桥。

｜ — ｜ ｜ — ｜ —　　　　｜ ｜ ｜ — — — A
　　　　　　　　　　　　　　　　　　　。2

我 回 母 校 虔 启 齿，　　　说 尽 心 中 无 限 事，

｜ ｜ ｜ ｜ — ｜ ｜　　　｜ ｜ — — ｜ b
　　　　　　　✓4　　　　　　　　　　✓4

若 有 来 生 儿 再 来，　　　再 聆 教 诲 修 德 智。

$$| \quad | \quad — \quad — \quad — \quad | \quad —B^1 \qquad | \quad — \quad | \quad | \quad — \quad | \quad |$$

$$\backslash 4$$

转韵夹通韵又上去通押,啸效同用(4)→先元同用(4)→队卦贿同用(4)→支(4)→啸皓同用(4)→东冬同用(4)→遇虞同用(4)→歌(4)→职锡质同用(4)→真文同用(4)→养漾同用(4)→庚青同用(4)→梗吻同用(4,依《词韵》协韵,梗韵为第十一部,吻韵为第六部,两部通押)→尤(4)→寘泰同用(4)→萧(4)→寘纸同用(4),皆四句一转韵,首句及转韵第一句皆入韵,皆平仄相间,六十八句中有三十九句入律,故本诗也应该是新式古风。笔者高中就读于江苏省苏州高级中学,现为江苏省苏州中学。2010年春,笔者回母校探亲,赠拙著《〈唐诗三百首〉声韵学析》,校长办公室张锋主任嘱写些纪念文字。2011年我作《回母校》三十四韵,以表感恩之心。注释:①据《道山情怀》(蔡大铺、张昕主编,苏州古吴轩出版社2010年5月出版)一书记载,母校于宋仁宗景祐二年,即1035年由名臣范仲淹创立苏州府学。范仲淹《岳阳楼记》有名言"先天下之忧而忧,后天下之乐而乐"。"新学"为江苏巡抚端方于1904年建立,当时叫江苏师范学堂,学堂的第一任监督为著名学者罗振玉。②1927-1931年任职的汪懋祖校长手书"智德之门"匾额悬挂于进校第一座大楼科学楼正中,"文化大革命"中被毁,现重建。"相思红楼"为两座五上五下共二十间教室的红砖教学楼,笔者在西楼上层第四间教室度过三年求学生涯。③《诗经·周南·关雎》共二十句八十字(1226),笔者将其浓缩为"关关雎鸠友乐之"。屈原《楚辞·九章·涉江》有"驾青虬兮骖白螭,吾与重华游兮瑶之圃"(1251)。"杨柳"指语文老师杨柳先生。④俄国诗人有童话《渔父和金鱼的故事》。俄国作家果戈理有喜剧《钦差大臣》。"大心"指俄语老师周大心先生,"哈拉梭"为俄语"好、хорошо"的译音。⑤二次函数图像为抛物线,反比例函数图像为双曲线。曹植《洛神赋》有"翩若惊鸿,婉若游龙"。"云书"指代数老师葛云书先生。⑥母校校园风景秀丽。教学红楼南约一百米,有一山丘,名曰"道山"。《道山情怀》记,道山是"五代十国"中吴越国王钱氏南园之遗胜,由挖池垒土而成。山上在南宋理宗宝祐三年、即1255年建亭。山之南北分别有碧霞、春雨两池塘。我回母校时,正值阳春三月,只见池边花树争发,池中清水涟漪;道山上万木向荣,奇花异色,各自竞秀,真是一派大好春光。南唐冯延巳《谒金门》词有"风乍起,吹皱一池春水"。⑦《道山情怀》第18页:"古代诸侯国的学校称'泮宫'……泮宫前的池塘就叫做'泮池'。不过泮池上一般没有桥,只有苏州府学的泮池上有桥"。《辞海》第六版第1706页有:"据《郑笺》,泮宫即学宫,泮水为学宫前的水池,状如半月形。"不过母校泮池为长方形,又是特别的。《道山情怀》第17页有:"当年苏州府学'左庙右学'的格局,在范仲淹办学伊始就有了雏形:'广殿在左,公堂在右,前有泮池,旁有斋室'"。⑧《道山情怀》第23页:"道山亭中还有两副对联。其一云'耕道得道,学山至山'。……这是一嵌字联,一眼即可看出嵌了'道山'二字。显系剥杨雄《法言》语'耕道而得道,猎德而得德'、'百川学海而至于海,丘陵学山而不至于山'两句而来。意谓致力于研究道的真谛,即可得道,学仁即可得仁。孔子说过'仁者乐山'(《论语·雍也》)"。《道山情怀》第7页有:"范仲淹主张培育人才,选用人才以德才为首要标准。……'以德为先',唯才是举"。《论语·雍也》:"知(笔者注:'知',通'智')者乐水,仁者乐山"。⑨《道山情怀》第18页有:"千年办学,源源不断,地点未动,'名臣办学,名流长校,名师执教,名人辈出'的传统不变,它是文化苏州的一个缩影,是文化苏州的一个象征。"⑩《道山情怀》记,母校新学百年先后有三十一名校长;在母校执教、讲学的大师、学者有:王国维、吕叔湘、胡适、陈去病、欧阳予倩、吴梅、顾颉刚、蔡元培、钱穆、陶行知、沈雁冰、吴元涤、赵元任等许多名人;母校还培养出中国科学院、中国工程院共三十八名院士。⑪《道山情怀》第309页载,恢复高考以来,从1984年到2009年,母校共有苏州大市高考"状元"十三名,江苏省高考"状元"七名。母校现任校长张昕作新诗《泮桥啊,康桥》(为《首届剑桥课程毕业年册》题诗)其最后一节为:"别了,泮桥 再别康桥的时候 我学会了过河 即使没有桥"。

自 序

当代 陈一鹤

退休以后时间空, 圆我少年南柯梦。

两耳不闻世花绿, 一心专读诗词曲。

书中自有健康药, 书中自有人生乐。

我乃初中一教师, 任教化学为职司。

语文程度中学生, 从头学起心尚诚。

三个三百三麻雀, 五脏俱全来剖学。

思想内容自第一, 格律形式不可缺。

逐字查找仄或平， 逐句对照分类型。

三平调声探新见， 今体诗中为一变。

特殊押韵有七种， 古体诗歌解析懂。

错误缺陷自未检， 敬请能人多指点。

继承传统现紧促， 裨益青年吾愿足。

端庄华贵吟唐诗， 典雅缠绵赏宋词。
— — — ｜ · — — 变格1 ｜ ｜ — ｜ — —

通俗诙谐读元曲， 中华文化永流驰。
— ｜ — — ｜ · ｜ 变格3 — — — ｜ — —

　　转韵、夹通韵，送(2)→沃(2)→药(2)→支(2)→庚(2)→药觉同用(2)→质屑同用(2)→庚青同用(2)→霰(2)→肿董同用(2)→琰(2)→沃(2)→支(4)，平仄相间五处，以平承平一处，以仄承仄六处，除最后为四句一韵外余皆两句一转韵的以短韵为主的古风。本诗为拙著《〈唐诗三百首〉声韵学析》的自序，诗中"三个三百"指《唐诗三百首》、《宋词三百首》、《元曲三百首》。全诗当然是古体诗；最后四句为首句平起平收式之合律今体七绝，其中第一句为变格1，第三句为变格3。

（三）杂　言

上　邪

汉乐府　铙　歌

上邪！我欲与君相知， 长命无绝衰。

山无陵， 江水为竭，

冬雷震震， 夏雨雪，

　　天　地　合　，　　　　　　　　乃　敢　与　君　绝！
　　　　　　　　　　　　　　　　　　　　　　　　　　λ9

　　转韵、夹通韵：支(2)→屑月同用(6)，首句入韵，转韵第一句不入韵，平仄相间，
首韵为促起式。"上邪"为感叹词，如同"君不见"作冒头语，不当一句，不作平仄、押
韵分析，下同。这首民歌歌唱一位心直口快的北方姑娘向其倾心的男子表爱的方
式特别出奇，表爱的誓词特别热烈，致使千载之下，这位姑娘的神情声口仍能活脱
脱地从纸上传达出来。

吴楚歌
晋　傅　玄

　　燕　人　美　兮　赵　女　佳，　　　　其　室　则　迩　兮　限　层　崖。
　　　　　　　　　ˉ9　　　　　　　　　　　　　　　　　ˉ9

　　云　为　车　兮　风　为　马，　　　　玉　在　山　兮　兰　在　野。
　　　　　　　　　√21　　　　　　　　　　　　　　　√21

　　云　无　期　兮　风　有　止，　　　　思　多　端　兮　谁　能　理？
　　　　　　　　　√4　　　　　　　　　　　　　　　　√4

　　转韵，佳(2)→马(2)→纸(2)，平仄相间一处、以仄承仄一处，短韵体。本诗楚
辞体，句句有"兮"，构筑了一个渺茫迷离的境界，历写对美人的思慕、追求及得不到
后的失落；两句一转，起伏跌宕，形成悠长绵远而低沉凄丽的韵律，恰如其分地表达
情感。中间两句通过浪漫的想象，表示执着的追求；以贴切的比喻，颂扬女子的高
洁，最终引出失落后的遗憾与叹息，撼动人心。这样的艺术手法，在李白的许多诗
中可以看到。

秋夕哀
晋　夏侯湛

　　秋　夕　兮　遥　长，　　　　　　哀　心　兮　永　伤。
　　　　　　　　　ˉ7　　　　　　　　　　　　　　ˉ7
　　结　帷　兮　中　宇，　　　　　　屐　履　兮　闲　房。
　　　　　　　　　　　　　　　　　　　　　　　ˉ7
　　听　蟋　蟀　之　潜　鸣，　　　睹　游　雁　之　云　翔。

寻修庑之飞檐，　　　览明月之流光。₇

木萧萧以被风，　　　阶缟缟以受霜。₇

玉机兮环转，　　　　四运兮骤迁。₇

衔恤兮迄今，　　　　忽将兮涉年。₁

日往兮哀深，　　　　岁暮兮思繁。₁₃

　　转韵夹通韵：阳(10)→先元同用(6)，首句入韵，转韵第一句不入韵，以平承平。本诗写秋夕的凄景与哀情。在写法上主要吸取建安以来抒情小赋表现手法上的一些长处，前四句和后六句采用骚体形式，中六句夹用骈体形式，句法灵活多样，语言清新，声韵流畅，在一定程度上显示了诗赋合流的倾向，于当时可谓别具一格，并对东晋南朝文坛的诗赋合流的现象产生了一些积极的影响，如沈约著名的《八咏诗》(941)一些篇章的面目就酷似本诗。

归去来兮辞
晋　陶渊明

归去来兮，　　　　　田园将芜胡不归！₅

既自以心为形役，　　奚惆怅而独悲。₄

悟已往之不谏，　　　知来者之可追。₄

实迷途其未远，　　　觉今是而昨非。₅

舟遥遥以轻飏，　　　风飘飘而吹衣。₅

问征夫以前路，　　　恨晨光之熹微。₅

乃瞻衡宇，载欣载奔。
-13

三径就荒，松菊犹存。
-13

引壶觞以自酌，

倚南窗以寄傲，

园日涉以成趣，

策扶老以流憩，

云无心以出岫，

景翳翳以将入，

归去来兮，

世与我而相违，

悦亲戚之情话，

农人告余以春及，

或命巾车，

既窈窕以寻壑，

木欣欣以向荣，

善万物之得时，

已矣乎，

僮仆欢迎，稚子候门。
-13

携幼入室，有酒盈樽。
-13

眄庭柯以怡颜。
-15

审容膝之易安。
-14

门虽设而常关。
-15

时矫首而遐观。
-14

鸟倦飞而知还。
-15

抚孤松而盘桓。
-14

请息交以绝游。
-11

复驾言兮焉求？
-11

乐琴书以消忧。
-11

将有事于西畴。
-11

或棹孤舟。
-11

亦崎岖而经丘。
-11

泉涓涓而始流。
-11

感吾生之行休。
-11

寓形宇内复几时，

曷不委心任去留，　　　　　胡为乎遑遑兮欲何之？⁻4

富贵非吾愿，　　　　　　　帝乡不可期。⁻4

怀良辰以孤往，　　　　　　或植杖而耘耔。⁻4

登东皋以舒啸，　　　　　　临清流而赋诗。⁻4

聊乘化以归尽，　　　　　　乐夫天命复奚疑。⁻4

　　转韵、夹通韵、微支同用(12)→元寒删同用(20)→尤(16)→支(12)，首句及转韵第一句皆不入韵，皆以平承平。《归去来兮辞》这篇辞体抒情诗，不仅是陶渊明一生转折点的标志，也是中国文学史上表现归隐意识的创作之高峰。辞体的源头是《楚辞》，尤其是《离骚》。《楚辞》的境界，是热心用世的悲剧境界。《归去来兮辞》的境界，则是隐退避世的超越境界。中国传统士人受到儒家思想教育，以积极用世为人生理想。在政治极端黑暗的历史时代，士人理想无从实现，甚至生命亦无保障，这时，弃仕归隐就有了其真实意义。其意义是拒绝与黑暗势力合作，提起独立自由之精神。陶渊明，是以诗歌将这种归隐意识作了真实、深刻、全面表达的第一人。《归去来兮辞》在辞史和文学史上的重要意义，即在于此。在两宋时代，《归去来兮辞》被人们再发现、再认识。欧阳修说："晋无文章，唯陶渊明《归去来辞》而已。"宋庠说："陶公《归来》是南北文章之绝唱。"评量了此辞在文学史上的重要地位。李格非说："《归去来辞》，沛然如肺腑中流出，殊不见有斧凿痕。"朱熹说："其词意夷旷萧散，虽托楚声，而无尤怨切蹙之病。"则指出了此辞真实、自然、冲和的风格特色。笔者在高中二年级首读本辞，其中"悟已往之不谏，知来者之可追。实迷途其未远，觉今是而昨非"从当时起，就成为规劝自己和他人的金玉良言。

拟行路难十八首(其四)
宋　鲍　照

泻水置平地，　　　　　　　各自东西南北流。

人生亦有命，　　　　　　　安能行叹复坐愁？⁻11

酌酒以自宽，　　　　　举杯断绝歌路难。

心非木石岂无感！　　　吞声踯躅不敢言。

　　转韵夹通韵：尤（4）→寒元共用（4），首句不入韵，转韵第一句入韵，以平承平。鲍照的《拟行路难十八首》在抒述角度上有两种不同类型：一种是作者自己出面的直言体，另一种是假借诗中人物的代言体。本诗是前一种，直抒诗人在门阀制度压抑下怀才不遇的愤懑与不平。在字句上也有两种形式：一种是纯七言体，另一种是长短相间的杂言体。杂言似乎不及纯七言整齐，但能灵活组织句子，便于选择合适的声腔，以配合文情的传递。本诗头六句正是巧妙地运用了五七言句式的交错，建构起一短一长、一张一弛的节奏形式，给人以半吐半吞、欲说还休的语感。而到结尾两句，则又改为连用七言长调，有如洪水滔滔汨汨地涌出闸门，形成了情感的高潮。这对此后唐人歌行体有深远的影响。

八咏诗·登台望秋月
梁　沈　约

望秋月，　　　　　　　秋月光如练。

照耀三爵台，　　　　　徘徊九华殿。

九华璏瑶梁，　　　　　华榱与璧珰。

以兹雕丽色，　　　　　持照明月光。

凝华入黼帐，　　　　　清辉悬洞房，

先过飞燕户，　　　　　却照班姬床。

桂宫袅袅落桂枝，　　　露寒凄凄凝白露，

上林晚叶飒飒鸣，　　　雁门早鸿离离度。

湛秀质兮似规，　　　委清光兮如素。

照愁轩之蓬影，　　　映金阶之轻步。

居人临此笑以歌，　　别客对之伤且慕。

经衰圃，　　　　　　映寒丛，

凝清夜，　　　　　　带秋风。

随庭雪以偕素，　　　与池荷而共红。

临玉墀之皎皎，　　　含霜霭之濛濛。

辚天衢而徒步，　　　轹长汉而飞空。

隐岩崖而半出，　　　隔帷幌而才通。

散朱庭之奕奕，　　　入青琐而玲珑。

闲阶悲寡鹄，　　　　沙洲怨别鸿，

文姬泣胡殿，　　　　昭君思汉宫。

——余亦何为者，　　淹留此山东？

　　转韵，霰(4)→阳(8)→遇(10)→东(20)，首句不入韵，转韵第一句一入韵二不入韵，皆平仄相间。《八咏诗》以八首杂言体的歌行组成，各首均以一句五言为题，时称绝唱，分别以秋月、春风、衰草、落桐、夜鹤、晓鸿、朝市、山东为描写对象。《登台望秋月》是其中第一首，也是颇有代表性的一首，通篇都是对秋月的铺张扬厉的反复描写，以寄托诗人对家乡、对亲人的思念。从表现上看，本诗用的主要是围绕主题反复铺陈的赋法，其词藻的华美绮丽反映出齐梁诗风的共性，而长短错落的句式则使诗意流转自如、声调谐婉有致,故本诗是一篇诗赋合流的佳作。到了宋代,人们为纪念沈约,就将他写诗的那座玄畅楼(位于今浙江金华)改名为"八咏楼"。

杨白花
北朝　胡太后

阳春二三月，　　　　杨柳齐作花。
　　　　　　　　　　　　_6

春风一夜入闺闼，　　杨花飘荡落南家。
　　　　　　　　　　　　_6

含情出户脚无力，　　拾得杨花泪沾臆。
　　　λ13　　　　　　　　λ13

秋来春还双燕子，　　愿衔杨花入窠里。
　　　∨4　　　　　　　　∨4

转韵,麻(4)→职(2)→纸(2),首句不入韵,转韵第一句皆入韵,平仄相间一处、以仄承仄一处,后二韵为促收式。中国历史上有过约两百年的南北朝分治时期,政治、经济、地理、风俗,南北大不相同。然而,各民族间的优秀文化又很自然地相互交流、融合,北朝人喜爱南国情调的《西洲曲》(810),南朝人也喜爱北国风光的《敕勒歌》(1058)。南北熔于一炉,才形成了我国诗歌多姿多彩的风貌。北魏年轻的胡太后(二十多岁)所以能写出秀美温柔、儿女情长的《杨白花》,显然是受汉族文化熏陶的结果,一个主要特征就是借鉴南朝民歌广泛运用的谐声隐语,一语双关,本诗中的"杨花"与胡太后的情人"杨华"谐音,用"飘荡落南家"的杨花,隐隐比喻舍她而去南方梁朝的杨华。她在痛苦中寄情于那秋去春还的双燕子,来勾通南北消息,盼望南去情人归来。芬芳悱恻、荡气回肠的情愫,想象丰富、清新自然的语言,使本诗具有浓厚的南方民歌风味。

春日曲水
北朝　萧悫

落花无限数，　　　　飞鸟排花度。
　　∨7　　　　　　　　　∨7

禁苑至饶风，　　　　吹花香满路。
　　　　　　　　　　　　∨7

岩前片石迥如楼，　　　　水里连沙聚作洲。
　　　　　　11　　　　　　　　　　　　11

二月莺声才欲断，　　　　三月春风已复流。
　　　　　　　　　　　　　　　　　　　11

分流绕小渡，　　　　　　暂水还相注。
　　　　　7　　　　　　　　　　　　7

山头望水云，　　　　　　水底看山树。
　　　　　7　　　　　　　　　　　　7

舞馀香尚存，　　　　　　歌尽声犹住。
　　　　　　　　　　　　　　　　7

麦垄一惊翚，　　　　　　菱潭两飞鹭。
　　　　　　　　　　　　　　　　7

飞鹭复惊翚，　　　　　　倾曦带掩扉。
　　　　　5　　　　　　　　　　　　5

芳飙翼还憾，　　　　　　藻露挹行衣。
　　　　　　　　　　　　　　　　5

　　转韵，遇(4)→尤(4)→遇(8)→微(4)，首句及转韵第一句皆入韵，皆平仄相间。
北齐诗人萧悫的《春目曲水》同上首《杨白花》共同说明北朝文学不仅有《木兰诗》、
《敕勒歌》之朴素悲壮，慷慨激昂的一面，也有芬芳悱恻，荡气回肠的一面。你看，本
诗基调轻快，描绘春日曲水之景，颇具行云流水的轻莹之美；着色也淡雅清丽，毫无
浮艳华靡之憾，是一首禁苑赏春的佳作。

从 军 行
隋　卢思道

朔方烽火照甘泉，　　　　长安飞将出祁连。
　　　　　　1　　　　　　　　　　　　1

犀渠玉剑良家子，　　　　白马金羁侠少年。
　　　　　　　　　　　　　　　　　　1

平明偃月屯右地，　　　　薄暮鱼丽逐左贤。
　　　　　　　　　　　　　　　　　　1

谷中石虎经衔箭，　　　　山上金人曾祭天。
　　　　　　　　　　　　　　　　　　1

天涯一去无穷已，　　蓟门迢递三千里。

朝见马岭黄沙合，　　夕望龙城阵云起。

庭中奇树已堪攀，　　塞外征人殊未还。

白雪初下天山外，　　浮云直上五原间。

关山万里不可越，　　谁能坐对芳菲月？

流水本自断人肠，　　坚冰旧来伤马骨。

边庭节物与华异，　　冬霞秋霜春不歇。

长风萧萧渡水来，　　归雁连连映天没。

从军行，　　军行万里出龙庭。

单于渭桥今已拜，　　将军何处觅功名？

　　转韵、夹通韵，先（8）→纸（4）→删（4）→月（8）→庚青同用（4），首句及转韵第一句皆入韵，皆平仄相间。本诗写征戍生活及离别相思之情，主题是反对战争、盼望和平。诗通过工整的对偶，遒劲的音节，纯熟的用典，绵密的结构，将抒情、叙事、议论合为一体，流畅华美，格高气足，是唐代七言歌行的先导。

宛转歌二首
南朝乐府民歌　无名氏

其　一

月既明，　　西轩琴复清。

寸心斗酒争芳夜，　　千秋万岁同一情。

歌 宛 转 ，　　　　　　宛 转 凄 以 哀 。 _8

愿 为 星 与 汉 ，　　　　光 影 共 徘 徊 。 -10

转韵，庚（4）→灰（4），首句入韵，转韵第一句不入韵，以平承平。

其　二

悲 且 伤 ，　　　　　　参 差 泪 成 行 。

低 红 掩 翠 方 无 色 ，　金 徽 玉 轸 为 谁 锵 。 _7

歌 宛 转 ，　　　　　　宛 转 情 复 悲 。 _7

愿 为 烟 与 雾 ，　　　　氤 氲 对 容 姿 。 -4

转韵，阳（4）→支（4），首句入韵，转韵第一句不入韵，以平承平。

这两首《宛转歌》，情调凄苦，哀怨独至，反映了封建社会上层才女情感压抑，爱情得不到自由的精神痛苦。诗在结构上颇有可观之处。三、五、七言长短交错，音节宛转自然。四个三字句，分置篇首与篇中，使每首各自形成两个层次。"月既明"，是乍逢时的月明人好；"悲且伤"，是乍见乍别的哀怨，都有领起全篇的作用，且互成次第。"歌宛转"重复出现，点明题目，置于层进转折的关捩处，增强了宛转缠绵的风神。末尾着两"愿"字，情致绵绵，余音不尽。

木 兰 诗
北 朝 民 歌

唧 唧 复 唧 唧 ，　　　　木 兰 当 户 织 。

不 闻 机 杼 声 ，　　　　唯 闻 女 叹 息 。 ＜13

问 女 何 所 思 ，　　　　问 女 何 所 忆 。

女亦无所思， 女亦无所忆。

昨夜见军帖， 可汗大点兵。

军书十二卷， 卷卷有爷名。

阿爷无大儿， 木兰无长兄。

愿为市鞍马， 从此替爷征。

东市买骏马， 西市买鞍鞯，

南市买辔头， 北市买长鞭。

旦辞爷娘去， 暮宿黄河边。

不闻爷娘唤女声， 但闻黄河流水鸣溅溅。

旦辞黄河去， 暮至黑山头。

不闻爷娘唤女声， 但闻燕山胡骑鸣啾啾。

万里赴戎机， 关山度若飞。

朔气传金柝， 寒光照铁衣。

将军百战死， 壮士十年归。

归来见天子， 天子坐明堂。

策勋十二转， 赏赐百千强。

可汗问所欲，	木兰不用尚书郎。 。7
愿驰千里足，	送儿还故乡。 。7
爷娘闻女来，	出郭相扶将。 。7
阿姊闻姊来，	当户理红妆。 。7
小弟闻姊来，	磨刀霍霍向猪羊。 。7
开我东阁门，	坐我西阁床。 。7
脱我战时袍，	着我旧时裳。 。7
当窗理云鬓，	对镜帖花黄。 。7
出门看火伴，	火伴皆惊惶。 。7
同行十二年，	不知木兰是女郎！ 。7
雄兔脚扑朔，	雌兔眼迷离。 。4
双兔傍地走，	安能辨我是雄雌。 。4

转韵，职（8）→庚（8）→先（8）→尤（4）→微（6）→阳（24）→支（4），首句入韵，转韵第一句一入韵五不入韵，平仄相间一处、以平承平五处。《木兰诗》是北朝民歌之绝唱，中国诗史上罕有的杰作。它创具一种中国气派的喜剧精神，其特质乃是中国人民传统道德精神、乐观精神及幽默感之融合。它所产生之基础，是中国传统文化与北朝尚武风俗之融合。所以说，《木兰诗》之根本精神，是中国文化之精神。由本诗产生的成语"扑朔迷离"不仅流传至今，由本诗创编成的戏剧、尤其是豫剧，更是唱遍中华大地。

古 意

唐 李 颀

男儿事长征， 　少小幽燕客。

赌胜马蹄下， 　由来轻七尺。

杀人莫敢前， 　须如蝟毛磔。

黄云陇底白云飞， 　未得报恩不得归。

辽东小妇年十五， 　惯弹琵琶能歌舞。

今为羌笛出塞声， 　使我三军泪如雨。

转韵，陌(6)→微(2)→麌(4)，首句不入韵，转韵第一句皆入韵，皆平仄相间。本诗巧妙地借助五言句与七言句，自然形成两段，分写两个侧面，激越高昂而又低回委婉。全诗鼓荡着一股壮气：前半是雄壮，一泻而下，简洁鲜明，栩栩如生地勾勒出勇士们精悍粗犷的形象；后半是悲壮，抑扬顿挫，含蓄精炼，细致入微地描绘出勇士们思乡伤恸的情感。"辽东"两句，远远宕开，似离实粘，是诗人谋篇高明处。寥寥短章，尺幅千里，吞吐推挽，分外感人。

将 进 酒

唐 李 白

君不见黄河之水天上来， 　奔流到海不复回。

君不见高堂明镜悲白发， 　朝如青丝暮成雪。

人生得意须尽欢， 　莫使金樽空对月。

天生我材必有用， 　千金散尽还复来。

烹羊宰牛且为乐，　　会须一饮三百杯。

岑夫子，　　丹丘生，

将进酒，　　杯莫停。

与君歌一曲，　　请君为我倾耳听。

钟鼓馔玉不足贵，　　但愿长醉不复醒。

古来圣贤皆寂寞，　　惟有饮者留其名。

陈王昔时宴平乐，　　斗酒十千恣欢谑。

主人何为言少钱，　　径须沽取对君酌。

五花马，　　千金裘，

呼儿将出换美酒，　　与尔同销万古愁。

转韵、夹通韵，灰(2)→月主屑从(4)→灰(4)→青庚同用(10)→药(4)→尤(4)，首句入韵，转韵第一句二人韵三不入韵，平仄相间四处、以平承平一处，首韵为促起式。《将进酒》篇幅不长，却五音繁会，气象不凡。它笔酣墨饱，情极悲愤而作狂放，语极豪纵而又沉着，是极能表现诗人个性之咏酒诗的代表作。诗篇发端就是两组排比长句，如挟天风海雨向读者迎面而来，前两句为空间范畴的夸张，后两句为时间范畴的夸张。这个发端可谓悲感已极，却不堕纤弱，可说是巨人式的感伤，具有惊心动魄的艺术力量。中间"天生我材必有用，千金散尽还复来"是高度自信的惊人之句，令人击节赞叹！全篇大起大落，诗情忽禽忽张，由悲转乐、转狂放、转愤激、再转狂放、最后结穴于"万古愁"，回应篇首，如大河奔流，有气势，有曲折，纵横捭阖，力能扛鼎。《唐诗别裁》谓"读李诗者于雄快之中，得其深远宕逸之神，才是谪仙人面目"，此篇足以当之。

行路难三首（其二）

唐 李 白

大道如青天， 我独不得出。

羞逐长安社中儿， 赤鸡白雉赌梨栗。

弹剑作歌奏苦声， 曳裾王门不称情。

淮阴市井笑韩信， 汉朝公卿忌贾生。

君不见昔时燕家重郭隗， 拥篲折节无嫌猜。

剧辛乐毅感恩分， 输肝剖胆效英才。

昭王白骨萦蔓草， 谁人更扫黄金台？

行路难， 归去来！

转韵，质(4)→庚(4)→灰(8)，首句不入韵，转韵第一句皆入韵，平仄相间一处、以平承平一处。本诗表现了李白对功业的渴望，流露出在困顿中仍然想有所作为的积极用世的热情，他向往像燕昭王和乐毅等人那样的风云际会，希望有"输肝剖胆效英才"的机缘。"大道如青天，我独不得出"，一开头就陡起壁立，让久久郁结在内心里的感受，一下子喷发出来，这只有李白那种胸襟才能写得出。篇末的"行路难，归去来"，只是一种愤激之词，不是要消极避世，也不排斥它日东山再起"直挂云帆济沧海"（1030）的幻想。

杨叛儿

唐 李 白

君歌《杨叛儿》， 妾劝新丰酒。

何许最关人？ 乌啼白门柳。

乌 啼 隐 杨 花 ，　　　　　君 醉 留 妾 家 。
　　　　　　6　　　　　　　　　　　6

博 山 炉 中 沉 香 火 ，　　　双 烟 一 气 凌 紫 霞 。
　　　　　　　　　　　　　　　　　　　　　　6

　　转韵,有(4)→麻(4),首句不入韵,转韵第一句入韵,平仄相间。这是李白根据古乐府《杨叛儿》进行的艺术再创造。古词只四句:"暂出白门前,杨柳可藏乌。君作沉水香,侬作博山炉。"古词和李诗,神貌虽为相近,但艺术感染力有很大差距。李白的再创作,情感更炽烈,生活的调子更加欢快和浪漫。这与唐代经济繁荣,社会风气比较解放,显然有关。

灞陵行送别

唐　李　白

送 君 灞 陵 亭 ，　　　　灞 水 流 浩 浩 。
　　　　　　　　　　　　　　　　　　　√19

上 有 无 花 之 古 树 ，　　下 有 伤 心 之 春 草 。
　　　　　　　　　　　　　　　　　　　　　√19

我 向 秦 人 问 路 岐 ，　　云 是 王 粲 南 登 之 古 道 。
　　　　　　　　　　　　　　　　　　　　　　√19

古 道 连 绵 走 西 京 ，　　紫 阙 落 日 浮 云 生 。
　　　　　　　　8　　　　　　　　　　　　8

正 当 今 夕 断 肠 处 ，　　骊 歌 愁 绝 不 忍 听 。
　　　　　　　　　　　　　　　　　　　　9

　　转韵、夹通韵,皓(6)→庚青同用(4),首句不入韵,转韵第一句入韵,平仄相间。长安东南三十里处,原有一条灞水,汉文帝葬于此,遂称灞陵。唐代,人们出长安东门相送亲友,常在这里分手。因此,灞上、灞陵、灞水及灞亭等,在唐诗里是经常和离别联系在一起的,这些词本身遂带有离别色彩。本诗中展现的西京古道、暮霭紫阙、浩浩灞水,以及那无花古树、伤心春草,构成了一幅令人心神激荡而几乎目不暇接的景象。这样随手写去,自然流逸,而又有浑厚的气象,充实的内容,是只有谪仙诗人才能做到的。

宣州谢朓楼饯别校书叔云

唐 李 白

弃我去者昨日之日不可留， 乱我心者今日之日多烦忧。

长风万里送秋雁， 对此可以酣高楼。

蓬莱文章建安骨， 中间小谢又清发。

俱怀逸兴壮思飞， 欲上青天揽明月。

抽刀断水水更流， 举杯消愁愁更愁。

人生在世不称意， 明朝散发弄扁舟。

转韵，尤(4)→月(4)→尤(4)，首句及转韵第一句皆入韵，皆平仄相间，皆四句一转韵。如同《将进酒》(949)一样，本诗发端两句破空而来，重叠复沓的语言，以及一气鼓荡、长达十一字的句式，都极生动形象地显示出诗人的郁结之深、忧愤之烈、心绪之乱，以及一触即发、发则不抑的感情状态。篇末"抽刀断水水更流，举杯消愁愁更愁"两句比喻是奇特而富于独创性的，同时又是自然贴切而又富于生活气息的。所以千百年来被人们所应用、为人们所共鸣。本诗直起直落，大开大合，没有任何承转过渡的痕迹，最适宜于表现诗人因理想与现实的尖锐矛盾而产生的急遽变化的感情。

答王十二寒夜独酌有怀

唐 李 白

昨夜吴中雪， 子猷佳兴发。

万里浮云卷碧山， 青天中道流孤月。

孤月沧浪河汉清， 北斗错落长庚明。

怀余对酒夜霜白，　　　　　　玉床金井冰峥嵘。

人生飘忽百年内，　　　　　　且须酣畅万古情。

君不能狸膏金距学斗鸡，　　　坐令鼻息吹虹霓。

君不能学哥舒、横行青海夜带刀，西屠石堡取紫袍。

吟诗作赋北窗里，　　　　　　万言不值一杯水。

世人闻此皆掉头，　　　　　　有如东风射马耳。

鱼目亦笑我，　　　　　　　　谓与明月同。

骅骝拳踢不能食，　　　　　　蹇驴得志鸣春风。

《折杨》《黄华》合流俗，　　　晋君听琴枉《清角》。

《巴人》谁肯和《阳春》，　　　楚地犹来贱奇璞。

黄金散尽交不成，　　　　　　白首为儒身被轻。

一谈一笑失颜色，　　　　　　苍蝇贝锦喧谤声。

曾参岂是杀人者？　　　　　　谗言三及慈母惊。

与君论心握君手，　　　　　　荣辱于余亦何有？

孔圣犹闻伤凤麟，　　　　　　董龙更是何鸡狗！

一生傲岸苦不谐，　　　　　　恩疏媒劳志多乖。

　　严陵高揖汉天子，　　　　何必长剑拄颐事玉阶。

　　达亦不足贵，　　　　　　穷亦不足悲。

　　韩信羞将绛灌比，　　　　祢衡耻逐屠沽儿。

　　君不见李北海，　　　　　英风豪气今何在！

　　君不见裴尚书，　　　　　土坟三尺蒿棘居！

　　少年早欲五湖去，　　　　见此弥将钟鼎疏。

　　转韵、夹通韵，月屑共用(4)→庚(6)→齐(2)→豪(2)→纸(4)→东(4)→觉沃同用(4)→庚(6)→有(4)→佳(4)→支(4)→贿(2)→鱼(4)，首句入韵，转韵第一句十入韵二不入韵，平仄相间九处、以平承平三处。本诗把诗人自己的内心世界作为表现对象，以议论式的独白为主，重在揭示内心世界，刻画诗人的自我形象，具有鲜明的个性特点。即使是抒发受谗遭谤、大志难伸的愤懑之情，也是激情如火，豪气如虹，表现了诗人粪土王侯、浮云富贵，不与统治者同流合污的精神。全诗具有强烈的感情色彩，激情喷涌，一气呵成，具有一种排山倒海的气势，读之使人心潮难平。"达亦不足贵，穷亦不足悲"自是得到无数达人志士的共鸣。

燕歌行
唐 高适

　　汉家烟尘在东北，　　　　汉将辞家破残贼。

　　男儿本自重横行，　　　　天子非常赐颜色。

　　摐金伐鼓下榆关，　　　　旌旆逶迤碣石间。

　　校尉羽书飞瀚海，　　　　单于猎火照狼山。

山川萧条极边土，　　　　　胡骑凭陵杂风雨。

战士军前半死生，　　　　　美人帐下犹歌舞！

大漠穷秋塞草腓，　　　　　孤城落日斗兵稀。

身当恩遇恒轻敌，　　　　　力尽关山未解围。

铁衣远戍辛勤久，　　　　　玉箸应啼别离后。

少妇城南欲断肠，　　　　　征人蓟北空回首。

边庭飘摇那可度，　　　　　绝域苍茫更何有！

杀气三时作阵云，　　　　　寒声一夜传刁斗。

相看白刃血纷纷，　　　　　死节从来岂顾勋？

君不见沙场征战苦，　　　　至今犹忆李将军！

转韵，职(4)→删(4)→麌(4)→微(4)→有(8)→文(4)，首句及转韵第一句皆入韵，皆平仄相间。本诗主旨是谴责在皇帝鼓励下的将领骄傲轻敌、荒淫失职，造成战争失败，使广大士兵受到极大的痛苦和牺牲。诗人写的是边塞战争，但重点不在于民族矛盾，而是同情广大兵士，讽刺和愤恨不恤兵士的将军。全诗气势畅达，笔力矫健，经过惨淡经营而于浑化无迹。气氛悲壮淋漓，主意深刻含蓄。本首诗不仅是高适的第一大篇；而且是整个唐代边塞诗中的杰作；更是《燕歌行》这一乐府古题自曹丕开创(1055)后，经庚信(827)等人继往开来，到高适笔下，达到了顶峰。

乾元中寓居同谷县作歌七首(其七)

唐　杜　甫

男儿生不成名身已老，　　　　三年饥走荒山道。

长 安 卿 相 多 少 年 ，　　　　富 贵 应 须 致 身 早 。

山 中 儒 生 旧 相 识 ，　　　　但 话 宿 昔 伤 怀 抱 。

呜 呼 七 歌 兮 悄 终 曲 ，　　　　仰 视 皇 天 白 日 速 。

　　转韵、夹通韵，皓(6)→沃屋同用(2)，首句及转韵第一句皆入韵，以仄承仄，后韵为促收式。杜甫《同谷七歌》在形式上学习张衡《四愁诗》(1051)，蔡琰《胡笳十八拍》(1053)，采用了定格联章的方法，在内容上较多地汲取了鲍照《拟行路难》的艺术经验，然而又自创一体，深为后人赞许。此诗为组诗的末篇，集中地抒发了诗人身世飘零之感。在艺术上，长短句错综使用，悲伤愤激的情感，犹如潮水般冲击着读者的心弦。

牧 童 词
唐　张　籍

远 牧 牛 ，　　　　绕 村 四 面 禾 黍 稠 。

陂 中 饥 乌 啄 牛 背 ，　　　　令 我 不 得 戏 垅 头 。

入 陂 草 多 牛 散 行 ，　　　　白 犊 时 向 芦 中 鸣 。

隔 堤 吹 叶 应 同 伴 ，　　　　还 鼓 长 鞭 三 四 声 ：

"牛 牛 食 草 莫 相 触 ，　　　　官 家 截 尔 头 上 角 ！"

　　转韵、夹通韵，尤(4)→庚(4)→沃觉同用(2)，首句及转韵第一句皆入韵，平仄相间一处、以平承平一处，末韵为促收式。前八句是一幅绝妙的牧牛图，生动曲折地描绘了牧场的环境背景、牧童的心理活动和牛的动态，情趣盎然。然而诗的主题并不在此，直到最后两句，我们才能看到诗人用意之所在：原来这是一首政治讽刺诗，寓尖锐讽刺于轻松调侃之中，用意明快而深刻。

望夫石

唐　王　建

望 夫 处 ，	江 悠 悠 。 _11
化 为 石 ，	不 回 头 。 _11
山 头 日 日 风 复 雨 ， △√7	行 人 归 来 石 应 语 。 △√6

　　转韵、夹通韵，尤(4)→麌语同用(2)，首句不入韵，转韵第一句入韵，平仄相间，末韵为促收式。在我国古典诗歌中，有不少以这富有浪漫主义色彩的民间传说作为题材的作品，王建的这首《望夫石》感情深切，在众多诗作中独具特色。诗人只描写了一个有包孕的片段的景物和自己一刹间的感受，平平写出，然而却情意无穷，耐人咀嚼，发人深思，极有情味，很能引起人们的共鸣。

听颖师弹琴

唐　韩　愈

昵 昵 儿 女 语 ， △√6	恩 怨 相 尔 汝 。 △√6
划 然 变 轩 昂 ， _7	勇 士 赴 敌 场 。 _7
浮 云 柳 絮 无 根 蒂 ，	天 地 阔 远 随 飞 扬 。 _7
喧 啾 百 鸟 群 ，	忽 见 孤 凤 凰 。 _7
跻 攀 分 寸 不 可 上 ，	失 势 一 落 千 丈 强 。 _7
嗟 余 有 两 耳 ，	未 省 听 丝 篁 。 _7
自 闻 颖 师 弹 ，	起 坐 在 一 旁 。 _7
推 手 遽 止 之 ，	湿 衣 泪 滂 滂 。

颖 乎 尔 诚 能 ，　　　　　无 以 冰 炭 置 我 肠 ！

　　转韵，语(2)→阳(16)，首句及转韵第一句皆入韵，平仄相间，首韵为促起式。本诗在摹写声音的同时，或示之以儿女柔情，或拟之以英雄壮志，或充满对自然的眷念，或寓有超凡脱俗之想与坎坷不遇之悲，如此等等，无不流露出深厚的情意。读罢全诗，颖师高超的琴技如可见闻，故清人方扶南在《李长吉诗集批注》中把本诗与白居易的《琵琶行》(851)、李贺的《李凭箜篌引》(1002)相提并论，推许为"摹写声音至文"了。

苏小小墓
唐　李　贺

幽 兰 露 ，　　　　　如 啼 眼 。

无 物 结 同 心 ，　　　　　烟 花 不 堪 剪 。

草 如 茵 ，　　　　　松 如 盖 。

风 为 裳 ，　　　　　水 为 珮 。

油 壁 车 ，　　　　　夕 相 待 。

冷 翠 烛 ，　　　　　劳 光 彩 。

西 陵 下 ，　　　　　风 吹 雨 。

　　转韵、夹通韵，又上去通押，潸铣同用(4)→贿泰队同用(8)→马麌同用(2)，首句不入韵，转韵第一句一不入韵一入韵，皆以仄承仄，末韵为促收式。末两句协韵依《古音辨》，马韵、麌韵皆协虞音而协韵。李贺的"鬼"诗，总共才十来首，不到他全部作品的二十分之一。然而"鬼"字却与他结下了不解之缘，被人目为"鬼才"、"鬼仙"；又同李白被称为"诗仙"、杜甫被称为"诗圣"相似，李贺又被称为"诗鬼"。本诗是其"鬼"诗中有代表性的一篇，写幽兰，写露珠，写烟花，写芳草，写青松，写春风，写流水,笔笔是写景,却又笔笔在写人,是通过"鬼"来写人,写现实生活中人的感情。诗中美好的景物,不仅烘托出苏小小鬼魂形象的婉媚多姿,同时也反映出她心境的索寞凄凉,收到了一箭双雕的效果。她是那样的一往情深,即使身死为鬼,也不忘与所思绾结同心;她又是那样的牢落不偶,死生异路,竟然不能了却心愿;她怀着缠绵不尽的哀怨在冥路游荡,……。其实,在苏小小这个形象身上,我们看到诗人自己的影子,在绮丽秾艳的背后有着哀激孤愤之思,在凄清幽冷的里面有着炽热如焚的肝肠。总之,鬼魂的形式,反映了人世的内容。

於潜僧绿筠轩

宋　苏　轼

可 使 食 无 肉 ,	不 可 使 居 无 竹 。
λ1	λ1
无 肉 令 人 瘦 ,	无 竹 令 人 俗 。
	λ2
人 瘦 肉 可 肥 ,	俗 士 不 可 医 。
−5	−4
旁 人 笑 此 言 :	"似 高 还 似 痴 ?"
	−4
若 对 此 君 仍 大 嚼 ,	世 间 那 有 扬 州 鹤 !
λ10	λ10

　　转韵、夹通韵,屋沃同用(4)→支微同用(4)→药(2),首句及转韵第一句皆入韵,皆平仄相间,末韵为促收式。首联去一字"可使食无肉,不可居无竹"为人所口传;"无肉令人瘦,无竹令人俗"富哲理、有情韵,写出了物质与精神、美食与美德在比较中的价值;"人瘦尚可肥,俗士不可医"更申足前意,鞭辟入里。当然,本诗是借题发挥,歌颂风雅高节,批判物欲俗骨。既欲肥鲜,又思脱俗,世上安有此理?既欲仕宦,又思成仙,人间安有此事?

观 渔

宋　方　岳

| 林 光 漏 日 烟 霏 湿 , | 鸬 鹚 簇 立 春 沙 碧 。 |
| λ14 | λ11 |

湘竿击水雪花飞，　　　　　鸬鹚没入春溪肥。

银刀拨剌争三窟，　　　　　乌兔追亡健于鹘。

搜渊别薮无噍类，　　　　　余勇未厌心突兀。

十十五五斜阳边，　　　　　听呼名字方趋前。

吐鱼筠篮不下咽，　　　　　手捽琐碎劳尔还。

呜呼，奇哉子渔子，　　　　塞上将军那得尔！

转韵、夹通韵，缉陌同用(2)→微(2)→月(4)→先删同用(4)→纸(2)，首句及转韵第一句皆入韵，皆平仄相间，首两韵为促起式，末韵为促收式。本诗完整地记叙了鸬鹚（即鱼鹰）在渔夫的指挥下捕捉鱼儿的全过程。读着此诗，仿佛也和作者一起站在河岸边，怀着新奇的心情，饶有兴味地观看着这场鱼鹰与鱼儿之间的追击战，并情不自禁地为鱼鹰的勇敢拍手叫好。末两句更使全诗主题深化，借对渔夫的赞扬，讽刺宋末守边将军的庸儒无能。

掘冢歌
元　范梈

昨日旧冢掘，　　　　　　今日新冢成。

冢前两翁仲，　　　　　　送前还迎新。

旧魂未出新魂入，　　　　旧魂还对新魂泣。

旧魂丁宁语新魂，　　　　好地不用多子孙。

子孙绵绵如不绝，　　　　曾孙不掘玄孙掘。

我今掘矣良可悲，　　　　不知君掘又何时？

　　　　　　　　　　　　⁻4　　　　　　　　　　　　　⁻4

　　转韵、夹通韵,庚真同用(4,依《词韵》)→缉(2)→元(2)→屑物同用(2)→支(2),首句不入韵,转韵第一句皆入韵,皆平仄相间,除首韵四句外,余皆两句一韵以短韵为主的古风。本诗把一切想得那么透、看得那么轻、形容得那么不足道,不可不谓是惊世骇俗之语了。其中体现出来的积见超群、不拘俗情,正如作者同时代人揭傒斯评其诗风云:"如豪鹰掠野,独鹤叫群,四顾无人,一碧万里。"

送士选侍御

明　徐桢卿

壮 士 乐 长 征 ,	门 前 边 马 鸣 。
春 风 三 月 柳 ,	吹 暗 大 同 城 。
芦 沟 桥 下 东 流 水 ,	故 人 一 尊 情 未 已 。
胡 天 飞 尽 陇 头 云 ,	惟 见 居 庸 暮 山 紫 。
羡 君 鞍 马 速 流 星 ,	予 亦 孤 帆 下 洞 庭 。
塞 北 荆 南 心 万 里 ,	佩 刀 长 揖 向 都 亭 。

　　转韵,庚(4)→纸(4)→青(4),首句及转韵第一句皆入韵,皆平仄相间。自来送别之作,多为江淹《别赋》"黯然销魂者,惟别而已矣"所笼罩,而本首送别诗既有深挚之情,又有豪迈之气,实不多见。诗中连用大同、芦沟、陇头、居庸、洞庭、塞北、荆南等地名,错落有致,不嫌堆垛,为全篇生色不少。

酹孙太初墓

明　王世贞

死 不 必 孙 与 子 ,	生 不 必 父 与 祖 。

突作凭陵千古人, 依然寂寞一抔土。

道场山阴五十秋, 那能华表鹤来游。

君看太华莲花掌, 应有笙歌在上头。

转韵,麋(4)→尤(4),首句不入韵,转韵第一句入韵,平仄相间。孙太初是明中叶一隐士,自称秦人,曾栖太白山巅,因而号太白山人。他善为诗,豪宕孤骞,前无古人,踪迹奇诡,携铁笛鹤瓢,遍游名胜,足迹半天下。王世贞在本诗中将孙氏豪宕奇诡的性格融入其中,形成了离奇突兀、奇景真情的特色。

精 卫
清 顾炎武

万事有不平, 尔何空自苦。

长将一寸身, 衔木到终古?

我愿平东海, 身沉心不改。

大海无平期, 我心无绝时!

呜呼!君不见西山衔木众鸟多, 鹊来燕去自成窠。

转韵,麋(4)→贿(2)→支(2)→歌(2),平仄相间、以平承平、以仄承仄各一处,首句不入韵,转韵第一句皆入韵,除首韵四句外,余皆两句一韵以短韵为主的古风。本诗借咏精卫,热烈讴歌了爱国志士志"平东海"的崇高精神,无情鞭挞了民族败类只顾"自成窠"的可耻行径。

悲落叶
清 宋琬

悲落叶, 落叶纷相接。

无复语流莺 ，　　　　　　飘摇舞黄蝶 。

朝如繁华之佳人 ，　　　　　夕若蘼芜之弃妾 。

风因起 ，　　　　　　　　　从风飞 。

放臣羁客那忍见 ，　　　　　攀条揽扼空沾衣 。

徘徊绕故枝 ，　　　　　　　柯干长乖违 。

凛凛岁云暮 ，　　　　　　　此去将安归 ？

悲落叶 ，　　　　　　　　　伤心胸 ，

愿因征鸟翼 ，　　　　　　　吹我到乡中 。

　　转韵、夹通韵，叶(6)→微(8)→冬东同用(4)，首句入韵，转韵第一句皆不入韵，平仄相间、以平承平各一处。这是一首喻体诗。梁武帝萧衍次子名萧综，实为齐东昏侯萧宝卷的遗腹子。萧综知己身世后投奔北魏，飘泊异国而有《听钟鸣》(1103)、《悲落叶》之作。康熙元年，宋琬身陷大狱彷徨悲苦，所以也就有这两篇同题作。本篇措词之凄哀，实超过萧综的原作，诗以感念身世、忧伤飘泊为主题，借落叶之凋零，以喻自己不幸的遭际。

天山歌

清　洪亮吉

地脉至此断 ，　　　　　　　天山已包天 。

日月何处栖 ？　　　　　　　总挂青松巅 。

穷冬棱棱朔风裂 ，　　　　　雪复包山没山骨 。

峰形积古谁得窥?

天山之石绿如玉,

半空石坠冰忽开,

青松冈头鼠陆梁,

沿林弱雉飞不起,

人行山口雪没踪,

始知灵境迥然异,

我谓长城不须筑,

山南山北尔许长,

他时逐客倘得还,

控弦纵逊票骑霍,

别家近已忘年载,

连峰偶一望东南,

九州我昔履险夷,

南条北条等闲耳,

君不见奇钟塞外天奚取?

一峰缺处补一云,

上有鸿蒙万年雪。

雪玉石光皆染绿。

对面居然落飞瀑。

一一竞欲餐天光。

经月饱啖松花香。

山腹久已藏春风。

气候顿与三宵通。

此险天教限沙漠。

瀚海黄河兹起伏。

置冢亦象祁连山。

投笔或似扶风班。

日出沧溟倘家在。

云气蒙蒙生腹背。

五岳顶上都标题。

太乙太室输此奇。

风力吹人猛飞举。

人欲出山云不许。

转韵、夹通韵又上去通押,先(4)→月屑同用(4)→沃屋同用(4)→阳(4)→东冬同用(4)→屋药同用(4)→删(4)→队贿同用(4)→支齐同用(4)→语麌同用(4),首句不入韵,转韵第一句皆入韵,平仄相间七处、以平承平与以仄承仄各一处,皆四句一转韵。本诗写景、抒情都突出一个"奇"字,一座天山,在作者的奇才、奇情、奇笔之下,有了生气灵异,通天性、达人意,钟自然之奇,集造物之功,也让读者惊奇作者的观察能力和艺术表现力之奇,写下了这首风格豪迈、意境壮阔的奇诗、好诗。

傲 奴

近代　曾国藩

君不见萧郎老仆如家鸡,	十年苔楚心不携;
君不见卓氏雄姿冠西蜀,	颐使千八百人伏。
今我何为独不然,	胸中无学手无钱。
平生意令自许颇,	谁知傲奴乃过我。
昨者一语天地睽,	公然对面相勃豀。
傲奴非我非贤圣,	我坐傲奴小不敬。
拂衣一去何翩翩,	可怜傲骨撑青天。
噫嘻乎,	傲奴,
安得好风吹汝朱门权要地,	看汝仓皇换骨生百媚。

转韵、夹通韵,齐(2)→沃屋同用(2)→先(2)→哿(2)→齐(2)→敬(2)→先(2)→真(2),皆平仄相间("噫嘻乎"与"傲奴"皆语气词,也可看为一联虞韵),皆两句一韵的短韵体。本诗以风趣、调侃的笔调抒写了作者对世态炎凉的叹喟。同时,也透露出作者不甘心于清苦之书斋生活的躁动心态。

题罗两峰《鬼趣图》

近代　罗惇曧

子非鬼安知鬼之乐？　　　　胡然开图令人愕？
　　　　　　　λ10　　　　　　　　　　　　λ10

偶从非想非非想，　　　　　青天白日鬼剧作。
　　　　　　　　　　　　　　　　　　　　λ10

群鬼作事自谓秘，　　　　　逢迎万态胡不至！
　　　　　　　ヽ4　　　　　　　　　　　ヽ4

岂虞鬼后不生眼，　　　　　一一丹青穷败类。
　　　　　　　　　　　　　　　　　　　ヽ4

中有数鬼飘峨冠，　　　　　自矜鬼术攫美官。
　　　　　　　－14　　　　　　　　　　－14

果能变鬼如官好，　　　　　余亦从鬼求奥援。
　　　　　　　　　　　　　　　　　　　－13

问鬼不语鬼狞笑，　　　　　鬼拟摈我非同调。
　　　　　　　ヽ18　　　　　　　　　　ヽ18

吁嗟鬼趣今何多，　　　　　两峰其如新鬼何！
　　　　　　　。5　　　　　　　　　　　。5

　　转韵、夹通韵，药(4)→真(4)→寒元同用(4)→啸(2)→歌(2)，首句及转韵第一句皆入韵，平仄相间三处、以仄承仄一处，末两韵为促收式。罗两峰，即罗聘，为"扬州八怪"之一。其画风与当时"正统"画家大异，被目为画坛的"偏师"、"怪物"；《鬼趣图》旨在讽世。而罗惇曧题诗则借题发挥，揭露当时社会的丑恶现象，把清末黑暗腐朽的官场刻画成群鬼乱舞的鬼蜮世界，讽刺尖刻辛辣，洵为不可多得的佳制，是百余年来，袁枚、姚鼐、钱大昕、翁方纲等人就《鬼趣图》众多题诗中最为人传诵的诗篇。

国　殇

现代　于右任

葬我于高山之上兮，　　　　望我大陆。
　　　　　　　　　　　　　　　　　λ1

大陆不可见兮，　　　　只有痛哭！

天苍苍，　　　　　　　野茫茫，

山之上，　　　　　　　国有殇！

葬我于高山之上兮，　　望我故乡。

故乡不可见兮，　　　　永不能忘。

转韵，屋(4)→阳(8)，平仄相间，首句不入韵，转韵第一句入韵。于右任老先生自1949年去台湾后，无时无刻不在思念故乡的父老乡亲、战友故旧、山川草木，无时无刻不在盼望祖国的统一。这种令人肠断的心境大都寄寓在他所写的大量诗词中，这类诗词中最令人感动的就是这首《国殇》。这是于老逝世前两年即1962年所写的一首哀恸凄绝、催人泪下的自挽遗嘱诗，也是一首语言平易直白而含意深邃、情切意绵、一唱三叹的言志述怀抒情诗。这首诗，不仅体裁用屈原的楚辞骚体，而且诗题也与屈原的《九歌·国殇》(1243)相同。其情深沉凄婉，其词疏淡萧远，大朴不雕，自然而然从胸中泻出，是国殇之绝唱，今日之离骚。1964年先生逝世后，先生墓地选在台湾北部高峰七星山，海拔七百余公尺之"八拉卡"。"面临台湾海峡，中原河山"，"背有群峰"，"奇突而出"，"青龙抬头，白虎伏首，山环水抱，可称福地"。幸喜今日海峡两岸关系为六十多年来最好时期，两岸同胞骨肉来往频繁，髯翁九泉有知，也当魂归大陆魄系关中，国殇含泪终归故乡矣。

悲鸿画马属题时全面抗日之战方起
当代　潘　受

雄姿卓立山难撼，　　　　振鬣昂头如有感。

君看落笔墨淋漓，　　　　不是悲鸿无此胆！

悲鸿画马尽其神，　　　　天骨开张得马真。

$—\ —\ |\ |\ |\ —\ —\ A$ 　　　　$—\ |\ —\ —\ |\ |\ —\ B$
　　　　　　　　$\stackrel{。}{-}11$ 　　　　　　　　　　$\stackrel{。}{-}11$

曹 霸 不 生 韩 干 死 ， 　　　绵 绵 千 载 见 斯 人 。
$—\ |\ |\ —\ |\ —\ |\ b$ 　　　$—\ —\ —\ |\ |\ —\ —\ A$
　　　　　　　　　　　　　　　　　　　　$\stackrel{。}{-}11$

画 中 非 复 枥 中 伏 ， 　　　顾 影 犹 怜 在 空 谷 。
$|\ —\ —\ |\ |\ —\ |\ a^1$ 　　　$|\ |\ —\ —\ |\ —\ |\ b^1$
　　　　　　　$\stackrel{∧}{}1$ 　　　　　　　　　　$\stackrel{∧}{}1$

却 欣 无 勒 亦 无 缰 ， 　　　骐 骥 宁 能 受 羁 束 ？
$|\ —\ |\ |\ |\ —\ —\ A$ 　　　$|\ |\ —\ —\ |\ —\ |\ b^1$
　　　　　　　　　　　　　　　　　　　$\stackrel{∧}{}2$

闲 里 沉 吟 念 战 场 ， 　　　态 虽 镇 静 意 腾 骧 。
$|\ |\ —\ —\ |\ |\ —\ B$ 　　　$|\ —\ |\ |\ |\ —\ —\ A$
　　　　　　　　$\stackrel{。}{-}7$ 　　　　　　　　　$\stackrel{。}{-}7$

破 碎 河 山 惊 劫 急 ， 　　　效 劳 恨 未 遇 孙 阳 ！
$|\ |\ —\ —\ —\ |\ |\ b$ 　　　$|\ —\ |\ |\ |\ —\ —\ A$
　　　　　　　　　　　　　　　　　　　　$\stackrel{。}{-}7$

笳 声 怒 共 秋 声 起 ， 　　　塞 北 江 南 三 万 里 。
$—\ —\ |\ |\ —\ —\ |\ a$ 　　　$|\ |\ —\ —\ —\ |\ |\ b$
　　　　　　　$\stackrel{∨}{}4$ 　　　　　　　　　$\stackrel{∨}{}4$

安 得 此 马 追 风 逐 日 展 四 蹄， 踏 尽 东 来 长 蛇 与 封 豕 。
$—\ |\ |\ |\ —\ —\ |\ |\ |\ |\ —\ |\ |\ —\ —\ |\ —\ |\ |$
　　　　　　　　　　　　　　　　　　　　　　　　　　　$\stackrel{∨}{}4$

转韵夹通韵，感(4)→真(4)→屋沃同用(4)→阳(4)→纸(4)，皆平仄相间，皆四句一转韵，首句及转韵第一句皆入韵，全诗二十句中十八句七言句句入律，故本诗也为新式古风。作者为新加坡籍华人。此诗大笔振迅，感慨苍茫，似得杜工部法。起句状马之貌，"山难撼"三字下语镇纸，尽得马之神。以下开合变化，神行无方。先叙画师不凡，继写骏物志向，似用画笔，神情皆可目见。至"闲里沉吟念战场"后，益见高怀，将一段驱逐日寇、光复山河之心事借画马道出。画马即民族魂之写照。结尾两句挺起，不落题画蹊径，别出气象。

小　结

以上各种不同古体诗所选诗例数见下表:

	五言	七言	杂言	合计
本韵	65	17	22	104
通韵	65	15	11	91
转韵	27	82	37	146

结论　在以上所选三百四十一首诗里:

本韵和通韵(广义本韵)诗中,五言多,七言和杂言(广义七言)少;

转韵诗中,五言少,七言和杂言(广义七言)多。

这同实际情况也是一致的。

本章所列诗例就是古体诗"1+7"中的"1",即最基本、最常见的押韵方式:两句一韵、逢双押韵、首句或转韵第一句可韵可不韵。

从第十三章到第十六章,分别介绍古体诗"1+7"中的"7",即七种特殊的押韵方式:两句一联的独立句、三句皆独立句的三韵联、仅末句为独立句的三韵联、前联出句不入韵的畸零句、后联出句不入韵的畸零句、三句一韵联、四句一韵联。

第十三章 两句一联的独立句

《古体诗律学》第 70 页有:"如果一连两句以上都入韵,而又不是首句或转韵的第一句者,都应该称为独立句",接着便举杜甫《茅屋为秋风所破歌》为例:

"八月秋高风怒号, 卷我屋上三重茅。

茅飞渡江洒江郊, 高者挂罥长林梢,

下者飘转沉塘坳。

南村群童欺我老无力, 忍能对面为盗贼。

公然抱茅入竹去, 唇焦口燥呼不得。

归来倚杖自叹息。

俄顷风定云墨色, 秋天漠漠向昏黑。

布衾多年冷似铁, 骄儿恶卧踏里裂。

床头屋漏无干处, 雨脚如麻未断绝。

自经丧乱少睡眠, 长夜沾湿何由彻!

安得广厦千万间, 大庇天下寒士俱欢颜,

风雨不动安如山!

呜呼!何时眼前突兀见此屋,吾庐独破受冻死

亦 足 ！"
△
λ2

　　紧接着指出："'茅飞'、'高者'、'下者'、'俄顷'、'秋天'、'风雨'，都是独立句。"
现在，我们来分析该诗的押韵及为什么有六句"独立句"？

　　转韵、夹通韵，肴中杂豪(5)→职(7)→屑(6)→删(3)→屋沃同用(2)，首句及转
韵第一句皆入韵，平仄相间三处、以仄承仄一处。除"呜呼"为语气词，不作押韵分
析外，本诗共二十三句，其中韵句为二十句。

　　先对独立句的定义作适当、必要的补充如下："如果一连两句或两句以上都入
韵，而又不是首句或转韵的第一句以及它们的对句者，都应该称为独立句。"(下有
·者为笔者的补充)据此，"八月"与"卷我"为首句及其对句，所以不是独立句；"南
村"与"忍能"、"布衾"与"骄儿"、"何时"与"吾庐"皆为转韵第一句及其对句，所以不
是独立句；"雨脚"、"长夜"两句皆单一的韵句(皆为对句，其出句皆不入韵)，所以不
是独立句；而"俄顷"与"秋天"是一连两句的韵句，所以是独立句。以上，我们分析
了十二句韵句，还有八句韵句将在下面第十四章"三韵联"和第十五章"畸零句"中
再作分析。

　　《古体诗律学》第72页又有："凡有了两个以上的独立句，就可认为部分的柏梁
体。但是独立句越多，就越近似柏梁台联句。"第77页还有："真正的柏梁体，自然
是句句用韵的、一韵到底的、纯七言的平韵诗。"

　　下面，我们就用以上观点来分析古体诗中两句一联的独立句和其中的柏梁体。
从本章起，不再分本韵、通韵、转韵。

一、五　言

北方有佳人

汉　李延年

北 方 有 佳 人 ，　　　　　　　绝 世 而 独 立 。
　　　　　　　　　　　　　　　　　　　　　　　△
　　　　　　　　　　　　　　　　　　　　　　　λ14

一 顾 倾 人 城 ，　　　　　　　　再 顾 倾 人 国 。
　　　　　　　　　　　　　　　　　　　　　　　△
　　　　　　　　　　　　　　　　　　　　　　　λ13

宁 不 知 倾 城 与 倾 国 ？　　　　佳 人 难 再 得 ！
　　　　　　　　△　　　　　　　　　　　　　　△
　　　　　　　　λ13　　　　　　　　　　　　　λ13

　　通韵，职中杂缉，首句不入韵，"倾城"与"佳人"两句为独立句，"宁不知"似语气

词,故本诗作五言看。在汉武帝宠爱的众多后妃中,最生死难忘的,要数妙丽善舞的李夫人;而李夫人的得幸,则是靠了她哥哥李延年的这首名动京城的佳人歌。"倾城倾国之貌"乃出本诗。

悲愤诗(节选)
汉　蔡　琰

汉季失权柄,　　　董卓乱天常。

志欲图篡弑,　　　先害诸贤良。

逼迫迁旧邦,　　　拥主以自强。

海内兴义师,　　　欲共讨不祥。

卓众来东下,　　　金甲耀日光。

平土人脆弱,　　　来兵皆胡羌。

猎野围城邑,　　　所向悉破亡。

……

　　蔡琰,字文姬,又字昭姬,是汉末著名文学家蔡邕的女儿,她博学有才,妙于音律。本诗是我国诗史上文人创作的第一首自传体的五言长篇叙事诗。它真实而生动地描绘了诗人在汉末大动乱中的悲惨遭遇,也写出了被掠人民的血和泪,是汉末社会动乱和人民苦难生活的实录,具有史诗的规模和悲剧的色彩。全诗一百零八句,为转韵夹通韵。这里选的是第一韵,为通韵,阳中杂江,共十四句,其中"逼迫"与"拥主"两句为独立句;写的是汉末董卓之乱,是诗人蒙难的背景。

饮马长城窟行
汉乐府

青青河畔草,　　　绵绵思远道。

远道不可思，　　　　宿昔梦见之。

梦见在我傍，　　　　忽觉在他乡。

他乡各异县，　　　　展转不相见。

枯桑知天风，　　　　海水知天寒，

入门各自媚，　　　　谁肯相为言！

客从远方来，　　　　遗我双鲤鱼。

呼儿烹鲤鱼，　　　　中有尺素书。

长跪读素书，　　　　书中竟何如？

上言加餐食，　　　　下言长相忆。

转韵、夹通韵，皓(2)→支(2)→阳(2)→霰(2)→寒元同用(4)→鱼(6)→职(2)，首句入韵，转韵第一句四入韵二不入韵，平仄相间四处、以平承平二处，首四韵为促起式、末韵为促收式，"呼儿"与"中有"、"长跪"与"书中"为独立句。《饮马长城窟行》乐府古辞已不存，本诗与饮马长城无涉，是一篇女子思念征夫之作，酷似《古诗十九首》中的某些篇章。"鲤鱼传书"这一典故源出于此。

艳歌行

汉乐府

翩翩堂前燕，　　　　冬藏夏来见。

兄弟两三人，　　　　流宕在他县。

故衣谁当补？　　　　新衣谁当绽？

赖 得 贤 主 人，　　　　　览 取 为 我 绽。

夫 婿 从 门 来，　　　　　斜 柯 西 北 眄。

"语 卿 且 勿 眄，　　　　　水 清 石 自 见。"

石 见 何 累 累，　　　　　远 行 不 如 归！

转韵、夹通韵又上去通押, 霰谏铣同用(12)→支微同用(2), 首句及转韵第一句皆入韵, 平仄相间, 末韵为促收式, "语卿"与"水清"两句为独立句。此诗写了"兄弟两三人"流浪他乡时所经历的一个尴尬场面, 写得真切生动, 活泼而富有谐趣, 但谐中寓庄, 于中更能反衬出游子之凄苦。"水清石见"成语本于此诗。

蒿 里 行
魏　曹　操

关 东 有 义 士，　　　　　兴 兵 讨 群 凶。

初 期 会 孟 津，　　　　　乃 心 在 咸 阳。

军 合 力 不 齐，　　　　　踌 躇 而 雁 行。

势 利 使 人 争，　　　　　嗣 还 自 相 戕。

淮 南 弟 称 号，　　　　　刻 玺 于 北 方。

铠 甲 生 虮 虱，　　　　　万 姓 以 死 亡。

白 骨 露 于 野，　　　　　千 里 无 鸡 鸣。

生 民 百 遗 一，　　　　　念 之 断 人 肠。

通韵, 阳庚冬同用, 首句不入韵, 本诗是依《古音辩》"东、冬、江、阳、庚、青、蒸七韵皆协阳音"而协韵,"势利"与"嗣还"两句为独立句。本诗是曹操《薤露行》(742)的姊妹篇。《薤露行》主要是写汉朝王室的倾覆,而《蒿里行》主要是写诸军阀之间的争权夺利、酿成丧乱,给人民带来的深重苦难,反映了诗人的忧国忧民之心。

七　哀

魏　曹　植

明 月 照 高 楼，　　　　流 光 正 徘 徊。
　　　　　　　　　　　　　　　　　　－10

上 有 愁 思 妇，　　　　悲 叹 有 余 哀。
　　　　　　　　　　　　　　　　　　－10

借 问 叹 者 谁？　　　　自 云 宕 子 妻。
　　　　　　－4　　　　　　　　　　　－8

君 行 逾 十 年，　　　　孤 妾 常 独 栖。
　　　　　　　　　　　　　　　　　　－8

君 若 清 路 尘，　　　　妾 若 浊 水 泥。
　　　　　　　　　　　　　　　　　　－8

浮 沉 各 异 势，　　　　会 合 何 时 谐？
　　　　　　　　　　　　　　　　　　－9

愿 为 西 南 风，　　　　长 逝 入 君 怀。
　　　　　　　　　　　　　　　　　　－9

君 怀 良 不 开，　　　　贱 妾 当 何 依。
　　　　　　－10　　　　　　　　　　　－5

　　通韵,齐灰为主、佳支微从这,这五韵是依《古音辩》:"支、微、齐、佳、灰五韵皆协支音"而协,首句不入韵,"借问"与"自云"、"君怀"与"贱妾"为独立句。本诗借思妇以自喻,借思妇之口倾诉自己的情感,辞句哀怨悱恻,缠绵清丽,在深沉中透出种种不平。"清路尘"与"浊水泥"的比喻,新奇巧妙,生动贴切,意蕴丰富,发人深思:两者本是一物,浮为尘而沉为泥,遭际大不相同;是思妇遭到不幸的悲鸣,也是诗人对自己身世的感叹。

百 一 诗

魏　应　璩

昔 有 行 道 人，　　　　陌 上 见 三 叟。
　　　　　　　　　　　　　　　　　△

年各百余岁，　　　　　相与锄禾莠。

住车问三叟：　　　　　"何以得此寿？"

上叟前致辞：　　　　　"室内姬貌丑。"

中叟前置辞：　　　　　"量腹节所受。"

下叟前致辞：　　　　　"夜卧不覆首。"

要哉三叟言，　　　　　所以得长久。

　　本韵，纯用有韵，首句不入韵，"住车"与"何得"两句为独立句。应璩的诗在魏时流传的有一百三十篇，统称《百一诗》。"百一"指当事者或有百虑一失之意。这是一首寓言体的通俗诗，全篇启示人们节欲（食、色乃人之两大欲）顺气、勤劳长寿的养生之道，可谓要言不繁。且形式活泼，用问答体；语言通俗，平白如话，与其平民化的人生主题正成表里，相得益彰。

悼亡诗三首(其一)
晋 潘 岳

荏苒冬春谢，　　　　　寒暑忽流易。

之子归穷泉，　　　　　重壤永幽隔。

私怀谁克从，　　　　　淹留亦何益。

僶俛恭朝命，　　　　　回心反初役。

望庐思其人，　　　　　入室想所历。

帏屏无髣髴，　　　　　翰墨有馀迹。

流芳未及歇，　　　　　遗挂犹在壁。

怅怳如或存，　　　　　回惶忡惊惕。

如彼翰林鸟，　　　　　双栖一朝隻。

如彼游川鱼，　　　　　比目中路析。

春风缘隙来，　　　　　晨霤承檐滴。

寝息何时忘，　　　　　沈忧日盈积。

庶几有时衰，　　　　　庄缶犹可击。

通韵,陌锡为主、物月从之,首句不入韵,"帏屏"与"翰墨"、"流芳"与"遗挂"共四句皆独立句。《悼亡诗》是潘岳悼念亡妻杨氏的诗作,共三首,尤以第一首传诵千古,最为有名。被誉为古今悼亡作品第一。其中"望庐思其人"以下八句,感情深沉,真挚动人,是全诗的精华。由于潘岳三首《悼亡诗》,此后"悼亡诗"成为悼念亡妻的专门诗篇,而不再是悼念其他死亡者的诗篇。可见潘岳《悼亡诗》影响之深远了。

归园田居五首(其一)

晋　　陶渊明

少无适俗韵，　　　　　性本爱丘山。

误入尘网中，　　　　　一去三十年。

羁鸟恋旧林，　　　　　池鱼思故渊。

开荒南野际，　　　　　守拙归园田。

方宅十余亩，　　草屋八九间。

榆柳荫后檐，　　桃李罗堂前。

暧暧远人村，　　依依墟里烟。

狗吠深巷中，　　鸡鸣桑树颠。

户庭无尘杂，　　虚室有余闲。

久在樊笼里，　　复得返自然。

通韵，先韵为主、删元从之，首句不入韵，"暧暧"与"依依"两句为独立句。"方宅"以下八句就是《桃花源记》中世外桃源的景象；虽然这只是一种理想，是现实中不存在的，但作为诗，却给人以美的享受。

石门岩上宿

宋　谢灵运

朝搴苑中兰，　　畏彼霜下歇；

暝还云际宿，　　弄此石上月。

鸟鸣识夜栖，　　木落知风发。

异音同至听，　　殊响俱清越。

妙物莫为赏，　　芳醑谁与伐？

美人竟不来，　　阳阿徒晞发。

通韵，月中杂屋，首句不入韵，"暝还"与"弄此"两句为独立句。谢灵运的山水诗，大多以刻画景物之精巧为长，以视觉感受为主；本诗却以听觉感受为主，凭听觉渐渐潜入自然的深处。结尾四句,也不按通常写法,不谈老庄玄理,不发议论,而把深趣寓于感叹之中。

代东门行

宋　鲍　照

伤禽恶弦惊,°_8	倦客恶离声。°_8
离声断客情,°_8	宾御皆涕零。°9
涕零心断绝,△入9	将去复还诀。△入9
一息不相知,	何况异乡别。△入9
遥遥征驾远,△∨13	杳杳白日晚。∨13
居人掩闺卧,	行子夜中饭。∨13
野风吹草木,	行子心肠断。△∨14
食梅常苦酸,°−14	衣葛常苦寒。−14
丝竹徒满坐,	忧人不解颜。−15
长歌欲自慰,	弥起长恨端。−14

　　转韵、夹通韵,庚中杂青(4)→屑(4)→阮中杂旱(6)→寒中杂删(6),首句及转韵第一句皆入韵,平仄相间二处、以仄承仄一处,"离声"与"宾御"两句为独立句。本诗可谓乐府中的"别赋"。前六句用顶真法将别情之凄凉与别时之依恋写出;"一息"两句承上启下,以"何况"之叹转入叙述远行游子身心两方面之困苦;后六句再以"食梅"必酸,"衣葛"必寒作比兴,引出离人必"忧",非强自作乐可解的结语。

江　上　曲

齐　谢　朓

易 阳 春 草 出，　　　踯 躅 日 已 暮。

莲 叶 尚 田 田，　　　淇 水 不 可 渡。

愿 子 淹 桂 舟，　　　时 同 千 里 路。

千 里 既 相 许，　　　桂 舟 复 容 与。

江 上 可 采 菱，　　　清 歌 共 南 楚。

　　通韵，上去通押，遇语同用，首句不入韵，"千里"与"桂舟"两句为独立句。这是一首深得乐府民歌艺术精髓的出自文人之手的情歌，第五至第八句借鉴了联珠格，即顶真体，但又有变化和创新，第五和第八两句用"桂舟"联珠，第六和第七两句用"千里"联珠（类似一种押韵的特殊方式：抱韵，见本书附录二《诗经》的余辉"），造成一种很有形式美的语言格式，惟妙惟肖地表达了这位女子追求爱情时炽热、急切的心情。

挽 舟 者 歌

隋　无名氏

我 儿 征 辽 东，　　　饿 死 青 山 下。

今 我 挽 龙 舟，　　　又 困 隋 堤 道。

方 今 天 下 饥，　　　路 粮 无 些 小。

前 去 三 十 程，　　　此 身 安 可 保。

寒 骨 枕 荒 沙，　　　幽 魂 泣 烟 草。

悲 损 门 内 妻，　　　望 断 吾 家 老。
　　　　　　　　　　　　　　　　∨19

安 得 义 勇 儿，　　　烂 此 无 主 尸。
　　　　　　－4　　　　　　　　　　－4

引 其 孤 魂 回，　　　负 其 白 骨 归。
　　　　　　－10　　　　　　　　　　－5

　　转韵、夹通韵，皓韵为主、马篠从之(12)→支灰微同用(4)，首句不入韵，转韵第一句入韵，平仄相间，"引其"与"负其"两句为独立句，依《古音辩》，皓、篠两韵协尤音，马韵协虞音，尤、虞两音为一部，可互协。本诗对隋炀帝"三征高丽"、"南幸江都"两桩暴行、特别是"水殿龙舟事"作了沉痛控诉，苦痛愈诉愈惨烈，揭露也愈来愈深刻，反映了挽舟者的悲惨遭遇，宣泄其沉痛心声。

自京赴奉先县咏怀五百字
唐　杜　甫

杜 陵 有 布 衣，　　　老 大 意 转 拙。
　　　　　　　　　　　　　　　　λ9

许 身 一 何 愚，　　　窃 比 稷 与 契。
　　　　　　　　　　　　　　　　λ9

居 然 成 濩 落，　　　白 首 甘 契 阔。
　　　　　　λ10　　　　　　　　　　λ7

盖 棺 事 则 已，　　　此 志 常 觊 豁。
　　　　　　　　　　　　　　　　λ7

穷 年 忧 黎 元，　　　叹 息 肠 内 热。
　　　　　　　　　　　　　　　　λ9

取 笑 同 学 翁，　　　浩 歌 弥 激 烈。
　　　　　　　　　　　　　　　　λ9

非 无 江 海 志，　　　潇 洒 送 日 月。
　　　　　　　　　　　　　　　　λ6

生 逢 尧 舜 君，　　　不 忍 便 永 诀。
　　　　　　　　　　　　　　　　λ9

当 今 廊 庙 具，　　　构 厦 岂 云 缺？
　　　　　　　　　　　　　　　　λ9

葵藿倾太阳，物性固难夺。

顾惟蝼蚁辈，但自求其穴。

胡为慕大鲸，辄拟偃溟渤？

以兹误生理，独耻事干谒。

兀兀遂至今，忍为尘埃没。

终愧巢与由，未能易其节。

沈饮聊自遣，放歌破愁绝。

岁暮百草寒，疾风高冈裂。

天衢阴峥嵘，客子中夜发。

霜严衣带断，指直不得结。

凌晨过骊山，御榻在嵲嵲。

蚩尤塞寒空，蹴踏崖谷滑。

瑶池气郁律，羽林相摩戛。

君臣留欢娱，乐动殷胶葛。

赐浴皆长缨，与宴非短褐。

彤庭所分帛，本自寒女出。

鞭挞其夫家，聚敛贡城阙。

圣人筐篚恩，　　实欲邦国活。∧7

臣如忽至理，　　君岂弃此物？∧5

多士盈朝庭，　　仁者宜战栗。∧4

况闻内金盘，　　尽在卫霍室。∧4

中堂有神仙，　　烟雾蒙玉质。∧4

暖客貂鼠裘，　　悲管逐清瑟。∧4

劝客驼蹄羹，　　孀橙压香橘。∧4

朱门酒肉臭，　　路有冻死骨。∧6

荣枯咫尺异，　　惆怅难再述。∧4

北辕就泾渭，　　官渡又改辙。∧9

群冰从西下，　　极目高崒兀。∧6

疑是崆峒来，　　恐触天柱折。∧9

河梁幸未坼，∧11　枝撑声窸窣。∧6

行李相攀援，　　川广不可越。∧6

老妻寄异县，　　十口隔风雪。∧9

谁能久不顾，　　庶往共饥渴。∧7

入门闻号咷，　　幼子饿已卒。∧6

吾宁舍一哀，	里巷亦呜咽。9
所愧为人父，	无食致夭折。9
岂知秋禾登，	贫窭有仓卒。6
生常免租税，	名不隶征伐。6
抚迹犹酸辛，	平人固骚屑。9
默思失业徒，	因念远戍卒。6
忧端齐终南，	澒洞不可掇。7

通韵，屑月为主、曷质陌黠药物从之，本诗八个入声韵通押（凡古体诗实例中所有入声韵都能通押），首句不入韵，"居然"与"白首"、"瑶池"与"羽林"、"彤庭"与"本自"、"河梁"与"枝撑"共八句为独立句。本诗是杜甫五言诗的代表作。其时，安史之乱的消息还没有传到长安，然而诗人途中的见闻和感受，已经显示出社会动乱的端倪。所以千载以后读这首诗，诚有"山雨欲来风满楼"(456)之感。诗人敏锐的观察力，不能不为人所叹服。"朱门酒肉臭，路有冻死骨"是千古传诵的名句，是"诗圣"忧国忧民的代表语。

杏　花
宋　王安石

石梁度空旷，	茅屋临清炯。24
俯窥娇娆杏，23	未觉身胜影。23
嫣如景阳妃，	含笑堕宫井。23
怊怅有微波，	残妆坏难整。23

通韵，梗中杂迥，首句不入韵，"俯窥"与"未觉"两句为独立句。历代诗人对花

常有偏爱。陶渊明爱菊(750),林和靖爱梅(321),苏东坡爱海棠(155),黄庭坚爱水仙(866),王安石则爱杏花。他有许多咏杏花的作品,本诗则有特别的风味为人重视。前两句为写杏花倒影之妩媚作了衬托和铺垫,后六句写倒影步步深入,妙趣横生,通过形象的比喻,描绘了水波由静到动以及花影在这过程中的变化,杏花的风姿神韵全以空灵比况之笔出之,给人一种含蓄深邃的美感。

泛　颖

宋　苏　轼

我性喜临水,　　　　　得颖意甚奇。

到官十来日,　　　　　九日河之湄。

吏民喜相语:　　　　　"使君老而痴。"

使君实不痴,　　　　　流水有令姿。

绕郡十余里,　　　　　不驶亦不迟。

上流直而清,　　　　　下流曲而漪。

画船俯明镜,　　　　　笑问"汝为谁?"

忽然生鳞甲,　　　　　乱我须与眉。

散为百东坡,　　　　　顷刻复在兹。

此岂水薄相,　　　　　与我相娱嬉?

声色与臭味,　　　　　颠倒炫小儿。

等是儿戏物,　　　　　水中少磷缁。

赵陈两欧阳,　　　　　同参天人师。

观 妙 各 有 得，　　　　　共 赋《泛 颍》诗。

本韵，纯用支韵，首句不入韵，"使君"与"流水"两句为独立句。苏轼在《前赤壁赋》中说："苟非吾生之所有，虽一毫而莫取。惟江上之清风，与山间之明月，耳得之而为声，目遇之而成色。取之不尽，用之不竭，是造物者与我之无尽藏也，而吾与子之所共适。"水与明月、清风一样，是"不用一钱买"的，是取不伤廉的。他的爱水、泛颍，用以自适，原因在此。这里也就写出了自己"磨而不磷、涅而不缁"（《论语》）与淡泊明志的个性。

己丑二月七日雨中读《汉元帝纪》，效乐天体
宋　周必大

昭 君 颜 如 花，　　　　　万 里 度 鸡 漉。

古 今 罪 画 手，　　　　　妍 丑 乱 群 目。

谁 知 汉 天 子，　　　　　祛 服 自 列 屋。

有 如 公 主 亲，　　　　　尚 许 穹 庐 辱。

况 乃 嫔 嫱 微，　　　　　未 得 当 獯 鬻。

奈 何 弄 文 士，　　　　　太 息 争 度 曲？

生 传 琵 琶 声，　　　　　死 对 青 冢 哭。

向 令 老 后 宫，　　　　　安 得 载 简 牍？

一 时 抱 微 恨，　　　　　千 古 留 剩 馥。

因 嗟 当 时 事，　　　　　贤 佞 手 翻 覆。

守道萧傅死，	效忠京房戮。 λ1
史臣一张纸，	此外谁复录？ λ2
有琴何人操？	有冢何人宿？ λ1
重色不重德， λ13	聊以砭时俗。 λ2

通韵，屋韵为主、沃职从之，首句不入韵，"重色"与"聊以"两句为独立句。本诗以王昭君与汉元帝重臣萧望之、京房两人作比较，他们虽都是被诬而遭害的悲剧人物；但昭君在不幸中名传千古，吟咏不衰，而萧、京两人则是被冷落了，作者即此命笔，针砭"时俗"。所以在众多咏昭君诗中，本诗是别具一格，矛头直指汉元帝等封建统治阶级腐朽意识的"重色不重德"，对现实具有积极意义。

太行歌

明　祝允明

上客坐高堂，	听仆歌太行。
六岁从先公，	骑马出晋阳。
遥循厚土足，	忽上天中央。
但闻风雷声，	不见日月光。
狐兔绕马蹄，	虎豹嗥树旁。
衡跨数十州，	四面殊封疆。
童心多惊壮，	懔气已飞扬。
自来江南郡，	佳丽称吾乡。

　　邈哉雄豪观，　　　　　寤寐不可忘。
　　　　　　　　　　　　　　　　　　　7

　　人生非太行，　　　　　耳目空茫茫！
　　　　　　7　　　　　　　　　　　　7

　　本韵，纯用阳韵，首句入韵，"人生"与"耳目"两句为独立句。从表面上看，前十四句尽写太行山的险恶，并无只字赞美太行山。转入"自来江南郡，佳丽称吾乡"，前后形成对照。江南既称"佳丽"，又是"吾乡"，以常情而论，自当为离太行而额手称庆。但接下两句，却是对太行山寤寐难忘的思念。这是为什么呢？于是有末两句的收结："人生非太行，耳目空茫茫！"这才是全诗的主旨所在。原来诗人豪气冲天，不愿平淡度过一生，渴望在坎坷艰险的环境中作拼搏。这样一翻，不仅打破了历来咏太行山诗悲凉哀叹的格调，也从正面叙述了自己顽强奋斗的精神，给人以激励，也是诗人个性张扬、冲动，追求刺激而不甘于平静的表现。

闲居读书（六首选一）
清　赵　翼

　　后人观古书，　　　　　每随己境地。
　　　　　　　　　　　　　　　　　　△
　　　　　　　　　　　　　　　　　　＼4

　　譬如广场中，　　　　　环看高台戏。
　　　　　　　　　　　　　　　　　　△
　　　　　　　　　　　　　　　　　　＼4

　　矮人在平地，　　　　　举头仰而企。
　　　　　　　△　　　　　　　　　　＼4
　　　　　　　＼4

　　危楼有凭栏，　　　　　刘桢方平视。
　　　　　　　　　　　　　　　　　　△
　　　　　　　　　　　　　　　　　　＼4

　　做戏非有殊，　　　　　看戏乃各异。
　　　　　　　　　　　　　　　　　　△
　　　　　　　　　　　　　　　　　　＼4

　　矮人看戏归，　　　　　自谓见仔细。
　　　　　　　　　　　　　　　　　　△
　　　　　　　　　　　　　　　　　　＼4

　　楼上人见之，　　　　　不觉笑喷鼻。
　　　　　　　　　　　　　　　　　　＼
　　　　　　　　　　　　　　　　　　8

　　通韵、又上去通押，寘韵为主、纸霁从之，首句不入韵，"矮人"与"举头"两句为独立句。人在认识事物、阅读书籍时，常有自己的主观因素在起作用，总是受到自己的经验、所处的地位、文化素质、审美趣味和习惯、个性、年龄等因素的影响，"每随己境地"从而"乃各异"。这个意思，也可在《易经·系辞上》中找到它的初生地

"仁者见之谓之仁,智者见之谓之智"。也就是西方流行的"有一千个读者就有一千个哈姆雷特。"读者如果站得高、学养厚,他的见解就高明。诗人自己正是基于这种认识,才执着地追求自身修养的提高,使自己成为"楼上人",使见解更深更全更透。

湖居后十首(其一)

清 宋 湘

岁月去如电,	磨牛迹陈陈。
	-11
扫却湖上雪,	再看湖上春。
	-11
春来今几日,	湖草俱已新。
	-11
新草续旧草,	今人续昔人。
	-11
人在天地间,	岂不如草根?
-15	-13
一鸟从东来,	啄啄庭树敩。
	-11
侧睇似相识,	似笑湖居民:
	-11
去年湖居民,	今年湖居民。
-11	-11

通韵,真韵为主、删元从之,首句不入韵,"人在"与"岂不"、"去年"与"今年"共四句为独立句。本诗主题在于感叹人生的短暂和自己的无所作为,是一个陈旧的主题;但诗人却能以亲身所体验到的湖上景物来表现此意,故令诗意充满生趣,读来绝无陈旧乏味之感。末两句所表达的意思是常见的,但形式是新颖的。总之,全诗议论与描述浑然一体,富有理趣而未入理窟。

春绮卒后百日往哭殡所感成三首(其一)

近代 陈衡恪

| 我居西城闉, | 君殡东郭门。 |
| | 。 |

迢迢白杨道，　　　　萋萋荒草原。

来此尽一哭，　　　　泪洗两眼昏。

既不簠簋设，　　　　又无酒一尊。

焚香启素帏，　　　　四壁惨不温。

念我棺中人，　　　　欲呼声已吞。

形影永乖隔，　　　　目渺平生魂。

我何不在梦，　　　　时时闻笑言？

倏忽已三月，　　　　卒哭礼所敦。

我哭有已时，　　　　我悲郁难宣。

藕断丝不绝，　　　　况此绸缪恩。

苦挽已残月，　　　　留照心上痕。

　　通韵，元韵为主、真先从之，首句入韵，"念我"与"欲呼"两句为独立句。常言道爱情和死亡是文艺作品的永恒题材，而悼亡诗却不像一般的文艺作品那样只写其中一种，它把爱情与死亡糅合在一起，造成一种浓烈的悲剧气氛，所以特别感人。我国自西晋潘岳(977)创制此体之后，文学史上几乎形成了一个写悼亡诗的传统，绵延不绝，代有佳篇。然而像陈衡恪这样倾注全部感情、付出如许笔墨写悼亡诗的却并不多见。诗中所悼念的是他的妻子汪春绮，在她死后百日，作者从城西走到城东，在荒郊的墓地上焚香一哭。诗中采用记实的手法，描写了祭悼的全过程，并以抒情与叙事相结合，抒写了祭悼过程中心灵的律动，感情的起伏。本诗是组诗的第一首，其中"我何不在梦，时时闻笑言？"是痴语、呓语，但又是至情之语、真挚之语。诗以景语作结，留给读者以邈远而空灵的想象，真所谓言尽而意不尽，意尽而情不尽了。

题西山红叶

现代　陈　毅

西 山 红 叶 好，	霜 重 色 愈 浓。 －2
革 命 亦 如 此，	斗 争 见 英 雄。 －1
红 叶 遍 西 山，	红 于 二 月 花。 6
四 围 有 青 绿，	抗 暴 共 一 家。 6
红 叶 布 山 隅，	中 右 色 朦 胧。 －1
左 岸 顶 西 风，	欢 呼 彻 底 红。 －1
伸 手 摘 红 叶，	我 取 红 透 底。 △8
浅 红 与 灰 红，	弃 之 我 不 取。 ∨7
书 中 夹 红 叶，	红 叶 颜 色 好。 ∨19
请 君 隔 年 看，	真 红 不 枯 槁。 ∨19
红 叶 落 尘 埃，	莫 谓 红 绝 矣。 △4
明 春 花 再 发，	万 红 与 千 紫。 ∨4
题 诗 红 叶 上，	为 颂 革 命 红。 －1
革 命 红 满 天，	吓 死 可 怜 虫。 －1

　　转韵夹通韵，冬东同用(4)→麻(4)→东(4)→荠麌同用(4,依《词韵》协韵,荠韵为第三部,麌韵为第四部,两部偶尔可按方言相近而通押)→皓(4)→纸(4)→东

(4)，首句及转韵第一句皆不入韵，皆四句一转韵，平仄相间二处、以平承平二处、以仄承仄二处，"左岸"与"欢呼"两句为独立句。1966 年，是"文化大革命"发端的一年。面对着我们党和国家潜伏着的严重危机和林彪、江青反革命集团疯狂的破坏，陈毅以高度的政治敏感性，预察到一场严重的斗争即将来临。于是禁不住要把这种形势和自己的心情形诸笔端。作者借红叶抒己之情，言己之志，由衷地赞美红叶，表现出革命者正直坦诚的追求和抱负。作者赞美红叶，因为"红"是革命的象征，是无产阶级和广大劳动群众在长期的斗争中给一切革命者赋予的一种色彩。歌颂"红"，就是歌颂革命，歌颂革命者。作者赞美红叶，还因为红叶能傲霜斗雪，具有同革命者一样的坚贞不屈的高贵品质。"西山红叶好，霜重色愈浓"，作者钟爱的正是这种抗逆的精神，诗人大呼"革命亦如此，斗争见英雄"，"革命红满天，吓死可怜虫"，在"抗暴共一家"中，表现了一位革命诗人的杰出胆略。

二、七　言

琴歌二首(其二)

汉　司马相如

皇兮皇兮从我栖，	得托孳尾永为妃。
交情通意心和谐，	中夜相从知者谁？
双翼俱起翻高飞，	无感我思使余悲。

通韵，支微为主、齐佳从之，首句入韵，"交情"与"中夜"、"双翼"与"无感"四句皆独立句。司马相如的第一首琴歌(609)表达相如对文君的无限倾慕和热烈追求，这第二首写得更为大胆炽烈，暗约文君半夜幽会，并一起私奔。这两首"凤求凰"琴歌表现了强烈的反封建思想，对后世影响很大。《西厢记》中张生隔墙弹唱《凤求凰》说："昔日司马相如得此曲成事，我虽不及相如，愿小姐有文君之意。"《墙头马上》中李千金，在公公面前更以文君私奔相如为自己私奔辩护。《玉簪记》中潘必正亦以琴心挑动陈妙常私下结合。《琴心记》更是直接把相如文君故事搬上舞台……足见《凤求凰》反封建影响之深远。又这两首琴歌不管是否为两汉琴工假托之作，都是早于魏曹丕《燕歌行》(1055)的七言诗，只不过还是骚体。

璇玑图诗·苏作兴感昭恨神

晋　苏若兰

苏 作 兴 感 昭 恨 神，　　　辜 罪 天 离 间 旧 新。
　　　　-11　　　　　　　　　　　　　　-11

霜 冰 斋 洁 志 清 纯，　　　望 谁 思 想 怀 所 亲！
　　　　-11　　　　　　　　　　　　　　-11

本韵，纯用真韵，"霜冰"与"望谁"为独立句。本诗又是句句用韵、一韵到底、纯七言的平韵诗，故为柏梁体。不仅在中国，就是在世界诗歌的宝库中，《璇玑图诗》恐怕都可以列为最奇妙的诗。作者是一位才思绝伦的东晋列国女子苏若兰（名蕙），它的发现者是三百年后统治中国的杰出女皇武则天。《璇玑图诗》之所以惊动了千百年来的读者，首先在于那精妙而又宏奇的组织形式。初看起来，这只是一幅纵广八寸、"五彩相宜，莹心辉目"（武则天所作"序"）的织锦。仔细辨识，便发现上面竟织有绵密绢秀的八百四十一个五色锦字。按一定方法辨读，这八百四十一个五色锦字，便突然获得了生命，互相交联融汇，化成了一首首回旋往复、纵横成文的三言、四言、五言、六言、七言的众多诗作。据武则天"序"记载，全图竟题有诗作二百余首！而且后来宋、元、明人反复探索，其可能构成的诗作，竟高达七千九百五十八首！这是多么精微而又宏伟的诗歌群体建构！这是多么惊人的五彩回文世界！这里介绍的是其中的一首，仅四句，而这四句是回响在《璇玑图诗》中的凄切呼唤。一位被新人取代的旧妇，在这里唱出了多少幽怨和不平！但对于远方的夫君，她依然怀着"霜冰"般纯洁的一片真情。从"望谁思想怀所亲"的结句中，不是恍然见到了这位弃妇独坐机旁、痴痴怀想着夫君的噙泪面影吗？

晋白纻舞歌诗（其一）

晋　无名氏

轻 躯 徐 起 何 洋 洋，　　　高 举 双 手 白 鹄 翔。
　　　　　　　-7　　　　　　　　　　　　-7

宛 若 龙 转 乍 低 昂，　　　凝 停 善 睐 容 仪 光。
　　　　　　　-7　　　　　　　　　　　　-7

如 推 若 引 留 且 行，　　　随 世 而 变 诚 无 方。
　　　　　　　-7　　　　　　　　　　　　-7

舞 以 尽 神 安 可 忘？　　　晋 世 方 昌 乐 未 央。

质 如 轻 云 色 如 银，　　爱 之 遗 谁 赠 佳 人。

制 以 为 袍 余 作 巾，　　袍 以 光 躯 巾 拂 尘。

丽 服 在 御 会 嘉 宾，　　醪 醴 盈 樽 美 且 醇。

清 歌 徐 舞 降 祇 神，　　四 座 欢 乐 胡 可 陈！

转韵，阳(8)→真(8)，本诗可看为两组柏梁体(一组阳韵、一组真韵)的组合，除每组始两句外，余皆独立句。白纻是一种细而洁白的夏布，原产吴地。大约此舞的舞人都身穿白纻所制之衣，故名，三国归晋后便流传到了南北各地。《晋白纻舞歌诗》共三首，是现存最早的七言乐府舞曲歌辞，内容大抵是先赞美舞人的姿态，然后或说宴席之盛，或道及时行乐之意。七言歌行的起步，较其他诗体为迟。此前，曹丕的《燕歌行》(1055)还偏于抒情。至于有开阔的场面背景，有完整的描述过程，最能体现七言歌行篇幅容量大，内容、节奏、情调、气氛易于调节变化之优势的诗作，就现存作品看，当以《晋白纻舞歌诗》为最早之滥觞。

白纻歌三首(其二)

宋　汤惠休

少 年 窈 窕 舞 君 前，　　容 华 艳 艳 将 欲 然。

为 君 娇 凝 复 迁 延，　　流 目 送 笑 不 敢 言。

长 袖 拂 面 心 自 煎，　　愿 君 流 光 及 盛 年。

通韵，先中杂元，首句入韵，"为君"与"流目"、"长袖"与"愿君"四句为独立句。《白纻》舞曲，至晚从晋代起流传，歌辞内容大体相同，主要描摹舞女的舞姿体态。从刘宋开始，就有人打破这种程式，他们把舞蹈描写同一些典型形象结合起来，首先这样做的，是宋武帝时的汤惠休。汤的《白纻歌》今存三首，都打破了单纯描写舞姿的陈规，而以男女相思为主题，其中写得最好的是第二首。本诗的主旨是刻画这位女子善于吐露爱情的娇痴情态，采用了由表及里、由静止到动态再到心理的过程，描写既细腻，又简洁准确。

宛 转 歌

陈 江 总

七夕天河白露明，　　　八月涛水秋风惊。
　　　　　　。‑8　　　　　　　　　　　　‑8

楼中恒闻哀曲响，　　　塘上复有辛苦行。
　　　　　　　　　　　　　　　　　　　‑8

不解何意悲秋气，　　　直致无秋悲自生。
　　　　　　　　　　　　　　　　　　　‑8

不怨前阶促织鸣，　　　偏愁别路捣衣声。
　　　　　　。‑8　　　　　　　　　　　。‑8

别燕差池自有返，　　　离蝉寂寞讵含情？
　　　　　　　　　　　　　　　　　　　‑8

云聚怀情四望台，　　　月冷相思九重观。
　　　　　　　　　　　　　　　　　　△ 、15

欲题芍药诗不成，　　　来采芙蓉花已散。
　　　　　　　　　　　　　　　　　　△ 、15

金樽送曲韩娥起，　　　玉柱调弦楚妃叹。
　　　　　　　　　　　　　　　　　　△ 、15

翠眉结恨不复开，　　　宝鬓迎秋风前乱。
　　　　　　　　　　　　　　　　　　△ 、15

湘妃拭泪洒贞筠，　　　蒍药浣衣何处人？
　　　　　　。‑11　　　　　　　　　。‑11

步步香飞金箔屦，　　　盈盈扇掩珊瑚唇。
　　　　　　　　　　　　　　　　　。‑11

已言来桑期陌上，　　　复能解佩就江滨？
　　　　　　　　　　　　　　　　　。‑11

竟入华堂要花枕，　　　争开羽帐奉华茵。
　　　　　　　　　　　　　　　　　。‑11

不惜独眠前下钩，　　　欲许便作后来新。
　　　　　　　　　　　　　　　　　。‑11

后来暝暝同玉床，　　可怜颜色无比方。

谁能巧笑时窥井，　　乍取新声学绕梁。

宿处留娇堕黄珥，　　镜前含笑弄明珰。

菁菰摘心心不尽，　　茉莸折叶叶更芳。

已闻能歌《洞箫赋》，　　讵是故爱邯郸倡。

转韵，庚(10)→翰(8)→真(10)→阳(10)，首句入韵，转韵第一句一不入韵二入韵，平仄相间二处、以平承平一处，"不怨"与"偏愁"两句为独立句。本诗抒写一个弃妇的幽怨与孤独，却用新人明丽欢快的得宠作反衬。一面是凄风惨露中的声声抽泣，一面是花团锦簇下的阵阵欢笑，这首悲宛哀转之歌，唱出了多少古今弃妇心中的无限幽怨！江总在陈代虽有"狎客"之称，但这首《宛转歌》却在南朝七言古诗中闪烁了光彩。

河中之水歌

南朝乐府民歌　无名氏

河中之水向东流，　　洛阳女儿名莫愁。

莫愁十三能织绮，　　十四采桑南陌头，

十五嫁为卢家妇，　　十六生儿字阿侯。

卢家兰室桂为梁，　　中有郁金苏和香。

头上金钗十二行，　　足下丝履五文章。

珊瑚挂镜烂生光，　　平头奴子提履箱。

人生富贵何所望，　　恨不嫁与东家王。

　　　　　　　　　　_7　　　　　　　　　　　　　　　　　　_7

　　转韵,尤(6)→阳(8),首句及转韵第一句皆入韵,以平承平,"头上"与"足下"、"珊瑚"与"平头"、"人生"与"恨不"六句皆独立句。唐代诗人李商隐《马嵬》诗最后两句说"如何四纪为天子,不及卢家有莫愁?"用的就是本诗的典故。其实他只知卢家娶有莫愁这样的美好女儿,却何曾知道莫愁的心事? 莫愁,莫愁,在你看似雍容华贵的外观后面,在你的心灵深处,隐藏着多少莫可名状的愁绪呀!

捉搦歌(选一首)
北朝乐府民歌

　　华 阴 山 头 百 丈 井,　　　　下 有 流 水 彻 骨 冷。
　　　　　　　√23　　　　　　　　　　　　　　　　√23
　　可 怜 女 子 能 照 影,　　　　不 见 其 余 见 斜 领。
　　　　　　　√23　　　　　　　　　　　　　　　　√23

　　本韵,纯用梗韵,首句入韵,"可怜"与"不见"为独立句。"搦"是握住的意思,《捉搦歌》可能是男女捉搦调情相戏时的歌唱。现存四首,都是七言四句,虽然内容各异,但主旨都不离歌咏过时待嫁女子的心理。这里选的一首,笔法较为委婉含蓄,感情较为深沉细腻,在同类作品中别具风韵,自成一格。

古 剑 篇
唐 郭 震

　　君 不 见 昆 吾 铁 冶 飞 炎 烟,　　　红 光 紫 气 俱 赫 然。
　　　　　　　　　　　　　　_1　　　　　　　　　　　　　　_1
　　良 工 锻 炼 凡 几 年,　　　　　铸 得 宝 剑 名 龙 泉。
　　　　　　　_1　　　　　　　　　　　　　　　_1
　　龙 泉 颜 色 如 霜 雪,　　　　　良 工 咨 嗟 叹 奇 绝。
　　　　　　　λ9　　　　　　　　　　　　　　　λ9
　　琉 璃 玉 匣 吐 莲 花,　　　　　错 镂 金 环 映 明 月。
　　　　　　　　　　　　　　　　　　　　　　λ6
　　正 逢 天 下 无 风 尘,　　　　　幸 得 周 防 君 子 身。
　　　　　　　-11　　　　　　　　　　　　　　　-11

精 光 黯 黯 青 蛇 色 ，	文 章 片 片 绿 龟 鳞 。 −11
非 直 结 交 游 侠 子 ，	亦 曾 亲 近 英 雄 人 。 −11
何 言 中 路 遭 弃 捐 ， −1	零 落 飘 沦 古 狱 边 。 −1
虽 复 沉 埋 无 所 用 ，	犹 能 夜 夜 气 冲 天 。 −1

转韵、夹通韵，先(4)→屑月同用(4)→真(6)→先(4)，首句及转韵第一句皆入韵，平仄相间二处、以平承平一处，"良工"与"铸得"两句为独立句。本诗化用龙泉宝剑的铸造、沦落、发现的传说，借歌咏龙泉剑以寄托诗人自己的理想和抱负，抒发怀才不遇的感慨。

夜归鹿门歌

唐　孟浩然

山 寺 鸣 钟 昼 已 昏 ， — ｜ — — ｜ ｜ 。B −13	渔 梁 渡 头 争 渡 喧 。 — — ｜ — — ｜ 。 −13
人 随 沙 岸 向 江 村 ， — — — ｜ ｜ — A −13	余 亦 乘 舟 归 鹿 门 。 — ｜ — — ｜ — B¹ −13
鹿 门 月 照 开 烟 树 ， ｜ — ｜ ｜ — — a 、7	忽 到 庞 公 栖 隐 处 。 ｜ ｜ — — — ｜ b 、6
岩 扉 松 径 长 寂 寥 ， — — — ｜ — ｜ 。b¹ 、6	唯 有 幽 人 独 来 去 。 — ｜ — — ｜ — ｜ b¹ 、6

转韵、夹通韵，元(4)→御遇同用(4)，首句及转韵第一句皆入韵，平仄相间，四句一转韵，全诗八句、六句入律，故本诗也为新式古风，"人随"与"余亦"两句为独立句。本诗的主题是抒写清高隐逸的情怀志趣和道路归宿。诗中所写从日落黄昏到月悬夜空，从汉江舟行到鹿门山途，实际上是从尘杂世俗到寂寥自然的隐逸道路。

当涂赵炎少府粉图山水歌

唐　李　白

峨眉高出西极天，罗浮直与南溟连。

名公绎思挥彩笔，驱山走海置眼前。

满堂空翠如可扫，赤城霞气苍梧烟。

洞庭潇湘意渺绵，三江七泽情洄沿。

惊涛汹涌向何处，孤舟一去迷归年。

征帆不动亦不旋，飘如随风落天边。

心摇目断兴难尽，几时可到三山巅？

西峰峥嵘喷流泉，横石蹙水波潺湲。

东崖合沓蔽轻雾，深林杂树空芊绵。

此中冥昧失昼夜，隐几寂听无鸣蝉。

长松之下列羽客，对坐不语南昌仙。

南昌仙人赵夫子，妙年历落青云士。

讼庭无事罗众宾，杳然如在丹青里。

五色粉图安足珍？真仙可以全吾身。

若待功成拂衣去，武陵桃花笑杀人。

转韵,先(22)→纸(4)→真(4),首句及转韵第一句皆入韵,皆平仄相间,"洞庭"与"三江"、"征帆"与"飘如"、"西峰"与"横石"共六句皆独立句。李白题画诗不多,此篇弥足珍贵。诗通过对一幅山水壁画的传神描叙,再现了画工创造的奇迹,再现了观画者复杂的情感活动。诗人完全沉入画的艺术境界中去,感受深切,并通过一枝惊风雨、泣鬼神的诗笔予以抒发,震荡读者的心灵。

丹青引赠曹将军霸

唐 杜 甫

将 军 魏 武 之 子 孙, 于 今 为 庶 为 清 门。

英 雄 割 据 虽 已 矣, 文 采 风 流 今 尚 存。

学 书 初 学 卫 夫 人, 但 恨 无 过 王 右 军。

丹 青 不 知 老 将 至, 富 贵 于 我 如 浮 云。

开 元 之 中 常 引 见, 承 恩 数 上 南 薰 殿。

凌 烟 功 臣 少 颜 色, 将 军 下 笔 开 生 面。

良 相 头 上 进 贤 冠, 猛 将 腰 间 大 羽 箭。

褒 公 鄂 公 毛 发 动, 英 姿 飒 爽 来 酣 战。

先 帝 御 马 玉 花 骢, 画 工 如 山 貌 不 同。

是 日 牵 来 赤 墀 下, 迥 立 阊 阖 生 长 风。

诏 谓 将 军 拂 绢 素, 意 匠 惨 淡 经 营 中。

斯 须 九 重 真 龙 出, 一 洗 万 古 凡 马 空。

玉 花 却 在 御 榻 上，　　榻 上 庭 前 屹 相 向。
　　　　　　　　△　　　　　　　　　　　　　　△
　　　　　　　　ˋ23　　　　　　　　　　　　ˋ23

至 尊 含 笑 催 赐 金，　　圉 人 太 仆 皆 惆 怅。
　　　　　　　　　　　　　　　　　　　　　　　ˋ23

弟 子 韩 幹 早 入 室，　　亦 能 画 马 穷 殊 相。
　　　　　　　　　　　　　　　　　　　　　　　ˋ23

幹 惟 画 肉 不 画 骨，　　忍 使 骅 骝 气 凋 丧。
　　　　　　　　　　　　　　　　　　　　　　　ˋ23

将 军 画 善 盖 有 神，　　必 逢 佳 士 亦 写 真。
　　　　　　　　　－11　　　　　　　　　　　－11

即 今 漂 泊 干 戈 际，　　屡 貌 寻 常 行 路 人。
　　　　　　　　　　　　　　　　　　　　　－11

途 穷 反 遭 俗 眼 白，　　世 上 未 有 如 公 贫。
　　　　　　　　　　　　　　　　　　　　　－11

但 看 古 来 盛 名 下，　　终 日 坎 壈 缠 其 身。
　　　　　　　　　　　　　　　　　　　　　－11

　　转韵、夹通韵，元文真同用(8)→霰(8)→东(8)→漾(8)→真(8)，首句及转韵第一句皆入韵，皆平仄相间，"学书"与"但恨"两句为独立句。杜甫以《丹青引》为题，热情地为盛唐著名画马大师曹霸立传，以诗摹写画意，评画论画，诗画结合，富有浓郁的诗情画意，把深邃的现实主义画论和诗传体的特写融为一体，具有独特的美学意义，在中国唐代美术史和绘画批评史上也有一定的认识价值。

李凭箜篌引

唐 李 贺

吴 丝 蜀 桐 张 高 秋，　　空 山 凝 云 颓 不 流。
　　　　　　　　－11　　　　　　　　　　　－11

江 娥 啼 竹 素 女 愁，　　李 凭 中 国 弹 箜 篌。
　　　　　　　　－11　　　　　　　　　　　－11

昆 山 玉 碎 凤 凰 叫，　　芙 蓉 泣 露 香 兰 笑。
　　　　　　　　△　　　　　　　　　　　　　△
　　　　　　　　ˋ18　　　　　　　　　　　　ˋ18

十 二 门 前 融 冷 光，　　二 十 三 丝 动 紫 皇。
　　　　　　　　　＿7　　　　　　　　　　　　＿7

女娲炼石补天处，　　　　石破天惊逗秋雨。

梦入神山教神妪，　　　　老鱼跳波瘦蛟舞。

吴质不眠倚桂树，　　　　露脚斜飞湿寒兔。

转韵、夹通韵又上去通押，尤(4)→啸(2)→阳(2)→遇麌御共用(6)，首句及转韵第一句皆入韵，皆平仄相间，"江娥"与"李凭"、"梦入"与"老鱼"、"吴质"与"露脚"共六句皆独立句。本诗的最大特点，是想象奇特，形象鲜明，充满浪漫主义色彩。清人方扶南把本诗与白居易《琵琶行》(851)、韩愈《听颖师弹琴》(958)相提并论，推许为"摹写声音至文"(见《李长吉诗集批注》卷一)。"石破天惊"作为成语，形象生动。

雁门太守行
唐　李　贺

黑云压城城欲摧，　　　　甲光向日金鳞开。

角声满天秋色里，　　　　塞上燕脂凝夜紫。

半卷红旗临易水，　　　　霜重鼓寒声不起。

报君黄金台上意，　　　　提携玉龙为君死。

转韵、夹上去通押，灰(2)→纸中杂真(6)，首句及转韵第一句皆入韵，平仄相间，首韵为促起式，"半卷"与"霜重"、"报君"与"提携"四句为独立句。奇诡而又妥帖，是李贺诗歌的基本特色。这首诗，用秾艳斑驳的色彩描绘悲壮惨烈的战斗场面，可算奇诡的了；而这种色彩斑斓的奇异画面却准确地表现了特定时间、特定地点的边塞风光和瞬息变幻的战争风云，又显得很妥帖。新颖的奇诡和真切的妥帖，从而构成浑融蕴藉富有情思的意境，这是李贺创作诗歌的绝招，是他的可贵之处、难学之处。本诗中的"黑云压城城欲摧"与许浑《咸阳城西楼晚眺》(456)中"山雨欲来风满楼"，这两句所描写的情景、所表达的意境是多么相似，都是千古传诵的名句。

杨生青花紫石砚歌

唐 李 贺

端州石工巧如神，　　　　踏天磨刀割紫云。
　　　　　　○　　　　　　　　　　　　　　○
　　　　　　-11　　　　　　　　　　　　　-12

傭刓抱水含满唇，　　　　暗洒苌弘冷血痕。
　　　　　　○　　　　　　　　　　　　　　○
　　　　　　-11　　　　　　　　　　　　　-13

纱帷昼暖墨花春，　　　　轻沤漂沫松麝薰。
　　　　　　○　　　　　　　　　　　　　　○
　　　　　　-11　　　　　　　　　　　　　-12

干腻薄重立脚匀，　　　　数寸光秋无日昏。
　　　　　　○　　　　　　　　　　　　　　○
　　　　　　-11　　　　　　　　　　　　　-13

圆毫促点声静新：　　　——孔砚宽硕何足云！
　　　　　　○　　　　　　　　　　　　　　○
　　　　　　-11　　　　　　　　　　　　　-12

通韵，真文元同用，首句入韵，自"傭刓"起以下八句皆独立句。通篇写砚：砚质、砚色、砚型、砚体、砚品、砚德。而砚之为用，又离不开墨、笔、纸，尤其是墨，故亦涉及。它们虽作陪客，却借这几位佳宾来衬出了主人之美。全诗一句接一句，一路不停，络绎而下，如垂缨络，字句精练，语言跳跃，无一费辞，无一涩笔。若非谙熟砚中三昧，绝难有此酣畅淋漓、妥切中肯之歌。

官 街 鼓

唐 李 贺

晓声隆隆催转日，　　　　暮声隆隆呼月出。
　　　　　　△　　　　　　　　　　　　　　△
　　　　　λ4　　　　　　　　　　　　　λ4

汉城黄柳映新帘，　　　　柏陵飞燕埋香骨。
　　　　　　　　　　　　　　　　　　　　△
　　　　　　　　　　　　　　　　　　　λ6

碪碎千年日长白，　　　　孝武秦皇听不得。
　　　　　　△　　　　　　　　　　　　　　△
　　　　　λ11　　　　　　　　　　　　λ13

从君翠发芦花色，　　　　独共南山守中国。
　　　　　　△　　　　　　　　　　　　　　△
　　　　　λ13　　　　　　　　　　　　λ13

几回天上葬神仙，　　　　漏声相将无断绝。
　　　　　　　　　　　　　　　　　　　　△
　　　　　　　　　　　　　　　　　　　λ9

通韵，职质月屑陌共用，首句入韵，"碪碎"与"孝武"、"从君"与"独共"四句为独立句。本诗反复地、淋漓尽致地刻画和渲染生命有涯、时光无限的矛盾,把抽象的时间和报时的鼓点发生联想,巧妙地创造出"官街鼓"这一象征的艺术形象。最后神仙也难逃一死的想象不但翻空出奇,而且闪烁着诗人对世界、对人生的深沉慨叹和真知灼见。

春晚书山家屋壁二首(其二)
唐　贯　休

水 香 塘 黑 蒲 森 森,　　　　鸳 鸯 鸂 鶒 如 家 禽。

前 村 后 垄 桑 柘 深,　　　　东 邻 西 舍 无 相 侵。

蚕 娘 洗 茧 前 溪 渌,　　　　牧 童 吹 笛 和 衣 浴。

山 翁 留 我 宿 又 宿,　　　　笑 指 西 坡 瓜 豆 熟。

　　转韵、夹通韵,侵(4)→沃屋同用(4),首句及转韵第一句皆入韵,平仄相间,四句一转韵,全诗八句,六句入律,本诗为新式古风,"前村"与"东邻"、"山翁"与"笑指"四句为独立句。真是一幅桃源美景!比起晚唐那些典雅、雕饰、绮丽、纤弱的诗来,晚唐诗僧贯休以其作品明快、清新、朴素、康健之美,独树一帜。

张　良
宋　王安石

留 侯 美 好 如 妇 人,　　　　五 世 相 韩 韩 入 秦。

倾 家 为 主 合 壮 士,　　　　博 浪 沙 中 击 秦 帝。

脱 身 下 邳 世 不 知,　　　　举 世 大 索 何 能 为?

素书一卷天与之，　　　　　谷城黄石非吾师。

固陵解鞍聊出口，　　　　　捕取项羽如婴儿。

从来四皓招不得，　　　　　为我立弃商山芝。

洛阳贾谊才能薄，　　　　　扰扰空令绛灌疑。

转韵、夹上去通押，真(2)→纸霁同用(2)→支(10)，首句及转韵第一句皆入韵，皆平仄相间，首二韵为促起式，"素书"与"谷城"两句为独立句。王安石有不少咏史佳作，写得情文相生，饶有新意，往往能摆脱传统的陈腐之见，大胆地评价古人，发前人所未发。这类作品直抵一篇史论，这正是宋人以文为诗，以议论入诗的典型。本诗中"素书"与"谷城"两句，以为张良之深通兵书乃得自天赐而非传自黄石公，言外之意是说张良的奇才异智为其天赋，并非仰仗黄石公的指点，这正是王安石论史的特识处。篇末对贾谊才薄的叹息以衬张良高蹈出世的颂扬，正表达了诗人的深切感慨与立身大节，把咏史和抒怀巧妙结合起来。

荔 支 叹
宋 苏 轼

十里一置飞尘灰，　　　　　五里一堠兵火催。

颠坑仆谷相枕藉，　　　　　知是荔支龙眼来。

飞车跨山鹘横海，　　　　　风枝露叶如新采。

宫中美人一破颜，　　　　　惊尘溅血流千载。

永元荔支来交州，　　　　　天宝岁贡取之涪。

至今欲食林甫肉，　　　　　无人举觞酹伯游。

我愿天公怜赤子，　　　莫生尤物为疮痏。

雨顺风调百谷登，　　　民不饥寒为上瑞。

君不见：武夷溪边粟粒芽，　前丁后蔡相笼加。

争新买宠各出意，　　　今年斗品充官茶。

吾君所乏岂此物？　　　致养口体何陋耶！

洛阳相君忠孝家，　　　可怜亦进姚黄花。

　　转韵、夹上去通押，灰(4)→贿(4)→尤(4)→纸寘同用(4)→麻(8)，首句及转韵第一句皆入韵，皆平仄相间，"洛阳"与"可怜"两句为独立句。本诗历来被誉为"史诗"。诗中把描写和议论结合起来，把对历史的批判和对现实的揭露结合起来，由汉唐的荔支贡联系到当朝的茶贡、花贡，直刺时弊。作者虽在政治上累遭打击，但他忠于国家，即使在贬所也仍然关心现实，常在诗中提出自己的政见，指陈得失，一颗赤子之心，是经常和人民的疾苦联系在一起的。就诗来说，也写得跌宕起伏，沉郁顿挫，深得老杜神髓。

戏呈孔毅父
宋　黄庭坚

管城子无食肉相，　　　孔方兄有绝交书。

文章功用不经世，　　　何异丝窠缀露珠？

校书著作频诏除，　　　犹能上车问何如。

忽忆僧床同野饭，　　　梦随秋雁到东湖。

　　通韵，鱼虞同用，首句不入韵，"校书"与"犹能"两句为独立句。本诗书写不得志的苦闷，采用了自我嘲戏的笔调，感情上显得比较超脱，而诗意更为深曲，特别是开头两句对毛笔和铜钱的描写极为别致,有谐谑幽默的情趣。

长 歌 行
宋 陆 游

人 生 不 作 安 期 生,　　　　醉 入 东 海 骑 长 鲸;

犹 当 出 作 李 西 平,　　　　手 枭 逆 贼 清 旧 京。

金 印 煌 煌 未 入 手,　　　　白 发 种 种 来 无 情。

成 都 古 寺 卧 秋 晚,　　　　落 日 偏 傍 僧 窗 明。

岂 其 马 上 破 贼 手,　　　　哦 诗 长 作 寒 螀 鸣?

兴 来 买 尽 市 桥 酒,　　　　大 车 磊 落 堆 长 瓶;

哀 丝 豪 竹 助 剧 饮,　　　　如 钜 野 受 黄 河 倾。

平 时 一 滴 不 入 口,　　　　意 气 顿 使 千 人 惊。

国 仇 未 报 壮 士 老,　　　　匣 中 宝 剑 夜 有 声。

何 当 凯 旋 宴 将 士,　　　　三 更 雪 压 飞 狐 城!

通韵,庚中杂青,首句入韵,"犹当"与"手枭"两句为独立句。本诗格调雄放,悲中有壮,既有不满与牢骚,又充满积极向上的奋斗精神,有很强的感染力。所以,方东树说它是陆游诗的"压卷"(《昭昧詹言》卷十二)。"国仇未报壮士老,匣中宝剑夜有声"两句,使我们充分看到诗人誓报国仇的决心。

插 秧 歌
宋　杨万里

田夫抛秧田妇接，　　　　小儿拔秧大儿插。
　　　　△16　　　　　　　　　　　△17

笠是兜鍪蓑是甲，　　　　雨从头上湿到胛。
　　　　△17　　　　　　　　　　　△17

唤渠朝餐歇半霎，　　　　低头折腰只不答：
　　　　△16　　　　　　　　　　　△15

"秧根未牢莳未匝，　　　　照管鹅儿与雏鸭。"
　　　　△15　　　　　　　　　　　△17

通韵，洽合叶同用，首句入韵，"笠是"与"雨从"、"唤渠"与"低头"、"秧根"与"照管"共六句皆独立句。杨万里早年学诗曾从江西派入门，后来冲出江西诗派阵营，尽毁少作千余首，转而自开户牖，创立了"诚斋体"。其特点之一是语言生动、自然、新鲜、活泼，富于幽默诙谐的风趣。这与《江西诗社宗派图》的作者吕本中提出的"活法"自是相联系的，所谓"活法"，包括新、奇、活、快等内容。杨万里倡导的"活法"，还主张"万象毕来"，"生擒活捉"，即努力用自己的眼和手，将"活泼泼"的自然风景和生活场景捕捉到笔底来加以表现。本诗所表现的便是从丰富多彩的现实生活中撷取的劳动场景，所以逼真而又自然，为古代插秧劳动留下了极妙的文字写真。

骤 雨
宋　华岳

牛尾乌云泼浓墨，　　　　牛头风雨翻车轴。
　　　　△13　　　　　　　　　　　△1

怒涛顷刻卷沙滩，　　　　十万军声吼鸣瀑。
　　　　　　　　　　　　　　　　　△1

牧童家住溪西曲，　　　　侵晓骑牛牧溪北。
　　　　△2　　　　　　　　　　　　△13

慌忙冒雨急渡溪，　　　　雨势骤晴山又绿。
　　　　　　　　　　　　　　　　　△2

通韵，职屋沃同用，首句入韵，"牧童"与"侵晓"两句为独立句。本诗酷似杨万里的"诚斋体",写农村中夏日急雨又骤停之壮观,充满生活气息,尤以末句中"山又绿"特别值得玩味。

登谢屐亭赠谢行之

宋　叶绍翁

君家灵运有山癖，　　　　　平生费却几两屐？
　　　　λ11　　　　　　　　　　　　　　λ11

从人唤渠作山贼，　　　　　内史风流定谁识！
　　　　λ13　　　　　　　　　　　　　　λ13

西窗小憩足力疲，　　　　　梦赋池塘春草诗。
　　　　－4　　　　　　　　　　　　　　－4

只今屐朽诗不朽，　　　　　五字句法谁人追？
　　　　　　　　　　　　　　　　　　　　－4

天台览遍兴未已，　　　　　天竺山前听流水。
　　　　∨4　　　　　　　　　　　　　　∨4

秦人称帝鲁连耻，　　　　　宁向苍苔留屐齿。
　　　　∨4　　　　　　　　　　　　　　∨4

乙庵是渠几代孙，　　　　　登山认得屐齿痕。
　　　　－13　　　　　　　　　　　　　　－13

摩挲苔石坐良久，　　　　　便欲老此岩之根。
　　　　　　　　　　　　　　　　　　　　－13

吾侬劝渠且归去，　　　　　请君更学遥遥祖。
　　　　ヽ6　　　　　　　　　　　　　　∨7

遥遥之祖定阿谁？　　　　　曾出东山作霖雨。
　　　　　　　　　　　　　　　　　　　　∨7

乙庵未省却问侬，　　　　　莫是当年折屐翁？
　　　　－2　　　　　　　　　　　　　　－1

转韵、夹通韵又上去通押,陌职同用(4)→支(4)→纸(4)→元(4)→麌御同用(4)→冬东同用(2),首句及转韵第一句皆入韵,皆平仄相间,末韵为促收式,"从人"与"内史"、"秦人"与"宁向"共四句为独立句。本诗以登谢屐亭为触发点,从追忆谢行之的同姓古人谢灵运的生平事迹入手,表达了诗人"身在江湖,心怀魏阙",流连山林,又不甘于淡泊的矛盾心理。全诗叙事明净,承转分明,尤其以"屐"字的历史含义联结全篇,切题切意,一线贯穿,颇见匠心。虽然同一"屐"字在诗中五次出现,由于所取角度不同,故不觉重复,反而感到步步深入,印象深刻。

送人之常德
宋 萧立之

秋风原头桐叶飞,   幽篁翠冷山鬼啼。

海图拆补儿女衣,   轻衫笑指秦人溪。

秦人得知晋以前,   降唐臣宋谁为言?

忽逢桃花照溪源,   请君停篙莫回船!

编蓬便结溪上宅,   采桃为薪食桃实。

山林黄尘三百尺,   不用归来说消息。

转韵、夹通韵,微齐同用(4)→先元同用(4)→陌职质同用(4),首句及转韵第一句皆入韵,平仄相间一处、以平承平一处,"海图"与"轻衫"、"忽逢"与"请君"、"山林"与"不用"共六句皆独立句。自陶渊明作《桃花源记》后,可以说是无人不知桃源,咏《桃源》的诗也不断产生。这些诗,或抒凡夫俗子误入"仙源"之叹(王维《桃源行》),或寓神仙渺茫、桃源荒唐之讥(韩愈《桃源图》),或寄"天下纷纷经几秦"之慨(王安石《桃源行》);而从南宋遗民萧立之的诗作中,感受到的却是另外一种味道。比萧立之稍晚的方回,在所作《桃源行》的序中说:"避秦之士非秦人也,乃楚人痛其君国之亡,不忍以其身为仇人役,力未足以诛秦,故去而隐于山中尔。"可为本诗的注脚,本诗咏唱的是那一时代亡国遗民的共同心声。

书陆放翁诗卷后
宋 林景熙

天宝诗人诗有史,   杜鹃再拜泪如水。

龟堂一老旗鼓雄，　　　劲气往往摩其垒。

轻裘骏马成都花，　　　冰瓯雪椀建溪茶。

承平庬节半海宇，　　　归来镜曲盟鸥沙。

诗墨淋漓不负酒，　　　但恨未饮月氏首。

床头孤剑空有声，　　　坐看中原落人手。

青山一发愁蒙蒙，　　　干戈况满天南东。

来孙却见九州同，　　　家祭如何告乃翁！

　　转韵，纸（4）→麻（4）→有（4）→东（4），首句及转韵第一句皆入韵，皆四句一转韵，皆平仄相间，十六句中十一句入律，故本诗为新式古风，"来孙"与"家祭"两句为独立句。本诗抒发作者读陆游诗卷后的感想，壮怀激烈、气势雄浑，充分表现了南宋遗民的爱国情怀。特别是最后两句，可见诗人之心何等痛苦！

闻蔡州破
金　李俊民

不周力摧天柱折，　　　阴山怨彻青冢骨。

方将一掷赌乾坤，　　　谁谓四面无日月？

石马汗滴昭陵血，　　　　　　　　铜人泪泣秋风客。

君不见，周家美化八百年，　　　　遗恨《黍离》诗一篇！

转韵、夹通韵，屑月陌同用(6)→先(2)，首句及转韵第一句皆入韵，平仄相间，末韵为促收式，"石马"与"铜人"两句为独立句。本诗全篇皆用古代的典故来叙写当今的现实，深挚而沉重，厚实而深远，是一首为金朝灭亡而唱的哀歌。

铜雀台
元　陈孚

古台百尺生野蒿，　　　　　　　　昔谁筑此当涂高？

上有三千金步摇，　　　　　　　　满陵寒柏围凤绡。

西飞燕子东伯劳，　　　　　　　　尘间泉下路迢迢。

龙帐银筝紫檀槽，　　　　　　　　怨入漳河翻夜涛。

人生过眼草上露，　　　　　　　　白骨何由见歌舞？

独不念汉家长陵一抔土，　　　　　玉枏珠襦锁秋雨！

转韵、夹通韵又上去通押，豪萧同用(8)→麌中杂遇(4)，首句及转韵第一句皆入韵，平仄相间，"上有"与"满陵"、"西飞"与"尘间"、"龙帐"与"怨入"、"汉家"与"玉枏"共八句皆独立句。"独不念"为"冒头"。在众多铜雀台的挽歌中，本首翻出新意。古诗中不变的被谴责者，到本诗变成了被哀怜者；挑破了曹操这一世奸雄的横暴外衣，还原他内心的可笑可怜：有这份超越古人的高卓见解，这首崭新的《铜雀台》，也堪称是咏史的精品、铜雀的绝唱了。

白雁行

元　刘　因

北风初起易水寒，　　　　北风再起吹江干。
　　　　　-14　　　　　　　　　　　-14

北风三吹白雁来，　　　　寒气直薄朱崖山。
　　　　　　　　　　　　　　　　　-15

乾坤噫气三百年，　　　　一风扫地无留残。
　　　　　-1　　　　　　　　　　　　-14

万里江湖想潇洒，　　　　仁看春水雁来还。
　　　　　　　　　　　　　　　　　-15

　　通韵，寒删先同用，首句入韵，"乾坤"与"一风"两句为独立句。南宋民间流行一则谶语："江南若破，白雁来过。""白雁"指日后元朝征宋元帅伯颜。诗中"北风"影喻蒙元，"初起"、"再起"、"三起"分别代表蒙古势力入侵河北、江南和灭亡南宋的步步进逼。虽然本诗寄寓对亡宋的至深怀念，然而毫无凄惋愁闷的悲切，相反给人以荡气回肠的豪迈。置于历史长河中，无论是一朝的兴亡，还是一地的得失，都是微不足道的，日月照样升沉，江河仍然奔流，四季依常轮回，大雁还是去来。斤斤于一时的得失实在可笑，揪心于一朝的消亡也大可不必，所以诗人终于将悲怆的情绪驱逐一空，全诗在平静明快的气氛中结束。

梅梁歌酬郑集之

元　杨　载

大禹之功及天地，　　　　庙有梅梁何足异？
　　　　　△　　　　　　　　　　　　△
　　　　　ヽ4　　　　　　　　　　　ヽ4

奈何过用铁索缠？　　　　太祝为之欲徼利。
　　　　　　　　　　　　　　　　　ヽ4

每言变化失其所，　　　　去作老龙治风雨，
　　　　　△　　　　　　　　　　　　
　　　　　∨6　　　　　　　　　　　∨7

一声霹雳震岩扉，　　　　千尺蜿蜒辞殿户。
　　　　　　　　　　　　　　　　　∨7

七月槁苗沾块土，　　　　忧杀村中老农父。
　　　　　△　　　　　　　　　　　　△
　　　　　∨7　　　　　　　　　　　∨7

买羊沽酒祭梅梁,	祭罢祠官传好语。 △∨6
吁嗟老农无尔愚, 。－7	大禹有神焉可诬! 。－7
汝曹淫祀欲求福,	此物为妖当伏诛。 。－7

转韵、夹通韵,真(4)→麌语同用(8)→虞(4),首句及转韵第一句皆入韵,平仄相间一处、以仄承仄一处,"七月"与"忧杀"两句为独立句。本诗围绕禹庙梅梁的传说和祭祀展开,表达了诗人不信怪异,反对淫祀的观点。诗先采用一个反问句、一个设问句,较委婉地指出奇异神话掩盖着的卑劣用心;最后又以感叹句、反问句直截了当地摆出自己的观点,一唱三叹,反复强调,充分显示出诗人强劲的内心力量和虎虎生气。

夏五月武昌舟中触目
元 揭傒斯

两髯背立鸣双橹,	短蓑开合沧江雨。 △∨7
青山如龙入云去, ∨6	白发何人竝沙语? ∨6
船头放歌船尾和, ∨21	篷上雨鸣篷下坐。 △∨21
推篷不省是何乡,	但见双双白鸥过。 ∨21

转韵、夹通韵又上去通押,麌语御同用(4)→箇(4),首句及转韵第一句皆入韵,以仄承仄,"青山"与"白发"两句为独立句。一首充满清新之气的好诗:舟中的"两髯背立",江岸的"白发""竝沙",岸山的"如龙入云",船家的欢悦"放歌",还有篷上的雨声,天空的白鸥……正如夏日之新雨,飘过诗行,带来一片透心的清凉。

龙王嫁女辞
元 杨维桢

小龙啼春大龙恼, △	海田雨落成沙炮。 △

天吴擘山成海道，　　　鳞车鱼马纷来到。

鸣鞘声隐佩锵琅，　　　琼姬玉女桃花妆。

贝宫美人笄十八，　　　新嫁南山白石郎。

西来熊盈庆春婿，　　　结子蟠桃不论岁，

秋深寄字湖龙姑，　　　兰香庙下一双鱼。

转韵、夹通韵又上去通押，皓效号同用（4）→阳（4）→霁（2）→虞鱼同用（2），首句及转韵第一句皆入韵，皆平仄相间，末两韵为促收式，"天吴"与"鳞车"两句为独立句。本诗幻想奇丽、典故迭用，体现了杨维桢铁崖古乐府的特色，即追袭汉魏古乐府诗以及唐代杜甫、李白、李贺等人的质朴奇崛、孤傲变幻的诗风。这是元末长诗的特征，从中不难看出受元曲的影响，体现了深刻的时代原因。

题李白问月图
明　张以宁

谁提明月天上悬？　　　九州荡荡清无烟。

天东天西走不驻，　　　姮娥鬓霜垂两肩。

中有桂树万里长，　　　吴刚玉斧声阗阗。

顾兔杵药宵不眠，　　　天翁下视为尔怜。

颇闻昔时锦袍客，　　　乃是月中之谪仙。

帝命和予《羽衣曲》，　　　虹桥一断心茫然。

竹王祠前雾如雨，　　　踯躅花开啼杜鹃。

月在天上缺复圆，　　人间尘土多莫贤。

举杯问月月不言，　　风吹海水秋无边。

沧波尽卷金尊里，　　清影长随舞袖前。

相期迢迢在云汉，　　呜呼此意谁能传？

骑鲸寥廓忽千年，　　金薤青荧垂万篇。

浮云起灭焉足异？　　终古明月悬青天！

　　通韵，先中杂元，首句入韵，"顾兔"与"天翁"、"月在"与"人间"、"举杯"与"风吹"、"骑鲸"与"金薤"共八句皆独立句。全诗以画中那高悬天上的明月起笔，又以"终古"高悬的明月收结。但这一轮"明月"，已不再是李白当年把酒而"问"之月，而是为千万诗章如众星般拱卫的"诗仙"自己之化身。于是读者的眼前，那丹青家所画的《李白问月图》，便与作者的题诗渐渐交融成一片；并因了题诗结语的朗丽奇喻，使画上举觞的孤寂诗人，也刹那间升过空阔无限的时空，而与那轮高悬在天的明月叠印交汇，终于分不清哪是悠邈的月华，哪是诗人放射的熠熠光华了。以诗题画，又使画境在题画诗中得到升华，这正是本诗所超越原画之处；而诗中激荡着的对李白遭际的感慨呜咽、怫郁奔泻之情，更给了原画以赏叹不尽的奇蕴。

桃花庵歌
明　唐　寅

桃花坞里桃花庵，　　桃花庵里桃花仙；

桃花仙人种桃树，　　又摘桃花换酒钱。

酒醒只在花前坐，　　酒醉还来花下眠；

半醉半醒日复日，　　花落花开年复年。

但愿老死花酒间，　　　不愿鞠躬车马前；

车尘马足富者趣，　　　酒盏花枝贫者缘。

若将富贵比贫者，　　　一在平地一在天；

若将贫贱比车马，　　　他得驱驰我得闲。

别人笑我忒风颠，　　　我笑他人看不穿；

不见五陵豪杰墓，　　　无花无酒锄作田。

　　通韵，先主删从，首句不入韵，"但愿"与"不愿"、"别人"与"我笑"共四句为独立句。唐寅既不羡慕富贵，也不自鸣清高，他要的是自由自在、尽情享乐，饮食男女无所忌讳。这是个世俗的神仙，兰的幽雅、竹的清拔、莲的出俗、梅的高格，都配不上的，正好配个热热闹闹、红红艳艳的桃花，做个"桃花仙人"。

登云门诸山
明　宗　臣

山头月白云英英，　　　千峰倒插千江明。

手把芙蓉步石壁，　　　苍翠乱射猿鸟惊。

谁知云外吹紫笙，　　　欲来不来空复情。

天风吹我佩萧飒，　　　恍疑身在昆仑行。

　　本韵，纯用庚韵，首句入韵，"谁知"与"欲来"两句为独立句。全诗笔法变化臻妙，前四句以实笔写山之实景，后四句以虚笔写风之虚致。实以虚染，山空灵，诗也空灵；虚有实垫，风真切，情也真切。读来形不碎，景不繁，趣有味，情有韵，四者互融映辉而神全。

细林夜哭

明 夏完淳

细 林 山 上 夜 乌 啼 ，
| — — | | — | — A
．
－8

有 客 扁 舟 不 系 缆 ，
| | — — | | | b¹

却 忆 当 年 细 林 客 ，
| | — — | — | b¹
λ11

昔 日 曾 来 访 白 云 ，
| | — | | | — B

始 知 孟 公 湖 海 人 ，
| — | — | — |
．
－11

相 逢 对 哭 天 下 事 ，
— — | | — | |

去 岁 平 陵 鼓 声 绝 ，
| | — — | — | b¹

今 年 梦 断 九 峰 云 ，
— — | | | — — A

潇 洒 秦 庭 泪 已 挥 ，
| | — — | | — B
．
－5

黄 鹄 欲 举 六 翮 折 ，
— | | | | — |

细 林 山 下 秋 草 齐 。
| — | | | — |
．
－8

乘 风 直 下 松 江 西 。
— — | | — — — A¹
．
－8

孟 公 四 海 文 章 伯 。
— — | | — — | a
λ11

落 叶 满 山 寻 不 得 。
| | — — — | | b
λ13

荒 台 古 月 水 粼 粼 。
— — | | | — — A
．
－11

酒 酣 睥 睨 意 气 亲 。
| — | | | | —
．
－11

与 公 同 渡 吴 江 水 。
| — — | — — | a
∨4

旌 旗 犹 映 暮 山 紫 。
— — — | | — | a¹
∨4

仿 佛 聊 城 矢 更 飞 。
| | — — | | — B
．
－5

茫 茫 四 海 将 安 归 。
— — | | — — — A¹
．

天 地 蹉 跎 日 月 促，
气 如 长 虹 莽 鱼 腹。

肠 断 当 年 国 士 恩，B
剪 纸 招 魂 为 公 哭。

烈 皇 乘 云 御 六 龙，
攀 髯 控 驭 先 文 忠。

君 臣 地 下 会 相 见，
泪 洒 阊 阖 生 悲 风。

我 欲 归 来 振 羽 翼，
谁 知 一 举 入 罗 弋。

家 世 堪 怜 赵 氏 孤，B
到 今 竟 做 田 横 客。

呜 呼！抚 膺 一 声 江 云 开，
身 在 罗 网 且 莫 哀。

公 乎！公 乎！为 我 筑 室 傍 夜 台，霜 寒 月 苦 行 当 来。

　　转韵、夹通韵，齐（4）→陌职同用（4）→真（4）→纸（4）→微（4）→屋沃同用（4）→东冬同用（4）→职陌同用（4）→灰（4），首句入韵，转韵第一句七入韵一不入韵，"呜呼"、"公乎"皆作冒头语，末两句"为我"与"霜寒"为独立句，皆四句一转韵，皆平仄相间，总共三十六句中有二十四句入律，故本诗为典型新式古风。本诗以深情的回忆，展开诗人与先生亲密交往和共赴国难的悲壮经历。诗中对陈子龙高风亮节的追忆，始终有诗人自己的身影相伴，并融入了特定情境中的亲身感受，从国家沦亡的伤痛背景中写来，故显得格外真切感人，且多坠泪嗟号之声。之所以如此，是与诗人和陈子龙交往至深，有着共同战斗的情谊，真情所至，字字皆从肺腑中流出有关。

长 歌

明　夏完淳

我 欲 登 天 云 盘 盘， －14	我 欲 御 风 无 羽 翰， －14
我 欲 陟 山 泥 洹 洹， －14	我 欲 涉 江 忧 天 寒。 －14
琼 弁 玉 蕤 珮 珊 珊， －14	蕙 桡 桂 棹 凌 回 澜。 －14
泽 中 何 有 多 红 兰。 －14	天 风 日 暮 徒 盘 桓。 －14
芳 草 盈 篚 怀 所 欢， －14	美 人 何 在 青 云 端。 －14
衣 玄 绡 衣 冠 玉 冠， －14	明 珰 垂 绖 乘 六 鸾。 －14
欲 往 从 之 道 路 难， －14	相 思 双 泪 流 轻 纨。 －14
佳 肴 旨 酒 不 能 餐， －14	瑶 琴 一 曲 风 中 弹。 －14
风 急 弦 绝 摧 心 肝， －14	月 明 星 稀 斗 阑 干。 －14

本韵，纯用寒韵，首句入韵，本诗是纯用平韵、句句押韵、一韵到底、纯七言的柏梁体。本诗深受屈原的影响，是指屈原作品中运用想象、比兴和铺陈的艺术手法以及由于这些而形成的令人目眩神移的浪漫色彩，也是指屈原作品中的锲而不舍、念兹在兹，"虽九死其犹未悔"（1231）的爱国主义精神。本诗又受张衡《四愁诗》（1051）的影响，是指开头连用四叠句，词复意切，力透纸背，可谓"青出于蓝"；又指沿用其句句协韵之法，节拍谐和，声韵铿锵，有涌泉泻玉的音乐之美。王力《古体诗律学》第 84 页有："柏梁体和转韵的七古，是古风的两个极端。柏梁体的体制最古；转韵七古的体制最新。"本诗是柏梁体，上一首《细林夜哭》是转韵七古中"体制最新"的新式古风。总之，《长歌》与《细林夜哭》两诗是有"神童"之称、十七岁就殉国的夏完淳的优秀代表作：在格律形式上，是古风的"两个极端"的光辉典范；在思想

内容上,是放射出璀璨夺目光辉的爱国诗篇。

大小米滩

清　查慎行

掀 波 成 山 石 作 底,　　　　风 平 石 出 波 淼 淼。
　　　　　　　　△　　　　　　　　　　　　　　　　✓8
　　　　　　　✓8

秋 天 一 碧 雨 新 洗,　　　　大 滩 小 滩 如 撒 米。
　　　　　　△　　　　　　　　　　　　　　　　　✓8
　　　　　✓8

　　本韵,纯用荠韵,首句入韵,"秋天"与"大滩"两句为独立句。福建闽江上游建溪中"大小米滩"的得名缘由,经过了前三句曲曲波折、层层铺垫,终于揭开了。诗人并不是在卖关子,他一路写来,也正写出了他由观察而会悟的心理过程,至于他把结论放在最后,大概也是因为这个结论颇为难得可珍的原故——若不是风、石、波、雨四美皆具,这"大滩小滩如撒米"的奇景,还真不容易撞见呢!

独秀峰

清　袁枚

来 龙 去 脉 绝 无 有,　　　　突 然 一 峰 插 南 斗。
　　　　　　　　　△　　　　　　　　　　　　　　△
　　　　　　　✓25　　　　　　　　　　　　　　✓25

桂 林 山 水 奇 八 九,　　　　独 秀 峰 尤 冠 其 首。
　　　　　　　　△　　　　　　　　　　　　　　　△
　　　　　　✓25　　　　　　　　　　　　　　　✓25

三 百 六 级 登 其 巅,　　　　一 城 烟 水 来 眼 前。
　　　　　　　　○　　　　　　　　　　　　　　　○
　　　　　　　＿1　　　　　　　　　　　　　　　＿1

青 山 尚 且 直 如 弦,　　　　人 生 孤 立 何 伤 焉?
　　　　　　　　○　　　　　　　　　　　　　　　○
　　　　　　　＿1　　　　　　　　　　　　　　　＿1

　　转韵,有(4)→先(4),首句及转韵第一句皆入韵,平仄相间,"桂林"与"独秀"、"青山"与"人生"四句为独立句。独秀峰在桂林市中心王城内,以平地孤拔,无他峰相属,故名。前六句实写眼前所见之景,形神毕肖地勾勒出独秀峰的奇特壮观;末两句笔锋一转,由实入虚即景生情,抒写了作者无尽的人生感喟和阔大的胸襟。袁枚不仅是一位诗人、诗歌理论批评家,同时是一位思想家。他的思想在一定程度上表现出反道学、反礼教、要求个性自由的倾向,他的文学主张"性灵说",强调写诗者的真性情。本诗即景生情,兴会所触,顿张灵机,发而为灵气飞动之华章,是"性灵说”之上品。

三湘棹歌·蒸湘

近代 魏 源

溪 山 雨 后 湘 烟 起，　　杨 柳 愁 杀 鹭 鸥 喜。

棹 歌 一 声 天 地 绿，　　回 首 涔 溪 已 十 里。

雨 前 方 恨 湘 水 平，　　雨 后 又 嫌 湘 水 奔。

浓 于 酒 更 碧 于 云，　　熨 不 能 平 剪 不 分。

水 复 山 重 行 未 尽，　　压 来 七 十 二 峰 影。

篙 篙 打 碎 碧 玉 屏，　　家 家 汲 得 桃 花 井。

转韵、夹通韵,纸(4)→文元庚同用(4)→梗轸同用(4),首句及转韵第一句皆入韵,文元轸三韵皆词韵第六部、庚梗两韵皆词韵第十一部,依词韵,第六部与第十一部通押,故文元庚同用及梗轸同用皆受词韵影响而通押。又皆四句一转韵,皆平仄相间,十二句中有八句入律,故本诗为典型新式古风。“浓于”与“熨不”两句为独立句。魏源是湖南邵阳人,自幼生长于潇湘洞庭,对于湘水有深厚的感情。本诗以浓艳的彩笔描绘雨后的蒸湘,伴着滔滔的江水、飞驶的行船自远而至,又随着舟人篙师的远去而渐渐消失。全诗语言淳朴,既雄劲奔放,又圆转自如。

吴江舟中（三首选一）

近代　叶大庄

孤月溶溶波底生，　　繁星点点林外荧。

二更三更无人行，　　水际萧槭多秋声。

秋声忽远忽复近，　　汀雁樯乌不定鸣。

曼吟幽啸孤亭发，　　细听非笛亦非筝。

悄然吹竹作裂帛，　　秋坟叶落诗魂惊。

西风满城水拍岸，　　湖灯散尽天将明。

　　通韵，庚中杂青，首句入韵，"二更"与"水际"两句为独立句。在"多秋声"的引导下，诗人写了大雁、乌鸦的啼叫、孤亭的曼吟、裂帛的箫声、落叶的声响，以及风声、水声，秋夜的一切都通过秋声表达出来。这样丰富的听觉感受，把浓浓的秋意，强烈地烘托出来，也渗透着诗人情绪上的惆怅落寞。

游西溪归，泛舟湖上，晚景奇绝，和散原作

近代　俞明震

西溪暝烟送归客，　　艇子落湖风猎猎。

芦花浅白夕阳紫，　　要从雁背分颜色。

颓云掠霞没山脚，　　一角秋光幻金碧。

欲暝不暝天从容，　　疑雨疑晴我萧瑟。

忆看君山元气中，　　沧波一逝各成翁。

请将今日西湖影，　　　　　写入平生云梦胸。
-2

转韵、夹通韵,陌质药职叶同用(8)→东冬同用(4),首句及转韵第一句皆入韵,平仄相间,"颓云"与"一角"两句为独立句。本诗在用词作句上很有功力。"欲暝"两句,乍看似双拟对(一种以不相连的重字互对的对仗形式),但两"暝"字与两"疑"字在上、下句中位置不同,而"天从容"与"我萧瑟"对偶却极工整。这种似对非对,便在音节文字上产生一种特殊效果,加强了自然景物与诗人情感的反差。末四句中,"忆看"写昔,"沧波"写今,"请将"又写今,"写入"又写昔,环环相扣,如律诗中的对与粘,章法非常严谨,语句又非常灵动,可见诗人的出色奇才了。

大刀队歌
现代　唐玉虬

黄海鼓声声欲死，　　　　　跃入刀光增杀气。
　　　　　△∨4　　　　　　　　　　　　△∖5

刀光入处不动尘，　　　　　入影刀光浑不分。
　　　　　-11　　　　　　　　　　　　-12

敌弹嫌高炮嫌远，　　　　　炮弹未发已近身。
　　　　　　　　　　　　　　　　　　　-11

大阵坚阵都不畏，　　　　　十人百人也成队。
　　　　　△∖5　　　　　　　　　　　　△∖11

摇摇刀光掣电起，　　　　　飕飕寒风直入里。
　　　　　△∨4　　　　　　　　　　　　△∨4

此心早寄丘坟中，　　　　　一胆还包天地外。
　　　　　　　　　　　　　　　　　　　△∖9

手左执弹刀右操。　　　　　远时用弹近用刀，
　　　　　-4　　　　　　　　　　　　　。4

房骑尽强不敢骄，　　　　　凛凛匣炮缠在腰。
　　　　　-2　　　　　　　　　　　　　-2

近敌自成龙虎势，　　　　　纵横叱咤千军废。
　　　　　△∖8　　　　　　　　　　　　△∖11

风云漫天爪牙来，　　　　　利器人间总失利。
　　　　　　　　　　　　　　　　　　　△∨4

入寨寨开践壑平，　　　蹴海海翻出岳碎。
　　　　　　　　　　　　　＼11

刈人如草不闻声，　　　累累断头如土委。
　　　　　　　　　　　　　∨4

亦有头断躯尚走，　　　携头不敢回头视。
　　　　　　　　　　　　　∨4

又有呼求声在喉，　　　半身委地半犹恶。
　　　　　　　　　　　　　∨4

祸心恶胆昔何雄，　　　狼藉沙场作醢醢。
　　　　　　　　　　　　　∨10

远取扶桑九日落，　　　高与穹苍除字彗。
　　　　　　　　　　　　　＼8

积骸何怨郁成莽，　　　血流还喜旁通海。
　　　　　　　　　　　　　∨10

屠坦解牛无此神，　　　舞阳杀狗同其快。
　　　　　　　　　　　　　＼10

五洲争来壁上观，　　　三山何事还送死？
　　　　　　　　　　　　　∨4

战罢洗刀渤澥边，　　　血人照彻澄波底。
　　　　　　　　　　　　　∨8

吁嗟乎！国家长技绝四夷，　飙驰电掣施神威。
　　　　　　－4　　　　　　－5

我欲往载阴山石，　　　更磨刀柄霜雪辉。
　　　　　　　　　　　　　－5

赠与中原好男子，　　　出塞夺取辽东归。
　　　　　　　　　　　　　－5

转韵夹通韵又上去通押，纸未同用(2)→真文同用(4)→纸未队泰同用(6)→豪萧同用(4)→纸贿荠霁队寘卦同用(24)→微中杂支(6)，首句及转韵第一句皆入韵，皆平仄相间，首两句为促起式，"摇摇"与"飕飕"、"虏骑"与"凛凛"共四句为独立句，"吁嗟乎"为语气词。《国声集》和《入蜀稿》是唐玉虬先生在抗战时期创作的两部诗歌集，荣膺1942年全国高等教育学术奖励文学类最高奖。《国声集》收辑"九·一八"事变以后至抗战胜利时的作品。"国声"，是整个中华民族抗击侵略者的吼声，也是诗人鼓舞抗日将士奋勇杀敌的雷霆之声！本诗就选自《国声集》，描写1932年

"一·二八"事变后,第十九路军在蒋光鼐、蔡廷锴、戴戟的指挥下,与日寇英勇肉搏的壮烈场面,极为精彩。全诗写大刀队英雄群体,既有波澜壮阔的战斗场面,又有生动具体的细节描写与渲染烘托,复融入精彩的抒情议论,笔势纵横如生龙活虎,纸上若有刀光四射,万马奔腾,读之令人奋袂起舞,好不痛快!

三、杂 言

春 歌
汉 戚夫人

子 为 王 ， 母 为 虏 。

终 日 舂 薄 暮 ， 常 与 死 为 伍 。

相 离 三 千 里 ， 当 谁 使 告 女 ？

通韵,又上去通押,麌语遇同用,首句不入韵,"终日"与"常与"两句为独立句,"女"字通"汝"。刘邦死后仅数月,其宠姬戚夫人就被吕后囚禁。这是戚夫人操杵舂作时脱口而作的歌,歌辞朴实,明白如话,却哀怨感愤,摄人心魄。

晨风行
梁 沈满愿

理 楫 令 舟 人 ， 停 舻 息 旅 薄 河 津 ；

念 君 劬 劳 冒 风 尘 ， 临 路 挥 袂 泪 沾 巾 。

飙 流 劲 润 逝 若 飞 ， 山 高 帆 急 绝 音 徽 。

留 子 句 句 独 言 归 ， 中 心 茕 茕 将 依 谁 ？

风 弥 叶 落 永 离 索 ， 神 往 形 返 情 错 漠 。

循 带 易 缓 愁 难 却，　　　心 之 忧 矣 颇 销 铄。
　　　　　　　　　△λ10　　　　　　　　　　　　　　　△λ10

　　转韵、夹通韵，真(4)→微中杂支(4)→药(4)，平仄相间、以平承平各一处，首句及转韵第一句皆入韵，"念君"与"临路"、"留子"与"中心"、"循带"与"心之"共六句为独立句。全诗以情真意切胜场，又以人物的心理描写为最突出。它通过对送行和别后的女子心理情态的细微刻画，表达了她对情人的一往深情以及别后的孤独无依，其中深沉的眷念和无法排遣的忧愁，构成了作品无限悲戚感伤的基调。

听 鸣 蝉
隋　卢思道

听 鸣 蝉，　　　　　　此 听 悲 无 极。
　　　　　　　　　　　　　　△λ13

群 嘶 玉 树 里，　　　　迥 噪 金 门 侧。
　　　　　　　　　　　　　　△λ13

长 风 送 晚 声，　　　　清 露 供 朝 食。
　　　　　　　　　　　　　　△λ13

晚 风 朝 露 实 多 宜，　　秋 日 高 鸣 独 见 知。
　　　　　　　○－4　　　　　　　　　　　○－4

轻 身 蔽 数 叶，　　　　哀 鸣 抱 一 枝。
　　　　　　　　　　　　　　○－4

流 乱 罢 还 续，　　　　酸 伤 合 更 离。
　　　　　　　　　　　　　　○－4

蹔 听 别 人 心 即 断，　　才 闻 客 子 泪 先 垂。
　　　　　　　　　　　　　　　　○－4

故 乡 已 超 忽，　　　　空 庭 正 芜 没。
　　　　　　△λ6　　　　　　　　　　△λ6

一 夕 复 一 朝，　　　　坐 见 凉 秋 月。
　　　　　　　　　　　　　　△λ6

河 流 带 地 从 来 崄，　　峭 路 干 天 不 可 越。
　　　　　　　　　　　　　　　　△λ6

红 尘 早 弊 陆 生 衣，　　明 镜 空 悲 潘 掾 发。
　　　　　　　　　　　　　　　　△λ6

长安城里帝王州，　　　　　鸣钟列鼎自相求。

西望渐台临太液，　　　　　东瞻甲观距龙楼。

说客恒持小冠出，　　　　　越使常怀宝剑游。

学仙未成便尚主，　　　　　寻源不见已封侯。

富贵功名本多豫，　　　　　繁华轻薄尽无忧。

讵念嫖姚嗟木梗，　　　　　谁忆田单倦土牛。

归去来，　　　　　　　　　青山下。

秋菊离离日堪把，　　　　　独焚枯鱼宴林野。

终成独校子云书，　　　　　何如还驱少游马。

　　转韵，职(6)→支(8)→月(8)→尤(12)→马(6)，首句不入韵，转韵第一句三入韵一不入韵，皆平仄相间，"秋菊"与"独焚"两句为独立句。本诗是卢思道的代表作之一。全诗以听蝉承题，总领全篇，然后由蝉鸣引出乡思，再揭示乡思根源在于厌倦官场，两面发挥，篇末明示心迹，由状物到抒情，再议论再抒情，虽然笔下澜翻，转折多层，却又一气贯注，纲举目张，尤其"轻身"以下四句，以情造境，蝉中人影更加明显，于实象中加以味外之味，咏蝉咏人，浑然一体。后来唐人咏蝉，如虞世南"居高声自远，非是藉秋风"(521)、骆宾王"露重飞难进，风多响易沉"(301)、李商隐"本以高难饱，徒劳恨费声"(439)，都是物人双咏，汲取了卢思道的有益经验。

行路难三首(其一)
唐　李　白

金樽清酒斗十千，　　　　　玉盘珍羞直万钱。

停杯投箸不能食，　　　　　拔剑四顾心茫然。

欲 渡 黄 河 冰 塞 川，　　将 登 太 行 雪 满 山。

闲 来 垂 钓 碧 溪 上，　　忽 复 乘 舟 梦 日 边。

行 路 难 ，　　　　　行 路 难 ，

多 岐 路 ，　　　　　今 安 在 ？

长 风 破 浪 会 有 时，　　直 挂 云 帆 济 沧 海。

转韵、夹通韵，先寒删同用(10)→贿(4)，首句入韵，转韵第一句不入韵，平仄相间。"欲渡"与"将登"、"行路"与"行路"共四句为独立句。本诗抒写诗人人生道路上的迷茫、苦闷的心态及其对人生理想执着追求的精神。诗篇幅不长而气势纵横，展现出诗人感情的激荡起伏和他力图挣脱人生苦闷、实现人生理想的强大精神力量，即使现实政治无比黑暗，人生道路充满荆棘，李白总是对人生抱着乐观的态度，坚信"长风破浪会有时，直挂云帆济沧海"。

临 路 歌

唐 李 白

大 鹏 飞 兮 振 八 裔，　　中 天 摧 兮 力 不 济。

馀 风 激 兮 万 世，　　　游 扶 桑 兮 挂 石 袂。

后 人 得 之 传 此 ，　　仲 尼 亡 兮 谁 为 出 涕？

本韵，纯用霁韵，首句入韵，"馀风"与"游扶"两句为独立句。诗题中"路"可能为"终"之误，第四句中"石"当是"左"字之误。《临终歌》发之于声是李白的长歌当哭；形之于文，可看作李白自撰的墓志铭。李白的一生，不仅有远大的理想，而且又非常执着于理想，为实现自己的理想追求了一生。这首《临终歌》让我们看到，他在对自己一生回顾与总结时，流露的是对人生无比眷念和未能才尽其用的深沉惋惜。读完此诗，掩卷而思，恍惚间会觉得诗人好像真化成了一只大鹏在九天奋飞，那渺小的树杈,终究是挂不住它的,它将在永恒的天幕上翱翔,为后人所瞻仰。

丽人行
唐 杜 甫

三月三日天气新, 长安水边多丽人。

态浓意远淑且真, 肌理细腻骨肉匀。

绣罗衣裳照暮春, 蹙金孔雀银麒麟。

头上何所有? 翠为匌叶垂鬓唇。

背后何所见? 珠压腰极稳称身。

就中云幕椒房亲, 赐名大国虢与秦。

紫驼之峰出翠釜, 水精之盘行素鳞。

犀箸厌饫久未下, 鸾刀缕切空纷纶。

黄门飞鞚不动尘, 御厨络绎送八珍。

箫鼓哀吟感鬼神, 宾从杂遝实要津。

后来鞍马何逡巡, 当轩下马入锦茵。

杨花雪落覆白苹, 青鸟飞去衔红巾。

炙手可热势绝伦, 慎莫近前丞相嗔!

本韵,纯用真韵,首句入韵,"态浓"与"肌理"、"绣罗"与"蹙金"、"就中"与"赐名"、"黄门"与"御厨"、"箫鼓"与"宾从"、"后来"与"当轩"、"杨花"与"青鸟"、"炙手"

与"慎莫"共十六句为独立句,本诗为部分柏梁体。本诗讽刺了杨家兄妹骄纵荒淫的生活,曲折地反映了君王的昏庸和时政的腐败。这一主题,不是抽象的说教,也没有直接指点出来,而是从场面和情节中自然而然地流露出来,这就是作品的高明之处、成功之处。"炙手可热"作为成语也被广泛流传下来。

醉时歌
唐　杜甫

诸公衮衮登台省，　　　广文先生官独冷。
甲第纷纷厌粱肉，　　　广文先生饭不足。
先生有道出羲皇，　　　先生有才过屈宋。
德尊一代常坎轲，　　　名垂万古知何用！
杜陵野客人更嗤，　　　被褐短窄鬓如丝。
日籴太仓五升米，　　　时赴郑老同襟期。
得钱即相觅，　　　　　沽酒不复疑。
忘形到尔汝，　　　　　痛饮真吾师。
清夜沉沉动春酌，　　　灯前细雨檐花落。
但觉高歌有鬼神，　　　焉知饿死填沟壑。
相如逸才亲涤器，　　　子云识字终投阁。
先生早赋《归去来》，　石田茅屋荒苍苔。
儒术于我何有哉？　　　孔丘盗跖俱尘埃！

$^-10$　　　　　　　　　　　　$^-10$

不须闻此意惨怆，　　　　生前相遇且衔杯。

$^-10$

转韵、夹通韵，梗(2)→屋沃同用(2)→宋(4)→支(8)→药(6)→灰(6)，首句入韵，转韵第一句四入韵一不入韵，平仄相间三处，以仄承仄二处，前两韵为促起式，"儒术"与"孔丘"两句为独立句。本诗是写给被唐玄宗评为诗、书、画"三绝"的好友郑虔(广文先生)的。虔既抑塞，甫亦沉沦，更有知己之感。从此诗可以感到他们肝胆相照的情谊，又可以感到那种抱负远大而又沉沦不遇的焦灼苦闷和感慨愤懑。

致酒行
唐　李　贺

零落栖迟一杯酒，　　　　主人奉觞客长寿。

$_\vee 25$　　　　　　　　　　　　$_\vee 25$

主父西游困不归，　　　　家人折断门前柳。

$_\vee 25$

吾闻马周昔作新丰客，　　天荒地老无人识。

$_\lambda 11$　　　　　　　　　　　　$_\lambda 13$

空将笺上两行书，　　　　直犯龙颜请恩泽。

$_\lambda 11$

我有迷魂招不得，　　　　雄鸡一声天下白。

$_\lambda 13$　　　　　　　　　　　　$_\lambda 11$

少年心事当拏云，　　　　谁念幽寒坐呜呃。

$_\lambda 11$

专韵，有(4)→陌职同用(8)，首句及转韵第一句皆入韵，在仄承仄，"我有"与"雄鸡"两句为独立句。本诗在铸词造句、辟境创调上往往避熟就生，如"零落栖迟"、"天荒地老"、"幽寒坐呜呃"，尤其是"雄鸡一声"句，或语怪，或意新，或境奇，都对表达诗情起积极作用，堪称李贺的锦心绣口。开国领袖毛泽东说他最喜欢唐诗中的"三李"：李白、李贺、李商隐，并化本诗中"雄鸡一声天下白"到他的词《浣溪沙·和柳亚子先生》中为"一唱雄鸡天下白"。

和王介甫明妃曲二首(其一)

宋　欧阳修

胡 人 以 鞍 马 为 家，　　　　　射 猎 为 俗 。
　　　　　　　　　　　　　　　　　　　　△
　　　　　　　　　　　　　　　　　　　　入2

泉 甘 草 美 无 常 处，　　　　　鸟 惊 兽 骇 争 驰 逐。
　　　　　　　　　　　　　　　　　　　　　　　△
　　　　　　　　　　　　　　　　　　　　　　　入1

谁 将 汉 女 嫁 胡 儿？　　　　　风 沙 无 情 面 如 玉。
　　　　　　　　　　　　　　　　　　　　　　　△
　　　　　　　　　　　　　　　　　　　　　　　入2

身 形 不 遇 中 国 人，　　　　　马 上 自 作 思 归 曲。
　　　　　　　　　　　　　　　　　　　　　　　△
　　　　　　　　　　　　　　　　　　　　　　　入2

推 手 为 琵 却 手 琶，　　　　　胡 人 共 听 亦 咨 嗟。
　　　　　　　　　　。　　　　　　　　　　　　　　。
　　　　　　　　　　6　　　　　　　　　　　　　　6

玉 颜 流 落 死 天 涯，　　　　　琵 琶 却 传 来 汉 家。
　　　　　　　　　　。　　　　　　　　　　　　　　。
　　　　　　　　　　6　　　　　　　　　　　　　　6

汉 宫 争 按 新 声 谱，　　　　　遗 恨 已 深 声 更 苦。
　　　　　　　　　　　△　　　　　　　　　　　　　△
　　　　　　　　　　　√7　　　　　　　　　　　　√7

纤 纤 女 手 生 洞 房，　　　　　学 得 琵 琶 不 下 堂。
　　　　　　　　　　　_7　　　　　　　　　　　　_7

不 识 黄 云 出 塞 路，　　　　　岂 知 此 声 能 断 肠？
　　　　　　　　　　　　　　　　　　　　　　　　_7

　　转韵、夹通韵，沃中杂屋(8)→麻(4)→虞(2)→阳(4)，首句不入韵，转韵第一句皆入韵，皆平仄相间，"玉颜"与"琵琶"两句为独立句。这两首和王安石的诗，是欧阳修生平最得意之作。叶梦得《石林诗话》引其子欧阳棐语云："先公(欧阳修)平生未尝夸大所为文，一日被酒，语棐曰：'吾诗《庐山高》，今人莫能为，惟李太白能之；《明妃曲》后篇，太白不能为，惟杜子美能之；至于前篇，则子美亦不能为，惟吾能之也'……"说李、杜不能为，语太矜夸，欧阳修似不会如此说，但其为欧得意之作，则是事实。为什么呢？以前写明妃的人，或写明妃个人的遭遇，或借以发抒"士不遇"的感慨，欧阳修却从夷夏之辨讲起，从国家大事着眼，这就是他高于前人之处。而且，明明是议论国事，但却只就琵琶"新声"而言，能从小中见大，因之，较后篇(1035)主旨句"汉计诚已拙"之"在诗中发议论"，艺术性更强。欧阳修看重这两篇，并认为前篇优于后篇，大概即由于此。"不识黄云出塞路，岂知此声能断肠？"这正是欧公对居安忘危、不事振作的宋朝君臣的揭露与谴责。

和王介甫明妃曲二首（其二）

宋　欧阳修

汉宫有佳人，	天子初未识。
	λ13
一朝随汉使，	远嫁单于国。
	λ13
绝色天下无，	一失难再得。
	λ13
虽能杀画工，	于事竟何益？
	λ11
耳目所及尚如此，	万里安能制夷狄？
	λ12
汉计诚已拙，	女色难自夸。
	6
明妃去时泪，	洒向枝上花。
	6
狂风日暮起，	飘泊落谁家？
	6
红颜胜人多薄命，	莫怨春风当自嗟。
	6

转韵、夹通韵，职韵为主、陌锡从之(10)→麻(8)，首句及转韵第一句皆不入韵，平仄相间。第二首中"耳目"两句为全篇警策，至今仍广泛流传。眼前的美丑尚不能辨，万里之外的"夷狄"情况何以判断？又何以能制定制服"夷狄"之策呢？这是极深刻的历史见解，而又以诗语出之，千古罕见。"汉计诚已拙"语简意深，是全诗主旨所在。汉代的"和亲"与宋代的"岁币"，同是乞求和平，为计之拙，正复相同。

河 北 民

宋　王安石

河北民，	生近二边长苦辛。
∘11	⁻11
家家养子学耕织，	输与官家事夷狄。

今年大旱千里赤，　　　州县仍催给河役。

老小相携来就南，　　　南人丰年自无食。

悲愁白日天地昏，　　　路旁过者无颜色。

汝生不及贞观中，　　　斗粟数钱无兵戎！

　　转韵，真(2)→职陌锡同用(8)→东(2)，首句及转韵第一句皆入韵，皆平仄相间，首韵为促起式、末韵为促收式，"今年"与"州县"两句为独立句。本诗反映河北人民在天灾人祸双重折磨下的苦难生活，透露出诗人内心的无比沉痛，是王安石早期诗中的代表作。"南人丰年自无食"使诗题及首句获得了普遍的社会意义，尾句则对史称大治的贞观年间表达了向往：这就是"首句标其目，卒章显其志"的写法。

葛蕴作《巫山高》，爱其飘逸，因亦作两篇(其二)

宋　王安石

巫山高，　　　　　　　偃薄江水之滔滔。

水于天下实至险，　　　山亦起伏为波涛。

其巅冥冥不可见，　　　崖岸斗绝悲猿猱。

赤枫青枥生满谷，　　　山鬼白日樵人遭。

窈窕阳台彼神女，　　　朝朝暮暮能云雨。

以云为衣月为褚，　　　乘光服暗无留阻。

昆仑曾城道可取，　　　方丈蓬莱多伴侣。

块独守此嗟何求，　　　况乃低回梦中语！

√6

　　转韵、夹通韵，豪(8)→语麌同用(8)，首句及转韵第一句皆入韵，平仄相间，"以云"与"乘光"、"昆仑"与"方丈"共四句为独立句。王安石的这首诗是宋人夺奢斗奇、逞才使气的典型作品。它虽无深刻的意蕴，却以丰富的想象、奇诡的语言与浩荡的气势、飘逸的风格而为人广泛传诵。你看：神女翱游太空、来去飘忽，本可与身居阆苑仙境的众神为伍，然而她却块然独处巫山，到底企求什么呢？那梦中一瞬的欢悦难道就是她独处的原因吗？……

送 王 郎
宋　黄庭坚

酌 君 以 蒲 城 桑 落 之 酒，　　　泛 君 以 湘 累 秋 菊 之 英。

赠 君 以 黟 川 点 漆 之 墨，　　　送 君 以 阳 关 堕 泪 之 声。

酒 浇 胸 次 之 磊 块，　　　　　菊 制 短 世 之 颓 龄。

墨 以 传 万 古 文 章 之 印，　　　歌 以 写 一 家 兄 弟 之 情。

江 山 千 里 俱 头 白，　　　　　骨 肉 十 年 终 眼 青。

连 床 夜 雨 鸡 戒 晓，　　　　　书 囊 无 底 谈 未 了。

有 功 翰 墨 乃 如 此，　　　　　何 恨 远 别 音 书 少。

炒 沙 作 糜 终 不 饱，　　　　　镂 冰 文 章 费 工 巧。

要 须 心 地 收 汗 马，　　　　　孔 孟 行 世 日 杲 杲。

有 弟 有 弟 力 持 家，　　　　　妇 能 养 姑 供 珍 鲑。

儿 大 诗 书 女 丝 麻，　　　　　公 但 读 书 煮 春 茶。

　　转韵、夹通韵,庚青同用(10)→篠巧皓同用(8)→麻中杂佳(4,皆《词韵》第十部),首句不入韵,转韵第一句皆入韵,皆平仄相间,"炒沙"与"镂冰"、"儿大"与"公但"四句为独立句。本诗前八句连类排比,直贯而下,倾吐出惜别之情。而八句中又变换三种句式,故极跌宕腾挪之姿,正适合抒发激动的离情。其源可朔自鲍照《拟行路难》第一首"奉君金卮之美酒,玳瑁、玉匣之雕琴,七彩芙蓉之羽帐,九华蒲萄之锦衾"(714),也来自欧阳修《奉送原甫侍读出守永嘉》起四句"酌君以荆州鱼枕之蕉,赠君以宣城鼠须之管。酒如长虹饮沧海,笔若骏马驰平板。"但都有发展、变化。至于"江山千里俱头白,骨肉十年终眼青。"两句化用杜甫诗"别来头并白,相对眼终青。"它以峭硬矗立之笔,煞往前面诗句的倾泻之势、和谐之调,有如黄河中流的"砥柱"一样有力,连后共十句转为劝勉,句式也趋于平稳,传达出谆谆教诲之意。末四句历数家事,激越之情归为欣慰之意,显得亲切从容,对妹婿王纯亮充满劝慰之意。

五禽言·思归乐
宋　周紫芝

山花冥冥山欲雨,	杜鹃声酸客无语。
√7	√6
客欲去山边,	贼营夜鸣鼓。
	√7
谁言杜宇归去乐?	归来处处无城郭!
λ10	λ10
春日暖,	春日薄,
	λ10
飞来日落还未落,	春山相呼亦不恶。
λ10	λ10

　　转韵、夹通韵,麌语同用(4)→药(6),首句及转韵第一句皆入韵,以仄承仄,"飞来"与"春山"两句为独立句。所谓"禽言"诗,是指依据鸟的叫声给鸟儿起一个有意义的名字,再从这个名字上引申生发来抒写情感的诗。"思归乐"乃杜鹃别名,以其声若"不如归去"。此诗以比兴法起:"山花冥冥山欲雨",造就一种阴沉沉的气氛,衬托出客子沉甸甸的心情,从而反映北宋后期国家内忧外患、人民无复生计的现实。

田家苦

宋　章　甫

何处行商因问路，　　　　歇肩听说田家苦：

"今年麦熟胜去年，　　　　贱价还人如粪土。

五月将次尽，　　　　　　　早秧都未移；

雨师懒病藏不出，　　　　家家灼火钻乌龟。

前朝夏至还上庙，　　　　着衫奠酒乞杯珓；

许我曾为五日期，　　　　待得秋成敢忘报。

阴阳水旱由天公，　　　　忧雨忧风愁煞侬；

农商苦乐原不同，　　　　淮南不熟贩江东。"

转韵、夹通韵，又上去通押，麌遇同用(4)→支(4)→啸效号同用(4)→东冬同用(4)，首句入韵，转韵第一句二入韵一不入韵，皆平仄相间，"农商"与"淮南"两句为独立句。宋代的田园诗特别发达，它朝两个方向发展着：一是对田园风物的更为精细、别致的观察与刻画，二是对田家疾苦更为真切、深沉的表现与同情。这两个方向的源头，都可以追朔到田园诗的开山祖陶渊明。不过，它们的充分发展，则是在宋诗中完成的。尤其是后一方面的诗歌，显示了有别于其他时代的宋诗的特征。在宋诗中，有关"田家"的诗特别多，这反映了宋代诗人与农民的接近及对农民的关心。这些作品，除了远承陶诗的传统外，还深受宋人最为崇拜的杜甫关心民生疾苦的影响。在这些诗人中，章甫是较为出色的一个，本诗就是受杜甫名作《三吏》的影响，用的是商农一问一答的"对话体"，诗人模仿农夫的口吻，用通俗易懂、纯朴生动的语句，真切地道出田家的心声，有极强的感染力。

多景楼醉歌

宋　刘　过

君不见七十二子从夫子，　　　儒雅强半鲁国士。
　　　　　　✓4　　　　　　　　　　　　　✓4

二十八将佐中兴，　　　　　　英雄多是棘阳人。
　　　　　_10　　　　　　　　　　　　　－11

丈夫生有四方志，　　　　　　东欲入海西入秦。
　　　　　　　　　　　　　　　　　　　－11

安能龌龊守一隅，　　　　　　白头章句浙与闽？
　　　　　　　　　　　　　　　　　　　－11

醉游太白呼峨岷，　　　　　　奇才剑客结楚荆。
　　　　　－11　　　　　　　　　　　　　_8

不随举子纸上学《六韬》，　　　不学腐儒学凿注《五经》。
　　　　　　　　　　　　　　　　　　　　_9

天长路远何时到？　　　　　　侧身望兮涕沾巾！
　　　　　　　　　　　　　　　　　　　－11

　　转韵、夹通韵,纸(2)→真庚青蒸同用(12),首韵为促起式,首句及转韵第一句皆入韵,平仄相间,"醉游"与"奇才"两句为独立句,真韵属词韵第六部,庚青蒸三韵皆属词韵第十一部,受词韵第六、第十一部可通押而真庚青蒸四韵协韵。刘过是南宋著名的一位豪放派词人,本诗后十二句真庚青蒸协韵就是受词韵影响,他的诗也很有豪气。本诗在镇江多景楼远望、在驰骋想象中迸发出豪情壮志,他有"四方志",要"西入秦",还要"醉游太白呼峨岷";但是,他的愿望是达不到的,只能"侧身望兮涕沾巾!"空怀一片报国情!

八月十四日对酒

金　边元鼎

梧桐叶凋辘轳井，　　　　　　万籁不动秋宵永。
　　　　　✓23　　　　　　　　　　　　✓23

金杯泻酒滟十分，　　　　　　酒里华星寒炯炯。
　　　　　　　　　　　　　　　　　　　✓24

须臾蟾蜍弄清影，　　　　　　恍然不是人间景。

金波淡荡桂树横，　　　　孤在玻璃千万顷。

玻璃无限月光冷，　　　　颍洞一色无纤颖。

清风飒飒四坐来，　　　　吹入羲皇醉中境。

醉中起歌歌月光，　　　　月光不语空自凉。

月光无情本无恨，　　　　何事对我空茫茫？

我醉只知今夜月，　　　　不是人间世人月。

一杯美酒蘸清光，　　　　常与边生旧交结。

亦不知天地宽与窄，　　　人事乐与哀。

仰看孤月一片白，　　　　玉露泥泥从空来。

直须卧此待鸡唱，　　　　身外万事徒悠哉！

　　转韵、夹通韵,梗中杂迥(12)→阳(4)→月屑同用(4)→灰(6),首句入韵,转韵第一句二入韵一不入韵,皆平仄相间,"须臾"与"恍然"、"玻璃"与"颍洞"共四句为独立句。自古以来的文士多有对月饮酒的爱好,本诗是继李太白"举杯邀明月,对影成三人"(814),苏东坡"明月几时有,把酒问青天"后,金代仕宦不达的诗人边元鼎在中秋前夕写的华章,抒发了作者在超人间的境界中与月亮为友的心愿。夜深了,诗人也擎不住酒杯了,他醉倒在月下,仰面看着一轮孤月。那月光犹如柔和而润泽的玉露,从空而来,整个地包裹了他的身心。他再也不想动弹了,就这样仰卧着,因为他知道,身外种种俗事俗念,都将悠然远离。这不就是他在月下所要企求的效果吗? 他还有什么理由起身离开明月的怀抱呢?

北风吹

明　于　谦

北 风 吹 ，　　　　　　吹 我 庭 前 柏 树 枝 。

树 坚 不 怕 风 吹 动 ，　　节 操 棱 棱 还 自 持 。

冰 霜 历 尽 心 不 移 ，　　况 复 阳 和 景 渐 宜 。

闲 花 野 草 尚 葳 蕤 ，　　风 吹 柏 树 将 何 为 ？

北 风 吹 ，　　　　　　能 几 时 ？

本韵，纯用支韵，首句入韵，"冰霜"与"况复"、"北风"与"能几"四句为独立句。作为一个"志存开济"的英雄豪杰，于谦写咏物诗，大都借歌颂所咏之物的性质与品德，抒发其抱负，表现其操守。如咏石灰"粉骨碎身全不怕，要留清白在人间"（164），正写照了他的献身精神，清白品格。而本诗以北风中不屈不挠的柏树自喻，展示自己坚贞的情操与乐观的精神。

短长行

明　祝允明

昨 日 之 日 短 ，　　　　今 日 之 日 长 。

昨 日 虽 短 霁 而 暄 ，　　今 日 虽 永 阴 复 凉 。

胡 不 雨 雪 为 岁 祥 ？　　胡 不 稍 暖 开 初 阳 ？

徒 为 蔽 天 氛 曀 日 黪 黮 ，　人 物 惨 懔 无 精 光 ！

物 情 望 有 常 ，　　　　造 化 诚 巨 量 。

淑 美 气 候 少 ，　　　　君 子 道 难 昌 。

阴 阳 长 短 不 可 问 ，　　　　　　　古 来 万 事 都 茫 茫 ！

独 怜 穷 海 客 卧 者 ，　　　　　　　　魂 绕 江 南 烟 水 航 。

本韵，纯用阳韵，首句不入韵，"胡不"与"胡不"、"物情"与"造化"四句为独立句。这是作者五十多岁寂寞枯索，心绪恶劣时写的歌行，表现了沉闷的社会环境对人性的厌抑。尽管诗人大声呼喊，要打破社会的沉闷，但到头来总是找不到出路，仍然是"人物惨懔无精光"。到清代，这种现象更甚，如龚自珍所说"万马齐暗究可哀"(174)，直到鲁迅时代，仍然感叹社会像是一间密封的铁屋子，人人还是沉睡不醒。

黛玉葬花辞

清　曹雪芹

花 谢 花 飞 飞 满 天 ，　　　　　　　红 消 香 断 有 谁 怜 ？

游 丝 软 系 飘 春 榭 ，　　　　　　　落 絮 轻 沾 扑 绣 帘 。

闺 中 女 儿 惜 春 暮 ，　　　　　　　愁 绪 满 怀 无 着 处 ；

手 把 花 锄 出 绣 帘 ，　　　　　　　忍 踏 落 花 来 复 去 ？

柳 丝 榆 荚 自 芳 菲 ，　　　　　　　不 管 桃 飘 与 李 飞 ；

桃 李 明 年 能 再 发 ，　　　　　　　明 年 闺 中 知 有 谁 ？

三 月 香 巢 初 垒 成 ，　　　　　　　梁 间 燕 子 太 无 情 ！

明 年 花 发 虽 可 啄 ，　　　　　　　却 不 道 人 去 梁 空 巢 已 倾 。

一 年 三 百 六 十 日 ，　　　　　　　风 刀 霜 剑 严 相 逼 ；

明媚鲜妍能几时，一朝飘泊难寻觅。

花开易见落难寻，阶前愁杀葬花人；

独把花锄偷洒泪，洒上空枝见血痕。

杜鹃无语正黄昏，荷锄归去掩重门；

青灯照壁人初睡，冷雨敲窗被未温。

怪侬底事倍伤神？半为怜春半恼春；

怜春忽至恼忽去，至又无言去不闻。

昨宵庭外悲歌发，知是花魂与鸟魂？

花魂鸟魂总难留，鸟自无言花自羞；

愿侬此日生双翼，随花飞到天尽头。

天尽头！何处有香丘？

未若锦囊收艳骨，一抔净土掩风流；

质本洁来还洁去，不教污淖陷渠沟。

尔今死去侬收葬，未卜侬身何日丧？

侬今葬花人笑痴，他年葬侬知是谁？

试看春残花渐落，便是红颜老死时。

——一朝春尽红颜老，花落人亡两不知！

-4

转韵、夹通韵,先盐同用(4,先韵为词韵第七部、盐韵为词韵第十四部,词韵中第七部与第十四部可通押)→御遇同用(4)→微支同用(4)→庚(4)→质职锡同用(4)→元真文侵同用(14,元真文三韵皆词韵第六部,侵韵为词韵第十三部,词韵中第六部与第十三部可通押)→尤(10)→漾(2)→支(6),首句及转韵第一句皆入韵,平仄相间六处、以平承平二处,"杜鹃"与"荷锄"、"怪侬"与"半为"、"天尽"与"何处"六句为独立句。《黛玉葬花辞》是《红楼梦》中全部诗词的代表作,曹雪芹生前友人富察明义《题红楼梦》组诗云:"伤心一首《葬花辞》,似谶成真自不知",说明它在《红楼梦》情节发展中的至关重要。从其思想内涵来说,是《红楼梦》的一曲主题歌。就诗歌艺术而论,在中国古诗长篇中也是一流的。怜花、惜花、悲花、悼花,实际上是自怜、自惜、自悲、自悼。"质本洁来还洁去",坚持自己高洁的人格,为追求理想而痛苦地死去,充分显示了黛玉宁愿毁灭自身、也不苟活人世的少女的倔强、复杂的内心世界,令人赞叹叫绝! 其实,"质本洁来还洁去"也是作者曹雪芹本人的追求。

松树塘万松歌

清　洪亮吉

千峰万峰同一峰, 　　　　峰尽削立无蒙茸。
-2　　　　　　　　　　　　-2

千松万松同一松, 　　　　干悉直上无回容。
-2　　　　　　　　　　　　-2

一峰云青一峰白, 　　　　青尚笼烟白凝雪。
λ11　　　　　　　　　　　λ9

一松梢红一松墨, 　　　　墨欲成霖迎赤日。
λ13　　　　　　　　　　　λ4

无峰无松松必奇, 　　　　无松无云云必飞。
-4　　　　　　　　　　　　-5

峰势南北松东西, 　　　　松影向背云高低。
-8　　　　　　　　　　　　-8

有时一峰承一屋, 　　　　屋下一松仍覆谷。
λ1　　　　　　　　　　　　λ1

天光云光四时绿, 　　　　风声泉声一隅足。
λ2　　　　　　　　　　　　λ2

我 疑 瀚 海 黄 河 地 脉 通，　　　何 以 戈 壁 千 里 非 青 葱？
　　　　　　　　　　　-1　　　　　　　　　　　　　　　　　　-1

不 尔 地 脉 贡 润 合 作 天 山 松 ，松 干 怪 底 一 一 直 透
　　　　　　　　　　　　　-2

星 辰 宫 。
　-1

好 奇 狂 客 忽 至 此 ，　　　　大 笑 一 呼 忘 九 死 。
　　　　　　　　∨4　　　　　　　　　　　　　　∨4

看 峰 前 行 马 蹄 驶 ，　　　　欲 到 青 松 尽 头 止 。
　　　　　　　∨4　　　　　　　　　　　　　　∨4

　　转韵、夹通韵，冬(4)→陌屑职质同用(4)→齐支微同用(4)→屋沃同用(4)→东中杂冬(4)→纸(4)，首句及转韵第一句皆入韵，皆平仄相间，"千松"与"干悉"、"一松"与"墨欲"、"峰势"与"松影"、"天光"与"风声"、"不尔"与"松干"、"看峰"与"欲到"共十二句皆独立句。本诗以奇警雄放之笔描绘了松树塘的青松，勾勒出天山之麓的壮丽景色，从而抒发了作者面对西域奇美的自然风光的狂喜之情。诗写得天才卓越、放逸不羁，颇近李白古诗风貌。又其奇情壮采、奇景异物又与岑参边塞诗有相通之处。诗通篇白描，几无一处用典，读来明快流畅，生气灌注，奇而入理，奇而逼真。又"峰"、"松"、"云"、"光"、"声"等字反复运用，吟来十分悦耳动听。

登白云栖绝顶

清　孙原湘

一 峰 插 云 云 不 穿 ，　　　云 中 忽 漏 山 左 肩 。
　　　　　　　　。-1　　　　　　　　　　　　　　　。-1

一 峰 穿 云 欲 上 天 ，　　　乱 云 又 复 蒙 其 巅 。
　　　　　　　　。-1　　　　　　　　　　　　　　　。-1

峰 低 峰 昂 云 作 怪 ，　　　云 合 云 离 变 山 态 。
　　　　　　　　　丶10　　　　　　　　　　　　　　丶11

殷 勤 挽 山 入 云 中 ，　　　倏 忽 推 山 出 云 外 。
　　　　　　　　　　　　　　　　　　　　　　丶9

隔 云 看 山 山 不 青 ，　　　入 山 看 云 云 无 形 。
　　　　　　　　。-9　　　　　　　　　　　　　　。-9

但 觉 雨 疏 疏 ，　　　　　烟 冥 冥 ，

不 知 深 林 积 翠 外，　　　白 日 自 在 空 中 行。
　　　　　　　　　　　　　　　　　　　　　　_9

我 径 拨 云 出 其 顶，　　　始 觉 云 高 不 如 岭。
　　　　　　　　△　　　　　　　　　　　　　　△
　　　　　　　√24　　　　　　　　　　　　　√23

只 踏 云 头 万 朵 飞，　　　下 方 看 作 青 霄 影。
　　　　　　　　　　　　　　　　　　　　　　　△
　　　　　　　　　　　　　　　　　　　　　　√23

　　转韵、夹通韵，先(4)→卦队泰同用(4)→青中杂庚(6)→梗迥同用(4)，首句及转韵第一句皆入韵，皆平仄相间，"一峰"与"乱云"两句为独立句。诗题中的"白云栖"是江苏常熟西北虞山上的一所庙宇，位于今常熟生态园小石洞游览地中。常熟人孙原湘是袁枚的弟子，深受袁枚"性灵说"的影响。本诗对云景奇幻多变情境的描写，是诗人爱好奇特、追求情趣的表现。这种爱好与追求出自诗人的性情，或者称为性灵，因此本诗也就成为直抒性灵的写景之作。

东 山 吟
现代　李木庵

闻 道 时 危 党 锢 急，　　　伤 心 不 许 问 家 国。
　　　　　　　△　　　　　　　　　　　　　　△
　　　　　　λ14　　　　　　　　　　　　　λ13

忍 见 河 山 成 破 碎，　　　收 泪 一 坐 东 山 石。
　　　　　　　　　　　　　　　　　　　　　　△
　　　　　　　　　　　　　　　　　　　　　λ11

巉 岩 四 顾 觉 身 孤，　　　俯 瞰 龙 潭 深 千 尺。
　　　　　　　　　　　　　　　　　　　　　　△
　　　　　　　　　　　　　　　　　　　　　λ11

引 吭 欲 作 九 噫 歌，　　　下 有 毒 龙 歌 不 得。
　　　　　　　　　　　　　　　　　　　　　　△
　　　　　　　　　　　　　　　　　　　　　λ13

歌 不 得 ，　　　　　　　心 如 结 ，
　　　　△　　　　　　　　　　△
　　　λ13　　　　　　　　　λ9

敌 骑 踏 破 江 南 北，　　　满 眼 狼 烟 何 日 息。
　　　　　　　　△　　　　　　　　　　　　　　△
　　　　　　　λ13　　　　　　　　　　　　λ13

我 欲 飞 上 昆 仑 头，　　　拔 矢 张 弓 射 落 日。
　　　　　　　　　　　　　　　　　　　　　　△
　　　　　　　　　　　　　　　　　　　　　λ4

　　通韵，职韵为主、陌缉屑质从之，首句入韵，"歌不"与"心如"、"敌骑"与"满眼"共四句为独立句。诗前有序："一九四零年，党命余在湖南郴桂一带筹办抗日自卫

计划。国民党湖南省政府密派特务阴谋暗杀,赖农民保护得脱险,遄逃途中经桂阳县之东山,感而赋此。"本诗虽作于诗人危险的奔逃之中,但却洋溢着深沉的忧国忧民之情,抒发了他对国民党反动派消极抗日,猖狂反共的愤慨,表达了他北去延安参加抗战的坚定决心。在艺术上,诗人充分利用了歌行体自然流走之妙,写得抑扬顿挫,挥洒自如,充溢着一股革命浪漫主义激情。

八 连 颂

现代　毛泽东

好 八 连 ，天 下 传 。

为 人 民 ，几 十 年 。

因 此 叫 ，好 八 连 。

全 军 民 ，要 自 立 。

不 怕 刀 ，不 怕 戟 。

不 怕 帝 ，不 怕 贼 。

上 参 天 ，傲 霜 雪 。

军 事 好 ，如 霹 雳 。

思 想 好 ，能 分 析 。

益 在 哪 ？

军 民 团 结 如 一 人 ，

为 什 么 ？意 志 坚 。

拒 腐 蚀 ，永 不 沾 。

解 放 军 ，要 学 习 。

不 怕 压 ，不 怕 迫 。

不 怕 鬼 ，不 怕 魅 。

奇 儿 女 ，如 松 柏 。

纪 律 好 ，如 坚 壁 。

政 治 好 ，称 第 一 。

分 析 好 ，大 有 益 。

团 结 力 。

试 看 天 下 谁 能 敌 。

转韵夹通韵又上去通押,先中杂盐(10,依《词韵》,先韵为第七部,盐韵为第十四部,两部可通押;或按现代汉语十八韵协韵,六个韵脚字皆寒韵。)→缉洽陌同用

(8)→尾真上去通押(2)→锡韵为主、职陌屑质从之(20),首句入韵,转韵第一句一入韵二不入韵,平仄相间一处,以仄承仄二处,"不怕压"与"不怕迫"为独立句。1963 年 4 月 25 日,国防部批准授予驻守上海某部八连"南京路上好八连"的光荣称号。1949 年 5 月,这个连队进驻上海南京路,十四年间,连队身居闹市,一尘不染,勤俭节约,克己奉公,热爱人民,助人为乐。作者因此于当年"八一"建军节写本诗赞美他们。

　　本章所列的诗都是只有"两句一联的独立句"这一种特殊押韵的;还有的诗,既有这一种特殊押韵的,又有其他种特殊押韵的,将分别在第十四、十五、十六章介绍。同理,凡有两种或两种以上特殊押韵的诗,都在最后出现的一种特殊押韵方式的相应章节中出现。

第十四章　三　韵　联

　　笔者反复、仔细阅读了王力《古体诗律学》第五章"奇句韵和柏梁体"后，提出下列假设：

　　"内容上句句蝉联、格律上句句押韵的三句（字数不一定相等）可称为三韵联。某三韵联前若有同韵联，则该三句都为独立句；某三韵联前若没有同韵联，则该三句中只有末句为独立句，其第一、二两句相当于转韵第一句及其对句，所以不是独立句，符合上章所提独立句定义。"

　　现在，让我们回到上一章开始所说《古体诗律学》第 70 页所引杜甫《茅屋为秋风所破歌》(971)中其他韵句，继续分析："茅飞"、"高者"、"下者"为一组三韵联，因前面有"八月"、"卷我"一组同韵联，所以该三句都为独立句；"安得"、"大庇"、"风雨"也为一组三韵联，但前面没有同韵联，所以，只有"风雨"句为独立句，"安得"与"大庇"两句就不是独立句。这样，王力先生指出《茅屋为秋风所破歌》中共有六句独立句，就全部得到了解读。（该诗中还有"唇焦"与"归来"两句韵句，将在下章"畸零句"开始时分析。）

　　这就是说，我们增加了两种特殊押韵的方式：三句皆独立句的三韵联和仅末句为独立句的三韵联。本章就是用这两种特殊押韵的方式继续分析古体诗，当然也可能含有上一章讲的两句一联的独立句。从本章起，也不再分五言、七言、杂言。

大 风 歌

汉　刘　邦

　　大 风 起 兮 云 飞 扬，　　　　　威 加 海 内 兮 归 故 乡，

　　安 得 猛 士 兮 守 四 方？

　　本韵，纯用阳韵，本诗共三句，就是一组三韵联，仅末句"安得"为独立句。歌词三句，意蕴丰富，既有胜者的踌躇满志，衣锦荣归时的得意忘形，又有对前程的忧虑和恐惧。创业难，守业更难。如果说，项羽的《垓下歌》(825)是失败者的悲哀，那么刘邦的《大风歌》则是胜利者的悲哀。这两种悲哀的纽带，则是对于人的渺小的

感伤。

秋 风 辞

汉　刘　彻

秋 风 起 兮 白 云 飞，　　　　　草 木 黄 落 兮 雁 南 归。

兰 有 秀 兮 菊 有 芳，　　　　　怀 佳 人 兮 不 能 忘。

汎 楼 船 兮 济 汾 河，　　　　　横 中 流 兮 扬 素 波，

箫 鼓 鸣 兮 发 櫂 歌。

欢 乐 极 兮 哀 情 多，　　　　　少 壮 几 时 兮 奈 老 何！

转韵，微(2)→阳(2)→歌(5)，首句及转韵第一句皆入韵，皆以平承平，首两韵为促起式，"汎楼"、"横中"与"箫鼓"为三韵联，仅"箫鼓"为独立句，"欢乐"与"少壮"为两句一联之独立句。本诗一波三折：前四句，在清丽如画的写景中，轻轻拨动怀想"佳人"的思弦；中三句，于泛舟中流的欢乐饮宴，发为逸兴遄飞的放怀"櫂歌"；后两句，急转直下，化作年华不再的幽幽叹息。汉武帝这一代雄主将复杂的情思，抒写得曲折而又缠绵。《秋风辞》以清新流丽与上一首《大风歌》以苍莽雄放，并驾齐驱，同垂百世。

四 愁 诗

汉　张　衡

我 所 思 兮 在 太 山，　　　　　欲 往 从 之 梁 父 艰，

侧 身 东 望 涕 霑 翰。

美 人 赠 我 金 错 刀，　　　　　何 以 报 之 英 琼 瑶。

路远莫致倚逍遥，　　　何为怀忧心烦劳。

我所思兮在桂林，　　　欲往从之湘水深，

侧身南望涕沾襟。

美人赠我金琅玕，　　　何以报之双玉盘。

路远莫致倚惆怅，　　　何为怀忧心烦伤。

我所思兮在汉阳，　　　欲往从之陇阪长，

侧身西望涕沾裳。

美人赠我貂襜褕，　　　何以报之明月珠。

路远莫致倚踟蹰，　　　何为怀忧心烦纡。

我所思兮在雁门，　　　欲往从之雪纷纷，

侧身北望涕沾巾。

美人赠我锦绣段，　　　何以报之青玉案。

路远莫致倚增叹，　　　何为怀忧心烦惋。

转韵、夹通韵，删寒同用(3)→豪萧同用(4)→侵(3)→寒(2)→漾(2)→阳(3)→虞(4)→元文真同用(3)→翰(4)，首句及转韵第一句皆入韵，平仄相间三处，以平承平五处。本诗句句协韵。共四章，每章七句。每章前三句皆为一组三韵联，皆仅末句为独立句；除第二章外，第一、三、四各章之末两句皆为两句一联之独立句。本诗虽还有不少《诗经》的痕迹如重章叠句、每章句子为奇数，也有《楚辞》的痕迹如"兮"字的远用；但是，它的上四下三的句式，却早在大半个世纪以前已达到了曹丕《燕歌行》(1055)的水准。这种句式在抒情上的优势——即节奏上的前长后短，使听觉上有先长声曼吟复悄然低语的感受，而节奏短的三字节落在句后，听来又有渐趋深沉之感，如此一句句循环往复，全诗遂有思绪纷错起伏、情致缠绵跌宕之趣——《燕歌行》有之，《四愁诗》亦已有之。因此，我们可以认定《四愁诗》是典范化的七言诗的首块里程碑，怕也不算过甚其辞吧？张衡是杰出的科学家，也是著名的文学家，本诗就显示了他卓越的才华。为了追随"美人"，"我"奔走东南西北，不避艰险，不辞辛劳。"我"对"美人"如痴如迷的情意，在反复咏叹中更显得缠绵婉转、低回情深。如果我们把本诗看作是一首情意执挚的情诗，也是可以的。如果诗人胸中没有一段漪旎情思，又安能得此锦绣词章？当然，诗人是个忠君爱民之人，也有济世之才，希望以其才能报效君主，却又忧惧群小用谗，因而郁郁。总之，本诗继承了屈原的传统，以"美人"比君子，以珍宝比仁义，以"梁父"等比小人，寄托着作者的政治理想，以泻情怀。

胡笳十八拍（节选）

汉　蔡　琰

......

不谓残生兮却得旋归，　　　抚抱胡儿兮泣下沾衣。

汉使迎我兮四牡骓骓，　　　胡儿号兮谁得知？

与我生死兮逢此时，　　　　愁为子兮日无光辉，

焉得羽翼兮将汝归。

一步一远兮足难移，　　　　魂消影绝兮恩爱遗。

十有三拍兮弦急调悲，　　　肝肠搅刺兮人莫我知。

身归国兮儿莫之随，　　　　　心悬悬兮长如饥。

四时万物兮有盛衰，　　　　　唯我愁苦兮不暂移。

山高地阔兮见汝无期，　　　　更深夜阑兮梦汝来斯。

梦中执手兮一喜一悲，　　　　觉后痛吾心兮无休歇时。

十有四拍兮涕泪交垂，　　　　河水东流兮心是思。

十五拍兮节调促，　　　　　　气填胸兮谁识曲？

处穹庐兮偶殊俗。

愿得归来兮天从欲，　　　　　再还汉国兮欢心足。

心有怀兮愁转深，　　　　　　日月无私兮曾不照临。

子母分离兮意难任，　　　　　同天隔越兮如商参，

生死不相知兮何处寻！

……

　　胡笳在汉代是流行于塞北和西域的一种管乐器，其音悲凉，后代形制为木管三孔。十八拍在乐曲即十八乐章，在歌辞即十八段辞。这里摘录的是其中的第十三、十四、十五共三拍。第十三拍，共十一句，通韵，支微同用，首句入韵，"汉使"与"胡儿"、"一步"与"魂消"、"十有"与"肝肠"六句为两句一联之独立句，"与我"、"愁为"与"焉得"为一组三韵联，三句皆独立句。第十四拍，共十句，本韵，纯用支韵，首句入韵，自"四时"以下八句皆两句一联之独立句。第十五拍，共十句，转韵，沃(5)→侵(5)，首句及转韵第一句皆入韵，平仄相间，"十五"、"气填"与"处穹"为一组三韵联，仅"处穹"句为独立句；"子母"、"同天"与"生死"也为一组三韵联，三句皆独立句；"焉得"与"再还"为两句一联之独立句。《胡笳十八拍》与《悲愤诗》(973)两诗皆

蔡琰所作,主题相同;只是题材不同,《悲愤诗》是五言,《胡笳十八拍》是准骚体和准柏梁体。《十八拍》可分为三部分:第一拍为开头,总说时代动乱和个人所受的屈辱;第二拍到第十七拍为中腹,分为思乡和念儿前后两个时期;第十八拍为结尾,呼应篇首,结出怨情。欣赏此诗,我们看到这位不幸的女子在自吹自唱,笳声正随着她的意象在流走,随着笳声、歌声,她正行走在一条由屈辱和痛苦铺成的十二年的长路上……这里摘引的是诗中最精采的部分:第十三拍抒别儿之痛;第十四拍诉思儿之苦,描写人物心理变化,无不生动传神,惟妙惟肖;第十五拍描写归国与别儿这一喜一悲的感情纠葛,充分表现了矛盾的心理,更加突出了人物进退维谷、痛苦难禁的情状。

燕歌行二首(其一)

魏 曹 丕

秋 风 萧 瑟 天 气 凉,	草 木 摇 落 露 为 霜。
群 燕 辞 归 皓 南 翔,	念 君 客 游 思 断 肠。
慊 慊 思 归 恋 故 乡,	君 何 淹 留 寄 他 方?
贱 妾 茕 茕 守 空 房,	忧 来 思 君 不 敢 忘,

不 觉 泪 下 沾 衣 裳。

援 琴 鸣 弦 发 清 商,	短 歌 微 吟 不 能 长。
明 月 皎 皎 照 我 床,	星 汉 西 流 夜 未 央。
牵 牛 织 女 遥 相 望,	尔 独 何 辜 限 河 梁。

本韵,纯用阳韵,首句入韵,"贱妾"、"忧来"与"不觉"为三韵联,皆独立句,本诗又是句句协韵、一韵到底、押平声韵、纯七言的柏梁体。曹丕的《燕歌行》是中国文学史上第一首完整的七言诗(此前张衡的《四愁诗》,见1051,还有重章叠句和骚体痕迹),虽然它句句用韵,还存在用韵单调的缺点,但是它在我国诗歌发展史上是占

有十分重要的地位的。《燕歌行》是乐府诗,多半写离别。本诗写一个女子在秋夜里怀念远方作客的丈夫,把写景和抒情有机地结合在一起,情景交融,浑然天成,故明代胡应麟《诗薮》说:"子桓《燕歌》二首,开千古妙境。"又语言清丽,情致委婉,章节和谐,缠绵悱恻,凄婉动人,所以清代王夫之《船山古诗评选》又说本诗"倾情,倾度,倾色,倾声,古今无两。"

咏雪联句

晋　谢　安　谢　朗　谢道韫

白雪纷纷何所似? _{谢安}　撒盐空中差可拟, _{谢朗}

未若柳絮因风起。_{谢道韫}

　　本韵,纯用纸韵,首句入韵,共三句,一组三韵联,仅末句为独立句。这是一则千古佳话,表现了才女谢道韫的杰出才华。才女的诗句确实胜于乃兄谢朗,她将北风飞雪的严寒冬景,比作东风吹绵的和煦春色,不正表现出女才子开朗乐观的胸襟和对美好春光的由衷向往么?

代北风凉行

宋　鲍照

北风凉,　　　　　　　风雪雺。

京洛女儿多严妆,　　　遥艳帷中自悲伤,

沉吟不语若为忘。

问君何行何当归,　　　苦使妾坐自伤悲。

虑年至,　　　　　　　虑颜衰。

情易复,　　　　　　　恨难追。

⁻⁴

转韵、夹通韵,阳(5)→支中杂微(6),首句及转韵第一句皆入韵,以平承平,"京洛"、"遥艳"与"沉吟"三句为三韵联,皆独立句。和鲍照杂言乐府诗中那些俊逸奔放、奇峭跌宕、婉丽幽深之作不同,本诗在长短间错的杂言形式中,回响着晋宋以来乐府民歌悠扬流美的旋律,在音节的调动和平声韵脚的变化中,创造出极富民歌韵味的清新活泼的节奏美,以轻盈流畅、含蓄深沉的韵味取胜。这些都充分表达了女主人公对人生旅途中的美丽的青春年华的珍惜,对人生应有的爱情、幸福的渴望。

江 南 弄
梁　萧　衍

　　众花杂色满上林,　　　　舒芳耀绿垂轻阴,
连手蹀躞舞春心。

　　舞春心,　　　　　　临岁腴。

　　中人望,　　　　　　独踟蹰。

　　转韵,侵(3)→虞(4),首句入韵,转韵第一句不入韵,以平承平,"众花"、"舒芳"与"连手"三句为三韵联,仅"连手"为独立句。在文学史上往往有这样的现象,一首诗能够成为诗体转变的一种标志,梁武帝萧衍的《江南弄》便有这样的性质。此前,南方民间盛行吴声、西曲,基本上是五言四句、一韵到底;在内容上多为描写男女欢爱的恋歌。萧衍则改西曲制[江南]共七支曲子,第一支就叫《江南弄》,是七、三杂言,而且转韵;内容上则把民歌移到宫廷中来,借以表现他们的享乐生活。

江南弄·采莲曲
梁　萧　纲

　　桂楫兰桡浮碧水,　　　　江花玉面两相似,
莲疏藕折香风起。

　　　　　　　　　　　　　√4

　　香 风 起 ，　　　　　　　白 日 低 。
　　　　　　　　　　　　　　　　　　　－8

　　采 莲 曲 ，　　　　　　　使 君 迷 。
　　　　　　　　　　　　　　　　　　　－8

　　转韵，纸（3）→齐（4），首句入韵，转韵第一句不入韵，平仄相间，"桂楫"、"江花"与"莲疏"三句为三韵联，仅"莲疏"为独立句。这是萧衍之子梁简文帝萧纲依其父萧衍所制《江南弄》曲调（1057）所写的歌词，字数、句式都相同，且都用第三句末三字作为第四句（萧衍诗为"舞春心"，萧纲诗为"香风起"），起到上下过渡、绾连的作用。但也有不同，萧衍诗转韵为以平承平，萧纲诗转韵为平仄相间。诗从白日采莲写到晚归情景，正与节奏、韵脚的转变一致。读者不知不觉地被曼妙的旋律带入了美好的意境之中。

敕 勒 歌
北朝民歌

　　敕 勒 川 ，　　　　　　　阴 山 下 。
　　　　　　　　　　　　　　　　　　△
　　　　　　　　　　　　　　　　　√21

　　天 似 穹 庐 ，　　　　　　笼 盖 四 野 。
　　　　　　　　　　　　　　　　　　　△
　　　　　　　　　　　　　　　　　　√21

　　天 苍 苍 ，　　　　　　　野 茫 茫 ，
　　　　　　　　○　　　　　　　　　　○
　　　　　　　－7　　　　　　　　　　－7

风 吹 草 低 见 牛 羊 。
　　　　　　　　○
　　　　　　　－7

　　转韵，马（4）→阳（3），首句不入韵，转韵第一句入韵，平仄相间，"天苍"、"野茫"与"风吹"三句为三韵联，仅末句为独立句。敕勒是古代中国北部（现今内蒙古大草原）的少数民族部落，其后裔融入了今天的维吾尔族。敕勒歌就是敕勒人当时所唱的牧歌。史载公元 546 年，东魏主师高欢，在与西魏作战时，命大将斛律金唱《敕勒歌》，群情为之一振，可见《敕勒歌》的歌声，该是多么雄壮豪放。后来，金代元好问《论诗绝句》云："慷慨歌谣绝不传，穹庐一声本天然。中州万古英雄气，也到阴山敕勒川。"（220）可惜的是，其曲调早已"绝不传"，如果今天仍能听到它，如蒙古长调一样，那肯定也是世界级非物质文化遗产了。

梁甫吟

唐 李 白

长 啸 梁 甫 吟 ，
　　　　　_12

何 时 见 阳 春 ？
　　　　　-11

君 不 见 朝 歌 屠 叟 辞 棘 津 ，
　　　　　　　　　　　-11

八 十 西 来 钓 渭 滨 ！
　　　　　　　-11

宁 羞 白 发 照 清 水 ？

逢 时 壮 气 思 经 纶 。
　　　　　　　-11

广 张 三 千 六 百 钓 ，

风 期 暗 与 文 王 亲 。
　　　　　　　-11

大 贤 虎 变 愚 不 测 ，

当 年 颇 似 寻 常 人 。
　　　　　　　-11

君 不 见 高 阳 酒 徒 起 草 中 ，
　　　　　　　　　-1

长 揖 山 东 隆 准 公 ！
　　　　　　　-1

入 门 不 拜 骋 雄 辩 ，

两 女 辍 洗 来 趋 风 。
　　　　　　　-1

东 下 齐 城 七 十 二 ，

指 挥 楚 汉 如 旋 蓬 。
　　　　　　　-1

狂 客 落 魄 尚 如 此 ，

何 况 壮 士 当 群 雄 ！
　　　　　　　-1

我 欲 攀 龙 见 明 主 ，
　　　　　　√7

雷 公 砰 訇 震 天 鼓 ，
　　　　　　　√7

帝 旁 投 壶 多 玉 女 。
　　　　√6

三 时 大 笑 开 电 光 ，

倏 烁 晦 冥 起 风 雨 。
　　　　　　　√7

闾 阖 九 门 不 可 通 ，

以 额 叩 关 阍 者 怒 。
　　　　　　　√7

白 日 不 照 吾 精 诚 ，
　　　　　　_8

杞 国 无 事 忧 天 倾 。
　　　　　　_8

猰 㺄 磨 牙 竞 人 肉 ，

驺 虞 不 折 生 草 茎 。

手接飞猱搏雕虎，　　　　　　　侧足焦原未言苦。

智者可卷愚者豪，　　　　　　　世人见我轻鸿毛。

力排南山三壮士，　　　　　　　齐相杀之费二桃。

吴楚弄兵无剧孟，　　　　　　　亚夫哈尔为徒劳。

梁甫吟，　　　　　　　　　　　声正悲。

张公两龙剑，　　　　　　　　　神物合有时。

风云感会起屠钓，　　　　　　　大人峗岘当安之。

转韵、夹通韵，真中杂侵(10，依《词韵》，真韵为第六部，侵韵为第十三部，两部通押。本诗为受《词韵》反作用影响而协韵的年代最早的诗。从宋代黄昇《花庵词选》起到近人王国维，词学大家都尊李白为"百代词曲之祖"，本诗可否作为佐证呢?)→东(8)→麇中杂语(7)→庚(4)→麇(2)→豪(6)→支(6)，首句入韵，转韵第一句五入韵一不入韵，平仄相间四处、以平承平二处，"朝歌"与"八十"为两句一联之独立句，"我欲"、"雷公"与"帝旁"三句为三韵联，仅末句为独立句。《梁甫吟》是古代用作葬歌的一支民间曲调，音调悲切凄苦，古辞已佚。本诗大概写在李白"赐金放还"，刚离长安之后，诗中抒写遭受挫折以后的痛苦和对理想的期待，气势奔放，感情炽热，是李白的代表作之一。尤其自"白日不照吾精诚"以下十二句，诗人通过各种典故或明或暗地抒写了内心的忧虑和痛苦，并激烈地抨击了现实生活中各种不合理的现象，意境奇幻，节奏起伏，诗人的感情激流表现得淋漓尽致。

乌栖曲

唐 李 白

姑苏台上乌栖时，　　　　　　　吴王宫里醉西施。

吴歌楚舞欢未毕，　　　　　　　青山欲衔半边日。

银 箭 金 壶 漏 水 多 ， 　　　起 看 秋 月 坠 江 波 ，

东 方 渐 高 奈 乐 何 ！

转韵，支(2)→质(2)→歌(3)，首句及转韵第一句皆入韵，皆平仄相间，首两韵为促起式，"银箭"、"起看"与"东方"三句为三韵联，仅末句为独立句。《乌栖曲》也是乐府旧题。李白此篇，不但内容从旧题的歌咏艳情转为讽刺宫廷淫靡生活，形式上也从七言四句增加到七句。李白的七言古诗，一般都写得雄奇奔放，恣肆淋漓。而本诗却偏于收敛含蓄，深婉隐微，是他七古中的别调。李白初至长安，贺知章见到本诗，叹赏苦吟，说"此诗可以泣鬼神矣。"并说他是"天上谪仙人也"！

庐山谣寄卢侍御虚舟

唐　李　白

我 本 楚 狂 人 ， 　　　凤 歌 笑 孔 丘 。

手 持 绿 玉 杖 ， 　　　朝 别 黄 鹤 楼 。

五 岳 寻 仙 不 辞 远 ， 　　　一 生 好 入 名 山 游 。

庐 山 秀 出 南 斗 旁 ， 　　　屏 风 九 叠 云 锦 张 ，

影 落 明 湖 青 黛 光 。

金 阙 前 开 二 峰 长 ， 　　　银 河 倒 挂 三 石 梁 。

香 炉 瀑 布 遥 相 望 ， 　　　回 崖 沓 嶂 凌 苍 苍 。

翠 影 红 霞 映 朝 日 ， 　　　鸟 飞 不 到 吴 天 长 。

登 高 壮 观 天 地 间 ， 　　　大 江 茫 茫 去 不 还 。

黄 云 万 里 动 风 色，　　　白 波 九 道 流 雪 山 。

好 为 庐 山 谣 ，　　　兴 因 庐 山 发 。

闲 窥 石 镜 清 我 心，　　　谢 公 行 处 苍 苔 没 。

早 服 还 丹 无 世 情，　　　琴 心 三 叠 道 初 成 。

遥 见 仙 人 彩 云 里，　　　手 把 芙 蓉 朝 玉 京 。

先 期 汗 漫 九 垓 上，　　　愿 接 卢 敖 游 太 清 。

　　转韵，尤（6）→阳（9）→删（4）→月（4）→庚（6），首句不入韵，转韵第一句三入韵一不入韵，平仄相间两处、以平承平两处，"庐山"、"屏风"与"影落"三句为三韵联，仅末句为独立句，"金阙"与"银河"、"香炉"与"回崖"四句皆两句一联之独立句。本诗写于李白晚年流放夜郎遇赦后不久，因此满腔疾愤喷薄而出。不论是蔑视礼法、嘲笑孔子，还是赞颂庐山秀丽景色、从而祈盼早日修真入道，都表达了诗人政治失意后对现实的强烈不满。但在具体写时，诗人仍一如既往地展现自己狂放不羁的性格，寓情于景，境界开阔变化，声韵雄放多姿，看似漫不经意、率然成篇，却驱驾气势，想象丰富，铸词瑰奇，转接自然，充满震撼人心的力量。

梦游天姥吟留别

唐 李 白

海 客 谈 瀛 洲 ，　　　烟 涛 微 茫 信 难 求 。

越 人 语 天 姥 ，　　　云 霓 明 灭 或 可 睹 。

天 姥 连 天 向 天 横，　　　势 拔 五 岳 掩 赤 城 。

天 台 四 万 八 千 丈，　　　对 此 欲 倒 东 南 倾 。

我 欲 因 之 梦 吴 越 ，　　　一 夜 飞 度 镜 湖 月 。

湖 月 照 我 影 ，　　　送 我 至 剡 溪 。

谢 公 宿 处 今 尚 在 ，　　　渌 水 荡 漾 清 猿 啼 。

脚 著 谢 公 屐 ，　　　身 登 青 云 梯 。

半 壁 见 海 日 ，　　　空 中 闻 天 鸡 。

千 岩 万 转 路 不 定 ，　　　迷 花 倚 石 忽 已 暝 。

熊 咆 龙 吟 殷 岩 泉 ，　　　慄 深 林 兮 惊 层 巅 。

云 青 青 兮 欲 雨 ，　　　水 澹 澹 兮 生 烟 。

列 缺 霹 雳 ，　　　丘 峦 崩 摧 。

洞 天 石 扉 ，　　　訇 然 中 开 。

青 冥 浩 荡 不 见 底 ，　　　日 月 照 耀 金 银 台 。

霓 为 衣 兮 风 为 马 ，　　　云 之 君 兮 纷 纷 而 来 下 。

虎 鼓 瑟 兮 鸾 回 车 ，　　　仙 之 人 兮 列 如 麻 。

忽 魂 悸 以 魄 动 ，　　　恍 惊 起 而 长 嗟 。

惟 觉 时 之 枕 席 ，　　　失 向 来 之 烟 霞 。

世 间 行 乐 亦 如 此 ，　　　古 来 万 事 东 流 水 。

别 君 去 兮 何 时 还 ，　　　且 放 白 鹿 青 崖 间 ，

须 行 即 骑 访 名 山 。

安 能 摧 眉 折 腰 事 权 贵 ， 使 我 不 得 开 心 颜 ！

转韵，尤（2）→麌（2）→庚（4）→月（2）→齐（8）→径（2）→先（4）→灰（6）→马（2）→麻（6）→纸（2）→删（5），首句入韵，转韵第一句九入韵二不入韵，平仄相间十处、以平承平一处，首两韵为促起式，"别君"、"且放"与"须行"三句为三韵联，仅"须行"句为独立句。本诗以描写梦境为主，以梦醒后的议论为辅。因为是写梦，使李白的浪漫主义诗风得以最大程度的发挥。诗人把神话传说与对山水的真实体验融为一体，运用丰富离奇的想象与大胆奇特的夸张，创造了雄伟壮丽与神妙虚幻相结合的、缤纷多彩的艺术境界。诗通过对自由光明的追求，寄托自己对现实的强烈不满与反抗。全诗音调节奏起伏，句式错落不齐，语言绚丽华富，还借鉴了《楚辞》的创作手法，在艺术上取得了很高的成就，是李白的代表作之一。

饮中八仙歌

唐 杜 甫

知 章 骑 马 似 乘 船 ，　　　　眼 花 落 井 水 底 眠 。

汝 阳 三 斗 始 朝 天 ，　　　　道 逢 麹 车 口 流 涎 ，

恨 不 移 封 向 酒 泉 。

左 相 日 兴 费 万 钱 ，　　　　饮 如 长 鲸 吸 百 川 ，

衔 杯 乐 圣 称 避 贤 。

宗 之 潇 洒 美 少 年 ，　　　　举 觞 白 眼 望 青 天 ，

皎 如 玉 树 临 风 前 。

苏晋长斋绣佛前，　　　　醉中往往爱逃禅。

李白一斗诗百篇，　　　　长安市上酒家眠，

天子呼来不上船，　　　　自称臣是酒中仙。

张旭三杯草圣传，　　　　脱帽露顶王公前，

挥毫落纸如云烟。

焦遂五斗方卓然，　　　　高谈雄辩惊四筵。

　　本韵，纯用先韵，首句入韵，本诗是柏梁体，其中有四联三韵联，即"汝阳"联、"左相"联、"宗之"联与"张旭"联，句句都是独立句，其实，除首联两句外，后面各句皆独立句。《饮中八仙歌》是一首别具一格、富有特色的"肖像诗"。八个酒仙是同时代的人，又都在长安生活过，在嗜酒、豪放、旷达这些方面彼此相似。诗人以洗练的语言，人物速写的笔法，将他们写进同一首诗里，构成一幅栩栩如生的群像图。

戏题王宰画山水图歌
唐 杜 甫

十日画一水，　　　　　　五日画一石。

能事不受相促迫，　　　　王宰始肯留真迹。

壮哉昆仑方壶图，　　　　挂君高堂之素壁。

巴陵洞庭日本东，　　　　赤岸水与银河通，

中有云气随飞龙。

−2

舟 人 渔 子 入 浦 溆，　　山 木 尽 亚 洪 涛 风。
　　　　　　　　　　　　　　　　　　−1

尤 工 远 势 古 莫 比，　　咫 尺 应 须 论 万 里。
　　　　　　　△　　　　　　　　　　　　　△
　　　　　　　√4　　　　　　　　　　　　√4

焉 得 并 州 快 剪 刀，　　剪 取 吴 淞 半 江 水。
　　　　　　　　　　　　　　　　　　　　　　△
　　　　　　　　　　　　　　　　　　　　　√4

转韵、夹通韵，陌中杂锡(6)→东中杂冬(5)→纸(4)，首句不入韵，转韵第一句皆入韵，皆平仄相间，"能事"与"主宰"为两句一联之独立句，"巴陵"、"赤岸"与"中有"三句为三韵联，仅"中有"为独立句。这首歌行体诗，写得生动活泼，挥洒自如。诗情画意融为一体，不知何者是诗，何者为画，可谓天衣无缝。清方薰在《山静居画论》中说："读老杜入峡诸诗，奇思百出，便是吴生王宰蜀中山水图。自来题画诗亦惟此老使笔如画。"可见杜甫题画诗历来为人称道，影响很大。

走马川行奉送出师西征
唐 岑 参

君 不 见 走 马 川 ，　　雪 海 边 ，
　　　　　　　_1　　　　　　　　　_1

平 沙 莽 莽 黄 入 天。
　　　　　　　_1

轮 台 九 月 风 夜 吼，　　一 川 碎 石 大 如 斗，
　　　　　　　　△　　　　　　　　　　　　　△
　　　　　　　√25　　　　　　　　　　　　√25

随 风 满 地 石 乱 走。
　　　　　　　△
　　　　　　　√25

匈 奴 草 黄 马 正 肥，　　金 山 西 见 烟 尘 飞，
　　　　　　　　−5　　　　　　　　　　　　−5

汉 家 大 将 西 出 师。
　　　　　　　−4

将 军 金 甲 夜 不 脱，　　半 夜 军 行 戈 相 拨，
　　　　　　　　△　　　　　　　　　　　　　△

　　　　　　　　　λ7　　　　　　　　　　　　　　　　　　　λ7

风 头 如 刀 面 如 割。
　　　　　　　λ7

　　　马 毛 带 雪 汗 气 蒸，　　　　五 花 连 钱 旋 作 冰，
　　　　　　　　　　_10　　　　　　　　　　　　　　　　　_10
幕 中 草 檄 砚 水 凝。
　　　　　　　_10

　　　虏 骑 闻 之 应 胆 慑，　　　　料 知 短 兵 不 敢 接，
　　　　　　　　　　λ16　　　　　　　　　　　　　　　　　λ16
车 师 西 门 伫 献 捷。
　　　　　λ16

　　转韵、夹通韵，先(3)→有(3)→微支同用(3)→曷(3)→蒸(3)→叶(3)，皆平仄相间，首句及转韵第一句皆入韵，本诗共六联十八句，每联皆三韵联、皆末句为独立句。岑参诗的特点是意奇语奇，尤其是边塞诗，奇气益著。《白雪歌送武判官归京》(844)，是奇而婉，"忽如一夜春风来，千树万树梨花开"等句侧重表现边塞绮丽而瑰异的风光，给人以清新俊逸之感。本诗则是奇而壮，风沙的猛烈、人物的豪迈都给人以雄浑壮美之感；特别是全诗句句用韵，三句一转，韵位密集，换韵频数，节奏急促有力，情韵灵活流宕，声调激越豪壮，有如音乐中的战斗进行曲。至于同一时期、为同一事、赠同一人的《轮台歌奉送封大夫出师西征》(844)，是奇而威，战斗的残酷、战士的英勇，都给人以威武激烈之感，与本诗为姊妹篇。

八月十五日夜赠张功曹
唐　韩　愈

　　　纤 云 四 卷 天 无 河，　　　　清 风 吹 空 月 舒 波。
　　　　　　　　　　_5　　　　　　　　　　　　　　　　　_5
　　　沙 平 水 息 声 影 绝，　　　　一 杯 相 属 君 当 歌。
　　　　　　　　　　　　　　　　　　　　　　　　　　　　_5
　　　君 歌 声 酸 辞 且 苦，　　　　不 能 听 终 泪 如 雨：
　　　　　　　　　　√7　　　　　　　　　　　　　　　　　√7
　　　"洞 庭 连 天 九 疑 高，　　　　蛟 龙 出 没 猩 鼯 号。

十生九死到官所，　　幽居默默如藏逃。

下床畏蛇食畏药，　　海气湿蛰熏腥臊。

昨者州前捶大鼓，　　嗣皇继圣登夔皋。

赦书一日行万里，　　罪从大辟皆除死。

迁者追回流者还，　　涤瑕荡垢清朝班。

州家申名使家抑，　　坎轲只得移荆蛮。

判司卑官不堪说，　　未免捶楚尘埃间。

同时流辈多上道，　　天路幽险难追攀。"

君歌且休听我歌，　　我歌今与君殊科：

"一年明月今宵多，　　人生由命非由他，

有酒不饮奈明何！"

　　转韵，歌(4)→麌(2)→豪(8)→纸(2)→删(8)→歌(5)，首句及转韵第一句皆入韵，平仄相间四处，以平承平一处，"一年"、"人生"与"有酒"三句为三韵联，皆独立句。本诗以接近散文的笔法，古朴的语言，直陈其事。不用譬喻，不用寄托，主客互相吟诵诗句，一唱一和，我中有你，你中有我，衷情互诉，洒脱疏放，别具一格。全诗换韵很多，韵脚灵活，音节起伏变化，很好地表现了感情的发展变化，使诗歌既雄浑恣肆又宛转流畅。首与尾用酒和明月先后照应，轻清简炼，结构完整，也加深了意境的悲凉。

秦王饮酒
唐　李　贺

秦 王 骑 虎 游 八 极，　　　剑 光 照 空 天 自 碧。
　　　　　　　λ13　　　　　　　　　　　　λ11

羲 和 敲 日 玻 璃 声，　　　劫 灰 飞 尽 古 今 平。
　　　　　　　8　　　　　　　　　　　　　　8

龙 头 泻 酒 邀 酒 星，　　　金 槽 琵 琶 夜 枨 枨。
　　　　　　　9　　　　　　　　　　　　　　8

洞 庭 雨 脚 来 吹 笙，　　　酒 酣 喝 月 使 倒 行。
　　　　　　8　　　　　　　　　　　　　　8

银 云 栉 栉 瑶 殿 明，　　　宫 门 掌 事 报 一 更。
　　　　　8　　　　　　　　　　　　　　8

花 楼 玉 凤 声 娇 狞，　　　海 绡 红 文 香 浅 清，
　　　　　8　　　　　　　　　　　　　　8

黄 娥 跌 舞 千 年 觥。
　　　　　8

仙 人 烛 树 蜡 烟 轻，　　　青 琴 醉 眼 泪 泓 泓。
　　　　　8　　　　　　　　　　　　8

　　转韵、夹通韵，职陌同用(2)→庚中杂青(13)，首句及转韵第一句皆入韵，平仄相间，首韵为促起式，"龙头"起下共十一句皆独立句，其中有四联为两句一联之独立句，"花楼"一联为三韵联，三句皆独立句。本诗是李贺的代表作之一，是唐诗宝库中一颗散发异彩的明珠。李贺写诗，题旨多在"笔墨蹊径"之外，他写古人古事，大多用以影射现实，或借以表达自己郁闷的情怀。本诗就是借写秦始皇的恣饮沉湎，隐含对唐德宗的讽喻之意。

将 进 酒
唐　李　贺

玻 璃 锺，　　　　　　琥 珀 浓，
　　　-2　　　　　　　　　-2

小 槽 酒 滴 真 珠 红。

　　　　　　　　¯1

烹龙炮凤玉脂泣，　　　　罗帏绣幕围香风。
　　　　　　　　　　　　　　　　　　　¯1

吹龙笛，　　　　　　　　击鼍鼓；
　　　　　　　　　　　　　　∨7

皓齿歌，　　　　　　　　细腰舞。
　　　　　　　　　　　　　　∨7

况是青春日将暮，　　　　桃花乱落如红雨。
　　　　　　　丶7　　　　　　　　　　∨7

劝君终日酩酊醉，　　　　酒不到刘伶坟上土！
　　　　　　　　　　　　　　　　　　∨7

转韵、夹通韵，冬东同用(5)→麌虞杂遇(8)，首句入韵，转韵第一句不入韵，平仄相间，首起三句为三韵联，仅"小槽"句为独立句，"况是"与"桃花"两句为两句一联之独立句。李贺此诗以精湛的艺术技巧表现了诗人对人生的深切体验。前面绝大部分是人间乐事的瑰丽夸大的描写，结尾两句猛作翻转，出现了死的意念和"坟上土"的惨淡形象。前后似不协调而正具有机联系。前段以人间乐事反衬死的可悲，后段以终日醉酒和暮春之愁思又回过来表现了生的无聊，这就十分生动而真实地将诗人内心深处所隐藏的死既可悲而生亦无聊的最大的矛盾和苦闷揭示出来了。总之，这个乐极生悲、龙身蛇尾式的结构，有力地表现了诗歌的主题，也表现了李贺艺术构思上不落窠臼的艺术特点。

李思训画长红绝岛图
宋　苏　轼

山苍苍，水茫茫，　　　　大孤小孤江中央。
　　_7　　　　_7　　　　　　　　　　　　　_7

崖崩路绝猿鸟去，　　　　惟有乔木搀天长。
　　　　　　　　　　　　　　　　　　　　_7

客舟何处来？　　　　　　棹歌中流声抑扬。
　　　　　　　　　　　　　　　　　　　_7

沙平风软望不到，　　　　孤山久与船低昂。
　　　　　　　　　　　　　　　　　　　_7

峨 峨 两 烟 鬟 ，   晓 镜 开 新 妆 。

舟 中 贾 客 莫 漫 狂 ，   小 姑 前 年 嫁 彭 郎 。

　　本韵，纯用阳韵，首句入韵，首三句为三韵联，仅"大孤"句为独立句，末两句为两句一联之独立句。苏轼知画善画，他作了大量评画、题画的诗文，本诗是其中的名篇之一。诗中对画未加评骘，只是如其《韩干马十四匹》(864)诗中所说"苏子作诗如见画"，将画的内容传达给读者，表示了对李思训这幅画的肯定。结尾四句异军突起，引入了有关画中风景的当地民间故事(736)，丰富了画境，且使诗篇余音袅袅，正如清人方东树《昭昧詹言》称本诗为"神气完足，遒转空妙。"

书丹元子所示李太白真

宋 苏 轼

天 人 几 何 同 一 沤 ，   谪 仙 非 谪 乃 其 游 ，

麾 斥 八 极 隘 九 州 。

化 为 两 鸟 鸣 相 酬 ，   一 鸣 一 止 三 千 秋 。

开 元 有 道 为 少 留 ，   縻 之 不 可 矧 肯 求 ！

西 望 太 白 横 峨 岷 ，   眼 高 四 海 空 无 人 ；

大 儿 汾 阳 中 令 君 ，   小 儿 天 台 坐 忘 身 。

"平 生 不 识 高 将 军 ，   手 污 吾 足 乃 敢 瞋 ！"

作 诗 一 笑 君 应 闻 。

　　转韵、夹通韵，尤(7)→真文同用(7)，首句及转韵第一句皆入韵，以平承平，本诗前韵七句为3、2、2句式，后韵七句为2、2、3句式，与李白《长相思》(1110)篇章结

构相似，具有对称整饬之美，韵律感极强。首三句为三韵联，仅末句为独立句；末三句也为三韵联，皆独立句。又"化为"与"一鸣"、"开元"与"縻之"、"大儿"与"小儿"共六句皆两句一联之独立句。这是苏轼题在李白画像上的诗，抒发对这位伟大前辈深刻而独特的理解，把十分复杂的"并庄、屈为心，合儒、仙、侠为气"（清龚自珍《最录李白集》）的李白精神面貌表达得明朗而丰满。前七句用幻境写李白的精神境界，说"谪仙非谪乃其游"，人间的李白并非神仙谪降，而是神仙出游，这个美妙的想象和赞誉，比贺知章的"谪仙人"（1061）高出一头；后七句则着重写李白的蔑视权贵，是全诗的主旨所在；结尾处，诗人更与前辈通话了，因为论气质，论诗歌，苏轼是最接近李白的，人们不是称李白为"诗仙"、称苏轼为"坡仙"吗？

武昌松风阁
宋　黄庭坚

依山筑阁见平川，　　　夜阑箕斗插屋椽，

我来名之意适然。

老松魁梧数百年，　　　斧斤所赦今参天。

风鸣娲皇五十弦，　　　洗耳不须菩萨泉。

嘉二三子甚好贤，　　　力贫买酒醉此筵。

夜雨鸣廊到晓悬，　　　相看不归卧僧毡。

泉枯石燥复潺湲，　　　山川光辉为我妍。

野僧早饥不能饘，　　　晓见寒溪有炊烟。

东坡道人已沉泉，　　　张侯何时到眼前？

钓台惊涛可昼眠，　　　怡亭看篆蛟龙缠。

安得此身脱拘挛？　　　舟载诸友长周旋。

本韵，纯用先韵，首句入韵，本诗是柏梁体，首三句为三韵联，仅"我来"句为独立句，此下皆两句一联之独立句。山谷曾评杜甫到夔州后诗说"简易而大巧出焉，平淡如山高水深"，移评山谷本诗，甚为贴切。此诗写他夜宿山寺的见闻感受，阁夜松风，夜雨鸣廊，流水潺湲，山川生妍，大自然的雄奇壮阔之境映照出诗人清高脱俗的博大胸怀。这是诗人历经磨难后用禅学加以净化的精神境界。"东坡道人"以下，直抒怀友人情，传出世之态，结末感叹并兼疑问，向往中交织疑虑，感慨深沉。诗不用僻典拗语，笔势自然老健。

夷门行赠秦夷仲

宋　晁冲之

君不见夷门客有侯嬴风，　　　杀人白昼红尘中。

京兆知名不敢捕，　　　　　　倚天长剑著崆峒。

同时结交三数公，　　　　　　联翩走马几马骢。

仰天一笑万事空，　　　　　　入门宾客不复通，

起家簪笏明光宫。

呜呼，男儿名重泰山身如叶，　手犯龙鳞心莫慑。

一生好色马相如，　　　　　　慷慨直辞犹谏猎。

转韵，东(9)→叶(4)，首句及转韵第一句皆入韵，平仄相间，"同时"与"联翩"为两句一联之独立句，"仰天"、"入门"与"起家"三句为三韵联，皆独立句。全诗于高昂雄劲中极顿挫之致。主旨在于激勉友人以夷门侠义之风自励，不加明言，而一扬一抑之间，自见愤世嫉邪的深意。

五禽言·婆饼焦
宋　周紫芝

云穰穰，麦穗黄，　　婆饼欲焦新麦香。
　7　　　　7　　　　　　　　　　　7

今年麦熟不敢尝，　　斗量车载倾囷仓，
　　　　　　7　　　　　　　　　　　7

化作三军马上粮。
　　　　　7

本韵，纯用阳韵，首句入韵，前三句为一组三韵联、仅末句为独立句，后三句也为一组三韵联、皆独立句。这首"禽言"诗（"禽言"诗含义见1038）中的鸟儿活跃在麦收季节，其时妇人在家烙饼，这鸟叫像提醒人们"婆饼欲焦"。诗写宋时军费开销极大，负担转嫁于平民，所以在"斗量车载"的丰年，农人仍不免饥寒。

五禽言·提壶卢
宋　周紫芝

提壶卢，树头劝酒声相呼，　　劝人沽酒无处沽。
　7　　　　　　　7　　　　　　　　　　7

太岁何年当在酉，　　敲门问浆还得酒。
　　　　　∨25　　　　　　　　　∨25

田中禾穗处处黄，　　瓮头新绿家家有。
　　　　　　　　　　　　　　　∨25

转韵，虞（3）→有（4），首句及转韵第一句皆入韵，平仄相间，首三句为三韵联，仅末句为独立句。"提壶卢"的叫声有如劝酒。麦且不敢尝，岂想杯中酒？鸟儿的叫声，实在令人啼笑皆非。前三句已是幽默，后四句更是画饼充饥。

五禽言·布谷
宋　周紫芝

田中水涓涓，　　布谷催种田，
　　　　1　　　　　　　　1

贼今在邑农在山。
　¯15

但愿今年贼去早，　　　　春田处处无荒草。
　　　ᐯ19　　　　　　　　　　　　ᐯ19

农夫呼妇出山来，　　　　深种春秧答飞鸟。
　　　　　　　　　　　　　　　　ᐯ17

　　转韵、夹通韵，先删同用(3)→皓篠同用(4)，首句及转韵第一句皆入韵，平仄相间，首三句为三韵联，仅末句为独立句。"布谷"催种，此田难种。因为社会不安定，"贼今在邑农在山"，农夫太苦了。

田家谣
宋　陈　造

麦上场，蚕出筐，　　　　此时只有田家忙。
　¯7　　　　¯7　　　　　　　　　　　　¯7

半月天晴一夜雨，　　　　前日麦地皆青秧。
　　　　　　　　　　　　　　　　¯7

阴晴随意古难得，　　　　妇后夫先各努力。
　　　　ᐧ13　　　　　　　　　　　ᐧ13

倏凉骤暖茧易蛾，　　　　大妇络丝中妇织。
　　　　　　　　　　　　　　　　ᐧ13

中妇辍闲事铅华，　　　　不比大妇能忧家。
　　　　¯6　　　　　　　　　　　　¯6

饭熟何曾趁时吃，　　　　辛苦仅得蚕事毕。
　　　　ᐧ12　　　　　　　　　　　ᐧ4

小妇初嫁当少宽，　　　　令伴阿姑顽过日。
　　　　　　　　　　　　　　　　ᐧ4

明年愿得如今年，　　　　剩贮二麦饶丝绵。
　　　　¯1　　　　　　　　　　　　¯1

小妇莫辞担上肩，　　　　却放大妇当姑前。
　　　　¯1　　　　　　　　　　　　¯1

　　转韵、夹通韵，阳(5)→职(4)→麻(2)→质锡同用(4)→先(4)，首句及转韵第一句皆入韵，皆平仄相间，首三句为三韵联，仅"此时"句为独立句，尾两句为两句一联之独立句。本诗反映了风调雨顺年景,农民一家的辛勤劳动生活,也写出了劳动之家纯朴和美的家风,以及获得丰收的喜悦和愿望。作者的赞美田家之情是以质朴真切而又饶有情趣的笔触表现出来的。全诗风调纯美,情趣盎然,对三位媳妇不同的神态举止的描写与辛弃疾《清平乐》词"大儿锄豆溪东,中儿正织鸡笼。最喜小儿无赖,溪头卧剥莲蓬"相似。

三 虎 行

宋 方 岳

黄茅惨惨天欲雨,	老乌查查路幽阻。
田家止予且勿行,	"前有南山白额虎;
一母三足其名彪,	两子从之力俱武;
西邻昨暮樵不归,	欲觅残骸无处所。"
日未昏黑深掩关,	毛发为竖心悲酸,
客子岂知行路难!	
打门声急谁氏子,	束蕴乞火霜风寒;
劝渠且宿不敢住,	袒而示我催租瘢。
呜呼!李广不生周处死,	负子渡河何日是!

转韵、夹通韵,麌语同用(8)→寒中杂删(7)→纸(2),首句及转韵第一句皆入韵,皆平仄相间,末韵为促收式,"日未"、"毛发"与"客子"三句为三韵联,仅"客子"句为独立句。本诗以铺叙的笔法,生动的情节,揭露了"苛政猛于虎"的严酷现实。特别是"催租瘢"的画面,笔致简练,含蕴丰富,既说明了此子宁冒虎险而不敢留宿的直接原因,更暴露了官吏催租的凶狠残暴。

古墙行

元 杨 载

建炎白马南渡时，
循王以身佩安危。

疏恩治第壮舆卫，
缩板栽干由偏裨。

下锸江城但沙卤，
往夷赤山取焦土。

帐前亲兵力如虎，
一日连云兴百堵。

引锥试之铁石坚，
长城在此势屹然。

上功幕府分金钱，
欢声如雷动地传。

尔来瞬息逾百年，
高崖为谷惊推迁。

华堂寂寞散文础，
乔木惨淡栖寒烟。

我入荒园访遗古，
所见惟存丈寻许。

废坏终嗟麋鹿游，
飘零不记商羊舞。

王孙欲言泪如雨，
为言王孙毋自苦。

子孙再世飨门户，
英公尚及观旁杜。

如君百不一二数，
人生富贵当自取，

况有长才文甚武。

公侯之后必复初，
好把家声继其祖。

转韵、夹通韵，支（4）→麌（4）→先（8）→麌中杂语（13），首句及转韵第一句皆入韵，皆平仄相间，"帐前"与"一日"、"上动"与"欢声"、"尔来"与"高崖"、"王孙"与"为言"、"子孙"与"英公"共十句皆两句一联之独立句，"如君"、"人生"与"况有"三句为三韵联，皆独立句。怀古是中国古代诗歌中一种常见的题材，但像本诗（描述南宋初年抗金名将循王张俊身前、身后强烈反差）这样采用歌行体的形式却为数不多。较之常见的以含蕴蕴藉取胜的短篇怀古之作，本诗采用的大肆渲染、淋漓铺排的手法，就显得新鲜而独特，风格独具。

易 水 行
明　何景明

寒风夕吹易水波，　　　　　渐离去筑荆卿歌。

白衣洒泪当祖路，　　　　　日落登车去不顾。

秦王殿上开地图，　　　　　舞阳色沮那敢呼。

手持匕首掷铜柱，　　　　　事已不成空骂倨。

吁嗟乎！燕丹寡谋当灭身，　光也自刎何足云，

惜哉枉杀樊将军！

转韵、夹通韵又上去通押，歌（2）→遇（2）→虞（2）→麌御同用（2）→文真同用（3），首句及转韵第一句皆入韵，皆平仄相间，前四韵皆促起式，末三句为三韵联、仅末句为独立句。在众多咏荆轲的诗中，本诗以其新意而继武先贤，实属不易。最后三句为新意所在：主谋者有误，执行者虽尽忠竭力，也必遭败局。田光之死为无谓，樊于期之死为"枉杀"，那么荆轲之死呢？壮烈乎？可悲乎？犹有壮气，但含悲凉也！

和许殿卿春日梁园即事

明　李攀龙

梁园高会花开起，　　　直至落花犹未已，
　　　　∧∨4　　　　　　　　　∨4

春花著酒酒自美。
　　　∧∨4

丈夫但饮醉即休，　　　才到花前无白头，
　　　_11　　　　　　　　　_11

红颜相劝若为留。
　　_11

春风何处不花开，　　　何处花开不看来，
　　　‾10　　　　　　　　　‾10

看花何处好空回。
　　‾10

转韵，纸(3)→尤(3)→灰(3)，首句及转韵第一句皆入韵，平仄相间一处，以平承平一处，本诗与前述唐岑参《走马川行奉送出师西征》(1066)相似，全诗为三组三韵短，皆仅末句为独立句。本诗诗情飞逸，文采风流，是一段对美好情怀的吟唱。全诗围绕"风、花、酒、诗"来写，而以"花"为主体，尤其最后三句，既用"何处"蝉联、重沓吟咏，又在语意上有"顶真"之势，从春风到花开，从花开到看花，从看花到不空回，以最奔放的笔调为盛会做了自始至终的速写，使音律回环往复、流畅婉转，让全诗在优美而萦回的旋律中戛然而止，引入遐思，韵味无穷。

听女道士卞玉京弹琴歌

清　吴伟业

驾鹅逢天风，　　　北向惊飞鸣。
　　　‾1　　　　　　　　　。8

飞鸣入夜急，　　　侧听弹琴声。
　　　　　　　　　　　　　。8

借问弹者谁？　　　云是当年卞玉京。

玉京与我南中遇，
家住大功坊底路。

小院青楼大道边，
对门却是中山住。

中山有女娇无双，
清眸皓齿垂明珰。

曾因内宴直歌舞，
坐中瞥见涂鸦黄。

问年十六尚未嫁，
知音识曲弹清商。

归来女伴洗红妆，
枉将绝技矜平康，

如此才足当侯王！

万事仓皇在南渡，
大家几日能枝梧？

诏书忽下选蛾眉，
细马轻车不知数。

中山好女光徘徊，
一时粉黛无人顾。

艳色知为天下传，
高门愁被旁人妒。

尽道当前黄屋尊，
谁知转盼红颜误。

南内方看起桂宫，
北兵早报临瓜步。

闻道君王走玉骢，
犊车不用聘昭容。

幸迟身入陈宫里，
却早名填代籍中。

依稀记得祁与阮，
同时亦中三宫选。

可怜俱未识君王，

漫咏临春琼树篇，

当时错怨韩擒虎，

但教一日见天子，

羊车望幸阿谁知？

我向花间拂素琴，

暗将别鹄离鸾引，

昨夜城头吹觱篥，

碧玉班中怕点留，

私更装束出江边，

剪就黄绦贪入道，

此地由来盛歌舞，

月明弦索更无声，

十年同伴两三人，

贵戚深闺陌上尘，

坐客闻言起叹嗟，

军府抄名被驱遣。

玉颜零落委花钿。

张孔承恩已十年。

玉儿甘为东昏死。

青冢凄凉竟如此！

一弹三叹为伤心。

写入悲风怨雨吟。

教坊也被传呼急。

乐营门外卢家泣。

恰遇丹阳下渚船。

携来绿绮诉婵娟。

子弟三班十番鼓。

山塘寂寞遭兵苦。

沙董朱颜尽黄土。

吾辈飘零何足数？

江山萧瑟隐悲笳。

莫　将　蔡　女　边　头　曲，　　　　落　尽　吴　王　苑　里　花。
　　　　　　　　　　　　　　　　　　　　　　　　　　　　　　　－6

　　转韵、夹通韵，庚中杂东(6，依《古音辩》，东、冬、江、阳、庚、青、蒸七韵皆协阳音
而协韵)→遇(4)→阳中杂江(9)→遇中杂队(12，遇韵为词韵第四部，队韵为词韵第
三部，词韵中偶而也有第三部与第四部通押)→东冬同用(4)→铣阮同用(4)→先
(4)→纸(4)→侵(4)→缉质同用(4)→先(4)→麌(8)→麻(4)，首句及转韵第一句
皆入韵，皆平仄相间，"归来"、"枉将"与"如此"三句为三韵联，皆独立句。本诗亦为
"梅村体歌行"的代表作，虽尚不及《圆圆曲》(885)著名，但两者借薄命女子(卞玉京
与陈圆圆皆为明末"秦淮八艳"之一)之乱离身世以折射易代之际变故的谋篇用心，
都是相同的；两者格局之宏大、词藻之华丽、叙事之流转、使典之富多、所体现的诗
人才情之超卓、学识之鸿博，都可谓在伯仲之间，难较铢两。但玉京又与圆圆不同，
玉京是梅村的心上人，圆圆只是曾闻其名而已。因此，两诗相较，觉本诗更见其真
切、口角宛然。另外，《圆圆曲》中只是一花独秀，本诗则是两枝(玉京与公侯千金)
并蒂，这也影响到了两诗布局的不同：本诗以前五句之闻琴声浅浅引之(如《孔雀东
南飞》之开篇"孔雀东南飞，五里一徘徊")，以末四句之悲笳声(蔡文姬之《胡笳十八
拍》)深深作结，而全说梅村自己，首尾呼应。中六十二句先合写双美，再分说之，又
以尾二句巧作挽合，又自成一体。如此有开有阖、次序井然，亦与《圆圆曲》大体上
一气贯注的布局不同。在背景、题材均相近似的两篇巨制中，能有如此的变化，梅
村真不愧作手、高手。

题陆天泩泰山图

清　屈大均

海　中　日　涌　声　如　雷，　　　　天　门　夜　半　鸿　蒙　开。
　　　　　　　　　　－10　　　　　　　　　　　　　　　　　　　　－10

天　鸡　鼓　翼　波　震　荡，　　　　金　银　宫　阙　东　飞　来。
　　　　　　　　　　　　　　　　　　　　　　　　　　　　　　　－10

此　时　丈　人　峰　上　客，　　　　日　华　嘘　噏　荡　精　魄，
　　　　　　　　　　λ11　　　　　　　　　　　　　　　　　　　　λ10

东　君　玉　颜　在　咫　尺。
　　　　　　　　　λ11

扶　桑　万　朵　红　复　红，　　　　玉　女　三　千　笑　口　同。

丹青虽神画不得，　　　　朝霞倏忽吹成风。

千岩万壑太古色，　　　　秦代苍松人不识。

图成慎勿置金箱，　　　　留与人间见胸臆。

转韵、夹通韵，灰(4)→陌药同用(3)→东(4)→职(4)，首句及转韵第一句皆入韵，皆平仄相间，"此时"、"日华"与"东君"三句为三韵联，仅"东君"句为独立句。本诗来自《元明清诗三百首》。画上泰山日出，惜不复见；然诗人一篇题画诗，纵横恣肆，使笔如画，已将日出之壮景描摹得雄丽飞动，有声有色。海中日涌，天门夜开，天鸡鼓翼，波涛震荡，宫阙东来，玉女同笑，朝霞成风，日出之种种瞬间无不荡人精魄，具强烈动感和奇丽想象。但作为南明遗民的诗人属意的，则是矗立于千岩万壑之中的秦代苍松，其护驾之功在南明之际有特别的现实意义和警世作用。唯恐此中深意人所不识，故诗人特为"留与人间见胸臆"。借题发挥，立意高迥。

丰 都 山
清　张问陶

死人大笑生人哭，　　　　浪指丰都作地狱。

凿山起殿山为缩，　　　　殿中沉沉暗中栋，

人来惊拜僧灭烛，　　　　阎罗怖人悍双目。

鬼卒狰狞头有角，　　　　长枷大杻堆成屋。

锯声辚辚火声爆，　　　　刀锯鼎镬恣烹剥。

椎扬磨转碓可筑，　　　　毒蛇满河方食肉，

雪山晶莹差不俗，　　　　蹦凌一滑冰穿腹。

男　跃　女　跪　婴　儿　伏，　　　　照　眼　骷　髅　千　万　束。
　　　　　　　　　　　　入1　　　　　　　　　　　　　　入2

九　州　茫　茫　人　鬼　畜，　　　　一　山　收　之　无　不　足。
　　　　　　　　　　　　入1　　　　　　　　　　　　　　入2

万　里　遐　哉　南　与　朔，　　　　极　天　况　有　要　荒　服。
　　　　　　　　　　　　入3　　　　　　　　　　　　　　入1

洎　乎　一　死　全　入　蜀，　　　　蜀　人　便　之　来　亦　速。
　　　　　　　　　　　　入2　　　　　　　　　　　　　　入1

东　走　瞿　塘　北　褒　谷，　　　　众　鬼　争　来　声　肃　肃。
　　　　　　　　　　　　入1　　　　　　　　　　　　　　入1

近　者　牵　扶　远　者　逐，　　　　呼　号　叫　跳　想　归　宿。
　　　　　　　　　　　　入1　　　　　　　　　　　　　　入1

千　头　万　头　猛　于　镞，　　　　蜀　哉　蜀　哉　鬼　之　窟。
　　　　　　　　　　　　入1　　　　　　　　　　　　　　入2

殿　前　古　井　谁　敢　黩，　　　　纸　钱　下　飞　如　转　毂。
　　　　　　　　　　　　入1　　　　　　　　　　　　　　入1

通　神　使　鬼　罪　可　赎，　　　　鬼　无　心　肝　神　有　欲。
　　　　　　　　　　　　入2　　　　　　　　　　　　　　入2

大　杖　年　年　易　新　竹，　　　　聚　人　无　算　供　敲　扑。
　　　　　　　　　　　　入1　　　　　　　　　　　　　　入1

山　僧　踞　寺　狠　如　蝮，　　　　王　不　答　之　讶　其　秃。
　　　　　　　　　　　　入1　　　　　　　　　　　　　　入1

吁　嗟　乎　，　九　幽　功　罪　无　荣　辱，　　　土　偶　安　之　作　威　福？
　　　　　　　　　　　　　　　　　　入2　　　　　　　　　　　　　　入1

君　不　见，　方　平　洞　口　仙　雲　绿。
　　　　　　　　　　　　　　　入2

　　通韵，屋沃觉同用，首句入韵，句句入韵，除首两句外，余皆独立句，"九幽"、"土偶"与"方平"三句为三韵联，也皆独立句。"吁嗟乎"、"君不见"皆为冒头语，不作押韵分析。丰都山是传说中的"阴曹地府"。本诗表现了诗人对鬼神之说的厌恶与对人间魑魅魍魉的讥刺。诗以殿中所见与自己的议论相结合，采取了虚实相映的创作手法；通篇押入声韵且句句押韵，造成了低沉急促的节奏，与表现鬼域的内容相契合。

关将军挽歌

近代 朱琦

飓风昼卷阴云昏，
番儿船头擂大鼓，
粤关守吏走相告，
将军料敌有胆略，
虎门粤咽喉，
峭壁束两峡，
涛泷阻绝八万里，
鹿角相犄断归路，
惜哉大府畏懦坐失策，
海波沸涌黯落日，
我军虽众无斗志，
赣兵昔时号骁勇，
将军徒手犹搏战，
可怜裹尸无马革，
臣有老母年九十，

巨舶如山驱火轮。
碧眼鬼奴出杀人。
防海夜遣关将军。
楼橹万艘屯虎门。
险要无比伦。
下临不测渊。
彼虏深入孤无援。
漏网欲脱愁鲸鲲。
犬羊自古终难驯。
群鬼叫啸气益振。
荷戈却立不敢前。
今胡望风同溃奔。
自言力竭孤国恩。
巨炮一震成烟尘。
眼下一孙未成立，

诏 书 哀 痛 为 雨 泣 。
　　　　　　　∧14

吾 闻 父 子 死 贼 更 有 陈 连 升 ，　　　　炳 炳 大 节 同 峻 嶒 。
　　　　　　　　　　　　　°10　　　　　　　　　　　　　　°10

猿 鹤 幻 化 那 忍 论 ，　　　　　　　　　我 为 剪 纸 招 忠 魂 。
　　　　　　　‾11　　　　　　　　　　　　　　　　‾13

　　转韵、夹通韵，真元文先韵同用(28)→缉(3)→蒸真元同用(4，依《词韵》，蒸韵为第十一部与真、元韵为第六部而同协)，首句及转韵第一句皆入韵，皆平仄相间，"臣有"、"眼下"与"诏书"三句为三韵联，仅"诏书"句为独立句，"猿鹤"与"我为"为两句一联之独立句。在鸦片战争中，出现了一批英勇殉国的爱国将领，他们前所未有地被众多诗人不约而同地饱含着激情反复吟诵，以致成为当时诗歌中最富吸引力的题材和最具声色的部分。本诗忠实记叙著名爱国将领关天培的死难过程，歌颂英勇抗敌、壮烈牺牲的爱国将士，指斥怯懦昏庸的投降者。全诗围绕关天培英雄形象的塑造展开笔墨，是同题作品中众口称颂的名篇。其中"臣有"以下的三韵联，使关天培的形象更血肉丰满，富有亲情而尤为动人。

荒年谣(五首选一)

近代　鲁一同

小 车 辚 辚 ，　　　　　　　　　　　女 吟 男 呻 。
　　　　°‾11　　　　　　　　　　　　　　　　°‾11

竹 头 木 屑 载 零 星 ，　　　　　　　　呕 呀 唧 唧 行 不 停 ，
　　　　　　　　°9　　　　　　　　　　　　　　　　　°9

破 釜 堕 地 灰 痕 青 。
　　　　　　　°9

路 逢 相 识 人 ，　　　　　　　　　　　劝 言 不 可 行 ：
　　　　　　‾11　　　　　　　　　　　　　　　　°8

"南 走 五 日 道 路 断 ，　　　　　　　县 官 驱 人 如 驱 蝇 。
　　　　　　　　　　　　　　　　　　　　　　　　　　°10

同 去 十 人 九 人 死 ，　　　　　　　　黄 河 东 流 卷 哭 声 。"
　　　　　　　　　　　　　　　　　　　　　　　　　°8

车 辚 辚 ，　　　　　　　　　　　　　难 为 听 。

通韵，真青庚蒸同用（依《词韵》，真韵为第六部与青庚蒸皆第十一部通押）。首句入韵，"竹头"、"呕呀"与"破釜"三句为三韵联，三句皆独立句，"路逢"与"劝言"、"车辚"与"难为"皆两句一联之独立句。《荒年谣》是鲁一同写的反映灾荒的组诗，由卖耕牛、拾遗骸、缚孤儿、撤屋作薪、小车辚辚等五首组成，写了农民从出卖耕牛到举家逃荒的全过程。本诗末首，出语不事雕琢，笔法着力刻划，写出了触目惊心的现实。

颂许生奏双口琴

当代 刘逸生

南州许子能口琴，　　　　一奏双琴风雨深。

我来侧耳仍敛襟，　　　　满堂凛冽凝冬阴。

翩然沙塞来霜禽，　　　　羁雌愁雄迷故林。

迥野苍凉悲人心，　　　　一声未绝一声寻。

小琴丁丁石泉裂，　　　　跳珠迸玉飞素雪；

大琴遥作寒蛟鸣，　　　　惊波倒立冰山缺。

小琴呢呢大琴蹰，　　　　大琴嗷嗷小琴咽，

两琴颉颃相荡摩，　　　　鸿门忽讶刀相接。

乍如阵马听秦王，　　　　还疑金鼓倾城厢。

大弦苏髯小弦姜，　　　　低者阮籍高者康。

天琴流空光荧煌，　　　　帝座无言夜未央，

怪枭独叫神鬼藏，　　铜山破碎钟喤喤。

许生玉立双瞳茫，　　吸嘘直欲空湖湘，

悚然坐我诸天旁，　　舌底如闻青莲香。

一琴已抑一琴扬，　　一琴欲笑一琴伤，

双琴使我心回惶。

未终此曲肝肠热，　　于中微妙吾能说：

自从霆扫白骨妖，　　知汝琴心同激越。

双琴与汝为一心，　　皎似长空一轮月。

东方渐高日初红，　　为君引吭歌天风，

千琴万琴交响声摩空！

　　转韵夹通韵，侵(8)→屑主叶从(8)→阳(15)→屑月同用(6)→东(3)，皆平仄相间，首句及转韵第一句皆入韵，"我来"与"满堂"、"翩然"与"羁雌"、"迥野"与"一声"、"小琴"与"大琴"、"大弦"与"低者"、"天琴"与"帝座"、"怪枭"与"铜山"、"许生"与"吸嘘"、"悚然"与"舌底"共十八句为两句一联之独立句，"一琴"、"一琴"与"双琴"为一组三韵联且三句皆独立句，"东方"、"为君"与"千琴"为又一组三韵联但仅末句为独立句。描写音乐的名篇，如白居易《琵琶行》(851)、韩愈《听颖师弹琴》(958)、李贺《李凭箜篌引》(1002)，皆极精妙。本篇能在古人以外开辟出极为新颖雄奇的境界，具见作者卓越的才力。口琴是西洋乐器，20世纪初才传入中国，逐渐普及。演奏单琴达到高超的水平，已属不易；粤中许生居然能同时吹奏双琴，诚为绝技。写这种现代题材，用传统的诗体表现，诗人发挥丰富奇特的想象，综合运用博喻、通感、对比、排比、拟人、夸张等多种修辞手段，把大小双琴飘忽繁复、不可捉摸的音响化成一系列鲜明灵动的形象，引导读者进入了辽阔深广、瑰美神奇的音乐天地。诗中硬语盘空，戛戛独造，是典型的杜甫、韩愈式七言古风的作法；而参差错落、顿挫铿锵，则是汲取了白居易、李贺描写音乐的技法；但是，本篇又善于变化翻新，不落陈言旧套，尤其"大弦苏髯小弦姜，低者阮籍高者康"，将大小双琴之声比作苏轼、姜夔词和阮籍、嵇康诗的不同风格，极为新颖贴切，前人所未道过。本诗作于粉碎"四人帮"不久后的 1978 年，百花凋谢、万马齐喑的黑暗局面一去不复返了。"自从霆扫白骨妖，知汝琴心同激越"、"东方渐高日初红，为君引吭歌天风，千琴万琴交响声摩空"，可谓善体琴心，曲终奏雅。一结气象伟丽，声势宏大，强烈地抒发了诗人昂扬奋发的激情，也正是时代主旋律在诗中的巨响。

第十五章　畸零句

　　王力《古体诗律学》第 69 页有："畸零句,不和别的句子成为一联",第 70 页又有:"所谓畸零句,是因为它前面一联的出句不入韵,才显得它是畸零"。接着举李白的《长相思》为例:"……孤灯不明思欲绝,卷帷望月空长叹。美人如花隔云端。……"然后指出:"'美人'是畸零句。"第 70 页又举张籍的《山头鹿》为例:"山头鹿,角弝弝,尾促促。……"然后指出:"'山头鹿'是畸零句。"

　　为此,笔者对畸零句补充为:"凡前面一联或后面一联的出句不入韵的单独的韵句,应该称为畸零句。"(下有·点的是笔者补充)就是说,畸零句有两种:一种是前联出句不入韵的,如李白《长相思》中的"美人"句;另一种是后联出句不入韵的,如张籍《山头鹿》中的"山头鹿"句。(可见笔者的补充是必要的。)

　　现在,我们回到第十三、十四两章开头所引杜甫《茅屋为秋风所破歌》(971、1050)分析剩下的最后两句韵句:"唇焦"句与"归来"句。单从形式上看,这两句是连续的两句韵句,符合第十三章开头所述两句一联的独立句的定义,似乎应该都是独立句了。但是,王力先生指出的该诗六句独立句(《古体诗律学》第 71 页)中没有这两句,而且这两句中间是用句号(。)分开的。就是说,这两句不是独立句。这是为什么呢?

　　形式是重要的、必要的;但是,形式又是为内容服务的。无论什么情况,内容都是第一位的,形式都是第二位的,形式必须服从内容的,这是马克思主义哲学唯物辩证法的基本范畴之一。让我们分析本诗的内容:从开始第一句"八月"直到"唇焦"共九句,都是诗人在室外的所见所闻,而"归来"句是诗人回到屋内的"叹息"。也就是说,"唇焦"句在内容上不应与"归来"句成为一联,而应与前面的"公然"句成为一联;而"归来"句为单独的一句。所以,"唇焦"与"归来"都不应该拿两句一联的独立句的定义来对照,都不是独立句。"归来"句应该是畸零句,因为前面一联的出句"公然"句就是不入韵的,符合上述王力先生关于畸零句的定义;而"唇焦"句,只是"公然"句的对句,是单独的韵句,既不是独立句,也不是畸零句。

　　到此,我们可以对杜甫的《茅屋为秋风所破歌》作个小结了:该诗除"呜呼"为感叹词不作押韵分析外,共二十三句。其中非韵句为"公然"、"床头"、"自经"共三句,余下二十句皆韵句。在二十句韵句中,有六句独立句,其中两句一联之独立句为二句,是"俄顷"与"秋天"二句,三韵联中独立句为四句,是"茅飞"、"高者"、"下者"一联三句和"风雨"一句；有畸零句一句，就是"归来"句；余下"八月"、"卷我"、"南村"、"忍能"、"唇焦"、"布衾"、"骄儿"、"雨脚"、"长夜"、"安得"、"大庇"、"何时"、"吾庐"共十三句，既不是独立句，又不是畸零句。

下面，我们用两种畸零句的特殊押韵方式继续解读古体诗。

战 城 南

汉乐府　铙歌

战 城 南 ，　　　　　　死 郭 北 ，
　　　　　　　　　　　　　　　λ13

野 死 不 葬 乌 可 食 。
　　　　　　　　△λ13

为 我 谓 乌 ，　　　　　　且 为 客 豪 。
　　　　　　　　　　　　　　　　－4

野 死 谅 不 葬 ，　　　　　腐 肉 安 能 去 子 逃 ？
　　　　　　　　　　　　　　　　　　　－4

水 深 激 激 ，　　　　　　蒲 苇 冥 冥 。
　　　　　　　　　　　　　　　　－9

枭 骑 战 斗 死 ，　　　　　驽 马 徘 徊 鸣 。
　　　　　　　　　　　　　　　　　－8

梁 筑 室 ，
　　△λ4

何 以 南 ？　　　　　　　何 以 北 ？
　　　　　　　　　　　　　△λ13

禾 黍 不 获 君 何 食 ？　　愿 为 忠 臣 安 可 得 ？
　　　　△λ13　　　　　　　　　　　△λ13

思 子 良 臣 ，　　　　　　良 臣 诚 可 思 ：
　　　　　　　　　　　　　　　　－4

朝 行 出 攻 ，　　　　　　暮 不 夜 归 ！
　　　　　　　　　　　　　　　　－5

转韵、夹通韵，职(3)→豪(4)→青庚同用(4)→职中杂质(5)→支微同用(4)，首句不入韵，转韵第一句三不入韵一入韵，平仄相间三处，以平承平一处，"野死"为前联出句不入韵之畸零句，"梁筑"为后联出句不入韵之畸零句，"禾黍"与"愿为"为两句一联之独立句。"铙歌"本为"军乐"，叙军旅生涯，按说应该有挑灯看剑、飞骑击

敌的壮声才是。但是,这首歌却只有出攻不归、抚尸荒野的悲泣——以此哀音,作
赳赳"军乐",堪称开军歌之奇格。而且在发为告语乌鸦的奇思、驽马哀鸣的奇境
后,所抒发的是奇情:它无疑是在告诉人们,战争是残酷的。但是,那些在战争中视
死如归、勇敢献身的"良臣",又是值得人们崇敬和永久缅怀的呵!

陌 上 桑

汉乐府

日 出 东 南 隅,　　　　照 我 秦 氏 楼。

秦 氏 有 好 女,　　　　自 名 为 罗 敷。

罗 敷 喜 蚕 桑,　　　　采 桑 城 南 隅。

青 丝 为 笼 系,　　　　桂 枝 为 笼 钩。

头 上 倭 堕 髻,　　　　耳 中 明 月 珠。

湘 绮 为 下 裙,　　　　紫 绮 为 上 襦。

行 者 见 罗 敷,　　　　下 担 捋 髭 须。

少 年 见 罗 敷,　　　　脱 帽 著 帩 头。

耕 者 忘 其 犁,　　　　锄 者 忘 其 锄。

来 归 相 怨 怒,　　　　但 坐 观 罗 敷。

使 君 从 南 来,　　　　五 马 立 踟 蹰。

使 君 遣 吏 往,　　　　问 是 谁 家 姝?

"秦 氏 有 好 女,　　　　自 名 为 罗 敷。"

"罗敷年几何?"

"二十尚不足， 十五颇有馀。"

使君谢罗敷： "宁可共载不?"

罗敷前置辞： "使君一何愚！

使君自有妇， 罗敷自有夫。"

"东方千馀骑， 夫婿居上头。

何用识夫婿? 白马从骊驹；

青丝系马尾， 黄金络马头；

腰中鹿卢剑， 可值千万馀。

十五府小吏， 二十朝大夫，

三十侍中郎， 四十专城居。

为人洁白晰， 鬑鬑颇有须。

盈盈公府步， 冉冉府中趋。

坐中数千人， 皆言夫婿殊。"

通韵，虞尤鱼歌同用，首句入韵，"行者"与"下担"、"少年"与"脱帽"、"使君"与"宁可"共六句皆两句一联之独立句，"罗敷"句为前、后联出句皆不入韵的畸零句。押韵根据是《古音辩》，虞鱼歌韵皆协虞音，尤韵协尤音，而虞音与尤音两部可合为一部而通押。本诗是汉乐府中的名篇，写采桑女罗敷拒绝一"使君"调戏的故事，歌颂她的美貌与坚贞的情操。诗中爱美和道德的双重主题，处理得很好。从道德主题说，坚贞不是一个抽象的、违背人性的教条，而是同可爱的丈夫、幸福的家庭联系在一起的，从而是合理的。从爱美和情感主题说，也没有因道德的约束而过分的削弱。罗敷的美貌，在作者神妙的笔下表现得动人心魄，取得了以前文学作品所未有的效果。所以在《陌上桑》出现之后，魏晋南北朝产生了大量的模拟之作，以及在此基础上发展变化的诗篇，如晋陆机的《日出东南隅行》（745）的诗题就用本诗的首句。至于它的表现手法，直到元明清的戏曲小说中，还不断有人效仿，如《西厢记》中莺莺一出场就使周围人看得失魂落魄的状态，正是从此中来。

桓帝初天下童谣

汉　无名氏

小麦青青大麦枯，　　　　谁当获者妇与姑，

丈人何在西击胡。

吏买马，　　　　　　君具车，

请为诸君鼓咙胡。

通韵，虞中杂鱼，首句入韵，首三句为三韵联，仅"丈人"句为独立句，"请为"句为前联出句不入韵之畸零句。我国古代认为从民间谣谚中可以见出政治得失，这首童谣是被作为历史资料而被记载、流传下来的，从中可窥见当时政治黑暗、社会残破、人民痛苦的一个侧面，并对后世的创作也有影响。唐杜甫《大麦行》云："大麦干枯小麦黄，妇女行泣夫走藏。东至集壁西梁洋，问谁腰镰胡与羌。"写的是吐蕃侵扰陇蜀、掠取麦子的情况，显然是受"小麦青青"的影响。

盘中诗

晋　苏伯玉妻

山树高，鸟鸣悲。　　　　泉水深，鲤鱼肥。

空仓雀，常苦饥。　　　　吏人妇，会夫稀。

出门望，见白衣。 -5

还入门，中心悲。 -4

急机绞，杼声催。 -10

君有行，妾念之。 -4

结中带，长相思。 -4

妾忘君，罪当治。 -4

黄者金，白者玉。 λ2

姓为苏，

作人才多智谋足。 λ2

家居长安身在蜀， λ2

羊肉千金酒百斛， λ1

今时人，智不足； λ2

当从中央周四角。 λ3

谓当是，而更非。 -5

北上堂，西入阶。 -9

长叹息，当语谁。 -4

出有日，还无期。 -4

君忘妾，天知之。 -4

妾有行，宜知之。 -4

高者山，下者谷。 λ1

字伯玉， λ2

何惜马蹄归不数。 λ2

令君马肥麦与粟。 λ2

与其书，不能读， λ1

　　转韵、夹通韵，支微佳灰同期(32)→沃屋觉同用(16)，首句及转韵第一句皆不入韵，平仄相间，"作人"与"当从"两句皆前联出句不入韵之畸零句，"家居"与"何惜"、"羊肉"与"令君"四句皆两句一联之独立句。作者家住长安，丈夫在四川服吏役，久而不归，她思夫心切，便写下此诗，抄录于盘中，以诗代书，以盘代函，寄给丈夫。此诗的奇特不仅在写于盘中，更在于文字的排列不同一般。它从中央到四周作盘旋回转，如珠走盘，屈曲成文，"当从中央周四角"。这种独特的文字排列方式，不是与丈夫逗趣，而是包含着深曲良苦的用心。它的屈曲成文是否象征她的九曲回肠,我们不去猜测;然而作者企图用这种方式使她的丈夫感到惊讶,触动他的思妻归家之念,则是一目了然的。这种爱情与智慧的产物给了后人深刻的启示。它的屈曲成文,引发了回文诗的产生,所以有人把它看成是回文诗的萌芽。当然它还不能称为回文诗(588),因为它还不能顺读倒读皆能成诗。另外,它写于盘中,使诗与日常用品结合起来,成为一种精美的工艺品,这又启发了更为宏伟巧丽的《璇玑图诗》(994)的产生。

箕 山 操

晋　无名氏

登 彼 箕 山 兮 瞻 望 天 下。
　　　　　　　　　　　√21

山 川 丽 崎 ,　　　万 物 还 普 。
　　　　　　　　　　　√7

日 月 运 照 ,　　　靡 不 记 睹 。
　　　　　　　　　　　√7

游 放 其 间 ,　　　何 所 却 虑 。
　　　　　　　　　　　、6

叹 彼 唐 尧 ,　　　独 自 愁 苦 。
　　　　　　　　　　　√7

劳 心 九 州 ,　　　忧 勤 后 土 。
　　　　　　　　　　　√7

谓 余 钦 明 ,　　　传 禅 易 祖 。
　　　　　　　　　　　√7

我 乐 如 何 ,　　　盖 不 盼 顾 。
　　　　　　　　　　　、7

河 水 流 兮 缘 高 山 ,　甘 瓜 施 兮 弃 绵 蛮 。
　　　　　　　－15　　　　　　　　　－15

高 林 肃 兮 相 错 连 ,　居 此 之 处 傲 尧 君 。
　　　　　　　－1　　　　　　　　　－12

转韵、夹通韵又上去通押,麞遇御马同用(15,依《古音辩》四韵皆协虞音而通押)→删文先同用(4),首句及转韵第一句皆入韵,平仄相间,首句为后联出句不入韵之畸零句,末两句为两句一联之独立句。这是一首由许由的故事生发出的琴歌,反映了晋代的思潮：把名教看成是同自然对立的事物，站在自然的立场上来反对名教。第一段七句是正题，描写了隐士眼中的美好自然。第二段八句是反题，很简练地由许由的故事完成了对唐尧的批判。第三段四句是合题，但不是对正题进行简单的重复，而是以另一角度的描写深化了主题：第一段是从空间上描写大自然的雄伟，第三段则从时间上描写大自然的永恒。可见，《箕山操》是内容与形式相统一的作品。古代琴歌到《箕山操》才使用了正、反、合的组织结构以及明确的句式对比方法，这在汉以前的琴歌中是没有的，这是《箕山操》的贡献。

陇上为陈安歌

晋 无名氏

陇上壮士有陈安，　　　躯干虽小腹中宽，

爱养将士同心肝。

骢骢父马铁锻鞍，　　　七尺大刀奋如湍，

丈八蛇矛左右盘。

十荡十决无当前，　　　百骑俱出如云浮，

追者千万骑悠悠。

战始三交失蛇矛，　　　十骑俱荡九骑留，

弃我骢骢窜岩幽。

天大降雨追者休，　　　为我外援而悬头，

西流之水东流河。

一 去 不 还 奈 子 何 ，　　　　阿 呼 呜 呼 奈 子 何 ，
　　　　　　　　　。5　　　　　　　　　　　　　　　。5

呜 呼 阿 呼 奈 子 何 。
　　　　　　　。5

　　转韵、夹通韵，寒(6)→尤歌同用(12,依《古音辩》,尤韵协尤音,歌韵协虞音,尤、虞两部可合为一部而通押)。首句及转韵第一句皆入韵,以平承平。本诗十八句,每三句为一组。第一、二、四、五、六共五组之每一组皆三韵联,除第一组仅末句为独立句外,余四组中句句皆独立句。第三组中"追者"句为前联出句不入韵之畸零句。全诗皆用赋体,中间略有比兴,高度概括陈安壮士的为人、主要战绩和壮烈捐躯事。铺叙挥洒随意,转接流畅自然,自始至终一气呵成。尤其最后三句,"奈子何"一二再三叹,慷慨有余哀!

战 城 南
宋　何承天

战 城 南 ，　　　　　　　　冲 黄 尘 ，
　　　　　　　　　　　　　　　　-̄11

丹 旌 电 烻 鼓 雷 震 。
　　　　　　　-̄11

劢 敌 猛 ，　　　　　　　　戎 马 殷 ，
　　　　　　　　　　　　　　　-̄12

横 阵 亘 野 若 屯 云 。
　　　　　　　-̄12

仗 大 顺 ，　　　　　　　　应 三 灵 ，
　　　　　　　　　　　　　　　。9

义 之 所 感 士 忘 生 。
　　　　　　　。8

长 剑 击 ，　　　　　　　　繁 弱 鸣 ，
　　　　　　　　　　　　　　　。8

飞 镝 炫 晃 乱 奔 星 。
　　　　　　　。9

虎 骑 跃 ，　　　　　　　　华 眊 旋 ，

朱火延起腾飞烟。

骁雄斩， 高旗寨，

长角浮叫响清天。

夷群寇， 殪逆徒，

徯黎霈惠咏来苏。

奏恺乐， 归皇都，

班爵献俘邦国娱。

转韵、夹通韵，真文同用(6)→庚青同用(6)→先(6)→虞(6)，首句及转韵第一句皆不入韵，皆以平承平。本诗共二十四句，分八组。每组三句，其中末句皆前联出句不入韵之畸零句。《战城南》(1091)系乐府旧题，但本诗以颂扬赞美态度来描写战争，旨在扬威建德、劝士讽敌，其主题格调与表现形式，均与汉乐府古辞有别。全诗叙阵战，笔墨铺张扬厉，皆 3、3、7 句式，排偶整齐，颇有气势，辞赋味极浓。

怀园引
宋 谢 庄

鸿飞从万里， 飞飞河岱起。

辛勤越霜雾， 联翩溯江汜。

去旧国， 违旧乡，

旧山旧海悠且长。

回首瞻东路， 延翘向秋方。

登楚都，

楚地萧瑟楚山寒。[14]

岁去冰未已，

风肃幌兮露濡庭，[9]

朱光蔼蔼云英英，[8]

菊有秃兮松有蕤，[4]

流阴逝景不可追。[4]

轩兔池鹤恋阶墀，[4]

试托意兮向芳荪，[13]

想绿蘋兮既冒沼，

天桃晨暮发，

青苔芜石路，

遵吾游夫鄢郢，

芜故园之在目，

目还流而附音，

还流兮潺湲，[1]

入楚关，[7][15]

春来雁不还。[15]

汉水初绿柳叶青。[9]

离禽喈喈又晨鸣。[8]

忧来年去容髪衰。[4]

临堂危坐怅欲悲。[4]

岂忘河渚捐江湄？[4]

心绵绵兮属荒樊。[13]

念幽兰兮已盈园。[13]

春莺旦夕喧。[13]

宿草尘蓬门。[13]

路修远以萦纡。[7]

江与汉之不可逾。[7]

候归烟而讬书。[6]

归烟容裔去不旋。[1]

念卫风于河广， 怀邶诗于悲泉。

汉女悲而歌飞鹄， 楚客伤而奏南弦。

武巢阳而望越， 亦依阴而慕燕。

咏零雨而卒岁， 吟秋风以永年。

转韵、夹通韵，纸(4)→阳(5)→删寒同用(5)→青庚同用(4)→支(6)→元(8)→虞鱼同用(6)→先(10)，首句入韵，转韵第一句四入韵三不入韵，平仄相间一处、以平承平六处，"旧山"与"楚地"两句皆为前联出句不入韵之畸零句，"朱光"与"离禽"、"流阴"与"临堂"、"轩凫"与"岂忘"共六句皆两句一联之独立句。谢庄以《月赋》著名，他对诗歌的贡献主要亦在介于诗和赋之间的杂言体，为创造诗歌的新形式作了努力，《怀园引》就是这类诗歌的代表作品。本诗虽然抒发的是一己之思、一家之恋，却由于那汹涌澎湃的思乡巨浪，一唱三叹的恋乡情韵，一往情深的归乡祈求，使诗歌的境界大大开阔，从而超越了具体个别而具有了广泛的普遍意义，容易引起读者心灵的共振。同时，本诗也体现了六朝诗歌发展的一个方向，由体物写景逐步转向借景抒情，由炼字琢句渐渐归于圆转流畅，而篇句皆善也作为一种新的美学追求而受到人们的重视。这自然也是与形式上的创新分不开的，全诗有三言、五言、六言、七言、楚调、骚体，错综其间，各司其职，各尽其意，尤其值得注意的，是那"三言—三言—七言—五言—五言"式句群，显然是借助了民歌的形式而又有所润色，形成了一种雅俗共赏的风格。这对沈约的《八咏诗》(941)与梁、陈间的小赋，都产生过直接而深远的影响，表现出诗与赋的接近与融合。

拟行路难十八首(其二)

宋 鲍照

洛阳名工铸为金博山，

斤断复万镂， 上刻秦女携手仙。

承君清夜之欢娱， 列置帏里明烛前。

外发龙鳞之丹绕，　　　内含麝芬之紫烟。

如今君心一朝异，　　　对此长叹终百年。

通韵，先中杂删，首句入韵、且为后联出句不入韵之畸零句。本诗写女子遭遗弃的痛苦，慨叹人心的易改善变。诗的特异之处，是抓住一个小物件——"金博山"香炉落笔，着意铺叙点染，旁敲侧击，可谓运用传统比兴手法而有所推陈出新的好诗。

拟行路难十八首（其七）
宋　鲍　照

愁思忽而至，　　　　　跨马出北门。

带头四顾望，　　　　　但见松柏园，

荆棘郁蹲蹲。

中有一鸟名杜鹃，　　　言是古时蜀帝魂。

声音哀苦鸣不息，　　　羽毛憔悴似人髡。

飞走树间啄虫蚁，　　　岂忆往日天子尊？

念此死生变化非常理，　中心怆恻不能言。

通韵，元中杂先，首句不入韵，"荆棘"句为前联出句不入韵之畸零句，"中有"与"言是"为两句一联之独立句。《拟行路难十八首》总体是倜傥明快，但本首却迷离惝恍，是为别调。盖六朝政权更迭频繁，往日权贵，一旦倾覆，身死族灭，是常见现象。作者感喟世态险乱，而又无能为力，只能归之于"死生变化非常理"，只好闪烁其辞、晦曲其事了。作风的不同源于内容的差异，这也显示出作者"量体裁衣"的本领。

长相思二首(其一)

梁　张　率

长相思，　　　　　　　　久离别，

美人之远如雨绝。

独延伫，　　　　　　　　心中结，

望云云去远，　　　　　　望鸟鸟飞灭。

空望终若斯，　　　　　　珠泪不能雪。

本韵,纯用屑韵,首句不入韵,"美人"句为前联出句不入韵之畸零句。本诗以幽怨缠绵、沉郁蕴藉的诗句,比较深刻地表现出长期处于离别之中而又时时思念恋人的痛苦情怀,读后令人为之动容。

听钟鸣

北朝　萧　综

历历听钟鸣，　　　　　　当知在帝城。

西树隐落月，　　　　　　东窗见晓星。

雾露朏朏未分明，　　　　乌啼哑哑已流声。

惊客思，　　　　　　　　动容情，

客思郁纵横。

翩翩孤雁何所栖，　　　　依依别鹤半夜啼。

今岁行已暮，　　　　　　雨雪向凄凄。

飞 蓬 旦 夕 起 ，　　　　　　　杨 柳 尚 翻 低 。^{−8}

气 郁 结 ，　　　　　　　涕 滂 沱 ，^{−5}

愁 思 无 所 托 ，　　　　　　　强 作 听 钟 歌 。^{−5}

转韵、夹通韵，庚中杂青(9)→齐(6)→歌(4)，首句入韵，转韵第一句一入韵一不入韵，皆以平承平，"客思"为前联出句不入韵之畸零句，"雾露"与"乌啼"为两句一联之独立句。萧综，梁武帝萧衍次子，实为齐东昏侯萧宝卷的遗腹子。他曾私发东昏侯墓滴血认亲，对梁朝一直心怀异志，终于在梁武帝普通六年(525年)投奔北魏。本诗写他由南入北，抵达洛阳，辗转反侧，良多感慨。深夜，钟声传来，历历分明，思念南朝的妻子，随着一次又一次的钟声，一刻又一刻的流光，更是彷徨，更是"愁思无所托"，烘托出浓郁的气氛。

华 山 畿
南朝乐府民歌 · 吴声歌曲

华 山 畿 ，^{−5}

君 既 为 侬 死 ，　　　　　　　独 生 为 谁 施 ？^{−4}

欢 若 见 怜 时 ，　　　　　　　棺 木 为 侬 开 ！^{−4}　^{−10}

通韵，支微灰同用，首句入韵，且为后联出句不入韵之畸零句，"欢若"与"棺木"为两句一联之独立句。本诗是殉情前呼天抢地的内心剖白，所以它是真率激动的、悲壮淳朴的，无须比兴，也无须双关。这种直抒胸臆的手法，在风格普遍柔婉含蓄的南朝民歌中，显得别具一格，引人瞩目。后来《梁山伯与祝英台》最后的"哭坟、化蝶"，是本诗的再现与美化。

华山畿二首

南朝乐府民歌　吴声歌曲

其 一

相 送 劳 劳 渚 。
　　△
　　∨6

长 江 不 应 满 ，　　　　是 侬 泪 成 许 ！
　　　　　　　　　　　　　　　　　△
　　　　　　　　　　　　　　　　　∨6

其 二

奈 何 许 ！
　　△
　　∨6

天 下 人 何 限 ，　　　　慊 慊 只 为 汝 ！
　　　　　　　　　　　　　　　　　　△
　　　　　　　　　　　　　　　　　　∨6

　　两首皆本韵、纯用语韵，首句皆入韵且皆为后联出句不入韵之畸零句。吴声歌曲《华山畿》共二十五首，这两首是一意相承的送别诗，是女子送男子远行之作。后世李煜《虞美人》词"问君能有几多愁，恰似一江春水向东流！"与韦庄《思帝乡》词"妾拟将身嫁与一生休"当应由这两首曲中脱化而成。

寿阳乐二首

南朝乐府民歌　西曲歌

其 一

可 怜 八 公 山 ，　　　　在 寿 阳 。
　　　　　　　　　　　　　　　　○
　　　　　　　　　　　　　　　　_7

别 后 莫 相 忘 ！
　　　　　　○
　　　　　　_7

其 二

东 台 百 八 尺 ，　　　　凌 风 云 。
　　　　　　　　　　　　　　　　○

別　后　不　忘　君！
　　　　　ᵒ
　　　　‾12

　　两首皆本韵，前一首纯用阳韵、后一首纯用文韵，皆首句不入韵，末句皆为前联
出句不入韵之畸零句。《寿阳乐》为西曲歌，原有九首，这第一、二两首分明是男女
互诉别情的连章之作。两首都是前面两句写景造境，后一句言情，情由境生，很有
意境。每首都只十三字，而写得这样形象鲜明、意蕴丰富，很是难得。五字句中夹
三字句，读来很有节奏，类似后来词中的小令。这里举一首宋词中最短小的作品，
即蔡伸的《十六字令》比较："天！休使圆蟾照客眠。人何在？桂影自婵娟。"这首小
令也是写别情，也是借景言情，句式与《寿阳乐》也有相似处。可见词中小令与南朝
民间小乐府是有某种渊源的。

听董大弹胡笳弄兼寄语房给事
唐　李　颀

蔡女昔造胡笳声，	一弹一十有八拍。
胡人落泪沾边草，	汉使断肠对归客。
古戍苍苍烽火寒，	大荒沉沉飞雪白。
先拂商弦后角羽，	四郊秋叶惊摵摵。
董夫子，	通神明，
深松窃听来妖精。	
言迟更速皆应手，	将往复旋如有情。
空山百鸟散还合，	万里浮云阴且晴。
嘶酸雏雁失群夜，	断绝胡儿恋母声。

川 为 静 其 波 ，　　　　乌 亦 罢 其 鸣 。
　　　　　　　　　　　　　　　　　　_8

乌 孙 部 落 家 乡 远 ，　　逻 娑 沙 尘 哀 怨 生 。
　　　　　　　　　　　　　　　　　　_8

幽 音 变 调 忽 飘 洒 ，　　长 风 吹 林 雨 堕 瓦 。
　　　　　　　　√21　　　　　　　　　√21

迸 泉 飒 飒 飞 木 末 ，　　野 鹿 呦 呦 走 堂 下 。
　　　　　　　　　　　　　　　　　　√21

长 安 城 连 东 掖 垣 ，　　凤 凰 池 对 青 琐 门 。
　　　　　　　　-13　　　　　　　　　-13

高 才 脱 略 名 与 利 ，　　日 夕 望 君 抱 琴 至 。
　　　　　　　　、4　　　　　　　　　、4

　　转韵，陌(8)→庚(13)→马(4)→元(2)→真(2)，首句不入韵，转韵第一句一不入韵三入韵，皆平仄相间，煞尾元真两韵为促收式。"深山"句为前联出句不入韵之畸零句。清人方扶南在《李长吉诗集批注》卷一中把韩愈《听颍师弹琴》(958)、白居易《琵琶行》(851)、李贺《李凭箜篌引》(1002)三诗并提，推许为"摹写声音至文"。笔者以为，本诗也是可与上述三诗媲美的。从"先拂商弦后角羽"到"野鹿呦呦走堂下"，诗人洋洋洒洒、酣畅淋漓，先后调动了秋叶、妖精、百鸟、浮云、雏雁、胡儿、河水、家乡、沙尘、幽音、长风、雨滴、山泉、野鹿等等来表现董大弹奏《胡笳弄》的情景，达到了出神入化的地步。

远 别 离
唐　李　白

远 别 离 ，　　　　　　　古 有 皇 英 之 二 女 ，
　　　　　　　　　　　　　　　　　　√6

乃 在 洞 庭 之 南 ，　　　潇 湘 之 浦 。
　　　　　　　　　　　　　　　　√7

海 水 直 下 万 里 深 ，　　谁 人 不 言 此 离 苦 ？
　　　　　　　　　　　　　　　　　√7

日 惨 惨 兮 云 冥 冥 ，　　猩 猩 啼 烟 兮 鬼 啸 雨 。
　　　　　　　　　　　　　　　　　√7

我 纵 言 之 将 何 补 ？

　　　　　　　　　　√7
皇穹窃恐不照余之忠诚，　　　　雷凭凭兮欲吼怒。
　　　　　　　　　　　　　　　　　　　　△
　　　　　　　　　　　　　　　　　　　　√7
尧舜当之亦禅禹。
　　　△
　　　　　　　√7
君失臣兮龙为鱼，　　　　　　权归臣兮鼠变虎。
　　　　　　　　　　　　　　　　　　　　　△
　　　　　　　　　　　　　　　　　　　　√7
或云尧幽囚，　　　　　　　　舜野死。
　　　　　　　　　　　　　　　△
　　　　　　　　　　　　　　　√4
九疑联绵皆相似，　　　　　　重瞳孤坟竟何是？
　　　　　　△　　　　　　　　　　　　　△
　　　　　　√4　　　　　　　　　　　　√4
帝子泣兮绿云间，　　　　　　随风波兮去无还。
　　　　　　　　　○　　　　　　　　　　　　○
　　　　　　　　　‾15　　　　　　　　　　　‾15
恸哭兮远望，　　　　　　　　见苍梧之深山。
　　　　　　　　　　　　　　　　　　　　○
　　　　　　　　　　　　　　　　　　　　‾15
苍梧山崩湘水绝，　　　　　　竹上之泪乃可灭。
　　　　　　△　　　　　　　　　　　　　△
　　　　　　λ9　　　　　　　　　　　　λ9

　　转韵、夹通韵，麌中杂语(14)→纸(4)→删(4)→屑(2)，首句不入韵，转韵第一句一不入韵二入韵，末韵为促收式，平仄相间二处，以仄承仄一处，"我纵"为前联出句不入韵之畸零句，"尧舜"为后联出句不入韵之畸零句，"九疑"与"重瞳"为两句一联之独立句。本诗以叙述二妃(娥皇、女英)别离之苦开始，以二妃恸哭远望终结，让悲剧故事笼括全篇，诗人把他的情绪，采用楚歌和骚体的手法表现出来，使得断和续、吞和吐、隐和显、消魂般的凄迷和预言式的清醒紧紧结合在一起，构成深邃的意境和强大的艺术魅力。

蜀 道 难
唐 李 白

噫吁嚱，危乎高哉！蜀道之难难于上青天！
　　　　　　　　　　　　　　　　　　　○
　　　　　　　　　　　　　　　　　　　‾1
蚕丛及鱼凫，　　　　　　　　开国何茫然！
　　　　　　　　　　　　　　　　　○
　　　　　　　　　　　　　　　　　‾1
尔来四万八千岁，　　　　　　不与秦塞通人烟。
　　　　　　　　　　　　　　　　　　　　○

西当太白有鸟道，可以横绝峨眉巅。

地崩山摧壮士死，然后天梯石栈相钩连。

上有六龙回日之高标，下有冲波逆折之回川。

黄鹤之飞尚不得过，猿猱欲度愁攀援。

青泥何盘盘，百步九折萦岩峦。

扪参历井仰胁息，以手抚膺坐长叹。

问君西游何时还？畏途巉岩不可攀。

但见悲鸟号古木，雄飞雌从绕林间。

又闻子规啼夜月，愁空山。

蜀道之难难于上青天，使人听此凋朱颜！

连峰去天不盈尺，枯松倒挂倚绝壁。

飞湍瀑流争喧豗，砯崖转石万壑雷。

其险也如此，嗟尔远道之人胡为乎来哉！

剑阁峥嵘而崔嵬，

一夫当关，万夫莫开。

所守或匪亲，化为狼与豺。

朝 避 猛 虎 ，　　　　　　　夕 避 长 蛇 ，
　　　　　　　　　　　　　　　　　　　6

磨 牙 吮 血 ，　　　　　　　杀 人 如 麻 。
　　　　　　　　　　　　　　　　　　　6

锦 城 虽 云 乐 ，　　　　　　不 如 早 还 家 。
　　　　　　　　　　　　　　　　　　　6

蜀 道 之 难 难 于 上 青 天 ，侧 身 西 望 长 咨 嗟 ！
　　　　　　　　　　　　　　　　　　　　6

　　转韵、夹通韵，先韵为主、删寒从之(26)→陌锡同用(2)→灰中杂佳(9)→麻(8)，首句不入韵，转韵第一句一不入韵二入韵，平仄相间二处，以平承平一处。"剑阁"为后联出句不入韵之畸零句，"青泥"与"百步"、"问君"与"畏途"、"蜀道"与"使人"共六句皆两句一联之独立句，"噫吁哦"为语气词，不作一句，不作押韵分析。本诗展示了李白巨大的艺术天才和丰富的想象力。诗人驰骋其凌云健笔，充分发挥了夸张和渲染的艺术手法，融传说和想象、现实和历史于一体。"蜀道之难难于上青天"开始、中间、结尾反复咏叹三次，淋漓尽致地刻画了蜀道险峻的地理形势和动荡不定的社会局面，既有往古的神奇色彩，又有现实的严酷气氛，使人在感叹的同时，又陡生一股豪迈气概。作者激情洋溢，奔放不羁，表现在诗中就形成了句式错落参差、笔法变化莫测的特点，分别用了三言、四言、五言、七言、八言、九言、十一言等七种句式。贺知章读到本诗后，惊叹此诗非凡人所能作，"称叹者数四，号为'谪仙'"(《本事记》)；殷璠称此诗"奇之又奇，自骚人以还，鲜有此体调。"(《河岳英灵集》)。

长 相 思
唐　李　白

长 相 思 ，　　　　　　　　在 长 安 。
　　　　　　　　　　　　　　　　　14

络 纬 秋 啼 金 井 阑 ，　　　微 霜 凄 凄 簟 色 寒 。
　　　　　　　　14　　　　　　　　　　　　14

孤 灯 不 明 思 欲 绝 ，　　　卷 帷 望 月 空 长 叹 。
　　　　　　　　　　　　　　　　　　　14

美 人 如 花 隔 云 端 。
　　　　　　14

上有青冥之高天，　　　　　下有渌水之波澜。
　　　　　　　1　　　　　　　　　　　　　　14

天长路远魂飞苦，　　　　　梦魂不到关山难。
　　　　　　　　　　　　　　　　　　　　14

长相思，　　　　　　　　　摧心肝。
　　　　14

　　通韵，寒中杂先。首句不入韵。《唐诗鉴赏辞典》第 254 页中周啸天先生对本诗有独到的分析。在内容上，"诗大致可分两段。一段从篇首至'美人如花隔云端'，写诗中人'在长安'的相思苦情。……以下直到篇末便是第二段，紧承'美人如花隔云端'句，写一场梦游式的追求。"在形式上，"诗中关键的一语：'美人如花隔云端'……是诗中唯一的单句……把全诗分为篇幅均衡的两部分。前面由两个三言句发端，四个七言句拓展；后面由四个七言句叙写，两个三言句作结。全诗从'长相思'展开抒情，又于'长相思'一语收拢。在形式上颇具对称整饬之美，韵律感极强，大有助于抒情。"上面所排本诗格式，即依《唐诗鉴赏辞典》第254 页所排，把"美人如花隔云端"一句单独排成一行。又《〈唐诗三百首〉辞典》（左钧如先生编，上海汉语大词典出版社 1998 年 11 月第 1 版）第 170 页对本诗的排列与上述完全相同，并在点评中有："这首诗，中心句是'美人如花隔云端'……它把前后段分开。"又《古体诗律学》第 70 页在提出畸零句概念并给出定义后所举的第一个例子便是本诗，指出："'美人'是畸零句"。本书依上面三书所述，把"美人"句作为前联出句不入韵之畸零句（不与下两句联成三韵联）。另外，"络纬"与"微霜"、"上有"与"下有"四句为两句一联之独立句。本诗用乐府古题，在传统的思妇之怨的题材描写上又出新意。诗极写相思者的相思之苦及其相思的执着。思念的"美人"远隔云端，相距茫茫长天，浩浩波澜，重重关山，简直就如天上圆月一样可望而不可即，对此只能"空长叹"；但仅管如此，也无法抑制这无望的相思，仍是魂牵梦萦即使摧心伤肝也在所不惜。这种相思之情，已超出了一般男女之情的范围，而大有殉道者的意味。中国古典诗歌向有以"美人"比喻所追求的理想人物的传统，而"长安"作为唐代首都这个特定地点更有托寓朝廷的可能，从这个角度看，此诗可理解为作者直抒其理想未能实现的苦闷及其对理想的不懈追求。

襄阳歌

唐 李 白

落日欲没岘山西，
倒著接䍦花下迷。

襄阳小儿齐拍手，
拦街争唱《白铜鞮》。

旁人借问笑何事，
笑杀山公醉似泥。

鸬鹚杓，
鹦鹉杯。

百年三万六千日，
一日须倾三百杯。

遥看汉水鸭头绿，
恰似葡萄初酦醅。

此江若变作春酒，
垒曲便筑糟丘台。

千金骏马换小妾，
醉坐雕鞍歌《落梅》。

车旁侧挂一壶酒，
凤笙龙管行相催。

咸阳市中叹黄犬，
何如月下倾金罍？

君不见晋朝羊公一片石，
龟头剥落生莓苔。

泪亦不能为之堕，
心亦不能为之哀。

清风朗月不用一钱买，
玉山自倒非人推。

舒州杓，
力士铛，

李白与尔同死生。

襄 王 云 雨 今 安 在 ？　　　　　　　江 水 东 流 猿 夜 声 。
　　　　　　　　　　　　　　　　　　　　　　　　　　　　 8

　　转韵，齐(6)→灰(20)→庚(5)，首句入韵，转韵第一句皆不入韵，皆以平承平，
"李白"句为前联出句不入韵之畸零句。本诗是李白的醉歌，诗中用醉汉的心理和
眼光看周围的世界，实际上是用更带有诗意的眼光来看待一切、思索一切。一方
面，从李白飞扬的神采和无拘无束的风度中，领受到精神舒展与解放的乐趣，"一日
须倾三百杯"。另一方面，通过李白展开的那种活跃的生活场面，启发人想象生活
还可以另一种带有喜剧的色彩出现，加深人们对生活的热爱。"清风朗月不用一钱
买"同苏轼《前赤壁赋》中"夫天地之间，物各有主，苟非吾之所有，虽一毫而莫取。
惟江上之清风，与山间之明月，耳得之而为声，目遇之而成色，取之无禁，用之不竭，
是造物者之无尽藏也"是完全一致的。"诗仙"与"坡仙"是心灵相通的。

赋得还山吟送沈四山人
唐　高　适

　　　　还 山 吟 ，　　　　　　　　　天 高 日 暮 寒 山 深 ，
　　　　　　　 12　　　　　　　　　　　　　　　　　　 12

送 君 还 山 识 君 心 。
　　　　　　　 12

　　　　人 生 老 大 须 恣 意 ，　　　　看 君 解 作 一 生 事 。
　　　　　　　　　　　 4　　　　　　　　　　　　　　 4

　　　　山 间 偃 仰 无 不 至 ，
　　　　　　　　　　　 4

　　　　石 泉 淙 淙 若 风 雨 ，　　　　桂 花 松 子 常 满 地 。
　　　　　　　　　　　　　　　　　　　　　　　　　 4

　　　　卖 药 囊 中 应 有 钱 ，　　　　还 山 服 药 又 长 年 。
　　　　　　　　　　　 1　　　　　　　　　　　　　　 1

　　　　白 云 劝 尽 杯 中 物 ，　　　　明 月 相 随 何 处 眠 ？
　　　　　　　　　　　　　　　　　　　　　　　　　 1

　　　　眠 时 忆 问 醒 时 事 ，　　　　梦 魂 可 以 相 周 旋 。
　　　　　　　　　　　　　　　　　　　　　　　　　 1

　　转韵，侵(3)→真(5)→先(6)，首句及转韵第一句皆入韵，皆平仄相间，首三句

为三韵联,仅"送君"句为独立句,"山间"为后联出句不入韵之畸零句。本诗以知交的情谊,豪宕的胸襟,洒脱的风度,真实描绘好友沈四山人自食其力、清贫孤苦的深山隐居生活,亲切赞美他的清高情怀和隐逸志趣。诗的兴象高华,音韵悠扬,更增添了它的艺术美感。

兵 车 行
唐 杜 甫

车 辚 辚 ，　　　　马 萧 萧 。2

行 人 弓 箭 各 在 腰 。2

耶 娘 妻 子 走 相 送 ，　　尘 埃 不 见 咸 阳 桥 。2

牵 衣 顿 足 拦 道 哭 ，　　哭 声 直 上 干 云 霄 。2

道 旁 过 者 问 行 人 ，11　　行 人 但 云 点 行 频 。11

或 从 十 五 北 防 河 ，　　便 至 四 十 西 营 田 ；1

去 时 里 正 与 裹 头 ，　　归 来 头 白 还 戍 边 。1

边 庭 流 血 成 海 水 ，4　　武 皇 开 边 意 未 已 。4

君 不 闻 汉 家 山 东 二 百 州 ，千 村 万 落 生 荆 杞 。4

纵 有 健 妇 把 锄 犁 ，8　　禾 生 陇 亩 无 东 西 。8

况 复 秦 兵 耐 苦 战 ，　　被 驱 不 异 犬 与 鸡 。8

长 者 虽 有 问 ，13　　　　役 夫 敢 申 恨 ？14

且 如 今 年 冬 ，　　　　未 休 关 西 卒 。

县 官 急 索 租，	租 税 从 何 出？
信 知 生 男 恶，	反 是 生 女 好；
生 女 犹 得 嫁 比 邻，	生 男 埋 没 随 百 草！
君 不 见 青 海 头，	古 来 白 骨 无 人 收。
新 鬼 烦 冤 旧 鬼 哭，	天 阴 雨 湿 声 啾 啾。

　　转韵、夹通韵，萧(7)→真(2)→先(4)→纸(4)→齐(4)→问愿同用(2)→月质同用(4)→晧(4)→尤(4)，首句不入韵，转韵第一句三不入韵五入韵，平仄相间四处，以平承平两处，以仄承仄两处，"行人"句为前联出句不入韵之畸零句。《兵车行》是杜诗名篇，为历代推崇。杜甫之所以被后人推为"诗圣"，就在于他能深刻地理解百姓的生活，真诚地同情人民的苦难。这首诗揭露了唐玄宗长期以来的穷兵黩武，连年征战给人民造成了巨大的灾难。它在艺术上也很突出：首先是寓情于叙事之中，诗人激切奔越、浓郁深沉的思想感情，自然地融汇于全诗始终；其次在叙述次序上参差错落前后呼应，舒得开，收得起，变化开阖，井然有序；再有句型、音韵的变化紧密结合，语言上采用民歌的接字法、通俗口语的应用，都使本诗具有明快而亲切的感染力。

茅屋为秋风所破歌
唐 杜 甫

　　格律分析见第十三章、第十四章及本章起始部分(971、1050、1090)。脍炙人口的《茅屋为秋风所破歌》，也是"诗圣"杜甫的名篇之一。诗人在本诗里描写了他本身的痛苦，但当我们读完本诗后，就知道他不是孤立地、单纯地描写他本身的痛苦，而是通过描写他本身的痛苦来表现"天下寒士"的痛苦，表现社会的苦难、时代的苦难。"呜呼！何时眼前突兀见此屋，吾庐独破受冻死亦足！"杜甫这种炽热的忧国忧民的情感和迫切要求变革黑暗现实的崇高理想，千百年来一直激动读者的心灵，产生积极的作用。

短歌行赠王郎司直

唐 杜 甫

王 郎 酒 酣 拔 剑 斫 地 歌 莫 哀 ！我 能 拔 尔
　　　　　　　　　　　　　　　　°10

抑 塞 磊 落 之 奇 才 。
　　　　　　　°10

豫 章 翻 风 白 日 动 ，　　　　鲸 鱼 跋 浪 沧 溟 开 。
　　　　　　　　　　　　　　　　　　　　　　　△
　　　　　　　　　　　　　　　　　　　　　　　－10

且 脱 佩 剑 休 徘 徊 。
　　　　　　　°10

西 得 诸 侯 棹 锦 水 ，　　　　欲 向 何 门 趿 珠 履 ？
　　　　　　　　　∨4　　　　　　　　　　　　　∨4

仲 宣 楼 头 春 色 深 ，　　　　青 眼 高 歌 望 君 子 。
　　　　　　　　　　　　　　　　　　　　　　　△
　　　　　　　　　　　　　　　　　　　　　　　∨4

眼 中 之 人 吾 老 矣 ！
　　　　　　　△
　　　　　　　∨4

　转韵，灰(5)→纸(5)，首句及转韵第一句皆入韵，平仄相间，"且脱"与"眼中"两
句皆前联出句不入韵之畸零句。本诗突兀横绝，跌宕悲凉，时悲时喜，时扬时落，转
变无穷，抒发了作者对人才不得施展的悲愤。

囝

唐 顾 况

囝 生 闽 方 ，
　　　　°7

闽 吏 得 之 ，　　　　乃 绝 其 阳 。
　　　　　　　　　　　　　　　　°7

为 臧 为 获 ，　　　　致 金 满 屋 。
　　　　　　　　　　　　　　△
　　　　　　　　　　　　　　λ1

为 髡 为 钳 ，　　　　如 视 草 木 。
　　　　　　　　　　　　　　△
　　　　　　　　　　　　　　λ1

天 道 无 知 ，	我 罹 其 毒 。 人2
神 道 无 知 ，	彼 受 其 福 。 人1
郎 罢 别 囝 ，	吾 悔 生 汝 。 √6
及 汝 既 生 ，	人 劝 不 举 。 √6
不 从 人 言 ，	果 获 是 苦 。 √7
囝 别 郎 罢 ， 、22	心 摧 血 下 。 、22
隔 地 绝 天 ， 及 至 黄 泉 ， 不 得 在 郎 罢 前 。 1 1 1

转韵、夹通韵，阳(3)→屋中杂沃(8)→语麌同用(6)→祃(2)→先(3)，首句入韵，转韵第一句二入韵二不入韵，平仄相间二处、以仄承仄二处，首句为后联出句不入韵之畸零句，末三句为三韵联，仅末句为独立句。诗人对本诗有自注云："'囝'，音蹇。闽俗呼子为囝，父为郎罢。"诗中对闽地人民的不幸遭遇深表同情，却通篇不发一句议论，而是纯用白描，把血淋淋的事实展现在读者面前，让事实来说话，产生了雄辩的力量。诗人继承《诗经》的讽谕精神，形式上也有意模仿，采用四言体，并取首句的第一个字为题。另又大胆采用了闽地方言如"囝"、"郎罢"入诗，使诗歌在古朴之中流露出强烈的地方色彩和浓郁的生活气息。

湘 江 曲
唐 张 籍

湘 水 无 潮 秋 水 阔 ， 人7	湘 中 月 落 行 人 发 。 人6
送 人 发 ，	送 人 归 ， -5
白 蘋 茫 茫 鹧 鸪 飞 。 -5	

转韵、夹通韵，曷月同用(2)→微(3)，首句入韵，转韵第一句不入韵，首韵为促

起式,末句为前联出句不入韵之畸零句。短短二十七个字中,"湘"、"水"、"发"、"送"四字皆两次出现,而"人"字更是三次出现,这就加强了诗的珠走泉流回旋复杳的旋律之美,再加上"顶真"格的修辞、"发"与"归"的渐行渐远,使本诗如诗人好友姚合《赠张籍》诗云:"绝妙江南曲,凄凉怨女诗。古风无敌手,新语是人知。"

　丨丨丨　丨丨　－－丨丨　－　。　丨－丨丨　丨　－丨丨－　。

李花赠张十一署

唐　韩　愈

江 陵 城 西 二 月 尾,　　　花 不 见 桃 惟 见 李。
　　　　　　　　∨5　　　　　　　　　　　∨4

风 揉 雨 练 雪 羞 比,　　　波 涛 翻 空 杳 无 涘。
　　　　　　∨4　　　　　　　　　　∨4

君 知 此 处 花 何 似?
　　　　　∨4

白 花 倒 烛 天 夜 明,　　　群 鸡 惊 鸣 官 吏 起。
　　　　　　　　　　　　　　　　　∨4

金 乌 海 底 初 飞 来,　　　朱 辉 散 射 青 霞 开。
　　　　　－10　　　　　　　　　　　－10

迷 魂 乱 眼 看 不 得,　　　照 耀 万 树 繁 如 堆。
　　　　　　　　　　　　　　　　　－10

念 昔 少 年 著 游 燕,　　　对 花 岂 省 曾 辞 杯?
　　　　　　　　　　　　　　　　　－10

自 从 流 落 忧 感 集,　　　欲 去 未 到 思 先 回。
　　　　　　　　　　　　　　　　　－10

只 今 四 十 已 如 此,　　　后 日 更 老 谁 论 哉?
　　　　　　　　　　　　　　　　　－10

力 携 一 樽 独 就 醉,　　　不 忍 虚 掷 委 黄 埃。
　　　　　　　　　　　　　　　　　－10

转韵、夹通韵,纸中杂尾(7)→灰(12),首句及转韵第一句皆入韵,平仄相间,"风揉"与"波涛"为两句一联之独立句。"君知"为后联出句不入韵之畸零句。本诗写得精妙奇丽,体物入微,发前人未得之秘。起首到"照耀"的前段着力摹写李花的情状,刻画从黑夜到清晨之间李花的物色变化,真是灿烂辉煌,令人魂迷眼乱。尤其用翻空的波涛形容李花林,写白花倒映得天亮而使群鸡惊鸣等,都是戛戛独造的未经人道之语。从"念昔"起的后段则借花致慨,百感交集。诗人写李花,也是在写自己;惜李花,也是自惜。全诗情寓物中,物因情见,可谓咏物佳作。

杜 陵 叟

唐　白居易

杜 陵 叟 ，　　　　　　　　　杜 陵 居 。
　　　　　　　　　　　　　　　　　　　−6

岁 种 薄 田 一 顷 余 。
　　　　　　　　　−6

三 月 无 雨 旱 风 起 ，　　　　麦 苗 不 秀 多 黄 死 。
　　　　　　　　∨4　　　　　　　　　　∨4

九 月 降 霜 秋 早 寒 ，　　　　禾 穗 未 熟 皆 青 干 。
　　　　　　　　−14　　　　　　　　　−14

长 吏 明 知 不 申 破 ，　　　　急 敛 暴 征 求 考 课 。
　　　　　　　　∖21　　　　　　　　　∖21

典 桑 卖 地 纳 官 租 ，　　　　明 年 衣 食 将 何 如 ？
　　　　　　　　−7　　　　　　　　　　−6

剥 我 身 上 帛 ，　　　　　　　夺 我 口 中 粟 。
　　　　　λ11　　　　　　　　　　λ2

虐 人 害 物 即 豺 狼 ，　　　　何 必 钩 爪 锯 牙 食 人 肉 ？
　　　　　　　　　　　　　　　　　　　λ1

不 知 何 人 奏 皇 帝 ，　　　　帝 心 恻 隐 知 人 弊 。
　　　　　　　　∖8　　　　　　　　　∖8

白 麻 纸 上 书 德 音 ，　　　　亦 畿 尽 放 今 年 税 。
　　　　　　　　　　　　　　　　　　∖8

昨 日 里 胥 方 到 门 ，　　　　手 持 尺 牒 牓 乡 村 。
　　　　　　　　−13　　　　　　　　　−13

十 家 租 税 九 家 毕 ，　　　　虚 受 吾 君 蠲 免 恩 。
　　　　　　　　−13　　　　　　　　　−13

　　转韵、夹通韵,鱼(3)→纸(2)→寒(2)→箇(2)→虞鱼同用(2)→陌沃屋同用(4)→霁(4)→元(4),首句不入韵,转韵第一句皆入韵,平仄相间六处,以仄承仄一处,"岁种"为前联出句不入韵之畸零句。白居易是杜甫之后又一深刻同情劳苦大众的诗人。"剥我"以下四句,痛斥了那些为了自己升官发财而不顾农民死活的"长吏"。作为唐王朝的官员,敢于如此激烈地为人民鸣不平,不能不使我们佩服诗人的勇气。而他所塑造的这个"我"的形象,以高度概括地反映了千百万农民的悲惨处境和反抗精神而闪耀着永不熄灭的艺术火花,至今仍有不可低估的认识意义和审美价值。

南山田中行
唐 李 贺

秋 野 明 ,　　　　　秋 风 白 ,
　　　　　　　　　　　　λ11

塘 水 漻 漻 虫 啧 啧 。
　　　　　　　λ11

云 根 苔 藓 山 上 石 ,　　冷 红 泣 露 娇 啼 色 。
　　　　　λ11　　　　　　　　λ13

荒 畦 九 月 稻 叉 牙 ,　　蛰 萤 低 飞 陇 径 斜 。
　　　　　。6　　　　　　　　。6

石 脉 水 流 泉 滴 沙 ,　　鬼 灯 如 漆 点 松 花 。
　　　　　。6　　　　　　　　。6

转韵、夹通韵,陌中杂职(5)→麻(4),首句不入韵,转韵第一句入韵,平仄相间,"塘水"句为前联出句不入韵之畸零句,"云根"与"冷红"、"石脉"与"鬼灯"皆两句一联之独立句。诗人用富于变幻的笔触描绘了一幅秋夜田野图:它明丽而又斑驳,清新而又幽冷,使人爱恋,却又叫人忧伤。特别末句"鬼灯如漆点松花",使读者在承受"鬼气"重压的同时,又多少感到生命的光彩,得到某种特殊的美感,一种幽冷清绝的意趣。

苦 昼 短
唐 李 贺

飞 光 飞 光 ,　　　　　劝 尔 一 杯 酒 。
　　　　　　　　　　　　√25

君 不 识 青 天 高 ,　　黄 地 厚 。
　　　　　　　　　　　　√25

惟见月寒日暖，　　　来煎人寿。
　　　　　　　　　　　　　∨25

食熊则肥，　　　　　　食蛙则瘦。
　　　　　　　　　　　　　∨26

神君何在？　　　　　　太一安有？
　　　　　　　　　　　　　∨25

天东有若木，
　　　　λ1

下置衔烛龙，　　　　　吾将斩龙足、嚼龙肉。
　　　　　　　　　　　　　　　　　　λ1

使之朝不得回，　　　　夜不得伏。
　　　　　　　　　　　　　λ1

自然老者不死，　　　　少者不哭。
　　　　　　　　　　　　　λ1

何为服黄金，　　　　　吞白玉？
　　　　　　　　　　　　λ2

谁是任公子，　　　　　云中骑碧驴？
　　　　　　　　　　　　　　　－6

刘彻茂陵多滞骨，　　　嬴政梓棺费鲍鱼。
　　　　　　　　　　　　　　　　－6

　　转韵、夹通韵，有中杂宥(10)→屋中杂沃(9)→鱼(4)，首句不入韵，转韵第一句一入韵一不入韵，平仄相间一处，以仄承仄一处，"天东"句为后联出句不入韵之畸零句。本诗佳处，不在景致，不在藻饰，而纯以意胜。诗人通过丰富的想象和大胆的幻想，创造了独特的诗的意境。不仅包笼天地，役使造化，而且驱遣幽明，把神仙鬼魅都纳入诗行。而诗人的议论、诗人的感情，全部寄寓于这些瑰诡的形象当中，使诗人对生活的认识，似虚而实，形疏而密，让读者置身于这种神奇的艺术王国，体味诗人的感情，领会诗人的倾向。

走笔谢孟谏议寄新茶
唐　卢　仝

日高丈五睡正浓，　　　军将打门惊周公。
　　　　　　　　－2　　　　　　　　　　　－1

口 云 谏 议 送 书 信，

白 绢 斜 封 三 道 印。

开 缄 宛 见 谏 议 面，

手 阅 月 团 三 百 片。

闻 道 新 年 入 山 里，

蛰 虫 惊 动 春 风 起。

天 子 须 尝 阳 羡 茶，

百 草 不 敢 先 开 花。

仁 风 暗 结 珠 琲 瓃，

先 春 抽 出 黄 金 芽。

摘 鲜 焙 芳 旋 封 裹，

至 精 至 好 且 不 奢。

至 尊 之 馀 合 王 公，

何 事 便 到 山 人 家。

柴 门 反 关 无 俗 客，

纱 帽 笼 头 自 煎 吃。

碧 云 引 风 吹 不 断，

白 花 浮 光 凝 碗 面。

一 碗 喉 吻 润，

两 碗 破 孤 闷。

三 碗 搜 枯 肠，

唯 有 文 字 五 千 卷。

四 碗 发 轻 汗，

尽 向 毛 孔 散。

平 生 不 平 事，

五 碗 肌 骨 清，

六 碗 通 仙 灵。

七 碗 吃 不 得 也，

唯 觉 两 腋 习 习 清 风 生。

蓬 莱 山，

在 何 处？

玉 川 子，

乘 此 清 风 欲 归 去。

山上群仙司下土，　　　　　　地位清高隔风雨。

安得知百万亿苍生命，　　　　堕在巅崖受辛苦！

便为谏议问苍生，　　　　　　到头还得苏息否？

　　转韵、夹通韵，冬东同用(2)→震(2)→霰(2)→纸(2)→麻(8)→陌锡同用(2)→翰霰同用(2)→震愿同用(2)→翰霰同用(5)→庚青同用(4)→御(4)→麌(6)，首句入韵，转韵第一句九入韵二不入韵，平仄相间五处，以仄承仄六处，首四韵为促起式，"四碗"句为后联出句不入韵之畸零句。卢仝，自号玉川子。这首诗就是他同陆羽《茶经》齐名的玉川茶歌。卢仝一生爱茶成癖。茶对他来，不只是一种口腹之欲，茶似乎给他创造了一片广阔的天地，似乎只有在这片天地中，他那颗对人世冷暖的关注之心，才能略有寄托。诗中七碗茶的叙述，就是展现他内心风云的不平文字。这些文字"深入浅出"，或说"险入平出"。七碗相连，如珠走板，气韵流畅，愈进愈美。其中第四碗茶是要紧处，看他写来轻易，但笔力雄厚，心中郁结，发为深山狂啸，使人有在奇痒处着力一搔的快感。最后第七碗茶所造成的飘飘欲仙的感觉，转入下文为苍生请命的更明确的思想。这位自拟为暂被谪落人间的仙人，他要返回蓬莱山，问一问神仙：下界的苍生究竟何时才能得到苏息的机会！这就是卢仝的风格。

勿去草
宋　杨　杰

勿去草，　　　　　　　　　　草无恶，

若比世俗俗浮薄。

君不见长安公卿家，　　　　　公卿盛时客如麻。

公卿去后门无车，　　　　　　唯有芳草年年加。

又不见千里万里江湖滨，　　　触目凄凄无故人，唯有芳草随车轮。

一日还旧居，　　　　　　　　门前草先除。

草于主人实无负，　　　　　　主人于草宜何如？

勿去草，　　　　　　　　　　草无恶，

若比世俗俗浮薄。

转韵，药(3)→麻(4)→真(3)→鱼(4)→药(3)，首句不入韵，转韵第一句三入韵一不入韵，平仄相间与以平承平皆二处，前后两句"若比"皆为前联出句不入韵之畸零句，"公卿"与"唯有"为两句一联之独立句，"千里"、"触目"与"唯有"为三韵联，仅末句"唯有"为独立句。本诗选自《宋诗三百首》。全诗首尾反复出现的"勿去草"两句，强调了诗的主旨在于借芳草之被除以喻世态。世态炎凉，世俗浮薄实不如"年年加"、"随车轮"的芳草。尽管"草于主人实无负"，但"一日还旧居，门前草先除"再次说明浮薄的世俗实不如无情的草木。本诗是首含意浓厚的咏物佳作。

李太白杂言
宋　徐　积

噫嘻欤奇哉！自开辟以来，　　不知几千万年，

至于开元间，　　　　　　　　忽生李诗仙。

是时五星中，　　　　　　　　一星不在天。

不知何物为形容，　　　　　　何物为心胸，

何物为五脏，　　　　　　　　何物为喉咙？

开口动舌生云风，

开口向天吐玉虹，

然后吐出光焰万丈凌虚空。

盖自有诗人以来，

大泽深山，

晨霞夕霏，

雷轰电掣，

青天白云，

有如此之人，

屈生何悴？

贾生何戚？

人生何用自缧绁，

乃知公是真英物，

当时杜甫亦能诗，

戴乌纱，

不是高歌即酣饮。

当时大醉乘游龙。

玉虹不死蟠胸中，

我未尝见：

雪霜冰霰，

万化千变。

花葩玉洁，

秋江晓月。

有如此之诗！

宋玉何悲？

相如何疲？

当须荦荦不可羁。

万叠秋山清笋骨，

恰如老骥追霜鹘。

著宫锦，

饮时独对月明中，　　　　　　　　醉来还抱清风寝。

嗟君逸气何飘飘，　　　　　　　　枉教谪下青云霄。

大抵人生有用有不用，　　　　　　岂可戚戚反效儿女曹！

采蟠桃于海上，　　　　　　　　　寻紫芝于山腰。

吞汉武之金茎沆瀣，　　　　　　　吹弄玉之秦楼凤箫。

转韵、夹通韵，先中杂删(6)→东冬同用(9)→霰(6)→屑月同用(4)→支(8)→月物同用(4)→寝(5)→萧中杂豪(8)，首句不入韵，转韵第一句四入韵三不入韵，平仄相间四处，以平承平一处，以仄承仄二处，"至于"与"忽生"、"开口"与"当时"四句皆两句一联之独立句，"开口"、"玉虹"与"然后"为三韵联，皆独立句，"不是"为前联出句不入韵之畸零句，"噫嘻欷奇哉"为语气词。在歌颂大诗人李白的诗歌中，本诗堪称绝唱。这首杂言歌行，除了给李白以深情的赞歌外，更称誉李白为乾坤开辟以来最神奇、最俊逸、最有气骨的英杰，呼之为"诗仙"，尊之为"真英物"，诗是光焰万丈的诗，人是光焰万丈的人，有如此之人，如此之诗，我们伟大的祖国，足可以无憾。全诗从"神奇骏逸"四字着笔，充分揭示了李白诗歌的词采壮浪，气到笔吞。中间以屈、宋、贾、马和李白相比，用意不在贬低这些前代大文人，而在于说明李白除具有惊才绝艳以外，更有其超逸于他人、不受人生拘牵的一面。以当时同享盛名的杜甫与李白相比，旨在说明两人诗风不同，"老骥"与"霜鹘"之喻，也极为生动形象，不是故作李杜优劣之论。总之，从历来歌咏李白的诗篇来看，徐积的这首诗，是有独特思致的好诗，其诗风也和李白的风格相似。太白在天上有知，足可慰也！

打　麦

宋　张舜民

打麦打麦，彭彭魄魄，　　　　声在山南应山北。

四月太阳出东北，

才离海峤麦尚青，　　　　　　转到天心麦已熟。

鹖旦催人夜不眠，ᴧ1 竹鸡叫雨云如墨。ᴧ13

大妇腰镰出，ᴧ4 小妇具筐逐。ᴧ1

上垅先挦青，ᴧ2 下垅已成束。

田家以苦乃为乐，ᴧ10 敢惮头枯面焦黑！ᴧ13

贵人荐庙已尝新，⁻11 酒醴雍容会所亲。⁻11

曲终厌饫劳童仆，岂信田家未入唇！⁻11

尽将精好输公赋，次把升斗求市人。⁻11

麦秋正急又秧禾，₅ 丰岁自少凶岁多，₅

田家辛苦可奈何！₅

将此打麦词，兼作插禾歌。₅

转韵、夹通韵，职、陌、屋、沃、质、药同用(14)→真(6)→歌(5)，首句及转韵第一句皆入韵，平仄相间一处，以平承平一处，"打麦"、"彭彭"与"声在"为三韵联，仅"声在"为独立句，"麦秋"、"丰岁"与"田家"为三韵联，仅"田家"为独立句，"四月"为后联出句不入韵之畸零句，"大妇"与"小妇"、"田家"与"敢惮"四句为两句一联之独立句。张舜民一贯重视民生疾苦，本诗强调了农民的终生辛苦，在描写农村环境及劳动场面时，形象真实生动，有浓郁的生活气息。描写贵人神态，着墨无多，却传神阿堵。两种形象的对比，互相映衬，加强了作品的感染力。

雨中游天竺灵感观音院

宋 苏 轼

蚕欲老，麦半黄，

山前山后水浪浪！

农夫辍耒女废筐，　　　　白衣仙人在高堂！

本韵，纯用阳韵，首句不入韵，"山前"为前联出句不入韵之畸零句，"农夫"与"白衣"为两句一联之独立句。本诗语言通俗，韵调和谐，很有民歌风味。最妙的是末句，表面上是责备神像土偶的无知，实际上是指"为民父母"的地方官的不负责任。讽刺意味含而不露，给读者以丰富的联想余地。

听宋宗儒摘阮歌

宋　黄庭坚

翰林尚书宋公子，　　　　文采风流今尚尔。

自疑耆域是前身，　　　　囊中探丸起人死。

貌如千岁枯松枝，　　　　落魄酒中无定止。

得钱百万送酒家，　　　　一笑不问今余几。

手挥琵琶送飞鸿，　　　　促弦聒醉惊客起：

寒虫催织月笼秋，　　　　独雁叫群天拍水；

楚国羁臣放十年，　　　　汉宫佳人嫁千里；

深闺洞房语恩怨，　　　　紫燕黄鹂韵桃李；

楚狂行歌惊市人，　　　　渔父鼓舟在葭苇。

问君枯木著朱绳，　　　　何能道人意中事？

君 言 此 物 传 数 姓，　　　玄 璧 庚 庚 有 横 理。

闭 门 三 月 传 国 工，　　　身 今 亲 见 阮 仲 容。

我 有 江 南 一 丘 壑，　　　安 得 与 君 醉 其 中，

曲 肱 听 君 写 松 风。

　　转韵、夹通韵又上去通押，纸韵为主、尾真从之(22)→东中杂冬(5)，首句及转韵第一句皆入韵，平仄相间，"曲肱"为前联出句不入韵之畸零句。用文字来表现音乐是极不容易的，然而黄庭坚用有形的文字成功地记录了无形的音乐，而且以他那敏锐精细的分辨力、入木三分的表现才能，再现了不同于琴、琵琶、筝等其他乐器的阮咸的特殊风格。音乐是听觉艺术，送入人们感官的音响，稍纵即逝，是不可捕捉、无法停留的。诗是语言艺术，用文字写下来的东西却可以让万里之外、千年之后的人去感知。要在这两种艺术之间架起桥梁，比喻是最好的方法。本诗中间"寒虫"以下八句接连使用比喻，正是借助人们熟知的声音、感情、韵味、风调来完成由视觉到听觉的过渡，是本诗最精采的部分。

促 促 词

宋　徐　照

促 促 复 促 促 ，

东 家 欢 欲 歌 ，　　　西 家 悲 欲 哭 。

丈 夫 力 耕 长 忍 饥 ，　　老 妇 勤 织 长 无 衣 。

东 家 铺 兵 不 出 户 ，　　父 为 节 级 儿 抄 簿 ；

一 年 两 度 请 官 衣 ，　　每 月 请 来 一 石 五 ；

小 儿 作 军 送 文 字 ，　　一 旬 一 轮 怨 辛 苦 。

转韵、夹通韵,沃屋同用(3)→微(2)→虞(6),首句及转韵第一句皆入韵,皆平仄相间,首句为后联出句不入韵之畸零句。本诗诗意在于伤悯"西家"之"促促",但正面写的仅三句,倒有七句写"东家",写"东家"又非纯客观的描述,而是通过"西家"的观感来写,反映着"西家"人在特定环境下的特定心理,通过他们对"东家"的艳羡,来表现他们的贫困,手法很别致。

开禧纪事二首(一)
宋 刘 宰

"泥 滑 滑",　　　　　　　　"仆 姑 姑",

唤 晴 唤 雨 无 时 无。

晓 窗 未 曙 闻 啼 呼,　　　更 劝 沽 酒 "提 壶 芦",

年 来 米 贵 无 酒 沽!

本韵,纯用虞韵,首句不入韵,"唤晴"为前联出句不入韵之畸零句,"晓窗"、"更劝"与"年来"为三韵联,皆独立句。这首禽言诗中出现了三种鸟名,而且诗意与鸟声的含义大体一致,旱("仆姑姑")涝("泥滑滑")频繁,"米贵无酒沽"("提壶芦")的主题表现了南宋人民的苦难生活。

野 犬 行
宋 刘 宰

野 有 犬 ,　　　　　　　　林 有 乌 ,

犬 饿 得 食 声 咿 呜 ,　　　乌 驱 不 去 尾 毕 逋。

田 舍 无 烟 人 迹 疏 ,　　　我 欲 言 之 涕 泪 俱。

村 南 村 北 衢 路 隅 ,　　　妻 唤 不 省 哭 者 夫;

父气欲绝孤儿扶，　　　　　　　　夜半夫死子亦殂，

尸横路隅一缕无。

乌啄眼，　　　　　　　　　　　　　犬衔须，

身上哪有全肌肤！　　　　　　　　浅土元不盖头颅。

叫呼五百烦里闾，　　　　　　　　过者且勿叹，

闻者且莫吁，

生必有数死莫逾，　　　　　　　　饥冻而死非幸欤！

君不见荒祠之中荆棘里，　　　　商割不知谁氏子。

苍天苍天叫不闻，　　　　　　　　应羡道旁饥冻死！

转韵、夹通韵,虞鱼同用(20)→纸(4),首句不入韵,转韵第一句入韵,平仄相间,"犬饿"与"乌驱"、"田舍"与"我欲"、"村南"与"妻唤"、"叫呼"与"浅土"、"生必"与"饥冻"共十句为两句一联之独立句,"父气"、"夜半"与"尸横"为三韵联,皆独立句。"身上"为前联出句不入韵之畸零句。作者怀着对无力与自然灾害抗争、只得在死亡线上挣扎的劳动人民的深切同情,用朴挚的笔触,如实地记录了当时广大乡村所发生的惨绝人寰的一幕幕悲惨场面,令人读后,不禁与诗人一样涕泪俱下,为那些惨死的冤魂、苟延的生灵洒下一掬同情之泪。

四禽言四首

宋 梁栋

其 一

不如归去，　　　　　　　　　　　锦官宫殿迷烟树。

天津桥上一两声，　　　叫破中原无住处，

不如归去。

通韵，御中杂遇，首句入韵。

其　二

脱却布袴，　　　　　　贫家能有几尺布？

织尽寒机无得裁，　　　可人不来廉叔度，

脱却布袴。

本韵，纯用遇韵，首句入韵。

其　三

行不得也哥哥，　　　　湖南湖北春水多。

九嶷山前叫虞舜，　　　奈此乾坤无路何！

行不得也哥哥。

本韵，纯用歌韵，首句入韵。

其　四

提胡芦，　　　　　　　年来酒贱频频沽。

众人皆醉我亦醉，　　　哀哉谁问醒三闾？

提胡芦。

通韵,虞中杂鱼,首句入韵。

四首诗,皆末句为前联出句不入韵之畸零句。《禽言》这类诗篇,是人们根据自己的想象,悬解鸟雀啼叫的声音,给啼鸟取各种有意义的名字,并巧妙地将这些名字融入诗中,引申发挥,以抒发自己的情感。第一首写杜鹃,意在慨叹中原的战乱和残破。第二首仍写杜鹃,但写南宋人民的悲惨生活。第三首写鹧鸪,写南宋人民把希望寄托在王朝的最高统治者皇帝的身上。第四首写提壶鸟,国土残破,人民流离,群奸专权,皇帝庸懦,南宋国势摇摇欲坠,诗人痛心疾首,无可排遣,只得频到醉乡,以酒浇愁。总之,南宋疮痍满目的社会现实在《禽言》的旧形式里得到了反映,使这组诗具有较为深广的历史内容。四首诗各自独立成篇,又首尾连贯,浑然一体,有"诗史"意义。

送李经

金　李纯甫

髯张元是人中雄，　喜如俊鹘盘秋空，
怒如怪兽拔枯松，　老我不敢撄其锋。
更着短周时缓频，　智囊无底眼如月，
斫头不屈面如铁，　一说未穷复一说。
勍敌相拒已铮铮，　二豪同军又连横，
屏山直欲把降旌，　不意人间有阿经。
阿经瑰奇天下士，　笔头风雨三千字；
醉倒谪仙元不死，　时借奇兵攻二子。
纵饮高歌燕市中，　相视一笑生春风，
人憎鬼妒愁天公，　径夺吾弟还辽东。

短 周 醉 倒 默 无 语 ，　　　髯 张 亦 作 冲 冠 怒 。

阿 经 老 眼 泪 如 雨 ，　　　只 有 屏 山 拔 剑 舞 。

拔 剑 舞 ，　　　　　　　　击 剑 歌 ，

人 非 麋 鹿 将 如 何 ？

秋 天 万 里 一 明 月 ，　　　西 风 吹 梦 飞 关 河 。

此 心 耿 耿 轩 辕 镜 ，　　　底 用 儿 女 肩 相 摩 ？

有 智 无 智 三 十 里 ，　　　眉 睫 之 间 见 吾 弟 。

　　转韵、夹通韵又上去通押，东冬同用(4)→屑叶月同用(4)→庚中杂青(4)→纸中杂真(4)→东(4)→麌语遇同用(4)→歌(7)→纸霁同用(2)，首句入韵，转韵第一句六入韵一不入韵，皆平仄相间，末韵为促收式，"怒如"与"老我"、"斫头"与"一说"、"屏山"与"不意"、"醉倒"与"时借"、"人憎"与"径夺"、"阿经"与"只有"共十二句皆两句一联之独立句，"人非"为前联出句不入韵之畸零句。这是李纯甫在送别好友李经的酒宴上写的诗，"髯张"与"短周"为作者另两同席好友张㲄与周嗣明。送别诗很少有如本诗写得如此气势雄豪、悲壮奇伟的，观此，可见金末诗坛尚奇诗风之一斑。

王氏能远楼

元　范　梈

游 莫 羡 天 池 鹏 ，　　　归 莫 问 辽 东 鹤 。

人 生 万 事 须 自 为 ，　　　跬 步 江 山 即 寥 廓 。

请 君 得 酒 勿 少 留 ，　　　为 我 痛 酌 王 家 能 远 之 高 楼 。

醉捧勾吴匣中剑，　　　斫断千秋万古愁。

沧溟朝旭射燕甸，　　　桑枝正搭虚窗面。

昆仑池上碧桃花，　　　舞尽东风千万片。

千万片，　　　　　　　落谁家？

愿倾海水溢流霞。

寄谢尊前望乡客，　　　底须惆怅惜天涯。

转韵，药(4)→尤(4)→霰(4)→麻(5)，首句不入韵，转韵第一句二入韵一不入韵，皆平仄相间，"愿倾"为前联出句不入韵之畸零句。本诗立意高远，气势酣畅，表达了诗人看破红尘、睥睨人寰的高情逸志，写得潇洒通脱，颇具特色。诗人学李白，尤得歌行神韵。诗中"醉捧"两句实从李白"抽刀断水水更流，举杯消愁愁更愁"(953)句意脱化而来。不过，李诗"抽刀"与"消愁"之间，只有暗示、暗喻关系，要从人们的联想功能中获得象征意义，而其结果是"消愁愁更愁"，徒有无可奈何之叹；范诗则将二意糅为一体，直截了当，语气上斩钉截铁，要"斫断千秋万古愁"，立意较为积极，所以这里用语用意均有创新，见出诗人擅长点化古诗的功夫。

秋夜雨
元　王冕

秋夜雨，　　　　　　　秋夜雨！

马悲草死桑乾路，　　　雁啼木落潇湘浦。

声声唤起故乡情，　　　历历似与幽人语。

初来未信鬼啾唧，　　　坐久忽觉神凄楚。

一时感慨壮心轻，　　　百斛蒲萄为谁举？

山林岂无豪放士？　　　　江湖亦有饥寒旅。

凝愁拥鼻不成眠，　　　　灯孤焰短寒花吐。

秋夜雨，秋夜雨！　　　　今来古往愁无数！

谪仙倦作夜郎行，　　　　杜陵苦为茅屋赋。

只今村落屋已无，　　　　岂但屋漏无干处！

凋余老稚匍匐走，　　　　哭声不出泪如注，

谁人知有此情苦？

秋夜雨，秋夜雨！　　　　赤县神州皆斥卤。

长蛇封豕恣纵横，　　　　鳞凤龟龙失其所。

耕夫钓叟意何如？　　　　梦入江南毛发竖。

余生听惯本无事，　　　　今乃云何惨情绪？

排门四望云墨黑，　　　　纵有空言亦何补？

秋夜雨，秋夜雨，　　　　何时住！

我愿扫开万里云，　　　　日月光明天尺五！

通韵，又上去通押，麌韵为主，语遇御从之，首句入韵，"马悲"与"雁啼"为两句一联之独立句，"秋夜""秋夜"与"今来"、"秋夜""秋夜"与"赤县"、"秋夜""秋夜"与"何时"为三组三韵联、皆独立句，"谁人"为前联出句不入韵之畸零句。秋夜愁雨，这是最常见的诗材了。不过，若要在万物衰落的深秋中，感受到时代的衰朽；在漆

黑无光的夜晚里,联想到时代的黑暗;在撩乱心神的雨声下,听出时代混乱的节奏:这,就像杜甫在秋风破屋之夜念及天下寒士一样,在古诗中并不多见,因为一则要适逢这样的时代,二则要具有入世的精神,三则还要胸襟博大,心忧天下。王冕,在通常人们心目中,是绍兴鉴湖上的隐士,是素以梅花的清高远俗来自许、自励的画师;然而,这位生逢元末的诗人,在这首显然是为这个末世而作的《秋夜雨》中,却令人惊奇地向人们显示了他忧世愤俗的另一面。读完本诗,你可看到这诗的前大半幅和结尾的结构,这样的语词,都酷肖《茅屋为秋风所破歌》(1115),你不能不说,王冕可还真悟到了点老杜的精神呢!再推而想之,对旧时代如此绝望、对新时代如此期望的王冕,在朱元璋头角初露时,便决然出山投到这位未来"扫开万里云"的英主的幕府下,也决不是偶然的了。他可惜当年身便死了,若天假以年,谁知道他在入世途中,会造出多少成就?

鸿门会

元　杨维桢

天　迷　关　，　　　　　　地　迷　户　，
　　　　　　　　　　　　　　　　△
　　　　　　　　　　　　　　　　√7

东　龙　白　日　西　龙　雨　。
　　　　　　　　　　　　△
　　　　　　　　　　　　√7

撞　钟　饮　酒　愁　海　翻　，　　碧　火　吹　巢　双　猰　㺄　。
　　　　　　　　　　　　　　　　　　　　　　　　　　　△
　　　　　　　　　　　　　　　　　　　　　　　　　　　√7

照　天　万　古　无　二　乌　，　　残　星　破　月　开　天　余　。
　　　　　　　　　　　　　　°　　　　　　　　　　　　　　°
　　　　　　　　　　　　　　-7　　　　　　　　　　　　　　-6

坐　中　有　客　天　子　气　，　　左　股　七　十　二　子　连　明　珠　。
　　　　　　　　　　　　　　　　　　　　　　　　　　　　　　　　°
　　　　　　　　　　　　　　　　　　　　　　　　　　　　　　　　-7

军　声　十　万　振　屋　瓦　，　　拔　剑　当　人　面　如　赭　。
　　　　　　　　△　　　　　　　　　　　　　　　　　　　△
　　　　　　　　√21　　　　　　　　　　　　　　　　　　√21

将　军　下　马　力　排　山　，　　气　卷　黄　河　酒　中　泻　。
　　　　　　　　　　　　　　　　　　　　　　　　　　　△
　　　　　　　　　　　　　　　　　　　　　　　　　　　√21

剑　光　上　天　寒　彗　残　，　　明　朝　画　地　分　河　山　。
　　　　　　　　　　　　　°　　　　　　　　　　　　　　°
　　　　　　　　　　　　　-14　　　　　　　　　　　　　-15

将　军　呼　龙　将　客　走　，　　石　破　青　天　撞　玉　斗　。
　　　　　　　　　　　　　△　　　　　　　　　　　　　　△
　　　　　　　　　　　　　√25　　　　　　　　　　　　　√25

转韵、夹通韵,麌(5)→虞鱼同用(4)→马(4)→寒删同用(2)→有(2),首句不入韵,转韵第一句皆入韵,皆平仄相间,末二韵为促收式,"东龙"为前联出句不入韵之畸零句。鸿门宴这一著名的历史事件在司马迁的《史记·项羽本纪》中有十分精彩的描绘,脍炙人口,历代诗人对此也十分感兴趣。杨维桢的本诗,完全撇开刘、项等人在宴会上的具体言行,而驰骋其缥缈不羁的灵思,从当时的群雄逐鹿的大形势着眼,刻画其风云变幻、惊心动魄的时代氛围。在手法上造语奇崛,意境幽诡,颇接近李贺的风格。

老客妇谣
元　杨维桢

老客妇，老客妇，　　　　行年七十又一九。

少年嫁夫甚分明，　　　　夫死犹存旧箕帚。

南山阿妹北山姨，　　　　劝我再嫁我力辞。

涉红采莲，　　　　　　　上山采薇，

采莲采薇，　　　　　　　可以疗饥。

夜来道过娼门首，　　　　娼门萧然惊老丑。

老丑自有能养身，　　　　万两黄金在纤手。

上天织得云锦章，　　　　绣成愿补舜衣裳。

舜衣裳，　

为妾佩，　　　　　　　　古意扬清光，

辨妾不是邯郸娼。

转韵、夹通韵,有(5)→微支同用(6)→有(4)→阳(6),首句及转韵第一句皆入韵,皆平仄相间,首三句为三韵联,仅"行年"为独立句,"采莲"与"可以"为两句一联之独立句,"舜衣"为后联出句不入韵之畸零句,"辨妾"为前联出句不入韵之畸零句。杨维桢以古乐府名家,号"铁崖体",以秾丽妖冶、奇特险怪著称,一般说没有很深的思想内涵。但本诗却以乐府比兴手法以达到"诗言志"的目的,平实明快,质朴无华,可算他乐府中最纯真正统的一篇。诗以老客妇自比,对元朝存以忠心,全节而终。

雨　伞

元　萨都剌

开如轮，　　　　　　　　合如束，

剪纸调膏护秋竹。　　　　日中荷叶影亭亭，

雨里芭蕉声簌簌。　　　　晴天却阴雨却晴，

二天之说诚分明。　　　　但操大柄掌在手，

覆尽东西南北行。

转韵、夹通韵,屋沃同用(5)→庚(4),首句不入韵,转韵第一句入韵,平仄相间,"剪纸"为前联出句不入韵之畸零句。中国古代的咏物诗讲究比兴,就是既要栩栩如生地反映所咏物体形貌,还要求情寄物外,有所寄托,小中见大。本诗就是如此,既写得细致入微、传神点睛,但也不以描绘雨伞为足,而是借咏雨伞来抒发对时事的感慨。

岳鄂王歌

元　张宪

君不见，南熏门，　　　　铁炉步，

神矛丈八舞长蛇，　　　　双练银光如雨注！

又不见，铁浮屠，

斫胫钢刀飞白霜，

义旗所指人不惊。

西河忠义望风附，

朱仙镇上马如虎，

赐环竟坏回天功，

钱塘宫殿春风轻，

徒令功臣三十六，

虎头将军面如铁，

只将和议两封书，

将军将军通军术，

大夫出疆事从权，

功成解甲面丹墀，

惜哉忠义重山岳，

呜呼！肆谗言，

申王心，

拐子马，

贯阵背嵬纷解瓦！

王师到处壶浆迎。

襄邓荆湖垂手宁。

百战经营心独苦，

卷旆归来卧枢府。

娇儿安晏醉未醒。

舞女歌儿乐太平。

义胆忠肝向谁说！

往拭先皇目中血，

君命不受未为失；

铁马长驱功可必；

拜表谢罪死不迟。

智不及此良可悲。

如毒手，

循王口，

蕲　王　湖　上　乘　驴　走　。
　　　　　　　∨25

五　国　城　头　帝　鬼　啼　，　　　　　胡　儿　相　酹　平　安　酒　。
　　　　　　　　　　　　　　　　　　　　　　　　　　　　△
　　　　　　　　　　　　　　　　　　　　　　　　　　∨25

转韵、夹通韵，遇(4)→马(4)→庚青同用(4)→麌(4)→庚青同用(4)→屑(4)→质(4)→支(4)→有(7)，首句不入韵，转韵第一句二不入韵六入韵，平仄相间六处，以仄承仄二处，"蕲王"为前联出句不入韵之畸零句。在众多悼念岳飞的诗中，本诗最具特色。尽管诗人对岳飞推崇备至，但也不是无原则的溢美。一般的悼念诗，大抵哀惋岳飞未遇明主，以至功败垂成，含冤而死。作者则进一步指出，岳飞本人的愚忠也是导致这一悲剧的原因之一。这番议论十分精彩，充分显示了诗人"民贵君轻"的民本主义思想，就诗人所处的时代来说，是很有一点离经叛道的色彩的。

银瓶娘子辞
元　王　逢

碧　梧　月　落　乌　号　霜　，　　　　　寒　泉　幽　凝　金　井　床　。
　　　　　　　　∘7　　　　　　　　　　　　　　　　　　　∘7

绮　疏　光　流　大　星　白　，　　　　　梦　惊　万　里　长　城　亡　。
　　　　　　　　　　　　　　　　　　　　　　　　　　　　　∘7

女　郎　报　父　收　图　圉　，　　　　　匍　匐　将　身　赎　无　所　。
　　　　　　　　　∨6　　　　　　　　　　　　　　　　　　　∨6

官　家　明　圣　如　汉　主　，　　　　　妾　心　愧　死　缇　萦　女　。
　　　　　　　　　∨7　　　　　　　　　　　　　　　　　　　∨6

井　临　交　衢　下　通　海　，　　　　　海　枯　衢　迁　井　不　改　。
　　　　　　　　　∨10　　　　　　　　　　　　　　　　　　∨10

银　瓶　同　沈　意　有　在　，　　　　　万　岁　千　春　露　神　采　。
　　　　　　　　　∨10　　　　　　　　　　　　　　　　　　∨10

魂　兮　归　来　风　泠　然　，
　　　　　　　　　_1

思　陵　无　树　容　啼　鸦　，　　　　　先　王　墓　木　西　湖　边　。
　　　　　　　　　　　　　　　　　　　　　　　　　　　　　_1

转韵、夹通韵，阳(4)→语中杂麌(4)→贿(4)→先(3)，首句及转韵第一句皆入韵，平仄相间二处，以仄承仄一处，"官家"与"妾心"、"银瓶"与"万岁"皆两句一联之独立句,"魂兮"为后联出句不入韵之畸零句。本诗以生动的语言和丰富的想象力为我们塑造了一位节孝忠贞敢作敢为的古代烈女——岳飞之女银瓶娘子的辉煌形象,文笔细腻,情真意切。在歌颂银瓶娘子的同时,作者将讨伐的锋芒直指最高统治者宋高宗赵构,这与通常所见的把罪责主要归结于秦桧的写法大有不同,可见诗人的眼光高于同时代之人。尤其结尾两句,把赵构陵与岳王墓作比较,构思奇特,给人以无尽回味的余地。

登金陵雨花台望大江

明　高　启

大江来从万山中，　　　山势尽与江流东。

钟山如龙独西上，　　　欲破巨浪乘长风。

江山相雄不相让，　　　形胜争夸天下壮。

秦皇空此瘗黄金，　　　佳气葱葱至今王。

我怀郁郁何由开，　　　酒酣走上城南台。

坐觉苍茫万古意，　　　远自荒烟落日之中来。

石头城下涛声怒，　　　武骑千群谁敢渡？

黄旗入洛竟何祥？　　　铁锁横江未为固。

前三国，　　　　　　　后六朝，

草生宫阙何萧萧！　　　几度战血流寒潮。

英雄来时务割据，　　　祸乱初平事休息。

我今幸逢圣人起南国，　祸乱初平事休息。

λ13

从 今 四 海 永 为 家 ，

λ13

不 用 长 江 限 南 北 。
△
λ13

转韵，东(4)→漾(4)→灰(4)→遇(4)→萧(5)→职(4)，首句入韵，转韵第一句四入韵一不入韵，皆平仄相间，"草生"句为前联出句不入韵之畸零句。无论在风骨、情采、声色、熔裁诸方面，本诗都与太白的七古有着十分神似之处。其才气超迈，音节响亮，一种高逸之致，见于楮墨之外，胎息青莲，而又能自出新意，论者推高启为明开国诗人第一，绝不是溢美之辞。诗中声调是欢快的，但欢快中带有一丝沉郁的感情；心境是爽朗的，但爽朗中蒙上了一层历史的阴影。既有豪放伟岸之气，又有沉郁顿挫之致，真可谓"发感慨于性情之正，存忧患于忠厚之言"。清赵翼说："李青莲诗，从未有能学之者，惟青丘（高启）与之相上下、不惟形似，而且神似。"（《瓯北诗话》卷八）

首夏山中行吟

明 祝允明

梅 子 青 ，

梅 子 黄 ，
。
7

菜 肥 麦 熟 养 蚕 忙 。
。
7

山 僧 过 岭 看 茶 老 ，

村 女 当 垆 煮 酒 香 。
。
7

本韵，纯用阳韵，首句不入韵，"菜肥"为前联出句不入韵之畸零句。祝允明是一个活得焦虑而紧张的人。他的诗，大多显得敏锐而深邃，具有内在的紧张感。不过，一张一弛，有时候，他的诗又写得特别散淡，本诗即是他在焦虑而紧张的日常生活中感受到舒缓一刻写下的充分舒缓的诗，诗中的一切，是如此轻松闲逸，尤其末句，当从村女手中接过一碗米酒，是何等惬意，何等舒缓啊！

秋江词

明 何景明

烟 渺 渺 ， 碧 波 远 。
△

白 露 晞 ， 翠 莎 晚 。
△

泛绿漪 ，

蒲风吹帽寒发短 。

美人立 ，

暮雨帆樯江上舟 ，

舟中采莲红藕香 ，

芳草愁 ，西风起 。

江白如练月如洗 ，

蒹葭浅 。

江中流 。

夕阳帘栊江上楼 。

楼前踏翠芳草愁 。

芙蓉花 ，落秋水 。

醉下烟波千万里 。

转韵、夹通韵,阮旱铣同用(7)→尤(6)→纸中杂霁(6),首句及转韵第一句皆不入韵,皆平仄相间,"蒲风"为前联出句不入韵之畸零句,"暮雨"与"夕阳"、"江白"与"醉下"为两句一联之独立句。本诗紧扣题意写秋江景色。诗中的图景在时空的流动中移步换形,诗人的情感在秋江晨景、乍雨乍晴的晚景、秋江月夜之景等变换中起伏跌宕。真所谓景色如绘,入画三昧;情韵顿挫,寄托遥深。

侠客行

明 何景明

朝入主人门 ，

思杀主仇谢主恩 。

主人张灯夜开宴 ，

秋堂露下月出高 ，

暮入主人门 ，

千金为寿百金饯 。

起视厩中有骏马，　　　　匣中有宝刀。

拔刀跃马门前路，　　　　投主黄金去不顾。

转韵，元(3)→霰(2)→豪(3)→遇(2)，首句及转韵第一句皆入韵，皆平仄相间，末韵为促收式，"秋堂"为后联出句不入韵之畸零句，首三句为三韵联，仅"思杀"为独立句。本诗成功地塑造了一个慷慨任侠、重义轻利而有独立人格的豪侠形象。

三岔驿

明　杨　慎

三岔驿，　　　　　　　　十字路，

北去南来几朝暮。

朝见扬扬拥盖来，　　　　暮看寂寂回车去。

今古销沉名利中，　　　　短亭流水长亭树！

通韵，遇中杂御，首句不入韵，"北去"为前联出句不入韵之畸零句。这首小诗，入笔平平，不露锋芒；接下去逐句精警，直到末句，更是余音缭绕，江上峰青，令人回味，引人深思。在写官场的悲喜剧中，包含了诗人政治生涯的亲身体验。他被放逐之后，于书无所不览，写成诗文杂著二百余篇，其著作之宏富，记诵之博洽，明代推为第一人。这也可说是失之东隅，收之桑榆。

又图卉应史甥之索

明　徐　渭

陈家豆酒名天下，　　　　朱家之酒亦其亚。

史甥亲挈八升来，　　　　如椽大卷令吾画。

小白连浮三十杯，　　　　　指尖浩气响成雷。

惊花蛰草开愁晚，　　　　　何用三郎羯鼓催？

羯鼓催，　　　　　　　　　笔兔瘦，

蟹螯百双，　　　　　　　　羊肉一肘，

陈家之酒更二斗。

吟伊吾，　　　　　　　　　进厥口，

为侬更作狮子吼！

　　转韵、夹通韵，祃卦同用（4，依《词韵》，祃卦两韵同为第十部）→灰（4）→有中杂宥（8），首句入韵，转韵第一句一入韵一不入韵，皆平仄相间，"陈家"与"为侬"两句皆前联出句不入韵之畸零句。在中国绘画史上，徐渭是大写意画派的主要开创者。他的许多画作，水墨淋漓，线条纵恣，有不可一世的气概，却又常出人意料地点染得恰到好处，令人称绝。在本诗中，我们可以看到他对绘画艺术的理解，也可看到他在描述作画的精神状态时所表现的对自我艺术创造力的高度自信，和他那狂傲的、自由奔放的个性，一个天才艺术家的自我形象。

钦鸨行

明　王世贞

飞来五色鸟，　　　　　　　自名为凤凰。

千秋不一见，　　　　　　　见者国祚昌。

飨以钟鼓坐明堂，

明堂饶梧竹，　　　　　　　三日不鸣意何长！

晨不见凤凰，　　　　　　　　凤凰乃在东门之阴啄腐鼠，

啾啾唧唧不得哺。

夕不见凤凰，　　　　　　　　凤凰乃在西门之阴媚苍鹰，

愿尔肉攫分遗腥。

梧桐长苦寒，　　　　　　　　竹实长苦饥。

众鸟惊相顾，　　　　　　　　不知凤凰是钦鴀。

　　转韵、夹通韵又上去通押，阳(7)→语遇同用(3)→蒸青同用(3)→支(4)，首句
及转韵第一句皆不入韵，平仄相间二处，以平承平一处，"飨以"为后联出句不入韵
之畸零句，"啾啾"与"愿尔"皆前联出句不入韵之畸零句。钦鴀是《山海经》中的恶
鸟。当时严嵩父子垄断朝政，深为正人君子所痛恶，王世贞作此诗借钦鴀冒充凤凰
以讥刺严嵩。寓言诗一般要求写得平和稳重，但由于诗人与严嵩父子水火不容，其
父即遭严嵩陷害被斩，故本诗写得语句尖刻，表现了强烈的憎恶。

书项王庙壁
明　王象春

　　三章既沛秦川雨，　　　　入关又纵阿房炬，

汉王真龙项王虎。

　　玉玦三提王不语，　　　　鼎上杯羹弃翁姥，

项王真龙汉王鼠。

　　垓下美人泣楚歌，　　　　定陶美人泣楚舞，

真 龙 亦 鼠 虎 亦 鼠 。

通韵,麌主语从,首句入韵,首三句为三韵联,仅末句为独立句,中三句也三韵联,皆独立句,末句为前联出句不入韵之畸零句。本诗不为前人所缚,对刘邦、项羽两个历史人物作了崭新的评价。全诗三句一层,第一层褒刘贬项,第二层扬项抑刘,第三层则一体贬之。虽褒贬不同,却有根有据,顺理成章。不但语奇意奇,而且独具只眼,在成败殊途的两雄中窥到了共同点,将常见的史实比并观之而推出新意,发前人之未发、见前人之未见。

小 车 行
明　陈子龙

小 车 班 班 黄 尘 晚 ,

夫 为 推 ,　　　　　　　　妇 为 挽 。

出 门 茫 然 何 所 之 ?　　　青 青 者 榆 疗 我 饥 ,

愿 得 乐 土 共 哺 糜 。

风 吹 黄 蒿 ,　　　　　　　望 见 垣 堵 ,

中 有 主 人 当 饲 汝 。

叩 门 无 人 室 无 釜 ,　　　踯 躅 空 巷 泪 如 雨 。

转韵、夹通韵,阮(3)→支(3)→麌语同用(5),首句入韵,转韵第一句一入韵一不入韵,皆平仄相间,"小车"为后联出句不入韵之畸零句,"中有"为前联出句不入韵之畸零句,"出门"、"青青"与"愿得"为三韵联,仅"愿得"为独立句,"叩门"与"踯躅"为两句一联之独立句。诗人目击哀鸿遍野的悲惨情景,怀着深切的同情心写下了本诗,从中可感受到作者悲天悯人的仁慈胸怀。在艺术上,本诗受汉乐府的影响,并有所突破,正面写逃荒是前所少见的。

饮太白酒楼醉后走笔成篇

清 顾大申

呜呼太白尔何游!

应在飘飘碧落之倒景, 芙蓉白玉之仙楼。

乘云抱气蹑箕斗, 骖螭泛汉骑长虬。

世人即之香难求, 但见朱轩绣拱环城头。

岱宋历历青扑面, 黄河西来静如练,

七十二君等飞电。

地老天荒出酒人, 狂歌直与天为邻。

上殿捉笔力士嗔, 背负盐鼎谁相存,

就中赏音贺季真。

犹抱曲糵看浮云, 登楼日醉忘其身。

西风野火衰草死, 由来豪贵尽如此。

我今把盏揖君起, 相与斟酒问济水,

古今醉醒那终始?

何不高步穷紫烟, 摘取列星当酒钱,

斟酌海水常不干。

开襟痛饮楼之巅，　　　　　　　　醉呼黄鹤回青天。

　　转韵、夹通韵，尤(7)→霰(3)→真韵为主、文元从之(7)→纸(5)→先中杂寒(5)，首句及转韵第一句皆入韵，皆平仄相间，"呜呼"为后联出句不入韵之畸零句，"岱宗"、"黄河"与"七十"为三韵联，仅"七十"为独立句，"上殿"、"背负"与"就中"为三韵联，皆独立句，"我今"、"相与"与"古今"为三韵联，皆独立句，"何不"、"摘取"与"斟酌"为三韵联，仅"斟酌"为独立句，"世人"与"但见"、"犹抱"与"登楼"、"开襟"与"醉呼"皆两句一联之独立句。本诗一气奔注，感慨横生，表现了作者对大诗人李白的向往崇敬之情。从内容到句式，全诗皆起落跌宕、天马行空，足可步太白。或二句、或三句一节的形式，与诗情的涨落低昂配合默契，可知作者于太白诗风有深切的知解。想太白天上有知，亦当含笑举杯、回敬作者一杯、引以为知己了。

玉带生歌
清　朱彝尊

玉带生，　　　　　　　　　　　　吾语汝：

汝产自端州，　　　　　　　　　　汝来自横浦。

辛免事降表金名谢道清，　　　　　亦不识大都承旨赵孟頫。

能令信公喜，　　　　　　　　　　辟汝置幕府。

当年文墨宾，　　　　　　　　　　代汝一一数：

参军谁？　　　　　　　　　　　　谢皋羽；

察佐谁？　　　　　　　　　　　　邓中甫；

弟子谁？　　　　　　　　王炎午。

独汝形躯短小，　　　　　风貌朴古，

步不能趋，　　　　　　　口不能语；

既无鹯之鸹之活眼睛，　　兼少犀纹彪纹好眉妩。

赖有忠信存，　　　　　　波涛孰敢侮？

是时丞相气尚豪，　　　　可怜一舟之外无尺土，

共汝草檄飞书意良苦。

四十四字铭厥背，　　　　爱汝心坚刚不吐。

自从转战屡丧师，　　　　天之所坏不可支。

惊心柴市日，　　　　　　慷慨且诵临终诗。

疾风蓬勃扬沙时，　　　　传有十义士表以石塔藏公尸，

生也亡命何所之？

或云西台上，　　　　　　晞发一叟涕连洏，

手击竹如意，　　　　　　生时亦相随。

冬青成阴陵骨朽，　　　　百年踪迹人莫知。

会稽张思廉，　　　　　　逢生赋长句。

抱遗老人阁笔看，　　　　　　七客察中敢嗔怒。
　　　　　　　　　　　　　　　　　　　ヽ7

吾今遇汝沧浪亭，　　　　　　漆匣初开紫衣露。
　　　　　　　　　　　　　　　　　　　ヽ7

海桑陵谷又经三百秋，　　　　以手摩挲尚如故。
　　　　　　　　　　　　　　　　　　　ヽ7

洗汝池上之寒泉，　　　　　　漂汝林端之霏雾。
　　　　　　　　　　　　　　　　　　　ヽ7

俾汝留传天地间，　　　　　　忠魂墨气常凝聚。
　　　　　　　　　　　　　　　　　　ヽ7

　　转韵、夹通韵又上去通押，麌语同用(29)→支(13)→遇中杂麌(12)，首句不入韵，转韵第一句一入韵一不入韵，皆平仄相间，"共汝"为前联出句不入韵之畸零句，"疾风"、"传有"与"生也"为三韵联，皆独立句。本诗是朱彝尊诗中的一篇奇作。艺术上用了托物寄兴的手法，全篇纯以拟人出之，虽不离咏砚而实寓人于物，以一砚之经历来再现历史的画面。又将砚与砚的主人结合起来写，虚实相兼，想象奇特而不乖史实。这不仅体现了作者驾驭诗艺的精熟，同时也体现了作者谙于史料，博通典籍的学养，后代浙派诗人走诗人之诗与学人之诗结合的道路，与朱氏的这种开启之功是分不开的。（"玉带生"为文天祥用过的端砚的名称）。

昨梦李昌谷弹琴
清　黎　简

年无几梦十九恶，　　　　　　昨夜何人媚魂魄？
　　　　　　λ10　　　　　　　　　　　λ10

长爪诸孙秀眉绿，　　　　　　围玉神麟腰一束。
　　　　λ2　　　　　　　　　　　　λ2

鸣弦古寒动秋屋：
　　　　λ1

陇山月黑叫孤鹦，　　　　　　昌谷雲深啼老竹。
　　　　　　　　　　　　　　　　　　λ1

红丝剩血弹涩吟，　　　　　　千年以还吾识音。
　　　　　　○12　　　　　　　　　　　○12

车行确确雷碾心，
　　　　　○

行雲已去银浦浅，　　　　　出门独愁碧海深。

转韵、夹通韵，药沃屋同用(7)→侵(5)，首句及转韵第一句皆入韵，平仄相间，"长爪"与"围玉"为两句一联之独立句，"鸣弦"、"车行"两句皆后联出句不入韵之畸零句。黎简于前代诗人中最倾心于李贺，本诗风格纯然效摹李贺，如怪怪奇奇的描述，用鸟鸣、竹啼来比拟音乐，再用"绿"、"黑"、"红"、"碧"等色彩秾艳的字眼造成强烈的感官刺激等，都是李贺惯用的手法。在李贺身后的千余年中，学长吉体的人不少，然像这样神形逼肖的作品实属罕见，故黎简也确可谓是长吉的知音了。

天台石梁雨后观瀑歌

近代　魏　源

雁湫之瀑烟苍苍，　　　　　中条之瀑雷硠硠，

匡庐之瀑浩浩如河江，　　　惟有天台之瀑不奇在瀑奇石梁：

如人侧卧一肱张，

力能撑开八万四千丈，　　　放出青霄九道银河霜。

我来正值连朝雨，　　　　　两崖逼束风愈怒。

松涛一涌千万重，　　　　　奔泉冲夺游人路。

重冈四合如重城，　　　　　震电万车争殷辚。

山头草木思他徙，　　　　　但有虎啸苍龙吟。

须臾雨尽月华湿，　　　　　月瀑更较雨瀑谧。

千山万山惟一音，　　　　　耳畔众响皆休息。

静中疑是曲江涛，　　　　　　　　此则云垂彼海立。
　　　　　　　　　　　　　　　　　　　　∧14

我曾观潮更观瀑，　　　　　　　　浩气胸中两仪塞。
　　　　　　∧1　　　　　　　　　　　　　∧13

不以目视以耳听，　　　　　　　　斋心三日钧天瑟。
　　　　　　　　　　　　　　　　　　　　∧4

造物贶我良不悭，　　　　　　　　所至江山纵奇特。
　　　　　　　　　　　　　　　　　　　　∧13

山僧掉头笑休道，　　　　　　　　雨瀑月瀑那如冰瀑妙：
　　　　　∨19　　　　　　　　　　　　　　　╲18

破玉裂琼凝不流，　　　　　　　　黑光中线空明窈。
　　　　　　　　　　　　　　　　　　　∨17

层冰积压忽一摧，　　　　　　　　天崩地坼空晴昊。
　　　　　　　　　　　　　　　　　　∨19

前冰已裂后冰乘，　　　　　　　　一日玉山百颓倒。
　　　　　　　　　　　　　　　　　　∨19

是时樵牧无声游屐绝，　　　　　　老僧扶杖穷幽讨。
　　　　　　　　　　　　　　　　　　∨19

山中胜不传山外，　　　　　　　　武陵难向渔郎道。
　　　　　　　　　　　　　　　　　　∨19

语罢月落山茫茫，　　　　　　　　但觉石梁之下烟苍苍、
　　　　　。7

雷硠硠，　　　　　　　　挟以风雨浩浩如河江！
　。7　　　　　　　　　　。¯3

转韵、夹通韵又上去通押，阳中杂江(7)→遇麋同用(4)→庚真侵同用(4，依词韵，庚韵为第十一部、真韵为第六部、侵韵为第十三部，三部通押)→职缉质屋同用(12)→皓韵为主、篠啸从之(12)→阳中杂江(3)，首句及转韵第一句皆入韵，平仄相间四处，以仄承仄一处，"匡庐"与"惟有"、"我曾"与"浩气"为两句一联之独立句，"如人"为后联出句不入韵之畸零句，"语罢"、"但觉"与"挟以"为三韵联，仅末句为独立句。本诗是诗人五十四岁(1847)晚年时所作，想象之瑰奇，气势之磅礴，实可压倒他青年时代之众作，而推为平生第一奇诗！凡读过李白《望庐山瀑布》(385)者，谁能不为诗人那神奇的想象、夸张动人的描摹而惊叹？所以连苏东坡也不免断言："帝遣银河一派垂，古来唯有谪仙诗。"仿佛李白之作，从此空前绝后，只可令后

世咏瀑者俯首称臣了！但天下之瀑是描摹不尽的，艺术的创新也是从无止境的。魏源此诗，正就在李白创造的晴日观瀑奇境外，又开了雨、月、冰瀑之新境，把天台石梁之瀑，表现得如此风神殊绝、气象万千！如果说李白咏瀑采用了简短的七绝体，正如清磬一击、妙韵无穷，则魏源之咏采用的长篇歌行体，又恰似"嘈嘈切切错杂弹"的琵琶，奔腾回旋、跌宕澎湃。可见这两首咏瀑之作，实在是异曲同工、各臻妙境。后来的魏源，又岂必非得称臣于谪仙李白？

自毛口宿花垴

近代　郑　珍

盘江在枕下，　　　　　　伸脚欲踏河塘埃。

晓闻花垴子规啼，　　　　暮踏花垴日已瘦。

问君道近行何迟，　　　　道果非远我非迟，

君试亲行当自知。

此道如读昌黎之文少陵诗，

眼着一句见一句，　　　　未来都非夷所思。

云水相连到忽断，　　　　初在眼前行转运。

当年止求径路通，　　　　闷杀行人渠不管。

忽思怒马驱中州，　　　　一目千里恣所游。

安得便驰道挺挺，　　　　大柳行边饭葱饼，

荒山惜此江湖影。

　　转韵、夹通韵,又上去通押,宥(4)→支(6)→阮旱翰同用(4)→尤(2)→梗迥同用(3),首句不入韵,转韵第一句皆入韵,皆平仄相间,"此道"为后联出句不入韵之畸零句,"问君"、"道果"与"君试"为三韵联,仅"君试"为独立句,"安得"、"大柳"与"荒山"为三韵联,仅"荒山"为独立句。这首写"行路难"的诗,通篇没有一句直写山峻地险路曲峰回,而是运用各种巧妙的描写方法:先以路近而行迟作侧面描写,然后以读韩文杜诗为喻进行描述,再以行者的感觉着笔,最后以回忆对比描写结束,通过这些侧写、虚写的方法,收到了极佳的艺术效果。

彦冲画柳燕

近代　江　湜

柳 枝 西 出 叶 向 东 ,　　　　　此 非 画 柳 实 画 风 。

风 无 本 质 不 上 笔 ,　　　　　巧 借 柳 叶 相 形 容 。

笔 端 造 化 真 如 此 ,　　　　　真 宰 应 嗔 被 驱 使 。

君 不 见 昔 年 三 月 春 风 时 ,　　杨 柳 方 荣 彦 冲 死 ,

寿 不 若 图 中 双 燕 子 !

　　转韵、夹通韵,东冬同用(4)→纸(5),首句及转韵第一句皆入韵,平仄相间,"寿不"为前联出句不入韵之畸零句。前四句借有形的柳摹写无形的风,实为奇巧构思。美学家王朝闻先生对中国飞天的造型很感兴趣,认为我国古人借人物衣褶飘飘的形象表现凌空飞舞的情景,比西方在裸体的天使背上直接画出翅膀表示飞行显得更巧妙、更合理。后五句惜画家的早逝,但人寿有尽,人生无涯,辞世者能活在友人心中,也算是寿命的延伸吧? 人生果能得到知己,岂独生前满足而已;知己又何必生于同时,才人的作品能勾起后人的怀想,不也是生命的延续吗?

题长吉集

近代　黄　人

踏 天 割 云 黑 山 坠 ,　　　　日 魂 月 魄 玻 璃 碎 。

老鹆吹火烛龙睡，　　　三十六天走花魅。

赤雷烧狐狐尾脱，　　　髑髅载久成仙骨。

提携万怪闯八垓，　　　煮凤屠龙据其窟。

朱文秘笈放胆偷，　　　一夜愁白天翁头。

急遣绯衣使者按户搜。

烟丝满室一网尽，　　　囚之白玉三重楼。

蹇驴疾遁化赤虬，　　　囊锦碎割无人收。

老胡碧眼识不得，　　　心死千年血犹赤。

我初识得光逼眸，　　　疑是娲皇炼天石。

十年闭户求真经，　　　神通游戏皆平平。

大丹九转紫烟起，　　　何必学尔婆罗技。

转韵、夹通韵，真中杂队(4)→月曷同用(4)→尤(7)→陌职同用(4)→青庚同用(2)→纸(2)，首句及转韵第一句皆入韵，平仄相间四处，以仄承仄一处，末二韵为促收式，"老鹆"与"三十"、"蹇驴"与"囊锦"为两句一联之独立句，"急遣"为后联出句不入韵之畸零句。本诗是作者题咏李贺诗集之作。唐诗人中李白为"诗仙"，杜甫为"诗圣"，李贺为"诗鬼"。李贺其卓绝的才华、天才的想象和不幸的命运结合在一起，给人们留下多少传说；而他那种奇崛幽峭、秾丽凄清的浪漫主义风格又使多少人望尘却步、叹为观止！本诗作者黄人则不然，他从相反的角度立论，认为李贺并非不可企及和逾越。全诗把握住李贺诗歌"鬼"与"怪"的特点，化用其诗句和有关的传说展开丰富的想象，层层渲染，同时也表达了作者勇于创新的自信。全诗妙用典故，纵横自如，在题咏作中不可不谓别具一格，其诗风可与李贺相颉颃，暗寓着与李贺一争高下之意。

嵩山高

近代　金天羽

碧丛丛，　　　　　　　　　高极天，
　　　　　　　　　　　　　　　。
　　　　　　　　　　　　　　　1

吹笙王子冠列仙。
　　　　　　　。
　　　　　　　1

腾龙跱鹤嵩高巅，　　　　　下观尘世三千年。
　　　　　　　。　　　　　　　　　　　　。
　　　　　　　1　　　　　　　　　　　　1

白水真人地下眠，　　　　　黄袍不上太尉肩。
　　　　　　。　　　　　　　　　　　。
　　　　　　1　　　　　　　　　　　1

嵩高王气今肃然，　　　　　上不生高光，　　　下亦不生曹与袁。
　　　　　　。　　　　　　　　　　　　　　　　　　　　　　　－13
　　　　　　1

鸿名神器一暗干，　　　　　渐台之水沦为渊。
　　　　　　。　　　　　　　　　　　。
　　　　　　－14　　　　　　　　　　　1

西陵歌吹送老瞒，　　　　　妓衣空向高台悬。
　　　　　　。　　　　　　　　　　　。
　　　　　　－14　　　　　　　　　　　1

分香卖履烧纸钱，　　　　　会有瓦砚铜爵传。
　　　　　　。　　　　　　　　　　　。
　　　　　　1　　　　　　　　　　　1

铜爵之台临漳起，　　　　　即今亦作当涂视。
　　　　　　△　　　　　　　　　　　△
　　　　　　∨4　　　　　　　　　　∨4

盖棺未到难论定，　　　　　晚节竟被千人指。
　　　　　　　　　　　　　　　　　　　　△
　　　　　　　　　　　　　　　　　　　　∨4

千人指，一朝死。　　　　　南面王，东流水。
　△　　　　△　　　　　　　△　　　　　△
　∨4　　　∨4　　　　　　　∨4　　　∨4

五岳骏极嵩当中，　　　　　愿天不生帝子生英雄。
　　　　　　　。　　　　　　　　　　　　　　　。
　　　　　　　－1　　　　　　　　　　　　　　　－1

　　转韵、夹通韵，先韵为主、寒元从之（16）→纸（8）→东（2），首句不入韵，转韵第
一句皆入韵，皆平仄相间，末韵为促收式，"吹笙"为前联出句不入韵之畸零句，"嵩

高"为后联出句不入韵之畸零句,"腾龙"与"下观"、"白水"与"黄袍"、"鸿名"与"渐台"、"西陵"与"妓衣"、"分香"与"会有"、"千人"与"一朝"皆两句一联之独立句。本诗写于民国五年袁世凯称帝失败病死以后。袁氏为河南项城人,全诗故以嵩山起兴,运用嵩山的传说,借古喻今,讽刺袁氏称帝的不得人心和逆历史潮流而动。全诗篇幅不长,却达到了极高的艺术水平。首先是谋篇布局做到有虚有实,以虚写实,虚中见实,相得益彰。写嵩山本虚,借嵩山起兴以喻现实是实,而所有选材皆不离嵩山;写仙人之眼是虚,舒作者自己之情怀是实,而自己之情怀皆通过仙人之眼出来;写历史典故是虚,刺袁世凯是实,而于王莽、曹操命运中已伏袁世凯之结局。其次是本诗用杂言形式,纵横捭阖,嘻怒笑骂,骨力沉着而不失雄放,完美地做到了当时诗界革命所倡导的"以旧形式含新意境"的创作要求。有人称金天羽为"诗界革命在江苏的一面大纛",于此诗可见一斑矣!

爱国歌四章(其一)

近代　梁启超

泱泱哉我中华!

最大洲中最大国,　　　　　　　　廿二行省为一家。

物产腴沃甲大地,　　　　　　　　天府雄国言非夸。

君不见英日区区三岛尚崛起,　　　况乃堂堂君中华!

结我团体,　　　　　　　　　　　振我精神,

二十世纪新世界,　　　　　　　　雄飞宇内畴与伦。

可爱哉我国民!　　　　　　　　　可爱哉我国民!

转韵,麻(7)→真(6),以平承平,首句入韵,转韵第一句不入韵,"可爱"与"可爱"为两句一联之独立句,"泱泱"为后联出句不入韵之畸零句。这是梁启超戊戌变法失败后,逃亡国外的作品。作为一个改良主义政治家、启蒙思想家,他虽未找到正确的革命道路,甚至连孙中山先生的革命主张也不赞成;但是,他的某些诗文确

实富有民族自豪感和爱国主义精神,此诗便是很好的例证。全诗质朴畅晓,直抒胸臆,诗中那种雄壮奔放的格调,那种乐观积极的态度,那种深沉的民族自豪和自信,在当时无疑是有进步意义和号召作用的。20 世纪我中华,经过翻天覆地的变化,"站起来","富起来";进入 21 世纪我中华,经济总量已超过日本,达到世界第二位,"雄飞宇内畴与伦",中华民族的伟大复兴指日可待,习近平总书记提出的"中国梦"必将实现!

绝 笔 诗
现代　周文雍

头 可 断 ，　　　　　　肢 可 折 ，
　　　　　　　　　　　　　　　λ9

革 命 精 神 不 可 灭 。
　　　　　　　　λ9

壮 士 头 颅 为 党 落 ，　　好 汉 身 躯 为 群 裂 。
　　　　　　　　λ10　　　　　　　　　　　λ9

　　偶然出韵,屑中杂药,首句不入韵,"壮士"与"好汉"为两句一联之独立句,"革命"为前联出句不入韵之畸零句。这首《绝笔诗》是周文雍在 1927 年广州起义失败,和战友陈铁军同时被捕后,写在监狱墙上的,写得慷慨悲壮,充满了革命英雄主义精神。写此诗后不久,两战友又同时英勇就义。在赴刑场途中,他们高呼口号,昂首挺胸,并唱《国际歌》,沿途群众无不为他们气壮神旺所感动。作者在刑场上又作了最后一次怒斥敌人的演讲,从容就义,实践了自己在本诗中的誓言。其为革命大义凛然之正气将与日月同辉,长存天地之间。

汉俳 　羊城杂咏三首
现代　林　林

其 一

食 在 广 州 城 ，　　　　食 完 果 狸 食 蛇 羹 ，
　　　　　　8　　　　　　　　　　　　　8

一 部 味 艺 经 。

$_9$

主从通韵，庚主青从，首句入韵，全诗三句即为一组三韵联，仅末句为独立句。

其　二

无双花果地，　荔枝树上吃荔枝，
$^-4$

欣逢挂绿时。
$^-4$

本韵，纯用支韵，首句不入韵，“欣逢”为前联出句不入韵之畸零句。

其　三

花香飘四季，
、4

要看花城花事闹，　岁暮逛花市。
√4

等立通韵，纸寘上去通押，首句入韵，且为后联出句不入韵之畸零句。

俳句是日本诗体之一，一般以三句十七音组成一首短诗，首句五音、次句七音、末句五音，又称十七音诗。汉俳是日本俳句的汉化，是中日文学交流中的产物，它是1980年夏，我国著名诗人赵朴初和林林两位先生接待日本俳人协会代表团访华酬唱时出现的。林林先生的这三首汉俳，写得颇有韵味，给读者勾勒出羊城广州南国风光的特色。“食完果狸食蛇羹”、“荔枝树上吃荔枝”、“要看花城花事闹”的形象描绘，我们好像身临其境，亲眼看到繁荣的景象。“食在广州城”、“无双花果地”、“花香飘四季”，字里行间溢露着诗人对广州的眷恋之情和赞美之意。

故剑行

当代　周毓峰

相逢当日在都门，　庭院桃花作比邻，
$^-13$　$^-11$

豆蔻华年春正好，　横波一顾感相亲。
$^-11$

自言累世居香岛，　碧海青山波浪渺，

大埔墟旁旧战场，

幼承庭训别华夷。

牢记阿公常教我，

长成欲识神京面，

老父门墙桃李妍。

闲从市上觅荆高。

却喜君能同意气，

萧萧风起云鬐掠，

飒然拔剑舞盘空，

舞急须臾不见人，

睒如飞电慑心魂，

忽闻长啸一声收，

久久低昂愕且惊。

风云别有真怀抱，

女云小技何堪道，

一剑如神敌万人，

遗民五代家声老。

金粉洋场入不迷，

侬身原是汉家儿。

迢迢万里归来燕，

阿侬负笈春风眷。

谁信红妆别样骄，

行歌易水风萧萧。

怜卿露冷秋衫薄。

短鬟长裙飘欲落，

团团一片寒光烁。

疾似惊飙动山岳，

捧剑嫣然身绰约。

方知巧遇女中英。

愿汝披陈倾耳听。

笑君未见先公妙，

至今夜夜犹龙啸。

回首前朝往事哀，
一战香江轻割掷，
清廷误国昏且聩，
奋起何人拒虎狼？
大剑横磨万众呼，
髑髅带血血成河，
可堪清室岂同仇，
九龙拱手弃尧封，
先公死战竟捐躯，
故剑相传到我存，
常时脱鞘铿然鸣，
乍观剑舞凛如霜，
宁知吾祖亦雄烈，
虎门血溅炮声死，
时过百年余浩气，
剑芒如火自难消，
与卿俱是英雄后，

阿芙蓉毒遍成灾，
从此英人入主来。
半券文书拓新界。
先公一怒当关隘。
长戈直捣千军溃，
杀敌如麻真一快。
奴颜偏向洋人拜，
同声一哭舆图改。
立地昂然气不败。
殷红战血痕仍在，
犹为先公悲慷慨。
复闻此语意苍凉。
曾抗英夷在海防，
惨与将军同日亡，
耿耿成虹照剑芒。
多感红妆胆气豪。
会向仇雠试宝刀。

春深学府人如玉，

几年芳草绿京华，

忽有精生白骨堆，

乱雪寒鸦夜色昏，

牛棚偷放送伊出，

临分贻我先公剑，

一抔净土掩龙泉，

相见何如再见难，

眼迷香岛三分月，

庭院桃花岁岁开，

鸾漂凤泊知何处？

星移物换开新世，

大野频闻动地雷，

谈笑风生樽俎间，

凭谁消尽前朝恨，

君不见：香江滚滚波涛急，

抚剑悲鸣歌一曲。

迟日莺花看不足。

含沙射影恣相戕。

可怜父女亦蒙尘，

一恸含情别国门。

桃花庭院深深敛，

留将后日还相见。

想伊海上望长安。

心念神州一寸丹。

看花不见有人来，

剑胆琴心梦几回。

九州今日饶生气，

特区更振垂天翅。

女王无奈落花残，

终信明珠到此还。

当年流尽英雄血，

国 殇 千 古 魂 尤 烈，　　　　天 阴 夜 黑 声 呜 咽。

痛 饮 黄 龙 愿 已 迟，　　　　遗 民 累 代 望 旌 旗。

英 伦 日 没 云 初 暗，　　　　香 岛 春 来 花 满 枝。

千 里 雄 疆 归 故 国，　　　　百 年 父 老 见 王 师。

归 来 归 来 兮！

故 剑 沉 埋 三 十 秋，　　　　待 卿 归 日 聚 从 头，

何 当 共 舞 龙 泉 雪，　　　　一 瓣 心 香 告 祖 丘。

　　转韵夹通韵又上去通押，真元同用(4)→皓篠同用(4)→支齐同用(4)→霰(4)→萧豪同用(4)→药中杂觉(10)→庚青同用(4)→啸皓同用(4)→灰(4)→卦队贿同用(18)→阳(8)→豪萧同用(4)→沃中杂屋(6)→元真同用(4)→艳霰同用(4,依《词韵》协韵，艳韵为第十四部，霰韵为第七部，两部通押；或依现代汉语十八韵协韵，"剑"、"敛"、"见"三个韵脚字皆寒韵)→寒(4)→灰(4)→霁未真同用(4)→删寒同用(4)→屑中杂缉(4)→支中杂齐(7)→尤(4)，平仄相间十八处，以平承平三处，首句及转韵第一句皆入韵，"国殇"与"天阴"为两句一联之独立句，"归来"为前联出句不入韵之畸零句。本诗是"回归颂"中华诗词大赛的状元篇。全诗以叙事体写出中国人民反抗英帝侵华的百年沧桑史，热烈祝贺香港回归的伟大胜利。全篇以剑为线索，围绕主旨，安排情节，曲折跌宕，详略得当。各段之间善于过渡照应，结构严谨，层次井然。诗中塑造的人物形象鲜活生动，有典型意义。"女中英"是香港抗英先辈的后代，继承先烈遗志，不忘雪耻，热情侠义，虽受迫害仍"心念神州一寸丹"。"我"是内地抗英清军的后代，亦时时不忘国耻，热爱祖国。两个人物代表了青年一代爱国者的形象。另两位先辈，一是香港境内的抗英民众领袖，一是广东境内抗英清军士兵，这两个人物都是大敌当前，义无反顾，壮烈牺牲，分别代表了香港、内地广大军民抗敌斗争的英雄形象。有些诗句对仗工整，采用顶针、比喻、摹状、夸饰等修辞方法，全诗富有韵律和谐的美感。

登采石矶翠螺峰瞻太白塑像浩然作歌

当代 刘梦芙

昆仑万里长江来，　　　　　　　巨龙奔啸涛如雷。

泻落天门阻牛渚，　　　　　　　横空绝壁何崔嵬！

翠螺山色东南美，　　　　　　　绰约烟鬟映江水。

人道峰头葬谪仙，　　　　　　　白云高卧呼不起。

我来江上乘扁舟，　　　　　　　放怀偶作名山游。

百丈危崖独登眺，　　　　　　　水天一色空凝眸。

蛾眉亭畔长松碧，　　　　　　　巍然巨像凌霄立，

广袖迎风势欲飞，　　　　　　　举杯欲向青天掷。

轩昂气概浑如生，　　　　　　　慕公千载垂仪型，

啸傲乾坤泣神鬼，　　　　　　　酒酣喝月月倒行。

悠悠往事思天宝，　　　　　　　长安初逢君王诏，

彩笔挥成白雪章，　　　　　　　沉香亭北清歌袅。

公侯眼底皆无人，　　　　　　　珠玑咳唾怀经纶，

何期狐鼠在君侧，　　　　　　　如天大道多荆榛。

鲲鹏未展摩云翮，　　　　　　　还山却道承恩泽。

散尽黄金剑影孤，

锦袍江上垂渔竿。

骑鲸一去不复返，

星河缥缈瑶池远，

高名祇许少陵齐，

拜公遗像哦公诗。

异代萧条一洒泪，

神州桑海惊千变，

劫火曾哀宝玉焚，

吟旌重树气同求。

扫除芜秽挽衰绝，

君不见迤来禹域欧风靡，

纳贿何多贪墨徒，

又不见商潮卷地文场魔，

妖娆歌女满银屏，

风骚断代真奇辱，

奕叶精华弃若遗，

秋风仍作飘蓬客。

歌哭人间行路难。

明月沧波生暮寒。

光芒万丈留诗卷，

大音寥落徒悲叹。

灵祠长峙江之湄。

公今逝矣来者谁？

舆图换稿开新面。

融冰倍惜春光暖。

艰难重任承前修，

试看光焰腾吴钩。

金钱一拜灵魂死。

蔽日还愁阿谀吏。

群儒下海争相逐，

郑声销尽英雄骨。

青年竟作"追星族"，

诗魂应在苍天哭！

浩浩长江东复东，

翠螺峰上斜阳红，

江山有情生我辈，

挥戈返日呼群雄。

风雷待辟新世纪，

腾飞华夏云中龙。

文明伟业迈唐宋，

诗坛首应标奇功。

仙灵来归跨黄鹤，

掀髯一笑吟天风，

掀髯一笑兮吟天风！

转韵夹通韵又上去通押，灰(4)→纸(4)→尤(4)→陌缉同用(4)→庚(4)→皓啸篠同用(4)→真(4)→陌(4)→寒(4)→阮霰翰同用(4)→支(4)→霰旱同用(4)→尤(4)→纸寘同用(4)→屋沃月同用(8)→东中杂冬(11)，平仄相间十四处，以仄承仄一处，首句及转韵第一句皆入韵，"风骚"与"青年"为两句一联之独立句，末句"掀髯"为前联出句不入韵之畸零句。1994年，本诗在"李杜杯"海内外诗词大赛中获一等奖第一名，的确是当今古风歌行中一首杰作。第一段瞻古，从开篇至"酒酣喝月月倒行"；第二段怀古，从"悠悠往事思天宝"到"公今逝矣来者谁"；第三段论今，从"神州桑海惊千变"到结束。诗的写作特色是：①善于以景衬人，即善于以壮丽的山川衬托气宇轩昂的李白。②善于点化、熔铸前人佳句，使之融入诗里，形同己出。如"举杯欲向青天掷"句，系从李白"举杯邀明月"(814)化来；"异代萧条一洒泪"句，系从杜甫"怅望千秋一洒泪，萧条异代不同时"(533)化来；"酒酣喝月月倒行"句，系从李贺"酒酣喝月使倒行"(1069)化来等。③笔势如云中之龙，腾挪多变。如开头写长江破空而来，如巨龙奔啸，体现阳刚之美；接着写翠螺峰绰约多姿，烟鬟映水，体现阴柔之美。刚说"峰头葬谪仙"，"高卧呼不起"，使人稍感失望；忽接写"蛾眉亭畔长松碧，巍然巨像凌霄立"，使人兴会盎然。刚倍惜春光之暖，忽又刺现实中不良倾向。刚感到"翠螺峰上斜阳红"，忽又要"挥戈返日呼群雄"等。总之，抒情叙事均生动形象，且字里行间，充满激昂慷慨之气，令人读后不仅思想上受到启迪，还能获得丰美的艺术享受。

第十六章　多句一韵联

多句一韵联指三句一韵联和四句一韵联。

日 出 入
汉郊祀歌

日 出 入 安 穷 ？　　　　时 世 不 与 人 同 ！
　　　　-1　　　　　　　　　　　　　　　　-1

故 春 非 我 春 ，　　　　夏 非 我 夏 ，

秋 非 我 秋 ，　　　　　　冬 非 我 冬 。
　　　　　　　　　　　　　　　　-2

泊 如 四 海 之 池 ，　　　遍 观 是 耶 谓 何 ？

吾 知 所 乐 ，　　　　　　独 乐 六 龙 。
　　　　　　　　　　　　　　　　-2

六 龙 之 调 ，　　　　　　使 我 心 若 。
　　　　　　　　　　　　　　　　∨21

訾 ，黄 其 何 不 徕 下 ！
　　　　∨21

　　转韵、夹通韵，东冬同用（10）→马（3），首句入韵，转韵第一句不入韵，平仄相间，"故春"、"夏非"、"秋非"与"冬非"为四句一韵联，"泊如"、"遍观"、"吾知"与"独乐"也为四句一韵联，"黄其"为前联出句不入韵之畸零句，"訾"为语气词，嗟叹之意。汉武帝惑神仙不死之说，敬天地鬼神之祀。元狩年间，曾令司马相如等作辞、李延年"弦歌"，制作了一组祠祀天地诸神的乐歌——《郊祀歌》。因歌辞有十九章，故又称《十九章之歌》。这首《日出入》即为其中之一章，祭的是日神。本诗以接近口语的朴实文辞，表现人们的悠邈之思；而且思致奇崛，异想天开，诗情往复盘旋。将人寿有尽之慨，寓于宇宙无穷的深沉思考之中，使这首抒情诗，带有了耐人咀嚼的哲理意味。

平陵东

汉乐府

平陵东　，松柏桐　，　　　　不知何人劫义公。

劫义公　，　　　　　　　　在高堂下　，

交钱百万两走马。

两走马　，亦诚难　，　　　　顾见追吏心中恻。

心中恻　，血出漉　，　　　　归告我家卖黄犊。

　　转韵、夹通韵，东(3)→马(3)→职屋同用(6)，首句入韵，转韵第一句皆不入韵，平仄相间一处，以仄承仄一处。本诗每三句为一节，各叙一事，而又互相钩连。修辞上采用了顶真格，即每节的第一句都重复上句的末三字，反复吟咏，读来不仅音调流畅，且增强了全诗的抒情气氛。第一节为三韵联，仅末句为独立句；第四节也为三韵联，三句皆独立句；第二节中"交钱"为前联出句不入韵之畸零句；第三节为三句一韵联。这首乐府古辞通过官吏敲榨良民，使无辜百姓倾家荡产的描写控诉了贪官暴吏的恶行，反映了汉代残酷的阶级压迫的现实。

妇病行

汉乐府

妇病连年累岁　，　　　　　传呼丈人前一言　，

当言未及得言　，　　　　　不知泪下一何翩翩：

"属累君两三孤子，　　　　莫我儿饥且寒；

有过慎莫笪笞　，

行 当 折 摇 ，　　　　　　　思 复 念 之 ！"
　　　　　　　　　　　　　　　　　－4

乱 曰：抱 时 无 衣 ，　　　　襦 复 无 里 。
　　　　　　　　　　　　　　　　　∨4

闭 门 塞 牖 ，　　　　　　　　舍 孤 儿 到 市 。
　　　　　　　　　　　　　　　　　∨4

道 逢 亲 交 ，　　　　　　　　泣 坐 不 能 起 ，
　　　　　　　　　　　　　　　　　∨4

从 乞 求 与 孤 儿 买 铒 。
　　　　　　　　　丶4

对 交 啼 泣 ，　　　　　　　　泪 不 可 止 ：
　　　　　　　　　　　　　　　　　∨4

"我 欲 不 伤 悲 ，　　　　　　不 能 已 。"
　　　　　　　　　　　　　　　　　∨4

探 怀 中 钱 ，持 授 交 ；　　　入 门 见 孤 儿 ，啼 索 其 母 抱 。
　　　　　　　　　　　　　　　　　　　　　　　　　　∨19

徘 徊 空 舍 中 ，　　　　　　　"行 复 尔 耳 ！弃 置 勿 复 道 。"
　　　　　　　　　　　　　　　　　　　　　　　　　　∨19

　　转韵、夹通韵，元先寒同用(6)→支(3)→纸中杂真(11)→皓(7)，首句不入韵，转韵第一句一入韵二不入韵，平仄相间一处、以平承平一处、以仄承仄一处，"当言"与"不知"为两句一联之独立句，"有过"为后联出句不入韵之畸零句，"从乞"为前联出句不入韵之畸零句。"探怀"、"持授"、"入门"、"啼索"为四句一韵联，"徘徊"、"行复"与"弃置"为三句一韵联。本诗通过托孤、买饵和索母几个细节，描写了一个穷苦人家的悲惨遭遇。他们的语言行为、动态心理，皆如一出情节生动的短剧。作者不着一字说明，而人物个性毕现，悲剧主题自生，写来沉痛凄惋，真切动人，这正是汉乐府"感于哀乐，缘事而发"的现实主义特色的突出表现。

蝴 蝶 行
汉乐府

蝴 蝶 之 遨 游 东 园 ，
　　　　　　　　－13
奈 何 卒 逢 三 月 养 子 燕 ，　　　接 我 首 蓿 间 。
　　　　　　　　　　　　　　　　　　　　　　。

持之我入紫深宫中，　　　　　　行缠之傅櫹栌间。⁻¹⁵

雀来燕，燕子见衔哺来，　　　　摇头鼓翼何轩奴轩！⁻¹⁵⁻¹

　　通韵，删元先同用，首句入韵且为后联出句不入韵之畸零句，末三句为三句一韵联。这是一首形象动人的寓言歌谣，诗中主人公"我"是一只柔弱无辜的蝴蝶，似乎借喻某类女子。蝴蝶被"接"（"劫"）的去处，又是在"深宫"，那无疑告诉读者，酿成这场悲剧的地方，是在宫深似海的侯王之家。那么，诗中的黑色燕子，显然就是侯王之门的走辛和爪牙了。透过这首童话般的寓言，人们看到的，正是这样一幕惨不忍睹的社会悲剧。

十五从军征
汉乐府

十五从军征，　　　　　八十始得归。⁻⁵

道逢乡里人，　　　　　"家中有阿谁？"⁻⁴

"遥望是君家，　　　　松柏冢累累。"⁻⁴

兔从狗窦入，　　　　　雉从梁上飞。⁻⁵

中庭生旅谷，　　　　　井上生旅葵。⁻⁴

舂谷持作饭，　　　　　采葵持作羹；

羹饭一时熟，　　　不知贻阿谁。⁻⁴

　　　出门东向望，　　　泪下沾我衣。⁻⁵

　　通韵，支微同用，首句不入韵，"舂谷"、"采葵"、"羹饭"与"不知"为四句一韵联。就现存资料看，中国的古代诗歌在开端时期就出现了一种奇异的现象——抒情诗较为发展而叙事诗相对贫弱。《诗经》三百零五篇中,具有完整故事情节的作品为数很少。标志中国诗史上第一次叙事诗创作高潮的,是汉乐府民歌,但篇幅都相当短小。这就产生一个难题:怎样才能充分地展开情节、描绘人物?汉代的那些无名作者,大多采用了一种相当巧妙的方法:省略对整个故事过程的交代,把矛盾集中在一个焦点上,犹如摄影作品,提供的只是一个瞬间,却包含了丰富的内涵,这就是剪裁之妙。本诗就是其中杰出代表。全诗十六句八十字,不但有完整的故事情节、具体的人物活动、丰富的思想内涵,而且文笔充裕,写得相当舒展,绝无局促气急之感。其关键就在于作者能够集中全力描绘最富有联想性、集中了各种矛盾的具体情景,而且,诗的语言朴实无华,纯用白描,不作惊人之笔,感情上却具有内在的深沉。

吁嗟篇

魏　曹　植

吁嗟此转蓬,　　　　　居世何独然!

长去本根逝,　　　　　宿夜无休闲。

东西经七陌,　　　　　南北越九阡。

卒遇回风起,　　　　　吹我入云间。

自谓终天路,　　　　　忽然下沉泉。

惊飚接我出,　　　　　故归彼中田。

当南而更北,　　　　　谓东而反西;

宕宕当何依,　　　　　忽亡而复存。

飘飘周八泽,　　　　　连翩历五山。

流转无恒处,　　　　　谁知吾苦艰?

　　　　　　　　　　　　　　　　　　　　　　　　⁻15
　　　　愿 为 中 林 草，　　　　　秋 随 野 火 燔。
　　　　　　　　　　　　　　　　　　　　　　　⁻13
　　　　糜 灭 岂 不 痛，　　　　　愿 与 株 荄 连。
　　　　　　　　　　　　　　　　　　　　　　　　_1

　　通韵，先删元同用，首句不入韵，"当南"、"谓东"、"宕宕"与"忽亡"为四句一韵联。本诗用比拟手法，将对转蓬飘泊生涯的描述，化成了诗人自身痛苦遭际的再现；又通过转蓬之口，发出了对于一手制造诗人孤独飘泊悲剧的执政者的愤切控诉。转蓬与诗人之间，交融、映照得如此精妙，可与屈原的《橘颂》(1235)媲美。

合欢诗五首(其一)
晋　杨　方

　　　　虎 啸 谷 风 起，　　　　　龙 跃 景 云 浮。
　　　　　　　　　　　　　　　　　　　　　　　_11
　　　　同 声 好 相 应，　　　　　同 气 自 相 求。
　　　　　　　　　　　　　　　　　　　　　　　_11
　　　　我 情 与 子 亲，　　　　　譬 如 影 追 躯。
　　　　　　　　　　　　　　　　　　　　　　⁻7
　　　　食 共 并 根 穗，　　　　　饮 共 连 理 杯，

衣 用 双 丝 绢，　　　　寝 共 无 缝 绸。
　　　　　　　　　　　　　　　　　　　　　_11
　　　　居 愿 接 膝 坐，　　　　　行 愿 携 手 趋。
　　　　　　　　　　　　　　　　　　　　　⁻7
　　　　子 静 我 不 动，　　　　　子 游 我 无 留。
　　　　　　　　　　　　　　　　　　　　　_11
　　　　齐 彼 同 心 鸟，　　　　　譬 此 比 目 鱼。
　　　　　　　　　　　　　　　　　　　　　⁻6
　　　　情 至 断 金 石，　　　　　胶 漆 未 为 牢。
　　　　　　　　　　　　　　　　　　　　　_11
　　　　但 愿 无 长 别，　　　　　合 形 作 一 躯。
　　　　　　　　　　　　　　　　　　　　　⁻7

　　生为併身物，　　　　死为同棺灰；

秦氏自言至，　　　　　我情不可俦！
　　　　　　　　　　　　　　。
　　　　　　　　　　　　　　11

　　通韵，尤虞鱼同用，首句不入韵，"食共"、"饮共"、"衣用"与"寝共"为四句一韵联，"生为"、"死为"、"秦氏"与"我情"也为四句一韵联。本诗依《古音辩》协韵，尤韵协尤音，虞、鱼两韵协虞音，尤音与虞音可两部合一。比起"两情若是久长时，又岂在朝朝暮暮"（秦观词《鹊桥仙》）的浪漫，大多的人们似乎更欣赏"在天愿作比翼鸟，在地愿为连理枝"（850）的圆满。本诗以奇喻妙思，展示了一颗爱慕和深情的心，在剧烈痛苦时所幻想的"合欢"、甜蜜之境，这正是本诗的动人之处吧？ 第三、四两句中的"同声相应，同气相求"也被广泛应用于知己、知音之人。

梅花落
宋 鲍照

中庭杂树多，　　　　　偏为梅咨嗟。
　　　　。　　　　　　　　　　　　。
　　　　5　　　　　　　　　　　　6
"问君何独然？""念其霜中能作花，露中能作实。
　　　　　　　　　　　　　　　　　　　　　　△
　　　　　　　　　　　　　　　　　　　　　　人4
摇荡春风媚春日，
　　　　　　　△
　　　　　　　人4
念尔零落逐寒风，　　　　徒有霜华无霜质！"
　　　　　　　　　　　　　　　　　　△
　　　　　　　　　　　　　　　　　　人4

　　转韵、夹通韵，歌麻用同（2）→质（6），首句入韵，转韵第一句不入韵，平仄相间，首联为促起式，"问君"、"念其"与"露中"为三句一韵联，"摇荡"为后联出句不入韵之畸零句。本诗对梅花的描写，见不到恬淡的天姿，横斜的身影，也嗅不到暗香的浮动，更没有什么高标逸韵，力斡春回的颂词，而只是朴实无华，如实道来的"霜中能作花，露中能作实"。其实，这是诗人自己的写照，其身世境遇、性格理想、志趣情怀无不熔铸于这首咏物诗中。

日出入行

唐　李　白

日 出 东 方 隈 ，　　　　　　似 从 地 底 来 。
　　　　　　－10　　　　　　　　　　　　　　　－10

历 天 又 复 入 西 海 ，　　　　　六 龙 所 舍 安 在 哉 ？
　　　　　　　　　　　　　　　　　　　　　　　－10

其 始 与 终 古 不 息 ， 人 非 元 气 ， 安 得 与 之 久 徘 徊 ？
　　　　　　　　　　　　　　　　　　　　　　　　　　　　　－10

草 不 谢 荣 于 春 风 ，　　　　　木 不 怨 落 于 秋 天 。
　　　　　　　　　　　　　　　　　　　　　　　－1

谁 挥 鞭 策 驱 四 运 ？　　　　　万 物 兴 歇 皆 自 然 。
　　　　　　　　　　　　　　　　　　　　　　　－1

羲 和 ！ 羲 和 ！ 汝 奚 汩 没 于 荒 淫 之 波 ？
　－5　　　　－5　　　　　　　　　　　　　　　　－5

鲁 阳 何 德 ， 驻 景 挥 戈 ？ 逆 道 违 天 ， 矫 诬 实 多 。
　　　　　　　　　　－5　　　　　　　　　　　　　　－5

吾 将 囊 括 大 块 ，　　　　　浩 然 与 溟 涬 同 科 ！
　　　　　　　　　　　　　　　　　　　　　　　－5

　　转韵，灰（7）→先（4）→歌（9），首句入韵，转韵第一句一入韵一不入韵，皆以平承平，"其始"、"人非"与"安得"为三句一韵联，"羲和"、"羲和"与"汝奚"为三韵联，仅"汝奚"为独立句。本诗为汉代《日出入》（1169）的拟作，但是一反其意，认为日出日落、四时变化，都是自然规律的表现，而人是不能违背和超脱自然规律的，只能是委顺它、适应它，同自然融为一体，这才符合天理人情。这种思想，表现出一种朴素唯物主义的光彩。诗的最后部分，诗人连用两个诘问句，对传说中驾驭太阳的羲和和挥退太阳的大力士鲁阳公予以怀疑，投以嘲笑。这是屈原"天问"式的笔法，这里，李白不仅继承了屈原浪漫主义的表现手法，而且比屈原更富于探索精神。为什么李白总爱写宏伟巨大、不同凡响的自然形象，而且口气极大？"吾将囊括大块，浩然与溟涬同科！"这就是李白精神力量的源泉，也是他浪漫主义创作方法的思想基础。

上阳白发人

唐 白居易

上阳人，
红颜暗老白发新。

绿衣监使守宫门，
一闭上阳多少春。

玄宗末岁初选入，
入时十六今六十。

同时采择百余人，
零落年深残此身。

忆昔吞悲别亲族，
扶入车中不教哭；

皆云入内便承恩，
脸似芙蓉胸似玉。

未容君王得见面，
已被杨妃遥侧目。

妒令潜配上阳宫，
一生遂向空房宿。

宿空房，
秋夜长，

夜长无寐天不明；

耿耿残灯背壁影，
萧萧暗雨打窗声。

春日迟，
日迟独坐天难暮；

宫莺百啭愁厌闻，
梁燕双栖老休妒。

莺归燕去长悄然，
春往秋来不记年。

唯向深宫望明月，
东西四五百回圆。

今日宫中年最老，　　　　大家遥赐尚书号。

小头鞋履窄衣裳，　　　　青黛点眉眉细长；

外人不见见应笑，　　　　天宝末年时世妆。

上阳人，　　　　　　　　苦最多。

少亦苦，老亦苦，　　　　少苦老苦两如何？

君不见昔时吕向《美人赋》；　　又不见今日上阳白发歌！

转韵、夹通韵又上去通押，真中杂元(4)→缉(2)→真(2)→屋中杂沃(8)→阳庚同用(5，依《古音辩》)→遇(4)→先(4)→皓号同用(2)→阳(4)→歌(7)，首句入韵，转韵第一句七入韵二不入韵，平仄相间八处、以平承平一处，"绿衣"与"一闭"为两句一联之独立句，"宿空"、"秋夜"与"夜长"为三韵联，仅"夜长"为独立句，"少亦"、"老亦"与"少苦"为三句一韵联。这是一首著名的政治讽刺诗。语言通俗浅易，音韵转换灵活，长短句式错落有致，采用"顶针"句法，诗中熔叙事、抒情、写景、议论于一炉，描述生动形象，很有感染力，是唐代以宫女为题材的佳作。

卖 炭 翁

唐　白居易

卖炭翁，　　　　　　　伐薪烧炭南山中。

满面尘灰烟火色，　　　两鬓苍苍十指黑。

卖炭得钱何所营？　　　身上衣裳口中食。

可怜身上衣正单，　　　心忧炭贱愿天寒。

夜来城外一尺雪，　　　晓驾炭车辗冰辙。

牛困人饥日已高， 市南门外泥中歇。

翩翩两骑来是谁？ 黄衣使者白衫儿。

手把文书口称敕， 回车叱牛牵向北。

一车炭，千余斤， 宫使驱将惜不得。

半匹红纱一丈绫， 系向牛头充炭直。

转韵、夹通韵，东(2)→职(4)→寒(2)→屑月同用(4)→支(2)→职(7)，首句及转韵第一句皆入韵，皆平仄相间，首韵为促起式，"一车"、"千余"与"宫使"为三句一韵联。本诗通过卖炭翁的遭遇，深刻地揭露了"宫市"的本质，对统治者掠夺人民的罪行给予有力的鞭挞。诗在矛盾冲突的高潮中戛然而止，因而更含蓄、更有力，更引人深思，扣人心弦。这首诗千百年来万口传诵，历久不衰。

冰 柱

唐 刘 叉

师干久不息， 农为兵兮民重嗟。

骚然县宇，土崩水溃，畹中无熟谷，垅上无桑麻。

王春判序， 百卉苗甲含葩。

有客避兵奔游僻， 跋履险阨至三巴。

貂裘蒙茸已敝缕， 鬅发蓬舥。

雀惊鼠伏，宁遑安处，独卧旅舍无好梦，更堪走风沙！

天人一夜剪瑛瑶， 诘旦都成六出花。

南亩未盈尺，　　　　　　　　纤片乱舞空纷拏。

旋落旋逐朝暾化，　　　　　　檐间冰柱若削出交加。

或低或昂，小大莹洁，随势无等差。

始疑玉龙下界来人世，齐向茅檐布爪牙。

又疑汉高帝，　　　　　　　　西方来斩蛇。

人不识，　　　　　　　　　　谁为当风杖莫邪。

铿锵冰有韵，　　　　　　　　的皪玉无瑕。

不为四时雨，　　　　　　　　徒于道路成泥柤。

不为九江浪，　　　　　　　　徒为汨没天之涯。

不为双井水，　　　　　　　　满瓯泛泛烹春茶。

不为中山浆，　　　　　　　　清新馥鼻盈百车。

不为池与沼，　　　　　　　　养鱼种芰成霊霊；

不为醴泉与甘露，　　　　　　使名异端世俗夸。

特禀朝沴气，　　　　　　　　洁然自许靡间其迹遐。

森然气结一千里，　　　　　　滴沥声沉十万家。

明也虽小，　　　　　　　　　暗之大不可遮。

勿被曲瓦，　　　　　　　　直下不能抑群邪。

奈何时逼，不得时在我梦中，倏然漂去无馀岁。

自是成毁任天理，　　　　　天于此物岂宜有忒赊。

反令井蛙壁虫变容易，　　　背人缩首竞呀呀。

我愿天子回造化，　　　　　藏之榅椟玩之生光华。

　　本韵、纯用麻韵，首句不入韵，"骚然"、"土崩"、"睕中"与"坅上"，"雀惊"、"宁遑"、"独卧"与"更堪"，"不为"、"养鱼"、"不为"与"使名"三组皆四句一韵联，"或低"、"小大"与"随势"，"奈何"、"不得"与"倏然"两组皆三句一韵联。自唐德宗贞元末到宪宗元和时期，以韩愈为首的一派诗人，一反大历以来圆熟浮丽的诗风，走上险怪幽僻一路。以韩愈的《陆浑山火》和卢仝呈现明显怪诞风格的《月蚀诗》（1201）为代表。刘叉也是这一派诗人的著名人物，其《冰柱》诗奇谲奔放，寄托遥深，为后世所称扬。本诗以冰柱入诗，题材新奇，更奇的是对冰柱的形象描写，把冰柱拟人化，句句是写冰柱，也是句句在表露自己的怀才不遇。就诗体说，用杂言体，抒写自由，适宜表现较复杂的思想感情，且多议论、散文化，故诗中有多处三句一韵联与四句一韵联。本诗最大特色是用韵，麻韵字音响亮、高昂，但韵字较少，有"险韵"之称。本诗共二十七韵，"邪"字用了两次，前一个音"牙"，是剑名；后一个音"霞"，是奸邪之"邪"的另一读，音义不同，故得同用。本诗在抒写中一气贯下，纵横自如，在描绘冰柱一段，连同六个"不为"排句，气势浩荡，郁结于胸中的不平之气，喷薄而出。诗又句式的变化和感情的起伏密切相连，或长或短，或对仗，或散行，最后都能自然地落到韵脚上来，显示诗人的才华，为唐代诗坛增添了光彩。宋代苏轼在《雪后书北台壁二首》中说"老病自嗟诗力退，寒吟《冰柱》忆刘叉。"可见他对刘叉的《冰柱》诗是很赞赏的。

春愁诗效玉川子

宋　薛季宣

春阴苦无赖，　　　　　　　巧解穷彫镂。

入我方寸间，　　　　　　　　酿成一百万斛伤春愁。

我欲挹此愁，　　　　　　　　寸田无地安愁刍。

沃以一石五斗杜康酒，　　　　醉心还与愁为谋。

愁肠九转疾车毂，　　　　　　扰扰万绪何绸缪。

愁思傥可织，　　　　　　　　争奈百结不可紬。

我与愁作恶，　　　　　　　　走上千尺高楼。

楼千尺，溯云汉，　　　　　　只见四极愁云浮。

都不见铜盘之日，　　　　　　缺月之钩。

此心莫与明，　　　　　　　　愁来压人头。

逃形入冥室，　　　　　　　　共闭一巳牢。

周遮四壁间，　　　　　　　　罗幕密以绸。

愁来无际畔，　　　　　　　　还能为添幽。

忧我有龙文三尺之长剑，　　　真刚不作绕指柔。

匣以明月、通天、虹玉、烛银之宝室，

可以陆刲犀象、水断潜伏之蛟虬。

云昔黄帝轩辕氏，　　　　　　　用斩铜头铁额、横行天下之蚩尤。

拟将此剑斩愁断，　　　　　昏迷不见愁之喉。

若士为我言，　　　　　　　子识愁意否？

愁至不忘，　　　　　　　　以愁生有来由。

闲愁不足计，　　　　　　　空言学庄周。

日中之影君莫避，　　　　　处阴息影影不留。

疾行嫌足音，　　　　　　　不如莫行休。

因知万虑为索愁之缚，　　　忘怀为遣累之舟。

归来衲被盖头卧，　　　　　从他鼻息鸣齁齁。

取友造物先，　　　　　　　汗漫相与游。

朝跻叫阊阖，　　　　　　　夕驾栖丹丘。

天公向我笑，　　　　　　　金母为我讴。

酌我以琼浆、玉液、朝阳、沆瀣之浓剂，

俾我眉寿长千秋。

却欲强挽愁作伴，　　　　　愁忽去我无处踪迹寻行辀。

惟有春华斗春媚，　　　　　一一茜绚开明眸。

又有平芜绿野十百千万头钝闷耕田牛，

踏破南山特石头。

　　本韵，纯用尤韵，首句不入韵，"我欲"与"寸田"、"又有"与"踏破"皆两句一联之独立句，"楼千"、"溯云"与"只见"为三句一韵联。这是一首政治抒情诗，诗题中的"玉川子"是唐代诗人卢仝的号，本诗仿效的就是卢仝的怪诞《月蚀诗》(1201)。隆兴和议后，南宋一蹶不振，苟安一隅。这种形势对诗人来说是痛心疾首的，但又无力挽回这种衰颓的政治形势，于是发而为诗，一泄悲愤不平之气。本诗在艺术上很有特色。全诗纯从想象着笔，豪气横溢，思如泉涌，波澜起伏。全诗六十三句，盘空硬语，联翩而下，似庄似谐，塑造出各种光怪陆离的形象。和诗情跌宕相应的是句式的变化，有三字句、四字句、五字句、六字句、七字句、九字句、十字句、十一字句、十三字句、十四字句，最长的是十六字句，这点是超过了卢仝。这些句式中，几乎没有一句不拗折，越长越拗，正是诗人的着力所在，以表现胸中的抑郁不平之气。总之，用这些表现手法，把抽象的思想感情的活动写得这样酣畅，在宋人诗中是罕见的。乍看似乎险怪，实则皆有义理可寻，情深味厚。

送戴式之归天台歌

宋　严　羽

吾闻天台华顶连石桥，　　　　石桥巉绝横烟霄。

下有沧溟万折之波涛，　　　　上有赤城千丈之霞标。

峰悬蹬断杳莫测，　　　　　　中有石屏古仙客。

吟窥混沌愁天公，　　　　　　醉饮扶桑泣龙伯。

适来何事游人间？　　　　　　飘飖八极寻名山。

三花树下一相见，　　　　　　笑我萧飒风沙颜。

手持玉杯酌我酒，　　　　付我新诗五百首。
　　　　　　　−15
　　∨25　　　　　　　　　　∨25
共结天边汗漫游，　　　　重论方外云霞友。
　　　　　　　　　　　　　∨25
海内诗名今数谁？　　　　群雄杂沓争相推。
　　　−4　　　　　　　　　　−4
胸襟浩荡气萧爽，　　　　豁如洞庭笠泽月，

寒空万里云开时。
　　　−4

人生聚散何超忽！　　　　愁折瑶华赠君别。
　　　　　∧6　　　　　　　　　　∧9
君骑白鹿归仙山，　　　　我亦扁舟向吴越。
　　　　　　　　　　　　　　　∧6
明日凭高一望君，　　　　江花满眼愁氛氲。
　　　　　−12　　　　　　　　　−12
天长地阔不可见，　　　　空有相思寄海云。
　　　−12　　　　　　　　　　−12

转韵、夹通韵，萧中杂豪(4)→陌职同用(4)→删(4)→有(4)→支(5)→月屑同用(4)→文(4)，首句及转韵第一句皆入韵，皆平仄相间，"下有"与"上有"为两句一联之独立句，"胸襟"、"豁如"与"寒空"为三句一韵联。严羽以《沧浪诗话》最为后世说诗者称道。这首送别诗在叙述友情上比较成功。它不限于描写送别场面，而能对题赠的对象从多样化角度进行传神的勾勒，充分展示人物高逸出群的精神气质，由此落脚到惜别，分外情深。作者论诗推荐李白、杜甫，写诗也刻意仿效李、杜。本诗中不仅接触到诗人丰富的想象和错落多变的音调，还能品味出李白诗歌特有的飘逸的气度和跌宕的风神，尤其中间"海内诗名"五句，破偶为奇，变化不常，深得太白乐府之神理。

梧桐树

明　钱宰

梧桐树：

ヽ7
一 叶 堕 秋 风 ，　　　　　　一 叶 委 秋 霜 ；

明 年 二 月 新 叶 生 ，　　还 在 今 年 叶 飞 处 。
△ヽ6

汉 宫 飞 燕 近 承 恩 ，　　零 落 班 姬 不 如 故 。
△ヽ7

君 不 见 ，　　　　　　梧 桐 树 ？
ヽ7

通韵，遇中杂御，首句入韵，且为后联出句不入韵之畸零句，"一叶"、"一叶"、"明年"与"还在"为四句一韵联。本诗以梧桐树和飞燕、班姬的事互为比较，互相印证，循环咏叹，以见主题。故先以梧桐树起兴，再实以飞燕、班姬事，而最后又回到梧桐树作结："君不见，梧桐树？"似问似叹，亦问亦叹，"卒章显其志"，足以发人深思。新叶生长，旧叶飘零，但新叶最后也免不了委堕的命运。后之视今，犹今之视昔，梧桐树不断重复的悲剧是值得叹息的。当然，其寓意是以树喻人，文艺从来是以人为中心的，咏物诗是这样，托物起兴的诗更是这样。

铁笛歌为铁崖先生赋
明　杨　基

铁 崖 道 人 吹 铁 笛 ，　　宫 徵 含 嚼 太 古 音 。
。12

一 声 吹 破 混 沌 窍 ，　　一 声 吹 破 天 地 心 。
。12

一 声 吹 开 虎 豹 阍 ，　　彤 庭 跪 献 丹 宸 箴 。
。12

问 君 何 以 得 此 曲 ，　妙 谐 律 吕 ，　可 以 召 阳 而 呼 阴 ？
。12

都 将 春 秋 二 百 四 十 二 年 笔 削 手 ，

谱 成 透 天 之 窍 ，　价 重 双 南 金 ！
。12

掉头王署不肯入，　　　直上弁峰绝顶俯看东溟深。
　　　　　　　　　　　　　　　　　　　　　　　　_12

王纲正统著高论，　　　唾彼传癣兼书淫。
　　　　　　　　　　　　　　　　　　　_12

时人不识我不厌，　　　会有使者徵球琳。
　　　　　　　　　　　　　　　　　　_12

具区下浸三万六千顷之白银浪，

洞庭上立七十二朵之清瑶岑。
　　　　　　　　　_12

莫邪老铁作龙吼，　　　丹山凤舞江蛟聆。
　　　　　　　　　　　　　　　　　　_9

勖哉宗彦吾所钦，　　　赤泉之盟犹可寻。
　　　　　　_12　　　　　　　　　　　　_12

更吹一声振我清白祖，大鸣盛世，

载赓阜财解愠南风琴。
　　　_12

　　通韵，侵中杂青（依词韵，侵韵为第十三部，青韵为第十一部，两部通押），首句不入韵，"问君""妙谐"与"可以"，"都将""谱成"与"价重"，"更吹""大鸣"与"载赓"为三组三句一韵联，"勖哉"与"赤泉"为两句一联之独立句。元季杨维桢以铁崖体诗名于世，他身处乱世，志不得申，才不得售，不得已才纵情声色，诞情傲世。然而他内心实是充满了矛盾，以至痛苦，他作诗也并非忘却了儒家传统的风雅之义，只是为了矫俗，才故作夸诞之辞、秾丽之藻。杨基此诗赞扬了杨维桢的人品、学识。正因为此，本诗得到杨维桢的高度评价，认为它得到了"铁崖体"的真髓。全诗纵横排奡，藻饰奇丽，正是典型的"铁崖体"的风格。

青丘子歌
明　高　启

青丘子，　　　　　　臞而清，

本是五云阁下之仙卿。

何年降谪在世间，　　向人不道姓与名。

蹑屩厌远游，　　　　荷锄懒躬耕。

有剑任锈涩，　　　　有书任纵横。

不肯折腰为五斗米，不肯掉舌下七十城。

但好觅诗句，　　　　自吟自酬赓。

田间曳杖复带索，　　旁人不识笑且轻。

谓是鲁迂儒，　　　　楚狂生。

青丘子，闻之不介意，吟声出吻不绝咿伊鸣。

朝吟忘其饥，　　　　暮吟散不平。

当其苦吟时，　　　　兀兀如被酲。

头发不暇栉，　　　　家事不及营。

儿啼不知怜，　　　　客至不果迎。

不忧回也空，　　　　不慕猗氏盈。

不惭被宽褐，　　　　不羡垂华缨。

不问龙虎苦战斗，　　不管乌兔忙奔倾。

向水际独坐， 林中独行。

研元气， 搜元精。

造化万物难隐情， 冥茫八极游心兵，

坐令无象作有声。

微如破悬虱， 壮若屠长鲸，

清同吸沆瀣， 险比排峥嵘。

霭霭晴云披， 轧轧冻草萌。

高攀天根探月窟， 犀照牛渚万怪呈。

妙意俄同鬼神会， 佳景每与江山争。

星虹助光气， 烟露滋华英，

听音谐韶乐， 咀味得大羹。

世间无物为我娱， 自出金石相轰铿。

江边茅屋风雨晴， 闭门睡足诗初成。

叩壶自高歌， 不顾俗耳惊。

欲呼君山老父携诸仙所弄之长笛，

和我此歌吹月明。

但愁歘忽波浪起，	鸟兽骇叫山摇崩。
	10
天帝闻之怒，	下遣白鹤迎。
	8
不容在世作狡狯，	复结飞珮还瑶京。
	8

通韵，庚中杂蒸，首句不入韵，"本是"为前、后联出句皆不入韵之畸零句，"青丘"、"闻之"与"吟声"为三句一韵联，"造化"、"冥茫"与"坐令"为三韵联、皆独立句，"江边"与"闭门"为两句一联之独立句。高启二十三岁时，移居吴淞江畔，因江上有青丘，故自号青丘子。我们知道，明代晚期曾掀起一股声势浩大的晚明文学新潮流，其基本内容是肯定人的个性与欲望。风起于青蘋之末，它的酝酿期似乎可以上溯到元末明初。本诗作于元末战乱年代，反映了高启追求自由自在的隐居生活，不愿卷入群雄纷争的政治旋涡的思想，也许正因为他个性中有这么一点对精神自由的追求，才最终不为朱元璋所容而遭惨祸的吧？本诗充满天马行空的浪漫主义奇思幻想，狂放恣肆，笔墨酣畅，形象生动，大有李白诗风。诗中多用排比句，增强了诗的气势和节奏感，一韵到底，音节铿锵，富有韵味，是高启长篇歌行的代表作。

灵寿杖歌
明　李东阳

吾闻武当之山四万二千丈，	半在云根半天上。
22	23
不知三十六宫何处称绝奇，	产出灵林非一状。
	23
蛟螭盘拿露头角，	熊经树颠虎山脚。
3	10
根蟠节错相纠缠，	含风饱雪经炎寒。
1	14
九年洪水之水浸不杀，	十日之日暴烈何时干。
	14
梯悬蹬接硅步不可上，	谁采青璧红琅玕？
	14
见之美者不容口，	锡以嘉名曰灵寿。

爪之不入行有声，　　　　　　金可同坚石同久。

吾家此物旧所有，　　　　　　神与相扶鬼为守。

自从病足跛曳不得前，　　　　已觉山林落吾手。

一病经旬不出门，　　　　　　手中此杖嗟犹存。

下床欹足立不定，　　　　　　此时托子以为命。

不顾四体无微疴，　　　　　　但愿谢病归山阿。

左扶右策夹以二童子，　　　　下可涉园径，

上可凌陂陀。

愿栽万本截万杖，　　　　　　穷崖阴谷生森罗。

灵兮寿兮此物倘可致，　　　　直遣四海赤子头俱皤。

　　转韵、夹通韵又上去通押，漾养同用(4)→觉药同用(2)→寒中杂先(6)→有(8)→元(2)→敬径同用(2)→歌(9)，首及转韵第一句皆入韵，平仄相间五处，以仄承仄一处，"吾家"与"神与"为两句一联之独立句，"左扶"、"下可"与"上可"为三句一韵联。本诗无论在写作手法还是思想内容上，都借鉴于杜甫，尤其结尾四句直接源于杜甫的《茅屋为秋风所破歌》(1115)，体现了博爱仁德的兼济天下之心。当然，本诗最精彩处还在于开始部分，作者用奇特的构思、绚丽多彩的辞语、不拘一格的行文，汇集一处，确实动人心魄，令人称奇。

歌 风 台

明　祝允明

掉臂长安市，　　　　　　　　遥从日边来。

因 过 芒 砀 下 ，　　　　　步 上 歌 风 台 。

沛 公 善 任 使 ，　　　　　猛 士 亡 其 骸 。

帝 业 袖 手 成 ，　　　　　慷 慨 襟 袍 开 。

大 风 飞 云 亦 壮 哉 ！

韩 彭 英 卢 相 继 死 ，　　　寄 命 寺 人 髀 股 间 ，

未 央 志 气 拉 飒 摧 。

相 望 千 余 年 ，　　　　　安 能 为 之 哀 ？

明 朝 放 舟 淮 浦 去 ，　　　项 王 韩 侯 祠 下 亦 徘 徊 。

　　本韵，纯用灰韵，首句不入韵，"大风"为前联出句不入韵之畸零句，"韩彭"、"寄命"与"未央"为三句一韵联。又是一个老诗题。尽管那些已经死去一千八百多年的豪杰无法引起诗人的悲哀，但那一段历史却是令人感伤、发人深思的。祝允明在行为上的任诞放纵，只是表示对伪道德的排拒，实际上他是一个追求真道德的人。他登临歌风台不能不思考，在追求成功与道德完善显然存在冲突的情况下，他究竟应当怎样选择呢？

烈风行
清　赵执信

大 块 噫 气 ，　　　　　有 何 不 平 ？

阴 阳 合 沓 战 消 长 ，　　　一 夜 吹 尽 万 古 声 。

洪 炉 鼓 鞴 火 不 息 ，　　　声 中 苂 忽 仿 佛 来 诸 灵 。

屏翳丰隆藉余势，　　排星月，鞭雷霆。

海水随风向天立，　　空际喷薄鱼龙腥。

五行忽齐一，　　八极相崩腾。

身非至人出，　　利害安能坦不惊？

细闻屋角落，　　坐惜山峦倾。

不知造物意，　　但恐宇宙从此终冥冥。

阊阖九重门，　　诪荡还清宁。

欲乘云车一上诉，　　无路哀歌谁为听！

　　通韵，青庚蒸同用，首句不入韵，"屏翳"、"排星"与"鞭雷"为三句一韵联。本诗选自《元明清诗三百首》。这首咏风之作立意构想，当与宋玉《风赋》有关。前四句总写风势；接九句指出风的威力来自雨师云神、雷公电母的胡作非为，以至于使海水直立、鱼腥漫天、五行齐出、八极动荡；后六句述己惊恐担忧；末四句则抒发上诉无路的悲哀。诗中以神灵的助纣为虐象征贪官污吏的残害天下，并真实反映了百姓深受其苦却上告无门的社会现实。全诗想象奇特，风格遒劲，寓意深刻，是为杰作。

同金十一沛恩游栖霞寺望桂林诸山

清　袁　枚

奇山不入中原界，　　走入穷边才逞怪。

桂林天小青山大，　　山山都立青天外。

我来六月游栖霞，　　天风拂面吹霜花。

一轮白日忽不见，　　高空都被芙蓉遮。

山腰有洞五里许，　　秉火直入冲乌鸦。

怪石成形千百种，　　见人欲动争谽谺。

万古不知风雨色，　　一群仙鼠依为家。

出穴登高望众山，　　茫茫云海坠眼前。

疑是盘古死后不肯化，　　头目手足骨节相钩连。

又疑女娲氏一日七十有二变，　　青红隐现坠云烟。

蚩尤喷妖雾，　　尸罗袒右肩。

猛士植竿发，　　鬼母戏青莲。

我知混沌以前乾坤毁，　　水沙激荡风轮颠。

山川人物熔在一炉内，　　精灵腾踔有万千，

彼此游戏相爱怜。

忽然刚风一吹化为石，　　清气既散浊气坚；

至今欲活不得，欲去不能，只得奇形诡状蹲人间。

不然造化纵有千手眼，　　亦难一一施雕镌。

而况唐突真宰岂无罪，　　何以耿耿群飞欲刺天？

金台公子酌我酒，　　　　　听我狂言呼"否否"。
　　　　∨25　　　　　　　　　　　　　　∨25

更指奇峰印证之，　　　　　出入白云乱招手。
　　　　　　　　　　　　　　　　　∨25

几阵南风吹落日，　　　　　骑马同归醉兀兀。
　　　∧4　　　　　　　　　　　　　　∧6

我本天涯万里人，　　　　　愁心忽挂西斜月。
　　　　　　　　　　　　　　　∧6

　　转韵、夹通韵,卦泰同用(4)→麻(10)→先删同用(24)→有(4)→月质同用(4),首句及转韵第一句皆入韵,平仄相间二处,以平承平一处,以仄承仄一处,"彼此"为前联出句不入韵之畸零句,"至今"、"欲去"与"只得"为三句一韵联。本诗采用杂言,并以轶群之才、腾空之笔,驱遣古代神话传说与佛道典籍中的奇人异事,比喻之,铺写之,赋予"桂林诸山"以神奇的色彩和飞动的气势,使"桂林诸山"有了新奇眩目的灵性。尤其"我知"以下十四句对桂林诸山"奇形诡状"之形成的神思奇想虽荒诞不经,但说明桂林诸山在诗人心目中是有灵性的,而他对灵性之被扼杀是充满同情的,因为他本身就是自由旷达之人。

圈 虎 行
清　黄景仁

都 门 岁 首 陈 百 技，　　　鱼 龙 怪 兽 罕 不 备。
　　　　　　　　∨4　　　　　　　　　　　　　　＼4

何 物 市 上 游 手 儿，　　　役 使 山 君 作 儿 戏。
　　　　　　　　　　　　　　　　　　　　　　＼4

初 舁 虎 圈 来 广 场，　　　倾 城 观 者 如 堵 墙。
　　　　　　　　　。7　　　　　　　　　　　　　。7

四 围 立 栅 牵 虎 出，　　　毛 拳 耳 戢 气 不 扬。
　　　　　　　　　　　　　　　　　　　　　　。7

先 撩 虎 须 虎 犹 帖，　　　以 梏 卓 地 虎 人 立。
　　　　　　　　　∧16　　　　　　　　　　　　＼14

人 呼 虎 吼 声 如 雷，　　　牙 爪 丛 中 奋 身 入。
　　　　　　　　　　　　　　　　　　　　　　∧14

虎 口 呀 开 大 如 斗，　　　人 转 从 容 探 以 手；

更脱头胪抵虎口，　　　以头饲虎虎不受，

虎舌舐人如舐觳。

忽按虎脊叱使行，　　　虎便逡巡绕阑走。

翻身踞地蹴冻尘，　　　浑身抖开花锦茵。

盘回舞势学胡旋，　　　似张虎威实媚人。

少焉仰卧若佯死，　　　投之以肉霍然起。

观者一笑争攘钱，　　　人既得钱虎摇尾。

仍驱入圈负以趋，　　　此间乐亦忘山居。

依人虎任人颐使，　　　伴虎人皆虎唾余。

我观此状气消沮，　　　嗟尔斑奴亦何苦！

不能决踶尔不智，　　　不能破槛尔不武。

此曹一身衣食尔，　　　彼岂有力如中黄？

复似梁鸯能喜怒？

汝得残餐究奚补？　　　伥鬼羞颜亦更主！

旧山同伴倘相逢，　　　笑尔行藏不如鼠！

转韵、夹通韵又上去通押,真纸同用(4)→阳(4)→缉叶同用(4)→有(7)→真

（4）→纸尾同用（4）→鱼虞同用（4）→麌主语从（11），首句及转韵第一句皆入韵，平仄相间六处、以仄承仄一处，"更脱"、"以头"与"虎舌"为三韵联，皆独立句，"此曹"、"彼岂"与"复似"为三句一韵联，"汝得"与"伥鬼"为两句一联之独立句。本诗从猛兽失去自由、性格被扭曲，联想到人间同样的悲剧——英雄才略之士，不得志于时，困于牖下，迫于威约，拘于衣食，不得不抛弃自由，扭曲个性，摧眉折腰以事主；主人靠这些人之才之力，建立功勋，攫取高官厚禄，然后出其唾余以养士。结果，才智之士被戏弄，而"侯之门、仁义存"，这是人间最大的不平！本诗的主旨就为此鸣不平。

能令公少年行

近代 龚自珍

蹉跎乎公！ 公今言愁愁无终，

公毋哀吟娅姹声沉空。

酌我五石云母钟，我能令公颜丹鬓绿而与少年争光风，

听我歌此胜丝桐。

貂毫署年年甫中， 著书先成不朽功。

名惊四海如云龙， 攫拿不定光影同。

征文考献陈礼容， 饮酒结客横才锋。

逃禅一意皈宗风， 惜哉幽情丽想销难空。

拂衣行矣如奔虹， 太湖西去青青峰。

一楼初上一阁逢， 玉箫金琯东山东。

美人十五如花秾， 湖波如镜能照容，

山痕宛宛能助长眉丰。

一索钿合如心同，　　再索斑管知才工，

珠明玉暖春朦胧。

吴歈楚词兼国风，　　深吟浅吟态不同，

千篇背尽灯玲珑。

有时言寻缥缈之孤踪，　春山不妒春裙红。

笛声叫起春波龙，　　湖波湖雨来空濛，

桃花乱打兰舟篷，　　烟新月旧长相从。

十年不见王与公，　　亦不见九州名流一刺通。

其南邻北舍谁与相过从？　病偻丈人石户农，

嵚崎楚客，　　　　　窈窕吴侬，

敲门借书者钓翁，　　探碑学拓者溪童。

卖剑买琴，　　　　　斗瓦输铜，

银针玉薤芝印封，　　秦疏汉密齐梁工。

佉经梵刻著录重，　　千番百轴光熊熊，

奇许相借错许攻。

应客有玄鹤， 　　　　　　惊人无白骢。

相思相访溪凹与谷中， 　　采茶采药三三两两逢，

高谈俊辩皆沉雄。

公等休矣吾方慵， 　　　　天凉忽报芦花浓，

七十二峰峰峰生丹枫。

紫蟹熟矣胡麻餴， 　　　　门前钓榜催同艒。

余方左抽豪，右按谱，高吟角与宫；

三声两声棹唱终， 　　　　吹入浩浩芦花风，

仰视一白云卷空。

归来料理书灯红， 　　　　茶烟欲散颏鬖浓，

秋肌出钏凉珑松， 　　　　梦不堕少年烦恼丛。

东僧西僧一杵钟， 　　　　披衣起展华严筒。

噫哦！少年万恨填心胸， 　消灾解难畴之功？

吉祥解脱文殊童， 　　　　著我五十三参中。

莲邦纵使缘未通， 　　　　他生且生兜率宫。

　　通韵，东冬同用，首句入韵，本诗除"嵌崎"联、"卖剑"联、"应客"联为两句一韵联和"余方"、"右按"与"高吟"为三句一韵联外，其余句句押韵。三韵联有："蹉跎"联、"酌我"联、"美人"联、"一索"联、"吴歈"联、"佉经"联、"相思"联、"公等"联、"三声"联，除第一联中尽末句为独立句外，其他各联中句句为独立句；余下皆两句一联之独立句。本诗是一曲青春的颂歌。作者以芳馨悱恻之笔，勾画了一个"珠明玉暖春朦胧"的理想世界，色彩缤纷，韶光烂漫，洋溢着青春的气息，那是一个可以自由舒展怀抱的世界，是他张扬个性、排击黑暗的一片灵台净土。青春、自由——就是本诗这首长篇歌行的主旋律。本诗以参差不齐、错综变幻的句法，一韵到底、如写珠玉、几乎句句押韵的明快节奏，构成浩瀚流走的艺术风格。篇首以"公今言愁愁无终"始，卒章又以"少年万恨填心胸"回环照应，一个沉重的音符回荡其中。因此，全诗于极尽风流旖旎之中又蕴涵了几许慷慨悲凉。此即龚自珍的"箫心剑态"，体现了他的亦刚亦柔的美学情趣。

扬子江词
现代　何叔衡

　　长长长，　　　　　　亚洲第一大水扬子江。

　　源青海，　　　　　　分峡瞿塘。

　　蜿蜒腾蛟蟒，　　　　滚滚下荆扬。

　　千里泻，　　　　　　黄海黄。

　　润我祖国，千秋万岁，历史之荣光。

　　偶然出韵，阳中杂江，首句入韵，"润我"、"千秋"与"历史"为三句一韵联。何叔衡是毛泽东创办的"新民学会"基本会员之一，是1921年中国共产党第一次全国代表大会的代表。1934年中央红军长征后，留在根据地坚持斗争，1935年2月在福建长汀水口附近被敌人包围，突围时壮烈牺牲。这首《扬子江词》以浩瀚磅礴的气势，歌颂了我国第一大河长江。诗行文如流水，抑扬顿挫，读这样的作品，一位伟大革命家涵容千里江水的开阔胸怀充分展现在我们面前了。

悼 儿

现代 冯玉祥

儿在河北，父在河南。　　抗日救国，责任一般。
　　　　○13　　　　　　　　　　　 ‒14

谁先死了，谁先心安！　　牺牲小我，求民族之大全。
　　　　‒14　　　　　　　　　　　　　 ‒1

只有这样，才能对得起国家，才能对得起祖先。
　　　　　　　　　　　　　　　　　 ‒1

本诗依《词韵》协韵，覃韵为第十四部，寒、先两韵为第七部，两部通押；或依现代汉语协韵，"南"、"般"、"安"、"全"、"先"五个韵脚字皆寒韵。首句不入韵。"只有"、"才能"与"才能"为三句一韵联。1937 年 7 月 28 日，侵华日军轰炸北平南苑，佟麟阁、赵登禹等千余官兵阵亡，日军谎称冯玉祥之子洪国同时罹难。闻讯后，冯玉祥写了这首诗。虽是"悼儿"，却无一丝一毫的沉痛哀愁，而是高歌慷慨，豪情满怀，表现出诗人热爱国家的旷达胸襟。

月蚀诗

唐 卢 仝

新天子即位五年，岁次庚寅，斗柄插子，律调黄钟。
　　　　　　　　　　　　　　　　　　　　 ‒2

森森万木夜僵立，　　寒气屃屭顽无风。
　　　　　　　　　　　　　　　 ‒1

烂银盘从海底出，　　出来照我草屋东。
　　　　　　　　　　　　　　　 ‒1

天色绀滑凝不流，　　冰光交贯寒朣胧。
　　　　　　　　　　　　　　　 ‒1

初疑白莲花，　　浮出龙王宫。
　　　　　　　　　　　　 ‒1

八月十五夜，　　比并不可双。
　　　　　　　　　　　 ‒3

此时怪事发，　　有物吞食来。

轮如壮士斧斫坏，

百炼镜，照见胆，

火龙珠，飞出脑，

摧坏破璧眼看尽，

磨踪灭迹须臾间，

不料至神物，

星如撒沙出，

奴婢炷暗灯，

今夜吐焰长如虹，

玉川子，涕泗下，

念此日月者，

皇天要识物，

走天汲汲劳四体，

此眼不自保，

吾见阴阳家有说，

朔月掩日日光缺。

桂似雪山风拉摧。

平地埋寒灰。

却入蚌蛤胎。

当天一搭如煤炱。

便似万古不可开。

有此大狼狈，

争头事光大。

掬蒅如玫瑰。

孔隙千道射户外。

中庭独自行。

太阴太阳精。

日月乃化生。

与天作眼行光明。

天公行道何由行？

望日蚀月月光灭，

两眼不相攻，-1

又孔子师老子云：

吾恐天似人，

幸且非春时，

青山破瓦色，

花枯无女艳，

顽冬何所好？

传闻古老说，

径圆千里入汝腹，

可从海窟来？

恐是眶睫间，

黄帝有二目，

二帝悬四目，

吾不遇二帝，

何故瞳子上，

长嗟白兔捣灵药，

药成满白不中度，

此说吾不容。-2

五色令人目盲。-8

好色即丧明。-8

万物不娇荣。-8

绿水冰峥嵘。-8

鸟死沉歌声。-8

偏使一目盲。-8

食月虾蟆精。-8

汝此痴骸阿谁生？-8

便解缘青冥。-9

搤塞所化成。-8

帝舜重瞳明。-8

四海生光辉。-5

溷溔不可知。-4

坐受虫豸欺？-4

恰似有意防奸非。-5

委任白兔夫何为？

忆 昔 尧 为 天 ，　　　　十 日 烧 九 州 。

金 烁 水 银 流 ，　　　　玉 爁 丹 砂 焦 。

六 合 烘 为 窑 ，　　　　尧 心 增 百 忧 。

帝 见 尧 心 忧 ，　　　　勃 然 发 怒 决 洪 流 。

立 拟 沃 杀 九 日 妖 ，

天 高 日 走 妖 不 及 ， 但 见 万 国 赤 子 臜 臜 生 鱼 头 。

此 时 九 御 导 九 日 ，　　　　争 持 节 幡 麾 幢 旒 。

驾 车 六 九 五 十 四 头 蛟 螭 纠 ， 掣 电 九 火 辀 。

若 汝 蚀 开 龃 龉 轮 ，　　　　御 辔 执 素 相 爬 钩 ，

推 荡 轰 訇 入 汝 喉 。

红 鳞 焰 鸟 烧 口 快 ，　　　　翎 翮 倒 侧 声 酸 邹 。

撑 肠 拄 肚 礧 傀 如 山 丘 ， 自 可 饱 死 更 不 偷 。

不 独 填 饥 坑 ，　　　　亦 解 尧 心 忧 。

恨 汝 时 当 食 ， 藏 头 抿 脑 不 肯 食 ； 不 当 食 ，
张 唇 哆 觜 食 不 休 。

食 天 之 眼 养 逆 命 ，　　　　安 得 上 帝 请 汝 刘 ！

呜呼！人养虎， 　被虎啮_△；
㣺9

天媚蟆， 　被蟆瞎_△。
㣺8

乃知恩非类， 　一一自作孽_△。
㣺9

吾见患眼人， 　必索良工诀_△。
㣺9

想天不异人， 　爱眼固应一_△。
㣺4

安得常娥氏， 　来习扁鹊术_△？
㣺4

手操春喉戈， 　去此晴上物_。
㣺5

其初犹朦胧， 　既久如抹漆_△。
㣺4

但恐功业成， 　便此不吐出_。
㣺4

玉川子又涕泗下，心祷再拜额榻沙土中_。
⁻1

地上虮虱臣仝告愬帝天皇：
⁻7

臣心有铁一寸， 　可刳妖蟆痴肠 _。
⁻7

上天不为臣立梯蹬，臣血肉身，

无由飞上天，杨天光_。
⁻7

封词付与小心风， 　飔排阊阖入紫宫_。
⁻1　　　　　　　　　　　　　　　⁻1

密迩玉几前搻坼， 　奏上臣仝顽愚胸_。
⁻2

敢死横干天，　　　　　代天谋其长。
　　　　　　　　　　　　　　　　　　　⁻7

东方苍龙角，　　　　　插戟尾捭风。
　　　　　　　　　　　　　　　　　　⁻1

当心开明堂，统领三百六十鳞虫，
　　　　⁻7　　　　　　　　　　　　　⁻1

坐理东方宫。
　　　　⁻1

月蚀不救援，　　　　　安用东方龙？
　　　　　　　　　　　　　　　　　⁻2

南方火鸟赤泼血，　　　项长尾短飞跋蓬，
　　　　　　　λ9　　　　　　　　　　λ9

头戴丹冠高逴枿。
　　　　　λ7

月蚀乌宫十三度，乌为居停主人不觉察。
　　　　　　　　　　　　　　　　　　λ8

贪向何人家？　　　　　行赤口毒舌。
　　　　　　　　　　　　　　λ9

毒虫头上喫却月，　　　不啄杀。
　　　　　λ6　　　　　λ8

虚眨鬼眼明突窌，　　　乌罪不可雪。
　　　　　　　　　　　　　　λ9

西方攫虎立踦踦，
　　　　　∨4

斧为牙，　　　　　　　凿为齿。
　　　　　　　　　　　　　∨4

偷牺牲，　　　　　　　食封豕。
　　　　　　　　　　　　　∨4

大蟆一脔，　　　　　　固当软美。
　　　　　　　　　　　　　∨4

见似不见，　　　　　　是何道理？
　　　　　　　　　　　　　∨4

爪牙根天不念天，天若准拟错准拟。

北方寒龟被蛇缚，藏头入壳如入狱，

蛇筋束紧束破壳。且当以其肉充膔。

寒龟夏鳖一种味，唯堪支床脚，

死壳没信处，官爵奉董秦。

不堪钻灼与天卜。覆尸无衣巾。

岁星主福德，岁星胡其仁。

忍使黔娄生，执法大不中。

天失眼不吊，不纠蚀月虫。

荧惑矍铄翁，支卢摘罚何灭凶。

月明无罪过，反养福德生祸害。

年年十月朝太微，今夜月蚀安可会？

土星与土性相背，怒激锋芒生。

到人头上死破败，项骨脆甚春蔓菁。

太白真将军，

恒州阵斩郦定进，

天唯两眼失一眼，　　　将军何处行天兵？

辰星任廷尉，　　　　　天律自主持。

人命在盆底，　　　　　固应乐见天盲时。

天若不肯信，　　　　　试唤皋陶鬼一问。

一如今日，　　　　　　三台文昌宫，

作上天纪纲。

环天二十八宿，　　　　磊磊尚书郎，

整顿排班行。

剑握他人将，　　　　　一四天市傍。

一四太阳侧，　　　　　两手不怕伤。

操斧代大匠，　　　　　天狼呀啄明煌煌。

弧矢引满反射人，　　　不肯勤农桑。

痴牛与骏女，　　　　　旦夕遥相望。

徒劳含淫思，　　　　　始挝天鼓鸣珰琅。

蚩尤籛旗弄旬朔，　　　眈目森森张。

枉矢能蛇行，　　　　　血流何滂滂！

天狗下舐地，

谲险万万党，　　　架构何可当？

睐目矗成就，　　　害我光明王。

请留北斗一星相北极，指麾万国悬中央。

此外尽扫除，　　　堆积如山冈，

赎我父母光。　　　殒雨如迸浆。

当时常星没，　　　叱喝诛奸强。

似天会事发，　　　自遗今日殃。

何故中道废？　　　郭公所以亡。

善善又恶恶，　　　勿信他人忠。

愿天袖圣心，　　　风色紧格格。

玉川子词迄，　　　有似动剑戟。

近月黑暗边，　　　两吻自决坼。

须臾痴蟆精，　　　渐吐满轮魄。

初露半个璧，　　　一蟆独诛磔。

众星尽原赦，　　　依旧挂穹碧。

腹肚忽脱落，

光彩未苏来， 惨澹一片白。

奈何万里光， 受此吞吐厄。

再得见天眼， 感荷天地力。

或问玉川子： 孔子修《春秋》，

二百四十年， 月蚀尽不收。

今子咄咄词， 颇合孔意不？

玉川子笑答： 或请听逗留。

孔子父母鲁， 讳鲁不讳周。

书外书大恶， 故月蚀不见收。

予命唐天， 口食唐土。

唐礼过三， 唐乐过五。

小犹不说， 大不可数。

灾沴无有大小痛，

安得引衰周， 研覈其可否？

日分昼，月分夜，辨寒暑。

一主刑，一主德，政乃举。

孰为人面上， 一目偏可去？

愿 天 完 两 目 ，　　　　　　照 下 万 方 土 ，

万 古 更 不 瞽 。

万 万 古 ， 更 不 瞽 ， 照 万 古 。

转韵、夹通韵又上去通押，东韵为主、冬江从之（14，依《古音辩》，东冬江三韵皆协阳音）→灰（14）→泰中杂队（8）→庚（11）→屑（3）→东冬同用（2）→庚中杂青（22）→支微同用（10）→尤主萧从（30，依《古音辩》尤萧两韵皆协尤音）→质屑为主、黠物从之（18）→东阳为主、冬韵从之（22，依《古音辩》东阳冬三韵皆协阳音）→屑韵为主、月曷黠从之（11）→纸（11）→药韵为主、屋沃觉从之（8）→真（6）→东中杂冬（6）→泰卦队同用（4）→庚（6）→支（4）→震问同用（2）→阳主东从（42，依《古音辩》阳东两韵皆协阳音）→陌韵为主、物药职从之（18）→尤（12）→麌韵为主、语御从之（23），首句不入韵，转韵第一句九入韵十四不入韵，平仄相间十五处，以平承平六处，以仄承仄二处。上海辞书出版社在 2004 年 12 月又出版了第 2 版《唐诗鉴赏辞典》，与第 1 版相比，所增加的卢全的《月蚀诗》是最重要的。该诗不仅思想内容怪诞，而且格律形式特殊，古体诗的七种特殊押韵方式都有，真是"集大成于一诗"，且是上海辞书出版社所出系列鉴赏辞典所收近五千首诗中唯一的，为此，虽该诗很长，本书还是把它介绍给读者。其中两句一联的独立句有："金烁"与"玉燬"、"六合"与"尧心"、"帝见"与"勃然"、"驾车"与"掣电"、"撑肠"与"自可"、"封词"与"飚排"、"毒虫"与"不啄"、"到人"与"今夜"、"初露"与"渐吐"、"腹肚"与"依旧"；三句皆独立句的三韵联有："当心"联、"万万"联；仅末句为独立句的三韵联有："吾见"联、"南方"联、"北方"联；前联出句不入韵的畸零句有："推荡"、"不堪"、"作上"、"整顿"、"赎我"、"万古"；后联出句不入韵的畸零句有："立拟"、"地上"、"西方"、"剑握"、"灾诊"；三句一韵联有："百炼"联、"火龙"联、"玉川"联、"日分"联、"一主"联；四句一韵联有："新天"联、"恨汝"联、"上天"联。中唐诗歌创作的成就卓著，是唐诗的第二个繁荣期，以韩愈等为代表的尚奇、重主观的一派与以白居易等为代表的尚俗、重客观的一派双峰对峙，成为当时诗坛的主流。而卢全作为韩派诗人的重要一员，其代表作《月蚀诗》自成一格，呈现出明显的怪诞风格，为开拓诗美的新世界作出了独特的、不可替代的贡献。从怪诞的结构上看，它将大不相同、各自矛盾的东西糅合在一起，形成一种无法消解的冲突；从怪诞的效应上看，它使读者觉得滑稽可笑，又使读者觉得惶恐不安，两种感受交织成一种不知所措的焦虑心理状态；从怪诞的意义上

看,它以畸变、扭曲的方式对人间邪恶事物进行揭露和打击:《月蚀诗》就是对当时宦官擅权、藩镇作乱这唐代两大祸害并最终导致唐朝灭亡的伤时刺恶之作。《月蚀诗》是以传说虾蟆蚀月为原形题材的长诗,共三百零七句,一千六百多字,句式以五言、七言为主,杂以三言、四言、六言、九言、十一言,散文化倾向十分明显,写来开阖自如,奇气纵横,其渊源可上溯到《楚辞》,而愤懑焦虑之情与荒幻诡异之势则自具面目,独特的怪诞风格别具一格。韩愈读《月蚀诗》,"极称其工",并仿其体作《月蚀诗效玉川子作》,宋代薛季宣又作《春愁诗效玉川子》(1181)。正如严羽在《沧浪诗话》中所说:"玉川之怪,……天地间自欠此体不得。"总之,《月蚀诗》不但是唐代诗坛一朵奇葩,也是中国诗歌史上一大奇观。

第十七章　他言诗

　　古体诗中,主要是五言诗和七言诗(含纯七言及以七言为主的杂言),此外,还有二言诗、三言诗、四言诗、八言诗、九言诗,笔者统称其为他言诗。在他言诗中,四言诗(继承了以四言诗为主的《诗经》的传统)较多,其余言诗极少。本章专门介绍他言诗。

一、二 言 诗

弹 歌

　　断 竹,　　　　续 竹;　　　　飞 土,　　　　逐 宍。
　　　　λ1　　　　　　λ1　　　　　　　　　　　　　λ1

　　本韵,纯用屋韵,首句入韵,"宍"为"肉"的古体字。《弹歌》选自东汉赵晔著《吴越春秋》,是《诗经》前人民的口头创作,反映原始社会狩猎生活,后流传下来经后人写定的二言诗。全诗仅八个字,却写出了从制造工具到进行狩猎的全过程,句短调促,节奏明快,很有情趣。

二、三 言 诗

代春日行
宋　鲍　照

　　献 岁 发,吾 将 行。　　　　春 山 茂,春 日 明。
　　　　　　　　　　_8　　　　　　　　　　　　_8
　　园 中 鸟,多 嘉 声。　　　　梅 始 发,柳 始 青。
　　　　　　　　　　_8　　　　　　　　　　　　_9
　　泛 舟 舻,齐 櫂 惊。　　　　奏《采 菱》,歌《鹿 鸣》。
　　　　　　　　　　_8　　　　　　_10　　　　　　_8
　　风 微 起,波 微 生。　　　　弦 亦 发,酒 亦 倾。
　　　　　　　　　　_8　　　　　　　　　　　　_8

入 莲 池 ， 折 桂 枝 。　　　芳 袖 动 ， 芬 叶 披 。
　　　˚‾4　　　　　˚‾4　　　　　　　　　　　˚‾4

两 相 思 ， 两 不 知 。
　　　˚‾4　　　　　˚‾4

　　转韵、夹通韵，庚韵为主、青蒸从之(16)→支(6)，首句不入韵，转韵第一句入韵，以平承平，"奏采"与"歌鹿"、"两相"与"两不"皆两句一联之独立句。本诗通篇三言句法，这最早源于民间谣谚。如《述异记》载吴王夫差时童谣："吴宫秋，吴王愁。"(尤韵)《史记·淮阴侯列传》中韩信引古谣："狡兔死，良狗烹；飞鸟尽，良弓藏；敌国破，谋臣亡。"(依《古音辩》庚阳两韵互协。)然魏晋以来，文人诗中三言者罕见，因而此诗别具一格，足见鲍照善于学习民歌形式并加以提高。这种通首三言，隔句押韵的歌行，具有句短拍促，节奏明快，声情骀荡的特点；与本诗中春游行进的步伐，轻舟荡桨的节奏，男女欢娱的气氛，以及整篇欢乐明快的诗情，恰好十分和谐，达到了声情与词情的完美统一。

三、四 言 诗

与刘伯宗绝交诗
汉　朱穆

北 山 有 鸱 ， 不 洁 其 翼 。　　　飞 不 正 向 ， 寝 不 定 息 。
　　　　　　　　λ13　　　　　　　　　　　　　　　λ13

饥 则 木 揽 ， 饱 则 泥 伏 。　　　饕 餮 贪 汙 ， 臭 腐 是 食 。
　　　　　　　　λ1　　　　　　　　　　　　　　　　λ13

填 肠 满 嗉 ， 嗜 欲 无 极 。　　　长 鸣 呼 凤 ， 谓 凤 无 德 。
　　　　　　　　λ13　　　　　　　　　　　　　　　λ13

凤 之 所 趣 ， 与 子 异 域 。　　　永 从 此 诀 ， 各 自 努 力 。
　　　　　　　　λ13　　　　　　　λ9　　　　　　　λ13

　　通韵，职韵为主、屋屑从之，首句不入韵，"永从"与"各自"为两句一联之独立句。单从咏物这点看，此诗歌咏鸱鸟的贪婪丑恶之形，情态逼真。有描述，有刻画，还有简练而具个性的鸟间对话，堪称屈原《橘颂》(1235)之后不可多见的咏物佳作。当然，它名为咏鸟，实为赋人。诗人以鸱鸟的贪食腐臭，甚至"填肠满嗉"犹不厌足，还大喊大叫，"谓凤无德"，来表现旧友刘伯宗的趋炎附势，让利禄之欲淹没了廉耻之心。刻画妙不可言,揭露入木三分。这种政治上的"绝交诗",偏偏用比兴手法,通过对鸥鸟丑恶之形的勾勒,以凤鸟之趣与鸥"异域",写自己与旧友的绝交之意;一无声色俱厉的挞伐之辞,而道不相谋之志自现。这在艺术表现上,是巧妙而成功的。所以,在汉代四言诗中,本诗是颇具盎然生气的好诗。

短 歌 行
魏　曹　操

对 酒 当 歌 , 人 生 几 何 ?　　譬 如 朝 露 , 去 日 苦 多 。

慨 当 以 慷 , 忧 思 难 忘 。　　何 以 解 忧 , 唯 有 杜 康 。

青 青 子 衿 , 悠 悠 我 心 。　　但 为 君 故 , 沉 吟 至 今 。

呦 呦 鹿 鸣 , 食 野 之 苹 。　　我 有 嘉 宾 , 鼓 瑟 吹 笙 。

明 明 如 月 , 何 时 可 掇 。　　忧 从 中 来 , 不 可 断 绝 。

越 陌 度 阡 , 枉 用 相 存 。　　契 阔 谈 宴 , 心 念 旧 恩 。

月 明 星 稀 , 乌 鹊 南 飞 。　　绕 树 三 匝 , 无 枝 可 依 。

山 不 厌 高 , 海 不 厌 深 。　　周 公 吐 哺 , 天 下 归 心 。

转韵、夹通韵,歌(4)→阳(4)→侵(4)→庚(4)→屑月同用(4)→元先同用(4)→微(4)→侵(4),首句入韵,转韵第一句六入韵一不入韵,平仄相间二处,以平承平五处。这是一首很有名的诗。苏东坡在《前赤壁赋》中就提到它,罗贯中《三国演义》中就有一段曹操横槊赋本诗的描写,经电视连续剧播出后,本诗更是家喻户晓了。"对酒当歌,人生几何? ……何以解忧? 唯有杜康。"曹操并不是劝人及时行乐,而是感叹战争频仍,大业未成,产生时间的紧迫感,要珍惜生命,及时努力,干出一番轰轰烈烈的事业来。"青青子衿,悠悠我心",他仿佛是随口吟咏《诗经·郑风·子衿》中的名句,又自续二句"但为君故,沉吟至今",便把本是女子对情人的深情相思,变成自己对贤才的渴望了。"呦呦鹿鸣"(1230)四句是《诗经·小雅·鹿鸣》中诚恳热情欢宴宾客的诗句,曹操又信手拈来,续到"月明星稀"四句,充分表示自己期待贤者的热诚。特别到最后四句"山不厌高,海不厌深。周公吐哺,天下归心。"表示自己求贤之心永无止境;号召天下贤才来归,开创一个"天下归心"的大好局面。在千古诗人中,只有曹操这样一位雄才大略、睥睨一世的人物才能写出这样气魄宏伟,感情充沛,表现出统一天下的雄心的诗来,也只有具有帝王气质的曹操才能与之相称。

步出夏门行(观沧海)
魏 曹 操

东 临 碣 石 , 以 观 沧 海 。　　　水 何 澹 澹 , 山 岛 竦 峙 。
　　　　　　　　　　∨10　　　　　　　　　　　　　　　　　∨4

树 木 丛 生 , 百 草 丰 茂 ;　　　秋 风 萧 瑟 , 洪 波 涌 起 。
　　　　　　　　　　　　　　　　　　　　　　　　　　　　　∨4

日 月 之 行 , 若 出 其 中 ;　　　星 汉 灿 烂 , 若 出 其 里 。
　　　　　　　　　　　　　　　　　　　　　　　　　　　　　∨4

幸 甚 至 哉 , 歌 以 咏 志 。

　　　通韵,纸中杂贿,首句不入韵,"树木"与"日月"两联皆四句一韵联,最后"幸甚"两句为合乐时的套语,与诗的内容无关,类似语气词,不作押韵分析。这是建安十二年(公元207年),曹操北征乌桓,凯旋而归,途经碣石山,登临观海,留下的这首千古绝唱。《步出夏门行》是乐府旧题,但内容是全新的。清代沈德潜于《古诗源》卷五中指出:"借古乐府写时事,始于曹公。"本诗所写海水、山岛、草木、秋风、日月、星汉,全是眼前景物。这样纯写自然景物的诗歌,此前似还不曾有过,故本诗堪称中国山水诗的最早佳作。写景沉雄健爽,气象壮阔,动静结合,跌宕起伏。"日月之行"四句,想象尤为奇丽,有气吞山河、涵盖宇宙之势,展示了这位杰出政治家、军事家的博大胸襟和雄伟抱负。开国领袖毛泽东词《浪淘沙·北戴河》中有:"往事越千年,魏武挥鞭,东临碣石有遗篇。""遗篇"即本诗,从中也可看到毛泽东和曹操统一中国之心是相通的。

步出夏门行(龟虽寿)
魏 曹 操

神 龟 虽 寿 , 犹 有 竟 时 。　　　腾 蛇 乘 雾 , 终 为 土 灰 。

　　　　　　　　⁻4　　　　　　　　　　　　　　　　　　　　⁻10
老骥伏枥，志在千里；　　　烈士暮年，壮心不已。
　　　　　　　　ˇ4　　　　　　　　　　　　　　　　　　　　ˇ4
盈缩之期，不但在天；　　　养怡之福，可得永年。
　　　　　　　　_1　　　　　　　　　　　　　　　　　　　　_1
幸甚至哉，歌以咏志。

　　转韵、夹通韵，支灰同用(4)→纸(4)→先(4)，首句及转韵第一句皆不入韵，皆平仄相间，皆四句一转韵，可见本诗已有以后新式古风的元素了。这是一首充满哲理的诗，表达了曹操对生命的独特理解。开首即以形象化的语言否定了当时流行的神仙不死之说。生命终有一死，但他并不因此消极悲观，而是以老骥自譬，抒发自己不服年老，自强不息，意欲成就一番大业的雄心壮志。诗人希望长寿，也是为了上述目的。"老骥伏枥，志在千里；烈士暮年，壮心不已"，这四句诗鼓舞了后世多少仁人志士为自己的理想而不屈不挠地奋斗。在壮怀激烈的高唱之后，又回到哲理的思辨：一个人寿命的长短虽然不能违背客观规律，但也不是只能听凭上天安排。如能善自保养身心，不是也可以延年益寿吗？全诗音律谐婉，纡徐舒缓与高亢激烈相交织，洋溢着积极昂扬、乐观向上的精神。总之，曹操的前面两首《短歌行》、《观沧海》和这首《龟虽寿》是他的代表作，脍炙人口。鞍马为文，横槊赋诗，悲壮慷慨，震烁古今，前无古人，后无来者。这种充满激情的诗歌所表现出的爽朗刚健的风格，后人称之为"建安风骨"，曹操就是最突出的代表。千百年来，曹操的诗就是以这种"梗慨多气"风骨及其内在的积极进取精神，震荡着天下英雄的心灵。也正是这种可贵特质，使建安文学在中国文学史上闪灼着夺目的光彩。曹操对建安文学有开创之功，是应当大书一笔的。笔者认为，中国古代四言诗中，除《诗经》以外，最好的就是曹操的这三首；中国古代具有帝王气质、文学成就最高的，就是曹操。

时　运

晋　陶渊明

迈迈时运，穆穆良朝。　　　袭我春服，薄言东郊。
　　　　　　　　。2　　　　　　　　　　　　　　　　　　　　_3
山涤余霭，宇暧微霄。　　　有风自南，翼彼新苗。
　　　　　　　　。2　　　　　　　　　　　　　　　　　　　　_2
洋洋平泽，乃漱乃濯。　　　邈邈遐景，载欣载瞩。

λ11　　　　　　　　λ3　　　　　　　　　　　　　　　　λ2
人 亦 有 言 ， 称 心 易 足。　　　挥 兹 一 觞 ， 陶 然 自 乐。
　　　　　　　　　λ2　　　　　　　　　　　　　　　　　λ10
延 目 中 流 ， 悠 想 清 沂。　　　童 冠 齐 业 ， 闲 咏 以 归。
　　　　　　　　-5　　　　　　　　　　　　　　　　　-5
我 爱 其 静 ， 寤 寐 交 挥。　　　但 恨 殊 世 ， 邈 不 可 追。
　　　　　　　　-5　　　　　　　　　　　　　　　　　-4
斯 晨 斯 夕 ， 言 息 其 庐。　　　花 药 分 列 ， 林 竹 翳 如。
　　　　　　　　-6　　　　　　　　　　　　　　　　　-6
清 琴 横 床 ， 浊 酒 半 壶。　　　黄 唐 莫 逮 ， 慨 独 在 余。
　　　　　　　　-7　　　　　　　　　　　　　　　　　-6

　　转韵、夹通韵，萧中杂肴(8)→沃觉药陌同用(8)→微中杂支(8)→鱼中杂虞(8)，首句不入韵，转韵第一句一入韵二不入韵，平仄相间二处，以平承平一处。汉魏以后，四言诗已渐趋消歇。因为较之新兴的五言诗，其节奏单调，且为了凑足音节，常需添加无实义的语词，也就不够简练。但陶渊明为了追求平和闲静、古朴淡远的情调，有意选用节奏简单而平稳的四言诗体。因为是有意选用，其效果比《诗经》本身更为明显。这一首诗表现的情绪、蕴含的内容是复杂而深厚的。诗人从寄情自然中获得欣慰，但仍不能忘怀世情，摆脱现实的压迫；他幻想一个太平社会，一个灵魂没有负荷的世界，却又明知是不可得到的。所以说到底他还是痛苦的。但无论是欢欣还是痛苦，诗中表现得都很平淡，语言也毫无着意雕饰之处。陶渊明追求的人格，是真诚冲和，不喜不惧；所追求的社会，是各得其所，怡然自乐，因而在他的诗歌中，就形成了一种冲淡自然、平和闲远的独特风格。最后两句借对古人的追慕表达对现实的厌恶，对一种空想的完美境界的向往，这和《桃花源记》实质上是共通的。

秋胡行二首

宋　谢惠连

其 一

春 日 迟 迟 ， 桑 何 蓁 蓁。　　　红 桃 含 夭 ， 绿 柳 舒 荑。
　　　　　　-4　　　　　　-8　　　　　　　　　　　　　-8
邂 逅 粲 者 ， 游 渚 戏 蹊。　　　华 颜 易 改 ， 良 愿 难 谐。
　　　　　　-8　　　　　　　　　　　　　　　　　　　-9

通韵,齐韵为主、支佳从之,首句入韵。

其　二

系风捕影　，诚知不得。　　　念彼奔波　，意虑回惑。
　　　　　　　　ʌ13　　　　　　　　　　　　　　　ʌ13
汉女倏忽　，洛神飘扬。　　　空勤交甫　，徒劳陈王。
　　　　　　　_7　　　　　　　　　　　　　　　　_7

转韵,职(4)→阳(4),首句及转韵第一句皆不入韵,平仄相间。

《秋胡行》是乐府旧题,写春秋时鲁国人秋胡戏妻的故事。但从魏晋起,即有借此旧题抒写与秋胡故事不相干的内容。这两首诗即属此类。这是两首情诗,内容上前后相连,上一首写见美动情,下一首写失美恍惚,时间过程极为短暂,表现的是心灵的一段历程,是一位单相思者的苦恼。

答孙缅歌

宋　无名氏

竹竿籊籊　，河水浟浟。　　　相忘为乐　，贪饵吞钩。
　　　　　　_11　　　　　　　　　　　　　　　　_11
非夷非惠　，聊以忘忧。
　　　　　　_11

本韵,纯用尤韵,首句不入韵。刘宋浔阳太守孙缅某日出游,遇一神韵潇洒、垂纶长啸的渔父,缅劝渔父出仕,渔父则以此诗作答。此诗运用古老的四言形式,古朴奥雅,读来如闻韶乐,它以极短小的篇幅,表达了丰富的意蕴、玄奥的哲理,精警凝练,令人玩味无穷。渔父在中国古代文学中,历来是隐逸者的化身,《庄子》与《楚辞》中均有《渔父》篇(1257),本诗语言简淡,却使这个隐逸者的形象,又丰满、充实了不少。

白石郎曲

南朝乐府民歌　神弦歌

积石如玉　，列松如翠。　　　郎艳独绝　，世无其二。
　　　　　　ˎ4　　　　　　　　　　　　　　　　ˎ4

本韵,纯用寘韵,首句不入韵。这是《神弦歌十八首》之一。《神弦歌》是南朝民间娱神的祀歌,性质类似《楚辞·九歌》,其中颇有神灵相悦或人神恋爱的内容。本曲通过对白石郎容貌的高度赞美,表现了女悦男神的主题,也曲折地反映了当时民间的恋爱生活。

青溪小姑曲
南朝乐府民歌　　神弦歌

开门白水　，侧近桥梁，　　　小姑所居　，独处无郎。
　　　　　　　　　　_7　　　　　　　　　　　　　　　　　　_7

　　本韵,纯用阳韵,首句不入韵。这也是《神弦歌十八首》之一,短短四句,语言也极为朴素,但内中却有一个水乡环境,一个引人遐想的少女形象,有一股淡淡的哀伤流动着:有景、有情、有人(人化的神)。青溪小姑形象所显示的那种孤寂的美,对后代诗人有明显影响,其中最显著的就是李商隐。从"神女生涯原是梦,小姑居处本无郎"(319)的诗句中,可明显看到《青溪小姑曲》这首神弦歌的影子,只不过李义山诗把民歌的朴素单纯变得缥缈朦胧罢了。

地驱歌乐辞(选一首)
北朝乐府民歌

侧侧力力　，念君无极。　　　枕郎左臂　，随郎转侧。
　　　λ13　　　　　λ13　　　　　　　　　　　　λ13

　　本韵,纯用职韵,首句入韵。这首北朝民歌写男欢女爱的情状,痛快淋漓,感情真率,里外如一,晶莹明澈。

陇头歌三首
北朝乐府民歌

其　一

陇头流水　，流离山下。　　　念吾一身　，飘然旷野。
　　　　　　　　√21　　　　　　　　　　　　　　√21

　　本韵,纯用马韵,首句不入韵。

其 二

朝发欣城，暮宿陇头。　　　　寒不能语，舌卷入喉。
　　　　　　　11　　　　　　　　　　　　　　　　　11

　　本韵，纯用尤韵，首句不入韵。

其 三

陇头流水，鸣声幽咽。　　　　遥望秦川，心肝断绝。
　　　　　　9　　　　　　　　　　　　　　　　　9

　　本韵，纯用屑韵，首句不入韵。

　　这三首诗，当是汉代度陇赴边的征卒吟唱的歌谣。第一首见流水"流离"之状，迅即而及自身，这见出征人特有的敏感，也见出其心情特别的沉痛。第二首写暮宿的苦况，后两句是奇语，从来写严寒者未见有如此措词者。第三首写征人听到流水声而引起的思乡怀土之情。第一、三两首皆用"陇头流水"起兴，触景生情，真情实景，极为动人；第二首纯用赋笔，插入连章之中，见出行文变化，也增强了前后两首的抒情效果。

题石屋洞

清　吴树芬

石顽不顽，非屋似屋。　　　　天开奇境，人受遐福。
　　　　　　1　　　　　　　　　　　　　　　　　1

伯仲皆隐，巢由饮犊。　　　　把酒看云，烹茶燃竹。
　　　　　　1　　　　　　　　　　　　　　　　　1

泉清若斯，慎勿濯足。
　　　　　　2

　　通韵，屋中杂沃，首句不入韵。本诗选自《历代名人咏常熟》。"石屋"，在江苏常熟虞山箬帽峰山腰处，有崖洞如屋，突兀岩边。传商末姜尚避纣王时曾隐居于此，称"太公石室"。诗仅二十字，写到古代许多圣贤、典故，内容十分丰富。笔者专门两次登山到该洞瞻仰，看到石壁上确有"邑子曾陈华铭阳湖吴树芬书"之本诗，只是第二句中"似"为"而"，第三句中"开"为"阐"，第五句中"皆"为"偕"。笔者感慨不已，斗胆学诗一首以虔拜："遐福奇境，圣贤驻足；人杰地灵，五谷常熟。排云翩翩，晴空一鹤；便学诗情，虔拜石屋。"

为晋绥烈士塔题词

现代　贺　龙

吕梁苍苍， ○ 7	汾水洋洋； ○ 7
烈士英灵，	山高水长。 ○ 7

　　本韵，纯用阳韵，首句入韵。贺龙是全国人民所敬仰、爱戴的无产阶级革命家。抗日战争期间，他是晋绥革命根据地的开创者、主要领导人。他率领晋绥军民浴血奋战于吕梁山区、汾水之滨，沉重地打击日本侵略者，使晋绥边区成了保卫延安、保卫党中央的铁壁铜墙。烈士纪念塔，建于山西省原晋绥边区首府——兴县城的烈士陵园内。贺龙于1948年的题词表达了他对为革命献出生命的晋绥烈士的无限缅怀之情。十年内乱期间，作者惨遭林彪、"四人帮"迫害致死。噩耗传来，吕梁为之悲恸，汾水为之鸣咽。联想当年这一首题诗，不正是他光明磊落一生之写照吗？不正是抒发了晋绥人民以至全国人民，对这位功勋卓著的元帅的无限缅怀、悼念之情吗？真是诗如其人。如今，敬读其诗，如观其人，如见其心，回首往事，令人潸然泪下！

四、八言诗

悲愁歌

汉　刘细君

吾家嫁我兮天一方， ○ 7	远托异国兮乌孙王。 ○ 7
穹庐为室兮毡为墙， ○ 7	以肉为食兮酪为浆。 ○ 7
居常土思兮心内伤， ○ 7	愿为黄鹄兮归故乡。 ○ 7

　　本韵，纯用阳韵，且句句协韵，一韵到底的平声韵，这些都是古诗"柏梁体"的必要条件，只不过是八言、不是七言，且是骚体。这是一首悲愁歌，也是一首思乡曲。作者是西汉武帝时江都王刘建的女儿，为了朝庭的和亲政策，她被嫁到乌孙，是汉和亲政策第一位远嫁的汉室公主，被称为"乌孙公主"。她先为年老的乌孙王昆莫之妻，后又成其孙之妻，忍受着与汉族有巨大差异的文化习俗与生活环境的压迫，

可见她内心有多大的悲愁,而且这种悲愁,又不能尽情地抒发,只能郁结成浓浓的乡愁。归乡的强烈愿望(据史书记载,她最终老死乌孙),正是她无限的悲愁。作者的知名度不如后世的王昭君,咏昭君的诗也史不绝书,但都不过是后人的代言;而刘细君的本诗,却是作者自己真实的心声。汉帝刘氏宗族本是楚人,多善楚歌(刘邦的《大风歌》也句句有兮,是为楚歌)。楚歌本长于表现忧愁幽思的情感,所以本诗也用楚歌,句句有"兮",寄托了她对故国、故乡的深情思念。

五、九 言 诗

昔 思 君

晋　傅　玄

昔君与我兮形影潜结,　　　　　今君与我兮云飞雨绝!
　　　　　　　　　λ9　　　　　　　　　　　　　　　λ9

昔君与我兮音响相和,　　　　　今君与我兮落叶去柯!
　　　　　　　　　5　　　　　　　　　　　　　　　5

昔君与我兮金石无亏,　　　　　今君与我兮星灭光离!
　　　　　　　　　4　　　　　　　　　　　　　　　4

转韵,屑(2)→歌(2)→支(2),平仄相间一处,以平承平一处,本诗为两句一韵、句句协韵的短韵体。这是一首"决绝词",女主人公愤怒地遣责了男子的负心行为。诗只六句,由三组排比组成,每组排比又都是昔今对比。六句又都是比喻句,形象、贴切、精警,重叠使用,使读者留下了深刻的印象。

本章所引二十首他言诗,除一首为清代一首为现代外,其余皆为两汉魏晋南北朝时代,可见他言诗自魏晋南北朝以后,确实很少了,让位于五、七言诗了。

第十八章　古体诗的源头

《诗经韵读　楚辞韵读》关于上古韵的知识

　　众所周知,《诗经》和《楚辞》分别是中国古典诗歌现实主义和浪漫主义的两大滥觞;而古代原始歌谣又是《诗经》、《楚辞》的共同源头。一般来说,这是指思想内容而言;就格律形式来说,其实也是如此。古体诗的"1＋7",即一种基本的押韵方法和七种特殊的押韵方法,其源头也是《诗经》、《楚辞》和古代原始歌谣,即先秦古歌。

　　以上十七章所引的诗都是从汉初开始的,无论古体诗或今体诗,其押韵根据都是《佩文诗韵》即《平水韵》。我国韵书的演变过程大致如下:《声类》(魏李登撰)→《韵集》(晋吕静撰)→《切韵》(隋陆法言撰,共一百九十三韵)→《唐韵》(唐孙缅撰,共二百零六韵)→《广韵》(宋陈彭年、邱雍撰,共二百零六韵)→《集韵》(宋丁度等撰,共二百零六韵)→《平水韵》(宋刘渊撰,共一百零七韵)→《佩文诗韵》(清张玉书等撰,共一百零六韵),前四种都已失传,故现存最早的韵书为《广韵》。若依汉语史分期,先秦两汉为上古,唐宋为中古,元明清为近古,则《广韵》、《集韵》、《平水韵》、《佩文诗韵》为中、近古韵。《佩文诗韵》及其前身《平水韵》,都是根据唐初许敬宗等奏议,把二百零六韵中邻近的韵合并来用,其实质和《集韵》、《广韵》、《唐韵》、《切韵》等是相承的;所以,用《佩文诗韵》来分析诗的押韵可以上溯到汉初。我们前面十七章介绍的诗的押韵根据除了《佩文诗韵》外,还有《古音辩》与《词韵》,由于《古音辩》与《词韵》都是从不同角度放宽了的《佩文诗韵》,所以它们的实质也是一致的,都是中、近古韵。(至于现、当代诗的一部分依现代汉语十八韵协韵,自是另当一说。)

　　先秦诗歌的押韵根据与汉起诗歌的押韵根据则完全不同,是上古韵。由于上古韵不及中、近古韵的《佩文诗韵》普及,下面把上古韵略作介绍。

阴声		入声		阳声	
1　之部	ə	10　职部	ək	21　蒸部	əng
2　幽部	u	11　觉部	uk	(冬部	ung)
3　宵部	ō	12　药部	ōk		

（续表）

阴声		入声		阳声	
4	侯部　o	13	屋部　ok	22	东部　ong
5	鱼部　a	14	铎部　ak	23	阳部　ang
6	支部　e	15	锡部　ek	24	耕部　eng
7	脂部　ei	16	质部　et	25	真部　en
8	微部　əi	17	物部　ət	26	文部　ən
9	歌部　ai	18	月部　at	27	元部　an
		19	缉部　əp	28	侵部　əm
		20	盍部　ap	29	谈部　am

上表是王力别集《诗经韵读　楚辞韵读》（中国人民大学出版社 2004 年 11 月第 1 版，以下简称《韵读》）第 9 页所载的《〈诗经〉韵分二十九部表》（《〈楚辞〉韵分三十部表》，即增加上表中冬部，载该书第 386 页）。表中分为三声（纵行）、十一类（横行）、二十九部，阴、入、阳三声相配（只有一类缺阳声，两类缺阴声），每类主要元音相同。而且，单元音收尾的阴声，其对应的入声收音于-k，阳声收音于-ng；韵尾为 i 的阴声，其对应的入声收音于-t，阳声收音于-n；至于-m 与-p 相配，则是没有阴声和它们对应的。

同一韵部的字当然可以互相押韵。不同韵部的字互相通押的情况在该书第 25 至 29 页上有详细介绍，现摘要如下。

（一）通韵

同类且元音一定相同的字可以通韵，声和韵尾都不同。又分为三种：

1. 阴入对转

如：之职通韵（ə∥ək）、鱼铎通韵（a∥ak）等。这种对转最为常见。

2. 阴阳对转

如：微文通韵（əi∥ən）、歌元通韵（ai∥an）等。这种对转比较少见。

3. 阳入对转

如：真质通韵（en∥et）、元月通韵（an∥at）等。这种对转相当罕见。

（二）合韵

同声且元音或韵尾中一个相同一个不同的字可以合韵，类不同。也分为三种：

1. 元音相近（广义的元音相同）

如：幽宵合韵（u∥ô）、之鱼合韵（ə∥a）等。这种合韵较少，且都发生在单元音之间。

2. 元音相同、韵尾不同

如：蒸侵合韵（əng∥əm）、铎盍合韵（ak∥ap）等。这种合韵较多。

3. 韵尾相同、元音不同

如：脂微合韵（ei∥əi）、真文合韵（en∥ən）、物质合韵（ət∥et）等。这种合韵最多。

以上通韵和合韵都是四个条件（声、类、元音、韵尾）中两个相同，两个不同。通韵：类、元音一定相同，声、韵尾一定不同。合韵：声一定相同，元音与韵尾中一定一个相同（元音相同的含元音相近，即广义的元音相同）另一个不同，类一定不同。

此外，四个条件中只有一个相同而合韵的特例也是有的，如：

1. 声相同，类、元音、韵尾都不同

载该书第 292 页《小雅·车辖》中的阳真合韵（ang∥en）：冈（kang）∥薪（sien）。

2. 元音相同，类、声、韵尾都不同

载该书第 279 页《小雅·无将大车》中的真支合韵（en∥e）：尘（dien）∥疧（gie）。

在介绍了上古韵的一些必要知识后，我们就用它来解读先秦诗的押韵情况，即探寻古体诗的"1＋7"的源头。

一、两句一韵、逢双押韵

（一）诗　经

周南·关雎

关 关 雎 鸠 ，在 河 之 洲 。　　　窈 窕 淑 女 ，君 子 好 逑 。
　　　　　·　　　　　　　·　　　　　　　　　　　　　　　　·
　　　　　幽　　　　　　　幽　　　　　　　　　　　　　　　　幽

参 差 荇 菜 ，左 右 流 之 。　　　窈 窕 淑 女 ，寤 寐 求 之 。
　　　　　　　　　　·　　　　　　　　　　　　　　　　·
　　　　　　　　　　幽　　　　　　　　　　　　　　　　幽

求 之 不 得 ，寤 寐 思 服 。　　　悠 哉 悠 哉 ，辗 转 反 侧 。
　　　　　·　　　　　　　·　　　　　　　　　　　　　　·
　　　　　职　　　　　　　职　　　　　　　　　　　　　　职

参 差 荇 菜 ，左 右 采 之 。　　　窈 窕 淑 女 ，琴 瑟 友 之 。
　　　　　　　　　　·　　　　　　　　　　　　　　　　·
　　　　　　　　　　之　　　　　　　　　　　　　　　　之

参 差 荇 菜 ，左 右 芼 之 。　　　窈 窕 淑 女 ，钟 鼓 乐 之 。
　　　　　　　　　　·　　　　　　　　　　　　　　　　·
　　　　　　　　　　宵　　　　　　　　　　　　　　　　药
　　　　　　　　　　ô　　　　　　　　　　　　　　　　ôk

（韵脚字下都用·标出，且注明韵部名称；韵部来自《诗经韵读　楚辞韵读》与中华书局 2000 年 6 月第 1 版《王力古汉语字典》两本书。不同部通韵或合韵的，则再注明元音及韵尾。下同。）

转韵、夹通韵,幽(8)→职(4)→之(4)→宵药通韵(4,宵药同类且元音相同而通韵);首句入韵,转韵第一句一入韵二不入韵。又《诗经韵读 楚辞韵读》第 36 页有:"如果句尾是一个虚字,韵就常常落在倒数第二字上。这样就构成了'富韵'。因为句尾虚字本来已经可以押韵了,但是同字押韵还不够好,所以要在前面再加韵字,实际上构成了两字韵脚,所以叫做'富韵'。"本诗中,第六句与第八句、第十四句与第十六句、第十八句第二十句都是富韵。《关雎》这首短小的诗篇,在中国文学史上占有特殊的位置。它是《诗经》的第一篇,也是有书面记载的中国文学的第一首诗。孔子在《论语》中多次提到《诗》(即《诗经》),但作出具体评价的作品,却只有《关雎》一篇,谓之"乐而不淫,哀而不伤"。在他看来,《关雎》是表现"中庸"之德的典范。这首《关雎》,本来在读书人中就耳熟能详;自从电视连续剧《宰相刘罗锅》播出,把本诗起首两句作为开门暗语后,"关关雎鸠,在河之洲。窈窕淑女,君子好逑"更是在中国老百姓中家喻户晓、人人上口了。若把本诗浓缩成一句,是否可为"关关雎鸠友乐之"?

周南·桃夭

桃 之 夭 夭 ， 灼 灼 其 华 鱼 。	之 子 于 归 ， 宜 其 室 家 鱼 。
桃 之 夭 夭 ， 有 蕡 其 实 质 。	之 子 于 归 ， 宜 其 家 室 质 。
桃 之 夭 夭 ， 其 叶 蓁 蓁 真 。	之 子 于 归 ， 宜 其 家 人 真 。

转韵,鱼(4)→质(4)→真(4),皆四句一转韵、有后世新式古风的元素,首句及转韵第一句皆不入韵。这是一首祝贺年青姑娘出嫁的诗,也是第一首用花来比美人的诗。自此以后,用花、特别是用桃花来比美人的便层出不穷,如魏阮籍《咏怀诗》之十三:"夭夭桃李花,灼灼有辉光。"唐崔护《都城南庄》:"去年今日此门中,人面桃花相映红。"(388)宋陈师道《菩萨蛮》词:"玉腕枕香腮,桃花脸上开。"他仍都是受本诗的影响。

召南·采蘋

| 于 以 采 蘋 ？ 南 涧 之 滨
真 。 | 于 以 采 藻 ？ 于 彼 行 潦
宵 。 |

于 以 盛 之 ？ 维 筐 及 筥。 　于 以 湘 之 ？ 维 锜 及 釜。
　　　　　　　　　　　· 鱼　　　　　　　　　　　　　　· 鱼

于 以 奠 之 ？ 宗 室 牖 下。 　谁 其 尸 之 ？ 有 齐 季 女。
　　　　　　　　　　· 鱼　　　　　　　　　　　　　　　· 鱼

　　转韵,真(2)→宵(2)→鱼(8),首句入韵,转韵第一句一入韵一不入韵,首两韵为促起式。本诗描写女奴们为其主人采办祭品以奉祭祀,不厌其烦、不惜笔墨地叙写祭品、祭器、祭地、祭人。围绕着祭祀的一切活动都无比虔诚、圣洁、庄重,因为蕴积着人们的寄托和希冀。

卫风·木瓜

投 我 以 木 瓜 ， 报 之 以 琼 琚。 匪 报 也 ， 永 以 为 好 也。
　　　　　　· 鱼　　　　　　· 鱼　· 幽　　　　　　　　· 幽

投 我 以 木 桃 ， 报 之 以 琼 瑶。 匪 报 也 ， 永 以 为 好 也。
　　　　　　· 宵　　　　　　· 宵　· 幽　　　　　　　　· 幽

投 我 以 木 李 ， 报 之 以 琼 玖。 匪 报 也 ， 永 以 为 好 也。
　　　　　　· 之　　　　　　· 之　· 幽　　　　　　　　· 幽

　　转韵,鱼(2)→幽(2)→宵(2)→幽(2)→之(2)→幽(2),本诗为皆两句一韵的短韵体,第三、四、七、八、十一、十二共六句为富韵。《诗经·大雅·抑》有"投我以桃;报之以李"之句,后世"投桃报李"便为成语,比喻相互赠答,礼尚往来。比较起来,《卫风·木瓜》这一篇虽然也有以"投之以木瓜(桃、李),报之以琼琚(瑶、玖)"生发出来的成语"投木报琼",但"投木报琼"的使用频率根本没法与"投桃报李"相提并论。但作为全诗的传诵广泛程度,则要数本诗了,本诗是《诗经》传诵最广的名篇之一。这不仅因为本诗短小,仅十二句,而《抑》要一百十四句,人们熟知的仅"投我以桃,报之以李"两句;更是因为你赠我果子(瓜、桃、李),我回赠你美玉(琚、瑶、玖),与"投桃报李"不同,回报的东西的价值要比受赠的东西的价值高得很多,这充分体现了人类的高尚情操,即"滴水之恩,当涌泉相报"也。

王风·黍离(节选)

彼 黍 离 离 ， 彼 稷 之 苗。 　行 迈 靡 靡 ， 中 心 摇 摇。
　· 歌　　　　　　　· 宵　　　　　　· 歌　　　　　　· 宵

知我者，谓我心忧。　　　　　不知我者，谓我何求。
　　　　　幽　　　　　　　　　　　　　　　　　　　幽

悠悠苍天，　　　　　　　　　此何人哉？
　　　真　　　　　　　　　　　　真

……

　　本诗共三章，这里选的是第一章。转韵，歌交宵韵(4)→幽(4)→真(2)……《韵读》第35页有："《诗经》的用韵，有两个最大的特点。第一是韵式多种多样为后来历代所不及；第二是韵密，其密度也是后代所没有的。"即形式多，密度大。其形式多除了前面已介绍过的富韵外，《韵读》第62页又有："交韵是《诗经》用韵的另一特点。所谓交韵，就是两韵交叉进行，单句与单句押韵，双句和双句押韵。"本诗前四句就是交韵，第一句与第三句押歌韵，第二句与第四句押宵韵。又《韵读》第41页介绍了富韵的一种特例："至于章内只有一个虚字脚，而在倒数第二字用韵，以与其他韵脚相押"，上述本章末句末字仅一个虚字脚"哉"，故用倒数第二个"人"字与第九句末字"天"相押。关于《黍离》的主旨，《诗序》说得明白："黍离，闵宗周也。周大夫行役，至于宗周，过故宗庙宫室，尽为禾黍。闵周室之颠覆，彷徨不忍去，而作是诗也。"全诗共三章，每章皆十句，结构相同，仅换六个字，取同一物象不同时间的表现完成时间流逝、情景转换、心绪压抑三个方面的发展，在迂回往复之间表现出主人公的不胜忧郁之状。这里选的是第一章，首句入韵."知我者，谓我心忧；不知我者，谓我何求"，这是众人皆醉我独醒的尴尬，是心智高于常人者的悲哀。这种大悲大哀诉诸人间是难得回应的，只能质之于天，"悠悠苍天，此何人哉？"这"知我者"是何等样人呢？约一千五百年后初唐陈子昂也许是一个，"前不见古人，后不见来者。念天地之悠悠，独怆然而涕下！"吟出《登幽州台歌》(730)的陈子昂心中所怀的不正是这种难以被世人理解的、对人类命运的忧思吗？

秦风·蒹葭(节选)

蒹葭苍苍，白露为霜。　　　所谓伊人，在水一方。
　阳　　　　　　阳　　　　　　　　　　　　阳

溯洄从之，道阻且长。　　　溯游从之，宛在水中央。
　　　　　　　　阳　　　　　　　　　　　　　　阳

……

　　本诗共三章，每章只是在韵脚字上略加改动，所以是转韵，这种重章叠唱是《诗经》中常用的方法；这里选的是第一章，阳韵，首句入韵。《蒹葭》也是《诗经》中传诵的名篇之一。全诗创造了一片空灵朦胧的意境，并以此烘托了一位绝代佳人的形象，但意境只可意会，美人全凭想象。两千多年来，它让人无论是在真实的自然界，还是在梦里，都可领略其妙不可言的风致。这里所选的第一章是本诗主要传诵的一章，当代台湾通俗小说家琼瑶的一部言情小说就叫做《在水一方》，同名电视剧的主题歌则唱遍全球华人世界：绿草苍苍，白露茫茫，有位佳人，在水一方……

小雅·鹿鸣（节选）

呦 呦 鹿 鸣 ， 食 野 之 苹 。　　我 有 嘉 宾 ， 鼓 瑟 吹 笙 。
　　耕　　　　　　　耕　　　　　　　　　　　　　　　耕
吹 笙 鼓 簧 ， 承 筐 是 将 。　　人 之 好 我 ， 示 我 周 行 。
　　阳　　　　　　　阳　　　　　　　　　　　　　　　阳

……

转韵，耕（4）→阳（4）→……，首句入韵。《鹿鸣》是《小雅》，也就是《雅》的首篇，原是君王宴请群臣时所唱，后来逐渐推广到民间，在乡人的宴会上也可唱。诗共三章，每章八句，开头皆以"呦呦鹿鸣"起兴。在空旷的原野上，一群麋鹿悠闲地吃着野草，不时发出呦呦的鸣声，此起彼应，十分悦耳动听。营造了一个热烈而和谐的氛围，给与会嘉宾以强烈的感染。这里所选的是第一章，开头四句又被曹操《短歌行》（1215）引用，表示曹操渴求贤才的愿望，说明本诗的影响也是深远的。

小雅·采薇（节选）

……

昔 我 往 矣 ， 杨 柳 依 依 。　　今 我 来 思 ， 雨 雪 霏 霏 。
　　　　　　　　　　　微　　　　　　　　　　　　　　　微
行 道 迟 迟 ， 载 渴 载 饥 。　　我 心 伤 悲 ， 莫 知 我 哀 。
　　脂　　　　　　　脂　　　　　　　微　　　　　　　微

本诗共六章，这里选的是最后一章，转韵，微（4）→脂（2）→微（2），末两韵为促收式。寒冬，阴雨霏霏，雪花纷纷，一位解甲退役的征夫在返乡途中踽踽独行，道路崎岖，又饥又渴；但边关渐远，乡关渐近。此时，他遥望家乡，抚今追昔，不禁思乡纷繁，百感交集。艰苦的军旅生活，激烈的战斗场面，无数次登高望归的情景，一幕幕在眼前呈现。《采薇》，就是三千年前这样的一位久戍之卒，在归途中的追忆唱叹之作,是千古厌战诗之祖。"昔我往矣,杨柳依依。今我来思,雨雪霏霏"是《三百篇》中最佳诗句之一,被后人推为"千古绝唱",其摹景写情,手法之空灵,意蕴之丰富,已达到了"情貌无遗"的境界。而"昔往"、"今来"对举的句式,则为后世诗人追摹,如魏曹植《情诗》中的"始出严霜结,今来白露晞",刘宋颜延之《秋胡诗》之五的"昔辞秋未素,今也岁载华"等等。

(二) 楚　辞

离骚(句选)
屈　原

帝高阳之苗裔兮，　　　　　朕皇考曰伯庸。
　　　　　　　　　　　　　　东 ong

摄提贞于孟陬兮，　　　　　惟庚寅吾以降。
　　　　　　　　　　　　　　冬 ung

……

日月忽其不淹兮，　　　　　春与秋其代序。
　　　　　　　　　　　　　　鱼 a

惟草木之零落兮，　　　　　恐美人之迟暮。
　　　　　　　　　　　　　　铎 ak

……

忽驰骛以追逐兮，　　　　　非余心之所急。
　　　　　　　　　　　　　　缉

老冉冉其将至兮，　　　　　恐脩名之不立。
　　　　　　　　　　　　　　缉

……

既替余以蕙纕兮，　　　　　又申之以揽茝。
　　　　　　　　　　　　　　之

亦余心之所善兮，　　　　　虽九死其犹未悔！
　　　　　　　　　　　　　　之

……

制芰荷以为衣兮，　集芙蓉以为裳_{·阳}。

不吾知其亦已兮，　苟余情其信芳_{·阳}。

高余冠之岌岌兮，　长余佩之陆离_{·歌}。

芳与泽其杂糅兮，　唯昭质其犹未亏_{·歌}。

……

民生各有所乐兮，　余独好脩以为常_{·阳}。　　ang！

屈体解吾犹未变兮，　岂余心之可惩_{·蒸}。　　əng

……

瞻前而后顾兮，　相观民之计极_{·职}。

夫孰非义而可用兮，　孰非善而可服_{·职}？

……

朝发轫于苍梧兮，　夕余至乎县圃_{·鱼}。　　a

欲少留此灵琐兮，　日忽忽其将暮_{·铎}。　　ak

吾令羲和弭节兮，　望崦嵫而勿迫_{·铎}。

路曼曼其脩远兮，　吾将上下而求索_{·铎}。

……

遭吾道夫崑崙兮，　　　　　路脩远以周流。
　　　　　　　　　　　　　　　　　幽

扬云霓之晻蔼兮，　　　　　鸣玉鸾之啾啾。
　　　　　　　　　　　　　　　　　幽

……

国无人莫我知兮，　　　　　又何怀乎故都。
　　　　　　　　　　　　　　　　　鱼

既莫足与为美政兮，　　　　吾将从彭咸之所居！
　　　　　　　　　　　　　　　　　鱼

　　转韵、夹通韵、合韵，东冬合韵（4，东冬皆阳声且韵尾相同而合韵）→……鱼铎通韵（4，鱼铎同类且元音相同而通韵）→……缉（4）→……之（4）→……阳（4）→歌（4）→……阳蒸合韵（4，阳蒸皆阳声且韵尾相同而合韵）→……职（4）→……鱼铎通韵（4，鱼铎同类且元音相同而通韵）→铎（4）→……幽（4）→……鱼（4），首句及转韵第一句皆不入韵。屈原是中华民族贡献给世界的第一位伟大诗人，《离骚》是他最主要的诗篇。《离骚》是一篇充满激情的政治抒情诗，是一首现实主义和浪漫主义相结合的艺术杰作。诗中的一些片断情节反映着当时的历史事实，但表现上完全采用了浪漫主义的方法，不仅运用了神话、传说材料，也大量运用了比兴手法，以花草、禽鸟寄托情意。而诗人采用的比喻象征中对喻体的调遣，又基于传统文化的底蕴，因而总给人以言有尽而意无穷之感。由于诗人无比的忧愤和难以压抑的激情，全诗如大河之奔流，浩浩荡荡，不见端绪。但是，细心玩味，无论是诗情意境的设想，还是外部结构，都体现了诗人不凡的艺术匠心。宋代著名史学家、词人宋祁说："《离骚》为词赋之祖，后人为之，如至方不能加矩，至圆不能过规。"这就是说，《离骚》不仅开辟了一个广阔的文学领域，而且是中国诗赋方面永远不可企及的典范。《离骚》不仅是中国文学的奇珍，也是世界文学的瑰宝。笔者读本诗影响最深的是诗人追求真理、坚强不屈的精神，如诗中所说"路曼曼其脩远兮，吾将上下而求索"，"亦余心之所善兮，虽九死其犹未悔！"

九歌·云中君

屈　原

浴兰汤兮沐芳，　　　　　华采衣兮若英。
　　阳　　　　　　　　　　　　　　阳

灵连蜷兮既留，　　　烂昭昭兮未央。
　　　　　　　　　　　　　　　·阳

蹇将憺兮寿宫，　　　与日月兮齐光。
　　　　　　　　　　　　　　　·阳

龙驾兮帝服，　　　　聊翱游兮周章。
　　　　　　　　　　　　　　　·阳

灵皇皇兮既降，　　　猋远举兮云中。
　　　·冬　　　　　　　　　　·冬

览冀州兮有馀，　　　横四海兮焉穷。
　　　　　　　　　　　　　　　·冬

思夫君兮太息，　　　极劳心兮慸慸。
　　　　　　　　　　　　　　　·冬

　　转韵，阳(8)→冬(6)，首句及转韵第一句皆入韵。《九歌》是屈原为祭祀典礼而创作的组诗，共十一篇，九篇祀神，一篇祭鬼，末篇是尾声。本篇祭祀的是云神，以主祭的巫同扮云神的巫(灵子)对唱的形式，从不同角度描绘出云神的特征来颂扬云神，表现人对云神的乞盼、思念，与神对人礼敬的报答。一往情深，溢于言表。"与日月兮齐光"，是传诵的名句。

九歌·湘夫人(节选)

屈　原

帝子降兮北渚，　　　目眇眇兮愁予。
　　　·鱼　　　　　　　　　　·鱼

嫋嫋兮秋风，　　　　洞庭波兮木叶下。
　　　　　　　　　　　　　　　·鱼

登白薠兮骋望，　　　与佳期兮夕张。
　　　·阳　　　　　　　　　　·阳

鸟何萃兮蘋中，　　　罾何为兮木上？
　　　　　　　　　　　　　　　·阳

　……

　　本诗共四章，这里选的是第一章，转韵，鱼(4)→阳(4)……，首句及转韵第一句皆入韵。在屈原根据楚地民间祭神曲创作的《九歌》中，具南国风情和艺术魅力的《湘君》(1242)和《湘夫人》是两首最富生活情趣和浪漫色彩的作品。《湘夫人》由男神的扮演者演唱,表达了赴约的湘君,来到约会地北渚,由于他迟到而不见湘夫人(她已驾舟北上寻找)的惆怅和迷惘。这里选的第一章写湘君带着虔诚的期盼,久久徘徊在洞庭湖的山岸,渴望湘夫人(她早已来过了)的到来。这是一个环境气氛都十分耐人寻味的画面:凉爽的秋风不断吹来,洞庭湖中水波泛起,岸上树叶飘落。望断秋水、不见伊人的湘君搔首踟蹰,一会儿登临送目,一会儿张罗陈设,可是事与愿违,直到黄昏仍不见湘夫人到来……其中"袅袅兮秋风,洞庭波兮木叶下"更是写景的名句,对渲染气氛和心境都极有效果,深得后人的赏识。

九歌·少司命(节选)
屈 原

……

入 不 言 兮 出 不 辞,	乘 回 风 兮 载 云 旗。
之	之
悲 莫 悲 兮 生 别 离,	乐 莫 乐 兮 新 相 知。
歌 ai	支 e

……

本诗共六章,这里选的是第三章,转韵、夹合韵,……之(2)→歌支合韵(2,歌支同为阴声而合韵)……本诗是祭祠主管人间子嗣的女神——少司命的歌舞辞,表现人们企有好儿好女的愿望。这里选的是第三章中将人的感情与神相通,体现女神多情的两句"悲莫悲兮生别离,乐莫乐兮新相知",对后世诗、词、曲、赋影响极大。如江淹著名的《别赋》开首就是"黯然销魂者,唯别而已矣。"

九章·橘颂
屈 原

后 皇 嘉 树 , 橘 徕 服 兮 。	受 命 不 迁 , 生 南 国 兮 。
职	职
深 固 难 徙 , 更 壹 志 兮 。	绿 叶 素 荣 , 纷 其 可 喜 兮 。
之	之
曾 枝 剡 棘 , 圆 果 抟 兮 。	青 黄 杂 糅 , 文 章 烂 兮 。
元	元

精色内白，类任道兮。　　　　　纷缊宜脩，姱而不丑兮。
　　　　　　　　道(幽)　　　　　　　　　　　　丑(幽)

嗟尔幼志，有以异兮，　　　　　独立不迁，岂不可喜兮。
　　　　　　　　异(职 ək)　　　　　　　　　喜(之 ə)

深固难徙，廓其无求兮，　　　　苏世独立，横而不流兮。
　　　　　　　　求(幽)　　　　　　　　　　　流(幽)

闭心自慎，终不失过兮。　　　　秉德无私，参天地兮。
　　　　　　　　过(歌)　　　　　　　　　　　地(歌)

愿岁并谢，与长友兮，　　　　　淑离不淫，梗其有理兮。
　　　　　　　　友(之)　　　　　　　　　　　理(之)

年岁虽少，可师长兮。　　　　　行比伯夷，置以为像兮。
　　　　　　　　长(阳)　　　　　　　　　　　像(阳)

转韵、夹通韵，职(4)→之(4)→元(4)→幽(4)→职之通韵(4，职之同类且元音相同而通韵)→幽(4)→歌(4)→之(4)→阳(4)，首句及转韵第一句皆不入韵，本诗皆富韵。《九章》是后人把屈原的九篇作品编在一起，加上《九章》之名。除第八篇，即本篇外，都是悲愤沉郁、政治性很强的抒情诗，而《橘颂》则是借物咏志。屈原在遭谗被疏、赋闲郢都期间，以南国的橘树作为砥砺志节的榜样，深情地写下了中国诗歌史上第一首咏物名作——《橘颂》。在这首诗里，诗人巧妙地抓住橘树的生态、习性，运用类比联想，将它与人的精神、品格联系起来，给予热烈的赞美。借物抒志，以物写人，既沟通物我，又融汇古今，由此造出了清人林云铭于《楚辞灯》中所赞扬的"看来两段中句句是颂橘，句句不是颂橘，但见(屈)原与橘分不得是一是二，彼此互映，有镜花水月之妙"的奇特境界。从此以后，南国之橘便蕴含了志士仁人"独立不迁"、热爱祖国的丰富文化内涵，而永远为人们所歌颂和效法了。这一独特的贡献，无疑仅属于屈原，所以南宋刘辰翁称屈原为千古"咏物之祖"。

九辩（句选）
宋　玉

悲哉秋之为气也，　　　　　萧瑟兮草木摇落而变衰。
　　　　　　　　　　　　　　　　　　　　　　衰(微)

憭慄兮若在远行，　　　　　登山临水兮送将归。
　　　　　　　　　　　　　　　　　　　　　　归(微)

……

全诗转韵，微（4）→……，首句不入韵。宋玉是屈原之后最重要的楚辞作家，其作品除《九辩》外，《高唐赋》、《神女赋》、《登徒子好色赋》、《风赋》等最为著名。这些作品的共同特点是以情胜理，用形象思维的手法，把浪漫主义的情感抒发得淋漓尽致，在中国文学传统上，他的作品与屈原的作品一样，无疑具有开创性意义。作品中悲秋、神女、美人、风雨、山川、游历等主题，一直影响着后代中国文学。《九辩》的悲秋主题，使之成为中国文学史上第一篇情深意长的悲秋之作。把秋季万木黄落、山川萧瑟的自然现象，与诗人失意巡游、心绪飘浮的悲怆有机地结合起来，人的感情外射到自然界，作品凝结着一股排遣不去、反覆缠绵的悲剧气息，勾起人们对自然变化、人事浮沉的感喟，千古之下，仍感动着无数读者。这里选的首韵四句是千古名句，一开始就点明悲秋主题，以下就从多方面深入展开，把悲秋主题发挥得淋漓尽致，成为后代人们学习的典范。从此，在中国文学史中，悲秋一直是诗文学家喜好的题材，如汉武帝有《秋风辞》（1051），曹丕有《燕歌行》（1055），庾信《拟咏怀二十七首》之十一"摇落秋为气，凄凉多怨情"以悲秋带出身世之感，家国之恨，更为悲秋主题谱出新曲，再后唐宋元明清，诗词曲赋文中许多悲秋之风始终弥漫不散，产生许多动人作品，其原创性功劳，当为宋玉之《九辩》。

招魂（句选）
屈　原

……

湛湛江水兮，　　　　　上有枫。
　　　　　　　　　　　　　　·侵

目极千里兮，　　　　　伤春心。
　　　　　　　　　　　　　　·侵

魂兮归来！　　　　　　哀江南！
　　　　　　　　　　　　·侵

全诗转韵，……→侵（6）。《招魂》是屈原模仿民间招魂习俗，呼唤楚怀王（拘死秦国）的灵魂回到楚国来，其中饱含了作者的深厚爱国之情。这里选的是本诗的末韵六句，这极其凄婉的诗句，结束了《招魂》这篇千古绝唱。这六句，堪称《楚辞》中最著名的情景交融片段之一，绝不亚于《九歌·湘夫人》开头"帝子降兮北渚，目眇眇兮愁予。袅袅兮秋风，洞庭波兮木叶下"（1234）等名句。如果说宋玉《九辩》的"悲哉秋之为气也，萧瑟兮草木摇落而变衰。憭慄兮若在远行，登山临水兮送将归"（1236）四句是中国古典文学悲秋传统的滥觞，那么屈原《招魂》这末尾六句则是中国古典文学伤春传统的滥觞。北朝庾信《哀江南赋》，其题目即取自"魂兮归来，哀江南"句，感伤时事，眷怀故国，其精神亦与《招魂》相仿；又唐司空曙《送郑明府贬岭南》中"青枫江色晚，楚客独伤春"，其意象不也是脱胎于本诗之末尾六句？

（三）古代原始歌谣

弹 歌

断 竹， 续 竹； 飞 土， 逐 宍。
·觉 ·觉 ·觉

本诗在第十七章"他言诗"中已用中、近古韵解读，用入声屋韵（1213）；现用上古韵解读，用入声觉部。这种既能用上古韵解读，又能用中、近古韵解读的诗例，说明上古韵与中、近古韵虽有很大不同，但也是有渊源的，上古韵中觉部的"竹"、"宍"两字，演变到中、近古韵后都入屋韵。

南 风 歌

帝 舜（传）

南 风 之 薰 兮， 可 以 解 吾 民 之 愠 兮。
·文 ·文

南 风 之 时 兮， 可 以 阜 吾 民 之 财 兮。
·之 ·之

转韵，文（2）→之（2），本诗为皆两句一韵之短韵体，富韵。《南风歌》相传为舜帝所作。《礼记·乐记》曰："昔者舜作五弦之琴以歌《南风》。"全诗仅四句，但情思复杂。它借舜帝口吻抒发了先民对"南风"既赞美又祈盼的双重感情。因为，清凉而适时的南风，对万民百姓是多么重要，既"可以解吾民之愠"，又"可以阜吾民之财"。

卿 云 歌（节选）

卿 云 烂 兮 ， 纠 缦 缦 兮。 日 月 光 华 ，旦 复 旦 兮。
·元 ·元 ·元

……

《卿云歌》相传是舜禅位于禹时，同群臣互贺的唱和之作。始见旧题西汉伏生的《尚书大传》。全诗三章,这里选的是第一章,元韵,首句入韵,且为富韵。由舜帝首唱,对"卿云"直接的赞美歌唱。前两句卿云灿烂,萦回缭绕,瑞气呈祥,预示着又一位圣贤将顺天承运受禅即位。后两句更明显寓有明明相代的禅代之旨。圣人的光辉如同日月,他(禹)的受禅即位,大地仍会像过去一样阳光普照、万里光明。这与其说是舜帝的歌唱,毋宁说是万民的心声和愿望。《卿云》之歌,代代相传,深入人心,对形成如帝、尧、舜以礼让为美德的中华民族精神,产生了积极的影响。

麦 秀 歌
箕 子

麦 秀 渐 渐 兮 ， 禾 黍 油 油 。　　　彼 狡 童 兮 ， 不 与 我 好 兮 。
　　　　　　　　　　　幽　　　　　　　　　　　　　　　　　　　　幽

　　本韵,纯用幽韵,首句不入韵,"好"与"油"相押是富韵的一种特例。这是一首与《诗经·王风·黍离》(1228)同样著名的诗篇,选自《史记·宋微子世家》,题目为后人所加。据载,箕子朝周,经过殷商废墟,感慨宫室毁坏,遍地长满禾黍,心中哀伤,作了这首《麦秀歌》。无独有偶。《诗序》谓西周灭亡后,周大夫途经宗庙宫室,见满地禾黍,彷徨不忍离去,因作《黍离》(1228)。两首诗,创作动机、创作过程乃至创作效果,何其相似,不可不谓是一种艺术巧合。这种可贵的故土情愫,曾引起历代无数仁人志士的深切共鸣。晋文学家向秀《思旧赋》谓:"瞻旷野之萧条兮,息余驾乎城隅。……叹黍离之愍周兮,悲麦秀于殷墟。"宋文学家王安石《金陵怀古》之一云:"黍离麦秀从来事,且置兴亡近酒缸。"都将《黍离》、《麦秀》并举,寄托深切的亡国之痛。又本诗中"彼狡童兮,不与我好兮"与《诗经·郑风·狡童》中"彼狡童兮,不与我言兮。……彼狡童兮,不与我食兮。……"几乎全同,可见古代原始歌谣与《诗经》有内在的渊源关系。

徐 人 歌

延 陵 季 子 兮 不 忘 故 ，　　　脱 千 金 之 剑 兮 带 丘 墓 。
　　　　　　　　　鱼 a　　　　　　　　　　　　　铎 ak

　　鱼铎通韵,因同类且元音相同;本诗仅两句,为短韵体。这首《徐人歌》,关系到我国古代一个十分动人的故事。汉代刘向《新序·节士》记载,吴国延陵(今江苏常州)季子带着宝剑出使晋国,路过徐国时,徐君看到他的宝剑,虽然没有说,却在表情上流露出要的意思。季子因为马上要出使去晋,没有把宝剑献给徐君,但在心里暗自答应了。当他出使回来时,徐君已经去世了。于是,他把宝剑挂在徐君墓前的树上而去。徐国人称许季子的行为,便编了这首歌来赞美他。可见,这是一首赞颂守信用、重情谊的歌。此后的诗词中常用来作为典故。

楚狂接舆歌

凤兮凤兮, 何德之衰?
· 微

往者不可谏, 来者犹可追。
· 微

已而已而! 今之从政者殆而!
· 之 · 之

转韵,微(4)→之(2),首句不入韵,转韵第一句入韵,后韵为促收式且为富韵。这首《楚狂接舆歌》始见于《论语·微子》,从歌词中可看到一个与知其不可为、但仍与命运抗争到处奔走、求为世用的积极入世的孔子相对立的出世思想的典型代表楚狂的形象。此后,"楚狂"、"接舆"便成了佯狂避世的一个典型,后世文人常自比"楚狂"、"接舆",以表示自己的隐居不仕或放诞不羁。如:王维在《辋川闲居赠裴秀才迪》中说:"复值接舆醉,狂歌五柳前"(433),李白在《庐山谣寄卢侍卿虚舟》中说:"我本楚狂人,凤歌笑孔丘"(1061)。陶渊明的《归去来兮辞》中的"悟已往之不谏,知来者之可追"(938)也出自本歌。又本歌与《徐人歌》(1239)等楚歌中皆已有"兮"字,可见古代原始歌谣确是我国一大文学体裁——楚辞的滥觞。

易 水 歌

荆 轲

风萧萧兮易水寒, 壮士一去兮不复还!
· 元 · 元

本韵,纯用元韵,也是一首短韵体。这首记载在《战国策》和《史记》中的剧烈壮歌,是中国人民熟知的。歌辞之苍凉遒劲,歌韵之简短悲亢,使这首歌带有了夺人心魄的震撼力量,它鼓舞了此后许多仁人志士为理想、为民族、为国家而赴汤蹈火、慷慨就义!

二、两句一联的独立句

（一）诗　经

周南·卷耳

采采卷耳，不盈顷筐。嗟我怀人，寘彼周行。
　　　　　　　　　阳　　　　　　　　　　　阳
陟彼崔嵬，我马虺隤。我姑酌彼金罍，维以不永怀。
　·微　　　　·微　　　　　　　·微　　　　　　·微
陟彼高冈，我马玄黄。我姑酌彼兕觥，维以不永伤。
　　　·阳　　　·阳　　　　　　·阳　　　　　　·阳
陟彼砠矣，我马瘏矣。我仆痡矣，云何吁矣！
　·鱼　　　·鱼　　　　·鱼　　　　·鱼

　　转韵，阳（4）→微（4）→阳（4）→鱼（4），末韵为富韵，首句不入韵，转韵第一句皆
入韵。"我姑"与"维以"、"我姑"与"维以"、"我仆"与"云何"三组皆两句一联之独立
句。《卷耳》是一篇抒写怀人情感的名作。第一章是以思念征夫的妇女的口吻来写
的，后三章则是以思家念归的备受旅途辛劳的男子的口吻来写的。犹如一场表演
着的戏剧，男女主人公各自的内心独白在同一场景同一时段中展开。怀人是世间
永恒的情感主题，这一主题跨越了具体的人和事，它本身成了历代诗人咏吟的好题
目。《卷耳》为我国诗歌长河中蔚为壮观的一支——怀人诗，开了一个好头。当我
们读到王维《九月九日忆山东兄弟》（190）、杜甫《月夜》（305）等名篇时，都可回首寻
味《卷耳》的意境。

王风·君子于役

君子于役，不知其期。曷至哉？鸡栖于埘。
　　　　　　　　·之　　　·之　　　　·之
日之夕矣，羊牛下来。君子于役，如之何勿思？
　　　　　　　　·之　　　　　　　　　　·之
君子于役，不日不月。曷其有佸？鸡栖于桀。
　　　　　　　　·月　　　　·月　　　　·月

日 之 夕 矣 ， 羊 牛 下 括 。　　　　君 子 于 役 ， 苟 无 饥 渴 ？
　　　　　　　　·月　　　　　　　　　　　　　　　　　　　　　　·月

　　转韵，之(8)→月(8)，首句及转韵第一句皆不入韵，"曷至"与"鸡栖"，"曷其"与"鸡栖"皆两句一联之独立句。这也是一首怀人诗，但只是妻子怀念远出服役的丈夫的诗。其传诵程度比《卷耳》要广得多，就在于"日之夕矣，羊牛下来。……"描绘了一幅农村生活的晚景：农作的日子是辛劳的，但到了黄昏来临之际，一切都归于平和、安谧和恬美。牛羊家禽回到圈栏，炊烟袅袅升起，灯火温暖地跳动起来，农人们聊着闲适的话题。但是，那位妻子的丈夫却犹在远方，她的生活的缺损在这一刻也就显得最为强烈了，所以她如此怅惘地期待着……

（二）楚　辞

九歌·湘君（节选）
屈　原

君 不 行 兮 夷 犹 ，　　　　　蹇 谁 留 兮 中 洲 ？
　　　　　　　·幽　　　　　　　　　　　　　　　　　·幽

美 要 眇 兮 宜 修 ，　　　　　沛 吾 乘 兮 桂 舟 。
　　　　　　　·幽　　　　　　　　　　　　　　　　　·幽

令 沅 湘 兮 无 波 ，　　　　　使 江 水 兮 安 流 。
　　　　　　　　　　　　　　　　　　　　　　　　·幽

望 夫 君 兮 未 来 ，　　　　　吹 参 差 兮 谁 思 ？
　　　　　　　·之　　　　　　　　　　　　　　　　　·之

　　　　·······

　　转韵，幽(6)→之(2)……首句入韵，"美要"与"沛吾"为两句一联之独立句。作为《湘夫人》(1234)的姊妹篇，《湘君》由女神的扮演者演唱，表达了赴约的湘夫人因不见湘君（因迟到而尚未来）产生的失望、怀疑、哀伤、埋怨的复杂情感。全诗共四章，这里选的是第一章，写美丽的湘夫人在作了一番精心的打扮后，乘着小船兴致勃勃地来到与湘君约会的地点，可是却不见湘君前来，于是在失望中抑郁地吹起了哀怨的排箫，来倾吐对湘君的无限思念……一幅望断秋水的佳人图。总之，《湘君》和《湘夫人》是由一次约会在时间上的误差而引起的两出悲剧，但合起来又是一部两相情悦、忠贞不渝的喜剧。尽管他（她）们在没有遇见前都遭受长时间痛苦的煎熬；但在终于相见时，这场因先后来到而产生的误会和烦恼必然会在顷刻间烟消云散，迎接他（她）们的必将是在幻觉中所感受到的那种欢乐和幸福。

九歌·国殇

屈　原

操 吴 戈 兮 被 犀 甲^{·盍}，　　车 错 毂 兮 短 兵 接^{·盍}。

旌 蔽 日 兮 敌 若 云^{·文}，　　矢 交 坠 兮 士 争 先^{·文}。

凌 余 阵 兮 躐 余 行^{·阳}，　　左 骖 殪 兮 右 刃 伤^{·阳}。

霾 两 轮 兮 絷 四 马^{·鱼}，　　援 玉 枹 兮 击 鸣 鼓^{·鱼}。

天 时 怼 兮 威 灵 怒^{·鱼}，　　严 杀 尽 兮 弃 原 壄^{·鱼}。

出 不 入 兮 往 不 反^{·元}，　　平 原 忽 兮 路 超 远^{·元}。

带 长 剑 兮 挟 秦 弓^{·蒸}，　　首 身 离 兮 心 不 惩^{·蒸}。

诚 既 勇 兮 又 以 武，　　终 刚 强 兮 不 可 凌^{·蒸}。

身 既 死 兮 神 以 灵，　　魂 魄 毅 兮 为 鬼 雄^{·蒸}。

　　转韵，盍（2）→文（2）→阳（2）→鱼（4）→元（2）→蒸（6），首句及转韵第一句皆入韵，首三韵为促起式，"天时"与"严杀"为两句一联之独立句。《国殇》是屈原所作《九歌》中唯一不是祭祀神灵的一首，内容是追悼和礼赞为国捐躯的楚国将士的亡灵。全诗分为描写激烈战争场景和颂悼阵亡将士壮烈精神两个部分。作为中华民族贡献给全人类的第一位伟大诗人，屈原所写的决不仅仅是个人的些许悲欢，他所奉献的是那颗热烈得近乎偏执的爱国之心。在艺术上，本诗同《九歌》中其他乐章也不尽一致，它不是想象奇特、辞采瑰丽的华章；而是挟深挚炽烈的情感，以促迫的节奏、开张扬厉的抒写，传达出与所反映的人事相一致的凛然亢直之美，一种阳刚之美，在楚辞体作品中独树一帜。"壄"，古"野"字。

（三）古代原始歌谣

伊耆氏蜡辞

土 反 其 宅 ！ 水 归 其 壑 ！ 昆 虫 毋 作 ！ 草 木 归 其 泽 ！
　　　·铎　　　　　　·铎　　　　　　·铎　　　　　　　·铎

　　本韵，纯用铎韵，首句入韵，"昆虫"与"草木"为两句一联之独立句。这首上古歌谣选自《礼记·郊特性》，是一个叫伊耆氏（有说即神农氏）的部落首领"腊祭"时的祝辞，分别从农业生产的四个方面即土、水、昆虫、草木，提出祝愿。四句诗，句句都是愿望，又都是命令；既都是祝辞，又都是咒语。一种原始人心灵深处的动荡、不平衡，被表达出来。阅读本辞，我们眼前仿佛闪现出一群原始人，他们正在旷野中举行庄严肃穆的祝祷仪式……

三、三 韵 联

（一）诗 经

鄘风·定之方中

定 之 方 中 ， 作 于 楚 宫 。 揆 之 以 日 ， 作 于 楚 室 。
　　　·侵　　　　　　·侵　　　　　　·质　　　　　　·质
树 之 榛 栗 ， 椅 桐 梓 漆 ， 爰 伐 琴 瑟 。
　　·质　　　　　　·质　　　　　·质
升 彼 虚 矣 ， 以 望 楚 矣 。
　　·鱼　　　　　　·鱼
望 楚 与 堂 ， 景 山 与 京 ， 降 观 于 桑 。
　　　·阳　　　　　·阳　　　　　　·阳
卜 云 其 吉 ， 终 然 允 臧 。
　　　　　　　　　·阳
灵 雨 既 零 ， 命 彼 倌 人 。 星 言 夙 驾 ， 说 于 桑 田 。
　　　　·真　　　　·真　　　　　　　　　·真
匪 直 也 人 ， 秉 心 塞 渊 ， 骒 牝 三 千 。
　　　·真　　　　　·真　　　　　·真

转韵,侵(2)→质(5)→鱼(2)→阳(5)→真(7),鱼韵为富韵,首句及转韵第一句皆入韵,首韵为促起式。"树之"、"椅桐"与"爰伐"为三韵联,三句皆独立句;"望楚"、"景山"与"降观"为三韵联,仅"降观"为独立句;"匪直"、"秉心"与"骒牝"为三韵联,三句皆独立句。本诗意在歌功颂德,歌颂的对象是卫国的中兴之君卫文公。全诗三章,每章七句。首章写在楚丘营建宫室,二章追叙卫文公卜筑楚丘的全过程,三章写文公躬耕农桑,使国力增强十倍。

齐风·著

俟 我 于 著 乎 而 , 充 耳 以 素 乎 而 , 尚 之 以 琼 华 乎 而 。
　　　　鱼　　　　　　　　鱼　　　　　　　　　　鱼
俟 我 于 庭 乎 而 , 充 耳 以 青 乎 而 , 尚 之 以 琼 莹 乎 而 。
　　　　耕　　　　　　　　耕　　　　　　　　　　耕
俟 我 于 堂 乎 而 , 充 耳 以 黄 乎 而 , 尚 之 以 琼 英 乎 而 。
　　　　阳　　　　　　　　阳　　　　　　　　　　阳

转韵,鱼(3)→耕(3)→阳(3),本诗是"富韵"的又一特例,"乎而"两字皆虚字,故韵脚在每句的倒数第三字上,又本诗三章,每章三句,三句皆三韵联、皆仅末句为独立句。清人陈继揆《读诗臆补》指出:"三句成章,连句成韵,后人《大风歌》以下皆出于此。"本诗把古老的结婚仪式写得饶有情趣:当新娘踏进婆家的那一刻,她多么想把新郎端详一番。然而在众目睽睽之下,她怎敢抬头仔细瞧呢?实际上,她只是用眼角瞟了一下,全没看清他的脸庞,所见到的只是他帽沿垂下的彩色的"充耳"和发光的玉瑱。这几句极普通的叙述语,放在这一特定的人物身上、在这特定的时刻、特定的环境中,便觉得妙趣横生、余味无穷,给人以丰富的联想和审美的愉悦。

(二) 楚 辞

九歌·礼魂

屈 原

成 礼 兮 会 鼓 , 　　　 传 芭 兮 代 舞 ,
　　　　鱼　　　　　　　　　　　　鱼
姱 女 倡 兮 容 与 。
　　　　　鱼

春 兰 兮 秋 菊 , 　　　 长 无 绝 兮 终 古 。

鱼

本韵,纯用鱼韵,首句入韵,"成礼"、"传芭"与"姱女"为三韵联,仅"姱女"为独立句。本诗是《九歌》的最后一篇。在祠祀九(十)神之后,本篇以简洁的文字描绘出一个热烈而隆重的大合乐送神场面。而春天供以兰,秋天供以菊,人们多么希望美好的生活能月月如此,年年如此。从这个意义上说,"春兰兮秋菊,长无绝兮终古"正可以作为《九歌》祀神祈福的主旋律。此后,"春兰"、"秋菊"还成为许多女子的名字,以表达自己对美好事物的憧憬和对生生不息的生命的礼赞。

招魂(句选)
屈 原

……

魂 兮 归 来！　　　南 方 不 可 以 止 些！
　　　　　　　　　　　　　　　　　　　·之

雕 题 黑 齿 , 得 人 肉 以 祀 , 以 其 骨 为 醢 些。
·之　　　　　　　·之　　　　　　　·之

蝮 蛇 蓁 蓁 ,　　　封 狐 千 里 些 。
　　　　　　　　　　　　　　·之

……

《招魂》的结构是:一、序引,二、招魂辞,三、乱辞。招魂辞又分为"外陈四方之恶"与"内崇楚国之美"两大部分。"外陈四方之恶"分写东、南、西、北、天上、地下的可畏可怖,取用了许多神话材料,写得诡异莫测。这里选的是南方之恐怖:野人的凶残与毒蛇、狐狸的遍布……七句"之"韵中"雕题"、"得人"与"以其"为三韵联,三句皆独立句。又该韵为富韵。

(三)古代原始歌谣

屯 如

屯 如 ,　　　　遭 如 ,　　　　乘 马 班 如 。
·文 ən　　　　 元 an　　　　　　元 an

匪 寇 ,　　　　　　　　　　婚 媾 。
·侯　　　　　　　　　　　　·侯

转韵、夹合韵,文元合韵(3,文元皆阳声且韵尾相同而合韵)→侯(2),首句及转韵第一句皆入韵,首韵为富韵,侯韵为促收式,首三句为三韵联仅"乘马"为独立句。这首古歌选自《周易》(又称《易经》、简称《易》),表现的是上古社会抢婚男子的情景。文字虽然显得很稚拙、单薄,但反映的生活内容及其表现形式,作为诗之雏形的典型文化,无疑是有重要价值的。

曳 杖 歌

孔 丘

泰山其颓乎？梁木其坏乎？哲人其萎乎？
　　·　　　　　　　　·　　　　　　　·
　　微　　　　　　　　微　　　　　　　微

本韵,纯用微韵,富韵,三句即三韵联,仅末句为独立句。《曳杖歌》在《礼记·檀弓上》、《孔子家语·终记解》及《史记·孔子世家》中都有大体相同的记载。孔子这位在二十多年前已早知"天命"的哲人,面对即将到来的死亡,也不能不长歌当哭,动情地唱出这首留恋人生、爱惜生命、无奈地直面死亡的悲歌。这首《曳杖歌》与李白的《临路歌》(1030)如出一辙,可见在生死面前,任何人都是极其渺小的。能勘破生死的能有几人？只有陶渊明(805)、刘基(821)寥寥几人而已。

被衣为啮缺歌

形若槁骸　，心若死灰　。真其实知，不以故自持　。
　　·之ə　　　　　·微əi　　　　　　　　　·之ə
媒媒晦晦　，无心而不可谋，彼何人哉！
　　·之ə　　　　　·之ə　　　　·之ə

合韵,之中杂微(7,之微皆阴声且元音相同而合韵),首句入韵,"媒媒"、"无心"与"彼何"为三韵联,皆独立句。《被衣为啮缺歌》选自《庄子·知北游》,题目为后人所加。歌中着力刻画的槁骸似的形体,死灰般的灵魂,不以实知自持的风范,媒媒晦晦的举止,则形象地诠释了不言、不议、不说、不作,庄子大道无为的思想。这种人格,正是庄子标举的至高无上的境界。"形若槁骸,心若死灰"的比喻,精警形象,凝固定的成语沿用至今。

四、畸零句

（一）诗　经

召南·甘棠

蔽芾甘棠，勿翦勿伐；　　　召伯所茇。
　　　　　　　　　月　　　　　　　　月

蔽芾甘棠，勿翦勿败；　　　召伯所憩。
　　　　　　　　　月　　　　　　　　月

蔽芾甘棠，勿翦勿拜；　　　召伯所说。
　　　　　　　　　月　　　　　　　　月

本韵，纯用月韵，这是《诗经》中唯一的本韵诗。全诗三章，每章三句，每章末句皆为前联出句不入韵之畸零句。这是一首怀念召公之作。召公南巡，所到之处不占用民房，只在甘棠树下停车驻马、听讼决狱、搭栅过夜，这种体恤百姓疾苦，不搅扰民间，而为民众排忧释纷的人，永远活在人民心中。

王风·采葛

彼采葛兮；　　　一日不见，如三月兮。
　月　　　　　　　　　　　　　月

彼采萧兮；　　　一日不见，如三秋兮。
　幽　　　　　　　　　　　　　幽

彼采艾兮；　　　一日不见，如三岁兮。
　月　　　　　　　　　　　　　月

转韵，月（3）→幽（3）→月（3），富韵，全诗三章，每章三句，每章第一句皆后联出句不入韵之畸零句。全诗既没有卿卿我我一类爱的呓语，更无具体的爱的内容的叙述，只是直露地表白自己思念的情绪，然而却能拨动千古读者的心弦，并将这一情感浓缩成"一日三秋"、"一日不见、如隔三秋"的成语，审美价值永不消退，至今仍活在人们口头。

郑风·溱洧(节选)

溱 与 洧 ， 方 涣 涣 兮 ；　　士 与 女 ， 方 秉 简 兮 。
　　　　　　　　·元　　　　　　　　　　　　　　·元

女 曰 :"观 乎 ?" 士 曰 :"既 且 。" "且 往 观 乎 !"
　　　　　·鱼　　　　　　·鱼　　　　　　·鱼

洧 之 外 ， 洵 訏 且 乐 。　　维 士 与 女 ， 伊 其 相 谑 ，
　　　　　　·药　　　　　　　　　　　　　　　·药

赠 之 以 勺 药 。
　　　　·药

……

转韵,元(4)→鱼(3)→药(5)→……,元韵为富韵,"女曰"、"士曰"与"且往"为三韵联,仅"且往"为独立句,"赠之"为前联出句不入韵之畸零句。来自民间的歌手,满怀爱心和激情,讴歌了春天的节日,记下了人们的欢悦,肯定和赞美了纯真的爱情,诗意明朗、欢快、清新,没有一丝"邪思"。勺药,如同西方的玫瑰,是中国的"情人花"。本诗共两章,仅换数字,结构相同,诗意相同,这里选的是第一章。

小雅·庭燎

夜 如 何 其 ? 夜 未 央 。　　庭 燎 之 光 。
　　　　　　　　　·阳　　　　　　　　·阳

君 子 至 止 ， 鸾 声 将 将 。
　　　　　　　　·阳

夜 如 何 其 ? 夜 未 艾 。　　庭 燎 晣 晣 。
　　　　　　　　·月　　　　　　　　·月

君 子 至 止 ， 鸾 声 哕 哕 。
　　　　　　　　·月

夜 如 何 其 ? 夜 乡 晨 。　　庭 燎 有 煇 。
　　　　　　　　·文　　　　　　　　·文

君 子 至 止 ， 言 观 其 旂 。
　　　　　　　　·文

转韵,阳(5)→月(5)→文(5),全诗三章,每章五句,每章之第三句皆前、后联出句都不入韵之畸零句。本诗写周宣王中年以后勤于政事、争于早朝的心情和对朝

仪、诸侯的关切,为唐代贾至《早朝大明宫》及杜甫、王维、岑参的和诗所效法。

周颂·丝衣

丝衣其纾, 载弁俅俅。　　　自堂徂基, 自羊徂牛。
　　　　幽 u　　　　幽 u　　　　　　　　之 ə　　　　之 ə
鼐鼎及鼒, 兕觥其觩。　　　旨酒思柔,
　　　　之 ə　　　　幽 u　　　　　　　　幽 u
不吴不敖, 胡考之休。
　　　　　　　　　幽 u

　　幽之合韵(9,幽之皆阴声且元音相近而合韵),这是《诗经》中唯一的一首合韵(即后世之通韵)诗,首句入韵,"自堂"与"自羊"、"鼐鼎"与"兕觥"皆两句一联之独立句,"旨酒"为后联出句不入韵之畸零句。本诗的主旨是"绎",即首日正祭后次日的绎祭,就是祭后享宾。首两句言祭祀之穿戴,三、四句言祭祀之准备,五、六句言祭祀之器具,最后三句言祭后宴饮,也就是"旅酬",不吵不闹,合乎礼仪。

(二) 楚 辞

九歌·河伯
屈 原

与女游兮九河, 　　　冲风起兮横波。
　　　　　　　　歌　　　　　　　　　　　　　歌
乘水车兮荷盖, 　　　驾两龙兮骖螭。
　　　　　　　　　　　　　　　　　　　　　　歌
登崑崙兮四望, 　　　心飞扬兮浩荡。
　　　　　　　　阳　　　　　　　　　　　　　阳
日将暮兮怅望归, 　　　惟极浦兮寤怀。
　　　　　　　　　微　　　　　　　　　　　微
鱼鳞屋兮龙堂, 　　　紫贝阙兮朱宫。
　　　　　　　　　　　　　　　　　　　　　　冬
灵何为兮水中? 　　　乘白鼋兮逐文鱼, 与女游兮河之渚,
　　　　　　　　冬

鱼　　　　　　　　　　　　　鱼

流 渐 纷 兮 将 来 下 。
　　　　　　　鱼

子 交 手 兮 东 行 ，　　　　送 美 人 兮 南 浦 。
　　　　　　　　　　　　　　　　　　　　　　　鱼

波 滔 滔 兮 来 迎 ，　　　　鱼 邻 邻 兮 媵 予 。
　　　　　　　　　　　　　　　　　　　　　　　鱼

转韵，歌(4)→阳(2)→微(2)→冬(3)→鱼(7)，首句入韵，转韵第一句三入韵一不入韵，"灵何"为前联出句不入韵之畸零句."乘白"、"与女"与"流渐"为三韵联，仅"流渐"为独立句。本诗祭祀的河伯是黄河之神。主祭者随河伯对黄河作了一番巡礼。河伯从屈原家里(郢都)出发，来到黄河的发源地昆仑山，即屈原祖先帝高阳的发祥地，然后又回到郢都。贯穿全诗的实际是诗人屈原对楚国楚君和楚国人民的精诚之爱。

九章·涉江(节选)
屈　原

余 幼 好 此 奇 服 兮 ，　　　　年 既 老 而 不 衰 。
　　　　　　　　　　　　　　　　　　　　　　　微

带 长 铗 之 陆 离 兮 ，　　　　冠 切 云 之 崔 嵬 。
　　　　　　　　　　　　　　　　　　　　　　　微

被 明 月 兮 珮 宝 璐 ，
　　　　　　　译 ak

世 溷 浊 而 莫 余 知 兮 ，　　　吾 方 高 驰 而 不 顾 。
　　　　　　　　　　　　　　　　　　　　　　　　鱼 a

驾 青 虬 兮 骖 白 螭 ，　　　　吾 与 重 华 游 兮 瑶 之 圃 。
　　　　　　　　　　　　　　　　　　　　　　　　　　鱼 a

登 崑 崙 兮 食 玉 英 ，
　　　　　　　阳

与 天 地 兮 同 寿 ，　　　　与 日 月 兮 同 光 。
　　　　　　　　　　　　　　　　　　　　　　阳

哀 南 夷 之 莫 吾 知 兮 ，　　　旦 余 济 乎 江 湘 。

阳

"……

转韵、夹通韵，微（4）→鱼铎通韵（5，鱼铎同类且元音相同而通韵）→阳（5）→……，"被明"与"登崑"皆后联出句不入韵之畸零句。本诗是《九章》的第二篇，是屈原被流放江南多年之后的晚年之作。全诗五段，这里选的是第一段，述说自己高尚理想和现实的矛盾，阐明这次涉江远走的原因。表现诗人志行的"带长铗之陆离兮，冠切云之崔嵬"，不用说明，一看到这两句，便知是屈原的形象；象征诗人志向的"驾青虬兮骖白螭，吾与重华游兮瑶之圃"，"与天地兮同寿，与日月兮同光"，五十多年前，笔者首次读到此诗时，便把这几句一直记到今天。

卜居（句选）

"……

此孰吉孰凶？	何去何从？
·东	·东

世溷浊而不清：
　　　　·耕

蝉翼为重，千钧为轻；	黄钟毁弃，瓦釜雷鸣；
·耕	·耕

谗人高张，贤士无名。	吁嗟默默兮，谁知吾之廉贞？"
·耕	·耕

詹尹乃释策而谢曰："夫尺有所短，寸有所长；
　　　　　　　　　　　　　　　·阳 ang

物有所不足，	智有所不明；
	·阳 ang

数有所不逮，	神有所不通。
	·东 ong

用君之心，	行君之意，
	·职 ək

龟策诚不能知事。"
　　　　·之 ə

转韵、夹合韵、通韵，……东（2）→耕（9）→阳东合韵（6，阳东皆阳声且韵尾相同而合韵)→职之通韵(3,职之同类且元音相同而通韵),"世溷"为后联出句不入韵之畸零句,"龟策"为前联出句不入韵之畸零句,"詹尹"相当于冒头,不作押韵分析。本篇叙述屈原被放逐三年,后通过占卜来解决该采取怎样的态度来对待现实社会。这里选的是在连续发出十六个排比疑问句后,屈原强调善恶美丑的冰炭不容,表现对美善的坚执和对丑恶的弃绝。最后太卜詹尹的谢辞充满哲理。本篇开头和结尾的叙述,完全是散文的句法,中间用骈偶和散行句参错组成,是介于诗歌和散文间的一种文体,是"不歌而诵"的汉赋的先导。"孰吉孰凶?何去何从?""蝉翼为重,千钧为轻","黄钟毁弃,瓦釜雷鸣","尺有所短,寸有所长","物有不足,智有不明"皆为后世流行、应用。

(三)古代原始歌谣

击 壤 歌

日 出 而 作 ， 日 入 而 息 。　　　凿 井 而 饮 ， 耕 田 而 食 。
　　　　　　　　·息　　　　　　　　　　　　　　·食
　　　　　　　　职 ək　　　　　　　　　　　　　 职 ək

帝 力 于 我 何 有 哉 ！
　　　　　　　·哉
　　　　　　　之 ə

　　职之通韵(5,职之同类且元音相同而通韵),首句不入韵,"帝力"为前联出句不入韵之畸零句。本诗始见于东汉王充的《论衡》,相传是尧帝时一位老人在作"击壤"之戏时唱的歌,描述了先民们原始的劳动和生活情状,特别是"日出而作,日入而息"极为传神,极富魅力,明白如话的语言,体现了原始口头文学兴于自然不加修饰的特点。

五、多句一韵联

(一)诗 经

豳风·七月(节选)

……

五 月 斯 螽 动 股，　　　　六 月 莎 鸡 振 羽。
　　　　　　·股　　　　　　　　　　　　·羽
　　　　　　鱼　　　　　　　　　　　　　鱼

七月在野，八月在宇，九月在户，十月蟋蟀入我床下。
　　　　鱼　　　　　鱼　　　　　鱼　　　　　　　　　　　鱼

穹窒熏鼠，　　　　　塞向墐户。
　　　鱼　　　　　　　　　鱼

嗟我妇子，曰为改岁，入此室处。
　　　　　　　　　　　　　　鱼

……

　　全诗为转韵，……鱼(11)→……"七月"与"八月"，"九月"与"十月"、"穹窒"与"塞向"皆两句一联之独立句，"嗟我"、"曰为"与"入此"为三句一韵联。本诗是《诗经·国风》中最长的一首诗，作于西周初期，即周之第四代始祖公刘处豳（今陕西旬邑、彬县一带）时期。当时，周之先民还是一个农业部落。本诗反映了这个部落一年四季的劳动生活，涉及到衣食住行各个方面，凡春耕、秋收、冬藏、采桑、染绩、缝衣、狩猎、建房、酿酒、劳役、宴飨，无所不写，无体不备，有事必赋，有美必臻。全诗八章，这里选的是第五章，着重写昆虫以反映季节的变化，由蟋蟀依人写到寒之将至，打扫室内，准备过冬。笔墨工细，绘影绘声，饶有诗意。

小雅·四牡（节选）

……

驾彼四骆，　　　　载骤骎骎。
　　　　　　　　　　　侵

岂不怀归？是用作歌，将母来谂。
　　　　　　　　　　　　　　侵

　　全诗转韵，……侵(5)，"岂不"、"是用"与"将母"为三句一韵联。这是一首写某个公务缠身的小官吏驾驶四马快车奔走在漫长征途而思念故乡、思念父母的行役诗，与《诗经》中其他同类题材诗一起，是后世行役诗的滥觞。全诗五章，这里选的是最后一章，最后三句充分表达了对母亲、对家人的深切思念。

大雅·烝民（句选）

……

仲山甫之德，　　　　　　　　柔嘉维则。
　　　　　职　　　　　　　　　　　　　　职
令仪令色，小心翼翼。　　　　古训是式，威仪是力。
　　职　　　　职　　　　　　　　职　　　　　职

……

既明且哲，以保其身。　　　　夙夜匪解，以事一人。
　　　　　　　　　真　　　　　　　　　　　　　真

……

人亦有言："德輶如毛，民鲜克举之。"
　　　　　　　　　　　　　　　鱼
我仪图之，维仲山甫举之，爱莫助之。
　　鱼　　　　　　鱼　　　　　鱼
衮职有阙　　　　　　　　维仲山甫补之。
　　　　　　　　　　　　　　　　　　鱼

……

吉甫作诵，穆如清风。　　　　仲山甫永怀，以慰其心。
　　侵　　　　　　　　　　　　　　　　　　侵

　　全诗转韵，……职(6)→……真(4)→……鱼(8)→……侵(4)，鱼韵为富韵，"令仪"与"小心"、"古训"与"威仪"皆两句一联之独立句，"人亦"、"德輶"与"民鲜"为三句一韵联，"我仪"、"维仲"与"爱莫"为三韵联，皆独立句。本诗送别周宣王之重臣仲山甫，是后世送别诗之祖。诗中有些形象生动、富有哲理的语言，有的经后人使用或提炼，至今仍活在人们口头，如"小心翼翼"、"明哲保身"、"爱莫能助"、"穆如清风"等。其实，现在所流行之许多成语，很多来自《诗经》，因本书主旨不是讲成语来历，受篇幅所限，不能一一列出。

周颂·有客

有客有客，亦白其马；　　　　有萋有且，敦琢其旅。
　　　　　　　鱼　　　　　　　　　　　　　　　　鱼

有客宿宿　，有客信信；　　　言授之絷　，以絷其马　。
　　　　　　　　　　　　　　　　　　　　　　　　　　鱼

薄言追之　，左右绥之；　　　既有淫威　，降福孔夷　。
　微　iə　　　　　　微　iə　　　　　微　iə　　　　脂　ei

　　转韵、夹合韵，鱼（8）→微脂合韵（4，微脂皆阴声且韵尾相同而合韵），第九、十两句为富韵，首句不入韵，转韵第一句入韵。"有客"、"有客"、"言授"与"以絷"为四句一韵联，"既有"与"降福"为两句一联之独立句。本诗是宋微之来朝周，周王设宴钱行时所唱的乐歌。全诗十二句，前四句言客之至，中四句言客之留，后四句言客之去。礼仪周到，言简意赅。对灭亡的前代，续其禋祀，以礼相待。

（二）楚　辞

九歌·东皇太一
屈　原

吉日兮辰良　，　　　　　穆将愉兮上皇　。
　　　　阳　　　　　　　　　　　　　阳

抚长剑兮玉珥，　　　　　璆锵鸣兮琳琅　。
　　　　　　　　　　　　　　　　　阳

瑶席兮玉瑱　，　　　　　盍将把兮琼芳　。
　　　　　　　　　　　　　　　　　阳

蕙肴蒸兮兰藉，　　　　　奠桂酒兮椒浆　。
　　　　　　　　　　　　　　　　　阳

扬枹兮拊鼓　，疏缓节兮安歌　，陈竽瑟兮浩倡　。
　　　　　　　　　　　　　　　　　　　　　　阳

灵偃蹇兮姣服，　　　　　芳菲菲兮满堂　。
　　　　　　　　　　　　　　　　　阳

五音纷兮繁会，　　　　　君欣欣兮乐康　。
　　　　　　　　　　　　　　　　　阳

　　本韵，纯用阳韵，首句入韵，"扬枹"、"疏缓"与"陈竽"为三句一韵联。这是《九歌》的首篇。在短小的篇幅中，全面地展示了祭神的整个过程和场面，层次清晰，描写生动，气氛热烈，给人一种既庄重又欢快的感觉，充分表达了人们对"东皇太一"——春神的敬重、欢迎和祈望，希望春神多多赐福人间，给人类的生命繁衍、农作物的生长带来福音。

渔夫（句选）

……

"举世皆浊，我独清；众人皆醉，我独醒。"
　　　　　耕　　　　　　　　　　　　　　　　耕

……

"吾闻之，新沐者必弹冠，新浴者必振衣。

　　　　　　　　　　　　　　　　　　　微　ie
安能以身之察察，　　　　受物之汶汶者乎？"
　　　　　　　　　　　　　　　·
　　　　　　　　　　　　　文　ən

……

"沧浪之水清兮，　　　　可以濯吾缨；
　　　　　·
　　　　耕　　　　　　　　　　　　耕
沧浪之水浊兮，　　　　可以濯吾足。
　　　　　·　　　　　　　　　　　·
　　　　屋　　　　　　　　　　　　屋

……

转韵、夹通韵，……耕(4)→……微文通韵(5，微文同类且元音相同而通韵)→……耕(2)→屋(2)……"汶"、"清"、"浊"三字为富韵，"吾闻"、"新沐"与"新浴"为三句一韵联。《渔夫》中有两个人物：屈原和渔父。全诗用对比手法，主要通过问答表现了两种对立的人生态度和截然不同的思想性格。这里选的几句话鲜明地塑造了这两个人物。前面的九句塑造的是屈原，独来独往，与众不同，洁身自好，决不同流合污，特别是"举世皆浊，我独清；众人皆醉，我独醒"为后世许多文人所标榜。后面的四句塑造的是渔夫，他劝屈原走一条与世浮沉、远害全身的自我保护道路，根据水的清浊来决定自己的态度和行动。虽然屈原不听他的劝告，但他不愠不怒，不强人所难，以隐者的超然姿态心平气和地与屈原分道扬镳。他唱的歌"沧浪之水清兮，可以濯吾缨；沧浪之水浊兮，可以濯吾足"，后人又把它单独列出，作为《渔夫歌》又叫《沧浪歌》或《孺子歌》，这首歌对于不同阅历、处于不同环境、面临不同问题的人都有启迪。这首歌是不朽的。

（三）古代原始歌谣

佹诗（节选）

苟　况

⋯⋯

念 彼 远 方　，何 其 塞 矣。　　　仁 人 绌 约　，暴 人 衍 矣；
　　　　　　　　　　　　职
忠 臣 危 殆　，谗 人 服 矣。　　　璇 玉 瑶 珠　，不 知 佩 也。
　　　　　　　　　　　　职　　　　　　　　　　　　　　　之
襜 布 与 锦　，不 知 异 也。　　　闾 娵 子 奢　，莫 之 媒 也。
　　　　　　　　　　　　之　　　　　　　　　　　　　　　之
嫫 母 力 父　，是 之 喜 也。　　　以 盲 为 明　，以 聋 为 聪；
　　　　　　　　　　　　之　　　　　　　　　　　　　　　东
以 危 为 安　，以 吉 为 凶。　　　呜 呼 上 天 ！曷 维 其 同。
　　　　　　　　　　　　东　　　　　　　　　　　　　　　东

　　转韵，⋯⋯职（6）→之（8）→东（6），除末三韵脚外前面皆富韵，"仁人"、"暴人"、"忠臣"与"谗人"为四句一韵联。《佹诗》见于《荀子·赋篇》。这里选的是下半部分，对前文所讲之意反复叙说，饱含忧愤地把批判的矛头直指楚国统治者，揭露他们是非颠倒、黑白不分，"以盲为明，以聋为聪；以危为安，以吉为凶"。

　　综上可知，古体诗押韵方式的"1＋7"在《诗经》、《楚辞》与古代原始歌谣里都是有的。由于《楚辞》是在《诗经》之后，而我们所见古代原始歌谣大多数是汉代以后有关典籍中记载、经后人加工的，所以《诗经》就是古体诗押韵方式"1＋7"的源头。《诗经》不但是古体诗，也是今体诗，即所有旧体诗押韵方式的源头；《诗经》还是旧体诗和新体诗，即全部中华诗歌押韵方式的源头；《诗经》更不但在押韵方式即格律形式上，而且在思想内容上，都是中华诗歌的源头。就思想内容说，中华诗歌的源头有两个，一个是现实主义的《诗经》，一个是浪漫主义的《楚辞》；就格律形式说，中华诗歌只有一个源头，就是《诗经》。

附　录

一、六言诗

六言诗因为既有古体,又有今体,所以没有在第二篇"古体诗"第十七章"他言诗"中介绍,而是在书末作为附录介绍。

细言应令
梁　王　规

> 针锋於焉止息,　　　　发杪可以翱翔。
>
> 蚊眉深而易阻,　　　　蚁目旷而难航。
> 　　　　　　失黏

本韵,纯用阳韵,首句不入韵,第三句失黏。前述四言诗在魏晋以后渐趋消歇,而六言诗则在魏晋以后逐渐产生。本诗作者王规为梁代人(492—536),此诗差不多与五、七言今体绝句的前身——"永明体"(483—493)同时产生,故而与"永明体"相似,是"联内自对、相互不黏",如《宋典》第 1056 页对六言绝句的赏析文章中所说:"六言绝句……每首六言四句为两联,一联之中要求平仄相对……其与五、七绝不同的是,不以失黏为病",本诗两联也是各自相对(指第二字),但两联之间是不黏(也指第二字)的。王规奉东宫太子萧统之命,作应令诗《大言应令》(728)与本《细言应令》。以"大言"、"细言"为题,极言其大、极言其小,所作越是夸张、牛皮吹得越大,就越好。本诗列举针锋、发杪、蚊眉、蚁目四项极小之物,却把此四项写成极大。虽是文字笔墨游戏,也反映了当时人们对微观世界与宏观世界的认识。

高句丽

北朝　王褒

萧萧易水生波，　　　　燕赵佳人自多。

倾杯覆盌滟滟，　　　　垂手奋袖婆娑。

不惜黄金散尽，　　　　只畏白日蹉跎。

　　本韵，纯用歌韵，首句入韵。自建安以来，古人便将对人生短暂的忧惧作为恒常的文学主题。生命的短暂使人产生两种看来似乎是相悖逆的人生意识：一种是英雄迟暮，功业不立的悲哀；另一种是秉蜡夜游，及时行乐的疯狂。本诗尽管短小，却力图要包容这两种自古以来的复杂人生意识，前四句隔句相承，包含两种意识；到最后两句，把平行的线索归结一处，手法奇特而又天衣无缝。全诗的意蕴因此而升腾起来，提萃出如天马行空般独往独来、雄豪任侠，无所羁绊的、自由的人生意识。

怨歌行

北朝　庾信

家住金陵县前，　　　　嫁得长安少年。　　失对

回头望乡泪落，　失黏　不知何处天边。　　失对

胡尘几日应尽？　　　　汉月何时更圆？

为君能歌此曲，　失黏　不觉心随断弦。

　　本韵，纯用先韵，首句入韵。本诗字面上是以女子自述的口吻，诉说远离家乡又远离丈夫的哀怨；实际上是诗人借助汉代远嫁少妇以倾诉自己的陷虏思乡之情。

舞 媚 娘

北朝　庾 信

朝 来 户 前 照 镜，　　　　含 笑 盈 盈 自 看 。

眉 心 浓 黛 直 点，　　　失黏　　　额 角 轻 黄 细 安 。

祇 疑 落 花 谩 去，　　　失黏　　　复 道 春 风 不 还 。

少 年 唯 有 欢 乐，　　　失黏　　　饮 酒 那 得 留 残 。

　　本韵，纯用寒韵，首句不入韵。本诗通过少年舞女晨妆的情态和心理活动，感叹青春短暂、盛年难再，宣扬人生及时行乐，意义并不可取。但能不伤艳冶，且人物刻画活泼生动，构思新颖别致，笔调清新可喜。

田园乐(其六)

唐　王　维

桃 红 复 含 宿 雨，　　　　柳 绿 更 带 朝 烟 。

花 落 家 童 未 扫，　　　　莺 啼 山 客 犹 眠 。

　　本韵，纯用先韵，首句不入韵。组诗《田园乐》都是六言绝句，写作者退居辋川与大自然亲近的乐趣。本诗绘形绘色，诗中有画。诗写到春"眠"、"莺啼"、"宿雨"、"花落"，与孟浩然的《春晓》(654)很多相类，但意境却不相同。孟诗偏于意，让人从诗意间接悟到境；本诗偏于境，让人从画境直接会到意。本诗的对仗也很精致，"桃红"与"柳绿"、"宿雨"与"朝烟"等实词对仗工稳，"复"与"更"、"未"与"犹"等虚字对仗精心，"含"与"带"两动词都有主观色彩、十分生动。又本诗格律严谨，不仅无失对，也无失黏，与五、七言今体诗绝句全同。总之，这些都说明六言今体绝句同五、七言今体绝句一样，到唐代也完全成熟了。只是在唐代并不多见，到宋代才较多。不过与五、七言诗相较，六言诗在整个中国古代诗歌中，是很少的。

过山农家
唐　顾　况

板桥人渡泉声，　　茅檐日午鸡鸣。

莫嗔焙茶烟暗，　　却喜晒谷天晴。

本韵，纯用庚韵，首句入韵。作者绘声绘色，由物及人，传神入微地表现了江南山乡焙茶晒谷的劳动场景，以及山农爽直的性格和淳朴的感情。

题西太一宫壁二首
宋　王安石

其　一

柳叶鸣蜩绿暗，　　荷花落日红酣。

三十六陂春水，　　白头想见江南。

本韵，纯用覃韵，首句不入韵。

其　二

三十年前此地，　　父兄持我东西。

今 日 重 来 白 首，　　　　欲 寻 陈 迹 都 迷。
　　|　　　　　　　　失黏　　一　　。
　　·　　　　　　　　　　　　　　　　　-8
　　　　　　　　　　　　　　　　　　　　　-8

本韵，纯用齐韵，首句不入韵。

诗人十六岁时初到汴京，曾游西太一宫；三十二年后，奉召进京，准备变法，重游西太一宫。在初游与重游间的漫长岁月中，父母双亡，家庭变故，自己在事业上也还没有做出成绩，因而触景生情，即兴吟诗题于宫壁。第一首由眼前的夏日美景，联想起江南故乡的风光，抒发了对故乡、对亲人的思念。情景交融，意蕴深广。第二首从初游与重游的对照中表现了今昔变化——人事的变化，家庭的变化，个人心情的变化。言浅而意深，言有尽而情无极。两首诗传诵较广，多有和诗。

次韵王荆公题西太一宫壁二首

宋　黄庭坚

其　一

风 急 啼 乌 未 了，　　　　雨 来 战 蚁 方 酣。
　　|　　　　　　　　　　　一　　。
　　　　　　　　　　　　　　　　　-13

真 是 真 非 安 在？　　　　人 间 北 看 成 南。
　　|　　　　　　　失黏　　一　　。
　　　　　　　　　　　　　　　　　-13

本韵，纯用覃韵，首句不入韵。

其　二

晚 风 池 莲 香 度，　　　　晓 日 宫 槐 影 西。
　　一　　　　　　　　　　|　　。
　　　　　　　　　　　　　　　　　-8

白 下 长 干 梦 到，　　　　青 门 紫 曲 尘 迷。
　　|　　　　　　　　　　　一　　。
　　　　　　　　　　　　　　　　　-8

本韵，纯用齐韵，首句不入韵，既无失对，也无失黏。

　　这就是黄庭坚的两首和诗,次韵即步韵,在同样的位置用原诗同样的字来押韵,是和诗中最难的(229)。第一首联系新旧两派斗争来写,认为这种斗争不过是立场不同,并不能分清真是真非,这样看是有道理的。第二首则与王荆公诗紧密联系,把原来两诗的感慨都概括进去了。

题郑防画夹五首(其一、其二)
宋　黄庭坚

其　一

惠 崇 烟 雨 归 雁,　　　　坐 我 潇 湘 洞 庭 ,
￣　　　　　　　　　　　　　　｜　　　　　　 。
　　　　　　　　　　　　　　　　　　　　　　9

欲 唤 扁 舟 归 去。　　　　——故 人 言 是 丹 青!
　　｜　　　　　　　　　　　　￣　　　　　　　　。
　　　　　　　　　　　　　　　　　　　　　　　9

　　本韵,纯用青韵,首句不入韵,既无失对、也无失黏。

其　二

能 作 山 川 远 势,　　　　白 头 唯 有 郭 熙。
　　｜　　　　　　　　　　　　　￣　　　　　　 。
　　　　　　　　　　　　　　　　　　　　　　8

欲 写 李 成《骤 雨》,　　　　惜 无 六 幅 鹅 溪。
　　｜　　　　　　　　 失黏　　￣　　　　　　　。
　　　　　　　　　　　　　　　　　　　　　　　8

　　本韵,纯用齐韵,首句不入韵。

　　第一首题惠崇的画。第四句从前三句中跌落,描写自己身心已沉浸于幻境之中,忽听人说:这是丹青! 才悄然省悟,知道错把画境当作真境。这样写,符合杜甫题画诗的写法:从画面引出真景,又由真景返回画景,使画景与真景水乳交融,并同自己的感情发生交流。第二首题郭熙的画,前两句对郭熙的画作出精当的评价:"远势",如郭熙自己提出的山水画论"三远":高远、平远、深远;后两句具体咏赞郭熙的画,说自己也想同郭熙一样临摹另一画家李成的《骤雨图》六幅,但可惜找不到六幅好绢。把皎洁轻柔的画绢说成清澈透明的溪水,出语新奇,自然天成,意趣盎然。

蚁蝶图
宋　黄庭坚

蝴蝶双飞得意，　　　　偶然毕命网罗。

群蚁争收坠翼，　　　　策勋归去南柯。

　　本韵，纯用歌韵，首句不入韵。本诗只讲比喻，什么也不点明。作者的感情通过比喻的叙述来透露。像"偶然毕命"，写蝴蝶的死只是"偶然"陷入网罗，寄达了同情；说"双飞得意"，更显出它们的无辜。"群蚁争收坠翼"又显出策勋的可笑；"南柯"更见立功不过一梦。正因为没有点明用意，所以诗的概括意义更广些。

夏日六言
宋　陆游

溪涨清风拂面，　　　　月落繁星满天。

数只船横浦口，　　　　一声笛起山前。

　　本韵，纯用先韵，首句不入韵。这是诗人在家乡山阴（现绍兴）时作，诗中每句写一种物象或事象，综合成山阴夏夜的景色，风调颇近于小词。诗中"浦口"指河滨。本诗选自《绝句三百首》。

题米元晖潇湘图二首

宋　尤　袤

其　一

万 里 江 天 杳 霭，　　　一 村 烟 树 微 茫。
　｜　　　　　　　　　　　　　　　　　　　　　— 。
　　　　　　　　　　　　　　　　　　　　　　　　　_7

只 欠 孤 篷 听 雨，　　　恍 如 身 在 潇 湘。
　｜　　　　　　失黏　　　— 。
　　　　　　　　　　　　　　　　　　　　　　　　_7

本韵，纯用阳韵，首句不入韵。

其　二

淡 淡 晓 山 横 雾，　　　茫 茫 远 水 平 沙。
　｜　　　　　　　　　　　　　　　　　　　　　— 。
　　　　　　　　　　　　　　　　　　　　　　　　_6

安 得 绿 蓑 青 笠，　　　往 来 泛 宅 浮 家！
　｜　　　　　　失黏　　　— 。
　　　　　　　　　　　　　　　　　　　　　　　　_6

本韵，纯用麻韵，首句不入韵。

两首诗虽可相对独立，但实为紧密结合的整体。两首的结构相同，都是前两句对画中景物作客观描写，后两句是诗人看画的主观感受。两首诗珠联璧合，第一首待第二首而深，第二首须第一首而全。这确实是宋人题画诗的上选，读者也可领会到一题分章的写法。六言绝句是宋人喜欢写的诗体，本"附录一　六言诗"共选二十二首诗中，就有宋人所写十首。尤袤的这两首，是六言绝句的佳作。

题风雨竹

明　徐安生

夏 日 浑 忘 酷 暑，　　　堪 爱 酒 杯 棋 局。
　｜　　　　　　　　　　　　　｜　　　　失对
　　　　　　　　　　　　　　　　　　　λ2

何 当 风 雨 齐 来，   打 乱 几 丝 新 绿。
　| 失黏   　| ∧
　·   ∧2

　　本韵，纯用沃韵，首句不入韵。六言诗本就不多，而六言仄韵诗更少，但本诗却是一例。就内容看，这首题画诗也与常见的题画诗不同，一般来说，题画诗顾名思义应不离画面形象，而此诗前两句与画面无关，后两句虽关合画面，却将画面上实有的风雨竹形象，用表示希望的悬想之词"何当"引出，表现了诗人自己在生活中的向往追求。总之，本诗体例不拘一格，也可看出诗人独立不羁的性格特点。

尚湖即事二首
明　丁　奉

其　一

细 草 香 时 蝶 舞，   平 波 动 处 鱼 跳。
　| 　—   。
　　　　　　　　　　　　　　　　　　　　　　_2

渡 客 行 僧 日 暮，   归 云 去 鸟 天 遥。
　| 失黏   　—   。
　·   _2

映 水 明 霞 似 火，   乘 风 急 浪 如 潮。
　| 失黏   　—   。
　·   _2

游 泳 须 叟 百 里，   扁 舟 短 剑 长 萧。
　| 失黏   　—   。
　·   _2

　　本韵，纯用萧韵，首句不入韵。

其　二

绕 室 云 闲 似 我，   对 溪 山 秀 如 僧。
　| 　—   。
　　　　　　　　　　　　　　　　　　　　　　_10

住 宅 碧 筠 黄 树，   生 涯 白 藕 红 菱。

|　　　　　　　　　　失黏　　　　—　　　　—
·　　　　　　　　　　　　　　　　　　　　　。
　　　　　　　　　　　　　　　　　　　　　_10

午 市 归 农 负 担，　　　　夜 邻 返 棹 呼 灯。
|　　　　　　　　　　失黏　　　　—　　　　—
·　　　　　　　　　　　　　　　　　　　　　。
　　　　　　　　　　　　　　　　　　　　　_10

钓 弋 俱 当 此 境，　　　　野 翁 靡 所 不 能。
|　　　　　　　　　　失黏　　　　—　　　　—
·　　　　　　　　　　　　　　　　　　　　　。
　　　　　　　　　　　　　　　　　　　　　_10

　　本韵，纯用蒸韵，首句不入韵。

　　本诗中尚湖指湖及湖边村落。歌咏江苏常熟尚湖的诗很多，笔者选来自《历代名人咏常熟》的这两首诗，是因为六言诗自宋代后极为少见，故弥足珍贵。

书　愤
现代　徐特立

为 恶 既 无 恶 报，　　　　为 善 又 无 善 报；
|　　　　　　　∧　　　　|　　　　　　　∧　失对
　　　　　　　　、20　　　·　　　　　　　、20

何 必 安 分 守 己，　　　　不 做 土 匪 强 盗！
|　　　　　　　　　　　　|　　　　　　　∧　失对
　　　　　　　　　　　　·　　　　　　　、20

　　本韵，纯用号韵，首名入韵。此诗写于 1903—1904 年，作者二十六七岁时，他目睹了 1898 年戊戌变法失败，谭嗣同等"六君子"被杀，1900 年义和团惨遭八国联军镇压，并被诬为"拳匪"；而以慈禧为首的顽固派却执掌大权，为所欲为。欲拯国救民者遭恶运，而腐朽卖国者亨官运。这哪里还有什么公道？于是，书写心中满腔愤怒，表现强烈的反抗精神。

庆祝长江大桥通车
现代　吴玉章

滚 滚 长 江 东 适，　　　　一 桥 南 北 沟 通；
|　　　　　　　　　　　　—　　　　　　　—
·　　　　　　　　　　　　　　　　　　　　。
　　　　　　　　　　　　　　　　　　　　_1

天堑也能飞渡，　　　　　人力巧夺天工。
　｜　　　　　　　　　失黏　　　　｜　　　　　—失对
　　。　　　　　　　　　　　　　　　　　。
　　　　　　　　　　　　　　　　　　　　-1

　　本韵，纯用东韵，首句不入韵。武汉长江大桥于 1957 年 10 月 15 日正式通车，此诗就登在当日《人民日报》上。诗突出体现了吴老诗歌质朴刚劲，流畅自然的特点，热情洋溢，充分表达了吴老对社会主义建设伟大成就的赞美之情。

给彭德怀同志
现代　毛泽东

山高路远坑深，　　　　　大军纵横驰奔。
—　　　　　　　　　　　　　—　　　　—失对
　　。　　　　　　　　　　　•　　　　。
　-12　　　　　　　　　　　　　　　-13

谁敢横刀立马？　　　　　唯我彭大将军！
　｜　　　　　　　　　失黏　　　　｜　　　　—失对
　　。　　　　　　　　　　　　　　　　　。
　　　　　　　　　　　　　　　　　　　-12

　　通韵，侵元文同用，首句入韵。本诗依《词韵》协韵，侵韵为第十三部，元、文韵皆第六部，两部可通押；也可按现代汉语十八韵协韵，三个韵脚字皆痕韵。中央红军主力于 1935 年 10 月到达陕北吴起镇时，宁夏马鸿逵、马鸿宾的骑兵跟了上来。彭德怀率兵击败了追敌骑兵后，毛泽东写了本诗给彭，高度赞扬了他的战绩。彭阅诗后，谦逊地将末句改为"唯我英勇红军"，并将原诗送还了毛泽东。开国元帅彭德怀一生都是"横刀立马"，仗义执言，他永远活在人民的心中。到此，本书共选现代诗人毛泽东诗二十六首，其中五律一首（357），七律十五首（75、76、77、77、78、79、120、121、121、122、330、331、331、467、545），七绝七首（179、180、244、245、279、480、563），七古一首（794），杂言一首（1048），六言一首（1269）。

二、《诗经》的余晖

　　上海辞书出版社出版的六本系列鉴赏辞典：《汉魏六朝诗鉴赏辞典》、《唐诗鉴赏辞典》第一版、第二版、《宋诗鉴赏辞典》、《元明清诗鉴赏辞典》上下册以及《近现代诗词鉴赏辞典》中共收一千三百八十多位诗人的五千六百多首诗，其中 99％ 以上都能用中、近古韵，即从《广韵》到《佩文诗韵》和两个"1＋7"解读押韵，但也有三十首不能。不过，这三十首诗也能从《诗经》里找到源头，即用《诗经》的押韵根据上古韵和其他押韵方法解读。

（一）要用《诗经》的押韵根据——上古韵的诗

柏梁台诗　并序

汉　汉武帝等

汉武帝元封三年，作柏梁台，诏群臣二千石有能为七言诗，乃得上坐。

日 月 星 辰 和 四 时·之　　（皇帝）。

骖 驾 驷 马 从 梁 来·之　　（梁孝王武）。

郡 国 士 马 羽 林 材·之　　（大司马）。

总 领 天 下 诚 难 治·之　　（丞相石庆）。

和 抚 四 夷 不 易 哉·之　　（大将军卫青）！

刀 笔 之 吏 臣 执 之·之　　（御史大夫倪宽）。

撞 钟 伐 鼓 声 中 诗·之　　（太常周建德）。

宗 室 广 大 日 益 滋·之　　（宗正刘安国）。

周 卫 交 戟 禁 不 时·之　　（卫尉路博德）。

总 领 从 官 柏 梁 台·之　　（光禄勋徐自为）。

平 理 请 谳 决 嫌 疑·之　　（廷尉杜周）。

修 饬 舆 马 待 驾 来·之　　（太仆公孙贺）。

郡 国 吏 功 差 次 之·之　　（大鸿胪壶充国）。

乘 舆 御 物 主 治 之·　　（少府王温舒）。

陈 粟 万 石 扬 以 箕 之 （大司农张成）。

徼 道 宫 下 随 讨 治 之 （执金吾中尉豹）。

三 辅 盗 贼 天 下 尤 之 （左冯翊盛宣）。

盗 阻 南 山 为 民 灾 之 （右扶风李成信）。

外 家 公 主 不 可 治 之 （京兆尹）。

椒 房 率 更 领 其 材 之 （詹事陈当）。

蛮 夷 朝 贺 常 会 期 之 （典属国）。

柱 枅 欂 栌 相 扶 持 之 （大匠）。

枇 杷 橘 栗 桃 李 梅 之 （太官令）。

走 狗 逐 兔 张 罘 罳 之 （上林令）。

啮 妃 女 唇 甘 如 饴 之 （郭舍人）。

迫 窘 诘 屈 几 穷 哉 （东方朔）！

　　本诗选自上海涵芬楼借常熟瞿氏铁琴铜剑楼藏宋刊本影印《古文苑》卷八，第十七句末字原为"危"，现据《艺文类聚》卷五十六《杂文部二·诗》作"尤"。本诗内容一般，但在诗歌史上很有价值，是"柏梁体"之源。若依中、近古韵，诗中"来"、"材"、"哉"、"台"、"灾"、"梅"六字为灰韵，"尤"为尤韵，其余字为支韵，就不是一韵到底的"柏梁体"了；现依上古韵，所有韵脚字皆之部，就是一韵到底的"柏梁体"。（第十七句末字：若用"危"，为上古韵支部，就不是一韵到底，现用"尤"，为上古韵之部，就是一韵到底；再从内容上看，用"尤"字也比用"危"字好，符合汉武帝时社会实际状况，盗贼是"尤"，但还未达"危"的程度。）

别　歌

汉　李　陵

径万里兮度沙漠，　　　　　为君将兮奋匈奴。
　　　　铎 ak　　　　　　　　　　　　　鱼 a

路穷绝兮矢刃摧，　　　　　士众灭兮名已隤，
　　　　微　　　　　　　　　　　　　　　微

老母已死虽欲报恩将安归！
　　　　　　　　　　微

　　若依中、近古韵："漠"为药韵，"奴"为虞韵，"摧"与"隤"皆灰韵，"归"为微韵，这样"奴"便不能入韵。现依上古韵：转韵夹通韵，铎鱼通韵(2，铎鱼同类且元音相同而通韵)→微(3)，首句及转韵第一句皆入韵，首韵为促起式，后三句为三韵联，仅末句为独立句。这是李陵送别苏武的悲歌。其奋击匈奴的壮怀，终因晚节不终，化为歌断异域的不尽悔恨和悲哀。这样的悲剧，正可令持节不谨、心存侥幸者引以为鉴。

巫山高

汉乐府　铙歌

巫山高，高以大；　　　　　淮水深，难以逝。
　　　　　月　　　　　　　　　　　　　月

我欲东归，害梁不为？我集无高曳，水何汤汤回回。
　　　微 əi　　　　歌 ai　　　　　　　　　　　　微

临水远望，泣下沾衣。远道之人心思归，谓之何！
　　　　　微　　　　　　　　　　微 əi　　歌 ai

　　若依中、近古韵："大"为箇韵，"逝"为霁韵、"归"与"衣"为微韵，"为"为支韵，"深"为侵韵，"何"为歌韵，这样，"逝"与"何"都不能入韵。现依上古韵：转韵夹合韵，月(4)→微歌合韵(2，微歌皆阴声且韵尾相同而合韵)→微(4)→微歌合韵(2)，首句不入韵，转韵第一句一不入韵二入韵，末韵为促收式。《巫山高》是汉鼓吹铙歌十八曲歌辞之一。这是游子怀乡的诗。怀乡而欲归不得，阻山隔水于是感极下涕。感情的抒发如直接从胸中流出，不见用力，却字字有斤两，形成本诗古朴真挚的风格。

江　南

汉乐府

江　南　可　采　莲，　　　　　莲　叶　何　田　田。
　　　　　　　　•
　　　　　　元 an　　　　　　　　　　　　　　真 en

鱼　戏　莲　叶　间：
　　　　　　　•
　　　　　　元 an

鱼　戏　莲　叶　东，　　　　　鱼　戏　莲　叶　西，
　　　　　　　　　　　　　　　　　　　　　　•
　　　　　　　　　　　　　　　　　　　　脂 ei

鱼　戏　莲　叶　南，　　　　　鱼　戏　莲　叶　北。
　　　　　　•　　　　　　　　　　　　　　　　•
　　　　侵 əm　　　　　　　　　　　　　　职 ək

　　若依中、近古韵，"莲""田"皆先韵，"间"为删韵，"东"为东韵，"西"为齐韵，"南"为覃韵，"北"为职韵，这样"东"、"西"、"南"、"北"都不能入韵。现依上古韵：转韵、夹合韵：真元脂合韵(5，真元皆阳声且韵尾相同可合韵、真脂同类且元音相同可通韵，这种三韵合韵的特例在诗经里也是有的，《韵读》第 296 页有《小雅·采薇》中的微脂质合韵)→侵职合韵(2，侵职元音相同而合韵)，首句及转韵第一句皆入韵，第三句为后联出句不入韵之畸零句。这首乐府民歌极简单稚拙，无特别高的艺术造诣。但是，为什么它令后人赞叹不已呢？就在于它是天际触发的结果，是人的美感本能的自然流露。后代《采莲曲》、《江南弄》(1057、1057)等，都是本诗的流变。

悲　歌

汉乐府

悲　歌　可　以　当　泣，　　　远　望　可　以　当　归。
　　　　　　　　　　　　　　　　　　　　　　　　•
　　　　　　　　　　　　　　　　　　　　　　微

思　念　故　乡，　　　　　　　郁　郁　累　累。
　　　　　　　　　　　　　　　　　　　•
　　　　　　　　　　　　　　　　　　微

欲　归　家　无　人，　　　　　欲　渡　河　无　船。
　　　　　　　　　　　　　　　　　　　　　　•
　　　　　　　　　　　　　　　　　　　　元

心　思　不　能　言，　　　　　肠　中　车　轮　转。
　　　　　　　　　　　　　　　　　　　　　　•
　　　　　　　　　　　　　　　　　　　　元

　　若依中、近古韵："归"为微韵，"累"为纸韵，"船"为先韵，又"乡"为阳韵，"泣"为缉韵，这样"泣"、"乡"、"归"、"累"四字都不能入韵。现依上古韵：转韵，微(4)→元

（4），首句及转韵第一句皆不入韵。本诗直写游子思乡不得归的悲哀，既不写景，也不叙事，只是肺腑之言、真挚之情感人。

孔雀东南飞（句选）
汉　无名氏

孔雀东南飞，　　　　五里一徘徊。
　　·微　　　　　　　　　·微

"十三能织素，　　　　十四学裁衣，
　　　　　　　　　　　　　　·微

十五弹箜篌，　　　　十六诵诗书。
　　·侯o　　　　　　　　　　·鱼a

十七为君妇，　　　　心中常苦悲。
　　　　　　　　　　　　　　·微 əi

君既为府吏，　　　　守节情不移。
　　　　　　　　　　　　　　·歌 ai

贱妾留空房，　　　　相见常日稀。
　　　　　　　　　　　　　　·微 ai

……

指如削葱根，　　　　口如含朱丹。
　　　　　　　　　　　　　　·元 an

纤纤作细步，　　　　精妙世无双。
　　　　　　　　　　　　　　·东 ong

上堂谢阿母，　　　　母听去不止：

……

两家求合葬，　　　　合葬华山傍。
　　　　　　　　　　　　　　·阳 ang

东西植松柏，　　　　左右种梧桐。
　　　　　　　　　　　　　　·东 ong

枝枝相覆盖，　　　　叶叶相交通。
　　　　　　　　　　　　　　·东 ong

中 有 双 飞 鸟，	自 命 为 鸳 鸯； 　　　　　　阳 ang
仰 头 相 向 鸣，	夜 夜 达 五 更。 　　　　　　阳 ang
行 人 驻 足 听，	寡 妇 起 彷 徨。 　　　　　　阳 ang
多 谢 后 世 人，	戒 之 慎 忽 忘！ 　　　　　　阳 ang

若依中、近古韵："双"为江韵，"丹"为寒韵，"步"为遇韵，"止"为纸韵，这样，"双"便不能入韵；这种情况，在《孔雀东南飞》中有十多句。现依上古韵：转韵夹合韵，微(4)→侯鱼合韵(2，侯鱼皆阴声且元音相近而合韵)→微歌合韵(6，微歌皆阴声且韵尾相同而合韵)→……元东合韵(4，元东皆阳声而合韵)→……阳东合韵(14，阳东皆阳声且韵尾相同而合韵)。本诗又名《古诗为焦仲卿妻作　并序》，前有小序。从序文看，刘兰芝和焦仲卿实有其人，或有生活原型。《孔雀东南飞》始见于陈朝徐陵所编之《玉台新咏》，全诗三百五十七句，共一千七百八十五字，是我国第一首长篇叙事诗。该诗的重大思想价值在于：它在中国封建社会的早期，就形象地用刘兰芝、焦仲卿两人殉情而死的家庭悲剧，深刻揭露了封建礼教的吃人本质，热情歌颂了刘兰芝、焦仲卿夫妇忠于爱情、反抗压迫的叛逆精神，直接寄托了人民群众对爱情婚姻自由的热烈向往。此诗比兴手法和浪漫色彩的运用，对形象的塑造起了非常重要的作用。诗篇开头，"孔雀东南飞，五里一徘徊"是"兴"的手法，用以兴起刘、焦彼此顾恋之情，营造了全篇的气氛，是一个极妙的开篇。最后一段，在刘、焦合葬的墓地，松柏、梧桐枝枝叶叶覆盖相交，鸳鸯在其中双双日夕和鸣、通宵达旦，这既象征了刘、焦夫妇爱情的不朽，又象征了他们永恒的悲愤与控告。由现实的双双合葬的形象，到象征永恒的爱情与幸福的松柏、鸳鸯的形象，表现了人民群众对未来自由幸福必然到来的信念，这是刘焦形象的浪漫主义发展，闪现出无比灿烂的理想光辉，使全诗起了质的飞跃。这与传统戏剧《梁山伯与祝英台》中最后梁、祝化蝶的结局，前后确有异曲同工之妙。

古诗·上山采靡芜

汉　无名氏

上 山 采 靡 芜，	下 山 逢 故 夫。 　　鱼 a
鱼 a	
长 跪 问 故 夫：	"新 人 复 何 如？"

　　　　　　　　　鱼 a　　　　　　　　　　　　鱼 a
　　"新 人 虽 言 好，　　　　　未 若 故 人 姝。
　　　　　　　　　　　　　　　　　　　　　　侯 o
　　颜 色 类 相 似，　　　　　手 爪 不 相 如。"
　　　　　　　　　　　　　　　　　　　　　　鱼 a
　　"新 人 从 门 入，　　　　　故 人 从 阁 去。"
　　　　　　　　　　　　　　　　　　　　　　鱼 a
　　"新 人 工 织 缣，　　　　　故 人 工 织 素。
　　　　　　　　　　　　　　　　　　　　　　鱼
　　织 缣 日 一 匹，　　　　　织 素 五 丈 余。
　　　　　　　　　　　　　　　　　　　　　　鱼
　　将 缣 来 比 素，　　　　　新 人 不 如 故。"
　　　　　　　　鱼 a　　　　　　　　　　　　鱼 a

　　若依中、近古韵，"余"为鱼韵，"素"、"故"皆遇韵，"匹"为质韵，这样"余"就不能入韵。现依上古韵：合韵，鱼中杂侯（鱼侯皆阴声又元音相近而合韵），首句入韵，"长跪"与"新人"、"将缣"与"新人"皆两句一联之独立句。本诗截取了生活中的一个巧遇场面，采用对话的方式来揭示一对离异之后的夫妇的心理状态和各自的感受，从而鞭挞了喜新厌旧者的灵魂，批判了不合理的封建夫权。

赠蔡子笃

魏　王　粲

　　翼 翼 飞 鸾，载 飞 载 东。　　　我 友 云 徂，言 戾 旧 邦。
　　　　　　　　　　　　　　东　　　　　　　　　　　　　　东
　　舫 舟 翩 翩，以 溯 大 江。　　　蔚 矣 荒 涂，时 行 靡 通。
　　　　　　　　　　　　　　东　　　　　　　　　　　　　　东
　　慨 我 怀 慕，君 子 所 同。　　　悠 悠 世 路，乱 离 多 阻。
　　　　　　　　　　　　　　东　　　　　　　　　　　　　　鱼
　　济 岱 江 衡，邈 焉 异 处。　　　风 流 云 散，一 别 如 雨。
　　　　　　　　　　　　　　鱼　　　　　　　　　　　　　　鱼
　　人 生 实 难，愿 其 弗 与。　　　瞻 望 遐 路，允 企 伊 仁。
　　　　　　　　　　　　　　鱼　　　　　　　　　　　　　　鱼
　　烈 烈 冬 日，肃 肃 凄 风。　　　潜 鳞 在 渊，归 雁 载 轩。

侵 əm　　　　　　　　　　　　　　　　元 an

苟 非 鸿 雕 ， 孰 能 飞 翻。　　　虽 则 追 慕 ， 予 思 罔 宣。
　　　　　　　　　·　元 an　　　　　　　　　　　·　元 an
瞻 望 东 路 ， 惨 怆 增 叹。　　　率 彼 江 流 ， 爰 逝 靡 期。
　　　　　　　　　·　元 an　　　　　　　　　　　·　之
君 子 信 誓 ， 不 迁 于 时。　　　及 子 同 寮 ， 生 死 固 之。
　　　　　　　　　·　之　　　　　　　　　　　　·　之
何 以 赠 行 ， 言 授 斯 诗。　　　中 心 孔 悼 ， 涕 泪 涟 洏。
　　　　　　　　　·　之　　　　　　　　　　　　·　之
嗟 尔 君 子 ， 如 何 勿 思。
　　·　　　　　　·　之

　　若依中、近古韵:"风"为东韵,"伫"为语韵,"轩"为元韵,"日"为质韵,这样"风"便不能入韵。现依上古韵:转韵夹合韵:东(10)→鱼(10)→侵元合韵(10,侵元皆阳声而合韵)→之(12),首句及转韵第一句皆不入韵,"嗟尔"与"如何"为两句一联之独立句。王粲避难荆州时,友人蔡子笃回故里,他作此诗赠之。这首诗在惜别的伤感中注入了深厚的情谊,寄寓了诚挚的友谊,写得古朴典雅,深得《雅》诗之致。

广陵观兵
魏　曹丕

观 兵 临 江 水 ，　　水 流 何 汤 汤。
　　　　　　　　　　　　　　　·　阳
戈 矛 成 山 林 ，　　玄 甲 耀 日 光。
　　　　　　　　　　　　　　　·　阳
猛 将 怀 暴 怒 ，　　胆 气 正 纵 横。
　　　　　　　　　　　　　　　·　阳
谁 云 江 水 广？　　一 苇 可 以 航。
　　　　　　　　　　　　　　　·　阳
不 战 屈 敌 虏 ，　　戢 兵 称 贤 良。
　　　　　　　　　　　　　　　·　阳
古 公 宅 岐 邑 ，　　实 始 剪 殷 商。
　　　　　　　　　　　　　　　·　阳
孟 献 营 虎 牢 ，　　郑 人 俱 稽 颡。
　　　　　　　　　　　　　　　·

充国务耕殖，　　先零自破亡。阳

兴农淮泗间，　　筑室都徐方。阳

量宜运权略，　　六军咸悦康。阳

岂如《东山》诗，　　悠悠多忧伤！阳

　　若依中、近古韵："颡"为养韵，"商"、"亡"皆阳韵，"牢"为豪韵，这样"颡"便不能入韵。现依上古韵：本韵，纯用阳韵，首句不入韵。曹丕之诗，素以"清绮"、"轻俊"闻世，这大概与他较爱写游子、思妇、男女之情的题材有关。但当他将目光转向戎马、军旅生活时，亦有雄壮之辞，显示出乃父之风。本首写阅兵的诗，就是一例。写景抒情，局面开阔，气象宏壮；运笔之间，纵擒抑扬，跌宕有致，雄壮而充满自信。

秦女休行
魏　左延年

始出上西门，　　遥望秦氏庐。鱼 a

秦氏有好女，　　自名为女休。幽 u

休年十四五，　　为宗行报仇。幽

左执白杨刃，　　右据宛鲁矛。幽

仇家便东南，　　仆僵秦女休。幽

女休西上山，　　上山四五里之辞：幽 之

关吏呵问女休，　　女休前置辞：之

"生为燕王妇，　　今为诏狱囚。

平　生　衣　参　差　，　　　　　　当　今　无　领　襦　。
　　　　　　　　　　　　　　　　　　　　　　　幽　u

　　　　　　　　　　　　　　　　　　　　　　　侯　o

明　知　杀　人　当　死　，　兄　言　怏　怏　，　弟　言　无　道　忧　。
　　　　　　　　　　　　　　　　　　　　　　　　　　幽　u

女　休　坚　词　为　宗　报　仇　，　死　不　疑　。”
　　　　　　　　　　　　　　　　　　　之　ə

杀　人　都　市　中　，　　　　　　徼　我　都　巷　西　。
　　　　　　　　　　　　　　　　　　　　　　　脂　ei

丞　卿　罗　列　东　向　坐　，　　　女　休　凄　凄　曳　梏　前　。
　　　　　　　　　　　　　　　　　　　　　　　元　an

两　徒　夹　我　持　刀　，　　　　　刀　五　尺　余　。
　　　　　　　　　　　　　　　　　　　　　　　鱼

刀　未　下　，　　　　　　　　　　朣　胧　击　鼓　赦　书　下　。
　　　　　　　　　　　　　　　　　　　　　　　鱼

　　若依中、近古韵:"里"为纸韵,"休"为尤韵,"辞"为支韵,"山"为删韵,这样"里"便不能入韵。现依上古韵:转韵夹合韵,鱼幽合韵(4,鱼幽皆阴声且元音相近而合韵)→幽(6)→之(4)→幽侯合韵(4,幽侯皆阴声且元音相近而合韵)→幽之合韵(5,幽之皆阴声且元音相近而合韵)→脂元合韵(4,这种声、类、元音、韵尾皆不同的合韵是罕见的,《诗经·邶风·新台》中就有脂元旁对转合韵,见《韵读》第30页、第160页)→鱼(4),首句及转韵第一句皆不入韵,"明知"、"兄言"与"弟言"为三句一韵联。这是一首描述女子豪雄事迹的故事诗,与后世晋代傅玄、唐代李白的拟作比较,本诗叙事简洁,真情动人。

秋暮遣怀

清　陶宗亮

人　生　天　地　一　叶　萍　，　　　利　名　役　役　三　秋　草　；
　　　　　　　　　　　　　　　　　　　　　　　幽

秋　草　能　为　春　草　新　，　　　苍　颜　难　换　朱　颜　好　。
　　　　　　　　　　　　　　　　　　　　　　　幽

篱　前　黄　菊　未　花　开　，　　　寂　寞　清　樽　冷　怀　抱　；
　　　　　　　　　　　　　　　　　　　　　　　幽

秋雨秋风愁煞人，　　　　　寒宵独坐心如捣。
　　　　　　　　　　　　　　　　　　　　·幽

出门拔剑壮盘游，　　　　　霜华拂处尘氛扫；
　　　　　·幽　　　　　　　　　　　　　　·幽

朝凌五岳暮三洲，　　　　　人世风波岂能保。
　　　　　·洲　　　　　　　　　　　　　　·幽
　　　　　·幽

不如归去卧槽邱，　　　　　老死蓬蒿事幽诗。
　　　　　·之　　　　　　　　　　　　　　·之

　　若依中、近古韵："诗"为支韵，"保"为皓韵，"邱"为尤韵，这样"诗"便不能入韵。现依上古韵：转韵，幽(12)→之(2)，首句不入韵，转韵第一句入韵，之韵为促收式，"出门"与"霜华"、"朝凌"与"人世"皆两句一联之独立句。上面所引十首诗皆汉魏时代（公元前 206 至公元 265 年），距《诗经》产生年代（公元前十一世纪至前五世纪）还不算太远；而本诗作者陶宗亮（1763－1855）是中、晚清人，就是说，在《诗经》成书差不多二千五百年之后，本诗居然还要用《诗经》的押韵根据——上古韵，才能完全解读。这好比是生物学里的"返祖现象"了，也说明《诗经》的影响是多么久远。本诗表现一个隐于野的旧时代知识分子节高品洁，鄙视流俗，不满现实，因有所追求，而宏图难展，壮志未酬的怨愤情怀。诗中"秋雨秋风愁煞人"一句，曾被秋瑾引作就义前、临刑时的"供词"而闻名于世；世人因此将其看作秋瑾的《绝命词》而把它作为断句辑入《秋瑾集》中，并由此取义，将修建于绍兴轩亭口的秋瑾烈士纪念亭，名曰"风雨亭"。

杂感（之一）
现代　于右任

柳下爱祖国，　　　　　仲连耻帝秦。
　　　　　　　　　　　　　　　　·真

子房抱国难，　　　　　椎秦气无伦。
　　　　　　　　　　　　　　　　·文

报仇侠儿志，　　　　　报国烈士身。
　　　　　　　　　　　　　　　　·真

寰宇独立史，　　　　　读之泪盈中。
　　　　　　　　　　　　　　　　·冬

逝者如斯夫，　　　　　哀此亡国民。
　　　　　　　　　　　　　　　　·

真

　　若依中、近古韵："中"为东韵，"身"、"民"皆真韵，"史"为纸韵，"中"便不能入韵。现依上古韵："秦"、"身"、"民"皆真部，"伦"为文部，"中"为冬部，三部皆阳声而合韵。若依现代汉语，"秦"、"伦"、"身"、"民"皆痕韵，"中"为东韵，"中"也不能入韵。收录于《右任诗集》首篇的本诗，青年于右任回顾中华五千年历史，热情讴歌了维护自己国家利益的柳下惠、鲁仲连、张子房，倾吐了自己报国救民，追求国家独立、民族解放的强烈誓愿。

青　松

现代　陈　毅

大 雪 压 青 松，　　　　　青 松 挺 且 直。
　　　　　　　　　　　　　　　　　　　　·
　　　　　　　　　　　　　　　　　　　　职 ǝk

要 知 松 高 洁，　　　　　待 到 雪 化 时。
　　　　　　　　　　　　　　　　　　　　·
　　　　　　　　　　　　　　　　　　　　之 ǝ

　　若依中、近古韵："松"为冬韵，"直"为职韵，"洁"为屑韵，"时"为支韵，四字皆不能协韵。现依上古韵："直"为职部 ǝk，"时"为之部 ǝ，两部同类且元音相同而通韵。也可依现代汉语十八韵协韵，"直"、"时"皆支韵。这首咏物诗，篇幅虽小，却韵味隽永，寓意深厚，富于哲理。诗作于 1960 年冬，正是我国处于最困难之际。国内国民经济由于主客观原因遭到了严重破坏，国际上"帝修反"又加紧反华大合唱。面对这些困难，陈毅借《青松》来展露自己的心迹。本诗中，青松不再是文人墨客一再吟颂的文人志士的象征，而是顽强刚毅的中国人民的化身。我们不仅明白雪终究要化的，它虽摧残了许多生灵，但青松却凭自己的顽强挺了过来这一真理；同时还看到了一颗为我国革命、建设所奉献出的赤诚的心。陈毅爱青松、赞青松，他自己也如这巍巍青松，不管在什么艰难困阻中都傲然挺立！本首和上首这两首现代人写的诗居然可用《诗经》的押韵根据——上古韵来解读，可见《诗经》的影响多么深远，《诗经》不仅影响到现代、当代，还将一直影响将来……

（二）要用《诗经》的特殊押韵方法的诗

　　上面十三首诗虽然押韵根据需要上古韵，但押韵方法可以用汉起古体诗的"1＋7"；也有一些诗，正好相反，押韵根据可用中、近古韵，但押韵方法却不能仅用汉起古体诗的"1＋7"，还要用《诗经》其他的一些特殊的押韵方法，这些方法除前面第十八章已介绍过的富韵、交韵外，还要用到抱韵。以下所选三首诗分别用到富韵、交韵、抱韵。

　　所谓抱韵,《韵读》第 68 页有:"抱韵也是四句两韵,但是第一句与第四句押韵,第二句与第三句押韵。抱韵可以细分为两类:一类是纯抱韵,即上述的形式;另一类是准抱韵,这类或者是六句两韵,或者是第二句起韵。"在《韵读》第 336 页还有实例,《大雅·抑》中有八句四韵脚的耕抱幽宵合韵,即该韵八句,第二、四、六、八共四句为韵,第二、八两句为耕韵,第四句为幽韵,第六句为宵韵,故为耕抱幽宵合韵,是准抱韵的又一种形式,等等。

五 噫 歌
汉　梁 鸿

　　陟 彼 北 芒 兮 ， 噫！　　　　顾 览 帝 京 兮 ， 噫！
　　　　　　　_7　　　　　　　　　　　　　　　　_8

　　宫 室 崔 巍 兮 ， 噫！　　　　人 之 劬 劳 兮 ， 噫！

辽 辽 未 央 兮 ， 噫！
　　　　　　_7

　　"芒"、"央"为阳韵,"京"为庚韵,故本诗依《古音辩》协韵,是本书所引用《古音辩》协韵年代最早的诗,首句入韵,后三句为三句一韵联,本诗为富韵的又一种形式,韵脚字在每句倒数第三字上。本诗作者是典故"举案齐眉"的主人公孟光的丈夫梁鸿,全诗简朴、单纯,内容却很丰实。每句句尾本来已有感叹词"兮",诗人偏偏还要加一"噫"字。这在骚体中,可谓见所未见之创格。而恰恰是这五个"噫"字,如峰峦之拔起于群山、涛浪之涌腾于众水,将平平的叙唱,化作怫郁直上的啸叹,具有了更加强烈的情感撞击力,矛头直指口称"节俭",实际大兴宫室、穷奢极侈的汉章帝。

饮马长城窟行
魏　陈 琳

　　饮 马 长 城 窟 ，　　　　　　水 寒 伤 马 骨 。
　　　　　　　λ6　　　　　　　　　　　　　　　λ6

　　往 谓 长 城 吏：　　　　　　"慎 莫 稽 留 太 原 卒！"
　　　　　　　　　　　　　　　　　　　　　　　　　λ6

"官作自有程，　　　　　举筑谐汝声！"

"男儿宁当格斗死，　　　何能怫郁筑长城！"

长城何连连，　　　　　连连三千里。

边城多健少，　　　　　内舍多寡妇。

作书与内舍：　　　　　"便嫁莫留住。

善事新姑嫜，　　　　　时时念我故夫子。"

报书往边地：　　　　　"君今出语一何鄙！

"身在祸难中，　　　　　何为稽留他家子？

生男慎莫举，　　　　　生女哺用脯。

君独不见长城下，　　　死人骸骨相撑拄？"

"结发行事君，　　　　　慊慊心意关。

明知边地苦，　　　　　贱妾何能久自全！"

转韵、夹通韵、又上去通押，月(4)→庚(4)→纸抱遇韵(8，这就是八句四韵的准抱韵，是《诗经》的特殊押韵方法之一)→纸真同用(4)→麌语同用(4)→文删先同用(4)，首句入韵，转韵第一句四入韵一不入韵，平仄相间三处，以仄承仄二处。秦王朝驱使千万名役卒修筑万里长城，残酷而无节制，使无数民众被折磨致死。这段历史，曾激起后代许多诗人的愤慨和感伤。而直接描摹写长城造成民间痛苦的诗篇，本诗是现有作品中最早的一首。诗中塑造了远在边地筑长城的役卒与家中妻子这两个栩栩如生的人物形象，通过他俩富有个性化的语言，表达了百姓对于繁重徭役的满腔悲愤。

三湘棹歌·沅湘

近代　魏　源

是落叶耶是红雨？　　　　潇潇瑟瑟打窗户。

一更两更三更雨，　　　　如听《离骚》二十五。

渔翁家住桃源曲，　　　　江水一年香一度。

江碧不如村酒渌，　　　　女儿每被桃花妒。

东风飘出五溪里，　　　　流到湖边舟不止，

隔烟呼人问矶沚。

　　洞庭春涨水连天，　　　　远岸青山欲上船，

江空月落舟茫然。

　　转韵，麌(4)→沃交遇韵(4)→纸(3)→先(3)，首句及转韵第一句皆入韵，平仄相间一处，以仄承仄二处，"一更"与"如听"为两句一联之独立句，"东风"、"流到"与"隔烟"和"洞庭"、"远岸"与"江空"为两组三韵联，皆末句为独立句。这作为近代诗人魏源(1794－1857)的本诗，竟然用到《诗经》的又一特殊押韵方式——交韵，不能不说是又一"返祖"现象；《诗经》的影响真是深远啊！本诗同作者的写资湘、蒸湘两篇一样，均为怀乡之作，表现出他对家乡的深厚感情。

(三)既要用《诗经》的押韵根据——上古韵，又要用《诗经》的特殊押韵方法的诗

耕 田 歌

汉　刘　章

深耕概种，立苗欲疏；　　　非其种者，锄而去之！
　　　　　　　　鱼　　　　　　　　　　　　　　　鱼

　　若依中、近古韵,"疏"为鱼韵,"之"为支韵,不能协韵。现依上古韵:本韵,纯用鱼韵,首句不入韵,且用"去"与"疏"协韵,"去"为富韵的一种。仅从字面上看,本诗纯粹是讲耕种之道的"田家语"而已;但从产生的背景和作者传奇式的经历来看,这是一首巧妙的政治诗。它的作者,也不是寻常的田家父母,而是在平定"诸吕之乱"中,勇斩梁王吕产,为政归汉家而建立了卓著功勋的城阳王刘章。

绝命辞

汉　息夫躬

玄雲泱郁将安归兮,	鹰隼横厉鸾徘徊兮。
归·微	徊·微
赠若浮燄动则机兮,	丛棘栈栈曷可栖兮。
机·微 ie	栖·脂 ei
发忠忘身自绕罔兮,	宛颈折翼庸得往兮。
罔·阳	往·阳
涕泣兮萑兰,	心结愲兮伤肝。
兰·元	肝·元
虹蜺曜兮日微,	孳苓冥兮未开。
微·微	开·微
痛入天兮鸣謼,	冤际绝兮谁语?
謼·鱼	语·鱼
仰天光兮自列,	招上帝兮我察。
列·月	察·月
秋风为我唫,	浮云为我阴。
唫·侵	阴·侵
嗟若是兮欲何留,	抚神龙兮揽其须。
留·幽 u	须·侯 o
游旷迥兮反亡期,	雄失据兮世我思。
期·之	思·之

　　若用中、近古韵:"语"为语韵,"开"为灰韵,"察"为黠韵,"謼"("呼"的古字)为虞韵,这样"语"便不能入韵。现依上古韵:转韵夹合韵:微(2)→微脂合韵(2,微脂皆阴声且韵尾相同而合韵)→阳(2)→元(2)→微(2)→鱼(2)→月(2)→侵(2)→幽侯合韵(2,幽侯皆阴声且元音相近而合韵)→之(2),本诗为皆两句一韵的短韵体,

前六句韵脚皆为富韵。本诗是作者在备受周围攻击时发出的呼号，表现了他对黑暗现实的激烈抗争，对于汉王朝至死不渝的忠诚以及不被理解的深沉痛苦。

有所思

汉乐府　铙歌

有所思，　　　　　　　　　　乃在大海南。
　　　　　　　　　　　　　　　　　　侵 əm

何用问遗君？
　　　·文 ne

双珠瑇瑁簪，　　　　　　　　用玉绍缭之。
　·侵　　　　　　　　　　　　　　　·宵

闻君有他心，　　　　　　　　拉杂摧烧之。
　　　　·侵　　　　　　　　　　　　·宵

催烧之，当风扬其灰。　　　　从今以往，勿复相思！
　　　　　　　·微 iə　　　　　　　　　　　　·之 ə

相思与君绝！鸡鸣狗吠，兄嫂当知之。
　　　　　　　　　　　　　　　·支

妃呼狶！秋风肃肃晨风飔，东方须臾高知之。
　　　　　　　　　　　　　　　　　　·支

　　若用中、近古韵，"南"为覃韵，"君"为文韵，"之"、"思"皆支韵，这样"南"、"君"皆不能入韵。现依上古韵，转韵夹合韵，侵文合韵（3，侵文皆阳声且元音相同而合韵）→侵交宵韵（4）→微之合韵（4，微之皆阴声且元音相同而合韵）→支（6），首句不入韵，转韵第一句一入韵二不入韵，"缭"、"烧"、"知"、"知"四韵字皆富韵，"何用"为前联出句不入韵之畸零句，"相思"、"鸡鸣"与"兄嫂"以及"妃呼"、"秋风"与"东方"为两组三句一韵联。本诗用第一人称，表现一位女子在遭到爱情波折前后的复杂情绪，描写了热恋、失恋、眷恋的心理三部曲。

上 陵

汉乐府　铙歌

　　上陵何美美，　　　　　　下津风以寒。
　　　　　　　　　　　　　　　　·元 an

问 客 从 何 来？	言 从 水 中 央。 　　　　　　　　　・阳 ang
桂 树 为 君 船， 　　　　　　・元	青 丝 为 君 笮。 　　　　　　・铎 ak
木 兰 为 君 櫂， 　　　　　・药 ôk	黄 金 错 其 间。 　　　　　　・元
沧 海 之 雀 赤 翅 鸿，	白 雁 随。 　　　・歌 ai
山 林 乍 开 乍 合，	曾 不 知 日 月 明。 　　　　　　　・阳 ang
醴 泉 之 水， 　　　・微 ie	光 泽 何 蔚 蔚。 　　　　・物 ət
芝 为 车，龙 为 马。 　　・鱼　　　　・鱼	览 遨 游，四 海 外。 　　　　　　・月
甘 露 初 二 年， 　　　　・真 en	芝 生 铜 池 中。 　　　　・侵 əm
仙 人 下 来 饮，	延 寿 千 万 岁。 　　　　　・月

　　若用中、近古韵："寒"为寒韵，"央"为阳韵，"美"为纸韵，这样，"寒"便不能入韵。现用上古韵：转韵夹合韵通韵，元阳合韵（4，元阳皆阳声且元音相同的合韵）→元抱铎药合韵（4，铎药皆入声且韵尾相同而合韵）→歌阳合韵（4，歌阳元音相同而合韵）→微物通韵（2，微物同类且元音相同而通韵）→鱼（2）→月抱真侵合韵（6，"中"在《诗经》里属侵部，当时冬部尚未分化出来，真侵皆阳声而合韵），本诗的抱韵有两种，元抱铎药合韵为四句四韵脚的纯抱韵，月抱真侵合韵是六句四韵脚的准抱韵。"上陵"即"上林"，为汉天子的著名游猎之苑。司马相如有《上林赋》，夸陈上林苑的巨丽。本诗则唱叹仙人降赐祥瑞的奇迹，其想象之缤纷多姿，情景之奇异动人，确实是一首咏仙诗歌之佳作。

东门行
汉乐府

出 东 门，不 顾 归。 　　　　　　・微	来 入 门，怅 欲 悲。 　　　　　　・微

盎 中 无 斗 米 储 ，　　　　还 视 架 上 无 悬 衣 。
　　　　　　　　　　　　　　　　　　　　　　　·微

拔 剑 东 门 去 ，　　　　　　舍 中 儿 母 牵 衣
　　　　　　　　　　　　　　　　　　　　　　啼 ： ·支

"他 家 但 愿 富 贵 ，　　　　贱 妾 与 君 共 餔 糜 。
　　　　　　　　　　　　　　　　　　　　　·歌 ai

上 用 仓 浪 天 故 ，　　　　下 当 用 此 黄 口 儿 。
　　　　　　　　　　　　　　　　　　　　　　　　·支

今 时 清 ，　　　　　　　　不 可 为 非 。"
　·微 ə

"咄 ！ 行 ！ 吾 去 为 迟 ！ 白 发 时 下 难 久 居 。"
　·阳 ang　　　　　　　　　　　　　　　　·鱼 a

　　若用中、近古韵："居"为鱼韵，"行"为庚韵，"迟"为支韵，这样"居"便不能入韵。现依上古韵：转韵夹合韵、通韵，微（6）→支交歌微合韵（8，歌微皆阴声且韵尾相同而合韵）→阳鱼通韵（4，阳鱼同类、同元音而通韵），首句及转韵第一句皆不入韵，本诗中交韵是八句四韵脚的准交韵，是交韵的又一种形式。本诗写一个为穷困所迫、铤而走险的人，充分揭露了汉代社会的黑暗现实。

乌生八九子

汉乐府

乌 生 八 九 子 ，　　　　　端 坐 秦 氏 桂 树 间 。 唶 我 ！
　　　　　　　　　　　　　　　　　　　　　·元

秦 氏 家 有 遨 游 荡 子 ，　　工 用 睢 阳 强 、苏 合 弹 。
　　　　　　　　　　　　　　　　　　　　　　　　·元

左 手 持 强 弹 两 丸 ，　　　出 入 乌 东 西 。 唶 我 ！
　　　　　　　　　　　　　　　　　　·脂 ei

一 丸 即 发 中 乌 身 ，　　　乌 死 魂 魄 飞 扬 上 天 。
　　　　　　　　　　　　　　　　　　　　　　　·真 en

阿 母 生 乌 子 时 ，　　　　乃 在 南 山 岩 石 间 。 唶 我 ！
　　　　　　　　　　　　　　　　　　　　　·元

人 民 安 知 乌 子 处 ？　　　蹊 径 窈 窕 安 从 通 ？
　　　　　　　　　　　　　　　　　　　　　　　·东 ong

白鹿乃在上林西苑中，　　　　　　射工尚复得白鹿脯。嗟我！
　　　　　　　　　　　　　　　　　　　　　　　　　　鱼·

黄鹄摩天极高飞，　　　　　　　　后宫尚复得烹煮之。
　　　　　　　　　　　　　　　　　　　　　　　　鱼·

鲤鱼乃在洛水深渊中，　　　　　　钓竿尚得鲤鱼口。嗟我！
　　　　　　　　　　　　　　　　　　　　　　　　侯·　。

人民生，各各有寿命，死生何须复道前后！
　　　　　　　　　　　　　　　　　　　　　侯·　。

　　若用中、近古韵："西"为齐韵，"弹"为翰韵，"天"为先韵，"丸"为寒韵，这样"西"便不能入韵。现依上古韵：转韵夹通韵，元抱脂真通韵（10，脂真同类且元音相同而通韵）→东侯通韵抱鱼韵（11，东侯同类且元音相同而通韵），首句及转韵第一句皆不入韵，本诗为两组，每组分别为10、11句的准抱韵，第一组韵脚为元元脂真元，第二组韵脚为东鱼鱼侯侯，除"嗟我"为嗟叹词外，第十六句中"煮"为富韵，"人民"、"各各"与"死生"为三句一韵联。本诗借自然界乌鸦、白鹿、黄鹄、鲤鱼的遭际，抒写了社会中受迫害、受蹂躏者的凄惨命运，是当时酷吏横行的结果。

刺巴郡守诗

汉　无名氏

狗吠何喧喧，　　　　　　有吏来在门。
元·　　　　　　　　　　　　　　文·ən

披衣出门应，　　　　　　府记欲得钱。
蒸·əng　　　　　　　　　　　　元·

语穷乞请期，　　　　　　吏怒反见尤。
之·ə　　　　　　　　　　　　　之·ə

旋步顾家中，　　　　　　家中无可为。
　　　　　　　　　　　　　　　　歌·ai

思往从邻贷，　　　　　　邻人已言匮。
职·　　　　　　　　　　　　　　微·iə

钱钱何难得，　　　　　　令我独憔悴！
职·　　　　　　　　　　　　　　物·ət

　　若用中、近古韵："尤"为尤韵，"钱"为先韵，"期"、"为"皆为支韵，这样"尤"便不能入韵。现依上古韵：转韵夹合韵、通韵，元抱文蒸合韵（4，文蒸皆阳声且元音相同

而合韵)→之歌合韵(4,之歌皆阴声而合韵)→职韵交微物通韵(4,微物同类且元音
相同而通韵),本诗中,通韵、合韵、抱韵、交韵都用到了。本诗对汉代的贪官污吏又
作了极强的讽刺。

乡　愁

当代　余光中

小时候，　　　　　乡愁是一枚小小的邮票，
　　　　　　　　　　　　　　　　　　　　·宵

我在这头，　　　　母亲在那头；
　　　　　　　　　　　　　·侯

长大后，　　　　　乡愁是一张窄窄的船票，
　　　　　　　　　　　　　　　　　　　　·宵

我在这头，　　　　新娘在那头。
　　　　　　　　　　　　　·侯

后来啊，　　　　　乡愁是一方矮矮的坟墓，
　　　　　　　　　　　　　　　　　　　　·铎 ak

我在外头，　　　　母亲在里头；
　　　　　　　　　　　　　·侯

而现在，　　　　　乡愁是一湾浅浅的海峡，
　　　　　　　　　　　　　　　　　　　　·盍 ap

我在这头，　　　　大陆在那头。
　　　　　　　　　　　　　·侯

　　若依中、近古韵，"墓"为遇韵，"峡"为洽韵，不能协韵。若依现代汉语，"墓"为
模韵，"峡"为麻韵，也不能协韵。现依上古韵，转韵夹合韵，宵侯交韵(8)→铎盍合
韵(铎盍皆为入声且元音相同而合韵)交侯韵(8)。诗中的邮票、船票、坟墓、海峡等
都是意象，都寄予了思乡情怀。那少年时代的一枚邮票，那青年时代的一张船票，
那现在的一湾海峡，甚至那未来的一方坟墓，都寄寓了台湾诗人余光中先生的也是
万千海外游子的绵长乡关之思。末句"大陆在那头"，真是"卒章显其志"，充分表达
了"乡愁"的内涵。本诗不仅用到《诗经》的押韵根据——上古韵，也用到《诗经》的
特殊押韵方法——交韵，可见《诗经》不仅影响到大陆，也影响到台湾，因为海峡两
岸都是炎黄子孙，都受《诗经》的哺育，都是中国人，都要实现"中国梦"啊！

（四）无韵诗

《诗经》中的诗，极大多数都是有韵的，只是在《周颂》中有极少数无韵诗。有全篇无韵的，如《周颂·清庙》（《韵读》第 357 页）；也有部分无韵的，如《周颂·访落》（《韵读》第 364 页）："……绍庭上下（鱼，a），陟降厥家（鱼，a）。休矣皇考，以保明其身。"其中"考"为幽部 u，"身"为真部 en，"身"与"家"、"考"两字的声、类、元音、韵尾四个条件都不同，都不能协韵，所以最后两句无韵。

孤 儿 行
汉乐府

孤 儿 生 ， 孤 子 遇 生 ， 命 独 当 苦。
（鱼）

父 母 在 时 ， 乘 坚 车 ， 驾 驷 马 。
（鱼）

父 母 已 去 ， 　　　　 兄 嫂 令 我 行 贾。
（鱼）

南 到 九 江 ， 　　　　 东 到 齐 与 鲁 。
（鱼）

腊 月 来 归 ， 　　　　 不 敢 自 言 苦。
（鱼）

头 多 虮 虱 ， 　　　　 面 目 多 尘 。
质 et 　　　　　　　　　　　　 真 en

大 兄 言 办 饭 ， 　　　　 大 嫂 言 视 马 。
（鱼）

上 高 堂 ， 行 取 殿 下 堂 ， 孤 儿 泪 下 如 雨 。
（鱼）

使 我 朝 行 汲 ， 　　　　 暮 得 水 来 归 ；
微 iə

手 为 错 ， 　　　　 足 下 无 菲 。
微 iə

怆 怆 履 霜 ， 　　　　 中 多 蒺 藜 ；
支 e

拔 断 蒺 藜 肠 肉 中 ， 怆 欲 悲 。

微 əi

泪 下 渫 渫 ，　　　　　　清 涕 累 累 。
微 · əi

冬 无 复 襦 ，　　　　　　夏 无 单 衣 。
微 · əi

居 生 不 乐 ， 不 如 早 去 ， 下 从 地 下 黄 泉 。
元 · an

春 气 动 ， 草 萌 芽 ； 三 月 蚕 桑 ， 六 月 收 瓜 。
鱼 · a　　　　　　　　　　　　　　　　鱼 · a

将 是 瓜 车 ，　　　　　　来 到 还 家 。
鱼 · a

瓜 车 反 覆 ， 助 我 者 少 ， 啖 瓜 者 多 。
歌 · ai

"愿 还 我 蒂 ， 兄 与 嫂 严 ； 独 且 急 归 ， 当 兴 校 计 。"
月 · at　　　　谈 · am

乱 曰 ： 里 中 一 何 谚 谚 ！ 愿 欲 寄 尺 书 ，
宵 · ô　　　　　　　　鱼 ·

将 与 地 下 父 母 ，　　　　兄 嫂 难 与 久 居 。
之 · ə　　　　　　　　　鱼 ·

　　转韵夹通韵、合韵，鱼(12)→质真通韵(2，质真同类且元音相同而通韵)→鱼(5)→微支合韵(10，微支皆阴声而合韵)→微元合韵(5，微元这种类、声、元音、韵尾皆不同而合韵的，属《诗经》中极少的旁对转，《小雅·谷风》中就有微元旁对转合韵，见《韵读》第30页、第274页)→鱼歌合韵(9，鱼歌皆阴声且元音相同而合韵)→月谈合韵(2，月谈同元音合韵)→无韵(2)→宵之合韵交鱼韵(4，宵之皆阴声且元音相近而合韵)。若依上古韵，"计"为质部 et，"归"为微部 əi，"严"为谈部 am，"书"为鱼部 a，"计"与"归"、"严"、"书"的声、类、元音、韵尾都不同，无法入韵；若依中、近古韵，"计"为霁韵，"严"为盐韵，"出"为鱼韵，"归"为微韵，"计"也无法入韵，所以"独且"与"当兴"该两句无韵。又"孤儿"、"孤子"与"命独"、"父母"、"乘坚"与"驾驷"，"上高"、"行取"与"孤儿"，"居生"、"不如"与"下从"，"瓜车"、"助我"与"啖瓜"五组皆为三句一韵联。"乱曰"为冒头语。本诗通过孤儿对自己悲苦命运和内心哀痛的诉述，真实有力地暴露了封建社会中兄嫂虐待孤儿的严重社会问题，并愤怒谴责了这种不道德行为，是一首具有强烈的人道主义感染力的优秀诗作。

艳歌何尝行·白鹄 　一解　趋

汉　无名氏

飞 来 双 白 鹄，　　　　　乃 从 西 北 来。

十 十 五 五 ，　　　　　罗 列 成 行 。一解
　　　　　鱼　a　　　　　　　　　　　　阳　ang

　　无韵（2）→鱼阳通韵（2，鱼阳同类且元音相同而通韵。）若依上古韵，"鹄"为觉部 uk，"来"为之部 ə，这两句都不能入韵；若依中、近古韵，"来"为灰韵，"鹄"为沃韵，"行"为阳韵，"五"为麌韵，四句就都不能协韵。

念 与 君 离 别，　　　　　气 结 不 能 言 。
　　　　　　　　　　　　　　　　　　　　　元　an

各 各 重 自 爱，　　　　　道 远 归 还 难 。
　　　　　　　　　　　　　　　　　　　　　元　an

妾 当 守 空 房，　　　　　闭 门 下 重 关 。
　　　　　　　　　　　　　　　　　　　　　元　an

若 生 当 相 见，　　　　　亡 者 会 黄 泉 。
　　　　　　　　　　　　　　　　　　　　　元　an

今 日 乐 相 乐，　　　　　延 年 万 岁 期 。趋

　　元（8）→无韵（2）。若依上古韵，"期"为之部 ə，"乐"为药部 ôk，这样末两句不能入韵；若依中、近古韵，"期"为支韵，"乐"为药韵，"泉"为先韵，末两句也不能入韵。

　　本诗用双飞的白鹄作譬，表现了一对患难夫妻被迫分离的情态。前四解以雄鹄的口吻描写男子洒泪告别爱侣的情景，这里的一解是总题，后面的趋用女子的口吻，描写对重新聚首的期待。

古　歌

汉　无名氏

秋 风 萧 萧 愁 杀 人 ，　　　　出 亦 愁 ，入 亦 愁 。
　　　　　　　　　　　　　　　　幽　u　　　　　　幽　u

座 中 何 人 谁 不 怀 忧 ？	令 我 白 头 。
幽 u	侯 o
胡 地 多 飙 风 ，	树 木 何 修 修 ！
	幽　u
离 家 日 趋 远 ，	衣 带 日 趋 缓 。
元	元
心 思 不 能 言 ，	肠 中 车 轮 转 。
元	元

转韵夹合韵，无韵(1)→幽侯合韵(6，幽侯同为阴声且元音相近而合韵)→元(4)。若依上古韵，"人"为真部 en，首句不能入韵；若依中、近古韵，"人"为真韵，"愁"为尤韵，首句也不能入韵，所以首句无韵。转韵第一句皆入韵，"座中"与"令我"、"心思"与"肠中"皆为两句一联之独立句。又是一首思乡怀旧之作，熔抒情、写景于一炉，在"秋风萧萧"中抒写困扰戍卒的秋思；又将它融于异乡的修树、荒漠的飙风之中，变得更加蓬勃、纷扬，最后忽设奇喻，将其化为辘辘的车轮，在肠中滚滚不已……首句"秋风肃肃愁杀人"是否为后来清陶宗亮《秋暮遣怀》(1279)中"秋雨秋风愁煞人"之本？

我所爱之国二首
现代　沈钧儒

其 一

我 欲 入 山 兮 虎 豹 多 ，　　我 欲 入 海 兮 波 涛 深 。
　　　　　　　　　　　　　　　　　　　　　　　　侵

呜 呼 嘻 兮 ！ 我 所 爱 之 国 兮 ， 你 到 哪 里 去 了 ？

我 要 去 追 寻 。
　　　　　侵

本韵，纯用侵韵，首句不入韵，"我所"、"你到"与"我要"为三句一韵联，"呜呼"为语气词。

其 二

国 之 为 物 兮 ， 听 之 无 声 ， 扪 之 无 形 ，

不 属 于 一 人 之 身 兮 ，　　　而 系 于 万 民 之 心^耕 。

嗚 呼 嘻 兮 ！ 我 所 爱 之 国 兮 ，　求 此 心 于 何 从^侵 兮 ，

我 泪 淋 浪 其 难 禁^侵 。

　转韵，无韵(1)→耕(2)→侵(5)，首句无韵，转韵第一句一入韵一不入韵，"我所"、"求此"与"我泪"为三句一韵联，"嗚呼"为语气词。若依上古韵，"物"为入声物部 ət，"声"、"形"皆阳声耕部 eng，"物"不能入韵。若依中、近古韵，"物"为物韵，"声"为庚韵，"形"为青韵，"物"也不能入韵。若依现代汉语，"物"为模韵，"声"、"形"皆庚韵，"物"也不能入韵。所以，本诗首句无韵。

　1935 年 5 月，上海《新生》周刊发表《闲话皇帝》一文，抨击君主制度，其中提到日本天皇。日本驻沪总领事以"侮辱天皇，妨害邦交"提出抗议。国民党政府竟查封《新生》，总编杜重远被判处徒刑。一叶知秋，国民党政府亲日媚外、丧权辱国的奴才面目昭然若揭。沈钧儒先生这两首诗就作于《新生》案宣判之后第五日，诗中的强烈悲愤心情，即针对此案所代表之窒闷黑暗的政治气氛而发。第一首的基调是苦闷和彷徨。"我所爱之国兮，你到哪里去了？"什么世道，何等痛苦！激情直达高潮。第二首开始是冷静、深刻的理性剖析，国家"不属于一人之身兮，而系于万民之心"。就在这年，沈先生率先响应中国共产党建立抗日民族统一战线的号召，在国统区积极开展抗日救亡活动。"嗚呼"以下，感情又掀起求索的狂涛，但这里求索的"心"与第一首的"国"不同，乃是国民大众的民主团结，彷徨之后有了方向，苦闷之后有了希望，思想内容深化了一大步。

　本书行将结束，笔者想到两个问题：

　第一，既然《汉魏六朝诗鉴赏辞典》九百零六首诗中除极大多数可用中、近古韵解读外，也有少数都是汉魏时代的二十余首诗必须用到上古韵才能解读，那么是否可认为汉魏时代是从上古韵到中、近古韵的过渡时期呢？

　第二，既然除极大多数诗是有韵的外，也有极少数诗无韵（全部无韵或部分无韵），即押韵只是诗的充分条件，并非必要条件，那么，什么是诗，诗的概念怎样？是否可以这样表达："诗是抒情、含蓄、有节奏、易歌或诵的中国最早的一种文学体裁"呢？

三、斫 竹 歌

（河阳山歌）

张元元　唱
朱新华记谱
虞永良记词

1=♭B

中速稍慢

　　虞永良为"河阳山歌馆"馆长，朱新华为中国音乐家协会江苏省分会秘书长。进入今张家港市凤凰镇"河阳山歌馆"展览厅迎面便见上录《斫竹歌》。此歌在《河阳山歌》第45页上也有。此前2006年10月华东师范大学出版社出版的《中国·河阳山歌集》第18页也有记载，并有说明："此歌最早是虞永良在1964年冬听小山村村民在拔河泥船时集体咏唱，当时记录不完整。1985年，听恬庄村刘仁宝（六十多岁）唱，1990年又听新庄村张元元（时年六十四岁）唱，1995年再请张元元唱并录音，记词记谱。"虞永良又告知，1998年7月1日，周巍峙与十六位专家也来听张元元与马祥兴两人合唱。"河阳山歌馆"进门大厅有电视专题片，片中解说词有："据中国文联原主席周巍峙与十六位专家考证，最早的河阳山歌《斫竹歌》就产生于距今六千多年前的远古时代，堪称中国民间歌谣珍稀活化石，河阳山歌作为吴歌的代表是我国最古老的原生态民间歌谣，已被列入国家首批非物质文化遗产名录。"《斫竹歌》与本书第1213、1238页所录古代原始歌谣《弹歌》同期同体，十分相似。当然，《斫竹歌》为民歌，具有原生态魅力；《弹歌》（"断竹，续竹，飞土，逐肉"）是文人加工的作品，更为精炼。

参考书目

王力. 诗词格律概要[M]. 北京：北京出版社，1979 年.

王力. 诗词格律》[M]. 北京：中华书局，1977 年.

王力. 诗经韵读　楚辞韵读[M]. 北京：中国人民大学出版社，2004 年.

王力. 古体诗律学[M]. 北京：中国人民大学出版社，2004 年.

王力. 王力古汉语字典[M]. 北京：中华书局，2000 年.

汉语大字典[M]. 武汉：湖北、四川辞书出版社，1992 年.

辞海（第六版）[M]. 上海：上海辞书出版社，2009 年.

先秦诗鉴赏辞典[M]. 上海：上海辞书出版社，1998 年.

汉魏六朝诗鉴赏辞典[M]. 上海：上海辞书出版社，1992 年.

唐诗鉴赏辞典（第 1 版）[M]. 上海：上海辞书出版社，1983 年.

唐诗鉴赏辞典（第 2 版）[M]. 上海：上海辞书出版社，2004 年.

宋诗鉴赏辞典[M]. 上海：上海辞书出版社，1987 年.

元明清诗鉴赏辞典[M]. 上海：上海辞书出版社，1994 年.

贺新辉. 近现代诗词鉴赏辞典[M]. 北京：北京燕山出版社，2006 年.

新诗鉴赏辞典[M]. 上海：上海辞书出版社，1991 年.

龙榆生. 唐宋词格律[M]. 上海：上海古籍出版社，1978 年.

诗韵新编[M]. 上海：上海古籍出版社，1978 年.

盖国梁. 中华韵典[M]. 上海：上海古籍出版社，2004 年.

唐诗三百首[M]. 上海：上海古籍出版社，1999 年.

宋诗三百首[M]. 上海：上海古籍出版社，2000 年.

元明清诗三百首[M]. 上海：上海古籍出版社，2001 年.

律诗三百首[M]. 上海：上海古籍出版社，2001 年.

绝句三百首[M]. 杭州：浙江古籍出版社，1999 年.

吴企明. 荈溪诗学丛稿续编[M]. 苏州：苏州大学出版社，2012 年.

历代名人咏常熟[M]. 上海：上海文化出版社，2006 年.

中国·河阳山歌集[M]. 上海：华东师范大学出版社，2006 年.

河阳山歌[M]. 南京：凤凰出版社，2010 年.

毛泽东诗词集[M]. 北京：中央文献出版社，1996 年.

毛泽东诗词·格律鉴赏[M]. 珠海：吴秋阳著，珠海出版社，1999 年.

毛泽东.实践论[M].北京:人民出版社,1952年.

毛泽东.矛盾论[M].北京:人民出版社,1952年.

毛泽东.整顿党的作风[M].北京:人民出版社,1952年.

左钧如.《唐诗三百首》词典[M].上海:汉语大辞典出版社社,1998年.

陈一鹤.《唐诗三百首》声韵学析[M].上海:上海交通大学出版社,2009年.

索 引

（按本书页码排序）

一、含变格一且完全合律的今体诗

二、用到《古音辩》押韵根据的诗

三、用到《词韵》押韵根据的诗

四、用到现代汉语十八韵押韵根据的诗

　　以上十四首用现代汉语十八韵押韵的诗,都可同时用古韵押韵。其中有一首陈毅《青松》,必须用上古韵押韵;其余十三首都可用放宽了的中、近古韵押韵,其中有二首陈毅《西行》、邓中夏《过洞庭二首》(其二),可用《古音辩》押韵,其余十一首可用《词韵》押韵。由此可见,现代汉语十八韵与古韵的渊源关系是多么紧密。

五、用到富韵押韵方法的诗

六、用到交韵押韵方法的诗

七、用到抱韵押韵方法的诗

八、柏 梁 体

九、短 韵 体

十、新式古风

以上四十一首新式古风中,除前三首为五言外,其余三十八首都是七言。

后　记

　　五十六年前,当我在苏州师范专科学校(现常熟理工学院)就读时,就利用晚自修结束到熄灯前的半小时,化两年时间反复阅读开国领袖毛泽东主席的哲学著作《实践论》和《矛盾论》,其中的光辉思想指导我终生。今天重读这两篇著作,感到无比亲切。

　　一、《实践论》里说:"社会实际生活的一切领域都是社会的人所参加的。""真理的标准只能是社会的实践。"到改革开放初,邓小平同志又进一步重申:实践是检验真理的唯一标准。

　　《实践论》里还说:"由于实践中发现前所未料的情况,因而部分地改变思想、理论、计划、方案的事是常有的,全部地改变的事也是有的。""任何过程……都是向前推移向前发展的,人们的认识运动也应跟着推移和发展。"党的十六大以后,以胡锦涛同志为总书记的党中央又强调"与时俱进"的思想。

　　由于以上指导,我把王力先生的观点详细举例、解读,使"三平调"不再为格律诗的"大忌",而作为允许存在的"变格一"。总之,任何理论都是人为的,任何理论都是来自实践的,任何理论都是应该不断修改、发展即"与时俱进"的。

　　二、《实践论》里说:"认识从实践始,经过实践得到了理论的认识,还须再回到实践去。""通过实践而发现真理,又通过实践而证实真理和发展真理。"

　　《矛盾论》里说:"就人类认识运动的秩序说来,总是由认识个别的和特殊的事物,逐步地扩大到认识一般的事物。人们总是首先认识了许多不同事物的特殊的本质,然后才有可能更进一步地进行概括工作,认识诸种事物的共同的本质。当着人们已经认识了这种共同的本质以后,就以这种共同的认识为指导,继续地向着尚未研究过的或者尚未深入地研究过的各种具体的事物进行研究,找出其特殊的本质,这样才可以补充、丰富和发展这种共同的本质的认识,而使这种共同的本质的认识不致变成枯槁的和僵死的东西。"

　　本书的观点"两个'1+7'"就是在解读了《唐诗三百首》和两版《唐诗鉴赏辞典》总共一千一百多首唐诗后得到的(见拙著《〈唐诗三百首〉声韵学析》),这就是"通过实践而发现真理"。然后用来解读《宋诗鉴赏辞典》、《元明清诗鉴赏辞典》(上、下册)、《近现代诗词鉴赏辞典》、《汉魏六朝诗鉴赏辞典》以及《毛泽东诗词集》等书中共五千多首诗,结果都是适用的;总之,自汉至当代,上述七本系列鉴赏辞典以及《毛泽东诗词集》等书中共六千首诗都是适用的,这就是"又通过实践而证实真理和发展真理"。

三、《实践论》里说:"理性的东西所以靠得住,正是由于它来源于感性,否则理性的东西就成了无源之水、无本之木,而只是主观自生的靠不住的东西了。"

《矛盾论》里说:"一切过程都有始有终"。

正是在以上思想指导下,本书第十章详细分析了今体诗是如何形成的,找到了今体诗的起源是汉魏六朝诗,伴随着中国诗歌史上第一首五言诗——虞姬的《和项王歌》的产生,就开始孕育今体诗未来生命的种子了。第十八章则分析了《诗经》、《楚辞》和古代原始歌谣,找到了古体诗的源头——《诗经》。实际上,《诗经》不仅在思想内容上而且在格律形式上,不仅是古体诗而且是今体诗,不仅是旧体诗而且是现代新体诗,就是所有中华诗歌全方位的源头。

四、《实践论》里说:"马克思主义者承认,在绝对的总的宇宙发展过程中,各个具体过程的发展都是相对的,因而在绝对真理的长河中,人们对于在各个一定发展阶段上的具体过程的认识只具有相对的真理性。无数相对的真理之总和,就是绝对的真理。""实践、认识、再实践、再认识,这种形式,循环往复以至无穷,而实践和认识之每一循环的内容,都比较地进到了高一级的程度。"

《矛盾论》里说:"这是两个认识的过程:一个是由特殊到一般,一个是由一般到特殊。人类的认识总是这样循环往复地进行的,而每一次的循环(只要是严格地按照科学的方法)都可能使人类的认识提高一步,使人类的认识不断地深化。"

今体诗的"1+7"虽然能解读极大多数今体诗的平仄,但也有少数今体诗的平仄不合"1+7";古体诗的"1+7"虽然能解读上述六千多首诗中99%以上诗的押韵,但也有三十首诗不能(这三十首诗的押韵在本书附录二"《诗经》的余晖"中也得到了解读)。这就说明,"两个'1+7'"不是十全十美的,不可能包罗万象,不是绝对真理,即"只具有相对的真理性"。

全唐诗有五万多首,宋诗更多,加上汉魏六朝隋、辽金元明清、近现当代,全部中华旧体诗总数应在五十万首以上吧,这五十万首以上诗,"两个'1+7'"能否都能解读呢?《唐诗三百首》是点,七本系列鉴赏辞典以及《毛泽东诗词集》等书中共六千多首诗是线,五十万首以上的全部中华旧体诗是面。我个人从2000年六十岁退休以来,学习、解读了点和线的工作,现七十又四,有生之年不可能再做面上的工作了。这面上的五十万首以上全部中华诗歌的解读要靠现在有兴趣、有志向、有毅力的年青人了。

我殷切地盼望年青的朋友,使"只具有相对的真理性"的"两个'1+7'"能够"再实践、再认识","使人类的认识不断地深化","进到了高一级的程度",向"绝对的真理"不断迈进、不断接近,为习近平总书记提出的"中国梦"的实现增唱华丽的篇章……

本书是讲文学的，为什么要用哲学来做后语呢？这又应了伟大领袖毛主席在《整顿党的作风》里说的话："哲学则是关于自然知识和社会知识的概括和总结。"

最后，摘引三段话作为本书的结束：

一、蔡义江先生在为上海古籍出版社2001年9月出版的《律诗三百首》的前言中说："被称之为近体诗的律、绝自唐代盛行后，不但已与相对自由的古体诗分庭抗礼，且近体的地位与重要性在总体上也日益超过古体。在有新诗之前，只要一说学做诗，指的就一定是学做格律诗；甚至时至今日，仍有不少人虽则对古代音韵和律诗的格律、章法等不甚了了，却总喜欢将自己随便凑成的四句、八句的东西命之为绝句、律诗，可见其影响之深远。"

二、公木先生在为上海辞书出版社1991年11月出版的《新诗鉴赏辞典》的序言中，前面用大量篇幅介绍了新诗，最后突然笔锋一转说："至于不同于新格律的传统格律体，即所谓'现代诗词'或'当代诗词'，近年来也颇有'复兴'之势，诗词社团蜂起，诗词报刊层出。这证明：它的格律形式经过上千年的摩挲砥砺，已经深入人心，大家觉得它是一种最方便、最熟练、最能得心应手的文学样式。所以'五四'新诗虽然以它为对立面而打破旧传统，建立了新传统；但半个世纪以后，到如今旧瓶装上新酒，施以现代化洗礼，也便又重植于现代园地里，得列于新诗之林了。不过，它要得到真正的发展，还有待于急起直追，赶上时代步伐，必须充实当代意识，扩充题材领域，促进语言变化，探求声韵改革，以力求风格意境的更新和格律形式的多样。一句话，'现代诗词'或'当代诗词'的出路在于革新与创造，这种势头已经出现了。"

三、吴企明先生著《蓉溪诗学丛稿续编》（苏州大学出版社2012年10月第1版）第155页说："要改革旧体诗，首先遇到的便是韵律问题，因为旧体诗，尤其是格律诗，束缚诗人创作力的地方，主要就表现在这个问题上。历代诗人使用平水韵，韵部分得过细，韵字较少，选择的余地窄小，亟须改变。调协平仄方面，长期奉行的一些清规戒律，也可以加以调整和放宽。"

公木先生所说"探求声韵改革"，吴企明先生所说"改革旧体诗"，不仅在现、当代应该遵循，在古代也是早就有的。请看以下两个方面：

一是韵的改革。"柏梁体"的原型、汉武帝等人的《柏梁台诗》（1270）中所有韵脚字若用中、近古韵，则为支、灰、尤三韵，就不是一韵到底了；必须用上古韵，皆为之部，就是一韵到底、成为"柏梁体"的原型诗。此后最有名的一首"柏梁体"、杜甫的《饮中八仙歌》（1064）中二十二个韵脚、十七个韵脚字（有重复字）："船"、"眠"、"天"、"涎"、"泉"、"钱"、"川"、"贤"、"年"、"前"、"禅"、"篇"、"仙"、"传"、"烟"、"然"、"筵"中，若用上古韵，则"眠"、"天"、"贤"、"年"、"篇"、"烟"六个字为真部，其余十一